Friedrich Gorenstein
Der Platz

FRIEDRICH GORENSTEIN

DER PLATZ

Roman

Aus dem Russischen
von
Renate und Thomas Reschke

Aufbau-Verlag

Titel der Originalausgabe
Место

Die Arbeit der Übersetzer am vorliegenden Text
wurde vom Deutschen Literaturfonds e. V. gefördert.

ISBN 3-351-02331-6

1. Auflage 1995
© Aufbau-Verlag GmbH, Berlin 1995
© Editions l'Age d'Homme, Lausanne 1991
Einbandgestaltung Ute Henkel/Torsten Lemme
Typographie Peter Friederici
Gesamtherstellung Kösel GmbH, Kempten
Printed in Germany

Meinem Vater gewidmet

ERSTER TEIL
DER SCHLAFPLATZ

Denn ihr seid bisher noch nicht zur
Ruhe gekommen noch zu dem Erbteil, das
dir der Herr, dein Gott, geben wird.
5. Mose, 12.9

Der Herr aber sprach: Simon, Simon,
siehe, der Satanas hat euer begehrt,
daß er euch möchte sichten wie den Weizen.
Lukas, 22.31

> Die Füchse haben Gruben, und die Vögel
> unter dem Himmel haben Nester; aber
> des Menschen Sohn hat nicht, da er
> sein Haupt hinlege.
>
> *Lukas, 9.58*

ERSTES KAPITEL

Immer, wenn es Frühling wurde, seit drei Jahren schon, überkam mich innere Unruhe, denn ich erwartete die Benachrichtigung über meine Ausweisung. Eigentlich fürchtete ich weniger die Gefahr der Ausweisung als vielmehr die Bemühungen, die nötig waren, damit ich meinen Schlafplatz im Wohnheim des Trusts »Wohnungsbau« behalten konnte. Zur Ausweisung würde es nicht kommen, daran glaubte ich fest, denn ich hatte Beziehungen zur Leitung des Trusts, dem das Wohnheim gehörte. Mein Gönner, Michail Danilowitsch Michailow, war der einzige Mensch, der mir half, denn meine Eltern waren seit langem tot, ich war in dieser Stadt mutterseelenallein und konnte nirgends auf eine dauernde Zuflucht rechnen. Dennoch mochte ich Michailow nicht leiden und wußte nicht, worüber ich mit ihm reden sollte, wenn ich meine Bitte um Hilfe und Unterstützung vorgebracht hatte. Übrigens blickte er auf mich herab, und während er mir half, behandelte er mich geringschätzig und demütigend.

Er war ein naher Freund meines verstorbenen Vaters gewesen, den er, nach allem zu urteilen, sehr gemocht hatte und für eine herausragende Persönlichkeit und ein zu früh ums Leben gekommenes Talent hielt. Mich hingegen hielt er, verglichen mit meinem Vater, für einen unbedeutenden und nichtigen, ja, beinah dümmlichen Menschen. Das ging so weit, daß er sich einmal erlaubte, dies in meinem Beisein ungeniert zu einer seiner Mitarbeiterinnen zu sagen, die aus Mitleid ebenfalls Anteil an meinem Schicksal nahm.

»Sein Vater war ein außergewöhnlicher, hochbegabter Mensch«, sagte Michailow, »aber er hier...« Er lachte merkwürdig auf und machte eine höchst verächtliche Handbewegung.

Das war im vorigen Jahr gewesen, als wieder einmal meine Ausweisung anstand und Michailow die Sache mittels Telefonanrufen und persönlichen Gesprächen bereinigte. Und hatte ich ihn bis dahin nicht gemocht, so begann ich ihn nach dieser Demütigung schlichtweg zu hassen.

Ich dankte ihm damals für seine Bemühungen in bissigem Ton, was ihn zu verwundern schien. Ich weiß noch, daß ich mit Kopfschmerzen von ihm wegging, mich in die Straßenbahn setzte und bis zum Stadtrand fuhr, wo mir kein Bekannter über den Weg laufen konnte. An dem Tag hatte ich mir früher von der Arbeit freigenommen, hatte für Michailow eine halbe Stunde eingeplant und wollte mich die restliche Zeit in den Lesesaal der Akademie der Wissenschaften oder ins Zeitungsarchiv setzen. Das war mein liebster Zeitvertreib. Meine Arbeit, die mir ebenfalls Michailow besorgt hatte, war mir verhaßt, und doch fürchtete ich, sie zu verlieren, weil ich auf keine andere hoffen konnte und mir bei dem Gedanken graute, zu Michailow zu gehen, ihm meine Entlassung mitzuteilen und ihn zu bitten, sich für mich wegen einer neuen Stelle zu verwenden. Ich wußte, daß er mich trotz seines Einflusses nur mit Mühe untergebracht hatte. Dennoch schreckte mich die Gefahr der Entlassung jetzt weniger. In den letzten drei Jahren hatte ich sparsam gelebt und etwas Geld auf die hohe Kante gelegt, und mit dem Geld, das mir mein Großvater für einen Mantel geschickt hatte, kam ein hübsches Sümmchen zusammen, von dem ich ein halbes Jahr leben konnte. Darum beschloß ich, mich der drohenden Entlassung nicht zu widersetzen und mich auf den Eintritt in die Philologische Fakultät der Universität vorzubereiten.

Ich wußte, daß ich im Falle einer Ablehnung in eine verzweifelte und hoffnungslose Lage geraten würde, aus der ich vielleicht nicht einmal um den Preis tiefster Demütigungen vor Michailow wieder herauskäme.

Dennoch, wie schwer mein jetziges Leben auch war, es war doch glänzend im Vergleich zu dem, was ich in dieser Stadt hatte durchmachen müssen, bevor Michailow Anteil an meinem Schicksal nahm. Aber davon wird später ausführlicher zu reden sein... Im letzten Frühjahr, als Michailow mich bereits unverhohlen demütigte, war ich achtundzwanzig Jahre alt gewesen (folglich bin ich jetzt neunundzwanzig).

Schnell und fruchtlos waren die letzten acht oder neun Jahre vergangen, in denen ein junger Mensch gewöhnlich seinen Platz in der Gesellschaft erwirbt und, nachdem ihm die hitzige Schwärmerei abhanden gekommen ist, männliche Beziehungen zu einer Frau aufnimmt. Ich dagegen war ein »alternder Jüngling« geworden, und was ich vor acht Jahren als angenehm und natürlich empfunden hatte, wurde mir jetzt peinlich, mein Bedarf an Hilfe und Obhut, den ich einem im Grunde mir fremden und unsympathischen Menschen aufbürdete, quälte und erbitterte mich.

Dieser innere Bruch und diese Gedanken waren abrupt gekommen, als mich Michailow im vergangenen Jahr öffentlich demütigte. Bis dahin hatte ich zwei Jahre lang recht ruhig und still gelebt, war kaum nervös, höchstens etwas müde, aber zufrieden mit meinem Los gewesen und hatte angenommen, alles verlaufe gut und nach Plan. Vor zwei Jahren waren mir die Widerwärtigkeiten ohne Unterkunft und Arbeit noch sehr gegenwärtig gewesen, dann aber hatte sich meine Lage etwas stabilisiert, obendrein war es mir gelungen, einige Bekanntschaften zu knüpfen, die mich dem geliebten, erträumten Wirkungskreis näherbrachten. Michailows vorjähriges Benehmen jedoch hatte mich bis zu Kopfschmerzen, bis zu Tränen, bis zu Herzstichen empört, weil ich eine recht hohe Meinung von mir hatte. So kam es vor, daß ich, wenn ich allein war, den Spiegel nahm und mich mit geheimnisvollem Lächeln betrachtete. Ich konnte lange so sitzen und mir in die Augen schauen. Die heimliche Eitelkeit und das in mir lebende Selbstvertrauen, daß sich hinter meinem zeitweiligen »Inkognito« etwas Bedeutsames verbarg, stärkten meine Seele, besonders, als ich älter wurde, und bewahrten mich davor, den Mut zu verlieren.

Als ich mich wieder einmal an meinem Spiegelbild erfreute, hatte ich einen Zimmergenossen nicht bemerkt, der in seinem Bett schlief. Es war Salamow, Aserbaidshaner, ein siebzehnjähriges Jüngelchen, das aller Wahrscheinlichkeit nach ausschließlich physiologische Bedürfnisse hatte. Offensichtlich hatte ich laut geredet, und meine Stimme hatte ihn geweckt.

»Was machst du da?« fragte er verwundert.

Ich zuckte erschrocken zusammen, als hätte man mich bei einem unanständigen Laster ertappt. Zum Glück war Salamow nach der Schicht müde und schnarchte gleich wieder. Ich aber saß mit klopfendem Herzen und schweißnasser Stirn da und ärgerte mich über mein unvorsichtiges Verhalten. Wären an Salamows Stelle Petrow oder Beregowoi im Zimmer gewesen, so wäre ich womöglich richtig blamiert gewesen und zur Zielscheibe ihres Spotts geworden. Besonders gefährlich in dieser Hinsicht war Paschka Beregowoi, der immerhin Ansätze von Geistigkeit hatte, und vielleicht hätte er den wahren Grund meines Verhaltens wenn nicht verstanden, so doch erspürt, und das wäre besonders entsetzlich und schmachvoll gewesen. Mit Beregowoi hatte ich mich eine Zeitlang oft unterhalten, und zwischen uns war eine Art Freundschaft entstanden. Jetzt hatte er sich mit dem neu eingezogenen Petrow angefreundet und war mein schlimmster Feind im Zimmer geworden.

Wie zufällig sich die Menschen, die in Wohnheimen leben, auch zusammenfinden, es bildet sich doch in jedem Zimmer ein besonderer »Familien«alltag und sogar eine gewisse »Familien«hierarchie heraus. In unserem Zimmer 32 gab es sechs Betten, zwei Kleiderschränke, drei Nachttische und einen Tisch. Von der Tür aus gesehen stand mein Bett in der rechten Ecke. Meine Füße stießen durch die Gitterstäbe an den Kleiderschrank. Auf der anderen Seite des Schranks, ebenfalls an der Wand, war Salamows Platz. Im Abstand einer Armeslänge, nur durch einen Nachttisch von mir getrennt, stand Beregowois Bett. Noch aus der Zeit unserer guten Beziehungen teilten wir uns den Nachttisch: ich das obere Fach, er das untere. An der gegenüberliegenden Wand hatte Jurka Petrow sein Bett, ein Sibirier, der schon etliche Wohnheime in verschiedenen Ecken des Landes hinter sich hatte, obwohl er noch Eltern und eine große Sippe irgendwo bei Omsk besaß, das heißt, er war Vagabund nicht aus Not, sondern von seiner Natur her. Er hatte ein Gesicht mit vorstehenden Backenknochen und tatarischem Einschlag, aber helles Haar. Eigentlich war er nicht übel, hatte wohl sogar Gewissen, zumindest Anwandlungen von Gewissen, wenn dieser Ausdruck erlaubt ist. Interessant: Kaum daß er unser Zimmer bezog und sich mit Beregowoi anfreundete, kündigte mir dieser sofort die Freundschaft und brachte mir völlig unerwartet Feindseligkeit entgegen, obwohl ich seitens Petrows keine Feindseligkeit spürte, höchstens, daß er manchmal Beregowoi durch höhnisches Lachen unterstützte. Zwar hätte ich mich im Zimmer mit Shukow verbünden können, dessen Bett hinter dem zweiten Kleiderschrank links von der Tür stand, aber ihn hatte ich kürzlich auf dumme und alberne Weise beleidigt.

Shukow stammte aus Georgien, aus Kutaissi. Er war in einem Wohnheim zur Welt gekommen und aufgewachsen, in einem Zimmer, in dem vier ledige Mütter wohnten, er kannte also kein anderes Leben. Dieser Shukow war nun wirklich ein Bursche mit Gewissen, ohne Einschränkung. Ich hatte mit ihm manchmal interessante Gespräche geführt. Freilich hatte er seine eigene Auffassung von Gewissen, wovon ich mich überzeugen konnte. Er war Montagearbeiter und verdiente nicht viel, schickte aber pünktlich jeden Monat einen Teil seines Lohns seiner Mutter. In den drei Jahren meines Lebens in diesem Zimmer hatte ihn seine Mutter zweimal besucht, einige Monate bei ihm gewohnt und in einem Bett mit ihm geschlafen. Shukow ging in dieser Zeit nicht zur Abendschule und arbeitete zwei Schichten hintereinander, um seiner Mutter den Aufenthalt zu ermöglichen und sie mit Geld für die Rückreise auszustatten. Nach ihrer Abreise kam ich einmal mit ihm ins Gespräch. Zu meinem Erstaunen stellte sich plötzlich heraus, daß es ihn verdroß, seiner Mutter Geld zu schicken und sie bei sich aufzunehmen.

»Blutegel«, sagte er und seufzte.

Ich war derart verblüfft und um meine angenehmen Gefühle betrogen, die ich immer dann empfinde, wenn ich Menschen ehrlich und großmütig handeln sehe, daß ich mir dieses Gespräch sogar bis ins Detail gemerkt habe.

Es war Abend, ich saß am Tisch, aß warmes, frisches Brot und trank süßes, heißes Wasser. Shukow saß auf seinem Bett und sprach leise, dabei funkelten seine Metallzähne, die den ganzen Oberkiefer füllten, obwohl er höchstens fünfundzwanzig war.

»Blutegel«, sagte er. »Stein am Hals.«

»Wie kannst du das sagen?« fragte ich. »Sie hat dich doch geboren, großgezogen... Ich habe niemanden, meine Mutter ist schon lange tot... leider...« Hier wußte ich nicht weiter und wollte auch nichts über meine Mutter sagen, also schwieg ich, denn ich mißtraute Shukow und fürchtete, er könnte mit einem häßlichen Wort das Andenken meiner Mutter verletzen, und dann müßte ich mich mit ihm prügeln, aber er war vermutlich stärker als ich und konnte mich, wenn er in der Wut wahllos zuschlug, vermutlich zum Krüppel machen.

Wir saßen eine Weile schweigend. Ich aß die letzten

Stücke des warmen Brotes und trank dazu das heiße Wasser.

»Das stimmt alles«, sagte Shukow, das Schweigen brechend, »aber wenn ich's richtig betrachte, ist mir die Mutter ein Stein am Hals.«

»Warum schickst du ihr dann Geld, wenn du so denkst?« fragte ich nun schon aus reiner Neugier. »Nimmst sie bei dir auf und schrubbst zwei Schichten hintereinander?«

Wieder verblüffte mich seine Antwort.

»Das Gewissen«, sagte er, »was denn sonst, nach dem Gewissen geht's nicht anders.«

Er sagte es, ohne nachzudenken, und sah mich erstaunt an. Ich begriff damals nicht die Rechtmäßigkeit einer solchen Sicht, doch jetzt leuchtet sie mir immer mehr ein. Er verstand Güte und Gewissen nicht als persönliche Gefühle des Herzens, deren er vielleicht nicht fähig war, sondern als Gesetz. Ein Gesetz mag mitunter unangenehm sein, doch es ist unanfechtbar, denn es existiert von Geburt an, zusammen mit der Fähigkeit zu atmen, und steht über den Gefühlen, ob sie erhaben oder niedrig sind. Erst später verstand ich, wie gefährlich es ist, wenn Güte und Gewissen allein vom Herzen bestimmt werden, was zwar egoistisch angenehm ist, die unwandelbaren menschlichen Werte aber abhängig macht von persönlichen Eigenschaften, seelischer Reife und vergänglichen Emotionen. Zu einem solchen Gewissen vom Herzen her sind nur wenige fähig.

Damals nach dem Gespräch blieb in meiner Seele ein unangenehmer Bodensatz zurück, ich war von Shukow enttäuscht, was mich ihm gegenüber reizbar machte. Er jedoch, eine derbe und schlichte Natur, bemerkte das nicht, befragte mich nach wie vor und bat mich, ihm beim Studium zu helfen. Ich hatte seinerzeit die Baufakultät des Metallurgischen Technikums absolviert, freilich nicht aus Neigung, sondern notgedrungen, und wußte also in Mathematik ganz gut Bescheid. Shukow hatte sich vorgenommen, Bildung zu erwerben, und ich half ihm in Mathematik. Er eignete sich den Stoff mühsam, aber mit einer gewissen begeisterten, naiven Freude an wie ein Taubstummer, der plötzlich verworrene Geräusche hört und aus diesen Geräuschen seine eigenen Sprachlaute artikuliert. Diese überaus naive Freude an Kenntnissen lenkte Shukows Energie unglücklicherweise auf den falschen Weg. Er begeisterte sich für das Erfindungswesen und hielt Grundkenntnisse in Physik und Mechanik für ungewöhnliche Erleuchtungen. Eine ähnliche Perversion des Fibelwissens wird in der Literatur Graphomanie genannt. In der Technik kommt das vielleicht seltener vor, ist aber auch recht verbreitet. Es ist eine der gefährlichen Nebenerscheinungen rudimentärer geistiger Reife. In seiner gesamten Freizeit zeichnete Shukow irgendwelche Konstruktionen, Rohre, gezahnte Kupplungen. Wobei er das nicht ganz uneigennützig tat, denn er erkundigte sich bei mir und unserem »Erzieher« Juri Korsch, wie Erfindungen bezahlt werden.

Juri Korsch, Absolvent des Pädagogischen Instituts, leitete im Wohnheim die kulturelle Massenarbeit. Mich behandelte er anständig, und er war bemüht, mir nach Möglichkeit zu helfen, aber seine Möglichkeiten waren gering. Überhaupt schien mir der rundgesichtige junge Erzieher ein Mensch mit vernünftigen Absichten zu sein, aber sein gutes Aussehen (er sah gut aus, obwohl er schon Glatze bekam) und sein Schlag bei den Frauen verdarben ihn, und ich glaube, er empfand alles ringsum als Mystik, als Chimäre, verglichen mit dem einzig Wahren, und das Wahre im Leben waren für ihn nur die Beziehungen zu den Frauen. Ich gebe zu, daß ich seinen Erzählungen voller erotischer Einzelheiten mit ungesundem Interesse lauschte, doch bemühte ich mich, meine knabenhafte Verwunderung und meinen Neid zu verbergen, beides erwachsen aus meinem deprimierenden Leben, das die Sinnlichkeit in Schamhaftigkeit und in die Form von Fieberträumen hüllte.

Eines Tage wollte ich in der Lenin-Ecke, dem Kulturraum, für den Korsch verantwortlich war, Zeitungen lesen. Er heftete gerade die neuesten Nummern ein.

»Goscha«, sagte er lächelnd zu mir, »Shukow aus deinem Zimmer hat mir da Zeichnungen gegeben. Weil ich in dieser Stadt geboren bin, müßte ich doch Ingenieure kennen, meint er... Ich soll ihm eine Verbindung herstellen, aber nur mit einem Ingenieur, den ich gut kenne, weil ein andrer sonst die Erfindung klaut. Guck doch mal.«

Auf dem Blatt war die Herstellung von Rohren aus Metallbarren dargestellt. Ich warf einen flüchtigen Blick darauf und sagte lässig:

»Völliger Quatsch. Der Junge hat überhaupt einen Knall.«

Ich hatte nicht bemerkt, daß Shukow in der Tür stand und zuhörte... Es war mir schrecklich unangenehm, als er plötzlich hinter uns auftauchte und die Zeichnungen zerriß.

»Und ich hab dich für einen Menschen gehalten«, sagte er bitter, und ich glaube, in seinen Augen blinkten sogar Tränen.

Von da an hatte ich im Zimmer jede Stütze und Autorität verloren. Salamow besaß wenig Autorität und konnte mit mir keine starke Partei bilden, zumal Shukow, der früher Beregowoi nicht ausstehen konnte, sich jetzt mit ihm in gemeinsamer Antipathie gegen mich verbündete. Freilich gab es noch einen sechsten Bewohner, Wolodka Fedortschuk, aber der war die meiste Zeit weg und übernachtete manchmal sogar im Frauenwohnheim bei seiner »Biene«, die er heiraten wollte, darum hatte er keinen Einfluß auf die gegenseitigen Beziehungen im Zimmer. Dieser Wolodka, ein baumstarker Kerl mit einem flachen, pockennarbigen Gesicht und einer kleinen Nase, hatte schon in der Flotte gedient, wie er erzählte, auf Torpedobooten, wurde aber bei jeder Gelegenheit rot wie ein Mädchen. Ich weiß noch, einmal verschüttete er Wein auf Beregowois Hose und bekam solch einen roten

Kopf, daß Beregowoi, statt zu toben, schallend lachte. Und da war noch ein Vorfall. Auf irgendeine Weise war ein Ziegelstein in unser Zimmer geraten. Wer ihn mitgebracht hatte, blieb unbekannt. Wir rätselten hin und her, fanden aber keine Erklärung.

»Warum zerbrechen wir uns den Kopf?« sagte Wolodka, natürlich nicht ganz ernst, »schmeiß ihn aus dem Fenster, Paschka... Schlag irgendwen damit tot... Einen Jidden...«

In diesem Augenblick kam aus dem Nebenzimmer Saschka Rachutin herein, der zu mir wollte. Er hatte einen russischen Namen, war aber Jude und sah auch jüdisch aus. Petrow stieß Wolodka mit dem Ellenbogen an und wies auf Rachutin. Wolodka lief rot an, bekam eine feuchte Stirn und ging aus dem Zimmer.

Aber besonders komisch benahm er sich bei einem recht kuriosen Vorfall. Etwa drei Wochen vor den Ereignissen, die zu beschreiben ich vorhabe, irgendwann im Februar, als wir schon in den Betten lagen und gerade das Licht löschen und die Tür abschließen wollten, betrat ein uns unbekannter betrunkener Mann das Zimmer. Ohne sich umzusehen und ohne ein Wort zu sagen, ging er zu Wolodkas Bett, das wie üblich leer war, legte sich im Mantel hin und schnarchte sofort los. Wir nahmen an, daß Wolodka einen Bekannten hergeschickt hatte, damit der sich in dem freien Bett ausschlafen konnte. Salamow machte das Licht aus und schloß die Tür ab. Wir schliefen ein. Aber um zwei Uhr nachts klopfte es, und Wolodka erschien, die Leiterin des Frauenwohnheims hatte ihn von seiner »Biene« vertrieben.

»Wer ist das denn?« fragte er aufrichtig verwundert, ja, verwirrt, und zeigte mit dem Finger auf den Mann.

»Wir dachten, du hast ihn geschickt, Wolodka«, sagte ich.

Wolodka trat zu seinem Bett und packte den ungebetenen Gast an der Schulter, und da nahmen wir einen Geruch wahr, der keinen Zweifel ließ, auf welche Weise der Gast dem Besitzer des Bettes gedankt hatte.

Jeder, der die nächtliche Luft im Zimmer eines Arbeiterwohnheims kennt, wo sechs Männer schlafen, die sich tagsüber ausgearbeitet haben und sich von minderwertigen, nicht mehr frischen Lebensmitteln ernähren, wird verstehen, warum wir anfangs die zunehmende Stickigkeit nicht beachtet hatten. Jetzt aber, als Wolodka, rot vor Scham, den sich wehrenden Gast vom Bett zerrte, mußten selbst wir, obwohl an üble Gerüche gewöhnt, ungeachtet des Frosts das Fenster aufreißen.

»Das gibt's doch nicht«, sagte Wolodka mit weinerlicher Stimme, »was ist das für eine Sauerei, du Lump... Wieso hast du dich mit flüssiger Schande bedeckt?«

Das klang grob, aber naiv und aufrichtig. Obwohl Wolodka völlig schuldlos war, denn der Gast hätte sich in jedes freie Bett gelegt, durchlitt er die Qualen tiefer Schmach. Er zerrte den Gast, einen recht schweren Mann, in den Korridor, schlug ihm das Gesicht blutig, schleifte ihn die Treppe hinunter und warf ihn in den Frost. Die Diensthabende wechselte Matratze und Bettzeug, aber Wolodka schlief nicht mehr in dem Bett und tauschte das Zimmer bald darauf mit Kulinitsch, einem vierzigjährigen, stillen, höflichen und dummen Mann, der sich in seiner Freizeit entweder was kochte oder auf der Ziehharmonika »Die Wachtel« spielte.

Die Kräfteverteilung im Zimmer hatte sich so gestaltet, daß ich nun auch hätte umziehen müssen, zumal ich in Zimmer 26 Freunde gefunden hatte: Sascha Rachutin, von dem ich schon sprach, und Vitka Grigorenko, Kranführer auf einem Turmdrehkran. Unsere Bekanntschaft hatte sich von selbst ergeben, ich glaube, beim Fernsehen. (Wer abends frei hatte, rannte gewöhnlich in den Kulturraum, um einen Platz vor dem Fernseher zu ergattern.) Grigorenko und Rachutin standen den Kreisen näher, die ich anstrebte. Mir gefiel, daß sie mich gefunden, das heißt, ausgewählt und ins Gespräch gezogen hatten, zuerst Vitka, glaube ich, und dann hatte sich Saschka Rachutin angeschlossen. Natürlich hielt ich mein »Inkognito« mit krankhafter Nervosität aufrecht und hätte es nicht einmal andeutungsweise Menschen preisgegeben, die eine Beziehung zu meinem täglichen Leben hatten, das heißt, zu meiner Arbeit und dem Wohnheim. Dennoch gefiel es mir, daß sie mich »wahrgenommen« hatten. Als Vitka Grigorenko sah, was für eine hundsgemeine Atmosphäre mich in Zimmer 32 umgab, bot er mir an, nach 26 umzuziehen, wo er wohnte. Von diesem Zimmer hatte ich schon lange geträumt. Es war klein und gemütlich, nachts wurde das Radio ausgeschaltet und das Licht früh gelöscht. Als ich in Zimmer 32 noch Autorität genoß, hatte ich durchgesetzt, daß das Radio um Mitternacht ausgemacht wurde, denn es lief bis zwei Uhr und wurde um sechs wieder eingeschaltet, so daß mir zum Schlafen nur vier Stunden blieben. Aber dann entschied Beregowoi, unterstützt von der Zimmergemeinschaft, das Radio anzulassen, weil er sonst zu spät zur Frühschicht käme. Ich versuchte mir anzugewöhnen, bei dem Radiogedudel genauso friedlich zu schlafen wie die anderen Zimmerbewohner, aber mein »Inkognito«, Selbstvertrauen und Eitelkeit, die früher in schweren Momenten meine Seele gestärkt hatten, peinigten sie nun in solchen Momenten, und die erlittenen Kränkungen ließen sie nicht zur Ruhe kommen. Noch vor einem Jahr, vor dem Vorfall mit Michailow, vermochte ich Kränkungen zu ertragen, und die Veränderung zeigte, daß der Organismus mit zunehmendem Alter nachzugeben begann, und der Umstand, daß mein Selbstvertrauen und meine Eitelkeit auf ganz alltägliche Kränkungen reagierten, zeugte davon, daß dieses Selbstvertrauen die übers Alltägliche hinausgehende Idee verlor und daß mein Organismus, der die körperlichen Lebenskräfte aufgezehrt hatte, in seinem täglichen Kampf die eiserne Reserve meiner geistigen Kräfte angriff. Das waren gefährliche und für mich unangenehme Anzeichen einer nahenden Grenze. Für den Sieg im Leben brauchte ich nicht mehr einen Erfolg, der mir noch vor Jahresfrist hätte helfen können, sondern ein Wunder. Darüber dachte ich nachts nach, wenn endlich das verhaßte Radio verstummt war und nur das Schnarchen und verschlafene Murmeln meiner Zimmergenossen die Stille störte. Saschka Rachutin war ein belesener und gutherziger, aber leichtsinniger Bursche, Vitka Grigorenko hingegen hatte mehr Feingefühl, und ich fing ein paarmal seinen besorgten Blick auf, was mir jedoch unangenehm war, denn ich wollte ihn nicht über eine gewisse Grenzlinie an mich heranlassen und schon gar nicht dulden, daß er, Gott behüte, an mein »Inkognito« rührte. In ihrem Zimmer war kein Platz frei, aber Vitka, der einen Hang fürs Abenteuerliche hatte, schlug mir vor, einfach mein Bett hinüberzuschieben und, nachdem der Schrank in die Ecke gerückt war, als viertes hinzustellen. Er versprach, sich mit dem dritten Bewohner, einem stillen alten Männlein, das seinen Lebensabend im Wohnheim verbrachte, entweder gütlich zu einigen oder ihn einzuschüchtern. Natürlich wäre das ein großartiger Ausweg gewesen, aber ich lehnte aus verschiedenen Gründen ab, denn ich konnte ihm ja nicht erklären, daß ich hier ungesetzlich lebte, meinen Platz durch Beziehungen bekommen hatte und mit der Umzugsaktion nur zusätzliche Aufmerksamkeit auf mich lenken würde, was nicht in meinem Interesse lag, schon gar nicht vor der alljährlichen Ausweisungsgefahr im Frühjahr. Ich mußte, das wußte ich aus Erfahrung, bis Ende Mai durchhalten, bis wieder Ruhe einkehrte, und im Winter durfte laut Gesetz überhaupt keiner hinausgeworfen werden. Ab Ende Februar begann ich mir einen Kampfplan zurechtzulegen. Ich hatte den tollkühnen Wunsch, diesmal ohne Michailow auszukommen, denn ihn nach der vorjährigen Demütigung um Hilfe zu bitten, würde mir sehr schwerfallen. Andererseits riskierte ich, im Kampf auf mich allein gestellt, den Platz einzubüßen, und mit diesem Platz waren alle meine weiteren Lebenspläne verbunden, denn wenn ich ihn verlor, verlor ich die Stadt, die ich liebte, und mußte irgendwohin fahren, und überall stand ich ohne Mittel und Unterstützung da. In meinem Alter bedeutete das, zu einem erfolglosen Provinzler zu werden; ich hatte in der Provinz gelebt und wußte, was das für einen Menschen mit meinen Plänen und Hoffnungen bedeutete. Darum, so dachte ich, während ich schlaflos dalag, bedeutet mir mein Platz in der Ecke hinterm Schrank, mein Eisenbett mit dem Sprungrahmen in diesem Sechsbettzimmer mit den ungehobelten Bewohnern so unendlich viel... Der Schlafplatz verankert mein Leben in der allgemeinen festgelegten Lebensordnung des Landes. Wenn ich den verliere, verliere ich alles. So dachte ich. Die Welt brach zusammen, aber sterben wollte ich nicht. Ich fühlte mich voller unverbrauchter Lebenssäfte und wollte leben, darum ging ich in den schlaflosen Nächten die Leute durch, die meine Existenz bedrohten. Das war vor allem die Heimleiterin Sofja Iwanowna, eine korpulente Frau mit einer Warze auf der Wange. Drei Jahre lang führte sie in der Zeit der frühjährlichen Ausweisung gewissenhaft und hartnäckig einen Kampf gegen mich, aber wenn diese Zeit vorüber war, behandelte sie mich recht wohlwollend, ja, freundschaftlich, denn ich trank nicht, verstieß nicht gegen die Regeln und bezahlte pünktlich meinen Schlafplatz. Den Leiter der Wohnheimverwaltung Margulis sah ich nur von weitem, und er kannte mich überhaupt nicht. Die Papiere über die Ausweisung trugen seine Unterschrift, aber offensichtlich einigte sich Michailow auf privatem Wege gerade mit ihm über den Erhalt meines Schlafplatzes. Doch ich hatte unter den Leuten, die mit meinem Schlafplatz befaßt waren, einen schlimmen Feind, der nicht so sehr von Amts wegen ein Feind war, sondern aus persönlichen Motiven. Im Vergleich mit diesem Todfeind war mein Zimmerfeind Paschka Beregowoi nur ein Spaßvogel. Mit dem hätte ich reden können, wenn ich nicht zu stolz gewesen wäre... Hör mal, Paschka, so und so... Weshalb machst du das? Ich hab dir doch nichts getan... Zwei Jahre haben wir normal zusammengelebt, haben sogar mal zusammen gesoffen, als dein Vater dich besucht hat... Wir waren zusammen im Stadion... Wenn ich dich irgendwie gekränkt habe, dann sag's... Ich denke, Petrow würde mich dann unterstützt haben. Er versuchte manchmal, wenn wir allein waren, mit mir ins Gespräch zu kommen... Meine Situation im Zimmer hätte sich so wahrscheinlich normalisieren lassen. Es steht auf einem anderen Blatt, daß ich so etwas nicht mache, daß es mir zuwider ist, Beziehungen zu klären, zumal auf solche Weise und aus eigenem Antrieb. Wenn ich mich bei meiner Eitelkeit und meinem »Inkognito« demütige, dann nur in äußerster Not, wie es mit Michailow war, aber sonst nicht... Und mit Michailow ging es auch nur, als ich noch gute Nerven hatte. Jetzt aber empfand ich bei dem Gedanken, erneut meine Würde opfern zu müssen, Entsetzen, Schwermut, Ausweglosigkeit... Aber vor meinem administrativen Feind würde ich mich vielleicht gedemütigt haben, weil es hier nicht um äußerste Not ging, sondern einfach um den empfindlichsten Punkt in meinem Kampf um ein Dach überm Kopf, denn dieser Kampf wurde unter Umgehung des Gesetzes geführt und stützte sich auf Beziehungen, darauf, daß die mit der Sache befaßten Personen ihre bürokratische Pflicht erfüllten und ich als Mensch ihnen gleichgültig war. In so einer heiklen Sache konnte nicht administrative, sondern menschliche Leidenschaft mein Untergang sein, weil sie Beziehungen und Verstöße aufdecken und das Gesetz zu Hilfe rufen konnte.

Am meisten fürchtete ich, daß sich jemand außerhalb von Michailows Einflußsphäre weniger für den Schlafplatz als vielmehr für mich persönlich interessieren und herausfinden könnte, wer ich eigentlich war, woher ich kam und mit welchem Recht ich hier war... Dann ging er der Kette nach, vom illegalen Besitz eines Schlafplatzes im Wohnheim eines Betriebes, in dem ich nicht arbeitete, über die fiktive Einstellung als Harmonikaspieler in dem Vorortsanatorium »Sieg«, dessen Direktor mit Michailow befreundet war, woraufhin ich die Aufenthaltsgenehmigung für den Vorort bekommen hatte, und dann weiter in der Kette bis zum ständigen Aufenthalt in der Stadt ohne Zuzugsgenehmigung, und von dort war es nicht mehr weit bis zu gewissen Fakten meiner Biografie, die ich sorgsam geheimhielt. Lügen hatte ich übrigens sehr früh gelernt, schon als Kind, mit sechs oder sieben Jahren, und nicht einfach kindlich lügen, verworren und liebenswert, sondern wie die Erwachsenen, hart und schlau, und meine Mutter hatte mich darin bestärkt, um die Tatsache, daß mein Vater verhaftet war, zu verheimlichen. Eine Tatsache, die ich zuerst in den kindlichen Spielen, Zankereien und Erzählungen unterschlug und später als Erwachsener in keinem amtlichen Fragebogen angab, sei es im Militärkommissariat oder in der Kaderabteilung, auch in keinem Lebenslauf, und das nicht nur aus Angst, sondern auch aus Scham.

ZWEITES KAPITEL

Es gab freilich Gelegenheiten, wo ich in einem seelischen Höhenflug, zum Beispiel beim Eintritt in den Komsomol, alles ehrlich und offen darlegen wollte. Ich war schon damals ein Mensch von außerordentlicher Phantasie und malte mir sehr bildlich aus, wie ich aufstehe, meinen Kumpels in die Augen blicke und die ganze Wahrheit sage, meine seelische Pein und meine Scham mit Ehrlichkeit überdeckend. Ich begeisterte mich sogar daran und malte mir aus, wie dies den feierlichen Moment verschönt und Aufmerksamkeit auf mich zieht, was mich aus dem Kreis der anderen Neumitglieder heraushebt. Aber zugleich beschlichen mich Zweifel, sogar leichte Angst. Da ich mich sonst mit niemandem beraten konnte, beriet ich mich mit meiner Tante, einer grobschlächtigen und ungebildeten Frau. Sie sah mich wütend an, sagte:

»Sei still, du Trottel«, und tippte sich mit dem Finger an die Stirn.

Ich beschimpfte sie daraufhin, dennoch wirkte dieses »Sei still, du Trottel« negativ auf mich, und ich bekam es im letzten Moment mit der Angst. Da ich aber meine Begeisterung nicht auf ehrliche und mutige Weise verausgabt hatte, tröstete ich meine Eitelkeit mit einer mächtigen Lüge, indem ich meinen Vater als hochrangigen Funktionär und Helden des Vaterländischen Krieges ausgab. Ich war damals dumm und jung und betrat gedankenlos einen Weg, der neben Unannehmlichkeiten schmachvolle Entlarvungen barg, die ich mehr fürchtete als die Unannehmlichkeiten. Doch auch als ich älter wurde, hielt ich an dieser Version fest, ich hatte mich gewissermaßen in sie hineingelebt. Auch meinen engsten Freunden erzählte ich diese Version, die in meiner Vorstellung allmählich die Kraft der Wahrheit gewann, so daß ich selber an sie glaubte. Darum konnte ich die wenigen Menschen, die die wahre Geschichte meines Vaters kannten, nicht leiden und entwickelte für Michailow, noch bevor ich ihn sah, ein Gefühl von Feindseligkeit. Vor drei Jahren hatte ich mich erst an ihn gewandt, als meine Lage ausweglos geworden war. Interessant, daß die kindliche Lüge, aus dem Stehgreif erfunden, kindlich naiv zu einem zufälligen Bild gefügt, zusammen mit mir wuchs, Macht über mich gewann und sogar eine zusätzliche sittliche Sackgasse in mein Leben brachte. Ich hätte der schmerzhaften Frage nach meiner Herkunft ausweichen und die Version verbreiten können, mein Vater sei ganz normal und alltäglich gestorben, zumal das keine absolute Lüge, sondern eher eine Halbwahrheit war, denn ich zweifelte nicht, daß er längst tot war. Jedem Bekannten teilte ich meine kindliche Version vom Heldentod meines Vaters mit, die freilich erwachsen geworden und von offenkundigen Naivitäten befreit war. Und ohne von ihnen ermuntert zu werden, erzählte ich Leuten, deren Meinung über mich mir wichtig war, beispielsweise aus heiterem

Himmel, ich hätte einen Brief von einem Frontkameraden meines Vaters erhalten und müsse mich mit ihm am Bahnhof treffen... Oder etwas Ähnliches. In einigen Kreisen ließ ich mich auch über das heldenhafte Frontleben meiner Mutter aus, die übrigens ganz gewöhnlich an Malaria gestorben war. Aber hier konnte ich mich glücklicherweise zügeln und erzählte diese Legende nur ganz nebenbei zufälligen Bekannten und Menschen, mit denen ich mich entweder selten traf oder überhaupt bald jeden Umgang aufgab. Solche Legenden sind in der Kindheit keine Seltenheit, sie sind durchaus erklärlich und sogar reizend, solange sich das junge Leben eher im Bereich des Spiels als der Authentizität befindet. Doch mit den Jahren bekommt das Ganze etwas Pathologisches und Unangenehmes. Es ist ein Laster, für das man mit Unruhe und innerer Anspannung zahlen muß. Mich peinigten ständig die absurdesten Ängste. Ich fürchtete, Michailow könnte plötzlich in meinem Freundeskreis auftauchen, obwohl das ausgeschlossen war... Oder meine Tante könnte kommen und irgendwas ausplaudern... Überhaupt war in meiner Seele keine Klarheit, und ich hatte es nicht gern, wenn sich zwei Menschen trafen, die einander nicht kannten, wohl aber mich.

In letzter Zeit gingen Gerüchte, daß einige Verhaftungen zu Unrecht erfolgt seien, so wie die Verhaftung der Ärzte, deren Rehabilitierung öffentlich in der Presse und im Radio mitgeteilt worden war... Ich machte mir manchmal in dieser Richtung Gedanken, aber, wie absurd es auch klingen mag, mir fiel es schwer, die Legende meines Lebens zu ändern, die ich selber erfunden hatte und unter deren Macht ich nun stand. Diese ganze mehrschichtige Lüge, die ungesetzlichen Manipulationen Michailows, auf denen mein alltägliches Leben beruhte, all diese Unwahrheiten, Halbwahrheiten, heimlichen Aktionen, die sich mit den Jahren abgelagert hatten, waren so oberflächlich und schlecht getarnt, daß sie wohl nur dank meiner nichtigen Lage nicht entlarvt wurden, die bei Menschen in administrativen Machtpositionen keinen Neid erregen konnte, höchstens Mitleid, Spott oder Gleichgültigkeit. Zwar weckte ich bei einigen Leuten, zum Beispiel bei der Administration am Arbeitsplatz, feindselige Gefühle, aber das war die spöttische, harmlose Feindseligkeit gegenüber einem Schwachen, und sie lief wohl darauf hinaus, mich loszuwerden, nicht aber zu vernichten. Der Feind jedoch, von dem ich sprach, brachte mir wirkliche, ernsthafte Feindseligkeit entgegen, frei von Spott. Zwar nahm er einen außerordentlich niedrigen administrativen Posten ein, aber dennoch. Er war Teil der Ordnung, des Gesetzes, sein Interesse galt nicht einem zusätzlichen Schlafplatz, sondern mir, und ohne Michailows Unterstützung würde er mich längst vernichtet haben. Mein Feind war eine Frau. Ich erinnere mich noch genau an sie und sehe sie deutlich vor mir. Sie war mittelgroß, ging etwas gebückt und hatte ein rundes Gesicht, das, objektiv gesehen, nicht ohne äußeren Reiz war. Ihr Alter anzugeben macht mir Mühe, vielleicht Anfang dreißig, vielleicht auch vierzig. Sie hieß Schinkarenko, mit Vornamen Tatjana. Aber sie sprach ihren Namen als »Tetjana« aus, vielleicht, weil sie aus Weißrußland stammte.

»Nadja«, rief sie der Putzfrau zu, »hol die Liste aus der Wäscherei, sag, Tetjana hat's angeordnet.«

Sie verwaltete die Kammer, in der die Sachen der Bewohner aufbewahrt wurden, außerdem gab sie einmal in der Woche neue Wäsche aus. Obwohl sie eigentlich einen rein technischen Posten innehatte, nahm sie doch den dritten Platz in der administrativen Hierarchie ein, vertrat die Heimleiterin, wenn diese Urlaub hatte, und mischte sich aktiv in das Schicksal der Heimbewohner ein. Ich weiß nicht, wo Tetjanas abgrundtiefer Haß auf mich herrührte. Übrigens glaube ich, daß die Leiterin Sofja Iwanowna sie auch nicht mochte und sogar ein wenig fürchtete.

Neben Tetjana spielten bei der Kräfteverteilung die drei Diensthabenden eine bestimmte Rolle, die sich alle vierundzwanzig Stunden ablösten, außerdem die beiden Putzfrauen. Zwei der Diensthabenden waren Schwestern. Sie beachteten mich nicht. Die dritte, Darja Pawlowna, beachtete mich, und zwar im guten Sinne, sie lächelte mir immer zu und grüßte mich höflich, denn ich war der einzige Bewohner, der ihren Liebling, eine beim Wohnheim lebende Katze, streichelte und fütterte. Doch wegen dieser Katze verdarb ich es mir mit ihr. Die Katze war ständig trächtig, und die Putzfrauen ertränkten die Jungen im Wischeimer. Die kleine und dürre Katze war alt und erfahren und begriff auf Anhieb, wann für sie etwas Eßbares abfiel und wann sie sich aus dem Staub machen mußte. Sie schlief im Kesselraum, und wenn Darja Dienst hatte, neben ihr auf dem kleinen Sofa am Eingang. Ich spreche so viel von der Katze, weil auch sie, eine stumme Kreatur, in die Ereignisse verstrickt war und eine Rolle in meinem Schicksal spielte. Als ich einmal wie gewöhnlich zu ihr trat und sie streicheln wollte, sprang sie plötzlich hoch, bohrte mir die Zähne in die Finger und riß mir mit den Krallen ihrer Hinterpfoten die Handfläche auf. Darja Pawlowna, die das mit ansah, schrie vor Schreck auf. Ich ging sofort weg und hielt die Hand hoch. Im Zimmer goß ich Kölnischwasser auf die blutende Wunde und verband die Hand mit einem Taschentuch. Außer dem Schmerz peinigte mich die Kränkung. Natürlich ist es dumm und albern, sich von einem Tier gekränkt zu fühlen, und hätte ich das im Zimmer erzählt, so hätten sie mich ausgelacht. Aber das war eine alte und erfahrene Katze, und ich glaube, sie wußte, wie man sich benehmen muß, wenn man ohne Rechte unter Menschen leben will. Ich kann mich nicht erinnern, daß sie in den drei Jahren jemanden gebissen hätte, obwohl man sie schlug, trat, am Schwanz zog und ihr die Jungen wegnahm. Also hat sie meine Rechtlosigkeit gespürt, dachte ich, als ich auf dem Bett lag. Es ist albern und dumm, aber das dachte ich. Ich bekam Kopfschmerzen (was in letzter Zeit immer häufiger geschah), außerdem tat mir die Hand sehr weh, ja, der ganze Unterarm bis zum Ellbogen. Ich stand auf und ging hinunter. Da saß die Katze zu Füßen der lächelnden und mit ihr plaudernden Darja Pawlowna und putzte sich friedlich. Wut schnürte mir die Kehle zu. Ich trat zu der Katze und schlug sie mit der gesunden Hand aus voller Kraft auf den Rücken, so daß in ihrem Innern etwas knirschte. Sie flüchtete sofort unters Sofa, ich kniete mich hin und versuchte sie hervorzujagen.

»Wie kann man bloß so mit einem Tier umgehen?« sagte Darja Pawlowna in einem Ton, den ich noch nie bei ihr gehört hatte. »Ein Tier, dem kannst du den Kopf abreißen, es sagt dir kein Wort.«

Am nächsten Tag hörte ich, wie sich Darja Pawlowna mit Tetjana über mich unterhielt. Ich hatte nun einen weiteren ernstzunehmenden Feind, denn die Diensthabenden verfügten über die Haustürschlüssel und kontrollierten den Eingang. Schlechte Beziehungen zu Darja Pawlowna würden mir die Taktik erschweren, die ich in den vergangenen Jahren, in der Zeit der frühjährlichen Ausweisungen, recht erfolgreich angewandt hatte. Ich verließ um sechs Uhr morgens das Wohnheim und ging nach der Arbeit nach Möglichkeit zu irgendwem; da ich aber wenig Bekannte hatte und es peinlich war, sie oft aufzusuchen, stellte ich einen Zeitplan auf: Montag zum Beispiel zu einem Schulfreund, der jetzt in dieser Stadt lebte, Dienstag ins Kino, danach durch die Stadt bummeln, bei schlechtem Wetter zum Bahnhof, Mittwoch – ein schöner Tag, Besuch bei den Broidas, eine angenehme Gesellschaft, zu der es mich zog und wo mich auch ein gutes Mittagessen erwartete, Donnerstag wieder Kino, Spazierengehen, Bahnhof... So die ganze Woche. Am häufigsten waren Spazierengehen und Bahnhof, wohin ich mir Bücher mitnahm. Es gab freilich noch die alte Anna Borissowna, eine entfernte Verwandte, deren Adresse mir meine Tante gegeben hatte, in der Hoffnung, daß ich dort nach meiner Ankunft unterkommen würde. Untergekommen bin ich bei ihr nicht, aber ich ging manchmal zu ihr, unter dem Vorwand, um sie zu besuchen, und sie freute sich sogar. Bei ihr konnte ich ein paar Stunden sitzen, Tee trinken und mich aufwärmen, denn zu Frühlingsbeginn sind die Abende in unserer Stadt kalt, fast winterlich.

Es gab da noch ein Haus, wo ich vor drei Jahren eine verwandtschaftlich gute Aufnahme gefunden und einen Monat gewohnt hatte. Aber dorthin ging ich nur noch in äußerster Not, denn sie hatten mich nach Ablauf des Monats fast hinausgeworfen, weil ich länger als versprochen geblieben und ihnen lästig geworden war, und jetzt empfingen sie mich wie einen Bettler und setzten mir nicht Tee und Kuchen vor, sondern eine zwei Tage alte Suppe, die ich mit Abscheu und nur aus Höflichkeit aß. Übrigens waren das nicht mal Verwandte meiner Tante, sondern irgendwelche Bekannte, die ihr verpflichtet waren. Sie hatten einen seltsamen Namen Tschertog*. Sie besuchte ich nur, wenn mich mein Bahnhofsasyl sehr erschöpft hatte. Außerdem konnte ich bei ihnen nicht lange bleiben, denn sie gingen früh zu Bett, und ich mußte dann doch noch zum Bahnhof fahren. Da die Leiterin sich manchmal bis zehn im Wohnheim aufhielt und Tetjana bis halb zwölf, konnte ich erst nachts dorthin zurückkehren. Meine Taktik bestand ja darin, nach Erhalt der Benachrichtigung über die Ausweisung unterzutauchen und allen mündlichen Mahnungen und überhaupt jedem Kontakt aus dem Weg zu gehen, bis Michailow die Sache geregelt hatte. Jetzt aber, nachdem sich Darja Pawlowna wegen der verdammten Katze ins Lager meiner Feinde geschlagen hatte, war meine Taktik, die in den vergangenen Jahren so gute Resultate gezeigt hatte, gefährdet. Natürlich kostete mich eine solche Taktik viel Kraft, aber das ganze dauerte zwei, höchstens zweieinhalb Monate. In den übri-

---

* von (russ.) tschertog = Palast.

gen zehn Monaten war mein Leben angenehmer und ruhiger.

So also hatte sich meine Lage gerade in dem Jahr kompliziert, in dem ich auf die Gefälligkeiten meines Gönners Michailow verzichten wollte, weil er mich beim letztenmal offen gedemütigt hatte... Ich weiß noch, als ich damals gedemütigt von ihm wegging und zum erstenmal spürte, wie meine Nerven nachgaben, war wunderschönes Wetter, der erste richtige Frühlingstag, der dreiundzwanzigste April, das Datum habe ich mir gemerkt. Ich fuhr zum Waldpark am Stadtrand und ließ mich in einer abgelegenen Schneise nieder. Der herbe Geruch nach jungen Nadeln weckte in mir seltsamerweise ein Hungergefühl, obwohl ich vor meinem Besuch bei Michailow in der Kantine Mittag gegessen hatte. Eichhörnchen huschten vorüber. Sie waren hier fast zahm. Zwei Tierchen setzten sich vor mich hin und warteten, zutraulich die Schnäuzchen gereckt, auf Nüsse. Ich fand bei der Bank einen vorjährigen Zapfen und schleuderte ihn voller Wucht nach den Eichhörnchen. Ich hatte auf den Kopf des größeren Tieres gezielt, verfehlte ihn aber. Da jagte ich hinter ihnen her, wobei meine Augen nach einem Stein oder Knüppel suchten. Was damals in meiner Seele vorging, ist schwer zu begreifen. Es war die Seele eines Unholds – geprägt von der schlimmen Kränkung durch das Leben. In jenen schrecklichen Augenblicken der Scham, Wut und Verzweiflung hätte ich ein Kind töten können... Ich überschüttete meine toten Eltern mit Verwünschungen... Tränen liefen mir übers Gesicht, und die rechte Faust blutete, ich hatte sie wohl gegen die Banklehne oder einen Baumstamm geschlagen... Dann trat ein neuer Zustand ein... Ich kann nicht sagen, was ich fühlte... Schande... Ich schämte mich vor mir selbst für mein Leben. Vor Scham schloß ich die Augen und wäre am liebsten verschwunden, da wurde mir plötzlich leichter und schließlich ganz leicht. Ich glaube, ich vergaß damals solche irdischen quälenden Wörter wie Selbstmord, Tod, feuchtes Grab... Darum rechne ich diesen Vorfall nicht zu den zwei, drei absurden Anwandlungen, wo ich mich umbringen wollte (später, bedeutend später, schon in einem anderen Leben, erlebte ich einen ähnlichen Zustand.) Vor mir erschien nicht der Tod, der das Leben beendet, sondern das, was nach dem Tod kommt, ein leichtes »Nichts«, das dem Leben gleicht und aus dem das Leben erwächst... Die Möglichkeit zu verschwinden flößte mir Ruhe ein, und diese Ruhe brachte mich ins Leben zurück. Bald hing ich meinen gewöhnlichen diesseitigen Gedanken nach. Gewöhnlich in dem Sinne, daß ich den Wahnsinn, der über mich gekommen war, abgeschüttelt hatte. Aber sie waren dennoch neu und hingen mit meinem gerade durchlebten Zustand zusammen. Insbesondere dachte ich mit Feindseligkeit an meinen Vater. Jetzt ohne die wahnsinnigen Verwünschungen, die sich weniger auf meine Eltern bezogen hatten, als vielmehr auf mein Schicksal, das ich ihnen verdankte. Ich dachte an meinen Vater wie an einen Menschen, der mit der Tatsache meiner Geburt nichts zu tun hatte. Ich konnte mich nicht an ihn erinnern, und er war für mich nur eine Vater-Idee, die außerhalb von mir und ohne mich nicht existierte. Aber Michailow war der Freund seiner Kindheit und Jugend gewesen. Als Studenten hatten sie das Bett geteilt, was mir meine Tante erzählte, als sie mir Michailows Adresse gab. Also haben sie sich sehr nahe gestanden, folgerte ich, haben einander wahrscheinlich aufrichtig gemocht... Michailow ist doch ein dummer Mensch, wovon ich mich überzeugen konnte, er mag es, wenn ihm die Mitarbeiter seiner Abteilung schmeicheln, außerdem ist er abgeschmackt... Als er zum Beispiel einmal ins Zimmer kam und mich im Gespräch mit Veronika Onissimowna Koscherowskaja sah, der sechsundvierzigjährigen Mitarbeiterin, die mit mir fühlte und an meinem Schicksal Anteil nahm, lachte er irgendwie unangenehm und machte recht schlüpfrige Bemerkungen über ihre seltsame Zuneigung für mich, so daß es mir und ihr peinlich war. Und diesen abgeschmackten Menschen hatte mein Vater sehr gemocht.

Solche Gedanken gab mein trauriger, niedergedrückter Zustand mir ein, aber das war nicht mehr lebensgefährlich, denn in diesen Zustand geriet ich jedesmal nach einem unangenehmen Gespräch im Zimmer des Wohnheims, nach einem Verweis auf der Arbeit oder nach einem Zusammenstoß mit der Heimleiterin. Ich kannte ihn und ängstigte mich nicht, denn er endete stets nach einigen Stunden. Die Enttäuschung über meinen Vater, ein, so sollte man meinen, ernstzunehmendes Ereignis, reihte sich also in die allgemeine Kette alltäglicher Mißlichkeiten ein, und zwar deshalb, weil dieser Enttäuschung Minuten des Wahnsinns, des Hasses und des Lebensüberdrusses vorangegangen waren, so daß die Enttäuschung über meinen Vater schon wie ein Katzenjammer und wenig ausdrucksvoll war.

Allmählich geriet alles in Vergessenheit, genauer, verblaßte. Der Sommer brach an. Ich machte Urlaub in der Provinz, erholte mich und ließ mich braun brennen... Dann der Winter... Schwere Nachtschichten auf Baustellen... Ich erfror mir ein Ohr, so daß es von Zeit zu Zeit anschwoll und juckte. In meiner Freizeit saß ich in der Bibliothek. Einmal, zuweilen auch zweimal in der Woche war ich bei den Broidas, in angenehmer Gesellschaft, wo ich ein ganz anderes, verlockendes Leben sah... Ende Februar bliesen warme Frühlingswinde, und mir krampfte sich wehmütig das Herz zusammen. Der Winter, der mich schützte, ging zu Ende, und ein neuer Zyklus meines Kampfes um den Schlafplatz begann. Ab Anfang März blickte ich immer wieder besorgt auf den Nachttisch am Eingang des Wohnheims, wo die Post abgelegt wurde. Ich fürchtete die Benachrichtigung über die Ausweisung und erwartete sie zugleich, um von der letzten absurden Hoffnung loszukommen, daß man mich – dem Gesetz zuwider – in diesem Jahr nicht auszuweisen versuchte. Diese Hoffnung brachte Verwirrung und Unsicherheit in meine Pläne. Wie dumm das auch klingen mag, aber die Hoffnung überkam mich gegen die Vernunft jedes Jahr, und immer vergebens, denn ich hatte keinerlei Recht auf den Schlafplatz. Der Gedanke, mich wieder an Michailow wenden zu müssen, raubte mir die Ruhe, und ab Ende Februar dachte ich jeden Morgen beim Aufwachen sofort an neue Demütigungen von Michailow. Zwar hatte mein Freund Grigorenko versprochen, Möglichkeiten zu erkunden, jemanden in der Wohnheimverwaltung zu bestechen. Darüber freute ich mich sehr. Natürlich hatte ich nicht viel Geld, aber schließlich war das der beste Ausweg.

Der Tag, an dem die Benachrichtigung eintraf, war winterlich kalt, es schneite, vom unruhigen Tauwetter des Februars war nicht die Spur übriggeblieben. Vielleicht regte ich mich darum nicht sonderlich auf, vielleicht auch, weil ich längst mit dieser Benachrichtigung gerechnet hatte. Ich nahm sie und steckte sie in die Jackentasche, ohne sie zu lesen, denn ich kannte den Inhalt auswendig, er war jedes Jahr derselbe.

DRITTES KAPITEL

In der Benachrichtigung stand: »Bürger Zwibyschew, G. M. Aufgrund des Paragraphen... des Ministerratsbeschlusses über das Wohnen in Wohnheimen und Häusern, die staatlichen Institutionen und Organisationen gehören, fordere ich Sie auf, binnen zwei Wochen, das heißt, bis zum 21. März 195... den von Ihnen belegten Schlafplatz zu räumen. Widrigenfalls haben Sie mit administrativen Maßnahmen zu rechnen. Leiter der Wohnheimverwaltung des Wonungsbautrusts Margulis.«

Mein Nachname Zwibyschew klingt irgendwie leblos und wie ausgedacht. Mein Großvater heißt anders und ist bis jetzt empört über meinen Namen. Aber ich kann ja nichts dafür, ich habe ihn von meinem Vater.

Im täglichen Umgang nennt man mich Goscha, obwohl das ungenau ist. Laut Paß heiße ich Grigori, Goscha aber ist eine Modifizierung des Namens Georgi. So daß nicht nur in meinem Leben, sondern auch bei meiner Namensnennung Durcheinander und Unordnung herrscht.

An dem Morgen, an dem die Benachrichtigung eintraf, erwachte ich später als gewöhnlich, aus einem tiefen Schlaf, der bei mir eine Seltenheit ist. Nicht einmal das Radio, auf volle Lautstärke gestellt, hatte mich um sechs zu wecken vermocht. Als erstes dachte ich natürlich an Michailow, daran, daß ich mich wieder vor ihm demütigen mußte, wenn Grigorenkos Plan mit der Bestechung in der Wohnheimverwaltung schiefging. Aber ich dachte ohne Schmerz und Scham daran, vielleicht weil ich mich an den Gedanken gewöhnt hatte oder weil eine Vorfreude keine dummen Gedanken aufkommen ließ, denn es war Donnerstag, und ich hatte in dieser Woche noch nicht die Broidas besucht, was für heute geplant war. Eigentlich freuten sich die Broidas immer über mein Kommen, ich machte mich selber rar, in der Annahme, daß meine Besuche dadurch an Wert gewannen und unsere Beziehungen nicht alltäglich wurden; wenn ich sie häufiger besuchte, würden sie sich vielleicht nicht mehr über mein Kommen freuen. Außerdem verliehen mir seltene Besuche das Ansehen eines vielseitigen und keineswegs einsamen Menschen, ich wollte bei den Broidas den Eindruck vermeiden, daß sie meine einzigen Freunde waren.

Zu allem übrigen sollte mir heute meine Stelle gekündigt werden, was man mir schon angedeutet hatte, und heute fand eine Plansitzung statt, so daß ich nicht zu einem Objekt mußte, sondern zur Verwaltung, wo man mir vermutlich alles offiziell mitteilen würde. Offen gesagt, hatte ich dazu ein zwiespältiges Gefühl. Noch vor einem Jahr hätte mich der Gedanke an Entlasssung in Panik versetzt, so wie der Verlust des Schlafplatzes. Jetzt war ich sogar froh. Ich hatte ja etwas Geld, könnte mich intensiv auf die Universität vorbereiten, und dort würde sich mein Leben radikal ändern, würden mich eine andere Gesellschaft, eine intelligente Frau, ein schwarzer Zweireiher erwarten. Das heißt, vielleicht dachte ich auch nicht so kleinkariert, aber in meinen Träumen blitzte das auf... Dennoch hätte ich nie den Mut aufgebracht, von mir aus einen so gewagten Schritt wie die Kündigung zu riskieren, obwohl mich diese Arbeit zermürbte, mir keinerlei Perspektiven bot und ich selber fühlte, daß ich fehl am Platze war. Die Chefs fühlten das längst und hatten es mir in den vergangenen drei Jahren recht grob zu verstehen gegeben, sich aber nicht entschließen können, mich zu entlassen, weil ich aufgrund von Beziehungen, durch einen hochgestellten Freund Michailows, hier untergekommen war. Übrigens behandelten mich die Chefs gleichbleibend grob, in den ersten zwei Jahren, als ich aus Angst vor Entlassung noch voller Eifer gearbeitet hatte, wie auch jetzt, wo ich wirklich angefangen hatte zu schludern. Zwei Jahre lang war ich von morgens bis in die Nacht, manchmal zwei Schichten hintereinander, auf den Baustellen gewesen, bei Regen, Frost und Krankheit... Wenn ich ins Wohnheim kam, war ich so erschöpft, daß ich manchmal eine halbe Stunde in der Trockenkammer saß, außerstande, die schmutzigen Gummistiefel auszuziehen... Aber nur ein einziges Mal hatten sie mich mit einer kleinen Geldprämie ausgezeichnet, als ich mich zusammen mit einem Baggerführer einen Tag und eine Nacht mit einem Bagger abquälte, der in die Baugrube gestürzt war. Das geriet freilich schnell in Vergessenheit. Obwohl ich bis zur Erschöpfung arbeitete, waren die Hauptauftragnehmer, die unsere Technik auf den Baustellen warteten, mit mir unzufrieden, denn die Arbeiten erforderten nicht so sehr Kenntnisse wie vielmehr »menschliche Beziehungen«. Das sagten mir die Bauleiter, die es gut mit mir meinten: Swetschkow, Schlafstein und Siderski. Aber wie sehr ich mich auch bemühte, ich brachte diese Beziehungen nicht zustande, denn gegenseitige Beziehungen auf dem Bau erforderten einen besonderen Gesichtsausdruck, wie mir schien, die Fähigkeit, einander ohne große Worte zu verstehen und Gesetze zu übertreten. Ich war dazu nicht imstande und hatte Angst, daß ich, wenn ich die Gesetze übertrat, die Arbeit verlor und daß mein ganzes ungesetzliches Privatleben ans Tageslicht kam. Darum rackerte ich mich zwar bis zur Erschöpfung ab, bekam aber meine Arbeit nicht in den Griff. Ich denke, wenn ich meine Arbeit in den Griff bekommen hätte, wäre auch die Einstellung der Chefs mir gegenüber besser geworden, wovon die Beziehung zu Swetschkow zeugte. Nicht genug damit, daß ich nicht gut arbeitete, beruhte mein Eifer nur auf der Angst, entlassen zu werden. In diesem Jahr war dank der kleinen Ersparnisse auch mein Eifer erloschen. Der Gedanke daran, heute entlassen zu werden, machte mir keine Angst, sondern verband sich irgendwie angenehm mit dem Gedanken an den Besuch bei den Broidas. Die Entlassung, zu der ich mich selbst dennoch nicht entschlossen hätte, war eine Hilfe von außen und stieß mich auf einen neuen Weg, in ein neues Leben, um das ich in meinem Alter nun endlich kämpfen mußte.

Nachdem ich also später als gewöhnlich aufgewacht war, reckte ich mich, schob die Füße zwischen die Gitterstäbe des Betts und rieb mir die Fersen am Schrank. Petrow, Shukow und Kulinitsch waren schon weg. Auf dem Tisch lagen die nicht weggeräumten Frühstücksreste: Brotstücke, Wurstpelle, geöffnete Büchsen, die appetitlich nach Fisch in Tomatensauce rochen. Das alles weichte in einer Pfütze, wahrscheinlich war an unserem Wasserkessel wieder eine Lötstelle aufgegangen. Hinter dem Schrank schnarchte Salamow, neben mir schliefen in einem Bett Beregowoi und sein Bruder Nikolka, ein junger Bursche, der die Eisenbahnschule besuchte. Im Unterschied zu Paschka war er gutmütig, aber zerfahren und faul, er hatte keine Lust zu lernen; sein Vater war aus dem Dorf gekommen und hatte ihn Paschkas Obhut anvertraut. Seit einiger Zeit übernachtete Nikolka jedesmal bei uns, wenn es Stipendium gab. An den Tagen wurde im Wohnheim gefeiert, Nikolka bekam zwar kein Stipendium, aber er vertrank das Geld, das ihm der Vater schickte. Dafür verprügelte ihn Paschka mit einem dreifach zusammengelegten Stromkabel, prügelte ihn bis aufs Blut. Zwischen ihnen gab es diesbezüglich sogar eine gütliche Abmachung, getroffen im Beisein des Vaters, der für den jüngsten Sohn Geld ausgab, um ihm auf die Beine zu helfen. Und Nikolka hatte eingewilligt, bei Verstößen freiwillig die Bestrafung durch Paschka hinzunehmen.

Ich stand vorsichtig auf, bemüht, die Brüder nicht zu wecken, denn ich ließ mir beim Frühstücken nicht gern zusehen. Es war nicht Geiz, daß wir keine Kommune bildeten und das Essen in stillschweigender Übereinstimmung nicht teilten. In einigen Zimmern, besonders bei den jungen Leuten, die erst vor kurzem eingezogen waren, gab es Kommunen und Essensteilung, aber ich mochte das nicht. Ich war sogar aus einem solchen Zimmer ausgezogen. Es ist eine Sache, jemanden zu bewirten, aber etwas anderes, wenn das die Norm ist.

Jeder hat seinen Geschmack, seine Vorräte, seine Einteilung der Mittel. Ich zum Beispiel hatte gelernt, mich schmackhaft und sparsam zu ernähren, so daß ich wenig Geld ausgab und trotzdem selten Hunger litt. Fisch- und Fleischkonserven, die Lieblingsnahrung der Jugend, kaufte ich längst nicht mehr. Sie waren teuer, und man aß sie auf einen Sitz. Ich kaufte nicht einmal billige Kochwurst, obwohl sie schmeckte, keine Frage, aber sie trocknete schnell aus, so daß man viel auf einmal essen mußte. Hundert Gramm trockene Räucherwurst dagegen reichten für vier- bis fünfmal Frühstück oder Abendbrot, auf eine halbe Scheibe Brot, mit Butter oder Schmalz bestrichen, kamen zwei dünne Wurstscheiben, dazu gab es Tee mit Bonbons. Manchmal aß ich zu Brot und Wurst noch etwas Pikantes. An jenem Tag zum Beispiel hatte ich zum Frühstück noch eine Dose Tomatenmark: die Hausfrauen kauften es als Würze zum Borstsch. Aber dünn auf Butterbrot gestrichen, verlieh es diesem einen besonderen Geschmack, solch eine Dose hielt sich bei winterlichen Bedingungen auf dem Fensterbrett eine ganze Woche.

Ich zog also hastig die Hose an, wobei ich besorgt zu den schlafenden Brüdern blickte. Obwohl ich schon lange im Wohnheim lebte, schämte ich mich, in Unterwäsche dazustehen, die obendrein lange nicht gewaschen und an einigen Stellen zerrissen war. Die meisten Junggesellen ließen ihre Unterwäsche von den Putzfrauen waschen, aber mir war das peinlich, außerdem kostete es Geld. Ich hätte wie einige andere lieber selber gewaschen, in einem speziell dafür eingerichteten Raum im Keller, neben dem Duschraum. Aber die Rolle der Waschfrau war mir noch peinlicher, mitunter paßte ich einen Moment ab, wo keiner im Waschraum war, und das kam selten genug vor. Wenn ich doch mal wusch, war ich immer vorsichtig, womöglich kam Nadja plötzlich herein oder jemand von den Verheirateten... Aber besonders Nadja... So trug ich meine Wäsche bis zum Gehtnichtmehr, bis sie mir fast vom Leibe fiel.

Ich hatte die Hose schon fast zugeknöpft, als unverhofft die Tür aufging und Kulinitsch mit einem dampfenden Kochtopf hereinkam. Vor Schreck zuckte ich zusammen. Ich hatte gedacht, Kulinitsch wäre zur Arbeit gegangen, dabei hatte er gekocht, und nun konnte ich nicht allein für mich frühstücken. Kulinitsch war hochgewachsen, hatte blaue Augen und eine große, aber aufgestülpte Nase, so daß er Ähnlichkeit mit dem dummen Iwanuschka hatte. Er war mit allen, sogar mit dem Jüngelchen Salamow und mit Nikolka Beregowoi, per »Sie«.

»Haben Sie etwa verschlafen?« sagte er laut und lächelte, und mir war klar, daß er mit seinem Benehmen Salamow und die Brüder Beregowoi wecken würde. Ich machte mich darauf gefaßt, bei verschlafenem Gerekel, Gegähne und anderen unangenehmen Geräuschen und Anblicken zu frühstücken.

»Ich geh heute später«, sagte ich, nahm mein Handtuch und ging in den Korridor. Hier war es ziemlich leer, denn die Spitzenzeit zwischen sechs und sieben war vorbei, und es herrschte der besondere morgendliche Geruch – von der Küche, wo die Frauen der Verheirateten kochten, und von den beiden Toiletten, je eine am Ende des Korridors. Ich ging zur entfernteren Toilette, weil ihr gegenüber sich Zimmer 26 befand, in dem meine Freunde wohnten. Aber die Tür war verschlossen, also waren Grigorenko und Rachutin zur Schicht, und der Alte trieb sich irgendwo herum. Als ich mich gewaschen hatte, betrachtete ich wie gewöhnlich, wenn ich allein war, mein Gesicht und fand es ausgeschlafen und nach dem Waschen recht frisch. Auf dem Rückweg traf ich Nadja aus Zimmer 30, eine junge Soldatenfrau. Ihr Mann, ein Autogenschweißer, der hier gewohnt hatte, leistete seinen Armeedienst, und sie wohnte in einem Zimmer für Verheiratete. Die Bewohner des Heims waren eigentlich alle häßlich, provinziell und altmodisch. Nadja dagegen war hübsch und nach hauptstädtischer Mode gekleidet; einmal hatte ich sie mit einem Mädchen auf der Hauptstraße gesehen, in der Nähe des Hauptpostamtes, wo gewöhnlich viele schöne Frauen und junge Männer standen. Damals war sie an mir vorbeigegangen, ohne mich wahrzunehmen. Jetzt streifte sie mich mit einem Seitenblick, raffte ihren Kittel über der Brust zusammen und schnaufte verächtlich. Das war mir unangenehm. Nicht daß sie mir gefallen oder ich an sie gedacht hätte wie an einige meiner Favoritinnen, aber mich beschäftigte, was für einen Eindruck ich auf schöne Frauen machte, die ich mehr oder weniger regelmäßig sah und die ich, in Gedanken natürlich, aus der allgemeinen Masse heraushob, denen ich Blicke zuwarf, wenn sie in der Nähe waren, und an die ich dachte. Natürlich konnte es solche Frauen weder auf der Arbeit noch im Wohnheim geben. Einigen von ihnen begegnete ich in der Bibliothek, und eine, die schönste, sah ich im Zeitungsarchiv. Eine Favoritin traf ich manchmal auf der Straße unseres Wohnheims, offensichtlich eine Einheimische. Natürlich sprach ich mit keiner von ihnen und kannte auch nicht ihre Namen. Nadja gehörte nicht zu den Favoritinnen, sie war mir zu grob und durchschaubar und eignete sich nicht als Traumgegenstand in der Nacht. Dennoch war mir ihre verächtliche Haltung unangenehm und verdarb mir sogar die Laune, wenn auch nicht für lange.

Als ich ins Zimmer 32 zurückkam, war Kulinitsch beim Essen. Er aß aus einer tiefen Emailleschüssel Borstsch, vollblütig tiefroten hausgemachten Borstsch mit einem großen Stück Fleisch darin. Der schöne Borstsch war auch rein äußerlich nicht zu vergleichen mit dem dünnen blaßrosa Kantinenborstsch. Von ihm stieg mit dem Dampf ein würziger Duft auf. Paschka Beregowoi und Salamow schliefen zum Glück noch, doch Nikolka Beregowoi saß in Turnhemd und Turnhose mit zerzausten Haaren am Tisch und blickte im Zustand schlaftrunkener Apathie an dem Borstsch vorbei auf seine Hände, die irgendwie faul und lässig auf dem Tisch lagen. Ich nahm aus dem Nachttisch Brot, einen Rest Wurst, Butter, eine Tüte Bonbons und die Dose Tomatenmark. Gleich auf dem Nachttisch öffnete ich mit meinem eigenen Büchsenöffner die Dose, schnitt ein paar Scheiben Wurst ab und machte mir drei appetitliche Brote mit Butter, Wurst und Tomatenmark zurecht. Die legte ich auf den Tisch und goß mir abgekochtes Wasser in einen zimmereigenen Becher.

Nikolka saß nach wie vor unbeweglich und blickte jetzt nicht nur an Kulinitschs Borstsch, sondern auch an meinen Broten vorbei.

»Sie haben eine Schwäche für Butter?« sagte Kulinitsch aufgeräumt zu mir. Derartige Wendungen gebrauchte er dauernd, und ich hatte mich daran gewöhnt. »Aber ich«, fuhr er fort und schöpfte mit seinem Holzlöffel Borstsch, »ich kann nichts essen, was ich nicht selber gekocht habe... Mir hebt sich der Magen... Ich hab nur einmal woanders guten Borstsch gegessen... Da hab ich mit meinem Partner auf der Datsche von Chrustschow gearbeitet... Tischlerarbeiten... Und in der Küche haben wir Borstsch gekriegt... Ach, der war ein Gedicht! Der Löffel blieb drin stecken.«

Hastig und plötzlich ohne Appetit aß ich meine Brote und blickte verstohlen zu dem schweigenden, reglosen Nikolka, der natürlich Hunger hatte, ich fühlte das. Die Beregowois bekamen im Unterschied zu mir, dem keiner was zusteckte, von ihrem Vater jede Woche riesige Körbe mit Eiern, Speck und wohlschmeckendem geräuchertem Fleisch gebracht oder geschickt. Als ich mich mit Paschka noch gut stand, hatte er mir zweimal etwas von der kräftigen einfachen Bauernkost abgegeben, die ich sehr mochte, mehr als feine raffinierte Gerichte. Die Brüder Beregowoi aßen nach Bauernart viel und schnell, besonders Nikolka, der überhaupt nicht haushalten konnte und oft hungrig herumlief. Er war auch jetzt hungrig, das sah ich ihm an und aß darum meine Brote ohne Appetit, ich litt darunter, daß ich ihm nichts anbieten konnte, aber dann hätte ich nichts mehr fürs Abendbrot gehabt. Und außerdem, wenn ich ihm einmal was gab, konnte das zur Regel werden. Darum aß ich ohne jenen Genuß, den ich mir ausgemalt hatte, und war wütend auf Kulinitsch, der Nikolka mit seinen dummen lauten Redereien geweckt hatte.

»Die können mich mal sonstwo«, sagte Kulinitsch und nickte zum Radio hin, das die Presseübersicht brachte, also war es schon ziemlich spät, und ich mußte mich beeilen. »Die können mich mal sonstwo«, wiederholte er, »die reißen bloß das Maul auf, aber wenn du was von ihnen willst, läuft nichts... Da gehst du zu diesen Natschalniks* in den Stadtsowjet, ins Kreisexekutivkomitee, und die sitzen mürrisch da...

---

* (russ.) Chef, Angehöriger der Nomenklatura.

Denen könnte ich...« Er hob seine gewaltige Faust. »Ich bin fünfundvierzig... Invalide... Ich geh hin, frag nach einem Zimmer oder einer leichteren Arbeit... Auf dem Bau soll ich nicht arbeiten, weil ich Rheuma im Rücken hab... In ein Invalidenartel möcht ich... aber dort sitzen überall Juden... einer holt den andern nach, und unsereins kommt nicht rein. Mit dem Zimmer genauso, die Natschalniks schicken dich von einem zum andern... Dabei ist meine Gesundheit in der Gefangenschaft draufgegangen«, erklärte er umständlich, »Baracken auf Pfählen, die Bretter zwei Finger stark, und darunter Wasser... Wegen der Läuse mußten wir uns überall rasieren... Ein Rasiermesser für dreißig Leute, verrostet, daß einem das Schaben durch Mark und Bein ging... Künstliche Marmelade haben wir zu essen gekriegt, angeblich aus Kohle... Man ißt, schmeckt gut, besser als richtige, aber dann kriegt man Sodbrennen, und in der Brust sticht's...«

Kulinitsch zog aus der Tasche seiner Soldatenreithose, die er immer trug, ein billiges Klappmesser mit Blechgriff und zerschnitt das Fleisch im Borstsch. Ich aß schnell meine Brote auf, trank das abgekühlte Wasser, lutschte ein Bonbon und zog mich an – ein warmes kariertes Sporthemd, einen halbwollenen blauen Pullover, der fast neu, aber am Hals ausgeleiert war, so daß ich ihn mit einer Sicherheitsnadel zusammenstecken mußte. Drei Hosen hatte ich, das hört sich viel an, aber meist trug ich eine schwarze Tuchhose, die vom häufigen Tragen hinten schon etwas durchgewetzt war. Dann hatte ich noch eine Hose aus wunderbarem braunem englischem Tuch, das einzige Erbstück von meinem Vater. Ich trug sie aber schon seit zehn Jahren. Damals hatte mir meine Tante zur Schulentlassung einen Anzug genäht. Inzwischen war die Hose entsetzlich fadenscheinig und ließ sich nicht mehr flicken. Die Jacke hatte sich besser gehalten, paßte auch noch, aber ich trug sie nicht und wollte sie verkaufen. Zur Arbeit konnte ich sie nicht anziehen, und zum Ausgehen war sie zu altmodisch. Zum Ausgehen hatte ich ein wunderbares Importjackett aus dunkelblauem Kord, das sehr gut zu meiner grauen Sonntagshose paßte. Die Hose war für den Winter eigentlich zu dünn, trotzdem zog ich sie jedesmal an, wenn ich zu den Broidas ging. Ich besaß auch noch eine gute flauschige Jacke, die ich jetzt anzog. Mein Mantel war schon abgetragen, aber nicht, weil er alt war, sondern weil ich ihn auf den Baustellen verschliß. Für einen geringen Preis hatte ihn mir eine Putzfrau gekürzt, und obwohl die aufgesetzten Taschen danach ziemlich tief saßen, sah der Mantel doch besser als vorher aus, als die Schöße weit unter den Knien baumelten. Von weitem wirkte der Mantel sogar modern. Außerdem hatte ich eine schöne Mütze von finnischem Schnitt, wie sie selbst in unserer Stadt, der Hauptstadt der Republik, selten zu sehen war. Sie zog die Aufmerksamkeit von Modenarren und jungen Frauen auf sich, was mir außerordentlich gefiel. Dabei hatte ich sie bei einem alten Mützenmacher in der Provinz nähen lassen, der diese Form als Kerenski-Mütze bezeichnete. Das Material bestand aus den Überresten einer dunkelblauen Jacke meiner Tante.

Gerade, als ich die finnische Mütze aufsetzte, erwachte Nikolka aus seiner unbequemen Döshaltung und sagte:

»Goscha, verkauf mir deine karierte Schirmmütze.«

Ich besaß auch eine karierte Schirmmütze, die ich mir während eines Praktikums im Ural gekauft hatte, im letzten Studienjahr am Technikum. Gekauft hatte ich sie wegen ihrer ungewöhnlichen, grellen, fast clownshaften Farben, und mit ihr erregte ich ebenfalls Aufsehen, was mir gefiel. Doch eines Tages hatte ein Mädchen, eine stupsnasige Blondine, über die ich auf der Straße interessiert meine Blicke gleiten ließ, womit ich zu ihr in Beziehung trat und ihr eine gewisse Bedeutung beimaß, hatte also dieses Mädchen hinter meinem Rücken zu ihrer Freundin etwas recht Abfälliges über meine Mütze gesagt, worauf beide lachten. Ich änderte sofort meine Meinung über dieses

Mädchen und bezeichnete sie als Dorftrampel und dumme Kolchosgans, sprach es sogar erbittert aus, aber nicht besonders laut. In unserem Heim, dessen Bewohner zum größten Teil ehemalige Kolchosbauern oder deren Kinder aus den umliegenden Dörfern waren, wurden solche Schimpfwörter häufig gebraucht und waren sehr beleidigend, so daß ich mich einigermaßen beruhigte, nachdem ich die Blondine dergestalt beschimpft hatte. Doch die Mütze trug ich seitdem nicht mehr.

»Wieviel gibst du mir dafür?« fragte ich Nikolka.

»Einen Dreier«, sagte er, griff sofort in seine über der Stuhllehne hängende Hose, holte einen Dreier heraus und hielt ihn mir hin. Dann ging er um den Stuhl herum, öffnete den Schrank, nahm die Mütze selber heraus, stülpte sie auf seinen zerzausten Kopf und setzte sich, nun in Turnhemd, Turnhose und Mütze, wieder an den Tisch. Paschka wachte auf.

»Gehen wir in die Kantine«, sagte Nikolka zu ihm, »ich muß was fressen, mir hängt der Magen bis in die Kniekehlen.«

Mir war Paschka unangenehm, den ich nicht nur für einen Feind hielt, sondern auch für einen Verräter. Ich verließ das Zimmer und ging die Treppe hinunter zum Erdgeschoß. Dort entdeckte ich auf dem Nachttisch neben dem Eingang zwischen anderen Briefen die Benachrichtigung. Außer mir bekamen in unserem Gebäude noch drei die Benachrichtigung über die Ausweisung: die Soldatenfrau Nadja, die gewöhnlich unter dem Schutz des Militärkommissariats stand, der alte Rentner aus Zimmer 26, den das Fürsorgeamt schützte, und Salamow, der in diesem Jahr vom Wohnungsbau zur Ziegelei übergewechselt war.

Am Tisch der Diensthabenden saß nicht Darja Pawlowna, sondern Olja, eine der beiden Schwestern, die mich nicht beachteten. Die Kleiderkammer war geschlossen, also war Tetjana in der Wäscherei oder in einem Nebengebäude.

Das läßt sich gut an, dachte ich.

Im Hof wäre ich beinahe mit der Heimleiterin Sofja Iwanowna zusammengestoßen. Aber ich wechselte schnell die Richtung, ging über die schneebedeckte Blumenrabatte des Vorgartens, bog um die Ecke und wartete, bis sich Sofja Iwanowna in ihrem langen grünen Mantel mit Fuchskragen (allein der Anblick des Mantels signalisierte mir Gefahr), bis sich Sofja Iwanowna, wie eine Ente watschelnd, mit ihrer Einkaufstasche in Richtung Wohnheimverwaltung entfernte.

Das läßt sich gut an, dachte ich wieder. Ich verlasse heute zu einer äußerst gefährlichen Zeit das Haus, neun Uhr, dennoch ist es mir gelungen, meinen Feinden aus dem Weg zu gehen und mündliche Mahnungen zu vermeiden... Am Abend besuche ich die Broidas und komme erst zu ungefährlicher Zeit zurück... um zwölf, vielleicht noch später... Und morgen... ich müßte einen Zeitplan aufstellen... Morgen könnte ich zum Bahnhof gehen... Ich fühle mich gut, gesund... Solange ich nichts anderes habe, wo ich die Abende verbringen kann, geh ich vielleicht ein paarmal hintereinander zum Bahnhof...

Es wäre gut, in diesem Jahr ohne die Tschertogs auszukommen. Eine entsetzliche, gemeine Familie... Sie waren meiner Tante außerordentlich verpflichtet... Ich glaube, vor dem Krieg hatten sie ein Jahr lang bei ihr gewohnt. Zwar hatten sie mich, anders als die gute alte Anna Borissowna, aufgenommen und einen Monat bei sich wohnen lassen und sogar beköstigt, aber dann hatten sie mich fast hinausgeworfen, wohl weil sie fürchteten, ich wolle sehr lange bei ihnen bleiben, um ihren Aufenthalt bei meiner Tante völlig abzugelten. So hatte ich jetzt zu der guten alten Anna Borissowna bessere Beziehungen, obwohl sie mich bei meiner Ankunft nicht aufgenommen hatte... Freilich, hätten mich auch die Tschertogs nicht aufgenommen, so wäre ich in einer verzweifelten Lage gewesen... Als ich bei ihnen wohnte, hatte ich mich umgesehen, mich etwas in der Stadt eingelebt, Michailow ausfindig gemacht. Wenn die Tschertogs mich noch eine kleine

Woche länger geduldet hätten, wären wir im guten geschieden, und ich wäre ihnen vielleicht mein Leben lang dankbar gewesen. Aber die letzte Woche, als sie mich plötzlich grob behandelten und mir fast die Tür wiesen, hatte alles zunichte gemacht. Dabei bin ich gern dankbar für mir erwiesene Guttaten. Schade, daß die Tschertogs und Michailow mir nicht aus Liebe oder wenigstens aus Anteilnahme für mich persönlich Gutes getan hatten, sondern aus sittlichen Normen und Verpflichtungen, die mit mir nicht direkt, sondern nur mittelbar zu tun hatten. So wie man dem Herrgott Kerzen aufstellt.

Nachdem wir uns getrennt hatten, war ich anderthalb Jahre nicht bei den Tschertogs gewesen und erst wieder zu ihnen gegangen, als ich in äußerster Not eine abendliche Zuflucht brauchte, ohne die meine Taktik zum Scheitern verurteilt war. Allerdings brachte in diesem Jahr Darja Pawlowna meine Taktik etwas durcheinander, da sie wegen der verfluchten Katze mit mir verkracht war... Sie hatte jeden dritten Tag Dienst, würde mich also zweimal in der Woche mündlich mahnen. Darauf mußte ich irgendwas antworten oder frech werden oder Versprechungen machen. Das würde der Verwaltung gemeldet werden. Mein Name wäre ständig im Gespräch. Wenn sie mich hingegen nicht unmittelbar zu Gesicht bekamen, würden sie mich über den laufenden Angelegenheiten möglicherweise eine Zeitlang vergessen. Und das brauchte ich im Augenblick am dringendsten. Ich hatte die Gewohnheiten der Wohnheimverwaltung genau studiert. Tetjana sagte immer dann über mich Gemeinheiten und schrieb über mich Berichte und entwickelte besonderen Haß auf mich, wenn wir uns über den Weg liefen und uns sahen. Das stand fest. Nach fast jeder Begegnung mit Tetjana hatte ich Unannehmlichkeiten. Wenn es mir aber gelang, ihr aus dem Weg zu gehen, schien ich für eine Weile in Vergessenheit zu geraten.

Tetjana kam morgens nicht vor sieben, das machte

mir keine Sorgen, dagegen nahmen die abendlichen Zufluchtsstätten einen sehr wichtigen Platz in meiner Taktik ein. Wie schon gesagt, brachte Darja Pawlowna diesmal meinen Plan etwas durcheinander. Übrigens verließ sie nach Mitternacht häufig ihren Platz am Eingang und legte sich mit der Katze auf das Sofa neben dem Kesselraum schlafen. Wenn ich den richtigen Moment abpaßte, konnte ich unbemerkt durchschlüpfen. Aber wenn sie den Türhaken vorlegte, mußte ich klingeln. Der Haken ließe sich vielleicht von außen mit dem Taschenmesser lösen, würde aber scheppernd herunterfallen und Darja Pawlowa wecken.

Das ging mir durch den Kopf, während ich rasch und leicht dahinschritt. Ich ging gern und oft zu Fuß, erstens sparte ich damit das Fahrgeld, und zweitens genoß ich das Gehen und die Möglichkeit, allein und den anderen Passanten völlig gleichgestellt zu sein. Unterwegs dachte ich stets über etwas Angenehmes, Ernsthaftes nach, unangehme Gedanken verflogen unterwegs oder wurden gemildert.

Ich hatte zwei Routen: Wenn ich Zeit hatte, wählte ich die längere – breite Asphaltstraßen mit Geschäften, die ich einfach so, aus Interesse, gern aufsuchte. Hatte ich wenig Zeit, so ging ich am Stadion und am Friedhof vorbei, gradewegs zu der abschüssigen Straße, wo die Straßenbahnen fuhren. Diesmal hatte ich, in Gedanken versunken, automatisch den kurzen Weg genommen und war bald auf dem kleinen Platz mit der Straßenbahnschleife, der Endhaltestelle. Dieser Platz war mir vertraut, nach den drei Jahren kannte ich hier alles bis ins letzte. Auf der einen Seite grenzte er an eine Chaussee, hinter der sich das altertümliche Gebäude der Militärschule mit den Türmen erhob, die wie Schachtürme aussahen. Auf der anderen Seite war eine Ödfläche vor dem Friedhof, und gegenüber der Ödfläche ein modernes Gebäude mit Säulen – die Milizschule.

An der Endhaltestelle standen wenige Leute, was

mich freute, denn ich kann volle Straßenbahnen nicht ausstehen. Dichter, weicher Schnee fiel und hüllte die Umgebung in eine weiße Decke, aus der die Milizschule kaum herausschaute. In manchen Fenstern brannte Licht. Ich warf den Kopf zurück und bot den Schneeeflocken mein Gesicht. Mein Atem ging leicht und tief, die Schönheit des Schneefalls, des unendlichen Flockenwirbels, in dem mein Blick versank, verzauberte mich, der unifarbene weiße Himmel blickte wie Meeresboden zwischen weißen Schneewellen hervor, das alles schärfte meine Sinne, machte den Kopf frei, und da kam mir eine Idee... Unser Wohnheim, ein einstöckiges, barackenartiges Gebäude, war aus Schlackensteinen gebaut. An beiden Stirnwänden zogen sich über die ganze Breite Balkons, zu denen Feuerleitern führten. Wenn ich unbemerkt die Zeitungsstreifen entfernte, mit denen die Ritzen der Balkontüren zugeklebt waren, und den Griff hochdrehte, konnte ich über die Balkons mühelos in den Korridor des ersten Stocks gelangen, ohne an der Diensthabenden vorbei zu müssen. Das galt natürlich nur für den Notfall, wenn Darja Pawlowna Dienst hatte. Auf diese Weise war ein Ausweg gefunden, und die in den vergangenen Jahren erfolgreiche Taktik konnte auch diesmal angewandt werden.

Quietschend kam die Straßenbahn um die Kurve gefahren. Beruhigt setzte ich mich wie zufällig, was ich mir selber einredete, hinter ein schönes Mädchen mit Pelzkapuze und sah gleichmütig an ihr vorbei aus dem Fenster. Ich setze mich in einem öffentlichen Verkehrsmittel nie neben ein schönes Mädchen. Früher, als ich unerfahrener war, hatte ich es getan, aber es war immer ein ungutes Gefühl zurückgeblieben, weil ich unwillkürlich eine gleichgültige Haltung einzunehmen bemüht war, mich verspannte und unruhig und nervös wurde. Ließ ich mich aber hinter einer Schönen nieder, so konnte ich sie ungestört betrachten, wobei ich mit mir selber ein listiges Spiel zu treiben schien, indem ich sie nur selten ansah, während ich die übrige Zeit in nachdenkliche Melancholie versunken war, was mich in meinen Augen für dieses Mädchen unnahbar machte, besonders, wenn ich schweigend mein »Inkognito« zu Hilfe rief, dann erschien ein geheimnisvolles, zynisch gefärbtes Lächeln auf meinen Lippen.

VIERTES KAPITEL

Unsere Verwaltung lag weit draußen, an der sogenannten Bahnkreuzung, eine Stunde Straßenbahnfahrt mit Umsteigen. In den drei Jahren meiner Arbeit war das schon der dritte Ort, wohin die Verwaltung umgezogen war, und es gingen Gerüchte, daß sie ein viertes Mal umziehen mußte, an einen Platz fast außerhalb der Stadt, wo ein neuer Wohnkomplex entstehen sollte. Das beunruhigte mich nicht, denn ich war überzeugt, heute entlassen zu werden, und die Gerüchte vom Umzug der Verwaltung waren eher ein Argument dafür, meine Entlassung ruhig hinzunehmen. Als Michailow mir hier Arbeit verschaffte, war die Verwaltung im Stadtzentrum untergebracht, da, wo jetzt der riesige Sportpalast steht.

Anfangs hatten sich die Natschalniks und die Bauleiter mir gegenüber zwar mißtrauisch, aber erträglich verhalten, denn sie wußten noch nicht, mit wem sie es zu tun hatten. Erst nach etwa zehn Tagen schlugen sie mir gegenüber einen groben Ton an, was mich mächtig erschreckte, denn ich glaubte, unverzüglich entlassen zu werden. Vielleicht lag es an der Fürsprache Michailows, der über einen Freund agierte, daß ich in den drei Jahren nicht entlassen wurde, obwohl die Grobheit zuweilen einen äußerst höhnischen und demütigenden Charakter annahm. Übrigens, der grauhaarige Verwaltungschef Brazlawski, der sich vom Schmied hochgearbeitet hatte und schon seit zwanzig Jahren verantwortliche Posten auf nicht sehr hoher Ebene bekleidete – vor seiner jetzigen Stellung hatte er ein kleines Kfz-Reparaturwerk geleitet -, dieser Brazlwawski verabscheute mich nicht so sehr als Menschen wie als Mitarbeiter, der nicht zur Planerfüllung beitrug. Der Plan aber war bei der besonderen Spezifik unserer Verwaltung ein ziemlich raffiniertes und eigenartiges Ding, das im Interesse der Sache die Übertretung der Gesetze und der Anweisungen Brazlawskis selbst erforderte, was bei den Bauleitern persönliche Initiative hieß. So mußte beispielsweise bei dem Mangel an Bulldozern, die dauernd zu Bruch gingen, einer von den einflußreichen Hauptauftragnehmern ohne offizielle Erlaubnis einen Bulldozer bereitstellen, der nur als Traktor benutzt wurde, um steckengebliebene Kipper, mit Erde und Baumaterialien beladen, aus dem Dreck zu ziehen. Ich wußte, daß einige Bauleiter sich auch nicht scheuten, Schwarzarbeit gegen Bargeld zu übernehmen, das sie mit den Bulldozer- und Baggerführern teilten. Ich muß dazu sagen, daß bei der mangelnden Kontinuität – Wartezeiten wechselten mit hektischer Arbeit -, bei dem Mangel an Ersatzteilen, dem Durcheinander in der technischen Dokumentation, den widrigen Wetterbedingungen und Dutzenden anderen Gegebenheiten und Abweichungen, wie sie auf Baustellen unumgänglich sind, solche Übertretungen im allgemeinen der Produktion nutzten. Ich aber war unfähig und zu ängstlich, die Gesetze zu übertreten, und galt, obwohl ich viel und schwer arbeitete, besonders in den ersten zwei Jahren, als schlechter Arbeiter, was ich wohl auch wirklich war. Denn ein guter Arbeiter ist in Rußland seit Urzeiten einer, der im Interesse der Sache die Gesetze zu übertreten weiß.

Über meine Mißerfolge freuten sich einige Bauleiter, die früher Arbeiter gewesen waren, besonders Loiko, ehemals Baggerführer, ein riesiger, kahl werdender Kerl mit dünner Weiberstimme, der sogar eine Wut auf mich hatte. Der Produktionsleiter Junizki hatte zwar keine Wut auf mich, dazu war ich in seinen

Augen sicherlich zu unbedeutend, aber er hänselte mich gern.

»Tja«, sagte er und bleckte seine wenigen verräucherten Zähne, »der Onkel hat ihm die Arbeit beschafft, die Mama ernährt und kleidet ihn, und der Papa hat ihm geholfen, das Technikum zu beenden. Da kannst du was lernen, Loiko...«

Doch Loiko blickte mich giftig an und fluchte. Bei solch einer Gelegenheit hatte der Kaderleiter Nasarow, ehemals Kreisstaatsanwalt, wegen Trunksucht entlassen, ein pockennarbiger und einäugiger Mann, der mich durchaus erträglich behandelte, vielleicht aufgrund seiner Kontakte zu Michailows Freund, zu Junizki gesagt:

»Eltern hat er wohl nicht mehr, zumindest laut Fragebogen.«

»Und wenn schon«, sagte Junizki lächelnd, »das ist so ein Volk, die schaffen's auch aus dem Jenseits... Stimmt's, Zwibyschew?«

Ich lächelte gezwungen und verachtete mich im Innern für dieses klägliche Lächeln, entschuldigte mich aber vor mir selber mit der Angst, die Arbeit zu verlieren. Doch manchmal, wenn niemand dabei war, redete Junizki mit mir in einem anderen Ton.

»Du mußt dich durchsetzen«, sagte er zu mir, »du bist ja so zahm, daß man dich gar nicht angucken mag.«

Solche Gespräche fürchtete ich noch mehr als die Spötteleien. Mir schien, mit solchen Gesprächen könne er der wahren Ursache meiner Angst auf die Spur kommen und meine ungesetzliche Existenz hier herausfinden. Übrigens zeigte ich manchmal die Zähne, aber nur Leuten, die ich nicht zu fürchten brauchte, die mich gut und mitfühlend behandelten: Swetschkow oder Schlafstein. Als Schlafstein mich einmal tadelte, schrie ich ihn nervös an:

»Na klar... Ich sauf ja auch nicht mit den Auftragnehmern wie du... darum fällt mir das Arbeiten schwer...«

»Du bist dumm«, sagte Schlafstein leise und ging beiseite.

Das geschah im Büro, im Beisein anderer Bauleiter und zahlreicher Arbeiter. Natürlich ließ sich Schlafstein auf bestimmte Übertretungen ein, genauso wie Loiko, Junizki, wie viele der anwesenden Baggerführer, Schlosser, Bulldozerfahrer. Alle wußten das, aber nach den ungeschriebenen Normen der Produktionsmoral durfte es nicht ausgesprochen werden, denn dann wurde es quasi zur Meldung einer Übertretung, das heißt, zur Denunziation. Erstaunlicherweise hatte mein Geschrei, obwohl es Aufsehen erregte, keine Folgen. Ich litt ein paar Tage, bis Schlafstein von selber zu mir kam und mit mir redete, als wäre nichts gewesen.

Den Hof, in dem jetzt die Verwaltung untergebracht war, haßte und fürchtete ich, denn hier hatten die Schwierigkeiten meiner ungeliebten Arbeit ihr Höchstmaß erreicht. Schon wenn ich ihn von weitem sah, erwartete ich neues Unheil und rätselte, welche neuen Mißlichkeiten er für mich bereithielt... Dieser Hof, von einem Bretterzaun umgeben, war recht geräumig und von rissigem Asphalt bedeckt, in den sich Masut- und Dieselölflecke eingefressen hatten. Früher war hier eine der Garagen des Staatlichen Komitees für Bauwesen gewesen, aus dieser Zeit stammten eine verräucherte Bretterbaracke, jetzt eine Werkstatt, und eine andere Baracke, sauberer und getüncht, das Büro, ferner etliche Steingebäude und Gruben. Jetzt standen im Hof Bagger, Schrapper, Bulldozer, barfuß, das heißt, ohne Gleisketten, von Schnee bedeckt. Vor der Werkstatt rüstete man einen großen Bagger um, befestigte einen Löffel an den Trossen, verwandelte ihn in einen Zugseilbagger. Schlosser mit schwarzen Gesichtern gingen in blanken Arbeitsanzügen umher. Sie rauchten, lachten. Ein elektrisches Schweißgerät knatterte. Der Baggerführer Tschumak zeigte auf den einarmigen Versorgungsleiter Iwan Iwanowitsch, einen ehemaligen Frontsoldaten, und rief dem Chefmechaniker zu:

»Was ist das für ein Versorger... der kann mich kreuzweise... Er ist doch unfähig, was zu organisieren... Drei Tage steh ich ohne Kugellager da... Wenn schon Versorgungsleiter, dann muß es ein tüchtiger Jude sein, ein Macher, und nicht so ein Trottel aus Rjasan.«

»Reiß den Rachen nicht so auf!« ereiferte sich der im allgemeinen ruhige Iwan Iwanowitsch. »Du Bauerntölpel... Bendera*... Meine Nationalität gefällt ihm nicht... Wir haben euch verteidigt...«

»Verteidigen brauchst du mich nicht«, sagte Tschumak, »beschaff mir lieber Kugellager.«

»Und wieso sind deine Kugellager hinüber? Wir werden gleich mal ein Protokoll aufnehmen«, sagte der Chefmechaniker.

»Du kannst mich sonstwo«, schrie Tschumak, »du zwingst mich nicht noch mal, ohne technische Durchsicht zu arbeiten.«

Ich ging an dem Geschrei und Tumult vorbei und betrat das Büro.

Die Plansitzung hatte noch nicht begonnen. Aus der Buchhaltung war das Klappern der Rechenmaschinen zu hören, in der gegenüberliegenden Produktionsabteilung sprach Junizki mit lauter Stimme. Ich öffnete die Tür einen Spalt. An den Tischen saßen die Ingenieurin der Produktionsabteilung Konowalowa und der Chef des zweiten Bereichs Litwinow. Wie schwer die Arbeit vor Ort, auf den Baustellen, für mich auch war, dort fühlte ich mich dennoch freier. Im Büro kam ich mir vor wie ein Hofhund, der jeden Moment einen Tritt kriegen kann. Interessant, daß ich hier nicht einmal mein »Inkognito« spürte, meine Eitelkeit, als gäb's die überhaupt nicht, weder die heimliche Eitelkeit in der Bibliothek noch die offene bei den Broidas. In den drei Jahren hatte ich mich entsetzlich blamiert und gedemütigt, so daß mir schon der Gedanke an Protest, der zum Verlust meiner Existenzgrundlage,

* Führer der ukrainischen Unabhängigkeitsbewegung im 2. Weltkrieg.

des Gehalts, führen konnte, aberwitzig vorkam. Übrigens behandelten mich einige im Büro mitfühlend, wenn auch nicht ständig, sondern zeitweilig. Die Chefsekretärin Irina Nikokajewna und Konowalowa seufzten auf Weiberart, redeten mit mir, versuchten sich für mich einzusetzen. Natürlich nur, solange es nicht ihr persönliches Wohlergehen bedrohte. Konowalowa versuchte zu meinen Gunsten auf Junizki einzuwirken und Irina Nikolajewna auf den Chefingenieur Mukalo. Dieser Mukalo wurde seinem Namen gerecht, er war dick und teigig und glich einem wabbeligen Weib.

Als Michailow mich in der Verwaltung untergebracht hatte, nahm mich Mukalo in seinen Bereich. Vor kurzem war Mukalo Chefingenieur geworden, wonach er schon lange getrachtet hatte, wie ich von Irina Nikolajewna wußte. Doch bis jetzt war er nicht bestätigt, weil sich angeblich unser Chef Brazlawski querlegte. Ich hatte das Geflecht der inneren Bürobeziehungen studiert, als ich im vergangenen Monat im Büro arbeitete, wo mich Mukalo dank Irina Nikolajewnas Fürsprache untergebracht hatte. Es war aus dem Wunsch geschehen, mir zu helfen, denn meine Gesundheit ließ zu wünschen übrig, ich fror und wurde auf den Baustellen schnell müde, außerdem kam ich mit den Arbeitern nicht klar. Hier im Büro, im Warmen, so dachte man, würde es mir besser gehen. Aber eben dieser Monat im Büro hatte meine Entlassung beschleunigt. Auf den Baustellen, wo unflätige Flüche und Grobheiten üblich waren, ging es freier zu, und nicht alles, was passierte, drang bis ins Büro, vieles wurde unbemerkt ausgebügelt. Im Büro dagegen war ich ständig in Reichweite der Leitung, und jeder noch so kleine Patzer diente sofort als Anlaß für Strafpredigten. Ausgerechnet im Büro hatte ich drei Verweise hintereinander bekommen. Mukalo hatte sich einen auf den ersten Blick einfachen Posten für mich ausgedacht – Dispatcher. Das schien eine leichte, beschämend leichte Arbeit zu sein. Sie bestand hauptsächlich darin, die Fuhrparks abzutelefonieren und Kipper für unsere Bagger auf den verschiedenen Baustellen zu bestellen. Als ich jedoch ein paar Tage gearbeitet hatte, begriff ich, daß diese Aufgabe gar nicht so leicht, sondern im Gegenteil recht riskant für einen Menschen war, den man entlassen wollte, und sich durchaus als letzte Prüfung eignete... Mir kam sogar in den Sinn, daß sich Irina Nikolajewna wahrscheinlich aufrichtig für mich eingesetzt hatte, während Mukalo, von meiner Unfähigkeit überzeugt, mich abgeschrieben und sich diesen Posten in Absprache mit Brazlawski für mich ausgedacht hatte. Ungeachtet ihrer Differenzen waren sie bezüglich meiner Person offensichtlich einer Meinung. Was sich in der Folgezeit auch bestätigte. Es stellte sich heraus, daß die Fuhrparks aus irgendeinem Grund erst in der zweiten Tageshälfte Bestellungen annahmen. So hing ich in der ersten Tageshälfte untätig herum, was mich bedrückte und mich in meinen Augen und in den Augen der anderen zum Tagedieb machte. Übrigens wurde ich zuweilen als Bote eingesetzt, was die Demütigung noch verstärkte. In der zweiten Tageshälfte setzte ich mich ans Telefon, das schlecht funktionierte und oft ganz aussetzte, und begann Dutzende Fuhrparks anzurufen. Außer mir riefen jedoch viele andere Organisationen dort an. Manchmal hatte ich Glück, aber meist verlor ich viel Zeit, bis ich zum Dispatcher eines Fuhrparks durchkam. Dann stellte sich heraus, daß die Kipper, die wir benötigten, schon vergeben waren... Ich bettelte, wurde nervös, fluchte, versuchte zu beweisen, daß wir für unsere kleinen Bagger keine riesigen Kipper gebrauchen konnten. Nachdem ich mit drei, vier Fuhrparks telefoniert hatte, verließen mich die Kräfte, die Nerven gaben nach, auf die Stirn trat Schweiß, der Kopf tat weh, die Kehle tat weh, die Ohren brannten vom Telefonhörer, die Hände schmerzten. Es mag lächerlich klingen, aber der Hörer wurde mir schwer, als wäre er mit Blei gefüllt. Die langen Telefonnummern verwirrten sich vor meinen Augen, es kam vor, daß ich eine halbe Stunde telefonierte, bis ich einen Fuhrpark an der Leitung hatte, und dann stellte sich heraus, daß ich schon dort angerufen und alles bestellt hatte. Es gab auch Fälle, daß ich nicht das Richtige und nicht zum richtigen Ort bestellte... Nach einem Monat wurde ich jedenfalls von diesem Posten abgesetzt. In den drei Jahren hatte ich oft bei eisigem Wind und bei Frost gearbeitet, in schlechten Stiefeln, kalte Leinenlappen ungeschickt um die Füße gewickelt, ich war im Matsch eingesunken, im Regen durchgeweicht, hatte mich völlig verausgabt, aber nie war mir so elend gewesen, war ich so schlecht mit meiner Arbeit zurechtgekommen wie als Telefondispatcher. Mukalo hatte sich meine letzte Prüfung also recht geschickt ausgedacht, ein guter, legaler Vorwand, mich endgültig an die Luft zu setzen.

Übrigens, bevor er mich als Dispatcher absetzte, hatte er mich, wahrscheinlich wieder auf Irina Nikolajewnas Fürsprache, in sein Zimmer bestellt, hatte mich lange angeschaut, dabei geseufzt wie ein Weib, und schließlich gesagt:

»Tja, tja... Nach dem Gesetz müßte ich dich entlassen... Aber wo sollst du hin, wer braucht dich... Wer stellt dich ein...«

An Mukalos Stelle arbeitete jetzt Konowalow im Bereich, Konowalowas Bruder und Brazlawskis Schwiegersohn. Mukalo versetzte mich wieder in den Bereich, bestellte Konowalow zu sich und bat ihn, mich vorübergehend Siderski zuzuteilen.

Siderski war ein fähiger Bauleiter und behandelte mich nicht schlecht. Konowalow willigte ein. Er schien ein belesener Bursche zu sein und unterhielt sich mit mir manchmal über Literatur und Bücher, obwohl ich nie mein »Inkognito« preisgab, mein Geheimnis, so daß mich solche Gespräche verblüfften. Brazlawski hingegen, eine geradlinige, unsentimentale Natur, eine Produktionsnatur, offensichtlich entschlossen, mich ein für allemal loszuwerden, hatte Konowalow, wie ich erfuhr, abgekanzelt, weil der mich wieder übernommen hatte. Hätte er mich nicht genommen, dann hätte ich ohne Arbeitsgebiet in der Luft gehangen, wäre dem Büro unmittelbar unterstellt gewesen, und die drei Verweise wegen Desorganisation der Dispatcherarbeit hätten meine Entlassung erleichtert.

Das alles erfuhr ich erst später, als sich Konowalow mit mir nicht mehr über Literatur unterhielt, sondern im Gegenteil an mir herumnörgelte und einen Vorwand suchte, mich abzuschieben. Um meine Sache stand es nun ganz schlecht, selbst Irina Nikolajewna nahm mich nicht mehr in Schutz, und ich begriff endgültig, daß ich jeden Tag entlassen werden konnte, vielleicht schon auf der heutigen Plansitzung... Ich machte die Tür zur Produktionsabteilung auf, grüßte und fragte, wann die Sitzung stattfinde. Junizki antwortete mir recht sanft und ohne Feindseligkeit. Konowalowa nickte freundlich, und Litwinow grüßte ruhig und sachlich. Litwinow leitete einen anderen Bereich, wir kannten uns nur vom Sehen, und er empfand mir gegenüber keine Feindschaft. Über solch eine Begrüßung beruhigt, ja, erfreut, ging ich im Korridor auf und ab. Gefahr konnte von zwei Stellen ausgehen: von der Produktionsabteilung und vom Vorzimmer des Chefs. Die erste Gefahr hatte ich glimpflich überstanden, ins Sekretariat ging ich nicht, um mich länger in Ruhe zu wiegen.

Ich blieb im Korridor vor der neuen Wandzeitung »Der Mechanisator« stehen, die dem Frauentag, dem 8. März, gewidmet war. Im Mittelpunkt hing ein Farbfoto des ersten künstlichen Sputniks und darunter ein Gedicht von Irina Nikolajewna. Ich las: »Lenin. Ich sehe das Bild Lenins, das Lächeln, den geraden Blick. Er blickte nur nach vorne, blickte nie zurück. Er glaubte stets an Rußland, an uns Menschen auf der Erde. Schon im Oktober sah er, daß der Kosmos unser werde.«

Dieses stümperhafte Gedicht beruhigte mich noch mehr und stimmte mich heiter, so wie es mich immer beruhigte und mir Auftrieb gab, wenn ich Dummheit oder Unbeholfenheit bei einem anderen bemerkte, der mir nicht gefährlich werden konnte.

Außerdem enthielt die Wandzeitung noch einen Beitrag: »Wer was träumt.«

Ich las ihn nicht, denn eben kamen Swetschkow und Loiko in warmen Bauleiterpelzmänteln und Filzstiefeln, mit Bauleitermappen vorbei. Ich schloß mich ihnen an, um nicht allein, sondern mit einer Arbeitsgruppe ins Sekretariat zu gehen. Ich malte mir blitzartig aus, daß ich, wenn ich mit einer Gruppe, besonders mit Swetschkow und Loiko, zwei erfahrenen und geachteten Männern, hineinginge, meine Bedeutung erhöhte und die mir noch unbekannten Mißlichkeiten verminderte, die ich vorausfühlte, hoffend jedoch, daß mein Gefühl mich trog. Swetschkow legte mir freundlich den Arm auf die Schulter, Loiko hingegen wandte sich grußlos ab.

»Wo hast du den Pelzmantel her?« fragte ich Swetschkow, mit dem ich per du war.

»Die wurden früher mal ausgegeben«, sagte er »so vor fünf Jahren, a conto des Gehalts... auch die Filzstiefel... Aber im Schlamm braucht man rindslederne Stiefel mit doppelten flauschigen Fußlappen. Wie hältst du's bloß in deinem Mäntelchen und den Schuhen auf der Baustelle aus? Ich wär schon längst eingegangen.«

»Er ist ja auch nicht draußen«, sagte Loiko, ohne mich anzusehen, »er drückt sich im Büro herum.«

»Wieso? Das stimmt nicht, Kostja«, sagte Swetschkow friedlich. »Goscha, erinnerst du dich, wie wir beide auf dem Klowski-Abhang im Schlamm versunken sind? Als wir das Fundament für den Neunstöcker bauten.«

Wir gingen ins Sekretariat. Irina Nikolajewna sah mich flüchtig an, kühler als gewöhnlich.

Ein schlechtes Zeichen, dachte ich besorgt, aber sie hat eben viel zu tun.

Irina Nikolajewna tippte, hämmerte schnell und

mechanisch auf die Tasten. In der Ecke am Telefon hockte Raikow, ein neuer Mann, mein Nachfolger als Dispatcher. Er war ein Offizier a. D., vom Kreisparteikomitee hierher zur Arbeit geschickt. Seine Uniformjacke mit den schwarzen Kanten des Technikers saß tadellos. In kürzester Frist hatte er das »Laufburschen«-Amt des Dispatchers auf eine solide Grundlage gestellt. Über das Parteikomitee setzte er durch, daß ihm ein Motorrad mit Beiwagen zur Verfügung stand, er fuhr alle Fuhrparks ab und machte sich persönlich mit den Dispatchern und den Parteisekretären der Fuhrparks bekannt. Allerdings gelang es ihm nicht, das Motorrad ständig zu behalten, es wurde von anderen gebraucht, Mukalo fuhr damit, und als der Beute-Opel hinüber war, sogar Brazlawski. Doch in Ausnahmefällen bekam Raikow das Motorrad. So etwas wäre mir nie in den Sinn gekommen, und auf mich hätte auch keiner gehört. In der ersten Tageshälfte, in der ich nichts mit mir anzufangen wußte und darum als Bote benutzt wurde, zeichnete Raikow aus eigener Initiative Tabellen und Übersichten. Mit der energischen, akkuraten Schrift des ehemaligen Pionieroffiziers unterschrieb er diese Tabellen und Übersichten und hängte sie in der Produktionsabteilung, im Arbeitszimmer des Chefingenieurs und im Parteikomitee aus, in das er sogleich als stellvertretender Parteisekretär gewählt wurde, mit der Aussicht, Sekretär zu werden, denn der jetzige Sekretär und Kaderleiter Nasarow trank.

Die Tabellen und Übersichten hatten keinen wesentlichen Einfluß auf die Produktion, verliehen aber der Verwaltungsarbeit eine gewisse Anschaulichkeit und Seriosität, obwohl sie nicht dem tatsächlichen Stand der Dinge entsprachen, die bei der Eigentümlichkeit und Spezifik der Arbeiten auch nicht im voraus zu planen waren, eher im Gegenteil, gute Ergebnisse wurden durch persönliche Initiative und bis zu einem gewissen Grad im Selbstlauf erzielt. Dessen ungeachtet waren die Tabellen eine nützliche Neuerung, denn die Verwaltungsarbeit, die sich auf Hunderte Baustellen erstreckte und manchmal überhaupt nicht an einem Gelände festzumachen war, wie zum Beispiel das Ausheben und der Abtransport des Erdreichs, diese Arbeit bekam einen greifbaren Charakter, auch wenn er nicht ganz der Wirklichkeit entsprach. So hatte Raikow binnen zwei Wochen eine Autorität errungen, wie ich sie mir in drei Jahren nicht einmal erträumt hätte.

Swetschkow nannte diese Tabellen übrigens bunte Bildchen und alberne Dekoration. Ich begriff zuerst nicht, warum er sich so empörte und Raikow fast so haßte wie Loiko mich, zumal Raikow mehr Rückhalt hatte als ich: guter Lebenslauf, Parteimitglied, ehemaliger Major. Er wünschte keinem etwas Böses, siezte mich zum Beispiel höflich. Sollte ihm Swetschkow jedoch zu sehr einheizen, konnte er es ihm gehörig heimzahlen, wie es jeder Mensch seinem Beleidiger heimzahlt, wie ich es auch Loiko heimzahlen würde, wenn ich die Möglichkeit hätte. Später begriff ich, daß Swetschkow im Unterschied zu mir seine Arbeit liebte, mit ganzem Herzen dabei war, trotz alledem, und mich für nützlicher als Raikow hielt, den er sogar einmal laut als raffinierten Nichtstuer bezeichnete.

Aus dem Sekretariat führten zwei Türen: rechts eine lederbeschlagene zu Brazlawski, links eine einfachere, mit Ölfarbe gestrichene zu Mukalo.

»Zwibyschew«, sprach mich Raikow an, nachdem er gegrüßt hatte, und legte den Telefonhörer auf, müde, wie mir schien. (Ich registrierte diese Müdigkeit mit einer gewissen egoistischen Befriedigung. Also war ich nicht gar so untauglich, wenn auch Raikow bei all seiner Findigkeit und Initiative sich mit diesen telefonischen Bestellungen herumquälte und dabei ermüdete.) »Zwibyschew«, sagte er, »Konowalow sucht Sie, gehen Sie hinein, er ist bei Mukalo.«

Mir krampfte sich das Herz zusammen. Meine Vorahnungen bestätigten sich. Seit Konowalow für seine

Nachsicht mir gegenüber eins aufs Dach bekommen hatte, konnte er mich nur zu einem für mich unangenehmen Zweck suchen. Mit klopfendem Herzen betrat ich das Zimmer, bemüht, die Ursache der Unannehmlichkeit zu erraten, um irgendwie meine Verteidigung zu organsisieren, weshalb ich in Gedanken mein Benehmen und meine Taten durchging, die bekannt geworden sein konnten. Eine meiner letzten Taten war, daß ich ein entferntes, von den Chefs selten besuchtes Objekt drei Stunden vor Arbeitsschluß verlassen hatte. Es war ein erstaunlich erfolgreicher Tag gewesen, und ich hatte voller Freude in der Bibliothek gesessen. Wenn's der Teufel wollte, hatte mich Konowalow ausgerechnet an dem Tag kontrolliert.

Ich betrat das Zimmer und grüßte. Mukalo saß am Tisch und blickte mich mürrisch an. In seinem feisten Gesicht standen Kränkung und Gereiztheit. Auf meinen Gruß antwortete er nicht. Konowalow, plump, mit herabhängendem Schnurrbart, in einem abgeschabten Ledermantel, der ihm nicht paßte, blickte mich im Unterschied zu Mukalo, dessen Blick träge und schwerfällig war, mit munterer, lebhafter Feindseligkeit an und wandte sein hageres kleines Kalmückengesicht mal mir, mal Mukalo zu.

»Warst du bei Junizki?« fragte er mich rasch.

Ich hatte im Kopf schon eine Rechtfertigung parat: Mir war schlecht geworden, ich hatte sogar das Bewußtsein verloren. Darum hatte ich die Baustelle vorzeitig verlassen. Ich muß dazu sagen, daß mich solche Zustände sehr selten heimsuchten, aber dann wurde mir schwindlig, und ich verlor kurz, für eine halbe Minute, das Bewußtsein. Einmal hatte mir Irina Nikolajewna auf einer Plansitzung sogar die Schläfen reiben müssen. Damals war mir das peinlich gewesen, aber jetzt konnte mir dieser Vorfall helfen, meiner Lüge Glaubwürdigkeit zu verleihen.

»Ich war bei Junizki«, antwortete ich.

»Und hat er dir nichts gesagt?« fragte Konowalow.

»Nein«, antwortete ich, noch mehr beunruhigt, und

überlegte, ob sie mich vielleicht in Abwesenheit entlassen hatten.

»Merkwürdig.« Konowalow drehte sich wieder rasch zu dem unbeweglichen Mukalo um.

»Komm mit«, sagte er zu mir.

Wir gingen ins Sekretariat und dann auf den Korridor. Die Plansitzung sollte offensichtlich noch nicht so bald anfangen, denn im Büro herrschte nach wie vor Stille, nur aus der Buchhaltung und der Produktionsabteilung waren einzelne Stimmen zu hören. Die meisten Bauleiter und auch Brazlawski waren wohl noch nicht von den Objekten zurück.

»Was ist passiert, Petja?« fragte ich, vertraulich die Stimme senkend, als wir allein im Korridor waren. Das war ein frecher und zugleich devoter Schachzug, zu dem ich mich in meiner Verzweiflung entschloß. Wenn sich Konowalow früher mit mir über Literatur unterhielt, hatte er mich mit dem Vornamen angesprochen, woraufhin ich mir ihm gegenüber ein paarmal gleiches erlaubt hatte. Seit aber unsere Beziehungen die Form von Verfolger und Verfolgtem angenommen hatten, sprach er mich nur noch mit dem Nachnamen an und unterhielt sich nicht mehr mit mir unter vier Augen. Indem ich jetzt einen vertrauensvoll intimen Ton anschlug, machte ich den Versuch, ihn als Verbündeten zu gewinnen oder doch zumindest davon zu überzeugen, daß ich die Hauptgefahr für mich nicht in ihm sähe, sondern in äußeren Faktoren, wobei ich sogar durchblicken ließ, daß ich von den Unannehmlichkeiten wußte, die er meinetwegen auszustehen hatte. Aber Konowalow tat so, als ob er meinen Schritt auf ihn zu nicht verstünde, oder er akzeptierte ihn nicht, so genau kannte ich ihn eben nicht.

»Zwibyschew, gleich wirst du alles verstehen«, sagte er laut und mit schlecht verhohlener Drohung und öffnete die Tür zur Produktionsabteilung.

»Da ist der Held«, sagte er zu Junizki und wies mit einer Kopfbewegung auf mich.

»Weißt du was, Konowalow«, sagte Junizki, »bring die Sache selber in Ordnung... Sonst krieg ich von seinem Onkel eins auf den Hut«, fügte er hinzu, wobei er mich mit lächelnden Augen anblickte und die verräucherten Zähne entblößte.

Auch Konowalowa und Litwinow lächelten. Selbst Konowalow deutete ein Lächeln an. Plötzlich fühlte ich, daß ich über diesen mich demütigenden Scherz ebenfalls lächelte, wenn auch kläglich. Unabhängig von meinem Willen reagierte der Selbsterhaltungstrieb. Ich spürte, daß eine Wendung ins Banale, Scherzhafte, mochte es auch auf Kosten meiner Würde gehen, ein Ausweg war, vielleicht hatte es Junizki sogar absichtlich getan, um mir zu helfen.

»Was ist denn passiert, Petja?« fragte Litwinow fast mit den gleichen Worten wie ich.

»Also, bei diesem Helden war auf dem Objekt in Kontscha Saspa ein Bagger ›Belorussik‹ eingesetzt... Gestern haben sie ihn weggeholt zu einem andern Objekt, doch er hat den Dispatcher nicht informiert... Für die zweite Schicht aber sind sechs Kipper dorthin bestellt. Wenn sie ankommen, ist kein Bagger da... Stillstand auf unsre Kosten...«

Ich weiß nicht, was mit mir vorging, plötzlich hörte ich meinen keuchenden Atem. Ich war an Ungerechtigkeiten gewöhnt, aber das war eine freche, schamlose Lüge, die mich dermaßen empörte, daß ich gar nicht registrierte, daß mein wirkliches Vergehen, das vorzeitige Verlassen der entfernten Baustelle, unentdeckt geblieben war. In mir vollzog sich ein merkwürdiger Umbruch, und beinah hätte ich mich vor aller Augen verwandelt.

»Das ist nicht wahr!« schrie ich (ich wollte schreien: Du lügst, Konowalow!, beherrschte mich aber im letzten Moment), »das ist nicht wahr«, wiederholte ich, »erstens ist das nicht mein Objekt, sondern Siderskis... Ich war nur einmal dort und hab Siderski geholfen... Zweitens, hörst du, zweitens« (nun konnte ich mich nicht mehr beherrschen) »ist es eine freche Lüge... daß ich nicht informiert hätte... Im Gegenteil, mich haben sie nicht informiert, als sie den Bagger wegholten... Ich hör das jetzt zum erstenmal. Es ist Raikows Pflicht, mich und die Fuhrparks zu informieren... Ich, als ich Dispatcher war...« Ich sprach ziemlich verworren, und alle sahen mich mit besorgter Neugier an. Außer Konowalow, der dunkelrot angelaufen war, denn diese unerwartete Rebellion des Rechtlosesten in der Verwaltung zog seine Autorität in Zweifel.

»Also, du fährst unverzüglich nach Kontscha Saspa und kommst erst zurück, wenn du die Kipper zu anderen Baustellen umgeleitet hast«, sagte er zu mir.

»Ich fahre nicht«, antwortete ich fest und entschieden. Eine eigenartige Situation war entstanden. Wille stand gegen Wille. Es ging um den Charakter, wie man so sagt. Junizki, Konowalowa und Litwinow schauten uns, besonders mich, mit einem Anflug von sportlichem Interesse an.

»Du machst dich sofort auf den Weg«, sagte Konowalow nicht sehr laut, sah mich aber durchdringend mit seinen Kalmückenaugen an, legte in diesen Blick sein ganzes Ich und setzte seine Autorität aufs Spiel, und plötzlich begriff ich, daß es für diesen Menschen im Moment nichts Wichtigeres im Leben gab, als mich zu zwingen, nach Kontscha Saspa zu fahren. Wenn er, der Bereichsleiter und Schwiegersohn Brazlawskis, mich, den sogar Tante Gorpyna, die Putzfrau der Verwaltung, herunterputzen konnte, wenn er mich nicht zwang zu fahren, würde das schon morgen wie ein Witz herumerzählt werden, und das wäre für seine Autorität ein schwerer Schlag... Aber Konowalow hatte mir doch mal Gutes getan... Bei diesen Gedanken gab es in mir einen Knacks, etwas erschlaffte... Ich drehte mich um und ging zur Tür, ohne ein Wort zu sagen, aber an meinem gebeugten Rücken erkannten offensichtlich alle, daß ich klein beigegeben und Konowalows Wille die Oberhand behalten hatte. Junizki und Litwinow lachten so laut, daß ich mich umdrehte, obwohl ich ihnen in diesem Moment nicht mein Gesicht zeigen wollte. Es muß erbärmlich ausgesehen haben, nach dem mitfühlenden Blick zu urteilen, den mir Konowalowa zuwarf. Ihren Bruder sah sie empört an.

»Zufrieden?« sagte sie zu ihm. »Du Clown, du Hanswurst.«

Warum sie ihn Clown nannte, weiß ich nicht, vielleicht war es Konowalows Spitzname in der Familie, aber Konowalowa war offensichtlich so empört, daß sie keine Hemmungen mehr hatte, ihren Bruder vor allen Leuten so zu nennen. Ich wäre an seiner Stelle in die Luft gegangen, aber er überhörte es und sagte sogar mit einer gewissen, kaum spürbaren Sanftheit zu mir:

»Drei Kipper schickst du zur Wetrow-Straße, Holzverarbeitungsfabrik... und drei zum Sapjornoje-Feld zehn.«

In der Straße Sapjornoje-Feld wohnte die besagte Familie Tschertog. Allerdings wohnte sie am anderen Ende, Nummer dreihundert und noch etwas... Es war eine lange Straße in der Altstadt, nur mit kleinen Häusern bebaut. Kontscha Saspa, wo ich jetzt hinfahren mußte, lag auf der anderen Seite. Es war ein völlig unbewohnter Bezirk, in dem ein moderner Wohnkomplex mit Stadion, Hallenbad und Breitwandkino gebaut werden sollte. Bislang aber war es eine Sandwüste mit einzelnen Kiefern, und nur die in der Ferne vorbeiführende Eisenbahnlinie belebte die Landschaft ein wenig. Inzwischen hatte sich der Frost verstärkt und mochte zehn Grad erreicht haben. Hinzu kam, daß ich nicht für die Baustelle, sondern für die Plansitzung angezogen war, ich hatte kein warmes Unterhemd an, auch nicht die Stiefel, die zwar schon brüchig waren, aber mit umgewickelten Fußlappen doch bedeutend mehr wärmten als die Halbschuhe, obwohl ich zwei Paar Socken übereinander gezogen hatte. Als ich die Verwaltung verließ und zur Straßenbahnhaltestelle ging, tröstete ich mich jedoch etwas damit, daß ich um die Plansitzung herumkam, auf der ich mich immer äußerst unwohl fühlte, und daß ich jetzt nicht der Kontrolle der Chefs ausgesetzt war und mir selber gehörte. Der Wind hatte sich mittlerweile gelegt, und ich spürte den Frost bedeutend weniger stark, als ich im Gebäude gedacht hatte. Sogleich, gerade im rechten Moment, dachte ich wieder an die bei aller Drangsal vergessene erfreuliche Aussicht, daß ich den Abend bei den Broidas verbringen würde, einer Familie, in der ich geliebt wurde. Meine Stimmung hob sich schlagartig, und ich betrachtete Konowalows Auftrag sogar als einen Glücksfall, den ich erst jetzt, nach all den Aufregungen, zu würdigen wußte.

Die Straßenbahn kam bald. Ich stieg ein und setzte mich. Ich mußte aus einer Straßenbahn in die andere umsteigen, dann mit dem Vorortbus weiter, und vom Bus waren es noch an die achthundert Meter zu Fuß.

FÜNFTES KAPITEL

Richtige Kälte spürte ich erst, als ich in den Vorortbus umstieg. In den überfüllten Straßenbahnen war ich sogar ins Schwitzen gekommen und hatte mich matt gefühlt. Aber kaum war ich aus der Straßenbahn gestiegen, wurde mir sofort kalt. Hier an der Endhaltestelle erhoben sich die letzten Neubauten, dann begann die unberührte Datschengegend. Datschen und Erholungsheime standen zwischen schneeüberpuderten Kiefern, hin und wieder war eine eingeschneite Skulptur zu sehen. Ich hatte Konowalow belogen. Ich war hier nicht einmal, sondern dreimal gewesen. Einmal war ich mit Siderski auf einem Kipper hergekommen, und zweimal mit dem Bus, auf eigene Kosten. Da unsere Baustellen über die ganze Stadt verteilt waren, gab die Verwaltung an die Bauleiter Fahrkarten aus. Fahrten in die Randgebiete wurden allerdings nicht bezahlt. Wichtigere Leute wie Mukalo, Junizki und Konowalow fuhren mit dem Motorad der Verwaltung, Litwinow und Schlafstein hatten eigene Motorräder, sie bekamen einen Ausgleich für die Fahrkarten. Erfahrene Bauleiter wie Siderski, Swetschkow und Loiko sprachen sich mit den Fahrern ab, und die fuhren sie für zwei, drei gutgeschriebene fiktive Farten zum Objekt und holten sie wieder ab.

Ich hatte auch versucht, solche Verstöße mitzumachen. Ich sprach mich mit einem Fahrer ab, der brachte mich zum Objekt, machte eine Tour mit Erdreich und tauchte erst am Schichtende wieder auf, um sich von mir den Fahrauftrag für den ganzen Arbeitstag unterschreiben zu lassen. Ich unterschrieb, denn ich fürchtete einen Skandal und das Bekanntwerden meines Vergehens. Danach mied ich jedoch solche Kontakte mit den Fahrern und fuhr lieber mit öffentlichen Verkehrsmitteln. Ich hatte mir an einem Kennzeichen gemerkt, an welcher Haltestelle ich aussteigen müßte: die Skulptur eines Hirschs und etwas weiter weg von der Chaussee eine runde grüne Laube. Ich fragte immer die Schaffnerin, aber aus Furcht, sie könnte sich irren oder aufs Geratewohl etwas sagen, kontrollierte ich ihre Antwort an den Kennzeichen. Überhaupt bin ich auf Strecken, die ich kaum kenne, äußerst ängstlich und unruhig, und die Umgebung flößt mir Unbehagen ein. So war es in der ersten Zeit auch mit der Strecke zum Wohnheim, doch in den drei Jahren hatte ich mich so an sie gewöhnt, daß sie mir jetzt ganz vertraut und heimisch vorkam. Ich kannte jede Kleinigkeit, und wenn ich Zeit hatte und zu Fuß ins Zentrum ging, erkannte ich sogar einzelne Pflastersteine wieder. Übrigens gewöhnte ich mich verhältnismäßig schnell ein, und als ich jetzt aus dem vereisten Busfenster blickte, sah ich nicht nur Fremdes, sondern erkannte die Kurve mit dem Plakat über den Schutz des Waldes, das Eisentor des Pionierlagers, die Skiausleihstation... Dennoch blieb eine gewisse Unruhe, weil neben Bekanntem immer noch Fremdes, Unbekanntes vorbeihuschte. Besonders beunruhigt war ich, als die Skulptur des Hirschs vorüberglitt, ich sprang sogar auf. Zum Glück stellte sich heraus, daß es ein anderer Hirsch war. Schließlich stieg ich in Kontscha Saspa aus. Ein seltsamer Name, ich wollte immer mal jemanden danach fragen. Vielleicht ist es ein entstellter tatarischer Name, noch aus der Zeit des Tatarenjochs. Außerhalb der Stadt gibt es etliche Ortschaften mit tatarischen Namen, zum Beispiel Kagarlyk, was bedeutet: ein für die Tataren verfluchter Ort.

Ein Blick auf die Uhr. Ich war rechtzeitig da. Die Kipper der zweiten Schicht würden nicht vor drei kommen. Wahrscheinlich mußte ich sogar noch eine halbe Stunde warten.

Hier draußen stürmte und schneite es. Auf dem Hirsch und der Laube lag eine dicke Schneeschicht. Ich zog die Schultern hoch, stellte den Kragen auf und bedauerte, jetzt nicht die schäbige Mütze mit den Ohrenklappen aufzuhaben, sondern die finnische Mütze. Die hatte zwar auch Ohrenklappen, aber die waren innen schludrig verarbeitet und verdarben das Gesamtbild. Darum fror ich lieber, zumal ich zuerst an einem Erholungsheim vorbeigehen mußte und in dem Waldstück häufig frostgeröteten Frauen begegnete. Als ich um das Heim bog, schlugen mir starke Gerüche entgegen, vor allem nach gerösteten Zwiebeln.

Nun mag ich geröstete Zwiebeln nicht Gott weiß wie sehr, höchstens zu Kartoffeln. Aber auf einen hungrigen Menschen wirkt ihr Geruch verheerend, denn er hat die Eigenschaft, den hungrigen Magen in einer Weise zu peinigen, wie es nicht einmal die Düfte der leckersten Gerichte vermögen. Höchstens der einer gebratenen Gans. Ohne den Zwiebelgeruch hatte ich nicht den leisesten Hunger verspürt, jetzt aber verstärkte der Hunger den Frost und der Frost den Hunger. Da hielt ich es nicht länger aus und klappte die stümperhaft genähten Ohrenklappen aus Tuch herunter. Zuerst scheuerte das rauhe Tuch, das obendrein noch von groben Nähten durchzogen war, unangenehm an Ohren und Hals, doch allmählich schwollen die Ohren und juckten, mir wurde wärmer, und der

Magen beruhigte sich. Ich beschleunigte den Schritt, damit die Füße nicht abstarben, und da ich das Erholungsheim längst hinter mir hatte und allein im Wald war, fiel ich ein paarmal in Dauerlauf, wobei ich mir bewußt war, daß ich keinen sportlichen, sondern eher einen komischen Anblick bot, denn ich lief gebeugt, mit steifen Beinen, an den Wimpern hingen gefrorene Frosttränen. Endlich hörte ich vorn das Pfeifen und Rattern eines vorbeifahrenden Zuges, was mich freute, denn es bestätigte, daß ich auf dem richtigen Weg war. Bald hörte der Wald auf, und vor mir erstreckte sich ein Feld, hinter dem die Eisenbahnlinie verlief. Auf diesem Feld sollte ein moderner Wohnkomplex hochgezogen werden. Zur Zeit jedoch bot Kontscha Saspa ein äußerst merkwürdiges und für einen lebendigen Menschen unangenehmes Bild. Ich hatte die alberne Angewohnheit, manchmal abends, wenn ich nach einem angenehmen und ausreichenden Abendessen (Brot und Wurst und Tee) im Bett, im Warmen, lag, vor dem Einschlafen an solche toten Gegenden zu denken, die ich vor kurzem oder in früheren, oft lange zurückliegenden Jahren gesehen hatte, und dabei im Gefühl einer Gefahr zu erschauern. Hier war es wirklich tot, anders läßt sich das nicht sagen. Der Schnee lag nicht hoch, warum, weiß ich nicht, vielleicht war er auf dem Sandboden während des Tauwetters im Februar rasch geschmolzen. Jetzt lag der Schnee klumpig auf dem gefrorenen Sand, der klirrend kalt aussah, kälter als der Schnee. Vielleicht lag das an dem Kontrast, denn für mich war schon als Kind Sand immer mit Sommer und Wärme verbunden. Eben wegen des eisigen Sands, das begriff ich, empfand ich die Gegend als tot. Gefrorener Lehmboden oder schneebedeckte Steine hingegen machen einen natürlichen winterlichen Eindruck. Diese Gedanken kamen mir interessant vor, und ich beschloß, sie mir zu merken, um sie später aufzuschreiben und den Broidas vorzulesen. So brachte ich meine finstern, die Seele deprimierenden Eindrücke zu einem recht angenehmen Ende. Diese Eigenschaft half mir im Leben und bewahrte mich vielleicht vor dem Untergang, denn sowie ich unangenehme, ja, ausweglose Vorfälle und Umstände niederschrieb, wurde mir leichter, und manchmal gelang es mir sogar, den Schlägen des Schicksals zu entgehen und mich zu retten, wie schon erwähnt. Aber obwohl ich das wußte, griff ich nicht jedesmal und nicht einmal oft zu dieser Methode, sondern spontan und unter mir unerklärlichen Umständen, in einer bestimmten Seelenlage, die von Dutzenden oder Tausenden ungreifbaren und vielleicht sehr zufälligen Erscheinungen abhing. Tagebuch hatte ich nie geführt, und meine täglichen Eintragungen wären wohl auch kaum geeignet gewesen, gegen meine Nöte anzukämpfen.

Die seelische Angst und Verwirrung hatte ich auf diese Weise niedergerungen, doch die körperlichen Qualen, die immer spürbarer wurden und wohl bis zu einem gewissen Grad zum Verschwinden der seelischen Pein beitrugen, konnte ich nicht überwinden und loswerden. Sehr rasch hatte ich mich in einen recht einfachen und in sich geschlossenen Organismus verwandelt, der außerstande war, Kräfte für seelische Qualen zu vergeuden, sondern mit seinem ganzen Leben nur nach einem trachtete - sich aufzuwärmen... Am anderen Ende des Feldes hatte ein Bagger einen Graben für eine Wasserleitung ausgehoben, der aber an vielen Stellen schon wieder halb eingestürzt war.

Ich sprang dort hinein, in der Hoffnung, mich vor dem Wind zu schützen, aber der Graben behinderte meine Bewegungsfreiheit und schützte mich nicht vor dem Frost, außerdem konnte ich hier die Kipper verpassen. Mühsam kletterte ich wieder hinaus, wobei ich mir die Hand verletzte und, was viel schwerer wog, den Handschuh zerriß (einen guten, doppelt gestrickten Handschuh). Ich war gerade zur rechten Zeit aus dem Graben geklettert, denn in der Ferne tauchten die Kipper auf. Froh über das Ende meiner Qualen, wollte ich ihnen entgegenlaufen, beherrschte mich aber, stellte mich breitbeinig hin und erwartete sie würdevoll nach Bauleiter-Art. Wäre ich zur Chaussee gegangen, so hätten die Fahrer nicht über den vereisten Sand rutschen müssen, aber ich wartete hier, denn die Fahrer unterstanden meiner Befehlsgewalt. Manchmal widerfuhren mir solche Momente, in denen ich die Macht genoß. Darum mochte ich die Arbeit draußen vor Ort, wo die jungen unerfahrenen Fahrer und Baggerführer nicht die Unsicherheit bemerkten, die sich ständig in meinem Gesicht spiegelte und an meinen Bewegungen zu sehen war.

»Wo sind die übrigen?« fragte ich den vorderen Fahrer und versuchte die aufkommende Unruhe zu unterdrücken, denn statt sechs Kippern waren nur zwei gekommen.

»Die sind noch tanken«, sagte der Fahrer, »aber ich seh ja keinen Bagger.«

»Ihr fahrt nach Wetrow«, kommandierte ich hart, ohne auf seine Frage einzugehen, »zur Holzverarbeitungsfabrik.«

Der zweite Kipper fuhr heran. Aus dem Fahrerhaus roch es warm und appetitlich: nach Wachstuch und Benzin, aber auch nach etwas Eßbarem.

»Was ist los?« fragte der zweite Fahrer, der eine flache Pelzmütze auf dem Kopf hatte.

»Wir sollen nach Wetrow fahren«, antwortete der erste Fahrer.

»Tja«, sagte der zweite Fahrer halb fragend, halb bestätigend und musterte mich mit vergnügtem Blick von den Halbschuhen bis zur finnischen Mütze, »aber du bist ja ganz durchgefroren, Bauleiter.«

Ich begriff sofort, daß dieser Mann mich durchschaut hatte. Er sagte nichts mehr und schien sich sogar meiner Anweisung zu fügen, aber sein Blick und seine Worte hinterließen in mir ein unangenehmes Gefühl, als hätte ich mich für einen anderen Menschen ausgeben wollen, der hier aus freiem Willen fror und sich mit Leib und Seele für seine Arbeit einsetzte, während er erkannt hatte, daß ich gezwungenermaßen hier war. Diese Lappalie, sollte man meinen, die ich mir selber eingeredet hatte, löste in mir, kaum daß die Kipper weg waren, einen Wutanfall aus, ähnlich dem, den ich im letzten Jahr nach der Demütigung durch Michailow empfunden hatte. Ich packte ein neben dem Graben liegendes Stück Schlauch, lief zu einer einsam stehenden Kiefer und schlug auf den Stamm ein.

Das war dumm und albern, obendrein widernatürlich. Es glich nur äußerlich dem vorjährigen Anfall. Damals war es echte Verzweiflung gewesen, jetzt war es Ärger über den Verlust meiner Schlauheit.

Nach der Abfahrt der beiden Kipper verging eine Stunde, aber die übrigen vier kamen nicht... Ich erinnere mich noch an den fahlen Himmel und den hellen Fleck, wo sich hinter Wolken die Sonne verbarg... Ich weiß nicht mehr, warum und in welchem Moment, aber plötzlich lief ich zur Verwaltung des Erholungsheims. Später, im Warmen, begriff ich, daß ich einen Fehler gemacht hatte und an meinen Qualen zum großen Teil selber schuld war. Natürlich hatte mich Konowalow ungerecht, ja, gemein behandelt, aber er wollte sicherlich nicht, daß ich in solch eine Lage, an der Grenze zum Erfrieren, geriet, denn er rechnete auf meine Eigeninitiative oder Schlauheit, die er mir zutraute.

Einen Kipper hätte ich dabehalten können, das hätte jeder Bauleiter gemacht und im warmen Fahrerhaus auf die übrigen Kipper gewartet. Aber ich hatte Angst, mich auf derartige Verstöße einzulassen. Nachdem ich also bis zur völligen Erschöpfung auf die vier Kipper gewartet und meine Aufgabe nicht erfüllt hatte, lief ich zur Verwaltung des Erholungsheims. Ich rannte durch die Pforte, ohne auf den Hund zu achten (er verfolgte mich), stieß die Tür zur Küche auf, die ich an den beschlagenen Fensterscheiben erkannte, und sah eine erschrockene Frau mit einer Wachstuchschürze. Mir war nicht klar, daß ich es war, der sie erschreckt hatte. Zum Glück schrie sie nicht, obwohl sie sichtlich kurz davor war, sondern fragte flüsternd:

»Was willst du?«

»Was trinken«, antwortete ich und ließ mich auf einen Hocker fallen.

Und da begann es mich zu schütteln und beuteln. Ich machte ruckhafte Bewegungen, warf die Beine hoch, zuckte mit den Ellbogen, wackelte mit dem Kopf, die finnische Mütze fiel herunter und schlug mit steinernem Laut auf den Zementboden. Ich schlotterte und hatte jedes Schamgefühl verloren, obwohl mich junge Frauen anblickten. Nur eine ältere Köchin oder Geschirrwäscherin hatte keine Angst, sich mir zu nähern und mir eine Tasse heißen Tee zu geben. Doch ich konnte sie nicht nehmen, weil meine Finger steif waren. Als die Köchin das begriff, flößte sie mir den starken süßen Tee ein, der Wunder wirkte, denn kaum hatte ich die halbe Tasse getrunken, wurde mir die Schmach und Schande meines Auftritts bewußt. Hatte ich in durchfrorenem Zustand in den hübschen Frauengesichtern Angst ausgelöst, so würde ich, kaum daß ich mich aufgewärmt hatte, ihr Gelächter auslösen.

Daran gewöhnt, besonders wenn ich zwar nicht vornehm, aber auffällig gekleidet war – Kordjacke und Fliege –, von den Frauen auf der Straße beachtet zu werden, konnte ich es nicht ruhig und nachsichtig hinnehmen, wenn Frauen über mich lachten, und da ich diese Schwäche an mir kannte, begriff ich, daß ich unverzüglich verschwinden mußte. Auch ein anderer Gedanke blitzte auf – die Kipper!

Die Angst wegen der Kipper riß mich hoch, und ich lief aus der warmen Küche, lange bevor mich die quälende Scham vor den Frauen hinausgetrieben hätte. Ich lief so schnell, als wären Verfolger hinter mir her (mich verfolgte tatsächlich der Hund, aber das begriff ich erst, als ich den Graben erreichte, mich umdrehte und den Hund sah, der zum Erholungsheim zurücklief).

Die Kipper waren nicht da.

»Lieber Gott«, sagte ich und hob den Kopf zum Gipfel der einsam stehenden Kiefer (ich glaubte nicht an Gott, aber manchmal, in Minuten der Verzweiflung, bat ich ihn plötzlich um Hilfe), »lieber Gott, gib, daß die Kipper noch nicht da waren... daß sie jetzt erst kommen... in zwei Minuten, in zehn Minuten... Ich werde warten...«

»Lauf zur Chaussee«, sagte eine Stimme hinter mir, »sie sind dort... Lauf schnell hin, sonst fahren sie weg...«

Ich zuckte zusammen und drehte mich um... Niemand da... Der Wind trieb den Schnee über den Boden... Es begann zu dämmern. Ohne nachzudenken, lief ich, so schnell ich konnte. Die vereiste Chaussee war leer, aber in der Ferne blinkte tatsächlich ein rotes Licht. Der Kipper hatte sich gerade in Bewegung gesetzt, er rutschte und rollte langsam auf die Fahrbahn, so daß ich noch hoffen konnte, ihn einzuholen.

»Halt!« schrie ich mit fremder, weibischer Stimme und lief, die Arme schwenkend, auf das Licht zu, balancierte voller Angst, ich könnte auf dem vereisten Asphalt hinfallen, denn dann würde mir der Kipper entwischen. »Halt!« schrie ich, zum Glück nur das eine Wort, denn längere Ausrufe hätten mir den Atem abgedrückt und mich am Laufen gehindert.

Das Licht erreichte die Mitte der Fahrbahn, ich machte einen verzweifelten Satz und griff nach der kalten eisernen Wagenpritsche, die mit gleichgültiger, unmenschlicher Kraft meiner Hand entglitt.

»Halt!« rief ich erschrocken und verschluckte mich an meinem Schrei.

Aber ich hatte Glück, der Fahrer hatte mich gehört, er öffnete die Tür einen Spalt breit und guckte aus dem Fahrerhaus.

»Was willst du?« fragte er.

»Bauleiter, Bauleiter«, sagte ich schwer atmend, sprang, mich an der Tür festhaltend, auf das Trittbrett.

75

»Was für'n Bauleiter?« fragte der Fahrer verwundert.

»Ich bin Bauleiter«, antwortete ich, »wo sind die anderen Kipper?«

»Aha, der Bauleiter«, wiederholte der Fahrer, »was ist denn hier los, Genosse Bauleiter? Wir wollten schon wieder wegfahren... Die Jungs sind da vorn, die holen wir gleich ein, dann werden sie mit Ihnen ein freundliches Gespräch führen...«

»Alles in Ordnung«, sagte ich, stieg erfreut und beruhigt in die Kabine und wärmte die Füße am Motor, »ich werd mich revanchieren...«

Der Fahrer gab Gas und holte die drei anderen Kipper an der Kurve ein.

»Wanja«, rief er lächelnd und lehnte sich aus dem Fenster, »der Bauleiter hat sich angefunden... Ich hab ihn unterwegs aufgelesen...«

Die Kipper blieben stehen.

»Was ist denn hier los?« sagte, näher kommend, auch Wanja und schob den Kopf mit dem warmen Panzerfahrerhelm herein, »wir stehen seit drei Stunden auf dem Objekt... Kein Bagger, kein Bauleiter... Die halbe Schicht ist rum... Wer bezahlt uns das? Wir wollten jetzt auf dem Weg zum Fuhrpark bei Ihrem Brazlawski vorbeifahren... Soll er den Fahrauftrag unterschreiben...«

Das mit der halben Schicht hatte er frech gelogen, aber in der warmen Küche des Erholungsheims sitzend, hatte ich seine Ankunft (mit drei Stunden Verspätung) verpaßt, und jetzt hatte nicht ich ihn in der Hand, sondern er mich, und er konnte wirklich zu Brazlawski fahren. Allem Anschein nach war er ein erfahrener Arbeiter und ließ sich keine günstige Gelegenheit entgehen, ein zusätzliches Sümmchen zu ergaunern und obendrein die Schwarzarbeit zu vertuschen, der sie zweifellos in den drei Stunden nachgegangen waren.

Eine Wagenpritsche war mit frischer Farbe beschmiert, offenbar hatten sie irgend etwas transportiert. Doch in den drei Jahren hatte auch ich eine gewisse Erfahrung erworben, darum überführte ich ihn nicht der frechen Lüge. Ich war selber schuld, daß mir diese »Schwarzarbeiter« schaden konnten.

»Jungs«, sagte ich sogar mit bittender Stimme, »so was kommt vor... Die Arbeit, ihr wißt ja selber... Ich wurde auf einem anderen Objekt aufgehalten... Entschuldigt, Jungs...«

»Was haben wir davon?« sagte Wanja grausam. »Deine Entschuldigung können wir nicht an den Fahrauftrag anheften...«

»Kurzum, er soll uns zehn zusätzliche Fahrten unterschreiben«, sagte der Fahrer, dessen Wagenpritsche mit Farbe beschmiert war.

»Wieso zehn?« Wanja blitzte ihn wütend an. »Er soll alles unterschreiben... Wir stehen hier seit drei Stunden... Sonst fahren wir zu Brazlawski...«

»Aber Jungs«, sagte ich bittend, als spräche ich mit Vorgesetzten, »hier ist doch überhaupt kein Bagger... Wie soll ich das unterschreiben...«

»Diese Fahraufträge werden erst in einem Monat bezahlt... Denkst du, die kontrollieren, wo an welchem Tag ein Bagger war und wo nicht?« sagte Wanja.

»Wenn die jeden Auftrag kontrollieren würden«, fügte der bislang schweigsame Fahrer meines Kippers hinzu, »könnten sie in ihren Arbeitszimmern nicht Schach spielen und zum Fußball abhauen.«

»Hast du Kinder, Bauleiter?« fragte, schon milder, Wanja.

»Ja«, log ich, um das Gespräch zu entkrampfen und unnötige Fragen und Tricks abzubiegen.

»Na siehst du«, sagte Wanja, »ich hab auch welche... Deine wollen was zu futtern und meine auch... Hab ich recht, Männer?«

»Die Zeit vergeht«, sagte ich, »ihr müßt zum Sapjornoje Feld zehn fahren, Jungs. Dort steht der Bagger still...«

»Wir geben dir die Aufträge ins Fahrerhaus«, sagte Wanja, »du wirst sie unterwegs abzeichnen... Filja setzt dich bei eurer Verwaltung ab und holt uns dann ein... Los, Jungs, fahren wir.«

Er war offenbar so eine Art Brigadier, und schließlich hätte er mir übler mitspielen können. Ein richtiger Lump wäre mit dem Trumpf in den Händen – kein Bagger und kein Bauleiter da – sofort wieder abgefahren, hätte die Geschichte aufgebauscht und in der Verwaltung Krach geschlagen, sie aber hatten immerhin auf mich gewartet, natürlich nicht drei Stunden, sondern zehn, fünfzehn Minuten... Und außerdem, wenn ich diese Fahrer in meiner wenig überzeugenden Version den Natschalniks gegenüber in ihrem wahren schlechten Licht darstellte, würde mich das auch nicht vor einer Strafe bewahren.

Diese Wendung der Angelegenheit, das heißt, meine Abhängigkeit von den Fahrern, ersparte mir also die Notwendigkeit, einen Bericht über sie zu schreiben, der immer, auch bei wahrheitsgemäßer Darlegung, nach Denunziation gerochen hätte, was mir unangenehm war (wie paradox; über Denunziationen später, bedeutend später). Dennoch, hätte sich die Angelegenheit anders gefügt, so wäre ich dazu gezwungen gewesen, um mich zu retten, besonders in Anbetracht meiner unsicheren, fast tragischen Lage. Jetzt war dieser ungute Weg zur Rettung versperrt, und obwohl ich vor der phantastisch schweren Aufgabe stand, nach einem anderen Ausweg zu suchen, war ich froh, keinen denunzierenden Bericht schreiben zu müssen.

SECHSTES KAPITEL

Ich kam gegen Ende der Plansitzung wieder in die Verwaltung und schwankte lange, ob ich Brazlawskis Zimmer betreten sollte. Still wieder zu gehen, ohne den Rhythmus und Verlauf der mehrstündigen Plansitzung zu stören, das hatte erhebliche Vorzüge, aber auch Nachteile. Mit meinem Erscheinen würde ich die allgemeine Aufmerksamkeit auf mich lenken, der

Ärger über die Unterbrechung des eingespielten Rhythmus konnte die von der vielstündigen Stickigkeit zweifellos ermüdeten Leute beeinflussen, und ihr Ärger, sich nun auch noch mit meinem Problem befassen zu müssen, würde in dem Wunsch nach nervlicher Entladung münden, besonders bei Brazlawski, einem nicht mehr jungen Menschen, so daß ich ernsthaften, ja, nicht wiedergutzumachenden Schaden davon haben würde, wenn zusätzliche, unvorhergesehene Faktoren hinzukamen, was unter solchen Umständen zu erwarten war... Andererseits würde mein stillschweigendes Verschwinden Konowalow einen Trumpf in die Hand geben, denn heute hatte ich endgültig begriffen, daß die Hauptgefahr für mich von Konowalow ausging, da er sich vor seinem Schwiegervater Brazlawski für die gute Tat rechtfertigen mußte, mich in seinen Bereich genommen zu haben. Weder Brazlawski noch Junizki oder Mukalo würden sich heute an mich erinnern, denn sie hatten genug andere Probleme und ernstere Mißlichkeiten, doch für Konowalow persönlich war ich eine ernste Mißlichkeit, darum würde er sich erinnern.

Wenn ich aber, nachdem ich unter schweren Bedingungen meine Aufgabe erfüllt hatte, Brazlawskis Zimmer betrat, durchgefroren, müde, eben erst zurück von der entlegenen Baustelle außerhalb der Stadt, wer weiß, vielleicht würde das Brazlawski gefallen, er war ein tüchtiger Mann, der sich hochgearbeitet hatte, er schätzte Einsatzbereitschaft, und womöglich würde er es so auffassen. Swetschkow, Siderski und Schlafstein würden mich unterstützen. Vielleicht würde selbst Junizki ein gutes Wort einlegen, er war ein unberechenbarer Mensch, ja, das wäre toll... Möglich war sogar eine positive Wende in meinem Arbeitsleben, wie es seinerzeit Swetschkow ergangen war. Welche Variante sollte ich anwenden: die erste (stiller Abgang nach Hause... Gefahr seitens Konowalows, aber nicht heute, sondern morgen, wenn sich vielleicht manches geändert hatte), oder die zweite (Rückkehr direkt

vom entlegenen Objekt, nach Erfüllung der Aufgabe...
Risiko... Der Gefahr entgegengehen, und womöglich
würde sich alles entscheiden und zum Guten wenden).
Ach, wenn ich gewußt hätte, wie die Atmosphäre in
der Verwaltung und auf der Sitzung war... Irina Nikolajewna wußte es, schwieg aber, benahm sich förmlich... Sicherlich hatte sie auch einen Rüffel bekommen, weil sie sich für mich eingesetzt hatte.

Die ledergepolsterte Tür Brazlawskis ging auf, und
heraus kam Raikow.

»Vielen Dank«, sagte er zu mir, »ich habe vorhin im
Fuhrpark angerufen, die Kipper arbeiten auf den richtigen Baustellen... Wissen Sie, ich bin tagsüber nicht
durchgekommen, und den Bagger hat Brazlawski selber auf allerhöchste Anweisung abgezogen... Er wurde
in den Hof des Präsidiums des Obersten Sowjets geschickt... Dort haben wir jetzt drei Stück im Einsatz...«
Raikow sprach erstens aus Unerfahrenheit so offen
mit mir, und zweitens, weil ich ihm aus der Klemme
geholfen hatte und er mir dankbar war. Wenn ich Konowalows Anweisung, die übrigens ungesetzlich war,
verweigert hätte und nicht nach Kontscha Saspa gefahren wäre, hätte Raikow selber fahren müssen, auch
wenn er früher Major gewesen und vom Kreisparte-
komitee zu uns geschickt worden war.

»Nochmals vielen Dank«, sagte Raikow, und das
gab mir solchen Auftrieb, daß ich mich für die zweite
Variante entschied, das heißt, hineinzugehen.

Als Raikow irgendein Diagramm geholt hatte und
wieder hineinging, schloß ich mich ihm an. Aber sowie
ich den Raum betrat, begriff ich, daß ich mich geirrt
hatte, als ich Raikows Verhalten für die allgemeine
Stimmung hielt. Wie ich in meiner ersten Variante ver-
mutete, war die Luft im Zimmer schwer, stickig und
verqualmt, und alle saßen mit müden Gesichtern da
und sahen aus, als hätten sie nicht ausgeschlafen. Ich
dagegen bot den Anblick eines Menschen, der aus der
frischen Luft kommt, und allein das weckte bei allen
unwillkürlich Neid und Feindseligkeit. Damit schlug

der erste äußere Faktor meines Plans ins Gegenteil um, ich machte nicht den Eindruck eines erschöpften Arbeiters, der zu Leuten kommt, die im Warmen sitzen, sondern im Gegenteil den eines munteren Mannes, der einen erfolgreichen Tag hinter sich hat und nun zu Leuten kommt, die zermürbt sind und sich gegenseitig getriezt haben. Warum das so gekommen war, weiß ich nicht, aber ungeachtet der eben erst erlebten Aufregungen und der Kälte fühlte ich mich jetzt, nachdem ich mich im Fahrerhaus aufgewärmt hatte, körperlich wohl. Beim Eintreten suchte ich nach einem leeren Platz, um mich unbemerkt zu setzen, und hoffte, daß Raikow mit seinen Tabellen die ganze Aufmerksamkeit der Natschalniks auf sich lenken würde.

Brazlawski, ein Mann mit kräftigem Kopf und grauem Kraushaar, saß an der Stirnseite des Tischs. Zu seiner Rechten saß Mukalo, zu seiner Linken Junizki. Ferner saßen am Tisch Konowalow und Litwinow. Das Protokoll führte Konowalowa.

»Na bitte, Iwan Timofejewitsch«, sagte Konowalow zu Brazlawski, als er mich bemerkte. (Im ersten Moment hatte er mich nicht bemerkt, weil er sich flüsternd mit Litwinow unterhielt und nicht auf die knarrende Tür achtete, denn er dachte, Raikow komme allein herein. Aber Litwinow, der mir zuerst lächelnd zuzwinkerte, stieß Konowalow an und zeigte auf mich.)

»Na also, Iwan Timofejewitsch, da ist ja der Held«, sagte Konowalow geradezu aufgekratzt, als habe er nun Gelegenheit, sich von den vielstündigen, ermüdenden Debatten zu erholen, »ich hab ihn auf meine Kappe genommen und weiß nun nicht, wem ich ihn schenken soll.«

Junizki, Mukalo Litwinow und Loiko lachten.

»Weißt du, Zwibyschew«, sagte Loiko plötzlich, »du wurdest heute gesucht...«

Und da machte ich noch einen Fehler. Ich wußte, daß Loiko mein Feind war. Das hatte er mit seinem Lachen gerade erst bestätigt. Aber ein Ertrinkender greift bekanntlich nach jedem Strohhalm.

Swetschkow, Schlafstein und Siderski, das heißt, die Leute, auf deren Fürsprache ich rechnete, saßen da und sahen weder mich noch einander an. Da kam mir plötzlich der irre Gedanke, Unterstützung bei Loiko zu suchen. Ich hatte ihm nie etwas Böses getan. Vielleicht hatte er, vom schlechten Gewissen mir gegenüber geplagt, beschlossen, mir in der schweren Minute zu helfen, und wollte mit diesem alltäglichen Satz (alle, auch Brazlawski, wußten, daß Loiko mich nicht leiden konnte), wollte also mit diesem alltäglichen Satz die Wand der Entfremdung zwischen mir und den Sitzungsteilnehmern durchbrechen.

»Wer hat mich gesucht?« fragte ich und blickte Loiko vertrauensvoll an.

»Zwei mit dem Schubkarren und der dritte mit dem Spaten«, rief Loiko, und seine Augen strahlten in aufrichtiger Freude, wie nach einer erfolgreichen Jagd.

Es brach ein solches Gelächter los, daß Irina Nikolajewna zur Tür hereinschaute.

Alle lachten. Nicht nur meine Widersacher, sondern auch Konowalowa und Raikow. Sogar Siderski und Schlafstein, wenn auch nicht so laut wie beispielsweise Loiko, der ganz rot geworden war und sich ein Taschentuch an die Augen hielt. Nur Swetschkow saß mürrisch da, schwieg aber. Brazlawski lachte auch nicht, lächelte nur kaum merklich. Irina Nikolajewna, die bei dem Scherz nicht im Zimmer gewesen war, bekam alles von der Konowalowa ins Ohr geflüstert und lachte nach allen anderen, was für neue Heiterkeit sorgte. Ich war erledigt. Ich hatte eine Strafpredigt, strenge Maßnahmen bis hin zur Entlassung befürchtet, aber sie hatten mich fröhlich und leicht vernichtet, wie nebenbei und ohne Kampf, ich stand ganz allein.

»Na, nun reicht's«, sagte Brazlawski schließlich, »zum Lachen haben wir wenig Grund... Wir müssen uns von Menschen befreien, die nicht gern arbeiten und der Verwaltung Schande machen.«

»Der Bagger wurde von seinem Objekt abgezogen«,

sagte Konowalow, »aber er hat die Kipper nicht abbestellt... Denken Sie nur, sechs Kipper sind umsonst hingefahren...«

»Schreiben Sie mir das auf«, sagte Brazlawski, »ich brauch's für den Befehl über die Entlassung.«

Konowalow hatte sich schlau und unbestimmt ausgedrückt. Es blieb unklar, nein, im Gegenteil, es kam klar heraus, daß die Kipper längere Zeit umsonst auf der Baustelle gestanden hatten. Raikow schwieg. Mir war es peinlich, mich selbst zu verteidigen, Raikow dagegen hätte sagen können, daß ich ihm geholfen hatte, die Kipper auf andere Objekte umzuleiten. Er hätte das sagen können, was er mir im Sekretariat gesagt hatte... Oder wenigstens die Hälfte davon... Aber er hatte erfaßt, daß die Leitung darauf eingestimmt war, mich zu entlassen, darum schwieg er.

»Schreiben Sie mir das auf«, sagte Brazlawski noch einmal zu Konowalow.

Doch der wurde pötzlich kleinlaut. Die Hoffnung auf Rettung winkte mir unverhofft vom anderen Ende, nicht von meinen Freunden und Gönnern, sondern vom allgemeinen bürokratischen System, dem alle untergeordnet waren.

Konowalow wollte mich sehr gern loswerden und hatte schon etliche Berichte über mich geschrieben, aber einen Bericht zu schreiben, der die Grundlage für meine Entlassung bilden, als Dokument in der Kaderabteilung registriert werden und durch alle Instanzen gehen sollte, dazu konnte er sich nicht entschließen. Ich weiß nicht warum, vielleicht verunsicherten ihn die Gerüchte über meinen Gönner-Onkel... Vielleicht, aber das war nicht die Hauptsache. Ihn verunsicherte der allgemeine bürokratische Behördeninstinkt, persönliche Initiative in äußerst unangenehmen Fällen nach Möglichkeit zu vermeiden, und solch ein äußerst unangenehmer Fall war im Behördensystem eine fristlose Entlassung. Dazu hätte sich, ohne auch nur nachzudenken, höchstens Loiko entschließen können, der mich nicht auf Grund der Umstände haßte, sondern körperlich... Aber Loiko gehörte zu einem anderen Bereich und besaß keinerlei juristische Befugnis. Konowalows Haß jedoch ging trotz seines Temperaments nur bis zu einer bestimmten Grenze, er wollte für diesen Haß nicht zu viel Kraft aufwenden. Einen kollektiven Bericht über mich hätte er mit Freuden unterschrieben.

»Ich hab versucht, ihn als Dispatcher einzusetzen«, sagte Mukalo, »aber er hat alles durcheinandergebracht. Raikow kann das kaum auseinanderfitzen...«

»Schreiben Sie's auf«, wandte sich Brazlawski an ihn, »schreiben Sie mir das alles auf ein Blatt Papier... Wenn Sie kein Papier haben, geb ich Ihnen welches«, fügte er etwas giftig hinzu.

Mir fiel ein, was mir Irina Nikolajewna von den Differenzen zwischen Mukalo und Brazlawski erzählt hatte. Differenzen, die ich nicht für mich auszunutzen gewußt hatte, obwohl ich in dieser Richtung nachgedacht hatte.

»Was soll ich denn schreiben«, antwortete Mukalo, betroffen von Brazlawskis Ton, und sprach plötzlich mit starkem ukrainischen Akzent. »Was soll ich denn schreiben, als Dispatcher unterstand er formal der Produktionsabteilung, Junizki.«

»So ist das eben bei uns, keiner ist zuständig«, sagte Brazlawski und steckte sich eine Zigarette an, »darum arbeiten wir auch schlecht, wir sind nicht mit dem Herzen dabei... Was man auch anpackt, und wenn's bloß darum geht, einen untauglichen und für uns unbrauchbaren Mitarbeiter zu entlassen, es ist nicht drin...«

»Da übertreiben Sie aber, Iwan Timofejewitsch«, sagte Junizki und stand auf.

Er hielt im allgemeinen mit der Wahrheit nicht hinterm Berg und und fürchtete sich nicht einmal vor offenen Auseinandersetzungen mit Brazlawski. Ich schöpfte neue Hoffnung und drehte mich zu ihm um, aber er sagte:

»Ich bin schon lange der Meinung, daß Zwibyschew

entlassen werden muß.« Nun gab ich innerlich den Kampf auf, hoffte nur noch auf die Umstände. »Ich bin schon lange der Meinung, daß wir ihn als Mitarbeiter nicht gebrauchen können, da haben wir überhaupt kein Problem, Iwan Timofejewitsch«, fuhr Junizki fort, »aber Zwibyschew arbeitet seit drei Jahren in der Verwaltung, der Produktionabteilung unterstand er nur einen Monat, und auch das nur formal, wie Genosse Mukalo richtig gesagt hat... Wir haben ihn nicht als Dispatcher zu uns geholt, dazu hat ihn, wir wollen doch ehrlich sein, der Genosse Mukalo gemacht... Auf diesem Posten hatte er nur mit dem Genossen Mukalo zu tun... Genosse Mukalo hat ihn auch wieder in den Bereich versetzt. Wie Taras Bulba schrieb: Womit ich dich gezeugt habe, damit werde ich dich auch töten...« Junizki lächelte.

Loiko und Raikow lachten, Konowalowa errötete.

»Und daß Zwibyschew einen Onkel in der Hauptverwaltung hat«, ergänzte Junizki, nachdem er sich wieder gesetzt hatte, »das muß uns nicht irremachen.«

»Was hat sein Onkel damit zu tun«, sagte Brazlawski ärgerlich, »wir pfeifen auf den Onkel... Sollen die von der Hauptverwaltung doch herkommen und hier an unserer Stelle rotieren...«

Als ich Dispatcher war, hatte ich gerüchteweise gehört, daß die Hauptverwaltung Brazlawski schon einige Male absetzen wollte, weil er kein Diplom hatte, aber er wurde auf der mittleren Ebene gestützt, im Trust. Sein unwillkürlicher Ausfall gegen die Hauptverwaltung bestätigte die Richtigkeit solcher Gerüchte.

»Was beschließen wir also in dieser Sache?« fragte Mukalo.

»Konowalow muß einen Bericht für Zwibyschews Entlassung schreiben«, sagte Junizki, »da kann es keine zwei Meinungen geben.«

»Wenn's danach geht«, sagte Konowalow und stand ebenfalls auf, »dann hat er bei mir auch nicht länger als drei Monate gearbeitet, denn ich bin ja erst seit kurzem im Bereich... In den Bereich übernommen hat ihn Mukalo, der war ja damals der Chef... Und die Anweisung, ihn als Bauleiter einzustellen, hat Junizki unterschrieben, so ist das... Ich hab in der Kaderabteilung nachgesehen... Junizki hat damals als Chefingenieur fungiert, denn Iwan Timofejewitsch war verreist.«

»Iwan Timofejewitsch hat übrigens die Anweisung abgezeichnet«, warf Junizki von seinem Platz ein, »darum geht's also nicht... Red zur Sache, Konowalow, und beruf dich nicht auf den Schnee vom letzten Jahr. Die Frage ist... Wer schreibt für den Chef den Bericht über die Notwendigkeit, Zwibyschew zu entlassen?«

Er sprach den letzten Satz, als hackte er jedes Wort mit der Handkante auf dem Tisch ab... Und da überkam es mich... Ich sagte schon, daß ich den Kampf innerlich bereits nach Junizkis Worten aufgegeben hatte, als meine Hoffnung endgültig erloschen war. Hätte man mich schlicht und einfach entlassen, so hätte ich keinen Mucks zu meiner Verteidigung zu sagen gewagt. Aber wie diese Leute miteinander feilschten, um mein Schicksal feilschten, ohne mich überhaupt noch zu beachten, als wäre ich ein Haufen Müll, das empörte mich, und die Empörung verlieh mir Kräfte. Keiner von denen, die administrative Macht hatten, wollte eine so schmutzige Arbeit auf sich nehmen, Loiko jedoch, der sie liebend gern getan hätte, das sah ich an seinen Augen, war dazu nicht berechtigt. Da begann ich reden, zum erstenmal auf einer Plansitzung, redete in tiefer Stille, die vor Überraschung eingetreten war, mit fremd klingender Stimme. Alle Anwesenden, ob sie mir feindselig, mitfühlend oder gleichgültig gesonnen waren, wie zum Beispiel Litwinow, empfanden im ersten Moment wohl das gleiche – Verwunderung... Ich glaube, wenn Irina Nikolajewnas Pudel, den ihre Tochter manchmal in die Verwaltung mitbrachte, hereingekommen wäre und plötzlich zu sprechen begonnen hätte, wäre die Verwunderung nicht größer gewesen.

»Drei Jahre«, sagte ich, »oftmals zwei Schichten hintereinander... Bei Frost und Kälte und Regen... Und als der Bagger in der Ziegelei eingebrochen ist, wer hat da einen Tag und eine Nacht... Ich hab damals sogar eine Geldprämie bekommen« (das war unklug, denn es entsprach nicht meiner Aufgabe, die ständige Herzlosigkeit mir gegenüber aufzuzeigen). »Und am Klowski-Abhang, bei dem Großeinsatz... Fragen Sie Swetschkow« (das war unfair. Ich zog Swetschkow mit hinein, zu einem Zeitpunkt, wo es schlecht um mich stand). »Und zum Dispatcher hat man mich nur gemacht, damit ich auf die Nase falle... Denken Sie, ich weiß das nicht... Zu Raikow verhält man sich ganz anders, weil er Major war und in der Partei ist« (das war die dümmste Erklärung in meiner dummen Rede. Schlafstein blickte mich an und schüttelte vorwurfsvoll den Kopf. Obendrein machte ich mir damit auch Raikow, der sich unter den gegebenen Umständen nicht schlecht zu mir verhalten hatte, zum Feind). »Und überhaupt, warum verhöhnen Sie mich, warum können Sie mich nicht leiden?« (Das war der einzige aufrichtige, an Menschlichkeit appellierende, von Herzen kommende Satz, geeignet, die Schwankenden zu beeinflussen und die Wohlmeinenden zu aktivieren, wenn ich diesem aufrichtigen Satz nicht Drohungen und Anspielungen hinzugefügt hätte.) »Damit kommen Sie nicht durch«, sagte ich, »man wird Ihnen beikommen... Ihre Manipulationen... Merken Sie sich, ich bin nicht blind... Sie werden schon sehen... Es kommt die Zeit.« Zum Glück bekam ich einen Krampf in der Kehle und verstummte. Ich glaube, das merkte man, denn Konowalowa blinzelte und stieß einen Seufzer aus.

Dieser Schluß hatte freilich auch etwas Gutes. Die Drohungen, die ich, ein in ihren Augen nichtiger Mensch, ausgestoßen hatte, wirkten zwar lächerlich, konnten aber, merkwürdig genug, die Betreffenden ein wenig beunruhigen, und sei es auch nur, weil sie etwas Derartiges am allerwenigsten von mir erwartet hatten. Der Fehler jedoch bestand in der Konkretheit meiner Drohungen, in der Anspielung, gewisse Manipulationen zu entlarven, was Feinde wie Wohlmeinende gegen mich zusammenschloß. Ich wußte ja, daß sich nicht nur Konowalow, Junizki oder Loiko gewisse Verstöße erlaubten, sondern auch Schlafstein, Siderski und sogar Swetschkow.

»Setz dich, Zwibyschew«, sagte Brazlawski und bewies ein übriges Mal seine in der Produktion gestählte Standhaftigkeit, »du kannst schreiben, wohin du willst, aber störe jetzt nicht den Ablauf der Plansitzung... Es kommt doch bloß Blödsinn dabei heraus. Wir haben schwierige Produktionsprobleme, beschäftigen uns aber mit Zwibyschew.«

Ich ging in eine Ecke, wo ein freier Hocker stand, und setzte mich, möglichst weit weg von meinen ehemaligen Freunden Swetschkow, Siderski und Schlafstein. Ich bemühte mich, nicht zu ihnen hinzusehen, und sie blickten nicht in meine Richtung, sie waren mit ihren Produktionsangelegenheiten beschäftigt, deren Erörterung, durch mein Kommen unterbrochen, nun weiterging. Kaum hatte ich mich gesetzt, begriff ich, daß ich mich dumm benommen hatte und keinem außer mir selbst die Schuld geben konnte. Ich habe eine seltsame Eigenschaft. Wie die Franzosen sagen, werde ich »noch auf der Treppe« klug, das heißt, einen Moment nach der begangenen Dummheit. In der Ecke sitzend, ging ich meine Rede durch. Nachdem ich alles analysiert hatte, befand ich, daß meine Freunde keine Schuld trugen, ganz im Gegenteil, vor Swetschkow zum Beispiel hatte ich mich schuldig gemacht. Niemand hat das Recht, zu seiner eigenen Rettung das Schicksal eines Freundes ohne dessen Zustimmung zu gefährden... Swetschkow liebt seine Arbeit, er arbeitet gut, wird von der Leitung geschätzt, bekommt jeden Monat Geldprämien, manchmal sogar zwei Gehälter... Dabei hatte er anfangs genauso einen schweren Stand wie ich... Das hatte mir Irina Nikolajewna erzählt. Es stand sogar seine Kündigung zur

Debatte. Aber er konnte seine Eignung und Befähigung beweisen... Vor kurzem hatte er geheiratet, war Vater geworden... Welches Recht habe ich, ein alleinstehender Mensch, von Swetschkow irgendwelche Aktivitäten zu meiner Unterstützung zu verlangen? Wenn er heute schweigt, bedeutet das, er hat die Stimmung auf der Sitzung verstanden, weiß vielleicht etwas, was ich nicht weiß... Vielleicht wartet er ab... (Das alles sollte sich bestätigen. Nicht nur Swetschkow, sondern auch Schlafstein, Siderski und sogar Konowalowa, die Schwester meines Hauptpeinigers, gingen am nächsten Tag zu Brazlawski und legten ein gutes Wort für mich ein. Das erfuhr ich von Irina Nikolajewna.)

Die Sitzung ging zu Ende. Da ich ganz hinten saß und nicht als erster hinausgehen konnte, wartete ich, bis alle draußen waren, denn ich wollte mit keinem zusammentreffen, auch nicht mit meinen Freunden, obwohl die Analyse zu ihren Gunsten ausgefallen war. Die Entscheidung über mich hing in der Schwebe, vielleicht dank meiner dummen Rede, die doch nicht ohne Wirkung geblieben war. Alles war unbestimmt. Sollte ich morgen auf die Baustelle gehen (was qualvoll wäre) oder sollte ich mir meine Papiere holen (was schrecklich wäre)? Ich ging ins Sekretariat.

»Zwibyschew«, sagte Irina Nikolajewna höflich und sanft, »Mukalo bittet Sie, zu ihm zu kommen.«

Ich hatte nichts mehr zu verlieren und ging in sein Zimmer.

»Nimm Platz«, sagte Mukalo. Er ging um den Tisch herum und setzte sich mir gegenüber in einen Sessel, was sogleich eine halboffizielle Atmosphäre schuf. »Du siehst ja, was sich tut«, sagte Mukalo in vertraulichem, familiärem Ton, »wenn sie einen Menschen rausekeln wollen, dann ekeln sie ihn auch raus... Das unter uns... Ich hab mich für dich bemüht, so gut ich konnte... Jewsej Jewsejewitsch« (offensichtlich Michailows Freund, ich hörte den Namen zum erstenmal), »Jewsej Jewsejewitsch hat nämlich mich damals vor drei Jahren deinetwegen angerufen... Bloß gut, daß Brazlawski zu dem Zeitpunkt verreist war, und Junizki habe ich überredet... Ich an deiner Stelle würde zu Jewsej Jewsejewitsch gehen und sagen... So und so sieht's aus... Drei Jahre lang hat mir Mukalo geholfen... Jetzt hat er keine Möglichkeiten mehr... Jewsej Jewsejewitsch wird dich woanders unterbringen... Aber ja... In seiner Position... Da wird eine neue Verwaltung aufgebaut, Wasserbau... Am besten, er bringt dich in der Projektierung unter... Dort wärst du am Platze... Aber hier, entschuldige, bist du allen bloß im Wege... Reich deine Kündigung ein, ich verspreche dir ein sauberes Arbeitsbuch... Wir tragen keinen einzigen Verweis ein... Ich werde selber mit Nasarow sprechen... Andernfalls schreibt dir Brazlawski was... Entlassen wegen Desorganisierung der Arbeit und fertig... Du hast es schon schwer genug, eine Arbeit zu finden, und hier bist du erledigt...«

»Wann soll ich die Kündigung schreiben?« fragte ich.

»Schreib sie gleich jetzt«, sagte Mukalo leise in demselben vertraulichen Ton und sah mir in die Augen.

Ich versuchte, es ihm gleichzutun, und freute mich, daß die Ungewißheit hinter mir lag und ein Ausweg gefunden war. Eile war geboten. Sie konnten mich wirklich mit einer äußerst abschätzigen Beurteilung entlassen, und das würde vielleicht meinem heimlichen Plan schaden, an der Universität ein Studium aufzunehmen. Unbegreiflich war bloß, daß ich das nicht früher begriffen, sondern so viel Kraft für meine eigentlich schon unnötige und unnütze Verteidigung aufgewandt hatte. Gut, daß ich heute nach Kontscha Saspa gefahren war, sonst hätten sich die Unannehmlichkeiten, die mein Arbeitsverhältnis hier beendeten, noch mehr zugespitzt. Dann hätte mir wohl nicht einmal Mukalo geholfen. Ich nahm ein Blatt Papier vom Tisch und schrieb: »Ich bitte, mich auf eigenen Wunsch zu entlassen.« Das war eine dumme Formulierung. Ich hätte schreiben müssen: »Ich bitte, mich aufgrund persönlicher Umstände zu entlassen.« Aber Mukalo nahm sofort meine Kündigung, las sie durch und sagte:

»Gut so... Morgen bekommen Sie Ihre Papiere.« Zum erstenmal in den drei Jahren hatte er mich gesiezt. Das registrierte ich. Gesiezt hatte man mich nur, als ich durch hohe Protektion, wie man meinte, eingestellt wurde. »Holen Sie sich bei Irina Nikolajewna den Laufzettel.«

Ich ging hinaus.

»Was ist?« fragte Irina Nikolajewna.

»Geben Sie mir den Laufzettel«, sagte ich.

Sie seufzte bekümmert und nahm einen Laufzettel aus dem Schubfach.

»Haben Sie das Gewerkschaftsbuch dabei?« fragte sie.

»Nein, aber ich bin auf dem laufenden«, antwortete ich.

»Ich glaube Ihnen«, sagte sie, seufzte wieder und unterschrieb in der Spalte: Vorsitzender des Gewerkschaftskomitees. Dann unterschrieb sie weiter unten, in der Spalte Bibliothek, die von ihr nebenamtlich geleitet, aber von niemandem genutzt wurde.

Jetzt, da mein Schicksal entschieden war, gab Irina Nikolajewna ihren kalten, förmlichen Ton mir gegenüber auf und sah mich wieder teilnahmsvoll an, wie früher einmal, als sie sich für mich eingesetzt hatte.

Ich ging in den Hof, der von Laternen und den Funken eines Schweißbrenners erhellt war... Bei dem defekten Bagger schlug ein hochgewachsener Schlosser, trotz des Frostes in offenstehender Wattejacke, mit einem Vorschlaghammer auf eine Metallscheibe ein. Von seiner Brust stieg Dampf auf. Bei jedem Schlag stieß er geräuschvoll Luft aus. Kaum verebbte der dumpfe metallische Ton, da brachte ihn der Schlosser mit einem neuen Schlag wieder zum Klingen, ließ ihn nicht erlöschen... Ich ging über den schmutzigen, ölverschmierten Schnee, der klumpig den Hofasphalt bedeckte, und suchte mir zwischen Fässern, Brettern und Metallteilen einen Weg zum Tor. Ich schritt zügig aus, um das alles so rasch wie möglich hinter mir zu lassen. Aber als ich aus dem Tor heraus war, folgte mir ein Laster. Auf der Pritsche standen Junizki und Litwinow und hielten sich am Dach des Fahrerhauses fest.

»Zwibyschew«, rief mir Junizki lächelnd zu, »steig auf, wenn du ins Zentrum willst.«

Ich mußte ins Zentrum, und mit dem Laster sparte ich mindestens eine halbe Stunde, denn vom Zentrum konnte ich mit dem Obus 8 ohne Umsteigen zu unserem Wohnheim fahren. Ich mußte mich noch umziehen und wenigstens einen Happen reinwerfen, damit ich nicht ganz hungrig zu den Broidas kam und das leckere Essen, das mich dort erwartete, nicht so gierig hinunterschlang. Ich kletterte auf den Laster und begriff, als ich oben war, daß ich das nicht hätte tun sollen, selbst wenn ich zu spät gekommen wäre. Nun mußte ich noch eine Viertelstunde mit den Leuten zusammensein, die mir jetzt, nachdem ich die Kündigung geschrieben und mich von ihnen befreit hatte, besonders unangenehm waren. Selbst Swetschkow wäre mir jetzt unangenehm gewesen, weil in meiner Vorstellung auch er zu dem ganzen mir feindlichen Komplex gehörte. Erst recht Junizki, in dessen Gegenwart ich mich nach wie vor befangen und unsicher fühlte; offenbar hatte ich meine neue, unabhängige Lage zwar mit dem Verstand begriffen, fühlte sie aber noch nicht mit dem Herzen. Und offen gesagt, ich nährte noch eine gewisse Hoffnung... Ich will nicht heucheln, nicht nur aus Zeitersparnis, sondern auch wegen dieser Hoffnung war ich auf den Laster geklettert. Denn kaum hatte ich die Kündigung geschrieben, war ein Anfall von Angst über mich gekommen. In meiner schweren, demütigenden Lage hatte ich nun auch noch meinen Broterwerb verloren.

»Na, was ist«, fragte Junizki lächelnd, »wirst du dich bei deinem Onkel über uns beschweren?«

»Ich habe überhaupt keinen Onkel«, sagte ich leise und überlegte krampfhaft, wie ich dem Gespräch eine vertrauliche Wendung geben könnte.

Vielleicht ist es doch gut, daß ich aufgestiegen bin, dachte ich. Junizki hat allerhand Einfluß, und daß er mich jetzt mitnimmt, nachdem er mich so heruntergemacht hat... Vielleicht kommt hier alles wieder in Ordnung, rückt sich zurecht... Und ich werde später erzählen: Ich hab schon gedacht, alles ist aus, und hab meine Kündigung geschrieben... Dann gehe ich raus, und plötzlich holt mich ein Laster ein...

»Konowalow will morgen zu dir auf die Baustelle kommen«, sagte Litwinow.

Also wissen Litwinow und Junizki noch gar nicht, daß ich die Kündigung geschrieben habe, dachte ich und versuchte einzuschätzen, ob das ein gutes Zeichen war oder ein schlechtes.

»Ich habe meine Kündigung eingereicht«, sagte ich.

»Na so was«, sagte Junizki aufrichtig erstaunt. »Von selber?«

»Entlassen auf eigenen Wunsch des Chefs«, sagte Litwinow und lachte.

»Darauf müssen wir einen trinken«, sagte Junizki lächelnd (wenn er mich ansah, lächelte er dauernd), »immerhin fängst du ein neues Leben an.«

Er klopfte aufs Dach des Fahrerhauses. Der Laster hielt am Straßenrand. Wir stiegen aus und gingen zum Kiosk.

»Sie hat keinen offenen Wein«, sagte Junizki, ins Innere blickend, »wir müssen eine ganze Flasche nehmen.«

Ich ertastete in der Tasche zwei Scheine (heute esse ich bei den Broidas. Morgen verzichte ich auf die Bonbons zum Tee, und außerdem bekommt Vitka Grigorenko Gehalt und spendiert mir anläßlich seines Geburtstags ein Abendessen. Die eingesparte Summe deckt also die jetzige Ausgabe, folglich habe ich nicht allzu viel eingebüßt, na ja, zwei Mittagessen, nicht mehr... Die kann ich völlig ausgleichen, wenn ich die

Ausgaben etwas einschränke... zum Beispiel zum Mittagessen kein Kompott nehme... Allerdings kann ich vorläufig nicht im Wohnheim Abendbrot essen, weil ich gezwungen bin, erst spät nach Hause zu kommen... Und unterwegs in einer öffentlichen Verpflegungsstätte essen kommt immer teurer).

Durch die unerwartete und unvorhersehbare ernste Ausgabe in fieberhafte Berechnungen zur Wiederherstellung des finanziellen Gleichgewichts vertieft, verlor ich für eine Weile Junizki und Litwinow aus dem Blick.

Unterdessen trank Junizki den Wein gleich aus der Flasche und leckte sich die Lippen.

»Willst du?« fragte er Litwinow.

»Nein, nein«, sagte Litwinow, »da mach ich nicht mit... Wozu bin ich überhaupt mitgezottelt?«

Er ging zurück zum Laster. Junizki trank den Rest aus und gab mir die leere Flasche.

»Tu sie irgendwohin«, sagte er und ging auch zum Laster. »Willst du noch weiter mit?« fragte er, sich umdrehend.

»Nein«, antwortete ich.

Als der Laster abgefahren war, sah ich mich um, ging zu einer Mülltonne und warf die Flasche hinein. Ich befand mich in der Nähe eines meiner Lieblingsboulevards. Wenn ich ihn ein Stück hinaufging und dann rechts abbog, war ich bald in der Bibliothek. Plötzlich erwachte ich wie aus einem Alptraum, und wie das so ist, wenn wir nach einem nächtlichen Alptraum erwachen, freute ich mich, daß in Wirklichkeit alles anders war, und lachte sogar leise über all meine Ängste und Dummheiten. Den ganzen Tag hatte ich mich wie ein Geistesgestörter benommen. Dabei war ich doch seit langem entschlossen zu kündigen, es war ein Teil meines Plans, und mit dieser Absicht war ich zur heutigen Sitzung gegangen. Natürlich ist das kein leichter Schritt, wer wird da widersprechen, und es kann wohl sein, daß sich das Alltägliche und Kleinliche, das in mir saß und nach außen drängte und das meinem Geheimnis, meinem »Inkognito«, meiner Idee feindlich gesonnen war, daß sich dieses Alltägliche, Kleinliche und Jämmerliche, das in mir saß, an die Beständigkeit klammerte und mir Angst vor Entschlüssen einflößte, die diese Beständigkeit zunichte machen könnten. Hierbei kommen uns zufällige Umstände zu Hilfe, Mißerfolge und Gefahren, gegen die wir mit letzter Kraft kämpfen, aber wenn wir Glück haben, kämpfen wir erfolglos, kämpfen wir vergebens, und das alles zusammen zwingt uns, den Weg zu gehen, von dem wir nur träumen konnten, wenn wir den Kampf gegen die alltäglichen Mißerfolge gewonnen und Beständigkeit erreicht hätten.

Ich begriff, daß ich heute einen wichtigen Schritt auf meine Idee zu getan hatte... Meine Idee war bislang unbestimmt, hin und wieder blitzte etwas Konkreteres auf, aber in unterschiedlichen, häufig gegensätzlichen Blickwinkeln, und ich hütete die Idee ängstlich und erlaubte nicht, nicht einmal bei seelischer Depression, daß vor der Zeit ein Blick in mein Inneres geworfen und auch nur ein Krümchen meiner Idee benutzt wurde. Ich heuchle nicht, wenn ich sage, daß sie für mich selbst bislang fast genauso ein Geheimnis war wie für meine Umgebung. Bildlich gesprochen, war meine Idee so etwas wie ein lebendiges zartes Wesen, bislang noch unfähig, in der mich umgebenden rauhen Wirklichkeit zu leben, und ich wärmte sie an meiner Brust, erlaubte mir selbst keinen Blick auf sie und empfand sie nur... Übrigens erlaubte ich mir in letzter Zeit manchmal, diese Empfindungen im alltäglichen Kampf zu benutzen, worüber ich schon sprach... Es war ein gefährliches Anzeichen der Erschöpfung meiner Lebenskräfte... Aber ich benutzte im Alltag nur die Empfindung der Idee, nicht aber die Idee, die ich selbst instinktiv nicht vor der Zeit sehen und begreifen wollte... Die Idee, das war das einzige, wo ich mathematisch genau war und keinen einzigen unbedachten Schritt tat. Und das bei meinem unbeständigen Charakter. Als Empfindung spürte ich die Idee deutlich: Früher oder später wird sich die Welt um mich drehen wie um ihre eigene Achse. Aber wie, auf welcher Ebene, unter welchem Winkel, wußte ich nicht und erlaubte ich mir nicht zu wissen, denn ich mißtraute meiner Festigkeit und Fähigkeit, das Geheimnis zu wahren. Eins wußte ich genau: Wenn ich diese Idee vor der Zeit aus meiner Seele herausließe, würde sie zugrunde gehen... Davor mußte ich mich in acht nehmen.

SIEBENTES KAPITEL

Als ich aus dem Bus gestiegen war, blieb ich stehen und überlegte, welchen Weg ich zum Wohnheim einschlagen sollte. Es war eine recht gefährliche Zeit, sieben Uhr abends, da war Tetjanas Kleiderkammer offen, und die Heimleiterin Sofja Iwanowna ging um diese Zeit häufig durchs Haus. Außerdem bestand die Gefahr, mit ihr auf dem kleinen Stück Straße zusammenzustoßen, das vom Bus zur Wohnheimverwaltung und weiter zu den Wohnheimen führte. Es wäre besser gewesen, den Umweg über die Parallelstraße zu nehmen und den Eingang über den Hof zu erreichen, aber ich hatte wenig Zeit und ging das Risiko ein. Den Kopf leicht eingezogen und mich an die Häuserwände drückend, schritt ich, mich immer wieder nach allen Seiten umblickend, rasch aus und beschleunigte das Tempo besonders zwischen den Haustüren... Ich muß dazu sagen, daß ich die Wirkung, die unmittelbare Begegnungen und Kontakte auf meine Lage haben würden, vielleicht ein wenig übertrieb. Ich stand sowieso auf der Liste derer, die die Benachrichtigung bekommen hatten, und mein Bett galt bereits als potenziell von mir geräumt und frei für die Aufnahme einer Arbeitskraft, die der Trust brauchte. Aber zweifellos wirkten sich solche Begegnungen in der hektischen und unbeständigen Periode der frühjährlichen Ausweisungen verheerend auf meinen Seelenzustand aus, und dann war es nicht mehr weit bis zu Skandalen und Zusammenstößen mit Sofja Iwanowna, von Tetjana gar nicht zu reden. Beim jetzigen Stand der Dinge konnten meine Beziehungen zu diesen Menschen nur schmachvoll oder für mich demütigend sein. Aber selbst wenn ich mich demütigte, würden sie es, besonders Tetjana, nicht einmal akzeptieren, sie würden sich in ihrer Erbitterung gegen mich nur bestärkt fühlen. Ich wußte auch nicht, ob ich jetzt überhaupt die Kraft zu solcher Demütigung aufbringen würde, obwohl der Schlafplatz für mich eine Lebensfrage und die Zukunft meiner Idee war. Nur mit siebzehn Jahren kann man unbeschwert in der Luft hängen und sogar die Lage eines Landstreichers fröhlich hinnehmen, in dem Glauben, daß der Mensch nicht untergehen kann... Er kann untergehen, das weiß ich genau, zumal mit neunundzwanzig Jahren.

Man sagt, in Rom schlafen die Obdachlosen unter Brücken. Bei uns kann man nicht unter Brücken schlafen, schon gar nicht mit zwei Koffern... Mal angenommen, ich verbrachte die erste Nacht auf dem Bahnhof, und weiter? Die Broidas würde ich nie um ein Nachtlager bitten, das hieße, das Einzige zu entweihen und zu besudeln, das mich mit jenem Leben verband, vom dem ich träumte und in dem meine Idee erblühen und sich entfalten sollte... Außerdem, womöglich wiesen sie mich ab... Nein, gar nicht erst daran denken, dann lieber zu den Tschertogs... Einen Tag oder auch zwei... Und was weiter? In meinem Leben würde Chaos anbrechen, keine Bibliotheksbesuche mehr, und in den öffentlichen Verpflegungsstätten wären meine Ersparnisse sehr rasch aufgebraucht. Irgendwohin zu fahren war nicht drin... Bei meinen Nerven, meiner schlechten Gesundheit, zu fremden Menschen, mit denen ich nicht klarkam... Hier dagegen schien sich alles eingespielt zu haben, eine bestimmte Ordnung war eingeführt, Verbindungen waren geknüpft, eine Konzeption für weitere Handlungen ersonnen und ein Plan ausgearbeitet, zu dessen Verwirklichung heute der erste wichtige und schwere Schritt auf dem erwählten Weg getan worden war... Wenn sie nur nicht diesem Traum, der Realität zu werden begann, die Stütze entzogen, den Schlafplatz, das Eisenbett mit dem Sprungrahmen, das als Grundlage meiner großen Idee diente, wie paradox das auch klingen mochte. Nein, das war kein lächerliches Paradoxon, das war die Realität... Darum war ich bereit, mich vor denen zu demütigen, die mir das Nachtlager und das Dach überm Kopf wegzunehmen drohten... Mich rechtfertigte meine Idee. Aber wie ich schon sagte, würde mir in der entstandenen Situation eine Demütigung bloß schaden... Blieben die Skandale. Im ersten Jahr meines Lebens im Wohnheim, als ich noch unerfahren war, mißbrauchte ich Michailows Autorität und Dienststellung und war in meiner Beziehung zur Heimleiterin ständig »auf der Palme«, wie man so sagt, schrie sie an und drohte ihr sogar mit Entlassung... (Wie dumm und jung ich vor drei Jahren noch war.) Bis dahin auf mich allein gestellt, hatte ich plötzlich einen einflußreichen Gönner erworben und dachte, nun sei meine Zeit gekommen und eine Möglichkeit gefunden, Selbstvertrauen zu erwerben. Daher meine groben Ausfälle und die Drohungen, durch Michailow die Entlassung der Heimleiterin zu erwirken, weil sie mich als einen Bewohner, der nicht in ihrem Trust arbeitete, rauszuwerfen versuchte. Dieser Wahn verflog sehr bald (wozu Michailows zunehmend spöttische Haltung mir gegenüber beitrug), der Wahn verflog, und ich begriff, daß Michailows Unterstützung mich nicht im Leben konsolidierte, sondern mir nur erlaubte, irgendwie ungesetzlich zu existieren, während ich ohne seine Unterstützung nicht einmal die Möglichkeit einer unbeständigen Existenz gehabt hätte. So gründete ich meine Taktik darauf, jeden Kontakt mit Amtspersonen zu meiden, als existierte ich in der Periode der frühjährlichen Ausweisung überhaupt nicht. Diese Taktik hatte ich im vergangenen Jahr erfolgreich angewandt, bis Michailow sich einschaltete und die Sache regelte.

Als ich jetzt an den Häuserwänden entlang zum Wohnheim ging, befolgte ich wieder diese Taktik. Zwar hatte ich in einem Punkt gegen sie verstoßen, indem ich zu so gefährlicher Zeit den Weg ging, wo die Wahrscheinlichkeit, der Heimleiterin oder Tetjana zu begegnen, recht hoch war. (Eine Begegnung mit Margulis fürchtete ich nicht, denn er kannte mich nicht von Angesicht.) Mich entschuldigte der Umstand, daß ich sehr in Eile war. Ich hatte die Straße glücklich hinter mir, da erwartete mich direkt am Eingang des Wohnheims eine unangenehme Überraschung. Die Heimleiterin Sofja Iwanowna, Tetjana im weißen Dienstkittel, über die Wattejacke gezogen, der Hausmeister, eine Putzfrau und die Diensthabende, sie alle standen am Eingang und versperrten mir den Weg. Vor Schreck rannte ich hinter die Ecke des Nachbargebäudes. Doch als ich hervorlugte, begriff ich, daß dieser Auflauf nicht mir galt, und als ich mitbekam, wohin sie blickten, und Gesprächsfetzen auffing, begriff ich auch, worum es ging.

In unserem Gebäude, ich glaube, in Zimmer 27, wohnte der Maurer Adam. Seinen Namen hatte ich erst kürzlich erfahren, obwohl wir uns in den drei Jahren im Korridor, im Kulturraum oder in der Toilette begegnet waren, aber wir hatten uns wohl nicht einmal gegrüßt, wie ich auch viele andere nicht grüßte, die ich nur vom Sehen kannte. Aber eines Tages, erst neulich, traf ich diesen Adam bei Vitka Grigorenko im Zimmer, und er zog mich plötzlich ins Gespräch. Seine Worte erstaunten, ja, erschreckten mich, erstens, weil sie überraschend kamen und nicht seinem Ausssehen entsprachen, und zweitens: Warum sprach er ausgerechnet mit mir darüber, hatte er etwa mein »Inkognito« durchschaut?

»In der Welt«, sagte Adam, »gibt es verwandte Seelen. Jeder Seele entspricht eine andere verwandte Seele, eine ganz bestimmte, eine Zwillings-Seele, ihre andere Hälfte, die sich schon bei der Schöpfung des Lebens abgetrennt hat. Die menschlichen Schicksale bewegen sich vielleicht in einer bestimmten staatlichen Ordnung, aber in einem anderen Sinne sind ihre Bewegungen chaotisch, darum ist eine Begegnung verwandter Seelen, die Vereinigung beider Hälften zu einem Ganzen selten... Am häufigsten begegnet der Mensch, wenn er Glück hat, einer Seele, die seiner Hälfte qualitativ weitgehend nahekommt, und lebt mit ihr glücklich und gut, weil er nichts von der engelsgleichen Glückseligkeit weiß, die ihn erwarten würde, wenn er jene Seele träfe, die einzige, faktisch seine eigene... Aber neben den verwandten Seelen gibt es Seelen-Antipoden, Seelen-Feinde. Jede Seele hat eine Seelen-Antipode, einen Seelen-Feind, das sind Seelen, die bei der Schöpfung des Lebens am weitesten voneinander entfernt waren... Beide Seelen können von engelhafter Reinheit sein, aber wenn sie einander begegnen, erwacht in ihnen der Teufel... Zum Glück sind solche Begegnungen selten. Am häufigsten treffen wir auf jene, die uns nicht sehr nah sind, aber auch nicht sehr fern... Darum sind unsere Seelen von Fäulnis und Stagnation ergriffen.«

Ich habe seine Rede in geordneter Form wiedergegeben, denn er sprach in gebrochenen, falsch gebauten Sätzen und zwinkerte dabei stark mit beiden Augen, als hätte er einen Augenfehler. Er sagte weitaus mehr, aber vieles verstand ich nicht. Ich hörte ihm sogar mit einiger Verlegenheit zu. Erst als er gegangen war und Vitka loslachte, kam ich zu mir und fragte:

»Wer ist das?«

»Was, du kennst Adam nicht?« wunderte sich Vitka.

Wie sich herausstellte, war Adam seit langem der im ganzen Wohnheim bekannte stille Narr.

Er war kein schlechter Maurer und verdiente anständig, gab aber den größten Teil seines Geldes für Porträts aus, die er in Werkstätten für bildende Kunst zeichnen ließ. Diese Bilder schenkte er dann Schulen, Kinderkrippen und Kindergärten.

»Komm mit, guck dir's an«, sagte Vitka.

Wir gingen. Ich übrigens ohne besondere Begeisterung. In meiner Lage konnte mir jede Abweichung vom Gewohnten ganz unverhofft schaden.

»Adam«, sagte Vitka, »zeig Goscha die Bilder.«

Adam entnahm einem Koffer bereitwillig eine große saubere Mappe.

»Das ist der mongolische Marschall Tschoiboslan«, erklärte er, »das ist Tschechow... Das ist Mao Tsetung... Das ist der große Reisende Nansen... Das ist Chrustschow... Das ist Mitschurin...«

Er hatte auch zwei Porträts von Stalin, aber nach der Entlarvung des Personenkults bestellte er keine mehr und bewies damit eine gewisse Logik seiner Handlungsweise. Alle Porträts waren auf die gleiche Weise ausgeführt, mit Bleistift auf dickem Zeichenpapier.

»Vitka«, sagte Adam, »frag doch mal eure Tischler... Ich brauche Holz, das sich polieren läßt... Die Rahmen würd ich selber machen. Was die in der Werkstatt für Rahmen zusammenhauen... Alles Pfusch...«

Mir war dieser Adam unangenehm, und ich wollte schnell wieder weg, aber Vitka fühlte sich wohl. Später merkte ich, daß sich viele im Wohnheim gern mit Adam unterhielten. Ich dagegen mag keine psychisch kranken Menschen: Sie verursachen mir Ekel und zugleich Angst. Darum versuchte ich Adam aus dem Weg zu gehen. Als ich jetzt hinter der Ecke des Nachbargebäudes hervorlugte, erkannte ich deutlich, was geschehen war, denn das Geschehnis wurde vom Licht zweier Straßenlaternen und vom Licht aus den Fenstern beleuchtet.

Wie sich herausstellte, hatte Adam drei gerahmte Porträts an die Vorderfront des Wohnheims gehängt. In die Mitte hatte er ein großes Brustbild seiner Mutter plaziert. Dieses Porträt war offensichtlich von einem Foto abgezeichnet, und die dörfliche Frau mit dem Kopftuch riß angespannt und verlegen die Augen auf, obwohl der Künstler mit Hilfe von Retuschen versucht hatte, ihr einen majestätischeren Ausdruck zu verleihen, um es dem Auftraggeber recht zu machen. Zu beiden Seiten des Porträts der Mutter hing ein kleineres Porträt: links der Feldmarschall Suworow, rechts Akademiemitglied Pawlow. Der große Physiologe erschreckte die Heimleiterin besonders. Den Feldmarschall hatte sie erkannt, aber den alten Mann mit dem Hut hielt sie für Gott weiß wen.

»Ich komm raus«, erzählte die Putzfrau Ljuba laut den Neugierigen, »und gucke, da hängen sie... Ich gucke, was ist das, vielleicht irgendein Feiertag... Ich gucke, da hat Adam seine Mutter hingehängt...«

»Warum hast du das gemacht?« fragte Tetjana den ebenfalls dabeistehenden Adam, doch mit fröhlicher Stimme. Sie war nur für materielle Werte verantwortlich, aber hier lag ein ideologisch-erzieherischer Verstoß vor, für den die Heimleiterin Sofja Iwanowna und der Erzieher Juri Korsch geradestehen mußten. Offensichtlich nahm die Sache eine unangenehme Wendung, denn trotz des ihm eigenen Humors kam Korsch äußerst beunruhigt von der Verwaltung.

»Warum hast du deine Mutter ans Wohnheim gehängt?« fragte Sofja Iwanowna Adam eindringlich. »Du hättest sie doch bei dir im Zimmer aufhängen können.«

»Und auch noch neben berühmte Leute«, fügte Tetjana hinzu.

»Tetjana Iwanowna«, sagte Sofja Iwanowna gereizt zu ihr, »Sie hätten längst dafür sorgen sollen, daß eine Leiter geholt wird.«

Ich wußte, daß zwischen den beiden Differenzen bestanden, und hoffte, mir diese zunutze machen zu können.

»Ljuba«, fuhr Sofja Iwanowna fort, »holen Sie sofort eine Leiter. Hätten Sie das nicht längst abnehmen können? Mußte erst der Abschnittsbevollmächtigte kommen?«

»Ich hab's doch zuerst nicht begriffen«, rechtfertigte sich Ljuba, »ich dachte, vielleicht muß das sein...«

Ljuba war ein dickes, phlegmatisches Mädchen. Mir gegenüber verhielt sie sich gut, im Gegensatz zu Nastja, der zweiten Putzfrau, einer zermürbten Frau und alleinstehenden Mutter von dreißig, die mich schlecht behandelte.

In der lachenden Menge standen Nikolka Beregowoi, Shukow und Petrow. Im Zimmer war vermutlich niemand. Was für ein glücklicher Zufall! Ich würde in Ruhe etwas essen, mich in Ruhe umziehen können. Ich faßte einen Entschluß... Als die Heimleiterin und Tetjana zum anderen Ende der Menge gingen, zu Margulis, den Leiter der Wohnheimverwaltung, der persönlich zum Ort des Geschehens gekommen war, verließ ich mein Versteck. Bis zum Eingang war es nicht weit, aber ich ging langsam, um nicht mit einer eiligen Bewegung die Aufmerksamkeit auf mich zu lenken. Hinter den Rücken der anderen verborgen, brachte ich den gefährlichen Abschnitt glücklich hinter mich. Mein Blick kreuzte sich mit dem Shukows. Der wandte sich feindselig ab. Er konnte die Kränkung nicht vergessen, würde mich aber nicht verraten, und sei es auch nur, weil er meine Taktik nicht kannte. Die kannte niemand außer mir. Und plötzlich direkt an der Tür bemerkte mich Adam. Bis jetzt hatte er in der Menge gestanden, als ginge ihn das alles nichts an, hatte, in Gedanken versunken, auf keine Frage geantwortet, wie gewöhnlich heftig mit beiden Augen gezwinkert und ein unzufriedenes Gesicht gemacht. Als er mich sah, geriet er plötzlich in Erregung, rief laut irgend etwas und zeigte auf die Porträts. Statt sacht die Tür einen Spaltbreit zu öffnen und vorsichtig ins Haus zu schlüpfen (wie ich das in den zwei Jahren meiner Taktik gelernt hatte), war ich gezwungen, mit einem Satz hineinzustürmen, so daß die Tür krachend hinter mir zuschlug. Zweifellos hatten sich die Heimleiterin und Tetjana nach Adams Geschrei und der krachenden Tür umgedreht. Aber hatten sie mich bemerkt oder nicht? Eben darum mag ich keine psychisch anormalen Leute. Ein psychisch Kranker versteht nicht die Alltagsdetails des Lebens.

Nichts zu machen. Schnell lief ich die Treppe zum ersten Stock hinauf. Wie ich dachte, war die Tür verschlossen. Den Schlüssel fand ich am vereinbarten Platz unter einem Dielenbrett. Ich machte Licht und saß eine Weile keuchend auf meinem Bett. Auf einmal spürte ich große Müdigkeit und blieb länger sitzen, als angebracht war, sprang dann auf und beeilte mich außerordentlich. Zweta Broida hatte mich gebeten, nicht zu spät zu kommen, das ließ auf etwas Interessantes hoffen. Vielleicht gelangte ich sogar in die Gesellschaft, in der Zweta verkehrte und zu der sie vielleicht gehörte. Darum konnte ich jetzt nicht mehr essen, Wurst und Tomatenmark blieben für morgen, wodurch die Summe, die ich heute für Junizkis Wein ausgegeben hatte, noch mehr ausgeglichen wurde. Als Ersatz fürs Abendbrot hatte ich ein erprobtes Mittel – Bonbons. Vier, fünf Bonbons, die ich im Gehen lutschen konnte, vorher Wasser aus der Karaffe, das nahm für eine halbe oder sogar für eine Stunde das Hungergefühl.

Ich hatte zwei weiße Hemden. Das eine war sehr dreckig, aber das zweite ging durchaus noch, wenn ich den Kragen mit feuchter Watte abrieb. Schade, daß ich kein Köllnisch Wasser mehr hatte, das beseitigt die Schmutzränder ideal. Das Hemd war an den Ärmeln und hinten zerknittert, aber vorn sah es gut aus, und wenn ich Flanellwäsche darunter zog, würde es fest anliegen. Meine graue Sonntagshose hatte ich beizeiten, schon gestern abend, zwischen Matratze und Bettlaken gelegt. Diese Methode hat ihre Nachteile, es kommt vor, daß man die Hose völlig zerknautscht, wenn man sich im Schlaf herumdreht. Doch wenn man sich nicht hin und her wälzt und die ganze Nacht nur auf dem Rücken liegt, wird die Hose durch das Gewicht des Körpers besser gebügelt als in jedem Dienstleistungsbetrieb. Ich rasierte mich rasch mit kaltem Wasser, wusch mir das Gesicht, klebte Fetzen von dem Wachspapier, in das die Rasierklinge eingewickelt war, auf die Schnittwunden und blickte in den

Spiegel. Ich gefiel mir noch nicht besonders, wußte aber, daß sich mein Aussehen völlig verändern würde, wenn ich das Papier abnahm, mich kämmte und meine Oberbekleidung anlegte. Ich putzte mit der Stiefelbürste meine Schuhe (den Umstand ausnutzend, daß niemand im Zimmer war: erstens gehörte die Bürste Beregowoi, zweitens war es üblich, die Schuhe auf dem Treppenabsatz zu putzen, wo die Gefahr bestand, der Heimleiterin zu begegnen), also, ich putzte die Schuhe, wusch mir die Hände, ging zum Schrank und nahm mein schweres Kordjackett heraus, das mein zerknittertes Hemd sofort verdeckte. Die Hose machte keine Sorgen, die Bügelfalten waren tadellos. Aus der Jackentasche zog ich eine grüne Fliege, band sie um, strich die Haare glatt, nahm die getrockneten Papierschnipsel vom Gesicht und blickte in den Spiegel. Wie ich vermutet hatte, war mein Aussehen völlig verändert. Mich blickte ein recht imposanter junger Mann von ausländischem Äußeren an, herausfordernd und sogar mit einiger Eleganz gekleidet. Ich nahm meinen Spazierstock aus dem Schrank und betrachtete mich wieder. Der Stock machte mich ganz und gar zu einem ungewöhnlichen, einzigartigen Menschen. Es war ein schöner polierter Stock mit silbernem Ornament und der Aufschrift »Gruß aus Jewpatoria«. Irina Broida, Zwetas ältere Schwester, hatte ihn mir geschenkt, nachdem ich ihn eines Abends bei ihnen im Hause entdeckt und mich den ganzen Abend nicht mehr von ihm getrennt, mich auf ihn gestützt, mit ihm gestikuliert und alle möglichen Posen eingenommen hatte. Dieser Stock hatte dem Vater der Schwestern Broida gehört, Pjotr Jakowlewitsch, der seit Jahren unaufhaltsam erblindete und nun fast völlig blind war. Trotz seines schweren Leidens war er ein fröhlicher Mensch, er behandelte mich gut und gefiel mir.

Nachdem ich in dieser eleganten Aufmachung eine Weile durchs Zimmer stolziert war, hielt ich es nicht mehr aus und ging unter Verletzung aller Konspirationsregeln auf den Korridor. Ich ging aufs Geratewohl, aber Vitka war zu Hause und spielte mit Rachutin Schach. Ihr dritter Zimmergenosse, das alte Männlein, saß in der Ecke und hantierte mit der Laubsäge. Hier herrschte eine gemütliche und angenehme Atmosphäre, von der man nur träumen konnte.

Grigorenko und Rachutin begrüßten mich mit begeisterten Ausrufen.

»Klasse«, sagte Vitka, meine Kleidung musternd.

»Wo willst du hin?« fragte Rachutin.

»Dienstlich«, antwortete ich knapp. »Hör mal, Vitka... Denkst du noch daran? Worüber wir neulich gesprochen haben...«

»Du meinst, den in der Verwaltung schmieren?« fragte Vitka. »Was auf die Kralle geben?«

»Mein Gott«, sagte ich, »du bist vielleicht komisch.« Ich wies mit dem Kopf auf den Alten.

»Der ist doch taub.« Vitka machte eine wegwerfende Handbewegung. »Es kommt schon in Ordnung... Der entsprechende Mann ist für zwei Tage verreist... Wenn er zurückkommt, regeln wir alles.«

Endgültig beruhigt, ging ich hinaus und traf im Korridor auf den Erzieher Korsch.

»Grüß dich« rief er mir zu, »entschuldige, ich hab's eilig... Der Adam, dieser Halunke... Jetzt kann ich rumrennen und eine Bescheinigung beschaffen, daß er schizophren ist... Bestimmte Organe verlangen das... Weißt du, was er angestellt hat? Und ich kann mir die Hacken abrennen wegen diesem... verrückten Psychopathen... Dabei hab ich heute eine Verabredung... Ein Mädchen – so eins hab ich noch nie gesehen... Wenn ich mit ihr telefoniere, fang ich schon von ihrer Stimme an zu zittern...«

Obwohl wir es beide eilig hatten, blieben wir doch an die zehn Minuten in einem recht anstößigen Gespräch stehen. Als ich ins Zimmer zurückkam, waren dort schon Shukow und Petrow. Petrow nickte mir nur zu, Shukow wandte sich ab. Ich zog rasch den

Mantel an, verbarg darunter den Stock und ging hinaus. Erst an der Bushaltestelle begriff ich, wie fahrlässig ich gehandelt hatte, als ich ohne vorherige Erkundung und Absicherung die Treppe hinuntergelaufen war. Ich hätte durchaus auf Sofja Iwanowna oder Tetjana treffen können, was zum Glück nicht geschehen war. Dennoch schwor ich mir, von nun an alle Regeln der von mir ausgearbeiteten Taktik streng und strikt einzuhalten.

ACHTES KAPITEL

Unsere Stadt liegt teils auf Hügeln, teils im Tal. Von oben, von den Anhöhen des Stadtparks oder von dem kleinen malerischen alten Boulevard, bietet sich die berühmte Aussicht auf den Fluß und die angrenzende Ebene, eine Aussicht, die jeder Ankömmling so schnell wie möglich sehen möchte. Besonders schön ist die Aussicht abends. Tausende bewegliche und unbewegliche Lichter, die Lichter blinkern, die Lichter schwimmen, und an ihnen ist der Fluß zu erkennen... Ich bin hier gern an warmen Abenden, und dann erscheint auf meinen Lippen unwillkürlich ein Lächeln der Überlegenheit und des Stolzes auf mich selbst. Beim Anblick dieser Schönheit empfinde ich die eigene Bedeutsamkeit und Ungewöhnlichkeit, und manchmal, wenn ich in völliger Einsamkeit besonders lange hier stehe und es ein richtig stiller und warmer Abend ist, kein Sonntag, erfaßt mich plötzlich das unendlich süße Gefühl, meinem »Geheimnis«, meinem »Inkognito«, meiner Idee, die dieser Schönheit gleichsam verwandt ist, ganz nahe zu sein; die Tausende Lichter kommen mir vor wie Himmelssterne, über denen ich stehe, während die wirklichen Sterne, wenn es ein wolkenloser Abend ist, ihre Unerreichbarkeit verlieren... Was soll mir Michailow, was soll mir Junizki, was soll mir der Schlüpfrigkeiten erzählende Korsch... Alles, was mich aufregt, erschreckt, interesssiert, auch alles, was ich liebe, mag und möchte dort unten, erscheint mir hier lächerlich... Niemand kommt mir gleich, und ich nehme nichts von dort mit hierher... Manchmal schimmern kostbare Erinnerungen auf, an meine verstorbene Mutter, und zwar immer am Ende, wenn der Höhenflug meines Gefühls den höchsten Punkt überschritten hat. Mein Vater erscheint mir hier seltener. Und dann auch nicht mein richtiger Vater, der mit dem banalen Michailow freundschaftlich verbunden war, nicht jener Vater, der mich gezeugt hat, sondern der, den ich in meiner Phantasie gezeugt habe... Ich wiederhole, selbst solche Erinnerungen kommen selten und erst am Ende, aber beim Höhenflug bin ich mit meiner Idee allein, und die Welt dreht sich um mich (es heißt Solipsismus, wenn man sich für das Zentrum des Alls hält). Ich habe die wissenschaftliche Definition meines Zustands erfahren, und zwar an dem Abend, den zu schildern ich jetzt vorhabe. Diese Entdeckung war für mich ein schwerer Schlag. Die Tatsache, daß mein Geheimnis, mein »Inkognito« eine derart verbreitete Erscheinung ist, daß es sogar eine wissenschaftliche Definition dafür gibt, wie für Ischias und Podagra, stürzte mich in seelische Verwirrung und hätte meine Idee fast vernichtet, also den Sinn meines Lebens. Zum Glück hielt die Verwirrung nicht lange an, ich fand ein Gegengift und wurde sogar in meiner Hoffnung bestärkt. Obwohl ich niemanden an meine Idee heranlasse, weder Feinde noch Freunde, liegt eine gewisse Gesetzmäßigkeit darin, daß die Broidas, die Familie, die mich liebte, ausgerechnet in dem Stadtteil wohnten, wo mir meine Idee erschien, wenn auch nur in Form eines unbestimmten Symbols. Ich konnte mir nicht vorstellen, daß hier unser Wohnheim oder die Bauverwaltung untergebracht sein könnten... Natürlich gab es hier zahlreiche Wohnheime und unterschiedliche Verwaltungen, aber das betraf nicht mich. Der untere Stadtteil galt und gilt vielleicht noch immer als schlechter gegenüber dem oberen. Früher gab es hier oft Überschwemmungen. Jetzt, nach den modernen technischen Neuerungen, sind die Überschwemmungen seltener geworden, aber der Schnee bleibt hier nach wie vor länger liegen, und zuweilen sammelt sich trotz der Abflüsse sehr viel Regenwasser. Aber mir gefiel es hier, und wenn ich die Wahl gehabt hätte, wäre ich hierhergezogen. Der untere Teil wurde im Krieg weniger zerstört und ist darum urwüchsiger, frei von modernen, schnell hochgezogenen Standardbauten.

Die Häuser sind alt, entweder eingeschossig, mit eisernen Vortreppen, oder ein paar Etagen hoch, mit bauchigen Balkonen. Die Straßen sind nicht asphaltiert, sondern haben ein abgetretenes Steinpflaster, und die Gehwege haben Steinplatten, die ebenfalls abgetreten sind. Die Deckel der Kanalisationsschächte tragen noch Aufschriften in der alten Schreibweise. Es gibt viele Türmchen, Bögen, Säulengänge, geduckte Lagergebäude mit herabgelassenen schweren Rollläden, viele Schilder privater Schneider, Zahntechniker und Schuster. Und das alles versinkt im Grün: Flieder und Akazien in den Höfen, Kastanienbäume entlang der Straßen. Der untere Stadtteil unterteilt sich seinerseits in einen mehr aristokratischen Teil, in dem früher die Kaufleute lebten, näher zum Zentrum, und einen weniger aristokratischen, früher hauptsächlich mit eingeschossigen Häusern bebaut, die jetzt an vielen Stellen Neubauten gewichen sind. Vor einem Jahr hatte ich dort im Werk für Sprudelautomaten zu tun. In den Fahraufträgen der Chauffeure war als Abladeplatz für das ausgehobene Erdreich die weltbekannte Schlucht angegeben, die sich etwas oberhalb des Automatenwerks befindet. In dieser Schlucht liegt fast die gesamte jüdische Bevölkerung, die vor dem Krieg in der Stadt lebte. Im Boden stößt man oft auf Menschenknochen. Ich habe selbst gesehen, wie Halbwüchsige mit einem in der Schlucht ausgegrabenen Menschenschädel kleine Mädchen erschreckten, die lachend und kreischend davonliefen. Etwas weiter oben, bei der Ziegelei, ist vor der Revolution eine weltbekannte Geschichte passiert – die Ermordung eines Halbwüchsigen, den man in einer der hiesigen Lehmhöhlen fand; es sah nach einem rituellen Mord aus, der den Juden zugeschrieben wurde. Diese weltweit so bekannt gewordene Gegend ist trotz der Gärten immer irgendwie windig, staubig, ungemütlich, es gibt viele Baustellen mit Kantinen, aus denen es nicht nach Borstsch riecht, sondern nach einfacher Kohlsuppe. Die Fabriken hier sind klein, stoßen aber ätzenden Qualm aus... Unweit der mit Knochen angefüllten Schlucht gibt es eine Bäckerei mit dazugehörendem Laden, in dem immer frische Brötchen verkauft werden, die reißenden Absatz finden. Aber ich ekle mich, sie zu kaufen... In diesem Stadtteil konzentrieren sich seit Urzeiten Menschen des Mittelstandes und darunter, die sich aus der Armut, aus den umliegenden Dörfern emporgearbeitet haben oder aber aus dem oberen Teil infolge von Verarmung heruntergekommen sind, darum sind die Häuser halb städtisch, halb dörflich, doch immer geht es laut darin zu. Hier leben größtenteils tatkräftige und unzufriedene Menschen. Von hier schwappten vor und während der Revolution Aufstände und Pogrome nach oben.

Im großen und ganzen sieht es hier staubig und langweilig aus. Aber es gibt auch erstaunlich schöne Plätze, besonders, wenn die Kirschbäume blühen... Die Broidas wohnten, wie ich schon sagte, an einem angenehmen, von mir geliebten Platz, in einer stillen Straße mit Kopfsteinpflaster, im Erdgeschoß eines vierstöckigen grauen Hauses. Im Hausflur zog ich den Stock unter dem Mantel hervor, stützte mich darauf und klingelte. Mir öffnete Nadeshda Grigorjewna, die Mutter der Broidas. Auf ihrem Gesicht erschien sofort ein freudiges Lächeln. Ich hob zum Zeichen der Begrüßung beide Arme, obwohl mich der Stock behinderte (diese Geste der Freude hatte ich dem Fußball abgeguckt. Sie gefiel mir, und ich wandte sie in einer bestimmten angenehmen Atmosphäre an, ebenso das Warmlaufen der Fußballer, ein leichtes Hüpfen von einem Bein aufs andere, was mir in meinen und in den Augen dieser Menschen, die dem forschen Treiben der Straße und des Sports fern standen, ein sportliches Image verlieh). Ich wollte vom Korridor zum Zimmer durchgehen, aber da kam mir Ira Broida entgegengelaufen.

»Ich erkenne Sie schon am Klingeln«, sagte sie, und ihre Augen blitzten. (Wir waren per »Sie«.)

»Ira, warum ergibt er sich, wenn er kommt?« fragte Nadeshda Grigorjewna.

»Jeder macht, was ihm gefällt«, sagte Ira. »Warum waren Sie so lange nicht da?« fragte sie mich, ohne ihre Freude über mein Kommen zu verhehlen.

»Die Arbeit«, sagte ich knapp, ja, trocken. (Ich erinnere daran, daß ich einen Zeitplan hatte, nach dem ich mir nur einen wöchentlichen Besuch bei den Broidas erlaubte, um die Beziehungen nicht alltäglich werden zu lassen.)

Im Zimmer stand Zweta Broida, schon im Mantel, vor dem Spiegelschrank. Ihr Mann Wawa, ebenfalls ausgehfertig, saß auf dem Sofa. Pjotr Jakowlewitsch aß am Tisch Salat, stocherte nach Blindenart mit der Gabel auf dem Teller herum und streute mal Pfeffer, mal Salz darauf. Beim Anblick des Salats krampfte sich mein Magen zusammen, und zu meiner Schande konnte ich ein Gefühl der Besorgnis und Enttäuschung nicht unterdrücken. Zweta stand schon im Mantel da, also fiel das Essen aus, auf das ich so sehr gerechnet hatte. Ich brauchte dieses Essen übrigens auch vom Standpunkt des Generalplans meines Lebens, an dessen Verwirklichung ich ging.

Zweta wollte mich zum erstenmal in die Gesellschaft einführen, zu der es mich seit langem zog. Ich kann Hunger zwar ertragen, aber ich weiß, daß ich dann träge, uninteressant, einfallslos und sogar dumm werde. Mit diesen Eigenschaften vor Leute zu treten, in deren Gesellschaft ich zu mir zu finden hoffte, bedeutete, mein »Ich« seiner gewichtigen Möglichkeiten und Vorzüge (an die ich glaubte) zu berauben. (Selbstverständlich würde ich mein »Inkognito«, mein Geheimnis nicht von mir aus preisgeben, aber ich war überzeugt, daß es in jener Gesellschaft spontan wahrgenommen werden würde.)

»Weißt du, Goschenka«, sagte Zweta, »wenn du jetzt nicht gekommen wärst, wären wir ohne dich gegangen... Wie kann man sich bloß so verspäten? Arski ist in der Stadt.« (Sie nannte den Namen einer großen Berühmtheit aus der Hauptstadt.) »Arski ist da und will mich sehen.«

»Arski?« fragte ich mit unwillkürlicher Verwunderung.

»Wer ist schon Arski?« sagte Wawa sarkastisch. (Der einzige, der mich in dieser Familie nicht mochte, war Wawa. Ich glaube, er war auf mich eifersüchtig. Lächerlich. Zweta hatte einen krummen Rücken und war mager. Trotz meiner Verklemmtheit Frauen gegenüber, vielleicht auch infolge meiner Verklemmtheit, konnte ich mich nur in eine wirklich schöne Frau verlieben. Darum war ich auch außerstande, die Verliebtheit Iras, die Zweta zwar nicht ähnlich sah, aber auf ihre Weise häßlich war, zu erwidern, und benahm mich hartherzig gegen sie.)

»Weißt du was«, sagte Zweta zu Wawa, »wie Genka im alltäglichen Leben auch sein mag, aber er ist eine Persönlichkeit und ein außergewöhnliches Talent. (Sie nannte Gennadi Arski »Genka«, ich vermerkte es im stillen mit Befriedigung und Begeisterung, erlaubte mir jedoch nicht, diese Begeisterung über meine Einbeziehung ins Ungewöhnliche zu äußern. Ja, durch die Berühmtheit, in meiner Gegenwart »Genka« genannt, wurde ich einbezogen in etwas, woran ich schon immer geglaubt hatte, in ein Leben, das völlig anders war als das, welches ich jetzt fristete, so als wäre dies ein Leben auf einem anderen Planeten.)

»Arski ist ein aufgeblasener Fatzke«, sagte Wawa gehässig, »das hast du neulich selber gesagt... Aber jetzt hast du deine Meinung geändert, weil er dir Nettigkeiten gesagt hat...«

»Du bist bloß eifersüchtig auf Genka«, schrie Zweta ihren Gatten an, »und was die Nettigkeiten betrifft – sobald Genka mich sieht, kommt er auf mich zugelaufen... Selbst, wenn er auf der andern Straßenseite ist... Schon immer...« (Wawa hatte anscheinend einen wunden Punkt seiner Frau berührt. Er sagte nichts mehr, lächelte aber, zufrieden, daß er mit seiner Stichelei ins Schwarze getroffen hatte, und bleckte seine Pferdezähne.)

Doch da mischte sich der herzensgute Pjotr Jakowlewitsch ein, der sich bei den Worten des Schwiegersohns buchstäblich verwandelt hatte.

»Haben Sie irgendwann mal Wanzen zerquetscht?« fragte er scharf und hob seinen blinden Kopf. (Diese Frage war mir unverständlich. Offensichtlich bezog sie sich auf ein Gespräch zwischen ihnen, das ich nicht kannte.)

Wawa hörte schlagartig auf zu lächeln, er sprang auf und rief:

»Wenn Sie nicht blind wären...«

»Das ist das einzig Gute in meinem Elend«, sagte Pjotr Jakowlewitsch, »daß ich Sie nicht sehe...«

Da vollzog Zweta in ihren Gefühlen eine Kehrtwendung, hervorgerufen durch die übermäßige Heftigkeit ihres Vaters, und trat plötzlich für ihren Mann ein.

»Besuch sie nicht mehr«, sagte sie zu Wawa, »wozu brauchst du sie?« (Zweta und Wawa wohnten für sich.)

»Misch dich nicht ein, Broida«, sagte Nadeshda Grigorjewna (sie sprach ihren Mann mit dem Nachnamen an), »du siehst doch, wohin das führt.« Wohl vor Aufregung hatte sie sich ungenau ausgedrückt, indem sie zu einem Blinden »du siehst ja« sagte. Wenn man wollte, konnte man das als Beleidigung auffassen, und Wawa machte sich diesen Lapsus sogleich zunutze und lachte schallend.

»Nimm deinen Mann und verschwinde«, sagte Ira aufgebracht zu ihrer Schwester.

Das paßte nicht in meine Pläne und erschreckte und erboste mich (auf Ira konnte ich böse sein, dazu fühlte ich mich berechtigt), aber da kam mir Nadeshda Grigorjewna zu Hilfe.

»Ira, benimm dich nicht wie eine böse Nachbarin, sondern wie eine Schwester...« (Nadeshda Grigorjewna hatte an ihrer jüngsten Tochter Zweta einen Narren gefressen, sie war stolz auf sie und sammelte alle Zeitungsausschnitte, in denen ihre Werke erwähnt wurden, von den Werken selbst ganz zu schweigen.)

»Gehen wir, Goscha«, sagte Zweta zu mir.

»Goscha muß erst was essen«, sagte Ira.

»Wir kommen zu spät«, sagte Zweta.

Jetzt muß ich erst einmal etwas über meine Gemütsverfassung während des Familienkrachs sagen, den ich hier zum erstenmal erlebte (es hatte auch schon früher welche gegeben, wie ich begriff, aber nicht in meiner Gegenwart). Merkwürdig, aber er war mir angenehm. Natürlich war nicht angenehm, daß diese Menschen, die ich lächelnd und liebevoll zu sehen gewohnt war, sich plötzlich stritten und von einer anderen Seite zeigten. Dieser Krach, der einen familiären alltäglichen Charakter trug, aber um die Beziehungen zu einer Berühmtheit von Landes-, vielleicht sogar Weltbedeutung entbrannt war, und zwar in meiner Gegenwart, hob mich in meinen Augen auf eine neue Stufe der gesellschaftlichen Leiter, und ich wurde Teilnehmer von Ereignissen, die mich in meinem früheren nichtigen Leben nur in Form von bruchstückhaften Anekdoten und Gerüchten erreicht hatten.

»Gehen Sie sich die Hände waschen, Goscha«, sagte Ira zu mir, und ich kam ihrer Aufforderung mit übermäßiger Eilfertigkeit nach, in dem instinktiven Gefühl, daß ich ohne Essen nicht weggehen durfte, denn ich konnte vor Hunger schon jetzt nicht mehr logisch denken.

Ich zog den Mantel aus, wusch mir die Hände und ging in Erwartung des Essens, mich auf den Stock stützend, im Zimmer auf und ab. Der Krach hatte sich rasch gelegt, und jeder beschäftigte sich mit sich selbst. Wawa vertiefte sich in die Zeitung, Pjotr Jakowlewitsch stieß die Gabel, wahrscheinlich noch wegen der Aufregung, unpräzis in den Salat und glitt manchmal über den Tellerrand. Zweta zog den Mantel aus und sagte:

»Na, hau rein, Goschenka... Sie lieben dich ja mehr als die eigene Tochter... und Schwester... Besonders diese alte Jungfer...«

Bei der »alten Jungfer« stockte mir das Herz in Erwartung eines neuen Krachs. Ira war schon sechsunddreißig, aber nicht verheiratet. Doch sie nahm die »alte Jungfer« nicht übel, im Gegenteil, sie lächelte.

Merkwürdige Beziehungen waren das bei ihnen.

»Aber den Stock läßt du hier«, sagte Zweta zu mir, »das dort ist keine aristokratische Gesellschaft.«

Mit Zweta hatte mich ein Landsmann bekannt gemacht, der vor zwei Jahren in meinem Bett im Wohnheim übernachtet hatte. Er hatte mit Zweta in der Hauptstadt studiert, und sie hatte dort irgendeine skandalöse Affäre, die fast in die Politik hineinspielte. Zweta hatte mich in die Familie Broida eingeführt, wo ich mir erlaubte, mich wie ein Hätschelkind zu benehmen, etwas träge, ein klein wenig hemdsärmelig, ich erlaubte mir, Ira zu foppen, was mir ein seltsames Vergnügen bereitete, und manchmal sogar Nadeshda Grigorjewna, natürlich in bestimmten Grenzen. Interessant, daß ich mich freute, wenn ich Zweta nicht antraf (von Wawa ganz zu schweigen, der mir schlichtweg die Laune verdarb; wenn er da war, betrachtete ich meinen Besuch als nicht stattgefunden). Zweta jedoch, die sich für meine wichtigste Bekannte hielt und mit der mich geistige Interessen verbanden, brachte mich mit ihrer Anwesenheit um die eigentliche Freude an diesem einzigen Ort, wo ich mir sogar Launen erlauben durfte. In diesem Haus nahm ich eine seltsame Stellung ein, war halb Gast, halb Adoptivkind, ein eigensinniges und geliebtes Adoptivkind, dem allerhand erlaubt war. Doch die Gegenwart Zwetas, der Lieblingstochter, nicht weniger kapriziös und eigensinnig als ich, schien mir einen bedeutenden Teil der Aufmerksamkeit Nadeshda Grigorjewnas und Pjotr Jakowlewitschs (besonders Nadeshda Grigorjewnas) wegzunehmen, und ich ertappte mich bei einer lächerlichen und dummen Eifersucht, ich war eifersüchtig auf das, was die Eltern Broida für ihre eigene Tochter empfanden... Andererseits schmälerte Iras Abwesenheit ebenfalls meine Möglichkeiten, irgend etwas in meinen Beziehungen zu den alten Broidas (sie waren beide um die sechzig) stimmte nicht mehr, die Notwendigkeit meiner Anwesenheit entfiel, und plötzlich schwangen Töne mit, die ich von den Tschertogs kannte, das Wort Gnadenbrotempfänger schwang mit, natürlich ganz von ferne, aber vielleicht redete ich es mir auch nur ein, und niemand außer mir nahm es wahr.

Aber in den Jahren meines »in der Luft hängenden« Lebens hatte ich in dieser Hinsicht ein erstaunliches Gespür entwickelt, wie es ein Kanarienvogel für Kohlengas hat. Ich spürte es an solchen nichtigen, unbedeutenden Details, ja, Detailchen, wie bei einer schlecht aufgewärmten Suppe vom Vortag oder daran, daß sie, wenn ich mich mit einem Buch in eine Ecke setzte, um ihre Einstellung zu mir zu überprüfen, mich sehr bald vergaßen und sich mit ihren Dingen befaßten. Und es war überhaupt nicht daran zu denken, daß ich Launen zeigte oder Nadeshda Grigorjewna neckte. Beeinträchtigungen ganz anderer Art stellten sich ein, wenn ich Ira allein antraf, ohne ihre Eltern. Ich verstärkte zwar meine Launen und Foppereien, aber früher oder später traten äußerst heikle Pausen ein, die ich in nervöser Hast mit neuen Launen und Foppereien zu überspielen suchte, was aber unnatürlich wirkte. Am besten war es also, wenn die Eltern und ihre älteste Tochter Ira da waren (wie es übrigens auch meist der Fall war), dann fühlte ich mich besonders gelöst, frei und träge und aß wunderbare herzhafte Gerichte (in meinem Budget nahmen diese Essen einen wichtigen Platz ein, und wenn ich mein Geld für den Monat einteilte, rechnete ich mit ihnen, mag das auch häßlich klingen und mich als einen geschäftstüchtigen Menschen erscheinen lassen, der sich sogar im Verhältnis zu seinen Freunden von nackter Berechnung leiten läßt).

In Zeiten von Gewissensbissen und sogenannter »geistiger Selbstquälerei« (das widerfuhr mir zuweilen ohne Grund oder aus einem so nichtigen Grund, daß es peinlich ist, ihn anzuführen), in Zeiten solcher Anfälle von Pessimismus dachte ich auch über meine Aufrichtigkeit im Verhältnis zu den Broidas nach. Ich rechtfertigte mich nicht völlig, fand aber mildernde Umstände. Erstens freute ich mich wirklich aufrichtig, sie zu sehen, und hätte es nicht meinen Zeitplan gegeben, so hätte ich mich gefreut, sie jeden Tag zu sehen. Was die Mahlzeiten anging, so war mein Gehalt sehr gering, und eine Prämie hatte ich nur einmal in drei Jahren bekommen, zudem war ich als willensstarker und sparsamer Mensch bemüht, mein Geld zusammenzuhalten, was angesichts meiner unbeständigen Lage und meiner Abhängigkeit von unterschiedlichen Gönnern besonders wichtig war.

Nachdem ich einen vollen Teller köstlicher Gemüsesuppe mit Klößchen gegessen hatte, machte ich mich über das Hauptgericht her und ertastete mit der Gabel unter einem Berg dampfender Kartoffeln das Fleisch, um festzustellen, wieviel es war und wie ich es zu den Kartoffeln einteilen mußte. Selbst wenn das vorstehende gelblich-weiße Stück ein Knochen sein sollte, war immer noch mindestens dreimal soviel Fleisch auf dem Teller wie in jeder Kantinenportion. Doch mit der Gabel stellte ich fest, daß auch dieses vorstehende Stück kein Knochen war, sondern weicher klebriger Knorpel mit Fettadern. Drei Kantinenportionen deckten fast meine Ausgaben für den Junizki-Wein. Ich hatte sozusagen einen Teil meiner Auslagen den Broidas übertragen. Aber das war noch nicht der ganze Gewinn. Zum Nachtisch brachte Ira einen Teller, vielmehr eine Schüssel voller Wareniki mit Krautfüllung. Ich mag sie mehr als die traditionellen Wareniki mit Quark.

Wenn man mir ein leckeres Essen vorsetzte, besonders auf hungrigen Magen, entstand in meiner Seele ein Gefühl tiefer Rührung und der brennende Wunsch, diesen Menschen etwas wirklich Gutes zu tun, ein Wunsch nach Dankbarkeit, die alle Erwartungen überträfe. Niemals hatte ich aus einem anderen Grund ähnliche Dankbarkeit empfunden, dabei hatte mich das Leben gelehrt, jede Tat zu schätzen, die mir Nutzen brachte, zumal in dieser Stadt keine einzige solcher Taten aus Notwendigkeit getan wurde, sondern ausschließlich aus dem guten Willen von Menschen, die mir keineswegs verpflichtet waren. Die Mahlzeiten bei den Tschertogs zum Beispiel hatte ich mit größerer Dankbarkeit angenommen als ihr Obdach, was unlogisch war, denn essen konnte ich letzten Endes auch in einer Kantine, wenn ich etwas Geld ausgab, aber eine Unterkunft hätte ich nirgends gefunden. Wahrscheinlich entstand die Dankbarkeit für ein Mittagessen unter dem Einfluß des Moments und der physiologischen Verfassung des Organismus, während an der Dankbarkeit für die Unterkunft bereits der Verstand beteiligt war, folglich auch Skepsis. Die Kraft dieser physiologischen Dankbarkeit des Organismus (nennen wir sie so) ging manchmal so weit, daß ich mich im Moment des höchsten Genusses, wenn der Hunger noch mit der Sättigung kämpfte und das Gefühl der Befriedigung noch nicht eingetreten war, bei dem Wunsch ertappte, die Hand zu küssen, die mir Essen gab, dem irren Wunsch eines Hundes, eines rechtlosen Hofhundes.

Wenn der Hunger gestillt und im Bauch Schwere eingezogen war, versuchte mein Verstand, der bis dahin Berechnungen angestellt hatte, deren ich mich schämte, meinem verletzten Ehrgefühl zu Hilfe zu kommen, das durch die Sättigung wach wurde, aber das alles träge und lasch, so daß derartige Kämpfe zu einigen finsteren Minuten vor den leeren Tellern führten... Das Gefühl (der »physiologischen Dankbarkeit«) schwand bedeutend schneller, als es aufgekommen war, und moralisch verurteilte ich mich dafür selten, fast nie. Ich spreche darüber so vorsichtig, weil es einen Fall gab, wo ich unter dem Einfluß dieses schmachvollen Gefühls eine bestimmte Bewegung machte (eine Bewegung – das ist schon unverzeihlich) und danach wirklich Qualen der Scham empfand... Doch zum Glück geschah das nicht bei den Broidas, nicht bei den Tschertogs oder bei Michailow (ich habe bei ihm dreimal zu Mittag gegessen), sondern bei einer ganz anderen Bekannten, bei Nina Moissejewna, der Wirtin einer ehemaligen Schulkameradin von mir, die in dieser Stadt Medizin studiert hatte. Nach Beendigung des Studiums vor zwei Jahren war sie zurückgefahren, aber ich hatte Nina Moissejewna noch eine Weile besucht, bis ich eines Tages, müdegelaufen, hungrig und erschöpft, in ihr gemütliches, warmes Zimmer kam und beinah die absurde hündische Tat begangen hätte. Natürlich besuchte ich sie danach nicht mehr, zumal bald darauf die Broidas auftauchten, so daß jeder Mißerfolg meine Lage verbesserte.

NEUNTES KAPITEL

Zweta, Wawa und ich fuhren mit der Straßenbahn. Wawa hatte bezahlt. Ich hatte mich nicht ganz redlich verhalten und litt darunter. Schon an der Haltestelle war ich nervös geworden, als ich die Umstände bedachte. Zwei zusätzliche Fahrkarten entsprachen einem Kringel oder einem Brötchen. Dazu heißes Wasser, war das schon ein leichtes Abendessen. Außerdem, wenn ich allein wäre, hätte ich, nach der Adresse zu urteilen, durchaus zu Fuß hingehen können. Es ging zwar bergauf, aber der Gehsteig war gut und so beleuchtet, daß keine Gefahr bestand, sich an einem Stein zu stoßen und die Schuhe zu beschädigen (was ich außerordentlich fürchtete). Schuhe waren überhaupt mein wundester Punkt. Wenn ein Hemd zerriß, konnte ich es selber flicken oder durch ein anderes ersetzen. Schuhe konnte ich nicht flicken; wenn die zerrissen, müßte ich die Arbeitsstiefel tragen. Das würde bedeuten, daß ich mich nur im Umkreis des Wohnheims bewegen könnte, aber unter den jetzigen Bedingungen durfte ich mich tagsüber dort nicht aufhalten. Dennoch ging ich lieber zu Fuß, wenn sich die Möglichkeit ergab. Ich ging und beschimpfte mich dafür, denn ich benahm mich wie ein Anfänger beim Schachspielen, der nicht zwei, drei Züge vorausdenken kann. Die Abnutzung der Schuhsohlen, ganz zu schweigen von der Gefahr, die Schuhe zu zerreißen, kam mich letzten Endes teurer zu stehen als Straßenbahn- und Busfahrkarten, aber der Kauf einer Fahrkarte, das ist ein realer sofortiger Verlust, und ich fand in mir nicht die Kraft, psychologisch damit fertig zu werden. Das hatte auch seine eigene Logik. Tägliche Ausgaben, die zu vermeiden gewesen wären, also nicht unbedingt notwendig waren, hatten ja auch eine psychologische Wirkung und verminderten die Fähigkeit des Organismus zu maximaler innerer Sammlung. Selbst bei einem solchen Tempo meiner Ausgaben blieben mir, wenn ich nur von meinem Sparbuch leben mußte und keine neuen Einnahmen zu erwarten hatte, nicht mehr als fünf Monate, um eine Wende in meinem Leben zu bewerkstelligen. Darum überlegte ich mir, die Unredlichkeit meines Benehmens selbst spürend, an der Haltestelle einen Plan zur Vermeidung der Fahrkosten und realisierte ihn auch. Als die Straßenbahn kam, blickte ich mich um, als hätte ich jemanden gesehen, so daß Zweta mich sogar rief. Unterdessen mußte Wawa, wie ich berechnet hatte, an der Schaffnerin vorbei und kaufte die Fahrkarten. Das Peinliche war bloß, daß er mein Verhalten zu durchschauen schien.

»Was ist denn mit dir?« fragte Zweta verwundert, als ich auf ihren Zuruf angerannt kam und auf das Trittbrett sprang (das war äußerst riskant, denn die

Straßenbahn fuhr schon an, und ich wäre beinahe abgerutscht).

»Mir war, als hätte ich einen Bekannten gesehen«, sagte ich.

»Du bist ja komisch, Goscha«, sagte Zweta, »wir sind spät dran, und du suchst nach Bekannten.«

Da lächelte Wawa nach einem Blick auf mich irgendwie ungut und wickelte die drei gekauften Fahrscheine um den Finger. Mir brach der Schweiß aus. Es ist mir sehr fatal, wenn ich bei einer Lüge und Dummheit ertappt werde. Darum mag ich keine Leute, die geheime Regungen verstehen; so etwas kommt aber vor, wenn diese Leute mir in solchen heimlichen Regungen ähnlich sind. Und Wawa war mir ähnlich. Sein Leben war völlig anders, aber er war genauso ehrgeizig, freilich offen und anspruchsvoll, doch zugleich bedurfte er, wie auch ich, der Hilfe und bekam sie von seiner Mutter und seiner Tante, die ihn liebten, also verpflichtet waren, ihm diese Hilfe zu erweisen, die Wawa wahrscheinlich gar nicht als Wohltat empfand... Er hatte die Universität beendet, arbeitete aber nicht, warum, weiß ich nicht, und war genau wie ich in materiellen Schwierigkeiten. Ich bin fast sicher, daß er an der Haltestelle auch über die Fahrkosten nachgedacht hat, natürlich nicht so gründlich wie ich. Die Vermutung, daß Wawa meine idiotische, kleinliche Lüge durchschaut hatte, verdarb mir die Laune, und erst als wir angekommen waren und das Haus betraten, war alles wie weggeblasen (so etwas kommt bei mir vor), ja, mich erfaßte sogar eine feierliche Erregung. Dazu trug auch das Treppenhaus bei, in dem der Wohlstand der Bewohner zu spüren war. Es war warm, sauber, roch appetitlich, nach nichts Bestimmtem, eben nach Wohlstand, den ich zu schätzen wußte. (Es gibt den Typ armer junger Menschen, die Wohlstand hassen. Ich dagegen empfinde bei all meiner Eitelkeit dem Wohlstand gegenüber sogar eine gewisse ehrfürchtige Verlegenheit.)

Die Liftführerin, eine Frau mit sattem, gütigem Gesicht, legte ihre Stricknadeln beiseite und fragte uns, in welches Stockwerk und zu wem wir wollten. In einem Aufzug mit polierten Wänden und einem Spiegel fuhren wir hinauf und stiegen aus. Zweta klingelte an einer ledergepolsterten Tür. Uns öffnete eine Frau um die Fünfzig. (Wie sich später herausstellte, war sie die Hausangestellte, hatte aber erhebliche Rechte im Haus.) Sie küßte sich mit Zweta. Ein großer, kräftiger Schäferhund schwänzelte herum (auch ein Anzeichen für ein wohlhabendes Leben). Ich zog den Mantel aus, nahm die Mütze ab und und zupfte vor dem Spiegel vorsichtig meine Fliege aus mattgrüner Seide zurecht. Mir blieben nur ein paar Sekunden Zeit, um einen Gesichtsausdruck zu finden (mein Äußeres stellte mich zufrieden und stand nicht im Widerspruch zu der eleganten Diele mit ihrem wohlhabenden Überfluß, den Hirschgeweihen und goldschimmernden Tapeten). Ich mußte unverzüglich die Begeisterung in meinem Gesicht löschen, die übrigens völlig aufrichtig war, mich aber dümmlich wirken ließ. Löschen konnte ich sie auf erprobte Weise, mit einem leicht zynischen Lächeln, das jedoch in meinem jetzigen Zustand gefährlich war, denn in Verbindung mit meinen kindlich strahlenden Augen verlieh es dem Gesicht etwas Theatralisches und verdarb sogar seine äußeren Züge (ich hielt mich für schön). Darum entsprach dem Moment am ehesten zerstreute Wehmut, die dem Glanz der Augen entgegenwirken könnte – Folge des aufgeregt klopfenden Herzens. Der Glanz der Augen überdeckte die Gedanken. Gedanken – genau das fehlte meinem Gesicht. Das war ärgerlich, denn früher oder später würde mich Zweta in die Gesellschaft einführen, wo sich mir vielleicht ernsthafte Möglichkeiten boten, mich darzustellen und mit einem Schlag mein Leben zu ändern. Ich bereitete mich darauf vor, denn ich wußte, wie wichtig der erste Eindruck ist. Er ist entweder ein positiver Stimulus, oder du mußt mächtig was auf dem Kasten haben, um ihn umzustoßen, wenn er negativ ist. Alle Manipulationen vor dem Spiegel nahm ich natürlich in Sekundenschnelle vor, kam jedoch zu keinem endgültigen Ergebnis und weiß darum nicht, wie ich aussah, als ich der Hausfrau vorgestellt wurde, einer jungen Frau, deren Schönheit geeignet war, Schüchterheit einzuflößen. Dennoch faßte ich mich rasch und küßte ihr die Hand, berührte damit zum erstenmal im Leben mit den Lippen den Körper einer schönen Frau (Wawa begriff das, verflucht soll er sein). Doch die Hausfrau nahm meine Kühnheit als etwas Alltägliches, ihr Gebührendes. Wir betraten das Zimmer. Ich erkannte Arski sofort, obwohl im Zimmer viele Leute waren (seine Fotos wurden oft in den Periodika abgedruckt). Als ich ihn sah, begriff ich, wie veraltet meine Aufmachung war: die Fliege, die mir den Hals einschnürte, das schwere Jackett, in dem ich schwitzte. Ich kannte ein Foto von Arski, allerdings zwei Jahre alt, auf dem er eine Fliege trug. Jetzt saß er da in einem feinwollenen Hemd mit geöffnetem Kragen und einem knappen, zu eng wirkenden (doch das machte den Schick aus), dunkel-sandfarbenem Jackett.

Im Zimmer stand ein langer Tisch, darauf lag eine Wachstuchdecke mit Zickzacklinien-Muster. (Den Terminus »abstrakte Malerei« lernte ich erst später kennen.) Es waren mehrere zusammengestellte Tische. Daran saßen an die zwanzig Leute, auch einige junge Frauen und Mädchen. Ein Mädchen war höchstens sechzehn, übrigens das unschönste. Alle anderen waren außerordentlich schön. (Doch keine konnte sich mit der Hausfrau messen.) Ungeachtet einer solchen Fülle von Menschen (was nicht meinen Plänen entsprach, denn intuitiv fühlte ich in einer solchen Ansammlung etliche Rivalen, die sich darstellen und Arskis Aufmerksamkeit auf sich lenken wollten), ungeachtet der Fülle von Menschen nahm Arski sofort Zweta wahr und grüßte sie lächelnd. Das freute mich, denn ich war zusammen mit ihr gekommen, und Arskis Aufmerksamkeit hob auch mich aus der Masse heraus. Doch im weiteren entwickelten sich die Ereignisse überhaupt nicht nach Plan. Ich hatte gehofft, Zweta würde mich Arski vorstellen, aber sie drängte sich zu dem in der Ecke sitzenden Arski durch, als habe sie durch sein Zulächeln das Recht dazu erhalten. Sie drängte sich, ich würde sagen, äußerst rigoros durch, wobei sie gegen die Stühle der Leute stieß, die ihr im Weg saßen. Wawa folgte ihr. Ich blieb allein und wußte nicht, was ich tun sollte und in welchem Maß ich das Recht hatte, gekränkt zu sein. Doch sogleich wurde ich entschädigt und aus der schwierigen Lage herausgeführt, im direkten Sinne herausgeführt von der Hausfrau, die mich mit ihren zarten Fingerchen bei der Hand nahm und mir ein Lächeln schenkte, bei dem in meinem Herzen etwas Seltsames geschah und vor dem die erfolgreichsten und kühnsten intimen Träume lächerlich und jämmerlich wirkten. Die Hausfrau (sie hieß Gaja) führte mich an der Hand zum entfernten Tischende, ließ mich Platz nehmen (meine Haut bewahrte die Erinnerung an ihre Berührung) und ging neue Gäste begrüßen, die, nach dem Klingeln an der Tür zu urteilen, eingetroffen waren. (Ich haßte sie von vornherein als Rivalen, die Arskis und Gajas Aufmerksamkeit auf sich ziehen würden.) Gaja kam sogleich mit zwei Gästen zurück (sie gehörten nicht zusammen, sondern waren zufällig zur gleichen Zeit gekommen). Einer war um die Vierzig, ein ergrauter Blondkopf (wenn Blonde ergrauen, sieht das gut aus). Der zweite, wohl jünger als ich und dem Aussehen nach an einer chronischen Krankheit leidend, hatte ein erdgraues Gesicht mit Stupsnase und geröteten Augenlidern. Den Blonden plazierte Gaja an die Mitte der Tische, den Stupsnasigen nahm sie an die Hand, wie mich, lächelte ihm zu und führte ihn zu unserem Ende, wo sie ihm einen Stuhl zuwies. Das berührte mich unangenehm. Meine Stimmung verschlechterte sich wieder. Ich wollte einen Blick von Gajas braunen Samtaugen erhaschen, aber sie ging geschäftig vorbei, nicht daß sie mir ausgewichen wäre, sie war einfach bemüht, es jedem Gast recht zu machen. Ich sah mich um. An unserem Ende saß keine einzige Frau, die Männer schienen sich untereinander nicht zu kennen, so daß sich gegenseitige Beziehungen erst herausbilden mußten. Nach einigem Überlegen fand ich meine Situation nicht nur gerecht, sondern auch günstig, denn ich konnte mich nach und nach mit den anderen bekanntmachen, einen inneren Aktionsplan entwerfen und den Nerv der Gesellschaft ertasten – jede Gesellschaft, selbst eine zufällig zustandegekommene, hat ihren Nerv, das heißt, ihre Verhaltensregeln, ihren Geschmack und ihre Besonderheiten, die sich irgendwie unabgesprochen ergeben, aber kein Durchschnittswert der Gesellschaft sind, sondern vielmehr die Nuancen des Kampfes zwischen ihren herausragendsten Mitgliedern summieren, denen sich die anderen anpassen müssen. In unserer Gesellschaft freilich war Arski, so nahm ich an, außer Konkurrenz, stand sozusagen als Richter über ihr. Also galt es, an Arski vorbei, die kämpfenden Seiten abzutasten, Arskis nähere Umgebung, wo sich das Epizentrum der Gesellschaft befand.

Meine Gedanken und Berechnungen unterbrach die mit einem schönen Wollkleid bekleidete Hausangestellte, die eine Schüssel mit überaus appetitlichem Hering mit Zwiebeln hereinbrachte und an unser Tischende stellte. Überhaupt standen alle Speisen, außerordentlich leckere, an unserem Ende. Da waren zwei Schüsseln mit dampfenden Kartoffeln, eingelegte Pilze, Zervelatwurst, eine riesige Schüssel Salat, der aus Eiern, Kartoffeln, Erbsen und Mayonnaise bestand. Außerdem standen da eine Flasche Wodka, zwei Flaschen Kognak, Apfelwein und ein Körbchen mit viel Brot. In Arskis Nähe stand nur eine Flasche leichter Wein, eine Schale mit festen Winteräpfeln und eine Schachtel Pralinen.

»Würden Sie mir bitte die Pilze reichen«, sagte jemand.

Ich drehte mich nach ihm um. Es war der Stupsnasige. Ich reichte sie ihm. Dann bat ich selber um die

Kartoffeln. Wir begannen zu essen, und beim Essen begannen sich die gegenseitigen Beziehungen herauszubilden. Ich mag keinen Wodka, aber jetzt trank ich ihn mit Genuß. In Arskis Nähe ging es auch schon lebhaft zu. Außerdem bemerkte ich eine scheinbar unbedeutende Bagatelle, die dennoch endgültig die sich wieder einmal aufdrängenden unangenehmen Gedanken widerlegte. An unserem Ende nämlich, fast neben mir, saß ein korpulenter Mann in meinem Alter, bekleidet mit einem Wollhemd, das nicht schlechter war als Arskis. Er hatte mit Arski ein paarmal über den Tisch hinweg einige Worte gewechselt, wobei sie einander mit den Vornamen (der Korpulente hieß Kostja) anredeten. Also bestand zwischen den beiden Tischenden keine Kluft, und der Platzverteilung am Tisch lag keine kränkende Voreingenommenheit zugrunde. Unterdessen wurde es immer lebhafter.

»Aber mein Lieber«, sagte Arski plötzlich laut (es war offensichtlich die temperamentvolle Fortsetzung eines Streits, der am andern Tischende seit längerem geführt wurde, aber halblaut). »Aber mein Bester«, sagte Arski, »1956 gab es bei uns zum erstenmal eine Öffentlichkeit und eine öffentliche Meinung.«

»Verständlich«, sagte eine der schönen Frauen, die in der Nähe von Arski saß, »seit siebenundzwanzig ist die Öffentlichkeit in die Konzentrationslager gewandert...«

Arski warf einen raschen Blick auf die Schöne, seine Augen hatten sich völlig verändert und einen wilden Ausdruck angenommen.

»Unsere Öffentlichkeit hat sich freiwillig zugrunde gerichtet«, sagte er, »im Namen großer Ziele, wie sie glaubte.«

»Erlauben Sie mal«, rief nervös ein Bebrillter von unserem Tischende, »wollen Sie vielleicht auch Stalin in die allgemeine Rehabilitierung einbeziehen? Was heißt freiwillig? Unsere Öffentlichkeit ist an der Folter gestorben... Übrigens nicht sehr ausgeklügelter... So weit sind wir in unserer Entwicklung noch nicht...

Unserer Öffentlichkeit wurde der Schädel schlichtweg mit einem Hocker eingeschlagen... Wie das unter Iwan Krasnoje Solnyschko* gemacht wurde... Das heißt, ich wollte sagen, unter Iwan dem Schrecklichen und Peter dem Großen.«

Augenblicklich entstand am Tisch eine aufgeregte, angespannte Atmosphäre. Mehrere Leute redeten gleichzeitig. Ich war entschädigt, das Gefühl, das ich bei den Broidas empfunden hatte, als ich ihrem Streit um den Namen Arski beiwohnte, entwickelte sich hier weiter. Ich hörte mit Vergnügen zu und ballte unter dem Tisch die Fäuste (eine Angewohnheit, wenn ich ein Übermaß an freudiger Energie empfinde, die ich nicht herauslassen kann). Zum erstenmal hörte ich diese schrecklichen, unheimlich freudigen, kühnen Streitgespräche, von denen mich bislang nur Gerüchte erreicht hatten. Am Tisch sitzend, spürte ich mit stürmischer, revolutionärer Freude, daß die ehemaligen Heiligtümer geschmäht wurden.

»Man darf Ökonomik nicht mit Sittlichkeit verwechseln« sagte der graue Blonde und zog mit diesem Anfang die allgemeine Aufmerksamkeit auf sich. (Ich machte eine Entdeckung, genauer, ich wußte es auch schon früher, hatte mich aber nicht darauf konzentriert. Das wichtigste ist der Anfang... Es kommt darauf an, einen gelungenen Satz zu finden, einen ungewöhnlichen, sehr klugen, sehr scharfen oder auch sehr absurden, Hauptsache »sehr«... Später kann man dann Blödsinn reden, man findet Gehör.)

»Die Leibeigenschaft war für Rußland ökonomisch notwendig«, sagte der Blonde, »sittlich jedoch gibt es für sie keine Rechtfertigung... Darauf beruht die Tragödie...«

Die nervöse Anspannung der ersten Minuten des Streitgesprächs hatte sich etwas gelegt, die Unterhaltung mündete in das für mich günstige Fahrwasser der öffentlichen Selbstdarstellung. Ich begann mir einen

---

* Krasnoje Solnyschko (Liebe Sonne) – eigtl. der Beiname Wladimirs des Heiligen, Großfürsten von Kiew (980 - 1015).

Gedanken zurechtzulegen, mit dem mein Triumph beginnen sollte, vielleicht sogar eine persönliche Freundschaft mit Arski. Das Beste wäre, etwas Schlechtes über Stalin zu sagen, aber es mußte ungewöhnlich und in eine originelle Form gekleidet sein, denn einfach nur etwas Schlechtes über Stalin zu sagen, verblüffte niemanden mehr. Ein Faden in dieser Richtung war mein Vater, dessen Gefängnistod, bislang als Schande über mir schwebend, jetzt plötzlich nicht weniger ehrenvoll war als der Tod an der Front. (Der lebendige Leib der Heiligtümer wurde damals noch nicht angetastet, und das Schmähen ewiger Werte begann erst später, und solche uralten antiken Wörter wie Heldentum, Optimismus oder sogar biblische wie Idee, Autorität, Glauben, solche Wörter standen damals noch hoch im Kurs, selbst in den mutigsten Gesellschaften.)

»Der Personenkult stellt alle Streitigkeiten zwischen den Menschen auf eine politische Grundlage«, sagte Arskis Freund Kostja.

Den Gedanken hätte ebensogut ich äußern können, dachte ich ärgerlich, er hat es ganz einfach gesagt und die Aufmerksamkeit auf sich gelenkt... Wozu braucht er das? Er ist mit Arski ohnehin per »du«.

»Verliebtheit hat nichts mit Liebe gemein«, sagte ein junger Mann in der Mitte des Tisches, »ebenso wie Lachen und Husten physisch unterschiedliche Äußerungen sind. Lachen kann in Husten übergehen, aber Husten in Lachen, das kommt selten vor...«

Das ist aus einer anderen Oper, dachte ich, also geht's auch so... Übrigens hatte ich den Anfang verpaßt... Offensichtlich hing es mit dem Personenkult zusammen.

»Da gibt es erstaunlich originelle Verse«, rief Wawa (er saß neben Arski). »An jenem Abend, herbstlich trüb, lagen wir beieinander, ich und du... Und unsre Bäuche, wie zwei Wölfe, knurrten laut einander zu...«

»Na, das ist literarisches Rowdytum«, sagte eine der schönen Frauen (dem unschönen sechzehnjährigen

Mädchen gefielen die Verse offensichtlich, sie hatte freudig aufgekreischt).
»Stimmt«, entschied Arski, »ein widerliches Wortgeklingel.«
»Ich sage ja nicht, daß sie gut sind.« Wawa versuchte unter Wahrung seiner Würde einen Rückzieher zu machen. »Ich habe sie als Beispiel angeführt...«
Da haben sie dir einen schönen Nasenstüber verpaßt, dachte ich schadenfroh, nein, so ungeschickt werde ich mich nicht anstellen... Dann lieber den ganzen Abend schweigen und unbeachtet bleiben... Trotzdem schade... Es besteht die Möglichkeit, etwas Treffendes zu sagen... etwas Ungewöhnliches... In unserer Truppe zum Beispiel mögen sie so was... Ein paarmal entspann sich vor dem Fernseher ein Gespräch über Politik, und die Arbeiter schimpften einhellig auf Chrustschow, während sie über Stalin voller Achtung sprachen... Stalin habe den Krieg gewonnen und jedes Jahr die Preise gesenkt... Als Rachutin etwas einwenden wollte, fielen sie derart über ihn her, daß er geradeso mit heiler Haut davonkam.
»Was nicht alles zusammengeschrieben wird«, rief jemand neben mir, »er hat die Leute in die Gefängnisse gesperrt... Dazu ist die Macht da, daß sie die Leute einsperrt...«
Natürlich darf ich das nicht so primitiv sagen, sondern mit kritischer Einstellung dazu... Und zugleich als Frage formulieren, direkt an Arski gerichtet...
»Irgendein Leben ist durchs Zimmer geflogen«, deklamierte Kostja ohne Ankündigung in singendem Tonfall, »keine Fliege, keine Motte, keine Mücke und kein Käfer... Nein, etwas anderes, Lebendiges und Kleines...«
Plötzlich zitterte seine Stimme, er verstummte, schloß die Augen und trank ein halbes Glas Kognak in einem Zug aus. Zweta stand auf. Den ganzen Abend (es war übrigens längst Nacht) hatte sie schweigsam in Arskis unmittelbarer Nähe, wenn auch weiter weg als Wawa, gesessen, aber irgendwie unbequem an der

Tischecke. Sie stand auf, eine unschöne, kurzsichtige Frau mit gebeugter Haltung, und sagte:

»Man hat mir die Interlinearübersetzung eines kürzlich gestorbenen Dichters gegeben. Er hat etwas über drei Monate in Freiheit gelebt. Ich habe eine Nachdichtung gemacht.« Sie trug sie vor: »Ich sah den Mörder, er kam ganz nahe heran und hatte den grünen Uniformrock an. Er trat meine kranken Beine, seine Stiefeleisen klirrten leise...« Zweta sprach in singendem Tonfall, auf zeitgemäße, moderne Art, aber plötzlich herrschte Stille am Tisch, an dem so viel Eigenliebe und Rivalität versammelt war. Die Verse ließen Talent vermissen, doch gab es darin lebendigen Schmerz, außerdem hatte Zweta sie in eine gewisse literarische Form gebracht. Arski stand auf und küßte Zweta auf beide Wangen. Es wurde Beifall geklatscht. Freilich erklangen neben dem Beifall auch kritische Bemerkungen zu einigen Strophen. Aber mich beeindruckten diese Bemerkungen nicht. Ich war so übervoll von Gefühlen, daß ich meine Vorsicht einbüßte, und erst nachdem ich einige Sätze gesagt hatte, begriff ich, daß ich redete, ohne meine Gedanken geordnet zu haben, die ich ziemlich primitiv formulierte.

»Und bei den Arbeitern zum Beispiel«, sagte ich, »ist Stalin noch immer beliebt... Er ist für sie der Generalissimus, der Hitler zerschmettert und Berlin eingenommen hat...«

Ich spürte, daß ich in völliger Stille sprach und alle mich ansahen, auch Arski. Ich wollte mich gerade freuen, denn in meinem Kopf formte sich eine recht interessante Fortsetzung, und mein Plan, kann man sagen, begann sich unverhofft in schönster Weise zu verwirklichen. Aber ein Mann mit Brille in der Mitte des Tisches (an unserem Ende saß auch einer mit Brille, beide waren sich sogar ähnlich, waren gleichermaßen hitzig), aber der in der Tischmitte schrie plötzlich:

»Was soll denn das nun... Meine Familie ist zerstört... Mich haben sie im Gefängnis faulen lassen... Ich hab bloß noch eine Lunge... Und Sie heben hier Stalin in den Himmel... Sie Lump!« schrie er mich hysterisch an (ich habe schreckliche Angst vor Hysterikern und bin ihnen gegenüber hilflos). »Lump«, wiederholte der Bebrillte und ließ sich auf den Stuhl fallen.

Das war eine Katastrophe. Ich hörte, wie Wawa laut zu Zweta sagte:

»Ich habe dich gewarnt... Du hättest den Provinzler nicht einladen dürfen... Aber du wolltest ja unbedingt... Nun kannst du dich freuen...«

Zweta hatte sich abgewandt.

»Sie haben mich nicht verstanden«, sagte ich erschrocken und stammelnd zu dem Bebrillten, dem Gaja Tropfen einflößte, »ich bin selber gegen Stalin... Das heißt, ich habe entgegengesetzte Ansichten... Ich habe selber...«

Arski sah dem Bebrillten ins blasse Gesicht und machte eine gereizte Handbewegung in meine Richtung.

»Setzen Sie sich doch wenigstens«, sagte er feindselig zu mir.

Das war nicht bloß eine Katastrophe, sondern das absolute Ende. Der Weg ins neue Leben, auf den ich so gehofft hatte, war abgeschnitten, wenn nicht für immer, so doch für lange. Außerdem fürchtete ich, daß nach diesem Vorfall meine Beziehung zu den Broidas in die Brüche gehen würde. Zum Glück klingelte es, und ein neuer Gast kam. Er war betrunken und ärmlich und schmuddelig gekleidet, dennoch ging er zu Arski, und beide umarmten sich. Dann kniete er vor Gaja nieder und küßte ihr in aller Öffentlichkeit den Fuß (auch das war ihm erlaubt. Es war zu spüren, daß er hier der Hätschling war).

»Akim«, rief die Sechzehnjährige freudig, »tragen Sie das vom Obus vor.«

Akim (der neue Gast hieß also Akim) blickte das Mädchen an und legte, mitten im Zimmer stehend, im Baß los (das verblüffte mich, denn ich war überzeugt, daß er eine Falsettstimme hatte).

»Ich geriet untern Obus, auf der Leninstraße... Ich geriet untern Obus, doch ich bin nicht krepiert... Seht, ich lebe...«

»Nicht doch, Akim«, sagte Arski.

»Was denn«, schrie Akim und lief rot an, »bin ich unter Höflinge geraten?« (Seit einiger Zeit wurde in diesem Zimmer unheimlich geschrien.)

»Ich finde, Ihre Reimereien sind von elementarer Unanständigkeit«, sagte der ergrauende Blonde zu Akim.

Gaja beeilte sich, einem Eklat vorzubeugen:

»Weißt du, Akim, hier sind auch Fremde...«

»Ihr Solipsismus«, der ergrauende Blonde gab sich nicht zufrieden, »Ihr Wunsch, zu beweisen, daß sich die Welt um Sie dreht, ist lächerlich und naiv...« Das war der sittliche Schlag, den ich schon erwähnte. Obwohl nicht gegen mich gerichtet, traf er mein Geheimnis, meine Idee, die also gar nicht originell war und sogar einen wissenschaftlichen Namen hatte. Ich war dermaßen deprimiert, daß ich anfangs gar nicht mitbekam, wie sich eine neue handelnde Person einschaltete.

ZEHNTES KAPITEL

Eigentlich war sie nicht neu. Es handelte sich um den Stupsnasigen, der neben mir saß und mich gebeten hatte, ihm die Schüssel mit den Pilzen zu reichen. Aber er war so kränklich und nichtig, daß ich ihn bei der Kräfteverteilung am Tisch außer acht gelassen hatte (obwohl ich einmal flüchtig vermerkte, daß er sich im Widerspruch zur Gesellschaft als Ganzes oder zu einzelnen Mitgliedern befand).

»Ich möchte Gedanken in einer anderen Richtung äußern«, fuhr der Stupsnasige fort, als ich ihm meine Aufmerksamkeit zuwandte. »Dreißig Jahre haben wir in Rußland ohne Wahrheit gelebt, ohne dieses russische Nationalgericht, das ebenso sättigend und wohlschmeckend ist wie schwarzes Bauernbrot... Es ist an der Zeit, ehrlich zu sein... Die Zeit ist reif.« Das kränkliche Gesicht merkwürdig zurückgeworfen, sprach er, ohne jemanden anzusehen, überzeugt und leidenschaftlich und hatte in kurzer Zeit die Aufmerksamkeit auf sich gezogen.

»Ich weiß nicht, wie ich am besten anfange«, sagte er, »vielleicht lese ich zur Einleitung eine Fabel vor... Das Dumme ist bloß, daß die ersten Zeilen literarisch noch nicht ganz ausgefeilt sind... Aber ich kann es ja auch mal so erzählen... Es geht um die Erde, genauer, um das Feld, wo jede Parzelle mit dem Schweiß unserer Vorfahren getränkt ist und jeder Getreidehalm harte Arbeit kostet... Also, auf dieses Feld schlich sich eine Ziege und machte die harte bäuerliche Arbeit zunichte... Das Weitere habe ich aufgeschrieben... Ich lese vor.« Er zog ein Blatt Papier aus der Innentasche, ich sah, daß das Futter seines Jacketts ziemlich zerissen war, und dachte erbittert, daß der Stupsnasige mit demselben Ziel hergekommen war wie ich, nämlich, die Gesellschaft für sich zu gewinnen, »also«, fuhr er beseelt fort, »der Kater Foma, der Wächter, packte die Ziege am Schlafittchen... Aber... Diese Ziege war nicht von einfacher Herkunft. Sie ernährte einen bekannten Zweig des jüdischen Volkes. Sawizki Meir lebte samt seiner Golda und einem Haufen Kinder von der Milch dieser Ziege, durch sie vermehrte sich das jüdische Volk. Aber der Kater Foma wußte nicht, daß diese Ziege so berühmt war. Er packte sie bei den Hörnern. Zerrte sie öffentlich zum Polizeirevier. Doch plötzlich (stellen Sie sich den Schreck des Wächters vor) verkrallte sich Malka wie ein Köter in ihn. Nach ihr erschien Golda, und aus ihren Augen schossen Blitze. Nach Golda kam Chaja angesprungen. Ihr folgten Sura, Chana, Schaja, dann Meir, Jankel und Abram, und es erhob sich ein Heidenspektakel...«

Ich denke, der Stupsnasige konnte nur deshalb bis zu Ende lesen, weil er das Überraschungsmoment ausnutzte. In derartigen Gesellschaften hatte öffentlich geäußerter ehrlicher Antisemitismus kaum Erfolg. Im Gegenteil, in solchen Antikult-Gesellschaften diente die öffentliche Anprangerung des Antisemitismus der Selbstbestätigung. Und wirklich, kaum war die erste Schockminute vorüber, als fünf Mann, ohne sich abzusprechen, gleichzeitig aufsprangen: Arski, Wawa, der ergrauende Blonde, einer von den Bebrillten (nicht mein Feind, der von dem Vorfall offensichtlich gelähmt war, sondern der Bebrillte, der mit Arski über die Gesellschaft debattiert hatte). Sie alle drängten zu dem Stupsnasigen, der jedoch, wie ich glaube, die Reaktion auf seine Fabel nicht begriff und noch immer mit dem Blatt Papier in der Hand dastand. Ich kapierte sofort, daß sie den Stupsnasigen ohrfeigen wollten, aber erst als es geschehen war, ärgerte ich mich über mein dämliches Verhalten. Ich saß neben dem Stupsnasigen und hätte ihn selber ohrfeigen und den anderen zuvorkommen können. Das wäre die sicherste Methode gewesen, mit einem Schlag (zumal im direkten Sinne) meine mißliche Lage zu korrigieren, in die ich mich durch meine mißglückten Betrachtungen über den Personenkult gebracht hatte. Zudem war es eine ehrliche Methode, denn ich hatte für den Stupsnasigen von Anfang an Verachtung empfunden, schon bevor er die Fabel vortrug.

Von denen, die es kapierten und nicht ertrugen, saß der Bebrillte dem Stupsnasigen am nächsten, aber er reichte mit der Hand nicht bis zu dessen Wange, blieb mit den Füßen unter dem Tisch stecken und war beengt von der Schulter des Dichters Kostja, der in seinem Rausch schlummerte. Arski stürmte vor und sprang elastisch über einen Stuhl. Aber an der engen Stelle bei dem Schrank stieß er mit Wawa zusammen, der ihm Konkurrenz machte. Von der Tür lief Gaja auf den Stupsnasigen zu, die einzige Frau, die sich zur direkten Aktion entschloß. Doch als erster erreichte, ohne in Hektik zu verfallen, der ergrauende Blonde den Stupsnasigen. Er holte weit aus mit seiner kräftigen Hand eines Intellektuellen aus dem Volk, dessen nächste Vorfahren Arbeiter und Bauern gewesen waren. Von diesem weitausholendem Schwung bekam nicht nur der Stupsnasige einen Luftzug zu spüren, sondern auch ich, und der Stupsnasige zog unwillkürlich den Kopf zwischen die schmächtigen, kränklichen Schultern. Dennoch verpaßte ihm nicht der Blonde die Ohrfeige, sondern ein anderer junger Mann, der mit ärmlicher Eleganz gekleidet war: Tolstoibluse und bunter Schlips, offenbar sein einziger guter. Diesen jungen Mann hatte ich zuvor nicht bemerkt, was nur für ihn sprach und mir ein übriges Mal die Dummheit meines Benehmens vor Augen führte. Dieser junge Mann bedurfte zweifellos genau wie ich (ich erkenne auf den ersten Blick einen Menschen meines Schlages, verflucht soll er sein), dieser junge Mann bedurfte zweifellos wie ich an der Wende seines Lebens der Protektion, mischte sich aber nicht wie ich in unvernünftige Gespräche, sondern wartete geduldig seine Stunde ab. Und als diese Stunde gekommen war, ballte er seine ganze Energie (und zwar in der rechten Hand) und spannte alle Kräfte an, als er in letzter Sekunde hinter dem Rücken des Blonden, der sich zu lange mit dem Ausholen aufhielt, hervorsprang und kurz und heftig zuschlug, so spürbar, daß der Stupsnasige wankte. Da brach Akim in lautes Lachen aus. Der Blonde ließ verdrossen die Hand sinken (zwei Ohrfeigen hintereinander sind in einer anständigen Gesellschaft ungehörig, das wäre schon Verprügeln oder eine Schlägerei). Der im selben Moment angekommene Arski legte, schwer atmend, dem unbekannten jungen Mann den Arm um die Schultern und blickte mit unverfälschtem Haß den Stupsnasigen an, dessen aufgeschlagene Lippe blutete. Ich war fix und fertig und bekam vor Wut auf mich selber kaum Luft. Genauso hätte Arski mich umarmen können, wenn ich flinker und findiger wäre. Ich bin zutiefst unbegabt, das zeigt sich in allem und immer wieder (mir war schwindlig vom Wodka. Ich hatte zwei Gläser getrunken). Und meine Idee, mein Geheimnis, das ich in meinem Herzen gehütet hatte, hieß Solipsismus und eignete jedem unbegabten Schwätzer.

Der Stupsnasige, mit allen Gliedern zuckend, als schüttelte es ihn von innen, hatte sich unterdessen von der Ohrfeige erholt und schrie:

»Heuchler! Ihr wollt besser sein als die Stalinschen Henker? Die Stalinschen Tschekisten... Die Tscheka war ein jüdisches Organ, geschaffen, um Rußland und das Slawentum zu verhöhnen... Meinen Vater hat im Lager der Jude Bruk gefoltert... Ich habe den Namen des Untersuchungsführers herausbekommen... Stalin ist eine Episode, aber sie... Seit Urzeiten haben sie mit ihren dreckigen Galoschen Dreck in unser Haus getragen...«

»Wer hat ihn mitgebracht?« fragte Arski wütend.

»Ich«, antwortete Kostja müde und schwerfällig. (Er war überhaupt nicht betrunken, wie sich zeigte.)

»Darum geht's nicht«, sagte der Stupsnasige, von Arskis Ausruf oder Kostjas Seufzer aus dem Konzept gebracht, »Kostja zum Beispiel ist Jude, aber darum geht's nicht... Ich rede von der Idee...«

»Rausschmeißen!« rief der Bebrillte hysterisch (diesmal nicht der in meiner Nähe, sondern mein Feind von der Tischmitte).

Mein Herz krampfte sich in einem unguten Vorgefühl zusammen. Daß mein Hauptfeind die weitere Initiative in der Abrechnung mit dem Stupsnasigen ergriff, verhieß für mich nichts Gutes... Und mein Vorgefühl hatte mich nicht getrogen (böse Vorgefühle trügen selten).

»Und den auch«, rief der Bebrillte und zeigte auf mich, »das ist eine antisemitische Clique...«

Ich wollte widersprechen, widerlegen, Zweta zu Hilfe rufen, aber sie saß abgewandt da, fremd (im ersten Moment war ich beleidigt, aber dann begriff ich – zu Unrecht. Ich hatte mich zu sehr blamiert.)

Der Blonde packte den Stupsnasigen mit seiner schweren Hand am Kragen und führte ihn aus dem Zimmer. Mich packte niemand am Kragen, das weiß ich noch genau, aber alles andere habe ich vergessen. Wie ich mich anzog, wie ich hinausging. Ich kam erst unten, im Treppenaufgang, zu mir, neben dem Stupsnasigen, der vor Haß und Kränkung bitterlich weinte... Wenn man mich bäte, ein kurzes symbolisches Bild jener trüben Zeit zu geben, würde ich mir die Märznacht mit dem Schneegestöber in Erinnerung rufen, in der ich fast die Treppe hinuntergeworfen worden wäre von Menschen, zu denen es mich zog und von deren Freundschaft ich träumte, und im Treppenhaus stand, neben dem mir unangenehmen, vor Wut weinenden und die blassen Fäuste ballenden, offenbar chronisch kranken, antisemitischen Aktivisten.

Ich hätte mich schweigend umdrehen, zur Straßenbahnhaltestelle gehen und auf die Nachtbahn warten sollen (als ich mich umsah, erkannte ich die Gegend und stellte fest, daß es nicht weit bis zur Haltestelle der »Vier« war, die zum Bahnhof fuhr. Dort konnte ich den Rest der Nacht verbringen). Mitten in der Nacht betrunken ins Wohnheim zurückzukehren war ausgeschlossen. Ich hätte die Diensthabende herausklingeln müssen, und das konnte Darja Pawlowna sein, meine Feindin. Natürlich hätte ich auch über den Balkon in den Korridor der ersten Etage klettern können. Aber erstens hatte ich in der Eile vergessen, die Balkontür zu öffnen, und zweitens war es gefährlich, in tiefer Nacht über den Balkon einzusteigen. Abends konnte man das, wenn man erwischt wurde, als Scherz hinstellen und bei geschicktem Verhalten mit einem Verweis davonkommen. Aber spät in der Nacht würde das keiner komisch finden, und ein Mißerfolg würde mit einer Katastrophe enden. Blieb also der Bahnhof. Aber ich war so zermürbt (ganz plötzlich hatten mich alle Kräfte verlassen), daß mir der Gedanke an das Bahnhofsgetöse, die schlechte Luft und das Kindergeplärr Grauen einflößte. Außerdem waren zu dieser Zeit alle Bänke von Durchreisenden besetzt, und gegen fünf wurden alle aus dem Hauptsaal gejagt, weil dort das Saubermachen losging. Obendrein war ich nicht nur körperlich, sondern auch moralisch stark angeschlagen, denn ich hatte meine Idee eingebüßt, und was von mir blieb, war: eine zerknautschte Fliege, schief sitzend wie bei einem Kellner, eine zerknautschte Hose und ein häßlicher Mantel. Aus. Keine heilige Idee, keine für die Welt unsichtbare innere Kraft, kein inneres Licht stand hinter diesem äußerlich jämmerlichen Bild.

Alle diese Gedanken schossen mir durch den Kopf, nicht in Form der konkreten Bilder oder Formulierungen, die ich gerade angeführt habe, sondern in Form von zwei, drei Empfindungen, die auf den ersten Blick von den eben formulierten Gedanken weit entfernt waren. Ja, es waren Gedanken in Form physischer Empfindungen. Ich spürte im Mund einen säuerlichen Geschmack, als hätte ich mir lange nicht die Zähne geputzt, den Rücken überlief es kalt, und die Gesichtshaut spannte sich zu einer solchen Grimasse, wie man sie höchstens in einem nächtlichen Alptraum sieht. Interessant, daß ich diese Grimasse ganz deutlich sah, ohne einen Spiegel oder eine Glasscheibe vor mir zu haben. Ich sah sie mit dem Gehirn, wie das im Traum geschieht, und als ich das alles fühlte, erfaßte mich ein Anfall rasender Wut, aus der heraus der Mensch zu allem fähig ist und die, wie mir scheint, vom Neid auf das Wohlergehen der Toten oder noch nicht Geborenen hervorgebracht wird. Niedrige Empfindungen, die sich nicht formulieren lassen, enthalten eine teuflische Kraft und sind gefährlicher als alle denkbaren, selbst die verbrecherischsten Formulierungen. Sogar alltägliche Gedanken, zum Beispiel über die Qualen im Bahnhofsmief, die unter dem Einfluß des Moments, unter dem Einfluß der seelischen Depression ihre konkrete Gestalt verloren haben und als physische Symbole empfunden werden, können zu einer schrecklichen Waffe blinder Wut werden. Zum Glück enthob mich mein physischer Zustand der Möglichkeit zu handeln. Aber mein wütendes Gefühl äußerte sich sehr eigenartig. Der Mann, der mir noch vor ein paar Minuten äußerst unsympathisch gewesen war, weckte plötzlich mein Mitgefühl. Ich spürte Gemeinsamkeit zwischen uns, und mich dünkte, daß man uns beide ungerecht behandelt hatte. Die Fäuste schon etwas müde schüttelnd, weinte der Mann immer noch, ohne sich die Tränen abzuwischen, ohne sich im geringsten vor mir zu genieren. Offensichtlich war er schon oft hinausgeworfen und geschlagen worden, so daß er sich nicht mehr genierte, und das gab mir die Möglichkeit, mich ihm überlegen zu fühlen, denn ich hatte noch niemanden meine Tränen sehen lassen.

»Wie heißt du?« fragte ich meinen Gefährten etwas gönnerhaft.

»Iliodor«, sagte er schluchzend, »ein seltener Name, ein kirchlicher... Mein Vater war Geistlicher... Die Stalinschen Henker haben ihn umgebracht, die jüdischen Tschekisten... « Er begann sich wieder aufzuregen.

»Ich heiße Goscha«, sagte ich, »mein Vater war auch verhaftet« (zum erstenmal im Leben sagte ich das laut und einem Fremden).

»Wo wohnst du?« fragte Iliodor.

Ich nannte irgendeine Adresse.

»Das ist weit«, sagte Iliodor, »komm mit, du kannst bei mir übernachten.«

Das war einfach ein Glücksfall. Ich willigte ein.

ELFTES KAPITEL

Iliodor wohnte in einer Gemeinschaftswohnung, in einem kleinen Zimmer, zusammen mit seiner alten Mutter. Als wir ankamen, war es schon nach drei Uhr morgens, aber Iliodors Mutter saß angekleidet am Fenster. Offensichtlich war es nicht das erstemal, daß Iliodor so spät kam und einen Schlafgast mitbrachte, denn seine Mutter sah mich ohne Verwunderung an.

Ich begrüßte sie eilfertig, denn ich hatte einen Plan im Kopf und versuchte das Wohlwollen der Hausfrau zu erringen. Wie bereits gesagt, war die Zeit angebrochen, in der ich äußerst dringend Zufluchtsstätten brauchte, bis meine Ausweisung abgewendet war, und heute hatte ich meine wichtigste Anlaufstelle verloren – die Broidas. Das war eine gewaltige Bresche in meinem Plan, und ich überlegte jetzt angestrengt, wie ich den Verlust der Broidas ausgleichen konnte. Iliodor wohnte sogar in einem günstigeren Viertel als die Broidas, und Besuche bei ihm wären von weniger Zeremoniell umgeben. Aber der größte Vorzug bestand darin, daß ich hier schlimmstenfalls auch übernachten konnte. Im übrigen war er natürlich nicht mit den Broidas zu vergleichen. Dort gab es Gemütlichkeit, Sauberkeit, angenehme Gesichter, ein appetiches Essen, hier dagegen war alles unfertig, unreinlich, ärmlich. Im Zimmer standen ein niedriges Eisenbett und eine zugedeckte Campingliege. Außerdem ein Küchentisch. Einige Bücher lagen auf dem Boden unter Zeitungen. Unpassend dazu wirkten eine schwere Bronzelampe auf dem Tisch und ein kleiner Plüschläufer, ein jämmerlicher Anspruch auf Gegenstände, die nicht lebensnotwendig, sondern Luxus sind. Ich beschloß, das Wohlwollen der Hausfrau erst einmal mit der höflichen Frage zu erringen: Warum schlafen Sie nicht? Es ist doch schon spät... Wenn sie antwortete: Ich mag nicht, könnte ich das Gespräch mit dem neutralen Satz fortsetzen: Zwei Stunden Nachtschlaf sind so viel wert wie fünf Stunden Schlaf am Tage... Auf ähnliche Weise hatte ich gleich in den ersten Minuten das Wohlwollen Nadeshda Broidas errungen, als ich mitfühlende Worte hinsichtlich der Blindheit ihres Mannes äußerte.

Aber hier kam es zu einer Episode, die meinen Plan änderte. Iliodors Mutter sagte ihm etwas, worauf er schweigend ausholte. Ich bekam einen Schreck, denn ich dachte, er wolle sie ins Gesicht schlagen, aber er schlug sie auf die Hand, allerdings recht heftig, so daß sie das Gesicht verzog und mit der anderen Hand die geschlagene Stelle rieb. Ich begriff, daß die Mutter hier nichts zu sagen hatte und Iliodor das Heft in der Hand hielt.

»Ist das meinetwegen?« fragte ich Iliodor leise.

»Nein.« Er winkte verächtlich ab. »Was ganz anderes...«

Seine Mutter stand auf und ging in die Diele (sie hatten dort eine kleine Kammer abgetrennt). Bald darauf kam sie mit einer zweiten Klappliege zurück und begann sie für mich herzurichten.

Iliodors Mutter sah schmuddelig und und zerzaust aus, graue Strähnen hingen ihr wirr vom Kopf, doch zugleich sprachen einige Details dafür, daß sie keine alte Frau war, wie ich ursprünglich gedacht hatte, sondern eine früh gealterte und verwahrloste Frau zwischen dreiundfünfzig und fünfundfünfzig, vielleicht sogar noch jünger... Sie hatte sich beispielsweise die recht volle Brust der ehemaligen Popenfrau bewahrt, ihre Beine sahen auch nicht wie die einer Alten aus, sie waren stramm und von angenehmer Form.

»Vielleicht hat dein Gast Hunger?« fragte sie Iliodor, ohne mich anzusehen.

»Nein, nein«, kam ich Iliodor hastig zuvor, aus Angst, hier etwas vorgesetzt zu bekommen. Erstens hatte ich mich bei Arski satt gegessen, zweitens verströmte Iliodors Mutter einen süßlichen, Übelkeit erregenden Leichengeruch (später begriff ich, daß alle Rehabilitierten diesen Geruch an sich hatten, er ist in der ersten Zeit besonders stark und hält sich bei manchen sehr lange).

Natürlich war das ein eingebildeter Geruch, hervorgerufen durch den äußeren Anblick dieser Leute, die gleichsam im Jenseits gewesen und wieder auferstanden waren, so daß man sich schwer ihr früheres menschliches Aussehen vorstellen konnte. Denjenigen, die erst Ende der vierziger, Anfang der fünfziger Jahre DORTHIN kamen, gelingt es zuweilen, die Spuren ihres jenseitigen Aufenthalts loszuwerden, doch wer in den dreißiger Jahren DORTHIN kam, kann diese toten Züge nicht mehr aus seinem Gesicht tilgen.

Als ich mich in das Bett gelegt hatte, das überraschenderweise frisch bezogen war, sah ich, daß Sinaida Wassiljewna (Iliodors Mutter), nachdem sie die große Lampe gelöscht hatte, um uns nicht am Schlafen zu hindern, sich mit gebeugtem Rücken in der Ecke neben einer am Boden glimmenden Kerze niederließ. Ich dachte zuerst, die ehemalige Popenfrau habe sich zum Beten hingekniet, und stützte mich voller Interesse auf den Ellbogen (der Tisch versperrte mir die Sicht), aber da sah ich, daß sie nicht kniete, sondern auf einem sehr niedrigen Hocker saß und einen Krimi las (einen recht minderwertigen, wie ich am Titel sah). Ich drehte mich zur Wand und schlief sehr schnell ein. Ich schlief traumlos (zumindest kann ich mich an keinen Traum erinnern), und als ich aufwachte, begriff ich lange nicht, wo ich mich befand und was mit mir war. Das erste, was ich sah, waren vier, nein, wohl eher fünf mir unbekannnte junge Männer, die am Tisch saßen, bei Schnaps und Imbiß, also eine Art Gesellschaft bildeten.

»Guten Abend«, sagte Sinaida Wassiljewna, die mit einer zischenden Pfanne hereinkam, fröhlich zu mir.

Die Leute am Tisch lachten. Sinaida Wassiljewna lächelte auch über ihren Scherz. Sie sah bedeutend besssser aus als in der Nacht, ihre Haare waren mit einem blauen Band zusammengebunden. Am Tisch saß auch ein älterer Gast, so um dreiundvierzig, der zu meiner Verwunderung allen Anzeichen nach Sinaida Wassiljewna den Hof machte. Wohl seinetwegen war sie zu Scherzen aufgelegt.

»Guten Abend«, wiederholte sie und stellte die Pfanne auf einen Metalluntersetzer, »na, Sie haben ja geschlafen...«

Es stellte sich heraus, daß es schon Abend war. Der Tag, an dem ich mir meine Papiere holen wollte, war verloren. Und am nächsten Tag wurde in der Verwaltung nicht gearbeitet. Also waren zwei Tage verloren.

»Mama, geh raus«, sagte Iliodor ziemlich scharf (ich hatte ihn nicht gleich bemerkt, weil er in Büchern wühlte). »Goscha muß sich anziehen«, fügte er hinzu und zwinkerte mir freundschaftlich zu.

Sinaida Wassiljewna ging rasch hinaus. Ich genierte mich vor den fremden Leuten wegen meiner Unterwäsche, darum deckte ich mich ungeschickt mit der Decke zu, zugleich bemüht, meine Schamhaftigkeit nicht zu zeigen, und zog erst einmal die Hose an, schlüpfte hastig mit beiden nackten Beinen zugleich hinein, blieb mit dem großen Zeh hängen und zerriß etwas. (Hoffentlich ist es bloß die Naht, dachte ich traurig und beschimpfte mich, daß ich nicht zuerst die Socken angezogen hatte.) Zum Glück war nur die Naht aufgeplatzt, ein harmloser Riß.

Ich folgte Iliodor zu den Orten gemeinsamer Nutzung, kam an Mietern der Gemeinschaftswohnung vorbei und grüßte zweimal höflich – einen alten Mann und eine korpulente Frau –, in der vernünftigen Annahme, daß in einer solchen Wohnung die Nachbarn eine gewisssse Rolle bei der Genehmigung von Übernachtungen spielten. Weder der Alte noch die Frau erwiderten meinen Gruß. Also hat Ilidor ein gespanntes Verhältnis zu seinen Nachbarn, vermerkte ich beunruhigt. Nachdem ich mich gewaschen und gekämmt hatte (mein Gesicht sah recht ausgeschlafen und erholt aus), kehrte ich ins Zimmer zurück, wo eine hitzige Debatte im Gange war. Sie schimpften auf Arski. Besonders ereiferte sich ein junger Mann, der wie Arski ein teures Hemd aus feiner Wolle mit geöffnetem Kragen trug. Solche Hemden kamen offensichtlich in Mode, was ich im stillen vermerkte. An diesem Tisch trug ein solches Hemd nur einer, der einen kernigen und einfachen Namen hatte – Gennadi Orlow (ich erinnere daran, daß Arski auch Gennadi hieß). Zwar hatte ein anderer ein ähnliches Hemd an, Semjon Sawtschuk (Iliodor hatte uns alle miteinander bekanntgemacht), aber ich sah deutlich, daß es aus gewöhnlichem gefärbtem Trikot war. Die übrigen waren noch schlechter angezogen, so daß ich in meinem zerknitterten Hemd kaum auffiel. Iwan Pantelejewitsch (Sinaida Wassiljewnas Verehrer) trug sogar ein angerauhtes kariertes Sporthemd und ein Baumwolljackett. Die jungen Männer waren Studenten (Iwan Pantelejewitsch hatte nur einen Siebenklassenabschluß, war jedoch ein erfahrener Praktiker und arbeitete als Techniker in einer Betonfabrik). Orlow studierte an der Journalistischen Fakultät, die übrigen an der Philologischen; dort angenommen zu werden war mein Traum. Iliodor hatte auch an der Philologischen Fakultät studiert, war aber vor ein paar Monaten exmatrikuliert worden.

»Völlig klar«, sagte Orlow, »daß die Juden den Rummel um Arski entfacht haben... Sie selber sind der russischen Sprache nicht mächtig und hassen sie offen... Wie in der alten Parodie von Burkow, die nichts von ihrer Schärfe eingebüßt hat.« Er deklamierte lispelnd und mit Kehlkopf-R: »›Mit Schaum am Munde schrieb ich talentlos Verse voll wüster Drohungen, ich fauchte, spuckte, röchelte und schluckte Tränen jüdischer Wut...‹ Ja, wütend sind ihre Tränen, aber unsere ehrenwerten Juden gehen da gefühlvoller vor, sanfter, nationaler... Sie entfachen einen Rummel um Arski und Konsorten... Vor allem diese... die mit den russisch-ukrainischen Namen.«

»Stimmt«, sagte Iwan Pantelejewitsch und stieß mit Sinaida Wassiljewna an, »sie heißen jetzt alle Iwan Iwanowitsch, Stepan Stepanowitsch.« Dieser aufgestiegene Techniker hob sich von den übrigen durch die Primitivität und Grobheit seines Urteils ab. Ich glaube, er schockierte Iliodor.

»Erstaunlich«, sagte Orlow, »in welchem Maße die Parteispitze verfault und verbürokratisiert ist... Von Anfang bis Ende... Mein Vater ist auch so einer... Sie bemühen sich, keinen Schechtman oder sonstigen Rabinowitsch« (eine Wendung aus einem bekannten satirischen Roman. Bei dieser Wendung lachte einer in der Runde, Lyssikow, ein armer Student, der offensichtlich Orlows Protektion suchte) »oder sonstigen Rabinowitsch«, wiederholte Orlow, »einzustellen... ihm keine Chancen zu geben... Aber Rabinowitsch braucht bloß ein Iwanow oder Iwanenko zu werden, schon stehen ihm alle Wege offen... Überall sitzen Iwanows, aber einen Russen kannst du nicht finden.«

»Sie geben sich sogar als Armenier aus«, sagte Lyssikow lachend, »wir hatten solch einen Kerl, den Juden Antonjan...«

»Jungs«, sagte Sawtschuk, »ich schreibe jetzt meine Jahresarbeit und bin auf eine sehr interessante Sache gestoßen... Ein Flugblatt der Poltawaer Organisation der ›Narodnaja wolja‹*, in dem die Judenpogrome begrüßt werden als Zeichen dafür, daß die Volksmassen aus dem politischen Schlaf erwacht sind...«

»Aber später sind die Narodowolzen von dieser Position abgegangen«, sagte ein schwarzhaariger Bursche, dessen Namen ich mir nicht gemerkt habe.

»Weil die Organisation selbst verjudet war«, antwortete Sawtschuk rasch.

»Das bestreitet keiner«, sagte der Schwarzhaarige, »die ganze Revolution war ja verjudet... Darin liegt ihre Tragödie... Darum sind die Hoffnungen gescheitert... Erinnerst du dich an Schewtschenkos Träume? Am schönsten wär, wenn es in der Ukraine keinen Jidden mehr gäb, keinen Pan und keine Union**.«

»Diese Worte sollten in den Sockel des Bogdan-Chmelnizki-Denkmals eingemeißelt werden«, sagte Sawtschuk. »Und unter den Hufen von Chmelnizkis Pferd sollten ein Pole und ein Jude liegen, der gestohlenes Kirchengerät an sich preßt... Aber Alexander der Dritte hat das verboten und verlangt, den Entwurf zu ändern... Aus Protest hat sich der Autor des Entwurfs,

---

* (russ.) Volkswille; revolutionäre terroristische Organisation, die mehrere Attentate verübte und 1881 den Zaren Alexander II. tötete.
** Verbindung von Teilen der Ostkirche mit der römisch-katholischen Kirche, z. B. Unierte Ukrainische Kirche.

der Bildhauer und russische Patriot Mikeschin, geweigert, an der Einweihung des Denkmals teilzunehmen.«

»Interessant«, sagte der Schwarzhaarige, »das hab ich nicht gewußt.«

»In den zweitausend Jahren«, sagte Orlow, »haben die Juden gelernt, kunstfertig zu stöhnen und zu weinen... Kaum unternehmen wir etwas, um uns vor ihren Gemeinheiten zu schützen, schon heulen sie laut, und wir kriegen einen Schreck... Wenn wir nicht lernen, bei ihrem Gestöhne die Ruhe zu bewahren, werden sie uns mit Hilfe solcher Leute wie Arski völlig unterjochen.«

»Was ist?« fragte Iwan Pantelejewitsch laut. Er hatte mehr als die anderen getrunken, und der Imbiß war hier, anders als bei Arski, äußerst armselig und lumpig: Kaulköpfe in Tomatensoße, billige Wurst und Brot ohne Butter. Die Bratkartoffeln schmeckten allerdings, die aß ich mit Appetit.

»Was ist?« fragte Iwan Pantelejewitsch wieder laut.

»Was ist, was ist«, äffte ihn Orlow nach. »Du wirst bald Peies tragen, das ist...«

»Wenn ein Krieg kommt«, brüllte Iwan Pantelejewitsch, »leg ich eigenhändig tausend um... Unter der Besatzung...«

»Die Amerikaner tun aber den Juden nichts«, stichelte Sawtschuk, »wie willst du da...«

»Was ist?« Iwan Pantelejewitsch glotzte und überlegte krampfhaft und betrunken. »Aber erst schicken sie die BRD vor... Ich hab's in der Zeitung gelesen...«

Alle lachten über Iwan Pantelejewitschs Naivität und Dummheit. Ich aß Bratkartoffeln und überlegte, wie ich mich verhalten sollte.

»Du heißt Goscha?« fragte mich plötzlich Orlow. »Dann sind wir ja Namensvettern...«

»Nein«, antwortete ich, »in meinem Ausweis steht Grigori.«

»Und wie kommst du zu Goscha?«

»So haben sie mich schon als Kind genannt.«

»Verstehe«, sagte Orlow mit singender, irgendwie fremder Stimme.
Ich begriff, daß er in dieser Runde der Gefährlichste war, und ärgerte mich über meine Offenheit.
»Iliodor«, sagte einer, der bislang geschwiegen hatte; übrigens glich er Iliodor, hatte ebenfalls ein blasses Gesicht mit dem gleichen märtyrerhaften Ausdruck, der ihnen in bestimmten Momenten Ähnlichkeit mit Juden verlieh. »Iliodor, du solltest uns deine Arbeit vorlesen.«
»Jetzt nicht«, sagte Iliodor.
»Eine erstaunlich interessante Arbeit«, sagte der Blasse, »er analysiert die Stellen unserer Klassiker, unserer Genies, wo sie die Juden verhöhnen und entlarven.«
»Aber Gogol war völlig inkonsequent«, sagte Iliodor, »zum Beispiel schreibt er in den ›Ausgewählten Stellen aus dem Briefwechsel mit Freunden‹ ganz anders über die Juden...«
»In den ›Ausgewählten Stellen aus dem Briefwechsel mit Freunden‹ war er senil«, sagte Orlow gereizt, »darüber hat auch Belinski geschrieben. Übrigens haben die Juden Belinskis russischen Patriotismus begeifert.«
Unterdessen bemerkte ich, daß sich am Tisch die Einstellung mir gegenüber verschlechterte. Das wurde nicht offen gezeigt (Iwan Pantelejewitsch hätte es auch offen zeigen können, aber er war schon zu betrunken und nicht mehr imstande, sich an der Intrige zu beteiligen). Obwohl die schlechte Einstellung nicht offen gezeigt wurde, war sie doch deutlich zu spüren, und Iliodor setzte sich neben mich, wahrscheinlich, um seinen Beistand zu zeigen. Ich weiß nicht warum, vielleicht weil man uns beide grausam und schmählich aus Arskis Gesellschaft gejagt hatte, jedenfalls hatte Iliodor rasch Zutrauen zu mir gefaßt. Das war für mich die Hauptsache, denn Iliodor besaß das Obdach. Ich wußte jedoch nicht, inwieweit er imstande war, sich seinen Freunden zu widersetzen, wenn sie gegen mich aggressiv wurden.
Unterdessen benahm sich Orlow immer herausfor-

dernder. Ich denke, jede Gesellschaft braucht zur Aufrechterhaltung ihrer Existenz das Streitgespräch, den Meinungskampf. Würden die Leute, die hier am Tisch saßen, über Sport oder Literatur oder Hunderassen oder Weinmarken oder über sonst etwas sprechen, so käme zwischen ihnen sicherlich Streit auf, und das Interesse bliebe erhalten. Allein, worüber sie auch sprachen, alles mündete in das jüdische Problem. Aber die Langeweile, ewige Begleiterin der Beständigkeit, drang auch hier ein, und mir schien, diese Menschen, die so einmütig in ihrem Haß auf die Juden waren, hatten plötzlich Angst, ihre Einmütigkeit könnte ihre Einigkeit aushöhlen, das sie verbindende Thema könnte sich erschöpfen, und sie müßten über etwas anderes reden. Dann verlören sie das Interesse aneinander. Wird dann auch noch getrunken, kommt es unweigerlich zur Prügelei. (Wie ich späterhin mitbekam, passierte das bei ihnen recht häufig.) Diesmal wollten sie das auf meine Kosten vermeiden. Inzwischen war schon viel getrunken worden. Ich trinke selten, weil mir die materiellen Mittel fehlen und weil ich Alkohol nicht mag. In Gesellschaften jedoch trinke ich vor allem wegen des dazugehörigen Imbisses: Es ist doch peinlich, zu essen, ohne zu trinken. Wenn aber ein Mensch trinkt, ohne es zu genießen, wird er nicht allmählich betrunken, sondern plötzlich und schwer, wird wie bewußtlos, wenn er mit seinen Kräften am Ende ist, oder gewalttätig, wenn seine Kräfte noch voll da sind. Ich hatte den ganzen Tag geschlafen und fühlte, daß mich, sollte ich diesmal betrunken werden, nicht schläfrige Bewußtlosigkeit übermannen würde, sondern Gewalttätigkeit. Ich spürte schon Anzeichen meiner Gewaltbereitschaft, denn ich richtete mein Augenmerk auf einen Aschbecher aus Keramik. Die ganze Zeit hatte ich ihn nicht bemerkt, aber jetzt begriff ich, daß ich mit diesem Aschbecher auf Orlow einschlagen würde.

»Entsetzlich«, sagte Iliodor, »komm mit, Goscha, wir stellen uns ein bißchen ans Fenster.«

Ohne jeden Übergang erzählte mir Iliodor sein Leben. Er war bei seinem Großvater aufgewachsen (ich war auch eine Zeitlang bei meinem Großvater aufgewachsen und erzählte es Iliodor). Sein Vater war Geistlicher in der Westukraine gewesen, vor dem Krieg, einundvierzig waren sie in diese Stadt gezogen, und hier wurde er als Spion verhaftet... Die Mutter war voriges Jahr rehabilitiert und freigelassen worden und hatte dieses Zimmer bekommen... Iliodor ging an die Universität, aber der Dozent für Politökonomie, ein Jude natürlich, schikanierte ihn... Es gab eine unangenehme Geschichte... Iliodor wurde exmatrikuliert und sollte vor Gericht gestellt werden... Er hatte diesem Juden ins Gesicht gespuckt...

»Was soll ich machen, Goscha?« sagte Iliodor trübsinnig. »Ich hasse meine Mutter... Wär sie doch im Lager gestorben... Sie hat kein Gewissen, keine Ehre... Was soll ich machen? Wozu bin ich auf die Welt gekommen?«

Da wußte ich, daß ich hier keine Zuflucht suchen und nie wieder herkommen würde.

»Bring dich um«, sagte ich zu Iliodor, »häng dich auf... oder nimm lieber Schlaftabletten...«

Ich sah ihn an und begriff plötzlich, daß er meine Worte ernst nahm, als den guten Rat eines Freundes, und nicht als bösartigen Ausfall eines Menschen am Rande der Raserei. Er sah mich aufmerksam an und lächelte dankbar. Doch gleich darauf änderte sich sein weicher, sanfter Gesichtsausdruck. Er drehte sich plötzlich um und bemerkte etwas ihm Unangenehmes zwischen seiner Mutter und Iwan Pantelejewitsch.

»Du Hure«, schrie er seine Mutter an und tat das, was ich schon gestern befürchtet hatte, er schlug seine Mutter ins Gesicht (es war überhaupt eine Zeit voller Geschrei und Skandale, aber zwei Skandale in zwei Tagen waren selbst für die endfünfziger Jahre nicht typisch).

Nun ging alles drunter und drüber. Dennoch hatte ich mich in der Gewalt, denn ich mußte den Aschbecher finden. Ich fand ihn, aber statt Orlow damit zu schlagen (Orlow ging mit einem Glas Wasser zu der ohnmächtigen Sinaida Wassiljewna), begann ich ihm mit dem Aschbecher das Gesicht zu reiben, als hätte ich ein Stück Seife in der Hand. Da der Aschbecher an den Rändern schartig war, konnte ich Orlow doch einige Kratzer beibringen, bis ich von Lyssikow einen Schlag in den Rücken bekam. Ich flog aus dem Zimmer (den Schmerz in den Rippen spürte ich erst auf der Straße). Im Flur schnappte ich mir meine Sachen, zog mich im Gehen an und rannte direkt in ein Häufchen aufgeregter Nachbarn.

»Lumpenpack«, schrie mich eine Nachbarin an, »jedesmal Krach... Wenn Sie noch mal herkommen, holen wir die Polizei.«

Ich rempelte sie mit der Schulter an und überhäufte sie mit säuischen Flüchen. (Interessant, daß ich das nicht im Zustand emotionaler Überdrehtheit tat, sondern nach einem vernünftigen Plan. Ich wußte, daß sich die Situation mit meinem Schlafplatz so zuspitzen und das Übernachten auf dem Bahnhof mich so zermürben konnte, daß ich möglicherweise schwach wurde und nach einiger Zeit trotz allem hier um ein Nachtlager bat. Eben deshalb verdarb ich mir endgültig die Beziehung zu den Nachbarn, um alle Brücken hinter mir abzubrechen.)

Ich rempelte noch einen Nachbarn an, schrie herum, damit sie sich mein Gesicht einprägten, und rannte die alte Treppe hinunter.

Es war wärmer geworden, höchstens noch ein Grad minus. Ich konnte ohne weiteres ein reichliches Stündchen bis elf spazieren gehen und dann ins Wohnheim zurückkehren. Bald kam eine Straßenbahn. Ich setzte mich (es gab viele freie Plätze), blickte in die schläfrigen, ruhigen Gesichter der Fahrgäste und wurde allmählich auch selber ruhiger. Ich war gleichsam der Hölle entronnen (ein abstraktes Bild tauchte auf, das mich anfangs erschreckte und dann erheiterte: schwarze Teufel umhüpften mich und stießen mich mit den Knien, obwohl bei den Teufeln die Knie hinten zu sitzen schienen, stießen mich rüpelhaft um die Wette). Dieses komische Bild faßte gleichsam das Geschehene zusammen und nahm die seelische Spannung von mir. Die Fähigkeit, Ereignisse durch ein komisches Bild zusammenzufassen, hatte mir schon manchmal geholfen. Etwas Ähnliches war ja auch auf dem kalten Sand in Kontscha Saspa passiert. Wenn dies aber nicht geschieht (ob es geschieht oder nicht, hat unverständliche und nicht von mir abhängende Gründe, und es läßt sich niemals künstlich herbeiführen, ich habe es ausprobiert), wenn es also nicht geschieht, besteht die Gefahr, daß ich mich in eine lange Analyse des Ereignisses und meines Verhaltens bei diesem Ereignis vertiefe, in eine Analyse mit Seelenqualen und Kopfschmerzen. Diesmal hatte ich Glück. Beruhigt, ernüchtert, ohne Bauchschmerzen (was ich nach der Gesellschaft befürchtet hatte), war ich gegen halb elf in der Nähe unseres Wohnheims und ging, um die Zeit bis zur völligen Gefahrlosigkeit totzuschlagen, zwanzig Minuten auf dem Platz vor der Milizschule spazieren, fünfzehn Minuten Fußweg vom Wohnheim entfernt und dennoch so gut wie sicher vor einer Begegnung mit Sofja Iwanowna oder Tetjana. Die Sterne blinkten, ein leichter Wind erfrischte mir Wangen und Stirn. In dem Kirchlein unseres Bezirksfriedhofs brannte Licht (in den drei Jahren war ich oft hier gewesen, nahm aber jetzt zum erstenmal das Kirchlein wahr, das hinter dem Friedhofszaun hervorguckte). Meine Gedanken waren schlicht und bescheiden. In den letzten Wahnsinnstagen (anders kann man sie nicht nennen) war mir mein geheimer Traum verlorengegangen, der Glaube an mein »Inkognito«, der Glaube an die Idee, doch das Durchlebte und Durchlittene gab mir das Recht auf stilles Wohlergehen. Wenn ich mit Vitka Grigorenkos Hilfe jemandem ein Schmiergeld zustecke, so dachte ich, erwerbe ich das Recht auf einen beständigen Schlafplatz. Dann ziehe ich sofort ins Zimmer 26 zu

Rachutin und Grigorenko... Das restliche Gehalt und der Ausgleich für den Urlaub decken das Schmiergeld ab, und mir bleibt zum Leben das unangerührte Sparbuch, von dem ich ein halbes Jahr leben kann... Morgens ein sparsames Frühstück, das dennoch satt macht: Brot, Kartoffeln, Tee mit Bonbons... Drei bis vier solcher frischen sättigenden Frühstücke kosten soviel wie ein Kantinenfrühstück: zäher Mehlbrei mit Soße, von der man Sodbrennen bekommt... Freilich muß ich dann mein Frühstück in der Gemeinschaftsküche zubereiten, muß mit den Frauen, den Ehefrauen der Verheirateten, in Beziehung treten und ihnen Konkurrenz machen. Ich wußte, daß es in der Küche oft Krach um einen Platz auf dem Herd gab. Den Kulinitsch, der für sich selber kochte, hätten die Frauen einmal fast mit kochendem Wasser verbrüht. Obendrein mischten sich die Ehemänner in jeden Krach ein. Aber ich würde entweder sehr früh aufstehen und kochen oder aber sehr spät, dann konnte ich morgens kalte Kartoffeln essen, die auch gut schmeckten, besonders, wenn ich sie mit Tomatenmark würzte. In diesem im allgemeinen wohlgeordneten Leben gab es noch ein beunruhigendes Moment, das ich mir selber nur ungern eingestand. Rachutin und Grigorenko bildeten zwar keine Kommune, frühstückten aber häufig zusammen. Also mußte ich mit ihnen teilen, denn sie waren meine Freunde, und ich konnte sie nicht ignorieren und abschütteln wie Beregowoi oder Shukow. Aber sie wirtschafteten nicht sparsam und kauften oft Kochwurst und Fischkonserven (Büchsenfleisch kann man wenigstens aufs Brot schmieren, aber Fisch muß man mit dem Löffel essen, und man leert eine Büchse auf einen Sitz), außerdem kauften sie Eier, Hering und Marmelade zum Tee. Auf die Weise wäre ich in einem Monat bankrott. So gesehen, war es vielleicht sinnvoller, wenn ich in meinem Zimmer 32 blieb, zumal ich mit halbem Ohr gehört hatte, daß Beregowoi und Petrow in ein anderes Zimmer ziehen oder überhaupt in eine andere Stadt übersiedeln wollten. Wenn das eintrat, würde ich meine Beziehungen zu Shukow in Ordnung bringen, was es auch kostete, ein »offenherziges« Gespräch mit ihm führen, das hatte er gern, mich bei ihm entschuldigen, dann würde alles richtig gut sein. Bis jetzt mußte ich mich buchstäblich jeweils um den morgigen Tag sorgen, hatte das ganze Jahr über die Entlassung zu befürchten und im Frühjahr auch noch die Ausweisung. Jetzt hatte ich für ein halbes Jahr ein gleichmäßiges Leben bekommen und konnte nun, nicht mehr von meiner absurden Idee angetrieben, in der, wie ich jetzt begriff, wenig Verstand, aber viel kindliche Eitelkeit steckte, konnte nun Entscheidungen treffen, vielleicht sogar heiraten. Ich müßte Nina Moissejewna anrufen, überlegte ich. Zumal seit dem Moment, da ich aus Dankbarkeit für das leckere Essen diese hündische Bewegung gemacht hatte, genug Zeit vergangen war. Vielleicht hatte ich auch alles übertrieben. Ich hätte das alles als Scherz abtun oder mich etwas betrunken stellen und noch eine Dummheit machen sollen, zum Beispiel hinfallen... Nina Moissejewna hatte ständig auf ihre Bekanntschaft mit einem schönen Mädchen angespielt und dabei außerordentlichen Eifer an den Tag gelegt, als hätte sie einen persönlichen Vorteil davon (was natürlich nicht der Fall war). Ich müßte sie anrufen, zumal ich die Broidas streichen konnte, also auch meine beste Zuflucht und die Mittagessen, nach denen ich noch den ganzen nächsten Tag gesättigt war und nur einen leichten Imbiß brauchte, Brot und Tee. Durch die Broidas hatte ich faktisch an zwei Tagen in der Woche das Kostgeld eingespart, das waren im halben Jahr anderthalb Monate, und wäre es nicht zu diesem albernen Vorfall und zum Bruch mit Zweta gekommen, so hätte ich siebeneinhalb Monate von meinem Sparbuch leben können. Das ist ein ganz schöner Zeitraum... Im übrigen darf man vom Leben keine idealen Bedingungen« erwarten, das hatte ich jetzt ganz klar begriffen, nachdem mir die dumme Phantasie-Idee, die meine seelischen Kräfte verzehrt hatte, verlorengegangen war... Ach ja, heiraten, und die Schwiegereltern müßten in der ersten Zeit helfen... Aber großherzig, ohne Demütigungen... Techniker in einem Konstruktionsbüro werden, im Warmen sitzen, besonders im Hinblick auf meine erfrorenen Füße... Natürlich war das alles ohne gute Beziehungen undenkbar, und nun fragte sich eben, wer besser geeignet war, auch bei der Beschaffung eines Arbeitsplatzes behilflich zu sein – Michailow oder Nina Moissejewna. Eine Frau in ihrem Alter, kurz vor dem Verblühen, hatte mitunter die überraschendsten Verbindungen und Möglichkeiten, worauf sie ja angespielt hatte. Gleich morgen würde ich sie anrufen.

In der Friedhofskirche erlosch das Licht, die Fenster der gegenüberliegenden Milizschule waren längst dunkel. Es war schon nach elf, und es bestand kaum noch Gefahr, der Heimleiterin zu begegnen. Zudem war das Warten leicht und unmerklich vergangen. Ich schlug den Mantelkragen hoch, zog den Kopf ein, um mich vor dem aufkommenden Wind zu schützen, und ging zum Wohnheim.

ZWÖLFTES KAPITEL

Kurz vor dem Wohnheim verlangsamte ich den Schritt. Jetzt kam der entscheidende Moment. Hatte Darja Pawlowna, meine Feindin, Dienst? Hatte ich es vielleicht mit dem Warten übertrieben und stand nun vor verschlossener Tür, so daß ich klingeln mußte? Das erregte mich außerordentlich. Selbst wenn nicht Darja Pawlowna hinter der Tür saß, sondern eine andere Diensthabende, der ich gleichgültig war, bedeutete ein Klingeln, daß ich laut etwas forderte und auf mich aufmerksam machte, hier, wo ich illegal, durch Beziehungen einen Schlafplatz hatte.

Ich griff nach der Türklinke und drückte. Die Tür gab nach. Sie war offen. Aber wie es seit Urzeiten die menschliche Natur ist, freute ich mich nicht über die offene Tür, von der ich eben noch geträumt hatte, sondern vergaß sie sofort und machte mir Sorgen um die nächste Etappe: Hatte Darja Pawlowna Dienst? Zwischen den Türen war ein kleiner Windfang, ich stand dort ein Weilchen im Dunkeln und überlegte, ob ich die Tür mit einem Ruck öffnen und hineinstürmen oder im Gegenteil versuchen sollte, sie ohne Knarren sacht und langsam zu öffnen, in der Hoffnung, daß Darja Pawlowna (wenn sie Dienst hatte) mit dem Rücken zur Tür saß oder mit ihrer verfluchten Katze beschäftigt war, deretwegen unsere Beziehungen in die Brüche gegangen waren. Dieser Gedanke versetzte mich in einige Wut. Ich öffnete mit einem Ruck. In der Diele brannte trübes Licht. Eine von den Schwestern hatte Dienst. Sie hob das schläfrige Gesicht und sah mich gleichgültig an. Aus Freude über den glücklichen Ausgang grüßte ich sie besonders freundlich. Dann, schon auf der Treppe begriff ich, daß ich das nicht hätte tun sollen. In meinen Beziehungen zur Administration war das Beste meine Unauffälligkeit. Hier sich aus der Masse herauszuheben, und sei es im Guten, war gefährlich. Darja Pawlownas Beispiel machte deutlich, wie leicht gute Beziehungen in schlechte übergehen konnten, und Tetjana hatte mich von Anfang an von sich aus herausgehoben und gehaßt.

Ich stieg die warme Treppe (bei uns wird zeitweise gut geheizt und zeitweise schlechter) hinauf in den warmen leeren Korridor. Es war schon spät, der Korridor verwaist. Nur am Ende, bei der Balkontür (die ich als Noteingang benutzen wollte), stand der dumme Adam. In der Befürchtung, er könnte mich ansprechen (in letzter Zeit fühlte er sich zu mir hingezogen, aber er war mir widerlich, offen gesagt), wandte ich mich rasch meinem Zimmer 32 zu und öffnete die Tür. Alle waren da und schliefen selig, obwohl das Licht brannte und das Radio laut dudelte. Neben Shukows Bett lag auf dem Fußboden ein Physikbuch für die siebente Klasse. Offenbar brannte deshalb das Licht, er hatte gelesen und war eingeschlafen. Wenn sie auch das Radio nicht ausschalteten, so machten sie doch vor dem Schlafengehen gewöhnlich das Licht aus. Die Luft im Zimmer war stickig, aber das empfand ich nur so, weil ich aus der Kälte kam, ich wußte, daß ich mich bald akklimatisiert haben würde. Dafür war es warm, und nach den lautstarken Geselligkeiten fand ich es hier sogar gemütlich und schön. Ich zog mich aus, löschte das Licht, und obwohl meine Lage im Zimmer kompliziert war und ich mit Beregowoi deswegen schon ein paarmal Krach gehabt hatte, schaltete ich nach kurzem Überlegen auch das Radio aus. Sollte es Krach geben, so hatte ich sozusagen einen Trumpf: Morgen war Sonntag. Ich legte mich hin. Mein Bett hatte einen Sprungrahmen, war elastisch und doch weich (in unserem Zimmer hatten so ein Bett nur ich und Beregowoi, der sie beschafft hatte, als wir noch befreundet waren). Ich hatte zwei Kissen, ein staatliches und ein eigenes, ein Geschenk meiner Tante. Auch zwei Decken, eine staatliche und eine eigene, eine flauschige Wolldecke, die aber schon dünn wurde. Ich hatte sogar drei eigene Bettlaken und drei oder vier Kissenbezüge, benutzte sie aber nicht, weil hier staatliche Bettwäsche ausgegeben und jede Woche gewechselt wurde. Wo ich früher gearbeitet hatte, in der Provinz (dort war ich schwerkrank geworden, weswegen ich hierherkam, um in meiner Geburtsstadt mein Glück zu suchen), wo ich also früher gearbeitet hatte, wurde keine Bettwäsche ausgegeben. Darum hatte ich mir eigene angeschafft. Eigentlich brauchte ich in meiner jetzigen unbeständigen Lage kein eigenes Bettzeug (höchstens ein Kissen und eine Decke zur größeren Bequemlichkeit), denn da, wo man mir ein Bett zur Verfügung stellte, gab es dazu auch die Bettwäsche (meine Kalkulationen gründeten sich ausschließlich auf ein kostenloses Bett bei Bekannten oder auf ein billiges staatliches im Wohnheim. Ein privates konnte ich mir nicht leisten).

Ich war vor drei Jahren im Winter in diese Stadt gekommen, gleich nach Neujahr, mit einer anständigen Rücklage (Ersparnisse von der früheren Arbeit), wobei ich das Geld in zwei Häufchen einteilte – das eine für den Lebensunterhalt in der ersten Zeit, das zweite für die Etablierung, das heißt, um mich für erwiesene Hilfeleistungen erkenntlich zu zeigen. Außer dem Geld hatte ich eine Liste mit Adressen von Leuten, auf deren kostenlose Unterstützung ich in der ersten Zeit in dieser Stadt rechnen konnte. Da war vor allem die gute alte Anna Borissowna, eine entfernte Verwandte, auf die die Tante besonders große Hoffnungen setzte. Dann die Tschertogs, fremde Leute, aber der Tante durch irgend etwas verpflichtet. Dann die Dienstadresse von Michailow und die Telefonnummer noch eines Mannes, eines Ingenieurs Schutz (so hatte mir die Tante eingeschärft: Bitte den Ingenieur Schutz, nicht einfach Schutz), das hatte mich mißtrauisch gemacht, und ich hatte ihn ganz zuletzt angerufen, als ich nicht mehr weiter wußte, aber noch bevor ich mich an Michailow wandte.

Ich erinnere mich sehr genau an den Tag meiner Ankunft. Ich hatte einen Sitzplatz gekauft (aus Sparsamkeit) und die Nacht natürlich ohne Schlaf verbracht, und als ich auf den grausamen Bahnhofsplatz trat (ja, ich spürte etwas Grausames in den bereiften schönen Straßenbahnen neuer Bauart und den schön leuchtenden, am frühen Morgen noch brennenden Laternen), kam ich mir vor wie ein bettelarmer Bittsteller in einem luxuriösen fremden Empfangsraum, ein solches Gefühl hatte ich auf diesem Platz. Auf diesem Platz hatte ich nicht das Recht zu fordern, nur die Möglichkeit, zu bitten und auf Nachsicht zu hoffen (ein Gefühl, daß ich zum erstenmal an jenem Morgen deutlich empfand). Ich machte allen Einheimischen Platz, sogar den Schulkindern, die mit ihren Ranzen in die Schule eilten. Während ich die Häuser, die Aushängeschilder, die in die Tiefe entschwindenden Seitengassen betrachtete, empfand ich nicht Liebe zu dieser Stadt, von der ich geträumt und deren Ansichtskarten ich mir in der Provinz so gern angeschaut hatte, nein, ich empfand für diese Stadt scheue Ehrfurcht, fast wie für eine wichtige Person, deren Protektion ich mir verdienen wollte. Obwohl mir der Koffer den Arm herunterzog, ging ich vom Bahnhof eine Station zu Fuß, denn ich mochte die Straßenbahn nicht zusammen mit der Masse der angekommenen Provinzler besteigen, für die ich jetzt nicht Verachtung empfand, sondern Wut, weil sie mich diskreditierten (mit mir im Waggon waren ein Mann und seine Frau gereist, die immerzu auf mich eingeredet und mir geraten hatten, mich an sie zu halten, weil sie sich in der Stadt angeblich gut auskannten. Ich hatte mich ihnen natürlich entzogen).

Bei der guten alten Anna Borissowna kam ich an, nachdem ich viele Male umgestiegen war und mich in den schönen, kalten, sehr grausamen Straßen verlaufen hatte (das Gefühl der schönen Grausamkeit dieser Stadt verfolgte mich unablässig). Als ich freilich nach anderthalb Stunden Herumirrens zum zweitenmal an dieselbe Stelle kam und sie an irgendeinem Bogen wiedererkannte, begann ich das Gefühl des rechtlosen Fremdlings abzustreifen und wagte es, mich den Hausherren zugehörig zu fühlen, das heißt, denen, die dieser Stadt ihre Bedingungen diktierten. Für den Anfang wählte ich eine belanglose, aber mir zugängliche Methode – ich verletzte die Regeln des Straßenverkehrs, doch nicht zufällig und zerstreut wie ein Provinzler, sondern absichtlich. Ich sprang mit einiger Verwegenheit auf eine fahrende Straßenbahn und wurde für die Dreistigkeit bestraft, indem ich beinah meinen Koffer fallen ließ und mir die Stirn stieß, was die Fahrgäste zum Lachen brachte (unter den Lachenden war eine sehr schöne Frau, wie man sie in der Provinz nicht sieht, was besonders schlimm war und mir den Rest gab, denn am meisten fürchte ich den Spott schöner Frauen). Die Schelte der Schaffnerin ließ ich mit demütig gesenktem Kopf über mich ergehen, den Blick auf den Boden geheftet wie ein schuldbewußter

Schuljunge (der Fehler eines Provinzlers, der mir erst recht die Verachtung der Fahrgäste eintrug). So zeitigte meine Tat die gegenteilige Wirkung, statt Selbstachtung Selbsterniedrigung, und als ich bei Anna Borissowna ankam, war ich ganz konfus.

Anna Borissowna wohnte in einer Wohnung mit vielen Mietern, aber ihr Zimmer war recht groß und warm. Ich wärmte mich auf, trank ein großes Glas süßen Tee und aß dazu ein Stück frisches Weißbrot. Es war die erste kostenlose Gabe, die ich erhielt und die ich zum erstenmal im Leben meinem Budget zuschlug. Natürlich hätte ich mir ein ganzes Weißbrot kaufen können, das Geld hatte ich, aber erstens schmerzte mich bei fehlenden Einkünften jedes auf eigene Kosten gekaufte Stück, und zweitens hatte dieses Stück Brot nach den grausamen Straßen eine rein psychologische Wirkung. Ich fühlte etwas Mütterliches in dem runzligen vollen Gesicht der alten Frau, die ich zum erstenmal im Leben sah, und sprach sie mit salbungsvoller Stimme an (aber völlig aufrichtig in jenem Moment), erkundigte mich nach ihrer Gesundheit und heuchelte überhaupt entsetzlich (sehr aufrichtig. Das ist kein Paradoxon, es gibt eine von äußerster Not diktierte aufrichtige Heuchelei). Im Zimmer stand nur eine schmale Liege, auf der die alte Frau (sie war klein) schlief. Das beunruhigte mich einigermaßen, denn ich machte mir Gedanken um mein Nachtlager und rätselte, wo sie mich unterbringen würde. Meine beflissene Rührung verging, zerstreut unterhielt ich mich mit Anna Borisssowna noch etwa zwanzig Minuten, da erklärte sie, mir kein Nachtlager geben zu können, weil die Nachbarn dagegen seien. Überrascht von diesem brüsken Ausgang, zumal ich im Warmen die erste Angst vor dieser fremden Stadt überwunden und eine gewisse Ungeniertheit erlangt hatte, reagierte ich mit einiger Grobheit, zu der ich kein Recht hatte, das heißt, ich stand auf, nahm den Koffer, statt der guten alten Frau den recht schweren Korb mit Wäsche zum Waschhaus (wo sie gerade hin wollte) tragen zu helfen, nickte ihr kurz zu und ging. Ich riß mir sozusagen vor ihren Augen die salbungsvolle Maske vom Gesicht, dankte nicht für das Brot und den süßen Tee, der mich nach der nächtlichen Bahnfahrt und dem Umherirren in den Straßen wieder auf die Beine gebracht hatte, und spottete faktisch über ihren Kummer (kürzlich war ihre geliebte Schwester in Bobruisk gestorben, aber auf Grund ihres Gesundheitszustandes hatte Anna Borissowna nicht zur Beerdigung fahren können. Wir hatten zusammen aus diesem Anlaß geseufzt). Doch nachdem meine Pläne, hier zu wohnen, gescheitert waren, zeigte ich sofort völlige Gleichgültigkeit gegen Anna Borissownas Gesundheit und ihre Kümmernisse und vertiefte mich voll und ganz in meine eigene Not, ich ging rasch weg, in der Hoffnung, bis zum Abend ein anderes Obdach zu finden. Kein Obdach zu haben, das ist ein unbeschreiblich furchtbarer Zustand. Glücklicherweise drückt die Odachlosigkeit, wie schon gesagt, im Unterschied zum Hunger nicht die Instinkte nieder, sondern den Verstand, der Verstand aber ist weniger realistisch als der Instinkt und lebt noch in der ausweglosesten Situation von der Hoffnung.

Ich fuhr zu den Tschertogs am anderen Ende der Stadt, zur Straße Sapjornoje Polje mit den mehr als dreihundert Nummern. Die Tschertogs wiesen mich nicht ab. Die dreiköpfige Familie – Vater, Mutter und sechzehnjährige Tochter (alle unschön, besonders die Tochter) – bewohnte zwei Zimmer eines eingeschossigen Vorstadthäuschens. Meine Beziehungen zu den Tschertogs sind äußerst lehrreich und weitaus interessanter als die zu der guten alten Anna Borissowna. Die Tschertogs nahmen aufs herzlichste Anteil an meinem Schicksal, und zwar völlig aufrichtig, wie ich meine. Ihre herzliche aufrichtige Anteilnahme an meinem Schicksal rechtfertigt ein wenig meine weiteren, vom Standpunkt des Alltagslebens und vielleicht auch einiger moralischer Regeln unschönen Handlungen gegenüber diesen Menschen (nach einigem Überlegen bin ich jetzt zu diesem beruhigenden Fazit gekommen). Ich bin ein schwärmerischer, vertrauensvoller Mensch, und da ich ein Defizit an häuslicher Wärme habe, faßte ich die normale, alltägliche Anständigkeit dieser Leute beinah als Ausdruck verwandtschaftlicher Gefühle mir gegenüber auf, und binnen kurzem, in zwei, drei Tagen, hatte ich mich so eingelebt, daß ich die Familie als meine eigene und dieses Haus als mein Vaterhaus ansah. Mutter Tschertog fuhr mit mir in ein Dorf am Stadtrand zu einer Bekannten und verhandelte mit ihr über die Möglichkeit, mir für ein gewisses Entgelt die Aufenthaltsgenehmigung zu beschaffen. Die Bekannte bat uns ins Zimmer, redete flüsternd (ging also darauf ein, was mich freute), sah sich meinen Paß an und versprach, ihr Möglichstes zu tun, machte mir Hoffnung. Vater Tschertog bemühte sich in seinem Betrieb (er war Expedient) und in Nachbarbetrieben um Arbeit für mich. So fügte sich plötzlich alles, es lief besser, als ich erwartet hatte, und ich schlaffte ab, verlor die Orientierung und das Gefühl für meine wahre Lage. Von den Ersparnissen, die für Nahrungsmittel vorgesehen waren (ich ernährte mich jedoch bei den Tschertogs) kaufte ich mir einen Velourhut, und mit meinem Freund (ich hatte in dieser Stadt einen Schulfreund, auf den ich in Alltagsdingen natürlich nicht rechnen konnte, doch der Umgang mit ihm war in der ersten Zeit sehr wertvoll, und als ich meinen Alltag geregelt hatte, besuchte ich ihn), also, zusammen mit meinem Freund spazierte ich durch die Hauptstraßen und Parkanlagen, genehmigte mir zuweilen sogar einen billigen Imbiß in einem Cafe, führte also nach der provinziellen Beschränktheit ein nicht gerade goldenes, aber ein vergoldetes Leben und erinnerte mich manchmal lachend, wie ich hier angekommen (das schien lange zurückzuliegen), mit dem Koffer herumgeirrt war und mich vor den mir nun vertrauten Straßen geängstigt hatte, auf die ich jetzt schon gewisse Rechte zu haben glaubte. Dieses leichtsinnige Leben dauerte zwei Wochen. Nach den Spaziergängen kehrte ich gern zu der Familie zurück, die mir sofort ans Herz gewachsen war. Und wenn wir zusammen zu Mittag oder zu Abend aßen, lachten wir, erzählten Witze, es war überhaupt großartig. Das alles hörte schlagartig auf, ich weiß nicht, ob ein konkretes Ereignis der Anlaß war oder ob einfach die Grenze eines stillschweigenden Abkommens erreicht war, das die unabhängige Tugend mit demjenigen eingeht, der ihrer bedarf, wobei sie auf seinen Takt und sein Gewissen hofft. Ich aber, ein schwärmerischer Idealist, war von der Uneigennützigkeit und Güte dieser Menschen begeistert, und die Begeisterung hinderte mich, die Grenze zu sehen, hinter der ich, ein vom rauhen Leben erschöpfter Mensch, abschlaffte und ihre Gastfreundschaft zu mißbrauchen begann. Ich erzählte meinem Freund und meinen Bekannten (durch meinen Freund hatte ich ein paar flüchtige Bekanntschaften in der Stadt gemacht) so viel und so begeistert von den Tschertogs, daß ich, als ich eines Abends gutgelaunt wie gewöhnlich zurückkam und die Tschertogs in düsterer Stimmung vorfand und mit einer Miene, als hätten sie mich gerade durchgehechelt und wären bei meinem Erscheinen verstummt, anfangs überhaupt nichts begriff und dann verwirrt war. Die Wahrheit tat sich schlagartig vor mir auf, und sie war äußerst unansehnlich. Die Hoffnungen auf die Bekannte im Dorf hatten sich zerschlagen, Tschertog hatte zwar irgend etwas Vorläufiges abgesprochen, aber ohne Aufenthaltsgenehmigung war überhaupt nicht an Arbeit zu denken. Ich hing in der Luft. Das Geld schmolz dahin, obwohl mich das Essen bei den Tschertogs nichts kostete. (Ein Fehler. Ich hätte von Anfang an alles auf eine geschäftliche Grundlage stellen sollen. Jetzt nahmen sie kein Geld mehr, womit sie ihre Redlichkeit noch mehr erhöhten, in der Hoffnung, mich schneller hinauszudrängen, und sei es auf die Straße.) Unsere Beziehungen waren bald völlig verdorben und nahmen einen peinlichen Charakter an. Ich war in jeder

Beziehung im Unrecht (zwei Wochen vergoldetes Leben statt Bemühungen um meine Etablierung), hatte aber keinen anderen Ausweg und blieb fast mit Gewalt bei den Tschertogs wohnen, brüllte, sie seien verpflichtet, mich aufzunehmen, denn sie müßten damit abgelten, was meine Tante ihnen Gutes getan habe (sie hatten wohl alle drei während des Krieges ein paar Monate bei meiner Tante gewohnt).

Ich rief Ingenieur Schutz an. Er begriff lange nicht, wer ich war, erinnerte sich zwar an meine Tante, sagte aber, die Umstände hätten sich geändert, und er sei außerstande, Fahrkarten zu besorgen (die Telefonverbindung war schlecht). Im Sommer, wenn zusätzliche Züge eingesetzt würden, könne ihre Verwaltung (er arbeitete in der Eisenbahnverwaltung) über einen Teil des Kontingents verfügen, aber das entfalle jetzt. Offensichtlich baten ihn Bekannte häufig um Fahrkarten, denn er faßte auch meinen Anruf so auf, zumal ich über meine Arbeitssuche undeutlich und stockend sprach, was den Moment der Absage hinauszögerte. Ich hängte den Hörer ein und warf die Telefonnummer des Ingenieurs weg, denn er konnte mir nicht nützlich sein.

Zu Michailow ging ich am nächsten Morgen. Früher, als ich mich wohl gefühlt und gedacht hatte, endlich bei vertrauten Menschen zu sein, war ich länger liegengeblieben, und wenn die Tschertogs durch den Korridor gingen (ich schlief im Korridor auf einer Klappliege), zwängten sie sich an mir vorbei, wobei sie mich beinahe anstießen. Jetzt aber wachte ich zeitig auf (übrigens schlief ich kaum. Das war der Beginn meiner Schlaflosigkeit, die ich in der Provinz nicht gekannt hatte). Ich wachte zeitig auf und ging nach Möglichkeit vor dem Frühstück aus dem Haus (das Frühstück direkt abzulehnen wäre eine Demonstration gewesen und hätte die Atmosphäre noch mehr vergiftet). Bei Michailow kam ich lange vor Arbeitsbeginn an und ging mindestens eine Stunde spazieren, bis es zehn war. In der Planungsabteilung des Trusts saß am Schreibtisch eine mollige, schon etwas ergrauende dunkelhaarige Frau mit den Spuren einstiger Schönheit (Veronika Onissimowna Koscherowskaja. Dieselbe, über deren Beziehung zu mir Michailow eine ziemlich schlüpfrige Anspielung machte. Diese banale Anspielung zeitigte einige Folgen. Sie verwirrte mich, doch später erfuhr die Kränkung in meinem Hirn eine eigenartige Umwandlung, und ich begann in Veronika Onissimowna wirklich nicht nur meine Gönnerin zu sehen, die mir zu helfen bemüht war, so gut sie konnte, sondern auch eine Frau). Das war erst anderthalb Jahre später, damals jedoch setzte ich mich schüchtern in die Ecke, auf den mir von Veronika Onissimowna angebotenen Stuhl, die übrigens zunächst keinerlei Interesse an mir bekundete, und wartete auf Michailow, wobei ich Mutmaßungen anstellte, was für ein Mensch er sein mochte und wie er sich zu mir verhalten würde. Herein kam ein mittelgroßer grauhaariger Mann mit goldener Brille, in einem guten Anzug.

»Er will zu Ihnen, Michail Danilowitsch«, sagte Veronika Onissimowna, ohne den Kopf von der Rechenmaschine zu heben.

Ich stand auf (die Achtung vor den Herren des Lebens war bei mir damals äußerst stark ausgeprägt).

»Sind Sie von der dritten Bau- und Montageverwaltung?« fragte Michailow. »Richten Sie Medwedew aus, ich hab schon Anfang vergangener Woche auf Nachricht von ihm gewartet.«

Er hielt mich zweifellos für einen Boten, denn ich hatte meinen Velourhut zusammen mit dem Mantel unten in der Garderobe gelassen und trug jetzt nur die an den Ellbogen gestopfte Jacke (inzwischen ist sie endgültig abgetragen und zu Fußlappen zerrissen).

»Mein Name ist Zwibyschew«, sagte ich schüchtern und auch etwas gekränkt, »ich komme eigentlich in einer persönlichen Angelegenheit...«

In Michailows Gesicht vollzog sich eine rasche Veränderung. Er sah mich mit Interesse, ich glaube, sogar mit aufrichtiger Freude an.

»Grischa«, sagte er, trat auf mich zu und drückte mir kräftig die Hand. »Das ist der Sohn meines besten Freundes«, sagte er zu Veronika Onissimowna.

Sie blickte mich auch interessiert mit ihren grauen Augen an, die mich später (ich behaupte, ausschließlich auf Grund von Michailows schlüpfriger Anspielung) in männliche Erregung versetzten.

Michailow führte mich in sein Zimmer, bot mir einen Sessel an und betrachtete mich aufmerksam, mit stiller Trauer. Ich glaube, ihm stiegen sogar Tränen in die Augen, er nahm die Brille ab und putzte die Gläser mit einem knisternden schneeweißen Taschentuch.

»Du kommst nach der Mutter«, sagte er schließlich, »hast aber auch was vom Vater... sein Kinn... und die Backenknochen...«

Meine Beziehungen zu Michailow begannen sich nach und nach und irgendwie unmerklich zu verschlechtern, in Kleinigkeiten. Der Grund dafür war, denke ich, meine ständige Abhängigkeit von ihm, die seine herzlichen Gefühle für mich abstumpfen ließ, ich hatte in ihm Trauer um Verluste und zugleich die Freude geweckt, in mir Züge eines längst gestorbenen, aber nahen Menschen zu entdecken. Meine anhaltende Nichtigkeit, meine Untüchtigkeit, mein dauerndes Bedürfnis nach Protektion, mein Unvermögen, wie er meinte, zu mir selbst zu finden und mich zu behaupten, beleidigte seiner Meinung nach das Andenken des Freundes, eines, wiederum seiner Meinung nach, außergewöhnlichen Menschen. Ihn kränkte, daß mein Vater solch einen nichtswürdigen Sohn hatte. Er begann allmählich seine Unzufriedenheit mit mir zu äußern, und da ich ihm nicht widersprach, aus Angst, seine Protektion zu verlieren, wurde er so wütend, daß er mir zwar half, mich aber gleichzeitig verhöhnte. Doch damals in seinem Zimmer und überhaupt in der ersten Zeit, als er noch nicht wußte, was für ein Mensch ich war, brachte er mir Herzlichkeit und Achtung entgegen. Ich erzählte ihm meine Geschichte (schwindelte nur, daß ich erst eine Woche in der Stadt wäre, während es fast ein Monat war). Michailow versprach zu helfen und handelte sehr operativ, so daß ich binnen zwei Wochen untergebracht war. Dafür muß ich indirekt auch den Tschertogs danken. Hätten sie mir nicht rechtzeitig zu verstehen gegeben, daß sie mir keine nahen Menschen waren, wie ich aus Naivität geglaubt hatte, sondern ganz einfach Fremde, die beschlossen hatten, mir Gutes zu tun, indem sie mir vorübergehend Unterkunft gewährten, so hätte ich möglicherweise noch lange aus Naivität und Begeisterung, nicht aus Frechheit (schade, daß die Tschertogs das nicht begriffen und alles Gute, das sie getan hatten, zunichte machten), hätte ich also möglicherweise noch lange ein unbeschwertes Leben geführt und Michailow nicht mehr angetroffen (bald darauf bekam er einen Infarkt und mußte zwei Monate liegen). Ich weiß nicht, wie sich dann mein Leben gestaltet hätte. Ich habe mich davon überzeugt, daß mir außer Michailow keiner in dieser Stadt real und ernsthaft hätte helfen können (natürlich von den Leuten, die mir helfen wollten. Die Tschertogs zum Beispiel hatten am Anfang versucht, mir zu helfen, doch erfolglos. Mein Schulfreund hatte auch irgendwo angerufen und sich erkundigt. Aber das war natürlich alles lächerlich.) Einen Menschen wie mich unterzubringen war alles andere als einfach. Selbst auf dem erprobten Weg, den eine solche Autorität wie Michailow wählte, kam es zu einer unverhofften Panne, denn man kann dienstliche, nicht aber die persönlichen Handlungen der zahlreichen Instanzen voraussehen, die in die Arbeitsbeschaffung einbezogen waren. Michailow kannte den Direktor eines Erholungsheims außerhalb der Stadt, der bereit war, mich fiktiv als Akkordeonspieler einzustellen (ich kann kein einziges Musikinstrument spielen), mich einzustellen und anzumelden. Im Milizrevier der Siedlung erhielt ich die Anmeldeformulare, die der Milizangestellte, ein Freund des Direktors, sofort beglaubigte. Freilich wies mich der Direktor darauf hin, daß seine Beziehungen zum Hauptbuchhalter des Erholungsheims kompliziert seien (der Direktor trank gern, was seinem Gesicht anzusehen war), darum hänge alles übrige von meiner Umsicht ab, je schneller, desto besser, bevor die Buchhaltung aufmerksam werde. Ich setzte mich umgehend in den Vorortzug (die elektrische Stadtbahn dorthin war erst im Bau) und fuhr zum Kreismilitärkommissariat. Alles ging glatt, die ersten positiven Entscheide der örtlichen verantwortlichen Personen standen schon auf meinem Antrag, und das schwungvolle »keine Einwände« mit dem Schnörkel der Unterschrift und dem Datum machte mich, wenn auch noch nicht zu einem vollberechtigten, so doch zu einem Mitglied der Gesellschaft, und ich las den Entscheid im Zug unzählige Male durch, mit freudig klopfendem Herzen. Das Militärkommissariat befand sich in einem einstöckigen Holzhaus in einer malerischen Straße (die Straßen hießen hier Schneisen. Dritte Schneise, glaube ich, Haus zwölf, das weiß ich jetzt noch, so wichtig waren die Adressen dieser Instanzen für mein weiteres Leben). Ich drängte mich zwischen Rekruten hindurch, umgeben von einem Militärgeruch nach Tabak und Leder, der mich noch heute in Unruhe versetzt, bis man mir die entsprechende Tür wies. Am Tisch saß ein kahl werdender blonder Mann, Oberstleutnant der Infanterie.

»Was wollen Sie?« fragte er mich und nahm die Papiere, blickte aber nicht auf die staatlichen lila Unterschriften, auf die ich meine Hoffnungen setzte, sondern auf mich, was schon gefährlich war.

»Ich will mich anmelden«, sagte ich und versuchte mir ein selbstbewußtes Aussehen zu geben, um keinen Verdacht zu erregen.

»So«, sagte der Oberstleutnant nach einem flüchtigen Blick auf die Papiere und sah wieder mich an. »So«, wiederholte er, »haben Sie Ihren Komsomolausweis dabei?«

Die Frage kam unerwartet, ich war verwirrt.

»Nein«, antwortete ich und überlegte fieberhaft, wie ich mich weiter verhalten sollte. »Ich wußte nicht, daß ich im Militärkommissariat den Komsomolausweis brauche... Hier der Wehrdienstausweis...«

»Wo ist er denn?« fragte der Oberstleutnant.

»Im Koffer«, antwortete ich.

»So«, sagte der Oberstleutnant monoton.

Dieses vielsagende »So« brachte mich endgültig durcheinander. Ich fühlte Kälte unterhalb des Bauches.

»Hier steht, daß Sie im Komsomol sind«, sagte der Oberstleutnant. »Was hat er im Koffer zu suchen? Heute ist er im Koffer, und morgen verbuddeln Sie ihn in der Erde, ist es so?«

Dieses letzte »So« sagte er fragend, als wolle er mich zu einem offenen Gespräch ermuntern, und da machte ich einen beinahe nicht wiedergutzumachenden Fehler. Der Oberstleutnant hatte ein rundes, leicht gedunsenes schlichtes Gesicht. Ich nahm an, daß er »es mit der Wahrheit hielt«. Mit Offenherzigkeit versuchte ich ihn auf meine Seite zu ziehen.

»Es kommt doch nicht auf das Papierchen an«, sagte ich. »Wichtig ist, was der Mensch hier drin hat.« Ich klopfte mir, wenn auch nicht sehr kräftig, mit der Faust an die Brust.

Eine Katastrophe. Der Oberstleutnant lief rot an und schrie, wie auf dem Markt Leute mit Kopfverletzungen schreien:

»Ein Papierchen? Für dieses Papierchen haben die Soldaten an der Front ihr Leben gelassen!«

Alles aus, schoß es mir durch den Kopf. Ich hatte totalen Unsinn geredet, was in meiner Lage sehr gefährlich war und mich endgültig vernichten konnte.

»Mein Vater und meine Mutter«, sagte ich, »waren in ihrer Jugend im Komsomol... Sie haben an der Front gekämpft« (meine Eltern hätte ich nicht erwähnen dürfen, denn ich hatte meinen dem Fragebogen beigefügten Lebenslauf absichtlich verfälscht und die Verhaftung meines Vaters natürlich mit keinem Wort erwähnt).

Glücklicherweise ließ sich der Oberstleutnant nicht auf Einzelheiten ein, sondern sagte nur:
»Warum nehmen Sie sich kein Beispiel an Ihren Eltern?«
Ich senkte schuldbewußt die Augen und gab damit zu verstehen, daß ich ihm zustimmte, mich seiner Meinung fügte und mich für mein leichtsinniges Leben entschuldigte, in der Hoffnung, der Oberstleutnant werde mir verzeihen. Aber vergebens. Er gab sich nicht mehr mit mir ab, sondern griff nach dem Telefonhörer und wählte eine Nummer.
»Genosse Iwanow«, sagte er. »Hier Sitschkin aus dem Militärkommissariat... Ich schicke Ihnen einen Bürger... Das muß geklärt werden... Man hat einen Mann ohne Ihr Wissen angemeldet... Ja, einen Zugereisten...«
Ich hatte schon begriffen, daß die Geschichte mit Michailow ein Abenteuer war. Es war alles zu glatt gegangen. Was ich befürchtet hatte, war nun eingetreten, meine illegale Einstellung wurde Gegenstand einer offiziellen Untersuchung.
»Gehen Sie zu Iwanow ins Kreisrevier der Miliz«, sagte Oberstleutnant Sitschkin mit normaler Alltagsstimme zu mir und gab mir die Papiere. »Erste Schneise, Haus drei-a.«
Ich ging hinaus. Auf den schneeüberpuderten Kiefern ringsum waren viele Krähennester, und das Gekrächz der Vögel deprimierte mich noch mehr. Natürlich dachte ich nicht daran, zu Iwanow zu gehen, ich mußte so schnell wie möglich verschwinden, bevor ich mich selbst, den Direktor des Erholungsheims und Michailow endgültig in die Bredouille brachte. Ich schlug rasch den Weg zur Eisenbahnlinie ein, verlief mich aber und stand unverhofft direkt vor dem Milizrevier. Ich war in äußerster Panik und handelte vielleicht darum unlogisch. Der einzige sichere Punkt in meinen Papieren war die lila Unterschrift des Abschnittsbevollmächtigten, alles übrige, bis hin zu meinem Beruf als Akkordeonspieler, war eine Fälschung,

die vielleicht sogar strafbar war. Damit zur Miliz gehen konnte nur ein unerfahrener Mensch, der den Verstand verloren hatte. Dennoch betrat ich plötzlich das Haus und stieg zum Obergeschoß hinauf, wo Iwanows Arbeitszimmer war. Dieser Iwanow war etwas über vierzig und hatte ein für mich außerordentlich gefährliches Gesicht, helle kalte Augen und eine Stupsnase, die bei älteren Menschen komischerweise besonders gefährlich wirkt. Kaum hatte ich das Zimmer dieses Miliz-Obersten betreten (in meiner Lage ließ sich kaum ein gefährlicherer Ort denken), blickte ich mich um, und der Gedanke an sofortige Flucht durchfuhr mein Hirn. Zum Glück war mir bewußt, daß ich mich damit verdächtig machen würde, außerdem waren die Fenster vergittert, und unten am Eingang hielt ein Sergeant Wache, so daß ich gar nicht hinauskäme, sondern gleich im Milizrevier festgenommen würde. Und sollte ich doch durch ein Wunder aus dem Haus herauskommen, so würde man mich mühelos auf der Straße ergreifen. Solche absurden Gedanken peinigten mich, obwohl ich freiwillig gekommen war. Hätte ich Sitschkins Empfehlung nicht befolgt und mich versteckt, so hätte natürlich keiner nach mir gefahndet, ich wäre einfach wieder in meiner Ausgangslage ohne Platz gewesen, die mir jetzt, nach den durchlebten Ängsten, gar nicht mehr so schlimm vorkam. Aber der Weg zu den unangenehmen, doch für mich ungefährlichen Konflikten mit Privatpersonen vom Typ Tschertog war nun abgeschnitten, und ich trat in einen offiziellen Konflikt mit dem Kreisrevier der Miliz. Meine Papiere rochen auf eine Werst nach Fälschung, nach dem Versuch, das Gesetz in Gestalt des Milizreviers zu umgehen und alles auf freundschaftlicher Ebene zu regeln (ich erinnere daran, daß der Abschnittsbevollmächtigte mit dem Direktor des Erholungsheims befreundet war, der seinerseits irgendwelche Beziehungen zu Michailow unterhielt). Eine einfache Rechnung: Auf Grund der Befürwortung des Abschnittsbevollmächtigten meldet mich das Militärkommissariat an, wonach mein Paß zusammen mit anderen Pässen der Meldestelle übergeben wird, unter Umgehung des Milizreviers. Ein recht schlüpfriger Weg, dennoch wäre diese Variante bei dem alltäglichen Kleinkram, auf den meine Gönner setzten, möglich gewesen, wenn sich nicht Unvorhergesehenes ereignet hätte: Ich hatte auf Grund meines Auftretens, vielleicht auch nur durch mein Äußeres dem Oberstleutnant Sitschkin vom Militärkommissariat mißfallen. Von persönlichen Eindrücken ausgehend, hatte Sitschkin Fälschung und Manipulation gewittert, ein Profi wie Iwanow aber brauchte nur einen Blick auf die Papiere zu werfen, wo alles, wie man so sagt, mit heißer Nadel genäht, das heißt, grob zusammengeschustert war. So sollte ich, ein ausgebildeter Bautechniker, als Akkordeonspieler eingestellt werden, und als Grund meiner Anreise war »ein dreimonatiger Kuraufenthalt« angegeben. (Zum Erholungsheim gehörte ein Sanatorium, in das Leute, die einer längeren Behandlung bedurften, vom Gesundheitsamt eingewiesen wurden. Die Aufenthaltsgenehmigung solcher Personen lag offensichtlich in der Kompetenz des Abschnittsbevollmächtigten und nicht des Kreisreviers, aber die Einstellung lief über den Hauptbuchhalter, der mit dem Direktor auf Kriegsfuß stand. Also war in meinem Fragebogen ein dreimonatiger Kuraufenthalt angegeben, damit die Aufenthaltsgenehmigung von der unteren Instanz ausgestellt werden konnte, zugleich sollte mein Paß, an der Buchhaltung des Erholungsheims vorbei, nicht zusammen mit den Pässen der Urlauber eingereicht werden, sondern der Personen, die sich zeitweilig in der Siedlung aufhielten). Als in meinem Hirn der absurde Gedanke an Flucht aufzuckte und ich ihn als riskant verwarf, kam mir sogleich ein neuer: einen anderen Grund für meinen Besuch erfinden und die Papiere nicht vorlegen. Aber ich verwarf auch diesen Gedanken, denn ich fürchtete, mich zu verheddern, und mir blieb keine Zeit mehr, Iwanow hob schon den Kopf und sah mich fragend an. Außerdem konnten mein Schweigen und mein verwirrtes Aussehen Verdacht wecken. Darum packte ich den Stier bei den Hörnern und hielt ihm die Papiere hin. Iwanow las sie, wie ich vermutet hatte, aufmerksam (genau das hatte ich befürchtet. Jede sachliche und gründliche Analyse meines Antrags war für mich gefährlich, weil alles nur für einen zerstreuten Blick berechnet war).

»Sind Sie nun zum Arbeiten hergekommen oder zur Behandlung?« fragte mich Iwanow hart und knapp (mit einer solchen Stimme ruft er sicherlich die Wachposten, durchzuckte es mich).

»Zur Behandlung«, sagte ich (das Schicksal kam mir in diesem hochgefährlichen Moment entgegen, und meine Stimme zitterte nicht. Wirkliche Müdigkeit und Verzweiflung verliehen meiner Lüge einen aufrichtigen Klang, und mein Hang zum Selbstbetrug half mir, eine Atmosphäre zu schaffen, die der Wahrheit zumindest nahekam). »Zur Behandlung«, wiederholte ich. »Und danach will ich, wenn möglich, arbeiten... Ich weiß nicht, wo ich sonst hin soll... Ich habe nirgends Verwandte...«

Iwanow legte die Papiere beiseite, und in seinem für mich gefährlichen Gesicht las ich ein gewisses Interesse, das nicht frei von Feindseligkeit war. Ich begriff, daß ich hier, anders als im Militärkommissariat, die richtige Form des Auftretens gefunden hatte, und die Hoffnung, die mich schon verlassen wollte, leuchtete wieder auf

»Wer sind Sie eigentlich?« fragte Iwanow. »Erzählen Sie mir kurz von sich.»

Ich begann zu erzählen. Meine Erzählung war verworren, unlogisch und in vielen Punkten unwahr, so verschwieg ich die Wahrheit über meinen Vater und faselte Gott weiß was zusammen, doch zugleich stumpften die durchlittenen Ängste meine Phantasie ab, und in meiner Erzählung schimmerten Bruchstücke der armseligen Wahrheit meines Lebens durch, angefangen bei meiner unbeständigen Kindheit ohne elterliche Unterstützung, sogar Bruchstücke, die mir unangenehm waren, zum Beispiel über meine bettelarme Jugend, deren ich mich schämte (ich muß dazu sagen, daß meine bettelarme Jugend, die ich im Kampf gegen materielle Unbilden vergeudet hatte, den Grundstein für die meisten meiner späteren Laster legte, die sich in der Zeit der Reife verfestigten: die physische Schwäche, Folge der Unterernährung, führte zu krankhafter Eitelkeit und männlicher Schamhaftigkeit, die gesellschaftliche Nichtigkeit meiner Eltern, besonders, wie ich meinte, im siegreichen Nachkriegsjahr, führte zu Verlogenheit, der ständige Bedarf an Unterstützung von außen führte zum Mangel an Uneigennützigkeit in meinen Beziehungen zu anderen Menschen...)

Ich weiß nicht, was genau in meiner Erzählung Eindruck auf den Miliz-Oberst Iwanow machte, jedenfalls kam er plötzlich gegen alle Logik, selbst wenn er meinen Worten vielleicht nicht glaubte, zu dem Schluß, daß mein Leben keine Gefahr für den Staat barg, außerdem schien er Mitleid mit mir zu haben.

»Erinnern Sie sich, wie der Mann im Militärkommissariat hieß?« fragte er mich plötzlich merkwürdig vertraulich, wie man einen Menschen fragt, mit dem man sich zusammentut und gemeinsame Sache macht.

»Sitschkin«, stotterte ich, noch nicht an meinen Erfolg glaubend.

Iwanow nahm den Hörer, wählte und sagte:

»Genosse Sitschkin, hier Iwanow. Ich habe die Sache untersucht. Wenn jemand zu einer längeren Behandlung herkommt, sind Sie berechtigt, selbständig zu entscheiden... Er hat den Entscheid des Abschnittsbevollmächtigten... Also, ich schicke...« Er blickte in meine Papiere, »schicke Zwibyschew zu Ihnen... Sie können ihn anmelden...«

»Gehen Sie«, sagte er leise zu mir, nachdem er den Hörer aufgelegt hatte. »Gehen Sie schnell, solange er noch da ist.«

Ich traute meinen Ohren nicht. Das gnadenlose Gesetz, gekleidet in eine strenge Miliz-Uniform, verschwor sich mit mir und suchte nach einer Möglichkeit, sich selber zu umgehen. Ich murmelte Dankesworte, doch Iwanow, in seine Akten vertieft, tat, als ob er nicht hörte. Mir schien, daß seine Bewegungen, nachdem er Mitleid mit mir gezeigt hatte, das Respekteinflößende verloren und etwas Unbedeutendes bekamen, ich bemerkte zum Beispiel, daß aus dem Ärmel seiner Uniformjacke das Ende eines bläulichen Unterhemdes herausguckte, und am Hinterkopf hatte er eine Vertiefung, genauer, eine Delle, mit grauen Haaren bewachsen und von unmännlicher Form (Schußwunden haben selten eine männliche Form. Männlich wirken Narben von Stich- und Splitterverletzungen).

»Gehen Sie«, wiederholte Oberst Iwanow leise und veränderte sich zusehends.

Seine über den Tisch gebeugte Gestalt bekam etwas menschlich Bedrücktes und Schwaches, als hätte er, nachdem er mit mir aus Mitleid ein Komplott gegen das Gesetz geschmiedet hatte, die unsichtbare Grenze der Mächtigen dieser Welt überschritten, er verlor in meinen Augen sogar die frühere Autorität. Aber das dauerte nur ein paar Sekunden. Das Telefon klingelte, der Oberst vergaß mich, sprach wieder mit starker harter Stimme, und seine Figur straffte sich. Das freute mich, verlieh es doch seinem Anruf im Militärkommissariat eine ernstzunehmende Bedeutung, woran ich schon hatte zweifeln wollen. Dennoch hatte ich genug Grips, nicht als Sieger, hinter dem der Miliz-Chef stand, zu Sitschkin zurückzukehren, sondern als Mensch, der seiner, Sitschkins Empfehlung, nachgekommen war. Ich begriff, daß in meinem Kampf mit dem Gesetz der wichtigste Natschalnik der ist, der mich schlecht behandelt, unabhängig von seiner Dienststellung.

»Alles in Ordnung«, sagte ich in bittendem Ton, den ich mir in meinem Kampf um die Existenz unwillkürlich angewöhnte, »alles erledigt.« Ich forderte Sitschkin gleichsam auf, den Erfolg mit mir zu teilen und, wenn möglich, die Sache so zu sehen, als hätte gerade er viel zu diesem Erfolg beigetragen. Sitschkin kam mir freilich nicht entgegen, er blickte mich mürrisch, böse und verächtlich an, nahm aber die Dokumente und beglaubigte sie, warf sie mir dann beinahe hin, ohne auf meinen Dank zu antworten, und blätterte nervös in irgendwelchen Akten. Wenn ich später, als ich mich eingelebt hatte, unter den Demütigungen Michailows litt, eines Menschen, der mir half, so empfand ich hier, angesichts eines Menschen, der bereit war, mich zu zertrampeln, nicht den Hauch eines solchen Gefühls, im Gegenteil, als ich mit den beglaubigten Dokumenten hinausging, fühlte ich einen ungewöhnlichen Zustrom an Freude und lief trotz des Frostes mit offenem Mantel zur Bahnstation, lächelnd und den Stempel auf meinem fragwürdigen Dokument betrachtend, von dem ich geträumt hatte und das ich mit verächtlichem Lachen den Tschertogs zeigen würde.

Alles weitere ging schnell. Ich bekam für den Vorort die Aufenthaltsgenehmigung. Durch einen Freund (einen gewissen Jewsej Jewsejewitsch, wie ich erst jetzt von Mukalo erfuhr) fand ich dank der zeitweiligen Aufenthaltsgenehmigung Arbeit in der Verwaltung der Baumechanisierung, und später, nach meiner Ummeldung aus dem Vorort, erhielt ich, ich weiß nicht durch wen, den Platz im Wohnheim. Solche Mühen, Aufregungen und Demütigungen hatte mich dieser Platz in der Ecke hinterm Schrank gekostet, das Bett mit dem Sprungrahmen und das obere Fach im Nachttisch, wo ich meine Lebensmittel aufbewahrte. Das war der Grund, warum mich in letzter Zeit häufig, besonders vor dem Einschlafen, Angst peinigte. Nach drei Jahren drohte mir wieder der frühere Schwebezustand ohne Schlafplatz und Arbeit. Genauer, die Arbeit war ich schon los, aber das schreckte mich weniger, da ich Ersparnisse hatte. Aber die Unterkunft... Die Beziehungen zu den Tschertogs hatte ich freilich wiederhergestellt. Manchmal, wenn ich die gefährliche Zeit herumbringen mußte, bis die Heimleiterin Sofja Iwanowna und die Verwalterin der Kleiderkammer Tetjana das Wohnheim verlassen hatten, ging ich zu den Tschertogs... Trotzdem kam zwischen uns keine Herzlichkeit mehr auf, sie behandelten mich wie einen Bittsteller, obwohl ich ihnen ständig von meinen Erfolgen und meinem Wohlergehen erzählte. Das merkte ich an der Suppe vom Vortag oder an den aufgewärmten Kartoffeln, die sie mir vorsetzten. Ja, Suppe und Kartoffeln, manchmal ein Stück zähes Fleisch, wie für einen hungrigen Bittsteller, kein Gläschen Tee mit Gebäck, kein Apfel oder Konfekt, wie man einen Gast bewirtet. Sie waren die einzigen, bei denen ich einen kostenlosen Bissen mit Mühe aß, zerstreut, appetitlos, ohne ihn meinem Budget gutzuschreiben. Selbst die einfachen Speisen der guten alten Anna Borissowna aß ich mit größerem Genuß, ganz zu schweigen von den großen (das einzig passende Wort) Gerichten bei den Broidas. Aber die Hauptsache ist nicht das Essen... Mit dem Essen kann man sich einrichten, und das hündische Gefühl der Dankbarkeit, das mich plötzlich bei einem leckeren Essen packt, dauert nicht länger als einen Moment, eine Emotion, eine zeitweilige Bewußtseinstrübung... Aber der Schlafplatz, das ist beständig und logisch wie das Leben selbst... Er ist das Leben selbst, ohne Schlafplatz verliert der Mensch seine menschliche Grundlage... Er verliert die Möglichkeit, sich gehen zu lassen, abzuschlaffen, verliert das Recht auf Faulheit, eines der zu Unrecht verachteten menschlichen Gefühle, die Vergnügen bereiten und das Leben verlängern. Faulheit, dieses Gefühl des Wohlbehagens, ist dem Menschen verwehrt, der unterwegs ist, fern von seinem Vaterhaus, wo ihm Schwächen und Dummheiten erlaubt sind.

Ich lag jetzt auf dem Rücken, die Beine ausgestreckt, meine bequeme Lage genießend, und empfand nach all den Martern der letzten Tage aufrichtige

Zärtlichkeit und Liebe für mein Bett wie für ein lebendiges, mir nahes und vertrautes Wesen, das meinem müden Körper mütterlich aufnahm. Mein Körper tat an vielen Stellen weh, so daß ich schwer bestimmen konnte, wo genau, ausgenommen den Schmerz zwischen den Schulterblättern, wohin mich Lyssikow geschlagen hatte, der Freund Orlows, dem ich die Visage mit dem Aschenbecher wundgerieben hatte. Die Erinnerung daran lockte ein Lächeln auf mein Gesicht und beruhigte mich, so daß ich nicht länger an Unangenehmes dachte wie so oft vor dem Einschlafen, sondern mir Erfreuliches ausmalte. Wie ich mit Hilfe meines Freundes Grigorenko über einen Strohmann irgendwem von der örtlichen Obrigkeit ein Schmiergeld zustecken würde (vielleicht Margulis persönlich oder Sofja Iwanowna, Grigorenko schwieg sich darüber aus und erklärte, das gehe mich nichts an). Ich könnte künftig den dauernden Demütigungen Michalows aus dem Weg gehen, würde endlich meinen ständigen Schlafplatz haben, an den ich trotz allem gewöhnt war und den ich vielleicht sogar liebgewonnen hatte wie ein Vaterhaus; hier lagen im Nachttisch meine Lebensmittel, und im Schrank hing ordentlich meine Kleidung und lag nicht zerknautscht im Koffer... Ach, würden doch Beregowoi und Petrow wegfahren und meine Beziehungen zu Shukow in Ordnung kommen, und sei es um den Preis einer öffentlichen Entschuldigung... Die Gedanken flossen angenehm und leicht dahin, und ich wußte schon im voraus, daß ich heute würde schlafen können. Ich drehte mich auf die linke Seite, mit dem Gesicht zur Wand, und begann mich vorsichtig zu wiegen. Ich weiß nicht, seit wann ich diese Angewohnheit hatte, aber ich hatte sie schon lange. Wenn ich mich wiegte, schlaffte ich völlig ab, verbrauchte die Reste der tagsüber gespeicherten körperlichen Energie, die den Schlaf beeinträchtigte, hinderte mit den gleichförmigen Bewegungen meine Gedanken daran, sich auf etwas Ernstes zu konzentrieren (nächtliche Gedanken haben es gern, wenn der Körper unbeweglich ist) und versetzte meine Gedanken in einen dumpfen monotonen Rhythmus, vorausgesetzt, sie waren nicht zu aufgeregt und unruhig (dann half kein Wiegen). Allerdings hatte man mich zweimal wegen dieses Wiegens ausgelacht, das letztemal in diesem Zimmer. Ich hatte mich erschöpft hingelegt und begann mich selbstvergessen zu wiegen, obwohl Licht brannte und einige noch wach waren.

»Guck mal«, sagte Salamow fröhlich zu irgendwem (dem Lachen nach war es Shukow), »guck mal, Goscha träumt von einem Mädchen.«

Ich wurde rot und rührte mich nicht mehr, als hätte man mich bei einem geheimen Laster ertappt, und im stillen schwor ich mir, mich nicht mehr zu wiegen. Doch nach einiger Zeit begann ich mich wieder in den Schlaf zu wiegen, aber mit äußerster Vorsicht, nur, wenn die Situation es erlaubte. Jetzt war so eine günstige Situation, alle schliefen, und ich wiegte mich sacht, wobei der Sprungrahmen leise knarrte, und fühlte eine angenehme Schlaffheit und Leblosigkeit im daliegenden Körper, der mein und auch wieder nicht mein war, eine Empfindung, wie man sie gewöhnlich an der Schwelle eines tiefen, totenähnlichen Schlafs hat, aus dem man nicht erwacht, sondern wiedergeboren wird. Manchmal, wenn ich mich völlig diesem Zustand überließ, das heißt, mich längere Zeit in Stille, Wärme und Dunkelheit wiegte, empfand ich plötzlich eine erstaunliche Liebe zu mir, oder nicht Liebe, sondern Zärtlichkeit, denn ich war mir selber Vater und Mutter, Bruder und Schwester, Sohn und Tochter... Nicht, daß ich etwas Derartiges logisch dachte, ich fühlte vielmehr gedankenlos in meinem Herzen eine angenehm kitzelnde elterliche Zärtlichkeit für mich selber, ich schlief nicht einsam ein, sondern wie ein Kind gegen die Unbilden des Alltags geschützt, ein kindliches Lächeln im Gesicht.

DREIZEHNTES KAPITEL

Am nächsten Morgen trat ein Ereignis ein, das (natürlich nicht genau das, aber eins in der Art) ich längst befürchtet hatte und das meinen weiteren Plan zerstörte, richtiger, ihm Fieberhaftigkeit und Hektik verlieh, was in meiner Lage und bei meinem Charakter äußerst gefährlich war. Eigentlich hatte ich auch gar keinen wohldurchdachten Plan. Einerseits hatte ich beschlossen, meine Beziehung zu Nina Moissejewna wiederaufzunehmen und mit ihrer Hilfe alles durch eine gelungene Heirat und ein sattes, beständiges Leben zu entscheiden, das mich, einen zermürbten und müden Menschen, immer mehr lockte, besonders nach dem Verlust meiner sogennannten großen Idee... Im Grunde meines Herzens verspottete ich mich selber für diese närrische Idee, die mich so viel Lebenskraft gekostet und sich als so nichtig und oberflächlich entpuppt hatte, daß sie sich auf Arskis Gesellschaft bei der Berührung mit einer wirklichen Ungewöhnlichkeit aus der Hauptstadt in Luft auflöste. Ich muß sagen, daß ich das nicht bedauerte, und ich strebte nicht mehr in diese Gesellschaften, zu denen mir, wie ich begriff, eine stille satte Heirat den Weg versperren würde. Doch der Plan mit Nina Moissejewna barg einen Widerspruch, der auf den ersten Blick zwar klein und absurd wirkte, in Wirklichkeit aber den Plan fast völlig aufhob. Vielleicht wird vielen, wenn nicht den meisten dieser Widerspruch dumm und albern vorkommen, aber da bin ich nicht Herr meiner selbst, es gibt Gefühle, die man nicht umstimmen kann. Nämlich: Bei der Auswahl meiner Favoritinnen (ich erinnere an die Frauen, denen ich häufig begegnete und in die ich heimlich platonisch verliebt war) hatten schöne Frauen meinen Geschmack verdorben, so daß ich mir jetzt nicht vorstellen konnte, mich in eine unschöne zu verlieben oder sie gar zu heiraten. Und ich war fast sicher, daß Nina Moissejewnas Bekanntenkreis frei von schönen Frauen war, die konzentrierten sich in der Gesellschaft um Arski, das heißt, in der Gesellschaft, zu der mir einerseits der Weg versperrt blieb und von der ich andererseits enttäuscht war. Darum existierte neben dem Plan, mein Leben mit Nina Moissejewnas Hilfe zu regeln, ein anderer, den ich auch schon erwähnt habe: über Grigorenko ein Schmiergeld zu zahlen und das Recht auf einen beständigen Schlafplatz im Wohnheim zu erhalten. Freilich enthielt der Plan mit Grigorenko etliche Fragen und weiße Flecke, vor allem aber fehlten wegen der verlorengegangenen Idee die Perspektive und das Ziel, aber intuitiv verließ ich mich hier auf das Leben, das unabhängig von meinem Willen die Richtigkeit meiner Handlungen bestätigen würde, deren Wesen mir selber noch verborgen war. Das alles bedachte ich im Schlaf oder im Halbschlaf vor dem Erwachen, ich weiß es nicht genau. Als ich jedenfalls die Augen aufschlug, wußte ich bereits genau, daß Nina Moissejewna und die Heirat vorerst in Reserve bleiben würden und daß Grigorenkos Vorschlag auf den ersten Platz gerückt war. Doch kaum hatte ich die Augen aufgeschlagen, kniff ich sie gleich wieder zu vor Angst. Der Schreck war so unverhofft und stark, daß ich wohl sogar mit den Zähnen klapperte. Vor meinem Bett sah ich das blutüberströmte Gesicht eines etwa vierjährigen Kindes, aus dessen Mund blutige Blasen kamen und das mir blutüberströmte Händchen entgegenstreckte. Sicherlich hatte ich, vom Schlaf noch benommen, zuerst einen unmännlichen Schrei ausgestoßen. An den Schrei kann ich mich nicht erinnern, aber ein weibisches Kreischen verhallte noch in meinen Ohren, als das Kind zu weinen anfing. Ich habe mich zu keiner Handlung hinreißen lassen, das weiß ich genau, und das ist ein wichtiges Argument gegen die verleumderischen Beschuldigungen, also kann nur mein Schrei das Kind erschreckt haben. Mich hingegen beruhigte das Erschrecken und Weinen des Kindes ein wenig, ich stützte mich auf den Ellbogen, sah mich um und begriff, was passiert war. Ich erwähnte wohl schon, daß unter den Putzfrauen eine Nadja war, eine alleinstehende Mutter (die meisten Frauen, die direkt oder indirekt mit unserem Wohnheim zu tun hatten, hießen, ein seltsames Zusammentreffen, Nadja: die Putzfrau Nadja, die Soldatenfrau Nadja und noch eine Nadja, die Frau des Montagearbeiters Danilo). Also, die Putzfrau Nadja, die mich übrigens nicht leiden konnte, brachte häufig ihren Jungen mit zur Arbeit und setzte ihn während des Saubermachens auf ein Bett oder einen Stuhl. Ich muß dazu sagen, daß Nadja mich offenbar deshalb nicht leiden konnte, weil sie meine Abneigung gegen ihren Jungen spürte. Selbstverständlich hatte ich diese Abneigung nie offen gezeigt, aber als Mutter hatte sie es intuitiv gemerkt. Mir scheint, wenn man das Wunderbarste alles Lebenden unter kleinen Kindern suchen muß, kann man auch das Abscheulichste unter kleinen Kindern finden. Es gibt Kinder, gezeugt von unangenehmen, ausgezehrten, kranken Menschen oder Alkoholikern oder überhaupt gedankenlos gezeugt, in Eile, auf tierische Weise, und solange sie unbewußt leben, haben sie unwillkürlich die gierigen, zupackenden Bewegungen junger Tiere, denn diese kleinen Mißgeschöpfe entwickeln sich in der ersten Zeit schneller als normale Kinder. Zugleich wirken die rührenden Züge kindlicher Schwäche bei ihnen jämmerlich wie Rudimente und rufen daher Ekel hervor. Später verbergen diese Leute aufgrund eines schweren und äußerst komplizierten Lebens, was keine Seltenheit darstellt, verbergen diese Leute, wenn sie heranwachsen, nach Möglichkeit ihre ursprünglichen Laster, an denen sie schuldlos sind, entweder hinter Durchschnittlichkeit oder aber, wenn die angeborenen Laster besonders stark sind, hinter dem Bewußtsein der eigenen Überlegenheit und aktiver gesellschaftlicher Tätigkeit. Doch in jedem Fall verlieren sie ihre ursprünglichen antimenschlichen Züge und führen mit ihrem menschlichen Antlitz, ihrer menschlichen Wut und ihren menschlichen Leiden, ebenso mit ihrer Masse von vielen Millionen die Zivilisation immer weiter in die Sackgasse, die Zivilisation, für die in Übereinstimmung mit den in den letzten zwei Jahrhunderten vorherrschenden materiellen Vorstellungen jedes beliebige Wesen ein Mensch ist, das auf zwei Beinen geht und folglich dem Schutz humaner moralischer Normen unterliegt.

Also, zurück zu dem Moment, da ich, mit einem bestimmten Plan und Entschluß erwacht, plötzlich ein blutüberströmtes Kind vor mir sah und nach dem ersten Schreck den vierjährigen Sohn der Putzfrau Nadja erkannte. Der Junge hatte nichts kindlich Frisches an sich. Er roch schlecht, hatte trübe Augen, der Kragen war vollgesabbert, die Händchen mit den unsauberen Fingernägeln waren schmutzig. Er litt ständig an irgendwelchen Hautkrankheiten, darum gab ihn Nadja nicht in die Kinderkrippe, sondern nahm ihn mit zur Arbeit. Überhaupt war das ein äußerst unangenehmes und unglückliches Geschöpf, das bei vorhandenem Verstand nur in totaler Zurückgezogenheit Rettung finden konnte, was es jedoch in so jungen Jahren nicht wußte, darum ging es aktiv auf die Menschen zu, von denen es weniger Zuwendung als vielmehr Nahrung erwartete. Ich glaube, in einigen Zimmern hatte man den Jungen gern und gab ihm zu essen. Bei uns zum Beispiel spielte Kulinitsch, ein älterer Mann, mit ihm, wenn er zu Hause war. Das Spiel bestand darin, daß der Junge an Kulinitschs Daumen mit dem schwarzen Nagel und den Rissen, die der Baumörtel hineingefressen hatte, zu nuckeln versuchte... Ich fand das widerlich, aber Kulinitsch lachte, und wenn der Junge genug an seinem Daumen genuckelt hatte, gab er ihm einen Knochen aus seinem Borstsch oder ein Stück Brot. Trotz meiner angespannten materiellen Lage gab ich dem Jungen auch etwas zu essen, mal ein Stück Weißbrot, mal ein Geleekonfekt (Bonbons gab ich ihm nicht, aus Angst, er könnte sich verschlucken). Aber an mich heran ließ ich Nadjas Sohn nicht und konnte auch meinen Ekel nicht verbergen, was Nadjas mütterliche Eitelkeit verletzte. Im allgemeinen war Nadja nicht eitel, schon aus Armut, und ich glaube, sie brachte den Jungen extra mit zur Arbeit, damit ihn die Heimbewohner ernährten. Darin konnte ich sie verstehen. Sie verdiente wenig, und Salamow erzählte, daß sie, wenn es auf dem Bau Lohn oder Abschlag gab, mit den Heimbewohnern in den Zimmern für Geld schlief. Sofja Iwanowna soll sie dabei einmal ertappt und beinahe hinausgeworfen haben, aber dann bekam sie Mitleid, außerdem setzte sich Tetjana, die mich haßte, für sie ein (vielleicht konnte mich Nadja auch deshalb nicht leiden, weil sie es ihrer Gönnerin recht machen wollte). Nadja hatte trotz ihres reizlosen, irgendwie gedunsenen Gesichts doch etwas Frauliches – eine hübsche Figur und schöne blonde Haare, die sie zu einem dicken Zopf flocht und im Nacken aufsteckte. Nach Salamows Worten betrachtete ich sie auch manchmal mit Interesse, löschte diesen Gedanken aber sofort wieder... Verfluchtes Leben... Ich schreckte vor solchen Gedanken zurück, doch zugleich kamen sie unaufhaltsam, animalisch...

Jetzt war außer mir und dem Jungen niemand im Zimmer, und er brüllte, sprudelte rote Blasen aus dem Mund und verschmierte im Gesicht das, was ich schlaftrunken für Blut gehalten hatte und was in Wirklichkeit meine kubanische Soße war. Mein Nachttisch stand offen, und alle Lebensmittelvorräte, von denen ich mindestens drei bis vier Tage leben wollte, waren beschmaddert, zerdrückt, in einem ekligen Zustand. In die Dose mit der kubanischen Soße hatte er mit den Händchen hineingegriffen, hatte versucht, aus ihr zu trinken, und sie dabei besabbert. Brot und Wurst waren angebissen und abgelutscht, Zucker und Bonbons durcheinandergeworfen, an der Butter waren Spuren von Zähnen und Fingern, als hätten Rattenpfoten daran gekratzt. Außerdem roch der Junge heute besonders sauer und nach Urin. Haß (ja, Haß) und Abscheu trübten mir den Verstand, und der

Wunsch, dieses kümmerliche, laut plärrende Geschöpf mit aller Kraft zu schlagen, war so groß, daß ich es von mir wegstieß, um nicht zuzuschlagen. Der Junge fiel meiner Meinung nach hin, ohne sich zu stoßen, plärrte nun aber noch lauter. Ich bedauerte sofort meine Tat, zumal Nadja, die zur Toilette gegangen war, um den Wischlappen naß zu machen, wobei sie auch gleich die Toilette säuberte (darum blieb sie so lange weg, und der Junge machte, was ihm in den Sinn kam), zumal also Nadja auf das Geschrei ihres Sohnes hereingerannt kam, ihn auf den Arm nahm und wutschnaubend wie ein Muttertier, das ihr Junges verteidigt, über mich herfiel. Ich antwortete ihr genauso grob, aufs äußerste erbost und erbittert über den Verlust meiner Lebensmittel. Beim Wischen der Toilette hatte Nadja sich das Kleid vollgespritzt, nun waren durch den nassen Stoff ihre Brüste mit den großen Warzen zu sehen, und sie schwenkte diese Brüste in ihrer Wut völlig ungeniert dicht vor meinem Gesicht hin und her, denn ich lag halb aufgerichtet im Bett, mit der Decke zugedeckt, und konnte nicht aufstehen, weil ich nur Unterwäsche anhatte. Das machte mich hilflos und nahm mir die Sicherheit im Streit, in dem ich recht hatte, wovon ich überzeugt war, abgesehen davon, daß ich diesem Scheusal einen Schubs versetzt hatte – weil ich mich nicht beherrschen konnte und ausgerastet war. Hinzu kam, daß ich eine so mächtige nackte Frauenbrust, die halb aus dem Kleid hing, ehrlich gesagt, zum erstenmal so nahe vor mir sah, weshalb sich meine Gedanken verwirrten. Ich verlor den klaren Blick für das Geschehen, und statt der nötigen Empörung, die ich brauchte, um auf die Beleidigungen und schmutzigen Wörter zu antworten, mit denen mich Nadja überschüttete, empfand ich eine beunruhigende Sehnsucht, die von dem Bett ausging, in dem ich dieses Gefühl vor dem Schlafen schon des öfteren erlebt hatte. Aber jetzt war es anders als sonst, so lebendig und real wie mein eigener Körper, und wilde Gedanken, einer absurder als der andere, überfielen mich. Ich zog die Decke straff und machte (wie ich mir selber einredete) eine zufällige Bewegung, so daß Nadjas Brust weich und schwer meine Wange streifte. Ich prallte sofort zurück, in der Hoffnung, daß meine Bewegung nur als eine zufällige gedeutet werden konnte, doch meine Hoffnung entsprang meiner Unerfahrenheit – eine Frau auf diesem Gebiet zu täuschen ist unmöglich. Nadja verstummte auf seltsame Weise, und eine Zeitlang, Bruchteile einer Sekunde, sahen wir uns mit neuen Augen und mit Neugier an. Aber da fing der von mir beleidigte Junge erneut an zu plärrren, und Nadja nahm ihr Gezeter wieder auf. Sie belegte mich mit unflätigen Flüchen, ging hinaus und schlug die Tür hinter sich zu. (Mich beschlich der aberwitzige Gedanke, Nadjas Rückfall in die Feindschaft habe auch an meiner Unschlüssigkeit gelegen.) Kaum war die Tür zugeschlagen, als ich aufsprang und mich hastig ankleidete. In meiner Seele war weder Angst noch Wut noch Reue, nur Trübnis. Ich packte alle meine Lebensmittel in eine Zeitung, ging in den Korridor und warf sie in den Mülleimer. Einiges hatte der Junge nicht angegrapscht, zum Beispiel ein paar Bonbons, aber ich ekelte mich und warf alles weg. Von unten, aus dem Parterre, klang Weibergekeife herauf. Nadja weinte laut und hysterisch (in meinem Zimmer hatte sie nicht geweint, nur unflätig geflucht). In ihr Weinen mischte sich Tetjanas Stimme, voller Haß gegen mich, und Sofja Iwanownas männlicher Baß. Ich begriff, daß ich verloren war, und überlegte mir in der zugespitzten Situation meine weiteren Schritte. Vor allem zog ich den Mantel an, steckte alle Dokumente in die Innentasche, das Sparkassenbuch und Bargeld, nahm die Mütze, schloß die Tür ab und ging zum Zimmer 26. Glücklicherweise waren Grigorenko und Rachutin zu Hause und frühstückten. Ein Häufchen duftende hausgemachte Knoblauchwurst lag auf einer Zeitung (einer von den Jungs hatte offenbar ein Paket von zu Hause bekommen), zwei Flaschen Bier standen da, eine Büchse mit Schmalz, ein

Berg hausgemachte graue Fladen, auf die sie Butter strichen. Ein appetitliches Essen, aber die Jungs gingen wie gewöhnlich verschwenderisch damit um, aßen alles gleich ratzekahl auf. Ich wäre damit mindestens eine Woche ausgekommen.

»Wo hast du gesteckt?« fragte mich Vitka.

»Er verkehrt in der höheren Gesellschaft«, antwortete Rachutin für mich. (Er hatte einen Hang zum Sticheln.)

»Setz dich, hau rein«, sagte Vitka.

Ich setzte mich und schmierte mir einen Fladen, aber nicht mit Butter, sondern mit Schmalz, was besser schmeckt; erstaunlich, daß die Jungs das nicht wußten. Obenauf legte ich hausgemachte Wurst, dick, nicht so, wie ich meine esse, sondern ohne zu knausern und zu sparen. Dennoch, obwohl ich mit diesem Frühstück ein wenig meine verlorenen Lebensmittel kompensierte, aß ich ohne Appetit und lauschte besorgt auf den Krach im Parterre. Auf der Treppe erklangen Schritte, dann stapften sie über den Korridor. Ich hielt den Atem an und hörte nicht, was die Jungs sagten. Offensichtlich waren die Heimleiterin und Tetjana auf der Suche nach mir.

»Habt ihr den Lärm gehört?« fragte ich so locker wie möglich. »Das ist meinetwegen... Ich hatte Krach mit Nadja.«

»Du hättest ihr drei Rubel geben sollen«, sagte Vitka, »da hättest du auch noch dein Vergnügen gehabt.«

»Mit Putzfrauen läßt er sich nicht ein«, sagte Rachutin.

Die Schritte kamen näher und machten vor unserer Tür halt. Ich begriff, daß ich entdeckt war, und kaute hastig zu Ende. Zwar hatte ich das Klopfen erwartet, doch als es erklang, fordernd und gefahrenträchtig, krampfte sich mir das Herz zusammen.

»Herein«, sagte Rachutin.

Herein kamen die Heimleiterin Sofja Iwanowna und Tetjana.

»Zwibyschew«, sagte die Heimleiterin zu mir, »erstens, warum benehmen Sie sich so zu der Putzfrau, und zweitens, in einer Woche setzen wir Sie raus... Seit drei Jahren führen Sie uns an der Nase herum mit Ihren Tricks... Wir haben jetzt strenge Anweisung, kein Auge mehr zuzudrücken. Aus Haus sieben haben wir schon zwei rausgesetzt, denn wir wissen nicht, wo wir die angeworbenen Arbeitskräfte unterbringen sollen.«

Ich begriff, daß in meiner Lage Demut und Bitten meine Position nur schwächen würden, darum ging ich mit dem Kopf durch die Wand.

»Dazu haben Sie kein Recht!« schrie ich. »Versuchen Sie nur, mein Bett anzurühren, da können Sie was erleben, wovon Sie noch Ihren Enkeln erzählen werden. Sehen Sie zu, daß Sie nicht selber aus der Arbeit fliegen...«

Ich war in der Aufregung zu weit gegangen und hatte alles verdorben. Ich hätte ja scharf antworten können, denn einen anderen Ausweg gab es nicht, aber mit Würde und ohne persönliche Drohungen, die zumal in meiner rechtlosen Lage lächerlich waren. Vor allem hatte ich sie selber auf den Gedanken gebracht, zum letzten Mittel vor der Ausweisung zu greifen, nämlich, mir das Bett wegzunehmen... Solche Drohungen, mir das Bett wegzunehmen, waren schon zweimal gefallen, aber erst am Ende, nach monatelangem Kampf, nach Telefonanrufen und Gesprächen, als letztes Druckmittel, worauf ich gewöhnlich über Michailow eine würdige Antwort gefunden hatte, denn diese Drohung war das Signal zum Vabanquespiel. Diesmal war ich mit meinen unbedachten Worten sofort, noch bevor ich meine Verbindungen angekurbelt und die wahre Sachlage geklärt hatte, zum Vabanque-Spiel übergegangen. Und richtig, Tetjana schnappte sofort danach.

»Man hätte diesem Strolch schon längst das Bett wegnehmen sollen«, keifte sie und sah mich haßerfüllt an. »Und überhaupt«, fügte sie leiser und aufrichtig hinzu, »wenn's nach mir ginge, würd ich ihn mit dem Kopf unter die Straßenbahn legen.«

»Na aber, das geht ja nun zu weit«, sagte die Heimleiterin, »warum sind Sie so grob? Schön nach dem Gesetz.«

»Mach, daß du rauskommst, du Hündin!« schrie der erboste Vitka Tetjana an. »Wenn Sofja Iwanowna herkommt, ist das was andres... Aber du verzieh dich in deine Hundehütte und kläff nicht.«

»Kläff du selber nicht«, schrie Tetjana und lief rot an. »Er hat Koletschka verprügelt, Nadjas Sohn.«

Bewohner aus anderen Zimmern schauten neugierig zur Tür herein. Auch Adam schaute herein, ergriff unerwartet Tetjanas Partei und beschimpfte mich. Er hatte Koletschka wohl sehr gern und wollte Nadja sogar heiraten, aber sie hatte den Dummkopf lachend abgewiesen (diese Einzelheit erfuhr ich später von Salamow). Unterdessen spitzte sich die Lage zu, und zwar nicht zu meinen Gunsten. Vitka begriff das, er stand auf und zog den Mantel an.

»Komm weg hier«, sagte er zu mir.

Wir gingen aus dem Haus. Ein nasser Wind, ein Greuel für seelisch erregte Menschen, blies mit aller Kraft, und der Schnee taute.

»Halb so schlimm«, sagte Vitka. »Ich hab gestern wieder mit ihm geredet, er macht's. Weißt du, wieviel Leute der schon untergebracht hat? Slawka Bondar, kennst du den? Von den Installateuren... Er hat ihm einen Schlafplatz besorgt. Allerdings hat ihm Slawka dafür einen Monatslohn hingeblättert.«

»Kein Problem«, sagte ich obenhin, während ich in Gedanken schon rechnete und das Geld von meinen Reservefonds abzweigte, die ich damit fast auf ein Minimum beschnitt. »Am Geld soll's nicht scheitern«, fügte ich hinzu.

»Na, um so besser«, sagte Vitka, »hast du die Arbeitsbescheinigung abgegeben?«

»Ich hör auf«, sagte ich. »Hab die Kündigung schon eingereicht. Ich hab's satt, im Dreck zu wühlen. Ich such mir was Besseres.«

»Bist du verrückt?« Vitka blieb stehen und sah mich

erschrocken und verwirrt an, woraus ich schloß, daß er ein richtiger Freund war und sich die Sache zu Herzen nahm. »Du hornloser Ochse, gerade der richtige Zeitpunkt, die Arbeit hinzuschmeißen. Die haben dich doch auf dem Kieker, ohne Bescheinigung werfen sie dich sofort raus, da kann auch Onkel Petja nicht helfen.«

Jetzt war es an mir, wütend und erstaunt zu sein.

»Was für ein Onkel Petja?« fragte ich rasch.

»Was für einer?« sagte Vitka gereizt. »Der Heizer... Kennst du nicht den Heizer? Sag mir, wo willst du die Bescheinigung hernehmen? Ohne Bescheinigung kann auch Onkel Petja nichts machen.«

»Du kannst mich mal«, schrie ich und fühlte, daß ich den Boden unter den Füßen verlor, während ich schon nachdachte, wo ich Hilfe erbitten könnte. Wie ich's auch drehte und wendete, es blieb nur der erprobte Weg, mich wieder vor Michailow zu demütigen.

»Ich dachte, du hast Beziehungen in der Wohnheimverwaltung, dabei setzt du auf den Heizer«, sagte ich.

»Was du schon verstehst!« schrie Vitka (wir hätten uns fast zur Unzeit verkracht). »Bring die Bescheinigung, das übrige ist nicht deine Sorge.«

»Eine Bescheinigung krieg ich«, sagte ich, »das letztemal hab ich einen Haufen Bescheinigungen angebracht, aber die haben sie gar nicht angeguckt, bis ein Anruf von oben kam... Sind ja unterschiedliche Behörden... Von unsrer Bauverwaltung krieg ich keinen Platz im Wohnheim.«

»Mach dir darüber keinen Kopf«, sagte Vitka. In solch einem Fall ist noch nicht raus, wo oben und wo unten ist.« Er zwinkerte mir zu.

Ich lächelte zur Antwort und beruhigte mich. Vitka war ein wirklicher Freund. Natürlich würde er nicht seinen Kopf für mich hinhalten, dem stand sein klarer Verstand entgegen, dem Romantik fremd war, aber in allem übrigen konnte man fest auf ihn bauen. Wegen der Arbeitsbescheinigung war ich mir sicher. Ich hatte ja gerade erst gekündigt, noch dazu aus eigenem Willen. Irina Nikolajewna würde die Bescheinigung tippen, und Mukalo würde unterschreiben. Zu Brazlawski würde ich nicht gehen... Natürlich hatte ich auch Befürchtungen, aber die hat jeder, erst recht ich, ein Mensch, der so viel durchmachen mußte, weil er auf Gerechtigkeit oder Nachsicht hoffte, worauf nur in lebenswichtigen Dingen unerfahrene, leichtsinnige Menschen hoffen...

Der erste, der mir in dem verhaßten Verwaltungshof begegnete, war Schlafstein. Er hatte offenbar schon seinen Auftrag bekommen und ging zur Straßenbahnhaltestelle, um zu einer Baustelle zu fahren. Aber als er mich sah, machte er kehrt.

»Da ist er ja, der Held von Sewastopol«, sagte Schlafstein zu Swetschkow, der am Eingang stand. »Ist er nicht eine Augenweide, Wolodja?«

»Bist du noch bei Trost?« sagte Swetschkow zu mir und tippte sich an die Stirn. »Warum hast du gekündigt?«

»Wir waren bei Brazlawski«, sagte Schlafstein. »Auch Siderski ist mitgekommen und die Konowalowa... Wir haben sogar Junizki bearbeitet... Ich wollte dich auf mein Objekt nehmen, hab dort eine gute Arbeit für dich... Aber Brazlawski sagt: Ich kann nichts machen, er hat gekündigt und ist schon entlassen.«

»Ja«, sagte ich. »Wollt ihr, daß mir Brazlawski mein Arbeitsbuch versaut... Er hätte geschrieben – wegen Desorganisierung der Arbeit...«

»Junge, Junge«, sagte Swetschkow und warf Schlafstein einen Blick zu. »Begreifst du denn nicht, daß er überhaupt keine Handhabe hatte? Sogar Raikow, dieser Tagedieb, den uns das Parteikomitee geschickt hat, als wären wir ein Sozialamt...«

»Schon gut, mach hier kein Theater, Wolodja«, sagte Schlafstein und blickte sich um.

»Nein, was ich sagen wollte«, fuhr Swetschkow

fort, »sogar Raikow hat gut über Goscha gesprochen... Er hat von den Kippern erzählt, die er von Kontscha Saspa zu einem anderen Objekt umgeleitet hat... Seitdem hab ich ein besseres Verhältnis zu Raikow... Der Kaderleiter Nasarow hat nichts gegen dich, Junizki haben wir bearbeitet, Konowalow hat sich beruhigt, als ich gesagt habe, daß ich die Verantwortung für dich übernehme. Bloß Mukalo ist dagegen...«

»Was, Mukalo?« fragte ich verdattert. »Mukalo hat doch... Er hat mir vorgeschlagen...«

»Ich weiß, was er dir vorgeschlagen hat«, unterbrach mich Swetschkow. »Man braucht nicht viel Grips, um zu begreifen, daß Mukalo das mit Brazlawski abgestimmt hat... Mukalo ist in der Verwaltung jetzt der Obergauner, das haben alle längst begriffen außer dir... Erstens hat er versucht, sich gegen Brazlawski durchzusetzen, wobei er nicht auf den Trust baut, sondern auf weiter oben, auf die Hauptverwaltung... Aber da hat er kalte Füße gekriegt.«

»Gehen wir zur Seite«, sagte Schlafstein.

Wir stellten uns hinter die fensterlose Wand der Reparaturwerkstätte.

»Zweitens hat er den Ruf, alle möglichen dunklen und mißliebigen Leute zu protegieren, Leute ohne Aufenthaltsgenehmigung oder Juden, na, du verstehst schon. Um diesen Ruf loszuwerden und eine gemeinsame Sprache mit Brazlawski zu finden und seine Stellung zu festigen, ist er bereit, das zu tun, was Brazlawski selbst nicht tun würde.«

»Ich hab eine andere Arbeit gefunden«, log ich, vor allem natürlich, um mir durch Betrug und Selbstbetrug mehr Gewicht zu geben, aber auch, um Swetschkow zu beruhigen, denn mich rührte, wieviel Kraft und Nerven dieser mir im Grunde fremde Mensch für mich verschwendete. Er war ein ehrlicher (moralisch ehrlicher. Die arbeitsbedingten Übertretungen zählten nicht), arbeitsamer Bursche, dennoch fühlte ich, daß ich mit ihm nicht mal so befreundet sein könnte wie mit Grigorenko. Er ging in der Arbeit auf, ansonsten führte er ein stilles Familienleben und stand geistig wahrscheinlich unter meinem Zimmergenossen Beregowoi, irgendwo auf dem Niveau von Kulinitsch und Salamow. Schlafstein war auch ein ehrlicher Mensch, aber er hatte nicht diese Selbstaufopferung wie Swetschkow. Ich glaube, daß mich Schlafstein weniger idealisierte als Swetschkow und mir im Grunde seines Herzens nicht traute. Dennoch hatte er sich zusammen mit Swetschkow für mich eingesetzt.

»Was für eine Arbeit hast du gefunden?« fragte Schlafstein.

»In einem Projektierungsbüro«, sagte ich, »da ist es warm, und das Gehalt stimmt.«

»Da siehst du's, Wolodja«, sagte Schlafstein zu Swetschkow, »hab ich dir nicht gesagt, daß man ihm helfen wird? Er hat weiter oben Beziehungen.«

»Ja«, sagte Swetschkow, »im Warmen ist es natürlich besser, besonders für dich, Goscha, mit deinen erfrorenen Füßen. Ich hatte für dich auch eine günstige Stelle ausgesucht. Natürlich kein Büro, aber windgeschützt.«

Er sprach aufrichtig, hatte jedoch gegen seinen Willen einen enttäuschten und gekränkten Zug im Gesicht.

»Gehen wir, Wolodja«, sagte Schlafstein, »wir sind spät dran.«

»Ich wünsch dir Erfolg«, sagte Swetschkow, und sie gingen.

Ich hatte ein unbehagliches Gefühl, so als wäre ich unanständig und undankbar zu den Menschen gewesen, die sich uneigennützig und aus eigenem Antrieb für mich bemüht und meinetwegen ihren guten Ruf riskiert hatten. Aber zugleich spürte ich Gereiztheit. Mich ermüdeten all diese endlosen Fürsprachen zu meinen Gunsten, die mich zum ewigen Schuldner einer zu großen Anzahl von Menschen machten. Wenn ich schon nicht ohne Gönner auskommen kann, dachte ich gereizt, muß ich mich doch bemühen, ihre Zahl zu begrenzen, ihre Hilfe nur in äußerster Not in Anspruch zu nehmen und sie selber auszusuchen. Ich darf nicht zulassen, daß die Gönner mich aussuchen, auch nicht in belanglosen Kleinigkeiten, wobei sie sich zunutze machen, daß ich in allem eingeschränkt bin... Ihre Taten scheinen uneigennützig und aussschließlich auf mein Wohl gerichtet zu sein, aber wenn man genauer hinsieht, entdeckt man, daß sie einen beträchtlichen moralischen Gewinn daraus ziehen, wenn sie mir einen geringfügigen Dienst erweisen, und sei es nur, daß sie in einer Behörde ein gutes Wort über mich verlieren... Wehe dem Menschen, der die Protektion guter Menschen benötigt, würde ich in die Fibel schreiben und diesen Satz von der ersten Klasse an den Kindern eintrichtern, denn wenn dein Vorteil aus dem Umgang mit diesen Menschen zu groß oder zu dauerhaft ist, riskierst du, das Gute als etwas dir Zustehendes einzufordern, und gerätst in einen Teufelskreis, weil du durch deine Undankbarkeit die Zahl der guten Menschen, die du so sehr brauchst, verminderst und in ihnen Enttäuschung über ihre guten Taten säst.

Im Sekretariat begrüßte ich Irina Nikolajewna, die eine schöne neue Bluse mit roten Streifen trug.

»Gratuliere zur Neuanschaffung«, sagte ich zu ihr, womit ich gegen meinen vorangegangenen Gedanken und zum Nutzen der Sache handelte.

Irina Nikolajewna nickte mir zu, weder abweisend noch erfreut. Sie reagierte völlig exakt und in Übereinstimmung mit jener ungeschriebenen Wissenschaft, die jeder technische Mitarbeiter einer Behörde durchlaufen muß, wo die feste Planordnung und die unerläßliche praktische Operativität einerseits von den Unkosten der Ordnung – der Bürokratie – berührt werden und andererseits von den Unkosten praktischer Operativität – den persönlichen Beziehungen. Ich war bereits entlassen, doch zugleich gab es in der Behörde eine gewichtige Gruppe von Leuten, die diese Entlassung für ungerecht hielt. Zudem kursierten Gerüchte über meinen ziemlich hochgestellten Gönner. Und da die unmittelbare Initiative für meine Entlassung von Mukalo ausging, dessen Tage in der

Verwaltung gezählt waren, was außer Brazlawski bislang nur Irina Nikolajewna wußte, war noch ungewiß, wie Brazlawski selber unter diesen Umständen reagieren würde. Natürlich duldete seine schlichte Natur, die eines ehemaligen Schmieds, keinen Zwibyschew und wollte Zwibyschew loswerden, doch zugleich war Brazlawski in den zwanzig Jahren, die er zuerst als Direktor eines Betonwerks, später als Direktor eines Kraftverkehr-Kontors und noch später als Leiter dieser Verwaltung im Sessel gesessen hatte, nicht nur schwerer und dicker geworden, sondern hatte sich auch die für seinen neuen Nomenklatura-Beruf notwendigen Fertigkeiten der Produkionsintrige angeeignet. Und wenn nun Brazlawski, der sich im Unterschied zu Mukalo immer aufs mittlere Kettenglied, den Trust, gestützt hatte, mit Hilfe einer so nichtigen Schachfigur wie Zwibyschew versuchen wollte, Beziehungen zum höheren Kettenglied zu knüpfen, zur Hauptverwaltung, wo Zwibyschew scheinbar einen Gönner hatte? Irina Nikolajewna wußte zum Beispiel, daß Brazlawski, nachdem ihn die Gruppe von Leuten besucht und nachdem er sich mit Junizki beraten hatte, mit dem er ein Bündnis eingegangen war, um Mukalo rauszuekeln, meine Kündigung noch nicht unterschrieben hatte. Menschen, die nicht in die brodelnden Abgründe der Verwaltungsintrige, bestehend aus Tausenden feinster Nerven, wo sich mitunter recht weit voneinander entfernte Faktoren auf bizarre Weise miteinander verflochten, eingeweiht waren, solche Menschen mochten es natürlich seltsam finden, daß meine verschrobene Persönlichkeit zu einer Figur in einem großen Spiel werden konnte. Ich muß sogleich enttäuschen – sie wurde es nicht, aber die Variante eines solchen Spiels existierte, und Brazlawski und Junizki erwogen in ihrem Kampf gegen Mukalo eine Zeitlang diese Variante, verwarfen sie dann aber. Das erfuhr ich später, und davon ausgehend, die Kette analytisch zurückverfolgend, rekonstruierte ich – natürlich mit Ungenauigkeiten, aber dem Sachverhalt doch hinlänglich nahekommend, wie ich überzeugt bin –, was Irina Nikolajewna durch den Kopf ging, als sie mir auf meinen Glückwunsch zur Neuanschaffung höflich zunickte. Sie dachte über die Form und den Grad ihrer Beziehung zu mir nach, und ich sah, daß ihr die Entscheidung schwerfiel, denn ich gab ihr keinen konkreten Anlaß, und eine technische Sekretärin kann zwar praktisch, nicht aber abstrakt denken und braucht für effektives Handeln konkrete Gründe. Ohne es selbst zu ahnen, kam ich Irina Nikolajewna entgegen.

»Tippen Sie mir bitte eine Arbeitsbescheinigung«, sagte ich, »ich brauche sie fürs Wohnheim.«

Sie spannte bereitwillig einen Firmenbriefbogen ein und begann zu tippen. Jetzt hatte sich ihre Aufgabe vereinfacht. Sie mußte keine abstrakte Beziehung zu mir klären, sondern eine konkrete Entscheidung treffen: ob sie mich mit dieser Bescheinigung nach rechts zu Brazlawski oder nach links zu Mukalo schickte... Da die Kündigung noch nicht unterschrieben war, ging sie persönlich mit dem Tippen kein Risiko ein. Sie wußte, daß Mukalo die Bescheinigung nicht unterschreiben würde; ob Brazlawski sie unterschreiben würde, war ungewiß und hing davon ab, wie er sich entschieden hatte, was sie nicht wußte. Sie wußte aber genau, daß Brazlawski, sollte er sich negativ entschieden haben, mit ihr unzufrieden sein würde, denn sie würde ihn in eine Lage bringen, die er nicht gebrauchen konnte (er dachte ja auch an meinen Gönner in der Hauptverwaltung), und würde ihn und nicht Mukalo nötigen, mir eine Absage zu erteilen. Darum beschloß sie, mich zu Mukalo gehen zu lassen. Aber ob sie dann doch zögerte oder Gewissensbisse bekam, immerhin hatte sie früher im Rahmen ihrer Möglichkeiten versucht, mir zu helfen und auch etwas für mich getan, wie auch immer, sie beschloß offensichtlich, das Schicksal zu versuchen.

»Wer soll unterschreiben?« fragte sie mich rasch und gekonnt gleichgültig. »Brazlawski oder Mukalo?«

Mir fielen Swetschkows Warnungen vor Mukalo ein, aber erstens dachte ich, daß er übertrieben hatte, zweitens – und das war die Hauptsache – wollte ich nicht zu Brazlawski gehen. In den drei Jahren meiner Arbeit hier hatte ich nie direkt Umgang mit ihm gehabt. Nicht daß ich Angst vor ihm hatte, aber er war mir körperlich derart fremd, daß ich mir überhaupt nicht vorstellen konnte, mit ihm zu reden, und wahrscheinlich auch nicht die richtigen Worte gefunden hätte.

»Mukalo«, sagte ich.

Sie tippte den Namen, ohne auch nur mit einer Bewegung ihrer Augenbrauen ihre Gefühle zu zeigen. Sie wußte, daß sie damit den Schlußpunkt unter meine Karriere hier in dieser Behörde setzte. Nachdem die Gruppe angesehener Mitarbeiter mich bei Brazlawski in Schutz genommen hatte, war meine einzige Chance, auf der frischen Fährte zu Brazlawski zu gehen, mit ihm zu reden und wahrscheinlich um den Preis demütigender Versprechungen die Unterschrift unter die Arbeitsbescheinigung zu bekommen, wodurch der Befehl über meine Entlassung, von Mukalo schon abgezeichnet, von Brazlawski aber noch nicht unterschrieben, automatisch aufgehoben würde. Nichtsdestotrotz schickte mich Irina Nikolajewna zu Mukalo und beruhigte ihr Gewissen damit, daß ich selber darum gebeten und daß sie mir früher, als es möglich war, Gutes getan hatte.

Mukalo saß am Tisch und schrieb schnell und nervös. Ich hatte ihn lange nicht so aufgeregt gesehen und begriff, daß ich zu allem auch noch im unpassenden Moment gekommen war. Er sah sich die Bescheinigung an, blickte zu mir hoch (er saß, ich stand) und sagte:

»Wie kann ich das unterschreiben, wenn Sie entlassen sind?« (Er sprach mit starkem ukrainischen Akzent, ein Zeichen von Erregung, und siezte mich, ein Zeichen von Entfremdung.)

»Ich hab ja noch nicht mal meine Papiere bekommen, Mitrofan Tarassowitsch«, sagte ich (ich sprach ihn mit Vor- und Vatersnamen an, um das Gespräch auf eine vertrauliche Ebene zu lenken). »Wenn ich die Bescheinigung nicht vorlege, werfen sie mich aus dem Wohnheim... Ich weiß nicht, wo ich wohnen soll...«

Ich sagte es mit leicht zitternder Stimme, was zwar Eindruck auf Mukalo machte, aber nicht den, auf den ich gehofft hatte.

»Was kann ich dabei für Sie tun?« sagte er gereizt wie ein Weib. »Allen soll man helfen... Alle wollen was... Der eine ist krank, der andere hat viele Kinder, dieser hat keine Aufenthaltsgenehmigung, und bei jenem steht unter Punkt fünf Jude... Bloß mir hilft keiner.« Offenbar hatte er sich etwas hinreißen lassen in seiner Aufregung. Er stand auf, ging um den Schreibtisch herum und schlug die Tür zu. »Hier haben die Wände Ohren«, sagte er schon ruhiger und vertraulicher, was mich freute. »Ich kann dir nur eins raten« (er duzte mich, was mich noch mehr freute), »geh zu Jewsej Jewsejewitsch... Sag ihm, Mukalo hat mir geholfen, so gut er konnte... Jetzt kann er nicht mehr... Bringen Sie mich woanders unter... Und was das Wohnheim angeht... Er braucht doch bloß den Hörer abzunehmen und eine Nummer zu wählen, er hat mich ja deinetwegen angerufen, denkst du, man hätte dich vor drei Jahren genommen, wenn er nicht angerufen hätte...«

Ich wußte nicht, was ich tun sollte. Der Gedanke, meinen mir unbekannten Gönner persönlich aufzusuchen, ohne Wissen Michailows, der über diesen Gönner agierte, gefiel mir, aber dazu mußte ich seinen Nachnamen und seine Arbeitsstelle wissen. Mukalo danach zu fragen bedeutete, meine Autorität zu untergraben und preiszugeben, daß ich keine direkte Verbindung zu der hochgestellten Person hatte, eine Verbindung, an die viele glaubten. Aber ich hatte keinen Ausweg.

»Wie heißt Jewsej Jewsejewitsch mit Nachnamen?« fragte ich Mukalo.

Er sah mich erstaunt an.

»Du willst mich wohl verarschen«, sagte er grob.

Ich mußte in meiner Offenheit noch weiter gehen.

»Jewsej Jewsejewitsch ist ein Bekannter von meinem Bekannten... Das heißt, von Michailow« (den Namen hätte ich nicht nennen müssen), »Michailow ist ein alter Freund meines Vaters« (meinen Vater hätte ich nicht erwähnen sollen).

Immerhin erfuhr ich um den Preis solcher Offenheit: Jewsej Jewsejewitschs Nachname war Saliwonenko, er hatte einen verantwortlichen Posten im Ministerium, und dieses Ministerium befand sich im Gebäude des Ministerrats der Republik.

»Beeil dich«, sagte Mukalo. »Dort sollte man in der ersten Tageshälfte vorsprechen, natürlich nur, wenn sie heute Sprechstunde haben... Geh vorher in die Buchhaltung, hol dein Gehalt, solange Geld da ist... Sonst frühestens in zwei Wochen«, rief er mir hinterher.

Obwohl Mukalo die Bescheinigung nicht unterschrieben hatte, ging ich sogar mit einiger Dankbarkeit von ihm weg.

»Na?« fragte mich Irina Nikolajewna interessiert, aufgeregt und, wie mir schien, hoffnungsvoll.

»Alles normal«, antwortete ich, während ich schon an etwas ganz anderes dachte, an die Möglichkeit, mit einem Schlag alles auf höchster Ebene zu regeln, statt mich in den Niederungen mit Papieren herumzuschlagen.

»Hat er unterschrieben?« fragte Irina Nikolajewna erfreut und erstaunt.

»Papiere sind nicht alles«, antwortete ich. Ich antwortete forsch, dennoch war für Irina Nikolajewna klar, daß es um meine Sache schlecht stand; sie seufzte, ließ den Kopf hängen und begann zu tippen, tief über die Schreibmaschine gebeugt.

Ich ging zur Buchhaltung, wobei ich besorgt zur Tür der Produktionsabteilung schaute, wo Junizki saß. Nachdem er dreist die Flasche Wein auf meine

Kosten ausgetrunken hatte, war er mir besonders unangenehm. In der Buchhaltung legte man mir die Gehaltsliste zum Quittieren vor. Ich quittierte, und erst als mir die Kassiererin das Geld vorzählte, begriff ich, daß die Summe außerordentlich gering war, vielleicht ein Viertel der Summe betrug, auf die ich gerechnet hatte.

»Warum so wenig?« fragte ich. »Ich bekomme das Gehalt und den Ausgleich für den Urlaub.«

»Wenden Sie sich an Andrej Borissowitsch«, sagte die Kassiererin, ohne mich anzusehen. »Andrej Borissowitsch, Zwibyschew hat eine Beanstandung.«

»Was ist?« sagte der Buchhalter, setzte die Brille auf und blickte in die Liste. »Ach, Zwibyschew... Ja, hat alles seine Richtigkeit... Lohnsteuer, kinderlos und Abzüge für den verschmorten Motor.«

Mir brach am ganzen Körper der Schweiß aus. Wegen Geld zu leiden, gehört natürlich nicht zum guten Ton, aber dieses Geld war schon in meinem Budget verbucht, aufgeteilt, ich hatte damit fest gerechnet und dementsprechend mein Leben geplant.

»Was für ein Motor?« fragte ich heiser.

»Das müssen Sie besser wissen«, sagte Andrej Borissowitsch gereizt. »Hier ist der Bericht und das Protokoll.«

Es ging um den Baggermotor, der vor zwei Monaten verschmort war. Im Prinzip war für die technischen Probleme nicht der Bauleiter veranwortlich, sondern der Mechaniker. Aber in dem Protokoll stand, daß der Bagger eine unerlaubt große Entfernung, noch dazu auf einem schwierigen Gelände, gefahren sei, was zur Überhitzung und zum Ausfall des Elektromotors geführt habe. Das war eindeutig Schwindel, und unter dem Schwindel standen die Unterschriften von Konowalow, dem Mechaniker, dem Baggerführer und Siderski, der sich im allgemeinen gut zu mir verhalten hatte und zusammen mit Swetschkow bei Brazlawski gewesen war, um ein gutes Wort für mich einzulegen.

»Sie können Junizki noch dankbar sein, daß wir Ihnen nur zehn Prozent abgezogen haben«, sagte Andrej Borissowitsch, »nach dem Protokoll müßten wir mindestens dreißig bis vierzig Prozent abziehen... Da hätten Sie noch Schulden bei uns.«

Ich nahm das Geld und ging. Ich finde mich rasch mit finanziellen Verlusten ab und suche sofort nach einer Methode, sie zu kompensieren. In der Poststelle neben der Verwaltung schrieb ich sogleich einen Brief an meinen Großvater und bat ihn um eine Anleihe, die ich binnen einem Jahr in Raten zurückzahlen wollte. Er war nicht mein leiblicher Großvater. Es gibt nichtleibliche Väter – Stiefväter, aber wie so ein Großvater heißt, weiß ich nicht. Er war der zweite Mann meiner verstorbenen Großmutter. Dennoch half er mir als wohlhabender Mann manchmal mit kleinen Summen, »für den Haushalt«, wie er schrieb, denn er wartete auf meine Heirat, um »von mir Zinsen zu bekommen«, wie er schrieb. Er hätte mir selbstverständlich keine Kopeke gegeben, wenn er gewußt hätte, daß ich in der Luft hing und das Geld nicht für einen Wäscheschrank oder einen Kühlschrank brauchte, sondern für Brot. Darum schrieb ich ihm, daß ich von meiner Arbeitsstelle eine Wohnung erhalten hätte und mir Möbel kaufen wolle. Als ich den Brief zugeklebt und abgeschickt hatte, war ich völlig beruhigt und fuhr ins Zentrum zum Ministerrat. Interessant, was für ein Gefühl mich plötzlich überkam, als ich zum Ministerrat unterwegs war. Es war eine wonnevolle Empfindung, eine Berührung mit der großen Macht, und sei es auch nur als Bittsteller, aber bei einem hochrangigen Mann, was meine Autorität erhöhte, und ich antwortete auf Fragen von Straßenbahnfahrgästen, ob ich an der jeweiligen Haltestelle aussteigen wolle, abgehackt und würdevoll.

VIERZEHNTES KAPITEL

Das riesige, vom Fundament bis zu den drei unteren Etagen von bizarr bearbeiteten Granitblöcken und weiter oben von Marmor mit Messingnägeln verkleidete Gebäude mit etlichen wuchtigen Türen aus poliertem Eichenholz, Messing und Glas, mit breiten Marmortreppen und zwei nadelspitzen Masten, an denen die Unions- und die Republikfahne wehten, der Ministerrat der Republik, wo Jewsej Jewsejewitsch saß, mein unbekannter Gönner, rief in mir Unruhe und Begeisterung hervor. Mag es jetzt auch dumm klingen, ich verhehle nicht, im Zeitalter (ja, im neuen Zeitalter, das Ende der fünfziger Jahre angebrochen war, ich habe mich nicht versprochen), im Zeitalter des gesetzmäßigen und in vielem fruchtbringenden Skeptizismus gegenüber den Machthabern, in jenen Jahren hatte ich noch nicht meine kindliche Begeisterung für die hohe Macht eingebüßt (ich unterstreiche, nicht für jede Macht, sondern für die hohe, die zwar schon von Witzen und Alltag angekratzt war, aber in der Nähe noch immer ein süßes Beben einflößte). Von diesem Beben ergriffen, stieg ich zwischen hinein- und hinausgehenden Besuchern irgendwie im Paradeschritt die Stufen hinauf, wie an einer Tribüne vorbei. Ich ging zur zentralen Tür, aber ein Hauptfeldwebel befahl mir, mit dem Paß zum dritten Eingang links zu gehen. Hier war die Tür kleiner, aber auch hier stand eine Wache in Gestalt eines älteren Sergeanten, der mich, nachdem er meinen Paß geprüft hatte, passieren ließ. Ich zog im marmornen Vestibül vor einem nickelgänzenden Kleiderständer den Mantel aus. Spiegel von vorzüglicher Qualität vergrößerten den Raum, und irgendwelche anderen Menschen, wie es sie jenseits dieser von bewaffneten Posten bewachten Türen nicht gab, irgendwelche Auserwählten glitten durch diesen Raum, und ich war unter ihnen. Ich fuhr nicht mit dem Aufzug in die dritte Etage, sondern stieg die mit einem Läufer bedeckte Treppe hinauf, trat an ein

Korridorfenster und schaute hinunter auf die Straßenbahnen und die umherwimmelnden Fußgänger. Ein eigenartiges Lächeln umspielte meine Lippen, vom Wohlgefühl her dem Lächeln verwandt, mit dem ich vom Steilufer des Flusses auf die nächtlichen Lichter blickte, aber weniger poetisch, mehr sarkastisch, voller Spott auf die da unten, und ich empfand plötzlich das wonnevolle Gefühl der Macht, das einzige, das so stark wie die Liebe ist, aber bedeutend materieller als diese, zugänglich nur Menschen mit einem gesunden, materiellen, nicht aber verzärtelten Bewußtsein. Natürlich kommen alle diese Gedanken einem nüchternen Menschen lächerlich vor. Der linke Block des Ministerrats, wo sich die Zimmer der gewöhnlichen Abteilungen etlicher Ministerien befanden, stand jedem offen, der einen Paß vorzeigte, aber man muß sich meine niedrige Stellung in der Gesellschaft vergegenwärtigen, aus deren Tiefe heraus sogar ein kleiner läppischer Anlaß, sogar ein Blick aus dem Korridorfenster, das allen Besuchern dieses Trakts des Ministerrats zugänglich ist, ausreicht, den Geschmack der hohen Macht zu empfinden, so wie aus tiefen Brunnenschächten am Tage die hohen Sterne zu sehen sind. In diesem Augenblick regte sich meine bespuckte und verlachte Idee erneut in meinem Herzen, aber diesmal unter einem neuen Gesichtswinkel und in konkreterer Gestalt. Eben das verlieh meinem Gespräch mit Saliwonenko eine unerwarteten Note. An dem Tag war keine Sprechstunde, und im Sekretariat stand eine lange Reihe einheitlicher leerer Stühle. Saliwonenkos Sekretärin war eine Frau in der Blüte ihrer Jahre, ein wenig jünger als Veronika Onissimowna. Das war die einzige, aus meinem gewohnten Alltag mitgebrachte Schwäche, die ich mir jetzt erlaubte – in der Sekretärin eine Frau zu sehen. Im übrigen ließ ich mich von den völlig neuen Gefühlen leiten, die mich in jenem Moment beherrschten, und befand mich wie im Halbschlaf. Später erklärte mir Michailow, von meinem Besuch in Kenntnis gesetzt, ich hätte mich wie ein Abenteurer benommen. Was für eine Lüge und Verleumdung! In dieser halben Stunde war ich nichts, wurde aber plötzlich alles, als ich die Begeisterung für die Schönheit der Macht (die Macht ist doch erstaunlich schön) erlebte. Ich blickte durch das Spiegelfenster des Ministerrats hinunter auf die Scheußlichkeit des Alltags, auf den tauenden Schnee, auf die geschäftigen Passanten, und da ich – infolge trauriger Umstände – nichts von den Lebensfreuden wußte, die diesem Alltag innewohnen, schmähte und verhöhnte ich ihn in meiner Seele so sehr, daß ich von der Höhe dieser seelischen Verachtung nicht mehr zum gewöhnlichen Leben hinabsteigen konnte... Meine spätere Machtliebe, von einem gewichtigeren und konkreteren Impuls angestoßen, entfaltete sich bedeutend stärker und ruinierte endgültig meine Nerven, es war so ähnlich wie mit meinen Träumen von schönen Frauen, derentwegen ich gewöhnliche Frauen nicht mehr anschauen konnte. Diese Machtliebe, Teil meiner Natur, aber von Armut und Rechtlosigkeit niedergehalten, gab sich, plötzlich günstigen Bedingungen ausgesetzt, nun zu erkennen, wenn auch nicht für lange, und zwar in der schicklichen Form persönlicher Selbstachtung.

Alle mittleren und unteren Behörden unterdrückten mich und machten aus mir eine feige Persönlichkeit, hier jedoch blühte ich auf und fühlte mich den übrigen Bewohnern dieser Macht aus Marmor und Granit gleichgestellt. Das zeugt ein übriges Mal davon, daß mein natürlicher Platz in den höheren Sphären des Lebens gewesen wäre, hätte es sich nicht so tragisch gestaltet und wäre ich nicht in früher Kindheit verwaist. Ich grüßte die Sekretärin förmlich und bat sie, mich bei Jewsej Jewsejewitsch anzumelden.

»Heute ist keine Sprechstunde«, sagte sie.

»Ich komme in einer Privatangelegenheit«, antwortete ich.

Ich war nicht besonders gekleidet, trug nicht mein gutes Kordsakko, sondern mein gestopftes Arbeitsjackett, denn ich hatte mich ja spontan zu diesem Besuch entschlossen. Daß die Sekretärin mich dennoch bei Jewsej Jewsejewitsch anmeldete, zeugte von der tiefen inneren Selbstachtung, die ich ausstrahlte und die sie daran hinderte, mich abzuwimmeln. Zum erstenmal im Leben betrat ich das Arbeitszimmer einer hohen Amtsperson. Hätten hier weniger verschiedenfarbige Telefone gestanden, wäre die Einrichtung ärmlicher gewesen, hätte ich einen schweren Büroschreibtisch mit zerkratzter Glasplatte, einen Panzerschrank mit abgeblätterter Farbe oder ein anderes Attribut der unteren Macht vorgefunden, so hätte mich das verwirrt. Doch das blitzblank polierte Zimmer, die eichenholzgetäfelten Wände, der Bücherschrank mit den vergoldeten Einbänden der Sowjetenzyklopädie und jene Ruhe, die mir das alles ins Bewußtsein brachte, bestätigten mir nur mein Recht auf Höheres, das mir das Schicksal ungerechterweise vorenthielt.

Saliwonenko war entweder noch nicht alt oder hatte sich gut gehalten, ein Mensch mit frischen, regelmäßigen Gesichtszügen und dunklen Augen, die übrigens nicht ganz von slawischem, sondern orientalischem Schnitt waren und leicht vorstanden. Sein Kopf, ohne die geringste Kahlstelle, war von dichtem, aber völlig weißem Haar bedeckt, was ihn anziehend machte, besonders für verträumte junge Mädchen. Im Sessel vor mir saß der personifizierte Erfolg, bedacht mit allen Gütern des Lebens, dennoch empfand ich, ein Benachteiligter, Sympathie für diesen Erfolgsmenschen, was ein übriges Mal von der Selbstachtung zeugte, die unter dem Einfluß höchster Macht in mir erwacht war.

Saliwonenko empfing mich höflich und neutral-fragend. Ich nahm in dem mir angebotenen Sessel Platz und überlegte einen Augenblick. Ich dachte, was für ein Glück es wäre, hier nicht mit Alltagsbitten und auf der Suche nach Beistand herzukommen, was ich beschämend fand, sondern als denkender Mensch zu einem anderen denkenden Menschen, zu einem interessanten Gesprächspartner, und ihm als erstem und einzigem das zu offenbaren, was sich in all den Jahren angesammelt hatte, das Erhabene in meiner Seele, das ich vor der Berührung mit dem gegenwärtigen niederen Leben bewahrt hatte. Doch es gab keinen Ausweg, die Umstände ließen mir keine Wahl, als um alltägliche Hilfe und Protektion zu bitten, zumal er mich schon seinerzeit protegiert hatte, wenn auch inkognito. Aber zumindest mußte ich meine Bitte dergestalt vortragen, daß zugleich meine Persönlichkeit ans Licht kam, und durfte nicht die Fehler meiner Beziehung zu Michailow wiederholen, das heißt, ich mußte beweisen, daß Saliwonenko seine Bemühungen nicht in eine Null – Zwibyschew (meinen Namen hatte ich noch nicht genannt) – investierte, sondern etwas für die Gesellschaft Interessantes rettete.

»Ich würde natürlich gern weit ausholen«, sagte ich. »In der Frage der Sittlichkeit vertritt Tschernyschewski die bei Helvetius entlehnte Position, daß Selbstlosigkeit eine Form von vernünftigem Egoismus ist.«

Ich hatte mir recht genau überlegt, wie ich von so einem Auftakt zum Wesen der Sache überleiten könnte, verhedderte mich aber und verlor den Faden, so daß ich immer mehr unangebrachte Sätze aneinanderreihte.

Saliwonenko hörte mir befremdet, doch auch interessiert zu, noch ohne zu begreifen, wohin eine solche Einleitung führen würde, und war einigermaßen verblüfft. Vor allem hatte ich Interesse geweckt und Gewöhnlichkeit vermieden. Und als die Sekretärin die Tür einen Spalt breit öffnete, bat Saliwonenko sie zu warten. In meinen Worten war natürlich Selbstbewunderung zu spüren, aber aus ihnen sprachen auch die langen Stunden, die ich aus eigenem Antrieb mit unsystematischen, aber beharrlichen Studien verbracht hatte, ein Teilhabenwollen – trotz des schutzlosen Alltags und der nagenden Hungergefühle – an dem, was im Prinzip den Luxus des menschlichen

Seins ausmacht und und was im Prinzip mit materiellem Überfluß einhergeht.

»Man muß nur einmal genauer die Taten oder Gefühle unter die Lupe nehmen«, las ich bereits vom Notizblock ab, den ich aus meiner Jackentasche gezogen hatte, »die als uneigennützig gelten, und wir werden sehen, daß ihnen der Gedanke an den eigenen persönlichen Nutzen zugrunde liegt... Lucretia erdolchte sich, nachdem Sextus Tarquinius sie entehrt hatte, sie handelte sehr berechnend...«

Natürlich trug ich nicht das Beste aus dem Wissensstrom vor, den ich im Lesesaal der Bibliothek aufs Geratewohl geschöpft hatte, doch Saliwonenko unterbrach mich kein einziges Mal und hörte mir aufmerksam zu. Als freilich nach einer Weile die Sekretärin erneut zaghaft die Tür öffnete, sagte er dieses Mal: »Kommen Sie herein!« Ich verstummte notgedrungen und wartete, bis Saliwonenko die von der Sekretärin gebrachten Papiere durchgelesen hatte. Diese Pause, wenn auch dienstlich bedingt, war eine stumme Geringschätzung, und ich begriff, daß Saliwonenko mich durchschaut und verstanden hatte, doch im Unterschied zu Michailow brauchte er dazu nicht zwei Monate, sondern zehn Minuten. Etwas erlosch in mir, mein erhabenes Gefühl schwand, und als die Sekretärin hinausgegangen war, nannte ich bereits ohne Mühe, mit leiser gewöhnlicher Stimme meinen Namen, bat um Hilfe und dankte für die frühere Hilfe. Ich hatte mit Löwengebrüll begonnen und schloß mit einem Mäusepiepser. Dennoch, warum verleumdete Saliwonenko mich daraufhin so gemein bei Michailow? Ich hatte ihm so viele Dummheiten gesagt und in der kurzen Zeit so viele Ungereimtheiten von mir gegeben, daß ihre wahrheitsgetreue Wiedergabe ausgereicht hätte, mich in einem lächerlichen und unwürdigen, vielleicht auch unehrenhaften Licht darzustellen. Hätte Saliwonenko mir nur halb soviel Dummheiten in die Hand gegeben, wie er von mir bekam, hätte ich mich vor Michailow rechtfertigen können, ohne zur Verleumdung zu greifen, und hätte nur die für Saliwonenko schmachvolle Wahrheit gesagt. Aber er benahm sich sehr anständig, schrieb mir sogar eigenhändig seine Telefonnummer auf und bat mich, in einer Woche anzurufen. Als ich ging, war ich zwar etwas entmutigt durch den Verlust meines Selbstvertrauens, hatte dafür aber Hoffnung. Er jedoch rief, wie ich später erfuhr, sofort Michailow an (wie hatte ich hoffen können, daß er ihn nicht anrufen, daß er mir helfen würde?) und teilte ihm mit, dessen Protegé sei von sich aus gekommen (wie sich herausstellte, gab es eine Abmachung, nur über Michailow zu agieren) und hätte versucht, sich als großen Spezialisten für die Herstellung von unzerbrechlichem Glas auszugeben. Als ich das von Michailow hörte, traten mir die Augen aus den Höhlen, ich wäre doch nie auf so etwas gekommen, wußte nicht einmal von der Existenz solcher Spezialisten. Selbst Michailow, bei dem ich jedes Vertrauen verloren hatte, bezweifelte die Richtigkeit von Saliwonenkos Anschuldigungen. Mir gegenüber äußerte er seine Zweifel zwar nicht, aber ich spürte sie, und Veronika Onissimowna sagte geradeheraus, daß Saliwonenko ein falsches Spiel treibe (er machte ihr den Hof, wie ich später erfuhr). Im großen und ganzen klärte sich alles auf, und Michailow hielt mich – zwar nicht direkt, aber im Innern – in dieser Frage für schuldlos. Jetzt beschäftigte mich an Saliwonenkos Verhalten vor allem die Psychologie. Offen gesagt, war meine Lage so schmachvoll, daß ich Saliwonenko auch verleumdete, weil ich am Ertrinken war, weil ich keinen Ausweg hatte... Ich war schwächer als Saliwonenko, darum verleumdete ich ihn, aber warum verleumdet ein Starker? Ja, Saliwonenko hatte mir seinerzeit beträchtlich geholfen, aber nicht genug damit, daß er mich jetzt fallenließ, was ich mit meinem albernen Benehmen und Gerede vielleicht selber verschuldet hatte, hetzte er auch noch Michailow gegen mich auf. Ich mußte darüber nachdenken, wie ich Saliwonenkos Anruf bei Michailow entschärfen konnte, denn wenn auch Michailow sich von mir, einem Menschen, der ihn in den drei Jahren sattsam enttäuscht hatte, endgültig abwandte, war mein Ende besiegelt, ich würde den Schlafplatz verlieren, das Dach über dem Kopf, wo sollte ich dann hin, wer würde mir helfen? Ich sagte Michailow, Saliwonenko wäre von Anfang an grob zu mir gewesen (was natürlich nicht stimmte) und hätte mir am Ende des Gesprächs Geld für eine Fahrkarte und sonstige Unkosten angeboten, damit ich die Stadt verließe und als Sohn eines Volksfeindes mit meiner Anwesenheit und meinen Bittgesuchen keinen Schatten auf ihn würfe. Das war eine faustdicke Verleumdung aus Verzweiflung. Michailow schien sie auch nicht recht zu glauben, aber ich sah, daß er zusammenzuckte und sich verfärbte, weil er darin eine Anspielung auf sich sah. Es war damals eine ungewisse Zeit. Manche wurden rehabilitiert, andere hingegen galten nach wie vor als Feinde, und einige der Freigelassenen wurden nicht wieder in die Partei aufgenommen. Darum nahm Michailow meine Version, die mir unverhofft in den Kopf gekommen war, zwiespältig auf, und so half mir einzig und allein diese Lüge, Michailows Protektion wenigstens teilweise zu behalten. Ich mußte unlautere Verteidigungsmittel anwenden, um nicht Anfang März ohne Obdach dazustehen, mit zwei schweren abgewetzten Koffern voller Klamotten. Und wieder beschäftigte mich die Frage: Was hatte Saliwonenko, einen Mann aus den oberen Kreisen, veranlaßt, meinetwegen seine Phantasie zu bemühen, sich die absurde Verleumdung über mein abenteuerliches Auftreten auszudenken und zu erzählen, ich hätte mich als Spezialist für unzerbrechliches Glas ausgegeben? Die Wahrheit, die pure Wahrheit hätte ihm doch auch so die Möglichkeit gegeben, Michailow verständlich zu machen, warum er nicht gewillt war, mir zu helfen... Übrigens entbrannte dieser ganze Wirbel von Beleidigungen und Vermutungen etwa zehn Tage nach meinem Besuch bei Saliwonenko. Bis dahin verlebte ich, kann man sagen, die ruhigste und angenehmste Woche in dieser Umbruchsperiode meines Lebens. Dennoch werde ich jetzt der Geschlossenheit halber wieder die Chronologie durchbrechen und an dieser Stelle über das Finale meiner Beziehungen zu Saliwonenko berichten, und zwar aus einer späteren, völlig neuen Periode, in der ich mit meinen Beleidigern, Unterdrückern und Feinden abrechnete.

Ich rief Saliwonenko an.

»Hier Zwibyschew«, sagte ich mit klingender, vor Haß vibrierender Stimme (ich hatte damals ständig diese klingende Stimme).

»Ich höre«, antwortete er ruhig und abwartend.

»Warum haben Sie mich verleumdet?« begann ich völlig klar und logisch, verlor dann aber die Nerven (ich war damals ständig an der Grenze eines Nervenanfalls) und schrie: »Verdammter Schweinehund!« Und das im Ministerium und zu einem Menschen, der mir, wenn auch ohne große Mühe, nur mit einem Telefonanruf, Arbeit veschafft hatte, freilich eine schlechte, die meine Gesundheit untergrub, mich aber eine Zeitlang ernährte. Unter solchen Voraussetzungen hätten viele an Saliwonenkos Stelle den Hörer hingeworfen, aber er zeigte Selbstbeherrschung.

»Ich erklär's Ihnen«, sagte er mit beneidenswertem samtweichen Bariton (dieser samtweiche Bariton erregte zweifellos die jungen Mädchen), »ich erklär's. Als Sie bei mir waren, begriff ich sehr schnell, daß ich es mit einem frechen, aber dummen Abenteurer zu tun hatte... Ich hielt es für meine Pflicht, Michail Danilowitsch, einen vertrauensseligen Menschen, über Ihr wahres Wesen in Kenntnis zu setzen, aber Sie haben so viel unverständlichen Blödsinn dahergeredet, daß ich beschloß, Ihre verwaschene Version wenigstens in eine verständliche Form zu bringen.«

»Ich habe mich also als einen Spezialisten für Glas ausgegeben?« schrie ich.

»Etwa in diese Richtung gingen Ihre Gedanken«,

sagte Saliwonenko, »aber die Armseligkeit Ihres Denkens hinderte Sie, es zu formulieren.«

Er machte sich über mich lustig.

»Stalinistischer Lump!« brüllte ich und zitterte am ganzen Leibe, als hätte ich Schüttelfrost. Es schüttelte mich derart, daß ich mich eine Weile trotz des Freizeichens nicht entschließen konnte, den Hörer loszulassen. Ich beschloß, Saliwonenko zu verprügeln, und trug ihn in meine Liste ein.

Ich eile zu weit voraus, will aber noch sagen, daß diese lächerliche Szene wie aus einer anderen Welt doch ein wenig verdeutlicht, was in der Gesellschaft und in den Hirnen vorging. Das Ende der fünfziger Jahre war dadurch gekennzeichnet, daß es in bestimmten Kreisen wirkliche revolutionäre Illusionen gab, aber keine revolutionäre Situation. Daher wurden nicht die gesellschaftlichen Grundpfeiler zerstört, sondern die Seelen, Hirne und persönlichen Beziehungen. Eine gewisse Anarchie und Unordnung durchdrangen für kurze Zeit die zwischenmenschlichen Beziehungen, die eiserne Autorität, die die Gesellschaft zusammengeschmiedet hatte, war verschwunden. So wurden wir Zeugen solcher erstaunlichen Metamorphosen wie in meiner Beziehung zu Saliwonenko. Der Starke, der in einer festen, klaren Gesellschaft protegieren oder vernichten konnte, war jetzt gezwungen, den Schwachen zu verleumden, und dem Schwachen war es erlaubt, zu schreien und die Fäuste zu schütteln, genauer, es war ihm nicht erlaubt, wurde aber hingenommen... Ein tiefer gesellschaftlicher Bruch geht gewöhnlich von unten aus, doch die unteren Schichten blieben monolithisch... Die Tragödie Hunderttausender, die zu Unrecht gelitten hatten, weckte nicht das Mitgefühl der Massen... Das, was im Laufe vieler Jahre geschehen war, entbehrte der einfachen und dem Volk verständlichen Größe des Leidens für die Wahrheit, für den Glauben, für die Liebe... Die Eigenart der jungen Stalinschen Despotie bestand darin, daß sie, entstanden aus dem gerechten Kampf des Volkes gegen ein Häuflein Unterdrücker, von der überwältigenden Mehrheit des Volkes getragen wurde und eben dadurch keinen inneren Massenfeind hatte, nichtsdestoweniger aber wie jede Despotie Massenopfer brauchte. Die Eigenart der Opfer wiederum bestand darin, daß die Gesellschaft sie in ihrer Mehrheit aus dem eigenen Leib ausschied, daß sie ausgeschlossen waren von dem allseits respektierten Leiden des Volkes fürs Vaterland und gezwungen wurden, für nichts und wieder nichts zu leiden, das heißt, ihrem Leiden haftete etwas Sinnloses und Unnützes an, was keinesfalls die Sympathien des Volkes wecken konnte. Vieles nicht so sehr Bittere wie Klägliche und Lächerliche begann in der Periode der Rehabilitierung, einer Periode, die dem Volk unverständlich war und es reizte... Wer direkt oder indirekt gelitten hatte, lebte ein besonderes, nervöses Leben, das nicht im Einklang mit den Massen stand. Was sich Ende der fünfziger Jahre ereignete und wie es sich ereignete, war nicht der Triumph der Gerechtigkeit, sondern vielmehr das letzte abschließende Stadium der stattgefundenen Tragödie.

Doch zurück zur chronologischen Wiedergabe der Ereignisse... Nach meinem direkten Zusammenstoß mit Sofja Iwanowna und Tetjana herrschte zwischen uns eine abwartende Gespanntheit. Ich glaubte naiv an die Möglichkeiten einer so hochgestellten Person wie Saliwonenko und unternahm, nichts Böses ahnend, keine weiteren Schritte, zumal der Plan mit Grigorenko mangels einer Bescheinigung mit Unterschrift und Stempel gescheitert war... Die Heimleiterin und Tetjana aber warteten, wie ich heute weiß, absichtlich ab, um nicht durch voreilige Aktionen meine Gegenaktionen zu provozieren und um nach Ablauf einer bestimmten Frist sofort die äußersten Maßnahmen ergreifen zu können. Ich weiß nicht, ob Sofja Iwanowna eine solche Position einnahm, doch Tetjana ganz bestimmt. Die Woche verging rasch wie ein Tag, denn ich verlebte sie gleichmäßig gut. Morgens nach dem Aufstehen (ich litt die ganze Woche nicht an Schlaflosigkeit) briet ich mir in Margarine Kartoffeln, die ich in einer Holzkiste aufbewahrte, von Zeit zu Zeit die Vorräte dieses schmackhaften, sättigenden und billigen Nahrungsmittels auffüllend. Dann ging ich zu Fuß zur Bibliothek und wandte für den Spaziergang eine Stunde und mehr auf. Ich mochte die Spaziergänge, ging gleichmäßigen und leichten Schrittes zuerst die steile gepflasterte Straße hinunter, dann nach der Kreuzung hinauf, am Zaun des Botanischen Gartens entlang. Inzwischen wurde es warm, noch lag Schnee, und von den Simsen hingen Eiszapfen, doch an sonnigen Tagen rieselten Bächlein, ich atmete tief die Frühlingsluft ein und schaute die entgegenkommenden Mädchen und Frauen mit so dreister Gier an, daß viele es bemerkten und die Einfältigeren von ihnen meinen Blick manchmal erwiderten, aber ich ging rasch vorbei und beschimpfte mich selbst. Ich muß auch sagen, daß mich an der Bibliothek nicht so sehr der konkrete Inhalt der Bücher anzog, die mich, ehrlich gesagt, langweilten, denn ich las gerade Tschernyschewski, Plato, Helvetius und andere, wie vielmehr die allgemeine Atmosphäre schöpferischer, bibliotheksmäßig gesitteter Geistigkeit, die mich nach meinem nichtigen, bettelarmen Leben im Wohnheim in etwas Höheres einzubeziehen schien. Mich mit dicken, ehrwürdigen Büchern umgebend, konnte ich stundenlang hier sitzen, besonders abends, beim weichen Licht der Tischlampe, und während ich so tat, als wäre ich in ein aufs Geratewohl aufgeschlagenes Buch vertieft, hing ich meinen Wachträumen nach. Die Gedanken flossen leicht, und nachdem ich zuweilen mehrere Stunden so gesessen hatte, stand ich seelisch und körperlich erholt auf wie nach einem guten Schlaf. Nur einmal, als ich sehr müde war, schlief ich wirklich ein, fiel mit dem Kopf auf den gerippten Fuß der Tischlampe und schlug mir die Stirn blutig... Danach ließ ich mich zwei Wochen nicht in der Bibliothek sehen.

Ich will nicht sagen, daß ich die Bibliothek wegen

der Frauen aufsuchte, das wäre unwahr, aber die Anwesenheit schöner Frauen, deren ich zweifellos würdig war, um die mich jedoch das gemein eingerichtete Leben brachte, war kein unwesentlicher Grund, der mich hierherzog. Da war zum Beispiel eine fabelhaft gewachsene Blondine, die mir schon lange aufgefallen war, und jedesmal, wenn ich in die Bibliothek kam, schaute ich mich um, ob sie da war. Einmal hatte ich Glück und erwischte einen Platz neben ihr. Ihr Mund war eine Spur zu groß, und wenn sie die Brille aufsetzte, um offenbar eine kleine Schrift zu entziffern, änderte sich ein wenig ihr Aussehen, aber von ihr ging ein so betörender Duft aus, und ihre die Seiten umblätternden Hände waren von solchem Weiß und solcher Vornehmheit, daß mir schwindlig wurde, und ich begriff, daß ich diese Frau für immer liebgewinnen und sie mein Schicksal werden könnte, wenn das verfluchte Leben nicht wäre... Da war auch ein mageres schwarzhaariges Mädchen ganz anderen Typs, immer zum Lachen aufgelegt, so daß die ernsthaften Leser und die Aufsicht sie häufig zurechtwiesen. Ihr Gesicht war von ebenmäßiger und harmonischer Form, hatte aber eine Stupsnase und einen kleinen Mund mit starker Oberlippe, und ich räumte ihr den zweiten Platz nach der Blondine ein. Eine Zeitlang kam auch ein kräftiges, sportlich wirkendes kurzhaariges Mädchen, das vielleicht den Platz gleich nach der Blondine hätte einnehmen können, doch sie blieb bald weg. Mir gefiel auch eine typische Ukrainerin mit einem Bärtchen über der Oberlippe, so um die Dreißig, aber natürlich hielten sie alle keinem Vergleich mit Nelja stand, dem schönen Mädchen, dessen Namen ich zufällig erfuhr. Nelja war selten in der eigentlichen Bibliothek, meist in einer Filiale, im Zeitungsarchiv, das am anderen Ende der Straße unterbracht war, in einem ehemaligen Kirchengebäude. Als ich anfing, das Zeitungsarchiv aufzusuchen, war es nicht wegen Nelja. Ich las gern alte Zeitungen. Hier verbrachte ich die Zeit damit, zu lesen und alle möglichen Fakten herauszuschreiben, die mir gefielen und weitaus sachlicher waren als in der Bibliothek. Übrigens war es in dem alten Kirchengebäude düster, hier fehlte auch jene helle, warme Atmosphäre bedürfnisloser Geistigkeit, die im Lesesaal herrschte und die angenehmen, die Seele beruhigenden Wachträume begünstigte. Wie sehr ich auch von der platonischen Liebe zu meinen Favoritinnen des Lesesaals gefesselt war, gingen meine Gedanken doch auch in eine andere Richtung, mal in eine eitle und mal in eine unbestimmte. Es kam auch vor, daß ich zum Schein zu lesen begann, aber plötzlich gefesselt war. Doch wenn Nelja im Zeitungsarchiv saß, dachte ich nicht mehr an mich und gehörte nur ihr. In den Beziehungen zu meinen anderen Favoritinnen überschritt ich, wenngleich meine Gefühle nach außen hin inaktiv waren, innerlich doch häufig die Grenzen des Platonischen... Die geistige Atmosphäre des Lesesaals verlieh dieser Leidenschaft einen besonderen Reiz, eine besondere mondäne Raffinesse, es waren Beziehungen zu geistig reichen Frauen, die bei meinem Leben in den unteren Gesellschaftsschichten für mich unerreichbar waren. Doch bei Nelja achtete ich nicht auf die Figur, weder auf ihre Brust noch auf ihre Lippen oder Knie. Nur einmal ließ ich mich zufällig hinreißen und bemerkte, daß ihre Körperformen außerordentlich weiblich waren. Die übrige Zeit sah ich nur das makellose Gesicht der Schönen, ihr kostbares Gesicht, als Gabe geschaffen auch für die, die sie nur ansahen. Es war das sehr weiße, nicht blasse, sondern leuchtend-weiße Gesicht einer großen Brünetten mit langen, aber leichten Wimpern, mit dichten schwarzen Brauen, unter denen dunkelblaue Augen lebten, ein Wunder der Natur, das die gute Hälfte dieser erstaunlichen Schönheit ausmachte. Neben der Schönen, die allein durch ihren Anblick, wie ich meinte, überall, wo sie erschien, Festlichkeit verbreitete, saß immer eine ältere schlaffe Blondine. Sicherlich arbeiteten sie zusammen in einer Behörde und kamen in derselben Angelegenheit hierher.

Ich sah bei ihnen Zeitungen der zwanziger und dreißiger Jahre, aus denen sie etwas auf feste Kärtchen schrieben. Diese Blondine also begann bei meinem Erscheinen jedesmal zu lachen, blickte in meine Richtung und flüsterte Nelja etwas zu. Ich errötete, wagte aber nicht einmal dieser schlaffen Blondine zu zürnen, weil sie in Neljas Nähe war, sondern dachte nur: Wie schön wäre es, wenn die Blondine mich verstehen und erkennen würde. Anfangs, als ich noch meine Idee hatte, meinen Traum, die Gewißheit, daß die Welt sich früher oder später um mich drehen würde, kam mir sogar der irre Gedanke, mich der Blondine zu offenbaren und ihr zu sagen, daß ich bereit sei, mein Leben und meine Seele ihrer wunderbaren Bekannten zu opfern. Bereit, nicht zu atmen, bereit, alle meine Möglichkeiten und seelischen Reichtümer, die schon bald, in allernächster Zeit, zutage treten und unerwartetes Aufsehen erregen würden, dieser Schönheit zu weihen, ohne etwas für mich zu wollen... Aber Schüchternheit und die Befürchtung, falsch verstanden zu werden, ließen mich von diesem Gespräch Abstand nehmen. Die Blondine lachte weiterhin, und eines Tages, als ich in einem Zeitungskatalog blätterte, kam die Schöne heran, zog ebenfalls einen Kasten des Katalogs heraus und sagte leise, aber mit einer so aufregenden Altstimme, daß ich in den ersten Bruchteilen einer Sekunde, nur der Musik dieser Stimme lauschend, nicht die Worte erfaßte.

»Hören Sie auf, mich anzustarren«, sagte die Schöne, »daß Sie sich nicht schämen, Sie stören mich bei der Arbeit... Sie sind mir widerlich... Verdammte Ratte...«

Ich bin sicher, das mit der Ratte fügte sie schon wütend hinzu, weil die Blondine immer noch lachte... Ich weiß, daß es Leute gibt, deren Gesicht dem einer Ratte gleicht. Ich kenne einige von der Sorte. Sie müssen gar keine lange Nase haben, wenn nur das Gesicht spitze, vorspringende Züge hat. Verstärkt wird diese Ähnlichkeit durch straff zurückgekämmtes Haar und erst recht durch einen kleinen bürstenartigen Schnurrbart. Ich kenne zum Beispiel einen Bauleiter, Gubin mit Namen, der ein richtiges Rattengesicht hat, was ich mehrfach mit heimlichem Lächeln vermerkte. Doch nichts dergleichen bei mir, ich habe ein rundes Gesicht, und wenn man schon einen zoologischen Vergleich heranziehen will, dann ähnelt es eher einem Uhu. Dennoch wirkte »verdammte Ratte« aus dem Mund einer Frau, die für mich wunderbarer und kostbarer war als alles sonst, so stark auf mich, daß Arme und Beine ganz von selbst erschlafften, nicht mehr meinem Willen gehorchten, sondern sich eigenständig und kraftlos bewegten. Angestrengt die Stirnmuskeln anspannend, damit sich die Augen nicht schlossen, denn dann wäre es womöglich zu einer schmählichen Ohnmacht gekommen, gab ich die zusammengehefteten Zeitungen ab und ging, wohl schwankend, davon.

Das hatte sich zu Winteranfang ereignet, im Dezember, und mein Zustand war entsetzlich, so entsetzlich, daß ich mich nicht mehr erinnere, was ich empfand und wie ich litt und ob ich meinerseits beleidigend wurde. Zum Glück – ich glaube nicht an Gott, halte das aber für ein unerklärbares Naturphänomen – zum Glück traf ich Nelja bald darauf zufällig, traf sie allein, im Zentrum, auf einem Boulevard. Nie zuvor hatte ich sie irgendwo auf der Straße getroffen. Wir kamen aufeinander zu, und zwischen uns entspann sich eine Beziehung, die sich im Maße der Näherkommens verstärkte, da bin ich sicher, und als wir einander ganz nahe waren, hob Nelja plötzlich die dunkelblauen Augen und berührte, weich und zart, mit ihrem Blick mein Gesicht. Und ging vorbei. Auch ich ging vorbei und wagte mich nicht umzudrehen. Die Stelle, die sie mit dem Blick berührt hatte, die Stelle auf der linken Wange brannte.

Ich ging wieder ins Zeitungsarchiv, nutzte jede Gelegenheit, lief häufig von entfernten Baustellen weg und schwänzte Plansitzungen. Die schlaffe Blondine lachte nach wie vor, aber ich ignorierte es und schaute meine Liebe an, und sie beleidigte mich nicht mehr, nachdem sie wohl gefühlt hatte, wie weh mir damals zumute gewesen war, und sich mit ihrem Blick auf dem Boulevard gleichsam für den mir zugefügten Schmerz entschuldigt hatte. Ich wußte, daß meine Liebe unerfüllt bleiben würde wegen des verfluchten Lebens, das mir meine Eltern nur geschenkt hatten, um mich dann in Not und Erniedrigung allein zu lassen. Vergehend vor Kummer und Hilflosigkeit, die jetzt, da ich das erste Echo des geliebten Herzens erhalten hatte, besonders schmerzten, flüchtete ich mich in höchst absurde, gefährliche Träume, wünschte zum Beispiel, daß Nelja unter ein Auto geriete und beide Beine verlöre, damit die vom Schicksal Verwöhnte, nun von keinem mehr gebraucht, für mich erreichbar würde. Übrigens erlangten die Anfälle der Liebe nicht immer solche Stärke, ließen manchmal nach oder verschwanden, wurden gleichsam zu einer angenehmen Erinnerung, um nach einiger Zeit wieder aufzulodern und Wirklichkeit zu werden, wenn ich meine Liebe zufällig im Zeitungsarchiv sah und die Möglichkeit hatte, sie anzuschauen. In letzter Zeit war Nelja immer seltener ins Zeitungsarchiv gekommen und dann ganz weggeblieben. Darum ging ich nicht mehr ins Zeitungsarchiv und verbrachte die ruhige Woche, die nach meinem Besuch bei Saliwonenko angebrochen war, durchweg im Lesesaal, zumal dort eine neue Leserin aufgetaucht war, die ich erst flüchtig gesehen hatte, da sie bei meinem Kommen gerade die Bücher abgab und ging. Doch sie verdiente höchste Aufmerksamkeit, vorausgesetzt, sie käme ständig, denn viele schöne Frauen erschienen ein-, zweimal und blieben wieder weg, so daß sich ein ernstes Interesse nicht entwickeln konnte.

FÜNFZEHNTES KAPITEL

Genau eine Woche nach meinem Besuch bei Saliwonenko, das heißt am Montag, begriff ich, als ich in der zehnten Stunde erwachte, daß es mit meiner Ruhe vorbei war. Eigentlich war die Ruhe sowieso äußerst relativ gewesen, denn ich hatte in dieser Woche unterschiedliche Aufregungen durchzustehen. Als ich anfing, mir in der Gemeinschaftsküche regelmäßig Kartoffeln zu braten, geriet ich, wie erwartet, in Konflikt mit den Frauen der Verheirateten, was ich überhaupt nicht gebrauchen konnte. Als unerfahrener Koch hinterließ ich Ruß und Dreck, den sie beseitigen mußten, außerdem okkupierte ich einen Herdplatz, also gingen sie sich über mich beschweren, das alles wurde bei den Ereignissen an besagtem Montag hochgespült. Obendrein erzählte mir Salamow von einer Benachrichtigung, die auf meinen Namen eingegangen war.

»Hast du sie denn nicht gesehen?« fragte er erstaunt. »Sie lag unten auf dem Nachttisch, bei der Post... Na, als du bei einem Mädchen übernachtet hast« (ich hatte damals bei Iliodor übernachtet), »eine Benachrichtigung vom Militärkommissariat...«

Das hat mir grade noch gefehlt, dachte ich beunruhigt. Wie unpassend...

»Doch nicht vom Militärkommissariat«, sagte Shukow, ohne mich anzusehen (manchmal sprachen wir wieder miteinander, und das war gut, denn es stärkte meine Position im Zimmer, zumal Shukow als erster das Gespräch gesucht hatte). »Von der Militärstaatsanwaltschaft.«

Ich bekam einen Schreck. Was hatte das zu bedeuten, was war das wieder für eine Teufelei? Vor zwei Jahren hatte ich mit einem Objekt zu tun – einem Übungsflugplatz der Militärschule... Die Planierung... Mit den Arbeiten war was schiefgelaufen, und man hatte unserem Betrieb den Auftrag entzogen... Siderski hatte die Leitung gehabt, vielleicht war irgendwas hochgekommen, und sie wollten es wieder mir anhängen, so wie mit dem verschmorten Eloktromotor... Nein, das lief nicht mehr... Aber in meiner Lage konnte bei einer Untersuchung etwas ganz anderes herauskommen, etwas Persönliches. Keine Manipulationen bei der Arbeit, die gab es nicht, aber Manipulationen in meinem persönlichen Leben...

Ich regte mich auf, geriet bei dieser verfluchten Vorstellung sogar etwas in Panik, und Shukow merkte es, wie sehr ich es auch zu verbergen trachtete.

»Laß doch«, sagte er zu mir, »wenn's was Ernstes wäre, hätten sie dich längst ausfindig gemacht, und sei's unter der Erde... Aber eine Woche ist seitdem vergangen, sogar mehr, der Brief ist verlorengegangen, also pfeif drauf...«

Ich dachte nach und stimmte ihm zu, doch eine gewisse Unruhe blieb. Außerdem packte mich in dieser Woche die Wut, als ich im Archiv (einmal war ich doch im Archiv, höchstens eine Stunde, in der Hoffnung, Nelja zu sehen), als ich im Archiv auf die antisemitische Fabel über die jüdische Ziege stieß, die Iliodor bei Arski vorgelesen hatte. Ich weiß nicht, warum mich das wütend und nervös machte. Es war Blödsinn. Vielleicht wollte ich im Grunde meines Herzens Iliodor rechtfertigen, weil wir gemeinsam eine Kränkung erfahren hatten, wollte ihn wenigstens für einen ehrlichen Burschen halten, aber er hatte auch in der Idee gelogen und die Fabel aus einer Zeitung der Schwarzhunderter von 1911 abgeschrieben. Ich hatte zufällig noch seine Adresse in meinem Notizbuch und schrieb ihm einen Brief, versuchte, ihn mit scharfen Repliken und Vergleichen in der Seele zu treffen, aber da ich selber in angeschlagener Verfassung war, fand ich keine schönen, bissigen Worte voller Sarkasmus, sondern beschimpfte ihn beinahe unflätig. Die unflätigen Beschimpfungen wollte ich, wieder zur Besinnung gekommen, durchstreichen, aber da hatte ich den Brief schon in den Kasten geworfen. Das war am Ende der Woche, als ich nach zahlreichen Anrufen und den gereizten Antworten der Sekretärin bereits begriffen hatte, daß Saliwonenko mir nicht helfen würde, dabei wußte ich noch gar nichts von seinem Anruf bei Michailow und von der Verleumdung. So ist es verständlich, daß ich in meinem aufgeregten Zustand Iliodor keinen Brief schreiben konnte, der seiner Widerlichkeit und meinen neunundzwanzig Jahren angemessen gewesen wäre, sondern nur etwas jugendlich Überhebliches zustandebrachte, gespickt mit unflätigen Grobheiten. Doch zum Teufel mit ihm, ich hatte jetzt an anderes zu denken, nachdem sich die Hoffnungen auf Saliwonenko zerschlagen hatten und ich ganz deutlich spürte, daß die Ereignisse die für mich katastrophalste Entwicklung nehmen konnten. Mit diesem Gefühl wachte ich auch an jenem Morgen auf, und es schärfte meine Sinne so sehr, daß ich schon am Rhythmus der Schritte im Korridor und an der unten zuschlagenden Tür sofort das Nahen einer Gefahr erkannte. Ich sprang mit einem Satz aus dem Bett und zog mich hastig an. Ich begriff, daß die Wohnheimverwaltung, während ich in meiner Dummheit auf Saliwonenko hoffte, die Verfügung vorbereitet hatte. Geduckt wie ein gejagtes Tier rannte ich durchs Zimmer, konfus, einsam und nicht gerüstet zum Kampf. Doch allmählich bekam ich mich wieder in die Gewalt, lauschte und erkannte an einigen Anzeichen, daß es sich nicht um die unmittelbare Ausweisung handelte, sondern um ein ihr vorausgehendes Stadium, das heißt, um die Wegnahme des Bettes. Das begriff ich, weil die Stimme des Abschnittsbevollmächtigten nicht zu hören war und auch nicht die des Hausmeisters, allem Anschein nach standen nur Sofja Iwanowna und Tetjana vor der Tür, sie riefen nach der Putzfrau Nadja oder Ljuba, um mein Bett in die Kammer zu tragen. Aber weder Nadja noch Ljuba meldeten sich. Wie sich später herausstellte, hatten sich beide versteckt, um nicht daran beteiligt zu sein. Ljuba war immer gut zu mir gewesen, und mit Nadja war etwas vorgegangen seit jenem Zusammenstoß, der eigentlich der Anlaß für die rasche Entwicklung der Ereignisse war. Nachdem sie sich in dem lauten Skandal ausgetobt hatte, war sie still geworden und sah mich, wenn wir uns begegneten, seltsam und auf neue Weise an. Wohl sogar mit Wärme, die mir jetzt unangenehm war, besonders wegen ihres hysterischen Benehmens und meines verstärkten Widerwillens gegen ihren Jungen, der meine Lebensmittel angelutscht hatte.

Ich begriff, daß Sofja Iwanowna gegen zehn gekommen war, in der Hoffnung, ich sei nicht da, denn sie wollte mein Bett unauffällig und ohne Krach entfernen und mich vor die vollendete Tatsache stellen. Meine Lage war fast hoffnungslos, aber in Minuten höchster Gefahr verwandelt sich der Mensch, entwickelt ein Maximum an Findigkeit. Und so beschloß ich, meine Verteidigung auf Sofja Iwanownas Fehlkalkulation aufzubauen. Ich riß die Tür auf und stand vor meinen Verfolgern, was sie einigermaßen verwirrte. Tetjana faßte sich freilich gleich wieder und zeterte:

»Deine schönen Tage sind zu Ende! Räum den Platz für einen arbeitenden Menschen!«

Gewandt schlüpfte sie an mir vorbei, zog mit einer Hand an meiner Zudecke und packte mit der anderen das Kissen. Sie wußte, daß sie die Matratze nicht auf Anhieb fortbekam, und wollte mir wenigstens erst einmal das Kissen, die Decke und das Laken wegnehmen, um das übrige später zu holen. Sie handelte zielstrebig und geschickt, stolperte aber über einen Stuhl, und hier bekam ich sie zu fassen und hielt mit der Rechten die Decke fest. Tetjana beugte sich vor und warf das Kissen Sofja Iwanowna zu, doch der Wurf war zu kurz, und das Kissen fiel zu Boden. Diese Szene trug – meinerseits aus Notwendigkeit, von Tetjanas Seite aber auf Grund ihres gemeinen Wesens – einen Gossencharakter und war sichtlich nicht nach Sofja Iwanownas Geschmack.

»Lassen Sie das, Tatjana Iwanowna«, sagte sie. »Er wird sich auch so fügen müssen, wir kommen mit der Miliz wieder.« Sie bückte sich, das Gesicht verziehend, hob das Kissen auf und legte es auf das ihr nächste (Salamows) Bett.

Doch Tetjana gab sich nicht zufrieden, sie zerrte an der Decke, die mit den Laken verknäult war, und versuchte, mich mit dem Ellbogen gegen die Brust zu stoßen. Ich hatte die schwere Aufgabe, Tetjana von meinem Bett abzudrängen, ohne ihr einen Schlag zuzufügen, auf den sie, mir dreist das Gesicht hinhaltend, wohl hoffte, um ein Protokoll aufsetzen zu können. Zum Glück holte mein Freund Grigorenko, der alles mitangesehen und die Situation begriffen hatte, Juri Korsch aus dem Kulturraum. Der Erzieher des Wohnheims verfügte über keinerlei Möglichkeiten und administrative Rechte, aber er konnte die Ereignisse etwas neutralisieren und verzögern, was er auch tat. Er faßte Sofja Iwanowna unter und führte sie weg, wobei er leise auf sie einsprach. Grigorenko, der Schlosser Mitka und Adam, der bei diesem konkreten Skandal auf meiner Seite stand, obwohl er beim letzten Skandal gegen mich gewesen war, also, sie alle nahmen den Streit mit den Verheirateten auf, die herbeigeeilt waren, um Tetjana zu helfen, weil ich sie mit meiner Schlampigkeit in der Küche verärgert hatte

»Da haben wir's, Sofja Iwanowna«, schrie Tetjana, »ich hab's ja gesagt, wir hätten den Hausmeister holen sollen... Wo stecken bloß Nadja und Ljuba?«

»Lauf zu Margulis«, flüsterte mir Grigorenko zu, »ich bewache das Bett.«

Ich lief gleich ohne Mantel los, obwohl es wieder gefroren hatte. Margulis empfing mich gereizt und unfreundlich.

»Sofja Iwanowna und Schowkun« (Tetjanas Familienname) »führen meine Anordnung aus, Sie haben in diesem Jahr nicht mal eine Arbeitsbescheinigung abgegeben... Und wir haben keinen Platz für die angeworbenen Arbeiter... Warum dringen Sie hier mit irgendwelchen Forderungen ein? Was für ein Recht haben Sie dazu?«

»Entschuldigen Sie«, sagte ich, »ich fordere ja nicht,

ich bitte... Ich stehe ganz allein da und werde auf der Straße landen, versetzen Sie sich in meine Lage...«

Ich sprach zum erstenmal mit Margulis und stellte fest, daß er zwar ein trockener Büromensch war, aber bei persönlichem Kontakt zur Gefühlsduselei neigte, daß er es zwar fertigbrachte, das Papier über die Ausweisung zu unterschreiben, bei der persönlichen Konfrontation mit mir aber außerstande war, mich einfach rauszusetzen.

»Sie können sich nicht über mich beklagen«, sagte Margulis schon weniger gereizt. »Ich habe in den drei Jahren getan, was ich konnte, jetzt kann ich nicht mehr... Ich möchte auch ruhig schlafen. Soll ich Ihnen die Beschwerde zeigen, die über Sie ans Bezirksparteikomitee geschrieben wurde? Geben Sie die Bescheinigung ab, und ich verspreche Ihnen eine Woche, na, zwei; richten Sie es auch Michailow aus, mehr kann ich nicht tun. In diesem Jahr werden die Plätze direkt von unserer Verwaltung vergeben, Kalinin-Platz drei... Er soll es über Gorbatsch versuchen...«

»Wer ist das?«

»Michailow kennt ihn.«

»Dann haben Sie vielen Dank.«

Ich sagte das, von aufrichtiger Dankbarkeit erfüllt, mit so honigsüßer Stimme, daß es mir selber peinlich war, ganz zu schweigen von Margulis, Parteimitglied seit dem Jahre neunzehn, Invalide des Bürgerkrieges und des Vaterländischen Krieges, ehemals in der Republik stellvertretender Volkskommissar für Industrie (was ich alles erst später erfuhr).

Ich ging hinaus. Im Wohnheim herrschte wieder Stille. Mein Bett war gemacht, Vitka Grigorenko saß darauf und wartete auf mich. Ich setzte mich neben ihn.

»Was machen wir nun?« fragte er. »Du bist ein totaler Blödmann, wo ist die Bescheinigung?«

Nach der seelischen Sammlung und meinem erfolgreichen Auftreten bei Margulis, den ich zu ein-zwei Wochen Nachsicht hatte erweichen können, empfand ich plötzlich mit Genuß die Ausweglosigkeit, anders kann ich es nicht sagen, eine seelische Müdigkeit, denn eine Woche war in meiner Lage zwar kein geringer Zeitraum, doch darüber hinaus gab es keine Perspektiven, und der Aufschub bot nur die Möglichkeit, sich allmählich an diesen Gedanken zu gewöhnen. Um nicht viel Worte für Erklärungen zu verschwenden und um mit meinen Kräften hauszuhalten, nahm ich aus dem Nachttisch mein Arbeitsbuch und legte es vor Grigorenko hin.

»Entlassen«, sagte ich.

Das Arbeitsbuch beachtete er nicht, dafür interessierte ihn ein Blatt Papier, das herausgefallen war. Es war die Arbeitsbescheinigung, die Irina Nikolajewna getippt, Mukalo aber nicht unterschrieben und die ich zusammen mit dem Durchschlag der Lohnabrechnung in das Arbeitsbuch gelegt hatte.

»Geh und kauf Eier«, sagte Grigorenko plötzlich.

»Was hast du vor?« fragte ich und widersetzte mich der Aktivität. Ich wollte jetzt nur eins – so auf dem Bett sitzen, die Arme baumeln lassen und meine Einstellung des Kampfes genießen.

»Mach schon, verlier keine Zeit, der Laden schließt über Mittag«, sagte Grigorenko. »Steh schon auf.« Er zerrte mich hoch. »Komm dann gleich zu mir in die sechsundzwanzig. Ich bereite inzwischen alles vor. Kauf drei Eier, nicht weniger, für alle Fälle.«

Nie zuvor in den drei Jahren hatte der Kampf während der frühjährlichen Ausweisungen eine solche Spannung und Erbitterung auf beiden Seiten erreicht. Der wohldurchdachte Plan war durchkreuzt, meine Versuche, persönliche Kontakte zu vermeiden, waren gescheitert, etliche Nebenfaktoren hatten die Sache erschwert, und ich fühlte, daß sowohl von meiner wie auch von der Gegenseite mehr und mehr neue Personen in die Sache einbezogen wurden. Das war für mich ungünstig, denn damit erhielt der Streit etwas Prinzipielles, und die allgemeinen Regeln ließen sich immer schwerer umgehen. Natürlich war das Empfinden der Ausweglosigkeit nur ein vorübergehender Zustand, eine Folge von Panik, in die ich leider manchmal verfiel, weniger auf Grund ernster, sondern vielmehr unverhoffter Gefahren. So wie es mir zum Beispiel mit der Benachrichtigung von der Militärstaatsanwaltschaft erging. Übrigens kein sehr gelungenes Beispiel, denn sie beunruhigte mich noch immer, wenn auch nicht mehr so wie am Anfang. Ich habe die glückliche, in meinem unbeständigen Leben erworbene Eigenschaft, einen Schreck rasch zu neutralisieren, vor allem mittels der Selbstberuhigung. Schon auf dem Weg zum Laden hatte ich mich fast völlig beruhigt.

Sie haben außer acht gelassen, wandte ich mich in Gedanken mit höflichem Hohn an meine Feinde, daß mein Haupttrumpf, Michailow, der mir im Grunde jedes Jahr geholfen hat, noch nicht ins Spiel gekommen ist... Er wird an die zehn Minuten mit mir reden, mich demütigen, dann wird er helfen, anrufen, wo's nötig ist... Aber vielleicht geht es auch ohne ihn, vielleicht entschließe ich mich, Nina Moissejewna anzurufen... Und heirate... Ach, das wär ein Glück, wenn's eine schöne wär... Oder Grigorenko hat sich was ausgedacht, ich hab's an seinem Gesicht gesehen...

Ein derartiges Durcheinander von Gedanken würde einen anderen vielleicht in seelische Verwirrung gestürzt haben, aber einen innerlich zerrissenen Menschen wie mich beruhigte eine solche Unbestimmtheit und Vielschichtigkeit...

Als ich mit den Eiern zurückkam, hatte Grigorenko schon alle Vorbereitungen für sein Vorhaben getroffen. Er öffnete mir erst, als ich mich meldete, und schloß die Tür gleich wieder ab. Auf dem Tisch lagen irgendwelche Papiere, sie weichten in einem Teller mit warmem Wasser, von dem Dampf aufstieg. Violette Bürotinte und ein kleiner Emailletopf waren bereitgestellt.

»Wir versuchen, dir eine Bescheinigung auszustellen«, sagte Grigorenko und zwinkerte mir zu.

»Gefährlich«, sagte ich, denn ich erriet, was er vorhatte.

»Wir müssen es riskieren«, sagte Grigorenko. »Wenn's klappt, gehen wir zu Onkel Petja... Wenn Onkel Petja das erst mal in die Hand nimmt, macht er's besser als alle Hauptverwaltungen und Trusts... Dann kannst du hier wohnen, solange du willst, und keiner rührt dich an, keine Heimleiterin, kein Milizionär, nicht mal Chrustschow persönlich, diese Armgeige... Hauptsache, die Eier kochen nicht zu lange, da muß man auch Schwein haben. Manchmal verdirbt man ein Dutzend, versaut die Formulare, und es kommt nichts dabei heraus... Ich wollte mir mal eine Beurteilung machen, für eine neue Arbeitsstelle, das ist mir total danebengegangen... Das Ei saugt mit der Haut den Stempel auf... Weißt du, zwischen der Schale und dem Eiweiß ist eine Haut...«

Vitka hatte zweifellos einen Hang zum Abenteurer, war jedoch glücklicherweise frei von Eitelkeit und Leidenschaften, die ihn in solcher Verbindung zu einer gefährlichen Persönlichkeit gemacht hätten. Außerdem war er gutherzig, und gutherzig und unpraktisch sind bekanntlich miteinander verwandt. So war er ein unpraktischer Abenteurer, das heißt, seine Abenteuer waren entweder unbedeutend (wenn auch mitunter strafbar, wie in diesem Fall) oder aber völlig absurd und unrealisierbar, denn zur Realisierung eines ausgefallenen, ernsten Abenteuers war weniger Verstand vonnöten, vielleicht überhaupt kein Verstand, sondern ein grausames Herz, das tiefen Groll gegen das Leben hegte. Vitka jedoch liebte das Leben, er lebte leicht, ohne Verbissenheit, darum waren seine Abenteuer nicht besonders gefährlich, sondern erinnerten an alte Witze, die gerade wegen ihres mangelnden Scharfsinns komisch sind. So hörte er beispielsweise eines Tages in der Apotheke, wie eine ältere Frau, Eigentümerin eines Hauses mit Grundstück, der Verkäuferin ihr Leid klagte: Ihr Mann sei gestorben, und da sie keine Kinder habe, wisse sie nicht, wem sie das Haus nach ihrem Tod hinterlassen solle. Die Frau hieß ebenfalls Grigorenko. Vitka schmiedete eine Zeitlang Pläne, von denen ich ihn nur dadurch abbrachte, daß ich ihm einredete, ich wäre in die Apotheke gegangen und hätte von der Verkäuferin erfahren, daß sich bei jener Frau ein Vetter eingefunden hätte. Vitka besaß noch eine Eigenschaft, die seinem Abenteurertum zuwiderlief – er war bis zur Naivität vertrauensselig.

»Da hast du's«, sagte er mit einer gewissen Wehmut, »ein andrer Grigorenko hat statt meiner die Gelegenheit beim Schopfe gepackt. Er ist genauso wenig ihr Vetter, wie ich ihr Onkel bin.«

Jetzt zauberte Vitka lange über dem Emailletopf, schüttete mal Salz, mal sogar Soda ins Wasser... Endlich waren die Eier fertig, und es kam der entscheidende Moment. Vitka schreckte die Eier auf besondere Weise ab, indem er sie in feuchtes Papier wickelte. Doch als er das erste Ei schälte, riß das Häutchen. Zwar versuchte er, mit den Resten der Haut den Stempelabdruck abzunehmen (ich hatte ihm ein paar alte Dokumente mit den Stempeln meiner früheren Verwaltung gebracht), er versuchte also, mit den Resten der Haut den Stempelabdruck abzunehmen, übertrug ihn aber gar nicht erst auf das Formular der Bescheinigung. Das zweite Ei platzte, als er es an den Enden zusammendrückte, um ihm statt der elliptischen eine mehr runde Form zu geben, die dem Stempel entsprach. Das dritte Ei endlich nahm den Stempelabdruck ab, Vitka hob die linke Hand, als wolle er mich damit auffordern, den Atem anzuhalten, und trug das Ei vorsichtig und bedächtig, mit besorgt konzentriertem Gesicht zu dem Formular. Behutsam senkte er das Ei auf das Papier, etwas unterhalb des Textes, der bestätigte, daß ich tatsächlich da und da arbeitete und die Bescheinigung zur Vorlage im Wohnheim ausgestellt worden sei... Nach einem leichten Druck hob er langsam die Hand. Ein deutlicher, klarer Stempelabdruck lag auf dem festen kreideweißen Papier und verlieh ihm sogleich ein verantwortliches und seriöses Aussehen. Vitka legte das Ei beiseite, lachte freudig und klatschte vor Vergnügen in die Hände.

»Aller guten Dinge sind drei«, rief er. »Mit dem dritten Ei hat's geklappt, du hast Glück, Goscha. Weißt du, was ich für Schiß hatte? Denkst du, ich versteh mich darauf? Ein Kumpel hat's mir beigebracht, der ist ein Könner, aber ich hab's nur einmal richtig hingekriegt... Jetzt zum zweitenmal... Alle deine Bekannten, alle diese Natschalniks, haben dich hängen lassen, aber in mir hat's gebohrt, wie ich dir helfen kann... Diese Hündinnen, hast du die heute gesehen? Die werfen dich glatt auf die Straße, ohne dir ein gutes Wort mit auf den Weg zu geben.«

Vitka freute sich aufrichtig und selbstlos. Als Belohnung bekam er nur die drei von den Stempeln beschmierten Eier, die er aufaß.

»Keine Bange«, sagte er. »Wir gehen zu Onkel Petja, er erledigt das... Jetzt kannst du leben, Arbeit kriegst du, wo du willst. Vielleicht holst du mich dann als Verwaltungsleiter nach.« Er zwinkerte mir zu.

Trotz des »Verwaltungsleiters« spielten persönliche Interessen bei Vitka jetzt eine Nebenrolle, waren vielleicht gar nicht ernst gemeint. Er freute sich so, als wäre ich sein leiblicher Bruder. Zum erstenmal in den vielen hektischen Tagen des unsauberen Kampfes um die Existenz, in dem kein Platz für Selbstlosigkeit war, sondern nur für Berechnung, persönlichen Erfolg oder persönliche Verzweiflung, des Kampfes um die Existenz, den ich seit langem führte, fast mein ganzes Leben, ohne mir ein gutes, selbstloses Verhältnis zu einem Menschen vorstellen zu können – zum erstenmal war das alles plötzlich vergessen, und dieser unpraktische Abenteurer rief mit seiner Anteilnahme und seiner Freude für mich Menschlichkeit und Mildherzigkeit in mir wach. Ich wußte, daß mich diese Gefühle in meiner Lage zugrunde richten konnten, aber ich begriff auch, daß ich seit langem nach ihnen dürstete.

Hätte diese beglückenden und edlen Gefühle nicht der grobe und ungebildete Kranführer Grigorenko in mir geweckt, sondern irgendwer aus der Gesellschaft, zu der es mich seit langem zog, zum Beispiel Arski, und hätte er sie mir mit klugen Vergleichen erklärt, so hätte ich wohl unter dem Einfluß dieses Moments vieles in meinem Leben revidieren und anders entscheiden können. Und wäre dieser Mensch gar eine schöne Frau gewesen, zum Beispiel Nelja aus dem Zeitungsarchiv, hätte Nelja mir diese guten Gefühle eingegeben, so hätte ich mich in diesen Minuten, die wie eine momentane Erleuchtung waren, vielleicht seelisch von Grund auf verändert, nachdem ich meinen Tränen an der Brust der Liebsten freien Lauf gelassen hätte. Doch Grigorenko eignete sich dafür nicht, auch wäre er infolge seiner mangelnden Bildung höchst verwundert gewesen über solche Ergüsse. Vielleicht hätte er mich sogar ausgelacht, mich schlechter behandelt, etwas Ungutes geargwöhnt, wie es immer geschieht, wenn der Mensch auf etwas Unbegreifliches und Unerwartetes stößt. Nachdem ich also einige Minuten mit angenehmer Wärme im Herzen verbracht hatte, kam ich gleichsam zu mir, klopfte Vitka auf die Schulter und rief:

»Prima hingekriegt, du Hundesohn, du hast einen halben Liter bei mir gut.«

Wir freuten uns auch noch eine Weile, wie gut Vitka Mukalos Unterschrift mit violetter Tinte nachgemacht hatte.

»Auf Unterschriften versteh ich mich«, sagte Vitka und lachte leise. »Das ist einfach. Ganz was andres als mit Eiern Stempel übertragen. Goscha, sieh bloß zu, daß du eine gute Stelle findest, denkst du, ich seh nicht, wie du dich hier quälst?« fügte er plötzlich in völlig anderem Ton hinzu, der mich sogar ein wenig erschreckte, denn Vitka über eine bestimmte Grenze hinaus in meine Seele Einblick zu geben, war ich trotz allem nicht gewillt.

Ich fuhr zur Sparkasse. Ich hatte mein Geld in einem anderen Stadtbezirk, und obwohl ich schon seit Jahren nichts abgehoben hatte, paßte ich auf, ob mir jemand folgte. Die Heimbewohner lebten vom Abschlag bis zum Lohn und versuchten mich häufig anzupumpen, denn sie wußten, daß ich nicht trank, also Geld haben mußte. »Er hat schon das Geld für einen Moskwitsch beisammen«, sagten sie ohne Bosheit. »Jetzt spart er für einen Wolga.« Einmal hatte sich der Schlosser Tkatschuk aus Zimmer 18, ein scheinbar anständiger, höflicher Bursche, bei mir eine größere Summe geborgt, die meinem Wochenbudget entsprach, und war weggefahren, ohne mir das Geld zurückzugeben (er hatte sich für den Norden anwerben lassen). Ich kompensierte den Verlust einigermaßen damit, daß ich eine Woche lang keine Butter aß, nur am Montag und Sonnabend Wurst kaufte und mittags nur einen Borstsch oder eine andere Suppe aß, kein Hauptgericht und kein Kompott. Dennoch verlieh ich seit diesem Vorfall kein Geld mehr, verdarb mir mit manchen sogar die guten Beziehungen. Freilich wandte ich auch hier einen Trick an, indem ich vor den Tagen, an denen es Abschlag oder Lohn gab, durch die Zimmer ging und mir selber etwas borgen wollte. Manchmal bekam ich auch etwas. Dieses Geld legte ich beiseite, behielt es zum Schein ein paar Tage und gab es dann unangerührt zurück. Schulden kann sich ein Mensch in einer gesicherten Lage leisten, für mich aber waren sie gefährlich, sie brachten mich aus einem bestimmten Finanzrhythmus und verleiteten zum Einkauf von überflüssigen Dingen: Pralinen zum Tee statt Bonbons, oder Kuchen, ein teures Lebensmittel, das durch weitaus billigere Kringel oder Brötchen ersetzt werden konnte, die außerdem besser schmeckten, natürlich nur wenn sie frisch und nach Möglichkeit mit Konfitüre bestrichen waren, nicht dick, nur für den Geschmack. Hielt man den Kringel oder das Brötchen, bestrichen mit Konfitüre, am besten Pflaumenkonfitüre, etwas in den Dampf des Teekessels, so wurden sie locker und schmeckten aromatisch, besser als jeder Kuchen. Das war mein Lieblingsessen.

Es gibt den Hunger zusammen mit dem Volk. Ich kenne ihn, denn ich habe ihn erlebt. Das ist eine Kohlrübe, ein Stückchen nasses Brot mit Kleie, eine Wassersuppe mit einem, zwei Löffeln Mehl... Aber es gibt auch den Hunger ohne das Volk, den Hunger des Ausgestoßenen, der aus diesen oder jenen Gründen in eine solche Lage geraten ist. Bei diesem Hunger verwendet der Ausgestoßene in begrenzter Form vollwertige Nahrungsmittel: vorzüglich gebackenes Brot, vernünftig in Portionen aufgeteilt, manchmal etwas Butter, billige Bonbons, billige Wurst und so weiter... Der Hunger mit dem Volk ist heilig, er wird geachtet und von Dichtern besungen. Der Hunger des Ausgestoßenen ist verdächtig und stellt eine Herausforderung an die Gesellschaft dar. Der Ausgestoßene muß im Gegensatz zu einem Menschen in einer Periode des allgemeinen Hungers ein Maximum an persönlicher Vorsicht, Umsicht und Gewitztheit walten lassen, um zu überleben. Außerstande, sein Stück Brot mit einem anderen zu teilen, ist er zugleich bestrebt, vom Brot des anderen zu essen. Die vorzügliche Qualität der mühsam zu beschaffenden Lebensmittel, mit denen der Ausgestoßene seinen Hunger stillt, macht diesen Hunger nicht nur in den Augen anderer, sondern auch in seinen eigenen schmählich und zwingt ihn, diesen Hunger zu verbergen wie ein Laster. Darum war es mir unangenehm, als Vitka Grigorenko plötzlich von meinen Qualen sprach.

Als ich das Geld abgehoben hatte, das Onkel Petja für meine Unterbringung im Wohnheim bekommen sollte, kehrte ich, bemüht, nicht an mein Sparkassenbuch zu denken, wo mein Guthaben auf ein bedrohliches Minimum geschrumpft war, ins Wohnheim zurück und ging um neun zu der vereinbarten Stelle in der Nähe des Heizungskellers. Es war noch immer scheußliches Märzwetter: Wenn es morgens fror, regnete es abends. Trotz des Regens mußte Vitka schon eine ganze Weile auf mich gewartet haben, denn sein Mantel war völlig durchnäßt.

»Hast du's dabei?« fragte er mich flüsternd.

Wir bogen um die Ecke und stiegen die von Kohlestaub schmutzigen Stufen zum Heizungskeller hinab. Vitka stieß eine Tür auf, und wir betraten einen Vorraum, in dem eine trübe Lampe brannte.

»Gib her«, sagte er flüsternd.

Ich hielt ihm das Päckchen Geld hin. Er zog einen festen Umschlag hervor, keinen Briefumschlag, sondern so einen, wie ihn Kassiererinnen für größere Summen verwenden, zum Beispiel für eine Prämie für drei Monate oder für eine große Abfindung.

»So«, sagte Vitka. »Alles in Butter.«

Doch ich sah plötzlich, daß er aufgeregt war.

»Aber daß du dich klug verhältst«, sagte er. »Onkel Petja ist ein guter Mensch, aber er hat Charakter. Na los.«

Er öffnete die nächste Tür, und wir gelangten in den Heizungskeller. Die Luft hier war schwer, überall fauchten Öfen, und es war ein solcher Nebel, daß mir die Augen tränten. An einem Brettertisch, über dem verstaubte Tabellen angepinnt waren, saß ein Mann in einer Wattejacke, die von Kohlestaub glänzte, mit kohlschwarzem Gesicht, hielt in der einen Hand ein in Papier gewickeltes Stück Speck, in der anderen ein in Papier gewickeltes Stück Brot, um die Lebensmittel nicht mit den kohlschwarzen Händen anfassen zu müssen, und aß, wobei er ab und zu das Brot auf die Zeitung legte und aus einem Blechbecher Tee trank.

»Guten Appetit, Onkel Petja«, sagte Vitka, »wir stören wohl.«

»Macht nichts, kommt rein«, sagte der Heizer freundlich lächelnd.

»Also, Onkel Petja, das ist der Mann, von dem ich Ihnen erzählt habe«, sagte Vitka.

Der Heizer lächelte mir freundlich zu und reichte mir seine kohlschwarze Hand.

»Setzt euch, Jungs«, sagte er. »Vitja, da in der Ecke sind zwei saubere Hocker.«

Wir setzten uns.

»Also, Onkel Petja, folgendermaßen«, sagte Vitka, »die Bescheinigung hat er... Gib sie ihm.«

Ich hielt dem Heizer nicht ohne Bedenken die gezinkte Bescheinigung hin. Er nahm sie mit der Zeitung, um sie nicht schmutzig zu machen, las sie durch und nickte befriedigt. Ich weiß nicht, wie es Vitka ging, aber mir fiel ein Stein vom Herzen. Sogleich legte Vitka wie selbstverständlich den festen Umschlag mit meinem Geld neben das nicht aufgegessene Stück Speck.

»So«, sagte Onkel Petja. »Laßt mich nachdenken, Jungs.«

Während er nachdachte, betrachtete ich aus Langeweile, genauer, um die Aufregung zu mildern, die sauberen Eisenrohre ringsum und die von Kohlenstaub bedeckten Manometer mit den zitternden Zeigern. Plötzlich fühlte ich mich beobachtet und drehte mich instinktiv um. Onkel Petja musterte mich eingehend und nachdenklich. Dann wandte er den Blick ab und saß noch eine Weile schweigend.

»Wißt ihr, Jungs, aus der Sache wird nichts«, sagte er schließlich.

»Warum nicht?« Vitka sprang von seinem Platz auf. »Sie haben's doch versprochen, Onkel Petja. Für Slawka haben Sie's gemacht.«

»Das ist was anderes«, sagte Onkel Petja. »Ich würd's gerne tun, der Junge gefällt mir, ein guter Junge, der Hilfe braucht, aber es hängt nicht nur von mir ab... Vitja, es geht nicht, glaub mir.«

»Goscha, reg dich nicht auf«, sagte Vitka zu mir, aber irgendwie hektisch und verwirrt. »Wir werden Onkel Petja schon überreden.« Er trat zu mir und flüsterte: »Geh mal einen Moment raus.«

Ich ging in den Vorraum, wartete dort vielleicht zwei Minuten und ging weiter, stieg die Stufen hinauf und verließ das Kesselhaus. Im Gegensatz zu Vitka wußte ich genau, daß Onkel Petja nicht gescherzt hatte und daß der Plan gescheitert war. Ich hatte es sofort begriffen, als ich Onkel Petjas prüfenden Blick auf mir fühlte... Was für Listen ich auch anwandte, das Schicksal stieß mich wieder unvermeidlich zu meinem alten Gönner Michailow. Ich wußte, daß ich gleich morgen zu ihm gehen würde, was es mein Ehrgefühl auch kosten mochte, ich würde alles im Namen der Rettung ertragen, die von keinem außer ihm kommen konnte.

Vitka kam aus dem Heizungskeller herauf und gab mir schweigend den Umschlag mit meinem Geld zurück. Es hatte aufgehört zu regnen, am Himmel waren da und dort Sterne zu sehen, überhaupt war es heller geworden, weil das Mondlicht durch die Wolken drang, und ich sah in diesem Licht eine solche Verzagtheit in Vitkas sonst immer verwegenem Gesicht, daß es sogar Anzeichen von Geistigkeit und Intelligenz bekommen hatte und kaum wiederzuerkennen war.

»Es hat nicht geklappt, Goscha«, sagte er traurig, mit einem Seufzer.

»Macht nichts«, tröstete ich ihn. »Ich hab noch einen alten Trumpf, ich wollte ihn nicht ausspielen, unwichtig, warum, aber morgen ruf ich dort an und fahr hin... Alles wird gut.«

Onkel Petja war kein skrupelloser Gauner, sonst hätte er das Geld nicht zurückgegeben, sondern hätte uns was vorgemacht. Aber seine ungesetzlichen Wege streiften rechtmäßige, gesetzliche Wege, daher konnte er trotz persönlicher Wünsche nicht das tun, was den Vorschriften zuwiderlief, in seiner sozialen Stellung konnte er es sich nicht leisten, die Vorschriften zu verletzen, wie es sich Michailow leistete. Ich brauchte also wieder Michailow, bei dem ich mich seit April vergangenen Jahres nicht gemeldet, mich nicht einmal nach seiner Gesundheit erkundigt hatte, der labilen Gesundheit eines Herzkranken und Asthmatikers. Unterdessen war er erkrankt. Als ich am nächsten Tag gleich morgens zum Trust fuhr, saß in seinem Zimmer, in seinem Sessel, Veronika Onissimowna. Sie trug ein

Seidensamtkleid von dunklem Kirschrot und hatte die Lippen kirschrot geschminkt.

»Ich grüße Sie«, sagte sie sogar erfreut (wenn wir uns lange nicht sahen, siezte sie mich. Wenn ich aber öfter herkommen mußte, gewöhnte sie sich allmählich wieder an mich und ging zum Du über. Ich hingegen blieb beim Sie). »Sie waren lange nicht da, ich dachte schon, Sie hätten geheiratet«, sagte sie mit funkelnden Augen.

Ich hatte die letzte Nacht schlecht geschlafen, denn ich setzte große Hoffnungen in diesen Besuch, und war aufgeregt hier eingetreten, gefaßt auf Michailows vernichtenden und verächtlichen Blick. Aber als mich jetzt nicht Michailow empfing, sondern Veronika Onissimowna, überkam mich eine ausgelasssene Stimmung, und die Unruhe schwand. Das war eine Absurdität des Augenblicks, denn ich wollte ja zu Michailow und brauchte ihn.

»Tja, ich war hier in der Nähe, da wollt ich mal kurz hereinschauen«, sagte ich und warf Veronika Onissimowna einen raschen Antwortblick zu.

Sie hatte die dunklen Ringe unter den Augen gepudert und mit Creme abgedeckt. Aber vergebens. Die Müdigkeit eines einstmals schönen Gesichts verleiht einer Frau einen pikanten Reiz und zieht unverbrauchte junge Männer weitaus mehr an, als das die straffen, elastischen Lärvchen junger Mädchen vermögen. Ich schüttelte sogleich den Kopf, als wollte ich die in meiner jetzigen Lage abstrusen Gedanken vertreiben.

»Wie geht es Ihnen, ärgert man Sie?« fragte Veronika Onissimowna, die eigenartige Pause überbrückkend.

»Ein bißchen schon«, sagte ich. »Die Hundesöhne...«

»Aber Michail Danilowitsch ist krank«, sagte sie.

»Was hat er?« rief ich ehrlich besorgt, doch vor allem um mein eigenes Schicksal.

»Das Herz«, sagte Veronika Onissimowna und

fügte, meinen Ausruf nicht ganz richtig deutend, rasch hinzu: »Jetzt ist er außer Gefahr... Fast gesund... So in drei Tagen erwarten wir ihn wieder hier, ich war gestern bei ihm.«

Drei Tage, dachte ich fieberhaft, drei Tage, das ist viel. Ich fahre zu ihm. Natürlich ist das entsetzlich und taktlos, aber sonst lande ich womöglich auf der Straße... Telefonisch geht das schlecht...

Wahrscheinlich hatten diese besorgten Gedanken mein Gesicht und meine Haltung stark verändert, denn Veronika Onissimowna blickte mich jetzt ohne Funkeln in den Augen an, dafür mit gönnerhafter Anteilnahme, und ging fast unvermittelt zum Du über.

»Komm Anfang nächster Woche«, sagte sie. »Da ist Michail Danilowitsch wieder hier. Aber warum hast du dich ein ganzes Jahr nicht blicken lassen? Du hättest ja wenigstens mal vorbeischauen und dich nach Michail Danilowitschs Gesundheit erkundigen können.«

Das war ein Tadel, aber der Tadel eines Menschen, der an meinem Schicksal Anteil nahm, in meinem eigenen Interesse. Der Tadel einer Beschützerin, keiner nervösen, impulsiven Frau.

»Reg dich nicht auf«, fügte sie hinzu, »ich bereite ihn darauf vor, ich rede mit ihm... Am Montag oder besser am Dienstag«, sagte sie, als ich schon zur Tür ging.

Ich nickte und dachte bei mir: Wie auch immer, ich fahre auf der Stelle zu ihm, am Dienstag kann ich schon die Unterkunft verloren haben.

Michailow wohnte in einem der besten Stadtbezirke, nicht weit vom Gebäude des Ministerrats der Republik. Ich war dreimal bei ihm gewesen, aber vor langem, im ersten Jahr meines Aufenthalts in der Stadt. Vor seinem Haus waren ein umzäunter Vorgarten und ein Spielplatz für die hübschen, nett angezogenen Kinderchen der Bewohner dieses reichen Hauses. Es war ein sonniger Frühlingsmorgen. Der Frühling setzte sich wohl endlich durch. Der Himmel war wolkenlos blau, überall taute, tropfte, rieselte und knisterte es stürmisch, so daß meine Wintersachen schwer und heiß wurden, die aufgequollenen Schuhe dagegen kalt und die halbwollenen Wintersocken unangenehm feucht.

Ich klingelte an der wachstuchbeschlagenen reichen Tür und wartete mit aufgeregt klopfendem Herzen. Mir öffnete Michailows Gattin Anastassija Andrejewna, eine Frau mit männlich behaarten Wangen und dichtem Haarwuchs an Beinen und Armen. Mir war diese Frau unangenehm, sie hatte vor drei Jahren, noch dazu in meiner Gegenwart, Michailow vorgehalten, daß er zuviel Kraft für mich aufwandte, während ich ihm gegenüber eine selbstsüchtige Konsumentenhaltung hätte. Vielleicht stimmte das jetzt, aber damals nicht. Da hegte ich aufrichtige Dankbarkeit für ihn, und es war nicht meine Schuld, daß unsere Beziehungen einen unaufrichtigen Charakter annahmen. Meine Konsumentenhaltung ihm gegenüber erwuchs aus seiner demütigenden Haltung mir gegenüber. Aber ich war von solchen Leuten abhängig, und das einzige, womit ich es dieser Frau jetzt heimzahlen konnte, war ihre männliche Gesichtsbehaarung, über die ich im stillen höhnte. Anastassija Andrejewna musterte mich und sagte recht unverfroren und grob, sogar für unsere Beziehungen:

»Wo kommst du denn her? Ich dachte, du hättest die Stadt längst verlassen... Oder hast du gar nicht die Absicht?«

»Nein«, sagte ich und trat in der Diele verlegen von einem Bein aufs andere.

»Kätzchen«, erklang Michailows schwache Stimme, »wer ist da gekommen, der Arzt?«

»Nein, nicht der Arzt«, sagte Anastassija Andrejewna, »es ist dein Schützling... Goscha ist gekommen.«

Ich war fest entschlossen, alles hinzunehmen, denn wenn ich ausfallend wurde, verlor ich die letzte Chance, ich konnte auf niemanden sonst mehr hoffen.

»Zieh die Schuhe aus«, sagte Anastassija Andrejewna zu mir und schob mir mit dem Fuß Hausschuhe hin.

Ich zog erst den Mantel aus, in der Hoffnung, daß Anastassija Andrejewna fortging. Meine Socken, die ich den ganzen Winter über getragen hatte, waren an vielen Stellen mit weißem und schwarzem Garn gestopft, und an einigen Stellen, zum Beispiel an den Zehen, hatten sie einfach Löcher, so daß es mir peinlich war, in Anastassija Andrejewnas Gegenwart die Schuhe auszuziehen. Aber sie ging nicht weg, und ich mußte mir unter ihrem zornigen Blick die Schuhe ausziehen.

Im Speisezimmer stand ein großes Porträt eines fünfzehnjährigen Mädchens, geschmückt mit frischen Blumen, den ersten Frühlingsblumen, die sicherlich sehr viel gekostet hatten. Es war das Bild von Michailows einziger Tochter, die zweiundvierzig von einem Auto überfahren worden war. Weitere Kinder hatte Michailow nicht, und so hatte er seinen Neffen großgezogen, der wie ich seit langem verwaist war. Der Neffe war in meinem Alter. Er hatte das Institut abgeschlossen und arbeitete seit etwa fünf Jahren in einem Flugzeugwerk. Jetzt saß dieser Neffe im Speisezimmer, hatte den Hemdkragen geöffnet und die Krawatte gelockert und hielt eine wissenschaftliche Zeitschrift in den Händen. Er nickte mir höflich zu und ging mit der Zeitschrift in sein Zimmer (Michailow hatte drei Zimmer. In einem wohnte der noch ledige Neffe).

Michailow lag im Schlafzimmer halb sitzend auf einer Liege, umgeben von Kissen. Auf dem kleinen Tisch vor ihm waren ein halb ausgetrunkenes Glas Milch, zwei nachlässig angebrochene Tafeln Schokolade, ein Fläschchen Arznei und ein Band Tschechow. Seit unserer letzten Begegnung (an dem Tag, als er mich offen und öffentlich demütigte), hatte er sichtlich abgenommen, und sein Gesicht war bleich.

»Wie geht es Ihnen?« sagte ich, mich auf die Stuhlkante setzend, und empfand in dem Moment aufrichtige Sorge und Anteilnahme.

»Schlecht«, sagte er und machte eine wegwerfende Handbewegung, »aber du, was hast du bloß angestellt, warum bist du zu Saliwonenko gegangen?«

Ich wußte noch nicht, worauf Michailow hinauswollte, und ahnte nichts von Saliwonenkos Verleumdung (der Grund, warum ich diesmal besonders grob empfangen wurde, auch von Anastassija Andrejewna), ich wußte es noch nicht, parierte aber erst einmal schlagfertig.

»Ich wollte Sie nicht behelligen«, sagte ich.

»Mischa«, sagte, ja, rief seine Frau gereizt von der Tür her, »wenn er schon mal da ist, dann sag ihm alles, vielleicht hat er noch einen Funken Gewissen.«

Nun erfuhr ich von Saliwonenkos Verleumdung.

»Warum bist du ins Ministerium gegangen und hast dich als Spezialist für unzerbrechliches Glas ausgegeben?« sagte Michailow, ebenso gereizt wie seine Frau.

Ich bekam eine Art Schock, der Atem blieb mir weg, und ich glaube, meine Augen füllten sich mit Tränen. Meine Reaktion war so natürlich, so spontan und heftig, daß Michailow und auch seine Frau zumindest nachdenklich wurden, wenn sie mir schon nicht glaubten.

»Na schön«, sagte Michailow, »lassen wir das, was hast du auf dem Herzen, haben sie dich entlassen?«

»Ja«, sagte ich, »aber das ist nicht schlimm...«

»Wieso nicht schlimm?« fragte Anastassija Andrejewna. »Und wovon willst du leben?« (Vielleicht will er Geld, schwang in diesem Ausruf mit.)

»Ich finde was, vielleicht studiere ich, ich brauche vor allem einen Schlafplatz... Ein Nachtlager...«

»Wer ist Junakowski?« fragte Michailow plötzlich.

»Ich weiß nicht«, antwortete ich erstaunt.

»Und warum ruft er Saliwonenko zu Hause an und versucht mit ihm irgendwelche unlauteren Geschäfte zu machen, wobei er dich benutzt... Er verspricht, dich unterzubringen, wenn Saliwonenko im Gegenzug etwas für ihn tut...«

»Junizki!« rief ich.

»Ja, genau, Junizki«, rief Michailow, »also stimmt das?«

»Nein«, sagte ich hastig und vergaß meinen aufrichtigen Zorn über Saliwonenkos Verleumdung, der mich darin bestärkt hatte, im Recht und unschuldig zu sein (das kam erst später wieder hoch). Meine Seele verwässerte wieder und verlor die Sicherheit, die mir das Bewußtsein des offenkundigen Unrechts mir gegenüber verliehen hatte.

»Nein«, sagte ich und versuchte, mich in der neuen Gesprächswendung zurechtzufinden und zu begreifen, woran ich selber schuld war und was man mir anhängte, »sie wußten, daß Saliwonenko mir vor drei Jahren geholfen hat, in der Verwaltung unterzukommen... Ich hab das nicht gewußt... Sie dachten, er wäre ein mir nahestehender Mensch, und wollten das ausnutzen... Aber...« Ich sprang vom Stuhl auf, »jetzt begreif ich, das erklär ich Ihnen... Die in der Leitung sind sich nicht grün, Brazlawski und Junizki sind gegen Mukalo, Mukalo hat mir auch geraten, bei Saliwonenko gut über ihn zu reden...«

»Hör auf zu schreien«, sagte Anastassija Andrejewna ärgerlich, »Michail Danilowitsch ist nicht gesund.«

»Mich interessiert dieser ganze Blödsinn nicht«, sagte Michailow.

»Nein«, beharrte ich, »ich will's erklären, sonst verdächtigen Sie mich... Dieser Junizki ist ein widerlicher Typ...«

»Und du?« fragte Michailow. »Wofür hältst du dich?«

»Ich weiß nicht«, sagte ich kleinlaut und setzte mich, »ich bin in die Irre gegangen... Vielleicht, wenn ich eine Unterkunft hätte, einen Schlafplatz, dann könnte ich mich umschauen, etwas beschließen... Natürlich lebe ich in vielem nicht so, wie ich müßte...«

Ich beschloß, Reue zu zeigen, um dem Gespräch die Schärfe zu nehmen, die sonstwohin führen konnte. Es gab zwei Wege: Reue zeigen oder Mitleid erwecken, zum Beispiel die Hände vors Gesicht schlagen und stumm dasitzen. Ich zog es in Erwägung, verwarf es aber gleich wieder. Ich muß dazu sagen, daß all diese Gedanken zwar zynisch aussehen, doch in Wirklichkeit hatte meine tragische Lage den Zynismus ausgelöscht. Genauer, ein gewisser, unwillkürlicher Zynismus lag nur im Entschluß, nicht in der Ausführung. Und wenn ich beschlossen hätte, die Hände vors Gesicht zu schlagen und Mitleid zu erwecken, so hätte ich dabei wirklich Kummer und bittere Hoffnungslosigkeit empfunden. Aber ich beschloß, Reue zu zeigen, und machte das nicht verlogen, sondern aufrichtig und ehrlich wie bei der Beichte.

»Na gut«, sagte Michailow, »ich werde anrufen. Das mit dem Schlafplatz versuchen wir wieder in Ordnung zu bringen.«

»Aber zum letztenmal«, fügte Anastassija Andrejewna hinzu, »in deinem Alter so ein selbstsüchtiger Konsument zu sein, du bist doch aus den Kinderschuhen längst herausgewachsen, ist doch peinlich...«

Der Neffe kam mit der Zeitschrift herein.

»Entschuldige, Onkel«, sagte er zu Michailow, »ich dachte, du wärst schon fertig.«

»Was gibt's?« wandte sich Michailow in einem ganz anderen Ton und mit einem ganz anderen Gesicht ihm zu.

Der Neffe stellte ihm eine mir unverständliche wissenschaftliche oder philosophische Frage, und sie versenkten sich in ein anderes Leben, zu dem ich keinen Zutritt hatte. Ich verabschiedete mich und ging hinaus, nahm meine armseligen materiellen Interessen mit.

Je mehr sich ein Mensch seines realen Platzes in der Gesellschaft bewußt ist, desto leichter fällt ihm das Leben. Noch vor einem Jahr hatten Michailows Worte, die ich jetzt gar nicht mehr ernstnahm, eine nervliche Erschütterung in mir bewirkt. Jetzt aber ging ich gutgelaunt von Michailow weg, trotz der Verleumdung Saliwonenkos und der harten Worte, die ich von Michailow und seiner Frau zu hören bekommen hatte. Vor allem war ich mit mir zufrieden, weil ich mich beherrscht hatte und nicht ausfallend gegen Michailow geworden war. Die Fähigkeit, Kränkungen hinunterzuschlucken, war für mich jetzt dasselbe, was für den Tiger die Zähne und für den Hasen die Beine sind... Aber dieser Weg versprach Erfolg, das heißt, gab mir die Möglichkeit, zu überleben und dabei mein menschliches Antlitz zu bewahren, nur so lange, wie meine Stellung in der Gesellschaft materiell und geistig gering und nichtig blieb. Bei der kleinsten Abweichung von dieser Bedingung, bei der kleinsten Erhöhung meiner Person drohte dieser Weg meine Seele zu zerbrechen, Grausamkeit und bittere Rache in sie zu senken und die Überreste von Menschlichkeit und Güte zu vernichten, die noch nicht vernichtet waren durch meinen ständigen Bedarf an Eigennutz und Vorteil, an dem, was das Wesentliche in meiner Beziehung zu den Menschen war.

SECHZEHTES KAPITEL

Die Sklaverei sei in einem höheren Sinn die einzige und letzte Bedingung, unter der der willensschwächere Mensch gedeiht – diese Worte habe ich mir einmal in der Bibliothek aus Nietzsche herausgeschrieben (genauer, aus einer Broschüre, in der seine Weltsicht und auch diese These kritisiert und analysiert wurden). Seinerzeit schrieb ich sie nur ihrer Schönheit wegen auf, als ein Wortspiel, doch später, als die Ereignisse eine so jähe Wendung nahmen und sich alles dermaßen änderte, daß ich manchmal dachte – bin ich das, in dieser Periode kamen mir Nietzsches Worte zufällig unter die Augen und versetzten mich in Nachdenken, was freilich zu keinen exakten Schlußfolgerungen führte. Mein Charakter ist mit dieser Formulierung Nietzsches nicht wirklich erfaßt, ich kann mich nicht für einen Menschen mit schwachem Willen halten, aber es kommt ja vor, daß einzelne Details gegensätzlich sind, die Situation insgesamt aber zumindest symmetrisch ist, auch wenn es keine volle Übereinstimmung gibt. Da ich keine festen Rechte hatte und das alles obendrein auf Grund meiner Erziehung und der in der Gesellschaft vorherrschenden Ansichten für eine normale Erscheinung hielt, hatte mein ständiger Bedarf an Gönnern mich einem Leben angepaßt, in dem der Mensch Unterkunft, Arbeitslohn und letztendlich auch die Heimat nicht von Geburt an und durch das Gesetz bekommt, sondern durch jemandes Güte und Mildherzigkeit. Meine Jugend verlief nach dem Sieg meines Landes über den Faschismus in einer Atmosphäre des patriotischen Aufschwungs, der allmählich auch auf andere Bereiche des gesellschaftlichen Lebens übergriff, auf Wissenschaft und Kultur, wo überall der Stolz auf die eigene Überlegenheit und Priorität zu spüren war. Ich machte da keine Ausnahme, übertraf vielleicht viele mit meinem Patriotismus und wußte doch schon als Schulkind im Grunde meines Herzens, daß ich das Glück, Patriot zu sein, um den Preis des Verrats erkauft hatte, und das hob mich, den Ausgestoßenen, aus dem Kreis meiner Altersgefährten heraus, für die Patriotismus genauso selbstverständlich war wie die Luft zum Atmen. So lernte ich schon in der Kindheit das schätzen, was andere natürlich und gelassen empfingen, und mein Bedarf an gütigen oder gutmütigen Gönnern wurde für mich zum ständigen Bedürfnis. Darum dachte ich als Erwachsener, wenn ich über Erfolg und Gedeihen nachdachte, vor allem an gute, einflußreiche und gütige Gönner. Leider war mir das Leben nicht sehr gnädig, und die Gönner, die ich aussuchte oder die mich aussuchten, waren nicht so ideal, obwohl sie mir in gewissen Grenzen Gutes taten, das natürlich äußerst unbeständig und vielfach unbedeutend war und mir nur eine Atempause verschaffte und gestattete, in Erwartung neuer Mißerfolge und Verluste etwas Kraft zu sammeln. Wäre ich aber den Gönnern begegnet, von denen ich träumte, so hätte sich mein Leben, seit früher Kindheit an einen solchen Rhythmus und eine solche Existenzform angepaßt, glücklich und sorglos gestaltet. Im Leben rechtloser Ausgestoßener, rechtloser Stände oder gar rechtloser Völker dominiert also das weibliche Element und der weibliche Begriff vom Glück... Übrigens, als ich das Zitat von Nietzsche herausschrieb, hatte ich ein Stück, das mir unwesentlich schien, weggelassen und vergessen. Erst kürzlich fand ich diese Stelle wieder und las: »... die einzige und letzte Bedingung ist, unter der der willensschwächere Mensch, zumal das Weib, gedeiht...« Das ist gesetzmäßig. Ein Mensch, ein Stand und ein Volk erarbeiten sich mit der Zeit nicht einfach nur psychologische, sondern sozusagen körperlich-psychologische Gesetze und Vorstellungen vom Glück, das heißt, es erfolgt eine bestimmte Anpassung nicht nur der Psychologie, sondern auch der Physiologie... Wenn das alles plötzlich explodiert, und sei es aus den edelsten Gründen: Revolution, Emanzipation oder Rehabilitierung, erfolgt ein tragischer Bruch, der etwas Mystisches hat, so als ob eine Frau, die zwar unglücklich ist, aber ihr weibliches Glück anstrebt, eines Tages erwacht und sich physiologisch beinahe als Mann fühlt. Anfangs kann solch eine Umwandlung zwar Stolz und Freude hervorrufen, aber allmählich empfindet sie (oder nun er) eine nicht existenzielle, sondern schon pathologische Tragik – das frühere weibliche Glück ist unmöglich und das jetzige männliche gefährlich und unnütz. Das Beispiel mit der Frau habe ich zur Anschaulichkeit angeführt, und wenn ich die Ereignisse tragisch nannte, so nicht, um ihre historische Gesetzmäßigkeit, Progressivität und Gerechtigkeit in Zweifel zu ziehen, sondern um jene traurigen und unbedachten Handlungen, die geschahen, genauer zu charakterisieren.

Seit ich meine letzte zuverlässige Reserve – Michailow – in den Kampf um den Schlafplatz einbezogen hatte, waren mehr als anderthalb Monate vergangen. Es begann die von mir lange erwartete und geliebte Periode der Stagnation nach der frühjährlichen Ausweisung. In diesem Jahr war sie besonders angenehm, da ich nun, von der Arbeit entlassen, die Möglichkeit hatte, so zu leben, wie ich wollte, und das nicht für die Bestechung Onkel Petjas ausgegebene Geld erlaubte mir, mich umzusehen und mein weiteres Schicksal zu bedenken... Die Maifeiertage waren vorüber. Es war schon so heiß, daß man nur im Hemd gehen konnte. Manchmal war es keine Mai-, sondern eine richtige Augusthitze. An solchen Tagen ging ich mit Vitka Grigorenko und Saschka Rachutin in die nahegelegene Schlucht, zu den Seen, in denen einst ein Vorort-Sowchos Fische gezüchtet hatte. Darum hießen diese Seen auch Fischseen. Ich liebte Sonne und Sand über alles, schämte mich aber meines knochigen, unterernährten, unmännlichen Körpers, legte mich deshalb abseits und betrachtete voller Gier die badenden Mädchen, die in ihren Badeanzügen fast alle erstaunlich schön waren, so daß ich in erster Linie nicht Wollust empfand, sondern vielmehr Entzücken und Freude, und von jenem Glück träumte, das ich genossen hätte, wenn ich Nelja oder wenigstens die Blondine aus dem Lesesaal der Bibliothek hier gesehen hätte. Hatte ich mich satt geschaut, so senkte ich den Kopf, aalte mich in wohliger Faulheit und berührte mit den Lippen den warmen Sand. Die berauschenden Gerüche und Geräusche meines dreißigsten Sommers, an denen ich mich allein berauschte, gierig, ohne mit jemandem zu teilen, waren meine Belohnung, die ich mir selber schenkte, und mein Feiertag. Aber bald traten kurz hintereinander zwei Ereignisse ein, die, wie ich jetzt weiß, Vorboten nahenden Unheils waren. Zwar hatten sie mit dem Unheil nicht unmittelbar zu tun, schufen aber ein gewisses psychologisches Empfinden nahender Mißlichkeiten. Das erste war der Antwortbrief vom Großvater. Ich erinnere daran, daß es nicht mein leiblicher Großvater war, daß er mir dennoch hin und wieder mit einer kleinen Summe aushalf, denn er war ein wohlhabender Mann und Hausbesitzer. Darum hatte ich eine derart grobe Antwort auf meine Bitte, mir etwas Geld zu leihen, nicht erwartet...« »Es war mir peinlich, deinen Brief zu lesen«, schrieb der Großvater, »du bist ein gesunder Bulle, der einem alten Mann helfen müßte, statt dessen bettelst du ihn an wie ein Schmarotzer, damit du dein ausschweifendes Leben führen kannst... Gute Menschen haben mir die Wahrheit über dich mitgeteilt, und dein ganzer Schwindel ist aufgeflogen. Du schreibst, daß du Geld für Möbel brauchst, aber wo willst du sie hinstellen, wenn du mit dreißig weder Haus noch Hof hast und wie ein Tier in den Tag hineinlebst und immer darauf wartest, daß dir jemand einen fetten Brocken hinwirft, denn Schamgefühl hast du längst nicht mehr. Ich bin ein alter Mann, neunundsiebzig Jahre, aber ich habe Schamgefühl und hoffe, daß ich, so Gott will, mit dem Schamgefühl vor mir selber und vor den Menschen sterben werde.« Im weiteren bestand der Brief aus wenig verständlichen Bruchstücken und Anspielungen, die davon zeugten, daß der Großvater in höchster Erregung geschrieben hatte, und die mir nicht ganz klar wurden und vielleicht auch gar nicht direkt mit mir zu tun hatten. Zum Beispiel stand da folgender Satz: »In meiner Jugend mußte ich dem Stationsgendarmen die Stiefel lecken, um die Möglichkeit zu erhalten, mit meinen Händen mein Brot zu verdienen...« Dann kamen völlig unerwartete Sätze, die darauf hindeuteten, daß sich das Bewußtsein des Alten allmählich verwirrte: »Matwej« (das ist mein Vater) »war nicht mein leiblicher Sohn, doch als er unter die Studenten ging, habe ich ihm geholfen, obwohl Sina strikt dagegen war« (wer Sina ist, weiß ich nicht), »denn ich habe gesehen, daß aus ihm ein Mensch wird, auch wenn er schlecht gehandelt und meinen Namen verleugnet hat, als er ein großer Natschalnik wurde... Natürlich hat ihn Klawa«

(das ist meine verstorbene Mutter) »gegen mich aufgehetzt, ich habe ihm ja gesagt – Junge, heirate sie nicht, sie richtet dich zugrunde...« Die folgenden Wörter waren nicht direkt durchgestrichen, aber dick mit Tinte übergossen. Offensichtlich war der senile Greis beim nochmaligen Lesen selber zur Besinnung gekommen. Vielleicht wollte er auch alles weiter oben Geschriebene durchstreichen, bis auf die Absage, mir Geld zu leihen, hatte aber aus greisenhafter Zerstreutheit die Sache nicht bis zu Ende geführt und den Brief in halb durchgestrichenem Zustand in den Kasten geworfen.

Ich riß den Brief in winzige Schnipsel und warf ihn in den Mülleimer. Dann machte ich kehrt, holte die Schnipsel, die schon dreckig und naß waren, wieder heraus, trug das eklige Häufchen zur Toilette, warf es ins Becken und spülte. Aber Beruhigung trat nicht ein, und mit einer für die Sommerzeit ungewöhnlichen Erregung wartete ich auf weitere Mißlichkeiten. Ich mußte nicht lange warten, obwohl sie wieder von unverhoffter Seite kamen. Eines Tages begegnete mir im Hof unseres Wohnkomplexes, nicht weit von der Verwaltung, ein blasser junger Mann, der mich durchdringend musterte und irgendwie schüchtern fragte:

»Sind Sie Zwibyschew?«

Ich wurde wachsam.

»Was willst du?« fragte ich unwirsch, denn dieser Blasse konnte mir wohl weder gefährlich noch nützlich sein.

»Ich soll Ihnen das übergeben«, sagte der Blasse leise und hielt mir einen Umschlag hin.

In unbekannter Schrift stand darauf geschrieben: »An Goscha Zwibyschew (persönlich)«. In dem Umschlag lag ein kariertes Blatt Papier aus einem Schulheft, und ich las: »Leb wohl, Goscha. Ich will nicht mehr leben. Iliodor.« Ich war verwirrt. Dieser Iliodor war mir unangenehm gewesen, und erst kürzlich, als ich entdeckte, daß er unehrlich war und daß seine antisemitische Fabel aus einer Zeitung der Schwarzhunderter stammte, hatte ich ihm einen Brief geschrieben, der von Schimpfwörtern und gemeinen Ausdrücken strotzte.

»Ist er tot?« fragte ich verwirrt.

»Ja«, sagte der Blasse und fuhr sich mit der Hand über die Augen. »Er hat sich mit einem Schlafmittel vergiftet. Schon vor einem Monat wurde er beerdigt. Ich habe so lange nach Ihnen gesucht.« Plötzlich erzählte der Blasse erregt, was für ein ehrlicher und leicht verletzlicher Mensch Iliodor gewesen sei. »Diese Lumpen ringsum«, sagte der Blasse, »Orlow, Lyssikow, meinen Sie, denen geht es um das Schicksal des russischen Volkes, des russischen Menschen, dem es ungemütlich und eng in seinem Land ist und den die Juden verdrängen? Nein, denen geht es nur um die eigene Karriere...«

Der Blasse sprach so, als suche er in mir nicht nur einen Gesprächspartner, sondern auch einen Freund, als wolle er mit mir den Verlust Iliodors kompensieren. Mir fiel ein, daß ich ihn an jenem Abend bei Iliodor gesehen hatte. All das – der Tod Iliodors (mein Gott, ich hatte ihm doch geraten, sich zu vergiften oder aufzuhängen), diese unverständlichen Zeilen gerade an mich und dieser blasse, kranke russische Patriot – brachte mich durcheinander, ich verstand das Leben nicht mehr, nicht im tiefen philosophischen Sinn, sondern in seinen elementaren Ereignissen. Der Blasse redete immer weiter, wobei er mir bekümmert ins Gesicht blickte und Anteilnahme heischte. Ich stieß ihn vor die Brust, rief »Laß mich in Ruhe!«, drehte mich um und ging zurück ins Wohnheim, die Hand an die rechte Seite pressend. Erst ein paar Minuten später begriff ich, daß ich zurückging, weil ich in der rechten Seite heftige Schmerzen hatte (ich habe eine kranke Leber), und ich beschloß, mich ins Bett zu legen und die Seite zu wärmen. Doch als ich das Zimmer betrat, sah ich, daß aus dem Hinlegen nichts wurde, denn Pascha Beregowoi züchtigte eben seinen Bruder Nikolka.

Wie ich schon sagte, gab es zwischen den Brüdern

ein freiwilliges Abkommen, geschlossen im Beisein des Vaters, und ich glaube, Initiator des Abkommens war Nikolka selber, der, wenn er vom Bruder Prügel bezogen hatte, wieder eine Weile auf Kosten seines Vaters das faule Leben eines ewigen Studenten führen konnte. Nikolka, ein gesunder breitschultriger Bursche, lag bäuchlings auf dem Bett, und Paschka verprügelte ihn mit einem vierfach zusammengelegten Stromkabel. Als ich ins Zimmer kam, feilschten sie gerade. Ich war schon ein paarmal dazugekommen, wenn Nikolka Prügel kriegte, und immer bestrebt gewesen, gleich wieder zu gehen. Anfangs freilich, als ich noch mit Paschka befreundet war, hatte er mich, wenn ich gerade da war, gebeten, Nikolkas Beine festzuhalten. Einmal hatte ich sogar eingewilligt, weil sich auch Nikolka der Bitte angeschlossen hatte.

»Dann hab ich's schneller hinter mir«, sagte er zu mir, »sonst zucke ich zurück, dann wird's noch schlimmer... Dieser Hund, weißt du, wie der zulangt! Manchmal dreh ich mich vor Schmerzen um, und dann drischt er auf den Bauch, also halt mir die Beine fest, Goscha.«

Die Tracht Prügel, bei der ich Nikolkas Beine festhielt, ging wirklich rasch, und beide Brüder waren mit ihr zufrieden. Ich aber konnte danach die ganze Nacht nicht schlafen und lehnte das künftig ab. Zumal Paschka und ich inzwischen Feinde waren. Während der Prügel ging ich gewöhnlich hinaus und wartete im Korridor. Aber jetzt hatte sich alles so blöd gefügt, und die Schmerzen in der Seite waren so stark geworden, daß ich mich nicht mehr auf den Beinen halten konnte, darum ging ich zu meinem Bett, legte mich auf den Rücken und stopfte mir zum Wärmen einen Wollschal an die rechte Seite. Die Brüder beachteten mich nicht, sie waren mit sich beschäftigt. Der Streit ging darum, daß Nikolka geschummelt und im Moment des Schlags sein Hinterteil, auf das Paschka zielte, mit der Hand bedeckt hatte, um die erste Wucht abzufangen.

»Nimm die Hand weg«, sagte Paschka keuchend,

mit geblähten Nasenflügeln, »wir haben eine Abmachung... Nimm die Hand weg...«

»Warum schlägst du so derb zu?« antwortete Nikolka im gleichen Ton wie sein Bruder, als verrichteten beide eine gemeinsame schwere Arbeit, transportierten zum Beispiel einen Schrank und machten nun eine Pause, um zu überlegen, wie sie ihn weiter tragen sollten. »Warum denn so derb?« sagte Nikolka ebenfalls keuchend, »warum denn so derb, du Hund? Viermal zusammenlegen war nicht abgemacht... Abgemacht war, das Kabel zweimal zusammenzulegen...«

»Nimm die Hand weg«, wiederholte Paschka, »lüg nicht, du Hund... Du versäufst das Geld vom Vater, du Hund... Nimm die Hand weg, dann wird's besser...«

Unsere Betten standen nebeneinander, und als ich den Kopf zur Seite drehte, sah ich Nikolkas Gesicht, aus dem nicht mal die physischen Schmerzen den Ausdruck schlauer Erbitterung tilgen konnten, der durch langes hartnäckiges Feilschen und das Bemühen entsteht, einen Vorteil herauszuschlagen, das heißt, weniger und schwächere Schläge zu bekommen.

»Nimm die Hand weg«, sagte Paschka heiser und ließ das vierfach zusammengelegte Kabel pfeifend niedersausen, so daß die Haut auf Nikolkas Hand platzte und sich ein tiefroter Striemen bildete.

Nikolka schrie auf wie ein Hase und biß ins Kopfkissen.

»Nimm die Hand weg«, wiederholte Paschka den Satz, der in seinem berauschten Hirn hängengeblieben war.

Er hatte Nikolka noch nie so derb und selbstvergessen geschlagen, und jeder Hieb bohrte sich mir in die rechte Seite, obwohl ich das Gesicht zur Wand gedreht hatte. Das Kabel pfiff, und der Schmerz in der Seite wurde unerträglich, gerade als schlüge mir Paschka das Kabel auf die Leber. Ich stand auf, hielt mich am Schrank fest, dann an Salamows Bett und an der Wand, stieß schließlich die Tür auf und ging in den Korridor. Schon lange hatte es mich nicht so gepackt, noch dazu völlig unerwartet.

Der Kulturraum war offen, der Fernseher lief. Das war mein Glück, denn jeder Schritt tat weh. Ich trat ein, als der Ansager gerade eine Rede von Chrustschow ankündigte. Auf den Stühlen vor dem Fernseher saßen ein paar Heimbewohner, die arbeitsfrei hatten und sich langweilten. Der Montagearbeiter Danil zwinkerte mir zu.

»Gleich kommt die Wurst am Stengel herausgesprungen«, sagte er, »der soll Bergarbeiter gewesen sein? Die Jungs haben längst herausgefunden, daß er ein ehemaliger Gutsbesitzer ist... Darum hat er Stalin vor aller Welt verunglimpft...«

Chrustschow erschien auf dem Bildschirm in einem hellen Anzug mit hellem Schlips.

»Bei uns hat sich die gute Tradition eingebürgert«, sagte er, »daß die Führer von Partei und Regierung nach jedem wichtigen Besuch im Ausland und nach jeder wichtigen Begegnung mit ausländischen Staatsmännern vor dem Volk Rechenschaft ablegen...« Chrustschow lächelte plötzlich, so daß sein dickes, in diesem Moment gütiges Gesicht von Falten durchschnitten wurde, nahm eine auf dem Tisch stehende Flasche Mineralwasser, goß sich ein Glas ein, trank mit Appetit die schäumende Flüssigkeit und wischte sich mit einem Taschentuch die Lippen. »Narsan ist ein gutes Mineralwasser«, sagte er, »kann ich nur empfehlen...«

Die vor dem Fernseher Sitzenden kicherten.

»Der legt ja los«, sagte der dumme Adam.

»Er hat was Fettes gegessen«, sagte Danil fröhlich, »Goscha, hol für Chrustschow eine Karaffe Wasser aus dem Waschraum...«

Ich lächelte, denn mir ging es besser. Der Schmerz hatte vom Stillsitzen auf dem Stuhl nachgelassen, und ich massierte mit der Hand vorsichtig die rechte Seite.

»Übertreib's nicht, Danil«, sagte der dumme Adam, »lies mal die Zeitung... Chrustschow hat die Leute aus den Gefängnissen rausgelassen, die Stalin eingesperrt hatte.«

»Dazu ist die Macht da«, sagte Danil überzeugt, »daß sie die Leute einsperrt... Hätte Stalin vor dem Krieg nicht so viele Feinde hinter Schloß und Riegel gebracht, dann hätte Hitler ganz Rußland erobert.«

»Und wenn schon«, sagte Adam, »soll er erobern, Hauptsache, man sperrt das Volk nicht in Gefängnisse.«

»Laß doch, Danil«, sagte ein älterer Bewohner vom Erdgeschoß, »wozu streitest du mit dem Blödmann?«

»Selber Blödmann«, parierte Adam.

»Ich zieh dir gleich eins über«, sagte Danil.

Die Streiterei ging los, Chrustschow war überhaupt nicht mehr zu hören, nur noch zu sehen: Er bewegte die Lippen, trank von Zeit zu Zeit Mineralwasser und lächelte. Mittlerweile waren meine Schmerzen fast völlig weg, ich stand auf und ging zur Schlucht, zu den Fischseen, zog mich aber nicht aus, sondern setzte mich bei den Büschen ins Gras. An die badenden Mädchen hatte ich mich schon gewöhnt, so daß sie mich nicht mehr allzusehr interessierten, außerdem war es zwar ein recht warmer, aber sonnenloser, trüber Tag, der nicht andeutungsweise, sondern offen Unheil prophezeite... Und richtig, gegen Abend bekam ich die von Margulis unterschriebene Benachrichtigung über meine Ausweisung binnen drei Tagen... So etwas war nach Michailows Eingreifen noch nie passiert, noch dazu im Sommer, wenn die Periode der frühjährlichen Ausweisung vorbei war. Außerdem waren zu dieser Zeit, wie auch in den vergangenen Jahren, aber in diesem Jahr besonders, so viel Kräfte verausgabt worden, daß ein weiterer Kampf rein physisch undenkbar war, ganz zu schweigen davon, daß alle Mittel, auf die Administration einzuwirken, ausgeschöpft waren. Blieb nur, Nina Moissejewna anzurufen und eine der von ihr vorgeschlagenen Kandidatinnen zu heiraten.

Bei Nina Moissejewna war ich nicht mehr gewesen

seit dem Tag, an dem ich durchgefroren und hungrig zu ihr gekommen war und mich, nachdem ich gut gegessen und mich aufgewärmt hatte, zu der schon erwähnten hündischen Bewegung der Dankbarkeit hinreißen ließ, indem ich mich über die Hand eines mir eigentlich fremden und unnützen Menschen beugte. Ich hatte mich damals nicht in der Gewalt gehabt und wußte jetzt nicht, wie ich mich am besten verhielt: jenen Vorfall lachend erwähnen und so tun, als wäre ich betrunken gewesen, oder ihn überhaupt nicht erwähnen.

In Nina Moissejewnas gemütlicher kleiner Wohnung hatte sich überhaupt nichts verändert, auf dem runden Tisch lag sogar noch dieselbe Decke mit dem dunklen Fleck. Dieser dunkle Fleck war das einzige, was Nina Moissejewnas ehemaliger Gatte im Haus zurückgelassen hatte, ein auf jung machender Mann, der sich Haare und Augenbrauen färbte und mit dieser Farbe die Tischdecke beschmutzt hatte. Nina Moissejewna hatte Spaß daran, dies lachend zu erzählen. Sie war überhaupt eine recht leichtsinnige Frau, und normalerweise, von jenem absurden Vorfall abgesehen, verhielt ich mich ihr gegenüber unabhängig, foppte sie sogar und machte mich über sie lustig.

Natürlich spielten wir beide Theater, sprachen über dies und das, scherzten und lachten.

»Übrigens«, sagte sie wie beiläufig zwischen zwei Witzen, »ich bekomme gleich Besuch, eine Bekannte mit ihrer Tochter. Das Töchterchen wird Ihnen ganz sicher gefallen, Goscha. Sie ist so schön weich und zierlich und weiblich, hat graue Äuglein... Ein richtiges Kätzchen.« Nina schmatzte so genüßlich mit den Lippen, als wolle sie mich auffordern, etwas Appetitliches zu kosten.

Sie stachelte mich so auf, daß ich ganz ungeduldig wurde, und als es endlich klingelte, klopfte mir das Herz, und das Blut schoß mir in die Wangen. Ich war in das von Nina Moissejwna gezeichnete Bild bereits verliebt und betrachtete es als einen Fingerzeig des Schicksals, daß es mir in diesem Jahr nicht gelungen war, meinen Schlafplatz zu behalten, denn dann würde ich noch länger in dem Sechsbettzimmer hinter dem Schrank hausen müssen, zwischen groben, ungebildeten Menschen, bedrängt von männlichen Wünschen, wofür ich mich selber nicht sonderlich achtete. Gleich kommt sie herein, dachte ich, meine Liebe, mein Schicksal... Noch nach vielen Jahren werde ich mich an diesen Tisch mit dem dunklen Fleck auf der Decke, an diese grünen Tapeten erinnern... An die absurde Zufälligkeit unserer ersten Begegnung.

In meinen Phantasien bin ich unverbesserlich. Das Leben hatte mich schon unzählige Male belehrt, mich mit der Schnauze auf den Tisch gestukt, wie der Volksmund sagt. Doch beim geringsten Anlaß sind die weisen Lehren des Lebens vergessen, und auf rosaroten Seidenflügeln fliege ich der Entttäuschung, der Wut und dem Spott über mich selbst entgegen. Vom Traum vernebelt, hatte ich sogar die Fähigkeit zu nüchterner Logik verloren, die mir im allgemeinen eigen ist, und außer acht gelassen, daß schöne Frauen in Nina Moissejewnas Gesellschaft nichts verloren hatten, sie konzentrierten sich entweder an angeseheneren Plätzen, zum Beispiel in Arskis Gesellschaft, in der Zentralbibliothek, in Fernsehübertragungen und so weiter, oder an schöneren Plätzen, inmitten von Muskeln, Sonne, Wasser und Ufersand. Ehrlich gesagt, Polina (ein provinzieller Name) war nicht häßlich. Sie hatte wirklich graue Augen, das kastanienbraune Haar war modisch frisiert, der Mund modisch geschminkt, herausfordernd grell, doch das alles deutete auf vergebliche Anstrengungen, anders zu scheinen, als sie war, und das fand ich lächerlich, denn ich war maßlos verdorben von den wirklich schönen Frauen, die ich ständig beobachtete. Es war nicht so, daß mir an Polina bestimmte Details mißfallen hätten. Sie war mir insgesamt als Idee einer Frau zuwider. Ich stellte mir diese Polina am Fischsee neben den herrlichen Mädchenkörpern vor, die ich von weitem betrachtete, und wurde plötzlich wütend.

Warum ist das so? dachte ich. Wer kriegt die andern? Bin ich ihrer etwa nicht würdig? Verfluchtes Leben...

Diese Gedanken peinigten mich dermaßen, daß ich mich beim Teetrinken herausfordernd rüpelhaft benahm, und zwar nicht nur zu Polina, sondern auch zu ihrer Mutter und sogar zu Nina Moissejewna. Zunächst erlaubte ich mir keine offenen Ausfälle, höchstens, daß ich auf ihre Versuche, ein mondänes Gespräch anzuknüpfen, ungut lächelte. Als Polina allerdings den Teelöffel an mich weiterreichen wollte, sagte ich:

»Entschuldigung, aber ich verrühre den Zucker mit dem Zeigerfinger.«

Das konnte man natürlich als Scherz auffassen. Nina Moissejewna lachte denn auch, und Polinas Mutter lächelte. Aber da hatte ich schon alles satt und spielte, wie man so sagt, mit offenen Karten, das heißt, ich steckte den Zeigerfinger in mein Glas Tee, der übrigens recht heiß war und mich verbrühte, und rührte, den Schmerz verbeißend, den Zucker um. Peinliche Stille trat ein. Dann stand Polinas Mutter auf und sagte:

»Weißt du, Nina, wir gehen lieber.« Dabei blickte sie mich mit unverhohlener Feindseligkeit an.

»Nein, entschuldigen Sie«, antwortete ich für Nina Moissejewna und nahm die Herausforderung an. »Ich gehe, und Sie bleiben und trinken Ihren Brotkwaß mit Konfitüre.«

Warum ich »Brotkwaß« sagte, weiß ich nicht. Sicherlich fiel mir in der plötzlichen Aufregung nichts Boshafteres ein, und ich »feuerte« den Brotkwaß ab. Dieser Mißgriff machte mich noch wütender, ich zog mich an, mich in den Ärmeln verheddernd, und schlug die Tür so zu, daß ich selber erschrak. Eigentlich hätte ich diesen Leuten zu guter Letzt noch die Zunge herausstrecken oder mich auf alle viere niederlassen und bellen müssen, um mich endgültig zu blamieren. Waren sie anfangs über meine plötzliche Flegelei empört, so wich in dem Maße, wie sich meine Ungezogenheiten häuften, ihre Empörung, sie saßen erschrocken da und ließen sich auf keinen Streit mit mir ein. Die Tatsache, daß es mir nicht gelungen war, sie zu verletzen, weil ich letztendlich in ihren Augen als unnormal dastand, quälte und peinigte mich besonders. Ich zweifelte nicht mehr daran, daß Nina Moissejewna sich nach meinem Weggang an meine vorjährige hündische Bewegung erinnern und es ihren Besucherinnen erzählen würde, um ihre Vermutung zu erhärten.

Ich ging die abschüssige, alte, gemütliche Straße mit ihren blühenden Kastanienbäumen entlang. Es war ein warmer Abend, in vielen Häusern standen die Fenster offen, Gesichter huschten vorbei, Gesprächsfetzen drangen heraus, überall herrschten gemessene Ordnung, Beständigkeit, familiärer Zusammenhalt, Wohnlichkeit, das große Alltagsrecht auf etwas Eigenes. Nur ich, äußerlich durch nichts von den Passanten unterschieden, so daß ein Außenstehender denken konnte, ich wäre in strenger Alltagsordnung unterwegs, mir das Meine zu holen, hatte in Wirklichkeit nichts Eigenes, was ich in der anbrechenden Nacht besonders spürte. Die Unbehaustheit eines Ausgestoßenen unterscheidet sich ebenso wie sein Hunger psychologisch außerordentlich von der allgemeinen Unbehaustheit in Zeiten großer Prüfungen des Volkes... Besonders gegen Ende des Frühlings, an den wunderbaren, nach Flieder duftenden Abenden, wenn überall träge Ruhe herrschte und alles auf persönliches Glück ausgerichtet war, an solchen Abenden empfand ich meine Unbehaustheit als heimliches Laster, deshalb dachte ich mir, als ich aufgeregt und mit verbrühtem Zeigefinger von Nina Moissejewna wegging, ein absurdes Spiel mit mir selber aus – ich ging in die Hauseingänge und stellte mir vor, Mieter und Wohnungsinhaber zu sein. Auf den ersten Blick, besonders für Leute, die so etwas nicht durchgemacht haben, ist das dumm, in Wirklichkeit jedoch ließ meine seelische

Anspannung etwas nach, und als es Nacht geworden war, die Lichter erloschen, die Passanten verschwanden und alles ringsum zur Ruhe kam, war das Gefühl von Schwermut und Einsamkeit völlig vergangen.

Die gefährlichste Zeit für einen unbehausten Ausgestoßenen ist der Abend, die Zeit der Verlockungen und Hoffnungen, wenn man wie ein Kind jemandem schrecklich gern sein Schicksal anvertrauen möchte... In der Nacht gewinnen die Instinkte wieder Oberhand, ebenso Kraft, Schläue und Logik...

Ich fuhr mit der Nachtbahn zum Wohnheim, stieg über die Feuerleiter auf den Balkon des ersten Stocks und gelangte durch die Balkontür auf den Korridor. (Darja Pawlowna hatte Dienst.) Die ganze Nacht in meinem Bett liegend, vielleicht zum letzten Mal, überlegte ich weitere Schritte, ohne müde zu werden, denn Schlaflosigkeit erschöpft vor allem die fruchtlose Phantasie, ich jedoch arbeitete, schmiedete einen Plan, darum war ich am Morgen zufrieden und nicht erschöpft. Ich hatte beschlossen, meine Sachen vorläufig bei Grigorenko zu lassen und zu versuchen, mich bei den Tschertogs einzuquartieren, und zwar in einem dreisten Handstreich, das heißt, spät abends hinzukommen und so lange dort zu sitzen, bis eine Übernachtung sich von selbst verstand... In dieser Nacht begriff ich eine für mich äußerst wichtige Bedingung in dem Spiel, das ich schon an der äußersten Grenze des Möglichen spielte: nicht an den morgigen Tag denken, an die Perspektiven, an das eigene Schicksal... Die Stadt zu verlassen hätte ich gerade jetzt als das Ende meines Kampfes empfunden. So viele Kräfte, so viele Demütigungen, so viele Tricks hatte es gekostet, in der Stadt Fuß zu fassen, in der ich zur Welt gekommen war, die ich liebte, daß es meinem Ende gleichgekommen wäre, wenn ich mich jetzt einfach in den Zug setzte und wegfuhr, noch dazu ins Ungewisse...

Der Plan mit den Tschertogs hatte einige Aussichten, doch diese sonst feigen und taktvollen Leute ließen mich diesmal gar nicht erst ins Haus.

»Kommen Sie nie wieder!« rief mir Vater Tschertog durch die Lüftungsklappe zu. »Ihr leiblicher Großvater rät uns, Sie nicht hereinzulassen.« Also hatten sie einen Brief von dem Alten bekommen – was für ein dummes Zusammentreffen.

»Arbeiten muß man!« rief Mutter Tschertog. »Wir müssen uns auch nach der Decke strecken.«

Das war zuviel. Ich hatte nie auf ihr Essen spekuliert, das ich, selbst wenn ich hungrig war, nur mit Abscheu aß, denn es war stets kalt, schlecht zubereitet, sauer geworden, eklig, mit irgendwelchen Haaren, Fäden und Schmutz... Ich brauchte die Tschertogs ausschließlich als Zuflucht bei Frost und Regen, und ich aß ihre Almosen (als Mittagessen kann man das nicht bezeichnen) nur, um sie nicht zu kränken und die Zuflucht nicht zu verlieren. Zumal es die einzige Familie war, die mir seinerzeit Unterkunft gewährt hatte, darum hielt ich sie in Reserve für den Notfall, der nun eingetreten war.

Ansonsten hatte ich, soweit ich mich erinnere, keine besonderen Gedanken und Gefühle. Ich aß zwei Portionen Eis zu Abend und saß bis in die Nacht auf einer Bank neben der Drahtseilbahn. Als ich in der zweiten Stunde ins Wohnheim kam, sofort nach meinem Bett sah und feststellte, daß sie es mir noch nicht weggenommen hatten, beruhigte ich mich etwas. Eine Weile lag ich da und bedachte weitere Schritte. Da blitzte ein irrer Gedanke auf: trotz allem die Broidas um Unterkunft bitten. Aber ich verwarf ihn sofort (die verfluchte Eitelkeit, die ich mir längst nicht mehr leisten konnte, forderte dennoch das Ihre). Und völlig unerwartet, ohne jede logische Grundlage, beschloß ich, das Bezirksparteikomitee um Hilfe zu bitten.

SIEBZEHNTES KAPITEL

Das Bezirksparteikomitee war in der Nähe der Milizschule untergebracht, und von unserem Wohnheim waren es ungefähr zwanzig Minuten zu laufen. Wenn ich zu Fuß ins Zentrum ging, war ich des öfteren daran vorbeigekommen und hatte mir den Standort gemerkt (vielleicht war das einer der Gründe, warum ich, als alle Möglichkeiten ausgeschöpft waren, beschloß, mich dorthin zu wenden).

Das Gebäude war zweiundfünfzig gebaut worden, das belegten eine Aufschrift an der Vorderfront und der Stil jener Zeit: eckige Säulen, Sterne und Wappen aus Stuck. In meinem unredlichen Kampf, gegründet auf Beziehungen, Bekanntschaften und Protektion, mied ich für gewöhnlich solche Institutionen, aber das war nicht mein Lebenscredo, und ich wußte, daß ich, hätte sich mein Leben anders gefügt, ein vorzüglicher Patriot wäre, denn meine zu poetischen Übertreibungen neigende Natur hätte in einer offiziellen Existenz, bis hin zum Heldentod, zu dem ich offensichtlich fähig war, weitaus mehr Befriedigung gefunden als in leeren, zumeist nächtlichen Träumen, die keinen Bezug zur Realität hatten und meine armseligen materiellen Bedürfnisse bemänteln mußten... Hier sei auch daran erinnert, daß ich, obwohl fast dreißig, in meiner Seele ein Jüngling geblieben war, doch nicht, weil ich es verstanden hatte, mir die Frische seelischer Höhenflüge zu bewahren, sondern weil diese Höhenflüge unausgereift geblieben waren und keine meinem Alter und der Zeit angemessenen Entsprechungen gefunden hatten. Darum empfand ich, als ich das Foyer des Bezirksparteikomitees betrat, jugendliche Aufregung und meine eigene Bedeutsamkeit im allgemeinen System... Materielle Unbilden hatten mich von den in der Gesellschaft vor sich gehenden Prozessen weggedrängt, obwohl ich bei jeder Möglichkeit ihre Nähe suchte, aber es gab solche Möglichkeiten kaum, und aus Arskis Gesellschaft, wo ich mit Wonne erlebte, wie die ehemaligen Heiligtümer geschmäht wurden, hatte man mich einfach verjagt... Ich bin ein komplizierter Mensch, das heißt, in mir gibt es viele Widersprüche, aber unter normalen Umständen, wenn meine Seele nicht übermäßig aufgewühlt ist, tritt bei mir ein einziges Gefühl in den Vordergrund, während die anderen sich in dieser Zeit gleichsam verflüchtigen und ich selber sie schlichtweg vergesse. Im Vorzimmer des zweiten Sekretärs des Bezirksparteikomitees Nikolai Markowitsch Motornjuk (so stand es auf dem Schildchen) fragte mich eine der angestellten Frauen, so um die Vierzig, recht korpulent, großbusig, in einem halbmännlichen, fraulich taillierten Parteikostüm:

»In welcher Angelegenheit kommen Sie, Genosse?«

»In einer persönlichen«, antwortete ich, als ginge es bei meiner persönlichen Angelegenheit nicht um den Schlafplatz, sondern um die Interessen der gemeinsamen Sache.

Motornjuk saß in einem großen Zimmer mit Bildern von Lenin, Chrustschow und Woroschilow. Er empfing mich freundlich, und das konnte mein Verderb sein. Es sei an meine extreme Lage erinnert, an die pausenlosen Fehlschläge, Sackgassen, Enttäuschungen auf meinen unredlichen Wegen... Ein guter Empfang, den mir ein Mensch einer ganz anderen Ausrichtung erwies, konnte mich endgültig von der Nutzlosigkeit jener Konstruktionen überzeugen, die mir bisher geholfen hatten zu leben... Jeder Mensch, zumal ein Ausgestoßener, hat ein Gedankensystem, in dem sein ganzes Weltempfinden Platz findet und verarbeitet wird... Natürlich führt ein Ausfall dieses konkreten Systems der Bilder und Gedanken nicht zum unverzüglichen physischen Tod wie der Zusammenbruch des Blutkreislauf- oder Atem-Systems, aber er führt zu einer ernsten Lebenskrise... Glücklicherweise befand ich mich während des Gesprächs mit Motornjuk, einem Menschen, dessen Stellung und wahrscheinlich auch Leben mein System ablehnte, ein übrigens abgenutztes und nicht mehr hilfreiches System, befand ich mich unwillkürlich noch innerhalb dieses Systems der Suche nach Gönnern, obwohl ich zugleich nach ehrlicher jugendlicher Komsomol-Offenheit dürstete. Sicherlich entwickelte sich am Scheidepunkt solch gegensätzlicher Tendenzen der Kontakt zwischen mir und Motornjuk. Aber bis zu diesem Kontakt entwickelte sich meine Erzählung, sie war erstaunlich stark und von den Gefühlen her ehrlich, obwohl sie nach der Einflußnahme eines guten Menschen verlangte (der Motornjuk zweifellos war), und zugleich war sie erstaunlich exakt und logisch und ungeachtet der aufrichtigsten Ergüsse über die Leiden in der Kindheit, den Tod der Eltern auf ein materielles Ziel gerichtet – den Erhalt des Schlafplatzes für drei Monate (dann würde der Herbst kommen, der Winter, und man würde überhaupt sehen).

Ich erinnere mich noch an meinen Zustand, in dem ich das Bezirksparteikomitee verließ. So ist es, wenn man aus einem nächtlichen Alptraum erwacht und das wunderschöne, sonnendurchflutete Fenster sieht. Ich ging und lachte. Ich lachte über meine Ängste, über mich und den mangelnden Glauben an mein Schicksal... Im tiefsten Innern war ich mir immer sicher gewesen, daß ich nicht untergehen würde und, wenn es ganz schlimm kam, auf Rettung hoffen konnte... Aber aus Dummheit hatte ich die Rettung von seiten Dritter erwartet und nicht mir selbst zugetraut... Als ich ins Wohnheim kam, suchte ich als erstes die Heimleiterin Sofja Iwanowna auf und erzählte ihr von meiner Unterredung im Bezirksparteikomitee, da ich nun, das Spinngewebe der Winkelzüge abstreifend, das Bedürfnis nach solch einer offenen Erklärung empfand.

»Das Bezirksparteikomitee hat uns angerufen, Zwibyschew«, sagte mir Sofja Iwanowna.

Während ich auf dem Heimweg war, hatte Motornjuk angerufen. Es ist doch angenehm, ein vollberechtigter Bürger im eigenen Land zu sein, dachte ich gerührt... Überhaupt verfiel ich nach dem für mich günstigen Anruf aus dem Bezirkskomitee in einen euphorischen Zustand, wie man ihn in der Jugend bei der Parade erlebt.

»Also ist alles in Ordnung, Sofja Iwanowna?« fragte ich freundschaftlich.

»Gewisse Formalitäten sind noch nötig«, sagte sie, »aber darüber reden wir später.«

Aber später, das hieß, nach nur einer reichlichen Stunde, brachte die Heimleiterin eine neue Person ins Spiel, einen Bewohner aus Zimmer 21, einen Verheirateten, der dieses Zimmer für sich hatte und, wie sich herausstellte, Instrukteur des nämlichen Bezirksparteikomitees war. Er hieß Kolesnik.

An meine Zimmertür (ich lag selig in meinem eroberten Bett) klopfte die Putzfrau Ljuba und teilte mit, ich solle in den Kulturraum kommen. In dem Glauben, es sei ein Scherz des Erziehers Korsch, ging ich los und freute mich darauf, ihm von meinem Erfolg zu erzählen, der besonders wertvoll war, weil ich ihn aus eigener Kraft errungen hatte, und davon, daß ich im Bezirksparteikomitee nun meinen Mann hatte (von einem neuen rechtmäßigen Leben träumend, verharrte ich unwillkürlich im System alter Winkelzüge und Gönner).

Der Kulturraum war leer, nur an einem Tisch saß über zusammengehefteten Zeitungen ein Heimbewohner, den ich seit zwei Jahren vom Sehen kannte, mit dem ich aber nie etwas zu tun gehabt hatte. Ich wollte wieder hinausgehen, aber er sprach mich an.

»Sie sind Zwibyschew?«

»Ja...«

»Wir haben miteinander zu reden, setzen Sie sich bitte.«

Noch ohne zu begreifen, worauf das hinauslief, setzte ich mich.

»Zwibyschew«, sagte er zu mir, »erzählen Sie mir, mit welcher Berechtigung Sie den Schlafplatz belegen...«

Der Mann trug die im Wohnheim übliche Kluft, nämlich ein Turnhemd, und schien gerade aus der Gemeinschaftsküche gekommen zu sein, denn seine Hände waren fettbeschmiert (bald bestätigte sich, daß es wirklich so war: Er hatte in der Küche Bratkartoffeln auf dem Feuer). Sein nicht gerade respekteinflößendes Aussehen, außerdem die Unterstützung des Bezirksparteikomitees, bestätigt durch Motornjuks operativen Anruf in der Wohnheimverwaltung, veranlaßte mich, auf die Frage dementsprechend zu reagieren, das heißt, aufzustehen und lässig abzuwinken.

»Setzen Sie sich!« sagte der Mann unerwartet fest und scharf, seine Stimme zwang mich, ihn genauer zu betrachten, und ich sah, daß sich sein Gesicht von denen gewöhnlicher Heimbewohner dadurch unterschied, daß ihm die alltägliche Abgekämpftheit fehlte und ihm ein gewisses, vielleicht nicht für alle sichtbares Element eines satten Lebens eigen war, eines Lebens, das besonders wertvolle Gönner und besonders gefährliche Feinde hervorbringt. Zum Glück machte es mein nichtiges Leben unmöglich, daß ich ständige gefährliche Feinde aus jener Lebenssphäre hatte, denn meinen ungesetzlichen Dingen und Bedürfnissen entsprachen Verfolger aus der unteren Administration: Hausmeister, Heimleiterinnen, Hausverwalter u.s.w. Meine Gönner aber suchte ich mir selber aus, natürlich weiter oben. Auf diesem Mißverhältnis zwischen der Lage meiner Gönner aus höheren Sphären und der Lage meiner Verfolger aus den unteren Instanzen beruhte mein Wohlergehen. Zuweilen tauchten allerdings auch höhergestellte Verfolger auf (zum Beispiel Sitschkin vom Militärkommissariat), aber das war sporadisch und nicht für lange. Darum hatte ich es auf längere Zeit fertiggebracht, mir nicht zustehende Rechte zu nutzen, ohne eigentlich beständige Gönner zu haben. Auf Grund meiner nichtigen Position mußten die Gönner keinen ernsthaften Widerstand niederringen.

»Ich bin Kolesnik, Instrukteur des Bezirkskomitees der Partei«, sagte unterdessen der Heimbewohner, meiner Frage zuvorkommend, »ich habe Sie hergebeten, um mit Ihnen offen zu reden... Sind Sie Komsomolze?«

»Ja«, sagte ich und fühlte plötzlich Kälte im Bauch, denn mir fiel unwillkürlich ein, daß eine unangenehme, lange zurückliegende Situation genauso angefangen hatte (ich erinnere: Sitschkin vom Militärkommissariat). Doch dann fügte ich, mißtrauisch das fettbespritzte Turnhemd betrachtend, hinzu: »Aber aus Altersgründen bin ich ausgeschieden...«

»So«, sagte Kolesnik. »Sie sind anscheinend Techniker? Ich habe mir Ihren Fragebogen in der Wohnheimverwaltung erst flüchtig angesehen.«

»Ja«, sagte ich und überlegte, wie ich mich weiter verhalten sollte und inwieweit er mir nach dem Anruf des Bezirksparteisekretärs gefährlich werden konnte... Ob er von dem Anruf weiß? Ich beschloß, schlau und vorsichtig zu sein und diesen meinen Haupttrumpf erst dann auszuspielen, wenn Kolesniks Position klar war.

»Ich nehme an«, sagte Kolesnik, »daß man Sie einfach aus dem Auge verloren hat. Sie werden mir noch dankbar sein. Auch andere Leute, die wir in die Provinz geschickt haben, wollten erst nicht, aber jetzt sind sie dankbar... Einen Moment, ich bin gleich wieder da.« Er sprang plötzlich auf und ging hinaus.

Nun war mir endgültig klar, worauf er hinauswollte. Was er jetzt auch sagte, ich wußte, daß es sein Ziel war, mich um meinen Schlafplatz zu bringen... Ich war durcheinander und konnte nicht begreifen, warum und in wessen Namen er plötzlich in Aktion trat. Wäre ich seelisch gelassener gewesen, so hätte ich mich an mein Gespräch mit Sofja Iwanowna erinnert. Ich würde begriffen haben, daß ich, indem ich das Bezirksparteikomitee in die Sache mit dem Schlafplatz einschaltete, meine Verfolger zur Verteidigung nötigte und dann zum Gegenangriff auf demselben Niveau.

Nachdem ich eine Weile allein über den Zeitungen gesessen hatte, kam ich zu dem Schluß, daß Kolesnik endgültig gegangen, das Gespräch beendet und sowieso alles Quatsch war. Ich ging in den Korridor, wollte mir etwas überziehen und in die Bibliothek gehen, vielleicht auch ins Zeitungsarchiv: Womöglich war die schöne Nelja wieder da, ich sehnte mich schon seit langem nach ihr und träumte davon, sie wiederzusehen. Aber Kolesnik stand inmitten von Frauen in der Küche, erzählte etwas Lustiges und wendete dabei die in der Pfanne zischenden Kartoffeln.

»Wo wollen Sie hin?« sagte er, als er mich bemerkte. »Wir sind noch nicht fertig.«

Dieser Anschnauzer, der meine Pläne durchkreuzte, und der lächerliche Anblick des Partei-Instrukteurs, der inmitten von Weibern Kartoffeln briet, erboste mich einerseits und flößte mir andererseits Geringschätzung ein. Außerdem kannte ich Kolesniks Geschichte nicht, und, was noch schlimmer war, ich erfaßte überhaupt nicht den Geist der Zeit, weil ich von materiellen Nöten niedergedrückt war. Darum verhielt ich mich im weiteren unklug und falsch.

»Wissen Sie«, sagte ich zu Kolesnik, in dem Wunsch, mich mit einem Schlag von ihm zu befreien, »daß der Bezirkssekretär, Genosse Motornjuk, in der Wohnheimverwaltung angerufen hat?«

»Weiß ich«, antwortete Kolesnik ungerührt, »er hat einfach nicht durchgesehen.«

Das klang in meinen Ohren irre.

»Der Bezirksparteisekretär hat nicht durchgesehen?«

»Nein«, sagte Kolesnik lächelnd. »Wir werden auch ihn zurechtrücken.«

Obwohl ich dem Geist nach zweifellos ein Antistalinist war, lebte ich, durch meine Situation von den gesellschaftlichen Tendenzen ausgegrenzt, innerlich nach den früheren festen stalinistischen Gesetzen der Autoritäten. Kolesnik hingegen, dem Geist nach zweifellos ein Stalinist, lebte nach den neuen, antistalinistischen Tendenzen, die den innerparteilichen Kettengliedern Freiheit gaben, zwar nicht die offene Freiheit, sich mit den höheren Kettengliedern anzulegen, aber doch die innere Freiheit, die Selbständigkeit sucht und sich nicht an der Autorität der unmittelbar höheren Instanz orientiert, sondern an der allgemeinen Struktur des Apparats, die nicht von persönlichem Geschmack und persönlicher Willkür abhängig ist.

Kolesnik hatte begriffen: Wenn die persönliche Sympathie des Bezirksparteisekretärs, die den Charakter persönlicher Willkür trug, auf meiner Seite war, dann war die allgemeine Struktur gegen mich, den eindeutig Ausgestoßenen. Also entschied er, daß man gegen die persönliche Willkür Motornjuks, der mir helfen wollte, kämpfen konnte und mußte.

Nikolai Markowitsch Motornjuk hatte im Krieg im Partisanenverband Kowpaks gekämpft. Bei Kriegsende war er Invalide, auf Grund einer Beinverletzung mußte er sich beim Gehen auf einen Stock stützen. Zweifellos war er ein Mann der Stalinschen Schule, da er aber ein guter und gütiger Mensch war, lenkte er seine willentlichen Methoden häufig in eine Richtung, die seiner persönlichen Weltsicht widersprach... Kolesnik aber wurde zum Mitarbeiter neuen Typs... Ich begegnete ihm ausgerechnet im Augenblick seiner Werdung. Er hatte eine kurze und klare Biografie, die ich später von Grigorenko erfuhr. Kolesniks Produktionstätigkeit ähnelte, wenn auch sicherlich aus anderen Gründen, der meinen. Er war ein schlechter Bauleiter und danach ein schlechter Dispatcher gewesen. Man machte ihn zum Sekretär der Komsomolorganisation, mit der sich keiner abgeben wollte, weil die Komsomolmitglieder in der Bauverwaltung ständig wechselten, und Kolesnik hatte den Vorzug, daß er bei all seinen negativen Eigenschaften als Arbeiter wenigstens nicht trank und, wie sich herausstellte, schon im Technikum Komsomolarbeit geleistet hatte. Und wirklich brachte er regelmäßig eine Wandzeitung heraus und kassierte pünktlich die Mitgliedsbeiträge, und da zu der Zeit gerade die Kampagne anlief, Leute aus der Produktion ins Bezirkskomitee des Komsomol zu holen, wurde Kolesnik plötzlich dorthin befördert und vom Bau ohne Bedauern entlassen. Von diesem Moment an begann sein Aufstieg... Er heiratete eine Verkäuferin aus dem Kaufhaus (eine hübsche Frau, die mich vor meinem Zusammenstoß mit ihrem Mann immer sehr höflich gegrüßt hatte, wenn wir uns im Korridor begegneten). Im Wohnheim bekam er ein Zimmer für zwei Familien, das durch einen Vorhang unterteilt war. Nachdem er ein Jahr im Bezirkskomitee des Komsomol gearbeitet und sich bewährt hatte, wurde er ins Bezirksparteikomitee versetzt. Er wartete auf eine eigene Wohnung, bis dahin gab ihm Sofja Iwanowna nun ein extra Zimmer (sie waren freilich inzwischen zu dritt, ein Sohn war geboren worden). Das alles hatte ich nicht gewußt.

Motornjuk liebte Stalin, denn das war seine Jugend und sein Glauben an die Idee, für die er sein Blut vergossen hatte. Kolesnik sah im modernisierten Stalinismus die Quelle für persönliches Wohlergehen, und in der Periode seines persönlichen Wachstums brauchte er den jetzigen Stalin, das heißt, den Stalin, der Fehler gemacht hatte; darin bestand eigentlich auch die Modernisierung: Stalin wurde nicht ausgestrichen, sondern mit seinen Fehlern versehen, das heißt, der jetzige Stalin war zusammengesetzt aus dem früheren, vom Volk geliebten Symbol, das die Gesellschaft festigte, und aus Fehlern, die Spielraum für das Wachstum in einer bestimmten staatlichen Richtung ließen... Und das hatte ich nicht gewußt... Aus dieser persönlichen Unkenntnis und dem Nichtverstehen historischer Prozesse im Land erwuchs denn auch die letzte Katastrophe um meinen Schlafplatz im Wohnheim.

Meine Beziehungen zu Kolesnik erreichten alsbald das unangenehmste Niveau, zudem auf mein Betreiben, denn das sogenannte offene Gespräch war in ein förmliches Verhör übergegangen, und nicht nur aus Empörung, sondern auch aus List legte ich es auf einen Skandal an, um den für mich gefährlichen Fragen bezüglich meiner Eltern zuvorzukommen. Einige meiner weiteren Schritte waren zum Teil noch unüberlegter und übereilter. Anstatt meine Verteidigung auf dem für mich günstigen Telefonanruf des Bezirksparteisekretärs aufzubauen, ging ich, aufgeregt von dem Gespräch mit Kolesnik, wieder zu Motornjuk und beschwerte mich über Kolesniks Vorgehen, wobei ich auch dessen geringschätzige Worte, daß Motornjuk »nicht durchgesehen« habe, wiedergab. Wäre ich nicht ein zweites Mal hingegangen, dann hätte Kolesnik von sich aus den Bezirksparteisekretär auf einen gewissen Heimbewohner und den Schlafplatz ansprechen müssen, das hätte albern und kleinkariert gewirkt, und Kolesnik hätte wohl kaum diesen Weg gewählt. Eher würde er in meiner Personalakte in der Wohnheimverwaltung geschnüffelt (was er auch tat) und nach mich kompromittierenden Fakten gesucht haben (was ich leider unterschätzte). All das hätte mich natürlich auch ohne meinen zweiten Besuch bei Motornjuk in die Katastrophe geführt. Ich war zum Untergang verurteilt, weil mein aktiver Verfolger zum erstenmal aus jener Sphäre kam, aus der ich bislang meine Gönner geschöpft hatte (Saliwonenko war nicht mein Verfolger geworden. Nachdem er mich durchschaut hatte, überließ er mich einfach der Willkür des Schicksals, wobei er mich zusätzlich verleumdete, vielleicht um sein Verhalten vor sich selbst zu rechtfertigen, oder weil er mich nicht ohne weiteres abwimmeln konnte, nachdem er mir früher einmal geholfen hatte). Dennoch wäre der für mich günstige Anruf des Bezirksparteisekretärs eine Zeitlang eine gewichtige Tatsache gewesen und hätte mir geholfen, einen Kompromiß auszuhandeln, zum Beispiel, daß ich das Bett noch einen oder zwei Monate behalten könnte, bis ich eine andere Unterkunft gefunden hätte.

Anfangs war Motornjuk freundlich zu mir, aber als ich ihm von Kolesnik erzählte, besonders von dessen geringschätziger Haltung ihm, Motornjuk, gegenüber, verfinsterte er sich sofort. Ich freute mich, denn ich wähnte, ins Schwarze getroffen zu haben, und verlor, wie mir das in solchen Situationen passiert, die Selbstkontrolle. Ich glaube, ich erzählte Motornjuk sogar, daß Kolesnik es eindeutig auf den Posten des Bezirksparteisekretärs abgesehen habe. Solch einen Schluß konnte man zur Not natürlich ziehen (Kolesniks unangenehmes Lächeln und seine Worte »wir werden ihn«, das heißt Motornjuk, »zurechtrücken«), aber mir stand das nicht zu, schon gar nicht aus einem so nichtigen Anlaß wie dem des Schlafplatzes im Wohnheim. Obendrein klopfte es genau in dem Moment, in dem ich das sagte, an die Tür, und Kolesnik kam herein. Nach seiner devoten Miene zu urteilen, hatte er natürlich seine Möglichkeiten übertrieben und war Motornjuk völlig untergeordnet. Aber ich bedachte nicht, daß sie nun, beide zusammen, schon ein Teil des talentiert durchorganisierten Parteiapparats waren. Die Kraft dieses Parteiapparats bestand in seiner scheinbaren Überflüssigkeit. Aber das war die Überflüssigkeit des Symbols, die ihm eine besondere Beständigkeit verlieh. Erstmals war es gelungen, eine Verbindung von Symbol und Institution zu schaffen, sie zusammenzuschweißen. Diese Verbindung nahm von dem einen wie dem anderen nur das Beste: vom Symbol seine Heiligkeit, aber nicht die Losgelöstheit vom lebendigen Leben; von der Institution die aktive Tätigkeit, aber nicht die Verantwortung für die bei jeder Tätigkeit unausweichlich vorkommenden Fehler. War das Ziel jeglicher Institution hauptsächlich nach außen gerichtet, auf die materiellen Bedürfnisse, so war das Ziel dieser Symbol-Institution vor allem auf die innere Selbsterhaltung gerichtet, auf die innere Exaktheit der Kettenglieder, um die man zahlreiche wechselnde, zerfallende, sich im Prozeß der materiellen Tätigkeit unweigerlich irrende praktische Institutionen vereinen konnte. Die neuen Tendenzen, die mit Stalins Tod kamen (Stalins Fehler bestand darin, daß er die Bedeutung des Symbols übermäßig verstärkt hatte, während die Institution allmählich verfiel und die Bürokratie vom persönlichen Willen niedergehalten wurde), die neuen Tendenzen verstärkten diese innere Selbstvervollkommnung, holten das Versäumte nach, und persönliche Motive, ob schlechte oder gute, wurden allmählich auf ein Minimum reduziert. Darum hätte mir Motornjuk persönlich helfen können, aber beide zusammen, er und Kolesnik, konnten nur noch in Richtung der inneren Selbstvervollkommnung der Institution wirken. Ich muß dazu sagen, daß Kolesnik anfangs, von Motornjuk beauftragt, der Sache nachzugehen (das war das Ergebnis meines unüberlegten zweiten Besuchs), daß Kolesnik trotz meiner Äußerungen über ihn (er hatte zweifellos an der Tür gehorcht, da bin ich sicher) strikt im Rahmen des Gesetzes handelte (das natürlich gegen mich war). Erst später, bei einem bestimmten Punkt angekommen und die Sache zum gesetzlichen Ende führend, überschritt er die Grenzen des Gesetzes, erlaubte sich persönliche Überspitzungen und demütigte mich auf jegliche Weise. Aber da nicht mehr als Instrukteur, sondern als Privatperson. Zum anderen war ich selber an den Demütigungen schuld und ging ihnen, endgültig zerbrochen, selber entgegen, nicht ohne Hintergedanken, denn ich hoffte in ihnen die Rettung zu finden.

Kolesnik bestellte mich in sein Arbeitszimmer im Bezirksparteikomitee. Natürlich war das nicht so geräumig und elegant wie das von Motornjuk. Es war klein und eng und hatte nur ein Fenster. Die Tür war nicht mit Leder beschlagen, sondern mit weißer Ölfarbe gestrichen, aber an dieser Tür hing ein Schildchen mit Kolesniks Namen. Im Zimmer standen ein Tisch und ein Bücherschrank, Kolesnik saß im Sessel unter einem Karl Marx-Bild und bot mir einen Stuhl an. Er trug einen einreihigen himmelblauen Anzug und im Knopfloch ein ordenähnliches Abzeichen, auf dem eine Friedenstaube abgebildet war und in etlichen Sprachen das Wort »Frieden« stand... Offenbar hatte er schon eine bestimmte Vorarbeit geleistet und sich auf das Gespräch vorbereitet, denn er zog aus dem Schreibtischfach einen Aktendeckel, auf dem mein Name stand. Bei Motornjuk hatte er im Unterschied zu mir keinen einzigen Trumpf ausgespielt. Er war bescheiden hereingekommen, hatte sich gesetzt und allein mit seiner schweigenden Anwesenheit erreicht, daß ihm meine Angelegenheit übertragen wurde, aus der er einen Fall machte. Nach einem Blick auf den Aktendeckel mit der Aufschrift begriff ich, daß mein Untergang gekommen war. Das hier war etwas anderes als die ungebildete Verwalterin der Kleiderkammer Tetjana. Alle drei Jahre meiner Winkelzüge lagen in diesem Aktendeckel, davon war ich überzeugt. Ich hatte mich darauf verlassen, daß ich mein unrechtmäßiges Leben auf einem niedrigen Niveau führte (mit Hilfe von Tricks und Beziehungen besaß ich illegal ein Nachtlager, ein Stück Brot, Bonbons und heißes Wasser) und daß wohl kaum jemand aus den höheren Sphären die Hand danach ausstrecken würde. Alle Tricks waren plump und offen gehandhabt, mittels Anrufen oder persönlichen Notizen.

»So«, sagte Kolesnik und schlug den Aktendeckel auf, »Sie wissen, daß Margulis einen Verweis bekommen hat und höchstwahrscheinlich entlassen wird... Natürlich nicht nur wegen der Manipulationen mit Ihnen, sondern auch aus anderen Gründen. Drei Jahre haben Sie im Wohnheim einen Platz besetzt, während einfache, ehrliche Burschen auf dem Bau arbeiten wollen und nicht die Möglichkeit dazu haben, weil es an Wohnraum fehlt... Entschuldigen Sie, aber faktisch haben Sie als Schmarotzer auf dem Platz eines anderen gelebt...«

Wenn ich im Falle eines Erfolgs, eines echten oder vermeintlichen, die Selbstkontrolle verliere und mich unklug verhalte, so sucht mein Verstand in einer kritischen, ausweglosen Lage unbewußt nach kleinsten Nuancen, kleinsten Wendungen, um zu erspüren, was in der gegebenen Situation am besten für mich zu tun ist. Kolesniks an mich gerichtete Beschuldigungen klangen nach einer Strafpredigt, und ich stellte mich aufs Zuhören ein, senkte den Kopf und versuchte mit meinem Aussehen, den Antagonismus zu mildern, an dem ich selber schuld war. Doch Kolesnik durchbrach unverhofft den Rhythmus, dem ich mich gerade anpassen wollte, und fragte (offensichtlich nicht zufällig) scharf:

»Wer ist Michailow?«

Meine Gedanken rasten fieberhaft in verschiedene Richtungen und fanden nichts Besseres, als zu sagen:

»Ein Bekannter.«

»Also durch Beziehungen belegen Sie einen fremden Platz«, sagte Kolesnik. »Und die Jungs, die keine Beziehungen haben, was sollen die machen? Sofja Iwanowna hat mir die Unterlagen zur Verfügung gestellt. Wir waren außerstande, zweihundert Jungen und Mädchen, die wir dringend brauchen, einzustellen, nur weil es an Wohnheimplätzen fehlt... Aber Sie machen sich mit Hilfe solcher Wische ein fröhliches Leben, benutzen fremdes Eigentum... Sie haben bei der Baumechanisierung gearbeitet, die Ihnen aber keinen Wohnheimplatz zur Verfügung gestellt hat... Dort hat Sie der eine Onkel untergebracht, hier ein anderer...«

Ich sah in Kolesniks Händen Michailows vorjähriges Schreiben an Margulis mit der Bitte, mir den Schlafplatz zu lassen. Warum hatte Margulis das aufbewahrt? Vielleicht um seinerseits, wenn er etwas von Michailow wollte, ihm das Schreiben vorlegen zu können, als Erinnerung an die Gefälligkeit... Michailows Frau hatte mir doch wütend gesagt, daß ihr Mann meinetwegen gezwungen war, sich mit Erpressern unterschiedlicher Art abzugeben... Ja, das ist entsetzlich... Aber es ist doch nicht meine Schuld, daß ich eine Unterkunft brauche und keine Möglichkeit habe, eine zu bekommen... Daran sind meine Eltern schuld, und ich muß dafür büßen... Sollte ich das Kolesnik sagen? Nein, zu gefährlich... In einer erfolgreichen Phase wäre ich vielleicht damit herausgeplatzt, aber jetzt mußte ich auf Nummer Sicher gehen...

»Wo arbeitet Michailow?« fragte Kolesnik.

Natürlich hat Michailow mich gedemütigt, dachte ich, und in diesem Jahr hat er mir überhaupt nicht geholfen, aber immerhin hat er mir Gutes getan, und es wäre gemein, ihn hereinzulegen.

»Er ist nicht von hier«, sagte ich, »aber er kennt Margulis seit langem. Als er auf der Durchreise hier war, hat er ihn gebeten, mir zu helfen.«

»Ist das wahr?«

Ich sah Kolesnik an und begriff, daß er wußte, wo Michailow arbeitete.

»Er arbeitet im Trust Wohnungsbau«, sagte ich leise.

»Und warum lügen Sie?« fragte Kolesnik.

»Es war nur ein Scherz...«

Danach konnte ich mich nicht mehr konzentrieren, mein Verstand verlor die ihm in kritischen Situationen sonst eigene Findigkeit.

»Wovon leben Sie?« fragte Kolesnik.

»Ich arbeite...«

»Wo?«

»Bei der Baumechanisierung, Sie haben es ja selber gesagt... Aber einen Wohnheimplatz hat man mir dort nicht zur Verfügung gestellt, daher kommt alles...«

Kolesnik blätterte die Papiere durch. Erst ein paar Tage später begriff ich, daß er andere Papiere dazugelegt hatte, damit die Akte dicker und gewichtiger aussah.

»Ist das Ihre Bescheinigung?« fragte Kolesnik ungerührt.

Darum also benahm er sich so selbstsicher. Jetzt, wo es zu spät war, um noch etwas zu unternehmen, wurde alles klar. Zweifellos hatte er die Akte erst angelegt, als er die gefälschte, von Vitka Grigorenko fabrizierte Bescheinigung entdeckte, die ich vorschnell Sofja Iwanowna gegeben hatte. Das war die einzige reale Anschuldigung, aber eine echte und gefährliche Anschuldigung. Interessant, kaum hatte ich die Gefährlichkeit der echten Anschuldigung gegen mich begriffen, begriff ich auch sofort die Lächerlichkeit und Kleinlichkeit aller früheren Anschuldigungen, die mich in außerordentliche Panik versetzt hatten... Michailow war eine zu große Figur, an die Kolesnik nicht heran konnte, und es war dumm von mir gewesen, die nähere Bekanntschaft mit ihm abzustreiten und abzuschwächen... Hätte Kolesnik nicht die gefälschte Arbeitsbescheinigung in der Hand, so hätte Michailows persönliches Schreiben womöglich die gegenteilige Wirkung gezeitigt, nämlich zu meinen Gunsten, denn Kolesnik kannte besser als die Heimleiterin die Position Michailows, der übrigens einer der Berater der Plankomission beim Obersten Sowjet der Republik war. Zugleich wußte er nicht, daß Michailow mich nur von Fall zu Fall und in letzter Zeit nur noch widerwillig unterstützte. Übrigens wollte er mich von Anfang an nicht in seinem Trust unterbringen, sondern in einem anderen, über Dritte... Die gefälschte Bescheinigung erlaubte es Kolesnik, mich gehörig in die Mangel zu nehmen und indirekt seine Macht über Michailow weniger mir zu beweisen als vielmehr sich selbst, sich über Michailows Autorität hinwegzusetzen und ihm indirekt, über mich, auch eins auszuwischen.

»Weiß Michailow von dieser gefälschten Bescheinigung?« fragte Kolesnik.

»Nein«, antwortete ich kaum hörbar.

»Du lügst, wenn du den Mund aufmachst«, sagte Kolesnik, zum Du übergehend, mit erhobener Stimme und schlug mit der Faust auf den Tisch. »Ich bin dreißig Jahre alt, und ich habe kein einziges Mal gelogen, aber du lebst nur von Lügen. Ich habe alles mit meinen eigenen Händen erreicht, aber du Hundesohn verläßt dich auf deinen Onkel.« (Das war schon eine Überspitzung. Nachdem ich die gefälschte Bescheinigung zugegeben hatte, brauchte Kolesnik nur noch einen abschließenden Bericht zu schreiben, dann würde ich zweifellos sofort meinen Schlafplatz verlieren und hätte mich außerdem wegen Urkundenfälschung zu verantworten.)

Da Kolesnik persönliche Feindseligkeit für mich empfand, brachte er die Sache nicht zu einem für mich gefährlichen Abschluß, sondern schlug mit der Faust auf den Tisch, kanzelte mich ab und übertrieb, ging über seine Pflichten hinaus. Offensichtlich wollte er mich nun, da er mich völlig in der Hand hatte, nach

Herzenslust verhöhnen, und ich muß dazu sagen, daß mich das freute, denn als ich die Grenzen des Gesetzes überschritt (oder durch Kolesniks Überspitzung über sie hinausgeführt wurde), fühlte ich mich freier und nicht mehr so befangen... Nie zuvor war mein Schicksal in größerer Gefahr gewesen, und nie zuvor hatte ich mich so begeistert gedemütigt, um mich zu retten. Ich wagte einen kühnen, dreisten Schritt, indem ich Kolesnik bei seinem Vornamen nannte, was er schweigend duldete. Sehr bald hatten unsere Beziehungen keinen amtlichen, sondern einen Gossencharakter, und ich verstehe, daß sie so mehr nach Kolesniks Geschmack waren, weshalb er sogar hinnahm, daß ich ihn Sascha nannte (er hieß Alexander Tarassowitsch). Offenbar haßte Kolesnik unsereins, den intellektuellen Ausgestoßenen, so sehr, daß ihn die amtlichen Beziehungen, die vom Gesetz begrenzt waren, auch wenn er es auf seiner Seite hatte, behinderten, er wollte die Beziehungen der Gosse, die Beziehungen zwischen dem Starken und dem Schwachen fast im körperlichen Sinn, die Beziehungen zwischen dem Prügelnden und dem Geprügelten, der nur imstande ist, um Gnade zu bitten, aber nicht, sich zu widersetzen.

Kolesnik blickte auf die Uhr und sagte lässig:

»Na schön... Ich hab jetzt keine Zeit mehr für dich... Du bist frei bis heute abend... Abends sehen wir uns im Wohnheim...«

Ich verließ das Bezirksparteikomitee voller Hoffnungen... Ja, wie seltsam es auch sein mag, ich war in besserer Verfassung als vorher... Als ich kam, hatte ich hinter mir die Unterstützung des Bezirksparteisekretärs gefühlt, weshalb ich in nervlicher Anspannung war, bereit zum Kampf... Als ich ging, war ich moralisch zerschmettert, völlig entlarvt und frei von nervlicher Anspannung, zumal im letzten Moment in so ausweglloser Situation ein Hoffnungsstrahl aufgeblitzt war, der sich darin äußerte, daß Kolesnik übertrieb und über die Schranken des Gesetzes hinausging, indem er mir eine Abrechnung persönlicher Art bereitete. Dazu ist anzumerken, daß ich, sowie ich die persönliche Wut und Stärke Kolesniks in Bezug auf mich, den Hilflosen und von ihm Entlarvten, fühlte, in diesem Kolesnik meinen Gönner zu suchen begann, denn die gefälschte Bescheinigung nahm mir, so dachte ich, die Möglichkeit, woanders Unterstützung zu suchen, und Kolesnik war für mich jetzt Gott und Schicksal.

Während ich in dem kleinen Park beim Wohnheim spazierenging, war ich in Erwartung Kolesniks in gehoben-erregter Stimmung. Mir war jetzt nicht schwer um die Seele, im Gegenteil, ich fühlte die Leichtigkeit, ja, sogar nervöse Fröhlichkeit der gefallenen Seele. Kolesnik kam nicht in den Park, doch gegen neun Uhr abends klopfte er an die Tür unseres Zimmers. Er war häuslich mit einem Turnhemd bekleidet, und in der Küche hatte er wieder etwas auf dem Feuer, darum gingen wir, uns leise unterhaltend, im Korridor auf und ab, und er entfernte sich hin und wieder in die Küche. Als erstes beklagte ich mich bei ihm über die Heimleiterin, was absurd klingt, war es doch die Heimleiterin gewesen, die Kolesnik in den Kampf gegen mich einbezogen hatte... Überhaupt war es so, daß im letzten Stadium dieses Kampfes die Heimleiterin Sofja Iwanowna, die sich früher verhältnismäßig tolerant mir gegenüber verhalten hatte, jetzt Tetjana übertrumpfte, die sich ihrerseits beruhigt hatte und sich, vielleicht als Gegengewicht zur Heimleiterin, zu mir gegenüber neutral verhielt... Also, Sofja Iwanowna war in meiner Abwesenheit ins Zimmer gestürmt (so Salamow), hatte mein Bett durchwühlt und meinen Paß aus dem Nachttisch mitgenommen.

»Nun, dazu hat sie kein Recht«, sagte Kolesnik, »allerdings hast du sie im Bezirkskomitee faktisch bloßgestellt... Ich werde wegen des Passes mit ihr sprechen. Aber nun sag mir mal, wovon du lebst, du arbeitest ja seit März nicht mehr, drei Monate, rechne mal ab, sei so gut... Wenn du Geldüberweisungen bekommst, gib mir die Belege... Du hast was anzuziehen,

Schuhe an den Füßen, ißt mindestens dreimal am Tag... Frühstück, Mittagessen, Abendbrot« (ich ernährte mich schon seit einem Monat von Brot, Bonbons und heißem Wasser). »Rechne wenigstens über folgende Summe ab«, er nannte eine Summe, von der ich mindestens ein Jahr hätte leben können, wenn ich sie gehabt hätte.

»Sascha«, sagte ich sanft und bittend, »was soll ich denn machen, gib mir einen Rat, du könntest mir helfen, irgendwo unterzukommen... Ich hab mal eine Weile als Anstreicher gearbeitet.«

Das war unüberlegt, Kolesnik wurde plötzlich wütend.

»Du Dreckskerl«, sagte er, wenn auch leise, um keine Aufmerksamkeit zu erregen, »du und Anstreicher, du und richtig arbeiten...«

»Das stimmt«, pflichtete ich eilfertig bei, »ich hab mir die Füße erfroren, ich halt's im Winter nicht lange in der Kälte aus.«

»Aber andere sollen es aushalten«, sagte Kolesnik. »Nun gehst du grade in die Kälte, in die Verbannung... Du wirst wegen Urkundenfälschung verurteilt.«

Der Schlosser Mitka ging an uns vorbei.

»Tag, Goscha«, sagte er. »Tag, Sascha.«

Ein Außenstehender konnte uns für Freunde halten.

»Sascha«, sagte ich, unwillkürlich die Hände an die Brust pressend, »warum willst du mir das Leben völlig kaputtmachen?«

»Darum«, sagte er plötzlich im groben Gossenton und lächelte böse.

»Aber ich hatte so ein schweres Leben«, sagte ich, wobei ich jetzt nicht mehr aus Berechnung klagte, um Mitleid zu erwecken, sondern mich aufrichtigem Kummer hingab. »Ich bin allein aufgewachsen... Ich habe gehungert, und wenn ich was falsch gemacht habe, dann aus Not, aber das ist mir eine Lehre, ich werde sie mir zu Herzen nehmen.«

»Das glaub ich dir gerade«, sagte Kolesnik. »Ich könnte nicht einen Monat ohne Arbeit leben, aber dir macht es seit drei Monaten nichts aus, du gehst nicht ein... Wir kennen euereins...« Er wollte noch etwas hinzufügen, beherrschte sich aber.

Seine Frau kam dazu, die Verkäuferin im Kaufhaus, die mich früher höflich gegrüßt hatte, mir aber jetzt, nachdem sie von ihrem Mann offensichtlich alles haarklein über mich erfahren hatte, nur einen verächtlichen Blick zuwarf.

»Sascha«, sagte sie, »das Essen wird kalt.«

»Gleich, Katenka, ich bin gleich fertig«, sagte Kolesnik, »gleich komme ich...«

Die Frau entfernte sich. Wir gingen schweigend noch einmal von einem Ende des Korridors zum anderen.

»Also gut«, sagte Kolesnik, »der Teufel soll dich holen... Aber daß du in drei Tagen aus dem Wohnheim verschwunden bist.«

»Danke, Sascha«, sagte ich.

Die Absurdität der entstandenen Situation war offensichtlich. Jetzt sah ich Erfolg und Rettung in dem, wogegen ich drei Jahre lang mit Hilfe von Gönnern und Winkelzügen gekämpft und weshalb mich Kolesnik in die Hand bekommen hatte.

»Vielleicht kannst du mir einen Rat geben, wo ich hin soll?« fragte ich Kolesnik.

Er sah mich aufmerksam und ernst an, ohne Bosheit.

»Was möchtest du denn gern machen?«

»Ich weiß nicht«, sagte ich, »studieren, an der philologischen Fakultät.«

»Mit welchem Recht trachtest du nach ideologischer Arbeit?« fragte er wieder wütend.

»Tu ich ja gar nicht mehr«, beeilte ich mich, ihn zu beruhigen.

»Wie wär's denn, wenn du nach Indien fährst?« fragte er plötzlich.

»Wohin?« fragte ich verblüfft.

»Nach Indien«, sagte er ernst, »auf den Bau... Dort gibt's allerdings Malaria...«

»Das ist doch Blödsinn«, rief ich, meinen Ohren nicht trauend.

»Leise«, sagte Kolesnik, »und überhaupt, mach kein Gewese darum und halt die Klappe... Du arbeitest eine Weile im Ausland, vielleicht wirst du wirklich ein Mensch, dort wird man dir beibringen, das Ansehen des sowjetischen Bürgers in Ehren zu halten... Und wenn du's nicht kapierst, wird man dich zwingen... Fahr morgen früh zu folgender Adresse: Tonjakowski-Sackgasse vier... Mit der Straßenbahn achtzehn... Das wär's...«

Er drehte sich um und ging in sein Zimmer... Ich blieb im Korridor stehen... Indien... Wer hätte so eine märchenhafte Wendung meines Schicksals erwartet? Wer hätte gedacht, daß all das Schreckliche, Schmachvolle, das mir in den letzten beiden Tagen widerfahren war, so enden würde? Die demütige Ruhe war wie weggeblasen, ich war in gehobener, aufgewühlter Gemütsverfassung... Ich konnte kaum den Morgen erwarten und fiel erst im Morgengrauen in einen leichten Schlaf.

Der Morgen war wolkenverhangen, es goß in Strömen, der Himmel war durchgängig bedeckt. Der Wind wehte so stark, daß er das saftige Sommerlaub von den Bäumen fetzte, als wäre es schon gelb und tot. Ich frühstückte nicht (ich hatte gestern vergessen, Brot zu kaufen), trank nur aus dem Teekessel abgekühltes Wasser, wovon ich Magenschmerzen bekam, zog mich rasch an und streifte den alten Regenmantel über, der gelbe Flecke hatte. Ich hatte irgendwann ein Säckchen Äpfel, die mir die Tante geschickt hatte, neben den Mantel in den Koffer gelegt, um sie länger für Frühstück und Abendbrot aufzubewahren und nicht mit den Zimmergenossen teilen zu müssen. Aber durch die Kofferwärme und die lange Lagerung waren die Äpfel verfault und hatten auf dem Mantel Spuren hinterlassen, ähnlich den Flecken, wie sie Säuglinge hinterlassen, die nicht sagen können, wenn sie müssen... Darum zog ich den Mantel nur im Notfall an, und dann verschränkte ich beim Gehen die Hände auf dem Rücken, um einen besonders großen Fleck zu verdecken. Aber wenn Regen und durchdringender Wind von vorn kamen, war eine solche Haltung äußerst unbequem. Freilich waren dann wenig Passanten auf der Straße, und sie liefen mit eingezogenem Kopf, so daß sie wohl kaum auf meine Flecke achteten.

Vor dem Ausgang rief mich Tetjana an.

»Zwibyschew, hier, nimm«, sagte sie und hielt mir, mich zum erstenmal mit einiger Anteilnahme ansehend, meinen Paß hin.

Also hatte Kolesnik Wort gehalten und mit der Heimleiterin gesprochen. Das freute mich und flößte mir zusätzliche Zuversicht ein, so daß mir anfangs nicht einmal der Regen und die Kälte die Stimmung verderben konnten. Aber allmählich wurde ich müde. Die Fahrt dauerte lange. Die Tonjakowski-Sackgasse befand sich am anderen Ende der Stadt, und um die Straßenbahnlinie 18 zu erreichen, mußte ich erst mit dem Obus Nummer 2, dann mit der Straßenbahn 7 fahren. Dann mußte ich lange auf die 18 warten... Ich fuhr eine halbe Stunde mit der 18... Eine Haltestelle Tonjakowski-Sackgasse gab es nicht, wie man mir erklärte, sondern die Haltestelle »Maschinenausleihstation«, und dort mußte ich entweder auf den Bus warten, der selten fuhr, oder zwei Stationen zu Fuß gehen... Ich ging zu Fuß die aufgeweichte Straße bergauf, zu beiden Seiten waren Baugruben voller Wasser... Ich ging sehr lange, bekam starke Rückenschmerzen und weichte völlig durch, und in den Schuhen gluckste Wasser. Die Gegend war menschenleer, und ich konnte niemanden fragen. Ich ging und war wütend auf mich, zumal mich bald der Bus überholte, auf den ich nicht hatte warten wollen. Endlich kam mir ein schnurrbärtiger Mann entgegen, der einen strapazierfähigen Segeltuchmantel mit Kapuze und derbe rindslederne Stiefel anhatte, so daß ich ihn unwillkürlich um seine Kleidung beneidete, die gut vor dem Regen schützte. Der Schnurrbärtige erklärte mir, ich hätte nicht bei der »Maschinenausleihstation«, sondern eine Haltestelle früher, an der Koshemjazkaja, aussteigen und von dort mit der Straßenbahn bis zur Jarnaja fahren müssen... Die Tonjakowski-Sackgasse beginne an der Jarnaja... Oder ich hätte zwei Haltestellen früher an der Ersten Tonjakowski aussteigen müssen. Allerdings sei das ein Fußweg von fünfzehn Minuten.

Ich verstand seine Erklärung nicht recht, kehrte aber um und ging zurück zur Straßenbahn 18. Das Gehen machte jetzt weniger Mühe, weil Wind und Regen den Rücken peitschten. Ich wartete auf die Straßenbahn und fuhr zurück, aber nicht bis zur Koshemjazkaja, sondern bis zur Ersten Tonjakowski-Gasse, denn ich vertraute eher auf meine Füße, außerdem wollte ich, offen gestanden, Fahrgeld sparen, denn an der Koshemjazkaja hätte ich umsteigen und bis zur Jarnaja fahren müssen.

Das Haus Tonjakowski-Sackgasse 4, das ich endlich vor mir sah, was mich so freute, als erwarteten mich hier ein heimischer warmer Winkel, Erholung und Gemütlichkeit, war ein einstöckiges Holzhaus, windschief, aber wirklich äußerst gemütlich, mit geschnitzten Fensterverkleidungen, geschnitzter Vortreppe und Gardinen vor den Fenstern, in denen überall die gleichen Flaschen mit Obstschnaps standen; am merkwürdigsten aber war, daß an allen Fenstern verschiedenfarbige Katzen saßen, die das Unwetter ins Haus getrieben hatte... Ich betrat den halbdunklen, gemütlichen und warmen Korridor, in dem es schwindelerregend nach gebratenem Fleisch roch... Ich war einigermaßen verwirrt, denn ich wußte nicht, wie ich nach der Behörde fragen sollte, die, wie ich aus Kolesniks Worten verstanden hatte, keine Reklame machte und vielleicht nicht einmal ein Schild hatte.

»Zu wem wollen Sie?« sprach mich ein Mieter aus spaltbreit geöffneter Tür an.

»Verstehen Sie«, stammelte ich, »ich muß eigentlich dahin, wo man Arbeit...«

»Gehen Sie in den Hof und von dort in den Keller... unter dem Bogen durch...«

Ich ging hinaus und entdeckte unter dem Bogen tatsächlich eine Tafel über die Einstellung von Arbeitskräften. Ich stieg drei Stufen nach unten. In dem recht feuchten Souterrainzimmer, in dem Plakate mit lächelnden Holzfällern und Bergarbeitern hingen, saß der Bevollmächtigte für die Anwerbung von Arbeitskräften, ein Mann mit rotem Gesicht, in einer Uniformjacke, wie sie die militärische Eisenbahnwache trägt, mit gelben Kanten, aber ohne Achselklappen und Rangabzeichen.

»Sie wünschen?« fragte er mich mit gleichmütigem Blick und vertiefte sich wieder in einen Bericht, den er schrieb.

»Ich möchte zu Ihnen«, sagte ich diplomatisch und setzte mich auf einen Stuhl, »werben Sie hier Arbeitskräfte an?«

»Ja«, sagte der Bevollmächtigte und nickte.

»Wohin?«

»Dalstroi, Magadan, Kasachstan...«

»Aber mir wurde empfohlen«, ich senkte die Stimme, »mich wegen Indien zu erkundigen.«

Der Bevollmächtigte sah mich an. Ich war erschöpft, zermürbt, völlig durchnäßt und hatte mich wohl erkältet. Wahrscheinlich war mir das anzusehen.

»Für Indien werben wir nicht an«, sagte der Bevollmächtigte unfreundlich.

»Und wer wirbt an?«

»Weiß ich nicht.«

»Gibt's hier in der Nähe noch eine andere Organisation, die anwirbt?« fragte ich.

»Weiß ich nicht«, sagte der Bevollmächtigte, »hab nichts davon gehört.«

Ich entschuldigte mich und ging hinaus.

Natürlich hatte Kolesnik mich, einen Menschen mit überaus kritischem Verstand, nur deshalb so einfach und leicht reinlegen und verhöhnen können, weil ich in einer extremen Situation war. Das war wieder einmal der berüchtigte Strohhalm gewesen. Wer nach Rettung dürstet, ergreift ihn mit derselben, keinesfalls geringeren, aufrichtigen Hoffnung, mit der er sich an einen festen Stamm klammern würde.

ACHTZEHNTES KAPITEL

Ich weiß nicht mehr, wie ich das Wohnheim erreichte, aber ich weiß noch, daß ich mich sofort auszog und hinlegte. Ich fühlte mich so elend, und ich war so schwach, daß ich meine Abhängigkeit von allen und ein Bedürfnis nach allen verspürte, die gesund und auf den Beinen waren und mir helfen konnten. An jenem Abend, an dem ich mich besonders elend fühlte, wurde ich gütig zu allen meinen Mitbewohnern und vergaß den Groll gegen sie.

»Pascha«, sagte ich zu Beregowoi, mit dem ich auf Kriegsfuß stand und lange nicht mehr gesprochen hatte, »gib mir bitte Wasser, ich habe Durst.«

Beregowoi sah mich schweigend an, füllte einen Becher und gab ihn mir.

Ich trank genußvoll in kleinen Schlucken, und das Zittern ließ nach. Dann spielten Beregowoi und Petrow Schach, wobei sie rauchten.

»Ihr solltet lieber nicht rauchen«, sagte Shukow und wies mit dem Kopf auf mich, denn mich würgten Hustenanfälle.

»Ach was«, sagte Beregowoi und winkte geringschätzig ab, »die Lüftungsklappe ist ja offen.«

»Vitja«, sagte ich zu Shukow, dem ich äußerst dankbar war, weil er aus Sorge um mich das mit dem Rauchen gesagt hatte, »würdest du bitte zu Grigorenko gehen und ihm sagen, daß ich krank bin, er soll mir was zu essen kaufen.«

Shukow ging hinaus und kam nach zwanzig Minuten durchnäßt wieder, denn es regnete schon den zweiten Tag ununterbrochen ... Er packte zwei Sorten Kochwurst aus, Leberwurst, Brot, Butter, eine Büchse

Zucchinistücke in Tomatensoße, eine Büchse Auberginenmus, eine Fleischkonserve und eine Büchse »Hecht in Öl«... Aber Bonbons hatte er nicht gekauft. Überhaupt hatte er mit seinem unüberlegten Einkauf meinem Budget einen empfindlichen Schlag versetzt, denn er hatte eine Summe ausgegeben, von der ich mindestens einen halben Monat zu leben gedachte... Wenn ich ihm das Geld gab, war ich völlig blank, und in zwei, na, drei Tagen mußte ich aus dem Wohnheim raus...

Mit Mühe den Kopf wendend, denn ich hatte starke Schmerzen im Hinterkopf, blickte ich auf all die verführerischen Reichtümer, die vor mir auf dem Stuhl lagen, schluckte hungrig Speichel, das Gesicht vor Halsschmerzen verziehend, und überlegte qualvoll, was ich tun sollte... Ich hatte mich so lange nur von Brot und heißem Wasser ernährt, daß ich es nicht über mich brachte, Shukow ehrlich zu sagen, daß ich das alles nicht bezahlen konnte, und ich beschloß, vom Recht des Kranken Gebrauch zu machen und die Schulden vorerst zu vergessen... Dabei plagte mich das Gewissen, denn ich wußte, daß Shukow Lohn bekommen hatte und seiner Mutter Geld schicken mußte, aber ich konnte der Verlockung nicht widerstehen.

»Wo ist denn Grigorenko?« war das einzige, was ich Shukow fragte.

»Er war nicht da«, antwortete Shukow, den Kopf vom Physiklehrbuch der siebenten Klasse hebend, das er fast auswendig lernte wie Gedichte.

Ich bedauerte aufrichtig, daß Grigorenko nicht da war. Der hätte gekauft, was meinem Budget angemessen war: Brot, Bonbons, vielleicht Butter, denn er war mein Freund und kannte meine finanziellen Möglichkeiten. Aber was für Freunde waren wir: Wir ließen uns manchmal wochenlang einer beim andern nicht sehen. Darum war ich nun auf Shukows Gefälligkeit angewiesen, der mich mit seinen unüberlegten Einkäufen in Versuchung führte. Mein Organismus war völlig entkräftet, und ich war außerstande, ihm jetzt, während der Krankheit, die Nahrung zu verweigern. Also beschloß ich, mir keine Gedanken zu machen, und fiel gierig über das Essen her. Ich aß viel und vollwertig zu Abend und trank dazu heißes Wasser, das mir unser ruhigster Zimmerbewohner gab, der alte und unauffällige Kulinitsch... In der Nacht wälzte ich mich herum, mir war heiß und schwer, ich versuchte mich in den Schlaf zu wiegen, aber das half nicht, verstärkte sogar die Kopfschmerzen, doch am Morgen fühlte ich mich besser, und nachdem ich ein vollwertiges Frühstück (heißes Wasser gab mir Salamow) zu mir genommen hatte, schien ich wieder ganz fit zu sein, obwohl mir noch der Hals weh tat.

Unterdessen wartete Shukow, daß ich meine Schulden beglich, denn er schickte ja von jedem Lohn seiner Mutter Geld... Ich spürte das an seinen Blicken, die er mir zuwarf, aber eine gewisse Schamhaftigkeit (ich bin sicher, daß er sich für mich schämte und sich darum genierte, das unangenehme Gespräch zu beginnen), eine gewisse Schamhaftigkeit hinderte ihn, offen die Schulden einzufordern. Wir litten beide, und in unsere Beziehungen trat wieder eine gewisse Spannung, ich spürte das, als ich bald darauf mit Beregowoi einen Zusammenstoß wegen der Lüftungsklappe hatte.

Am zweiten Krankheitstag ging es mir noch besser, aber Husten würgte mich, hatte mich nachts überhaupt nicht schlafen lassen und hinderte mich auch am Tage zu schlafen. Darum stand ich auf, als alle weg waren, und schlug die Lüftungsklappe zu, durch die mir feuchter Wind direkt ins Gesicht blies, schlug die Klappe zu, wonach ich weniger hustete und einschlief. Ich erwachte von Geschrei.

»Der Armleuchter«, schrie Beregowoi und riß die Klappe weit auf, ich glaube, mir fielen sogar Regenspritzer auf die glühende Stirn, »was fällt dir ein... Sollen wir deinetwegen alle ersticken...«

»Ich bin krank«, sagte ich, »ich hab Husten, und ich

liege im Zug... Und überhaupt«, fügte ich, die Beherrschung verlierend, hinzu, »hau ab, du Scheißkerl... «
»Selber Scheißkerl, Schweinehund«, schrie Beregowoi, »wenn du krank bist, geh ins Krankenhaus... Du hängst uns hier mit deinem Gestank zum Hals heraus...«
Ich bereute schon, daß ich mich mit ihm angelegt hatte, denn von seinem Gebrüll bekam ich Kopfschmerzen.
»Jungs, zankt euch nicht«, sagte Kulinitsch.
»Laß gut sein, Pascha«, sagte sogar Beregowois Freund Petrow, »mach die Klappe bis auf einen Spalt zu, dann ist es für beide Seiten gut.« Er lächelte mir zu.
Da ergriff plötzlich Shukow, der sonst ein Gewissen hatte, Beregowois Partei. Zweifellos geschah das wegen des Geldes, das ich ihm noch nicht zurückgezahlt hatte, so daß er seiner Mutter nicht die volle Summe schicken konnte.
»Wirklich wahr«, sagte er, »Paschka hat recht. Fünf Leute müssen hier unter seiner Krankheit leiden. Soll er sich in die Isolierstation verziehen... Keiner ist dem andern verpflichtet... Für ein Dankeschön läßt sich's gut auf fremde Kosten...«
Das war eine direkte Anspielung, und ich konnte mich kaum zurückhalten, ihm das Geld hinzuschmeißen, obwohl ich dann völlig blank gewesen wäre, zu einem Zeitpunkt, wo ich bald auf der Straße sitzen würde.
Ich weiß nicht, ob ich schlief oder einfach vor mich hindämmerte, jedenfalls wurde ich wach, als mich jemand an der Schulter rüttelte. Salamow, gerade von draußen gekommen, was an seinen kalten Händen zu spüren war, hielt mir ein Schreiben hin.
»Das liegt schon den dritten Tag unten auf dem Nachttisch«, sagte er, »wo die Post ausliegt.«
Es war wieder die Benachrichtigung von der Militärstaatsanwaltschaft, und in einer Ecke stand »zweite Zustellung». Das Schicksal schlug mich von

allen Seiten, aber jede neue Aufregung und Gefahr lenkte mich von der vorigen ab und zeigte mir, wie nichtig sie gewesen war. Jetzt, im Licht der Benachrichtigung von der Militärstaatsanwaltschaft, kam mir die Geschichte mit Kolesnik, mit der gefälschten Bescheinigung und dem Schlafplatz lächerlich und nichtig vor... Nachdem ich den ersten Anfall von Unruhe mühsam niedergekämpft hatte, begann ich die Benachrichtigung zu analysieren. Darin stand: »Bürger Zwibyschew, G.M., wir fordern Sie auf, am 4. Juni 195... gegen 12 Uhr in der Militärstaatsanwaltschaft des ... Militärbezirks, Tschkalow-Straße Nr...., Zi. 49, zu erscheinen. Oberuntersuchungsführer der Militärstaatsanwaltschaft Oberstleutnant Bodunow.«

Es klopfte an die Tür. Kolesnik kam herein, er trug einen durchsichtigen Regenmantel über dem himmelblauen Anzug mit dem Abzeichen der Friedenstaube am Revers.

»Tag, Jungs«, sagte er.

»Grüß dich, Sascha«, sagte Beregowoi lächelnd, und der Parteiinstrukteur und der Schlosser begrüßten sich mit einem kräftigen, brüderlichen Arbeiterhandschlag.

»Na, was ist?« fragte mich Kolesnik, »wann fährst du?«

»Ich bin ein bißchen krank geworden«, sagte ich leise.

»Paß auf«, sagte Kolesnik, »für deinen Platz ist schon jemand vorgesehen... Du hast versprochen, daß du in drei Tagen weg bist... Wenn du dein Wort nicht hältst, geht's dir schlecht. Ich hab dir auch den Paß von der Heimleiterin beschafft, mache alles für dich...«

»Was gibt's denn?« fragte Beregowoi interessiert.

»Ja also«, sagte Kolesnik lächelnd, »Zwibyschew verläßt euch, er hat von euch die Nase voll... Rykin wird hier einziehen.«

»Den kenne ich«, sagte Beregowoi erfreut. »Wolodka Rykin, Installateur«, sagte er zu Petrow, »ein vernünftiger Bursche... Wenn Wolodka hier einzieht, schieben wir unsere Nachttische zusammen und rücken die Betten näher zueinander, damit wir hier mehr Bewegungsfreiheit haben.«

Beregowoi und Petrow erörterten lebhaft, wie sie hier alles umstellen würden, wenn sie mich los waren, so als ob man im Beisein eines noch lebenden Menschen darüber redet, was nach seinem Tod sein wird... Doch über sie dachte ich jetzt am allerwenigsten nach, ich lag da und analysierte die Benachrichtigung... Vielleicht hing das mit den Verstößen beim Bau des Übungsflugplatzes zusammen... Übrigens, wenn es was mit der alten Arbeit wäre, hätten sie meine Adresse genau gewußt... Doch ein Detail in der Benachrichtigung deutete darauf hin, daß sie mich aufs Geratewohl, über das Adressenbüro, ausfindig gemacht hatten, denn da gab es eine Ungenauigkeit. Die Benachrichtigung war an das Eisenbahnerwohnheim adressiert. Ich wohnte aber im Bauarbeiterwohnheim. Offensichtlich hatten sie das mit dem Bezirk durcheinandergebracht. Der Stadtbezirk hieß »Eisenbahnbezirk«. Aber vielleicht... zuckte es mir wie ein Blitz durchs Hirn, so daß mir der Hinterkopf weh tat – mein Vater... Aber warum Militärstaatsanwaltschaft?

»Na, fährst du nach Indien?« fragte mich Kolesnik und zwinkerte Beregowoi zu. »Ich wollte ihn nach Indien schicken, aber er lehnt ab... Paß auf, Zwibyschew, übermorgen zieht hier ein neuer Bewohner ein und bringt seine Sachen her. Also sei so gut und räum das Bett. Paß bloß auf, du Hindu.« Er lachte. »Also dann, Jungs«, sagte er und ging.

Ich dachte jetzt am wenigsten über Kolesnik und den bevorstehenden Verlust der Unterkunft nach... Warum bestellte mich der Untersuchungsführer Bodunow zu sich? Diese Gedanken und die Krankheit hatten mich so geschwächt, daß ich plötzlich, ohne es zu merken, in tiefen Schlaf fiel, obwohl sich die Mitbewohner laut unterhielten und das Radio dudelte.

Der nächste Tag brachte nichts Neues, außer, daß sich das Wetter besserte. Ich lag oder saß auf dem Bett, und keiner, nicht einmal Salamow und Kulinitsch, die Neutralen, beachtete mich. Vielleicht hatte ihnen Shukow von den Schulden erzählt, die ich noch nicht zurückgezahlt hatte. Das Wetter vor dem Fenster wurde immer junihafter, ein paarmal kam die Sonne durch, der Wind legte sich. Gegen Abend wurde auf dem kleinen Platz vor unserem Gebäude zu Akkordeonmusik getanzt, der Krach dauerte bis tief in die Nacht, bis der Abschnittsbevollmächtigte alle davonjagte.

Am Morgen des vierten Juni stand ich früh auf und fühlte mich völlig gesund, war nur etwas schwindlig und taumelig und hatte noch ein Kratzen im Hals. Zum Frühstück aß ich die Reste der von Shukow gekauften Lebensmittel, zog dann ein neues Hemd, die Kordjacke, die leichte Sommerhose und Sandalen an und verließ das Haus. Die Linden begannen zu blühen, und ihr süßlicher Honigduft war so stark, daß ich Speichel schluckte, obwohl ich nicht hungrig war. Aus verschiedenen Gebäuden des Wohnheims gingen Leute, die nicht zur Arbeit mußten und sich in den vergangenen Schlechtwettertagen nach Sonne und Wasser gesehnt hatten, in Richtung Fischsee. Ich fuhr ins Zentrum.

Die Tschkalow-Straße befand sich zwar im Zentrum, aber abseits der lauten Magistralen, sie war grün und ruhig. Im allgemeinen haben Rentner und besonders Rentnerinnen eine Schwäche für solche kleinen Straßen und besetzen alle Bänke. Doch die Tschkalow-Straße bildete auch darin eine Ausnahme, denn sie war abschüssig, und Menschen im vorgerückten Alter fällt es schwer, bergauf zu gehen. Darum sah die Straße selbst mitten am Tag unbelebt aus. Das Gebäude, in das ich bestellt war, nahm fast das ganze Viertel ein, ging zusammen mit der Straße bergab und wuchs mehr und mehr in die Höhe. Am Beginn der Neigung hatte es wohl zwei Stockwerke, weiter unten sechs oder gar sieben... Ich ging bis ganz hinunter, wo der Haupteingang war und ein Soldat stand. Links vom Eingang war ein Schild: »Militärtribunal des ...er Militärbezirks«, und rechts: »Militärstaatsanwaltschaft des ...er Militärbezirks«. Ich war zu früh da. Also ging ich noch eine Weile spazieren, trat Punkt zwölf zu dem Soldaten und hielt ihm die Benachrichtigung hin.

»Passierscheinstelle«, sagte der Soldat, ohne hinzusehen.

»Wo ist das?« fragte ich.

»Weiter oben und dann links.«

Ich ging wieder bergauf und sah bald einen kleinen Platz, auf dem Autos standen. Ein cremefarbener Pobeda kam vorgefahren. Ihm entstieg ein Mann von elegantem ausländischem Aussehen, auf dem Kopf ein Mützchen mit einer Sonnenblende aus durchsichtigem hellblauen Material. Mit ihm war ein etwa achtjähriger Junge ausgestiegen, ebenfalls ausländisch gekleidet und wohlgenährt. Sie gingen zu einer massiven Tür, und ich folgte ihnen rasch. Im Wartezimmer saßen an die zehn Menschen auf Stühlen, doch der elegante Mann ging, nachdem er zu dem Jungen leise »Setz dich« gesagt hatte, schnurstracks zum Schalter, zog ein rotes Büchlein hervor und sagte zu dem diensthabenden Offizier:

»Guten Tag... Ich bin Korrespondent der Zeitschrift ›Sowjetunion‹... Ich habe telefoniert mit dem Genossen...« Er nannte einen Namen, den ich nicht verstand.

Ich faßte Mut, trat auch zu dem Offizier und hielt ihm die Benachrichtigung hin. Er las sie durch.

»Geben Sie mir Ihren Paß«, sagte er.

Der elegante Mann wollte seinen Paß zücken, doch der Offizier sagte:

»Nein, nicht Sie, Sie warten... Ich muß erst den Genossen abfertigen...«

Das war etwas Neues, was ich noch nie erlebt hatte, mir aber sogleich zu eigen machte, als ich vortrat und den Mann mehr als nötig zurückdrängte.

»Durch den Haupteingang«, sagte der Offizier höflich, mir Paß, Benachrichtigung und Passierschein aushändigend, und lächelte mir wohl gar zu.

Ich nahm die Papiere und sah den Mann von oben herab an, er blickte mit gelangweilter Miene zur Seite, sichtlich die Kränkung verbergend, daß ich, ein äußerlich unscheinbarer Mensch, vorgezogen wurde. Ich ging zum Haupteingang und zeigte dem Posten den Passierschein. Er ließ mich ins Foyer... Im Foyer ging ein Wachhabender mit roter Armbinde auf und ab, und vor dem Aufzug warteten zwei Oberste und ein sehr dicker Major.

»Ich muß zum Genossen Bodunow«, sagte ich zu dem Wachhabenden.

»Ihre Benachrichtigung«, sagte der Wachhabende kurz angebunden. Er las sie durch und sagte unfreundlich: »Zimmer neunundvierzig, dritter Stock, linker Block.«

Nachdem der Offizier in der Passierscheinstelle mich mit Achtung behandelt und sogar angelächelt hatte, erschreckten und verwirrten mich die unfreundlichen, wie Kommandos klingenden Worte des Wachhabenden im Foyer.

Ich stieg in den dritten Stock hinauf und ging den Korridor entlang, vorbei an zahlreichen Türen. Die Korridorfenster waren hier vergittert, und auf den Treppenabsätzen patrouillierten Soldaten. Vor Zimmer 49 blieb ich stehen und klopfte an.

»Herein«, erklang es von drinnen.

Ich drückte zaghaft die Klinke nieder und wäre beinah gestürzt, denn die Schwelle war außergewöhnlich hoch.

»Schließen Sie die Tür hinter sich«, erklang eine scharfe Stimme.

Ich zuckte zusammen und schloß die Tür. Im Zimmer, das ebenfalls vergitterte Fenster hatte, standen drei Schreibtische, und an jedem saß ein Oberstleutnant. Da ich nicht wußte, wer von ihnen Bodunow war, trat ich zu dem jüngsten, einem schwarzhaarigen Mann, und hielt ihm die Benachrichtigung hin.

»Ich bin zum Genossen Bodunow bestellt«, sagte ich leise.

»Kommen Sie her!« rief es hinter mir.

Bodunow hatte blondes Haar, das sich schon lichtete und eine tiefe Kerbe im Kinn.

»Die Benachrichtigung wurde Ihnen zum zweitenmal zugestellt«, sagte Bodunow, während er meinen Paß betrachtete, »warum sind Sie seinerzeit nicht gekommen?«

»Ich war verreist.« Zum erstenmal im Leben machte ich vor einem Untersuchungsführer eine falsche Aussage.

»Warten Sie...«

Ich setzte mich auf einen Stuhl.

»Nein, draußen im Korridor«, fügte Bodunow hinzu.

Ich ging hinaus und setzte mich auf eine Holzbank. Nicht weit von mir, auf dem Treppenabsatz, stand ein Posten, und direkt vor mir war ein vergittertes Fenster, durch das die Sonne knallte. Hier, in diesen Minuten, als ich wartete und mir keiner Schuld bewußt war, im Gegenteil, sogar das Lächeln des Offiziers der Passierscheinstelle auf meiner Aktivseite hatte und unter dem Eindruck der Umgebung und der nichtssagenden Repliken des Untersuchungsführers stand, begriff ich, der ich in meinem Leben genug Ängste ausgestanden hatte, was wirkliche Angst ist. Zu allem Unglück wurde ein Häftling an mir vorbeigeführt, die Hände auf dem Rücken, mit bleichem Gesicht, in einem lange nicht gewaschenen Hemd... Später war ich häufig in diesem Haus und erfuhr von Vera Petrowna (meiner Bekannten), daß der ganze linke Block nur für die Rehabilitierung zuständig war... Der Häftling wurde hier also zufällig vorbeigeführt, die jungen Begleitposten hatten sich offensichtlich in den Korridoren verirrt, als sie das richtige Zimmer suchten... Dieser Häftling verstärkte noch meine Angst (ich erinnere daran, daß ich leicht zu beeindrucken bin). Ich hielt es auf der Bank kaum noch aus (obwohl ich, wie sich später herausstellte, nicht länger als zwanzig Minuten saß) und wollte zu dem vergitterten Fenster gehen und auf die Straße blicken, wußte aber nicht, ob ich das durfte, denn der Posten auf dem Treppenabsatz konnte mich sehen. Endlich öffnete sich die Tür von Zimmer 49 einen Spalt breit.

»Zwibyschew, kommen Sie herein«, sagte Bodunow, und mein Name schlug mir von innen gegen den Schädel, so daß mir wieder der Hinterkopf und die Augen weh taten (derartiges war mir schon bei heftiger Erregung widerfahren, aber so stark noch nie).

Ich trat ein und setzte mich. Auf dem Tisch des Untersuchungsführers lag ein Stapel alter Aktendeckel aus gelber Pappe, die einander erstaunlich ähnlich sahen. Genauso ein Aktendeckel lag mitten auf dem Tisch zwischen dem Untersuchungsführer und mir.

»Zwibyschew, Grigori Matwejewitsch«, sagte er. »Richtig?«

»Ja«, bestätigte ich kaum hörbar.

»Erzählen Sie von sich«, sagte der Untersuchungsführer, »wo sind Ihre Eltern?«

Ich verspürte einen Stoß im Herzen und begriff schlagartig, daß sich endlich meine besten Hoffnungen erfüllten und nicht meine schlimmsten Befürchtungen. Endlich konnte ich offen und frei die Wahrheit sagen... Und ich begann zu reden. Dabei erfüllte ein Klingen meine Ohren, so daß ich nichts hörte, sondern nur am Gesicht des Untersuchungsführers, der milder geworden war und mich verständnisvoll ansah, begriff, daß ich das Richtige sagte und daß ich es gut sagte... Ich muß dazu bemerken, daß ich schon vor drei Jahren, als die ersten Gerüchte umgingen über unrechtmäßige Verurteilungen, über die Revision von Fällen, über die Vergünstigungen für anerkannt Unschuldige oder ihre Familien, daß ich schon damals überlegte, ob ich einen Antrag stellen sollte. Aber erstens war ich nicht sicher, daß sie meinen Vater als unschuldig anerkennen würden, und zweitens hielten mich insgeheim auch die Ängste meiner Tante zurück, über die ich zugleich öffentlich lachte. Die Tante meinte, es sei besser zu schweigen, weil »sich alles wieder ins Gegenteil verkehren« könnte. Ich lachte über diese alberne Äußerung und über diese Ängste, dachte aber insgeheim: Wenn nun wirklich alles wieder ins Gegenteil umschlägt? Was blüht mir dann für den Betrug, für die im Laufe vieler Jahre erfundenen Lebensläufe, dafür, daß ich meinen Vater, den Volksfeind, als einen im Krieg gefallenen Helden ausgegeben hatte? Doch jetzt, als mich die Militärstaatsanwaltschaft aus eigenem Antrieb ausfindig gemacht hatte, war ich froh, daß ich alle Zweifel und Befürchtungen fallenlassen konnte. Mit Genuß, mit freudiger Begeisterung schüttelte ich alles ab, was mich verwirrt und zum Verlogenen und Nichtigen hingezogen hatte, und stürzte mich voller Begeisterung auf die heilige Wahrheit, die mir endlich vom Leben geschenkt wurde... Und diese Wahrheit war märchenhaft gut... Meine Tante, bei der ich aufwuchs, hatte mich, verschüchtert, wie sie war, kaum in die Einzelheiten der Vergangenheit eingeweiht, wußte vielleicht auch selbst nicht gut Bescheid... Nur zufällig und in Bruchstücken erzählte sie, genauer, rutschte es ihr heraus, wonach sie sogleich wieder verstummte, daß mein Vater ein »großer Mann« gewesen sei. Aber das nahm ich nicht ernst, denn für meine Tante war auch der Hausverwalter ein hohes Tier... Darum konnte ich meinen richtigen Vater, der mir nichts gegeben hatte außer der Notwendigkeit, meine Schande zu verbergen, darum konnte ich schon als Kind meinen Vater nicht leiden und dachte mir einen anderen Vater aus und verwuchs so sehr mit dieser Version, daß ich sie in meinen Tagträumen sogar selbst für die Wahrheit hielt. So träumte ich zum Beispiel, mein Vater sei nicht an der Front gefallen (mit den Jahren hatte diese Version nur die Veränderung erfahren, daß ich mir einen konkreten Frontabschnitt ausdachte, keinen berühmten wie Stalingrad oder Kursker Bogen, sondern das bescheidene Wolchow, was der Version, wie ich dachte, größere Wahrhaftigkeit und Konkretheit verlieh), träumte ich also, er sei nicht gefallen, sondern lebe, habe aber keine Möglichkeit, nach mir zu suchen. Jetzt jedoch zeigte sich, daß die Wirklichkeit alle meine Träume und Gedankengebäude übertraf... Ich war der Sohn des Korpskommandeurs Zwibyschew, in heutige Dienstgrade übersetzt, der Sohn eines Generalleutnants... Aber während man im Traum jede, selbst die phantastischste Wandlung als natürlich hinnimmt, muß man sich im Wachen erst an sie gewöhnen, so daß ich in den ersten Minuten, nachdem ich von der so frappierenden Veränderung in meiner gesellschaftlichen Stellung erfahren hatte, nichts Neues empfand, weder in mir noch in der Wahrnehmung des mich umgebenden Lebens. Ich saß noch genauso auf dem Stuhl und beantwortete die Fragen des Untersuchungsführers, der sie mild und höflich und mit sichtlichem Wohlwollen mir gegenüber stellte. Er fragte nach dem Vor- und Vatersnamen und dem Geburtsjahr meiner Mutter und wo sie sich jetzt aufhalte, denn man habe versucht, auch sie über das Adressenbüro ausfindig zu machen, aber erfolglos. Als er hörte, daß sie gestorben war, fragte er, wann, woran und in welchem Ort, und schrieb das alles sorgfältig auf.

»Könnten Sie wohl«, fragte er, mich noch immer mild anblickend, »drei Menschen nennen, die Ihren Vater kannten... Natürlich ist das eine Formalität, aber sie sollte nach Möglichkeit eingehalten werden. Das Tribunal für solche Fälle tritt bei uns einmal wöchentlich zusammen, und es wäre in Ihrem eigenen Interesse, alles vorzubereiten und schnell zu regeln, damit Sie die organisatorischen Dinge in Angriff nehmen können.«

Ich nannte Michailows Namen und versprach, noch zwei in Erfahrung zu bringen, wobei ich wieder einmal auf Michailow setzte.

»Na wunderbar«, sagte der Untersuchungsführer. »Hier haben Sie meine Telefonnummer«, er schrieb sie auf einen Zettel und gab ihn mir, »und Sie teilen mir die Namen der Zeugen mit... Übrigens, da es um den Korpskommandeur Zwibyschew geht, können Sie sich schon jetzt um die organisatorischen Dinge kümmern, noch vor dem formalen Beschluß über die Rehabilitierung... Gehen Sie den Korridor links bis Zimmer achtundfünfzig, dort sitzt eine sehr nette Frau, Vera Petrowna, ich rufe sie an, und sie wird Ihnen alles erklären... Dann alles Gute.«

Er unterschrieb den Passierschein, stand auf und drückte mir lächelnd die Hand. Dieser Händedruck und das höfliche, fast schon achtungsvolle Lächeln einer obendrein hochrangigen Person, eines Oberstleutnants, halfen mir endgültig, meine neue Lage zu begreifen, und ich ging als ein anderer Mensch hinaus, als Sohn eines Generals (Korpskommandeur klang nicht, darum nannte ich mich in Gedanken Sohn des Generals Zwibyschew und stellte mich künftig überall so vor, was auch der Wirklichkeit entsprach, wenn man die Armeeränge der dreißiger Jahre in die Gegenwart übersetzte). Im Zimmer 58 saß eine Stenotypistin, ein junges, recht hübsches Mädchen, das ich zum erstenmal ohne Unterwürfigkeit ansah (in dem Sinne, daß ich schöne Frauen und Mädchen früher immer mit einer gewissen Achtung und Unterwürfigkeit angeschaut hatte, wie einen Natschalnik, denn sie waren unerreichbar für mich).

»Ich möchte zu Vera Petrowna«, sagte ich schlicht und mit Würde.

»In welcher Angelegenheit?« fragte das Mädchen.

»Ich bin der Sohn des Generals Zwibyschew.« (Ich bekenne, diese Wortverbindung bereitete mir so viel Wonne, daß ich ihr lauschte wie einer Musik und mich kaum beherrschen konnte, um nicht vor Freude zu lachen oder einen Luftsprung zu machen.

»Aha, einen Augenblick«, sagte das Mädchen und ging durch die offene Tür nach nebenan.

Bald kam von dort eine etwa fünfundvierzigjährige Frau mit einem nicht sehr schönen, aber wirklich angenehmen und guten Gesicht.

»Vera Petrowna«, sagte sie zu mir und streckte mir lächelnd die Hand entgegen (für mich begann eine Periode zahlreicher Lächeln, was ich erst später begriff).
»Sergej Sergejewitsch« (das war sicherlich Bodunow) »hat mich angerufen... Entschuldigen Sie, wie ist Ihr Vor- und Vatersname?«
»Grigori Matwejewitsch«, sagte ich.
»Setzen Sie sich bitte, Grigori Matwejewitsch. Ich nenne Ihnen jetzt einige Adressen, schreiben Sie sie bitte auf«, sie gab mir ein Blatt Papier und einen Kugelschreiber, »Straße... Das ist das Komitee für Staatssicherheit... Dort müssen Sie einen Antrag auf Ermittlung Ihres Vermögens oder auf finanzielle Entschädigung stellen... Die befassen sich damit... Dann die Straße... Verwaltung für innere Angelegenheiten... Dort kann man Ihnen«, Vera Petrowna verstummte einen Moment und senkte die Augen, »das Schicksal Ihres Vaters mitteilen.«
Interessant, daß ihre bekümmerten Töne mich überhaupt nicht berührten, das heißt, daß sie meine festliche Stimmung nicht beeinträchtigen konnten, denn die ersten Minuten des neuen Lebens genießend, dem offizielle Kraft und offizielles Recht innewohnte, war ich so sehr in mich selbst versunken, daß selbst der General Zwibyschew nur noch eine Beifügung zu mir war, seinem Sohn, mit dem das Leben, wie ich begriff, die Rechnung beglich.
»Leider«, sagte Vera Petrowna, »können wir uns erst nach dem offiziellen Beschluß des Tribunals mit der Ihnen zustehenden Entschädigung in Höhe von zwei Monatsgehältern Ihres Vaters befassen... Und auch mit der Wohnung, wenn Sie eine brauchen... Wieviel Zimmer hatten Sie?«
»Drei«, sagte ich, »das weiß ich noch. Aber die Sache ist die... Ich habe jetzt keine feste Wohnung, natürlich nur vorübergehend« (ich wollte, nein, ich konnte in meiner neuen Lage den Rechtsstreit um mein Nachtlager nicht einmal auf die alte Weise formulieren). »Ich belege Wohnplatz von einer Verwal-

tung, bei der ich nicht arbeite, denn ich bereite mich auf die Universität vor... Die Frage ist, ob ich dort ungestört wohnen kann, bis ich die mir zustehende Wohnung bekomme.«

»Wir werden Ihnen helfen, so gut wir können«, sagte Vera Petrowna. »Was ist also nötig?«

»Ja also«, sagte ich und schrieb ihr die Telefonnummer auf, »ein gewisser Margulis ist dort der Leiter.«

»Einen Augenblick«, sagte Vera Petrowna und ging hinaus.

Wie leicht sich alles entschieden hat, dachte ich. Drei Jahre Kampf, Tricks, Demütigungen. Und als ich in der Falle saß, als alle Gönner sich abwandten, als meine Feinde mich endgültig untergekriegt hatten, ist mein toter Vater erschienen und hat mich gerettet. Der Vater, dessen ich mich schämte und den ich nicht liebte.

Vera Petrowna kam zurück.

»Wir haben mit ihnen gesprochen«, sagte sie, »allerdings sitzt dort nicht Margulis, sondern ein anderer an seiner Stelle, wir haben ihm alles gesagt, er hat gebeten, daß Sie in der Wohnheimverwaltung vorbeikommen.«

»Sehr gut«, sagte ich, »ich gehe vorbei, wenn ich Zeit habe...«

»Ich wünsche Ihnen alles Gute«, sagte Vera Petrowna.

Die hübsche Stenotypistin lächelte mir auch zu.

Nachdem ich die Militärstaatsanwaltschaft verlassen hatte, ging ich ein paar Stunden durch die Stadt und gewöhnte mich an meine neue Lage als Sohn des Generals Zwibyschew. Ich ging, ohne zu ermüden, mit großen Schritten, hoch aufgerichtet und auf neue Weise atmend, tief und geräuschvoll. Auf die Passanten und die Alltagsereignisse – den Verkehr, die Schlangen vor den Limonadeständen u.s.w. – blickte ich mit freudiger Güte und Mildherzigkeit, aber mit der Mildherzigkeit des Starken, der aus Großmut verzeiht und liebt, aber auch etwas Herablassung durchblicken läßt, und in allem ringsum – in den Passanten, im Stadtverkehr, in den Bäumen – war ein Schuldgefühl mir gegenüber und tiefe Reue, die ich großmütig annahm. In eben dieser euphorischen Zeit tat ich etwas, was gleichsam den Grundstein für weitere Ereignisse legte. Erbitterung lag nicht in dieser Tat, lediglich das Interesse des Hausherrn, als der ich mich fühlte, das Interesse für die Anglegenheiten des Landes. Also, in einer der Straßen, durch die ich streifte, sah ich das Schild der Bezirksstaatsanwaltschaft und ging hinein. Es war schon Dienstschluß oder Mittagspause (ich hatte damals kein Zeitgefühl), jedenfalls waren die Räume der Staatsanwaltschaft leer, und in den Arbeitszimmern hantierten die Putzfrauen. Nur in einem Zimmer stand eine Frau und sah Schnellhefter mit Papieren durch, und ein Mann maß in einer Ecke mit dem Zollstock etwas aus. Ich trat ein, von niemandem aufgehalten, warf einen flüchtigen Blick auf die Anwesenden und sah mich im Raum um... An exponierter Stelle hing ein Bild Stalins mit der Mütze des Generalissimus.

»Warum«, sagte ich, nicht böse, eher herablassend, mehr mißbilligend als schimpfend, »warum haben Sie Stalin noch hier hängen? Sie lesen doch Zeitungen... Das ist veraltet«, scherzte ich, um nicht wütend zu werden, was mich in den eigenen Augen herabgesetzt hätte.

»Wir sind ja auch alte Leute«, sagte die Frau (sie war nicht älter als vierzig), und ich begegnete plötzlich ihrem eindeutig feindseligen, eisernen, gegen die offizielle Politik opponierenden Blick.

Der Mann mit dem Zollstock kam hastig heran und faßte mich am Arm.

»Verstehen Sie«, sagte er sanft, wobei er mich jedoch resolut zum Ausgang führte, »das Bild gehört zum Inventar, und solange es nicht offiziell abgeschrieben ist, darf ich es nicht abnehmen, obwohl ich natürlich mit Ihnen fühle...«

Als ich das später analysierte (so nach zwei Wochen), begriff ich, daß diese Menschen sich nicht über mein Kommen gewundert, sondern in mir den gesehen hatten, der ich war, einen Rehabilitierten... Was ich nur für mein persönliches Gefühl hielt, war damals weit verbreitet, und viele Rehabilitierte gingen oder stürmten in unterschiedlicher Verfassung und mit unterschiedlichem Ziel in staatliche Strafbehörden, von wo sie höflich und sanft, aber resolut hinausgeführt wurden.

NEUNZEHNTES KAPITEL

Im weiteren erinnere ich mich nur bruchstückhaft an den vierten Juni. Ich ging nach wie vor mit großen Schritten ziellos durch die Straßen, ohne zu ermüden, dafür machten sich in mir Anzeichen eines ernsten Rausches bemerkbar, vergleichbar einem Alkoholrausch. Ich sang, lachte aus nichtigem Anlaß oder auch ganz ohne Anlaß, fuchtelte mit den Armen, ich war mir bewußt, daß ich mich unsinnig benahm, aber es war mir angenehm, mich den freudigen, hemmungslosen Gefühlen zu überlassen. Gegen Abend regnete es stark, aber es war nicht jener kalte böse Regen wie an dem Tag, an dem ich »nach Indien fuhr«. Es war ein warmer südlicher Regen, in den der Körper, wie in südliche Wellen, genußvoll eintauchte. Ich zog das schwere durchnäßte Jackett aus und schlug es, im Regen ausschreitend, mit aller Kraft gegen Zäune, Hauswände und Bäume... Im Wohnheim angekommen (ich weiß nicht, wie), riß ich die Tür zu meinem Zimmer mit einem Ruck auf, überflog die Bewohner mit einem Blick und brach in Gelächter aus. Ich sagte zu Beregowoi:

»Richte deinem Freund Kolesnik aus, daß er schlimmer stöhnen und weinen wird als Jaroslawna in Putiwl...« *

Danach ging ich auf die Toilette und mußte mich

---

* Frau des Fürsten Igor Swjatoslawowitsch, der im 12. Jh. einen Feldzug gegen die Polowzer führte und verlor; in dem berühmten »Lied von Igors Heerfahrt« ruft Jaroslawna in beschwörenden Klagen alle Naturkräfte an, ihren Mann aus der Gefangenschaft der Polowzer zu retten.

übergeben. Ich wusch mich, legte mich mit nassem Gesicht, ohne mich abzutrocknen, ins Bett und schlief fest ein. Am Morgen erwachte ich mit klarem, leichtem Kopf und fühlte mich wohl. Als erstes beglich ich meine Schulden bei Shukow. Danach blieben mir nur noch ein paar Rubel, aber in allernächster Zeit sollte ich ja zwei Monatsgehälter meines Vaters bekommen (und ein Generalleutnant hatte ein gutes Gehalt). Außerdem sollte ich eine Entschädigung für das beschlagnahmte Vermögen erhalten. Ich ging ins Zimmer 26, wo ich Grigorenko und Rachutin beim Frühstück antraf, und setzte mich, um ruhigen Gewissens mit ihnen zu frühstücken, denn jetzt waren diese fremden Frühstücke für mich nicht mehr lebenswichtig, und ich akzeptierte sie gelassener, brauchte sie nicht mehr als Einnahmen in meinem Budget zu verbuchen.

»Was ist passiert?« fragte Rachutin. »Kolesnik soll eine Bescheinigung ausgegraben haben, die du mit Vitka fabriziert hast... Tetjana sagt, sie setzen dich raus.«

»Das werden wir noch sehen«, sagte Grigorenko, »Kolesnik, dieser Lump, ist im Bezirksparteikomitee untergekrochen. Er hat vergessen, wie er abgerissen auf den Baustellen herumgerannt ist... Macht nichts, ich werde mit ihm reden. Ich dachte, er wär ein Kumpel, war immer nett zu mir... Schweinehund... Er will der Heimleiterin gefällig sein... Die hat ihm doch ein Einzelzimmer organisiert... Wer von den Verheirateten hat ein Einzelzimmer? Wie ist Kolesnik überhaupt dahintergekommen? Ich hab die Eier nicht hart genug gekocht, da hat die Haut den Stempel verwischt...«

Ich saß da und hörte mit freudiger Herablassung Vitkas Geplapper zu. Sie ahnten nicht, daß sich alles geändert hatte. Vor mir lagen ganz andere Probleme, andere Perspektiven, ein anderes Leben. Ich lachte.

»Was hast du?« wunderte sich Rachutin.

»Die können mich alle mal!« sagte ich, formte mit der Hand eine Feige und hielt sie in Richtung Fenster. »Ich bin der Sohn eines Generalleutnants...«

»Nicht möglich!« rief Grigorenko mit aufrichtiger Freude.

»Doch«, sagte ich, »eines rehabilitierten Generalleutnants.«

»Dann ist ja alles in Ordnung«, sagte Rachutin. »Ich habe gestern Chrustschow gehört... Den Rehabilitierten gilt jetzt besondere Aufmerksamkeit... Ich hab sogar von jemandem gehört, daß die Rehabilitierten jetzt an einer extra Kasse Karten bekommen, so wie die Helden der Sowjetunion, die Preisträger und Deputierten.«

Rachutin war ein komischer Kerl. Er las Zeitungen, ging in die Bibliothek, kannte Arskis Gedichte und hatte doch recht oft erstaunlich dumme Ansichten. Aber manchmal schimmerten auch humoristische Töne durch. So war unklar, ob er den letzten Satz aus Dummheit gesagt oder ironisch gemeint hatte. Ich erinnerte mich später an diesen Satz und analysierte ihn, doch damals war ich in der absurden Verfassung eines Glückspilzes und Geburtstagskindes, das Glückwünsche entgegennimmt, und fand diesen Satz ganz natürlich, ohne darüber nachzudenken...

Auf der Straße, kurz vor der Obushaltestelle, traf ich den Heimerzieher Juri Korsch mit einem schönen blutjungen Mädchen. Korsch ging mit ihr recht ungezwungen um, griff nach ihren Armen und drehte sie, und beide lachten. Ich wußte nicht, ob ich zu ihnen gehen sollte. Einerseits mußte ich mich im Hinblick auf die Perspektiven, die sich mir eröffneten, an die Gesellschaft solcher Mädchen gewöhnen, andererseits fürchtete ich, daß Korsch im Beisein dieses Mädchen mit mir ein kleinliches Alltagsgespräch über meinen Schlafplatz anfangen würde, dabei wollte ich vor solchen Mädchen überhaupt nicht als Heimbewohner dastehen. Während ich noch überlegte, bestätigten sich meine Befürchtungen. Korsch sah mich, kam heran und sagte:

»Ich möchte dir gern helfen, aber ich kann nicht. Jetzt hat dich nicht mehr Tetjana auf dem Kieker, sondern die Heimleiterin... Sofja Iwanowna... Du hast dich im Bezirksparteikomitee irgendwie über sie beschwert. Hättest du dich wenigstens mit mir beraten. Die werfen dich noch heute raus...«

Das Mädchen blickte mich verächtlich an (schöne Frauen mögen keine Pechvögel), blickte mich an und wandte sich ab. Ich war verdrossen, stand ich doch vor diesem Mädchen ganz unvorteilhaft und nichtig da.

»Ich bin der Sohn eines Generalleutnants«, sagte ich zu Korsch, »ich werde bald drei Zimmer haben.«

»Wie meinst du das?« fragte Korsch verwundert.

»Genauso«, sagte ich, weniger an ihn, als an das Mädchen gewandt, »wegen der Rehabilitierung.«

»Meine Cousine hatte auch unter dem Personenkult zu leiden«, sagte das Mädchen trotz ihrer Zartheit mit unverhofft tiefer, doch angenehm aufregender Stimme, »vor einem halben Jahr hat sie mit ihrer Mutter eine Wohnung bekommen... Allerdings nur ein Zimmer...«

»Mehr braucht Goscha auch nicht«, sagte Korsch, »kennst du den Witz von dem Brautpaar, das fünf Zimmer hatte?« Mich beiseite führend, erzählte er mir den Witz, erzählte voller Appetit, wie ein Meisterkoch, der weiß, daß sein Essen schmeckt.

Der Witz zerstreute den Ärger und würzte meinen Zustand mit einem Hautgout sinnlicher Erregung. Selbst als ich vor dem umzäunten Gebäude der Verwaltung des Innenministeriums angekommen war, fühlte ich noch diese sinnliche Erregung, die überaus angenehm ist, wenn einem alles glückt, jedoch unter ungünstigen Umständen, selbst unbedeutenden, in heftigen Verdruß übergehen kann.

Am Eingang stand ein hochgewachsener Oberfeldwebel des Innendienstes und plauderte mit der in der Passierscheinstelle sitzenden Frau, die eine Dauerwelle nach der Mode der vierziger Jahre hatte.

»Entschuldigen Sie«, sagte ich gutgelaunt, denn ich erwartete beste Behandlung, so wie bei der Militärstaatsanwaltschaft beste Behandlung, »ich muß klären...«

»Warte«, unterbrach mich die Frau scharf und vor allem per du.

Ich sah rot, und zum erstenmal entstand dieser klingende Schrei, zu dem ich späterhin noch häufig Zuflucht nahm, gebieterisch vor Haß und schmerzerfüllt vor Verzweiflung.

»Weißt du, mit wem du redest«, schrie ich, »du stalinistisches Aas!«

Die Frau hob den Kopf und sah mich verwirrt und erschrocken an. Der Oberfeldwebel erfaßte als erster die Situatiom.

»Was wollen Sie?« fragte er. »Reden Sie vernünftig.«

Der Umstand, daß diese Leute aus der Verwaltung des Innenministeriums verwirrt waren, wie mir schien, und meine Beleidigung unerwidert ließen, versetzte mich in einen Zustand launischer Gekränktheit.

»Ich muß zur Verwaltung der Lager, wo die Schweinehunde meinen Vater umgebracht haben, den Generalleutnant Zwibyschew!« schrie ich.

Obwohl ich mich recht nebulös ausgedrückt hatte, verstand mich der Feldwebel und sagte versöhnlich:

»Rufen Sie die Nummer zehn einundvierzig an.«

Ich ging zu dem Wandtelefon und griff nach dem Hörer. Eine sanfte Männerstimme meldete sich. Wie ich später begriff, fanden sich die unteren Instanzen noch nicht zurecht und beherrschten noch nicht den neuen Stil, den sie obendrein innerlich ablehnten. Die mittleren Instanzen hingegen handelten im großen und ganzen in Übereinstimmung mit den höheren.

»Hier ist der Sohn des Generalleutnants Zwibyschew«, sagte ich in scharfem Ton in den Hörer.

»Entschuldigung, wiederholen Sie bitte den Namen«, sagte die Männerstimme.

»Ich denke, das ist ein ganz verständlicher Name«, brauste ich auf, »Zwibyschew.« Und fügte, völlig durchdrehend, hinzu: »Was ist, sind Sie schwerhörig?«

Im Hörer knackte es. Dann sagte die gleichbleibend sanfte Stimme:

»Zwibyschew... Habe ich das richtig notiert?«

»Ja«, antwortete ich schon ruhiger und sogar etwas verlegen.

»Schreiben Sie bitte einen Antrag«, sagte die Stimme, »und geben Sie ihn bei der Diensthabenden in der Pförtnerloge ab, mit Ihrer Adresse.«

»Was für einen Antrag?«

»Daß Sie, derundder, darum bitten, Ihren Vater ausfindig zu machen oder Ort und Datum mitzuteilen, falls er verstorben ist. Adressieren Sie es an die Verwaltung der Gefängnisse und Lager.«

»Dankeschön«, sagte ich, »auf Wiedersehen.«

»Wiedersehen«, antwortete die Männerstimme.

»Geben Sie mir Papier«, sagte ich zu der Diensthabenden.

Sie gab mir ein Doppelblatt. Gleich hier, auf dem Fensterbrett der Pförtnerloge, schrieb ich rasch und ohne etwas zu korrigieren: »An die Verwaltung der Gefängnisse und Lager beim Innenministerium. Antrag. Ich bitte, mir das Schicksal meines Vaters mitzuteilen, des Generalleutnants Zwibyschew, der Opfer verbrecherischer Repressionen der blutrünstigen Stalinschen Henker wurde. Er war ein herausragender sowjetischer Armeeführer. Sein Leben endete tragisch.«

Die letzten beiden Sätze hatte ich als meine Mutmaßung hinzugefügt. Daß er ein herausragender Armeeführer war, hatte ich mir selbst rasch eingeredet und zweifelte nicht daran. Auch nicht daran, daß er tot war, und ich muß bekennen, daß mir das durchaus paßte, denn im Grunde meines Herzens fürchtete ich, dieser unbekannte Mann könnte durch ein Wunder noch am Leben sein und ich müßte mit ihm in verwandtschaftliche Beziehungen treten. Diese Angst war zweifellos unsittlich, aber durchaus erklärlich, und sie erfuhr später, als ich mit immer mehr Rehabilitierten zusammenkam, ihre Bestätigung.

Von der Verwaltung des Innenministeriums fuhr ich direkt zum Generalstaatsanwalt der Republik. Hatte ich die Bezirksstaatsanwaltschaft zufällig, einfach so im Vorbeigehen, aufgesucht, so war die Fahrt zum Generalstaatsanwalt schon ein überlegter und zielgerichteter Schritt.

Der Generalstaatsanwalt war in einer alten kleinen Villa untergebracht, die zufällig mitten im Stadtzentrum überlebt hatte (das Zentrum, im Krieg völlig zerstört, war in einem Stil wiederaufgebaut worden, wie er Ende der vierziger, Anfang der fünfziger Jahre üblich war, mit Schnecken, Säulen und Stuckverzierungen). Im Wartezimmer saßen viele Menschen unterschiedlichen Typs. Da waren Bauern wie Städter, aber alles gesichtslose Gestalten, wie man sie in jeder Menschenansammlung sieht, zum Beispiel auf Bahnhöfen... Die Haltung der Leute und die abgestandene Luft trotz des offenen Fensters deuteten darauf hin, daß sie schon lange hier saßen und daß es nur langsam vorwärtsging... Die Psychologie solcher Ansammlungen war mir hinreichend bekannt, und natürlich hatte ich nicht die Absicht, mich auf lange Wortwechsel und Erklärungen mit den Leuten einzulassen. Jeder war in seinem eigenen Interesse hergekommen, mich hingegen hatte eine gesellschaftliche Frage hergeführt... Ich stellte mich in eine Ecke, um nicht aufzufallen, denn jeder sah in jedem Neuen eine Beeinträchtigung seiner Interessen. Mir kam entgegen, daß es Menschen waren, die sich fast durchweg schuldig fühlten, also Bittsteller, nach ihren scheuen Gesten zu urteilen, die mir noch vor kurzem so vertraut gewesen waren. Ich dagegen kam mit einer Forderung und mußte mich nicht darum kümmern, was für einen Eindruck ich hervorrief... Als sich die Tür öffnete und eine junge Frau mit rotgeweinten Augen herauskam, verließ ich sofort meine Ecke am Kleiderständer und stürmte los... Die Reihe war an einem älteren Bauern in einem Baumwollanzug, wohl sein Sonntagsstaat. Er sammelte hastig und ungeschickt seine Papiere ein, die er seinem Nachbarn, einem Städter, zu lesen gegeben hatte. Die Schuld dieses Bauern, genauer, dessen, für den er sich einsetzte, mochte so groß sein, daß er nicht wagte, mich aufzuhalten, was sein Nachbar für ihn tat.

»Wo wollen Sie hin?« sagte der Nachbar. »Hier geht's der Reihe nach... Genosse Milizionär, geben Sie bitte Obacht.«

Der mitten im Raum Zeitung lesende Milizionär hob den Kopf.

»Ich habe kein privates Anliegen, sondern ein gesellschaftliches, klar?« erklärte ich scharf, bevor sich die Wartenden besannen.

Solche scharfen und mutigen Worte (nicht der Inhalt, sondern der Ton) wirkten nicht nur auf die Wartenden, sondern auch auf den Milizionär, der während seines Dienstes im Warteraum nur an Bitten gewöhnt war. Darum ging ich ungehindert ins Zimmer des Staatsanwalts, wie es mein Plan war. Als ich freilich hinsah, begriff ich, daß vor mir nicht der Generalstaatsanwalt saß, sondern ein mittlerer Justizbeamter, der offensichtlich für die Sprechstunde zuständig war, und die Wartenden wurden nicht vom Generalstaatsanwalt empfangen, sondern von ihm. Er war ein alter grauhaariger Mann und trug die braune Uniformjacke des Justizministeriums mit grünen Kanten und großen Wappenknöpfen. Greisenhafte Röte lag auf seinem sorgfältig rasierten Gesicht, während seine Finger bleich waren und träge in den vor ihm liegenden Papieren blätterten.

»Sie wünschen?« sagte er mechanisch, ohne den Kopf zu heben, mit übrigens recht müder Stimme.

Ich nahm mir einen Stuhl, rückte ihn laut polternd zurecht, setzte mich und schlug ein Bein über das andere.

»Ich hätte gern gewußt«, sagte ich fordernd, »welche Maßnahmen gegen diejenigen ergriffen werden, die in den Jahren der Stalinschen Bestialitäten schuld waren an den Gewalttaten gegen Unschuldige.«

Der alte Staatsanwalt sah mich an. Er hatte von der Zeit ausgeblichene blaue Augen, in denen ich nichts lesen konnte, nicht einmal Neugier.

»Das kann ich Ihnen nicht sagen«, antwortete er. »Das liegt nicht in unserer Zuständigkeit.«

»Wie soll ich das verstehen?« sagte ich. »Die Generalstaatsanwaltschaft ist verpflichtet, sich mit der Wiederherstellung der Gerechtigkeit zu befassen.«

Die Bewegungen des alten Staatsanwalts wurden etwas hektisch, freilich nicht für lange.

»Es werden Maßnahmen ergriffen«, sagte er.

»Ich würde alle diese Verbrecher – wie Jeshow und Berija – mit SS-Leuten gleichsetzen«, sagte ich und spürte Wut in mir aufschießen, »die Anführer wie die Gemeinen... Die sollen alle in den Gefängnissen verfaulen... Keinen guten Tag mehr haben... Wieviel wunderbare Menschen sind ihretwegen für nichts und wieder nichts ums Leben gekommen... Was für einen Nutzen hätten sie dem Land bringen können...«

»Da widerspreche ich Ihnen nicht«, antwortete der Staatsanwalt, »sicherlich...«

Eine Pause trat ein. Ich wußte nicht, was ich noch sagen sollte. Im Grunde war ich mit der Antwort zufrieden, und mein unabhängiges Auftreten hatte mich beruhigt. Der Staatsanwalt schwieg auch. Dann läutete er. Der Milizionär trat ein.

»Sind noch viele draußen?« fragte der Staatsanwalt.

»Siebzehn«, antwortete der Milizionär.

»Ach, du lieber Gott«, sagte der Staatsanwalt und fuhr sich mit den bleichen Greisenfingern müde über die Augen, »sagen Sie ihnen, ich empfange noch drei Leute, die übrigen morgen nachmittag...«

Der Milizionär ging hinaus. Wir saßen noch eine Weile schweigend. Schließlich stand ich auf, streckte dem Staatsanwalt die Hand hin und sagte:

»Na dann auf Wiedersehen.«

Offensichtlich war das nicht üblich. Der Staatsanwalt zögerte, stand dann doch auf und gab mir seine bleiche Hand. Ich ging mit großen Schritten hinaus, hoch aufgerichtet, durchquerte den Warteraum und überflog die Bittsteller mit einem herablassendem Blick. Mit ebenso großen Schritten, und zwar mitten auf dem Bürgersteig, mit der Brust gleichsam den entgegenkommenden Menschenstrom zerteilend und niemandem Platz machend, ging ich in den Trust zu Michailow. In den letzten Tagen hatten sich mein Gang und meine Haltung völlig verändert.

Fünfzehn Minuten später war ich bei Michailow, obwohl es von der Generalstaatsanwaltschaft bis zum Trust ziemlich weit war und es teilweise eine steile Straße hinauf ging. Dennoch war ich nicht müde, im Gegenteil, ich fühlte mich völlig frisch und spürte die Kraft meiner Muskeln und die rhythmische Arbeit meines jungen Herzens. Veronika Onissimowna bemerkte das sofort.

»Sie sind ja heute so anders!« sagte sie zu mir.

Wenn ich als Bittsteller kam, zermürbt und schüchtern, spürte sie das sofort und duzte mich. Kam ich jedoch nach einer langen Pause wieder oder in freudiger Stimmung, wenn ich eine Krise überwunden und meinen Schlafplatz behalten hatte, ging sie zum Sie über. So auch jetzt.

»Wie ich sehe, geht es Ihnen gut«, fügte sie hinzu.

Ich schaute sie an. Sie trug ein Kleid aus kirschrotem Seidensamt mit Pailletten auf der üppigen Brust. Selbst überrascht, ergriff ich kräftig, männlich, ohne Michailows Schlüpfrigkeit zu fürchten, denn seine Bedeutung für mich war auf ein Minimum herabgesunken, besonders, nachdem er in diesem Jahr die Hand von mir abgezogen hatte, also, ergriff ich männlich Veronika Onissimownas Hand und küßte ihre Finger (ich hätte es weiter oben, am Handgelenk tun müssen). Sie errötete, ich hingegen spürte nicht die leiseste Verlegenheit. Irgendwelche neuen Prozesse liefen in mir ab, und die jünglingshafte Schüchternheit war wie weggeblasen.

»Mein Vater ist Generalleutnant«, sagte ich zu ihr, »er ist rehabilitiert, ich habe jetzt alle Rechte.«

Veronika Onissimowna schlug nach Weibernart die Hände zusammen. Diese gute Frau freute sich aufrichtig, und ich sah in ihren Augen Tränen.

»Gott sei Dank«, sagte sie, »sind Ihre Qualen zu Ende, jetzt wird es Zeit, daß Sie menschenwürdig leben, höchste Zeit in Ihrem Alter... Gehen Sie zu Michail Danilowitsch, er ist in seinem Zimmer...«

Als ich eintrat, telefonierte Michailow. Er grüßte mich äußerst nachlässig, und es war unklar, ob er mich gegrüßt hatte oder mir mit einem Kopfschütteln zu verstehen geben wollte, daß ich ihn nicht stören sollte. Früher wäre ich schüchtern an der Tür stehengeblieben und hätte auf das Ende des Telefongesprächs gewartet. Jetzt aber wandte ich erneut die Geste der Unabhängigkeit an, die ich instinktiv bei dem Staatsanwalt erprobt hatte (ich setzte sie später noch oft bei Leuten ein, denen gegenüber ich mich früher schüchtern verhalten hatte oder verhalten hätte, wenn ich mit ihnen zusammengetroffen wäre), das heißt, ich nahm einen Stuhl, rückte ihn polternd zurecht und setzte mich wie beim Staatsanwalt hin, demonstrativ ein Bein über das andere schlagend. Der Staatsanwalt hatte mich nicht gekannt, zudem mußte er sich, wie ich jetzt weiß, häufig mit sonderbaren Auftritten von Rehabilitierten auseinandersetzen, die in ihm weniger Feindseligkeit als vielmehr professionelles Verständnis weckten. Außerdem gab es offensichtlich ein geheimes Rundschreiben über Duldsamkeit im Umgang mit jenen, denn als die staatlichen Organe die Rehabilitierung in Angriff nahmen, rechneten sie mit Bedrängungen und Exzessen. Zu Michailow aber hatte ich andere Beziehungen. Er kannte mich als einen abhängigen, nichtigen Menschen, der eine Wohltat unzureichend zu danken wußte. Von der Rehabilitierung ahnte er nichts. Doch hätte ich nicht meine Geste der Unabhängigkeit angewandt, das heißt, den Stuhl polternd hingestellt, so hätte er das Gespräch vielleicht milder begonnen. Er hatte in diesem Jahr die Hand von mir abgezogen, hatte sein Versprechen nicht gehalten und der Verleumdung Saliwonenkos geglaubt, der mich auch der Willkür des Schicksals überlassen hatte. Saliwonenko war ich gleichgültig, Michailow aber war der Freund meines Vaters gewesen, und wahrscheinlich plagte ihn nun das Gewissen. Ich muß allerdings zugeben, daß ich in den drei Jahren seine Hilfe sehr inaktiv genutzt und mich als unbegabt erwiesen hatte, wie Michailow meinte, als ich nur auf Protektion setzte.

»Wo wohnst du jetzt?« fragte Michailow ziemlich scharf.

»Mein toter Vater hat mir geholfen«, antwortete ich ebenso scharf und legte in diese Worte einen gehässigen Vorwurf gegen den Mann, der mich immerhin in dieser Stadt untergebracht und mir zwei Jahre lang geholfen hatte. Der Gedanke, ungerecht gegen ihn zu sein, blitzte beiläufig in mir auf, denn meine frühere Lage stand mir wieder deutlich vor Augen, und der brennende Wunsch, das verfluchte geschenkte Brot mit einem gerechten Stein zu vergelten, wurde besonders stark.

»Mein Vater ist rehabilitiert«, sagte ich, »jetzt habe ich Rechte... Eine Wohnung werde ich bekommen, eine Entschädigung für das Vermögen, zwei Monatsgehälter eines Generals...«

Erst durch diese nachdrücklich, ja, nachdrücklich gesagten Worte sah Michailow etwas Neues in mir, so sehr war er an meine Nichtigkeit gewöhnt.

»Du willst ein Geschäft daraus machen«, sagte er nach einer Pause.

»Wieso Geschäft«, ich ging in die Luft, »ihr alle unterstützt eure Kinder... Sie sind noch gar nicht auf der Welt, da haben sie schon ein Haus, ein Nachtlager... Abendbrot, Frühstück, Mittagessen... Und das gilt nicht als Wohltat... Dafür muß man nicht mit Dankbarkeit bezahlen...«

Binnen weniger Sekunden änderten sich unsere dreijährigen Beziehungen von Grund auf. Er sah mich in einem neuen Licht, erfüllt von Schwung und Tatkraft, und in diesem Moment bekam mein Gesicht wohl Ähnlichkeit mit dem meines Vaters.

»Du bist jetzt zum erstenmal Matwej sehr ähnlich«, sagte Michailow plötzlich leise.

In diesen Worten klang wieder die Wärme, die nach den ersten Monaten unserer Bekanntschaft, als ich ihn zu enttäuschen begann, verlorengegangen war. Ich war auch still geworden und fühlte für meinen ehemaligen Gönner eine menschliche Wärme, was früher unmöglich gewesen war, weil Michailows Verhältnis zu mir von verächtlicher Überlegenheit geprägt war und mein Verhältnis zu ihm von Eigennutz. So ein Gefühl hatte es höchstens in den ersten Tagen nach meiner Ankunft in der Stadt gegeben. Aber jetzt trat es deutlicher und schärfer hervor, denn wir kannten uns nun gut und empfanden füreinander Wärme, ungeachtet der beiderseitigen schlechten Eigenschaften, von denen wir wußten. Der alte Kamerad meines Vaters saß vor mir, dem Sohn seines Freundes, und er nahm in mir vertraute Züge wahr, die erst jetzt, nachdem ich meine Rechte erlangt hatte, hervortraten.

»Also ist dein Vater tot?« fragte Michailow leise.

»Ich habe einen Antrag auf Nachforschung gestellt«, antwortete ich, »in der Verwaltung des Innenministeriums... In der Militärstaatsanwaltschaft habe ich Sie als Zeugen genannt... Für die Rehabilitierung sind noch zwei nötig...«

»Natürlich geh ich hin«, sagte Micahilow, »als zweiter vielleicht Bitelmacher... Aber unter uns, es wäre natürlich besser, wenn die Zeugen keine Rehabilitierten sind... Doch was soll man machen, außer mir sind alle Kameraden deines Vaters umgekommen oder haben gesessen... Notier dir die Adresse: Malo-Podwalnaja drei.« Michailow schrieb die Adresse auf. »Er war früher Werkdirektor... Jetzt arbeitet er in einem Konstruktionsbüro der örtlichen Industrie... Du kannst zu ihm ins Büro gehen... Oder doch besser zu ihm nach Hause... Ich rufe ihn an... Er ist voriges Jahr zurückgekommen, hat auch nach Matwej und nach dir gefragt.« Zum zweitenmal nannte Michailow mir gegenüber meinen Vater einfach Matwej. Früher hatte er das nie getan, denn er hatte den ihm teuren Namen aus seiner Jugend vor mir gehütet, weil ich mit diesem Namen nichts gemein hatte und sogar durch mein Äußeres Matwej Zwibyschew Schande machte, der dem Leben zur Zierde gereicht, der in diesem Leben geschaltet und gewaltet und Schönheit und Achtung auf die Menschen seiner Umgebung übertragen hatte.

»Voriges Jahr habe ich mich über dich ausgeschwiegen«, sagte Michailow, »da gab's gerade mal wieder Krach wegen deines Schlafplatzes... Und Moissej Aronowitsch sah damals schrecklich aus, hatte irgendwo eine provisorische Unterkunft, ich glaube, in einem Wohnheim... Jetzt hat er eine Wohnung bekommen, ein Zimmer, im Zentrum.«

»Ich weiß«, sagte ich, »ich weiß, wo die Malo-Podwalnaja-Straße ist.«

»Grüß ihn von mir«, sagte Michailow. »Wir haben uns lange nicht gesehen, übrigens werd ich telefonisch...«

Michailow war außerordentlich nervös, und das war auch ungewöhnlich. Als ich schon auf der Straße war, holte mich Veronika Onissimowna ein.

»Sie gehen schon?« fragte sie.

»Ja«, sagte ich, »ich hab alle Hände voll zu tun.«

»Ich war extra bei unserem Juristen und hab mich informiert... Sie müssen auf einer Wohnung bestehen... Sie müssen Ihre Möbel zurückbekommen... Schenken Sie denen bloß nichts...«

»Danke, das weiß ich alles...«

»Na, dann gratuliere ich Ihnen noch einmal... Also gibt es doch einen Gott, wenn er einer Waise geholfen hat.«

»Danke«, sagte ich.

Ich war gerührt von der aufrichtigen Anteilnahme dieser Frau, aber auch etwas betroffen von dem Wort »Waise«, denn so eine Benennung machte mich in Veronika Onissimownas Augen schwach und nicht männlich unabhängig, was ungerecht war und nicht meiner männlichen Tat entsprach, als ich ihre Hand kräftig ergriffen und männlich geküßt hatte. Darum drehte ich mich energisch um, um nicht die nötige seelische Festigkeit einzubüßen, ergriff wieder kräftig ihre Hand und küßte ihren vollen Unterarm am Ellbogen. Diesmal geriet sie völlig durcheinander, während ich, zufrieden mit mir, ihr aufmunternd zulächelte und mit meinem neuen, nun schon gewohnten Gang, nämlich weit ausgreifend und hoch aufgerichtet, davonging...

Ich suchte die dritte Adresse auf, die mir Vera Petrowna in der Militärstaatsanwaltschaft gegeben hatte. Die Straße kannte ich gut, und am Komitee für Staatssicherheit war ich oft vorbeigegangen, denn es lag nicht weit von dem ehemaligen Kloster, in dem jetzt das Zeitungsarchiv untergebracht war. Ich nahm mir vor, nach meinem Besuch im Komitee für Staatssicherheit dort vorbeizuschauen. Ich wollte wissen, wie sich der Sohn des Generals Zwibyschew, nicht mehr der rechtlose Zwibyschew, bei einer Begegnung mit Nelja benehmen würde.

Das Komitee für Staatssicherheit befand sich in zwei Gebäuden, die einander über die Straße hinweg gegenüberstanden. Die Straße gefiel mir besser als die anderen in der Stadt. Vom Krieg kaum in Mitleidenschaft gezogen, war sie durchweg mit alten Häusern bebaut, hatte Kopfsteinpflaster, in dem Straßenbahnschienen blinkten, und zu beiden Seiten erstreckte sich auf dem Bürgersteig eine grüne Reihe von Kastanienbäumen. Das eine Gebäude der Staatssicherheit hatte drei Stockwerke, das andere war eingeschossig, offenbar ein Nebengebäude. Darin befand sich die Passierscheinstelle. Ich ging hinein. Wie üblich, war auch hier ein Schalter, an dem ein Sergeant saß. Ich hielt ihm das Papier der Militärstaatsanwaltschaft über das laufende Rehabilitierungsverfahren meines Vaters hin.

»Warten Sie hier«, sagte der Sergeant, »Sie werden abgeholt.«

Im Warteraum der Passierscheinstelle standen ein paar Tische mit Tintenfäßchen und Federhaltern, wie in der Post. An den Wänden hingen Muster von Fragebögen, die bei Reisen ins Ausland, ins sozialistische wie auch ins kapitalistische, auszufüllen waren. Eine Neuerung, die damals noch nicht weit verbreitet war, und die Erledigung der Formalitäten fand unmittelbar im Komitee für Staatssicherheit statt. Tatsächlich waren ein paar Menschen in dem Raum, dem Aussehen nach gutgenährt und wohlhabend, die die Muster lasen, Fragebögen ausfüllten und sich bei dem diensthabenden Sergeanten nach diesem und jenem erkundigten. Ich setzte mich auf einen Stuhl und richtete mich auf längeres Warten ein, doch schon nach zehn Minuten kam ein Mann in einem abgewetzten Jackett herein, klein und mit zurückgekämmtem Haar. Ich beachtete ihn nicht, denn ich hatte eine Amtsperson in Uniform erwartet. Er erkannte mich jedoch sofort und trat auf mich zu, obwohl in dem Raum noch sechs oder sieben Leute saßen.

»Zwibyschew?« fragte er leise.

»Ja«, antwortete ich und blickte erstaunt zu ihm hoch.

»Kommen Sie mit.«

Ich stand auf, und wir gingen in den Korridor. Im Korridor, gleich neben der Passierscheinstelle, war noch eine Tür, und der Mitarbeiter schloß sie mit seinem Schlüssel auf. Wir betraten ein kleines Zimmer, in dem nichts war außer einem Bürotisch und drei Stühlen. Wir setzten uns. Der Mitarbeiter zog ein altes Dokument hervor.

»Also, Ihre alte Adresse ist Nowaja-Straße acht, Wohnung vierundvierzig, richtig?«

»Ja«, sagte ich, »wir haben in der Nowaja-Straße gewohnt... Steht das Haus noch?«

»Das muß überprüft werden«, sagte der Mitarbeiter des KGB, »also, bei uns sind als Familienmitglieder des Verhafteten angegeben... Anna Edmundowna Zwibyschewa, neunundzwanzig Jahre alt, und der Sohn Grigori, drei Jahre, das sind Sie?«

»Ja«, antwortete ich.
»Seltsam«, sagte der Mitarbeiter, »gewöhnlich wurde zusammen mit dem Mann auch die Ehefrau verhaftet... Natürlich ist das empörend und ungesetzlich«, fügte er hinzu, »aber Ihre Mutter wurde nicht verhaftet... Warum das so ist, begreife ich nicht... Lebt sie?«
»Nein, sie ist gestorben.«
»Wirklich eine Tragödie«, sagte der Mitarbeiter der Staatssicherheit, »aber Sie haben noch das ganze Leben vor sich. Schreiben Sie einen Antrag auf Ermittlung Ihres beschlagnahmten Vermögens...«
Er zog eine Schublade auf und gab mir ein Blatt Papier. Ich schrieb an diesem Tag meinen zweiten Antrag: »Ich bitte um Rückgabe des von den blutrünstigen Stalinschen Henkern ungesetzlich beschlagnahmten Vermögens oder um eine entsprechende finanzielle Entschädigung« usw.
Mein Herz schlug in kräftigen Stößen.
»Noch etwas«, sagte ich dumpf, »ich habe meinen Vater nie gesehen, und wenn Sie noch ein Foto haben, bitte ich, es mir zurückzugeben.«
»Gut«, sagte der Mitarbeiter, »erinnern Sie mich telefonisch daran. Kommen Sie in einer Woche wieder.«
Ich schrieb mir die Telefonnummer auf und ging hinaus. Plötzlich befiel mich eine seltsame Müdigkeit, zugleich bekam ich Hunger. In solch einem Zustand war es absurd, ins Archiv zu gehen, denn ich war jetzt wohl kaum imstande, den neuen, männlichen Eindruck auf eine Frau auszuüben. Leid und Trauer, die mich um die aufrechte Haltung und den ausgreifenden Schritt brachten, hätten mich logischerweise am Morgen, als ich den Antrag an die Verwaltung der Gefängnisse und Lager schrieb, erfassen müssen, aber sie erfaßten mich ganz plötzlich jetzt, bei der Bewältigung der Alltagsprobleme, die mit der Verhaftung meines Vaters zusammenhingen... Anna Edmundowna, neunundzwanzig Jahre, und der Sohn Grigori, drei Jahre... Und plötzlich ein Bild, ein Splitter... Nein, das war keine Erinnerung, eher eine Vision...

Jede Erinnerung an ein Alter von drei Jahren ist ein Wunder, eine Vision, gleichsam aus einem anderen Leben... Ich spürte sogar, wie groß ich war... Und das Hemdchen... Ich sah das alles schlagartig, wie auf einen Blick... Sie reißen mich aus dem angenehmen warmen Schlaf... Sie rütteln mich... Mir ist so schlecht, und ich errate warum... Jetzt ist Nacht... Am Morgen wache ich von selbst auf, und das ist schön, aber jetzt holen sie mich gnadenlos unter der warmen Decke hervor... Ich bin quenglig, sträube mich und weine... Jemand drückt mich fest und schmerzhaft an sich... Das ist Vater... Irgendwelche allgemeinen Gesichtszüge... Ein unangenehmes hartes Kinn... Hinter ihm weint die Mutter... Das sind weniger allgemeine Züge, bekannte...

»Verabschiede dich von Papa, Grischutka, Papa fährt weg...«

Diesen Satz höre ich so deutlich, als wäre er eben erst gesagt worden... Dieser Satz ist das deutlichste in dem plötzlich vor mir aufblitzenden Bild... Ich erinnere mich plötzlich an zwei fremde Männer auf dem Sofa... Sie blicken mich an... Ein ganz allgemeiner Eindruck... Das Fehlen konkreter Züge... Ihr Blick ist zwar nicht mitfühlend, aber doch beunruhigt durch mein Weinen... An ihre Gesichter erinnere ich mich nicht, aber an den Blick... Das ist alles... Ich kann für mich sonst nichts Neues aus diesem Bild der Erleuchtung herausholen... Vielleicht bin damals gleich wieder eingeschlafen.

Ich stand, an den Stamm einer Kastanie gelehnt, um mich herum junges, noch sauberes, vom Staub der Stadt kaum berührtes Junilaub. An mir vorbei sausten polternd heiße sommerliche Straßenbahnen... Vor Hunger hatte ich schon ein schmerzhaftes Ziehen im Bauch. Ich ging in eine nahegelegene Selbstbedienungsgaststätte. Die hatte ich sowieso aufsuchen wollen, war aber, erschüttert von der Deutlichkeit der aufblitzenden Vision, bei dem Baum stehengeblieben. In der Gaststätte roch es stark nach Birnenessenz und gedünstetem Kohl... Ich stellte mich an, nahm ein Gericht in mittlerer Preislage, was psychologisch gerechtfertigt war, denn ich hatte in der Tasche zwar nur noch ein paar abgezählte Rubel, rechnete aber auf die größere Entschädigungssumme.

Als ich an den Tabletts mit aufgeschnittenem Brot vorbeiging, nahm ich drei Scheiben Schwarzbrot und zwei Scheiben Weißbrot, überlegte es mir dann aber anders und legte ein Stück zurück. Sicherlich war das unhygienisch, das gebe ich zu, aber einer in der Schlange tobte derart, daß klar war: das gesellschaftliche Stück Brot, das ich mit meiner Hand berührt hatte, war nur der Anlaß, der seinen nervösen, lange angestauten Haß zur Entladung brachte.

»Was grapschen Sie alles an«, schrie er mich an, »die ganze Zeit grapschen Sie... Sie begrapschen mit Ihren stinkenden Händen das Brot, und andere müssen es dann essen... Schade, daß es für euereins kein Dust gibt.« (Dust ist ein Mittel, mit dem Wanzen vergiftet werden.)

Der Mann war hochgewachsen und gedunsen, vielleicht trank er gern, vielleicht litt er an Fettsucht. Offensichtlich hatte mein bedrücktes, zerquältes Aussehen nach der aufblitzenden Vision den Mann getrogen, so daß er meinte, ich wäre eine leichte Beute für ihn, der sich in diesem Land sicher und zu Hause fühlte. Und wirklich, hätte ich mich in eine gewöhnliche Streiterei mit ihm eingelassen, dann würde er mich selbstsicher fertiggemacht haben, wobei ihn einige in der Schlange unterstützt hätten und die übrigen neutral geblieben wären... Doch meine Gefühle gingen jetzt in eine völlig andere Richtung, und was der Mann für Schwäche hielt, war in Wirklichkeit ein Stau, der einen Ausweg suchte, aber nicht in einem alltäglichen Skandal, sondern in politischem Haß.

»Stalinistisches Aas«, schrie ich dem Mann die Worte zu, die ich heute erst gefunden hatte, die aber nicht mehr nach einem zufälligen Einfall klangen, sondern bereits nach einer erprobten Waffe, »siebenunddreißig hast du Anzeigen geschrieben, die Gesetzlichkeit verletzt, Aaskerl...«

Sofort trat ein Umschwung ein, vielleicht aus Verwunderung über meinen Ausfall, vielleicht aus der angeborenen Angst loyaler Bürger (der Fettwanst war ein solcher) vor politischen Beschuldigungen, die ich teilweise der Presse und den Reden Chrustschows entnommen hatte... Der Mann verstummte auf der Stelle, aber jetzt konnte ich mich nicht mehr beruhigen... Ich rege mich so auf, daß mir die Hände zitterten und auf meinem Tablett ein paar Tropfen Kaffee aus dem Glas in die Suppe spritzten.

»Die Adern sollte man euch durchschneiden«, sagte ich, vor Haß bebend, als hätte ich Schüttelfrost, »du Fettsack, bist durch fremdes Blut fett geworden...«

»Schon gut«, sagte irgendwer in der Schlange beschwichtigend zu mir, »nicht die Nerven verlieren«, und er ließ mich vor.

Alle vor mir Stehenden traten beiseite, als wollten sie mir ausweichen. Die Kassiererin nannte vorsichtig den Betrag und legte mir behutsam das Wechselgeld aufs Tablett. Ich setzte mich und begann zu essen, und der erste Wutanfall, der gewöhnlich besonders stark ist, verebbte allmählich, aber ein Mißbehagen blieb, und zwar über die Form meines Auftretens: über die zitternden Hände, die überkippende Stimme usw. Das zeugte von mangelnder Kraft und entsprach nicht meiner neuen Lage. Um das zu kompensieren und um zu zeigen, daß ich nicht zu treffen war und diesen Mistkerl verachtete, nahm ich Zuflucht zu einem schiefen, etwas zynischen Lächeln, das ich während des ganzen Essens beibehielt... Aber als ich beim Hinausgehen an meinem aufgedunsenen Feind vorbeikam, stieß ich heftig gegen seinen Tisch, so daß sein Borstsch überschwappte und das Brot durchweichte... Er warf mir einen wütenden Blick zu, sagte aber nichts, doch für ihn trat eine einfache Frau ein, eine Putzfrau, die mit dem Lappen, mit dem sie die Tische abwischte, nach mir ausholte.

»Rowdy«, rief sie böse, »Bandit... Willst wohl bei der Miliz landen...«

»Laß doch, Jegorowna«, sagte eine andere, halbwegs intelligent aussehende Frau in einem sauberen Kittel, wahrscheinlich die Gaststättenleiterin, die auf den Krach hin erschienen war, »soll ihn doch... Soll er gehen...«

Ich wiederhole, es war eine seltsame, wirre Zeit, und nur die Vertreter der unteren Schichten fanden in sich die Kraft, den absurden Verwirbelungen Chrustschows zu widerstehen, der, wie es schien, die rechtliche Gleichstellung und die Aktivierung derjenigen Elemente anstrebte, die Stalin entfernt hatte aus der von ihm, unter Mithilfe der Massen, geschaffenen starken klaren Gesellschaft, deren einfache Struktur selbst ein Ungebildeter begriff.

ZWEITER TEIL
DER PLATZ IN DER GESELLSCHAFT

Er sagte aber ein Gleichnis zu den Gästen, da er merkte, wie sie erwählten obenan zu sitzen, und sprach zu ihnen: Wenn du von jemand geladen wirst zur Hochzeit, so setze dich nicht obenan, daß nicht etwa ein Vornehmerer denn du von ihm geladen sei, und dann komme, der dich und ihn geladen hat, und spreche zu dir: Weiche diesem! und du müssest dann mit Scham untenan sitzen.
Lukas-Evangelium, 14, 7-9

ERSTES KAPITEL

In der Malo-Podwalnaja-Straße stellte ich mich um halb acht ein, denn ich hatte mir ausgerechnet, daß Bitelmacher um diese Zeit schon von der Arbeit gekommen war und zu Abend gegessen hatte.

Bitelmacher war ein Mann an der Schwelle zum Greisenalter, er hatte spärliche Haarbüschel auf dem Kopf, ein runzliges Gesicht und sah überhaupt ungepflegt aus, hatte aber wenn auch nicht kluge, so doch gütige und sympathische Augen. Seine Frau Olga Nikolajewna war schon ganz grau, hatte ein erdiges Gesicht und ähnelte irgendwie der Mutter des verstorbenen Iliodor. Sie lag angezogen auf dem Bett, auf der Zudecke, und hatte bis zum Gürtel ein Wolltuch über sich gebreitet.

»Entschuldigen Sie«, sagte sie und reichte mir ihre kalte Hand, » ich bin krank und muß liegen.«

»Ich hatte einen Kameraden, Korpskommandeur Zwibyschew«, sagte Bitelmacher zu seiner Frau, »das ist sein Sohn... Ich habe nach Ihnen gefragt«, sagte er und wandte sich mir zu, »es hat mich sehr gefreut, als Michailow mich heute anrief... Möchten Sie was essen?«

»Nein«, antwortete ich hastig.

Ein süßlicher Leichengeruch herrschte im Zimmer. Als ich ihn wahrnahm, fiel mir Iliodors Mutter ein, das heißt, ich dachte, daß Olga Nikolajewna ihr ähnlich sah, und nicht umgekehrt: daß ich den Leichengeruch wahrgenommen hätte, als ich an die Ähnlichkeit dachte. Aber Iliodors Mutter und die ganze Gesellschaft waren mir unangenehm gewesen, und der Geruch konnte eine Folge meines persönlichen Abscheus sein. Hier nun, bei dem Kameraden meines Vaters, einem Menschen, für den ich von Anfang an Sympathie empfand, war dieser Geruch auch vorhanden, obwohl ich die Absicht hatte, mit diesen Leuten Freundschaft zu halten, und meiner herzlichen Zuneigung zu ihnen stand unwillkürlicher physischer Ekel entgegen.

Ich hatte lange in unsauberen Junggesellenheimen leben müssen, inmitten von den Gerüchen verschwitzter Männer, die sich von groben Speisen ernährten, gleichwohl hatte ich dort das Gefühl fleischlicher männlicher Gesundheit gehabt, die nach außen drängt, ein Gefühl des Muskulösen, das die Brust in sportlichen Hemden und Trikots zur Schau stellt, ein Gefühl des Modernen, mit dem sich vor den Augen schöner Frauen zu zeigen nicht peinlich ist, sondern sogar pikant sein kann. Hier dagegen war, wie mir schien, eine geschlossene Welt, die mir angenehm werden konnte, wenn ich mich an sie gewöhnt hatte, mit der ich mich jedoch nicht zeigen mochte an schönen, das heißt, mondänen Plätzen (Strand, Hauptstraßen mit angrenzenden Boulevards, Stadion, Theater). Übrigens war ich zweimal in der Operette gewesen und einmal im Dramatischen Theater, selbstverständlich allein, aber in den Pausen hatte ich vor dem Publikum, das mich nicht beachtete, unentwegt so getan, als ob mich eine Frau erwartete. Im Raucherzimmer hatte ich immer wieder hastig nach der Uhr gesehen, im Erfrischungsraum hatte ich es eilig gehabt, im Foyer war ich nicht geschlendert, sondern gelaufen und hatte den gemessen flanierenden Besuchern ins Gesicht gesehen, als ob ich eine verlorengegangene Bekannte suchte... Das Paradoxe der Zeit bestand darin, daß ich ausgerechnet aus den Händen dieser Welt der Schatten Rechte und Wohltaten empfangen sollte, die mir Zugang zu einer anderen, schönen Gesellschaft verschaffen würden... Solcherart war der Wirrwarr meiner Gedanken in den ersten Minuten meiner Bekanntschaft.

Ich hatte mit Bitelmacher erst wenige Sätze wechseln können, als ein eindeutig verabredetes Klingelzeichen ertönte: zweimal mit einer kurzen Pause dazwischen.

»Bruno«, sagte Olga Nikolajewna, »wenn er bloß ohne Platon kommt...«

Herein kamen zwei Männer. Der eine, wohlbeleibt und mit schwerfälligen Bewegungen, war ein blauäugiger Albino; der andere, sehr mager und von kleinem Wuchs, mochte der erwähnte Platon sein, denn Olga Nikolajewna begrüßte ihn kühl.

»Wie geht es Ihnen?« fragte der Albino Olga Nikolajewna und überreichte ihr eine Tüte mit irgendwelchen Süßigkeiten.

»Besser«, sagte Olga Nikolajewna, »ich habe übrigens gewußt, daß sie bei mir Krebs vermuten, aber wenn das stimmte, wäre ich längst tot, das hat mich beruhigt. Wissen Sie, mir macht die Brust schon lange zu schaffen, ich bin während des Rückzugs im Polenkrieg auf einen fahrenden Güterwagen aufgesprungen und habe mir die Brust an einer Griffstange gestoßen.«

»Mich beruhigt, daß sie Olga operiert haben«, sagte Bitelmacher, »bei bösartigem Brusttumoren operieren sie nicht, sondern geben zum Schein irgendwelche Pülverchen.«

»Wir Rehabilitierten haben keine Angst vor Krebs«, sagte der Magere, »es ist medizinisch erwiesen, daß ein Element von Schizophrenie im Organismus Krebs ausschließt.«

»Ihre Scherze sind wie immer unpassend, Platon Alexejewitsch«, sagte Olga Nikolajewna.

»Moissej, das bezieht sich auf unser gestriges Gespräch über den Unterschied zwischen Heilung und Genesung«, sagte Platon zu Bitelmacher. »Ich zum Beispiel bin unheilbar krank und weiß das, keine Behandlung kann mir helfen, und doch werde ich nicht sterben, solange ich es nicht will, denn neben der Heilung gibt es auch noch die Genesung, die mythologische Heilung.«

Ich hörte mit Interesse zu. Ich war ein physisch schwacher Mensch infolge des jahrelangen materiell ärmlichen Lebens und verachtete gerade deshalb physische Schwäche. Aber kaum hatte dieser Zwerg (er war fast ein Zwerg) zu sprechen begonnen, da spürte ich in ihm eine Anziehungskraft, als hätte er von mir und für mich gesprochen und mir mein Eigenes, Heimliches, doch nicht zu Ende Durchdachtes verständlich gemacht.

»Man muß um einen Kranken einen Mythos schaffen, einen erklärenden Mythos, der die Welt in Ordnung bringt und den seelischen Aufruhr beruhigt«, sagte Platon. »Das gleiche gilt für die Gesellschaft. Alle starken Persönlichkeiten haben so gehandelt.«

»Politisches Freudianertum«, sagte der Albino unerwartet schnell für sein plumpes Aussehen, »genauer, eine Mischung von Freud und Trotzki.«

Lärm erhob sich, alle redeten durcheinander.

Interessant, daß ich noch immer dasaß, ohne den Neuankömmlingen vorgestellt zu sein. Bitelmacher hatte das nicht aus Zerstreutheit unterlassen. Er hatte einfach, und das verstand ich, noch keine Gesprächslücke in dem dichten Wortgefecht gefunden. Und dann ließ er sich selbst davon fortreißen. Überhaupt ist zu sagen, daß der Regierungschef Chrustschow in dieser seltsamen Zeit, in der er dank der eisernen Stalinschen Struktur, die er als Erbe übernommen hatte, die administrative Macht, nicht die sittliche, das ist wichtig, in seinen Händen konzentrierte, einen schweren Kampf gegen den vom Volk geliebten und heiliggehaltenen Leichnam führte, der im Zentrum von Moskau im Mausoleum neben dem Staatsgründer Lenin lag und mit schweigender Grabesgröße auf die Versuche des dicken, unfotogenen Mannes antwortete, durch die Entlarvung gewisser Untaten des Verewigten den Zorn des Volkes zu wecken, in dieser seltsamen Zeit des schweren Kampfes eines Lebenden gegen einen Toten zog sich das gesellschaftliche Leben von den offiziellen Stätten zurück und konzentrierte sich in den Salons jener Jahre, das heißt, in Gesellschaften... Diese waren äußerst verschiedengesichtig und trugen untereinander häufig ideologische Kämpfe aus. Die Fähigkeit zur Schaffung unterschiedlich gearteter ideologischer Kreise fand sich in der Regel bei Personen, die sich von der Volksmasse losgelöst hatten. Das Volk nämlich verharrte wie bei Puschkin in gefährlichem Schweigen, oder aber es geriet unter den Einfluß ideologischer Gerüchte und Witze, von denen es sich aussuchte, was ihm nahe war, das heißt, was der Offizialität zuwiderlief, wie es sich auch äußerte, hauptsächlich aber wenn es den Enthüllungen über Stalins Tätigkeit zuwiderlief. Ich war lange Zeit wegen der materiellen Armut meines Lebens von den gesellschaftlichen Srömungen isoliert gewesen, nichtsdestoweniger war es mir in vergleichsweise kurzer Zeit gelungen, ganz verschiedenartige Gesellschaften zu besuchen. Überall fanden sich Leute zusammen, die, sollte man meinen, im Grundsätzlichen einander nahestanden, doch überall gab es erbitterten Meinungsstreit, aus dem Theorien erwuchsen, und diese Theorien erreichten ihrerseits die Volksmasse in Form von allen möglichen Gerüchten und Witzen. Die so jähe Abkehr von der ideologischen Homogenität und der Aufstellung von Idealen an zentralem Ort, von dem aus sie in streng geplanter Ordnung nach unten gewandert waren, mußte Wirkungen zeitigen, aber es waren nicht die Wirkungen, auf die Chrustschow gehofft hatte. Im Volk breiteten sich Mißtrauen und Mißachtung aus, aber sie galten nicht dem für immer verschwundenen toten Führer, sondern den noch lebenden Leitern, örtlichen und höherstehenden, bis ganz oben. Diese für ein Land wie Rußland gefährliche Tendenz hatte jedoch eine sehr starke elementare Bremse – nämlich die, daß das Volk seine eigene Mißachtung der Führung fürchtete und verurteilte und daher nach Wegen suchte, diese Mißachtung loszuwerden.

Alle diese Gedanken wurden in dem Streit angesprochen, aber ich gebe sie heute mit meinen Worten, ein wenig bearbeitet und mit Zusätzen, wieder, denn damals brach all das dermaßen über mich herein, daß ich unfähig war, den Sätzen zu folgen. Darum formuliere ich sie so, wie ich sie heute verstehe. Ich glaube, die meisten Gedanken kamen nicht von Platon, sondern von dem Albino Bruno, diesem äußerlich so schwerfälligen Litauer. Einen seiner Sätze, der den Streitzyklus gewissermaßen abschloß, habe ich ziemlich genau in Erinnerung, und nachdem er ausgesprochen war, fand ich den Anschluß wieder und verstand das Wesen.

»Wenn wir schon von politischem Freudianertum reden«, sagte Bruno, »dann ist Chrustschow diejenige Persönlichkeit, die dem Land und dem Volk die Nerven ruiniert hat.«

»Sie sind gegen die Entlarvung Stalins?« schrie Olga Nikolajewna, setzte sich im Bett auf und drückte den Ellbogen an die Brust (im Ausschnitt ihres Kleides war der Verband zu sehen).

»Ich sage nur, daß diese Entlarvungen uns enorm teuer zu stehen kommen.«

»Ich werde Chrustschow immer dankbar sein«, sagte Olga Nikolajewna und blickte zu dem kleinen Chrustschow-Bild im polierten Rahmen, das über ihrem Bett hing.

Chrustschow war darauf abgebildet mit Nylonhut und Hemd und mit einem breiten Lächeln auf dem feisten Gesicht eines Bauern, der einfaches und reichliches Essen liebt.

»Chrustschow hat einen Berg mythologischer Entlarvungen über uns ausgeschüttet.« Platon stand erregt auf. »Darin ist Schläue... Vielleicht kommt irgendwann einmal die Wahrheit ans Licht... In zweihundert Jahren... Stalin hat Chrustschow zu sich bestellt und ihm gesagt: Wenn ich gestorben bin, wirst du mich entlarven... Ich habe sie mit Blut und Angst zu einer einheitlichen Kraft zusammengefügt, aber du wirst die Leichen verscharren und die Reste in die Freiheit jagen...«

»Du redest irre!« schrie Bruno.

»Warum?« sagte Platon. »Was soll hier irre sein? Stalin hat begriffen, daß die hauptsächliche Kraft nicht in ihm liegt, sondern in dem Lagerbewacher Chatkin... Und er hat Chrustschow beauftragt, den Bewacher Chatkin für die Zukunft zu retten.«

»Eine gefährliche Theorie!« schrie Bruno.

»Reinster Trotzkismus!« schrie Olga Nikolajewna.

»Ich bin ein Gegner Trotzkis«, sagte Platon, »ihr wißt das.«

»Gemeiner Trotzkismus!« schrie Moissej Bitelmacher, der Platons Entgegnung überging und auf das Wort »Trotzki« wie der Stier auf das rote Tuch reagierte, denn er bekämpfte den Trotzkismus schon seit seiner Jugend und hatte seinen Haß auf den Trotzkismus durch Gefängnisse und Lager getragen.

»Termini, Termini«, schrie Platon wie rasend, »ich habe nicht mehr lange zu leben« (eine deutliche Inkonsequenz zu dem vorher Gesagten, die ich in dem Wirrwarr vermerkte), »ich muß mich beeilen... Ich will den Bewacher Chatkin und den Major Dwigubski haben«, er ballte sein Zwergenfäustchen, daß die Knöchel weiß wurden, »die haben mich auf den A... gesetzt...«

Das heftige und grobe Wort peitschte dermaßen in die politische Auseinandersetzung hinein, daß für einen Moment Stille eintrat.

»Dich auch, Bruno«, sprach Platon in der Stille weiter, »dich haben sie auch darauf gesetzt... Dazu war ein spezielles Plätzchen festgestampft.« Er verstummte schnaufend und erregte sich plötzlich so sehr, daß sich sein Gesicht mit roten Flecken überzog. »Was ihr hier treibt, ist politische Onanie«, schrie er, »dafür hasse ich euch.« Sprach's, stand auf und ging türknallend.

»Widerlich«, sagte Olga Nikolajewna und verzog

das Gesicht. »Er haßt nicht Stalin, er haßt die Sowjetmacht... Ich glaube, er ist ein Popensohn und wurde wohl schon siebenundzwanzig verhaftet, und damals wurde noch selten auf eine bloße Verleumdung hin verhaftet.«

»Es ist heute schwer zu sagen, Olga Nikolajewna, wer zu Recht und wer zu Unrecht gesessen hat«, sagte Bruno. »Es hat auch wenig Sinn, sich damit zu beschäftigen.«

»Doch, es hat Sinn, verehrter Bruno Teodorowitsch«, sagte Olga Nikolajewna heftig und stützte sich auf den Ellbogen. »Sehr viel Sinn sogar. Solche wie Stschussew« (also Stschussew ist Platons Nachname, vermerkte ich), »solche wollen sich in unsere Tragödie einschleichen. Sein Vater war, glaube ich, ein großer Führer der Sozialrevolutionäre. Er hatte einen anderen Namen.« Diese Worte hatten Olga Nikolajewna viel Kraft gekostet, nun sank sie müde aufs Kissen.

»Von seinem Vater weiß ich nichts«, sagte Bruno, »aber daß er schon als junger Kerl verhaftet wurde steht fest. Er hat nur noch eine Lunge, und die fault...«

»Trotzdem verstehe ich deine Anhänglichkeit nicht, Bruno«, sagte Bitelmacher.

»Ach, Anhänglichkeit«, sagte Bruno, »wir haben uns im Lager angefreundet... Solch eine Freundschaft ist oft ungewöhnlich, und man versteht sie selber nicht, wie die Liebe...«

»Jedenfalls bin ich überzeugt«, sagte Olga Nikolajewna, »daß Menschen wie wir, die unschuldig gelitten haben, uns strikt von ihm abgrenzen und vor allem die Jugend vor seinem Einfluß bewahren müssen. Ich habe gesehen, wie Goscha – ich glaube, ich habe mir Ihren Namen richtig gemerkt«, sagte sie zu mir, »ich habe gesehen, wie Goscha ihn mit Interesse betrachtet hat... Übrigens, darf ich vorstellen, Bruno, das ist der Sohn eines früheren Korpskommandanteurs... Auch rehabilitiert...«

So wurde ich, ein bißchen spät, doch noch vorgestellt.

»Filmus«, sagte der Albino und reichte mir seine große Hand.

»Sagen Sie mal ehrlich«, wandte sich Olga Nikolajewna an mich, »Ihnen hat Stschussew doch gefallen? Sagen Sie's nach Komsomolzenart, ohne zu heucheln...«

Die Frage traf mich unvorbereitet, ich fand mich hier noch nicht richtig zurecht; erstens wußte ich noch nicht, inwieweit ich diese Leute brauchte und in welchem Maße ich heucheln durfte, und zweitens kannte ich die wechselseitigen Beziehungen noch nicht... Um Zeit zum Überlegen zu gewinnen, antwortete ich neutral:

»Ich bin aus Altersgründen nicht mehr im Komsomol.«

»Wie alt sind Sie denn?«

»Neunundzwanzig.«

»Was Sie nicht sagen!« Olga Nikolajewna schlug die Hände zusammen. »Ich weiß nicht, wie es euch geht, Moissej und Bruno, aber ich komme mit der Zeitrechnung oft durcheinander. Als ich dort war, kam es mir lange vor... Heute scheint mir, daß wir nur kurze Zeit dort waren... Und auf einmal treffen wir unsere Kinder, die schon grau werden... Goscha hat sich ja sehr gut gehalten« (ich kommentiere ihre Bemerkung: durch karge Ernährung und Magerkeit bewahrt sich der Mensch oft sein jugendliches Aussehen), »aber mein Stepan ist schon ganz grau« (sie hat also einen Sohn, vermerkte ich).

»Meine Tochter ist jünger als dein Stepan«, sagte Moissej, »und hat auch graue Haare... Und wenn ich meine Enkel sehe, begreife ich, daß ich ein alter Mann bin... Übrigens, Lilja müßte schon hier sein... Ich habe meine Tochter aus Leningrad hier zu Besuch«, sagte Bitelmacher zu Filmus, »sie wohnt allerdings bei Verwandten ihres Mannes, die haben eine große Wohnung.«

»Es ist ja nicht wegen der Wohnung«, sagte auf einmal Olga Nikolajewna, »deine frühere Frau ist einfach degegen, daß Lilja zu dir kommt... Besonders mit Sjamka... Aber warum soll sie das übelnehmen, sie hat sich ja gleich nach deiner Verhaftung von dir losgesagt.« Etwas wie launische Eifersucht glitt über ihr erdiges Gesicht und verlieh ihm sogar eine gewisse Fraulichkeit.

»Na, so ist das nicht«, sagte Bitelmacher schnell. »Aber lassen wir jetzt dieses Thema... Essen wir lieber was... Ich habe in der Küche Bratkartoffeln in der Pfanne, die Nachbarin paßt auf... Du bleib liegen, Olga, ich mach das schon... Bruno und Sie, Goscha, helft mir den Tisch ans Bett rücken.«

Wir standen auf und rückten.

»Siehst du«, sagte Bitelmacher, »so kannst du prima mit uns zu Abend essen, ohne aufzustehen.« Er beugte sich plötzlich zu ihr und küßte sie auf die erdige Wange.

Das verursachte mir aus irgendwelchen Gründen Übelkeit, und ich spürte wieder besonders deutlich den Leichengeruch, an den ich mich schon fast gewöhnt hatte. Daß diese beiden alten, physisch hinfälligen Menschen sich noch als Mann und Frau zueinander verhalten konnten, berührte mich unangenehm, und, wie mir schien, nicht nur mich, sondern sogar auch ihren Gefährten Bruno Filmus. Er sah übrigens, vielleicht wegen seiner Leibesfülle, weniger nach Lager aus als die anderen, und auf seinen Wangen zeigte sich etwas wie gesunde Röte.

Bitelmacher entnahm der Anrichte eine angebrochene Flasche Wodka, zwinkerte mir zu und ging hinaus. Ich freute mich, daß das Gespräch eine andere Wendung genommen hatte und Olga Nikolajewnas Frage nach meiner Sympathie für Stschussew damit vom Tisch war. Ich hatte keine Lust, schlecht über Stschussew zu reden, denn ich fürchtete, Bruno könnte es ihm hinterbringen (ich verharrte unwillkürlich noch immer in der Sphäre von Alltagsintrigen aus der Periode meiner völligen Rechtlosigkeit und meines Kampfes um den Schlafplatz). Ich weiß nicht, warum Stschussew mir, wenn auch nicht richtig, gefallen hatte, aber ich ahnte in ihm irgendwelche verwandten Gefühle und wollte nicht die Möglichkeit einer Annäherung an diesen Mann zunichte machen (und daß er empfindlich war, hatte ich gleich gemerkt, eben weil ich ihm verwandt war, und ich hatte keinen Zweifel, daß, erführe er von übler Nachrede, aus der Annäherung nichts werden konnte). Andererseits wollte ich auch meine Beziehung zu Olga Nikolajewna nicht belasten, die Stschussew zu hassen schien, und auch nicht die zu Bitelmacher, der ein Kamerad meines Vaters war und den ich als Zeugen für die Rehabilitierungsformalitäten brauchte. Darum war ich froh, daß diese Frage vom Tisch war.

Bitelmacher kam mit den Bratkartoffeln herein. Da ich an diesem Abend zu verschiedenen dummen Vergleichen neigte, fiel mir ein, daß ich auch bei Iliodor Bratkartoffeln gegessen hatte, und ich versuchte, in diesem Vergleich einen Sinn zu finden, allerdings nicht länger als eine Minute.

Bitelmacher füllte die Gläser.

»Vorsicht«, sagte er zu mir. »Das ist reiner Sprit.«

»Wir vom Norden sind Sprit gewöhnt«, sagte Olga Nikolajewna.

Das Gespräch wurde lebhafter und fröhlicher, obwohl noch niemand getrunken hatte. Allein der Anblick des Sprits wirkte anregend, auch auf mich, und ich hatte Lust, betrunken zu werden. Im übrigen wurde nur wenig eingegossen, ein viertel Glas, bei Olga Nikolajewna noch weniger... Bruno brachte einen Trinkspruch auf Olga Nikolajewnas Gesundheit aus. Wir tranken, dann wurde nachgeschenkt, jedem ein viertel Glas. Mir war zuerst heiß geworden, doch nachdem ich von den Bratkartoffeln gegessen hatte, fühlte ich mich wohl.

»Laßt uns jetzt auf Chrustschow trinken«, sagte Olga Nikolajewna. »Es gibt Politiker, die nicht vom Volk gewürdigt werden, sondern von der Geschichte.«

»Moissej«, sagte Filmus, »gib mir mal den Marx, ich glaube, Band zwei, ich will Olga antworten.«

»Ich kenne deinen historischen Fatalismus«, sagte Bitelmacher rasch. »Genau das ist dem Marxismus fremd.«

»Chrustschow ist keine selbständige Figur«, sagte Filmus, »wenn Nachfrage entsteht, kommt auch ein Angebot...«

Mir gab es einen heftigen Stoß, und in meinem von dem Sprit ungewöhnlich findigen Gehirn entstand ein Satz, der sich nahtlos an den vorhergehenden anschloß wie ein passender Dominostein.

»Nachfrage bringt Raffaels hervor.« Mit diesem Satz schlug ich den Satz von Filmus.

Nun zahlte sich der Zeitvertreib in den Bibliotheken aus... Ich wußte, daß ich mich mit dem Satz in den Augen dieser Leute behauptet hatte. Und richtig, Bitelmacher und Olga Nikolajewna lachten.

»Er hat dich gut geschlagen«, sagte Bitelmacher (»geschlagen«, sagte er, wie ich vermutet hatte).

Aber Filmus war ein gewitzter Polemiker.

»Primär ist nicht die Nachfrage, sondern die Epoche«, sagte er ruhig. »Die Epoche der Renaissance schafft die Nachfrage nach Raffaels, aber es gibt auch andere Epochen... Das zehnte Jahrhundert war frei von Genies, aber es schuf eine Vielzahl von bekannten despotischen Dynastien« (ich begriff, daß Filmus mit Leichtigkeit seinen Erfolg ausbauen und mich vorlauten Ignoranten vernichten konnte. Ich war ihm dankbar dafür, daß er es nicht tat).

»Du kommst vom Wesentlichen ab, Bruno«, rief Bitelmacher.

»Gib mir den zweiten Band von Marx, dann antworte ich zum Wesentlichen.«

»Interessant«, sagte Bitelmacher und reichte ihm schwungvoll das Buch, das er aus dem Regal mit den gesammelten Werken aller Klassiker des Marxismus herausgenommen hatte.

Ich sah Filmus dankbar an, weil er sich, nachdem er

mir für meinen »Raffael« einen leichten Nasenstüber versetzt hatte, wieder voll auf Bitelmacher konzentrierte.

»Hier haben sie den Marx, ›Der achtzehnte Brumaire des Louis Bonaparte‹«, sagte Filmus und las vor: »›Von den widersprechenden Forderungen seiner Situation gejagt, zugleich wie ein Taschenspieler in der Notwendigkeit, durch beständige Überraschung die Augen des Publikums auf sich als den Ersatzmann Napoleons gerichtet zu halten, also jeden Tag einen Staatsstreich en miniature zu verrichten, bringt Bonaparte die ganze bürgerliche Wirtschaft in Wirrwarr...‹«

»Aber Stalin ist nicht Napoleon«, schrie Olga Nikolajewna, »und Chrustschow ist nicht Louis Bonaparte... Ihm geht Größenwahn gänzlich ab... Er ist eine allenfalls etwas grobe, aber schlichte Gestalt aus dem Volk...«

»Es geht nicht um die Persönlichkeit«, sagte Filmus, »sondern um die Spiegelung dieser Persönlichkeit im Bewußtsein des Volkes und der Gesellschaft. Hier sind Parallelen berechtigt... Ich persönlich kann die Worte von Marx über Louis Bonaparte auf Chrustschow beziehen: ›Er erzeugt die Anarchie selbst im Namen der Ordnung, während er zugleich der ganzen Staatsmaschine den Heiligenschein abstreift, sie profaniert, sie zugleich ekelhaft und lächerlich macht.‹ Sehr schön gesagt«, fügte Filmus hinzu, »trinken wir auf das heilige Grab von Marx.«

»Es ist ein unerwünschter Prozeß zu beobachten«, sagte Bitelmacher, »alle diese Zusammenlegungen von Ministerien, diese Umstellungen und so weiter, das führt zu nichts... Dennoch, es ist nicht zu übersehen, daß die Atmosphäre in der Partei und im Land immer gesünder wird.«

»Und warum haben sie dich nicht wieder in die Partei aufgenommen?« fragte Filmus plötzlich.

Bitelmacher verzog sonderbar das Gesicht, und Olga Nikolajewna sah Filmus vorwurfsvoll und ein bißchen feindselig an. Filmus, der ein kluger Mann war, begriff sofort, daß er eine Taktlosigkeit begangen hatte, und beeilte sich, sie zu überspielen.

»Ich habe übrigens einen Toast auf Marx ausgebracht«, sagte er.

»Nein, wenn du schon fragst, antworte ich auch«, sagte Bitelmacher, »daran ist nichts Geheimnisvolles und auch keine böse Absicht. Ich bin ein halbes Jahr vor meiner Verhaftung aus der Partei ausgeschlossen worden. Wenn die Verhaftung mit dem Ausschluß zusammenfällt, ist die Wiederaufnahme einfacher. So sind es zwei verschiedene Fälle, und die Rehabilitierung gilt nur für die Verhaftung.«

Wir tranken noch eine Portion Sprit auf Marx und aßen eine Zeitlang schweigend Bratkartoffeln. Bitelmacher ging in die Küche und kam mit einer Kaffeekanne wieder herein. Der würzige Kaffeeduft kitzelte die Nase. Ich war angenehm beschwipst, und ich freute mich über mein neues Leben, das ich meinem verstorbenen Vater verdankte, der ein verdienter und rehabilitierter Mann war.

»Lessing«, sagte Bitelmacher, über den Tisch gebeugt, er polemisierte wohl noch immer gegen Filmus, »Lessing... Wenn der Schöpfer, das hat Lessing gesagt, in der einen Hand die ganze Wahrheit hielte und in der anderen das Streben nach ihr, und wenn er mir anböte zu wählen, ich würde das Streben nach der Wahrheit dem fertigen Besitz der Wahrheit vorziehen.«

»Aber was ist die Wahrheit in der Politik«, sagte Filmus, »genauer, was ist die Politik – Literatur oder Wissenschaft? Für Marx und Lenin ist sie Wissenschaft, für Stalin und Trotzki Literatur... Ein Krimi. Und für Chrustschow... Für Chrustschow ist die Politik Folklore...«

»Was?« schrie Bitelmacher.

»Ein schrecklicher Wirrkopf«, sagte Olga Nikolajewa.

»Ich erklär's«, antwortete Filmus (der Sprit wirkte wohl auf alle). »In der Literatur ist die entgegenge-

setzte Wahrheit keine Lüge, sondern eine andere Wahrheit. So ist das... Richtlinien statt Prinzipien...«
»Politisches Freudianertum«, schrie Bitelmacher.
»Wenn Sie so wollen«, antwortete Filmus.
Sie hatten sich deutlich verrannt, doch ich war gelassen. Als nicht in sich ruhender Mensch verkehrte ich gern in Gesellschaften, und ich war überzeugt von der Unvermeidlichkeit eines Krachs, mit dem eine Polemik in jenen Jahren gewöhnlich zu enden pflegte.
»Ich möchte bemerken, daß Stalin und Trotzki vom gleichen Schlag waren, Menschen von der Straße«, sagte Filmus.
»Was?« schrie Bitelmacher und lief puterrot an, er hatte zweifellos nicht hingehört oder Filmus' Worte falsch verstanden. »Trotzki... Leibl Trotzki... Och!« Bitelmacher ballte die Fäuste. »Wenn ich Leibl Trotzki früher mal am Bein zu fassen gekriegt hätte, würde ich's ihm ausgerissen haben...« Er äußerte den Wunsch, Trotzki zu kastrieren, und er formulierte es so derb wie ein Odessaer Schauermann. Diese Derbheit stellte sogar die in Gegenwart einer Frau, Olga Nikolajewnas, gesagte Derbheit Platon Stschussews in den Schatten.
Danach ließ er sich auf den Stuhl fallen und saß schweratmend da. Die Farbe wich aus seinem Gesicht.
Das Ende meines Aufenthalts in dieser Gesellschaft rückte näher. Bei Arski hatten sie mich in einer ähnlichen Situation rausgeschmissen, von Iliodor war ich selber weggelaufen, nachdem ich ein paar Schläge ausgeteilt und erhalten hatte (genauer, zu schlagen hatte ich nicht gewagt, wenn Sie sich erinnern, und nur dem Journalisten Orlow den Aschbecher in die Fresse gerieben). Aber jetzt zeigte sich anschaulich meine völlig veränderte Situation. Zusammen mit Filmus trug ich den erschlafften Bitelmacher aufs Sofa, dem der Anfall von Haß auf Trotzki die letzten Kräfte geraubt hatte, dann verabschiedete ich mich würdevoll und ging.
Es war eine warme Nacht. Auf den Boulevards wa-

ren Faulbaum und Flieder schon verblüht, aber die Gerüche waren noch nicht verschwunden; wie Geister erwachten sie in der Nacht wieder zum Leben, Gerüche, die mich stets in äußerste Unruhe versetzen. Ich sprach ein junges Mädchen an, was ich mir früher nie erlaubt haben würde. Da aber seit den Veränderungen erst sehr wenig Zeit vergangen war, sah ich äußerlich aus wie früher, erschöpft und kraftlos, und das Mädchen kam meinen Annäherungsversuchen nicht entgegen, schlimmer noch, sie erschrak nicht einmal, sondern belegte mich mit einem groben Schimpfwort, und als ich hartnäckig blieb, holte sie nach mir aus. Da griff ich geistesgegenwärtig nach ihrem Arm, preßte ihn nach Männerart und sagte mit schiefem Lächeln:

»Aber aber, Kindchen...«

Dann wandte ich mich ab und ging mit großen Schritten, hochaufgerichtet, den Boulevard entlang.

Zum Wohnheim kam ich tief in der Nacht, genauer, es tagte schon, ich klingelte lange und fordernd und sah die verschlafene Diensthabende Darja Pawlowna grienend an (früher war ich ihr ausgewichen, seit sie meine Feindin geworden war, doch jetzt freute ich mich, daß die »Katzenmutter« Dienst hatte). Sag doch irgendwas, bat mein Blick sie, ich antworte auch... Oh, und wie ich antworte... Sie schwieg pfiffig, die Heimleiterin mochte sie instruiert und über meine neue Lage aufgeklärt haben.

ZWEITES KAPITEL

Ich träumte von einer Begegnung mit Nelja, aber dazu kam es nicht, obwohl ich in der Woche darauf täglich ins Zeitungsarchiv ging. Vielleicht war sie in den Süden gereist, wohin es in dieser Jahreszeit alle schönen Frauen zog. Das war eigentlich eher gut als schlecht, denn meine Besuche im Archiv waren gegen den gesunden Menschenverstand und gegen meine eigenen Berechnungen. Ich hatte den Plan, mit meiner Entschädigung zu verschwinden, ein oder zwei Monate in der Provinz fein zu leben, mir einen schwarzen Anzug schneidern zu lassen, tschechische Halbschuhe und einen Silberring zu kaufen und als ganz anderer Mensch wieder in der Gesellschaft zu erscheinen. Jemand kommt an – niemand erkennt ihn wieder, von solchen wird gesprochen. Einzelne Vorkommnisse bestätigten nur die Notwendigkeit und Vernünftigkeit meines Plans... Besonders als ich das erstemal nach dem Krach bei Arski die Broidas besuchte. Zweta war in Moskau, Ira auf Dienstreise. Die Eltern Broida empfingen mich kühl. Ich setzte mich an den Tisch und saß einige Zeit so da, ohne auch nur ein Glas Tee zu bekommen (ich benötige heute kein fremdes Brot mehr und teile dieses Detail nur mit, um die Situation darzustellen). Selbstverständlich entmutigte mich das nicht, denn im Innern kannte ich meinen Wert, ich ärgerte mich lediglich, und zwar über mich selbst, weil ich entgegen meinem Plan zu früh gekommen war, noch bevor ich mich äußerlich verändert hatte. Immerhin war ich froh, daß ich nicht der Versuchung nachgegeben hatte, diesen Leuten von den mit mir vorgegangenen Veränderungen zu erzählen, denn das würde entweder zu wenig effektvoll geklungen haben oder wäre auf Unglauben gestoßen (es sei daran erinnert, daß sie eine andere Version über meinen Vater kannten – einen Helden des letzten Krieges. Mir stand eine Erklärung bevor, die Überzeugungskraft verlangte, wenn ich mein Prestige als ehrlicher Mensch wahren wollte. Im übrigen hatte ich mir eine neue Version zurechtgelegt, nämlich: Der Kriegsheld war mein Stiefvater... Mein richtiger Vater hingegen war Generalleutnant und ein großer Heerführer gewesen). Aber, ich wiederhole, in dieser Situation, bei meinem noch immer zermürbten Aussehen und meinen abgetragenen Kleidern konnten abwegige Versionen auf Unglauben stoßen... Übrigens habe ich später erfahren, daß die Kälte der Eltern Broida sich nicht so sehr durch meinen äußeren Anblick und nicht so sehr durch den Krach bei Arski erklärte wie durch eine mißbilligende Äußerung von mir über Zwetas Gedichte, die in der hauptstädtischen Presse abgedruckt worden waren. Ich hatte sie gegenüber dem Erzieher unseres Wohnheims Korsch getan, der mir die Gedichte zeigte, und ich hatte sie nicht getan, um Zweta schlechtzumachen, sondern im Gegenteil, um zu betonen, daß ich erstens mit der Dichterin bekannt und zweitens in meinem Urteil unabhängig war. Daß Zwetas Mann Wawa, der aus Dummheit eifersüchtig auf mich war, diese Äußerung den Eltern hinterbracht hatte, stand für mich außer Zweifel, zumal Wawa während meines Besuchs ebenfalls bei den Broidas gewesen war, allerdings hinter einem Wandschirm; natürlich hatte er sich da nicht vor mir versteckt, sondern hatte Geschirr abgewaschen (in der Einzimmerwohnung der Broidas war eine Ecke für Haushaltsbedürfnisse abgeteilt). Wawa hatte sich gewiß nicht versteckt, aber als ich eintrat, muß er wohl mit Bedacht still geworden sein, um zu hören, was ich sagte. Und erst als ich nach zehn Minuten peinlichen Schweigens aufbrechen wollte, kam er lachend hinter dem Schirm hervor und sagte nichts, sah mich aber höhnisch an. Ein Glück, daß ich der Versuchung widerstanden hatte, von meinem Vater, dem Generalleutnant, zu erzählen, so daß mein Feind keine Gelegenheit hatte, über etwas zu spotten, was mir heilig war, und ich mit der allgemeinen Peinlichkeit davonkam... Es gab noch ein paar Kleinigkeiten, die den Gedanken bestätigten, daß ein Mensch, der in neuer Qualität in einer Gesellschaft erscheinen will, gut daran tut, für einige Zeit zu verschwinden, gleichsam zu sterben, um dann, wieder auferstanden, seine inneren Veränderungen durch eine äußere Wiedergeburt zu bekräftigen, die er weder durch große Schritte noch durch einen geraden Rücken ausdrücken kann. Aber in dem Moment, als ich zum erstenmal nach langen Jahren gelassen und leichten Herzens mit den alltäglichen Einzelheiten meines Plans beschäftigt war, trat ein Ereignis ein, nach meinem Maßstab vergleichbar mit dem Empfang der Benachrichtigung von der Militärstaatsanwaltschaft, die mich zum Sohn eines Generalleutnants gemacht hatte. Eigentlich geschah das auch, nur umgekehrt, und ich war meinen Titel los.

Das Ereignis begann auch mit einem Schreiben, das den Stempel der Militärstaatsanwaltschaft trug. Freilich stürzte mich der Brief diesmal nicht in Unruhe, denn ich hatte ihn erwartet. Schon bevor ich den Brief aufbrach, dachte ich mit Genugtuung, daß die Sitzung des Tribunals über meinen Fall stattgefunden hatte, daß Michailow und Bitelmacher sich wie verabredet rechtzeitig als Zeugen beim Untersuchungsführer eingefunden hatten, daß alles ohne Hindernisse abgelaufen war und eine offizielle Form erhalten hatte. In der Tat, als ich den Umschlag öffnete, sah ich einen auf amtlichem Papier mit dem roten Armeestern in der Mitte getippten Auszug aus dem Sitzungsprotokoll des Militärtribunals vom 16. Juni 195.. »Das Militärtribunal des ...er Militärbezirks hat den Fall von Zwibyschew, Matwej Orestowitsch, Leiter der Planungsabteilung in der Glas- und Thermosflaschenfabrik, untersucht...« In diesem Satz war der berüchtigte »Löffel Teer«. Was soll das? Ich las noch einmal... Wieso denn Glas- und Thermosflaschenfabrik, wo doch mein Vater Generalleutnant war? Absurd... »und ist zu dem Schluß gelangt, daß M. O. Zwibyschew zu Unrecht verhaftet wurde. Mit dieser Entscheidung wird der Beschluß des Militärtribunals des ...er Militärbezirks vom 3. April 1938 aufgehoben...«

Ich betrat eine Telefonzelle und rief Vera Petrowna an.

»Guten Tag«, sagte sie freundlich, » wie Sie sehen, haben wir Wort gehalten. Jetzt können Sie sich um die finanzielle Entschädigung kümmern.«

»Vera Petrowna«, sagte ich mit leichter Erregung in der Stimme, »in dem Auszug ist ein Fehler. Mein Vater war Generalleutnant, aber hier steht ganz was anderes, entschuldigen Sie, weiß der Teufel was«, schrie ich ziemlich grob und konnte meine Kränkung und Erregung nicht mehr zurückhalten.

»Seien Sie nicht so aufgebracht«, sagte Vera Petrowna, »wenn Sie wollen, kommen Sie her, ich besorge Ihnen einen Passierschein, und Sie sprechen mit Sergej Sergejewitsch.«

Bodunow empfing mich ebenfalls freundlich.

»Verstehen Sie, die Sache ist die, Ihr Vater hat zuletzt tatsächlich in der Glasfabrik gearbeitet.«

»Aber er war doch Generalleutnant«, sagte ich fanatisch, »Sie haben es mir selbst bestätigt. Er hat gekämpft... Er war ein großer Heerführer.«

»Niemand will die Verdienste Ihres Vaters schmälern«, sagte Bodunow, »aber wir haben die Instruktion, die Funktion anzugeben, die der Rehabilitierte im Moment seiner Verhaftung hatte... Im übrigen bestätigt dieses Faktum nur die völlige Unschuld Ihres Vaters... Von der ganzen Gruppe, die in diesem Fall unter Anklage stand, wurden nur Zwibyschew und noch ein Oberst nicht verhaftet, sondern lediglich aus der Armee entlassen und aus der Partei ausgeschlossen. Das kam selten vor in den damaligen Zeiten. Später hat Ihr Vater nur fünf Jahre bekommen.«

»Sie wissen genau, daß das nicht wahr ist«, schrie ich. »Wieso denn fünf Jahre? Erschossen haben sie ihn... Verdammt... Soll euch doch alle der Teufel holen... Also, wenn sie ihn sofort erschossen hätten, würde er seinen Dienstgrad behalten haben... Also schadet ihm seine Unschuld und mir auch... Ja... Seine Degradierung war eine Repression, Ihre Aufgabe ist die vollständige Rehabilitierung, aber Sie paktieren faktisch mit den Stalinschen Henkern...«

»Schreien Sie hier nicht rum«, sagte Bodunow auf einmal in kommandierendem Ton, und sein Gesicht wurde sofort steinhart.

Ich war stark erregt, aber dieser Anschnauzer brachte mich wieder zur Besinnung. Solche Szenen waren hier offenbar kein außergewöhnliches Vorkommnis, denn die beiden anderen Untersuchungsführer im Oberstleutnantsrang arbeiteten ruhig weiter und beachteten uns gar nicht. Auch Bodunow schien an so etwas gewöhnt zu sein, denn er nahm sehr bald wieder sein früheres gutmütiges, freundliches Aussehen und Verhalten an.

»Verstehen Sie«, sagte er vertraulich, »es geht ja hier nicht um mein Geld, aber ich muß mich an die Instruktion halten.«

Ich war so aufgeregt, daß ich zunächst gar nicht daran dachte, daß mich nach dem moralischen Schlag ernste materielle Verluste erwarteten, denn die Entschädigung in Höhe von zwei Monatsgehältern eines Generalleutnants ist natürlich viel höher als zwei Monatsgehälter eines Planers... So war das also... So verstanden der Untersuchungsführer und Vera Petrowna mein Verhalten... So ein Quatsch... Letzten Endes hingen meine wichtigsten materiellen Hoffnungen an der Entschädigung für das konfiszierte Vermögen. Hier brauchte ich eine Idee. Meine Lage war so armselig, daß ich einen starken Aufschwung nötig hatte. Besonders jetzt, da ich mich als Sohn eines Generalleutnants fühlte.

»Ich nehme dieses Papier nicht«, sagte ich und legte den Auszug hin, »ich bin damit nicht einverstanden.«

»In dieser Frage wenden Sie sich an Vera Petrowna«, sagte Bodunow, »im übrigen können Sie einen Antrag stellen, daß vielleicht ausnahmsweise... Gehen Sie zu Vera Petrowna, Sie wird Sie beraten... Verstehen Sie, ich würde ja gern, aber ich kann nicht. Die Instruktion.«

»Gut«, sagte Vera Petrowna, »geben Sie das Papier zurück und schreiben Sie offiziell, daß Sie nicht einverstanden sind. Aber das kann drei Monate dauern, auch fünf oder ein Jahr, und ich bin vom Erfolg nicht überzeugt.«

»Ich bin geldlich jetzt sehr schlecht dran«, sagte ich (das war gar kein Ausdruck). In Erwartung der großen Entschädigungen hatte ich ein wenig die Zügel schleifen lassen, die beiden letzten Tage hatte ich mich nur von Brot ernährt und mir zum heißen Wasser nicht mal Bonbons kaufen können. Zugleich wußte ich, daß die großen Beträge für das Vermögen langwierige Untersuchungen voraussetzten, die mindestens ein halbes Jahr dauern würden. Das hatte man mir beim KGB gesagt. Ich aber brauchte dringend, heute, spätestens morgen, eine kleine Summe auf die Hand.

»Ich gebe Ihnen einen Rat«, sagte Vera Petrowna, »fahren Sie in die Glasfabrik, Stekolny-Gasse dreiundzwanzig, und holen Sie sich dort das Geld. Regeln Sie Ihre Angelegenheiten, besorgen Sie sich ein Zimmer, richten Sie sich ein, fangen Sie an zu arbeiten, dann wird alles gut. Und seien Sie nicht so nervös, dazu sind Sie noch zu jung.« Sie lächelte mir zu.

Ich stand auf und ging schweigend zur Tür. Auf der Schwelle blieb ich stehen und schrie:

»Mein Vater war Generalleutnant und wird es bleiben.«

Mein Abgang war ein bißchen theatralisch und unklug, das machte mir während der ganzen Fahrt zur Stekolny-Gasse zu schaffen. Wenn ich in solche Stimmung gerate, setzt sie sich in die absurdesten Richtungen fort. So ging mir plötzlich durch den Kopf, daß ich die Würde meines Vaters für Geld verkauft hatte, denn wenn ich nicht sofort Geld gebraucht hätte, wäre ich in der Lage gewesen, das Papier zurückzuweisen, in dem er als Planungsleiter der Glasfabrik bezeichnet wurde, und hätte seine offizielle Wiedereinsetzung in den Dienstgrad betreiben können. Aber das Leben ohne materielle Reserven ließ mir keine Chance zur Widerspenstigkeit. In dieser Verfassung kam ich zu der Glasfabrik. Am Eingangstor zeigte ich meinen Paß einer alten Frau mit einem Milizrevolver am Koppel und betrat den Hof. Es war eine kleine alte Fabrik, und sie mochte sich seit der Zeit, als mein degradierter und aus der Partei ausgeschlossener Vater hier ein halbes Jahr bis zu seiner Verhaftung als Planer gearbeitet hatte, kaum verändert haben... Hier standen von der Zeit geschwärzte flache Werkhallen und ein aus roten Kasernenziegeln erbautes zweigeschossiges Verwaltungsgebäude. Direkt auf dem Hof lag in Sägespänen die Nebenproduktion des Werkes: Zwei- und Dreilitergläser für Säfte, Marinaden und Gemüselaken. Trotz der anders gearteten Produktion glich die administrative Situation hier derjenigen in der Verwaltung für Baumechanisierung, wo ich arbeitete, war aber mehr ortsfest, beständig und solide.

In dem Moment, als ich das Verwaltungsgebäude betrat, waren dort gerade alle mit einer dringenden Arbeit beschäftigt. Durch den Korridor gingen ein paar junge Leute mit durchgepausten Zeichnungen und ein altes Männlein, sicherlich ein Buchhalter, mit einer Liste. Eine Sekretärin, die Irina Nikolajewna ähnlich sah, aber würdiger und schöner war, suchte einen gewissen Petrizki und blickte in mehrere Zimmer hinein. Ihr wurde geantwortet, er sei in der Werkhalle.

»Er soll sofort zu Frol Jegorowitsch kommen«, sagte die Sekretärin aufgeregt, »suchen Sie ihn rasch.«

Ich betrat das Sekretariat, in dem etliche Leute saßen. Meine Umstände hatten sich so gestaltet, daß ich unwillkürlich zu einem Bittsteller geworden war wegen der blöden Krümel, des jämmerlichen Lösegeldes, das mir für den Tod meines Vaters zustand... Das machte mich böse.

»Ich muß zum Direktor«, sagte ich hart.

»Der Direktor ist beschäftigt«, sagte die Sekretärin, ohne mich eines Blicks zu würdigen.

»Wann ist er zu sprechen?«

»Kommen Sie Ende der Woche wieder.«

»Nein, ich gehe jetzt zu ihm.«

Die Sekretärin hob den Blick.

»Wer sind Sie überhaupt?« fiel sie über mich her, wohl weil sie mich nach meinem Aussehen gering einschätzte. »Was erlauben Sie sich? Das könnte Ihnen noch leid tun...«

Ich wollte verächtlich lachen, aber ich lachte böse, stieß die ledergepolsterte Tür auf und schritt hinein in den Tabaksqualm. Es war die bekannte Atmosphäre einer Planungssitzung; auf solchen Sitzungen war ich als Bauführer des öfteren gedemütigt worden. Am Tisch des Direktors saßen die Höhergestellten, auf den Stühlen längs der Wände die weniger wichtigen Leute. Der Direktor erinnerte mich irgendwie an Brazlawski, doch mit einem Anflug von Intelligenz und Verfeinerung. Ich erkannte sogleich, daß er ein Mensch von strenger administrativer Sinnesart war, darum ließ ich ihn gar nicht erst zur Besinnung kommen, ging direkt auf ihn zu, unterbrach ihn mit Vergnügen mitten im Satz und legte das Papier vor ihn hin. Er war baff.

»Was ist das?« fragte er verständnislos und präsentierte sich seinen Untergebenen vielleicht zum erstenmal verwirrt, so unerhört war meine Frechheit.

»Zahlen Sie mir das Geld«, sagte ich.

Da fand der Direktor wieder zu sich.

»Mikaela Andrianowna«, schrie er die in der Tür stehende, blaß gewordene Sekretärin an, »wieso wird hier eingedrungen, wozu sind Sie da und kriegen Gehalt...«

»Unterschreiben Sie«, sagte ich und tippte mit dem Finger auf das amtliche Papier des Tribunals, das mir Vera Petrowna gegeben hatte, damit ich zu meinem Geld kam.

»Ein solches Gesetz kennen wir nicht«, sagte der Direktor, »sollen die das aus ihren Fonds bezahlen.« Er gab das Papier einem Mann, der rechts von ihm saß, offenbar dem hiesigen Junizki.

»Ich muß einen Juristen konsultieren«, sagte der »hiesige Junizki«.

Wenn ich in letzter Zeit auf ein Hindernis stieß, griff ich zu einer einfachen Methode, ich berief mich schreiend auf meinen Vater, den Generalleutnant. Jetzt war mir diese Möglichkeit genommen, während ich innerlich schon ganz enthemmt war und die

Fähigkeit verloren hatte, mit Bitten und Demut nach Erfolg zu streben. Das war der Grund für die anhaltenden, ich würde sagen, kraftlosen Skandale, die mein Herz verbitterten und meine Nerven zerrütteten. Ich merkte nicht einmal, daß solch ein kraftloser Skandal jetzt im Arbeitszimmer des Direktors tobte. Ein Wächter wurde gerufen, ich wurde nachgerade gewaltsam in den Korridor geführt. Neben mir ging das alte Männlein mit den Ärmelschonern, Planer oder Buchhalter, und seine Einstellung zu mir war deutlich freundlich.

»Nicht aufregen«, flüsterte der Alte mir zu, »Sie hätten erst zu mir kommen sollen, nicht zum Direktor... Wenn es Ihnen zusteht, zahlen wir... Wir haben zwar im Moment Probleme mit dem Lohnfonds, aber in vielleicht einem Monat zahlen wir.«

War man früher schlicht und grob mit mir umgegangen, so hatte man jetzt einen sanften, aber unbeugsamen Stil, um meine Ansprüche abzublocken. Infolge meiner persönlichen Umstände mußte ich sogar um unstrittige Kleinigkeiten kämpfen, die sich eigentlich von selbst und automatisch regeln sollten. Ich muß erwähnen, daß es in einem so komplizierten Prozeß wie den der Rehabilitierung Glückspilze und Pechvögel gab, und zu den letzeren gehörte ich... Wenn ich die Entschädigung nach dem hohen Posten des Generalleutnants bekommen hätte, nicht nach dem kleinen des Planers, wäre die Auszahlung einfacher, ehrenvoller und ohne überflüssigen Nervenaufwand vonstatten gegangen.

Nachdem sie mich mit Gewalt aus dem Zimmer des Direktors entfernt hatten, ging ich auf den kleinen Werkhof und rief noch einmal Vera Petrowna an.

»Sie verweigern mir die Auszahlung«, sagte ich nervös.

»Warten Sie dort und regen Sie sich nicht auf«, sagte die gute Frau, »gleich rufen wir die zur Ordnung.«

Ich setzte mich auf eine Bank bei einem Beet, wo ein paar Arbeiter aus Flaschen ihre Milchzuteilung tranken (die Arbeit hier war gesundheitsschädlich). Ich wollte daran denken, daß mein Vater hier umhergegangen war und die roten Kasernengebäude betrachtet hatte, aber daraus wurde nichts, genauer, es war unnatürlich und uninteressant. Mir kamen auch andere Gedanken, aber alle in falscher Richtung. Das einzige, woran ich natürlich und aufrichtig dachte, war die Absurdität meines Aufenthalts in dieser Glasfabrik, von der ich am Morgen noch gar nichts gewußt hatte. Und mein blöder Zusammenstoß mit diesen Leuten, die ich am Morgen noch nicht gekannt hatte und nie kennengelernt haben würde, wenn man nicht meinen degradierten Vater hierher geschickt hätte, um ihn bis zu seiner Verhaftung in Freiheit zu demütigen. Und plötzlich geschah das, was ich mir so gewünscht hatte, als ich in den Hof ging und mich auf die Bank setzte. Zum erstenmal empfand ich eine unlösbare Verbundenheit mit meinem Vater: über das persönliche Empfinden der Erniedrigung, die er hier hatte hinnehmen müssen... Es gibt Kinder, die die Größe ihrer Väter fortsetzen, und es gibt welche, die die Erniedrigung ihrer Väter fortsetzen... Mit diesem neuen Gedanken stand ich auf und ging wieder in das Verwaltungsgebäude. Im Korridor empfing mich die verheulte Sekretärin.

»Junger Mann«, sagte sie, »wie heißen Sie?«

»Grigori Matwejewitsch«, antwortete ich recht feindselig.

»Ich habe eine große Bitte an Sie, Georgi Matwejewitsch« (vor Aufregung verwechselte sie meinen Vornamen, was mir übrigens häufig passiert, selbst zu Hause nennen sie mich nicht Grischa, sondern Goscha). »Georgi Matwejewitsch, ich habe eine große Bitte«, wiederholte sie, nahm mich bei der Hand, führte mich beiseite und streifte mich ein paarmal, vielleicht zufällig, mit ihrer straffen Sekretärinnenbrust. »Georgi Matwejewitsch«, sagte sie zum drittenmal in dem gehorsamen Ton, in dem sie mit den Natschalniks zu reden gewohnt war und mit dem sie Annehmlichkeiten im Leben zu gewinnen hoffte (diese Methode kannte ich gut, obwohl sie mir fremd und unzugänglich geworden war), »Grigori Matwejewitsch«, sagte sie zum viertenmal, diesmal richtig (ich registrierte jedes Detail so genau, weil mein Gehirn jetzt mißtrauisch, kalt, kleinlich und geschärft war und Wege zu Kampf und Skandal suchte), »ich bitte Sie«, sagte die Sekretärin, »entschuldigen Sie sich bei Frol Jegorowitsch.«

»Was?« schrie ich verblüfft.

»Sie sind nur zufällig hier«, sagte sie schluchzend, »Sie sind gekommen und gehen wieder, aber grade weil er nicht an Sie heran kann, läßt er seine Wut an mir aus, denn ich habe Sie durchgelassen.«

Ich musterte die Sekretärin. Sie hatte dick geschminkte Lippen und sah überhaupt aus wie eine Frau, die mit allen Mitteln nach Wohlstand strebt und auch extreme weibliche Mittel nicht scheut... Und ich dachte daran, wie sie mich empfangen hatte, als ich kam, bedrückt von der Ungerechtigkeit gegen meinen Vater, einer so schreienden Ungerechtigkeit, daß sie schon einen scherzhaften, wortspielartigen Charakter bekam, nämlich: Ungerechtigkeit bei der Wiederherstellung der Gerechtigkeit... Hätte mich die Sekretärin nicht so grob empfangen, dann wäre ich nicht derart wütend zu dem »Napoleönchen« der Glasfabrik hineingestürmt, hätte keinen Skandal veranstaltet und meine Nerven geschont, und der normale Finanz- und Buchhaltungsvorgang hätte nicht den Charakter politischen Widerstands angenommen (daß ihr »Napoleönchen« ein Stalinist war und unzufrieden mit den Maßnahmen Chrustschows, bezweifelte ich nicht, nachdem ich auf der Bank kurz sein Verhalten analysiert hatte).

»Sie sind verrückt«, antwortete ich grob, und aufrichtige Empörung gab mir die Kraft, mich ihren weiblichen Berührungen zu entziehen. »Bei diesem Stalinisten soll ich mich entschuldigen...«

»Ich habe Kinder«, schluchzte die Sekretärin, »er

wird mich entlassen... Ein Onkel von mir ist auch rehabilitiert«, sagte sie fast flüsternd und sah sich dabei um.

Diese Geste mißfiel mir ganz besonders, und da überspannte ich, wie man so sagt, den Bogen, denn ich war furchtbar wütend.

»Macht nichts«, sagte ich, »ich gehe weg, und er wird mich vergessen, und du« (ich sagte »du«) »kannst ja mit ihm schlafen, dann verzeiht er dir.«

Die Sekretärin quiekte nach Frauenart und hielt sich die Hand vor den Mund, ich aber ging in das Sekretariat, öffnete die Tür und betrat ungehindert den Arbeitsraum des Direktors. Dieses »Napoleönchen« Frol Jegorowitsch saß da und blickte auf irgendein Papier. Neben ihm saß nicht, sondern stand ein Mitarbeiter in vorgebeugter Haltung, er blickte gleichfalls auf das Papier, verlieh aber seinem Körper eine Pose, die ihm nicht nur half, Erklärungen abzugeben, sondern auch den Unterschied in der Verwaltungshierarchie zu zeigen. Als ich eintrat, sah mich der Mitarbeiter erschrocken und flehend an. Frol Jegorowitsch hingegen tat, als ob er mich nicht bemerkte. Im Gegensatz zu Brazlawski, der sich vom groben Schmied zum Direktor hochgearbeitet hatte und seine Macht als Wirtschaftsführer dazu benutzte, Ordnung zu schaffen und seinen Posten zu sichern, hatte Frol Jegorowitsch mit seinem intellektuellen Anflug gelernt, die Macht auch zu genießen. All das erkannte ich sofort, als ich im Zimmer des rosigwangigen »Napoleönchen« stand und mich über meine unabhängige Lage freute. Dieser angenehme Gedanke hinderte mich seltsamerweise, die von mir gefundene und in offiziellen Räumen mit Erfolg erprobte Geste der Unabhängigkeit anzuwenden, das heißt, unaufgefordert einen Stuhl zu nehmen, mich polternd hinzusetzen und die Beine übereinander zu schlagen. Ich begriff, daß »Napoleönchen« es dem Mitarbeiter heimzahlen würde, der mir nichts Böses getan hatte, mich flehend ansah und mich mit seinem Blick bat, nicht in seiner

Gegenwart Krach zu schlagen. Darum blieb ich schweigend stehen, breitbeinig (diese Haltung schien mir ein Zeichen von Unabhängigkeit zu sein). So vergingen mindestens zehn Minuten. Der Ventilator surrte. Frol Jegorowitsch goß sich aus einem Siphon Sprudelwasser ein, trank, erteilte Anweisungen. Der Mitarbeiter, ohne den Rücken zu strecken, bejahte eifrig. Beide nahmen keine Notiz von mir (der Mitarbeiter hatte nur anfangs einmal geguckt). Auf einmal sagte Frol Jegorowitsch ganz unerwartet und ohne mich anzusehen, zwischen zwei Anweisungen für seinen Mitarbeiter, gleichsam beiläufig:

»Gehen Sie in die Buchhaltung.«

»Danke«, sagte ich.

Meine Dankbarkeit hatte zwei Gründe. Einerseits hatte die rasche Lösung der Angelegenheit zu meinen Gunsten nach dem Anruf von der Militärstaatsanwaltschaft natürlich meinem Stolz gutgetan und mich ein wenig besänftigt. Aber nie im Leben würde ich, selbst in diesem Zustand, dem Stalinisten gedankt haben, wenn mein besänftigtes Herz nicht Reue empfunden hätte in bezug auf die Sekretärin, die, wie ich sah, am Türspalt wartete. Als ich hinausging, war sie schon weggesprungen und saß an ihrem Tischchen.

»Ich habe mich nicht entschuldigt, aber bedankt«, sagte ich als Antwort auf ihre Bitte.

»Warten Sie ein Sekündchen«, sagte sie, »setzen Sie sich.« Sie stand rasch auf, ging in den Korridor und kam nach fünf Minuten wieder. »Sie können das Geld jetzt gleich haben, ich habe das mit dem Buchhalter und der Kassiererin geregelt.«

Ich wußte, daß ich mein Geld auch ohne ihre Regelung bekommen hätte, aber ich verstand die Sprache der inneren Wechselbeziehungen in der Verwaltung. Das bedeutete: etwas für mich zu tun. Und da mich meine Frechheit von vorhin noch ein bißchen quälte, gab ich ihr die Möglichkeit, mir zu helfen. Ich bekam mein Geld, nicht wie es dem Generalleutnantsrang entsprochen hätte, aber es war eine für meine Verhältnisse große Summe, und wie dem auch sei, ich fuhr im Endeffekt in guter Stimmung und sogar aufgemuntert wieder ab.

DRITTES KAPITEL

Die darauffolgende Woche war erfolgreich, was meine Unternehmungen betraf, bis auf eine, und zwar ausgerechnet mein Besuch in der Wohnungskommission des Exekutivkomitees. Bedauerlicherweise passierte es mir nicht zum erstenmal, daß eine Reihe von Erfolgen mich das Gefühl für Maß vergessen ließ, so daß ich unbedacht, unvorbereitet entweder zu gewagte oder übereilte Schritte tat...

Nachdem ich das Geld, ein straffes Päckchen Scheine, erhalten hatte, ging ich in die Toilette, schloß mich ein und zählte es sorgfältig nach. In der engen Bretterkabine stehend, teilte ich es sogleich in verschiedene Fonds auf. Ich muß sagen, daß jetzt, wo die erste Begeisterung über die Rehabilitierung verflogen war, mein Verhalten eine gewisse Kompromißbereitschaft annahm, zu der ein paar Elemente meines früheren Lebens gehörten, zum Beispiel Umsicht und Berechnung. Insbesondere bewilligte ich mir einen Betrag für den Kauf eines nicht teuren Importanzugs. Die Versuchung war sehr groß. Ich weiß, daß schöne Kleidung mir steht und mich verwandelt. Seit ich von der Möglichkeit wußte, in den Besitz größerer Beträge zu gelangen, besuchte ich Läden, wählte aus und fragte nach dem Preis. Nach sorgfältigem Suchen fand ich in der Straße der Oktoberrevolution einen kleinen Konfektionsladen, wo drei Anzüge aus sozialistischen Ländern meine Aufmerksamkeit erregten, die zudem erschwinglich waren. Der eine war von dunklem Kaffeebraun mit kaum erkennbaren hellen Nadelstreifen, die ihm eine besondere Note verliehen, der zweite war zwar von gewöhnlichem Dunkelblau, doch die Hose nach der letzten Mode geschneidert – schmal und mit breitem Umschlag; an dem dritten reizte mich offen gestanden der märchenhaft niedrige Preis, der fast dem für einen Baumwollanzug gleichkam, dabei sah er recht anständig aus und hatte sogar ein gewisses Etwas – helle Linien auf grauem Untergrund. Natürlich gab ich von den drei Kandidaten dem dunkelkaffeebraunen den Vorzug, aber das mußte unmittelbar beim Kauf noch durchdacht und abgewogen werden. Als ich das Geld bekam und quittierte, dachte ich an den kaffeebraunen und wollte gleich hingehen und ihn kaufen. Darum betrat ich sogleich die Toilette im Hof, obwohl das ein bißchen riskant war, aber ich wollte den Betrag abzählen, den ich dann im Laden aus der Tasche holen konnte, ohne das ganze Päckchen zu zeigen. Als ich schon beim Abzählen war, beschloß ich, das Geld auch gleich in Fonds aufzuteilen, denn in dem Sechsbettzimmer des Wohnheims war das nicht möglich, und ich hätte mich dort auch in der Toilette einschließen müssen. Vor allem wollte ich ein paar größere Scheine auf mein Sparbuch einzahlen, einen bedeutenden Betrag bestimmte ich für drei Mahlzeiten am Tag, eine Kleinigkeit für Fahrgeld (meistens fuhr ich schwarz), eine anständige Summe für laufende Ausgaben (den Schlafplatz, den Kauf von Socken, Notizbüchern, Bleistiften und sonstigem Unvorhergesehenen), und dann konnte ich nicht der Versuchung widerstehen, einen soliden Betrag für Vergnügungen abzuzweigen (Kino, Stadion, Eis, Konfekt... Nicht Bonbons zum Tee, deren Kosten waren in der Summe für die drei Mahlzeiten vorgesehen, sondern richtiges Konfekt, ab und zu sogar mit Schokolade, mittlerer Preislage). Als jedoch alles verteilt war, zeigte sich, daß ich ohne den für den Anzug zurückgelegten Betrag keine großen Sprünge machen konnte. Vernunft und Intuition hielten mich davon ab, mir etwas vorzumachen, indem ich mit einer hohen Entschädigung für das konfiszierte Vermögen rechnete – die Sache befand sich noch im Anfangsstadium. Die Vernunft half mir auch, den Anzugkauf in die Zukunft zu verschieben. Als einziges erlaubte ich mir, von dem ursprünglich für den Anzug bestimmten Geld ein wenig abzuzweigen für den Kauf von Sommerschuhen mit weicher Sohle (an heißen Tagen malträtierten die Herbstschuhe aus hartem Leder mir die Füße und scheuerten Blasen). Die Sommerschuhe wurden sogleich in einem Laden gegenüber der Glasfabrik angeschafft. Zärtlich berührten sie meine von den Herbstschuhen gepeinigten Füße (die Herbstschuhe wickelte ich in Zeitungspapier), ich war sehr zufrieden mit meinem Einkauf und überzeugt von seiner Richtigkeit. Mein Gang wurde leichter, und obwohl ich nicht mehr so hoch aufgerichtet ging wie in den ersten Tagen nach der Rehabilitierung, war ich mir durchaus meiner Rechte wenn nicht auf einen hervorragenden, so doch auf einen dauerhaften Platz in der Gesellschaft bewußt. Die bevorstehende postume Wiederaufnahme meines Vaters in die Partei freute mich, denn ich hatte schon einigen Zweifel und Unruhe empfunden, und sie überzeugte mich noch mehr davon, daß meine Situation als Ausgestoßener für immer der Vergangenheit angehörte. Den Antrag auf Wiederaufnahme meiner Eltern in die Partei hatte ich gleich nach meinem Besuch bei Bitelmacher gestellt, und die Antwort war ziemlich schnell gekommen, zwei Tage nachdem ich den postumen Zweimonateverdienst meines Vater erhalten hatte. Ich wurde ins Gebietsparteikomitee bestellt.

Dieses war ein großes, graues Gebäude mit Säulen und einer halbkreisförmigen Fassade, die auf einen breiten, asphaltierten Platz blickte. Hier gab es natürlich auch ein Passierscheinbüro. Ein Oberfeldwebel studierte sorgfältig (sorgfältiger als in manchen staatlichen Stellen) meinen Paß, händigte mir den Passierschein aus und hieß mich, den Seiteneingang zu benutzen. Das Zimmer, in das ich bestellt war, befand sich im Parterre, sogar ein wenig im Souterrain. An Schreibtischen saßen vier alte Männer und eine alte Frau. Mit der postumen Wiederherstellung der Parteimitgliedschaft waren offensichtlich alte Bolschewiken betraut. Bitelmacher hingegen, ein lebender Mensch, der sich persönlich um die Wiederherstellung seiner Parteimitgliedschaft bemüht hatte, war von einem jungen Instrukteur für Organisationsfragen empfangen worden. Er wurde nicht wiederaufgenommen, und auf seine Beschwerde reagierten die höchsten Instanzen nicht. Die postume Wiederaufnahme war einfacher. Ein kleiner alter Mann mit Spitzbart, der ihm Ähnlichkeit mit Michail Kalinin verlieh, entnahm meinen Antrag einem Aktendeckel und las ihn sorgfältig durch; ich hatte ihn in einer Eingebung und nach den Gesprächen mit Bitelmacher verfaßt und darin von meiner Sohnespflicht geschrieben, mich um die Wiederaufnahme meiner Eltern in die Partei zu bemühen, der sie ihre Kräfte, ihre Jugend und ihr Leben geopfert hatten und aus der sie zu Unrecht von den stalinistischen Henkern ausgeschlossen worden waren.

»Nun«, sagte mir das alte Männlein, »das Militärtribunal hat uns den Auszug geschickt... Ihr Vater wurde repressiert und aus der Partei ausgeschlossen, Ihre Mutter wurde nicht repressiert, aber auch aus der Partei ausgeschlossen. Das schafft eine gewisse Unklarheit, die ihre Wiederaufnahme erschwert. Was jedoch Ihren Vater betrifft, so ist alles klar.« Er klopfte auf den alten, gelben Aktendeckel, der demjenigen glich, den ich im Tribunal gesehen hatte und der wahrscheinlich die Parteiakte meines Vaters enthielt. »Also, die Mitgliedschaft ihres Vaters ist postum wiederhergestellt... Gratuliere.« Er stand auf und gab mir seine Hand mit den alterskalten Fingern.

»Danke«, antwortete ich.

Die Prozedur war glücklich abgeschlossen, ich verabschiedete mich und ging in recht guter Stimmung hinaus auf den sonnenüberfluteten Platz. (Der Ausdruck »gute Stimmung« wird so oft gebraucht, aber er entspricht der Wirklichkeit. Ein Ausgestoßener ist ein größerer Optimist als ein gewöhnlicher Mensch. Die

Fähigkeit, verschiedene Faktoren zusammenzuführen und sich auf eine im günstigen Moment erwischte Resultante zu orientieren, ist eine Schutzeigenschaft, und man darf mit einem Ausgestoßenen nicht zu streng ins Gericht gehen, wenn schwere Verluste und Beleidigungen schon mit Pfefferminzplätzchen oder durch ein wenn auch formell und im Vorübergehen hingeworfenes freundliches Wort gemildert werden.)

Nach der Rehabilitierung meines Vaters reagierten alle Instanzen, bei denen ich einen Antrag stellte, ziemlich schnell. Bald (nach zwei Tagen) erhielt ich eine Benachrichtigung von der Gefängnis- und Lagerverwaltung des Innenministeriums, die mich aber nicht ins Innenministerium bestellte, sondern zu einer Adresse, die mir bekannt vorkam. Und richtig, diese Dienststelle befand sich ganz in der Nähe meines Wohnheims, im Gebäude der Milizschule, Eingang vom Hof. Hier gab es keine Passierscheinstelle. Ich ging einfach in den Hof (wie mir der Diensthabende der Milizschule am Haupteingang erklärte, an den ich mich natürlich gewandt hatte), betrat das Treppenhaus, stieg hinauf zum ersten Stock, Zimmer fünfzig, und gab die Benachrichtigung einem bejahrten Major mit blauumrandeten Schulterklappen.

»Setzen Sie sich«, sagte er.

»Danke«, antwortete ich.

»Heiß draußen?« fragte er.

»Nicht sehr«, antwortete ich.

»Wird Regen geben«, sagte er mit einem Blick aus dem Fenster. »Bei jedem Fußballspiel regnet's.« Er wollte wohl das Alltagsgeplauder nicht versanden lassen.

Wenn mich nichts erbittert und betrübt und wenn ein Mensch wohlwollend mit mir spricht, kann ich ihn nicht unterbrechen und komme ihm bei solch einem nichtssagenden Alltagsgespräch gern entgegen, obwohl ich mich angestrengt und unbehaglich fühle, und das drückt sich darin aus, daß ich ihm nicht in die Augen sehe. Wenn ich dagegen offene Feindschaft empfinde, sehe ich dem Menschen direkt und haßerfüllt in die Augen. In einer Situation wie dieser aber, wo mir der Mensch fremd und uninteressant, jedoch nicht mein Feind ist, gebe ich mir alle Mühe, sanft und gut mit ihm zu reden, doch ich blicke dabei an ihm vorbei zur Seite, als schämte ich mich meiner heuchlerischen Höflichkeit. Bei dem jetzigen Gespräch ergriff ich sogar die Initiative, indem ich Überlegungen zu dem Spiel eines bekannten Stürmers äußerte, was überflüssig war, erzählte einen Witz, keinen politischen freilich, und hörte den Major lachen (ich hörte es, sah es jedoch nicht. Lebhaft redend, blickte ich auf die Wand, auf den Major aber nur flüchtig und dann auf seine Stiefel).

In diesem Moment kam ein untersetzter, breitschultriger Oberstleutnant herein.

»Das ist Zwibyschew«, sagte der Major zu ihm und warf ihm einen raschen, bedeutungsvollen Blick zu.

»Setzen Sie sich bitte«, sagte der Oberstleutnant (ich war aufgestanden, um mir einen Fußballspielplan anzusehen, den ich an der Wand entdeckt hatte, und der Oberstleutnant hatte mich stehend angetroffen). »Sie leben also ständig hier in der Stadt?«

»Ja«, antwortete ich, bemüht herauszufinden, worauf er hinauswollte.

»Und wo waren Sie im Krieg?«

»Im Nordkaukasus«, antwortete ich, bemüht, den Sinn seiner Frage zu verstehen (sie hatte keinen, das wurde mir ein paar Minuten später klar. Der Oberstleutnant wollte lediglich eine lockere, ungezwungene Atmosphäre schaffen, bevor er mir seine Nachricht mitteilte, aber das gelang ihm nicht ganz, denn seine Fragen machten mich hellhörig).

»Ich war im Nordkaukasus«, wiederholte ich, »bis zu der deutschen Offensive zweiundvierzig.«

»Die berühmte deutsche Offensive.« Der Oberstleutnant schmunzelte aus irgendwelchen Gründen.

Als ich später eine Analyse versuchte, kam ich zu dem Schluß, daß der Oberstleutnant auf dem Gebiet der Rehabilitierungsfälle ein Neuling war und sich nicht richtig verhielt. Damit brachte er mich in eine peinliche Situation. Eine Pause trat ein.

»Na, dann wollen wir mal«, sagte der Oberstleutnant endlich, auf ihre Anfrage haben wir eine Antwort aus dem Haftort erhalten... Nach den Angaben aus dem Archiv ist ihr Vater leider verstorben.« Er warf mir einen raschen Blick zu, um zu sehen, ob mir schlecht wurde oder ob ich aufschreien würde vor Schmerz.

Ein Mensch, den die Not eines anderen gleichgültig läßt, nimmt dessen Leiden stets spekulativ auf... In diesem Fall war die Situation ganz absurd, denn ich empfand kein Leid, konnte es nicht empfinden. Eigentlich teilte er mir ja den Tod eines fremden Menschen mit, an den ich mich nicht erinnerte und den ich nicht kannte. Mehr noch, ich hatte an meinen Vater nie als einen Lebenden gedacht, und, wie schon gesagt, ich fürchtete mich davor... Begegnungen mit Rehabilitierten hatten mich in dieser Furcht bestärkt. Das Gefühl der Peinlichkeit, das der Oberstleutnant in mir geweckt hatte, indem er mich plump und grob auf die traurige Nachricht vorbereitete, hatte sich nach seiner Mitteilung verstärkt. Peinlichkeit für den Oberstleutnant und für mich selbst, und so standen wir beide mit gesenktem Blick und leerer Seele. Ich würde ja von mir aus gar keinen Antrag an diese Instanz eingereicht haben, wenn ich nicht von der Militärstaatsanwaltschaft darauf hingewiesen worden wäre. Es gab nur einen Menschen, der sich in erster Linie an diese Instanz geklammert, der nicht auf Antwort gewartet hätte, sondern sofort in den Haftort gefahren wäre. Aber dieser Mensch war seit langem tot, es war meine Mutter... Nur diese beiden Menschen hatten einander gebraucht... Aber beide waren tot und darum im Sinne des Wortes vergessen. Für immer verschwunden waren ihre Gewohnheiten, ihre Schwächen, ihre geistigen und körperlichen Besonderheiten.

Man kann jedoch nicht sagen, daß ich das Gebäude der Milizschule gänzlich als der verlassen hätte, der ich vorher war, kein bißchen im Herzen verändert... Nein, etwas war zurückgeblieben, hatte jedoch wieder die gewohnten Formen des Persönlichen, Eigennützigen angenommen, und vor allem war da ein Bodensatz von Unzufriedenheit, ja, Gereiztheit, denn das Ganze hatte, wie mir schien, den Charakter eines unseriösen Spiels angenommen. Daß hochgestellte Menschen in speziell geschaffenen Dienststellen dieses Spiel betreiben, die Art, wie der Oberstleutnant mich auf die traurige Nachricht vorbereitete, die mich nicht erschüttern konnte, da sie längst bekannt und unbezweifelbar und mein verstorbener Vater mir fremd und unbekannt war, und der Umstand, daß ich gezwungen wurde, mich bei der Nachricht vom Tode meines Vaters wie bei einer fremden Beerdigung zu benehmen, all das empfand ich jetzt, als ich auf die heiße Straße trat (es war ein heißer Tag), als für mich beschämend und kränkend. Das Gefühl der Scham und der persönlichen Kränkung verstärkte sich noch besonders dadurch, daß ich eine Anweisung für das Standesamt bekommen hatte, wo ich mir die Sterbeurkunde meines Vaters abholen sollte. Meine Mutter hatte mir schon als Kind gesagt, daß mein Vater tot sei, und jetzt mit dreißig teilten sie mir das als Neuigkeit mit und beglaubigten es sogar mit einem Dokument...

Sie schickten mich zu einem Bezirksstandesamt nicht weit (buchstäblich drei Häuser) vom KGB (offensichtlich bestand da ein Zusammenhang, denn die Angehörigen von den in verschiedenen Haftorten Verstorbenen bekamen ihre Dokumente hier). Überhaupt hatte ich als alter Junggeselle vom Standesamt eine sehr spezifisch gefärbte Vorstellung, sogar mit einem Anflug von jünglingshafter Peinlichkeit, Schamhaftigkeit und Angst vor etwas Unbekanntem. Ans Standesamt hatte ich noch nie im Zusammenhang mit einem Todesfall gedacht, doch grade in diesem Zusammenhang mußte ich es jetzt zum erstenmal betreten. Offenbar war dieser heiße Tag (es waren mindestens dreißig Grad, der Asphalt war weich, und das reglose Laub der Bäume war in einen heißen Staubschleier gehüllt) nicht günstig für Hochzeiten, denn das Standesamt war leer und still. Nur ein paar Menschen saßen in Bahnhofspose in einem großen Warteraum, aber nicht in Festtagskleidung, sondern wohl um Anträge einzureichen. Ich sah sie durch die offene Tür, ging aber nicht hinein, denn ich hatte im Korridor erfahren, daß die Registratur von Verstorbenen beim Eingang hinter der Seitentür sei. In dem Zimmer saß am Schreibtisch eine junge Frau. Ich gab ihr die Bescheinigung, und dabei überkam mich wieder das Gefühl der Peinlichkeit, gepaart mit Gereiztheit, die sich wie eine Feder in mir zusammenpreßte.

»Da«, sagte ich leise, » ich komme, um eine erfreuliche Nachricht abzuholen.« (Ein dummer Scherz.)

»Tja«, sagte die Frau, weil sie sich dienstlich zu Mitgefühl verpflichtet fühlte oder weil sie es unanständig fand, die Äußerung eines Besuchers unbeantwortet zu lassen.

Aber Mitgefühl für mich hatte sie wohl kaum. Die Personen in solchen Dienststellen haben zum Leid ihrer Besucher eine natürliche und professionelle Einstellung. Allerdings warf mir die Frau, während sie in der Kartei suchte, ein paarmal einen unruhig interessierten Blick zu. Ich führe das darauf zurück, daß mein Gesicht nicht das dem Anlaß angemessene Leid zeigte, sondern eher nervöse Peinlichkeit und sogar Scham. Endlich fand sie die Karte meines Vaters, nahm sie heraus und ging daran, die amtliche Sterbeurkunde auszustellen: Nachname Zwibyschew, Vor- und Vatersname Matwej Orestowitsch... Eine Spalte für die Nationalität war nicht vorgesehen. Es gab den Sterbeort, das Todesdatum und die Todesursache... Stadt Magadan, schrieb die Frau, 7. März 1938. Todesursache: Herzstillstand. Sie unterschrieb, setzte das Datum, drückte den Stempel auf. Alles weitere geschah in völliger Stille, ich hörte nur die Feder kratzen und draußen eine Straßenbahn vorbeifahren. Die Frau trocknete das Geschriebene mit einem Tintenlöscher und reichte mir die Urkunde. Ich nahm sie, stand auf und ging ohne Abschied...

Also, die Bilanz der letzten Ereignisse: mein Vater ziemlich leicht und einfach postum in die Partei wiederaufgenommen. Meine Mutter nicht, denn sie war nicht direkten Repressionen ausgesetzt gewesen, ihr Tod konnte bei den Behörden kein Verantwortungsgefühl wecken, darum war ihre postume Situation für mich weniger wichtig. Der Vater aber war wiederaufgenommen worden, und das gab mir abermals ein Gefühl der Zuversicht und eine irgendwie launenhafte Bestätigung meiner Rechte, so daß jede Entschuldigung für die mir zugefügten Erniedrigungen mir unzureichend vorkam und ich den Wunsch hatte, die Macht ständig zu tyrannisieren (ich sage – abermals, denn ein solches Gefühl war schon einmal am Anfang aufgekommen, aber nachdem die Militärstaatsanwaltschaft es abgelehnt hatte, den Generalsrang meines Vaters urkundlich zu bestätigen, und nach dem Anschnauzer des Untersuchungsführers Bodunow war meine Vorstellung von meinen Rechten bescheidener geworden, und meine Nerven, die in dem launenhaften Bewußtsein der Unmöglichkeit, daß man sich bei mir entschuldigte, erschüttert worden waren, hatten sich sogar beruhigt). Aber die postume Wiederaufnahme meines Vaters in die Partei und die Nachricht von seinem Tod (genauer: die Form der Nachricht), in der, wie ich fand, die Vertreter des Innenministeriums alles taten, um meinen Zorn über die gegen mich begangenen Ungerechtigkeiten zu mindern, all das hatte meine Nerven neuerlich erschüttert und mich in einen tätigen Zustand versetzt, wie anfangs bei meinem Besuch in der Bezirks- und der Generalstaatsanwaltschaft. Freilich war in meinem damaligen Zustand mehr kindliche Freude gewesen, mehr Begeisterung und Unbekümmertheit, weil ich nun den Übergang von völliger Rechtlosigkeit zu Rechten antrat, die mir (so dachte ich) materielle Güter und einen direkten Weg in die Gesellschaft sichern würden. Inzwischen hatte ich mich der völligen Rechtlosigkeit schon entwöhnt und war erbittert über die Hindernisse auf dem Weg zur Wiederherstellung der Rechte und über die mir bekannt gewordenen Einzelheiten der Verhaftung meines Vaters, seiner Degradierung und seines Todes (die Formulierung »Herzstillstand« machte mich besonders wütend). Darum bedurfte ich in der zweiten Etappe meiner Selbstbestätigung nicht so sehr der Befriedigung meiner Rechte und Bedürfnisse wie der ständigen Befriedigung meiner launenhaften Erbitterung; ich wollte pausenlose Entschuldigungen, die ich zurückweisen würde. Genau in diesem Zustand ging ich zur Wohnungskommission des Exekutivkomitees...

Das Exekutivkomitee befand sich im Stadtzentrum an der Hauptstraße. Früher, als ich noch rechtlos war, hatte ich es beim Vorübergehen mit unwillkürlicher Furcht betrachtet. Jetzt stieg ich die breiten Stufen hinauf, ging wie in den ersten Tagen mit großen Schritten und hochaufgerichtet. Die ganz gewöhnliche Drehtür, der ich zum erstenmal begegnete und in der ich steckenblieb, weil ich mich nicht den hastigen Menschen anpassen, sondern mein Tempo und meine Haltung beibehalten wollte, trieb mir den Hochmut ein wenig aus (lächerlich genug). Endlich, nachdem ich ein paarmal gestolpert war, kam ich im Vestibül zu mir (denken Sie nur, solch eine Bagatelle und Ungeschicklichkeit kann mich verdrießen), und ich brachte in Erfahrung, wo die Wohnungskommission war (im zweiten Stock). Hier sah ich eine große Anzahl von Menschen. Das Ganze lief keineswegs so, wie ich es mir vorgestellt hatte. Das hier hatte kaum Ähnlichkeit mit einer Stätte, wo man sich bei mir für mein verkrüppeltes Leben und für meine Eltern entschuldigen würde. Gar zu sachlich ging es zu. Dennoch verlor ich nicht ganz meine launenhafte Erbitterung, die ich durch nervösen, schwungvollen, aufrechten Gang beizubehalten und zu festigen trachtete. Ich trat zu der hölzernen Trennwand, vor der sich Menschen drängten, und gab einer Frau, bei der nicht so viele standen, meine Papiere.

»Um was geht's?« fragte sie und sah mich an.

»Wo muß ich mich hinwenden?« fragte ich unfreundlich, um zu zeigen, daß ich kein Bittsteller war, sondern ein Mensch mit Rechten. »Es handelt sich um die Rückgabe des Wohnraums an Rehabilitierte.«

»Nichts wird man Ihnen zurückgeben«, sagte sie mit spöttischer Feindseligkeit und nahm mir meine Papier nicht ab. »Sie können hier gar nichts ausrichten« (ich merke an, daß sie übertrieb und nicht den Standpunkt der Dienststelle äußerte, den sie als kleine Schreibkraft nicht kannte, nein, sie äußerte persönlichen Haß auf Menschen meiner Art).

»Was!« schrie ich. »Mein Vater ist verhaftet und umgebracht worden.«

»Ich habe ihn nicht verhaftet«, sagte die Frau feindselig und begegnete meiner Erbitterung mit Gegenerbitterung.

Diese Frau war, nach allem zu urteilen, eine schlechtbezahlte Mitarbeiterin des Exekutivkomitees, die natürlich Stalin ganz uneigennützig liebte (sie hatte wahrscheinlich schon unter Stalin diesen schlechtbezahlten Posten gehabt). Eben wegen ihrer niedrigen Stellung sah sie keine Notwendigkeit, ihre Gefühle für die neuen Strömungen zu verbergen... Ich beschimpfte sie, und sie blieb mir nichts schuldig. Schon erregten wir Aufmerksamkeit. Ich ging weg, doch seltsamerweise hatte sich meine launenhafte Erbitterung nach diesem Gezänk etwas gelegt, denn diese Art von Nervenenergie wächst in dem Maße, in dem sie nicht auf Widerstand trifft.

Zur eigentlichen Wohnungskommission würde ich kaum vordringen können, das wußte ich, darum ging ich den Korridor entlang und öffnete eine Tür, auf der geschrieben stand: A.F. Kornewa. In dem hellen Zimmer mit den Seidenstores an den Fenstern saß eine Frau vom administrativen Typ, männlich gekleidet: weißgestreiftes blaues Kostüm, das wie ein Herrenjackett geschneidert war, aber leicht tailliert; darüber trug sie einen Schillerkragen. Ihr Gesicht war hübsch, und es sah so aus, als sei sie erst seit kurzem ein wenig voller geworden und befinde sich in dem Stadium, in dem die Fülle noch nicht die Züge verunstaltet, sondern im Gegenteil die Weichheit und Weiblichkeit hervorhebt. An einem ihrer fülligen Finger trug die Frau einen altmodischen dicken Ehering. Die Weiblichkeit, der sie durch das Kostüm ein amtliches Aussehen zu verleihen suchte, flößte mir wieder Hoffnung ein, meine launenhafte Erbitterung zu befriedigen und Forderungen vorzubringen, um als Antwort gutes Zureden und milde Ratschläge zu hören.

»Setzen Sie sich, Genosse«, sagte A.F. Kornewa zu mir, »was haben Sie für ein Anliegen?«

Ich reichte ihr die Papiere, die sie aufmerksam durchlas.

»Bis zur Verhaftung meines Vaters«, sagte ich grimmig, »haben wir in der Nowaja-Straße gewohnt.«

»Na und«, sagte A.F. Kornewa, »jetzt wohnen dort andere Sowjetmenschen... Wie alt sind Sie?« Ohne mich zur Besinnung kommen zu lassen, führte sie das Gespräch jäh und schwungvoll auf eine andere Ebene.

»Bald dreißig«, antwortete ich verwirrt.

»Na sehen Sie«, sagte Kornewa, »was auch gewesen sein mag, Sie leben, sind gesund und haben was anzuziehen... Natürlich haben Sie studiert, der Staat hat Mittel für Sie aufgewandt, und Sie kommen mit Forderungen...«

Ich nahm meine Papiere und ging, ohne noch ein Wort zu sagen. Mit meinem früheren Gang des Rechtlosen verließ ich eilig die Behörde. Ich hatte begriffen, daß ich nur im Umkreis der Straforgane, die an den Repressionen gegen meine Eltern unmittelbar beteiligt gewesen waren, irgendwelche Rechte hatte und nur im Umgang mit ihnen irgendwelche Forderungen stellen konnte. Außerhalb dieser dünnen Umzäunung erstreckte sich eine dichte Masse von staatlichen Behörden und Privatpersonen, für die meine Lage als Ausgestoßener unverändert geblieben war, die sich mir gegenüber zu nichts verpflichtet fühlten, meine Ansprüche zurückwiesen und nicht einmal mit guten Worten und Papieren (wie die Straforgane) die Rechnung zu begleichen wünschten. Und ich hatte begriffen, daß ich für die Einrichtung meines Alltags und für die Entschädigung des mir zugefügten seelischen Schadens kämpfen mußte, indem ich ständige Forderungen an die Straforgane richtete, mit denen mich irgendwie »Familienbande« verknüpften, weil sie von Amts wegen an den Repressionen gegen unsere Familie unmittelbar beteiligt waren. Darum hatte ich nur in ihrem Umkreis das Recht auf »Familienkrach«. Alle übrigen Behörden hielten sich mir gegenüber für nicht schuldig und zu nichts verpflichtet, darum war ich für sie nach wie vor rechtlos. So analysierte ich meine Fehler und legte mir den weiteren Aktionsplan zurecht.

Am nächsten Tag suchte ich das Komitee für Staatssicherheit auf. Diesmal war der für meinen Fall zuständige Mitarbeiter nicht da (ich hätte vorher anrufen sollen). Also, der Mitarbeiter war nicht da, eine Frau vertrat ihn, und als sie meinen Namen erfahren und wohl irgendwo nachgesehen oder sich bei jemandem erkundigt hatte, sagte sie mir, ich solle warten. Ich mußte ziemlich lange sitzen, fast vierzig Minuten, wieder umgeben von satten, wohlsituierten Leuten, die sich um eine Auslandsreise bemühten. Ich wollte den Mitarbeiter auf der Straße abpassen, zumal ich ihn nun schon von Angesicht kannte und wußte, daß er aus dem Gebäude auf der anderen Straßenseite kommen würde. Aber nach dem gestrigen heißen Tag war das Wetter umgeschlagen. Schon seit dem Morgen war der Himmel wolkenverhangen, jetzt gegen Mittag regnete es, und es wehte ein kalter Wind. Während ich im Herbst und im Frühjahr Regen und

Kälte natürlich und ruhig hinnehme, wenn ich nur gute warme Sachen und dichtes Schuhwerk habe, macht mich schlechtes Wetter im Sommer immer gereizt und kränkt mich wie eine schreiende Ungerechtigkeit, die vor allem gegen mich mit meinen beschränkten Mitteln begangen wird, denn die sommerliche Wärme macht es mir möglich, mein Aussehen zu verbessern, indem ich meine Blässe infolge der schlechten Ernährung hinter Bräune verberge und ein billiges, doch buntkariertes Hemd mit hochgekrempelten Ärmeln trage. Bei schlechtem Wetter muß man etwas Wärmeres tragen, und das ist auch teurer. Aber ich hatte kaum Möglichkeiten zu Neuanschaffungen, also mußte ich alte Sachen tragen, darum sah ich bei miesem Wetter immer schlechter aus als bei warmem... An Gott glaube ich nicht, aber an solchen Tagen beginne ich ihn im stillen zu verfluchen, und da ich keinen Ansatzpunkt für meine Gereiztheit habe, tyrannisiere ich mich selbst, rufe mir Fehlschläge und Versagen in Erinnerung und empfinde Zorn auf die Menschen meiner Umgebung. Das ging selbst in meiner früheren Rechtlosigkeit, wenn sich im Sommer schlechtes Wetter längere Zeit hielt, so weit, daß meine Gereiztheit mitunter eine solche Stärke erreichte, daß sie eine Illusion des Rechts und der eigenen Würde schuf. Einmal schnauzte ich den Leiter der Produktionsabteilung Junizki grob an, als Antwort auf eine unbedeutende Kränkung (der ganze August war damals kalt und regnerisch und ging direkt in den Herbst über). Allerdings bekam ich gleich danach Angst, meinen Platz zu verlieren (das war vor einem Jahr, als meine Beziehungen zu Michailow schon gespannt waren). Aber zum Glück nahm Junizki meine Grobheit nicht ernst, und sie hatte keine Folgen... Jetzt spürte ich einerseits meine Rechte, andererseits aber hatte ich spätestens gestern begriffen, daß sie sehr lokal waren und sich nur auf die Straforgane erstreckten, wo es mir möglich war, zu fordern und gereizt zu sein und mich so vom Druck der Nerven zu befreien. Der Zusammenfall aller dieser Gefühle versetzte mich jetzt in einen besonders erregten Zustand. Darum kam es in meinen weiteren Verhandlungen mit dem Mitarbeiter des KGB zu keinem besonderen Umschwung in meinem Zustand. Es kam nur zu einer Verstärkung meines Zustands, der einen konkreten Ansatzpunkt erhielt.

Der Mitarbeiter erschien mit Regenmantel, Filzhut und Aktentasche. Anfangs wollte ich eine giftige Bemerkung über mein langes Warten machen und daß sie bei der Verhaftung meines Vaters flinker gehandelt hätten (ein dummer Scherz). Ich war mir dessen bewußt, denn ich hätte ja vorher anrufen können und war folglich selber schuld. Wir gingen wieder in das Zimmerchen bei der Passierscheinstelle, das der Mitarbeiter mit seinem Schlüssel öffnete, er ließ mir den Vortritt. Während er ablegte und Regenmantel und Hut an einen in die Wand geschlagenen Nagel hängte (einen Garderobenständer gab es hier nicht, es gab überhaupt nur einen Tisch und zwei Stühle), während er ablegte, wandte ich meine Geste der Unabhängigkeit an, um von dieser Position aus das Gespräch zu beginnen, das heißt, ich nahm mir eigenmächtig einen Stuhl, rückte ihn polternd zurecht, setzte mich und schlug ein Bein übers andere. Der Mitarbeiter beachtete das nicht (oder tat so), setzte sich an den Tisch, aber leise und ohne Gepolter, dann öffnete er die Aktentasche, wischte sich mit einem Taschentuch die regennassen Finger ab und holte einen Aktendeckel hervor.

»Also, Zwibyschew, dann wollen wir mal«, sagte er. »Wir haben uns die Papiere im Zusammenhang mit der Verhaftung Ihres Vaters genau angesehen. Eine Liste des konfiszierten Vermögens haben wir nicht gefunden. Mehr noch, im Gerichtsurteil fehlt die Formulierung: ›mit Konfiszierung des Vermögens‹... Und nur solch eine Liste könnte die Zahlung einer Entschädigung begründen.«

»Was soll das heißen?« schrie ich, verlor von dieser überraschenden sachlichen Wendung vorübergehend meine launenhafte Erbitterung und wurde verwirrt. »Wieso ist die Liste nicht da? Und wo ist unser Vermögen geblieben?«

»Ich weiß es nicht«, sagte der Mitarbeiter, »ich kann nur mutmaßen, daß Ihr Vater, der ja einen staatlichen Posten innehatte, über staatliches Vermögen verfügte... Zumal er 1929 aus Moskau in unsere Stadt kam und in das Haus für verantwortliche Mitarbeiter in der Nowaja-Straße zog... Dort waren die Wohnungen in der Regel möbliert.«

»Ja, die Wohnung!« schrie ich. »Ich war gestern im Exekutivkomitee wegen unserer Wohnung. Man hat mich grob behandelt... Ja...« (Ich redete nicht zur Sache, aber interessant ist, daß ich, obwohl ich mir der Absurdität meiner Worte bewußt war, das Gespräch in der falschen Richtung fortführte, vielleicht um Zeit zu gewinnen, zu mir zu kommen und zu bedenken, wie ich bei dieser Wendung der Ereignisse weiter verfuhr). »Eine Frau sagte mir, dort wohnten jetzt andere Sowjetmenschen, und ich hätte nichts zu verlangen, ich sei ja am Leben und hätte was anzuziehen...«

»Was denn, Sie hätten wohl sterben sollen?« sagte der KGB-Mann, der sich in diesem Punkt auf meine Seite stellte, vielleicht um mich zu besänftigen. »Sie hat nicht recht...«

»Sie heißt Kornewa, das hab ich mir gemerkt«, schrie ich und verstummte sogleich, denn wenn ich den Charakter dieser Dienststelle berücksichtigte, kam meine Beschwerde einer Denunziation gleich, aber daß der KGB-Mann sich auf meine Seite stellte, hatte meine launenhafte Erbitterung neu entfacht, und ich sagte: »Sie nennen meinen Vater einen verantwortlichen Mitarbeiter, aber Sie haben mir eine Bescheinigung gegeben, daß er Planungsleiter in der Glasfabrik war. Und die Geldentschädigung habe ich danach bekommen... Das ist doch alles ungerecht...«

»Das ist Sache der Militärstaatsanwaltschaft«, sagte der Mitarbeiter, »aber Ihr Vater war wirklich Korpskommandeur. Wissen Sie noch, bei unserer ersten Begegnung habe ich Sie nach Ihrer Mutter gefragt. Ich war verwundert, daß sie nicht mit ihrem Mann verhaftet wurde, wie damals üblich... Natürlich ist es ungerecht«, fügte er hinzu. »Sagen Sie, Zwibyschew, haben Sie nach der Verhaftung Ihres Vaters mit Ihrer Mutter weiter in dieser Stadt gelebt?«

Ich überlegte. Die weiteren Ereignisse waren mir bekannt. Meine Mutter überließ die Wohnung und alle Habe ihrem Schicksal, nahm nur das Nötigste mit und tauchte mit mir unter, noch dazu mit einem fremden Paß, den sie irgendwo aufgetrieben hatte. Als erfahrene Konspiratorin, denn sie hatte mehrere Jahre Untergrund während der Petljura-Zeit und der Pilsudski-Herrschaft hinter sich, verbrachte sie die zwei Jahre, in denen totale Gesetzlosigkeit herrschte, faktisch in der Illegalität. Als Jeshow abgesetzt wurde, kam ein Teil der zweitrangigen Personen aus den Gefängnissen frei, und es erschienen ein paar Zeitungsartikel, die zwar zu Wachsamkeit und zum Kampf gegen die Feinde aufriefen, aber auch die Überspitzungen kritisierten. Mehr noch, es hieß darin, es sei einem Häuflein Volksfeinde gelungen, in die Organe des NKWD einzudringen, wo sie mit ehrlichen Patrioten abrechneten. Zur Bekräftigung dessen wurden ein paar konkrete Beispiele und auch Namen genannt. So wurde ein Vorfall geschildert, wo ein Geschichtslehrer nur deshalb verhaftet worden war, weil er gesagt hatte, nicht alle russischen Zaren seien Despoten gewesen, es habe unter ihnen im historischen Sinne auch progressive Persönlichkeiten gegeben. Der Historiker wurde nicht nur freigelassen, sondern auch wieder in die Partei aufgenommen. In dieser Situation entschloß sich meine Mutter, Stalin aufzusuchen. Stalin empfing sie nicht, aber er verfügte, daß sie bei Berija vorgelassen wurde. Die Hoffnungen meiner Mutter auf Nachsicht erfüllten sich nicht (der Vater war zu diesem Zeitpunkt schon über ein Jahr tot, das weiß ich jetzt, aber meine Mutter konnte es damals nicht wissen). Ihr wurde mitgeteilt, er sei zum zweitenmal verurteilt worden und habe zu seinen fünf Jahren noch zehn dazubekommen... Übrigens war die zweite Verurteilung bei der Rehabilitierung nirgends erwähnt. Somit war sie nicht dokumentarisch belegt, sie war meiner Mutter mündlich mitgeteilt und von meiner Tante an mich weitergegeben worden. Ich war entschlossen, hier nachzuhaken. Ehrlich gesagt, als ich den Antrag auf Entschädigung einreichte, wußte ich, daß solch eine Situation eintreten konnte, denn mir war bekannt, daß meine Mutter geflohen war und die Wohnung ihrem Schicksal überlassen hatte. Darum hatte ich in der Toilette das Geld, das ich in der Glasfabrik bekommen hatte, so sorgfältig aufgeteilt, als sei eine große Entschädigung für das Vermögen nicht zu erwarten oder erst in ferner Zukunft nach langem Kampf. Ich war entschlossen, Druck auszuüben, indem ich an verschiedene Instanzen schrieb und auf die Schuld mir gegenüber setzte, für die sie mich wenigstens teilweise entschädigen würden, wobei sie Formalitäten vermeiden und Mittel auftreiben konnten. Aber ich irrte mich und war naiv. Dabei lag es nicht an einzelnen Winkelzügen und unklugen Äußerungen von mir. Im weiteren handelte ich ziemlich genau, gab eine Version der Abreise meiner Mutter, bei der ich geflissentlich Unnötiges und Unvorteilhaftes wegließ, servierte die zweite Gerichtsverhandlung gegen meinen Vater geschickt und im richtigen Moment und stellte sie überzeugend und glaubwürdig dar, obwohl ich sie nicht mit Dokumenten belegen konnte. Aber je überzeugender ich sprach, desto deutlicher begriff ich, daß meine Argumente bestenfalls dazu taugten, Mitgefühl zu erregen, nicht aber dazu, einen anständigen Geldbetrag ausbezahlt zu bekommen. Der KGB-Mann sagte denn auch:

»Ich kann Ihnen mein persönliches Mitgefühl aussprechen, aber ich sehe, so gern ich auch möchte, absolut keine Möglichkeit, Ihnen zu helfen. Das Finanzministerium würde uns solch ein Papier einfach zurückschicken.«

Unsere Familie war zerstört, unser Vermögen entschädigungslos geraubt, ich besaß keinen eigenen Winkel... Das war Tatsache... Aber es war auch eine Tatsache, daß meine Mutter von sich aus bei Nacht und Nebel mit mir geflohen war und unser Hab und Gut zurückgelassen hatte... Wäre sie nicht geflohen, sondern verhaftet worden, so wäre ungeachtet der fehlenden Gerichtsformulierung »mit Konfiszierung des Vermögens«, da ich nicht volljährig war und es keine weiteren Familienmitglieder gab, eine Liste unseres Eigentums zusammengestellt worden, die heute als Grundlage für die Entschädigung hätte dienen können. Das war die Logik der zurückliegenden Ereignisse und meiner Überlegungen auf dem Stuhl vor dem KGB-Mann.

»Gut«, sagte ich mit gesenktem Kopf, »in dieser Frage werde ich an die höchsten Instanzen schreiben.«

»Ich würde mich aufrichtig freuen, wenn Sie etwas erreichen«, sagte der KGB-Mann, »aber ich habe meine Zweifel.«

»Gut«, wiederholte ich, »und was die Wohnung betrifft... Wie läuft das, über Sie oder das Innenministerium?«

»Über uns«, sagte er, »wir geben eine Anweisung an das Exekutivkomitee. Aber in Ihrem Falle gibt es für eine solche Anweisung keine Grundlage.«

»Wieso das?« schrie ich.

»Das Recht auf Wohnraumzuweisung haben nur Rehabilitierte selbst oder diejenigen Familienmitglieder, die im Moment der Verhaftung erwachsen waren und zum Haushalt gehörten. Zum Beispiel die Ehefrau, die Eltern... Ihre Mutter etwa hätte das Recht, aber Sie waren ja noch ein Kind... Sie sind ja von irgend jemandem erzogen worden... De facto haben andere die Unterhaltspflicht übernommen...«

»Also bin ich schuld, daß meine Mutter gestorben ist«, schrie ich, »Ihre Gesetze sind so konstruiert, daß Waisen weniger Rechte besitzen als Menschen, die ihre Eltern noch haben... Wenn meine Mutter noch am Leben wäre, würde ich eine Wohnung kriegen, aber so gibt es keinen Platz für mich ... Henker«, schrie ich, krähte ich wie ein Hahn, so wie mich der Rehabilitierte bei Arski angeschrien hatte, da er mich irrtümlich für einen Stalinisten hielt, »unter Stalin habt ihr unser Blut gesoffen... Was hat sich denn geändert? Ihr habt mir einen Haufen wertloser Papiere gegeben... Den Tod meines Vaters habt ihr mit zwei Monatsgehältern eines Planungsleiters bezahlt... Was ist das für eine Frist, und wer hat sie sich ausgedacht? Erwürgt gehört ihr, jawohl... Mörder...«

Ich erlitt so etwas wie einen Anfall, dabei machte mir weniger die Ungerechtigkeit zu schaffen als vielmehr das Bewußtsein, wieder das Problem des Schlafplatzes am Hals zu haben. Es schüttelte mich wie im Fieber, meine Stirn war mit kaltem Schweiß bedeckt. Ich ballte die Fäuste und schrie:

»Ihr alle gehört auf den Arsch gesetzt, so wie ihr uns gesetzt habt!«

Ein Schmerz brannte unter meinem Herzen, und ich brauchte eine ganz ungewöhnliche Schärfe, um mich zu beruhigen, zumal der KGB-Mann schwieg und mich ruhig, aber fest, auf neue Art fest ansah; er schwieg wohl auch darum, weil er nicht zum erstenmal Anfälle eines Rehabilitierten erlebte. Ich muß sagen, daß ich mich mit diesem »auf den Arsch gesetzt« nicht beruhigte. Wenn mich der Mitarbeiter unterbrochen hätte, wäre ich vielleicht zu mir gekommen, aber er schwieg (jetzt weiß ich, daß es Absicht war, damals dachte ich, er wäre verwirrt), und dieses Schweigen, in dem ich Schwäche und Verwirrung wähnte, trieb meine Wut so hoch, daß ich völlig die Kontrolle über mich verlor, ein paar Gedanken gegen die Regierung und die Sowjetmacht äußerte und dem KGB-Mann die Feige zeigte. Diese obszöne Geste korrigierte die Situation, denn sie verlagerte meine antisowjetischen Äußerungen auf die nervös-hysterische Ebene, nicht auf die gezielt ideologische. Nichtsdestoweniger schlaffte ich ab nach meinen antisowjetischen Ausfällen, wurde still, meine aufgewühlten Nerven beruhigten sich, und ich trat den Rückzug an... Wie ich jetzt weiß, hätte ich dies nach dem Geschehenen sogar einfach und würdig tun und damit das gleiche Resultat erzielen können, das heißt, schweigend die Augen mit der Hand bedecken, dasitzen und heiser sagen (da hätte ich mich nicht zu verstellen brauchen, mein Geschrei hatte meine Stimme angegriffen), ich sei müde und hätte in einem nervösen Anfall Unsinn geredet... Ich fand jedoch nichts Besseres, um meine antisowjetischen Äußerungen abzuschwächen, als von meinem Stolz und meiner Freude über die postume Wiederaufnahme meines Vaters in die Partei zu reden... Es geriet nicht sehr überzeugend... Der KGB-Mann stand auf, trat ans Fenster, holte eine Karaffe hinter der Gardine hervor, goß Wasser in ein Glas und gab es mir. Ich trank gierig, ohne mich zu bedanken. In dem leeren Zimmerchen stand die Karaffe sicherlich speziell für solche Fälle bereit. Ich hatte starke Kopfschmerzen, und Durst quälte mich. Ich stand auf, ging ans Fenster, goß mir selbst ein zweites Glas ein, trank es aus und goß mir ein drittes ein.

»Sie haben um ein Foto Ihres Vaters gebeten«, sagte der KGB-Mann (sein fester Blick hatte sich ein wenig gemildert), »da.« Er reichte mir ein rotes Büchlein.

Es war ein alter Ausweis für das Gebäude des ZK der Republik, das offenbar schon vor der Verhaftung, bei der Degradierung, eingezogen worden war. Ich warf einen flüchtigen Blick auf das Foto eines unbekannten hellblonden Mannes in einer Feldbluse, die mit Riemen umschnallt war, doch ich hatte nicht das Empfinden, daß es mein Vater sei... Wie schon gesagt, bei jeder Sache gibt es Glückspilze und Pechvögel. Der Umstand, daß sie meinen Vater zunächst nicht nach dem gefährlichsten Artikel für schuldig befanden und ihn nicht sofort erschossen, sondern nur degradierten, diente als Grund, warum die Degradierung in Kraft blieb. Der Umstand, daß es meiner Mutter gelungen war, sich zu verstecken und sich der Verhaftung zu entziehen, diente als Grund, unser verlorengegangenes Hab und Gut nicht entschädigen zu müssen, und der Umstand, daß meine Mutter gestorben war, diente als Grund, mir keine Wohnung zuzuweisen. So dachte ich, als ich ziellos die Straße entlangging, ohne auf das scheußliche Wetter zu achten. Mir war trübsinnig zumute, doch am Abend dieses entsetzlichen Tages trat ein Ereignis ein, das in vielem meine weiteren Aktionen bestimmte, und in dem für mein Leben gefährlichen Chaos, in dem ich mich befand, zeichneten sich sogar neue Wege ab. An diesem Abend verprügelte ich zum erstenmal einen Menschen... Wenn ich zurückdenke, hatte ich auch früher schon solche Anwandlungen gehabt, wenn ich die Kränkungen nicht mehr ertragen konnte. Aber das pflegte damit zu enden, daß ich geschlagen wurde. Selbst bei dem Vorfall mit Orlow, als ich in betrunkenem Zustand die Vorsicht verloren und mich entschlossen hatte, bekam ich es im letzten Moment mit der Angst zu tun und rieb ihm nur den Aschbecher übers Gesicht... Aus dieser inneren Unsicherheit erklärt sich auch, daß ich in der Gesellschaft bei Arski nicht darauf gekommen war, als erster eine Ohrfeige für die antisemitische Fabel auszuteilen, was mich vielleicht zu Arskis Freund gemacht und mir den Weg in die Gesellschaft progressiver Menschen geöffnet hätte, zu der es mich seit langem zog. Ich muß sagen, was es auch für Fehlschläge und Enttäuschungen gab, die Rehabilitierung hatte sich doch auf mich ausgewirkt. Der Mann, den ich verprügelte, war ein kleiner Saufbold, der sich in einer menschenleeren Grünanlage an mich hängte, anfangs vielleicht nicht einmal mit aggressiven, sondern mit ganz freundlichen Absichten. Ich ließ mich auf ein Gespräch mit ihm ein, um ihn nicht zu verärgern und mich nach und nach abzuseilen. Es ist meistens schwer, mit solchen Leuten zu reden, fast wie mit Tieren, weil man nicht weiß, wie es in ihrem Gehirn klickt und wie sie reagieren. Und richtig, plötzlich packte er mich ohne jeden Anlaß mit der einen Hand hinten an der Hose, mit der anderen am Kragen, versuchte mich auf diese Weise wegzuzerren und sagte, daß die Miliz es so mache... Ich riß mich los und gab ihm einen Stoß vor die Brust. Freudig holte er mit der Faust aus und zielte nach meinem Gesicht. Ich wich geschickt aus. Vor Schreck wehrte ich mich und traf mit der Faust sein Auge. Der Saufbold schien ein erfahrener Kämpfer in Kneipen und Torwegen zu sein, aber diesmal klappte es nicht. Jeder seiner Schläge fuhr an mir vorbei, während meine Schläge ihr Ziel trafen. Und als ich sah, daß er schon Angst vor mir hatte, ergriff mich freudige Begeisterung, denn ich war viele Male geschlagen worden. Das war wie künstlerisches Schaffen. Ich wendete Finten an, von denen ich früher keine Vorstellung gehabt hatte, und sie gelangen mir vortrefflich. So versetzte ich ihm von unten einen Stoß mit dem Knie ins Gesicht, als er mir eben den Kopf in den Solarplexus rammen wollte, um mich bewußtlos zu machen und mich dann mit Fußtritten zu bearbeiten (so hatten sie einen beim Wohnheim zugerichtet). Ich packte meinen Feind bei den Schultern und traf zum zweitenmal mit dem Knie seine Nase und seine Lippen. Er fiel hin und umklammerte seinen Kopf mit den Händen, denn er erwartete in dieser hilflosen Lage neue Schläge als etwas, was sich von selbst verstand. Ich schlug ihn nicht mehr (was ich einige Zeit später bereute, ich hätte ihm noch ein paar Fußtritte versetzen sollen). Ich schlug ihn also nicht mehr, ich sagte nur, als Behauptung oder Entdeckung:

»Mit so was muß man nun leben... Stalinsche Bestien...« (Dies, um das Ereignis aufzuwerten).

Diese in der Wut dahingesagten Sätze wurden zur Formel meiner neuen Ideologie... Ich verließ die Grünanlage mit großen Schritten, hoch aufgerichtet und mit der Festigkeit im Blick, die ich bei dem KGB-Mann gesehen hatte.

VIERTES KAPITEL

Während der Rehabilitierung traten das Leben im Wohnheim, die Tätigkeit der Verwaltung und die Beziehungen der Heimbewohner zueinander, aber auch zu mir in den Hintergrund, waren uninteressant geworden, denn ich hatte all das auch früher schon nur im Hinblick auf meinen Schlafplatz wahrgenommen, das heißt, von der Frage her, ob ein Ereignis, ein Vertreter der Verwaltung oder ein neuer Bewohner mir beim Erhalt des Schlafplatzes förderlich oder hinderlich sein konnte. Die Rehabilitierung hatte in mir, einem leicht zu beeindruckenden und zugleich berechnenden Menschen, bedeutende Hoffnungen geweckt, in deren Licht ich sogar aufhörte, mich mit meinem Freund Grigorenko zu treffen (er war dagewesen, um sich nach mir zu erkundigen, das wußte ich von Salamow). Freilich kostete mich die Rehabilitierung meine ganze emotionale Energie, meine ganze Seele und meine ganze Zeit (ich ging morgens weg und kam spät in der Nacht wieder). Jetzt, wo die Rehabilitierung hinter mir lag, ohne mich von hier weggebracht und meine Alltagsexistenz gesichert zu haben, war ich noch immer auf meinen Schlafplatz angewiesen und sah mich den gleichen Problemen ausgesetzt. Aber das Wesen der jetzigen Situation bestand darin, daß die Rehabilitierung nicht meine dringlichsten Probleme, sondern mich total verändert hatte. Dies ist der Grund, warum mein Organismus, der die frühere Fähigkeit zur Anpassung an die Umstände und das Milieu (grob gesprochen, den berechnenden Gehorsam) gänzlich verloren hatte, da sie von der Rehabilitierung, den Hoffnungen und einem ganz neuen Gefühl (grob gesprochen, der menschlichen Würde, die oft nicht mit körperlicher Standfestigkeit einhergeht) zerstört worden war, warum also mein Organismus nur noch auf Kosten enormen Nervenaufwands existierte (das letzte, was der Selbsterhaltungstrieb dem Menschen anbieten kann). Wenn meine Natur in der Rehabilitierungsperiode viele Veränderungen, Höhenflüge, Verwirbelungen und Abstürze durchmachte, so trat ich in meine neue Periode in einem seelisch gefestigten Zustand wie ein Mensch, der sich für etwas entschieden hat. Ich sage »etwas«, denn wenn mich jemand gefragt hätte, für was ich mich entschieden hätte, ich hätte ihm schwerlich antworten können. Jedesmal, wenn ein Mensch von übermäßigen Hoffnungen geweckt und erregt ist, wird er, wenn die unvermeidlichen Enttäuschungen nicht sein Leben zerstört haben, letzten Endes zur Einfachheit neigen, das heißt, zum Extrem. Dem Extrem jedoch fehlt immer die Logik, und es trägt in sich das mythologische Prinzip. Nachdem ich zum erstenmal einen Menschen richtig verprügelt hatte, war mir die grundlose Angst vor der Gesellschaft abhanden gekommen, die mich ständig belastet hatte (eben diese grundlose Angst vor der Gesellschaft lag jeder begründeten Angst zugrunde: vor dem Natschalnik, dem Gönner, der Straße usw.). Ich hatte einen Weg betreten, der so alt ist wie die Welt, aber jedesmal neu für ein konkretes Schicksal (so wie die Liebe). Überdies verliehen meine persönlichen Eigenschaften und Umstände diesem Weg eine besondere Einmaligkeit.

Also, als ich an jenem Abend, an dem ich einen Menschen verprügelt hatte, nach Hause kam und auf neue Art auf meinem Schlafplatz, dem Bett, saß, sah ich mir mein Zimmer und seine Bewohner (die das Neue an mir nicht bemerkten, was aus dem weiteren hervorgeht) wohl zehn Minuten lang an, dann legte ich mich schlafen und schlief ruhig und gut, erwachte aber am Morgen voller Wut. Ich hatte nichts Schlechtes geträumt, und es war auch nichts Schlechtes vorgefallen, im Gegenteil, die Sonne schien und erfüllte das Zimmer, also war das miese Wetter vorüber, und es herrschte wieder der Sommer. Nichtsdestoweniger (vielleicht auch grade deshalb suchte mich in der Folgezeit nicht selten solche Wut dann heim, wenn ich etwas Angenehmes sah, und seien es angenehme Naturerscheinungen), nichtsdestoweniger war die Wut in meinem Körper erstarrt, preßte mir die Schläfen und den Hals zusammen und drückte auf die Brust. Vorher, in der Periode der Rehabilitierung und der Hoffnungen, hatte meine launenhafte Erbitterung nach menschlicher Anteilnahme gesucht, nach Sanftheit und nach Reue wegen des mir zugefügten Unrechts. Jetzt, nachdem die Gesellschaft (in Gestalt des Untersuchungsführers der Militärstaatsanwaltschaft Bodunow, des KGB-Mannes und der A.F. Kornewa vom Exekutivkomitee usw.) meine Ansprüche zurückgewiesen und für unbegründet erklärt hatte, suchte ich nicht mehr danach, und meine launenhafte Wut wollte ihre Befriedigung nur noch in ständiger Abrechnung finden. In meiner Brust steckte diese Wut wie eine Nadel, aber manchmal stieg sie in die Höhe, bis ich einen Anfall bekam; der Kopf glühte, das Atmen fiel mir schwer, dann taten mir lange die Schläfen weh, und in der Nacht erwachte ich von Herzschmerzen... Dieser Zustand äußerte sich bald auch in Aktionen. Ich verbrachte den ganzen nächsten Tag auf der Straße, in Bewegung (zumal das Wetter schön war), legte mich bewußt mit Passanten an, und bei dem Gezänk gebrauchte ich politische Beschuldigungen (»Stalinsche Henker«, »stinkende Stalinisten«, »ihr alle habt unser Blut gesoffen«, »ihr werdet genauso krepieren wie euer Führer« usw.). In der ersten Tageshälfte, wenn meine Wut besonders heftig war, handelte ich ziemlich spontan und griff die erstbesten Passanten an. Doch nachdem ich mich ein wenig beruhigt, mich auf einer Bank ausgeruht und dann in einem Café Würstchen mit Makkaroni und ein Glas Kefir verzehrt hatte, handelte ich erfinderischer, und meine Aktionen zeigten erste Elemente von Organisation: So bemerkte ich vor dem Tor des Bezirkskraftwerks einen Mann in einer Feldbluse, der zum militärisch organisierten Werkschutz gehörte, er war eindeutig ein ehemaliger Stalinscher Henker, der sich auf ein schattiges warmes Plätzchen zurückgezogen hatte.

Ich trat näher, ging absichtlich an dem Schild »Für Unbefugte Zutritt verboten« vorbei, legte den Kopf in den Nacken und betrachtete die hohen Kühltürme, in denen das Wasser rauschte, so daß man, wenn man die Augen schloß, trotz der Hitze den Eindruck haben konnte, im kühlen Regen zu stehen. Ich genoß diesen Zustand und hätte meine politischen Absichten fast vergessen. Zum Glück sprach mich ein Schütze vom Werkschutz an (wie ich gehofft hatte).

»Was machen Sie da, junger Mann?« fragte er.

»Ich stehe«, sagte ich mit der Freude eines Anglers, bei dem ein Fisch angebissen hat. »Ich lebe in einem freien Land und habe laut Verfassung das Recht, zu stehen, wo ich will.«

»Dann kommen Sie mal mit«, sagte der Schütze, der mich vor meiner Äußerung wohl am liebsten beschimpft und weggejagt hätte.

»Bitte«, sagte ich, »von mir aus.«

»Hast du irgendwelche Papiere?«

»Nein, nur den Paß, sonst nichts.«

»Der Paß ist ein gutes Papier«, sagte der Schütze, der seine Macht sichtlich genoß (ich gab ihm mit Bedacht die Möglichkeit, einen plötzlichen Schlag zu führen).

Er brachte mich zu dem Mann mit der Feldbluse, dem »Stalinschen Henker».

»Hier, Pjotr Petrowitsch«, sagte er, »der da wollte über den Zaun klettern.« Und er gab ihm meinen Paß.

Aber der Stalinist mit der Feldbluse sagte nach einem Blick auf meinen Paß mit einer wegwerfenden Handbewegung zu dem Schützen:

»Geben Sie ihm den Paß, er kann gehen.«

»Berija-Knechte«, rief ich ihm verärgert zu. »Das sind nicht mehr die früheren Zeiten.«

Sie schoben mich hinaus. Es wäre dumm gewesen, mich auf eine Schlägerei mit einem bewaffneten Wächter einzulassen, dennoch bedauerte ich ein paar Häuserblocks lang, nicht die Fäuste gebraucht zu haben. Wie sehr ich alles ringsum haßte, wird daraus ersichtlich, daß ich, als ein älterer Bürger über einen Stein stolperte und hinfiel, mich aufrichtig darüber freute. Im übrigen ist das Beispiel nicht sehr treffend, denn mehrere Passanten lächelten unwillkürlich. Ein anderes Beispiel fällt weniger ins Auge, ist aber treffender. Ein altes Mütterchen verlor ein Taschentuch. Es war nichts wert, doch früher würde ich nicht versäumt haben, sie anzurufen, um mich über meine Ehrlichkeit zu freuen (Geldbörsen behielt ich in solchen Fällen aus Armut. Innerhalb von drei Jahren hatte ich zweimal herrenlose Geldbörsen gefunden, mit wenig Geld freilich, und ein drittesmal fand ich eine Geldbörse vor einem Ladentisch, auch mit wenig Geld. Daraus schließe ich, daß reiche Leute keine Geldbörsen verlieren). Also, in früheren Zeiten würde ich das alte Mütterchen angerufen und ihr das Tuch gegeben haben. Jetzt aber trat ich wie zufällig auf das Taschentuch und schleuderte es in den Rinnstein.

Später lag ich einmal mit einem alten Mann im Krankenhaus. Der weinte oft und viel aus fast jedem Anlaß, was die Heiterkeit der Patienten und des Personals erregte. Wenn er mir zuhörte, geriet er ganz außer sich (dabei behielt ich das meiste von dem, was mir unangenehm war, für mich).

»Du armer, sündiger Georgi« (auch er irrte sich in meinem Vornamen, ich hatte mich mit »Goscha« vorgestellt), »du Kummer Gottes«, sagte der Alte und versuchte immer wieder, mir mit seinen kalten Händen das Gesicht zu streicheln (von ihm ging natürlich der Leichengeruch aus, der mich in letzter Zeit verfolgte).

Ich ging ihm auf jede nur denkbare Weise aus dem Wege und nahm mir sogar vor, überhaupt nicht mehr mit ihm zu reden, aber die Langeweile war tierisch, und der alte Mann war der einzige in dem Krankenzimmer, der sich an mich anschloß und mich wohl gar liebgewann. Ich wählte aus meinen Erinnerungen nicht die schweren, schrecklichen Dinge, die sich später zutrugen, sondern einfache Alltagsgeschichten, die sogar lustig waren (lustig natürlich nur im nachhinein, im Moment des Geschehens hatten sie mich viel Kraft und Nerven gekostet). Zum Beispiel erzählte ich dem Alten von meiner Schlägerei mit Beregowoi, die sich übrigens am Abend des Tages ereignete, an dem ich in meiner neuen Eigenschaft erwachte, mit der erstarrten launenhaften Wut in der Brust... Paschka Beregowoi, mein einstiger Freund, später mein oberster Verfolger im Zimmer, war ein ziemlich kräftiger Bursche, und wenn es galt, jemandem eine herunterzuhauen, fackelte er nicht lange. Vor kurzem hatte er vor den Augen des ganzen Zimmers Salamow verprügelt, weil der in dem gemeinsamen Blechbecher, aus dem wir tranken, Speck ausgelassen und ihn dann schmutzig, voller kalter verkohlter Grieben und verräuchert stehengelassen hatte... Shukow und Petrow zogen Beregowoi von Salamow weg, nachdem dieser vor Schmerz wie ein Hase gequiekt hatte, genau wie Nikolka, wenn Paschka ihn verprügelte. Ich hatte mich nicht eingemischt, weil Salamow auf Geheiß Shukows, dem ich damals noch Geld schuldete, nicht mehr mit mir sprach und meine Situation im Zimmer schon schwierig genug war... Also, nach der Abrechnung mit Salamow fühlte sich Paschka Beregowoi so sehr als Herr der Lage und hob so sehr ab, daß er die Veränderungen, die in der Rehabilitierungsperiode mit mir vorgegangen waren, nicht mitbekam. Dabei waren sie schon rein äußerlich zu erkennen, und sei es daran, wie ich die Tür aufriß, wenn ich ins Zimmer kam. An diesem Abend, als ich mich schon ausgezogen hatte (was beweist, daß ich mich auf eine Schlägerei nicht vorbereitet und sie nicht geplant hatte, denn sonst hätte ich meine Sachen anbehalten: ohne Hose und besonders ohne Schuhe fühlte ich mich physisch viel schwächer und hilfloser), nahm ich mir vor, Beregowoi in seine Schranken zu weisen, zumal ich seit dem Verprügeln des Saufbolds an meine Kräfte glaubte, aber ich gedachte das nicht heute zu tun, denn nach diesem kräftezehrenden Tag war ich ziemlich müde. Also, ich hatte mich ausgezogen und ging das Radio ausmachen. Wir hatten im Zimmer eine stillschweigende Vereinbarung: Die ganze Woche über duldete ich das Radio und konnte erst spät in der Nacht einschlafen, weil Beregowoi es damit begründete, daß er früh aufstehen mußte. Er brauchte das Radio zum Munterwerden. Aber in der Nacht zum Sonntag pflegte ich das Radio auszuschalten. So war es üblich. Diesmal aber ging Beregowoi in die Luft, vielleicht weil ich zu demonstrativ ausgeschaltet hatte, was seinen Anspruch auf die Herrschaft im Zimmer in Frage stellte.

»Mach wieder an«, sagte er hart.

Nun traf Charakter auf Charakter... Wir umklammerten uns ganz plötzlich und prügelten uns in Turnhemd und Unterhose zwischen den Betten, wobei ich angefangen hatte. Und wieder hatte ich Erfolg. Ich wich den Schlägen seiner schweren Fäuste aus (er traf nur einmal meinen Arm) und wandte die bewußte Methode an, die offenbar für mich zur Tradition wurde (auf diesem gerade erst erwählten Kampffeld hatte ich schon Traditionen). Der Stoß mit meinem nackten, knochigen Knie geriet noch wirkungsvoller, weil er nicht durch Hosenstoff gemildert wurde. Paschka stürzte in den Zwischenraum zwischen zwei Betten, blutete aus Nase und Mund und schlug auch noch mit dem Kopf gegen den Nachttisch. Zwar sprang er gleich wieder auf mit dem Schrei: »Ich stech dich ab, du Hündin«, aber Shukow und Petrow packten seine Arme, Salamow stellte sich vor mich, und der alte Kulinitsch sagte vernünftig:

»Genug, Jungs, hört auf, euch zu prügeln... Vertragt euch wieder und macht morgen einen halben Liter alle.«

Beregowoi wurde in den Waschraum geführt. Voller Stolz sah ich ihn wanken. Bald kam er zurück, gewaschen und still geworden, Watte in der Nase. Ich zögerte lange mit dem Schlafengehen, denn ich erwartete einen Angriff von ihm. Erst als er schnarchte, ging ich ins Bett und legte mir ein altes Vorhängeschloß unter das Kissen, um notfalls zurückschlagen zu können. Ich schlief schlecht, wachte immer wieder auf, und erst, wenn ich unterm Kissen das Schloß mit seinen scharfen Kanten ertastete, beruhigte ich mich wieder.

Als ich dieses und andere komische Erlebnisse erzählte, weinte der Alte, mein Bettnachbar im Krankenzimmer, so heftig, daß letzten Endes die anderen Patienten sich empörten und eine Krankenschwester riefen, die ihm eine Spritze gab. Der Alte hatte immerzu Mitleid mit mir und wollte mir das Gesicht streicheln (das war unangenehm). Unter seiner Matratze verwahrte er irgendwelche Papiere, alt und speckig, die las er oft für sich und bewegte dabei die Lippen. Er zeigte sie niemandem, da er offenbar Spott befürchtete, und ich wollte sie auch gar nicht sehen, denn ich bezweifelte nicht, daß es dummes Zeug war. Eines Tages aber, nachdem er lange schweigend überlegt hatte, reichte er mir ein paar Blätter und bat mich, sie zu lesen. Wie ich vermutet hatte, waren es mit Druckbuchstaben geschriebene unbeholfene Verse religiösen Inhalts (es wurde übrigens erzählt, der Alte sei früher ein schlechter Mensch gewesen. Er habe zwar nicht getrunken, aber seine Frau furchtbar verprügelt, die wohl gar durch seine Schuld gestorben sei. Wie dieses Wissen in unser Krankenzimmer gelangt war, weiß ich nicht. Vielleicht hatte der Alte mal selber aus Reue davon erzählt). Also, religiöse Verse... Ich hatte zur Religion immer ein höchst spöttisches Verhältnis gehabt. In der Kirche war ich ein paarmal aus Neugier gewesen. Das hatte eine zwiespältige Empfindung in mir geweckt. Offen gestanden, das Gold der Ikonen und die Kerzen hatten mir ein wenig Furcht gemacht... Doch gleichzeitig fand ich das Ganze irgendwie lächerlich, so als ob man einen Menschen ernsthaft betrügen will und glaubt, ihn betrogen zu haben, er aber weiß, daß es Betrug ist, und nur so tut, als wäre er betrogen worden. Das wichtigste aber, weswegen ich nicht mal aus Neugier wieder eine Kirche betreten werde, ist der Geruch. Es riecht ja nicht mal nach vertrockneten Kadavern und nicht nach Friedhof, sondern süßlich nach den Leichen unlängst Verstorbener... Es gingen freilich Gerüchte, wonach in den Kreisen, in denen Zweta verkehrte, das Interesse für die Religion erwache als Gegengewicht zu den offiziellen Strömungen (auch Arski war davon nicht mehr weit entfernt). Ich weiß nicht, wäre ich damals in diese Gesellschaft aufgenommen worden und hätten sich diese Gerüchte bestätigt, so hätte ich in dieser Frage kaum mitreden können. Nachdem ich die unbeholfenen Verse des Alten gelesen hatte, überzeugte ich mich ein weiteres Mal davon; aber aus Krankenhauslangeweile und um mich zu erheitern, prägte ich mir die Verse ein. Ich lese gern die Gedichte von Graphomanen... Das fehlende Können verleiht ihnen Einmaligkeit, und in jeder Zeile sind lebendige Züge des Autors wie in genialen Werken... Gleichzeitig läßt das berauschende Element von Schöpfertum nicht zu, daß Einsicht und Urteilskraft ihre einmalige menschliche Dummheit verdecken. Im Falle des Alten wurde das Vergnügen noch verstärkt durch den religiösen Inhalt, der schon an sich Spott verdiente. Hier sind die Verse des Alten, in denen ich viele grammatische Fehler korrigiert habe: »Euch Stämmen, Sprachen und Völkern hat Gott den Gang aller Ereignisse vorhergesagt. Er hat die Zeit und die genauen Jahre bestimmt und durch seine Propheten aufgeschrieben. Verfinsterungen von Sonne und Mond hat es schon gegeben. Und auch den Absturz von Sternen. Alles in der Natur ist traurig verwelkt, wie Christus es uns vorhergesagt hat. Überall entwickeln sich Krankheiten. Not und Grauen versetzen die Welt in Angst. Gefährliche Stürme suchen die Meere heim. Es naht der schreckliche Tag von Gottes Zorn. Die Tür zum Gottesdienst steht offen. Das Zeichen Gottes ist überall. Dieses Geschlecht vergeht nicht, wenn sich alles vollendet. Unser Erlöser kommt in seinem Ruhm. Sünder, eilet schnell zu Gott. Bald wird er die Tür der Gnade zusperren. Empfanget von ihm Ruhm und Gnade. Er gibt sie euch ja ganz umsonst. Gotteskinder,

neiget das Haupt. Der Tag der Erlösung ist nahe. Eilet, das Werk Gottes zu beenden, er wird es euch lohnen.«
Die Bekanntschaft mit dem Alten machte ich erst bedeutend später, als ich mich schon in seelisch ausgeglichenem Zustand befand und fähig war, aus der Anschauung der Dummheiten und Unvollkommenheiten anderer Genugtuung zu ziehen. Damals aber, nach der Schlägerei mit Beregowoi, war meine Seele total versteinert, kannte keinen Humor und konnte nur durch Handeln existieren, durch direktes und unmittelbares Handeln zum Schaden meiner Feinde und Verfolger. Mein erster Schritt nach der Nacht, die ich in erhöhter Kampfbereitschaft mit dem kantigen Vorhängeschloß in der Faust verbrachte, war ein Besuch im Bezirksexekutivkomitee am Montag. Hier darf man meine Absichten, die ich vor ein paar Tagen beim Besuch der Wohnungskommission des Stadtexekutivkomitees verfolgte, nicht mit denen bei meinem jetzigen Besuch im Bezirksexekutivkomitee verwechseln. Ins Stadtexekutivkomitee war ich voller Hoffnungen gegangen und hatte nicht daran gezweifelt, daß man mir, dem Sohn eines Rehabilitierten, wenigstens irgend etwas geben würde, wenigstens ein Zimmerchen unter der Treppe oder sogar im Souterrain, wo ich eine Klappliege aufstellen konnte (viele waren aus den Souterrains umquartiert worden, und ich würde einen solchen frei gewordenen Keller mit Vergnügen bezogen haben). Mein jetziger Besuch verfolgte ein ganz anderes Ziel. Ich zweifelte nicht an der Ablehnung, und ich wandte mich auch nicht an die richtige Adresse (das Bezirksexekutivkomitee registriert nur die Einwohner des Stadtbezirks), aber erstens lag das Bezirksexekutivkomitee unweit des Wohnheims, und dort hinzugelangen war nicht so mühsam, und zweitens wußte ich jetzt, daß sie grob mit mir reden würden, also konnte ich in einer staatlichen Behörde dieser Art einen öffentlichen Skandal veranstalten und dabei sogar politische Beschuldigungen vorbringen. Darum war ich entschlossen, nicht zu früh Krach zu

schlagen und mich nicht vorzudrängen, um nicht alles in eine Alltagsplattitüde zu verkehren und keine Energie zu verschwenden, darum nahm ich inmitten der Wartenden mit ihren schläfrigen, geduldigen Gesichtern (wie in allen amtlichen Stellen dieser Art) auf einem Stuhl meinen Platz ein. Mehr noch, ich überlegte mir: Ich bin ein nervöser und ungeduldiger Mensch, und bis ich an der Reihe bin, gerate ich in dieser stumpfen, schläfrigen Benommenheit emotional genau in den Zustand, den ich brauche. Mein Plan gelang beinahe. Ich sage »beinahe«, denn am Ende kam es zu einer ärgerlichen Stockung und einem emotionalen Zusammenbruch. Aber im wesentlichen lief alles besser als erwartet. Erstens fiel mir gleich zu Anfang, als ich noch in der Schlange saß, ein Mitglied der Wohnungskommission auf, eine Frau, die heute die Besucher empfing; sie verließ ein paarmal ihr Zimmer und blieb lange weg, was selbst bei geduldigen Bürgern ein Murren hervorrief. Es war eine plattbrüstige Frau mit böse eingekniffenem Mund, also genau das, was ich wollte. Zweitens übertraf die Wartezeit alle meine Vorstellungen, ich hatte meinen Platz in der Schlange um acht Uhr morgens eingenommen und betrat das Arbeitszimmer lange nach Mittag am Ende meiner Nervenkraft und überdies hungrig. Die Plattbrüstige warf mir einen raschen Blick zu, und ich begriff, daß sie schon vor meiner Frage auf »Ablehnen« festgelegt war. Ich ließ meinen Blick ebenfalls über die Plattbrüstige gleiten. Eine Stalinistin, dachte ich. Wir hatten beide noch nicht den Mund aufgemacht und doch schon binnen einer Sekunde unsere Beziehungen geklärt. Die Fraulichkeit von A.F. Kornewa im Stadtexekutivkomitee hatte mich daran gehindert, grob zu werden, so daß ich ihre beleidigenden, ungerechten Bemerkungen mit Schweigen beantwortete. Solch ein Hindernis bestand jetzt nicht.

»Was wollen Sie?« fragte die Plattbrüstige endlich nach einer Pause, in der sie mich in Gedanken schon mit »abgelehnt« beschieden hatte. »Ihre Adresse?«

Ich wandte meine Methode der Selbstbestätigung in solchen Amtszimmern an, zog mir polternd einen Stuhl heran, setzte mich und schlug ein Bein übers andere. Als ich saß, nannte ich meine Adresse. Die Plattbrüstige verzog das Gesicht wie vor Zahnschmerzen, aber sie stellte mir weiterhin Fragen mit der Routine und Ausdauer einer erfahrenen Kanzlistin.

»Familienstand?«
»Ich bin ledig.«
»Ledig?« Sie sah mich an, ihre Augen waren groß und braun und hatten dunkle Ringe, die sie krank aussehen ließen. »Und da wollen Sie Wohnverbesserung beantragen? Wohnen Sie in einem Keller? Haben Sie eine Bescheinigung über die Wohnungsbegehung?«
»Ich habe überhaupt keine Bescheinigung«, sagte ich, »und auch keinen Keller. Ich lebe in einem Wohnheim.«
»Und da führen Sie mich an der Nase herum?« sagte die Plattbrüstige und warf wütend ihren Federhalter auf den Tisch, wo er einen Klecks auf einem Papier hinterließ. »Draußen wartet eine Schlange, und Sie...« Sie verstummte, nahm sich zusammen und suchte nach einem milderen Wort. »Und Sie plustern sich hier auf«, sagte sie.
Aber auch das mildere Wort »Aufplustern« stellte mich zufrieden und diente mir als guter Anlaß.
»Wer plustert sich auf!« schrie ich mit der neuen krähenden, schallenden Stimme, die in der Folgezeit noch oft aus mir herausbrach. »Wer? Meine Familie ist ausgerottet worden... Seit ich drei war, muß ich mich in fremden Winkeln rumdrücken...« Im Korridor vor der Tür wurden die Wartenden still, sie horchten wohl. »Stalinistische...«, schrie ich (ich weiß nicht, durch was für ein Wunder ich nicht vollends den Kopf verlor und nicht einen dreckigen Fluch hinterherschickte), »Stalinistische... Stalinistische... Stalinistische...« Da ich mit Willensanstrengung das zweite Wort unterdrückte, entstand in meinem Kopf ein Vakuum, ein Zwischenraum, der mich hinderte, meine Gedanken logisch darzulegen.

Darum wiederholte ich: »Stalinistische... Stalinistische... Stalinistische...« Bald sprach ich dieses Wort nicht mehr, sondern gurgelte es hervor.

Die Plattbrüstige erbleichte vor Schreck und Wut. Von draußen wurde die Tür geöffnet, und Besucher, die aus schläfriger Benommenheit erwacht waren, blickten herein. Auch eine andere Tür ging auf, und hereinkam eine Frau, die ich zunächst für die Kornewa hielt. Ich muß sagen, daß erstens in solchen Behörden viele Frauen arbeiten und daß zweitens diese Frauen sich vom Typ her nicht durch Vielfalt auszeichnen. Es sind entweder plattbrüstige, mannähnliche Frauen oder solche vom Typ der Kornewa, die eine nicht verfeinerte, eher volkstümliche Fraulichkeit besitzen, die sie, vielleicht nicht ohne leichte Koketterie (eine taillierte Jacke betont schließlich die Hüften), also, nicht ohne Koketterie durch männlich wirkende Kleidung zu tarnen versuchen. Die eingetretene Frau war etwas älter als die Kornewa, doch hübscher. Insbesondere hatte sie einen sehr weichen schönen Hals.

»Da, Irina Alexejewna«, sagte die Plattbrüstige, »der ist hier eingedrungen, redet dummes Zeug... Er sagt, er lebt im Wohnheim, fordert aber bessere Bedingungen... Und wird frech und beleidigend...«

»Erstens bin ich nicht eingedrungen«, sagte ich und sah die Plattbrüstige voller Haß an. »Ich habe gewartet, bis ich an der Reihe war.« Ich war von meinem Stuhl aufgesprungen und stand mitten im Zimmer.

»Mein Lieber«, sagte Irina Alexejewna sanft zu mir, »wer im Wohnheim lebt, wird bei uns nicht registriert. Wer sind Sie denn überhaupt?«

»Da«, sagte ich und holte den alten Passierschein mit dem Foto meines Vaters hervor, den ich vom KGB erhalten hatte, »da...« (So kam es, daß ich gleichsam mogelte und meinen Vater für mich ausgab).

Irina Alexejewna nahm den Passierschein, las und betrachtete das Foto.

»Solchen Leuten muß man eine Lehre erteilen«,

sagte die Plattbrüstige böse, »wo kommen wir denn hin, wenn jeder mit seinen Frechheiten in eine staatliche Behörde eindringt...«

»Hören Sie auf«, sagte Irina Alexejewna scharf zu der Plattbrüstigen, »lassen Sie ihn in Ruhe... Tür zu!« rief sie ebenso scharf den Besuchern zu, die vom Korridor hereinschauten.

Die Gesichter verschwanden, die Tür knallte erschrocken zu.

»Mein Vater war Generalleutnant«, sagte ich leise.

»Ein schöner Mann war Ihr Vater«, sagte Irina Alexejewna mit einer gewissen Aufrichtigkeit.

Da kam es zu dem emotionalen Zusammenbruch, plötzlich und unvorbereitet. Ich riß Irina Alexejewna den Passierschein aus den Fingern, schluchzte durchdringend und rannte aus dem Zimmer. Als ich durch den Korridor des Bezirksexekutivkomitees lief, öffneten sich mehrere Türen, und die im Korridor Wartenden prallten vor mir zurück... Später, nach etlichen Anfällen und Skandalen, gewöhnte ich mich daran, daß die Leute vor mir zurückprallten, doch damals war mir das noch peinlich. Lange hetzte ich durch die Gäßchen, als würde ich verfolgt, und erst als ich vom Exekutivkomitee weit weg war und sah, daß die Leute ringsum mich überhaupt nicht beachteten, beruhigte ich mich, wischte mir mit dem Taschentuch das Gesicht trocken, trank ein paar Gläser Sprudel und fuhr zur Verwaltung der Baumechanisierung, um Gericht und Abrechnung zu halten über meine Verfolger, die mich drei Jahre lang erniedrigt und beleidigt hatten.

Im Sommer sah der Hof der Verwaltung noch scheußlicher aus. Erstens waren im Sommer mehr Maschinen im Einsatz, und folglich standen hier mehr als sonst in defektem Zustand herum. Außerdem, im Winter oder Anfang Frühjahr, als ich das letztemal hier gewesen war, wurde der Ruß vom Schnee aufgesogen, die öligen Pfützen leckte der Frost weg, und den Geruch nach verbranntem Metall trug der Wind davon, jetzt aber setzte sich der Ruß mitsamt dem

Staub auf die Gesichter und die Kleidung, in den Schlaglöchern standen säuernde Öllachen, und der schwüle Geruch nach verbranntem Metall stand unbeweglich in der Luft... Auf dem Hof begrüßte mich ein schwarzverschmierter Mann, dessen Zähne, als er lächelte, weiß glänzten.

»Guten Tag, Grigori Matwejewitsch«, sagte er zu mir.

Das kam etwas unerwartet und wunderte mich. Erst als ich ihn genauer ansah, erkannte ich in ihm einen der Baggerführer, und sogar sein Name fiel mir ein: Gagitsch.

»Wo sind Sie jetzt?« fragte er.

»Ich arbeite«, antwortete ich hochmütig, »ich bin ja nicht auf diese Bude angewiesen.«

»Das ist richtig«, sagte Gagitsch, »viele von den Jungs meinen, Sie sind zu Unrecht entlassen worden.« Er senkte die Stimme und sah sich um.

»Wovor fürchten Sie sich?« sagte ich gereizt und mit erhobener Stimme.

Gagitsch sah mich durchdringend an und begriff wohl, daß meine Dinge schlecht standen und ich nicht in einer Angelegenheit gekommen war, sondern um Streit zu suchen.

»Sie werden denen nichts beweisen«, sagte er leise, »grade haben sie Mukalo gefeuert.«

»Mukalo!« schrie ich. »Der ist doch der größte Lump! Er hat mich provoziert.«

»Nein, da sind Sie im Unrecht«, sagte Gagitsch. »Mukalo war ein vernünftiger Mann. Er hat mir den neuen Bagger versprochen und hätte ihn mir auch gegeben. Und wer bin ich schon für ihn? Ein Garnichts. Junizki, der hat ihn seinem Schwager gegeben.«

»Hör schon auf, Gagitsch«, sagte ein Arbeiter (wir fielen schon auf, und der über den Hof gehende Chefmechaniker Tistschenko blickte zu uns herüber). »Laß gut sein, Gagitsch«, fuhr der Arbeiter fort, »für dich ist einer gut, der dir Gutes tut.« Das sagte er laut, damit Tistschenko es hörte.

»Genau«, sagte ich gereizt, sarkastisch. »Gehen Sie

lieber, Gagitsch. Wenn Sie hier mit mir gesehen werden, kriegen Sie nicht nur keinen neuen Bagger, sondern werden auch den alten noch los. Und werden als Springer eingesetzt.« Ich lächelte schief und ging zum Büro.

Unterwegs traf ich Raikow, doch er grüßte nicht, blieb nur stehen und guckte. Im Korridow riß ich Türen auf, sagte aber nichts, sah nur die Anwesenden an und lächelte schief. In der Buchhaltung guckten sie verständnislos, erkannten mich offenbar nicht, in der Produktionsabteilung war nur Konowalowa, die mich anlächelte. Hier nun äußerte ich doch etwas:

»Wo steckt denn dein Brüderchen? Ich will ihm ins Gesicht spucken«, und ich knallte die Tür zu.

Ich öffnete auch die Tür der Kaderabteilung und sah Nasarow an, sagte aber nichts, er war eine neutrale Person, wenn auch ehemaliger Staatsanwalt, mir hatte er nie was Böses getan. Schließlich gelangte ich, unterwegs immer wieder Türen öffnend, ins Sekretariat, wo Irina Nikolajewna saß, meine damalige Gönnerin. Ohne ihr ein Wort zu sagen, ging ich an ihr vorbei hinein zu Brazlawski. Er war da, wühlte in einer Schreibtischschublade, suchte etwas. Als er mich sah, war er nicht verwundert, sondern sagte nur grob:

»Was willst du?«

Ich wandte freudig meine Methode der Selbstbestätigung an, zog mir polternd einen Stuhl heran und setzte mich mit übergeschlagenen Beinen. Freudig deshalb, weil ich, offen gestanden, gefürchtet hatte, aus dem Instinkt der früheren Jahre einen Rückzieher zu machen. Aber alles ging gut. Trotz seiner zwanzig Jahre Arbeit in verantwortlicher Position war Brazlawski kein Büroarbeiter geworden, und wenn es sein mußte, wurde er grob, der alte Schmied. Er überschüttete mich mit säuischen Flüchen. Vergnügt antwortete ich ihm genauso. So zankten wir uns eine Zeitlang, übten uns im Gossenjargon, bis vorsichtig, fuchsartig, vor Scham errötend (schockiert über unsere Pornolalie), Irina Nikolajewna hereinkam.

»Goscha«, sagte sie, mich überraschend beim Vornamen nennend, »kommen Sie, ich möchte mit Ihnen sprechen... Iwan Timofejewitsch«, sie sah Brazlawski an, »warum strapazieren Sie Ihr Herz? Nachher müssen Sie wieder Validol nehmen.«

»Ich hau ihm gleich eins in die Fresse«, sagte Brazlawski grob und offenherzig.

»Goscha«, sagte Irina Nikolajewna wieder zu mir, »kommen Sie.« Sie nahm mich beim Arm.

Ich wollte mich losreißen, doch es kam so, daß Irina Nikolajewna von meiner heftigen Bewegung das Gleichgewicht verlor, fast hinfiel und aufkreischte.

»Verdammter Aaskerl!« schrie Brazlawski schlicht nach Arbeiterart und packte mich am Kragen. Er hatte große, aber schon weiche Hände, das Alter und die leitende Position machten sich bemerkbar. Erfolgreich kämpfend, schleuderte ich Brazlawski ins Gesicht:

»Mein Vater war Generalleutnant! Und du bist ein stalinistischer Halunke, verstanden?«

Auf diese Weise faßte ich das Ganze zusammen und brachte es auf eine politische Ebene, jedoch zu spät, damit hätte ich anfangen sollen statt mit der kleinkarierten Schimpferei. In diesem Moment stürmte Loiko ins Zimmer. Wo er herkam, wußte ich nicht, er war wohl eben erst eingetroffen, und Irina Nikolajewna, angesichts der zugespitzten Situation und da sie seinen Haß auf mich kannte, rief sogleich nach ihm. Obwohl durch Loikos nach hinten gekämmte Haare schon die Glatze durchschimmerte, war er physisch stark und breitschultrig (unter meinen Feinden waren überhaupt viele physisch starke Personen, das war mir als Gesetzmäßigkeit aufgefallen).

»Iwan Timofejewitsch«, schrie Loiko, »geben Sie sich nicht mit ihm ab, ich mach das schon.« Er riß mich mühelos von Brazlawski weg, zerrte mich ins Sekretariat und von dort in den Korridor, und da dort viele aufgestörte Mitarbeiter waren, zerrte er mich ins Zimmer der produktionstechnischen Abteilung, knallte Konowalowa, die mir wohl helfen wollte, die Tür vor der Nase zu und legte den Haken vor. Und bei alldem hielt er mich mit einer Hand an der Brust fest. Ich hatte Mühe, gleich Widerstand zu leisten, denn Loiko hatte mich im Gehen ein paarmal mit dem Kopf gegen die Wand geschlagen, so daß meine Haare voller Putz waren, vor meinen Augen drehte sich alles, und die Ohren waren gänzlich verlegt. Darum hörte ich zunächst gar nicht, was er brüllte, ich sah nur sein nicht so sehr wütendes wie vielmehr freudiges Gesicht. Zu einer Schlägerei Mann gegen Mann kam es nicht. Nachdem er sich und mich eingeschlossen hatte, schlug er an die zehn Minuten auf mich ein, wie es gerade kam, warf mich auch zu Boden und trat mich mit den Füßen. Danach aber verprügelte ich ihn. Das heißt, wir schlugen umschichtig aufeinander los. Als er seine Henkergelüste an mir gestillt hatte und ermüdet war, wollte er schon aufhören und hinausgehen, hatte vielleicht auch einen Schreck bekommen (mein Gesicht war blutüberströmt), einen Schreck, der ihn schwächte, und da versetzte ich ihm zu meiner eigenen Überraschung einen sehr genauen Tritt in den Bauch, und als er hinfiel (wo nahm ich bloß die Kräfte her, verprügelt wie ich war), schlug ich auf ihn ein, wie ich noch nie geschlagen hatte (die Verprügelung des Säufers und Beregowois war gegen diese Abrechnung eine Schülerrangelei). Unzählige Male stieß ich Loiko, der am Boden lag, das Knie ins Gesicht, und jedesmal treffsicher nach der Tradition... Ich zerfetzte ihm das Jackett, riß ihm ein Büschel Haare aus... Die Situation wurde komisch. Ich verprügelte Loiko, gegen die Tür aber hämmerten Konowalowa und Irina Nikolajewna und riefen nervös:

»Loiko, Schluß jetzt, machen Sie sofort auf... Hören Sie, Schluß jetzt, Sie kommen noch vor Gericht, und Sie haben doch Familie...«

Zuletzt klopfte auch Brazlawski persönlich.

»Nikolai«, sagte er, »hier Iwan Timofejewitsch... mach auf...«

Oh, war das ein Glück! Nie wieder konnte ich Haß und Rache dermaßen genießen. Meine linke Wange blutete, weil sie über dem Backenknochen aufgeplatzt war, da griff ich mir einen gewöhnlichen Reißnagel vom Schreibtisch, nahm ihn fest zwischen die Finger und riß Loiko an derselben Stelle die Wange auf.

»Brecht die Tür auf«, hörte ich Junizki sagen, doch bevor sie das tun konnten, erhob ich mich (ich hatte rittlings auf Loiko gesessen) und löste den Haken.

Der Korridor war voller Leute (es war die Zeit, da die Bauleiter von den Objekten kamen, und viele waren schon da). Da standen Brazlawsli, Junizki, Konowalow, Litwinow usw. Die ganzen drei Jahre Hohn und Erniedrigung drängten sich vor mir im Korridor, doch mein Hauptfeind lag blutend hinter mir auf dem Fußboden.

»Was guckt ihr so?« fragte ich und lachte mit blutverklebten Lippen.

Aber das war wohl meine letzte Anstrengung, und die Kräfte verließen mich, so daß die alte Putzfrau (ich glaube, sie hieß Gorpyna) mich mühelos am Kragen packte und aus dem Büro führte. Neben mir ging, meinen Arm stützend, der plötzlich aufgetauchte Schlafstein (ich hatte ihn im Korridor nicht bemerkt, er war wohl im Hof an mich herangetreten).

»Stjopa«, sagte er zu Gagitsch, »ihr habt hier eine kleine Apotheke, in der Werkhalle, glaub ich. Wir müssen den Jungen wieder in Ordnung bringen.«

»Ich hab ihm ja gesagt, er wird denen nichts beweisen«, sagte Gagitsch seufzend.

Wir kamen in die Halle, wo die verrußten Fenster von der Arbeit der Werkbänke vibrierten.

»Halt dir das Jackett vors Gesicht«, sagte Gagitsch zu mir (vorhin hatte er mich gesiezt, weil ich ehemaliger Bauleiter war, aber nachdem ich verprügelt worden war, ging er zum Du über). »Bedeck dich, sonst laufen alle zusammen.«

Wir gingen hinter die Trennwand, wo sich die Apotheke befand, da saß eine Frau im Schwesternkittel.

»Da, Warwara«, sagte Gagitsch, »der Junge ist hingefallen, du mußt ihm helfen.«

Die Schwester sah mich an.

»Wollt ihr mich verklapsen?« sagte sie. »Das kommt von einer Prügelei, ich muß ein Protokoll schreiben, vielleicht muß er ins Krankenhaus...«

»Kein Protokoll«, sagte Schlafstein leise, »verarzte ihn, dann geht er. Du kannst doch gehen?«

»Kann ich«, sagte ich, denn ich fühlte mich tatsächlich gut (an diesem Tag fand ich in mir die Kräfte, noch zwei Mann zu verprügeln, erst in der Nacht fühlte ich mich schlecht, und mir tat alles weh, außen und innen).

»Stjopa«, sagte ich zu Gagitsch (die Schwester hatte meine Wunden behandelt und verpflastert, und Gagitsch und ich standen wieder im Hof), »Stjopa, kannst du mir nicht in der Halle einen Schlagring zurechtfeilen? Ich bezahle auch.«

»Was ist das?« fragte Gagitsch.

»Den schiebt man über die Finger, und wenn du dann zuschlägst, bleibt kein Zahn heil.«

»Ach, so ein Ding... Lieber nicht«, sagte Gagitsch, »laß das, du landest bloß im Knast.«

»Stjopa«, sagte ich, »sie haben mich doch drei Jahre lang mit dem Gesicht in die Scheiße...«

Wir standen auf dem Hof. Schlafstein war schon gegangen, als die Schwester anfing, meine Wunden zu behandeln. Er hatte es eilig, zur Planungssitzung zu kommen, doch wie auch immer, ich wußte seine Tat zu schätzen, denn obwohl er von meinen Feinden abhängig war, hatte er mich in dieser Situation nicht allein gelassen, als er sah, daß keiner der mir Wohlgesonnenen in der Nähe war (Swetschkow und Siderski waren noch nicht da. Sie würden ganz sicher meine Partei ergriffen haben, Swetschkow vielleicht sogar ganz offen).

»Drei Jahre«, wiederholte ich, »haben sie mich mit dem Gesicht in die Scheiße gestukt, ach was, drei Jahre, das ganze Leben lang... Und mein Vater, der Generalleutnant...«

»Wieso hilft er dir eigentlich nicht?« fragte Gagitsch

verwundert. »Bist du unehelich? Oder will er nichts mehr von dir wissen?«

»Aber nein.« Sogar in meiner Situation mußte ich lächeln über Gagitschs naive und absurde Denkweise. »Wie stehst du eigentlich zu Stalin?« fragte ich auf einmal.

»Wieso?« fragte er verwundert zurück. »Stalin ist Stalin... Was Chrustschow auch alles zusammengeredet hat... Kennst du schon den neuesten Chrustschow-Witz?«

»Witze!« schrie ich. »Weißt du denn, wie viele Menschen er ausgerottet hat, euer Stalin?«

Das Gespräch wurde gespannt und vor allem dumm und unpassend.

»Ich verstehe, worauf du hinauswillst«, antwortete Gagitsch nach einer Pause, »sie haben deinen Vater eingesperrt, das verstehe ich... Mein Onkel hat auch zehn Jahre abgesessen... Dann kam er frei, und einen Monat später war er tot... Aber was da auch war, Stalin ist Stalin...«

Diese klare, einfache, aufrichtige, oft gehörte Formulierung brachte vollständig und allseitig das Wesen des Stalinismus zum Ausdruck, besonders Ende der vierziger und Anfang der fünfziger Jahre, in denen Stalin nicht mehr mit der Sonne oder einem Bergadler verglichen wurde, sondern nur noch mit Stalin selbst, und in dieser Formulierung äußerte sich so vollständig und aufrichtig die geradezu mythologische Liebe des Volkes zu seinem Abgott, die mit keiner Logik und Wahrheit zu zerstören war, zumindest nicht bei den Generationen der Zeitgenossen Stalins, daß diese Festigkeit mich in Verwirrung brachte und ich mir keine Verschnaufpause gönnte.

»Blöd bist du!« schrie ich Gagitsch an, der mir doch geholfen hatte. »Alle seid ihr blöd und dumpf wie eine Ziegelmauer... Uch, erschießen müßte man euch... jawohl... Mit Maschinengewehren... jawohl... Stalinistisches Geschmeiß...«

Zu guter Letzt nahm das Ganze wieder die damals

gesetzmäßige politische Färbung an, aber – auch das gesetzmäßig – im Grunde an die falsche Adresse gerichtet. Ich warf Gagitsch noch einen wütenden Blick zu, dann spuckte ich aus und verließ den Hof der Bauverwaltung.

FÜNFTES KAPITEL

Also, wie schon gesagt, trotz meiner Erschöpfung verprügelte ich an diesem Tag noch zwei Personen. Der eine war ein zufälliger Passant, und ich weiß gar nicht mehr, aus welchem Anlaß ich ihn anpöbelte (ja, ich pöbelte ihn an). Der zweite war Kolesnik, Instrukteur des Bezirksparteikomitees (wie ich später erfuhr, war er auf Betreiben des Bezirkssekretärs Motornjuk entlassen worden, weil er gegen diesen intrigiert, jedoch seine Kräfte überschätzt hatte). Interessanterweise ergriff nicht nur der zufällige Passant die Flucht (eine nichtige Person mit einem Schirmmützchen, das mich gereizt hatte, wie ich mich dunkel erinnere), sondern auch Kolesnik, der mich noch vor kurzem nach Herzenslust gedemütigt hatte, entwich, ohne Widerstand zu leisten. Ich muß allerdings sagen, daß mein Anblick wirklich furchterregend war (das begriff ich, als ich später in den Spiegel blickte), meine Haare, lange nicht gewaschen und starr, standen an mehreren Stellen zu Berge. Die schwarzumrandeten Augen glitzerten, das Gesicht war voller Pflaster und Blutergüsse. Den zufälligen Passanten verprügelte ich, als ich aus dem Tor der Bauverwaltung kam. Aber verprügeln ist zuviel gesagt. Ich versetzte ihm nur einen Schlag in den Rücken, da drehte er sich um und lief auf die andere Straßenseite, ohne nach einem Milizionär zu rufen, womit ich gerechnet hatte (ich hatte noch nicht die Hoffnung auf einen aufsehenerregenden politischen Prozeß aufgegeben, in dem ich meine langjährigen Leiden in lebendige Entlarvung verwandeln und so in den Mittelpunkt der Gesellschaft geraten wollte).

Kolesnik erwischte ich am Abend im Korridor. Wieder briet er in der Gemeinschaftsküche Kartoffeln, ich sprang aus dem Zimmer, von wo aus ich ihn bei angelehnter Tür beobachtet hatte, und fuhr ihm gleich mit den Fingern ins Gesicht. Es ist interessant, daß ich während der ganzen Zeit der Rehabilitierung, als ich noch hoffte, sie würde für mich reale positive Veränderungen bringen, gar nicht an Kolesnik und andere gedacht hatte. Jetzt waren sie an der Reihe. Kolesnik drehte den Kopf weg, dann wich er rückwärts zurück, wandte sich um, lief davon und schloß sich in seinem Zimmer ein. Ich stemmte das Knie und die linke Hand gegen die Korridorwand, legte die rechte auf die Türklinke und riß mit einem heftigen Ruck. Klirrend flog der Haken weg, Kolesniks dreijähriges Kind begann zu weinen, seine Frau, die Warenhausverkäuferin, schrie, aber dann legten Grigorenko und Rachutin mir die Arme um die Schultern und führten mich weg. Und wieder, obwohl ich eindeutig randaliert hatte, wurde nicht die Miliz gerufen, ich weiß nicht, warum. Vielleicht wegen der Gerüchte um meinen Vater, den Generalleutnant, vielleicht auch, weil sie von Kolesniks Spott und Hohn gegen mich gehört hatten, der sich über seine dienstlichen Verpflichtungen hinaus Überspitzungen gegen mich erlaubt hatte. So daß auch die Heimleiterin, die eigenmächtig Kolesnik in den Kampf gegen mich einbezogen hatte, dies jetzt möglicherweise bereute und üble Folgen für sich befürchtete. Überdies erschreckte mein Anblick alle. Ich hatte mich in wenigen Tagen sehr verändert, und in meinem Äußeren war etwas Krankhaftes zu erkennen, was die Menschen auf Abstand hielt, und niemand wollte unmittelbar persönlich mit mir kämpfen (wie ich jetzt weiß, hielten sie mich für übergeschnappt. Vor solchen empfindet man Furcht und zugleich Ekel). Selbst meine Freunde Grigorenko und Rachutin traten nicht gleich zu mir, sondern flüsterten vorher am Ende des Korridors, und sie griffen erst ein, als die Sache sich zuspitzte und sie mich vor verhängnisvollen Schritten gegen Kolesnik bewahren mußten. Meine Freunde halfen mir, mich ins Bett zu legen. Ich hätte vor dem Einschlafen gern noch Tee mit einem Bonbon getrunken, aber darauf kamen sie (meine Freunde) nicht, sie wollten schnell weg und hielten ihre Mission für beendet. Wenn ich sie gebeten hätte, würden sie natürlich Tee warm gemacht und mir gebracht haben, doch ich war entschlossen, nie wieder um etwas zu bitten. Die Nacht war schwer, ich lag oft wach, aber häufige Schlaflosigkeit, Leberschmerzen und andere Krankheiten, unter denen ich auch früher schon in der Nacht litt, hatten meinem Organismus beigebracht, sich anzupassen und zu kämpfen. Interessant ist, daß ich, gezwungen, mir nachts beim Schnarchen der Zimmergefährten selber zu helfen, mich seelisch ein wenig beruhigte. Mein Gesicht unter den Pflastern brannte heftig (die Hauptmasse seiner Schläge hatte Loiko in mein Gesicht plaziert, das er besonders haßte, ich spürte das), aber auch die Brust tat mir weh (Loiko hatte mir ein paarmal gegen die Brust getreten, als ich am Boden lag). Eigentlich schmerzte der ganze Körper, an dem kein Fleckchen heil zu sein schien, aber das Gesicht und die Brust waren die Zentren, darauf mußte ich besonders achten, und ich wußte, wenn ich den Schmerz im Gesicht und in der Brust linderte, würden sich die Schmerzen im ganzen Körper beruhigen. Vorsichtig erhob ich mich, trat lautlos auf (nicht um den Schlaf der Zimmergefährten zu schonen, die waren mir schnuppe, sondern damit sie nicht aufwachten und meine Qualen zu sehen bekämen), trat leise auf, ertastete im Nachttisch Eau de Cologne, riß mir, vor Schmerz zusammenzuckend, die Pflaster vom Gesicht, rieb die Wunden mit Eau de Cologne ein und verpflasterte sie neu. Das Gesicht brannte und schmerzte stärker, aber dann trat eine Beruhigung ein. Das Atmen fiel mir schwer, aber für die Brust hatte ich nichts, da konnte ich nichts machen (der Versuch, mit einem Schal die Brust zu wärmen, erbrachte nichts). Aber ich fand eine Körperhaltung, die den Schmerz in der Brust linderte, indem ich mich aufsetzte und mich mit der Hand abstützte. In dieser Position ließ der Schmerz nach, und als ich aufstand und mich mit dem Rücken an den Schrank lehnte, verschwand er gänzlich, und ich brachte es sogar fertig, am Schrank stehend, ein bißchen zu dösen. So, auf der Suche nach allen möglichen Methoden, mir selbst zu helfen, verbrachte ich die Nacht mühsam, doch tätig. Der früh beginnende Morgen (wir hatten übrigens schon Anfang Juli, und seit dem Beginn der Rehabilitierung war fast ein Monat vergangen), der früh beginnende Morgen fand mich frischer als am Abend, obwohl ich kaum ein Auge zugetan hatte (mit Ausnahme einzelner Momente, wo ich am Schrank gedöst hatte). Aber diese Frische war aktiv, war die Frische des Tages und verlangte nach Bewegung. Ich zog mich an (der Schmerz in der Brust war ganz weg, nur das Gesicht spannte noch ein wenig), ich zog mich an, ging auf die Straße und spazierte in der frischen Luft umher, bis die Ministerien und Hauptverwaltungen zu arbeiten begannen, dann rief ich Saliwonenko in der Hauptverwaltung an. Das Gespräch mit ihm (der eindeutig keine Ahnung hatte von den mit mir vorgegangenen Veränderungen), das Gespräch mit ihm habe ich schon in einem der vorhergehenden Kapitel wiedergegeben. Mein Entschluß, Saliwonenko in die Liste meiner Feinde einzutragen und ihn zu verprügeln, war damals entstanden, doch ich muß hinzufügen, daß diese Liste noch nicht existierte und eben dieses Gespräch mich auf den Gedanken brachte, solch eine Liste zu führen und überhaupt eine seriösere und vernünftigere Taktik anzuwenden. Das Telefonat mit Saliwonenko war für mich der Umbruch, das heißt, der Übergang vom anarchischen planlosen Haß zu planmäßigen und wohldurchdachten Aktionen. Hier spürte ich schon die Keimzelle einer illegalen Organisation, deren Notwendigkeit mir in der Folgezeit bewußt wurde. Und wirklich, gleich nach meinem Gespräch mit Saliwonenko ins

Wohnheim zurückgekehrt, setzte ich mich an meinen Nachttisch und machte mich daran, eine Liste meiner Feinde aufzustellen, wobei ich das Papier mit dem Ellbogen verdeckte. In der anderen Zimmerecke saß Shukow, hielt ebenfalls den Ellbogen vors Papier und strichelte etwas nach seiner Gewohnheit, dabei warf er immer wieder Blicke ins Physikbuch der siebenten Klasse. Auf diese Weise wurde mir Shukows technische Graphomanie, die ich früher verspottet hatte, noch nützlich, denn so fiel ich nicht auf mit meiner Liste und konnte sie konspirativ als das Schreiben von Gedichten tarnen. Die Liste der mir feindselig gesonnenen Personen (so nannte ich sie zunächst, doch bald fand ich diese Bezeichnung verwaschen, strich sie durch und nannte sie bündig »Liste meiner Feinde»), diese Liste war selbst in ihrer ursprünglichen Variante – später wuchs sie sich aus – äußerst bunt. Außer Loiko und Kolesnik enthielt sie Saliwonenko, der mir einst einen Dienst erwiesen und mich begönnert hatte, Brazlawski, Junizki, Konowalow (diese standen dem Typ Loiko-Kolesnik nahe), enthielt die Heimleiterin Sofja Iwanowna, die Leiterin der Wäschekammer Tetjana, obwohl sie sich mir gegenüber auf einmal nachsichtiger gezeigt hatte. Sie enthielt auch den halbvergessenen und erst nach einigem Überlegen aufgenommenen Mitarbeiter des Militärkommissariats Sitschkin. Überraschend geriet die Familie Tschertog hinein, die mir seinerzeit Unterkunft gewährt, mich dann aber einfach hinausgeworfen hatte. Verzeichnet wurde auch eine so nichtige Person wie Wawa, der Mann von Zweta, und in meiner Wut trug ich auch die alten Broidas ein, liebe Menschen, deren Verhalten mir gegenüber sich jedoch auf einmal verändert hatte... Das waren die Späne, die fallen, wenn gehobelt wird... Überhaupt ist die Bürokratie bei einer terroristischen Tätigkeit (der ich mich jetzt näherte) eine notwendige, doch nicht einfache Frage... Im direkten Kampf, in dem der physische Widerstand den ideologischen überwiegt, spielt die Emotion des Moments eine außerordentliche Rolle, und das zieht eine Reihe von unvermeidlichen Fehlern in der einen und anderen Richtung nach sich. In der Liste figurierten die alten Broidas, die mich ungerecht behandelt hatten, aber auf der Alltagsebene, nicht enthalten jedoch war mein Feind Orlow, der Student, und nicht etwa, weil ich ihn vergessen hätte, sondern weil er, wie ich irrtümlich angenommen hatte, ebenso wie ich unzufrieden mit der Offizialität war wie ich und sie bekämpfte. Im übrigen herrschte im ursprünglichen Entwurf der Liste noch Anarchie, das heißt, ich trug die Personen danach ein, wie sie sich mir gegenüber verhalten hatten, und berücksichtigte ihre politischen Ansichten erst in zweiter Linie. Dabei kam hier sehr anschaulich das Gesetz der politischen Physiologie zur Wirkung (ein Ausdruck von mir), das heißt, physisch starke, hochgewachsene Menschen, die in ihren Lebensfunktionen schlicht waren und die Juden nicht mochten (nicht die Juden, die Stalin liebten wie etwa Margulis), waren in der Regel Stalinisten (es gibt Ausnahmen). Als ich in der Folgezeit versuchte, meine Liste politisch einzufärben, stellte sich heraus, daß die meisten Personen, die ich spontan eingetragen hatte, Stalinisten waren (das folgerte ich analytisch, denn mit keinem aus der Liste, allenfalls mit Kolesnik, hatte ich je über politische Themen gesprochen, doch ich glaube nicht, daß ich mich irrte). Die alten Broidas und Wawa brachten die Karten ein wenig durcheinander. Sie waren natürlich Linke und Antistalinisten, doch wofür sie waren, konnte ich nicht erkennen, ich glaube, für Internationalismus, Freiheit und Demokratie.

Der erste in der Liste war Saliwonenko, verantwortlicher Mitarbeiter der Hauptverwaltung, der noch vor kurzem nicht nur administrativ (das war so geblieben), sondern auch moralisch hoch über mir stand. Die Situation, in der die administrative Höhe geblieben, die moralische aber vernichtet war, erklärte Form und Wesen meiner Aktionen. Überfall und Rache für die Beleidigungen (die moralische Höhe war vernichtet), dabei nach Möglichkeit an einer einsamen Stelle (administrative Höhe geblieben). Ja, an die Stelle der früheren unkontrollierten emotionalen Ausbrüche trat die durchdachte Berechnung, für die ich, man wird sich erinnern, auch früher schon eine Vorliebe genährt hatte, denn auf eigennützige Berechnung hatte ich meine Beziehungen zu Menschen gegründet, indem ich mir nur nützliche Personen und Gönner aussuchte. Also, in meiner neuen Tätigkeit war ich meinen früheren Gepflogenheiten verpflichtet. In der Übergangsperiode ohne zielgerichtete Wut mußte ich in zufälligen Straßenraufereien und unkontrollierten emotionalen Ausbrüchen viel Leid hinnehmen, brachte mich selbst an den Rand des Wahnsinns und sah äußerlich sehr unangenehm aus (das spürte ich, und es bedrückte mich sehr, da ich die Meinung der Mitmenschen, besonders der Frauen, schätzte). Also, in der Übergangsperiode brachte ich mich selbst an den Rand des Wahnsinns, weil ich meine früheren Gepflogenheiten und Berechnungen vergessen hatte, genauer, weil ich sie unter den neuen Bedingungen nicht anzuwenden vermochte... Kurz und gut, in meinen Aktionen gegen Jewsej Jewsejewitsch Saliwonenko (ich bin überzeugt, daß er ein Stalinist war, obwohl er mit Michailow befreundet war), in meinen Aktionen gab es schon ein Element einer gewissen Organisation, die freilich vorerst nur ein Mitglied hatte – mich.

Vor allem mußte ich das Gebäude des Ministerrats der Republik observieren. Das würde eine Woche dauern, wenn ich mich wegen der Einfachheit der Prinzipien an die tagtägliche Organisation der Ereignisse hielt, doch es dauerte zwei oder drei Tage länger... Am Morgen stand ich auf, frühstückte in aller Eile und setzte mich in den Obus, dann stieg ich in die Straßenbahn um und gelangte so zum Ministerrat. Das war ein riesiges Gebäude (ich habe es seinerzeit schon beschrieben) mit einer Vielzahl von Türen, durch die die zahllosen Mitarbeiter der hier untergebrachten Hauptverwaltungen und Ministerien aus- und eingingen. Saliwonenko aufzuspüren und selber unentdeckt zu bleiben war nicht leicht. Aber das Problem war nicht nur, ihn aufzuspüren, sondern auch, geduldig eine Situation abzupassen, die sich für eine Aktion eignete... Am fünften Werktag spürte ich ihn auf, er ging gewöhnlich gegen elf durch die siebente Tür hinein und verließ das Gebäude durch dieselbe Tür zwischen sechs und sieben.

Ich muß sagen, daß ich trotz der vielen Arbeit (genauer, dank ihr) besser schlief und innerlich ruhiger wurde. Überdies war der Juli so julihaft wie selten (das ist durchaus nicht ironisch gemeint, denn wie oft gerät der Juli zum Oktober oder gar zum November, der sich bedrückend auf die Stimmung legt), also, julihaft warm, doch nicht glutheiß, mit erfrischenden Regenschauern, und ich erholte mich und wurde kräftiger, da ich mich ständig in dem gut begrünten Bereich des Ministerrats und an der frischen Luft aufhielt und dabei auch noch tätig war. Auch die Ernährung war besser geworden. Mittags aß ich in einer unweit des Ministerrats gelegenen recht anständigen Selbstbedienungsgaststätte, die auch von unteren Mitarbeitern dieser Behörde und von Mitgliedern der Wache besucht wurde (einmal saß ich mit einem Sergeanten der Wache an einem Tisch). So vergingen die Tage, aber meine Geduld erschöpfte sich nicht, eher im Gegenteil, ich fand mich in den Rhythmus hinein. Und als Saliwonenko eines Tages allein herauskam und auf den Park zusteuerte (ich hatte die ganze Gegend aufmerksam studiert und herausgefunden, daß dies für mich das günstigste Revier war, aber leider fuhr Saliwonenko entweder mit dem Auto weg, oder er befand sich in einer Gruppe von Kollegen, und wenn er mal allein ging, dann durch belebte Straßen), also, als Saliwonenko allein herauskam und auf den Park zusteuerte, empfand ich daher sogar eine leichte Enttäuschung, wie sie am Ende jeder interessanten Arbeit eintritt.

Saliwonenko wohnte nicht weit von hier (das hatte ich ausfindig gemacht), und zu seinem Haus (einem prächtigen fünfgeschossigen Gebäude) konnte er auch durch den Park gehen (aus diesem Grund hatte ich den Park vorgemerkt, nicht einfach so, gedankenlos). Aber Saliwonenko hatte diesen Weg noch nie benutzt, ich weiß nicht warum, mir war sogar schon der Verdacht gekommen, er könnte etwas bemerkt haben, doch dies verwarf ich gleich wieder, denn ich hatte mich äußerst konspirativ verhalten, um nicht aufzufallen, hatte mich nach Maßgabe meiner bescheidenen Möglichkeiten jeden Tag anders angezogen und das Hemd gewechselt, zumal es warm war. Jacken besaß ich zwei, eine davon war zerrissen, die konnte ich in diesem Bezirk nicht gut anziehen, und wäre es kälter gewesen, so hätte ich täglich die gute Kordjacke tragen müssen, und das hätte mir zum Verhängnis werden können. In der Kordjacke fiel ich allgemein auf und wurde sogar von schönen Frauen beachtet, die sonst kaum jemanden eines Blicks würdigten.

Der Abend (es war schon Abend, Saliwonenko war aufgehalten worden, und ich glaubte schon, ihn verpaßt zu haben, aber plötzlich kam er aus einer ganz anderen Tür), der Abend, an dem ich handeln würde, war wunderschön (wahrscheinlich deshalb wählte Saliwonenko den Weg durch den Park). Freilich läßt sich im Juli die Zeit gegen acht nur sehr relativ als Abend bezeichnen... Die Sonne stand tief, war weich und samtig geworden und verlieh der Luft eine behagliche Cremefärbung... Im Park roch es nach einem kurzen Regenschauer wie im Wald nach Pilzen, frischem Gras und feuchten Stämmen (feuchtes Holz riecht nach Sprit, und dies verleiht der Luft im Wald ein herzerfreuendes Aroma, das erfuhr ich später). Saliwonenko ging, tief atmend, den Hut in der Hand, ein schöner Mann (slawisches Profil und orientalische Augen), ein schöner Mann mit weicher silbriger Haartracht. Vorsichtig schlich ich zwischen den Bäumen hinter ihm her, aber die Schönheit der Natur mochte auch auf mich gewirkt haben, denn ich verpaßte den für einen Angriff günstigen Moment, als Saliwonenko sich im toten Teil des Parks beim Zaun befand. Danach kamen schon recht belebte Alleen, die er, wie ich wußte, benutzen mußte, um den Park zu durchqueren und zu seinem Haus zu gelangen. Aber an diesem Tag (es gibt solche Tage), an diesem Tag schienen das Schicksal und die Umstände mir entgegenzukommen, indem sie meine Versäumnisse nicht verschlimmerten, sondern korrigierten. Als Saliwonenko die Kurve erreichte, bog er nicht in die belebte Allee ein, sondern hielt sich rechts, wo es jetzt ganz menschenleer war. Ich sage jetzt, weil es früher geräuschvoll zuging, denn da gab es eine kleine Estradenbühne. Aber schon im Frühjahr (ich war ein paarmal hier gewesen, um die Mädchen anzuschauen, als ich eine Ruhepause in meinem Kampf um den Schlafplatz bekam), schon im Frühjahr war mit einem Umbau begonnen worden, der dann eingestellt wurde, das Theater stand auseinandergenommen da, ohne Dach und Fenster, Ziegelbrocken lagen herum, außerdem waren da Kalkhaufen, Baumüll, Erdhaufen und halbausgehobene Gräben, und der Platz war menschenleer. Dorthin ging Saliwonenko aus irgendwelchen Gründen. Ich folgte ihm nicht mehr, sondern ging parallel, überholte ihn seitlich und schnitt ihm den Weg zu den belebten Wegen ab. Saliwonenko umging die Baustelle von hinten, und als er sich zwischen der Baustelle und der Parkumzäunung befand, sprang ich vor. Ich hatte vor, höhnisch und zynisch in seinem Tonfall anzufangen und gleichsam das unterbrochene Telefongespräch fortzusetzen, aber in der neuen Situation, in der ich diktieren und er nervös werden würde... Statt dessen wurde ich meiner Nerven und meiner Erregung nicht Herr (im entscheidenden Moment rutschte ich wieder auf das primitive Niveau der unkontrollierten Emotionen ab) und schrie ihn an:

»Ich habe mich also als Spezialist für unzerbrechliches Glas ausgegeben? Stalinistischer Verleumder... Stalinistischer Lump...«

Saliwonenko ächzte auf, sah sich rasch um und lief vor mir weg einen Abhang hinunter. Ich nahm das Nachttischschloß mit den scharfen Kanten aus der Tasche, preßte es in der Faust und stürmte hinter ihm her...

Hier muß ich unterbrechen, um etwas zu erklären. Der Umstand, daß ein hoher Mitarbeiter einer Hauptverwaltung vor mir, der ich wieder ein Ausgestoßener war, davonlief, bezeugt ein übriges Mal das erstaunliche Durcheinander, das für kurze Zeit, unmittelbar nach Chrustschows Entlarvung der entsetzlichen Verbrechen Stalins, in den staatlichen und gesellschaftlichen Beziehungen herrschte. Die Tätigkeit der Straforgane war öffentlich dermaßen diskreditiert, daß sogar die Zahl der jungen Leute, die sich dieser Art von Arbeit widmeten, das heißt, die Sicherheitsorgane auffüllen wollten, deutlich zurückgegangen war. Die Lehranstalten dieser Ausrichtung waren unterbelegt, während sie noch vor kurzem Popularität genossen hatten und einige Zeit später wieder überfüllt waren. In dieser Situation hatte Saliwonenko, als er mich in einem bestimmten Zustand sah, der damals hauptsächlich Rehabilitierte kennzeichnete, sofort begriffen, daß ein öffentlicher Skandal unter Einbeziehung der Sicherheitsorgane, die in dieser Zeit keine konkreten Instruktionen hatten, von den wilden, halblegalen Entlarvungsreden des Staatsoberhaupts Chrustschow vollends verwirrt waren und sich mit für sie untypischen und unangenehmen Maßnahmen befaßten wie der sogenannten Wiedergutmachung früherer Ungerechtigkeiten, massenhaften Entschuldigungen bei einstigen Häftlingen sowie bei deren Familienmitgliedern, so daß ihre aktive Tätigkeit zeitweise in gewissem Maße paralysiert war, in dieser Situation, das hatte Saliwonenko begriffen, würde ein öffentlicher Skandal für mich, den Ausgestoßenen, vorteilhafter sein als für ihn, den verantwortlichen Mitarbeiter, zumal ich schon mit den ersten Worten dem Skandal einen politischen Charakter gegeben hatte. All das bedachte und begriff ich freilich erst später, jetzt aber schrieb ich Saliwonenkos Flucht ausschließlich mir zugute. Es gelang mir nicht, ihn einzuholen. Ich war bedeutend jünger als er, doch obwohl ich mich in der Woche der Observierung Saliwonenkos ein wenig erholt hatte, wirkten sich noch immer die systematische Unterernährung, die nervlichen Erschütterungen und die Prügeleien aus. Besonders beim Laufen hatte ich wieder Stiche in der Brust wie damals in der Nacht, und die Luft wurde mir knapp. Darum blieb ich stehen, warf mit aller Kraft das Schloß und traf Saliwonenko zwischen die Schulterblätter. Er zuckte zusammen und zog den Kopf ein, verlangsamte aber nicht seine Schritte und verschwand bald hinter Büschen. Das Schloß zu suchen, um mich wieder zu bewaffnen, war sinnlos, denn es war den Hang hinuntergerollt. Ich trottete zurück zum oberen Parkausgang (eher aus Gewohnheit), obwohl ich genausogut zum unteren Tor hätte gehen können, von wo eine Straßenbahn direkt zum Wohnheim fuhr. Müde die Beine setzend, ausgebrannt, stieg ich langsam den Weg hinauf. Unversehens hob ich den Kopf und blieb verdutzt, überwältigt stehen. Ein blutjunges Mädchen von himmlischer Schönheit stand da, an dieser einsamen Stelle, inmitten von Bauschutt und Ziegeltrümmern. Neben ihr verblaßte sofort nicht nur das Bild aller meiner Favoritinnen aus der Bibliothek, sondern auch das von Nelja aus dem Zeitungsarchiv. Eine solche Vollkommenheit hatte ich mir selbst in meinen glücklichsten Träumen nicht vorstellen können. Ihre schlanken Beine mit den wohlgeformten Waden (gar zu gern hätte ich diese Waden geküßt) waren gleichmäßig bronzebraun. Der zigeunerhafte Glockenrock (Mode der Saison) schwebte über ihren runden Knien und wurde von einem Gürtel gehalten, der die schlanke Taille umschloß. Die beiden spielzeugkleinen Brüstchen spannten graziös die durchsichtige Bluse, durch die ihr schwindelerregender Körper und der nicht minder schwindelerregende rosa Unterrock mit Spitzenbesatz schimmerten. Aus dem Blusenausschnitt stieg ihr gedrechseltes Hälschen, das das Schönste an diesem schönen Wesen trug, nämlich das Köpfchen, dem nicht der kleinste Makel anhaftete. Alles ergänzte einander harmonisch: das dichte hellbraune Haar, an dem ich gern geschnuppert hätte, das kleine Näschen, das Freude und Entzücken weckte, und die dunkelroten Lippen, die zärtliche Sehnsucht weckten. Ein solches Mädchen konnte auch erfolgreichere Männer als mich hinreißen und verwirren...

Ich gab mir Mühe, mich nicht zu rühren und nicht laut zu atmen (obwohl ich nach dem Laufen gern gehustet und richtig ausgeatmet hätte, denn ich hatte Stiche in der Brust). Ich wollte das Mädchen nicht erschrecken, denn mir war freudig bewußt, daß sie an dieser einsamen Stelle gänzlich schutzlos war, und der einzige Mensch, der sie gegen einen groben Anschlag verteidigen konnte und durch seine Anwesenheit schon verteidigte, war ich, der ich unbemerkt hinter einem Gebüsch stand. Dieser Gedanke rührte mich zu Tränen, und ich wischte mir vorsichtig mit dem kleinen Finger das Auge. Ich hatte Stiche in der Brust, aber mein Herz, das vor Haß geglüht hatte, kühlte ab bis auf ein angenehmes und barmherziges Gefühl. In diesem kurzen Moment liebte ich alle und war bereit, mich unter Tränen mit allen auszusöhnen (auch mit den Stalinisten) und mit allen freundlich zu sprechen.

Es wurde schon dunkel. Im Gebäude des Ministerrats hinter dem Zaun waren die großen schönen Fenster erleuchtet, ein in der Stadt seltener Waldvogel flog von Baum zu Baum, raschelte im Laub und stieß Pfeiftöne aus, von der Tanzfläche her drang die Melodie eines anspruchslosen, vielleicht sogar geschmacklosen Walzers. Mein Herz schlug heftig und auf neue Art, und ich wünschte mir sehr ein andauerndes, vollkommenes Glück, wie ich es mir nie zuvor gewünscht hatte... Das Mädchen ging noch immer nicht weg, sie blickte immer wieder auf die kleine Uhr an ihrem Handgelenk (ich habe wohl ihre Arme noch nicht beschrieben. Ich glaube, so müssen die verlorengegangenen Arme der Venus von Milo aussehen. Schlank, doch nicht mager, genauso gleichmäßig gebräunt wie die Beine). Während ich über ihre bloßen Arme nachdachte, fiel mir ein, daß die Sonne untergegangen und es kühler geworden war und das Mädchen vielleicht fror. Ich hatte kein Jackett an, aber da der Himmel von früh an trüb gewesen war, hatte ich eine leichte Jacke angezogen, die ich mir kürzlich vom Geld für den Tod meines Vaters gekauft hatte, das heißt, von der Entschädigung in Höhe zweier Monate eines Planers, seines letzten Postens. Die Jacke gefiel mir großartig, sie war auch nicht teuer gewesen, und ich hatte beschlossen, sie zu kaufen und den Fonds für Süßigkeiten und Vergnügungen ein wenig zu kürzen. Diese Jacke konnte ich jetzt schlimmstenfalls dem Mädchen anbieten. Sie ging noch immer nicht, biß sich aber auf die Lippen. Ich mußte ihr zu Hilfe kommen, aber wie sollte ich das anfangen, ohne sie zu erschrecken und bei ihr in unangenehmen Verdacht zu geraten? Vor allem dachte ich, daß wenn ich jetzt aus dem Hinterhalt trat, es unanständig und furchteinflößend wäre. Das Mädchen sollte auf meine Anwesenheit vorbereitet sein. Darum ging ich, unhörbar den Fuß von den Zehen zur Ferse abrollend (diesen Trick kenne ich seit langem), rückwärts, bemüht, keinen Busch zu streifen und auf keinen dürren Zweig zu treten, bis ich weit genug weg war, dann ging ich schwungvoll auf das Mädchen zu, damit sie schon von weitem meine Schritte hörte. Und richtig, das Mädchen erwartete mein Erscheinen mit Freude und Hoffnung und hatte das Gesichtchen in Richtung der Schritte gedreht... Als sie mich sah, zeigte sie lediglich Enttäuschung, keinen Schreck. Sie hatte auf einen anderen gewartet. Und plötzlich durchfuhr mich wie ein Blitz, auf wen sie gewartet hatte. Auf Saliwonenko... Eigentlich mußte ich kein Prophet sein, um das zu erraten, besonders wenn man meine Neigung zu Analyse und Vergleich bedenkt. Es sei aber an meinen sinnlichen

Zustand erinnert, der einer wahnsinnsähnlichen plötzlichen Verliebtheit gleichkam, um zu verstehen, warum ich das mit solcher Verspätung erriet... Sie, die prachtvolle junge Frau, hatte auf den grauhaarigen Saliwonenko gewartet, der zwar noch wirkungsvoll aussah und einen hohen Posten mit Dienstwagen bekleidete, aber dennoch ihr Vater hätte sein können. Darum also war Saliwonenko in die andere Richtung geflohen, um mich von diesem Platz fernzuhalten. Er wollte nicht, daß ich Zeuge seines anstößigen Stelldicheins würde, und er fürchtete, unser politischer Skandal könnte seine junge Geliebte erschrecken und schockieren. Was den zweiten Grund angeht: den kurzfristigen Autoritätsverlust der Straforgane als Grund seiner Flucht vor mir, dem Ausgestoßenen, habe ich erst später bedacht und begriffen... Jetzt begriff ich eines – dieses Mädchen liebte Saliwonenko... Eifersucht schoß mir wie ein Rausch in den Kopf, und die Barmherzigkeit wich aus meinem Herzen.

»Übrigens«, sagte ich zu dem Mädchen, »ich bin hergekommen, um Ihnen die Augen für das Innere eines Menschen zu öffnen, dem Sie allzusehr vertrauen und dem offensichtlich Ihre Zuneigung gehört...«

Dieses »übrigens« verdarb den Satz, das begriff ich sofort, als ich ihn aussprach. Es machte ihn provinziell, unaufrichtig und nahm ihm den Edelmut. Wieviel besser hätte es geklungen, wenn ich einfach »ich bin hergekommen« usw. gesagt hätte. Mißlungen war auch »für das Innere«, aber das war schon eine Folge meiner Erregung wegen des unklugen Anfangs. Ich war auf alles gefaßt, als ich zu sprechen begann. Ich wußte, daß es riskant war, ich rechnete damit, daß das Mädchen erschrecken, weinen, verwirrt sein würde, aber ich hätte nicht gedacht, daß dieses schöne junge Wesen derart in Wut geraten, mich sofort anschreien und dabei derbe, schmutzige Wörter benutzen würde.

»Ich weiß, wer dich hergeschickt hat«, schrie sie, »du bist der Bruder seiner Frau, dieser Schreckschraube, die aus dem Mund riecht wie eine Müllgrube, deren Körper voller Haare ist und klebrig von Schweiß ... Jewsej wird ganz schlecht, wenn er mit ihr ins Bett geht. Er hat es mir selbst erzählt.« Sie lachte laut und nervös.

Ich war bestürzt. Zwar war ich mit meinen neunundzwanzig noch unberührt wegen meiner materiellen und moralischen Eingeengtheit, aber ich hatte mich im groben Arbeitermilieu bewegt, wo sehr derb und direkt über die intimen Beziehungen zwischen Mann und Frau gesprochen wird. Gleichwohl hörte ich viele Dinge, die diese intimen Seiten berührten, zum erstenmal so frei, mit solcher medizinisch-zynischen Offenheit (vielleicht war das Mädchen Medizinstudentin, fiel mir später ein). Am Ende ihres meist nicht druckfähigen Gekeifs (anders kann ich es nicht nennen) sagte sie etwas, was ihre Hysterie (es war Hysterie) wenn nicht rechtfertigte, so doch erklärte.

»Ihr verfolgt uns«, schrie das Mädchen, »ihr wollt nicht, daß wir uns lieben, ihr Bestien, aber daraus wird nichts. Jewsej und ich werden uns lieben, solange wir leben... Ihr quält uns, nur weil wir schön sind und ihr häßlich und widerlich...« Sie brach in Tränen aus.

In diesen letzten Sätzen waren kaum noch grobe Ausdrücke, im Gegenteil, sie klangen dumm, rührend und verzweifelt, was manchmal die Schwäche und zugleich die Schönheit einer Frau schmückt; ich hatte das gleich am Anfang erwartet, als ich mich zum Sprechen entschloß. Schwäche und Verzweiflung einer Frau machen die Liebe des Mannes stärker und verrückter, das heißt, er vergißt sofort alles Häßliche an der Frau und denkt nur an seine natürliche Pflicht, die Schwäche zu schützen, eine Pflicht, die für den Verliebten überaus süß ist. Ich schritt auf das schwache, weinende Mädchen zu, nahm mit einer ausholenden Geste die neue Sommerjacke aus Rohleinen von den Schultern und legte sie dem Mädchen über der durchsichtigen Bluse um die Schultern. Aber sie akzeptierte meinen Schutz nicht, und das ist vielleicht das Beleidigendste für einen verliebten Mann... Sie warf die Jacke zu Boden, noch dazu mit einer angewiderten Geste, trat sie mit dem Fuß weg und schrie:

»Was kommst du mir mit deiner lausigen Jacke, was berührst du mich mit deinen schmutzigen Pfoten... Sag deiner Schwester, ich spucke auf sie... Jewsej gehört mir...«

Und sie lief weg. Ich blieb stehen und ließ den Kopf hängen. So hatte mich noch nie jemand beleidigt, selbst wenn ich bedachte, daß sie mich mit einem andern verwechselte, denn die Beleidigung galt letzten Endes mir. Einmal hatte mich Nelja vom Zeitungsarchiv sehr beleidigt, als sie mich »Ratte« nannte. Aber erstens hatte sie sich später faktisch entschuldigt durch ihr sanftes Verhalten und ihren sanften Blick, und zweitens war ich in Nelja doch nicht so plötzlich und wahnsinnig verliebt wie in dieses junge Mädchen.

SECHSTES KAPITEL

Es vergingen keine zwei Tage, da rächte ich mich an der jungen Göttin, ja, Göttin, denn, wie schon gesagt, eine schöne Frau war für mich ein heiliges und hehres Wesen, das meine Atheistenseele zum Beten zwang. In der Gestalt des hellbraunhaarigen, blauäugigen Mädchens erreichte das für mich heilige Wesen die Grenze der Vollkommenheit, aber die Erschütterungen, die ich durchmachte, riefen zur Meuterei gegen die von mir geschaffene Gottheit der Schönheit und der Liebe... Schüchternheit, flammende Begeisterung und Scham waren die Riten dieser Religion... Es war die einzige Religion, der ich anhing. Da ich aber bitter enttäuscht und zutiefst betrogen worden war, wurde ich auch hier zum militanten Atheisten. An dem hellbraunhaarigen Mädchen rächte ich mich nicht so wie bisher an meinen Beleidigern, nicht so wie an einem Menschen, sondern so, wie man sich an einem höheren Wesen rächt, das heißt, an dem Heiligen, das man in der ei-

genen Seele hat. Der Hauptritus der Liebe ist die Scham, und wenn man diesen Ritus verhöhnt, stürzen auch die übrigen in sich zusammen: Traum, Schüchternheit, Entzücken... Das Heiligste, so las ich später bei Mereshkowski, ist das Schamhaftigste, denn Scham ist das Gefühl körperlicher Heiligkeit. Dieses Gefühl der körperlichen Schamhaftigkeit, das ich mir früher für die Liebe aufgespart hatte, warf ich zwei Tage später mit der pockennarbigen Putzfrau Nadja weg...
Kaum war Nadja mit Kolja ins Zimmer gekommen, wo ich allein saß, stand ich auf, sperrte mit dem Haken zu und legte drei Rubel auf den Tischrand... Sie stellte den Besen in die Ecke, setzte Kolja auf das hinterste Bett, nahm eine Handvoll Bonbons von meinem Nachttisch und gab sie ihrem Sohn ... Dann knöpfte sie ihre Bluse auf... Ursprünglich empfand ich Grausamkeit, als ich den Haken schloß, die drei Rubel hinlegte und Nadja ihre Bluse aufknöpfte... Dann, als es losging, empfand ich nichts als Übelkeit, Ekel und Grauen vor dem, was mit mir geschah... Später, als solche Vorfälle sich wiederholten, wurde mir nicht mehr übel, ich lernte sogar, mein Vergnügen daran zu haben, wenn auch nicht ein so starkes wie in meinen Träumen, die übrigens von diesem Moment an für immer aufhörten... Jetzt aber wandte ich mich voller Abscheu und Entsetzen ab von Nadjas schweißnassem pockennarbigem Gesicht, das sich stöhnend auf dem Kopfkissen hin und her warf und mit dem Mund nach meinem Mund schnappte... Immerhin fand ich in mir die Kraft, mir im übelsten Moment das schöne Gesicht der hochmütigen jungen Frau in allen Einzelheiten vorzustellen, damit sie mein Entsetzen und meine Schmach mit mir teilte... Als ich mich dann immer mehr von Nadjas Küssen abwandte, sah ich Kolja auf dem Bett sitzen und an seiner Hand voller aufgeweichter Bonbons lutschen. Da wurde mir so schlecht, daß ich alles vergaß und aufsprang, mich schamhaft abwandte, die Hose zuknöpfte und sogar das Hemd bis oben schloß. Nadja blieb jedoch schamlos breit-

beinig liegen, doch nachdem ich ein paarmal hingesehen hatte, spürte ich plötzlich, daß das nicht käufliche Schamlosigkeit war, sondern frauliches Beruhigtsein, beinahe schon vertrauensvoll... Ich Neuling hatte noch nicht gewußt, daß so Frauen liegen, die nach aufrichtiger Leidenschaft ermüdet sind. Ihr Gesicht war weicher geworden, das Laster war daraus verschwunden, statt dessen zeigte es Anmut und Stille. Von dieser Wendung verblüfft, stand ich verwirrt im Zimmer. So verging eine Minute, noch eine. Nadja stand auf, zog den Rock herunter, knöpfte die Bluse zu und sagte leise:

»Besuch mich, ich geb dir die Adresse...«

Das war zuviel des Guten. Ich dachte sofort an den Ekel und die Übelkeit, die ich empfunden hatte, als sie mit ihrem Mund nach dem meinen schnappte, und ich begriff, daß ich ihr dummes Angebot mit einer Grobheit beantworten mußte... Nachdem ich rasch überlegt hatte, verfiel ich auf die drei Rubel, die noch immer auf dem Tischrand lagen.

»Vergiß sie nicht«, sagte ich mit schiefem Lächeln und schnippste die drei Rubel zu ihr hin.

Danach verließ ich das Zimmer, wo Nadja mit dem Aufräumen begann.

Als ich am Abend nach einem langen Spaziergang, während dessen ich die mir entgegenkommenden Frauen mit neuen Augen betrachtet hatte, ins Zimmer zurückkehrte, war das geschehen, was ich in all den drei Jahren meines rechtlosen Lebens hier gefürchtet hatte und was mir mit Hilfe meiner Gönner immer zu vermeiden gelungen war. Mein Bett stand nackt und mit entblößtem Sprungrahmen da und sah karg und leblos aus. Man hatte mir das Bett genommen, diesmal ohne jede Vorwarnung, die früher in der Zeit meiner Rechtlosigkeit noch üblich war... Aber ich war überzeugt, daß Nadja diesmal nicht direkt damit zu tun hatte. Vielleicht war sie beobachtet worden. Mir fiel jetzt ein, daß auf dem Höhepunkt unserer Beziehungen jemand an der Tür geruckelt hatte. Und wenn sie mir vorigesmal gerade wegen des Skandals mit Nadja das Bett hatten nehmen wollen, weil ich voller Abscheu ihrem Kolja einen Stoß versetzte, der mir meine Lebensmittel im Nachttisch verschmiert und besabbert hatte, so handelte es sich diesmal natürlich um Intrigen von Kolesnik und der Heimleiterin Sofja Iwanowna... Gerade meine neue Stellung als gleichberechtigter Bürger, die ihnen die Möglichkeit grober Willkür nahm, hatte diese Leute auf Ränke und Intrigen gebracht, die manchmal wirkungsvoller als grobe Willkür sind, wenn die Intriganten über administrative Macht verfügen.

Ich stürzte in die Wohnheimverwaltung. Am Schreibtisch von Margulis saß ein neuer Natschalnik, jung, aber schon kahlköpfig. Als ich ihn sah, begriff ich, daß mein Sturm in die Wohnheimverwaltung dumm war, denn der Arbeitstag war längst zu Ende. Ich hatte mich nicht vom Verstand leiten lassen, sondern von meiner Wut, aber diesmal hatte ich Glück, denn der Natschalnik war in irgendeiner Angelegenheit noch geblieben.

»Ich bin Zwibyschew«, schrie ich den Natschalnik schon von der Tür her an.

»So«, antwortete der Natschalnik mit einer Miene, als wolle er meinen Namen bestätigen.

»Wer gibt Ihnen das Recht, mir mein Bett wegzunehmen?«

»Aber was kann ich tun, mein Bester?« sagte der Natschalnik. »Wir sind verpflichtet, Schlafplätze nur an Bauarbeiter zu vergeben, an denen Mangel herrscht.«

Daß der Natschalnik sanft sprach, führte mich in die Irre. Unbewußt war ich noch nicht frei von meiner früheren Rechtlosigkeit und von dem primitiven erniedrigenden Stil, in dem Amtspersonen früher mit mir umgegangen waren. Und ich hatte nicht begriffen, daß vor mir ein Mitarbeiter der neuen Epoche mit neuem, nachstalinistischem Stil saß. Darum nahm ich seinen sanften Stil für Nachgiebigkeit und glaubte, ihn rasch und ohne vorherige Aufklärung einschüchtern zu können. Zum wiederholten Mal legte ich sofort meine Trümpfe auf den Tisch.

»Ich bin der Sohn eines Generalleutnants«, schrie ich. »Klar? Hat die Militärstaatsanwaltschaft Sie meinetwegen nicht angerufen?«

»Sie hat«, antwortete der Natschalnik höflich. »Wir sind ihr auch entgegengekommen, denn es war von Ihrem zeitweiligen Aufenthalt hier die Rede. Aber wo ist die Grenze? Wenn die ein so gutes Verhältnis zu Ihnen haben, sollen sie Ihnen doch eine Wohnung geben.«

Damit hatte er meinen empfindlichsten Punkt getroffen, und er mochte das spüren, denn er lächelte, wenn auch verhalten und höflich... Dieses giftige höfliche Lächeln ließ mich eine neue Dummheit begehen.

»Sie werden der Militärstaatsanwaltschaft keine Vorschriften machen, was sie zu tun hat, klar? Ich werde hier meinen Schlafplatz einnehmen, solange es notwendig ist, klar? Die Militärstaatsanwaltschaft wird Ihnen Vorschriften machen, und Sie werden nicht mucksen, klar?«

Der Satz war dumm und klang irgendwie militärisch mit den vielen »klar«. Das begriff ich wie immer erst, nachdem ich ihn ausgesprochen hatte. Der Sinn des Satzes lief darauf hinaus, daß ich den Schlafplatz in diesem Wohnheim nicht wegen meiner Auswegslosigkeit oder in Ermangelung eines anderen Nachtlagers innehatte, sondern nachgerade im Auftrag der Militärstaatsanwaltschaft.

»Nein, so nicht, junger Mann«, sagte der Natschalnik, »die Zeiten der Gesetzlosigkeit und der Willkür sind vorbei... Die Militärstaatsanwaltschaft hat nicht das Recht, gegen die Gesetze zu verstoßen und Unbefugte in einem Betriebswohnheim einzuquartieren.«

Auch jetzt weiß ich nicht, wie es dazu kam. Vielleicht aus Verzweiflung, aus dem Empfinden, daß alles, was ich drei Jahre lang befürchtet und bekämpft hatte, nun so einfach eingetreten war, wobei meine jetzige Lage mir die Möglichkeit nahm, zu bitten, mich zu erniedrigen und nach einem Anlaß zu suchen, über meine Gönner auf den Natschalnik einzuwirken, vielleicht darum verlor ich die Orientierung und zog wütend, Hals über Kopf in den Kampf, und da mein Feind sich mit den neuen, nachstalinistischen Tendenzen bewaffnet hatte, mußte ich das alte, konservative, stalinistische Prinzip benutzen.

»So nicht«, sagte ich und fuchtelte drohend mit dem Finger, »die Militärstaatsanwaltschaft wird befehlen, und du« (ich duzte ihn vor Zorn), »und du, weißt du, wo du landen wirst mit deinem Gesetz? Und wenn sie anordnen, Pferde in den Zimmern unterzubringen, wirst du das tun.« (Dieser Vergleich kann nicht als sehr gelungen gelten. Aber tags darauf wurde er im Wohnheim als Beispiel für meine psychische Erkrankung zitiert. Ich habe selbst gehört, wie die Frauen der Verheirateten in der Küche darüber tuschelten.)

»Also, junger Mann«, sagte der Natschalnik, »ich hatte gedacht, Sie hätten genug Takt, mich nicht zu nötigen, den zweiten, vielleicht den Hauptgrund dafür zu nennen, daß Ihnen das Bett entzogen wurde... Verstehen Sie, bei uns wohnen junge Leute, unverheiratet...« Er lachte auf. »Sie sind nicht mehr der Jüngste, an die dreißig... Aber Ausschweifungen in den Zimmern können wir nicht dulden... Das hätte einen schlechten Einfluß auf die Jugend... So werden wir's sagen, falls die Militärstaatsanwaltschaft anruft. Wenn Sie das günstig finden, bittesehr.«

Da hatte der neue, sanfte, nachstalinistische Stil seine Krallen gezeigt... Ich war erschlagen, zermalmt und entwaffnet, denn Bitten und Erniedrigungen um des Erhalts des Nachtlagers willen waren unmöglich geworden, nachdem ich durch die Rehabilitierung meine Würde zurückerhalten hatte, und Widerstand war auch unmöglich, denn meine Situation war nicht bis ins letzte klar und dadurch auch meine Position verworren, zumindest soweit ich versuchte, den Natschalnik mit den früheren Willkürmethoden, wie sie von den Straforganen angewendet wurden, einzuschüchtern, um meinen Schlafplatz zu behalten. Daraufhin hatte der Natschalnik seinen Trumpf ausgespielt, den er sich bis zum Schluß aufgehoben hatte, nämlich meine Geschichte mit der Putzfrau Nadja, wobei mir ganz heiß wurde, wenn ich mir vorstellte, wie wir durch das Schlüsselloch beobachtet wurden, in das ich mangels Erfahrung nicht den Schlüssel gesteckt hatte.

»Was tun«, sagte ich kaum hörbar, »was tun? Sie glauben, mich an der Gurgel zu haben... Beweisen Sie das mal... Ja... Es soll bloß mal einer an meine Sachen im Schrank oder im Nachttisch gehen, dem schlag ich ein Auge aus... Wehe, ihr gebt mir nicht das Bett zurück, ihr stalinistischen Lumpen...«

Ich verteidigte mich, so gut ich konnte, und ließ Skrupel und Bedenken beiseite... Im übrigen, man wird sich erinnern, hatte meine Situation sich gerade zu bessern begonnen, und während ich Saliwonenko observierte, hatten sogar meine Kräfte zugenommen. Und umgekehrt, seelische Zwänge, Grübeleien und die Liebe hatten mich wie schon so oft an den Rand einer Katastrophe geführt...

Ich trat den Stuhl weg und schrammte die Tür zu, um meine angestaute Wut wenigstens teilweise abzubauen, so verließ ich den Natschalnik und ging in mein Zimmer, ohne die Mitbewohner zu beachten, die bei meinem Erscheinen verstummten und meinen Blick mieden, und ohne jemanden anzusehen, bereitete ich mein Nachtlager. Wenn mein Bett ein gewöhnliches gewesen wäre, ohne einen Sprungrahmen, wäre meine Lage ganz bejammernswert gewesen. Aber während meiner Freundschaft mit Beregowoi hatte er für sich und mich je ein Bett mit einem Sprungrahmen besorgt, der weicher, federnder und dichter war und an den Verbindungsgliedern keine spitzen Häkchen hatte... Statt der Matratze legte ich ein paar Garnituren Unterwäsche darauf, die ich zum Waschen geben wollte, nun aber behielt, bis ich die Matratze zurückbekäme. Sie bedeckten natürlich nur einen Teil des Sprungrahmens, und ich legte fast den ganzen Inhalt meines Koffers dazu: Ober- und Turnhemden und sogar Socken. Hinzu kamen ein paar alte Zeitungen, die ich im Nachttisch entdeckte. In Reserve blieben die sogenannten Hauptgegenstände, die ich statt der Zudecke benutzen konnte: das Jackett für alle Tage, der Mantel und die Regenpelle... Das Kordjackett, die neue Sommerjacke und die Hose wollte ich nicht benutzen, um sie nicht zu zerknittern und mich nicht der Möglichkeit zu berauben, in besonderen Fällen anständig auszusehen. Ich mußte nun verteilen, was ich unter den Kopf nahm und womit ich mich zudeckte. Das beste Kopfkissen wäre natürlich der Mantel gewesen, besonders wenn ich an die Metallkante dachte, die das Metallnetz am Kopfende hielt, er war selbst durch die dreifach gefaltete Jacke zu spüren. Wenn ich aber den Mantel so benutzte, mußte ich auf ihn als gute Zudecke verzichten, was die Jacke und Regenpelle auch zusammen nicht sein konnten... Nachdem ich dagestanden und überlegt hatte, mußte ich mit einem bedauernden Seufzer auch das Kordjackett zu dem Bettzeug tun und es, sorgsam Ärmel über Ärmel gefaltet, als Kopfkissen nehmen. Nun waren die beiden Jacken das Kopfteil, der Mantel die Zudecke, und in die Regenpelle wickelte ich meine Füße. Während ich mein Lager zurechtmachte, beobachteten mich alle meine Mitbewohner außer Beregowoi, der auf seinem Bett lag und unerschütterlich humoristische Erzählungen von Ostap Wischnja las, mit mürrischem Mitgefühl, das mich reizte... Schukow wechselte Zwinkerblicke mit Petrow, sie gingen hinaus, riefen Salamow, der kam zurück und bot mir zwei Laken an... Aber erstens, was sollte ich mit zwei dünnen Laken, konnten die mich etwa vor dem harten Federnetz oder vor der Kälte schützen (die Nächte waren, besonders gegen Morgen, ziemlich kalt, obwohl wir Juli hatten, denn Beregowoi ließ das Fenster immer sperrangelweit offen), was sollte ich damit? Zweitens konnte ich diese mäusige Geschäftigkeit nicht leiden und auch nicht die Hilfe von Leuten, die nicht mit mir sprachen und mir ihre Hilfe über einen Mittelsmann anboten. Darum schlug ich nicht nur in ziemlich beleidigender Form die Laken aus, indem ich sie Salamow abnahm und schweigend eines auf Petrows, das andere auf Shukows Bett warf, sondern ich ging, um meine Festigkeit und mein Recht in diesem Zimmer trotz des weggenommenen Bettzeugs zu demonstrieren, mit großen Schritten zum Radio und schaltete es aus. Beregowoi hob den Kopf, sagte aber nichts. Ich legte mich hin. Zuerst war es natürlich ungewohnt, aber dann paßte ich mich an, zog die Beine hoch, damit sie nicht auf der Metallkante lagen, fand eine bequeme Lage auf dem Rücken, ein wenig nach rechts gedreht, und schlief so ein. Aber in der Nacht erwachte ich vor Kälte mit eingeschlafenen Beinen, drehte mich herum, streckte die schmerzenden Knie und geriet mit den Fersen auf die kalte Metallkante. Je mehr ich versuchte, mich bequemer zu legen, desto mehr rutschte unter und über mir alles auseinander, Zeitungen raschelten und rissen, und da erkannte ich den wahren Wert einer weichen Matratze, von Decke und Kissen, die dem Körper in den Nachtstunden solches Vergnügen bereiten, daß ein größeres Vergnügen als das Schlafen in einem weichen Bett kaum vorstellbar ist... Natürlich schlief ich die ganze Nacht nicht mehr, mein Körper war zermartert, aber gerade das erlaubte mir, endgültig in den Zustand der Erbitterung und der äußersten Festigkeit zurückzukehren... Als die Zimmerbewohner am Morgen gegangen waren, schlief ich drei Stunden auf Salamows Bett, nachdem ich den Haken vorgelegt hatte. Danach holte ich die Liste meiner Feinde hervor und trug Shukow, Petrow und den neuen Natschalnik ein, dessen Namen ich noch nicht wußte, darum schrieb ich zwei Buchstaben: N.N. (neuer Natschalnik). Ich schraubte vom Bett einen Metallbolzen mit großem Gewinde ab, der mir in der ersten Zeit das verlorene Nachttischschloß ersetzen konnte. Ich preßte den Bolzen in der Faust und trainierte eine Zeitlang, indem ich einem gedachten Feind Schläge versetzte. Außer dem Bolzen entdeckte ich im Keller, in dem Wäsche gewaschen wurde, einen ziemlich schweren eisernen Gegenstand von länglicher Form mit einem bequemen Griff. Der Gegenstand hatte Nute und Bohrungen und war offenbar ein Teil von irgendwas, von irgendwem mal hierhergebracht. Den Griff umwickelte ich mit einem weichen Lappen, damit er gut in der Hand lag, und den Gegenstand selbst entrostete ich mit Schmirgelpapier, das ich unter Shukows Bett gefunden hatte. Über dieser Arbeit vergingen unbemerkt mehrere Stunden, in deren Verlauf ich mit niemandem sprach und niemanden sah. Dennoch kamen an diesem Tag die Gerüchte auf, daß ich psychisch krank sei. Man begann mich zu fürchten und zu meiden. Sie werden sich erinnern, in dem Wohnheim lebte auch ein wirklich psychisch Kranker, nämlich der Maurer Adam, der einen großen Teil seines Lohns für Bilder berühmter Leute ausgab, die er dann an Kindergärten verschenkte. Aber diesen Adam liebten alle außer mir und ließen nicht zu, daß ihm ein Leids geschah... Im übrigen, wenn ich es ruhig und unvoreingenommen bedenke, was ich damals in meinem Grimm nicht konnte, war das begreiflich. In Rußland liebt man nur die glückselig Verrückten. Ich aber ging mit lauten Schritten durch den Korridor, schaute überall hinein und machte niemandem Platz, im Gegenteil, ich suchte den Zusammenstoß... Und bald hörte ich in der Gemeinschaftsküche, dem Parlament unseres Wohnheims, wie die Frauen der Verheirateten, die Deputierten dieses Parlaments (solche Vergleiche amüsierten mich), sich darüber beschwerten, daß ich angeblich den Kindern Angst machte, und sie wollten irgendwohin schreiben. Ich weiß nicht, ob sie geschrieben haben, jedenfalls blieben, nachdem man mir das Bettzeug genommen hatte, weitere konkrete und administrative Schritte aus, weil einerseits sicherlich damit gerechnet wurde, daß ich das Schlafen auf den nackten Sprungfedern nicht lange aushalten würde, und weil andererseits damit zu rechnen war, daß von der Miltärstaatsanwaltschaft doch noch ein Anruf zu meinen Gunsten kam. Das Bett hatten sie mir aus Rache weggenommen und auch den neuen Natschalnik davon überzeugt, denn hätte ich nicht die Heimleiterin beim Bezirksparteikomitee angeschwärzt und nicht Kolesnik verprügelt, um ihm seine Erniedrigungen heimzuzahlen, so wäre vielleicht alles ins Lot gekommen, und ich hätte den Schlafplatz mit dem volkseigenen Bett vielleicht lange, sehr lange behalten können. Die Administration würde beide Augen zugedrückt haben, wenn ich nur pünktlich für den Schlafplatz bezahlte, das heißt, wenn ich mich bereit gefunden hätte, die früheren Erniedrigungen zu vergessen und mich mit der Rehabilitierung in der Form, wie sie durchgeführt worden war, zu begnügen. Und noch ein Faktum ist interessant. Mein Freund Grigorenko hatte sich mir als ganz fremder Mensch gezeigt, fremd nicht mir als Person, sondern mir als Idee. Das muß erklärt werden. Jeder Mensch ist außer seiner Persönlichkeit auch noch Träger einer bestimmten Idee, nicht nur im sozialen, sondern auch in einem weiteren, gesellschaftlich-historischen Sinne. Also, Grigorenko, der zu mir persönlich ein gutes Verhältnis hatte, hing zugleich einer anderen gesellschaftlich-historischen Idee an, verlor dadurch die Orientierung und versuchte, in der Gemeinschaftsküche, dieser Zitadelle der Feindseligkeit gegen mich, auf dümmste Weise zu meinen Gunsten zu agitieren, indem er die gegen mich begangenen Ungerechtigkeiten vorbrachte, um die öffentliche Meinung wachzurütteln.

»Sie haben ihm das Bett weggenommen«, schrie er, »der Mann schläft auf Sprungfedern, der ganze Körper ist voller Muster...«

Aber die Ehefrauen fielen über ihn her.

»Geschieht ihm recht. Aus dem Wohnheim macht er ein Bordell, die Kinder verängstigt er... Man müßte ihn ganz rausschmeißen... Der verdient kein Mitleid...«

Als ich das hörte, stellte ich den Umgang mit Grigorenko ein, ging ein paarmal grußlos an ihm vorüber, antwortete grob auf eine Frage, und so waren wir ziemlich bald auseinander (ich mied ihn schon, weil ich mich schämte – ich, der Sohn des Generalleutnants, lebte noch immer in Armut). Mit Rachutin war ich nie besonders befreundet gewesen und hatte nur über Grigorenko mit ihm verkehrt, außerdem konnte Rachutin über den Generalleutnant sehr giftig spotten, er hatte Humor, war jedoch dumm.

Nachdem meine ersten Ausbrüche, ausgelöst durch die gegen mich begangene Ungerechtigkeit, versiegt waren, wurde ich still und verschloß mich. Aber ich fand mich nicht ab. Ich entdeckte in mir die Kräfte, das emotionale Fieber niederzukämpfen und zu dem exakten Rhythmus zurückzukehren, der die Periode der Observierung Saliwonenkos gekennzeichnet hatte und den ich den Organisationsprinzipien meines Kampfes zugrunde legen mußte.

Eines Tages fand ich auf meinem Bett einen alten schweren Store, der vom großen Fenster des Kulturraums stammte, und ein Sofakissen. Der Store aus dichtem Stoff war, weil zu alt und zu derb, schon abgeschrieben und durch einen seidenen ersetzt worden (ich hatte das geprüft). Aber, dreifach zusammengelegt, konnte er mir in gewissem Grade die Matratze ersetzen und, lang genug war er, am Kopfende umgeschlagen werden, als Kissen. Ich weiß nicht, wer mir das hatte zukommen lassen, aber da ich vom Schlafen auf den Sprungfedern zermürbt war, hatte ich nicht die Kraft und die Prinzipienfestigkeit zu verzichten und ging einen kleinen Kompromiß ein, denn für meinen geplanten Kampf mußte ich gut in Form sein, brauchte also guten Schlaf. Anfangs hatte ich gedacht, den Store und das Kissen hätte mir einer meiner ehemaligen Freunde zukommen lassen, Grigorenko vielleicht, dann hatte ich an die Putzfrau Nadja gedacht (ich gab mir Mühe, nicht an sie zu denken, aber in diesem Zusammenhang, der Analyse wegen, dachte ich an sie). Später kam mir der Gedanke, und manches deutete darauf hin, daß an dieser heimlichen Wohltätigkeit seltsamerweise die Heimleiterin Sofja Iwanowna beteiligt sein mochte. Sie konnte nicht wie ich lange mit Haß leben, doch das Bett zurückgeben konnte sie auch nicht aus einer Reihe von komplizierten administrativ-psychologischen Gründen. Wie dem auch sei, nach mehreren qualvollen Nächten konnte ich wieder schlafen und mich ausschlafen, so daß meine gewöhnliche Schlaflosigkeit sogar verschwand... Als Ergebnis der Gerüchte über meine psychische Krankheit hatte ich einen Traum, der mich jedoch mehr erheiterte als erschreckte. Ich hatte geträumt, als Korrespondent in ein Irrenhaus gekommen zu sein (von diesem Beruf hatte ich früher einmal geträumt, aber durch meine Stellung in der Gesellschaft war er für mich unerreichbar, ich erinnere daran, wie Kolesnik geschrien hatte: »Mit welchem Recht willst du dich mit ideologischer Arbeit beschäftigen?«). Also – das Irrenhaus. Das war einfach ein großes Zimmer, in dem junge Leute im Jackett umhergingen, ohne miteinander zu sprechen. Mitten im Zimmer saß an einem Tisch eine Stenotypistin und tippte. Ich ging zu ihr.

»Ich möchte mit einem der Genossen sprechen.«

Die Stenotypistin rief einen der jungen Leute heran.

»Begleite den Genossen,«, sagte sie zu ihm, »begleite ihn zur Straßenbahnhaltestelle und erzähle ihm unterwegs, wie wir hier leben.«

Da plötzlich geriet der junge Mann, der bislang vollkommen ruhig gewesen war, in helle Aufregung, er ergriff irgendein Gerät, einen Batterieakku wohl, so groß wie eine Thermosflasche, und hielt ihn mir unterhalb des Rückens, das heißt, um es genau zu sagen, gegen den Hintern.

»Er will wissen, wie wir hier leben«, schrie der junge Mann (die Irrenhausinsassen schienen den Vorfall nicht zu beachten), »er will es wissen, also soll er am eigenen Leibe erfahren, ob's uns gut geht...«

Ich spürte überhaupt nichts Besonderes, genauer, ich spürte das gleiche, was ich gespürt haben würde, wenn man mir eine leere Thermosflasche oder einen beliebigen anderen neutralen Gegenstand an die Filetteile gehalten hätte. Nichtsdestoweniger erschrak ich heftig, bog mich weg und hatte Angst im Schlaf. Nach dem Aufwachen erinnerte ich mich und lachte und fühlte mich in gehobener Stimmung.

Morgens beschäftigte ich mich von nun an aktiv mit körperlichen Übungen, wusch meinen Körper im Waschraum mit kaltem Wasser, und wenn niemand im Waschraum war, ließ ich, vor dem Spiegel stehend, die Muskeln spielen, und schon nach einer Woche fand ich, daß meine Schlaffheit im Schwinden war. Ein Kult der Kraft und der Waffe bemächtigte sich meiner, so daß er mir schon rein abstrakt Freude zu bereiten begann. Das war eigentlich kein neues Gefühl, denn Kraft und Waffen hatte ich schon als Kind geliebt. Aber die materiellen Unbilden (genauer, die materielle Armut, denn materielle Unbilden, das klingt viel zu optimistisch für meine frühere Situation), also, materielle Armut und Rechtlosigkeit hatten mich gezwungen, mit anderen Methoden um meine Existenz zu kämpfen, ich mußte mir Gönner suchen, was Kraft und direkten Kampf ausschloß. Jetzt, dank der Rehabilitierung (ich muß ihr Gerechtigkeit widerfahren lassen), hatte sich alles geändert. Etwa in diese Zeit des systematischen Trainings und der körperlichen Übungen (ich hatte mir einen Gummiexpander gekauft, mit dem ich hingebungsvoll alle meine Muskeln malträtierte, die ich oft befühlte: an den Armen, auf der Brust und am Bauch), also, etwa in diese Zeit fiel mein erster geplanter Auftritt gegen die Stalinisten.

Die Liste meiner Feinde hatte einen wesentlichen Mangel, dessen ich mir bewußt wurde, nämlich das subjektive Element, das dem ideologisch-politischen Kampf eine Alltagsnuance verleiht. Das ging so weit, daß ich, wie schon gesagt, auch ein paar Linke und Antistalinisten in der Liste hatte (die Broidas, Wawa).

Das bedrückte mich, obwohl ich erkannte, daß es unvermeidlich war. Ich erkannte es natürlich nicht so umfassend wie später, als ich zu dem Schluß gelangte, daß das Alltägliche überhaupt die Grundlage des politischen Kampfes ist und ihn dermaßen kompliziert, daß er an die Kunst heranreicht, in der nur Talente Erfolg haben. Ohne dieses Alltägliche wäre die Politik der klarste Bereich menschlicher Tätigkeit und somit der beste Wirkungskreis für redliche Menschen... Ich muß dazu sagen, daß ich mich schon mehrere Tage mit dem beschäftigte, was später die Bezeichnung »politische Straßenpatrouille« erhielt (dieser Ausdruck von mir fand Gefallen und wurde von der Organisation übernommen). Also, die politische Patrouille bestand darin, daß ich umherstreifte, auf Gespräche horchte und mir Leute einprägte, die sich zugunsten Stalins äußerten. Obwohl in diesen Tagen Presseorgane und offizielle Personen einstimmig und ohne Diskussion den Personenkult brandmarkten, gab es in der Gesellschaft eine Diskussion, doch sie hatte sich auf die private Ebene verlagert, das heißt, nicht nur die Antistalinisten, sondern auch die Stalinisten, die mit der offiziellen Meinung unzufrieden waren, trugen dazu bei, die Gesellschaft aus dem politischen Dauerschlaf zu wecken, und der Dauerschlaf war die Grundlage, das Alpha und Omega der früheren Methoden gewesen. In dieser Situation machte ich meine politischen Patrouillengänge durch die Straßen, und dabei hörte ich ziemlich oft Diskussionen oder einfach Gespräche voller Feindschaft gegenüber Chrustschow und voller Liebe gegenüber Stalin. Zum Glück hatte das Leben im Wohnheim mich in dieser Hinsicht abgehärtet, und Kleinkram interessierte mich nicht. Zum Beispiel hörte ich ziemlich oft Redensarten wie: »Bei Stalin war alles billig, und die Preise wurden gesenkt«, »bei Stalin gab's nicht so viele Diebe und Hooligans«, »Stalin wollte alle Juden in den Norden verbannen, recht so, dann gäb's weniger Schiebergeschäfte«, »ohne Stalin hätte Rußland den Krieg verloren« usw., doch auf solche Redensarten reagierte ich gar nicht, sondern sah mir in der ersten Zeit nur die Gesichter an, zur Analyse. Aber auch die Analyse ließ ich bald sein, denn es waren gewöhnliche Gesichter aus dem einfachen Volk, manchmal auch intelligente, meistens männliche, doch in nicht geringer Zahl auch weibliche, meistens bejahrte, doch auch nicht wenig jugendliche, meistens angetrunken, doch nicht selten auch nüchtern (man sieht, einige Elemente der Analyse gab es schon zu Anfang). Es kam vor, daß ich Bürger dieser Art observierte und mir ihre Adresse oder die der Behörde, wo sie arbeiteten, notierte. In mein Notizbuch schrieb ich eine charakteristische Redensart eines Stalinisten und seine Adresse (am besten die Privatadresse, denn wenn es eine Behörde war, wußte ich nicht sicher, ob er sie in einer Angelegenheit aufsuchte oder ständig dort arbeitete). Um nicht abzuschweifen und dem nicht zuviel Platz einzuräumen (diese Aufzeichnungen haben mir später nicht genützt), führe ich nur ein Beispiel an: »Stalin war die rechte Hand Lenins – Adresse: Urizki-Straße 5.« Diese Notiz (ein Witz, denn die Straße war auch nach einem politischen Funktionär benannt), diese Notiz zeigt die Sinnlosigkeit und Nutzlosigkeit meiner Arbeit – kein Hinweis auf das Aussehen, das Alter und sonstige Merkmale des ideologischen Gegners. Zugleich aber war schon eine politische Richtung meines Kampfes zu spüren, in dem es keine persönlichen Elemente mehr gab. Das Resultat meines politischen Patrouillierens war meine erste ideologische Prügelei. Der Stalinist führte ein ideologisches Wortgefecht, nicht mit mir, sondern mit einem Bürger von intelligentem Aussehen, mit dem er an einem Tisch saß (es war in einer Gaststätte). Besonders glänzend argumentierte er nicht, es waren die üblichen Redensarten: »Stalin hat die Preise gesenkt, Stalin hat den Krieg gewonnen« und so weiter, das ganze Sortiment. Aber mich beeindruckte, wie der Stalinist mit Hilfe dieser Standardargumente mühelos die Argumente seines Opponenten niederkämpfte, dessen sehr persönliche, aufrichtige Argumente in der Luft hingen und nicht die Unterstützung der anderen Gäste fanden (der Streit erregte allgemeine Aufmerksamkeit). Der Antistalinist erzählte zum Beispiel von seinem Sohn, der für einen Witz eingesperrt worden und, fünfundzwanzigjährig, im Gefängnis an Typhus gestorben sei, bald darauf sei auch seine Frau vor Kummer gestorben, und nun sei er allein und gehe in Kantinen, obwohl er ein Magengeschwür habe, das jede Nacht schmerze... Wofür das alles? Ich glaube, er weinte sogar ein bißchen. Die Tränen waren sein Fehler. Sie brachten sogar mich in Wut, seinen Gleichgesinnten, der tief mit ihm fühlte. Was soll ich von den anderen Gästen sagen? Sofort erklärten mehrere, ihnen seien auch Söhne gestorben, aber nicht für gemeine Witze, sondern für die Heimat. Einer der mittagessenden Stalinisten war nervös und hatte ein erdgraues Gesicht (wie auch der Antistalinist. Überhaupt sind physisch schwache Stalinisten seltener als Antistalinisten, und physisch schwache Stalinisten sind in der Regel nervöse, aktive Menschen und hartgesottene Antisemiten, da sie wegen ihrer physischen Schwäche für Juden gehalten zu werden fürchten, von denen sie annehmen, daß sie durchweg physisch schwach sind und daher Stalin hassen, den Führer der Muskeln und der Kraft, was natürlich vereinfacht ist). Und wirklich, der magere Stalinist ging auf den Antistalinisten los (der, nach seinem Aussehen zu urteilen, kein Jude war) und schrie, nicht ganz logisch, in seiner Truppe habe es keinen Juden gegeben, der einzige Jude habe sich auf der Fahrt zur Front aus Angst erschossen. Zu guter Letzt gab der Antistalinist unter dem allgemeinen Druck und vor Schreck über die Vorwürfe nationalen Charakters zu, daß Stalin trotz allem eine Reihe von Vorzügen staatlichen Maßstabs gehabt habe. Kurzum, er machte einen Rückzieher. Dies zwang mich, sofort zu handeln, gegen die Vernunft und das Organisationsprinzip, denn ich hatte zunächst vorgehabt, den eingefleischten Stalinisten zu observieren und unter Wahrung meiner persönlichen Sicherheit mit ihm abzurechnen (wobei mir die Erfahrung der Abrechnung mit Saliwonenko zugute gekommen wäre). In diesem Falle aber ging es um die öffentliche Verteidigung der Idee, und da hatte das Persönliche zurückzustehen. Vor allem mußte ich die Argumente der Stalinisten widerlegen, weil der Antistalinist aus seelischer Schwäche vieles unklar ausgedrückt und verdorben hatte. Ich trat zu dem Tisch des eingefleischten Stalinisten, wandte mich aber nicht an ihn, sondern an die Mehrheit der Gäste und sagte:

»Genossen, überlegt einmal, was dieser stalinistische Schmarotzer euch da einreden will.« Mit der kurzen scharfen Geste des politischen Redners bohrte ich gleichsam den Finger in den Stalinisten, der vor Überraschung ganz verwirrt war (das waren alle, auch der Antistalinist). »Die besten Menschen unserer Gesellschaft wurden ins Grab gebracht«, sprach ich beseelt weiter, »Dichter, alte Bolschewiken, Generäle... Tausende, Hunderttausende, Millionen zerstörte Schicksale... Nehmen wir diesen Genossen«, ich wandte mich dem Antistalinisten zu, »sein Sohn ist im Gefängnis gestorben, ganz jung... Und solche wie ihn gibt es Tausende, Hunderttausende, Millionen« (ich wiederholte mich, denn ich spürte, daß sich kein Kontakt mit dem Publikum herstellte, im Gegenteil, nach den ersten Sekunden der Verständnislosigkeit und der Verwirrung spürte ich wachsende Feindseligkeit). »Genossen«, ich strebte dennoch nach einem Umschwung zu meinen Gunsten, »es gibt den Brief Wladimir Iljitsch Lenins an den Parteikongreß, in dem er vor den gefährlichen und verbrecherischen Neigungen Stalins warnt...«

Der eingefleischte Stalinist blieb sitzen und zeigte ein wahrhaft russisches geheimnisvolles Lächeln, aber von der Seite drang der Stalinist mit dem erdgrauen kranken Gesicht auf mich ein. Ich stieß ihn wütend zurück, denn er hinderte mich, logisch und kaltblütig zu sein, was bei der politischen Agitation unerläßlich ist... Ich wollte die Standardargumente des eingefleischten Stalinisten zerschlagen und darauf hinweisen, daß die Senkung der Preise anfangs möglich war, weil die Preise vom Krieg unmäßig in die Höhe getrieben worden waren, später jedoch seien sie ohne Rücksicht auf die wirtschaftlichen Möglichkeiten gesenkt worden (ich hatte diese Version gehört), und der Sieg im Krieg sei unter gewaltigen Opfern und trotz Stalin errungen worden, dank der Tapferkeit der Soldaten und der Findigkeit der Heerführer... Ich hätte noch viele Beispiele für die fehlende Flexibilität, Kopflosigkeit und die militärischen Fehler Stalins anführen können, über die die Presse berichtete.

Später, als meine ursprüngliche politische Naivität sich verflüchtigt hatte, begriff ich, daß die Generation der Sieger nie und nimmer zulassen würde, daß die Gräber ihrer Führer geschändet würden, denn diese standen unter dem Schutz des nationalen Patriotismus. Ein siegreiches Volk neigt stets mehr zu Mythenbildung, ein besiegtes Volk dagegen zu Revision und Analyse.

All dies wußte ich damals noch nicht, als ich meine faktisch erste politische Rede in der Selbstbedienungskantine hielt (eine Selbstbedienungsgaststätte war damals noch eine progressive Neuerung in der nachstalinschen Periode), ich wußte es noch nicht, nichtsdestoweniger rettete mich mein eigener Zorn, der die Darlegung logischer Theorien verhinderte, vor noch größerem Grimm der Masse der Gäste. Nachdem ich den Stalinisten mit dem erdgrauen Gesicht zurückgestoßen hatte, drangen noch ein paar Mann aus der Generation der Sieger auf mich ein. Ich erkannte die Situation und zog mein letztes Argument hervor, nämlich den Bolzen mit dem großen Gewinde von meinem Schlafplatz. Ich holte aus und traf mit dem Bolzen nicht den Schädel des eingefleischten Stalinisten, was ich gewollt hatte, sondern seinen Suppenteller. Der Stalinist verlor sein geheimnisvolles russisches Lächeln und sprang auf, denn die heiße Suppe hatte ihm die Knie verbrüht. Auch der Antistalinist sprang auf.

»Was erlauben Sie sich, junger Mann?« schrie der Antistalinist zu meinem Entsetzen (ja, Entsetzen). Selbst damals, im goldenen Zeitalter der Rehabilitierung, mochten die meisten Antistalinisten wie andere zu Schaden gekommene Elemente einander nicht, belauerten eifersüchtig die Leidensgeschichte des jeweils anderen und waren in einigen Fällen um des eigenen Vorteils und der eigenen Sicherheit willen bereit, sich gegen die eigenen Leute mit den Stalinisten zu verbünden, die wesentlich geschlossener auftraten. So drang zum Beispiel plötzlich eine Gruppe auf mich ein, die an der Polemik gar nicht teilgenommen und statt dessen im hinteren Winkel der Kantine alkoholische Getränke konsumiert hatte. Gleichwohl konzentrierte ich mich auf den eingefleischten Stalinisten und schlug ihn noch zweimal, zwar nicht mit dem Bolzen, den man mir (zum Glück) aus der Hand gerissen hatte, sondern mit der Faust. Dafür mußte ich einen hohen Preis zahlen, denn indem ich mich ganz auf den Eingefleischten konzentrierte, der eindeutig ein Stalinistenprofi war, ermöglichte ich einem der Amateurstalinisten, die mich nach ihrem Trinkgelage angriffen, mich ungestraft auf den Rücken zu schlagen, auf die kranke Stelle, denn mir stak wieder etwas Spitzes in der Brust, und ich verließ vorsichtig die Gaststätte, die Hände vorgestreckt, um den Weg zu ertasten, denn jedesmal, wenn mich jemand auf den Rücken schlug, wurde mir schwarz vor den Augen, und ich verlor vorübergehend das Sehvermögen. Seit dem Beginn dieser langen, eintönigen Kette von politischen Schlägereien waren mit meinem Rücken ernsthafte Veränderungen vor sich gegangen, so daß ich sogar erwog, einen Arzt aufzusuchen. Interessant, seit ich die chronischen Veränderungen spürte, kriegte ich jedesmal Schläge auf die kranke Stelle. Das erstemal war ich bei dem verstorbenen Iliodor, dem Märtyrer und Antisemiten, auf den Rücken geschlagen worden, von einem gewissen Lyssikow, einem Freund Orlows, aber damals war es schnell wieder vergangen. Wiederholt zu schmerzen begann es nach den Schlägen von Loiko, und als ich bei der Verfolgung Saliwonenkos, in der Hoffnung, ihn zu verprügeln, über die Hänge des Parks rannte, spürte ich das Stechen, das vom Rücken zur Brust ging, und die Atemnot... Jetzt nach dem Schlag auf die kranke Stelle ging ich vorbei an aufgeregten Gesichtern nach draußen, bog um eine Ecke, ging durch einen Torweg und setzte mich in dem kleinen Hof, der an die Gaststätte angrenzte, auf leere Bierfässer. Es war der denkbar beste Platz, um in Sicherheit zu verpusten und dann den Vorfall zu durchdenken und zu analysieren, dabei hatte ich ihn instinktiv gewählt wie ein Tier, das eine Höhle findet, in der es seine Wunden lecken kann. Ich saß an diesem vermüllten Platz, wo offenbar selten jemand vorbeischaute, ziemlich sicher, gedeckt von Bergen von Leergut, während ich durch die Ritzen eine gute Sicht hatte, nicht nur auf den Hof, sondern auch auf die Straße; so sah ich zum Beispiel, daß zwei Milizionäre auf die Gaststätte zugingen, die telefonisch oder mit einem Pfiff gerufen worden waren (einige Restaurantportiers haben Milizpfeifen).

Ich saß lange in der schon erprobten Pose (alle chronisch Kranken haben eine Pose, die ihnen den Schmerz lindert und allmählich auch löscht). Mir zum Beispiel wird es im Stehen leichter, aber ich konnte nicht stehen, da mir die Knie einknickten, darum saß ich auf einem Bierfaß, die Füße auf dem Erdboden und den Hinterkopf an die verputzte Wand gelehnt. So war der Körper gleichsam ausgestreckt, wenn auch in einem Winkel zum Horizont... Es wurde dunkel. Und dann ganz finster. Der nächtliche Himmel begann zu leuchten... Der Julihimmel hat seine Besonderheiten (ich interessiere mich ein bißchen für Astronomie, habe aber im Wirbel der Ereignisse vergessen, davon zu erzählen). Also, der Julihimmel hat seine Besonderheiten, und wenn der Augusthimmel selbst normalen Betrachtern auffällt durch seine Dichte und Helligkeit und durch die Größe seiner Sterne, auch durch Sternschnuppen, so beschenkt der Julihimmel, wenn auch weniger populär, die Kenner mit dem Glanz des Sommerdreiecks (der Sterne Wega, Deneb und Atair), mit dem hellen Stern Capella im Norden, auch etliche Planeten sind gut zu sehen, zum Beispiel Jupiter und Uranus im Sternbild Jungfrau. Außerdem besteht eine geringe Chance, den geheimnisvollen Planeten Merkur zu sehen, den selbst Kopernikus sein Leben lang nicht zu sehen bekam... Als es dunkel geworden war und die Sterne aufleuchteten, wurde das Denken klarer (eine Eigenschaft aller Menschen, die an Schlaflosigkeit leiden), die Gedanken kamen in langer Reihe, einer an den anderen geklammert, insbesondere dachte ich an Selbstmord, dann, nach irgendwelchen Etappen, Übergängen und jähen Wendungen, an die ich mich nicht erinnere, an die Notwendigkeit einer illegalen Organisation gleichgesinnter Antistalinisten... Politischer Selbstmord war damals noch selten, aber er kam vor, interessanterweise hauptsächlich bei Antistalinisten, deren Zeit doch eigentlich gekommen war, weil die Offizialität auf ihrer Seite stand. Das verlangte nach Analyse. Stalinisten brachten sich seltener um, hauptsächlich in der kurzen Zwischenzeit, zwei-drei Jahre später, als die Demontage der Stalin-Denkmäler einsetzte, auch hier mit großer Präzision... Es gab freilich auch früher schon ein paar Fälle, und mit einem davon bin ich (genauer, wir, ich war damals schon in der Organisation), mit einem davon bin ich unter sehr unangenehmen Umständen in Berührung gekommen. Aber das war später (wenn auch nicht viel später), denn die Ereignisse entwickelten sich ziemlich rasch, und schon nach gut einer Woche war ich in einer illegalen Organisation. An der Existenz solcher Organisationen hatte ich nicht gezweifelt. Die Gefühle, die mich bestürmten, konnten nicht einmalig sein in dem Massenfieber, das die Gesellschaft erfaßt hatte. Mir waren

Gerüchte zu Ohren gekommen, wonach Menschen in die Staatsanwaltschaft eindrangen (ich war auch dort eingedrungen, wenn auch nicht in so aktiver Form) und ehemalige Mitarbeiter der Strafapparate immer häufiger ausgeraubt und verprügelt wurden... Das Volk sprach mit Empörung darüber und brachte vieles durcheinander, denn es warf verschiedene Dinge in einen Topf, da nach Stalins Tod eine gewaltige Anzahl von Kriminellen freigelassen worden war.

Aber zurück zu der Organisation. Worin hatte ich recht, und worin irrte ich mich? Damit, daß sie unumgänglich war, hatte ich recht, doch mit der Massenwirksamkeit irrte ich mich. In dem Grüppchen von Menschen, die zu unserer Organisation gehörten (die genaue Zusammensetzung kannte ich nicht, sie änderte sich auch, manche Leute kamen für einen oder zwei Tage und blieben wieder weg, die Konspiration war in diesem Sinne schauderhaft, und nur die äußere Nichtigkeit und Komik der Sitzungen erklärte, daß die Spitzelberichte keine Folgen hatten; daß es welche gab, daran zweifelte ich nicht), also, in der Gruppe waren sehr unterschiedliche Menschen. Aber alle waren sehr schlecht etabliert und hatten ein unglückliches Schicksal (außer Tschakolinski, einem fünfzehnjährigen rotwangigen Jungen, der zwar der Sohn eines Repressierten, doch sehr gut etabliert war, denn er lebte mit seiner Mutter beim Stiefvater, einem verantwortlichen Mitarbeiter). Daß die Organisation ziemlich lange existierte, erklärt sich durch eine Reihe anderer Faktoren, nicht nur durch die komische Unseriosität der äußeren Form. Vor allem durch die Wirrnis und Chaotik der Zeit, die plötzliche Freiheit des politischen Witzes und die Entlarvung der früheren Verbrechen der Strafapparate, die ihr damaliges Personal für eine kurze Zwischenzeit übermäßig tolerant machte, aus Furcht, gegen die Gesetzlichkeit zu verstoßen, worüber es sogar eine Zeitungskampagne gab. Neben den äußeren Faktoren existierten auch innere, nämlich die organisatorischen Fähigkeiten von Stschussew (dem ich bei Bitelmacher begegnet war), die ich ursprünglich unterschätzt hatte. An Stschussew hatte ich mich sofort erinnert, als ich an die Organisation dachte, und ich hatte erstaunlich genau ins Schwarze getroffen. Eigentlich verkündete Stschussew seine extremen Ansichten so offen und direkt, daß es nichts zu staunen gab, und in dieser schrillen Zeit schuf gerade das den Anschein der Unseriosität seiner Organisation, und es war kaum anzunehmen, daß in einem so engen Kreis kühles Kalkül, Durchdachtheit und Pläne existierten, die sogar die Straforgane dieser Zeit ernsthaft interessiert hätten, die von Chrustschows Entlarvungen gelähmt waren und unter dem Generationswechsel litten. Aber genau darin lag Stschussews Kalkül, darin lag die Originalität des Aufbaus einer Organisation im Geist der Zeit, das heißt, der schrillen Gesellschaften, die damals aus dem Boden schossen. Stschussew baute seine Organisation in Etagen auf. Ganz oben war die in dieser Zeit legale Gesellschaft, die sich politische Witze erzählte, darunter die Organisation, die auf den ersten Blick an eine Gruppe Verrückter erinnerte, die man gleichwohl vor noch nicht langer Zeit sofort erschossen und etwas später zumindest festgenommen haben würde, jetzt hingegen, wenn irgendwelche Gerüchte oder Spitzelberichte über die Organisation zu den Straforganen gelangten, machten sie vor dem allgemeinen Hintergrund einen unseriösen Eindruck, besonders angesichts der kürzlichen Rehabilitierung der meisten ihrer Mitglieder, was ein für Repressionen zusätzlicher heikler Umstand war. Aber ganz unten existierte eine kleine Kampforganisation, von der nur wenige Kenntnis hatten. Freilich wußte Stschussew, der nicht dumm war, besser als andere, daß die politisch freie Situation nicht lange dauern konnte und daß beim ersten Gebrauch der Gedankenfreiheit (eine politische Demonstration oder ein anderer Ausfall, und sei er literarischer Art oder stehe im Zusammenhang mit der internationalen Lage), daß also beim ersten Gebrauch und der darauf folgenden ersten grausamen Gegenreaktion der Machthaber, selbst wenn sie unbedeutend war, alles zusammenbrechen und überhaupt Schluß sein würde mit solchen Gesellschaften. Das trieb Stschussew an und zwang ihn, überstürzt und nicht immer durchdacht zu handeln.

SIEBENTES KAPITEL

Aber warum hatte ich, als ich an eine Organisation dachte, sofort auf Stschussew getippt, und warum war das solch ein Volltreffer gewesen? Extreme Ansichten äußerten damals viele, und auf dieser Grundlage schon mit dem ersten Gedanken unfehlbar der Organisation auf die Spur zu kommen wäre mir kaum gelungen ohne die Ähnlichkeit der Seelenregungen und ohne den Instinkt, mit dem ich wortlos und beiläufig (wenn Sie sich erinnern, wir waren einander nicht einmal vorgestellt worden) meinesgleichen erkannte (bei bedrängten Menschen ist dieser Instinkt sehr stark ausgeprägt). Aber das ist vereinfacht. Damals, als ich Stschussew bei Bitelmacher kennenlernte, war ich noch nicht der, der ich jetzt war, damals hoffte ich noch, daß die Gesellschaft freiwillig ihre Schuld vor mir eingestehen würde und daß dank meiner nachsichtigen Gutmütigkeit und Vergebung eine Aussöhnung stattfinden könnte. Jetzt, nach einer Reihe politisch motivierter Prügeleien, wäre solche Blindheit und solche Wahrnehmung der Gesellschaft als reuige Sünderin geradezu lächerlich gewesen. Jedwede Rache, die Vergnügen bereitet, sei sie persönlich oder politisch, und dies ist der politische Terror, ist unmöglich ohne Einbildungskraft, denn sie vollzieht sich in der Regel erst nach einer bestimmten Zeit, manchmal wesentlich später, nachdem uns die Beleidigung zugefügt oder das Verbrechen gegen uns begangen wurde. Die Einbildungskraft ist eine krankhafte Kraft, und sie entwickelt sich besonders bei Menschen, die ständig und über längere Zeit von Leiden gequält werden. Irgend jemand hat richtig gesagt, daß die meisten Menschen, die ein ganz gewöhnliches Leben führen, Beleidigungen nicht verzeihen, sondern schlicht vergessen. Gerade Menschen, die ständig leiden und eine entwickelte Einbildungskraft haben, neigen dazu, Genuß an der Rache oder aber Genuß am Verzeihen zu empfinden. Die Verbrechen, die an Stschussew begangen wurden, waren in diesem Sinne keine Ausnahme, und ohne Zweifel trug ihr Charakter dazu bei, seine reiche Einbildungskraft nur auf Haß und Rache zu lenken. Und das bei seinem Verstand, seinen organisatorischen Fähigkeiten, seinem feurigen Temperament und seinem persönlichen Mut, Eigenschaften, die in allen drei Etagen (Gesellschaft, Organisation und Kampfgruppe) nur er und Christofor Wissowin besaßen, welch letzterer meine Aufmerksamkeit zunächst durch seinen seltenen Vornamen und dann durch andere persönliche Eigenschaften erregt hatte. Kurz und gut, nach einer Reihe von individuellen politischen Prügeleien, mit denen ich keinen bestimmten Erfolg hatte, wurde mir klar, daß ich eine Begegnung mit Stschussew suchen mußte. Der einzige Platz, wo ich dies tun konnte, war das Haus von Bitelmacher, aber er und besonders seine Frau Olga Nikolajewna haßten Stschussew und meinten, die Jugend, darunter auch ich, müsse von Leuten wie ihm ferngehalten werden. Ein Zufall half mir. An mehreren langweiligen Abenden, die ich bei Bitelmacher verbrachte (bei meinem dritten Besuch schien ich ihm lästig zu fallen), tranken wir verkrampft Tee, hatten uns nichts zu sagen und hätten uns beinahe wegen Stalin zerstritten (dieser Mann, der viele Jahre im Lager gesessen hatte, lobte auf einmal einzelne Züge Stalins, namentlich aus der frühen Zeit). Ich fing an zu brüllen, aber Olga Nikolajewna versöhnte uns rasch, wobei sie sich übrigens auf meine Seite schlug. Überhaupt war Stalin in dieser Zeit eine der Hauptursachen für persönliche Zerwürfnisse von politisch aktiven Menschen. Ich weiß nicht, was ich weiter gemacht hätte, denn Bitelmacher wurde mir trotz der Versöhnung unsympathisch. Aber an diesem Abend erschien wieder Bruno Teodorowitsch Filmus, was mich sehr aufmunterte, denn er war Stschussew gegenüber toleranter als Bitelmacher. Wir gingen dann zusammen, und ich lud mich bei ihm ein. Er hatte im Gegensatz zu einigen Rehabilitierten, die ich kennengelernt hatte, eine recht ordentliche Wohnung, bereitete sich sparsame, doch schmackhafte Mahlzeiten und gefiel mir überhaupt. Auch mit ihm geriet ich sofort in Streit. Extrem streitsüchtig war ich in den letzten Wochen geworden, und das kennzeichnete meinen endgültigen Übergang zur politischen Aktivität. Mit Filmus fing ich Streit an, obwohl er mir das letzte Mal schroff ins Wort gefallen war, und ich stritt recht erfolgreich, nicht nur dank der neuen Entwicklung, sondern auch dank den neuen Methoden, die bei politischem Streit besonders notwendig sind. Das heißt, nicht nur dank den Gedanken, sondern auch durch gelungene Vergleiche, durch Humor und das Herausfinden von Schwachstellen beim Opponenten. Nichtsdestoweniger hatte ich gute Beziehungen zu ihm, und unseren Streitigkeiten lag gegenseitige Sympathie zugrunde, bei der Kränkungen leicht und rasch verziehen werden. Selbstverständlich war ich bei all diesen Streitigkeiten und Erörterungen, wie man so sagt, eine zweitrangige Person, die nur unterstützte und aufstachelte, aber allmählich gewann ich solches Geschick, daß ich mein Scherflein beisteuerte und mich da und dort recht erfolgreich behauptete, bestätigend, nicht widersprechend (widersprochen hatte ich von Anfang an mit Erfolg auch in Fragen, von denen ich nichts verstand, wobei ich den satirischen Aspekt ausnutzte und den belesenen Filmus häufig in die Sackgasse trieb). Filmus war ein großer Kenner Tschernyschewskis und Plechanows und las sie gern abwechselnd, wie um zwischen ihnen eine Polemik wiederzubeleben, die es ja wirklich gegeben hatte, natürlich aus der Ferne. In diese Polemik bezog er auch andere Namen ein, manchmal unbekannte, manchmal halbbekannte, manchmal auch sehr bekannte, die im Schulbuch standen. Aber mit diesen sehr bekannten Namen richtete Filmus mitunter sonstwas an. Aus gegebenem Anlaß geriet ich mit ihm in erbitterten Streit, beispielsweise nahm ich Voltaire in Schutz, den Filmus haßte und als den Begründer des geistigen Nazismus und des zeitgenössischen antireligiösen aufgeklärten Antisemitismus bezeichnete, der sich vom idealistischen unwissenden Antisemitismus der Vergangenheit unterscheide. Über Voltaire wußte ich das, was in der Mittelschule gelehrt wurde, doch davon war nur der Name übriggeblieben, der wie jeder große Name wie eine abgeklärte Definition und wie ein allumfassender Gattungsname klingt, das heißt, ein Name ohne konkretes Wissen... Voltaire bedeutete für mich soviel wie zum Beispiel Kant, Hegel oder Feuerbach... Das heißt, es waren große progressive Namen. Interessant ist, daß ich, Voltaire nur als großen progressiven Namen kennend, ziemlich lange und erfolgreich mit Filmus stritt, immer wieder nach der Methode, seine belesenen Argumente nach Schwachstellen abzuklopfen. Nichtsdestoweniger weitete sich durch diese Streitereien meine Weltsicht, und Voltaire, eigentlich François Marie Arouet, Sohn eines Notars, wurde für mich zu einer unvollkommenen irdischen Gestalt aus Fleisch und Blut, was für glanzumwobene politische Persönlichkeiten und Führer tödlich ist. Also, François Marie Arouet-Voltaire wurde ein Opfer des Mißbrauchs geistiger Kraft, vor der er sich verneigt hatte. Er war groß und unerreichbar für mich, Zwibyschew, solange ich wenig von ihm wußte. Der ehemalige Bastille-Häftling erlitt 1726 eine elementare politische Verprügelung (nicht politischen Charakters, sondern mit der Faust in die Zähne) durch den Dunkelmann Chevalier de Rohan (alle diese Kenntnisse, die romantisch klingen, nahm ich freudig in mich auf und dachte an die Möglichkeit, sie in naher Zukunft zu benutzen, um eine Gesellschaft zu verblüffen. Dazu kam es auch bald darauf bei Stschussew. Dort überhäufte ich Voltaire geschickt und rauschhaft mit Schmähungen. Das ist keine Prinzipienlosigkeit. Die Freude am Wissen ist besonders stark, wenn sie weniger mit einer vertieften Vorstellung von dem Gegenstand als mit einer grundlegend veränderten Ansicht über den Gegenstand einhergeht. Darauf beruht eigentlich auch jede politische Agitation). Also, der Schriftsteller, Philosoph, Verteidiger der Fanatismusopfer, Verfasser eines Traktats über die Glaubensfreiheit, Feind der Willkür, Anhänger einer allumfassenden Gleichheit der aufgeklärten Völker, einer neuen aufgeklärten Ordnung, aus der nur die Juden und diejenigen Schichten ausgeschlossen sein sollten, die mit physischer Arbeit die Grundlagen der Aufklärung schufen – so sah ich den Notarssohn François Marie Arouet, der unter dem Namen Voltaire weltbekannt ist...

Interessant war auch ein Streit über den Lauf der Weltgeschichte. Genauer, das war eigentlich kein Streit, sondern ein einseitiger Monolog von Filmus mit Zitaten. Ich lauschte mit Interesse und machte ab und zu Einwürfe, die das Gesagte nicht in Frage stellten, sondern gleichsam meine aktive Anwesenheit als Persönlichkeit bei der geistigen Auseinandersetzung bekräftigte. In der Folgezeit fand ich das Buch, aus dem Filmus kommentierend zitierte, und schrieb mir dies und jenes heraus. Ich fand es nach langem Suchen, weil ich es verwechselt und bei Tschernyschewski geforscht hatte, während es doch Plechanow war, der Tschernyschewski analysierte. »Der Lauf der Weltgeschichte«, heißt es dort, »wird durch äußere physische Bedingungen bestimmt. Der Einfluß einzelner Persönlichkeiten ist, verglichen mit ihnen, nichtig. Sie haben fast immer nur das zur Ausführung gebracht, was vorbereitet war und geschehen mußte... Das Bestreben, etwas völlig Neues und Unvorbereitetes zu etablieren, bleibt erfolglos oder zieht nur Zerstörung nach sich.« Eigentlich sagt das nicht einmal Tscherny-

schewski selbst, sondern ein Autor, auf den sich Tschernyschewski beruft, ein Akademiemitglied Beer. »Die Geschichte wird von Menschen gemacht, und zwar so und nicht anders, weil die Handlungen von willensunabhängigen Bedingungen bestimmt werden« (das sagt Plechanow selbst), »und der Vollzug der großen Weltereignisse hängt von keiner Persönlichkeit ab. Sie werden vollzogen nach einem Gesetz, das so unanfechtbar ist wie das Gesetz der Schwerkraft. Aber ob sich ein Ereignis schneller oder langsamer vollzieht oder nach dieser oder jener Methode – das hängt von den Umständen ab, die man nicht voraussehen oder im voraus bestimmen kann...«
»Die Persönlichkeit«, kommentierte Filmus das Gesagte, »ist nur die Methode und die Zeit für den Vollzug eines unabwendbaren Ereignisses... Die Persönlichkeit kann nicht einwirken auf ein Ereignis als historisches Faktum, aber sie kann einwirken auf das Schicksal einer oder mehrerer Generationen...«
Die Diskussionen mit Filmus fesselten mich. Darin bestand vielleicht auch seine Aufgabe, denn er sah, daß ich ein aufgestörter Mensch war, obwohl er von meinem Alltag, meiner Vergangenheit und Gegenwart fast gar nichts wußte. Apropos Alltag. Er hatte sich wieder jählings verändert, denn ich hatte mich mit Nadja zusammengetan, der früheren Putzfrau (sie war entlassen worden nach dem Skandal). Das war sehr überraschend und unwahrscheinlich, namentlich wenn man an den Abscheu denkt, den ich empfand, als ich in eine grobe Beziehung zu ihr trat, um mich an meinen Vorstellungen von der Liebe zu rächen. Nichtsdestoweniger ist, wenn man meine Enttäuschungen, meine materielle Armut und meine spezifische Neigung zu jähen überraschenden Lösungen bedenkt, verständlich, daß ich überraschend (auch für mich selbst) positiv reagierte auf ihre Nachricht, die sie mir über Salamow zukommen ließ und die eine Einladung enthielt, sie zu Hause zu besuchen... Seltsam, aber die Veränderungen auf diesem Gebiet er-

klären, warum ich nicht das aktive Suchen nach der illegalen Organisation Stschussews fortsetzte, sondern mich auf die beschaulichen Gespräche mit Filmus konzentrierte und so zwei Wochen verlor.

Als Salamow mir die Nachricht übergab, war ich eigentlich verwirrt und empört. Wie kann sie es wagen, dachte ich zerfahren, bin ich vielleicht ihresgleichen, hat sie vielleicht eine Beziehung zur Liebe? Diese pockennarbige Visage mit dem nassen Mund... Und dann noch über Salamow...

Auf dem Viertel einer Schulheftseite stand in breitgekrakelter, hühnerpfotenartiger Schrift, so wie halbe Analphabeten schreiben, noch dazu mit Bleistift: »Goscha, warum kommst du nicht mal vorbei? Ich will dir was sagen. Nadja.« Ich entrüstete mich auch über Salamow. Dieser Rotzbengel sagte mir mit ernster Miene, daß Nadja eine gute Frau sei, als wäre er ihr Gevatter und als hätte ich immer von einer pockennarbigen Putzfrau geträumt und mich für sie aufgespart.

»Gute Frau«, schrie ich (ein Fehler. Ich hätte mich spöttisch äußern sollen, wie es sich bei Gesprächen über willfährige Frauen gehört, nicht voller Wut, als ob mich das berührte und ich es ernst nähme), »gute Frau! Bloß teuer... Drei Rubel nimmt sie.« Nun lachte ich wirklich grob, doch es ergab sich, daß selbst ein so unbedarfter Mensch wie Salamow über mir stand, denn er blickte mitfühlend, da er mein Gelächter für unaufrichtig hielt und für eine Tarnung meines wahren Kummers, von dem keine Rede sein konnte.

Mit meinem Gelächter hatte ich nur Grobheit und eine schlüpfrige männliche Anspielung ausdrücken wollen, und warum es als Kummer herauskam, weiß ich nicht.

»Hör nicht auf das, was gequatscht wird« (wieder gab es mir einen unangenehmen Stich: dieser Rotzbengel wollte mich belehren), »hör nicht drauf«, fuhr Salamow fort, »bei uns im Wohnheim denken sich die Küchenweiber so was aus, und die Männer tratschen's in den Zimmern rum. Bei uns sind die Männer schlimmer als die Weiber...«

»Geh mir doch«, schrie ich (wieder übermäßig ernst). »Sie hat mit dem halben Wohnheim geschlafen... Aber darum geht's gar nicht.« Ich hatte endlich den leichtsinnigen, flotten und ruhigeren Ton gefunden, so daß auch ich keine gekränkte Person mehr war, sondern ein Außenstehender wie Salamow, »aber ich begreife nicht, was an ihr gut sein soll: nur Gift und Übelkeit...«

»Na, das laß mal sein«, sagte Salamow, »das ist vielleicht für junge Dachse unbegreiflich, die ihre ersten Schritte machen, für grüne Jungs... doch für einen Mann ist sie unentbehrlich...«

Dieser Satz Salamows gab mir den Rest. Ich glaube, ich bin rot geworden, meine Wangen brannten, und ich dachte erschrocken, ob Salamow wohl meine Verwirrung bemerkt hatte. Die Tatsache, daß dieser geistig unentwickelte Bursche (für den ich ihn hielt), der an die zehn Jahre jünger war als ich, mit mir redete wie mit einem kleinen Jungen und mir irgendwelche männlichen Geheimnisse andeutete und erklärte, hinter die ich noch nicht gekommen war, empfand ich als schmählich, und sie verletzte meine Eitelkeit, weckte aber zugleich in mir das, was männliche Neugier auf eine bestimmte Frau genannt wird... Ich ging hinaus auf die Straße.

Es war spät am Abend, das heißt, die Zeit, in der die Leidenschaften einen einsamen Mann sehr stark quälen, besonders bei warmem Wetter... Ich wußte noch nicht, wohin ich wollte, doch schon bei der ersten Laterne holte ich den Zettel hervor, auf den Nadja ihre Adresse gekrakelt hatte. Das war ganz in der Nähe. Die pockennarbige, unglückliche, bedürftige Putzfrau lebte immerhin in einem zehngeschossigen schönen Haus, im Erdgeschoß freilich, aber in einer Einzimmerwohnung mit Bad, denn im Sinne der Idee entsannen sich die Machthaber ihrer Herkunft und versorgten ihresgleichen nach Möglichkeit. All das durchschaute ich später, doch als ich auf das Haus zuging, dachte ich überhaupt nicht nach. Ich bin sicher, hätte ich nur eine Sekunde nachgedacht, so hätte ich nie geklingelt und wäre weggegangen. Ich konnte mich ja auf männlichen Drang und auf Grobheit einstimmen, denn ich wollte mich nicht auf Zweifel und somit auf Gefühle einlassen. Ich wollte nur meine quälende Neugier befriedigen (in der Leidenschaft des Jünglings überwiegt die Neugier) und dann bezahlen...

Als Nadja öffnete, erkannte ich sie zunächst nicht. Im Wohnheim war sie ein flegelhaftes Weib mit lautstarken, unweiblichen Gesten, das nervös Stühle rückte und Koffer unter den Betten hervorzerrte... Vor mir stand eine nicht hoch gewachsene Frau (sie war kleiner geworden), jung (sie war jünger geworden), mit einem etwas pockennarbigen, doch nicht häßlichen Gesicht, glatt gekämmt, in einer sehr fraulichen Baumwollbluse.

»Goscha«, rief diese neue Frau Nadja und fiel mir um den Hals.

Ich wich zurück, aber nicht abweisend. Im Zimmer herrschte eine gewisse Unordnung, der Tisch war nicht abgeräumt, war voller Brotkrümel und Wurstreste, auf denen sich Fliegen tummelten, aber das Bett war sauber und die Luft gut. Nadjas dreijähriger Sohn Kolja schlief in einem sauberen Bettchen, wegen der Fliegen mit Mull abgedeckt.

»Setz dich, Goscha«, sagte Nadja auf einmal schüchtern und errötend, was bei ihrer früheren Ungehobeltheit fremd wirkte, aber gut zu ihr paßte, »gleich gieß ich dir Tee ein... ich hab auch Wurst...«

Ich begriff, daß wenn ich noch ein wenig zauderte, unsere Beziehungen endgültig die Klarheit verlieren und der Grund meines Besuchs zweideutig würde. Tatsächlich, dann würde der Eindruck entstehen, daß sich hier zarte Beziehungen für lange Zeit anbahnten. Überdies quälte mich noch immer männliche Scham, weil ich, den Jahren nach ein Mann, den männlichen

Belehrungen des jungen Salamow gegenüber hilflos geblieben war. Zu alldem erhitzte mich Leidenschaft (nicht jünglingshaft neugierige, sondern männliche, sachliche, zielgerichtete), Leidenschaft, die von Nadjas geblümter Baumwollbluse ausging. In einem Moment, als Nadja froh, geschäftig – sie hatte die Krümel vom Tisch gefegt und die Fliegen verjagt – sich abwandte, um Wurst zu holen, packte ich sie schweigend und kraftvoll von hinten, denn als sie mir noch das Gesicht zukehrte, mädchenhaft einfach, verwirrt und glücklich, hatte ich mich nicht entschließen können und war selber verwirrt gewesen. Als sie mir jedoch den Rücken zukehrte, begriff ich, daß dies die letzte Chance war, packte Nadja mit solcher Kraft, daß ihre Knochen knackten, und drückte und quetschte sie von hinten. Sie wollte sich losreißen, ihr Widerstand vermehrte meine Kraft und versetzte mich in eine angenehme Grausamkeit, und so drückte und quetschte ich sie von hinten. Sie wollte sich weiterhin losreißen und schien Widerstand zu leisten, aber nur, bis sie mir, von meinen Armen umschlungen, das Gesicht zukehrte, worauf sie still wurde und nur noch flüsterte: »Zerreiß mir nicht die Bluse.« Dieses nüchterne, reife »Zerreiß mir nicht die Bluse« nach ihrem naiven, mädchenhaften (wie es mir in der Eile vorkam), schamhaften Widerstand, diese nüchterne Bemerkung minderte ein wenig meine Glut, konnte sie jedoch nicht ganz löschen, dazu war ich viel zu erhitzt von dem Kampf und meiner eigenen grausamen Kraft, die sich grob über diese Frau hermachte und sie zwang, sich meinem Willen zu fügen. Ihre weiche Nachgiebigkeit nach dem Widerstand, der, wie ich später begriff, meinem jünglingshaft ungeschickten Vorgehen geschuldet war, das sie zwang, mich nachgerade mit Gewalt zu lenken und zu lehren, ihre Nachgiebigkeit also brachte mich auf ein neues Niveau, wo die Ernüchterung nach ihrer Bemerkung über die Bluse verging und ich zum erstenmal im Leben meine Leidenschaft stillte (dank den wortlosen, aber weiblich genauen Anleitungen Nadjas), und ich stillte sie in vollem Maße, das meinen nächtlichen Leidenschaften in meinen glücklichen Träumen, die manchmal wie ein Geschenk Gerechte oder Verklemmte heimsuchen, gleichkam oder sogar an Intensität übertraf. Zum erstenmal im Leben war ich als Mann ermattet, verspürte für eine Weile keine fleischlichen Wünsche mehr und hatte tiefe, natürliche Ruhe gefunden, wie sie allem eigen ist, das Vollkommenheit erreicht hat. Lange lagen wir ermattet nebeneinander, ein Mann und eine Frau, die die Scham voreinander verloren hatten und doch in der Seele nicht Ungewöhnlichkeit und Einmaligkeit empfanden, was ein Zeugnis von jünglingshaftem Stolz und Laster ist, sondern im Gegenteil Ruhe und Natürlichkeit bewahrten. Nicht jünglingshaft gierig, sondern mit männlich reifer Weichheit sah ich diese Frau vertrauensvoll nackt vor mir, und ihre nackten Brüste, etwas schwer und leicht hängend, hatten jetzt ebensowenig aufreizend Pornographisches und ungesund Erregendes wie ihr Gesicht, ihre Haare, ihre Hände... Ich muß offen sagen, daß ich mich auf dieser sittlichen Höhe nicht hielt und sehr bald kopfüber abstürzte in die Ausschweifung. Das hatte außer den gesellschaftlichen Umständen auch einen persönlichen Grund. Die Tatsache, daß ein und dieselbe Frau mich auf so verschiedene Weise an ein und dasselbe heranführte, diente als Anlaß für eine Analyse und verschiedene für die Liebe äußerst betrübliche Schlußfolgerungen, was sich zwangsläufig auf mein Urteil und überhaupt meine Weltsicht auswirkte. Mein altes, in der progressiven Gesellschaft von Arski seines Nimbus entkleidetes System – ich als Zentrum das Weltalls, Solipsismus genannt, entstand völlig überraschend auf dem neuen Boden der intimen Beziehungen: Selbst der Genuß hängt von niemandem so ab wie von mir selbst. Das war schon das Äußerste an Individualismus, denn ich ließ bei allem, was außerhalb von mir war, ausschließlich Passivität, Unterordnung und wechselseitige Ersetzbarkeit gelten.

Dieses natürliche, wenngleich betrübliche Hinüberhasten von totaler Verklemmtheit zu totaler Enthemmtheit, das eine theoretische Basis bekommen hatte, wurde sehr bald in großem Umfang realisiert, so daß es für eine Zeitlang sogar meine antistalinistischen Absichten in den Schatten stellte. Ich besuchte Filmus nicht mehr (nachdem ich aufgehört hatte, Nadja zu besuchen, mit der ich einige Zeit wie Mann und Frau gelebt hatte) und kam für einige Zeit überhaupt von politischen Überlegungen ab, statt dessen verwandelte ich mich in einen aktiven Junggesellen (ein entlehnter Terminus) und ging allabendlich in den Stadtpark zum steilen Flußufer oder in die Gegend der Drahtseilbahn, wo ich auf den ersten Blick lasterhafte Frauen erkannte. Ich lernte es, mein männliches Vergnügen sogar unter noch scheußlicheren Umständen als das erstemal mit Nadja zu finden, aber nachdem ich in jünglingshaftem Fieber (ja, in jünglingshaftem, denn nachdem ich bei Nadja zum Mann geworden war, hielt ich mich, wie schon gesagt, nicht auf diesem Niveau, sondern kehrte, meine männliche Erfahrung nutzend, zur jünglingshaften Gier zurück, der allerdings das frühere Träumerische fehlte), also, nachdem ich in jünglingshaftem Fieber zwei Wochen verbracht und mich erschöpft, verausgabt und erkältet hatte im feuchten nächtlichen Gras, kam ich zur Besinnung und war enttäuscht. Meine Fähigkeit, lasterhafte Zufallsfrauen zu genießen, war noch immer groß, aber ich war enttäuscht von mir als Persönlichkeit, denn ich begann zu spüren, daß ich falsch lebte. Kaum brach jedoch der Abend an, gewannen die lasterhaften Schwächen in mir die Oberhand, ich bestieg den Obus und fuhr, wie zur Arbeit, in den Park. Bald schon konnte ich Männer meinesgleichen unterscheiden und lernte sogar einen gewissen Chasi Masitow kennen, einen Tataren oder Baschkiren um die fünfundvierzig (der Terminus »aktiver Junggeselle« stammte von ihm). Dieser Chasi Masitow nahm mich mit in die Gesellschaft von Tina (den Nachnamen weiß ich nicht).

Tina, eine Frau um die Vierzig, war Buchhalterin im Dramatischen Theater (sagte sie). Natürlich gab es in ihrem Hause immer Kognak, vier oder fünf junge Freundinnen sowie Tonbandaufnahmen von Wertinski oder dem grade in Mode gekommenen Yves Montand. Hier verkehrten wohlsituierte Männer, Zivil und Militär, ich mußte wieder lügen und bezahlte ein paarmal nicht den Kognak (es gab da ein kleines Silbertablett auf einem Mahagonitischchen hinter dem Sofa, dort wurde Geld hingelegt, unauffällig, »um die Hausfrau nicht zu kränken«). Wenn sehr viele Männer gekommen waren, blieb ich auch schon mal ohne »Freundin« als der am wenigsten Bemittelte. Das war überhaupt eine schlimme Zeit, wie sie ein religiöser Mensch allenfalls auf dem Totenbett beichtet und auch dann nur als letztes oder vorletztes, vor dem Eingeständnis eines Mordes, wenn er denn einen auf dem Gewissen hat. Ein Atheist muß gänzlich darüber schweigen, und ich erwähne diese Hölle nur, weil ich in Tinas Gesellschaft, ach was, nennen wir's doch ehrlich Bordell, auf die Fäden einer politischen Verschwörung stieß.

Zuerst über die Gesetzmäßigkeit dieser Wende und dann über die Struktur und Vielfalt der politischen Verschwörungen in den letzten zehn Jahren, das heißt, in der Periode, in der die Spannung zwischen den Klassen liquidiert wurde durch die chirurgische Liquidierung der feindlichen Klassen. Sie erinnern sich, als ich mich der Ausschweifung ergab, sagte ich mich von der Politik los. Aber diese Lossagung geschah nicht als Folge eines bestimmten Entschlusses, sondern eher spontan, da ich alle meine seelischen Kräfte auf das Körperliche konzentrierte. Nichtsdestoweniger, als die erste Gier vorüber war, das Neue verblaßte (das kam ziemlich bald, bedeutete aber nicht, daß es mich nicht mehr zu den aufreizenden Genüssen zog. Nein, aus dem ursprünglichen jünglingshaften Ausbruch, der sogar einen romantischen Aspekt hatte, war bewußtes Laster geworden), also, als das Neue verblaßte, gewann wieder der Alltag die Oberhand: der Schlafplatz, statt des Bettzeugs ein Fenstervorhang, den mir die Heimleiterin aus Gnade und Barmherzigkeit und heimlich, um mir keine Hoffnung zu machen, aber das eigene Gewissen zu beruhigen, untergeschoben hatte (das stand inzwischen fest). Ein solches Leben hatte ich nach der Rehabilitierung, als ich mich nicht mehr von Gönnern abhängig fühlte, sondern mit allen gleichberechtigt und ungerecht übergangen... Wenn der erste Ausbruch der chaotischen Leidenschaft mir den Alltag verstellt hatte, floh ich jetzt künstlich vor dem Alltag in die Leidenschaft. All das mußte mich zurückbringen in die frühere finstere, extreme Richtung, in deren Licht ich auch mein fieberhaftes Nachholen der jünglingshaften Versäumnisse sehen mußte. Auf die Genüsse verzichten konnte ich nicht mehr, aber ich besuchte den Park nicht aufgestört freudig, sondern rachsüchtig verbittert. Es endete damit, daß ich einer der lasterhaften Frauen ins Gesicht schlug, denn wir waren in einen richtigen politischen Streit geraten, noch dazu im unpassendsten Moment, und sie hatte sich auf die Seite der Stalinisten geschlagen. Zum Glück tauchte gleich danach Chasi auf. Die Atmosphäre der Gesellschaft, in die er mich führte, habe ich teilweise schon wiedergegeben. Ich möchte hinzufügen, daß in Tinas Bordell politische Gespräche geführt und politische Witze ganz offen erzählt wurden, ebenso wie schlüpfrige. Es war so eine Zeit, und wo sich ein Mensch meines Temperaments und meines Schicksals auch hinwandte, er stieß überall auf die Politik, die die Gesellschaft nach dreißig Jahren politischen Dauerschlafs erfaßt hatte.

Nun zu den politischen Verschwörungen. Nachdem im Dezember 1934 S.M. Kirow ermordet worden war, gab es politisch extreme Verschwörungen im realen Sinne überhaupt nicht mehr. Die Vergiftung Gorkis war nachweislich angestiftet. Im übrigen wird heute ziemlich viel und zweideutig über den Tod Kirows geschrieben, ebenso über angebliche Verschwörungen gegen Stalin, Molotow, Kaganowitsch, Woroschilow und andere große Politfunktionäre des Landes. Und vielleicht klingen meine Worte dissonant in der allgemeinen Entlarvung der Vergangenheit, aber da ich in der Folgezeit an einigen Ereignissen beteiligt war, bin ich geneigt, an das Vorhandensein einer bestimmten Wahrheit zu glauben, die zweifellos aufgebauscht und ausgeschmückt ist, nämlich an Versuche, verschwörerische Anschläge gegen Regierungsmitglieder zu verüben. Während eines Besuchs Stalins an Bord des Kreuzers »Tscherwona Ukraina« ereignete sich tatsächlich ein Attentatsversuch, aber nicht durch eine Gruppe gut organisierter Feinde, die mit dem internationalen Kapitalismus in Verbindung standen, wie darüber geschrieben wurde, sondern durch eine Bürgerin der Stadt Nikopol, die sich einer durchaus weiblichen Methode bediente, denn sie wollte Iossif Stalin aus einem Reagenzglas Salzsäure ins Gesicht gießen. Dieser Akt war naiv und kleinbürgerlich, und die Frau wurde kurz vor ihrem Ziel auf der Uferstraße ergriffen, sie leistete Widerstand und spritzte sogar Säure in die Augen eines Zufallspassanten, der bei der Festnahme der Verbrecherin helfen wollte. Ich gehe so ausführlich darauf ein, weil ich erstens das Faktum nachgerade aus erster Hand erfuhr, nämlich vom Vetter dieser Frau, den ich in Stschussews Organisation kennenlernte (alle Verwandten der Frau waren natürlich verhaftet worden), zweitens, um die weit größere Wahrscheinlichkeit solcher Akte auch seitens unvorbereiteter Personen und drittens die weit größere Zufälligkeit einer Reihe aufsehenerregender Ereignisse oder die Zufälligkeit ihres Ausbleibens und Scheiterns hervorzuheben. All das schließt natürlich wohlberechnete und sachkundige Verschwörungen nicht aus, aber solche Verschwörungen sind gar zu auffällig und wenig effektiv, und unter den Bedingungen eines stabilen Staates mittleren Alters – das heißt, eines Staates, der aus der anfänglichen Unbeständigkeit herausgewachsen und in die Periode eingetreten ist, in der das Volk sich an das Regime gewöhnt hat und ihm glaubt, daß es die einzige und natürliche Möglichkeit ist, die Lebensordnung aufrechtzuerhalten – werden solche Verschwörungen vom Volk abgelehnt und als gefährliche Störungen verachtet. Unter diesen Bedingungen werden als besondere Bedrohung der gesellschaftlichen Ordnung verbitterte Einzelgänger oder kleine, emotional aufgeladene, zur nüchternen Berechnung unfähige, furchtlose Grüppchen verschiedener Richtung und Observanz angesehen... Die Zeit, die hier beschrieben wird, war in diesem Sinne besonders gefährlich... Obwohl die Hauptmasse des Volkes das gesellschaftliche Fieber Ende der fünfziger Jahre nicht akzeptierte und sogar aktiv ablehnte, kam es in den Schichten, die zum feineren Empfinden der eigenen Persönlichkeit befähigt waren, zum Bruch und zum Fieber, wie es mir als Folge der langen körperlichen Verklemmtheit widerfahren war. Der Prozeß hatte eine ernsthafte Grundlage und hätte in zwei Fällen Ergebnisse zeitigen können: entweder wenn er von den Volksmassen unterstützt oder wenn er geschlossen und umsichtig von oben durchgeführt worden wäre. Bedauerlicherweise geschah weder das eine noch das andere, und das war der Grund für eine Reihe von tragischen Wendungen. Dazu trug bei, daß sich eine große Zahl von Menschen mit zerstörtem Schicksal in Freiheit befand und daß die Machthaber, wenn auch nur für kurze Zeit, verwirrt waren angesichts dieser tragischen Schicksale und angesichts der Folgen ihrer eigenen Taten. Ich wiederhole, diese Periode dauerte nur kurze Zeit, aber sie zeigte, wie zählebig die unlenkbaren anarchischen Kräfte im Schoß jeder, selbst der stabilsten, Gesellschaft sind und wie leicht sie sich der Kontrolle nicht nur einer etablierten Ordnung, sondern auch ihrer eigenen Ordnung entziehen können, das heißt, sie verletzen sogar ihre eigene Regel und werden zu Opfern, nein, zu gefährlichen Opfern ihrer eigenen unbedachten Wendungen und Wahnsinnstaten, ihres Pessimismus und Kummers und ihrer philosophischen Sackgassen, die bei nicht gefestigten Schicksalen so häufig sind... Das ging so weit, daß die Reihen dieser anarchistischen Kräfte aufgefüllt wurden sogar von Anhängern der fest etablierten, vom Volk geheiligten Richtung, da die Machthaber in einer bestimmten Periode zauderten und diejenigen zum persönlichen Kampf gegen die nachstalinistischen Tendenzen zwangen, die an gemeinsame, kollektive Handlungen gewöhnt waren, an kollektiven Widerstand durch die ganze Gemeinschaft, das ganze Land. Diese Verzweiflungshandlungen entfesselten die Initiative und Aktivität von besonders zweifelhaften Elementen, die in der Periode des Stalinregimes nie gewagt haben würden, eine selbständige Initiative zu ergreifen, und die trotz des knallharten Stalinismus in den letzten zwei-drei Lebensjahren des Diktators ein Produkt des Todes Stalins und der kurzzeitigen Unschlüssigkeit der Machthaber waren... Es waren in der Regel junge Leute, die ungeachtet ihres Hasses auf die neuen Chrustschowschen Tendenzen schnell den Zeitgeist erfaßt hatten, der in Revision, Neusicht und Kritik der Machthaber bestand. Darin unterschieden sie sich von den traditionellen Stalinisten. Diese jungen Leute leisteten den Machthabern Widerstand und formulierten ihre Ansichten mit einer Offenheit, wie sie selbst im Jahre zweiundfünfzig nur zwischen den Zeilen ausgedrückt worden war, nicht aber in den Zeilen selbst. Kurzum, ihr Credo war, jene Tendenzen, die, obwohl fast unzweideutig, aber doch offiziell bis März dreiundfünfzig noch zwischen den Zeilen erstarrt waren, in die Zeilen zu überführen. Das heißt, es sollte endlich dem russischen Volk offen und deutlich gesagt werden, daß nicht die Kosmopoliten, sondern die Jidden Rußland zugrunde gerichtet hatten... Natürlich wäre so etwas nie geschehen, selbst wenn nicht alles Frühere im März dreiundfünfzig erstarrt wäre. Jedenfalls wäre es nicht mit solcher Offenheit geschehen. Aber diese jungen Leute betrachteten den früheren traditionellen Stalinismus nicht als Dogma, sondern als Anleitung zum Handeln. Der traditionelle Stalinismus hatte bestimmte Verpflichtungen gegenüber dem revolutionären Internationalismus und der früheren Reinheit der revolutionären Gedanken, mehr noch, er hatte unter seinen Anhängern Millionen ehrliche Menschen, die einen solchen Ausdruck in einer so offenen These nicht akzeptiert haben würden, mehr noch, er hatte Stalin selbst, einen Menschen, der zwar Dummheiten begangen hatte, aber in verantwortlichen Momenten schlau war und eher zur schwülstigen, üppigen orientalischen Allegorie neigte als zum urrussischen, rauschhaften, wütenden Herausplatzen mit der Wahrheit, wobei man sich das Hemd auf der Brust zerreißt. Also, die jungen Leute nahmen den traditionellen Stalinismus in seinem heutigen, modernisierten, extremen Charakter wahr, der, ob sie es wahrhaben wollten oder nicht, die zeitgenössische revisionistische Selbständigkeit in sich aufgenommen hatte und auch die sogenannte Ehrlichkeit, die von der verbreiteten Entlarverei als allgemeiner Tendenz herührte und der sowohl Antistalinisten als auch junge Stalinisten unwillkürlich verfielen... Im übrigen konnte man sie nur sehr annähernd als Stalinisten bezeichnen, jedenfalls in der ersten Zeit. Das ging so weit, daß sich ihnen nach und nach sogar ein bestimmter Teil der sogenannten Antistalinisten anschloß, und nach und nach neigten sie allesamt zur nationalen Religiosität und zur dörflichen Schlichtheit, denn bekanntlich ist in der dörflichen Landschaft das nationale Moment stärker ausgeprägt, während das jüdische Prinzip fehlt... Aber das war später, damals hingegen haderten diese jungen Leute zwar mit der Macht, hielten sich aber an die revolutionären und stalinistischen Grundlagen... Charakteristisch dafür war Orlow, dem ich, wenn Sie sich erinnern, einmal einen Aschbecher ins Gesicht gerieben hatte und auf den ich in Tinas privatem Freudenhaus stieß. Genauer, nicht auf ihn selbst (möglicherweise verkehrte er auch hier, aber ihn selbst habe ich zum Glück nicht gesehen), aber auf seine Erzählung, die, auf dünnem Papier getippt, in bestimmten Kreisen kursierte (eine für die Zeit charakteristische und weit verbreitete Erscheinung). Daß ich wieder auf Orlow stieß (in der Folgezeit sollte ich sogar in offenem politischem Kampf auf ihn stoßen), ist nicht verwunderlich, und solche doch wohl operettenhaften Zufälligkeiten sind unter sogenannten Verschwörern durchaus gesetzmäßig.

Auch in der Periode zwischen echten Revolutionen ist die Hauptmasse des Volkes an den politischen Kämpfen nicht beteiligt, sondern mit schöpferischer Arbeit beschäftigt, und der gegen die Regierung eingestellte Kreis ist äußerst klein, so daß bei ihnen alles überschaubar ist, und die politischen Verschwörer verschiedener Richtungen haben mehr Zusammenstöße untereinander als mit den Machthabern. In jenen Jahren aber, als sich die Krise der Gesellschaft trotz einer Reihe tragödienhafter Situationen mehr in den Amtsstuben abspielte und sich sogar in gewisser Weise auf der literarisch-publizistischen Ebene entwickelte, waren die verschiedenen Grüppchen einfach dazu verurteilt, mit der Nase aufeinander zu stoßen wie Spaziergänger auf einer Provinzhauptstraße, manchmal sogar im buchstäblichen Sinne – am Restauranttisch oder in Einzelfällen, wie bei mir mit Orlow im Bordell (ich wiederhole, zum Glück nicht direkt).

Die Erzählung fand ich in einer Sofaecke, von irgendwem nachlässig dorthin geworfen und offenbar vergessen, was ebenfalls von den Extremen und der Kühnheit zeugt, zu denen die Gesellschaft gelangt war, denn in der Erzählung war von sehr gefährlichen, fast regierungsfeindlichen Dingen die Rede, nämlich von einem Offizier und einstigen Frontkämpfer, der den Plan gefaßt hatte, »denjenigen umzubringen, der unser Volk und unsere russischen Siege mit Schande bedeckt hat«. Direkt war von ihm nirgends die Rede, aber die Anspielung war verständlich, ganz bewußt nachlässig getarnt, und in dem Mann, den der Offizier töten wollte, war unschwer Chrustschow zu erraten, das derzeitige Oberhaupt von Partei und Staat. Diese Erzählung nahm ich unbemerkt an mich und las sie in ruhiger Umgebung. Sie war ziemlich langweilig geschrieben, wenn auch in freier, ironischer Prosa à la Hemingway... Sie war vielleicht dreißig Seiten lang, umfaßte aber eine ziemlich lange Periode und begann mit dem Moment, in dem der Held der Erzählung, Major Stepan Rasgonow, schwer verwundet inmitten der Leichen seiner Soldaten in einer Ruine lag. Das Ganze war äußerst naturalistisch geschrieben, vielleicht mit einer Herausforderung an den sozialistischen Realismus, aber irgendwie literaturwissenschaftlich, so wie Leute schreiben, die den Wert naturalistischer Details kennen. Major Rasgonow ist schwer am Bein verwundet, er kann sich nicht rühren und ist so schwach, daß er Mühe hat, das kleine Stalinbild zu halten, das aus der Zeitung ausgeschnitten und auf Pappe geklebt ist. Er will zur Wand kriechen, um das Bild dort zu befestigen, denn Stalins Gesicht lindert den Schmerz. Aber er schafft es nicht bis zur Wand, also kriecht er zu einem toten Soldaten und klebt das Bild an dessen vom Blut klebrige Schläfe. So ist der Anfang... Es folgt das Motiv der Rückkehr der Frontkämpfer ins friedliche Leben mit den für jene Zeit typischen Ansprüchen und mit dem Mißmut über die Etappenleute »von der Taschkenter Front«. Aber die Haupttragödie beginnt dreiundfünfzig. Alles, was teuer war, wofür die Soldaten gestorben sind und wofür er selbst, Rasgonow, sein Blut vergossen hat, wird nun geschmäht, herabgemindert, verleumdet, dem Vergessen anheimgegeben, verjudet. Und da bricht sich der lebendige Atem, der lebendige Haß Bahn, anders freilich als der Haß auf die Etappenleute von der »Taschkenter Front«, wo die Literatur gänzlich fehlt, hier ist der Haß ein wenig verdorben vom literarischen Stil, vielleicht wegen der Notwendigkeit von Andeutungen und Hemingwayschem Unterton.

»Das ist ja kein Mensch«, schreit Stepan und schlägt mit der Faust auf die Zeitung mit der antistalinschen Rede, »das ist ein fetter Fleischbatzen mit Haaren in den Achselhöhlen.«

Nach einer schlaflosen Nacht entschließt er sich, steckt die erbeutete Waltherpistole ein und geht ins Stadion, wo der Mann eine Rede halten soll, »der unser Volk und unsere russischen Siege mit Schande bedeckt hat«. Es folgt eine sehr wichtige Passage, von Orlow unernst, mit Humor geschrieben. Es gelingt Stepan, sich ziemlich nahe an die Absperrung rund um die Tribüne heranzudrängen. Aus dieser Entfernung könnte ein guter Schütze wie er es riskieren. Aber er kann sich nicht entschließen, er entfernt sich, geht in eine Bierstube, betrinkt sich und meditiert über seinem Glas: »Was ist, Stepan, willst du dir größte Unannehmlichkeiten einhandeln? Nein? Warum gehorchst du dann jedem Gebot deines Herzens?«

In der Nacht allerdings erfaßt ihn Schwermut. Beim Licht einer Soldatenfunzel, die er aus einem Arzneifläschchen gebastelt und mit Feuerzeugbenzin gefüllt hat, sitzt er wie vor einem ewigen Lämpchen (der Einfluß der nationalen Religiosität, die später voll erblühte, wirkt hier schon auf Orlow und die vorhandene gesellschaftspolitische Strömung), also, vor der Soldatenfunzel oder dem ewigen Lämpchen veranstaltet er gegen sich selbst eine Gerichtsverhandlung wie gegen einen Soldaten, der einen Befehl nicht ausgeführt hat. Als Richter stellt er Fotos seiner Frontkameraden auf den Tisch, lehnt sie gegen umgestülpte Gläser und Tassen. Gegen Morgen verurteilen diese Fotos, besonders das von der Beerdigung der Gefallenen bei Belgorod, Stepan Rasgonow zum Tode. Darauf beruhigt er sich, rasiert und kämmt sich, näht eine frische Kragenbinde in den Uniformrock, steckt statt der Ordensspangen die Orden und Medaillen an, nimmt ein Blatt Papier und schreibt: »Stalin ist unsterblich, darum sterbe ich ruhig.« Mit den Orden und Medaillen klimpernd, verläßt er das Haus, geht in eine der zentralen städtischen Grünanlagen, wo ein Stalin-Denkmal steht, holt aus der Seitentasche ein vergilbtes Soldatenfoto mit alten vertrockneten Blutflecken, schneidet sich mit einem Messer die Hand auf und beschmiert mit dem Blut die Rückseite des Fotos, die Stellen, wo noch die braunen verblichenen Flecke vom Blut seiner Kameraden sind, klebt das Bild an den Sockel, blickt hinauf zu dem aus Granit gemeißelten starken Gesicht Stalins, schießt sich gezielt ins Herz und stirbt sofort ohne Qualen... Obwohl die Miliz den Leichnam eilig wegschafft, verbreiten sich Gerüchte, und am nächsten Morgen liegt an dieser Stelle ein Blumenstrauß. Auch an den folgenden Tagen werden Blumensträuße hingelegt...

Ich muß gestehen, daß das letzte Stück, die Lösung, sich durch eine gewisse Würde auszeichnete, doch man hatte nicht das Gefühl, Belletristik zu lesen, sondern eher einen Dokumentarbericht und ein authentisches Protokoll vor sich zu haben (zum Beispiel die umgestülpten Gläser und Tassen, an die die Fotos gelehnt wurden, und die Abschiedsnotiz paßten nicht zu Orlows literarischem Stil. Er würde sich eher etwas Blumiges, Böses mit Untertext ausgedacht haben). Diese Vermutung bestätigte sich alsbald durch den Satz über die Blumen, die jeden Morgen am Sockel des Stalin-Denkmals niedergelegt wurden. Dieser Satz diente als Vorwand für sehr praktische Schritte und half mir, mich in der Organisation Stschussew zu etablieren.

ACHTES KAPITEL

Zu Stschussew wollte ich schon lange, aber ich traf überraschend und rein zufällig mit ihm zusammen. Ich begegnete ihm einfach auf der Straße. An arbeitsfreien Sommertagen wimmelte die Hauptstraße buchstäblich von Menschen, so daß man nur in langsamem Schritt gehen konnte, wenn man sich an den allgemeinen Rhythmus und an seine Reihe hielt, und man mußte schon eine Zeitlang mit denselben Passanten gehen, sonst riskierte man, pausenlos andere anzurempeln... Ich liebte dieses Gehen inmitten der Menge am südlichen Sonntag, wo eine festliche Faulheit zu spüren war, die, wie ich fand, den Menschen gutmütiger machte. In letzter Zeit, nachdem mir die jünglingshafte Begierde abhanden gekommen war, weckte dieses Gehen in der Menge für fünfzehn bis zwanzig Minuten in mir den Eindruck, mit der Gesellschaft verschmolzen und materiell versorgt zu sein (doch damit war ich wieder an den kritischen Punkt gekommen).

An einem dieser Tage traf ich in solch einer Menge Stschussew, der freilich im Gegenstrom ging. Ich erkannte ihn sofort, obwohl ich ihn bei Bitelmacher nur flüchtig gesehen und er sich seit jenem Abend sehr verändert hatte. Es war nicht nur, daß seine Gesichtszüge damals erregt und wutverzerrt waren, während er diesmal sorglos, festlich gestimmt und irgendwie gesättigt und faul wirkte, so wie die Menschenmenge. Unsere Seelenregungen und Emotionen hängen ja recht oft von ganz einfachen und materiellen Dingen ab. Damals sah Stschussew materiell gehetzt aus (mein Terminus), das heißt, er hatte von der Schlaflosigkeit entzündete Augen und von Unterernährung oder einer Krankheit eine blasse Haut. Jetzt war er braungebrannt und erholt, ganz in Weiß gekleidet und strahlend sauber (damals war er wohl auch schmutzig gewesen). Neben ihm ging ein breitschultriger, sportlich wirkender junger Mann, über dessen Wange sich mit einer Art männlicher Eleganz eine Narbe zog (solche Narben hatte ich sehr selten gesehen, aber sie hatten in mir stets Neid geweckt. Ich glaube, daß sie einem Menschen Kraft und Ungewöhnlichkeit verleihen). Als ich das sah, blieb ich stehen und spürte einen Stich im Herzen vor Freude und Überraschung. Man trat mir sogleich in die Hacken, und als ich nun aus dem einen in den anderen Strom hinüberwechseln wollte, rempelte ich ein paarmal Menschen an, womit ich mir trotz der allgemeinen Wohlgelauntheit und Geruhsamkeit zornige Anranzer einhandelte. Ich achtete nicht darauf, zwängte mich durch und ordnete mich in den Strom ein, der vom Platz zum Postamt zurückging (bislang war ich in dem Strom vom Postamt zum Platz gegangen). Während ich mich einordnete, waren Stschussew und sein Partner mir schon ein Stück voraus, und die Reihe zu zerstören, in die ich mich grade erst hineingezwängt hatte, war undenkbar. Das einzig Mögliche war, den Hals zu recken, Stschussews Partner zu beobachten, der zum Glück hochgewachsen war (Stschussew selbst konnte ich nicht sehen) und zu warten, bis der Strom mich zum Postamt trug, wo mehr Raum war und die Menge teilweise von den hier fächerartig abgehenden Straßen eingesogen wurde. Aber es bestand auch die Gefahr, daß Stschussew und sein Partner, die fünfzehn bis zwanzig Meter vor mir gingen, verschwinden konnten, ehe ich den freien Raum erreicht hatte. Ärgerlich die Menge schmähend und mit beginnender Nervosität versuchte ich, wenigstens ein paar Reihen weiter zu kommen, doch ich gelangte nur bis zu einem dicken Mann, der ebenfalls nervös war, stark schwitzte, unter der Sonne litt und offenbar auch davon träumte herauszukommen... Dieser Mann ließ mich nicht durch, und als ich ihn zu umgehen versuchte, wechselte er absichtlich den Platz und versperrte mir den Weg. Mich mit ihm anzulegen war keine Zeit... Ich flehte nur zu Gott, Stschussew möge nicht in einer der Seitenstraßen verschwinden, sondern geradeaus gehen. (Was Gott betrifft: Ich bin Atheist und mache mich über die Religion lustig, aber in Momenten der Erregung bete ich, da ich keinen anderen Weg mich zu beruhigen kenne.)

Endlich hatte ich das Postamt erreicht und sah Stschussew und den jungen Mann in einer Schlange nach Sprudelwasser anstehen. Das war sehr günstig. Natürlich ging ich nicht sofort zu ihnen, denn Außenstehende brauchten unser Gespräch nicht zu hören, und das gab mir die Zeit, den Gesprächsanfang zu bedenken, denn um den Fortgang machte ich mir keine Sorgen, nur um den Anfang und den ersten Eindruck. Ich stellte mich hinter einen Baum, damit Stschussew mich nicht vorzeitig bemerkte (er dürfte sich kaum an mich erinnern, aber ich konnte ihm zufällig auffallen als ein Passant, der sich hier schon lange herumtrieb, und wenn dieser dann auf ihn zukäme, konnte Stschussew den Eindruck gewinnen, daß die Begegnung nicht zufällig, sondern berechnet und daß ich ihm gefolgt war, und das wollte ich nicht), ich stellte mich also hinter einen Baum, linste behutsam dahinter hervor und ließ Stschussew nicht aus den Augen, dabei legte ich mir Varianten des Gesprächsanfangs zurecht. Berufen mußte ich mich natürlich nicht auf Bitelmacher, den Stschussew deutlich nicht mochte, sondern auf Filmus, zumal ich mich mit ihm recht gut stand, allerdings hatte ich ihn nicht gebeten, mich mit Stschussew bekanntzumachen, aus Furcht, die Sache zu verderben. Aber wie sollte ich das Gespräch beginnen? »Entschuldigen Sie bitte, ich möchte mit Ihnen sprechen« – viel zu geheimnisvoll und gefährlich... Stschussew würde sich kaum bereit finden, mit dem Erstbesten zu reden bei dieser verwaschenen Anrede, aus Furcht vor einer Provokation. »Entschuldigen Sie, wir sind uns schon begegnet, doch Sie werden sich kaum erinnern« – da konnte Stschussew mich nicht sofort zurückweisen, aber irritiert gucken. Ein solcher Anfang verlangte jedoch eine Fortsetzung: wo genau wir uns begegnet waren – und dann war es unvermeidlich, Bitelmacher zu erwähnen, was, wie gesagt, nicht wünschenswert war... Es blieb nur übrig, gleich mit dem ersten Satz den Stier bei den Hörnern zu packen. »Entschuldigen Sie bitte, Bruno Teodorowitsch Filmus hat mir versprochen, mich mit Ihnen bekannt zu machen, doch nun dieser glückliche Zufall, daß ich Sie auf der Straße treffe, da habe ich mich entschlossen, selbst...« Dieser Nachdruck hatte auch mindestens zwei Nachteile: erstens die Lüge – Filmus hatte nicht vor, mich mit ihm bekannt zu machen. Zweitens die Frechheit, die übrigens allen drei Varianten eigen war, hier jedoch noch hemdsärmeliger und überdeutlich. Nichtsdestoweniger brachte ich sogleich mit den ersten Worten einen Menschen ins Gespräch, den Stschussew zu mögen schien, der mit ihm im Konzentrationslager gesessen hatte, ihm daher freundschaftlich gesonnen war und darum Aufmerksamkeit verdiente. Wenn Stschussew den Namen Filmus hörte, würde er sich wohl interessieren, und mir kam es darauf an, ihn von Anfang an zu interessieren, denn wie schon gesagt, der Fortgang machte mir keine Sorgen.

Darin irrte ich mich, denn der erste Eindruck spielt eine ernsthafte Rolle nur bei Männern mit weiblichem Charakter, Stschussew hingegen war durch und durch ein Mann, ungeachtet seines kleinen Wuchses (vielleicht auch dank ihm, denn kleine Männer, denen äußerlich die Männlichkeit fehlt, haben stets einen nüchterneren und härteren männlichen Charakter). Selbst Eitelkeit und nervöse Anfälle konnten an dieser männlichen Wesensart nichts entscheidend ändern. Apropos Eitelkeit. Über Nervosität als weibliches Prinzip läßt sich ja wohl nicht streiten, aber Eitelkeit wird von manchen irrtümlich als männliches Prinzip angesehen. Ich möchte das strikt zurückweisen. Eitelkeit ist die Leidenschaft, sich unter seinesgleichen hervorzuheben. Männliche Leidenschaften gibt es überhaupt nicht, und nicht umsonst ist die Leidenschaft weiblichen Geschlechts... Männliche Leidenschaft, das klingt genauso absurd wie männliche Sünde... Das wahrhaft männliche Prinzip kommt dem Buddhismus außerordentlich nahe, das Christentum hingegen ist nach den Worten von Bruno Filmus (so der aus dem Gedächtnis wiedergegebene kurze Konspekt seiner Überlegungen) eine weibliche Religion, die auf den Kampf gegen die Sünde abzielt, während der Buddhismus auf den Kampf gegen das Leiden abzielt, und darin steht er einer anderen alten Religion nahe, dem

Judentum, und zwar in seinen physiologischen Grundprinzipien, nicht in der Philosophie... Man sollte meinen, daß die philosophischen Postulate dieser Religionen einander entgegengesetzt sind: »Nicht durch Feindschaft kommt Feindschaft zu Ende« ist der Refrain des ganzen Buddhismus, »Aug um Auge, Zahn um Zahn« der Refrain des Judentums, »Liebe deine Feinde« der Refrain des Christentums. Christentum und Buddhismus scheinen völlig übereinzustimmen, aber es gibt keine extremeren und entgegengesetzteren Prinzipien als die Prinzipien dieser Religionen, und der Unterschied liegt wiederum nicht in den Formulierungen, sondern in ihrer Grundlage und Auslegung... Dem Christentum liegt der physiologische Genuß der Selbstopferung zugrunde, dem Buddhismus hingegen der physiologische Genuß des eigenen physisch gesunden Prinzips, das heißt, nicht die Selbstopferung, sondern der Egoismus als Pflicht. Buddha begreift die Güte als Element, das nicht seelische Genugtuung gibt, sondern physische Gesundheit. Das Gebet ist ausgeschlossen, ebenso die Askese. All das sind Mittel von übergroßer Reizbarkeit, darum verlangt Buddha nicht den Kampf gegen andere Überzeugungen und wendet sich gegen Rache, Haß und Ressentiment. Die Erhebung des Egoismus zu einem sittlichen Postulat ist auch für das Judentum charakteristisch, jedoch auf einer anderen, sogar entgegengesetzten philosophischen Grundlage. Trotz seiner Härte und Unfreundlichkeit überwiegt im Judaismus der Egoismus der Vaterschaft, der die noch unreife menschliche Persönlichkeit mit einer ganzen Reihe von harten Maßnahmen beherrscht und dieser Persönlichkeit eine wenn auch grausame, so doch notwendige geistige Diät verordnet... Die Gebote des Buddhismus wie auch die des Judentums, die in der Bibel dargelegt sind, erinnern häufig an elementare hygienische Regeln, und nur bei deren Einhaltung kann der Mensch Befriedigung empfinden über sein echtes, nicht ausgedachtes Schicksal und über seine echten, nicht ausgedachten Lebensfreuden. Der Unterschied in der Philosophie des Judentums und des Buddhismus liegt teilweise in der Geschichte, vielleicht noch mehr aber in der Geographie, denn der Buddhismus entstand in einem Land, wo das milde Klima heilsam ist und wo das Volk sich durch Sanftmut auszeichnet, während das Judentum in glühenden Sandwüsten entstand und in einem unterdrückten Volk, das nach Zwangsheilung und nach strengen Hygieneregeln verlangte. Das Christentum hingegen trägt in sich ein völlig anderes Prinzip – nicht Heilung, sondern Genesung, poetische Heilung durch Suggestion – und verlangt daher eine außergewöhnlich reizbare Sensibilität, die sich als raffinierte Schmerzfähigkeit ausdrückt, aber auch als Übergeistigkeit. Darum ist das Christentum eine weibliche und das Judentum eine männliche Religion. Und darum entstand in der sich entwickelnden unvollkommenen Welt das Christentum aus dem Judentum wie Eva aus Adams Rippe. Der Buddhismus hingegen, den ein Philosoph als Religion des Nihilismus und der Dekadenz bezeichnet hat, bedurfte keiner ergänzenden Gebäude und – in einem milden Klima und in einem sanftmütigen Volk – keines Lebensdrangs, sondern im Gegenteil, nur der Betrachtung und des Fehlens von geistiger Weiterentwicklung, denn er war vollauf zufrieden mit dem, was er besaß, und suchte nicht nach Schutz dessen, was er erreicht hatte. Auf diese Weise verlor er nicht nur die Leidenschaften, sondern auch das deutlich ausgeprägte Geschlecht und wurde zu einem allumfassenden Wesen, was übrigens bedeutet, doch zu einem männlichen, in dem sich das weibliche Prinzip aufgelöst hatte...

Ich bitte um Vergebung für die neuerliche Abschweifung und kehre zu Stschussew zurück, der sich zum Zeitpunkt meiner Begegnung mit ihm physisch gut fühlte und ruhig und nüchtern war (apropos, ich muß mich schon wieder unterbrechen. Trunksucht gilt hauptsächlich als männliches Laster, dabei ist sie auch eine Erscheinungsform künstlich erregter weiblicher Wesenheit im Manne, das heißt, eine Erscheinungsform der Sünde. Darum gibt es nichts Scheußlicheres als eine betrunkene Frau, da sie in ihrer Sünde besonders natürlich und tief ist).

Also, Stschussew war ruhig, physisch kräftig und nüchtern, also herrschte in ihm voll und ganz das männliche Prinzip. Aber all das wußte ich nicht und begriff es erst später durch Analyse und Vergleich. Damals wartete ich, bis Stschussew und der junge Mann mit der Narbe nach einer ziemlichen Wartezeit an der Reihe waren, Sprudelwasser tranken und weitergingen. Ich folgte ihnen und wartete auf einen günstigen Moment, um auf sie zuzugehen. Unter einem günstigen Moment verstand ich folgendes: Sie setzten sich auf eine Bank (ein sitzender Mensch ist, selbst gegen seinen Willen, stets aufmerksamer und toleranter. Darum wird politische Polemik von besonderer Hitzigkeit immer im Stehen geführt). Also, entweder sie setzten sich, oder sie begäben sich in eine minder belebte Gegend. Es gab freilich eine außerordentliche Gefahr, die mich antrieb und zwang, entweder sofort zu handeln oder von meinen Absichten abzustehen und andere, weniger riskante Wege zur Bekanntschaft zu suchen. Diese Gefahr lag im Verkehrswesen der Stadt. Ich rede schon gar nicht vom Taxi, mit dem Stschussew sofort weg gewesen wäre, nein, selbst ein gewöhnlicher Obus konnte meinen Versuch nahezu unausführbar machen. Selbst wenn ich in denselben Obus hineinkäme, wäre ich für sie ein beliebiger Fahrgast, und danach wie bei einer Zufallsbegegnung auf sie zuzugehen wäre riskant, und im Obus ein Gespräch anzufangen wäre lächerlich.

Unter solchen Überlegungen schritt ich rasch aus (Stschussew und sein Begleiter hatten ihren Gang beschleunigt, als wollten sie eilig irgendwohin, und das alarmierte mich). Im Gehen beschimpfte ich mich wegen meiner Unentschlossenheit, widerlegte aber sogleich diese Argumente durch andere, vorsichtige und nüchterne. Es gibt für mich nichts Schlimmeres, als in einem so zerrissenen Seelenzustand zu sein. Ich begriff sehr wohl, daß ich, wenn ich noch fünf Minuten in diesem seelischen Pudding (mein Terminus) verweilte, jedwede Fähigkeit zum Handeln verlieren würde. Inzwischen näherten sich Stschussew und der junge Mann einer Kreuzung, sie gingen auf dem Gehsteig und zeigten nicht die Absicht, zum Grünstreifen in der Mitte der Straße hinüberzugehen, so daß meine Hoffnung, sie würden sich auf eine Bank setzen, verflog. Sie schienen es wirklich eilig zu haben, an dieser Stelle kreuzten sich mehrere Obuslinien, und Stschussew konnte durchaus den städtischen Nahverkehr benutzen, was, wie gesagt, für meine Versuche, Bekanntschaft zu schließen, verderblich gewesen wäre. Darum, als sich günstigere Umstände andeuteten, das heißt, als Stschussew und der junge Mann stehenblieben, um den Fahrzeugstrom vorbeizulassen, stürzte ich verzweifelt auf sie zu, obwohl drumherum eine Menge Passanten standen und darauf warteten, die Straße überqueren zu können.

Für lange Zeit, vielleicht für immer, bis ans Ende des Lebens, werde ich an diese folgenschweren Minuten denken. Die Straße, die uns den Weg versperrte, war zwar belebt, aber schmal. Auf der anderen Seite stand eine schöne Kirche, eine berühmte Sehenswürdigkeit der Stadt, zu der nicht nur Gläubige strömten, sondern auch Neugierige und Kunstliebhaber, die sich die religiösen Bilder von Wrubel und Wasnezow ansehen wollten. Die Kirche wurde auch oft von Ausländern besucht. Heute am Sonntag fand dort ein Gottesdienst statt, der Hof war voller Menschen, die über die breiten Stufen hinein und hinaus gingen, und am Straßenrand standen zwei Touristenbusse und ein paar ausländische Autos.

Ich schildere all das so ausführlich, weil Stschussew, als ich eben auf ihn zugehen wollte, die Kirche betrachtete, dabei den Kopf in den Nacken legte und etwas zu dem jungen Mann sagte, ich glaube, etwas Spöttisches. Die Kuppeln der Kirche strebten hoch hinauf in den blauen Himmel, der gesättigt war von der Mittagshitze, sie stachen gewissermaßen hinein, und der Sonnenglanz rund um das erhitzte Metall der Kuppeln schuf sogar die Illusion von Durchbrüchen, aus denen diffuses, die Seele beunruhigendes Licht zur Erde rieselte, und das kam nicht von religiösen Gefühlen, die mir fremd sind, sondern von der ungewöhnlichen Perspektive und der seltsamen Verkürzung, bei der man gewohnte Gegenstände im Wachen wie im Traum sieht. Alle diese Eindrücke entstehen, wenn man zu lange in die Höhe blickt und das Blut sich im Hinterkopf staut. Für einen Moment war ich ganz entrückt, und als ich mich besann, erschrak ich über meine dumme Zerstreutheit, die mein Vorhaben sinnlos machen konnte. Aber glücklicherweise hatte Stschussew die Möglichkeit des Übergangs nicht genutzt, sondern offenbar auch Interesse an der Kirche genommen, und er redete noch immer spöttisch auf den jungen Mann ein. Länger durfte ich meine Absichten nicht aufschieben, ich entschloß mich also und trat hinzu.

Trotz meiner Aufregung und des in der Form etwas dummen Anfangs (ich hatte sie von hinten angesprochen, aus Schüchternheit wohl, und zunächst drehte sich weder Stschussew noch der junge Mann um, da sie sich nicht gemeint fühlten, bis ich, wie vorgesehen, den Namen Filmus nannte), also, trotz des dummen Anfangs, den ich, als Stschussew sich umdrehte, wiederholen mußte, geriet ich im ganzen nicht aus dem Konzept, sondern sagte, wie vorgesehen, sehr natürlich die Unwahrheit über Filmus' Absicht, mich mit ihm bekanntzumachen, und schuf sogar, wie mir schien, den Eindruck einer zufälligen Begegnung, nicht aber den einer längeren Observierung. Stschussew hörte mich ruhig an, ohne mich zu unterbrechen, aber mit höhnischem Spott in den Augen, der vielleicht nach dem Trägheitsgesetz noch zurückgeblieben war von seinen Äußerungen über die Kirche und sich nun unwillkürlich auf mich übertrug. In meiner Aufregung nahm ich den Spott jedoch für ein gutmütiges Lächeln. Dieses Fehlverständnis erscheint bei meinem natürlichen Argwohn absurd, aber man bedenke dabei den ruhigen Zustand Stschussews, denn hätte er sich zu mir aufgestört und feindselig verhalten, so würde ich das sofort mitbekommen haben. Wie ich später erfuhr, hatte es vor kurzem eine unangenehme Auseinandersetzung zwischen Stschussew und Filmus gegeben, was ich nicht ahnen konnte, darum war es sehr unpassend, daß ich mich auf Filmus berief. Das ließ sich bei einer gewissen Nüchternheit des Denkens schon aus solch einem Satz erkennen:

»Wozu wollen Sie eigentlich meine Bekanntschaft machen?« fragte Stschussew. »Nach den Methoden Ihres Bekanntschaftschließens zu urteilen, sind Sie ein Mann der Selbstbetrachtung, und da ist Bruno unersetzlich.«

Ich widersprach eifrig und sagte, daß ich die Ansichten Stschussews über den Stalinismus gänzlich teilte, obwohl ich sie nur mit halbem Ohr gehört hätte, zumal ich damals nicht vorgestellt worden sei.

»Wo haben Sie sie eigentlich gehört?« Stschussew gab dem Gespräch eine jähe Wende. »Und wo sind Sie nicht vorgestellt worden?«

Ich stockte. Bislang hatte ich mich an die Version gehalten, Stschussews Foto bei Filmus gesehen und ihn danach erkannt zu haben, und jetzt hatte ich mich so blöd verplappert und war in eine scheußliche Lage geraten... Das Blut strömte mir in die Wangen, ich schwieg und verwünschte mich im stillen wütend, denn Stschussew gegenüber Bitelmacher zu erwähnen würde die Sache gänzlich verdorben haben, zumal Stschussew möglicherweise Antisemit war, das gab es bei den Rehabilitierten nicht selten, also durfte ich Bitelmacher nicht erwähnen.

»Nun gut«, sagte Stschussew, als mein Schweigen sich in die Länge zog, und kam mir auf diese Weise zu

Hilfe, »wir brauchen es nicht zu präzisieren, wenn Ihnen das unangenehm ist...«

Und plötzlich stellte er mir eine Frage »aus einer ganz anderen Oper«, nämlich ob ich verheiratet sei. Das war schon grober und nachdrücklicher Spott. Vielleicht rechnete er darauf, ich könnte beleidigt sein und er mich so loswerden. Aber sogar jetzt, wo selbst ein wenig feinfühliger und unentwickelter Mensch die Anspielung verstanden haben würde, blieb ich taub, ich gedachte sogar, Stschussews Ton zu treffen, als ich ihm verschnörkelt und in einem Stil antwortete, in dem man einem Provinzmädchen etwas ins Poesiealbum schreibt.

»Menschen wie ich, egal ob sie ehelichen oder Junggeselle bleiben, sind für immer nur mit ihrem Schicksal verheiratet und sonst mit niemandem.«

»Lieben Sie denn die Frauen?« fragte Stschussew ernsthaft.

»Nein«, antwortete ich aufrichtig, zudem ziemlich eilig und ohne nachzudenken, so wie man von etwas Erlittenem spricht (das war ein Erfolg. Da ich den Spott nicht erfaßt hatte, war ich aufrichtig und gewann damit Stschussews Sympathie. Hätte ich den Spott begriffen, so würde ich auf Rache gesonnen und giftig geantwortet haben, wozu es auch bald kam. Aber meine Aufrichtigkeit blieb Stschussew in Erinnerung, und sie gab bei seinem endgültigen Urteil über mich den Ausschlag). »Nein, die Frauen liebe ich nicht«, wiederholte ich ungekünstelt, »wenn ich ein altes Weib sehe, denke ich voller Schadenfreude: Da habt ihr's, ihr schönen Frauen... Da habt ihr's... Dem entgeht keine von euch, es sei denn durch den Tod...«

»Interessant«, sagte Stschussew und sah mir langsam, auf neue Art in die Augen. Erst jetzt begriff ich schlagartig, daß er sich bisher über mich lustig gemacht hatte. Kummer und Kränkung bemächtigten sich meiner, so daß mir die Tränen kamen, am liebsten wäre ich fluchend davongelaufen.

»Interessant«, sagte Stschussew noch einmal und

sah mich aufmerksam an, als wolle er in dem Fremden eigene, vertraute Züge finden. »Haben Sie schon einmal darüber nachgedacht«, fragte er auf einmal leise, »was am Tag nach Ihrem Tod für Wetter sein wird? Hundert Jahre später, das interessiert mich nicht, einen Monat später auch nicht, das geht mich nichts mehr an, aber am Tag danach... Wird es da regnen oder sonnig sein...«

Zum erstenmal in unserm Gespräch schwangen in seinen Worten aufrichtige Töne mit, obwohl seine Gedankengänge auf den ersten Blick sprunghaft wirkten. Aber wir hatten gleichsam die Rollen gewechselt, und nachdem ich begriffen hatte, daß alles Bisherige nur Spott gewesen war, nahm ich auch diese aufrichtigen Worte für Spott und suchte, mit Spott zu antworten.

»Sind Sie immer so finster?« sagte ich. »Wissen Sie, einmal bin ich mitten in der Nacht plötzlich aufgewacht und aufgesprungen, und mir war so, als ob in der Welt etwas vorging... Die Welt hatte sich völlig verändert... Vielleicht hatte der Atomkrieg angefangen, oder ich mußte sterben... Dann stellte sich heraus, mir war nur der Arm eingeschlafen... Ich hab ihn schnell massiert, und alles war gut.«

Ich hatte mich bemüht, möglichst in Andeutungen zu sprechen, aber Stschussew sah mich ruhig und nachdenklich an.

»Sie sollten nicht so reden«, sagte der junge Mann mit der Narbe, der bislang geschwiegen hatte (bei näherem Hinsehen war er gar nicht so jung, sondern etwa in meinem Alter, sah aber jünger aus. Später, als wir uns angefreundet hatten, erfuhr ich, daß er sogar neun Jahre älter als ich war, im Vaterländischen Krieg in einer Luftlande-Diversions-Abteilung gekämpft, sich dort die Narbe geholt und später eine gewisse Zeit in nicht sehr entlegenen Gegenden bei verschärftem Regime verbracht hatte). »Sie sollten nicht so reden«, wiederholte er. »Platon spricht jetzt ganz aufrichtig, wenn auch nicht ganz angemessen, da gebe ich Ihnen recht.«

»Laß doch, Christofor«, unterbrach ihn Stschussew (Christofor prägte sich mir ein wie alles Ungewöhnliche), »unser Gespräch ist am Anfang nicht ganz geglückt, aber vielleicht ist das gut... Kommen Sie mich besuchen, Grigori... Morgen um fünf.« Er nannte die Adresse.

Nachdem Stschussew und Christofor mit dem Obus weggefahren waren, stand ich ziemlich lange mit zwiespältigen Gefühlen da. Um mich ein wenig zu beruhigen, ging ich nicht ins Wohnheim, um in meinem Bett mit der alten Gardine zu schlafen, sondern zu Nadja, obwohl ich mir mehr als einmal geschworen hatte, sie nicht wieder zu besuchen. Es hatte zwischen uns schon Krach gegeben, hauptsächlich Koljas wegen. Nadja hatte die seltsame Gewohnheit angenommen, mich an ihr Kind zu gewöhnen und ihr Kind an mich. Kaum war ich bei ihr, setzte sie mir Kolja auf den Schoß, und der fuhr mir mit seinen sabberigen Fingerchen im Gesicht herum. Aber diesmal wandte ich eine andere Taktik an und verzichtete auf das Abendessen (Nadja machte besonders gut Rindfleisch, das sie mit gestoßenem Dörrbrot panierte). Ich verzichtete also auf das Abendessen, erschien bei ihr spät, fast nachts, als Kolja schon schlief, und klingelte die verschlafene und warme Nadja aus dem Bett. Wir umarmten uns und verbrachten die Nacht sehr angenehm.

NEUNTES KAPITEL

Ich stellte mich Punkt fünf bei Stschussew ein und war anfangs ernsthaft enttäuscht, denn ich fand eine ganz gewöhnliche Gesellschaft vor, in der schöne Frauen gänzlich fehlten. (Meine Haltung zu Frauen als idealen, göttlichen Wesen hatte sich geändert, aber ihre materielle, irdische Wesenheit hatte ihre Bedeutung für mich nicht vermindert, im Gegenteil, diese war erheblich gewachsen.) Das muß ich erklären... In der Regel nimmt die überwiegende Masse der schönen

Frauen, besonders in der Jugend, wenn sie noch wirklich schön sind, linke, progressive Positionen ein, zumindest von dem Moment an, in dem sie gesellschaftlich aktiv werden. Ich rede nicht von reaktionären Gesellschaften (es ging so weit, daß selbst bejahrte Reaktionäre sich damals in privaten Gesellschaften trafen, zwar hauptsächlich um Preference zu spielen, doch manchmal auch zu politischen Debatten. Diese waren zwar ultrakonservativ, aber selbst die Form der Zusammenkünfte und Äußerungen zeigte, daß der Prozeß der Selbständigkeit weit ging), also, ich rede nicht von reaktionären Gesellschaften, wo höchstens Frauen in vorgerücktem Alter zugegen waren, deren Schönheit von altmodischen, sechs Monate alten Dauerwellen zerstört wurde, ich rede nicht von solchen Gesellschaften, aber es gab sogar in so jungen, zeitgenössichen, lebendigen Gesellschaften voller Protest und Ungesetzlichkeit wie bei Orlow kaum schöne Frauen. Ich wiederhole, was die Frauen zur progressiven Bewegung hinzog, war vor allem das Verbotene, das heißt, die politische Sünde, die Sünde, die ihrer seelischen Struktur zugrunde lag, aber dabei brauchten die schönen Frauen, die nicht an Minderwertigkeit litten, die lichte Sünde, die zur Menschenliebe führt und somit dem verwandt ist, wovon die Kinder geboren werden. Bei Orlow hingegen trug die politische Sünde die Form der Verzerrung und des Hasses und konnte natürlich die Frauen nicht anziehen. Darum dachte ich, als ich diese progressive, antistalinistische Gesellschaft sah, in der die schönen Frauen fehlten, daß sie von niedriger Klasse sei. Meine Auffassung wurde großartig bestätigt von der antistalinistischen Gesellschaft bei Arski, wo es von schönen Frauen wimmelte, so daß man gar nicht wußte, wo man hingucken sollte. Ich muß sogleich bemerken, daß ich anfangs etliche Feinheiten nicht kannte, insonderheit den dreietagigen Aufbau der Organisation Stschussew und den Umstand, daß die Gesellschaft nur eine Tarnung war. Aber bis zu einem gewissen

Grade fand meine Auffassung später ihre Bestätigung, denn die politische Sünde war hier als Einstellung gegen den Stalinismus und die frühere Despotie zwar progressiv, aber nicht ganz licht, was darauf hindeutet, daß das Dasein komplizierter ist, als ich früher dachte, was auch für die sozialen und politischen Wechselbeziehungen gilt...

Es waren zwei Frauen in der Gesellschaft. Die eine war eine mächtig gebaute Alte mit gepudertem Gesicht. Ich merke an, daß mächtig gebaute, hochgewachsene alte Frauen etwas Pathologisches haben. Kleine, schwache, gebückte Greisinnen wecken stets Rührung, während mächtig gebaute, hochgewachsene alte Frauen Unruhe und unangenehme Gedanken einflößen. Im übrigen gilt das eine wie das andere nur für den ersten Blick, denn sehr bald, bei kürzerer Bekanntschaft, wecken manche der kleinen Greisinnen keine Rührung mehr und die hochgewachsenen Alten keine unangenehmen Gedanken. Wenn aber die hochgewachsene Alte noch dazu gepudert ist, bleiben wenig Chancen, daß der unangenehme Eindruck nach dem ersten Blick sich bald verflüchtigt. Diese hochgewachsene Alte saß ziemlich fest am Tisch, die Ellbogen nach Männerart aufgestützt, und nahm viel Platz weg, und ihre Miene verlangte Respekt (den sie sicherlich verdiente).

Die andere Frau war das genaue Gegenteil von ihr. Sie war sehr jung, vielleicht etwas über zwanzig, und sah nicht übel aus, trug aber eine äußerst altmodische Frisur, wie Dienstmädchen vom Lande sie tragen, und war überhaupt nach Miene und Manieren ein Dienstmädchen, aber kein heutiges, stimmgewaltiges, sondern eines von früher, verschüchtert und gehorsam. (Darin unterschied sie sich von Nadja, doch ansonsten hatten sie viel Gemeinsames und sogar, wie mir schien, ähnliche Gesichtszüge.) Sie hieß Warja und saß nicht mit am Tisch, sondern hielt sich meistens in dem kleinen Nebenzimmer auf, das künstlich abgetrennt war. Im übrigen war das Zimmer, in dem sich die Gesellschaft zusammengefunden hatte, trotz des abgetrennten Raums groß. Warja zeigte sich nur, wenn etwas abzuräumen oder aufzutragen war, und ging immer wieder in ihr Zimmerchen, in dem von Zeit zu Zeit ein Säugling weinte. Wenn Warja angesprochen wurde, errötete sie, und wenn Stschussew mit ihr sprach, duckte sie sich wie ein Hund. Nichtsdestoweniger war sie ihm außerordentlich ergeben und liebte ihn. Stschussew hatte die Richtige geheiratet, zumal das Kind von ihm war.

Der Tisch, an dem die Gesellschaft saß, war kein Trinkertisch, abgesehen von zwei Flaschen leichten Weins auf zehn Personen – nur symbolisch zum Nippen. Dadurch unterschied er sich von den Tischen vieler Gesellschaften, in denen ich gewesen war. Unabhängig von der politischen Einstellung dieser Gesellschaften war der Alkohol im Bewirtungssortiment üppig vertreten gewesen. Eine besondere Bewirtung gab es bei Stschussew eigentlich auch nicht. Tee, Wurst, Schmelzkäse, Teller mit gekochten und gebackenen Kartoffeln, Hering mit Zwiebeln – alles nachgerade auf dem Niveau einer Studentenfete.

Auch das Zimmer war ganz gewöhnlich – Schrank, Büfett, Gardinen an den Fenstern, ein Radioapparat auf einem Nachttisch, alles, was einer damaligen Familie mit mittlerem Einkommen entsprach, war hier vorhanden. Mir prägten sich zwei große Porträts von Unbekannten ein (eben weil sie unbekannt waren, das war für damals ungewöhnlich), und ich dachte, es könnten Bilder von Angehörigen Stschussews sein, besonders der eine Mann mit jugendlichem, kränklichem Gesicht sah Stschussew ähnlich. Ich erfuhr dann aber, daß es ein Porträt des Schriftstellers Uspenski sei.

Von Uspenski hatte ich schon etwas gelesen, und nachdem ich wußte, wen das Bild darstellte, fand ich, daß es kein schlechter Weg war, mich in den Augen Stschussews hervorzutun, indem ich auf Uspenski zu sprechen kam, der offenbar der Lieblingsschriftsteller des Hausherrn war. Weit gefehlt. Das Bild zeigte nicht Gleb, sondern Nikolai Uspenski, den Vetter von Gleb. Stschussew berichtigte mich, aber nicht spöttisch, wofür ich ihm dankbar war, denn ich hatte ihm eine gute Möglichkeit geboten, meine Unwissenheit zu verhöhnen. Ich bin sicher, in einer anderen Gesellschaft, bei Arski, würde man mich verhöhnt und blamiert haben. Irgendein Wawa hätte auf meinem groben Schnitzer überhaupt erst seine Position in dieser Gesellschaft den ganzen Abend lang aufgebaut.

Überhaupt herrschte bei Stschussew, das muß ich zugeben, ein Geist der Sanftheit und der Kameradschaft, so daß den ganzen Abend lang (ein seltener Fall) niemand mein Feind oder auch nur mein polemischer Gegner wurde. Das Interesse gründete sich hier auf etwas anderes (was nicht zuletzt das Verdienst Stschussews und seiner organisatorischen Fähigkeiten war), das Interesse gründete sich nicht auf polemischen Kampf und Selbstbestätigung, sondern auf zielstrebige Feindschaft gegen den Stalinismus, der sehr eng und speziell gesehen wurde (ebenfalls eine Überlegung Stschussews), ohne philosophische Durchdringung, die nach Stschussews Worten zu einem sabberigen Intellektuellen-Wirrwarr führen mußte, weswegen er sich von Filmus getrennt hatte, das heißt, der Stalinismus wurde in seinem gewalttätigen und tyrannischen Sinne gesehen...

Es gab freilich auch weiterreichende Überlegungen, aber ausschließlich auf den Alltag bezogen – ohne Philosophie, die Stschussew haßte, dabei ergab er sich selbst der »Philosophie«, ohne es zu bemerken, und er haßte den »Kaugummi des Verstandes«. (Er haßte, ja, haßte überhaupt vieles, und nicht, daß er es einfach nicht mochte.)

Übrigens, noch zu dem zweiten Bild und nebenbei auch zu Stschussew. Das zweite Bild zeigte den berühmten Terroristen, der das Urteil der Narodnaja Wolja gegen den bekannten zaristischen Henker und Generaladjutanten vollstreckt hatte. Das Bild hing hier nicht, weil Stschussew der Sohn eines großen Sozialrevolutionärs war, wie Bitelmachers Frau Olga Nikolajewna behauptet hatte. Genau im Gegenteil, vielleicht wegen dieses Bildes waren die Gerüchte über die sozialrevolutionäre Abkunft Stschussews entstanden, die er übrigens nicht in Abrede stellte.

Aber ich schweife zu weit ab. Die Abendgesellschaft erkannte und erfühlte ich von dem Moment an, da sie mir Aufmerksamkeit erwies, davor hatte ich wie jeder Egoist nur eine Mischung von Langeweile und Spott empfunden, während ich ziemlich teilnahmslos dasaß und eine mir von Warja gereichte Kartoffel kaute. In dem Empfinden von Langeweile und Spott ist etwas, was den Menschen über die Übrigen erhebt, und ich hatte vor, den ganzen Abend so dazusitzen, denn ich hatte begriffen, daß eine solche Taktik der Selbstdarstellung – als eines verschlossenen Menschen – mich hier viel origineller empfehlen konnte, als wenn ich mich als Disputant präsentiert hätte. Aber daran hinderte mich die mächtige Alte (die mir bis dahin noch gar nicht aufgefallen war).

»Andrej Iwanowitsch«, sagte sie zu dem neben ihr sitzenden alten Männlein und redete und redete... Und dabei ging es um mich...

Aber zunächst zu dem alten Männlein. Dieses alte Männlein war mager und kleinwüchsig, weckte aber keine Rührung. Alte Männer sind im Gegensatz zu alten Frauen selten gütig, namentlich wenn sie kleinwüchsig sind. Die Güte der alten Männer entspricht der Welkheit ihrer Züge und dem Verlust des verständigen Augenausdrucks, denn bei alten Frauen führt der verständige Ausdruck zu Sanftheit und Mütterlichkeit, bei alten Männern hingegen zu dem Ausdruck von Habgier, da bei Männern das aktive Element länger wirkt.

Also, in den Augen der gepuderten Alten war ein gewisser Wahnsinn, und man spürte, daß sie es bis zur Klarheit und Sanftheit noch weit hatte. Dagegen war der Blick des alten Männleins absolut klar, und entsprechend der Theorie vom Unterschied der Alterserscheinungen bei Männern und Frauen zeigten sie beide jetzt ein und dasselbe, nämlich Unruhe, Selbstbestätigung und Polemik... Ihre Nichtübereinstimmung mit dem allgemeinen Geist dieser Gesellschaft erklärte sich damit, daß sie hier zufällige Leute waren. Überhaupt waren an diesem Tag mehrere zufällige Leute da (darunter ich), darum entsprach die Atmosphäre nicht ganz der üblichen, wovon ich mich später überzeugen konnte.

»Andrej Iwanowitsch«, sagte die Alte (ihre Stimme klang noch ziemlich jung), »findest du nicht, daß dieser dunkeläugige junge Mann erstaunliche Ähnlichkeit hat mit...« (sie nannte einen Namen). »Ja, mit dem Mann, der neunzehnhundertachtzehn in Jekaterinburg umgekommen ist wegen einer hundsgemeinen Tat von Samuil Marschak...«

»Verzeihung«, sagte ein mir gegenüber sitzender junger Mann, etwas älter als ich (wie ich erfuhr, auch eine zufällige Person, die nach diesem Abend nie wieder kam), »Verzeihung, meinen Sie Samuil Jakowlewitsch Marschak, den bekannten sowjetischen Dichter?«

In der primitiven Frage des jungen Mannes waren Spott, Sarkasmus und selbstsichere Zurückhaltung, Eigenschaften, die ich vergeblich anstrebte. Hätte ich eine solche Frage gestellt, eine Frage als Antwort, so wäre sie bei mir mit Untertext und deutlicher Wut herausgekommen, die Schwäche und Unsicherheit verraten hätten. Wut und Unsicherheit verriet jetzt das alte Männlein.

»Ja«, schrie er, »genau den... Samuil Jakowlewitsch... Nur nicht den bekannten sowjetischen Dichter, sondern den Feuilletonisten der Denikin-Zeitung ›Morgen Rußlands‹... Das ist ein und dieselbe Person... Samuil Jakowlewitsch Marschak, Feuilletonist einer Denikin-Zeitung.« Das alte Männlein lachte und wähnte wohl, gut geendet und gestichelt zu haben.

»Warum sind Sie so nervös?« fragte der junge Mann

scheinbar versöhnlich, in Wirklichkeit aber sehr scharf. »Erzählen Sie lieber.«

»Die Tatsache ist in unseren Kreisen hinlänglich publik«, sagte das alte Männlein. »Aber Sie scheinen bei uns neu zu sein?«

»Nun, nicht ganz publik«, mischte sich plötzlich die Alte ein, womit sie nicht dem jungen Mann, sondern dem alten Männlein widersprach, »diesen schönen jungen Mann, einen Studenten, hat eigentlich die ganze Stadt zu Grabe getragen... Er war noch keine achtzehn, und so ein dummer Tod... Er war in den Ferien in die Stadt gekommen, und dann dieses Unglück... In der Stadtverwaltung arbeitete ein Sozialrevolutionär, den Samuil Marschak in einem Feuilleton mit Schmutz beworfen und nachgerade des Bolschewismus beschuldigt hatte. Der Sozialrevolutionär ging in die Redaktion, um eine Erklärung zu fordern, und nahm den jungen Mann mit, der sein Freund war. Es kam zu einer scharfen Auseinandersetzung zwischen dem Sozialrevolutionär und Marschak, der schon zum Schlag ausholte. Da zog der Sozialrevolutionär seinen Revolver.«

»Wenn er geschossen hätte«, kicherte das alte Männlein, »wäre Samuil Marschak für immer der Feuilletonist der Denikin-Zeitung ›Morgen Rußlands‹ geblieben.«

»Er hat geschossen«, setzte die Alte ihre Erzählung fort und korrigierte zugleich das alte Männlein, »er hat geschossen, aber jemand schlug ihm auf den Arm, und er traf nicht Marschak, sondern seinen eigenen Freund, den wunderbaren jungen Mann... Der sah ihm erstaunlich ähnlich«, und sie zeigte mit dem Finger auf mich.

Ich mag es nicht, wenn jemand mit dem Finger auf mich zeigt, besonders wenn es eine manikürte alte Frau ist (sie war manikürt), darum freute ich mich, daß der junge Mann fortfuhr, die alten Leute mit seinen scheinbar ruhigen, zurückhaltenden und sogar unklugen (ich bin sicher, absichtlich unklugen) Fragen zu reizen. (Überhaupt ist die gezielt unkluge Frage als Mittel einer politischen Polemik noch längst nicht erforscht. Nach Behauptung von Filmus wußte Trotzki sie prachtvoll einzusetzen. Ich überlegte mir das und beschloß, meine erste Äußerung genau darauf aufzubauen, das heißt, diesen kleinen Trick Trotzkis zu erwähnen, den dieser übrigens nach Filmus' Behauptung bei Lassalle entlehnt hatte, dem bekannten politischen Krakeeler).

»Erlauben Sie mal«, sagte der junge Mann, »Sie haben behauptet, der junge Mann sei in die Ferien gefahren... Was denn für Ferien im Jahre achtzehn? Da war doch Bürgerkrieg.«

»Das stimmt, aber in etlichen Lehranstalten im Süden Rußlands gingen die Studien weiter«, sagte das alte Männlein streng und belehrend.

Nun wurde es ganz langweilig, es ging durcheinander wie Kraut und Rüben. Und da machte ich meinen Einwurf mit Trotzki, der Lassalle einen kleinen politischen Trick geklaut hatte.

»Das sieht Trotzki ähnlich«, lachte das alte Männlein, das ein wenig in die Enge getrieben war und meinen Gedanken zu seinen Gunsten nutzte, »einmal saßen Trotzki und ich im Präsidium eines Wohltätigkeitsabends zur Unterstützung besitzloser Studenten... In Wirklichkeit wurde für illegale Organisationen gesammelt«, sagte er vertraulich zu mir und senkte dabei aus irgendwelchen Gründen die Stimme, »die besten Schauspieler des Künstlertheaters traten auf... Es kam eine Menge Geld zusammen... Wir ließen im Publikum Mützen von Hand zu Hand gehen... An den Mützen waren mit Sicherheitsnadeln Schildchen mit Aufschriften befestigt – SDAPR oder Sozialrevolutionäre, so daß das Publikum auf ganz demokratische Weise diejenige politische Richtung, mit der es sympatisierte, materiell unterstützen konnte. Als jedoch die Mützen voller Geld zum Präsidium zurückkehrten, heimste Trotzki auch das von Sympatisanten der Sozialrevolutionäre gespendete Geld für die SDAPR ein... Ich war empört, doch Trotzki erklärte, da der Abend von der SDAPR organisiert worden sei, gehe das Sammelergebnis zu ihren Gunsten... Und die Abmachung? sagte ich. Da kam er nach Frauenart auf ganz was anderes zu sprechen... Auf die Interessen der Revolution... Auf die Arbeiterklasse... Hähähä... Politischer Extremismus ist unmöglich ohne weibliche Züge im Charakter... Hähä... Ich habe Trotzki nie gemocht... Nach diesem Vorfall hatte ich ihn durchschaut... Ich habe sogar fünfunddreißig den Untersuchungsführer gebeten, die Anklageformulierung zu ändern... Ich habe erklärt, daß der Trotzkismus mir zutiefst zuwider sei...«

Gerade weil bei Tisch diese alten Leute den Ton angaben, bei denen schon längst eine Verschiebung der Begriffe, ihrer Grenzen und ihres Sinns stattgefunden hatte, hauptsächlich als Folge der Verschiebung der Zeit, so daß sie manchmal die handelnden Personen der Lebenstragödie, die sie hatten durchmachen müssen, unwillkürlich und ohne es zu merken aus einer Zeit in die andere verschoben und willkürlich vermischten, gerade darum wurde das Gespräch bei Tisch lasch und unlogisch und hatte alle Merkmale der politischen Boheme, die allen diesen Abendgesellschaften entsprach, darum mußte es schließlich im Streit enden. Ich wiederhole, das stand zu der kameradschaftlichen Atmosphäre, die Stschussew in der Organisation lange Zeit aufrechterhielt, nicht im Widerspruch, denn er schuf solche Gesellschaften mit Vorbedacht, da sie der Organisation als vorzügliche Tarnung dienten. Er wußte sehr wohl, daß die politische Boheme, übrigens ebenso wie die in der Kunst, ein ernsthaftes Merkmal für Untätigkeit und Minderwertigkeit im Sinne praktischer Schritte ist, und genau diesen Eindruck brauchte er für seine Pläne. Es war wichtig, daß das Endziel dieser Pläne einstweilen niemandem klar war außer Stschussew selbst.

Also, bei Tisch entfaltete sich in vollem Maße die politische Boheme. Hier gab es alles. Zwar wurde manchmal auch eine recht kluge Definition von irgend etwas gegeben, doch zumeist waren es Plattheiten, naive Dummheiten und Ergüsse antisowjetischer Graphomanen.

Mir schwirrte der Kopf, und ich wurde fröhlich, doch nicht vom Wein, von dem ich ein halbes Gläschen bekam, sondern von der allgemeinen Atmosphäre der Ungesetzlichkeit und der politischen Sünde, die am Tisch herrschte und die nicht minder süß ist als die körperliche Sünde, namentlich für Menschen, für die das noch neu ist – ein solcher war ich trotz einiger Erfahrung immer noch. Als Abschweifung erwähne ich, daß es erstens keine größere Langeweile gibt als die einer Festlichkeit, deren man überdrüssig ist... Ein langweiliger Alltag ist weniger belastend als ein langweiliges »Fest«. Zweitens gibt es keine gefährlicheren Wüstlinge als solche, die die Ausschweifung satt haben. Solche Wüstlinge werden zu Verderbern. Solch einer war Stschussew. Das Geschehen am Tisch beobachtete er mit innerem Spott, davon bin ich überzeugt. Absichtlich lud er zahlreiche Zufallsleute ein (während meiner Anwesenheit verließen viele Personen die Gesellschaft, und etwa ebenso viele kamen neu hinzu). Er zweifelte nicht daran, daß es unter den Besuchern Zuträger gab, Spitzel, zumindest einen oder zwei, und daß alles Gesagte bekannt würde. Aber das war in jener seltsamen Zeit die beste Garantie, die wahren Absichten der Organisation zu verbergen und sie als ein gewöhnliches Grüppchen giftiger Schreier darzustellen. Im übrigen wurde bei Tisch selten originell gesprochen, wenngleich stets giftig.

»Eine der Hauptmethoden der Verleumdung«, sagte der schon erwähnte junge Mann, »besteht darin, beim Spießer heimlichen Neid auf den zu wecken, der verleumdet wird. Wenn zum Beispiel gesagt wird: Derundder hat das Vaterland für hunderttausend verkauft, ist der Spießer hauptsächlich darüber empört, daß ein anderer soviel Geld gekriegt hat. Allerdings ist er das heimlich, manchmal auch unbewußt.«

»In Rußland«, hieß es am anderen Ende des Tischs, »wird die öffentliche Meinung des einfachen Volkes nie von den Zeitungen ausgedrückt, sondern nur von den Besoffenen... Was der Besoffene laut herausschreit, das ist es, was das Volk denkt.«

Nach dieser Bemerkung waren Sticheleien, Aphorismen und Witze an der Reihe. Geredet wurde viel, mannigfach und letzten Endes sogar beschwipst, denn Neuankömmlinge hatten ein paar Flaschen mitgebracht. Stschussew sah es stirnrunzelnd, hielt sich aber an seinen Plan, das heißt, er wehrte dem Geschehen nicht vor der Zeit.

Ich muß anmerken, daß die Form der Gesellschaften sich im Lande so ausgebreitet hatte, daß es sogar Wandergesellschaften gab, die von einer stationären Gesellschaft mit Wohnung zur nächsten wechselten und das mehrmals an einem Abend ... Gegen elf, als diese Wanderungen ihren Höhepunkt erreichten, suchten solche Gesellschaften auch uns heim, und Stschussew ließ sie zu.

Diese Gesellschaften brachten frische Neuigkeiten, Witze und Gerüchte und mischten auf diese Weise die Öffentlichkeit gehörig durcheinander... Allerdings hatten diese Wandergesellschaften eine bestimmte Spezifik, nämlich eine Konsumentenmentalität, darum blieben sie an unserm kargen Tisch nicht lange sitzen. Genau das wollte Stschussew.

Ursprünglich hatte ich instinktiv richtig erkannt, was für eine Taktik ich bei Stschussew wählen mußte: mich nicht in den Vordergrund drängen und mir einen Ausdruck von Zurückgezogenheit und Spöttelei geben. Ich bin überzeugt, daß er in dem allgemeinen Durcheinander und Gewimmel meine Stille und Zurückhaltung wahrgenommen hätte, denn trotz allem beobachtete er alle prüfend. Aber die gepuderte Alte, die sich an mich gehängt und den Streit ausgelöst hatte, brachte mich irgendwie dazu, mich hinreißen zu lassen und den Weg der Selbstbestätigung zu gehen, an den ich von meinen früheren Begegnungen her gewöhnt war. Den bei Tisch beginnenden Meinungsstreit nahm ich für bare Münze, denn ich wußte nicht, daß er für Stschussew nur Tarnung war, die der Idee der Organisation zuwiderlief. Wenn nun schon Aphorismen und satirische Definitionen das Gespräch beherrschten, konnte ich eine ziemlich treffende und erschöpfende beisteuern, die ich nicht aus Büchern oder klugen Gesprächen entlehnt hatte, sondern aus einem Brief meiner uralten Tante, und es würde mich gewurmt haben, sie nicht anbringen zu können, als bei Tisch unbedeutendere und ganz armselige Satiren glänzten. Eigentlich war die Äußerung meiner Tante keine Satire und kein Aphorismus mit Untertext, aber mangelnde Bildung verfügt manchmal über die erstaunliche Fähigkeit, mit einem Satz Erscheinungen, das heißt, den in den Köpfen herrschenden politischen Wirrwarr vollständig zu erfassen.

»Ich habe Radio gehört«, schrieb die Tante, »die Rede Chrustschows auf dem Parteitag... Welch ein Glück, daß Stalin tot ist. Denn wenn er nicht tot wäre, würden sie ihn jetzt verhaften...«

Genau dies trug ich nun vor, und ich hatte mich nicht geirrt. Am Tisch gab es ein allgemeines Gelächter, und einer schrieb sich das sogar auf wie einen Witz.

»Ich habe gehört, es gibt genaue Informationen«, sagte ein rotwangiger junger Mann, der wie ein junges Mädchen aussah (Serjosha Tschakolinski), »danach wollte Stalin den Sieg der sowjetischen Soldaten verhindern...«

Dieser junge Tschakolinski (übrigens kein zufälliger Mann, sondern Mitglied der Organisation) war ein weiterer Zeuge für die damals herrschende Begriffsverwirrung. Er war äußerst lauter und naiv und errötete leicht... Wäre er ein paar Jahre früher herangereift, als nicht mehr der bronzene, sondern der gipserne Massenpatriotismus herrschte, oder ein paar Jahre später, als alles neu durchdacht und geschmäht und die Vergangenheit negativ gesehen wurde, so hätte er eine gewisse Geschlossenheit gewinnen können, denn selbst verlogene, aber feste Orientierungspunkte formen im Menschen die Fähigkeit, nicht nur zu denken, sondern auch etwas selbständig neu zu durchdenken... Serjosha hingegen reifte in der Periode des allgemeinen Morastes und der Wirrnis. Ich weiß nicht, wo er Stschussew kennengelernt hatte. Serjoshas Vater war repressiert worden, aber Serjosha ging es gut. Ich weiß nicht, wie er in die Organisation gekommen war. Ich glaube, Stschussew hatte ihn mit einem heimlichen Zweck zu sich geholt, nämlich wegen der Spezifik der persönlichen Eigenschaften und der jünglingshaften Naivität, die in einer Periode von Hohn und Grimm dümmlich, aber dadurch auch anziehend wirkte...

Außer Tschakolinski waren zwei weitere junge Leute in der Organisation, Wowa Schechowzew und Tolja Nabedrik. Diese waren ganz anders und wegen anderer Eigenschaften aufgenommen worden. Wowa Schechowzew war über seine Jahre hinaus physisch entwickelt und hatte demzufolge die unvermeidlichen Halbstarkenmanieren, bedurfte aber zugleich, was bei solchen Jungen häufig vorkommt, besonders wenn sie ohne Vater aufgewachsen sind, einer starken männlichen Autorität, was sich Stschussew zunutze machte. Schechowzew gehörte als einziger der jungen Leute der Kampfgruppe an, die hinter den lärmenden Abendgesellschaften und sogar hinter der Organisation getarnt war. Trotz Wowas Straßencharakters fürchtete Stschussew nicht, daß er sich verplappern oder denunzieren könnte, denn der »wechselseitige Zusammenhalt« ist in solchen Jungs von der Straße sehr stark. Der dritte junge Mann war Tolja Nabedrik, ein sechzehnjähriges Jüngelchen von spezifisch jüdischem Aussehen, mit Ringelhaar und überhaupt anzuschauen wie eine Illustration zu Scholem Alejchems »Motl der Kantorssohn«. Mich beschlich sogar der Gedanke, Stschussew könnte ihn nur an sich gezogen haben, um den Vorwurf des Antisemitismus von sich abzuwenden, den viele Rehabilitierte gegen ihn erhoben und den meiner Meinung nach sein Feind Bitelmacher und dessen Frau Olga Nikolajewna in die Welt gesetzt hatten...

Aber zurück zu dem Tisch, an dem noch immer die politische Sünde herrschte, die das Blut erregte und die Seele erheiterte wie alles Verbotene... Auf dem Höhepunkt des Frohsinns erschien wieder mal eine Wandergesellschaft: zwei junge Männer und zwei Mädchen... Die jungen Männer waren von der Art, die man damals »billige Stutzer« nannte, d.h., sie waren ärmlich, aber mit »Stil« zurechtgemacht, in schmalen Hosen, die sichtlich umgenäht worden waren, mit Haaren, die von dem in Mode gekommenen Briolin glänzten, und mit einer modischen Haartolle, die vorn wie ein Hahnenkamm hochgebürstet war. Diese Gesellschaft brachte ein Exemplar einer regierungsfeindlichen Erzählung mit, die ich schon kannte und die damals weit verbreitet war (weit im Sinne unseres Kreises). Diese Erzählung von dem Wunsch eines ehemaligen Frontkämpfers, denjenigen zu vernichten, der »unsere russischen Siege mit Schande bedeckt« hatte, und vom nachfolgenden Selbstmord dieses Frontkämpfers am Sockel des Stalin-Denkmals trug jetzt freilich den Titel »Russische Tränen sind bitter für den Feind«, und der Autor hatte sich das Pseudonym Iwan Chleb zugelegt. Daraus folgerte ich: Wie zufällig auch das Exemplar, das ich gelesen hatte, in die Sofaecke geworfen worden war, so hatte ich doch eines der ersten Exemplare in den Händen gehabt, als die Erzählung noch keinen Titel hatte und noch mit dem echten Autorennamen unterschrieben war. Aus dieser Nachlässigkeit folgt genaugenommen gar nichts. Nachlässigkeit und Zufälligkeit haben schon immer selbst die raffinierteste Konspiration begleitet. Orlow war nun schon gar kein solcher Konspirator, zumal die Erzählung und ihr Autor den Machthabern längst bekannt waren, was die Exmatrikulation Orlows von der Universität bezeugt (was später bekannt wurde.

Nur dank der hohen Position seines Vaters wurde er selbst in dieser Periode nicht härter bestraft). Im übrigen war Orlow auf seine Relegierung sehr stolz. Das Pseudonym Iwan Chleb (Brot) war also teils Koketterie, teils politisches Credo.

Die Erzählung ging von Hand zu Hand. Sie war engzeilig geschrieben, und bei flüchtigem Durchblättern verstand man nicht genau die Zielrichtung, besonders wenn man berücksichtigt, daß solch eine Publikation für viele neu war und alle noch an die antistalinistische Untergrundliteratur gewöhnt waren, ungeachtet der antistalinistischen Presseäußerungen, insbesondere nach der kürzlichen Entlarvung der parteifeindlichen Gruppe Molotow, Malenkow, Kaganowitsch und Schepilow, der sich ihnen angeschlossen hatte. Eine stalinistische Untergrundliteratur war ungewohnt, besonders wenn sie in modernem Hemingwayschen Stil und als Gegengewicht zum sozialistischen Realismus geschrieben war. Nachdem der Autor aber weiter an seinem Text gearbeitet hatte, war zu spüren, daß er in das Gewebe der Erzählung einen slawophilen Faden eingewoben hatte, was auch von dem Titel »Russische Tränen sind bitter für den Feind«, der an ein primitives russisches Bild erinnert, und dem Pseudonym Iwan Chleb bezeugt wird. Ich hatte den Eindruck, daß die Wandergesellschaft die Erzählung, die sie von einer stationären Gesellschaft, bei der sie heute gewesen war, mitgenommen hatte, überhaupt nicht gelesen und noch »warm« zu Stschussew mitgebracht hatte.

Stschussew warf einen flüchtigen Blick darauf, schien sofort alles zu begreifen und nahm die Erzählung an sich (was sich auch damit erklärt, daß er von der Erzählung gehört hatte und ihre Zielrichtung aus ganz anderen Quellen kannte). Obwohl die Erzählung nicht auf dem Tisch blieb, weckte sie durch Assoziation Interesse für die Untergrundliteratur und die Verschwörung, und es begann ein gewöhnliches Vortragen von aufrührerischen Gedichten und Prosatexten.

Jemand sprach das Gedicht »Ich bin in der Leninstraße unter den Obus gekommen«, das ich schon in der Gesellschaft von Arski gehört hatte (wieder eine Regel des regierungsfeindlichen Kreises).

Es wurden auch neue, das heißt, mir unbekannte Gedichte vorgetragen: »Gehn wir aufs Klo und grübeln wir, um angespannt den Sinn zu finden... Des Lebens Sinn auf unserem Planeten, wo der Sozialismus herrscht...«

Und da empörte sich die gepuderte mächtige Alte, wobei das aktive alte Männlein sie unterstützte, und es kam zu dem in solchen Gesellschaften unvermeidlichen, ich würde sogar sagen, gesetzmäßigen Standardkrach.

»Das ist gemein«, schrie sie, »Schmach und Schande... Eure Väter sind in zaristischen Gefängnissen verfault, sie haben ihr Leben und ihre Gesundheit hergegeben... Wir können gerne verschiedene politische Ansichten haben... Aber der Sozialismus ist heilig... Dafür haben Menschen ihr Leben geopfert... Und dann erlaubt ihr euch Ausfälle, die von Monarchisten oder Schwarzhundertern stammen könnten... Ich weiß noch«, sagte sie schon leiser, denn am Tisch war es still geworden, und als die Alte auf keinen Widerstand stieß, beruhigte sie sich allmählich und vergaß den Zorn, mit dem sie angefangen hatte, »ich weiß noch, ich war ein kleines Mädchen, war grade zu der Bewegung gestoßen, und bei einer illegalen Zusammenkunft, in einer Wohnung wie heute, da bekam ich meinen ersten Auftrag – Hilfe für alleinstehende Häftlinge... Jemand las eine Liste von Eingesperrten vor, die keine Angehörigen hatten, und dann wurde jedem solchen Häftling ein Junge oder ein Mädchen zugeteilt, mit dem Auftrag, mit dem Häftling in Briefwechsel zu treten... Ich weiß es noch wie heute«, sagte sie, aus irgendwelchen Gründen an mich gewandt, und guckte nun schon ganz freundlich, »ich bekam einen jungen Burschen, Stepan Ziba... Mein Gott, was habe ich danach nicht alles erlebt, aber den Namen habe ich behalten... Ein Junge aus der Ukraine, konnte kaum schreiben... Einer von der ›Potjomkin‹... Er saß in der Festung Schlüsselburg... Ich habe mit ihm korrespondiert... Zu den Feiertagen habe ich ihm Päckchen geschickt, auch mal fünf Rubel... Aber das ging nicht lange, anderthalb Jahre... Dann kam ein Brief von mir zurück mit der Aufschrift ›Adressat verstorben‹. An Tuberkulose war er gestorben...«

Während die Alte sprach, herrschte am Tisch, wie mir schien, eine gewisse Betretenheit, eine Art Achtung vor der Aufrichtigkeit eines anderen Menschen, wie sie sich manchmal, wenn auch nicht für lange, selbst der übermütigsten Gesellschaft bemächtigt... Allein, die Alte zerstörte sogleich die von ihr geschaffene Atmosphäre der Achtung vor lauteren Beweggründen, sie blieb nicht bei den Erinnerungen und den wirklich heiligen Handlungen, sondern begann wieder zu predigen und zu beschämen, da sie die zeitweilige Stille für die totale Kapitulation der Tischrunde nahm und für die Bereitschaft, sich mit gesenkten Augen greisenhafte Vorhaltungen anzuhören.

»Und Sie schämen sich nicht«, sagte sie, »die ältere Generation hat gelitten und gekämpft, um Ihnen, den Kindern von Arbeitern und Bauern, all das zu geben, was Sie früher entbehren mußten... Und wie es auch war, was für tragische Fehler auch vorgekommen sind, wir haben geglaubt... Und trotz aller Verbrechen der Stalinschen Henker war unsere Gesellschaft in ihrem Wesen immer menschlich und ist es geblieben, und die letzten Ereignisse, der zwanzigste Parteitag... hat die Kraft der Ideen bewiesen...«

»Was reden Sie denn da, mein Gott?« sagte gereizt der junge Mann, der den Streit mit den Alten aufgenommen hatte. »Was das Gedicht betrifft, bin ich einverstanden... Ihr Beispiel von der Hilfe für alleinstehende Häftlinge in den zaristischen Gefängnissen ist auch sehr gut... Aber Ihr übermäßiger Optimismus entbehrt überhaupt jeder Grundlage... Sie wissen viel zu wenig von der wirklichen Geschichte des Landes in den letzten Jahrzehnten... Ich will nicht alles mit Schmutz bewerfen, noch dazu nachträglich... Aber das wirkliche Leben der letzten dreißig Jahre und seine Tragik kennen Sie nicht...«

»Wir kennen die Tragik nicht?« fuhr das alte Männlein hoch. »Da waren Sie noch nicht trocken hinter den Ohren, entschuldigen Sie... Ja... Wir haben vieles durchgemacht, was ich Ihnen nicht wünsche...«

»Und ich behaupte nach wie vor«, sagte der junge Mann, »daß Ihre Ansichten und Ihre Äußerungen dadurch zu erklären sind, daß Sie in der schweren Zeit in Konzentrationslagern gesessen haben...«

Nicht nur die Alten, noch ein paar andere aus der Gesellschaft lachten nach diesen Worten giftig.

»Das sind mir vielleicht Paradoxe«, bemerkte jemand.

»Nein, das ist kein Paradox«, sagte der junge Mann zu ihm, »das gilt besonders für solche, die mit festgefügten Ansichten in Haft gerieten und fünfzehn bis zwanzig Jahre außerhalb der Gesellschaft lebten.«

»Aber das, was wir in den zwanzig Jahren gesehen haben«, fuhr das alte Männlein wieder hoch, »wieviel Köpfe sind da gerollt...«

»Ich rede nicht von den Lagertragödien«, sagte der junge Mann, »sie waren letzten Endes einschichtig und verständlich, während sich in der Gesellschaft vielschichtige Ereignisse abspielten, die Sie jetzt, entschuldigen Sie, von Büchern her beurteilen wollen... Den Krieg, den Kosmopolitismus der Nachkriegszeit... Entschuldigen Sie schon, aber Sie urteilen wie Ausländer, die von Kolyma zurückgekehrt sind... Und darum behaupte ich, daß Sie vor den schweren Zeiten vom Stacheldraht der Konzentrationslager abgeschirmt waren...«

»Dumm und abgeschmackt«, schrie die Alte.

Sie stand auf und rüstete sich zum Gehen, das alte Männlein auch.

»Hier bleibe ich nicht länger«, schrie das alte Männlein.

Das war ebenfalls Standard. Mit ähnlichen Ausrufen, soweit ich mich entsinne, hatte Stschussew seinen Aufenthalt bei Bitelmacher beendet, obwohl der Streit auf einer anderen Ebene geführt worden war. Um übrigens von der Vielfalt nicht nur der Methoden und Thesen, sondern auch der menschlichen Typen zu reden, so zeichneten sie sich auch hier nicht durch besondere Buntheit aus, und die Regeln des kleinen Kreises wirkten vollauf. So erinnerten der Alte und die Alte bei Stschussew irgendwie an Bitelmacher und Olga Nikolajewna, und bei genauerem Hinsehen entdeckte ich auch äußere Ähnlichkeit. Wenn die Menschen aus den Gesellschaften einander auch nicht im ganzen ähnelten, ließen sich doch sehr wesentliche Züge des einen leicht in einem anderen finden, und ganz frische, unwiederholbare Persönlichkeiten traf man hier sehr selten. Sogar der junge Mann, der mir gefiel, hatte etwas Gemeinsames mit Stschussew, natürlich nicht in seinen Ansichten, doch in der Plastik und in den Seelenregungen. Aber teilweise ähnelte er auch Filmus. Daher bedauere ich außerordentlich, daß ich ihn nur einmal sah und er nach diesem Abend für immer aus meinem Gesichtskreis verschwand.

Als die beiden Alten gereizt und beleidigt zum Aufbruch rüsteten, stand der junge Mann auf und sagte eilig:

»Warum denn? Ich bin nur zufällig hier... Nicht Sie, ich gehe.«

Er machte eine Verbeugung und ging. Aber auch die übrigen standen auf. Warja erschien lautlos und räumte das Geschirr ab.

Ich begriff, daß ich mich falsch benommen hatte, indem ich mich in keiner Weise empfohlen und mich teils zu still, teils zu laut verhalten hatte, und nun verlor ich mich in Mutmaßungen, welchen Eindruck ich auf Stschussew gemacht hatte. Wenn ich an die Episode mit dem Uspenski-Bild dachte, konnte ich annehmen, gänzlich gescheitert zu sein. Aber ich hatte einen Trumpf, nämlich die Erzählung von Orlow, die unter dem Pseudonym Iwan Chleb hierhergeraten war und die Stschussew zu interessieren schien. Ich paßte einen Moment ab, trat zu Stschussew und flüsterte ihm zu:

»Ich kenne den richtigen Namen von Iwan Chleb.«

Stschussew sah mich ernst und nachdenklich an (erst später, als ich ihn besser kannte, begriff ich, daß hinter seiner Nachdenklichkeit Spott steckte, aber ein beifälliger Spott wie der eines Aasgeiers, der sein Opfer betrachtet).

»Gehen Sie jetzt«, raunte Stschussew, »in einer halben Stunde kommen Sie wieder.«

Der Trumpf hatte gestochen. Ich war glücklich.

ZEHNTES KAPITEL

Ich weiß nicht, was der Grund für die Einladung war, in einer halben Stunde wiederzukommen, die, wie sich später herausstellte, de facto eine Einladung war, der Organisation beizutreten... Ob dabei den Ausschlag gab, daß Stschussew von mir Informationen haben wollte, die er brauchte, oder ob ihm mein Flüstern gefallen hatte und auch die jünglingshafte Unverdorbenheit, die trotz allem noch nicht ganz aus meinem Gesicht verschwunden war und von meinem Flüstern noch hervorgehoben wurde? Ich muß erwähnen, daß er außer den drei richtigen jungen Männern (ich war jung in meiner Verklemmtheit, nicht den Jahren nach) bald noch mehrere an sich zog, trotz des Widerspruchs einiger Mitglieder der Organisation... Überhaupt holte er gern junge Männer in die Organisation, und es kursierten sogar unsaubere Gerüchte darüber, die stammten offenbar auch von seinen Feinden aus den Kreisen der Rehabilitierten, die er haßte und die ihn haßten... Ich glaube, Olga Nikolajewna war daran nicht ganz unschuldig.

An dem Abend, mit dem meine Zugehörigkeit zur

Organisation begann, ging ich auf die nächtliche Straße, umwanderte raschen Schritts mehrere Viertel, und nachdem ich etwas mehr als eine halbe Stunde herumgelaufen war, um nicht der erste zu sein, kehrte ich in die Wohnung zurück. Und richtig, als ich nach dem vereinbarten Klingelsignal (dreimal kurz und nach einer Pause noch zweimal kurz, wie Stschussew mir gesagt hatte) eintrat, waren die Mitglieder der Organisation schon vollzählig um den Tisch versammelt. Warja, die mir geöffnet hatte, zog sich sogleich zurück. Die Atmosphäre im Zimmer war jetzt grundlegend anders, sachlich und irgendwie militärisch. Es wurde halblaut gesprochen. Der Tisch war leer und natürlich trockengewischt, von Warja. Irgendwelche Papiere lagen darauf. Am Tisch saßen sieben Personen – die drei Jünglinge und vier Männer. Sie alle, außer einem schon kahl werdenden Blonden, waren auch vorhin schon in der lärmenden Gesellschaft gewesen, hatten aber geschwiegen und sich im Schatten gehalten. Nur einer der Jünglinge, Serjosha Tschakolinski, hatte sich geäußert, als er die Atmosphäre des allgemeinen Aufruhrs nicht mehr aushielt, und gesagt, Stalin habe den Sieg der Sowjetsoldaten behindert. Wie sich später herausstellte, hatten sie ihm dafür einen Tadel ausgesprochen. Ein Mitglied der Organisation müsse in Gesellschaft still und unauffällig sein. Überhaupt konnte ich mich im Lauf der Zeit bei näherem Hinsehen überzeugen, daß in der Organisation die abgesprochenen und vereinbarten Regeln streng befolgt wurden, gewissermaßen ein kollektives Spiel, das alle ernsthaft und mit Interesse spielten, nicht nur die Jünglinge, sondern auch ältere und gestandene Männer. Elemente von Spiel, Vereinbarung und Unwahrheit im Sinne von Erfindung begleiten freilich überhaupt die menschliche Gesellschaft – im persönlichen Alltag wie bei gesellschaftlich-staatlichen Angelegenheiten und im Krieg, aber nur unter glaubwürdigen Umständen werden sie augenfällig und damit lächerlich. Besonders anschaulich ist das am Benehmen von Wahnsinnigen zu sehen, das heißt, von Leuten, die aus der Gesellschaft ausgeschlossen sind, die man von der Seite her betrachten kann und deren Benehmen daher lächerlich erscheint... Die Handlungen von Wahnsinnigen wirken auch darum lächerlich und unnormal, weil ihr Spiel und ihre Unwahrheit weniger eigennützig sind. Bei einer politischen illegalen Verschwörung ist immer ein Element nicht nur des eigennützigen Spiels normaler Menschen dabei, sondern auch des uneigennützigen Spiels Wahnsinniger, denn das Doppelleben trägt ungewollt zu dieser Mischung von entgegengesetzten Eigenschaften bei. Allerdings kann die Illegalität je nach der Mächtigkeit der sozialen Kräfte, auf die sie sich orientiert, das Verhältnis zwischen Normalem und Unnormalem in sich verändern, und in historisch genau gewählten Perioden kann sie ganz und gar umsteigen auf das eigennützige, sachliche und gesellschaftlich-staatliche Spiel. Und umgekehrt, wenn der historische Moment nicht richtig erkannt wurde, spielt die Illegalität das uneigennützige Spiel von Wahnsinnigen. Das bedeutet natürlich nicht, daß die Illegalität nicht zum Handeln fähig wäre, in vielen Fällen sogar zu recht gefährlichem Handeln. Aber in einem äußerst engen Kreis, auf einer äußerst beschränkten Bühne, wo man bestenfalls mit aufrichtigen Opfern eine Menschenmenge sammeln kann, von der, wiederum bestenfalls, ein Teil neutral erregt ist wie beim Brand eines fremden Hauses. Der Wahnsinn des Don Quijote, der ihn lächerlich machte, stärkte ihn auch, so wie einen besessenen Menschen die Blindheit stärkt. Die Rede ist von einem besessenen Menschen, für den die Blindheit in einer bestimmten historischen Periode – zehn Minuten oder zweihundert Jahre – aus einem schmalen kurzen Pfad, der in den Abgrund führt, eine breite Straße ohne Ende macht. Die tragische Erleuchtung kommt in der Regel im letzten Moment und manchmal sogar etwas später, in der Luft, während des freien Falls in den Abgrund.

In der Organisation Stschussew war natürlich das Element des uneigennützigen Kinderspiels stark ausgeprägt. Hochentwickelt waren das Ritual und sogar gewisse Zeremonien. Ich wurde aufgefordert, mich auf einen Stuhl in einiger Entfernung vom Tisch zu setzen, so daß mein Gesicht seitlich beleuchtet war, dann begannen sie mir Fragen zu stellen. Es waren ganz gewöhnliche Fragen zu meiner bisherigen Biografie, meinem jetzigen Leben und den Gründen, derentwegen ich in die Organisation eintreten wollte. Ich hatte kein einziges Mal direkt gesagt, daß ich in die Organisation eintreten wollte, und der Umstand, daß sie meinen Wunsch ohne Worte begriffen hatten, machte mich gänzlich frei und flößte mir zugleich eine gewisse Angst ein, wie sie sich wohl bei jungen und frischen Menschen während einer religiösen Beichte einstellt. Als ich die Fragen beantwortete, habe ich, glaube ich, zum erstenmal im Leben ein paar Dutzend Worte gesagt, von denen keines gelogen war, und mich dabei ganz leicht gefühlt, habe Achtung empfunden vor den tatsächlichen Fakten meines Lebens, die in der gegebenen Situation und nach der vollzogenen Wahl des Weges zum erstenmal für mich und diese Menschen überzeugend klangen und sie für mich einnahmen. Daß ich keinen Platz hatte, daß ich hungerte, daß ich von Gönnern und Feinden gedemütigt wurde, nicht zu reden von den politischen Prügeleien und meinen Versuchen, mit den Beleidigern physisch abzurechnen, all das sprach zu meinen Gunsten. Später freilich, bei der Analyse, überzeugte ich mich, daß ich in manchem wohl doch etwas dazugelogen hatte, doch das galt für Fakten, die ich mir vor so langer Zeit ausgedacht und die ich so fest verinnerlicht hatte, daß sie keine Lügen mehr waren, und sie weglassen konnte ich nicht in der Periode seelischer Offenheit, die ich empfand, als ich den Organisationskameraden Rede und Antwort stand, im Gegenteil, das ging nur bei nüchterner Berechnung, Skepsis und Analyse, und dann hätte ich mir spöttisch bewußt machen müssen, daß etwa die Heldentaten meines Vaters an den Fronten des Krieges eigentlich von mir erfunden waren, ebenso seine Nähe zu einer Reihe hervorragender Funktionäre jener Zeit. Ich muß beiläufig bemerken: Gerade diese erfundenen Fakten sprachen in der gegebenen Situation nicht zu meinen Gunsten, und die Erwähnung eines der bekannten Kriegsführer, mit dem mein Vater angeblich bekannt gewesen war, ließ das Gesicht des kahl werdenden Blonden sich sogar zu einer Grimasse verziehen. Nichtsdestoweniger ging im großen und ganzen alles gut. Rot wurde ich nur einmal, als Stschussew mich fragte, ob ich ihm damals auf der Straße wirklich zufällig begegnet war und ihn sofort angesprochen hatte, wie ich behauptete. Ich antworte, ich sei ihm wirklich zufällig begegnet, hätte mich aber lange nicht entschließen können, ihn anzusprechen, und sei ihm gefolgt. Stschussew lächelte. Alle hatten mir Fragen gestellt, doch den Beschluß über meine Aufnahme faßte Stschussew ganz allein.

»Prochor«, sagte er zu Serjosha (die Mitglieder der Organisation hatten Decknamen. Ich hatte später den Decknamen »Türke« wegen meines dunklen, ein wenig orientalischen Aussehens), »Prochor, gib's ihm, er soll's lesen.«

Er gab mir einen auf hauchdünnem Papier getippten Text, etwas wie einen Beitrittsschwur, in dem es hieß, daß ich schwöre, gegen die Stalinschen Helfershelfer zu kämpfen, der heiligen Opfer zu gedenken, die dem russischen Volk von den blutigen Händen der Stalinschen Henker zugefügt worden waren, im Namen dieser Opfer zu leben und zu handeln, von denen die meisten in der ewigen Gefrornis begraben lägen. Am Schluß stand die Losung: »Tod den Henkern!«, und dann folgte, wie bei jedem Schwur: »Wenn ich zuwiderhandle... trifft mich...« usw. Allerdings war hier außer von der Verachtung der Kameraden auch noch von einem »hündischen Tod« die Rede. Ich war bereit zu vielem, aber all dies erschreckte mich doch ein wenig, nicht nur weil in dem Schwur viele kräftige Ausdrücke und mitten im Text auch Schimpfwörter und Drohungen vorkamen wie: »Ich schwöre, kein Erbarmen zu kennen und nicht zuzulassen, daß Schweine, die sich an heiligem unschuldigem Blut gemästet haben, in ihrem Bett krepieren.« Mich erschreckte auch ein wenig, daß all dies den Charakter einer Reise ohne Umkehrmöglichkeit trug, zu der ich trotz allem noch nicht ganz bereit war. Später begriff ich, daß damit beabsichtigt war, einen Neuling durch Übertreibung zu beeindrucken. Und zugleich damit sich selbst anzuheizen. Hier hatte das kollektive Spiel seinen Platz, und wenn ich der Organisation beitrat, war ich de facto verpflichtet, die Spielregeln und die Vereinbarung ernst zu nehmen. So wurde in einer Sitzung des Tribunals der Organisation (das gab es) in der überwiegenden Mehrheit der Fälle das Todesurteil ausgesprochen, das aber landete zumeist schlicht im Archiv der Organisation, und wenn es zur Vollstreckung gelangte, dann natürlich nicht in Form der Todesstrafe, sondern in Form einer Verprügelung, zu der auch ich schon, wenn auch allein, ohne Vorbereitung und daher weniger wirkungsvoll, gegriffen hatte. Das Todesurteil wurde gleichermaßen ausgesprochen gegen ehemalige Mitarbeiter der Straforgane, gegen Menschen, über die Informationen vorlagen, wonach sie Denunziationen geschrieben oder auf Versammlungen gegen einen Menschen gesprochen hatten, der daraufhin Repressionen ausgesetzt war, besonders wenn dieser Mensch inzwischen umgekommen war, und gegen solche, die gegenwärtig noch durch aktive Ergebenheit gegenüber dem Stalinismus auffielen. Diejenigen, über die Todesurteile gefällt wurden, waren hauptsächlich schon bejahrt, erstens weil die Ereignisse, an denen sie beteiligt gewesen waren, Urteile, Racheakte, Denunziationen und sonstiges, lange zurücklagen, und zweitens, weil die meisten zeitgenössischen Stalinisten auch nicht mehr jung waren. Die Jugend mit der ihr eigenen Energie und Vorliebe für alles Neue und Verbotene wandte sich in der ersten Zeit mehrheitlich gegen den Stalinismus. Der Prozeß des Abgleitens eines Teils der Jugend auf die alten, genauer, auf die noch neueren Positionen eines gewissen Neostalinismus, wiederum als Zeichen des Protests gegen die offizielle antistalinistische Linie Chrustschows, stand erst am Anfang und formierte sich noch, wie später klar wurde, auf national-russophiler Grundlage, die den Westler-Antistalinisten entgegenstand (natürlich ist diese Kräfteverteilung vergröbert und vereinfacht dargestellt). Also waren die meisten Gegner der Organisation Stschussew bejahrte Leute. Es gab jedoch auch Ausnahmen, auf die ich jetzt zu sprechen kommen möchte.

Der Fall Orlow war darum so interessant, weil er eine Ausnahme bildete, die jedoch auf das Entstehen einer neuen Richtung deutete. Damit war Orlow das Todesurteil sicher. (In der Folgezeit war Orlow unheimlich stolz auf dieses Urteil, er wußte ja nicht, daß Stschussew auch die Putzfrau einer Behörde zum Tode verurteilte, weil sie in betrunkenem Zustand am hellichten Tag schreiend Stalin gerühmt hatte.) Ich wiederhole, natürlich waren diese Urteile ein Spiel. Vorauseilend will ich jedoch sagen, daß Stschussew letzten Endes doch ernsthaft spielte, aber so waren die Regeln. Jedes Spiel, das systematisch und hingerissen gespielt wird, verliert früher oder später die Vereinfachung und nimmt sehr reale Alltagsformen an. Da ich schon von der Form rede, muß ich auch die Formulierung des Todesurteils erwähnen. Darin hieß es: »Hat den Tod verdient«, nicht wie gewöhnlich: »Wird zum Tode verurteilt«. Das fiel mir auf, doch ich nahm es einfach für den Wunsch nach Originalität, während doch dieser Formulierung eine feine Berechnung zugrunde lag, die mir schließlich aufging. Sie bestand in der dehnbaren Formulierung, die es erlaubte, innerlich den Ersatz der Todesstrafe durch eine gewöhnliche Verprügelung zu rechtfertigen, die den Möglichkeiten der Organisation eher entsprach.

Nachdem ich den auf hauchdünnem Papier getippten Schwur gelesen hatte, kam es zu einer äußerst peinlichen Stockung bei der Ausführung des abschließenden Stadiums des Rituals durch mich. Stschussew reichte mir auf einer Untertasse ein Glas klares Wasser und ein spitz zugeschliffenes kleines Messer. Damit sollte ich mir den Finger ritzen, ein paar Tropfen Blut in das Wasserglas fallen lassen, einen Schluck von diesem Gemisch aus Wasser und meinem Blut trinken und das Glas im Kreis weitergeben, so daß jedes Mitglied der Organisation einen Schluck bekam. Ich weiß nicht, ob dies frei ausgedacht oder einem mittelalterlichen Ritual entlehnt war, aber aus dem Ernst und der Gläubigkeit, mit der jedes Mitglied der Organisation dieses Ritual vollzog, ließ sich schließen, wie leicht und selbstvergessen der moderne Mensch, wenn er in außergewöhnliche Bedingungen geraten ist und nach einem Ausweg sucht, seinen Verstand opfert und zur heiligen Gedankenlosigkeit zurückkehrt. In solch außergewöhnlichen finsteren Perioden ist nur die Skepsis, das ungeliebte uneheliche Kind des Verstandes, fähig, sich Fanatismus und Dunkelmännertum entgegenzustellen. In solch finsteren Perioden hat der Skeptiker, der Ästhet oder der Satiriker mehr Erfolg im Kampf gegen Fanatismus und Dunkelmännertum als der Lyriker oder der Denker. Aber die Skepsis findet sich in der Regel bei Menschen, die keine tiefen persönlichen Leiden durchgemacht haben oder es verstehen, nicht allzu feinfühlig auf diese Leiden zu reagieren, und darum unvoreingenommen sein und sich über Licht und Finsternis erheben können. Solche gab es in der Organisation nicht, dafür hatte Stschussew gesorgt. Allerdings gab es in der Organisation mehrere Jünglinge. Aber die Jünglinge jener Jahre kannten noch nicht die kurzbehoste romantische Skepsis, die einige Zeit später im Jünglingsmilieu aufkam, hauptsächlich unter dem Einfluß »wirklichkeitsfremder« Literatur, und an das »Vater-Mutter-Spiel« erinnerte. Die echte Skepsis hingegen, eine Schutzreaktion des gealterten Organismus auf die ihm nicht mehr möglichen jugendlichen, unreifen Ausbrüche, ist bekanntlich der Jugend physiologisch fremd. (Leiden bewahrt die Jugendlichkeit der Gefühle, darum braucht ein betagter Mensch, der aber gelitten hat, keine Skepsis zur Rechtfertigung seelischer Trägheit.) Auf diese Weise war die Organisation Stschussew eine gelungene Vereinigung von betagten Menschen, die jedoch viel gelitten hatten und daher voreingenommen waren, und von jugendlicher Unreife, die allein schon aus Altersgründen voreingenommen sein muß. Diese Voreingenommenheit, die sich nicht so sehr auf ein und dasselbe wie gegen ein und dasselbe richtete, schweißte ganz verschieden geartete Menschen zusammen. Das wurde deutlich, als sie alle mit dem gleichen Ernst an dem Glas mit der rosa Flüssigkeit nippten, die ein Gemisch von Wasser und meinem Blut war. Ich muß gestehen, daß ich mich in einem unangenehmen Zustand befand. Ohne die Gewagtheit des Vergleichs zu scheuen, will ich sagen, daß ich etwas Ähnliches empfand wie während meiner ersten intimen Verbindung mit der Putzfrau Nadja. Das wird auch dadurch bestätigt, daß mein unangenehmes Gefühl in der Folgezeit verschwand wie auch bei den intimen Beziehungen, und als wir nur einen halben Monat später ein neues Mitglied in die Organisation aufnahmen, schluckte ich sein Blut in Wasser ziemlich ernsthaft und glaubte an die Notwendigkeit und Heiligkeit des Rituals.

Es gab noch einen persönlichen Grund, der mich zwang, das Ritual äußerst feindselig aufzunehmen, was, wie schon gesagt, zu einer Stockung führte. Dieser Grund war einfach und elementar: Ich habe Angst vor Schmerzen, genauer, vor dem Vorgefühl der Schmerzen. Hätte ich mich zufällig geschnitten, so würde ich vielleicht nur ein wenig das Gesicht verzogen haben, zumal kein tiefer Schnitt von mir erwartet wurde, aber mich selbst und vorsätzlich in den Finger zu schneiden war so entsetzlich, daß ich, kaum hatte ich die schmale, geschliffene Klinge an die Haut gesetzt, Zittern und Übelkeit spürte (die Übelkeit verstärkte sich, als die Mitglieder der Organisation allen Ernstes das von meinem Blut rosa gefärbte Wasser tranken). Da ich es nicht fertigbrachte, die Klinge durch die Haut zu ziehen, schloß ich die Augen, zitterte fürchterlich, ohne mich zu genieren, und drehte das Messer, um den Finger nicht zu schneiden, sondern zu stechen. Aber durch das Zittern oder meine Angst drehte sich das Messer unglücklich und drang gegen meinen Willen ziemlich tief ein, noch dazu nicht in den Finger, sondern in die Handfläche. Im ersten Moment schrie ich auf vor heftigem Schmerz, doch dann freute ich mich, es hinter mir zu haben, quetschte eifrig Blut aus der kleinen Wunde in das Glas und spürte erst danach wieder heftigen Schmerz, so daß ich eine weitere Tolpatschigkeit beging und das blutige Messer zu Boden fallen ließ.

»Was machst du denn?« Stschussew trat eilig zu mir. »Du solltest dir doch nur den Finger ritzen.«

Ich lächelte schief und versuchte lässig zu scherzen: »So ist es überzeugender.«

Stschussew ging sofort daran, meine Wunde eigenhändig mit Jod zu behandeln und sie geschickt wie ein Arzt mit Watte und Binde zu versorgen.

Ich beschreibe meine auf den ersten Blick kleinen und lächerlichen Qualen so ausführlich, um eine Eigenschaft von mir deutlich zu machen – das Fehlen von Tapferkeit bei physischem Leiden, selbst wenn es unbedeutend ist. Die Unfähigkeit, physische Leiden zu ertragen, wenn sie nicht plötzlich kommen, sondern geplant sind (dieses Moment ist sehr wichtig, denn Foltern sind so beschaffen), die Unfähigkeit, Foltern zu ertragen, ist den meisten Menschen eigen, die eine reiche sinnliche Vorstellungskraft besitzen. Darum empfinde ich besondere Achtung, genauer, respektvolles Entsetzen vor Menschen, die Foltern erlitten haben, und das waren Stschussew, an dessen linker Hand statt der Fingernägel rosiges Fleisch wucherte, Christofor Wissowin, dessen Fußgelenk kaputt war, so daß er leicht humpelte, und der kahl werdende Blonde (Oles Gorjun), der die Finger seiner linken Hand nur mit Hilfe der rechten biegen und strecken konnte, und beim Strecken ließen sie ein seltsames totes Knacken hören. (Wieder die Finger. Die oberen Glieder waren am häufigsten Gegenstand von Foltern, denn sie waren ohne Entkleidungsprozeduren zugänglich und bereiteten dem Verhörten heftigen Schmerz, ohne daß er beim Verhör im Zimmer des Untersuchungsführers zu Tode kam. Überdies ist es kein Zufall, daß die linke Hand öfter mißhandelt wurde als die rechte, denn die Rechte wurde zum Unterschreiben des Protokolls benötigt, da die formelle bürokratische Prozedur selbst bei Verletzung der Gesetzlichkeit eingehalten wurde, und es ist vorgekommen, daß der Staatsanwalt einen Fall zur Nachuntersuchung zurückschickte, weil die Unterschrift des Untersuchungshäftlings unleserlich war. Außerdem, wurde der Untersuchungshäftling nicht zum Tode durch Erschießen verurteilt, so wurde die rechte Hand in gesünderer Verfassung gebraucht, damit der Häftling zur Zwangsarbeit eingesetzt werden konnte.)

Endlich war die Prozedur beendet und das Glas mit der rituellen rosa Flüssigkeit von den Mitgliedern der Organisation bis zum Grunde geleert, und ich wurde aufgefordert, am Tisch Platz zu nehmen.

»Christofor«, sagte Stschussew (die Decknamen wurden nur in Gegenwart Außenstehender gebraucht. Ich war jetzt mit den anderen durch meinen Schwur und den Schluck Wasser mit meinem Blut zusammengeschlossen und war somit kein Außenstehender mehr). »Christofor, Zwibyschew weiß, wer das über den Lumpen geschrieben hat, der sich beim Stalin-Denkmal erschoß.«

»Ich sag dir doch, der Kreis schließt sich«, antwortete Christofor. (Was er damit meinte, weiß ich nicht.)

Ich sagte, der wirkliche Name des Autors, der unter Iwan Chleb schrieb, sei Orlow. Er studiere an der journalistischen Fakultät der Universität. Zusammengestoßen sei ich mit ihm nur einmal in einer äußerst unangenehmen Gesellschaft. Mehr wisse ich nicht über ihn. Daß ich die Erzählung an einem unsittlichen Ort an mich genommen hatte, verschwieg ich.

»Das ist mehr als genug«, sagte Oles Gorjun. »Ich schlage vor, ihm zu schreiben, aber ohne Unterschrift... Laßt mich das machen.«

»Nein, das ist nicht das Richtige«, sagte Christofor stirnrunzelnd, »anonyme Briefe, Denunziationen – nein.«

»Nein, nein«, sagte Oles gereizt, »sie schlagen uns, womit sie können... Natürlich, ihr seid Leute von höchster Sittlichkeit, aber mir sind alle Mittel recht... Ist es nicht so? Damals ist auch meine verstorbene Kusine... War sie etwa nicht den Anschuldigungen einiger Saubermänner ausgesetzt, die mit läppischen Deklarationen gegen Mörder kämpfen wollten? Und das sogar nach ihrem Märtyrertod...« (Die Kusine schien sein Steckenpferd und sein wunder Punkt zu sein, denn er sprach bei jeder Gelegenheit von ihr wie ein Mensch, der hauptsächlich auf einen Punkt fixiert ist. Seine Kusine war die Frau gewesen, die auf der Sewastopoler Uferstraße mit einem Reagenzglas Salzsäure ergriffen wurde, gerade als Stalin dem Kreuzer »Rote Ukraine« einen Besuch abstattete. Ob sie tatsächlich kurz vor der Verwirklichung ihres terroristischen Vorhabens, »den Tyrannen zu blenden«, gestanden hatte, wie Gorjun sagte, weiß man nicht. Aber daß seine Kusine Anfang der dreißiger Jahre erschossen wurde und daß es in der fraglichen Zeit eine Meldung über einen Versuch von Feinden gab, während des Aufenthalts des Genossen Stalin an Bord des Kreuzers »Rote Ukraine« einen Anschlag zu verüben, steht fest.)

»Das mit diesem Orlow ist eine sehr ernste Sache«, sagte Stschussew, »schon wieder werden beim Stalin-Denkmal Blumen hingelegt... Und in der Erzählung gibt es einen Satz über Blumen.«

»Der Kreis schließt sich«, sagte Wissowin wieder.

»Würden Sie Orlow wiedererkennen?« fragte mich Gorjun.

»Bestimmt«, antwortete ich. Ich wollte hinzufügen, dessen Visage habe sich mir so tief eingeprägt, daß sie mir ein paarmal nachts im Traum erschienen sei, worauf ich am Morgen erstmal ausgespuckt hätte. Aber ich sagte es nicht, sondern hielt mich zurück und beschränkte mich auf die lakonische sachliche Antwort. Ich hatte bemerkt: Obwohl es in der Organisation viel Grimm in den Äußerungen und sogar in der Gestik der Mitglieder gab, hatte Stschussew es lieber, wenn die Menschen ihre Gefühle zu verbergen vermochten, was ihm selbst nicht immer gelang.

Mir wurde aufgetragen, mich um halb sechs früh an demunddem Platz einzufinden (übrigens unweit der Drahtseilbahn, wo ich früher gern Mädchen anschaute). Bis dahin waren es nur noch vier Stunden, fast gar keine Zeit zum Schlafen. Ich sagte, mein Wohnheim sei weit weg, und bis halb sechs schaffte ich es nicht, dorthin und zurück zu fahren. Dabei hoffte ich, hier bei Stschussew auf dem Sofa schlafen zu können, wenn alle weg wären, aber Stschussew behielt mich nicht bei sich, sondern sagte:

»Du gehst mit Wissowin. Er wohnt nebenan.«

Stschussew (davon konnte ich mich später überzeugen) lud überhaupt nie jemanden einfach so zu Besuch ein. Man versammelte sich bei ihm ausschließlich in Angelegenheiten der Organisation und ging nach Schluß der Sitzung wieder auseinander.

Wissowin wohnte allein in einem winzigen Zimmerchen unter der Treppe, in dem früher der Hausmeister gelebt hatte, der, wie Wissowin mir sagte, wegen familiärer Umstände eine neue Wohnung bekommen hatte. Überhaupt wurden damals, ganz am Anfang, viele, sogar die meisten rehabilitierten Alleinstehenden, die in der Freiheit keine Familie hatten, in solche Hausmeisterzimmerchen einquartiert. In solch einem Zimmer wohnte auch Filmus, und wenn man die Wohnungsnot bedachte, war das gar nicht so schlecht.

In dieser Nacht sprachen Wissowin und ich fast gar

nicht miteinander, und das freute mich, denn ich war sehr müde, und zugleich war ich mir bewußt, daß es in jenen hitzigen Jahren fast ein Gebot war, daß Menschen, die politische Arbeit machten und einander gerade erst kennengelernt hatten, bis zum Morgen diskutierten, besonders wenn sie zusammen übernachteten.

Wissowins Schlaflager war eine Art Feldbett: kleines Lederkissen, ein ziemlich verfilztes Plaid statt der Zudecke und eine dünne graue Decke statt des Lakens. Wir legten uns auf den Fußboden (ein Bett gab es nicht).

»Haben Sie einen guten Schlaf?« fragte mich Wissowin.

»Nicht besonders«, antwortete ich, »aber jetzt hoffe ich schlafen zu können, denn ich bin sehr müde.«

»Schade, Schlaftabletten dürfen wir nicht nehmen«, sagte Wissowin, »dann verschlafen wir.«

Er tastete im Dunkeln nach dem Wecker und zog ihn auf.

ELFTES KAPITEL

Wissowins Geschichte wäre eine ganz gewöhnliche gewesen (in bestimmten Perioden pflegen menschliche Tragödien äußerst gewöhnlich zu sein und einander bis zur Langweiligkeit zu gleichen), also, Wissowins Geschichte wäre eine ganz gewöhnliche gewesen, wäre an ihr nicht ein ziemlich bekannter Frontjournalist schuldhaft beteiligt gewesen, ein Mann, der jetzt sogar als Schriftsteller galt, noch dazu als progressiver, antistalinistischer, der überdies ein gutmütiger und wirklich nicht schlechter Mensch war. Wissowin war ein angestammter Petersburger, Leningrader aus einer Arbeiterfamilie jener Observanz, die stets als Stütze der Sowjetmacht diente. Als der Krieg mit Hitlerdeutschland anfing, war er siebzehn Jahre alt, aber desungeachtet billigte nicht nur der Vater, Veteran der Revolution und des Bürgerkriegs, sondern auch seine Mutter, seine Schwester und seine Braut (trotz revolutionärer Traditionen wird in solchen Familien eine patriarchalische Lebensweise gepflegt. Darauf deuten der kirchliche Name Christofor nach dem Großvater und die frühe Wahl der Braut fast schon im Kindesalter, die nach Absprache und Wunsch ebenfalls aus einer angestammten Arbeiterfamilie kam; so war es abgesprochen, aber Wissowin gefiel seine Braut, und er liebte sie), also, nicht nur der Vater, sondern auch die Mutter, die Schwester und die Braut, die übrigens alle in dem gleichen Werk arbeiteten, billigten Wissowins Wunsch, freiwillig an die Front zu gehen. Bei der Armee nahmen sie ihn nicht sofort, sie schickten ihn auf eine Diversionsschule, nach deren Absolvierung er zu einer Diversions-Luftlandetruppe kam, die im hohen Norden operierte. Es war eine der damals erst wenigen Abteilungen, die in der schweren Zeit des Rückzugs nicht in der Tiefe des eigenen Sowjetterritoriums operierten, sondern schon einundvierzig die Grenze überschritten und im Norden Finnlands und in Norwegen Operationen durchführten. So nahm Wissowin ein Jahr lang am Krieg teil. Er wurde verwundet, auf eine romantische Weise verwundet, in der Art des achtzehnten Jahrhunderts, nicht von einem Splitter oder einer Kugel, sondern von einer kalten Waffe, dem Stich eines Finnenmessers ins Gesicht (der eine Narbe hinterließ und ihn fast ein Auge gekostet hätte). Nach der Verwundung wurde Wissowin für eine Auszeichnung eingereicht. Er konnte seinen Vater und seine Braut besuchen (die Mutter war im ersten Blockadewinter gestorben, und die Schwester, die einen Kursus für Telefonistinnen besucht hatte, diente in der Armee). Es war das letzte Zusammentreffen mit seinen Angehörigen, doch vorauseilend muß ich sagen, daß sie den Krieg überlebten und noch jetzt in ihrer Heimatstadt Leningrad wohnten. Es war das letzte Zusammentreffen des liebenden Vaters mit dem geliebten Sohn. Gleich die erste Operation, an der Wissowin nach seiner Verwundung teilnahm, geriet für die Diversionsabteilung zum Desaster. (Das war etwas weiter südlich, in den Wolchow-Wäldern, in einer anderen Abteilung, wo man Wissowin nicht kannte, was ebenfalls ein Grund für die ihm widerfahrenden Unannehmlichkeiten war.) Das Ganze geschah im Winter, auch hier herrschten vierziggrädige Fröste... Die Diversanten, abgequält, durchgefroren, hungrig und in finsterer Geistesverfassung wegen des nicht ausgeführten Auftrags, stießen auf ein Bauernhaus abseits eines Dorfes und beschlossen, darin zu übernachten. Der Hausherr hatte Mitgefühl und ließ sie ein, aber die Abteilung schien diesmal unablässig vom Pech verfolgt zu sein. Kaum hatte man sich zum Abendbrot niedergelassen, da erschienen Deutsche. Der Hausherr erschrak, denn ihm und seiner Familie drohte der sofortige Tod. Nichtsdestoweniger behielt er die Nerven, ließ die Partisanen hinten hinaus und versteckte sie in einer leeren Scheune, in der Annahme, daß die Deutschen gleich wieder abziehen würden. Die aber richteten sich zum Übernachten ein und stellten Posten auf. Da sie von der Anwesenheit der Partisanen nichts ahnten, konnte der Hausherr alles in Ordnung bringen, das ließ sich alsbald aus dem ruhigen Verhalten der deutschen Soldaten ablesen, dennoch wurde die Lage der Gruppe von Stunde zu Stunde kritischer, selbst wenn die Deutschen gar nicht in die Scheune blickten. (Das war aber durchaus denkbar, denn sie waren auch hungrig und durchgefroren. Wenn ihnen ein Verdacht gekommen wäre, hätten sie wohl auch sofort hineingeschaut.) Wie gesagt, die Lage wurde von Stunde zu Stunde kritischer. In die Scheune wehte es herein, sie schützte fast überhaupt nicht vor dem Frost und auch nicht vor dem Wind. Frost und Wind verstärkten sich immer mehr, aber hinauszugehen oder sich zu bewegen war gefährlich, denn die Posten standen buchstäblich nebenan. Die Mitglieder der Gruppe waren in Gefahr, schlicht und einfach zu erfrieren. Da kam es zwischen Wissowin und dem Kommandeur der Gruppe zu einem Streit. Der Kommandeur war auch noch sehr jung, vielleicht drei Jahre älter als Wissowin. Er war sehr bedrückt von dem Mißerfolg (es war der Gruppe nicht gelungen, eine wichtige Brücke zu sprengen, aus einer Reihe von Gründen nachgerade durch die Schuld des Kommandeurs selbst), und deshalb suchte der Kommandeur jetzt nach Meinung Wissowins vorsätzlich den Tod. Und da beging Wissowin im Eifer einen Fehler, den er sich auch später noch bei der Analyse nicht verzeihen konnte. Der Fehler bestand darin, daß er seine Vermutung aussprach. (Selbstverständlich flüsternd wegen der Nähe der Posten, doch dadurch klang es noch schärfer.)

»Wenn du dich am Scheitern der Operation schuldig fühlst, erschieß dich, natürlich erst wenn wir hier weg sind, um keine Aufmerksamkeit zu erregen«, sagte Wissowin, »aber du hast nicht das Recht, die anderen zu opfern und schon gar nicht die Familie des Hausherrn, der uns aufgenommen hat.«

Da fielen alle Mitglieder der Gruppe über Wissowin her und unterstützten den Vorschlag des Kommandeurs, anzugreifen und das eigene Leben teuer zu verkaufen, statt einfach zu erfrieren. Sie litten tatsächlich extrem unter dem Frost und spürten: Wenn sie noch ein Weilchen zögerten, würden sie sich nicht mehr bewegen können... Obwohl die Mitglieder der Gruppe Wissowin mit Beleidigungen überhäuften, fast ohne die Konspiration zu wahren und das Entdecktwerden riskierend, versuchte Wissowin sie zu überreden, noch zu warten, die Kälte auszuhalten und es mit dem Sterben nicht so eilig zu haben, zumal der Tod von einer Kugel kein bißchen besser sei als der Tod durch Erfrieren. Sie hörten nicht auf ihn und sprangen unter Hurra-Rufen hinaus, wurden aber sofort von den ersten Feuergarben niedergestreckt, nachdem es ihnen freilich noch gelungen war, mit klammen Händen ein paar Handgranaten zu werfen. Wissowin war in der Scheune geblieben, und die Deutschen hatten ihn zum Glück in der Eile nicht bemerkt, vielleicht kamen sie auch gar nicht auf die Idee, daß einer der Partisanen nicht an der Attacke teilgenommen haben könnte. In aller Eile erschossen sie den Hausherrn und seine Familie, und sie hatten es so eilig, daß sie gegen ihre sonstige Gepflogenheit nicht das Haus anzündeten, sondern sich zum Zentrum des Dorfes zurückzogen. Wissowin wußte nicht, wie lange er noch liegenblieb, und er verlor ein paarmal das Bewußtsein (die Deutschen hatten Posten zurückgelassen, und er mußte in der Scheune bleiben). Er erwachte von einer heftigen Schießerei. Eine große Partisanenabteilung war in das Dorf eingedrungen. Da kroch er aus der Scheune und wurde, zwischen den Toten liegend, entdeckt. Zuerst dachte man, er wäre verwundet, doch als man sah, daß er nur steifgefroren war, rieb man ihn mit Sprit ab und fragte ihn aus, wie es komme, daß alle tot waren und er nicht einmal verwundet. Wissowin war noch ganz benommen und antwortete konfus. (Sie amputierten ihm später die Zehen des rechten Fußes, das hatte ich bemerkt, als er sich auszog. Interessant ist, daß ihm derselbe Fuß bei einem Verhör achtundvierzig zertrümmert wurde, gerade das Fehlen der Zehen hatte die Aufmerksamkeit des Untersuchungsführers erregt: »Ich mach dir aus deinem restlichen Fuß einen richtigen Stumpf...« Trotzdem konnte Wissowin gehen, er humpelte nur leicht, hatte sich daran gewöhnt.) Damals, zweiundvierzig, schienen sie seinen Zustand zu begreifen und würden ihm nicht so sehr zugesetzt haben, wenn nicht einer der schwerverwundeten Partisanen ihn vor seinem Tod noch verleumdet hätte... Es war nicht der Kommandeur der Gruppe, mit dem Wissowin sich angelegt hatte, sondern ein anderer, der Kommandeur war auf der Stelle tot gewesen. Was in dem Mann vor seinem Tod vorging, läßt sich nicht nachvollziehen, die Seele eines Sterbenden ist überhaupt für Lebende nicht durchschaubar. Es gibt Menschen, die ruhig und voller Liebe für die Lebenden sterben, und andere, die die Lebenden hassen. Das hängt vielleicht mehr von den Umständen ab als von dem konkreten Charakter. Ein böser Mensch stirbt mitunter gut und ein guter böse... Außerdem war der Sterbende in mittlerem Alter gewesen, und in diesen Jahren fällt es bekanntlich besonders schwer zu sterben, bedeutend schwerer als im Alter oder in der Jugend, denn der Mensch hat am Leben Geschmack gefunden, es aber noch nicht genügend genossen... Möglich ist auch, daß dieser Mann im stillen begriffen hatte, daß Wissowin im Recht war, nicht erst jetzt, wo für ihn alles gelaufen war, sondern schon während des Streits, doch da hatte er die anderen unterstützt – in der Aufwallung und aus einem Kameradschaftsgefühl, was er jetzt bedauerte, so wie man etwas Unwiederbringliches bedauert, er war eifersüchtig auf den vernünftigen Glückspilz und beneidete ihn um sein Leben. Offenbar war dies der Zustand des Sterbenden gewesen, zusammengesetzt aus vielen klaren und unklaren Motiven. Er war eifersüchtig auf Wissowin, den einzigen Überlebenden der Gruppe, der zudem nicht zufällig überlebt hatte, sondern dank seinem Begriffs- und Urteilsvermögen, er beneidete ihn um sein Leben und benahm sich wie ein Eifersüchtiger, der aufrichtig und wie im Wahn seine Einbildung für die Wahrheit hält.

Als der Sterbende auf einer Trage zu Wissowin gebracht wurde, der halb sitzend auf einer Bank des Bauernhauses lag, abgequält, aber lebendig und rosig überhaucht von dem Sprit, mit dem sie ihn abgerieben und von dem er getrunken hatte, schwieg der Sterbende lange, überlegte vielleicht, daß er dumm gewesen war und seine Überlebenschance verpaßt hatte, statt jetzt ebenso rosig auf der Bank zu sitzen (vielleicht war er überhaupt ein vernünftiger Mann und hatte nur ein einziges Mal im Leben dumm gehandelt, doch dieses einzige Mal genügte, um sein Leben zu verderben, und das war besonders bitter). Es ging nicht um Feigheit. Der gefallene Kommandeur, der Sterbende und Wissowin waren schon über ein Jahr im Krieg, hatten ihr Leben riskiert und nicht immerfort daran gedacht, so wie Tausende und Hunderttausende Soldaten... Genauer, vielleicht hatten sie sogar daran gedacht, aber sie lebten im Schwung des Krieges und unterwarfen sich der gemeinsamen Pflicht, deren kollektiver Instinkt mitunter sogar stärker ist als der Selbsterhaltungstrieb, und wenn sie starken Haß empfanden, war es nicht so, daß sie den Tod vergaßen, nein, sie hatten sich gleichsam an ihn gewöhnt, so wie sich der Mensch überhaupt an die Unvermeidlichkeit seines Todes gewöhnt. Da gab es nur den Unterschied, daß sich der Mensch im allgemeinen an seinen unausweichlichen, doch fern im Alter zu erwartenden Tod gewöhnt, der Kämpfende aber an seinen nahen Tod... Wenn man jedoch den nahen Tod vermeiden konnte (das kam im Krieg nicht oft vor und war daher besonders spürbar), wenn es deutliche Chancen gab, ihn zu vermeiden, und der Tod dann infolge der eigenen Dummheit kam und die Bitternis des Todes frei war von erhabenen Rechtfertigungen, dann wurde die Angst vor dem unausweichlich herannahenden Tod in dem Menschen zur Hauptsache, sie blieb mit ihm allein, nahm die Züge einer bösartigen Launenhaftigkeit und einer quälenden, sinnlosen Eifersucht auf den Überlebenden an. Zugleich aber war wie bei jeder Eifersucht neben dem Wahnsinn auch Schläue und Berechnung dabei. Der Sterbende wußte, daß von allen Überlebenden Wissowin, der mit seiner Vernunft den Sterbenden überlistet hatte, gleichwohl von ihm abhing, von ihm, der jetzt schwach war und für immer ging. Und gerade weil der Sterbende die Motive kannte, die Wissowins Handlungen geleitet hatten: Vernunft und nicht Feigheit, beschloß er, Wissowin der Feigheit zu bezichtigen und noch weiter zu gehen.

»Feigling!« schrie er Wissowin ins Gesicht, er raffte alle Kräfte zusammen und stützte sich auf den Ellbogen. »Lump! Genossen, er wollte uns überreden, uns zu ergeben...« Blut schoß ihm in den Hals, er fiel auf den Rücken und starb bald, nachdem er sich beruhigt hatte und nicht mehr an seiner Dummheit litt, das heißt, daran, daß er aus der Scheune gesprungen war und sich mit Hurra-Geschrei den Kugeln ausgesetzt hatte...

Wissowin wurde verhaftet. Aber da wirkte sich das gar zu krampfhafte Gebaren des Sterbenden zu seinen Gunsten aus. Der Kommandeur der Abteilung war kein dummer Mensch, und als sich die erste Trauer über die erlittenen Verluste gelegt hatte, urteilte sein gesunder Menschenverstand: Wenn Wissowin die Kameraden hatte überreden wollen, sich zu ergeben, warum hatte er sich dann selbst nicht ergeben, sondern war bis zur Ankunft der Abteilung liegengeblieben und beinahe erfroren? Noch einmal, in ruhigerer Atmosphäre, verhörte er Wissowin, glaubte ihm wohl in vielem und pflichtete ihm zumindest innerlich bei. Dennoch konnte er sich nicht entschließen, von einer Bestrafung abzusehen. Er ließ ihn zusammen mit anderen Kranken und Verwundeten ins Große Land ausfliegen. Wissowin wurde operiert und danach verurteilt, wenn auch nicht mit äußerster Strenge, was schon nicht wenig war, wenn man die furchtbare Zeit bedenkt, und in ein Strafbataillon gesteckt, nicht einmal an vorderster Front. Es war eine Art Strafkommando für Invaliden, das zu den schwersten und dreckigsten Arbeiten im frontnahen Gelände eingesetzt wurde, häufig unter Bombenangriffen und Artilleriebeschuß, so daß die Verluste hoch und keineswegs »frontfern« waren. Die Strafsoldaten, wenn auch Invaliden, wurden wie üblich behandelt und nicht sonderlich bedauert, und ihr Bestand wurde sehr oft aufgefüllt. Wie dem auch sei, Wissowin haderte nicht mit seinem Schicksal, im Gegenteil, er fand, noch gut davongekommen zu sein. Aber dann trat ein gänzlich unerwarteter Faktor in Aktion, nämlich der Journalist der Frontzeitung, der, wie bereits mitgeteilt, später ein hochangesehener Schriftsteller wurde. Dieser Journalist und heutige Schriftsteller war es, der Wissowins Schicksal endgültig zerstörte.

Dieser Journalist war ein persönlich ehrlicher Mensch, er bemühte sich schon vor dem Krieg, als er noch ganz jung war, um eine wahrheitsgemäße Darstellung des Lebens mit all seinen Mängeln bis hin zum nackten Naturalismus, was in jener Zeit der allgemeinen Schönfärberei eine Seltenheit war, so daß sich dieser Journalist ständig in einem Zustand wenn nicht der inneren Opposition befand (Gott bewahre, besonders in jenen Zeiten), so doch im Zustand eines gewissen inneren Protests (wiederum, Gott bewahre, nicht grundlegend, sondern hauptsächlich gegen den herrschenden Stil), und diesen Ruf hatte er sich dauerhaft erworben. Darum ließen sie ihn lange nicht ins Hinterland zu den Deutschen, wo er seit langem hinwollte. Aber mit Hilfe von Gönnern, verdienten Leuten, die vor seinem Talent Achtung hatten (Talent hatte er wirklich), gelang es ihm schließlich, eine entsprechende Kommandierung zu erwirken.

Noch im kalten Flugzeug, unterwegs, von Flak beschossen, in der ungewohnten, groben Umgebung, die so gar nicht den Zeitungsberichten glich, die erfüllt waren von Feuerwerk und glattgeleckten, hochtrabend kalten und heldisch gleichmütigen Worten, dachte der Journalist: Wie es dort auch sein mochte, ob sie es drucken würden oder nicht, er würde das Leben in seiner ganzen groben und naturalistischen Kompliziertheit schildern, die das alltägliche Heldentum der einfachen Soldaten nicht verkleinerte, sondern vergrößerte – sie gingen ja mitunter in den Tod, wie sie früher zur Arbeit gegangen waren. (Die letzten Sätze waren ein wenig übertrieben, davon konnte sich der Journalist in der Folgezeit überzeugen.) Und richtig, an Ort und Stelle eingetroffen, bemerkte der Journalist zu seiner Freude, daß er völlig recht gehabt hatte und daß das Leben in den Partisanenlagern keine Ähnlichkeit hatte mit den knatternden Berichten, die so oft veröffentlicht wurden, sondern reich war an alldem, was er schon aus der Ferne vermutet hatte. Unwillkürlich und unentwegt im Zustand des inneren Protests, beobachtete der Journalist mit besonderem Interesse gerade die Erscheinungen, die in den schöngefärbten Berichten weggelassen waren, und als er zum Beispiel auf das unmoralische Verhalten eines Abteilungskommandeurs stieß, packte ihn sogar ein gewisses Jagdfieber... Diese Episode war äußerst interessant und nicht ohne Komik, das heißt, sie war literarisch »braungebraten«... Als der Journalist auf eine weinende junge Funkerin stieß, fragte er sie nach dem Grund. Er erfuhr, daß sie weinte, weil der Kommandeur gefallen war.

»Sie haben ihn geliebt?« fragte er.

»Was heißt hier geliebt?« schrie das Mädchen kummervoll. »Jetzt werden sie mir einen anderen schicken, dann muß ich mit dem schlafen.«

Das war eine pikante Episode, doch der Journalist war bei all seiner Wahrheitsliebe nüchtern genug, um zu wissen, daß er sie unter keinem Gesichtswinkel benutzen konnte (selbst später in einer milderen Zeit, in der die Liberalisierung nach den Straforganen auch die Zensur erfaßte, wurde ihm, der inzwischen Schriftsteller war, diese Episode aus dem Roman gestrichen, so daß seine Freunde und Verehrer sie nur im Manuskript lesen konnten, das sich durch eine Reihe von scharfen Episoden von der Zeitschriftfassung unterschied). Solche hatte der Journalist nicht wenige gesammelt und in kurzer Zeit, aber sie alle ließen keine perspektivische Verkürzung zu, in der die natürliche Wahrheit nicht in Widerspruch geraten wäre zu den Interessen der Propaganda, besonders wenn man die Schwierigkeit des Moments bedachte und die Notwendigkeit, im Leser starke und kühne Gefühle zu wecken. (Diese Sicht teilte der Journalist selbstverständlich.)

Das ist der Grund, warum er buchstäblich mit beiden Händen nach der Episode mit Wissowin griff... Feigheit – das war die perspektivische Verkürzung, mit der sich das Leben natürlich darstellen ließ, ohne auf das Predigen kühner Gefühle verzichten zu müssen, wenn auch von der anderen Seite her. Es sei auch hinzugefügt, daß den Journalisten bei dieser Episode nicht nur Berechnung leitete (die trat eigentlich erst später in Erscheinung), sondern wirklich Aufrichtiges, Persönliches, die Seele Erschütterndes und mit eigenen Augen Gesehenes... Er nahm zum erstenmal an einem Gefecht teil, das sich viel natürlicher entfaltete, als er, Vertreter der natürlichen Schule, es sich vorgestellt hatte, und es war in allem, was nicht den Tod betraf, sonderbar alltäglich und zugleich sogar ein wenig unernst, mit einem Anflug von Spiel und daher, wenn er es für einen Moment gedanklich abstrahierte, auch lächerlich wie stets, wenn Erwachsene spielen und wie Kinder beim Kriegsspiel im Hof losrennen, aber ohne deren Eifer, eher schwerfällig, ungeschickt, schnaufend, keuchend, und all das war in der Vorstellung des Journalisten wie eine plumpe Nachahmung der beseelten Kinderspiele durch Erwachsene. Die Schüsse erregten und erschreckten ihn, aber gerade deshalb erlaubte er sich keine Furcht, sondern lief hochaufgerichtet und wunderte sich zugleich, wie viele der ringsum laufenden Partisanen sich in den Schnee warfen, robbten und das Schießen sehr ernst nahmen...

Allein, dieser seltsame, unernst-berauschende Zustand (vor dem Angriff hatte er, wie auch die anderen, ein Gläschen Wodka getrunken, aber daran lag es wohl nicht), also, dieser unernst-berauschende und, wenn man es so ausdrücken kann, romantisch-natürliche Zustand, in dem das ganze natürliche Geschehen weniger ernst aussieht, als man es sich vorstellt und beschreibt, währte bis zu dem Moment, da er den ersten Tod sah... Interessanterweise war dieser, wie sonderbar das klingen mag, eine völlige Überraschung für ihn, und wenn nicht für den Verstand, so doch für den seelischen Eindruck... Mit dem Verstand hatte er selbstverständlich begriffen, daß es viele Tode geben würde und daß auch er selbst fallen konnte, und er war zwar beunruhigt und angespannt, aber auch bereit, sich damit abzufinden. Als der Angriff begann und sie schwerfällig durch den Schnee liefen, und sie liefen lange, fast ohne Atempause, da hinderte die Notwendigkeit dieses konkreten Tuns, das viel Kraft kostete, ihn irgendwie am Denken und folglich am Sich-Fürchten. Nachdem er ziemlich lange so gelaufen war, ohne sich bei dem beunruhigenden Krachen der Schüsse hinzuwerfen, verflüchtigte sich die Gefahr irgendwie und wurde unernst, und als er dies begriff, freute er sich, denn er hatte nicht gewußt, wie er sich im ersten Gefecht verhalten würde, und hatte befürchtet, Feigheit zu zeigen... Da verfiel er in den romantisch-naturalistischen Zustand. (Diese Wortverbindung ist zwar absurd, entspricht aber seinem Zustand.) Er hatte die Möglichkeit zu beobachten, und da machte er genau die Entdeckung, die er machen wollte, als er hierherflog, ins Hinterland der Deutschen. Das Naturalistischste und Ernsteste, was dem Menschen widerfahren kann, ist der Krieg, und das Ernsteste im Krieg, der Kampf, ist viel weniger ernst und ungewöhnlich, als man es beschreibt und sich vorstellt... Das heißt, Ausführlichkeit und Wahrheit, die Grundlagen des Naturalismus, machen alle irdischen Ereignisse und Erscheinungen weniger ernst, weniger ungewöhnlich und damit für jedermann verkraftbar, alle die Ereignisse und Erscheinungen, die von Romantik und Schönfärberei auf Kothurne gestellt und über die Möglichkeiten des einfachen Menschen hinausgehoben werden, dem auf diese Weise faktisch Furcht eingeflößt wird... Romantik also, dachte er, schadet dem Heldentum...

Aber so dachte er, bis er den ersten Tod sah, denn dieser Tod brach in seine Vorstellungen ein, richtete in seiner Seele eine totale Zerstörung an und zwang ihn, was nicht selten vorkommt, in das andere Extrem von seelischer Erschütterung und Ungewöhnlichkeit zu verfallen. Und er begriff, freilich erst bei der späteren Analyse, daß die wirkliche Romantik nicht zum Besingen des Schönen erfunden wurde, das in naturalistischer Ausführlichkeit besonders schön ist, sondern zur Darstellung des Schrecklichen, dessen, was im Leben das einzig Ernste ist, nämlich seines Endes, aber auch aller möglichen Verzweigungen dieses Endes, aller möglichen Seelenqualen, das heißt, alles dessen, was aus dem Tod ins Leben kommt... Überhaupt, wenn der Anblick des Todes besonders schwer und besonders naturalistisch ist, so ist der Anblick des plötzlichen, gewaltsamen Todes einfach entsetzlich naturalistisch. Selbst ein Mensch, der auf der Stelle tot ist, gibt noch eine Zeitlang Lebenszeichen von sich, und die sind schrecklich, und sie sind das Entsetzlichste. Wenn ein Mensch, der lange schwer krank war, stirbt, sind seine Lebenskräfte schon am Erlöschen, sie schwinden allmählich, so daß ein solcher Tod manchmal einem Schlaf ähnelt, obwohl auch solch ein stiller Tod naturalistische, unangenehme Details nicht vermeiden kann... Dagegen tragen der plötzliche Tod eines Menschen voller Lebenskräfte und der Zeitraum, in dem diese Kräfte in wildem Kampf den Körper verlassen, in sich ein so furchtbares Prinzip, daß Romantik in der Darstellung hier ebenso notwendig ist wie das Gefühl der Menschlichkeit... Aber schlagartig wird vergleichsweise selten getötet. Meistens durchlebt der tödlich Getroffene bis zu seinem völligen Tod noch einen wenn auch kurzen, doch fürchterlichen Zeitabschnitt, und wenn es den Teufel und die Hölle gäbe in dem elementaren Verständnis, wie es in der Kirche gepredigt wird, würde dieser kurze, nur Sekunden währende Zeitraum dem getöteten Sünder die ewigen Qualen der Hölle ersetzen... Die noch vorhandenen Lebenskräfte, der Kontrolle des Verstandes entzogen, verwandeln die gewöhnlichen menschlichen Bewegungen in ein teuflisches, jenseitiges Chaos, und der ganze Körper und seine inneren Organe, die unter die Macht dieses Chaos geraten, verkrümmen die Muskeln, zerren krampfhaft an Armen und Beinen und verwandeln die teuren Züge in eine zuckende, fremde Maske, die dem Lebenden weniger Trauer einflößt als vielmehr unwillkürlichen Abscheu... Zum

Glück geschieht der gewaltsame Tod dieser Art selten im Kreis der Nahestehenden, denn er ereignet sich meistens im Krieg und unter Menschen, die sich doch eigentlich fremd sind. Zum Glück, denn ein vertrautes Wesen verwandelt sich buchstäblich zusehends in diesen kurzen Momenten des stürmischen Kampfes in ein feindlich-jenseitiges, unheildrohendes Wesen, bis es still wird und wieder die vertrauten, wenngleich toten Züge annimmt...

Der Mensch, der so schwer starb und den Schnee mit Blut und Harn überströmte, war dem Journalisten gänzlich unbekannt, er gehörte offensichtlich zu der Nachbarabteilung. (An dem Angriff waren zwei Abteilungen beteiligt, die für das Gefecht vereinigt worden waren.) Nichtsdestoweniger hat dieser Tod, besonders schrecklich durch seine grenzenlose, beschämende Offenheit, den Journalisten dermaßen erschüttert, daß im Nu alle seine berauschenden, unernsten Stimmungen (die ihn ein erfreuliches Merkmal der eigenen Tapferkeit dünkten), daß all das im Nu zunichte wurde und er gepackt wurde von Schwäche, Übelkeit und einer neuen, ekelhaften Angst vor dem Tod... Nichtsdestoweniger lief er weiter vorwärts, aber schon irgendwie mechanisch und voller Furcht, hinter der übrigen Masse zurückzubleiben... Er stieß immer öfter auf Gefallene, nicht nur Partisanen, sondern auch Deutsche; voller Ekel und Eile lief er an den einen wie den anderen vorbei, und voller Ekel und Angst wandte er den Blick ab von denen, die sich noch regten... Er fühlte sich nicht mehr frei, er beobachtete nicht mehr, im Gegenteil, er schloß sich mehreren Partisanen an, die ihm besonders erfahren vorkamen, gab sich Mühe, sie innerlich schmeichelnd nachzuahmen, und warf sich ebenso oft in den Schnee wie sie... Im übrigen hinterließ dieser Schock in seiner Seele zwar eine tiefe Spur, vielleicht sogar fürs ganze Leben, doch in so extremem Ausdruck hielt er nicht lange vor... Die Partisanen, die bisher schweigend gelaufen und in Deckung gefallen waren (der Journalist war in eine Umgehungsgruppe geraten), begannen zu schießen, und die Schüsse der »eigenen Leute« in seiner Nähe munterten den Journalisten auf. Schießen konnte er nicht, genauer, er schoß schlecht und fürchtete sich daher zu schießen, besonders nachdem ihn der Instrukteur während der kurzfristigen Schützenausbildung vor den Gefahren gewarnt hatte, die mit der falschen Auslösung eines Schusses verbunden waren, und von Unglücksfällen erzählt hatte, die sich ereignen konnten, wenn man etwa den Pistolengriff nicht fest hielt und wenn sich die Pistole zu nahe am Gesicht befand – mit dem zweiten Schuß konnte man sich nach dem Rückstoß selbst eine Kugel in den Hals jagen... Nichtsdestoweniger ignorierte der Journalist jetzt seine von den Warnungen des Instrukteurs geweckte Angst und schoß, freilich mit ausgestrecktem Arm und zudem in die Luft... Nachdem er mehrere Male so geschossen hatte, wurde er ein wenig mutiger und schoß nun schon in die Richtung eines Gebäudes... Doch dann hörte das Schießen auf. Er bemerkte, daß die Partisanen, denen er sich angeschlossen hatte, nicht mehr liefen noch sich in den Schnee warfen, sondern im Schritt gingen, und erst danach bemerkte er, daß auch er nicht mehr lief, sondern im Schritt ging und schwer atmete... Diese Beobachtung, daß er seine physischen Handlungen an seinem Bewußtsein vorbei ausführte, interessierte ihn, und sein Gedankengang wirkte auf ihn beruhigend. Keiner der neben ihm gehenden Partisanen achtete auf den vielfältigen Sturm der Gefühle, die er während seines ersten Gefechts erlebte, das überraschend leicht, ja, beinahe unernst begonnen hatte. Vielleicht deshalb hatten ihn, der so gar nicht auf die Begegnung mit dem Tod vorbereitet war, dessen entsetzlicher Naturalismus und völlige Unähnlichkeit mit den offiziellen Beschreibungen wie auch mit seinen eigenen Vorstellungen, die der offiziellen Version zuwiderliefen, dermaßen erschüttert, daß er sogar seine Empörung über die Schönfärberei vergaß. Er war so heftig erschüttert, nicht nur weil ihm all das zum erstenmal widerfuhr, sondern auch weil er eine vorgefaßte Vorstellung gehabt hatte, die im Gegensatz zu den offiziellen Reportagen stand, die sich übrigens keineswegs bestätigt hatte.

Diese vorgefaßte Vorstellung hatte sich zu seiner Freude sogar schon vollständig zu realisieren begonnen, und er hatte, ohne zu bedenken, daß sie sich eben durch ihre Vorgefaßtheit realisierte, die der Realität eine Prägung gab, an sich und seine schöpferische Voraussicht geglaubt, bis ein so stark wirkendes Mittel wie ein qualvoller Tod, den er zum erstenmal mit eigenen Augen sah, nicht nur seine ganze Selbstsicherheit zerstörte, sondern ihn auch in das andere Extrem warf, voller Verwirrung und Angst vor dem Tod und folglich vor der Realität und der Wahrheit, die, wie er glaubte, für ihn der einzige Gott war, zu dem er betete und den er, wie er meinte, vor seinen Feinden schützen mußte – den Schönfärbern... Jetzt aber war er gänzlich verwirrt und erschrocken vor der tiefsten aller Wahrheiten – der des Todes...

Später, ein wenig zu sich gekommen, so weit, daß er sogar ein paarmal schoß und dadurch das Gefühl gewann, eine allgemeine Pflicht erfüllt zu haben, das heißt, jenes Gefühl, das das geistige Leben vereinfacht, kräftigt und manchmal auch ablöst, was in bestimmten Perioden sogar eine Wohltat ist, verlegte der Journalist gleichsam seine ganze innere geistige Energie auf eine andere Ebene. Er setzte sich nicht mehr in Beziehung zu den Rätseln des Lebens und des Todes, und diese Gefahr, ja, Gefahr hatte bestanden nach der geistigen Erschütterung, sondern suchte seinen Platz in den konkret vorgehenden Ereignissen... Diese Ereignisse geschahen anders, als in den offiziellen Beschreibungen mitgeteilt wurde, aber auch anders, als er es sich vorgestellt hatte, während er angeblich die Wahrheit verteidigte. Die Wahrheit war irgendwie etwas Drittes, aber was, das begriff er noch nicht. Das war wohl das Unangenehmste von allem, was ihm hier widerfuhr, und es wurde im weiteren zu einer Qual für sein ganzes Leben, nicht auf Anhieb natürlich, aber bei der späteren Analyse sah er die Quellen in dieser ersten schweren Prüfung... Er hielt sich für einen ehrlichen Menschen, doch als ehrlicher Mensch brauchte er die klare und konkrete Wahrheit, um sie verteidigen zu können. Darum widersetzte er sich auf jede Weise dem Gefühl, die Wahrheit verloren zu haben, das sich hier zum erstenmal, wenn auch nicht für lange, abgezeichnet hatte... Und da er überhaupt ein Mann des Protests war, wendete er nicht selten gegen die eigenen Zweifel Gewalt an, indem er die Wahrheit da bekräftigte, wo er sie brauchte im Einklang mit seinen persönlichen aufrichtigen Gefühlen, seinen Ansichten und Denkrichtungen... Und genau in diesem Zustand der gewaltsamen Bekräftigung der Wahrheit, noch dazu zum erstenmal im Leben (später sollte ihm das noch sehr oft widerfahren), genau in diesem Zustand stieß er auf den Fall Wissowin.

ZWÖLFTES KAPITEL

Ich muß erwähnen, daß ich die Beschreibung nicht nur der äußeren Bewegungen, sondern auch der inneren Zustände Wissowins und besonders des Journalisten sehr ausführlichen Gesprächen entnommen habe, die fast schon Beichten glichen, die aber nicht mir abgelegt wurden, sondern denen ich eher kraft von Umständen beiwohnte. Kraft von Umständen war ich bei diesen Menschen in einem kritischen Moment und bekam so die Möglichkeit, durch Vergleich nicht nur die Ereignisse in einer bestimmten Ordnung darzulegen, die diese Menschen tragisch miteinander verbanden, sondern auch die sie begleitenden inneren Zustände, wo die Logik, eine bestimmte Grenze erreichend, mystische Züge annahm, während umgekehrt der Instinkt Züge des Verstandes gewann, so daß ich eben nach ihm greifen muß, um feste Begriffe zu suchen, und wo die Wahrheit nicht über so verschwommene, mystische Begriffe wie etwa Gewissen zu erlangen war, sondern über so klare und in einer Periode schweren Widerstandes äußerst notwendige Begriffe wie Pflicht...

Darin lag offensichtlich der Schlüssel, hier war offensichtlich die Enträtselung der seelischen Suchen und Qualen, die in der Folgezeit nicht nur der Journalist, sondern auch viele ehrliche Menschen seiner Generation durchstehen mußten... Diese Generation wurde geformt in einer Periode ursprünglich schweren Widerstandes und später der direkten Verteidigung des Vaterlandes, das heißt, unter außergewöhnlichen Umständen, und darum mußte ihre geistige Formung zu ihrem Endpunkt, ihrem Maßstab – der Wahrheit – gehen, und zwar auf kürzestem Wege, nicht über das Gewissen, sondern über die Pflicht, einen Begriff, in dem das persönliche Element äußerst geschwächt ist, während es im Gewissen außergewöhnlich entwickelt ist und darum zur Isolierung beiträgt, die im Kampf tödlich ist... Also, sobald komplizierte und zweideutige Überlegungen vom Gefühl der Pflicht wegführten, ging sofort die mit dieser Pflicht verbundene Wahrheit verloren, und ohne klare Wahrheit kann sich ein ehrlicher Mensch nicht für ehrlich halten... Darum führten die öffentlichen Enthüllungen Chrustschows gerade bei den ehrlichen Menschen zu seelischen Tragödien, nicht aber bei den politischen Psalmensängern jeglicher Couleur, ganz zu schweigen von den professionellen Anklägern, für die die entgleitende Wahrheit die leibliche Mutter war. Das ist der Grund, warum diese Leute entweder nicht zu Schaden kamen oder gar aufblühten...

Aber kehren wir zurück und rekonstruieren wir den unterbrochenen Gang der Ereignisse im Dezember zweiundvierzig... Als der Journalist den Rand des Dorfes erreichte, in dem die Gruppe, zu der Wissowin gehörte, so tragisch ihren Weg beendet hatte, waren die Leichen der gefallenen Partisanen und der er-

schossenen Bauernfamilie, darunter der drei minderjährigen Kinder des Hausherrn und seines alten Vaters, noch nicht weggeschafft worden. Den lebendigen Wissowin hatte man gleich ins Haus gebracht, wo er nun, vom Sprit rosig geworden, halb sitzend dalag. Das ekelvolle Entsetzen vor dem schamlosen Naturalismus eines gewaltsamen Todes, das den Journalisten gerade erst in seelische Verwirrung gestürzt hatte, war nicht nur schon stillgeworden, nein, die von ihm geweckten seelischen Kräfte hatten sich jetzt umgewandelt und waren in den der Pflicht unterworfenen leidvollen Gram eingemündet, der einem hilft, seine Gefühle zur Vergeltung an den Mördern und überhaupt an den Schuldigen des Verbrechens zu bündeln... Zumal die Körper schon tot waren, ruhig dalagen, von Schnee überstäubt, und daher das Grauen vor dem Sterben die militante Trauer nicht behinderte...
Ungeachtet ihrer Eile hatten die Deutschen es noch fertiggebracht, die Leichen zu schänden, bei einigen waren die Schädel mit Gewehrkolben zerschlagen und die Augen ausgestochen, und bei einem der Kleinkinder war das Köpfchen vom Rumpf getrennt. Nichtsdestoweniger war das alles ruhig, das Blut im Frost erstarrt, die heraushängenden Eingeweide waren mit Schnee bestäubt, und da all das keine Merkmale von Leben mehr zeigte, weckte es nicht unwillkürlichen physiologischen Ekel, sondern nur klaren, schweren, seelischen Haß auf die Mörder... Ohne seine Tränen zu verbergen oder wegzuwischen, betrat der Journalist das Haus genau in dem Moment, als der sterbende Partisan zu Wissowin getragen wurde, und er hörte, wie der Sterbende in einem wütenden, eifersüchtigen Todesschrei Wissowin einen Feigling und Verräter nannte... Das zuckende Gesicht des Sterbenden, dem das Blut zur Kehle stieg, erschreckte den Journalisten wieder und stürzte ihn in Ekel, aber dieses Gefühl nahm er jetzt in der ruhigen, für ihn sicheren Umgebung zur Kenntnis, begann es zu bekämpfen, fand sein Benehmen in bezug auf die Leiden des Sterbenden

scheußlich und wurde innerlich wütend auf sich selbst... Diese Wut auf sich selbst übertrug er unwillkürlich auf Wissowin und addierte sie zu den Anschuldigungen des Sterbenden. Und nachdem ihm seine Schuld vor dem Sterbenden bewußt geworden war, die Schuld, ihm gegenüber Ekel zu empfinden, gegen den er nichts machen konnte, sah er um so deutlicher die Schuld des anderen an diesem Tod, eine Schuld, die, wie er es verstand, hundertmal größer war als seine eigene... Überhaupt weckte dieser vom Sprit rosige Mensch neben den verstümmelten Leichen im Frost schon rein visuell seine Gereiztheit. Die ihn quälende Bitternis fand einen Ansatzpunkt auch in dem naturalistisch-ausführlichen Bild von Kampf und Tragödien, das sich schon professionell vor ihm aufbaute und in dem als Gegengewicht zu den Schönfärbern die Figur eines Verräters, eines biblischen Judas, einfach notwendig war. Genau so. Zeigen, daß es in unserem Kampf nicht nur Hohes und Heroisches gab, sondern auch Gemeines, Niedriges, Negatives, das die Schönfärber entweder wegließen oder an den Rand schoben und als unbedeutend und nicht schrecklich hinstellten, so daß leicht damit fertigzuwerden war. Doch es mußte kühn und offen gezeigt werden, mit voller Wucht und allen Widersprüchen. Daß der Verräter nicht der Sohn eines Kulaken war, sondern aus einer alten Leningrader Arbeiterfamilie stammte, störte nicht, im Gegenteil, es freute den Journalisten. Denn es ermöglichte eine tiefere Fragestellung, auf neue Art und prinzipiell... So, daß diese Erscheinung, die die Schönfärber wohl verschleiern würden, indem sie sich in jedem solchen Falle auf die Überbleibsel des Kapitalismus beriefen, vom Lande wahrgenommen würde und auch von Stalin...

Den Artikel, genauer, die große psychologische Skizze schrieb der Journalist gleich nach seiner Rückkehr ins Große Land unter dem einprägsamen Titel »Der Feigling«, aber sie wurde lange nicht gedruckt. Mehr noch, einer der großen Schönfärber, mit dem der Journalist schon lange in Feindschaft lag, bezichtigte ihn nicht mehr und nicht weniger als des Versuchs, die Partisanenbewegung und die Arbeiterklasse zu verunglimpfen. Der Journalist stritt bis zur Heiserkeit, argumentierte, ging durch die Instanzen und schrieb und veröffentlichte nebenher ein paar Artikel, die alle auf denselben Gedanken zielten, den er in der Skizze ausgedrückt hatte, nämlich: Glücklich das Volk, das sich erlauben kann, die ganze Wahrheit zu sagen, wie bitter sie auch sein mag. Schließlich gelangte der Journalist, wiederum mit Hilfe seiner Gönner, die sein Talent im allgemeinen und das Talent, mit dem die Skizze geschrieben war, im besonderen zu schätzen wußten, in eine der allerhöchsten Instanzen. Dort wurde er gut aufgenommen, man sprach aufmerksam mit ihm, die Beschuldigungen des großen Schönfärbers, er wolle die Partisanen und die Arbeiterklasse verunglimpfen, wurden in scherzhaftester Form abgetan, doch zugleich wurde angemerkt, daß in dem schweren, opferreichen Kampf, den das Volk jetzt führe, die pathologische Erforschung eines Verräters in nachgerade naturphilosophischem Stil schwerlich zeitgemäß sei... Überdies seien Betrachtungen über nebensächliche, negative Begleiterscheinungen der Erfolge der sozialistischen Entwicklung und der Befreiung der Persönlichkeit im Sozialismus, die im Kapitalismus kraft seines ausbeuterischen Wesens undenkbar seien, seien solche Betrachtungen tatsächlich kompliziert, verwirrend und nicht notwendig für die breiten Lesermassen, zumal, seien wir doch offen, viele Leser diesen Artikel unmittelbar vor einem Gefecht lesen würden, vielleicht das letzte Mal im Leben ... »Ja, so ist die grausame natürliche Wahrheit, die, wie wir wissen, für Sie über allem steht«, das wurde wieder in etwas scherzhaftem Ton gesagt...

Interessanterweise ging der Journalist nach diesem Gespräch in der hohen Instanz nicht nur völlig überzeugt von der Unzeitgemäßheit seiner Fragestellungen, die er noch vor kurzem mit Schaum vor dem

Mund verteidigt hatte, sondern sogar aufrichtig zufriedengestellt und mit einer gewissen Rührung über die Freundlichkeit dieser hohen Instanz. Das geschieht manchmal mit ehrlichen und starrköpfigen Menschen, die plötzlich der eigenen Proteste müde werden in einem Moment, da sie mit anderen Möglichkeiten in Berührung kommen und die Süßigkeit des anderen Lebens kennenlernen – in Einklang mit der Offizialität, so daß ein echtes Sohnesgefühl erwacht, das eines Vaters in Gestalt der Offizialität bedarf, das heißt, des unter russischen Bedingungen besonders starken, nicht aussterbenden Patriarchats. In Lakaientum schlägt das Sohnesgefühl gerade dann um, wenn das wie ein Sprung von einem Glauben in den anderen geschieht. Solche Gefühle können dem Journalisten als Schuld angerechnet werden, und tatsächlich hat er sie sich als Schuld angerechnet, später, als Chrustschow dem Land die Nerven ruinierte und als die Bedingungen für jede Art von Entlarvung und Selbstentlarvung äußerst günstig waren. Damals aber ging er, der ehrliche Mensch, durch die verdunkelten Moskauer Straßen, freudig gestimmt, weil man ihn von etwas anderem überzeugt und ihn mit dieser Unterredung gewissermaßen einbezogen hatte in die höchste gemeinsame Sache und in den höheren Sinn. In Lakaientum verfällt man manchmal nicht aus Zynismus und Berechnung, sondern aus Aufrichtigkeit, aus Enthusiasmus, aus Idealisierung, aus Reinheit der Gefühle und dem Wunsch, überraschendes Gutes mit Gutem zu vergelten. Aber Gutes von jemandem, der über einem steht und von dem man abhängt, kann man aufrichtig nur mit Verehrung vergelten. Ob der Journalist so dachte, wissen wir nicht, aber genauso mußte er wohl fühlen. Und diese Periode, eine Periode des aufrichtigen Einklangs mit der Offizialität, das sei offen gestanden, war die beste im Leben des Journalisten im Sinne von persönlichem Wohlbefinden, Klarheit der Pläne, Tatkraft und Eingebung – er arbeitete nicht gegen, sondern für... Eigentlich verschwand in dieser Periode seine Fähigkeit zum Protest nicht, aber er selbst (ja, er selbst, nicht irgendein anderer, wie später behauptet wurde und wie er selbst behauptete), er selbst lenkte diese Fähigkeit im schöpferischen Plan, wenn auch auf eigentümliche Weise, denn nach wie vor forderte er Vorwürfe der Schönfärber heraus, wenn die auch jetzt vorsichtiger waren und Neid darin durchschimmerte... Er verjüngte sich, sein Gang wurde federnd, es war der Gang eines Praktikers und Funktionärs...

Freilich, wenn er an der Front war (er fuhr jetzt oft zu verschiedenen Frontabschnitten), mied er nach wie vor den Anblick von Todeskrämpfen oder Sterbenden, die nicht nur Ekel in ihm weckten, sondern auch eine Art apolitische Schwermut, Angst vor dem Unbekannten, und von dieser Angst war es nur noch ein Katzensprung zu fruchtlosen Gewissensbissen, philosophischer Unstimmigkeit und getrübter Wahrheit... Das war seine bleibende psychologische Narbe, der unvergängliche Schock nach dem ersten Gefecht, damals, im Hinterland der Deutschen... Darum (nicht aus persönlicher Feigheit) besuchte er seltener die vorderste Linie, sondern war mehr in den Stäben, wo die vielfältigsten Informationen zusammenliefen und die Ereignisse klarer wurden, und wenn diese Klarheit mit ihrem Gegenstück, dem Protest, zusammenzufallen schien, der in seiner Denkweise geblieben war, dann gerieten seine Skizzen und Artikel besonders überzeugend. An der Front, in einem der Stäbe, gab man ihm eine zentrale Zeitung mit der großen Skizze »Der Feigling«. Die Tatsache, daß seine Skizze, für die er so lange gekämpft hatte, die sogar ungedruckt Angriffen und politischen Beschuldigungen ausgesetzt war, die ihn viel Nerven gekostet und von deren Unzeitgemäßheit aus der Sicht des Kampfes gegen den Faschismus die höchste Instanz ihn endlich überzeugt hatte, wobei er diese Überzeugung ehrlich akzeptiert hatte, diese Tatsache, daß die Skizze plötzlich nach acht Monaten gedruckt worden war, für den Autor völlig überraschend (die Redaktion hatte ihn natürlich angerufen, aber er war gerade an die Front abgereist), diese Tatsache erfreute ihn zunächst einmal gar nicht, sondern stürzte ihn eher in Verwirrung. Und nicht nur das, sie zwang ihn plötzlich zu gefährlichem Nachdenken. Er begriff, daß das Erscheinen der Skizze das Ergebnis von Aktionen irgendwelcher nicht von ihm abhängenden Kräfte, von Zufälligkeiten und von Erfordernissen des Augenblicks war. Die Aufrichtigkeit, mit der er sich von seinen früheren Ansichten und Argumenten gelöst hatte, indem er sie unter den überzeugenden und wohlwollenden Argumenten der höchsten Instanz als irrig anerkannte, diese Aufrichtigkeit war von überraschendster Seite und auf überraschendste Weise für wertlos erklärt worden – von derselben höchsten Instanz... Und eine zweite, intensive Anwandlung des Wahrheitsverlustes suchte den Journalisten heim. Natürlich, dachte er, als er im Frontgästehaus über der Zeitung mit seiner Skizze saß, natürlich, Prinzipien können fehlerhaft sein... Prinzipien kann man ändern... Aber gibt es überhaupt Prinzipien? Sind die Prinzipien nicht durch Direktiven abgelöst? Solche Extreme und Sprunghaftigkeiten des Journalisten waren hauptsächlich dem Protest geschuldet, der nach wie vor in ihm saß und der jede aus dem Rahmen fallende Erscheinung erst einmal feindlich aufnahm... Natürlich war die Skizze erschienen dank den Erfordernissen des Augenblicks, der sich in dieser Kriegsperiode durch Überraschungen und Mannigfaltigkeit auszeichnete. Natürlich waren aus der Skizze nicht nur alle Betrachtungen über negative Erscheinungen gestrichen worden, die nach dem Gesetz der Entwicklung die positiven Erscheinungen des Sozialismus begleiteten. Natürlich war aus der Skizze nicht nur die pathologische Erforschung der Seele des Verräters gestrichen worden, sondern sogar die Tatsache, daß er aus einer angestammten Leningrader Arbeiterfamilie kam. Natürlich war die Skizze jetzt eindeutig und fest gegen feindliche Elemente gerichtet, sie rief zu Wachsamkeit auf und forderte am konkreten Beispiel des Feiglings und Verräters Wissowin unbarmherzige Strafe für diejenigen, die dem Land im schweren Kampf gegen den Faschismus in den Rücken fielen... Und trotzdem hinterließ die Veröffentlichung der Skizze, nachdem der Journalist sich von ihr losgesagt hatte, einen unangenehmen Geschmack... Er fand den Umgang der Machthaber mit seiner Reue und seinen eingestandenen Fehlern rücksichtslos...

Die Skizze hatte gleichwohl eine gewisse Resonanz. Leserzuschriften wurden veröffentlicht. Es schrieben Frontkämpfer, Witwen, Kriegsinvaliden... Die Gestalt des überlebenden Feiglings, also des Verräters Wissowin, vor den schneebedeckten Leichen der Partisanen und der Familie des Bauern erregte und weckte Zorn. Besonders erregte die Episode, in der der sterbende Partisan dem Feigling Worte des Zorns und der Verzweiflung ins Gesicht schleuderte. (Ja, der Verzweiflung. Der Journalist hatte das entgegen den Schönfärbern so dargestellt, und genau so war es in Druck gegangen, was die Wirkung verstärkte.) Unter anderen wurde eine Zuschrift von Wissowins Vater, dem alten Leningrader Arbeiter, veröffentlicht. So bewirkte die Herkunft des Verräters, statt einen Schatten auf die Arbeiterklasse zu werfen, das Gegenteil. Der Vater schrieb, daß er sich mit Scham und Zorn von seinem Sohn lossage und daß er sich das Recht nehme, dies auch im Namen seiner Frau zu tun, der Mutter des Verräters, einer Leningrader Proletarierin, die im letzten Blockadewinter verstorben sei... Abschließend schrieb er, daß er dem Verräter seinen väterlichen Fluch sende und daß die Braut des Verräters sich ebenfalls von ihm lossage... Den Abschluß der Zuschriftenveröffentlichung bildete die Meldung, daß der Fall des Verräters Wissowin, der den Untergang der Partisanengruppe verschuldet habe (so stand es da), derzeit vom Militärtribunal überprüft werde und das frühere Urteil als zu mild und unbegründet kassiert sei... Aber diese Notiz las der Journalist schon nicht mehr. Als Mitglied einer Delegation von Kulturschaffenden war er gerade zu einem antifaschistischen Kongreß nach Amerika geflogen.

Inzwischen war Wissowin erneut verhaftet und verurteilt worden, und in der um seinen Namen geschaffenen emotionalen Atmosphäre drohte ihm die Erschießung. Zum Glück rettete ihn ein Brief des Kommandeurs der Partisanenabteilung, der sich als prinzipienfester Mensch erwies und seinen Standpunkt gegen die allgemeine Stimmung behauptete. Er schrieb, er habe Wissowin als erster und sofort an Ort und Stelle verhört. Er wolle dessen Schuld nicht leugnen, bestreite aber deren Grad und Niveau. Was die Aussage von Jazenko betreffe (so hieß der sterbende Partisan), so handle es sich in diesem Falle nach Meinung des Kommandeurs um eine Verleumdung aus Verzweiflung, die mitunter den Menschen vor seinem Tod heimsuche. (Die Betonung der Verzweiflung widersprach nicht der Version des Journalisten, obwohl er sie etwas anders gedeutet hatte.) Der Kommandeur war ein verdienter, angesehener Mann, und obwohl sein Schreiben nicht veröffenlicht wurde, weil es der Kampagne der Entlarvung eines Verrats zuwiderlief und sie in eine Diskussion verwandelte, das heißt, in eine den Propagandamethoden der Kriegszeit zutiefst feindliche Erscheinung, also, obwohl das Schreiben nicht veröffentlicht wurde, hatte es doch einigen Einfluß auf das Urteil... Wissowin wurde nicht erschossen, und damit begann sein Leben im Lager.

Im ersten Nachkriegssommer, buchstäblich einen Monat nach Kriegsende, als im Land allgemeiner Jubel herrschte, wurde Wissowin freigelassen, allerdings mit dem Verbot, sich in einer Reihe von Städten aufzuhalten, darunter auch in seiner Heimatstadt Leningrad... Ungeachtet des Verbots reiste er sofort zu seinem Vater. Aber der verhielt sich äußerst feindselig, so daß er nicht einmal in seinem Elternhaus übernachten konnte, sondern die Nacht auf dem Bahnhof verbringen mußte. Seine Braut hatte inzwischen einen von der Front heimgekehrten jungen Mann aus demselben Werk geheiratet. Im übrigen bewegte das Verhalten der ehemaligen Braut Wissowin weniger als das des Vaters, dessen Lieblingskind er einmal gewesen war, und heute war er sein einziges, da die Schwester an der Front gefallen war. Die Enttäuschung veränderte endgültig seinen Charakter, der vor dem Krieg schlicht und klar gewesen war. Die durchlittenen Leiden und das Verhalten des Vaters, das mit einem Schlag seine mit der Freilassung erwachten Hoffnungen zunichte gemacht hatte, verliehen der Arbeiternatur Wissowins die Nervosität des Intelligenzlers. Überdies begann er nachzudenken. Sein Nachdenken war natürlich anders als das des Journalisten in den Perioden des Wahrheitsverlustes, es war etwas einschichtiger und berührte keine komplizierten Kategorien, sondern mehr die Gerechtigkeit des Lebens und die Notwendigkeit zu leben... Diese Gedanken waren natürlich nicht neu bei Menschen mit solch einem Schicksal, sie sind auch mir bekannt. Darum verstehe ich sehr gut, warum Wissowin sich damals nicht umbrachte. Einfach aus wahnsinniger Verzweiflung sich umbringen können nur schlichte Naturen, wie Wissowin früher eine gewesen war, vor den durchstandenen Leiden. Nervöse, nachdenkliche Naturen dagegen bringen sich nicht aus blinder Verzweiflung um, sondern aus ausweisloser Kränkung, einer Kränkung, die sich deutlich bis zum Ende abzeichnet, die analysiert und verstanden ist von den Quellen bis zur Grenze und erst danach ausweglos geworden ist... Einen solchen Begriff hatte Wissowin nicht, und es war klar, daß er, hatte er nun schon nachzudenken begonnen, sich nicht umbringen, sondern im Gegenteil sich an das Leben klammern würde, bis er seine Kränkung in allen Einzelheiten begriffen hätte, zumal nach fast zwei Jahren Leben in Freiheit (er war Hilfsarbeiter in der Provinz) diese Kränkung unermeßlich angewachsen war. Ende siebenundvierzig, als nach einer Mißernte eine neue politische Kampagne der Grausamkeit und Härte der Machthaber begann, die durch den großen Sieg eine grenzenlose Lobpreisung erfahren hatten, wurde Wissowin erneut verhaftet, diesmal ohne jeden Anlaß, einfach als ehemaliger politischer Verbrecher. Er geriet einem Untersuchungsführer in die Hände, der ein Sadist war, mußte eine Reihe schwerer Verhöre über sich ergehen lassen, während derer ihm der kaputte Fuß noch einmal verstümmelt wurde, dann schickte man ihn in entlegene Lager mit strengem Regime, in Todeslager, aber er überlebte dank der vorzüglichen Gesundheit des angestammten Proletariers, die er nun freilich eingebüßt, die ihn aber gerettet hatte. Im Lager erlebte er den Tod Stalins und die alsbald nachfolgende Rehabilitierung. Übrigens hatte Wissowin wie die meisten Arbeiter, die nach Organisiertheit strebten, eine gute Einstellung zu Stalin. Selbst als er nach der ersten Freilassung nachzudenken begonnen hatte, behielt er diese gute Einstellung bei, obwohl im Lager Leute gewesen waren, die Stalin beschimpften... Aber hier muß etwas über eine gewisse Spezifik Wissowins gesagt werden, die vielleicht allen Wendungen seines Schicksals zugrundelag. Er war absolut keine poetische Natur, auch nicht, seit er nachdachte, das logische Prinzip war in ihm außerordentlich entwickelt, und das in der urtümlichen, klaren Form, aus der das Volksgewissen erwächst, das heißt, ein nicht von Menschen gemachtes Gewissen, sondern eine natürliche Veranlagung... Poetische Naturen neigen mehr zur Pflicht, die immerhin etwas Ausgedachtes, wenngleich oft Notwendiges ist... Wie seltsam das auch anmuten mag, die Pflicht, eine eher formulierte Erscheinung, bedarf des poetischen Nachdrucks, während das Gewissen, eine nicht ganz verständliche Erscheinung, gleichzeitig auf Kosten eines ehrlichen logischen Faktums lebt... In der Periode gesellschaftlicher Stürme und Kataklysmen ist das poetische, genauer gesagt, das mythologisch-religiöse Prinzip der Pflicht, das die Massen im notwendigen Kampf zusammenschließt, mehr im Schwange als das in den Volksquellen liegende natürlich gewachsene Gewissen... Das, was sich dem Journalisten nur langsam, unter Anstrengungen und ständigem Unglücklichsein erschloß (seine glücklichsten Jahre waren die ohne diesen Kampf und im Einklang mit der offiziellen Pflicht), das, was sich ihm so lange nicht erschloß, hatte Wissowin von der Natur mitbekommen. Freilich, die ungerechten Leiden hatten Wissowins Natur komplizierter gemacht und vielleicht ein gewisses poetisches Element in ihn hineingebracht, das ihn hinderte, sich einfach aus blinder Verzweiflung umzubringen, aber doch nicht so kompliziert, daß das einfache logische Prinzip des Volkes in ihm ernsthaft geschädigt worden wäre, ebenso seine Ehrfurcht vor der Wahrheit, die man in erster Linie logisch verstehen und nach der man leben muß, wenn auch zeitweilig entgegen dem eigenen Schicksal. Der Journalist dagegen hatte die Wahrheit als etwas ewig Existierendes, Schönes und Poetisches verstanden, das man in erster Linie nicht begreifen, sondern gegen Feinde verteidigen muß. Wegen seines Glaubens an die Gewissenswahrheit war Wissowin damals nicht in den Kugelhagel gegangen, um den Tod zu suchen, und hatte sich nicht der Pflichtwahrheit, dem Kameradschaftsgefühl und dem Gedanken ergeben, daß auch der Tod schön sei. Er hatte viele Male über seine Tat nachgedacht und sie jedesmal gerecht gefunden, bis er endlich eines Nachts, als er fiebernd auf der Pritsche lag, begriff, daß seine Auflehnung gegen die Kameradschaft zwar gerecht, doch im Krieg besonders gefährlich war, denn Krieg und Not haben ihre eigenen Gesetze, ihre eigene Logik, und vielleicht besteht die Tragik des Krieges und sonstiger Nöte gerade darin, daß ihre allgemeinen notwendigen Gesetze dem persönlichen Gewissen zuwiderlaufen und daß ein ehrlicher Mensch sich nicht vom persönlichen Gewissen leiten lassen kann, sondern es lediglich bewahren, so wie das Bild der Mutter... Aber kaum hatte er seine Tat so begriffen, da ereignete sich Stalins Tod und als Folge davon die Rehabilitierung... Da widerfuhr ihm etwas Ähnliches wie dem Journalisten, den sie zunächst von der Falschheit seiner Prinzipien überzeugt hatten und dann, nachdem er zugestimmt hatte, dank neuer Umstände plötzlich ebendiese Prinzipien in offizieller Form bestätigten und Chaos und Verwirrung in seine Seele brachten... Mit Wissowin geschah dies auf anderem, tragischerem Niveau, aber die Grundlage war die gleiche... Genau in dem Moment, in dem er nicht auf der Grundlage von Verhören und Urteilen, sondern auf der Grundlage des inneren Gerichts seines Gewissens seine Schuld begriff, erklärten sie ihm, er sei zu Unrecht verurteilt, und bestätigten das in schriftlicher Form. Das Dilemma war noch, daß Wissowin, nachdem er seine Schuld begriffen hatte, doch nicht genau zu definieren vermochte, worin sie konkret bestand, das heißt, welche Tat konkret ihn in die Schuld hineingezogen hatte. Seine Taten waren alle richtig gewesen, und doch war er schuldig, und sei es nur, weil diejenigen, die ihn ungerecht beschuldigt hatten, seit langem tot waren und er lebte. In einer Zeit von Nöten und Kriegen kann nur der Zufall einen schonen, doch Wissowin hatte sich selbst geschont, als er vernünftig und nach seinem Gewissen handelte...

So überlegte er, während er, vom Fieber erschöpft, dalag, und er entfernte sich immer mehr von seiner klaren Grundlage zum poetischen Prinzip, und je mehr er die letzten physischen Kräfte verlor, desto mehr entfernte er sich von seiner Natur und überlegte schon auf neue Weise, dabei verlor er sich in einem Dickicht, auf das er nicht vorbereitet war, und darum in allen möglichen dummen und einfältigen Formulierungen. Nach der Entlassung aus dem Lager lag er einige Zeit als gleichberechtigter Bürger in einer Klinik mit psychiatrischem Einschlag, wo er sich körperlich erholte und den Urgrund seiner Natur ein wenig wiederherstellte. Aber nur teilweise. Erneut suchten ihn hartnäckig Gedanken heim, daß er allein schon deshalb schuldig sei, weil der Mensch, dessen Verleumdung ihn in die Katorga gebracht hatte, einen Märtyrertod auf sich genommen hatte, während er lebte... Und überhaupt, er war schuldig, wie jeder Lebende vor jedem Toten schuldig ist... (Oder umgekehrt? würde Bruno Teodorowitsch Filmus sagen. Ist nicht jeder Tote vor jedem Lebenden schuldig?) In diesen Gedanken war schon etwas nicht nur der früheren klaren Arbeiternatur Wissowins zutiefst Fremdes, sondern auch etwas, was überhaupt dem klaren Gefühl fremd war, das in der erdrückenden Mehrheit seiner ungesetzlich zu Schaden gekommenen Mitbrüder herrschte, die aus den Haftorten zurückfluteten... Das heißt, er empfand nicht, wie die Mehrheit der Rehabilitierten, ein Gefühl der Freude und auch nicht ein Gefühl der triumphierenden Gerechtigkeit und des Sieges des Guten über das Böse... In dem, was ihm widerfahren war, steckte eine gewisse Gesetzmäßigkeit. Ein Mensch des Gewissens und des objektiven Faktums ist pathologisch in Perioden der Pflicht und der gesellschaftlichen Lüge... Alles Lebendige versucht sich anzupassen, das ist gesetzmäßig. Der religiös-mystische Morast, in dem sich Wissowin verirrt hatte, war solch ein Versuch, sich anzupassen. Er fuhr wieder nach Leningrad und suchte seinen Vater auf.

Sein Vater war zwar in dieser Zeit Ehrenmitglied einer angesehenen Montagebrigade und Mitglied des Rates der Arbeitsveteranen, aber schon so alt und krank, daß er nicht mehr zu den feierlichen Pionierappellen gehen konnte, die er besonders gern besucht hatte, um eine Träne zu vergießen, wenn ihm Kinderhändchen ein Pioniertuch um den Hals banden.

»Da, Vater«, sagte Wissowin und legte dem Alten das Papier über die Rehabilitierung hin.

Der Alte setzte die Brille auf und las das Papier aufmerksam durch. Und dann sagte er den Satz, den ich schon angeführt habe und den ich für eine Grundlage der eigenartigen Volkslogik halte und dafür, daß das

Volk Chrustschows nachstalinistische Rehabilitierungen nicht akzeptierte.

»Wofür soll ich dich achten, wenn du unschuldig bist?« sagte der Alte. »Wenn du wenigstens für die Sache gelitten hättest, für das Volk, für den Glauben der Väter!« (Auf seine alten Tage gebrauchte der Vater ungeachtet der revolutionären Traditionen solche patriarchalischen Ausdrücke.)

»Das stimmt, Vater«, sagte Wissowin leise, »mich zu achten gibt es keinen Grund...«

Zum erstenmal seit Jahren sahen Vater und Sohn einander in die Augen. Beide waren sie aus proletarischem Gestein, und der Vater hütete seine Herkunft aus dem Schoß »Ihrer Majestät der Arbeiterklasse« überhaupt mit eifersüchtigem Stolz, um den ihn jeder blaublütige Aristokrat hätte beneiden können.

»Ich schäme mich«, sagte der Vater, »daß du, der Sohn eines Arbeiters, dein Leben in den Gefängnissen deiner eigenen Arbeiter- und Bauernmacht verbracht hast...« Und plötzlich weinte er.

Als der Vater losweinte, war Wissowin zunächst überrascht und verwirrt, denn er sah seinen Vater zum erstenmal im Leben weinen. Er versuchte, ihn zu trösten, und umarmte ihn sogar. Und um ihn zu trösten, sprach er von seinen neuen Ansichten, die in dem Eingeständnis seiner Schuldigkeit und der Gerechtigkeit seiner Strafen bestanden und nach mystischem Morast rochen. Da hörte der Vater auf zu weinen und sagte:

»Ein Lump bist du, ein Pope und überhaupt kein russischer Mensch... Die Arbeiterklasse ist eine kämpferische Klasse, und die Zeit ihrer Herrschaft ist eine kämpferische Zeit... Wenn sich die Zeit zur Ruhe hin verändert, verliert die Arbeiterklasse ihre Achtung... Du Bastard urteilst nicht sowjetisch, sondern jüdisch, und du versuchst, mich aus dem Gleis zu werfen...«

Es sei hinzugefügt, daß der Alte zu dieser Zeit tatsächlich verwirrt und aus dem Gleis geworfen war. Die stattgehabten Veränderungen, die Reden Chrustschows, die Einsamkeit, die ihn in den letzten Jahren mit zunehmenden Krankheiten in Altersträbsinn versetzt hatte, die Trauer um die Frau und die Tochter, die plötzlich wieder frisch war, als wären beide nicht vor fünfzehn Jahren gestorben, sondern vor einem knappen Monat, all das hatte sich irgendwie auf die Klarheit seiner Weltsicht ausgewirkt, so daß er sich manchmal sogar nach seinem Sohn, dem Verräter, sehnte, den er verflucht hatte. Es sei angemerkt, daß der Vater sich auch in seiner Jugend nicht durch Verstand ausgezeichnet hatte, doch er war auf seine Weise ehrlich und gerecht in den Grenzen und Gesetzen, die ihm die Gesellschaft vorgab, das heißt, er war ein klar ausgeprägter Mensch der Periode gesellschaftlicher Bewegungen... Er dachte gern in Übereinstimmung mit der Gesellschaft, aber er dachte sich nicht gern etwas dazu... Viele konservative Anhänger der einstigen Klarheit beschuldigen Chrustschow, er habe eine Kluft zwischen dem staatlichen und dem gesellschaftlichen Denken aufgerissen, die zu gefährlicher Entlarverei, zu Kritikastertum und Freidenkerei geführt habe. Das ist nicht ganz so. Und das können gerade Menschen wie Wissowin der Ältere widerlegen. Als der Kampf gegen die Volksfeinde, die Trotzkisten und später gegen Hitlerdeutschland lief, dachten Staat und Gesellschaft als ein Ganzes, klar und vollkommen einheitlich. Aber gegen Ende der Stalin-Periode wurde eine Grenze in den staatlichen Möglichkeiten überschritten, die in Wechselbeziehung zu der konkreten Periode standen. Seit der Periode des Kampfes gegen den Kosmopolitismus wurde Kurs genommen auf die äsopische Sprache, auf Entlarvungen in Form der Fabel, während sich nicht so sehr zufällig wie eher vorsätzlich eine Kluft zwischen der staatlichen Version, die noch nicht frei war von einer Reihe früherer und internationaler Konventionen, und der gesellschaftlichen, auf der Straße entstehenden und daher unabhängigen Mutmaßung herausbildete, die in diesem Falle notwendig wurde... Und diese Mutmaßung weckte erstmalig die schlummernden gesellschaftlichen Kräfte, und der Staat der letzten stalinistischen Periode, der die Gesellschaft aufgefordert hatte, seine in äsopischer Sprache dargelegten politischen Beschuldigungsfabeln zu Ende zu denken, war ungewollt und unausweichlich der Urheber gesellschaftlicher Freiheiten. Das Rätsel war von Anfang an nicht sehr knifflig, und gegen Ende des Jahres zweiundfünfzig wurde es vollends zu einer Rechenaufgabe für Analphabeten, so daß im Winter dreiundfünfzig die Leute, die staatlichen Kräfte und die Tendenzen, die sich in den letzten Jahren der Stalin-Periode hervorgetan hatten, und die gesellschaftlichen Kräfte, die ohne Mühe in der Gesellschaft und im Volk gefunden und mit hinreichend klarer Mutmaßung erzogen wurden, so daß also all das zum Zeitpunkt von Stalins Gehirnschlag eine derartige Blüte erreicht hatte, daß man hinterm Rücken seiner offiziellen Versionen schon offen einander zuzwinkerte und zukicherte. Die Sache ist die, daß jene Kräfte, die von den Tendenzen der Alleinherrschaft ins Leben gerufen worden waren, zu Beginn der fünfziger Jahre ihre Grenze erreichten und durch die gesellschaftlich-staatliche Hülle, die die Gesellschaft ideologisch zusammenhielt, zu wachsen und zu sickern begannen. Es entstand die Notwendigkeit eines staatlichen Umschwungs von absoluter Einmaligkeit, bei dem nicht die herrschenden Kräfte gestürzt werden mußten; diese mußten ihre eigene Ideologie stürzen, was unmöglich war, weil die Ideologie zu diesem Zeitpunkt nicht in Verfall begriffen war, sondern sich sogar ausbreitete, wenn nicht in die Tiefe (bestimmt nicht in die Tiefe), so doch in die Breite. Dieser Widerspruch zwischen den praktischen Kräften der Macht und ihrer herrschenden Ideologie, ein Widerspruch, dessen Grundlagen schon in den dreißiger Jahren gelegt worden waren, aber zehn Jahre lang Sprossen getrieben hatten (in bedeutendem Maße dank dem zunächst aus der Ferne geführten Kampf gegen den Faschismus, dann dank den Jahren des Vaterländischen Krieges), dieser Widerspruch machte es schon in der zweiten Hälfte der vierziger Jahre zwingend, einen Teil der Staatsgedanken auf zielgerichtete gesellschaftliche Mutmaßungen zu übertragen, aber auch eine unendliche Zahl wenn nicht täglicher, so doch recht häufiger staatlicher Umschwünge en miniature zu vollziehen, um eine Formulierung von Marx zu benutzen. Der Weg, dem die von der Tyrannei geweckten Kräfte zu folgen sich anschickten, war hinlänglich studiert, einfach und verlockend, hatte Traditionen und eine breite nationale Stütze... Gleichzeitig begriff jeder elementar gebildete Mensch, daß dieser Weg der marxistischen Ideologie in der Wurzel widersprach, selbst wenn dieser gebildete Mensch den brennenden Wunsch hatte, diese Ideologie in Verruf zu bringen... Es gab freilich ein Mittel, das die beiden so starken Widersprüche zeitweilig aussöhnen konnte. Dieses Mittel war die politische Unwissenheit nicht der Feinde des Marxismus, da deren Auswahl außerhalb der Kompetenzen der Stalinschen Ideologen lag, sondern der Anhänger des Marxismus, weil die Auswahl der Anhänger und Vertreter der herrschenden Ideologie in den Händen der Stalinschen Ideologen lag. Massenhafte Parteiaufgebote von Menschen, die oft sogar aufrichtig, doch allseitig, auch politisch, ungebildet waren, waren die Grundlage dieses Wegs.

Einer von denen, die so in die Partei gekommen, das heißt, eher emotional als bewußt Anhänger einer bestimmten Ideologie geworden waren, war Wissowin senior. Aber die Zeit ging hin, und die Widersprüche verstärkten sich trotz allem immer mehr, und das war gesetzmäßig... Die Notwendigkeit der Machtergreifung durch Menschen, die an der Macht waren – das war die Absurdität der entstandenen Situation. Die Thesen, die Gleichheit, Menschlichkeit, Brüderlichkeit aller Rassen und Nationalitäten predigten, Gott weiß wann zu Papier gebracht, hinter deren Rücken verständige, an Mutmaßungen geschulte junge Leute der letzten Stalinschen Generation einander längst zuzwinkerten, leisteten ungeachtet dessen noch immer ernsthaften Widerstand. Und der lebendige Tyrann war zeitweilig schlicht erschöpft im Kampf, wie einer der jungen Leute es in einem Moment der Offenheit und Beschwipstheit ausdrückte, im Kampf mit den »bärtigen Idealisten«, er war gänzlich durcheinander und wußte nicht, in welcher Sprache er sich mit der Menge seiner Sklaven-Gebieter verständigen sollte, denn der Lumpenproletarier, den er so hoch schätzte, dürstete stets nach deutlichen Gossenwörtern und nach politischer Pornografie. Aber wie dem auch sei, die Muttersprache des Staates war eine hohe, edle Sprache, geschaffen von den »bärtigen Idealisten« der Vergangenheit, sie war in Fleisch und Blut eingegangen, und sie abzuschaffen war fast so schwer, wie die Nationalsprache eines Landes abzuschaffen. Kein einziger Tyrann der Welt, welche Größe er auch erreicht haben mochte, konnte auch nur davon träumen, etwa den Befehl zu erteilen, die Russen hätten türkisch und die Franzosen japanisch zu sprechen. Natürlich ist hier nicht von solch einem Extrem die Rede, aber doch von einer Erscheinung, die ihm nahekommt. Um die politische Sprache eines Landes abzuschaffen, bedarf es keiner Verschwörung und keines Umsturzes, sondern einer Revolution, in diesem Falle einer Revolution des Lumpenproletariats nicht gegen die Regierungsform, die ihm gefiel, sondern gegen die Thesen und Ideen, die dieser Form widersprachen... All das war absurd, verwickelt und überhaupt undenkbar. Und der Tyrann geriet in die lächerliche Lage eines Menschen, der gezwungen ist, in der hohen, edlen Sprache, die von Menschen mit den edelsten Absichten geschaffen worden war, zu einer Menge zu sprechen, die wie der Redner selbst, seinen Taten entsprechend, nach politischem Gossenjargon und nach politischer Pornografie dürstet. Gezwungen trotz der allmächtigen zügellosen Macht, die diese Menge ihm in die Hände gelegt hatte, denn ob er es wollte oder nicht, diese hohe, edle, politische Sprache war seine

Muttersprache... Und seine Muttersprache abzuschaffen ist, wie gesagt, keinem Tyrannen gegeben...

Und doch existierte eine internationale Sprache, ein politisches Esperanto, in dem man in Krisensituationen (und eine Krisensituation lag eindeutig vor) versuchen konnte, übereinzukommen und die Widersprüche auszugleichen. Diese internationale Sprache war der Antisemitismus, und das mythologische Prinzip dieser Sprache war ungemein vorteilhaft in dem logischen Wirrwarr. Wenn sie im Zeitalter der Mystik und der Hexen das Bewußtsein des Volkes betäubte, konnte sie im Zeitalter des Materialismus im Einklang mit den Erfordernissen der Zeit das Bewußtsein des Volkes von dem Wirrwarr und den Widersprüchen befreien, das heißt, alle Kompliziertheiten der Welt auf die einfachen Begriffe von Küche und Hausmeisterwohnung reduzieren. Dank ihr erschienen nun im Allerheiligsten, in der hohen Sprache, die von »edlen Idealisten« geschaffen war, absurdeste Wortverbindungen, die man früher zum Teil an Zäunen und in öffentlichen Klosetts lesen konnte... Gewiß, Wortverbindungen vorerst nicht in den Staatsgedanken, sondern in den gesellschaftlichen Mutmaßungen. Aber die Tatsache, daß etwa der ehrliche Werktätige Wissowin senior im Streit gewohnheitsmäßig den Ausdruck »das ist nicht sowjetisch, sondern jüdisch« gebrauchte, war für die einander zuzwinkernden jungen Leute in der letzten Lebensperiode Stalins ein äußerst hoffnungsvolles Zeichen. Freilich, es gab noch ungeheuer viele Schwierigkeiten, trotz der grimmigen Heiterkeit und Belebung, die bestimmte Kreise der Gesellschaft erfaßte, als im Winter dreiundfünfzig die Form der Fabel, des Gleichnisses über die Kosmopoliten völlig abgelöst wurde durch Klartext, der kaum noch retuschiert war. Je näher die Grenze rückte (und sie rückte ziemlich schnell näher), desto unvermeidlicher wurden irgendwelche grundlegenden Entscheidungen, nicht über das Schicksal der Kosmopoliten (pfeif drauf, mit denen konnte man sich abfinden), sondern über das Schicksal des Landes als Ganzes... Und diese Entscheidungen mit ihren Folgen erschreckten die konservativ gestimmten Menschen, die Stalin geglaubt hatten und mit ihm gegangen waren, Menschen auf nachgerade höchster Ebene. Hauptträger der unvermeidlichen heranrückenden Neuerungen war die Jugend... Die Alten hingegen dachten nach. Natürlich nicht Wissowin senior, aber manche dachten schon nach, denn sie spürten, daß die Grenze näher rückte, die der politischen Sprache des Landes drohte. Ernsthafte Veränderungen rückten näher, doch nicht in einer beunruhigenden, sondern in einer lebhaften Atmosphäre der nationalen Erregung. Und plötzlich der gleichsam von Gott gesandte Tod... Wie sollte ein kranker, halbverrückter Greis, der auf den Teppich stürzte und mit dem Hinterkopf aufschlug, schlagartig die auf das ganze Land und das ganze Volk zurückende extreme sittliche Krise zum Stehen bringen? Das war für einen idealistischen Historiker leichter zu beantworten als für einen Historiker, der an die strengen materialistischen Gesetzmäßigkeiten glaubte...

Die Geschichte selbst ist eine spöttische Wissenschaft, noch dazu mit satirischem Einschlag, und manchmal finden ganze Perioden im Leben der Völker, noch dazu, was am meisten kränkt, schwierige, komplizierte Perioden voller aufrichtiger Opfer und tiefer Widersprüche, deren Gesetzmäßigkeiten selbst für Genies der Menschheit nur schwer zu erfassen sind, finden also solche Perioden in Wirklichkeit in einem kurzen politischen Witz Platz. Das kränkt natürlich, und nur das eine tröstet, daß der Inhalt solcher politischen Witze schon außerhalb der Grenzen des menschlichen Verstandes liegt...

DREIZEHNTES KAPITEL

Und wer weiß, was übrigbleibt von einer ganzen Periode, die das Schicksal von leidenden und kämpfenden Generationen entscheidet, was übrigbleibt in der

Ewigen Geschichte, die an einen chronologisch angelegten Sammelband politischer Witze erinnert, die dem Verständnis des Menschen nicht zugänglich sind. Vielleicht wird aus den Hunderten Millionen Schicksalen, aus den unendlichen wimmelnden Knäueln, zu denen sie verflochten sind und große und winzig kleine Bilder der menschlichen Geschichte ergeben, eine mittlere, überraschende Verbindung ausgewählt, etwa zwischen dem nichtigsten Krach in der Küche und einem epochalen, einem Weltereignis, wobei da wie dort nicht einmal Fakten, sondern Faktenpartikel so geschickt herausgezupft werden, daß sie, zu einem Ganzen verschmolzen, schon keiner höheren Moral mehr bedürfen, denn sie beantworten ohne Kommentar alle Fragen, die die Menschheit jahrhundertelang bewegen. (Diese Fragen sind selbstredend für alle Perioden die gleichen.) Vielleicht ist es aber auch gar nicht so. Vielleicht ist die Methode der Ewigen Geschichte eine ganz andere. Und aus den unendlichen wimmelnden Knäueln, zu denen die Schicksale verflochten sind, wird irgendeines ausgewählt, nicht mal ein Schicksal, sondern ein Partikel davon, eine Zelle, eine Episode, noch dazu in alltäglichster Form, die dem menschlichen Verstand zugänglich ist, aber all das summiert sich in einem Satz, den der Mensch nicht faßt, der aber alle Würze und alle Antworten enthält... Vielleicht wird der Moment ausgewählt, in dem die Heimleiterin Sofja Iwanowna und die Verwalterin der Kleiderkammer Tetjana von meinem ungesetzlich besetzten Schlafplatz im Wohnheim der Wohnungsbauverwaltung das Bettzeug entfernten, und alle sonstigen Schlachten der Völker, gesellschaftlichen Umschwünge und philosophischen Entdeckungen werden ignoriert? Oder es wird der Moment ausgewählt, in dem der kranke Greis Sosso Dshugaschwili, der schon zu Lebzeiten auf das Niveau eines lebenden Gottes erhoben wurde, wie ihn die Bibel zu fürchten lehrt, zu Boden stürzt und mit dem Hinterkopf auf den Teppich schlägt, und alles übrige wird ignoriert: die Schlachten der Völker und die Wegnahme meines Bettzeugs? Oder es wird der Besuch von Wissowin Sohn bei Wissowin Vater ausgewählt, zumal das biblische Element in dieser Situation deutlich auffällt: der verlorene Sohn, der zu den Knien seines kranken Vaters nach endgültigen Antworten auf seine Leiden sucht... Eines nur kann man mit Gewißheit sagen: Welches auch die Methode ist, die höchste Antwort ist nur möglich, wenn der Mensch schwach und hilflos ist. Daraus wird klar, daß die Leidenschaften und Verirrungen eine höhere Antwort über den Sinn des Lebens in sich bergen als Menschlichkeit und Mildherzigkeit, eigenartige Erscheinungen, die den Menschen von der Wahrheit entfernen. Es ist erwiesen, daß der Mensch in einem Moment von Menschlichkeit und Mildherzigkeit weniger oder gar nicht religiös ist. Hier darf nicht der Moment des Glücks hinzugezählt werden, denn das Glück ist eine Leidenschaft und braucht wie jede Leidenschaft Kampf und Verteidigung.

Wenn Leidenschaften und Verirrungen in gewissem Maße die Geschichte erklären, verhindern Menschlichkeit und Mildherzigkeit ihr Begreifen. Aber das deutet nur darauf hin, daß diese Erscheinungen Ankömmlinge aus Fernem und Unerreichbarem, Staub einer außerhistorischen Größe sind, eines Geheimnisses des Alls, einer kosmischen Gottlosigkeit, nicht eines zänkischen kleinen Atheismus, der Gott aus Neid auf dessen schlichte und attraktive Idee Grimassen schneidet, sondern Staub einer kosmischen Gottlosigkeit, die Gott als Raum dient, von der die Menschheit ebenso weit entfernt ist wie der Widerschein ferner Galaxien und zu der sie, wie zu diesen Galaxien, niemals gelangt, doch nichtsdestoweniger dringen irgendwelche Stäubchen dieser einigen, unteilbaren, untätigen Gottlosigkeit, des Gottesparadieses (wenn man akzeptiert, daß eine tätige Gotteswelt die Gotteshölle ist), dringen durch in Form von Menschlichkeit und Mildherzigkeit wie das Licht kosmischer Strahlen...

Darum ist Menschlichkeit dem tätigen Gott fremd, so fremd wie jede Vollkommenheit, für die er nicht notwendig ist, und darum ist Menschlichkeit furchtbar für den Teufel, weil er vor ihr hilflos ist... Und darum ist alles, was Gott untertan ist, irdisch und zugleich dem Teufel untertan... Und darum leidet das höchste Urteil der Epoche, ausgedrückt in einem kurzen und präzisen politischen Witz und dem menschlichen Verstand unzugänglich, gleichwohl an einer bestimmten, wenn auch nicht sehr umfangreichen, aber ernsthaften Einseitigkeit. Denn in der allgemeinen Analyse fehlen die unauffälligen, winzigen, außerhistorischen Eigenschaften Menschlichkeit und Mildherzigkeit, sie sind verdeckt von den sich bewegenden Massen, von gigantischen Umschwüngen und von einer Unmenge aller möglichen irdischen Leidenschaften. Gerade weil aus dem allgemeinen Lauf der menschlichen Geschichte diese ihr fremden, unbedeutenden künstlerischen Momente herausfallen, findet sie in der Regel Platz im Genre des politischen Witzes.

Ein solcher außerhistorischer künstlerischer Moment herrschte plötzlich an dem breiten Tisch, der einstmals der Familientisch im Hause des alten Arbeiters Wissowin gewesen war.

»Deine Mutter hat um dich geweint, besonders vor ihrem Tode«, sagte der Vater, »deine verstorbene Schwester aber hat dich gehaßt... Hast du sehr gelitten?« fragte er plötzlich, zu dem Satzanfang nicht ganz passend.

Nach dieser Frage tat Wissowin auf wundersüße und kindliche Weise sich selber leid. Und kaum tat er so sich selber leid, da fing der Vater am andern Ende des Familientischs, weit weg vom Sohn, zum zweitenmal während dieser Begegnung an zu weinen, wie um den Gedanken des Sohnes zu bestätigen. Dieser begriff, daß sein Vater in die besondere Kategorie der oft und leicht weinenden Greise gehörte. Das widerfährt harten, rauhen, sogar grausamen Menschen, die im Alter einsam sind. Aber dieser Gedanke konnte, obschon er zur Vorsicht mahnte, gleichwohl nicht das Gefühl kindlich süßer Hilflosigkeit beseitigen, das aus halbvergessener Ferne zu Wissowin gekommen war, und sein Selbstmitleid war nicht schwer und vernünftig wie bei einem leidgeprüften Menschen, sondern ein bißchen dumm und kindlich, ohne die Erfahrung und Bitternis des Erwachsenen. Diesmal versuchte er nicht, den Vater zu beruhigen, im Gegenteil, er weinte selbst, und so saßen sie an verschiedenen Enden des Tisches, ohne einander näher gerückt zu sein, die Ellbogen auf dem alten Familientischtuch, und weinten. Weshalb und wozu sie weinten, wußten sie nicht. Das mag seltsam erscheinen, doch genau so war es. Wissowin weinte nicht, weil sein Leben verdorben und verworren, einsam und für niemanden notwendig war, denn dann wäre er kläglich und lächerlich gewesen. Das konnte ihm natürlich passieren, aber das würde er gewiß gespürt haben. Ein Gefühl der Allverzeihung, der Sohnesliebe und der triumphierenden Gerechtigkeit kam auch nicht in ihm auf, denn dann wäre er in erwachsener Weise dumm gewesen, und das würde er gleichfalls gespürt haben. Vielleicht hatte er den Vater früher geliebt, doch der vor ihm sitzende Mann war ihm gänzlich fremd, und das gleiche empfand wohl auch der Vater für den Sohn. Der Wunsch, das unwiederbringlich Verlorene zurückzuholen, war ein kindlicher Wunsch, darin war sicherlich mehr kindliche poetische Launenhaftigkeit als erwachsener nüchterner Verstand. Beide taten sich jetzt zutiefst leid, jeder nur sich selber, ohne jede Heuchelei, so wie Kinder sich aufrichtig leid tun können. Der Wunsch, etwas zurückzuholen, ging nicht nur über die verhängnisvollen Ereignisse hinaus, sondern befand sich sogar auf einer anderen Ebene, der denkbar absurdesten. Plötzlich kam Wissowin senior der Gedanke, daß er seine Frau niemals geliebt, daß er die falsche Frau geheiratet hatte und daß die Kinder dafür bezahlen mußten, denn Kinder von einer ungeliebten Frau sind selten glücklich. Vielleicht deshalb hatte er sein Leben schlecht gelebt, als schlechter Mensch mit groben politischen und persönlichen Urteilen... Diese Gedanken erschreckten ihn, denn er hatte nie so gedacht und nie so formuliert... Sie erschreckten ihn einfach mystisch, so wie etwa ein Mensch erschrocken wäre, der plötzlich anfinge, seine Gedanken lateinisch zu formulieren...

Dieser Schreck und diese Wendung der Gedanken waren das Ende der guten Minuten, in denen Vater und Sohn, einander entfernt gegenüber sitzend, weinten, sich aufrichtig leid taten und eine angenehme, seit der Kindheit vergessene Süße unterm Herzen spürten. Wissowin senior holte ein kariertes Taschentuch hervor und rieb sich das Gesicht trocken. Die Gedanken, die ihm in den Kopf gekommen waren, quälten ihn später, und er schrieb darüber sogar an den Sohn (sie korrespondierten in den ersten Monaten). Wissowin junior erhob sich ebenfalls und machte sich reisefertig. Der Vater hielt ihn nicht.

»Wo willst du jetzt hin?« fragte er.

»Ich fahre«, antwortete der Sohn.

Der Vater fragte bei dieser ausweichenden Antwort nicht nach, er wühlte in der Kommode und reichte dem Sohn ein vergilbtes Zeitungsblatt.

»Du kannst es im Zug lesen«, sagte er und legte in seine Worte einen vielsagenden, doch ihm selbst unklaren Sinn, wie das bei dummen Greisen häufig vorkommt. Denn nach ein paar hellen Momenten wurde er zusehends wieder zum dummen Greis.

Wissowin nahm die Zeitung und ging nach einem äußerst kalten Abschied. Die Zeitung enthielt die psychologische Skizze »Der Feigling«, die Wissowin vernichtet und sein Schicksal verpfuscht hatte. Er hatte die Skizze nie gelesen und darüber nur vom Untersuchungsführer gehört, der während der Verhöre Stellen daraus zitierte. Jetzt saß Wissowin in einer Grünanlage unweit des Newski-Prospekts, las die Skizze und beschloß, nicht gleich zu seinem Kumpel zu fahren, sondern erst einen Abstecher nach Moskau zu machen und den Journalisten aufzusuchen. Ihn leiteten nicht Bitternis noch Rachegefühle, sondern einfach der Wunsch, zu reden und zu klären, denn, offen gestanden, die Version der Schuld, die der Journalist darlegte, machte Wissowin gereizt, weil sie seiner eigenen Version widersprach, zu der er nach langen Überlegungen gelangt war, als er mit Fieber auf der Pritsche lag.

Der Journalist, zu dem Wissowin wollte, hatte sich zu dieser Zeit völlig verändert, was seine Position und seine Geistesverfassung betraf. In seiner Position war er gewachsen und ein berühmter Schriftsteller geworden, hauptsächlich dank seiner Erfolge unter Stalin, dem dessen ungewöhnliche Lobpreisungen seiner Person und aller Offizialität gefallen hatten, obwohl sie ganz natürlich gewürzt waren mit einem leichten Ruch von Freiheit und Protest, in denen der Schatten persönlicher Widerspenstigkeit spürbar war. Von Zeit zu Zeit drangen primitivere literarische Psalmensänger auf den Journalisten ein, als witterten sie in der Widerspenstigkeit seines Stils (ja, des Stils) schon die künftige Widerspenstigkeit des Inhalts, die den Journalisten zu einem der namhaftesten und geschicktesten Verfolger des dräuenden Schattens seines Gönners machen würde. Dieser Gönner hatte, besonders in seinen letzten Jahren, der literarischen Geschäftigkeit sehr viel Aufmerksamkeit gewidmet und sie nachgerade in den Rang von Staatspolitik erhoben. Überhaupt war dem Gönner des Journalisten Klarheit und Nüchternheit bei der nicht einmal politischen, sondern eher psychologischen Einschätzung der sozialen Kräfte des Staates nicht abzusprechen. Er fütterte die Intelligenz üppig (und suchte sich schon mal den einen oder anderen zum Schlachten aus), doch er stützte sich bei seinen Handlungen auf das Volk, das er schlecht fütterte. Chrustschow dagegen, dessen liberale Bestrebungen von der Masse nicht akzeptiert wurden, war gegen seinen Willen gezwungen, sich auf diejenigen zu stützen, die ihn im wesentlichen akzeptierten, auf die kleine Gruppe der Intelligenz, doch zugleich versuchte er, die unbedeutenden Vorräte an Lebensgütern neu zu verteilen und sie dem Volk zugute kommen zu lassen, um es auf seine Seite zu ziehen und es freundlich zu stimmen. Auf einem anderen Blatt stand, daß Chrustschow, eine drittrangige Figur, die hinter dem Rücken der engsten Mitkämpfer des verstorbenen Führers hervorgesprungen war, sich einen genau entgegengesetzten Führungsstil ausdenken mußte, um sich zu behaupten... So ist es immer, wenn ein nachfolgender Regent die Macht nicht aus den Händen seines Vorgängers erhält, sondern im Ergebnis einer unumsichtigen Absprache der Erben, von Zufälligkeiten und persönlicher Gewitztheit. Als Chrustschow auf diese Weise an die Macht gekommen war, begriff er, daß er den Stil schnell ändern mußte, sonst würde er bald abgelöst werden oder als Marionette so lange weiterexistieren, wie es den Kräften gefiel, die es einstweilen vorzogen, im Schatten zu bleiben. Damit hatte er recht. Aber die Tatsache, daß der einzige völlig entgegengesetzte Stil nach der übermäßigen Grausamkeit seines Vorgängers nur der Liberalismus sein konnte, verurteilte Chrustschow zur sicheren Unpopularität beim Volk. Der Liberalismus, der in einem Land wie Rußland von oben kommt, ist immer verbunden mit Niedergang der Heiligkeit nicht nur des Staates, sondern auch der menschlichen Persönlichkeit, denn in Rußland gibt es keine menschliche Persönlichkeit außerhalb des Staates. Dann herrscht in der Gesellschaft eine allgemeine gegenseitige Mißachtung und Selbstmißachtung. Vielleicht ist das der unvermeidliche Preis für den weiteren Fortschritt, den die Geschichte von der Gesellschaft einfordert, aber für die Generationen, die zu zahlen haben, ist dieser Preis sehr hoch. Der Journalist, der ein namhafter Schriftsteller geworden war, bekam diesen Preis in vollem Maße zu spüren.

Er empfing Wissowin in einem kleinen Zimmer, wo er in letzter Zeit gern arbeitete. Früher, als er sich noch in einem klaren, zielgerichteten, schöpferischen Zustand befand, hatte er in einem großen hellen Raum seiner Fünfzimmerwohnung gearbeitet, die er siebenundvierzig in einem Haus, das zur Hälfte der Regierung gehörte, bekommen hatte. Dort arbeitete er jetzt in den seltenen Momenten der Freude, die meistens nicht von seiner literarischen, sondern von seiner gesellschaftlichen Tätigkeit herrührte... Da er nun ein vermögender Mann war, half er den Opfern der Stalinschen Ungerechtigkeit nicht nur moralisch, sondern manchmal auch materiell, besorgte Arbeitsstellen, gab Tips, bemühte sich... Freilich waren seine gesellschaftlichen Möglichkeiten jetzt bedeutend geringer als unter Stalin. Ein seltsamer Zickzacklauf begann. Stalin hatte die offenen, primitiven Schönfärber nicht besonders gemocht und sie der allgemeinen Volksmasse zugerechnet, auf die er sich stützte, und sich mehr für widerspenstige Leute interessiert (literarisch widerspenstige selbstredend, nicht politisch), wobei er viel öfter Menschen aus dieser Gruppe vernichtete, aber im großen und ganzen fütterte er sie und holte sie in seinen literarischen Harem. Der Journalist war einer der angesehensten Vertreter dieses Stalinschen literarischen Harems, in den Stalin hauptsächlich wirklich talentierte Leute holte... Nach seinem Tod lief der Harem auseinander, und viele seiner Mitglieder gerieten in eine äußerst unangenehme Situation... Einerseits haßten den Harem die Schönfärber, von denen viele unter Stalin schlechter gelebt hatten, trotz ihrer soldatisch disziplinierten Ergebenheit, andererseits haßten die Mitglieder des literarischen Harems, da sie widerspenstige Leute waren, ihre eigene Vergangenheit, und die meisten von ihnen wurden Antistalinisten. Aber die Veränderungen, die Chrustschow in der Güterverteilung einführte, betrafen auch die Literatur, so daß er zwar gezwungen war, sich bei seinen liberalen Vorhaben faktisch auf die Antistalinisten zu stützen, sie aber dennoch nicht hätschelte, sondern im Gegenteil mehr die Schönfärber in seine Nähe zog, denen er im Gegensatz zu Stalin häufig die Widerspenstigen zum Fraß vorwarf... Die Widerspenstigen, nachdem die Liberalisierung die festen ideologischen Mauern ihres literarischen Harems zerbrochen hatte, sahen sich öfter Angriffen der stalinistischen Schönfärber ausgesetzt, die seltsamerweise aufstiegen in der Liberalisierung, die dem Geist der Widerspenstigen so lieb war, doch sie gab den Schönfärbern die demokratische Möglichkeit, sich frei gegen die verhaßten Liberalen zu äußern, was sie früher nur auf Kommando des Führers und in von oben vorgeschriebenem strengem Rahmen hatten tun können. Die früheren Mitglieder des von der Liberalisierung abgeschafften literarischen Harems, nunmehr wandernde alte Sünder, konnten natürlich auf ihre Verdienste unter Stalin pochen; auch unter Chrustschow, der die Notwendigkeit der Liberalisierung irgendwie zu neutralisieren versuchte, wurden diese Verdienste hoch geschätzt, obwohl sie nun staatlich genannt wurden (gemeint ist nicht das Preisträgerabzeichen, eine private Erscheinung), also, diese Sünder hätten, wenn sie bei der Liberalisierung auf ihre Verdienste unter Stalin gepocht hätten, ihren hohen offiziellen Status beibehalten können. Aber die widerspenstigen Sünder waren in ihrer Mehrheit ehrliche Leute, außerdem ist die Liberalisierung im Gegensatz zur Tyrannei nicht fähig, die Sünde zu heiligen. (Und ehrliche Menschen brauchen die geheiligte Sünde für ihre Selbstachtung.) Die starke Empfindung der Sünde plus der namhafte Status, der in der ersten Zeit aus dem Stalinismus noch beibehalten wurde, gab diesen Sündern ganz zu Anfang der Liberalisierung die Möglichkeit, den Antistalinismus in der Gesellschaft anzuführen, das heißt, es gibt eine Gesetzmäßigkeit, wonach gerade die von Stalin Gehätschelten in der ersten Zeit den Antistalinismus in der Gesellschaft anheizten. Aber mit der Zeit (und schon sehr bald) begannen die zum Leben erweckte antistalinistische Jugend und überhaupt die Leute, die von Stalin nicht gehätschelt worden waren, nun aber Handlungsfreiheit bekommen hatten, den Sündern ihre früheren Sünden vorzuhalten, noch dazu mit der jugendtypischen Kompromißlosigkeit, und allmählich nahmen sie den Antistalinismus in ihre Hände. Überdies wurde der namhafte Status dieser Sünder allmählich zunichte, in dem Maße, wie sie selbst ihre früheren Verdienste verunglimpften, um es den Jungen und Unbefleckten recht zu machen, die natürlich nur dank ihrem jugendlichen Alter unbefleckt waren und nicht dank besonderen sittlichen Qualitäten. Etwa in dieser Richtung wurde zwischen den alten und den jungen Antistalinisten hitzig gestritten, fast bis hin zu Beleidigungen, und in etwa der gleichen Richtung wurde den Jugendlichen gesagt: Wärt ihr zehn Jahre früher geboren, wir würden uns euch anschauen...

Es sei auch angemerkt, daß die alten Sünder, wie immer sie ihre Vergangenheit und die des Landes schmähten, doch den extremen Schlußfolgerungen der Jugend nicht beipflichten konnten. Darum begannen sie am Ende des zweiten Jahres der Liberalisierung allmählich, sich abzukapseln (hauptsächlich natürlich im übertragenen Sinne, manchmal aber auch im direkten), und überließen das Feld der gesellschaftlichen Tätigkeit der antistalinistischen Jugend, die in direkten Konflikt mit den Schönfärbern getreten war und in diesen Konflikt den Geist extremer Feindschaft einbrachte. Die vernünftigsten der alten Sünder verstanden allerdings, daß die erfahrenen Antistalinisten, indem sie das antistalinistische Kampffeld der unerfahrenen groben Jugend überließen, damit der Idee der Liberalisierung einen gefährlichen Schlag versetzten, denn in der Gesellschaft dominierten nicht die gemäßigten Kräfte, sondern die des Extremismus, die nur für die Stalinisten von Vorteil waren, zumal in den Bestrebungen der Jugend schon ein Spaltungsprozeß zu beobachten war und die Liberalisierung allerlei gefährliche Strömungen geweckt hatte, die gerade den Stalinismus in seinem neuen Verständnis (das oft mit

J.W. Stalin nichts zu tun hatte) manchmal von der überraschendsten Seite mit frischen Jugendkräften auffüllte. Zu diesen Vernünftigen gehörte auch der Journalist. Er erklärte, beschwichtigte, predigte... Schließlich schrieb er einen Brief an Chrustschow. Dieser Brief war ein Akt der Verzweiflung. (Und der Dummheit, wie er sehr bald begriff.) Er rief Chrustschow dazu auf, seine Aufmerksamkeit auf Erscheinungen zu richten, die dieser entweder nicht verstand oder vor denen er ohnmächtig war, weil er seine von Stalin abweichende Leitungsform voranbringen mußte... Faktisch appellierte er an Chrustschow, einen unwissenden, groben Menschen, dessen positive Eigenschaft nicht ein aufgeklärter Verstand, sondern volkstümliche Gewitztheit war, eine Form von aufgeklärter Diktatur einzuführen. Die Antwort auf den Brief war, daß Chrustschow den Journalisten seinen alten Feinden, noch aus Stalins Zeiten, zum Abschuß freigab. Die Antwort war ein Artikel eines großen Schönfärbers, der jetzt in Ehren stand, ein Artikel, der deutlich nach literarischem Pogrom roch. Dieser Artikel war seltsamerweise auch ein Geschöpf der Liberalisierung. Nie und nimmer hätte unter Stalin ein so schriller und eigenständiger Artikel erscheinen können, mit scharfen, beleidigenden Vergleichen, die nur in der gelben Boulevardpresse des Westens möglich sind. Selbst wenn Stalin den Journalisten hätte physisch umbringen wollen und seine moralische Diskreditierung angeordnet hätte, würde der Artikel über ihn einen härteren, klaren Charakter gehabt haben, durch den sich selbst die finstersten Gerichtsurteile von Pressepasquillen unterscheiden... Der Artikel, der in der zentralen Zeitung erschien, trug denn auch nicht die Spuren eines von höchster Instanz abgesegneten Gerichtsurteils, sondern eines frei gestalteten Pasquills, geschrieben in entfesselter kühner Publizistik, deren eigenständiger Stil unter Stalin nicht möglich gewesen wäre.

Nach diesem Artikel erlitt der Journalist einen Mikroinfarkt. Überhaupt trat seit Stalins Tod und der nachfolgenden Liberalisierung der Infarkt als Resultat des vielschichtigen persönlichen Kampfes und als physiologische Form des persönlichen Protests (nicht ironisch gemeint) immer öfter in der Gesellschaft auf. Mit dem Infarkt protestierte der Mensch gegen die Ungerechtigkeit. Also, der Journalist erlitt einen Mikroinfarkt, und nach dem Mikroinfarkt kapselte er sich fast gänzlich ab, um nach der entgleitenden Wahrheit zu suchen, ohne deren sicheres Verständnis er sich nicht für einen ehrlichen Menschen halten konnte.

In letzter Zeit war der Journalist in einen geradezu entzündeten Zustand geraten. (Ich kenne diesen Zustand, wie ich auch viele psychologische Wendungen verstehe, denn ich bin vom Schicksal aus dem gleichen Teig geknetet, dem Teig, aus dem das zwanzigste Jahrhundert seine Opfer formt.) Der Journalist war in solch einen Zustand geraten, daß seine Angehörigen ihn zu bevormunden begannen, das Telefon überwachten und die Besucher überprüften, von denen sie die meisten nicht zu ihm ließen, besonders die Bittsteller, die tatsächlich überwogen. Infolgedessen kursierten über den Journalisten, auch das noch, Gerüchte, daß er hartherzig und geizig sei. Gestreut wurden die Gerüchte von Menschen, die gelitten hatten und krank und verbittert waren, und von daher ist verständlich, daß sie von Erbitterung und Mutmaßungen begleitet wurden. All das verletzte den Journalisten zutiefst, erstens, weil es nicht stimmte (so dachte der Journalist, der schlicht nicht wußte, daß seine Angehörigen um seiner Ruhe willen in seinem Namen Besucher abwimmelten), es verletzte ihn, erstens, weil er es für unwahr hielt, und zweitens, weil er den Sinn seines Lebens nunmehr in der Hilfe für die Opfer des politischen Terrors sah, und wer zu denen gehörte, war in den Augen des Journalisten heilig. Im weiten philosophischen Sinne war diese Definition vielleicht zutreffend, denn Märtyrertum macht tatsächlich heilig, aber im konkreten alltäglichen Sinne, der bekanntlich oft in Widerspruch liegt mit seiner philosophischen Grundlage, im alltäglichen Sinne waren viele dieser Leute weit entfernt vom Ideal, wenn nicht mehr als das, und einzelnen Märtyrern verlieh ihr Märtyrertum im alltäglichen Sinne die Züge von ganz gewöhnlichen Lumpen. (Die Anlagen dazu hatten sie sicherlich schon vor ihrem Märtyrertum gehabt, dieses hatte sie nur verstärkt.)

Aber da der Journalist wie zu Stalins Zeiten ein Mensch nicht des Gewissens (das zu ehrlicher Analyse fähig ist), sondern der Pflicht (das heißt, der Voreingenommenheit) geblieben war, bedrängte ihn diese Pflicht jetzt außerordentlich, es war eine um hundertachtzig Grad gedrehte Pflicht, und die Erscheinungen, die sich bei fehlender Voreingenommenheit durch einfache Analyse erkennen ließen, zu der jeder mittelgebildete Mensch fähig ist, waren für ihn, den wirklich talentierten Menschen, unüberwindliche sittliche Hindernisse, um die er herumlief und gegen die er mit der Stirn schlug, und in letzter Zeit bekam er sogar Anfälle pathologischen Charakters. Diese Anfälle begannen nach einem kürzlichen Vorfall (drei Wochen vor der Ankunft Wissowins), als an einem öffentlichen Platz ein unterm Personenkult zu Schaden Gekommener mit dem Schrei »dreckiger Spitzel« dem Journalisten die Lippe blutig schlug. Dieser unterm Personenkult zu Schaden Gekommene war übrigens dafür bekannt, daß er sich bis zum Delirium zu betrinken pflegte und in nüchternem Zustand als Erpresser, politischer Schreihals und Lügner auftrat, wobei er hinsichtlich der Foltern, auf die er immer wieder zu sprechen kam, vielleicht nicht log, aber nach allgemeiner Meinung stark übertrieb, wenn er zum Beispiel erzählte, sie hätten ihm mit einer rostigen Säge die Gelenke bearbeitet... Dies bezweifelten Leute, die selbst viel gelitten hatten, doch Nadeln hatten sie ihm vielleicht unter die Fingernägel getrieben, denn die Finger der linken Hand waren verkrümmt und dunkelrot (die Folge einer Infektion nach solcher Folter). Das heißt, dieser Mann war ein Rehabilitierter, der nicht viel taugte. Aber für den Journalisten, der, wie gesagt, ein Mann nicht des Gewissens, sondern der Pflicht war, stellten diese verkrümmten dunkelroten Finger ihren Besitzer auf Kothurne und reihten ihn schon zu Lebzeiten unter die Großmärtyrer ein. Mit diesem Mann war der Journalist schon ein paarmal zusammengetroffen, vor allem auf materieller Ebene, denn er half ihm auf dessen Bitte mit Geld aus und auch sonst... Aber dann geschah in ihren Beziehungen etwas für den Journalisten Unverständliches und sittlich Kompliziertes. (Offenbar hatten die Angehörigen des Journalisten den Erpresser schlicht nicht vorgelassen, als er wieder einmal erschien.) Aber ein Mann der poetischen Pflicht konnte eine so logisch einfache Erklärung natürlich nicht begreifen. Zweimal ging der Mann an ihm vorbei, ohne zu grüßen, doch dann, sturzbetrunken, an einem öffentlichen Platz (im Literatenklub. Vor seiner Verhaftung war dieser Mensch Dreher gewesen, dann Oberleutnant, aber nach den überstandenen Leiden sah er sich als Literat, ein Beruf, der geschädigten Menschen überhaupt imponiert, und er hatte als Literat sogar ein paarmal böse Texte publiziert und dabei die zeitweilige Verwirrung der Zensur ausgenutzt, die in diesem Moment nicht wußte, wen sie wofür wie unterdrücken sollte), also, sturzbetrunken warf er sich ohne äußeren Anlaß auf den Journalisten und schlug ihm die Lippe blutig.

Dieser scheußliche Vorfall zerstörte das moralische Prestige des Journalisten allenfalls bei der extremen Jugend, die vor einem Geschlagenen niemals Achtung hat und ihn nie als im Recht betrachtet. Progressive, vernünftige Menschen fühlten sich nach dem Vorfall zu dem Journalisten eher hingezogen. (Die Schönfärber empfanden selbstredend heimlich, teils auch offen Freude.) Es erhoben sich Stimmen, die verlangten, den Ruhestörer und Alkoholiker aus der Gesellschaft zu entfernen und nachgerade seine offizielle Bestrafung zu betreiben... Darüber waren die Meinungen freilich geteilt, denn das roch schon fast nach einer Denunziation gegen einen Menschen, der zwar unsympathisch war, aber doch in der Zeit des Personenkults gelitten hatte. Unter den Gegnern der Denunziation war auch der Journalist. Das gab den Ausschlag. Der Erpresser blieb Unruhestifter, hielt allen seine von der Folter verstümmelten Finger vor die Nase (auch dem Journalisten hatte er zuerst die Finger ins Gesicht gestoßen und dann zugeschlagen), also, der von seinen früheren Qualen geschützte Erpresser fuhr fort, im Suff zu randalieren, und der Journalist, der letzten Endes seine Wahrheit nicht fand und sich verhedderte, war schutzlos gegenüber den freien, demokratischen, lautstarken Zeiten, die er schon in den schwierigsten Situationen der totalitären Gewalt herbeigerufen hatte, zuerst mit seinem damals ungewöhnlichen durchscheinenden inneren Protest und später, schon von Stalin gehätschelt, mit seinem widerspenstigen literarischen Stil. Er kapselte sich ab und hatte Anfälle pathologischen Charakters. Endgültig zog er aus seinem hellen Arbeitsraum in das dunkle Zimmerchen, wo er arbeitete und auf einem schmalen Bett schlief. Darin hatte früher die Kinderfrau seiner Kinder gewohnt. Er hatte zwei Kinder, die schon halbwüchsig waren, ein Mädchen und einen Jungen, die zu seinem Unglück beitrugen, denn, in einer progressiven Freidenkerfamilie aufgewachsen, waren sie auf die gesellschaftliche Freiheit gut vorbereitet, nahmen sogleich extreme Positionen ein, und nachdem über den Vater ungute Gerüchte kursierten, begannen sie zu streiten und politische Skandale im Haus zu veranstalten, manchmal auch am Mittagstisch, und der Sohn kündigte sogar an, in ein Wohnheim zu ziehen... Der Journalist, den all das zermürbte, hatte die Macht in der Familie längst an seine Frau Rita Michailowna und an die Hausangestellte Klawa verloren. Die beiden Frauen nutzten übrigens ihre Macht zu seinem Schutz, indem sie gegen die von ihm verwöhnten Erpresser nachgerade handgreiflich wurden, und die Frau wandte sich auch gegen die eigenen von Protest erfüllten Kinder.

Wissowin wäre womöglich auch von den Frauen abgefangen worden, doch zufällig war der Sohn Kolja eben in der Diele. Kaum hatte Klawa erklärt, der Journalist wäre verreist, da schrie Kolja:

»Klawa, du hast es nicht mitgekriegt... Er ist heute zurückgekommen... Kommen Sie rein, er ist dort... Hat sich eingeschlossen... Papa, du hast Besuch...«

Aufgeregt redend, führte Kolja Wissowin an der Hand durch den Korridor zur Zimmertür des Journalisten.

Dieser Empfang entmutigte Wissowin ein wenig, wie auch die Wohnungseinrichtung, die von Wohlstand zeugte, und die appetitlichen Gerüche. Er trat bei dem Journalisten ein, blieb stehen und betrachtete das Gesicht des Mannes, der ihn zugrunde gerichtet hatte... Sie sahen einander das zweitemal im Leben, erkannten einander aber natürlich nicht. Das lag nicht nur daran, daß vierzehn Jahre vergangen waren und sie einander damals nur flüchtig gesehen hatten. Der Journalist erinnerte sich zum Beispiel genau an das Gesicht des ersten Menschen, den er im Schnee qualvoll sterben sah. Natürlich kam es ihm nur so vor, daß er sich erinnerte, aber doch war ein wenn nicht äußeres, so doch emotionales Bild dieses Gesichts in seiner Erinnerung geblieben, und hätte er diesen Mann lebend getroffen und hätte der ihn an ihre damalige Begegnung erinnert, so hätte durchaus etwas, was sich nicht auf bewußte Erinnerung, sondern auf unbewußte plötzliche Erleuchtung stützte, aufschwimmen und die Gesichtszüge wiederherstellen können. Damals aber waren der Journalist und Wissowin einander gleichgültig gewesen. Wissowin, der nach dem Sprit nur noch halb bei Bewußtsein war, empfand für alle Gleichgültigkeit, selbst für den Sterbenden, der ihn vor seinem Tod verleumdet hatte, und die Bestürzung kam erst später, aus der Erinnerung, aber das blieb natürlich im Gedächtnis. Der nur flüchtig wahrgenommene Journalist hingegen hatte sich ihm überhaupt nicht eingeprägt. Für den Journalisten wiederum war Wissowin, dem der Sterbende die so furchtbaren Worte ins Gesicht geschleudert hatte, nur ein Objekt der Verachtung gewesen. Wissowin war allein schon deshalb schuldig, weil ein sterbender Partisan ihn beschuldigt hatte. Hier gab es eine sichtbare Übereinstimmung mit Wissowins heutigen Ansichten (die Schuld des Lebenden vor dem Toten), so wie äußerlich Pflicht und Glauben zusammenfallen. Die Pflicht hat eine alltägliche, politische Färbung, die sich auf begrifflich gewordene poetische Phantasie stützt, und sie ist selbst dem wenig Gebildeten klar, während der Glaube mit dem unklaren religiösen Begriff des Gewissens zusammenhängt, bei dem niemand und nichts einem helfen kann, nicht die Menschheit, nicht die Geschichte, nicht die Vergangenheit und nicht die Zukunft, und bei dem man jedesmal Aufgaben lösen muß, wie sie vor dem biblischen Adam standen.

Aber der Journalist, ich wiederhole es, war ein Mann der Pflicht... So wie Wissowin vor vierzehn Jahren für ihn schuldig und im Unrecht gewesen war, weil ihn während des schweren Kampfes gegen den Faschismus ein sterbender sowjetischer Partisan beschuldigt hatte, so war Wissowin für ihn heute, während der massenhaften Wiederherstellung der Rechte von Opfern des Terrors und der Willkür, unschuldig und im Recht, und sei es nur, weil er Opfer dieser Willkür war. Obwohl der Journalist in letzter Zeit Betrachtungen anstellte, war er doch in bezug auf die Pflicht, wenn sie sich auch um hundertachtzig Grad gedreht hatte, so klar wie früher und duldete keine Wirrnisse. Wie er schon während des Krieges gegen den Faschismus nicht den Gedanken dulden konnte, ein sterbender sowjetischer Partisan sei imstande zu verleumden, so konnte er sich jetzt nicht mit dem Gedanken abfinden, daß Leute, die unter dem Stalin-Kult schwer gelitten hatten, schuldig und schlecht sein könnten... Darum, kaum hatte Wissowin dem Autor die Zeitung mit der Skizze »Der Feigling« hingehalten und begonnen, seine Auffassung von Schuld vorzutragen, krampfhaft bemüht, nicht durcheinander zu geraten, da er selbst sie nicht ganz klar verstand, unterbrach ihn der Journalist und sprach von seiner unbezahlbaren Schuld vor Wissowin und von den Qualen, die er nun durchmache, da er zum erstenmal von Angesicht zu Angesicht einem Menschen gegenüberstehe, für dessen schlimmes Schicksal er verantwortlich sei. (Er sah in der Tat zum erstenmal ein konkretes Opfer seines bösen Tuns, bislang hatte er seine früheren Sünden nur mittelbar gespürt.) Wissowin, der den Faden verloren hatte und beunruhigt war von der Gedankenrichtung des Journalisten, die ihm zutiefst fremd war, geriet natürlich in Verwirrung, aus der Verwirrung wurde Wut, und dann folgte eine äußerst schablonenhafte, buchstäblich abgeschmackt schablonenhafte Tat, die zu der Situation des Zusammentreffens eines Geschädigten mit dem an seinen Leiden Schuldigen paßte. Das heißt, Wissowin holte aus und schlug den Journalisten ins Gesicht, fast auf dieselbe Stelle, auf die drei Wochen zuvor der betrunkene Erpresser geschlagen hatte... Die erste Ohrfeige hatte den Journalisten erschüttert, die zweite nahm er ruhiger hin, mit einer gewissen Nachdenklichkeit. (Vorauseilend sage ich, daß er die dritte Ohrfeige, die er einige Zeit später bekam, schon mit zynischem Lächeln aufnahm. »Na bitte. Was möchten Sie?«) Aber die zweite Ohrfeige nahm er mit Nachdenklichkeit hin. Die Brille war ihm von dem Schlag heruntergefallen, und sein gütiges Gesicht sah nun ganz hilflos und noch gütiger aus. Den Knall der Ohrfeige hatten die Jugendlichen zum Glück nicht gehört, sie kamen nicht mehr ins Haus. (Der Journalist hatte auf Grund seines scharfen Antistalinismus früher mit extremen Jugendlichen zu tun gehabt, die sich immer in seinem Hause versammelten, miteinander stritten und zu Mittag aßen, doch nach der ersten Ohrfeige mit politischem Hintergrund im Literatenklub waren sie schlagartig weggeblieben.) Darum konnten die Jugendlichen die zweite Ohrfeige nicht sehen und nicht hören, aber gehört hatte sie die Hausangestellte Klawa, die an der Tür lauschte, und sogar gesehen hatte sie Rita Michailowna, die Ehefrau, durchs Schlüsselloch...

Schreiend drangen die beiden Frauen ins Zimmer, obwohl der Journalist verboten hatte einzutreten, wenn er mit jemandem sprach... Rita Michailowna deutete die Ohrfeige auf ihre Weise, da sie es mit vielen Erpressern zu tun gehabt hatte (manchmal kamen einfach Spitzbuben auf die Idee, sich als Stalin-Opfer auszugeben), sie holte ihre Handtasche, nahm ein Päckchen Geldscheine heraus und warf sie Wissowin ins Gesicht. Es traf ihn am Mund und wirkte ernüchternd auf ihn. Seine Wut wich einer panischen Angst, besonders als er in das nachdenkliche, ohne Brille schutzlose Gesicht des Journalisten blickte. Diese Angst galt nicht seiner Tat, sie war die Angst vor dem Leben schlechthin, die ihn schon manchmal heimgesucht hatte. Aber das verstand er etwas später. Jetzt hielt er sich die Hand vors Gesicht, genau vor die Stelle, die er bei dem Journalisten getroffen hatte und die ihm jetzt selber weh tat (Zeichen für einen Nervenschock), sprang angewidert über das Geld hinweg und lief in die Diele. Ihm nach lief, schreiend und seine Mutter und die Hausangestellte mit wüsten Wörtern beschimpfend, Kolja. (Mascha, seine Schwester, war zum Glück bei ihrer Freundin.) Wissowin stieß gegen die reiche, mit Leder gepolsterte und mit verschiedenen Riegeln gesicherte Tür, trat ungeduldig von einem Fuß auf den anderen und zerrte sinnlos an den Riegeln, doch da eilte die Hausangestellte Klawa herbei, öffnete flink, geschickt die Riegel, gab Wissowin einen Stoß in den Rücken, mit einer für eine Frau ungewöhnlichen Kraft, so daß er auf dem Treppenabsatz beinahe zu Fall gekommen wäre. Humpelnd stieg er die Treppe hinunter, denn in Momenten der Erregung lahmte er stärker als sonst. Er war erst einen halben Häuserblock gegangen, da hörte er hinter sich einen Ruf. Kolja war ihm nachgelaufen.

»Warten Sie«, rief er, »bitte warten sie...«
Man drehte sich nach ihnen um. Damit der Junge aufhörte zu rufen, blieb Wissowin stehen, ging zur Hauswand und sah dem herbeilaufenden Kolja verdrossen entgegen.

Der Sohn des Journalisten war in dem Alter, in dem ein Junge gerade anfängt, sich in einen Halbwüchsigen zu verwandeln. In ihm spielte sich nicht nur innerlich, sondern auch äußerlich, in seinem Gesicht, ein Streit ab zwischen der weichen, frischen Kindlichkeit und irgendwelchen harten, kaum erkennbaren Zügen der Müdigkeit und des Welkens, die sogar bei einem Kind auftreten können bei den ersten Merkmalen erwachender Leidenschaft, die einen Anflug von Fältchen unter die Augen legt, die Oberlippe verändert und die Wangenknochen schärfer hervortreten läßt. In diesem Alter horcht der Jüngling besonders intensiv auf das Leben der Erwachsenen. Dies ist eine Periode der inneren Veränderungen, und der Halbwüchsige ist in diesem Alter besonders vertrauensselig gegenüber allem, was seine bisherigen Vorstellungen verändert, die er mit der kindlicher Dummheit gleichsetzt, über die er lacht, deren er sich schämt und deren Bedeutung er erst später versteht, wenn er erwachsen ist, schon am Ende der Jugend. Er sehnt sich nach Veränderungen und ist bereit, nicht nur seine Ansichten über die Herkunft der Kinder zu revidieren. (Daß die Kinder nicht der Storch bringt, erfährt er meistens in den unteren Klassen, aber da erregt es in ihm Gelächter oder heimlichen Ekel. Jetzt dagegen denkt er mit Interesse daran und lacht über seinen Ekel.) Gerade in dieser Zeit ändert der Halbwüchsige ganz leicht seine Meinung über das, was ihm früher, in seinem, wie er meint, unseriösen kindlichen Alter wertvoll war, und wenn er dies auch nicht immer mit Freude aufnimmt, so doch stets mit Glauben. Dabei zieht es ihn in diesem Alter mit großer Kraft zu den Bewegungen in der Gesellschaft. Das ist vor allem gefährlich in Perioden besonderer politischer Aktivitäten in der Gesellschaft, wenn Extreme herrschen: Dogmatismus oder Revisionismus. Das gleiche empfand auch Kolja. Seine Entwicklung verlief noch schneller als bei gewöhnlichen Halbwüchsigen dieses Alters dank der freidenkerischen Erziehung und dem talentierten Vater, den er liebte. Und in der Periode der allgemeinen inneren Neubewertung, in der Zeit des Übergangs vom Jungen zum Halbwüchsigen, einer übrigens schmerzhaften Periode, die mitunter krankhaft verläuft, war die Neubewertung seines geliebten Vaters für Kolja im sittlichen Sinne das gleiche wie im physischen Sinne für einen Halbwüchsigen das Laster. Sie ist furchteinflößend, aber sie lockt, und unter dafür günstigen Umständen, etwa der Begegnung mit einer lasterhaften Frau, und unter besonderen Bedingungen, kann sie äußerst anziehend sein und die noch nicht erstarkte, noch kindliche Seele vorzeitig zerstören. Genauso ist es im sittlichen Sinne, wenn es schlagartig zu einer wenn nicht physischen, so doch sittlichen Neubewertung der kindlichen Naivitäten kommt. Solch eine sittliche Neubewertung fand statt, als der Vater öffentlich die Ohrfeige mit politischem Hintergrund bekam, die die Billigung der extremen Jugend fand, in der sich Kolja, übrigens durch die Schuld seines Vaters, seit langem bewegte. Wenn er etwas früher aus diesen »linken« Schlangennestern (»links« – »rechts«, das ist sehr relativ, wie sich später im internationalen Maßstab zeigte) etwa die Äußerung eines gewissen Titow nach Haus mitbrachte, daß Stalin überhaupt die Russen zurücksetzte und bei ihm überall Juden und Georgier saßen, alle diese Kaganowitschs und Berijas, wenn er früher mit dem Vater bis zur Heiserkeit stritt, sich aber bei besonders absurden Ideen immerhin überzeugen ließ, weil er letzten Endes ein keineswegs dummer und vor allem kein böser Junge war, so veränderte er sich nach der Ohrfeige dem Vater gegenüber gänzlich und wurde sogar feindselig. Was in dem kleinen Zimmer zwischen Wissowin und dem Vater vorgefallen war, wußte er nicht, aber er war jetzt überzeugt, daß sein Vater, den er als dummes Kind für den besten, stärksten und gütigsten Menschen auf der Welt gehalten hatte, in Wirklichkeit ein sehr unredlicher Mensch war, ein Zuträger (Spitzel genannt), ein Schurke, fähig, mit Unterstützung der Mutter, die ihm in allem beipflichtete, einem Unschuldigen Böses zu tun... Darum, als Wissowin fast zur Tür hinausgestoßen wurde (eigentlich war er selbst hinausgelaufen, aber Klawas wütender Stoß in den Rücken hatte diesen Eindruck erweckt), war ihm Kolja sogleich hinterhergelaufen, nachdem er den Widerstand der Mutter überwunden hatte. In ihm erwachten bereits physische Kräfte, das spürte er mit Vergnügen, doch die Mutter hatte er jetzt natürlich nicht mit Vergnügen gestoßen, sondern wie von Sinnen vor Zorn...

Dieser Zorn war noch nicht ganz verraucht, als Kolja einen halben Häuserblock weiter Wissowin einholte. Aber als er nun Auge in Auge einem Mann gegenüberstand, der, wie er begriff, ein rehabilitierter Märtyrer war, also ein hochachtbarer Mann (hier machte sich in Koljas Denkweise die Sinnesart des Vaters bemerkbar), als er ihm also Auge in Auge gegenüber stand, war er ganz verwirrt, und sein Zorn löste sich auf ganz kindliche, das heißt, beschämende Weise – in Tränen...

»Entschuldigen Sie«, sagte Kolja, der sich seiner kindlichen Tränen schämte und heftig mit den Wimpern klapperte, damit sie nicht die Wangen hinunterkullerten, was nun ganz kindlich gewesen wäre, »entschuldigen Sie, ich bin der Sohn des Mannes... Bei dem Sie waren... Sagen Sie mir die Wahrheit... Ich weiß, daß er ein Verräter ist, ein Spitzel, ein Zuträger... Ein Schuft... Stalin hat ihn geliebt... Das weiß ich... Ich geh weg von ihm... Aber sagen Sie mir die Wahrheit, was für eine Gemeinheit hat er konkret gegen Sie begangen? Ich muß das konkret wissen, um mich zu entscheiden... Ich bitte Sie...«

Wissowin stand an die Hauswand gelehnt und betrachtete den weinenden Jungen. Der Journalist wohnte in einer stillen Gasse im Zentrum, und nachdem Wissowin einen halben Häuserblock gegangen war, befand er sich unweit des Roten Platzes, so daß er hinter den Häusern schon die Kreml-Türme mit den Rubinsternen sah. Und plötzlich fiel ihm die Geschichte der Verhaftung seines Lagerfreundes ein, zu dem er jetzt fahren wollte. Nach den Erzählungen seines Freundes hatte sich diese absurde Geschichte (absurd in normalen Zeiten, in kranken Zeiten aber sehr typisch) irgendwo hier in diesem Viertel abgespielt... Dem Freund war eine ganz normale Alltagszerstreutheit zum Verhängnis geworden, die in normalen Zeiten schlimmstenfalls Spott ausgelöst hätte.

Wissowins Freund, ein Mathematiker, Schachspieler und ein etwas sonderbarer Kauz (was in Zeiten gesellschaftlich-politischerer Aktivität schon gefährlich ist), war das erstemal in Moskau. Es war im Frühjahr achtunddreißig, vor den Maifeierlichkeiten... Moskau war sonnig, hell, festlich, und der Freund wollte vom Bahnhof direkt zum Kreml und zum Mausoleum, zumal er als Gepäck nur seine Aktentasche hatte... Auf dem Bahnhof erklärte man ihm, wie er fahren müsse, doch aus Zerstreutheit stieg er an der falschen Station aus, verirrte sich und wollte nach dem Weg fragen. Ihm entgegen kamen zwei junge Pioniere in weißem Hemd mit rotem Halstuch.

»Jungs«, fragte der Freund, »wie muß ich gehen?« Und er sagte aus Zerstreutheit statt Roter Platz Kreml-Platz. »Wie komme ich zum Kreml-Platz?«

Die Jungs wechselten einen Blick, den der Freund nicht beachtete. Sie erklärten ihm, wie er gehen müsse, das war ganz in der Nähe, aber kaum war er ein Dutzend Schritte gegangen, da vertraten ihm ein Milizionär und die freudig erregten Pioniere den Weg.

»Der da«, schrie das etwas größere Bürschchen, »ich hab's sofort kapiert... Verdammter Samurai« (damals lief der Krieg mit den Japanern in Fernost, und alle

Kinder gingen in diesem Krieg auf). »Samurai«, wiederholte der Junge, »Japs... Welcher Sowjetmensch weiß nicht, wie der Rote Platz richtig heißt?«

Der Freund wurde verhaftet, und dann wurde ihm nicht seine Zerstreutheit, sondern sein gesunder Menschenverstand zum Verhängnis. (In jenen Zeiten konnten außer Zerstreutheit und gesundem Menschenverstand auch Tanzlust, knarrende Stiefel, ein zänkischer Charakter, Humor, Gutmütigkeit, eine chronische Krankheit und tausend andere willkürliche Gründe zum Verhängnis werden. Je dümmer ein Grund war, desto überzeugender und unwiderleglicher klang er.)

Der Freund sagte zum Untersuchzungsführer:

»Sie beschuldigen mich der Spionage... Gut, aber wo bleibt der gesunde Menschenverstand? Wenn ein Spion nicht weiß, wie der Platz im Zentrum von Moskau heißt, ist das so, als ob ein Schachspieler sich zum Spielen hinsetzt, ohne zu wissen, wie die Figuren zu setzen sind.«

Diese Selbständigkeit des Denkens mißfiel dem Untersuchungsführer, und er sagte:

»Lassen wir den Roten Platz erstmal beiseite... Reden wir von Ihrem Verwandten, dem Menschewiken, den Sie in Ihren Fragebögen nirgends erwähnen.«

Da antwortete der Freund:

»Der Genosse Stalin sagt, daß nicht einmal der Sohn für den Vater verantwortlich ist, und Sie werfen mir einen Verwandten vor, den ich nie gesehen habe... Das ist eine eindeutige Überspitzung, von der Genosse Stalin in seinem Artikel ›Vor Erfolgen von Schwindel befallen‹ geschrieben hat.«

Da geriet der Untersuchungsführer vollends in Wut.

»Du Lump«, sagte er, »den Genossen Stalin nimmst du dir als Verbündeten...«

Nun ja, wenn in jenen Jahren ein Untersuchungsführer so nervös war, mußte man gewöhnlich den Untersuchungsgefangenen mit Wassergüssen wieder zum Bewußtsein bringen. Damals verlor der Freund zwei

Vorderzähne und die Freiheit... Die Freiheit bekam er fünfundfünfzig wieder, und die Zähne (die restlichen dreißig hatte er später in der Haft durch Skorbut verloren) kompensierte er mit einem künstlichen Gebiß. Aber interessanterweise konnte der Freund nie die beiden begeisterten rotwangigen jungen Pioniere vergessen, die ihn in die Katorga geschickt hatten. Da er ein wenig zynisch und ein passabler Schachspieler war, analysierte er von allen Seiten verschiedene Varianten seines Lebens (Lebensvarianten zu analysieren ist schon an sich Zynismus, wenn auch unfreiwilliger), was wohl gewesen wäre, hätte er damals, achtunddreißig, nicht die beiden Jungs getroffen und sie nach dem Weg gefragt... Viele dieser Varianten waren äußerst schrecklich, denn sie führten ihn zu einem furchtbaren Tod und auf den Weg der Gemeinheit und Ausschweifung, und davor hatte ihn die Katorga bewahrt...

Wissowin mochte diese Scherze seines Freundes nicht, er wies ihn zurecht, stritt mit ihm, betrachtete diese Erörterungen als dumm, nicht neu und humorlos (was sie in der Tat waren). Aber jetzt, da er etwa an der Stelle stand, wo der Freund seinen Erzählungen nach achtunddreißig »seine« jungen Pioniere getroffen hatte, dachte Wissowin auf einmal, daß jene Jungs in dem gleichen Alter gewesen sein mochten wie jetzt dieser seltsame weinende Junge. Dieser Gedanke kam ihm zwar nicht lächerlich vor, aber auch nicht dumm, und nach allem, was ihm heute widerfahren war, sah er in diesem Gedanken die Trauer und die Verbindung der Zeiten... Solche ehrlichen Jungs, die sich auf die Erwachsenenwelt zu bewegen, können erbarmungslos sein, aber noch kindlich erbarmungslos, ehrlich und freudig. Wenn sie auf festem Boden stehen, handeln sie, ohne irgendwelche Fragen zu stellen. Wenn sie aber keinen festen Boden unter den Füßen haben, stützen sich ihre Handlungen hingegen auf unentwegte scharfe Fragen: wie? warum? versteh ich nicht! glaub ich nicht! wie konnten Sie? und so weiter...

Von seinen Gedanken ein wenig abgelenkt, hörte Wissowin nicht genau zu, was der Junge sagte. Und Kolja sagte:

»Verstehen Sie, ich hasse ihn... Sie können mir glauben... Ich bin von ihm enttäuscht, seit langem schon, noch bevor Sie kamen... Meiner Schwester wegen habe ich ihn ertragen... Aber das geht jetzt nicht mehr... Ich muß die Wahrheit erfahren, die konkrete Wahrheit, um sie ihm ins Gesicht zu schleudern... Und ihn anzuspucken... Vielleicht sogar anzuspucken... Und wegzugehen...«

Das Gesicht des Jungen hatte jetzt große Ähnlichkeit mit dem seines Vaters in dem Moment, als er durch den Schlag die Brille verlor. Trotz der bösen Worte über den Vater sah der Junge äußerst hilflos aus, und diese Hilflosigkeit machte sein Gesicht gut.

»Hör zu«, sagte Wissowin, »richt deinem Vater aus, daß ich mich entschuldige... Sag ihm, es tut mir sehr leid, daß ich überhaupt gekommen bin... Und erst recht, daß ich Krach geschlagen hab...«

Kolja war verwirrt, denn er war ganz auf ein schweres Gespräch eingestellt, darauf, daß er fürchterliche Wahrheiten über seinen Vater erfahren würde und gleich hier auf der Straße einen wichtigen Entschluß fassen mußte, der sein ganzes Leben verändern würde... Und sein Leben ändern wollte er eigentlich nicht. Er hatte es seinen Eltern angedroht, fürchtete sich aber außerordentlich davor. Er war in einer wohlversorgten Familie aufgewachsen und gestand sich als ehrlicher Junge selber ein, daß er weder sein blitzsauberes Zimmerchen verlieren wollte noch die Möglichkeit, seine Tage wie bisher immer zu verbringen, das heißt, in Freuden oder in bitteren Diskussionen und Gedanken. (Diese bitteren Gedanken bargen auch eine eigenartige Freude am vielseitigen, dynamischen, erwachsenen Kampf, das begriff er gerade jetzt.) Überdies liebte er seine Eltern und seine Schwester Mascha, obwohl er sich dieses Gefühls schämte und es sich selbst nicht eingestehen wollte, so wie er alles

Kindliche verdrängte, seit er Gesellschaften besuchte und zum politischen Polemiker geworden war. Aber seine Schreie und Zornesausbrüche gegen den Vater und über den Vater gegen die Mutter, die den Vater bei allem in Schutz nahm, seine Schreie und Zornesausbrüche waren auch ehrlich. Weder der Vater noch die Mutter, weder die Schwester Mascha noch die Hausangestellte Klawa waren Kolja gleichgültig, da er ständig an sie dachte, wenn auch jedesmal auf andere Weise. Nur an die Schwester dachte er immer gleich, und er kam zu dem Schluß, daß sie sein einziger Freund im Leben sei... Doch auch Mascha war ihm in letzter Zeit irgendwie fremd geworden... Wie Kolja begeisterte sie sich für Gesellschaften, las unveröffentlichte Gedichte, besonders von Arski, und stritt sich mit den Eltern, wenn auch nicht so wütend wie Kolja... Aber zum Beispiel die Ohrfeige, die der Vater im Literatenklub bezogen hatte, wurde von ihnen unterschiedlich aufgenommen und führte sogar zu einem ersten bösen Streit mit einem Haßausbruch, der zwar gleich wieder erlosch, aber einen schlechten Geschmack hinterließ... Kolja meinte in einem bösen Rausch (der ihm heimlich das Herz zerriß), da der Vater sich eine Gemeinheit erlaubt habe, sei ihm recht geschehen. Und für Ehre und Wahrheit gebe es keinen Vater, keine Mutter, keinen Sohn... Vor der Ehre und der Wahrheit seien alle gleich... So verkündete er es in der Gesellschaft der extremen Jugendlichen, in der diese Tat undifferenziert aufgenommen worden war... Bei Mascha dagegen überwog überraschenderweise die verwandtschaftliche Unobjektivität. Sie überwarf sich mit der Gesellschaft, nannte alle unbegabte Hengste und Alkoholiker. (In der Gesellschaft wurde manchmal getrunken, und auch Kolja hatte gelernt, schneidig ein Glas zu kippen, obwohl ihm das kein Vergnügen machte, es kostete ihn Überwindung, so wie er als Kind Arznei genommen hatte.) Freilich tat der Vater auch Mascha nicht leid, und seit der Ohrfeige sprach sie mit ihm unfreundlicher und offizieller... Aber ihre Position als Schwester und einziger Freund war jetzt für Kolja unklar und verworren... Dabei war das die normale Position eines jungen Mädchens, zu dem sich Mascha von Monat zu Monat mehr entwickelte. (Sie war zwei Jahre älter als Kolja.)

Junge Mädchen, wenn sie nur ehrliche Menschen sind (und Mascha war wie Kolja ehrlich, hier machte sich das väterliche Erbteil bemerkbar), sind manchmal erstaunlich klug. Die in ihnen erwachende Weiblichkeit, das heißt, ihre natürliche Weisheit, wenn sie mit Lauterkeit gepaart ist, erlaubt ihnen, das Leben frisch und genau zu sehen... Bedauerlicherweise geht die Weiblichkeit mit den Jahren (auch das natürlich und unvermeidlich) in Mutterschaft über, ein gewiß großes, doch nicht objektives Gefühl, das die ehrliche Frau des ihr in der Jugend eigenen Verstandes beraubt, diesen Verlust aber mit Güte kompensiert. Der Verstand, selbst der ehrliche Verstand, beeinträchtigt gleichwohl mit seiner Genauigkeit und Objektivität ein wenig die Güte, und das ist auch unvermeidlich. Darum war Mascha in letzter Zeit etwas unfreundlich und finster geworden. Das erste, was ihr jetzt ins Auge fiel, waren die dummen Handlungen von Menschen, die sie ganz klar sah. Dieser Zustand war unangenehm und gefährlich für sie selbst, und Mascha war klug genug, das zu begreifen... Sie begriff, daß sich in ihr das gefährliche Gefühl der Geringschätzung gegenüber den Menschen entwickeln konnte, nicht konkreter Menschen, sondern den Menschen schlechthin. Und das war das Resultat der übergroßen Klarheit und der verschobenen Perspektive. Ehrlichkeit in Verbindung mit außerordentlich frischer Weiblichkeit, die in ihr erwachte, vergiftete ihr das Leben ebenso, wie ein übermäßiges Sehvermögen das Leben eines Menschen vergiften würde, der nicht mal ein Glas Wasser trinken könnte, da es sich ihm als ein Gewimmel von Mikroben präsentierte... Die Gesellschaften waren ihr längst gleichgültig geworden. Vielleicht waren viele der jungen Leute einzeln genommen sogar anständig, aber zusammen bildeten sie eine Vereinigung von Unanständigkeit, die an der Oberfläche wimmelte, so daß es keiner Anstrengung des Sehvermögens bedurfte. Ihr Vater zum Beispiel war ein anständiger Mensch, doch bei ihm mußte sie ständig ihr Sehvermögen anstrengen, um diese Anständigkeit unter dem Haufen von Dummheiten zu erkennen, die er erstaunlich konsequent beging. Daß diese Dummheiten gerade mit seiner Anständigkeit zusammenhingen, konnte Mascha bei all ihrem Verstand nicht begreifen. Auch daß es Perioden gibt, in denen Anständigkeit sehr oft zur Dummheit führt, konnte sie nicht begreifen. Ihr Verstand war weiblich natürlich und ehrlich, das heißt, nicht fähig, Paradoxe zu begreifen, von denen das Leben voll ist (denn ein paradoxer Verstand braucht eine gewisse Beimengung von Zynismus, der Mascha in dieser Periode gänzlich abging). Das geschieht klugen, ehrlichen Menschen nicht selten, und wenn sie etwas tief sehen, was andere nicht sehen, sehen und verstehen sie zugleich nicht immer das, was für viele, auch für unbedarfte Menschen verständlich ist. Ihren Bruder verstand Mascha zwar, denn er war eine Natur, die der ihrigen ähnelte – eine junge Natur, die noch keine Zeit gehabt hatte, aus ihrer Anständigkeit heraus ernsthafte Dummheiten zu machen, sondern die trotz ihres Strebens nach dem Erwachsensein eher kindlich naive Dummheiten machte, manchmal freilich in unangenehmer Form... Darum verhielt sie sich in letzter Zeit unwillkürlich gönnerhaft zu Kolja, was er für Entfremdung nahm, besonders weil Mascha nicht mehr so offen mit ihm sprach wie früher. Das war von ihrer Seite ganz natürlich, weil Kolja, den sie früher für ihren Freund gehalten hatte, jetzt für sie der »Kleine« war, das geliebte, doch dumme Brüderchen. Nach der Ohrfeige für den Vater hatte Kolja zwar mit seiner Billigung dieser gemeinen Tat (wie Mascha meinte) die Grenzen überschritten, doch auch hier verstand sie es, den Zwist nicht zu ernst werden zu lassen, sogar im Gegenteil, nach dem Zwist verhielt sie sich aufmerksamer zu dem Bruder, denn sie begriff, daß ihm Gefahr von seiten schlechter Kreise drohte, in die er durch die Schuld des Vaters und überhaupt der Eltern geraten war, die es in ihrer Alltagsdummheit (hier war sie in ihrem Urteil grausam zu ihren nächsten Menschen) nicht verstanden, ihren Bruder zu retten.

Darum, als sie von ihrer Freundin zurückkam (zum Glück schon zehn Minuten nach dem Geschehenen), das Haus voller Aufregung, den Vater in seinem Zimmerchen eingeschlossen und die Mutter und Klawa weinend vorfand und mühsam in großen Zügen begriff, was passiert war, stürzte sie sofort los, um Kolja zu suchen. (Übrigens sehr unbesonnen.) Aber sie hatte Glück, sie fand ihn unweit des Hauses mit Wissowin beisammen stehend... Kolja war zu diesem Zeitpunkt schon in einem angenehmen Zustand nach den Worten Wissowins (woraus ersichtlich wird, daß sein Haß auf den Vater ihm eine Last war und daß er ihn nach Wissowins Worten mit Freuden abgeschüttelt hatte). Wenn er auch schon vorher vor Wissowin Respekt gehabt hatte als vor einem rehabilitierten Märtyrer und überhaupt einem Menschen von mannhaftem Aussehen mit der Narbe, die seinen Neid weckte (also bin ich nicht der einzige, der vor Narben Respekt hat. Das ist ein allgemeines Merkmal jünglingshafter Achtung vor Kraft und physischem Kampf), also, wenn Kolja auch vorher schon Wissowin geachtet hatte, so gewann er ihn nach dessen Worten über den Vater und nach dessen Entschuldigung sofort auf jünglingshafte Weise lieb.

»Mascha«, sagte er erregt zu seiner Schwester, »liebe Maschenka, das ist Wissowin... Die Stalinschen Banditen haben ihn verhaftet, natürlich zu Unrecht, er war lange Zeit im Lager... Und nun...«, schloß er ein wenig unlogisch, um das Geschehene zu verheimlichen, aus Furcht, Mascha könnte Wissowin hassen und beschimpfen, »und nun hat er versprochen, uns zu schreiben...«

Als Wissowin Mascha sah, begriff er sofort, daß er ein ernstes, kluges und wunderschönes Mädchen vor sich hatte... Mit Kolja hatte er zwar gutmütig, doch herablassend gesprochen, aber jetzt wurde er befangen wie vor einem älteren Menschen, dabei war das Mädchen höchstens halb so alt wie er.

»Entschuldigen Sie«, sagte er leise, »ich schwöre Ihnen, ich bin keineswegs gekommen, um Krach zu schlagen... Aber es hat sich so blöd ergeben... Ihr Bruder bittet mich, Ihnen zu schreiben... Das tu ich mit Vergnügen, wenn ich darf...«

Als das Mädchen dann mit dem Jungen gegangen war, wurde Wissowin böse auf sich... Besonders für das »ich schwöre Ihnen«. Er, der gelitten hatte und in der Luft hing, ein Mann in mittleren Jahren, der ganz von vorne anfangen mußte, hatte sich gerechtfertigt vor einem jungen Ding, das ständig wohlversorgt gelebt hatte und darum frisch und gepflegt aussah, noch dazu der Tochter des Mannes, der, wie man es auch drehte und wendete, an seinen langjährigen Leiden Mitschuld trug. Nein, dachte er gleich darauf, ich habe mich nicht vor dem jungen Ding gerechtfertigt, sondern vor der ehrlichen heiligen Schönheit, vor der jedes Leiden und jede Häßlichkeit schuldig sind...

Dieser Gedanke war schon kompliziert, er stammte aus dem mystischen Morast, in den ihn seine veränderte Natur gezogen hatte. Und der Anfall von Schwermut, der sich nach solchen Gedanken stets einstellte, war diesmal so stark, daß es Wissowin in den Sinn kam, entweder sich auf der Stelle umzubringen oder ins Haus des Journalisten zurückzukehren und neuerlich Krach zu schlagen, aber diesmal im Beisein des Mädchens und des Jungen, um einen Schlußstrich zu ziehen... Zum Glück endete das Ganze nur mit heftigen Kopfschmerzen und mit einem Herzanfall, den er auf einer Bank in der Bahnhofsgrünanlage überstand.

Noch in derselben Nacht fuhr Wissowin zu seinem Freund. Dieser war zu dem Zeitpunkt schon mit Stschussew zusammen. Die Organisation freilich war noch nicht gegründet. Initiator der Organisation war eigentlich nicht Platon Stschussew, sondern Oles Gorjun, der einzige Mensch, der sich als Anhänger Trotzkis sah, eine äußerst seltene Erscheinung selbst unter denjenigen, die als Trotzkisten gesessen hatten. In Wirklichkeit waren sie das gar nicht, eher im Gegenteil, sie richteten Angriffe gegen Trotzki, so daß Gorjun auch innerhalb der Organisation keine richtigen Anhänger fand... Darum stand auch nicht er an der Spitze der Organisation, sondern Stschussew...

Der Freund, zu dem Wissowin fuhr und der ihn in die Organisation hineinzog, starb bald darauf, denn er war todkrank aus der Haft zurückgekehrt. Wissowin behielt sein kleines Zimmer. Im übrigen mußte er sich doch noch um Hilfe an den Journalisten wenden, obgleich ihm das sehr schwer fiel. Der Journalist, der trotz allem nach wie vor Autorität in bestimmten Kreisen und gerade unter potenziellen (oder sogar unter direkten) Stalinisten genoß – sie vergaßen nicht seine frühere und im Volk populäre Tätigkeit, besonders während des Krieges gegen den Faschismus –, der Journalist vermochte Wissowin ziemlich einfach in Alltagsdingen zu helfen. Mehr noch, ich hatte sogar den Eindruck, daß er Wissowin von Zeit zu Zeit recht solide Geldsubsidien schickte.

VIERZEHNTES KAPITEL

Der Morgen, an dem ich zum erstenmal eine Aufgabe übernehmen sollte, keine sehr riskante, doch eine ernsthafte, nämlich zum Stalin-Denkmal zu gehen, wo zwischen uns und den aktiven (nach ihrer Aktivität zu urteilen jungen) Stalinisten ein hartnäckiger prinzipieller Kampf ausgetragen wurde, dieser Morgen ist mir noch gut erinnerlich. Ich war spät eingeschlafen, und als mich Wissowin weckte, fühlte ich mich krank, hatte einen sauren Geschmack im Mund, Arme und Beine waren schlaff und schwach, und der Kopf war krankhaft leicht. (Bei Unwohlsein ist der Kopf meistens schwer, doch manchmal auch krankhaft leicht, gleichsam federnd.) Meine Hand, die ich am Vorabend beim Ritual des Eintritts in die illegale Organisation ungeschickt aufgeschlitzt hatte, tat weh, und ich mußte mich mit nur einer Hand waschen. Aber nachdem ich mich gewaschen hatte, fühlte ich mich etwas besser. Es war schon kurz nach fünf, und wir mußten noch den Weg zu dem vorgesehenen Platz zurücklegen, überdies hatte Wissowin ein Frühstück vorbereitet, so daß wir etwas spät dran waren. Das vollwertige Frühstück munterte mich zusätzlich auf. (In letzter Zeit hatte ich über meine Verhältnisse gelebt und ernährte mich nun wieder sparsam: Brot, Bonbons und heißes Wasser.) In der zu so früher Stunde noch leeren Gemeinschaftsküche hatte Wissowin rasch und geschickt ein Frühstück bereitet: geröstete Weißbrotscheiben mit Rührei und starken, aromatischen Kaffee. Ich muß wohl die Selbstbeherrschung verloren haben, als ich mich über das Essen hermachte, denn Wissowin fragte mich:

»Du lebst wohl ziemlich ärmlich?«

Ich war verwirrt und errötete sogar, doch ich faßte mich rasch. (Besonders hatte mich gefreut, daß Wissowin mich das erstemal duzte.) Ich erklärte ihm kurz meine Lage und redete ihn auch mit »du« an.

»Heute noch sprech ich mit Stschussew«, sagte Wissowin, »entweder besorgen wir dir irgendeine Arbeit, oder wir übernehmen zeitweilig deine Finanzierung.«

Ich wußte damals noch nicht, daß die Organisation über einen gewissen Finanzfonds verfügte, dessen Mittel auf verschiedenen Wegen und von verschiedenen Personen kamen, natürlich unter dem Zeichen der Hilfe für Geschädigte. Es sei hinzugefügt, daß viele Personen, besonders mit bekannten Namen, darunter auch der Journalist, tatsächlich keinen Begriff von den Endzielen der Organisation hatten (übrigens auch einige ihrer Mitglieder) und überhaupt dachten, es handele sich um eine private Wohltätigkeitsgesellschaft von Rehabilitierten zur gegenseitigen Hilfe. Darum leisteten diese Leute mit Vermögen und angesehenem Namen gern Unterstützung, denn sie meinten, die Rehabilitierten kennten ihre Bedürfnisse am besten. Außerdem schmeichelte ihnen die ihren Möglichkeiten angemessene und (vermeintlich) ungefährliche Unterstützung der zwar rein wohltätigen, doch nicht offiziellen, sogar (wie ihnen vertraulich erklärt wurde) halblegalen Gesellschaft. Halblegal, weil bedauerlicherweise nach dem Trägheitsgesetz noch immer die Vorstellung aus Stalins Zeiten fortwirke, jedwede Privatinitiative als feindlich anzusehen – damals seien ja sogar persönliche Gefühle vom Staat monopolisiert worden. Damit konnte man sich natürlich einverstanden erklären, noch dazu mit jenem ironischen Halblächeln, das die liberale Menge schon zu Zeiten des Zarismus gefunden hatte, in denen es ihnen als Hauptwaffe im Kampf gegen die Offizialität gedient hatte. Nach der Revolution war dieses Halblächeln allmählich in Vergessenheit geraten, aber nach Stalins Tod, irgendwann Ende vierundfünfzig, lebte es wieder auf... An diesem Morgen jedoch wußte ich noch nichts von solchen Feinheiten und war daher angenehm erstaunt, als ich von der Möglichkeit geldlicher Subsidien erfuhr.

Der Tag versprach, schwül und schwer zu werden, obwohl die Sonne noch nicht schien und der Himmel von niedrigen Wolken verhangen war, doch nicht von solchen, die sich in einem schnellen frischen Gewitter entladen. Die Luft war feucht wie in einem Dampfbad. Das Stalin-Denkmal (zwei Jahre später wurde es bei Nacht und Nebel von einer Pionierkompanie geschliffen) war eigentlich schon zu Lebzeiten Stalins errichtet worden (wie die meisten Denkmäler, wenn nicht alle), aber nicht in der siegreichen Nachkriegsperiode, in der überall Stalin-Skulpturen emporwuchsen (die sich nach Stalins Tod automatisch in Denkmäler verwandelten). Die Skulpturen der Nachkriegsperiode hatten infolge ihrer Massenhaftigkeit ein wenig ihr konkretes Aussehen verloren, sie trugen das Gepräge der Plumpheit und des mittelmäßigen Handwerks. Sie zeigten Stalin mit zahllosen, über die ganze Brust verteilten Orden aus Granit, Bronze oder sogar Gips, mit einer Schirmmütze mit Monogramm und in der harten spitzschultrigen Uniform des Generalissimus. Das Denkmal hingegen, bei dem – wegen der öffentlichen Demonstration von Achtung oder der öffentlichen Demonstration von Nichtachtung – unser Kampf mit der ebenfalls illegalen Organisation Orlow entbrannt war (wenn denn Orlow an ihrer Spitze stand, in letzter Zeit war die Vermutung laut geworden, daß er nur eine vorgeschobene Figur sei), dieses Denkmal war alt, aus den dreißiger Jahren, und wohl gar das erste in der Stadt. Errichtet hatte es ein talentierter Bildhauer, und Stalin war als junger Mann dargestellt, dessen Überzeugungen noch nicht zu einer greisenhaften Maske der Unfehlbarkeit erstarrt waren – ein Ausdruck, den alle Massenskulpturen der letzten Jahre zeigten... Auch seine Haltung war nicht wichtigtuerisch und majestätisch, sondern schlicht, er trug einen offenen langen Soldatenmantel, und das hagere, für das Ausgehauenwerden aus Granit sehr geeignete Gesicht des Kaukasiers (in den letzten Jahren war dieses hinfällig gewordene Gesicht zumeist in Bronze gegossen worden, ein Material für massenhafte, nicht individuelle Darstellungen), also, das aus Granit gehauene Gesicht wirkte lebendig durch ein sogar etwas unernstes Lächeln. Kurz und gut, es war Stalin, nicht ein Mensch, sondern ein Bild, an das aufrichtig geglaubt wurde, vor dem man sich aber nicht verneigte wie vor einem Götzen. Darum hatte sich gerade vor diesem Denkmal der stalinistische Frontoffizier erschossen (den Vorfall hatte Orlow in seinem illegalen Opus beschrieben). Und gerade darum war dieses Denkmal von den extremen Stalinisten für die öffentlichen Demonstrationen ihrer Liebe zu Stalin gegen die Chrustschowerei und die herrschende Offizialität ausgewählt worden. Überdies befand sich das Denkmal im Zentrum, an einem belebten Platz, und war für öffentliche Demonstrationen bestens geeignet. Es stand in einer Grünanlage am Rande eines großen geräuschvollen Platzes.

Jetzt war der Platz fast leer. Nur in großen Abständen fuhren Straßenbahnen und gingen vereinzelte Fußgänger vorbei. Unsere Aufgabe bestand darin, die Blumen und Kränze der Stalinisten abzuräumen, bevor der Platz sich belebte und Leute in die Grünanlage kämen. Die Behörden wußten von dem Kampf, aber sie nahmen dazu eine äußerst lasche Haltung ein, zeigten eine sonderbare, verwirrte Schamhaftigkeit. Überhaupt erinnerte ihre Haltung zur öffentlich demonstrierten Liebe zu Stalin in jener Periode der offiziellen Chrustschowerei an ihre Haltung zum öffentlich bekundeten Antisemitismus auf der Straße. In beiden Fällen lag in ihren Handlungen eine zweideutige Ungeschicklichkeit... Aber ja doch, einerseits sei das nicht gut, nicht nach dem Gesetz, doch andererseits, stehe es dafür, die Lage zuzuspitzen und Aufmerksamkeit zu erregen? Da könne man das Gegenteil bewirken... Lieber still darüber hinweggehen, nicht mit Aufmerksamkeit verwöhnen, und überhaupt gebe es das alles gewissermaßen gar nicht... So sei es besser... So würde man stotternd und halbflüsternd mit Ihnen gesprochen haben, wenn Sie hartnäckig Maßnahmen gefordert hätten... Und sogar mit irgendwelchen Andeutungen, aus der Offizialität in die Offiziosität absteigend, natürlich wenn Sie ein kluger Mensch waren und nicht nur die Oberfläche der Erscheinungen sahen, sondern ein bißchen tiefer...

So etwa hatten die Behörden (in Gestalt eines Milizpostens, der auf dem Platz Dienst tat) mit Gorjun gesprochen, als er sie vor drei Wochen, kaum daß Blumen am Fuß des Denkmalssockels abgelegt waren, darauf aufmerksam machte, gegen die Warnungen nicht nur Wissowins, sondern auch Stschussews. (Wissowin erzählte mir all das bildhaft wieder.)

»Ich habe nicht vor, auf legale Mittel des Kampfes gegen den Stalinismus zu verzichten«, hatte ihnen Gorjun auf ihre Warnungen geantwortet. (Gorjun war, wie ich damals glaubte, denn später sah ich ihn in einer anderen Qualität, ein so verbitterter Mensch, daß ihm der Sinn für Humor für immer abhanden gekommen war und er nur noch zwei Gefühle hatte: Grimm und Trauer.) »Genosse Milizionär«, sagte Gorjun und trat auf ihn zu, »in Ihrem Revier hat ein Akt des Vandalismus stattgefunden... So wie es verbrecherisch und antihuman ist, etwas Schönes zu zerstören, ist es auch verbrecherisch, Liebe zu allem Antimenschlichen und Unanständigen zu demonstrieren... Mit Blumen ein Denkmal für Stalin zu schmücken, der Ströme von unschuldigem Blut vergossen hat, was Sie natürlich in der Zeitung gelesen haben, ist ein kriminelles Verbrechen und ein schweres dazu...«

Der Milizionär mochte nicht mal die Hälfte des Gesagten verstanden haben, aber den Sinn hatte er immerhin mitbekommen, und dieser Sinn brachte ihn in die peinliche Lage, von der schon die Rede war.

»Das stimmt natürlich«, sagte er halblaut, stotternd und unbestimmt, »aber andererseits ist vor dem Denkmal des Genossen Stalin ein Blumenbeet angelegt... Und der Stadtsowjet scheint nichts dagegenzuhaben...«

»Für wen halten Sie mich?« sagte Gorjun und blickte den Milizionär mit traurigem Haß an (er konnte so blicken), »für wen halten Sie mich?« (Der Milizionär hielt ihn zweifellos für einen unnormalen Menschen, der Gorjun tatsächlich in gewissem Grade war. Überhaupt war eine gewisse psychologische Verrenkung allen Mitgliedern der Organisation eigen, bei jedem auf seine Weise. Das ist nicht übertrieben, eher im Gegenteil. Bei Organisationen von extremem Zuschnitt ist das gesetzmäßig, obwohl, ich wiederhole es, jeder seine persönliche Verrenkung hat, über die er in die Organisation kommt.) »Für wen halten Sie mich?« fragte Gorjun wieder. »Das Beet ist eine Sache, obwohl das auch eine Schweinerei ist, etwas anderes sind die Blumen, die vorsätzlich beim Sockel abgelegt werden...«

»Nehmen Sie sie doch weg, wenn sie Sie so stören«,

sagte der Milizionär halbflüsternd, »so, daß es keiner sieht... Wozu Krach schlagen? Das erregt nur Aufmerksamkeit...«

»Na warten Sie mal«, sagte Gorjun, »wie ist Ihr Name? Macht nichts, ich krieg Sie auch ohne Namen, ich halte die Zeit fest, in der Sie Dienst haben, dann wird man Sie schon finden... Stalinist... Rausschmeißen muß man solche wie Sie...«

»Hören Sie mal, Bürger«, sagte der Milizionär, der sogleich Macht und Festigkeit gewann, »wenn Sie ausfallend werden, muß ich gegen Sie vorgehen... Sieh einer an...«

Zum Glück führte der in der Nähe stehende Wissowin Gorjun weg... Gorjun gab sich gleichwohl nicht zufrieden und schrieb an den Stadtsowjet. Die Antwort, die er bekam, war seltsam und auf den ersten Blick bürokratisch dumm. Es entstand der Eindruck, daß ein Tölpel den Brief an die falsche Stelle geleitet hatte. In dem Brief (Gorjun hatte in seinem eigenen Namen geschrieben. Auf einer Sitzung der Organisation hatten sich Wissowin und Stschussew gegen den Brief ausgesprochen, aber zugestimmt, daß Gorjun den Brief nicht im Namen einer Personengruppe, sondern nur mit seiner Unterschrift abschickte), also, in dem Brief hatte Gorjun mitgeteilt, daß in derundder Grünanlage, dieunddie Adresse, Böswillige täglich das Stalin-Denkmal mit Blumen schmückten und damit das Andenken an die Opfer Stalins verhöhnten. Der Brief war, auf den ersten Blick aus Tölpelhaftigkeit, beim Gartenbauamt der Stadt gelandet, das nun antwortete, die Anlage von Blumenbeeten in derundder Grünanlage, dieunddie Adresse, sei im städtischen Begrünungsplan vorgesehen. Nach dieser Antwort hätte man über Gorjun lachen können, aber weder Stschussew noch Wissowin lachte. Auch ich lachte nicht, als Wissowin mir die Geschichte erzählte. Im Gegenteil, ich wurde irgendwie unruhig, denn ich erinnerte mich an die von Haß auf die Rehabilitierten erfüllte Schriftführerin im Stadtsowjet, ich erinnerte mich an das

Stalin-Bild in der Bezirksstaatsanwaltschaft, an den festen, primitiven Stalinismus meiner Mitbewohner im Heim. (Dort übernachtete ich immer seltener, ich war zu Wissowin gezogen.) Die Unruhe, die mich erfaßte, glich der Unruhe eines Menschen, der fast ertrunken wäre, sich aber auf festen Boden rettet und plötzlich spürt, daß dieser feste Boden ein wackliger Steg ist, unter dem noch die Tiefe liegt...

Wenn der Brief Gorjuns in der Organisation zunächst auf Skepsis gestoßen war, wurde die Antwort des Gartenbauamts außerordentlich ernst genommen und zu Recht als Hohn der heimlichen Stalinisten, die sich im Stadtsowjet festgesetzt hatten, und überhaupt als Herausforderung gedeutet... Es wurde beschlossen, den Kampf gegen die Blumen am Stalin-Denkmal mit eigenen Kräften und auf das entschiedenste zu führen. Das Opus »Russische Tränen sind bitter für den Feind«, gezeichnet Iwan Chleb, in dem die Blumen am Stalin-Denkmal beschrieben wurden, stachelte alle noch mehr an, erstens als neuerliche Herausforderung und zweitens weil durch mich der wahre Name des Autors bekannt geworden war und sich von hier ein Faden zu den Böswilligen zog.

An dem unfreundlichen schwülen Morgen, an dem ich zum erstenmal am Kampf teilnahm, lag vor dem Sockel des Stalin-Denkmals ein gewaltiger, üppiger Strauß frischer feuchter Rosen, der sogar auf eine gehörige Entfernung (wir standen hinter der Ecke einer Gasse am hinteren Teil der Grünanlage), zart duftete. Als wir hinkamen, trafen wir auf Gorjun, der blaß und böse war.

»Ein Regierungswagen hat den gebracht«, sagte er mit brüchiger Stimme, »schon zweimal ist der vorbeigefahren, um nachzusehen... So ist das... Ich Dummkopf... Du hast recht gehabt, Christofor... Platon auch... Was heißt hier Legalität? Sie uns oder wir sie... Aber ich kann die Blumen nicht wegnehmen... Der Idiot ist dageblieben, der alte Stalinist... Lump... Das Blut müßt man ihm abzapfen...«

In der Tat, vor dem Denkmal stand, die Rosen betrachtend, ein kräftiger, breitschultriger alter Mann, einer von denen, die schon alles hinter sich haben, mit einem edlen und stumpfen Gesicht. (Solche Gesichter gibt es.)

»Guck, da kommen sie schon wieder«, sagte Gorjun aufgeregt, »ein Regierungswagen, also was wundert man sich?«

Mit dem Regierungswagen war Gorjun im Irrtum... Der Wagen, ein wirklich schöner schwarzer »Wolga«, gehörte keiner Regierungsbehörde, sondern war Privateigentum von Orlow senior, der einen ziemlich hohen Posten bekleidete, nicht in der Regierung, sondern in der Verwaltung... Was das Verhältnis von Orlow senior zu seinem Sohn betrifft, dem mutmaßlichen Anführer der jungen Stalinisten, so war es in letzter Zeit äußerst gespannt und trug alle Anzeichen eines Generationskonflikts. Natürlich hatte der Vater auch sehr konservative Ansichten. Stalin liebte er, das verhehlte er nicht, und darum war er, wie er im privaten Kreise sagte, bei den heutigen Zuständen in seinem administrativen Aufstieg stehengeblieben... Im Sinne des russischen Chauvinismus übertrieb er manchmal so sehr, daß er sogar verwarnt worden war. Aber das geschah in schicklicher Form, nicht gossenhaft, ohne schreierische anklagende Offenheit und in hoher politischer Sprache, die zu der herrschenden Ideologie paßte... Das heißt, er war ein Mann der alten politisch-administrativen Schule, die schon Ende der zwanziger Jahre entstand. Das Tun seines Sohnes aber beobachtete er seit einiger Zeit mit Unruhe, und er hatte mit ihm mehrere, milde ausgedrückt, gewichtige Gespräche. (In dem Urteil, das unsere Organisation in Abwesenheit gegen Orlow verhängt hatte, und das war natürlich ein Todesurteil, wurden diese Gespräche mit dem Vater eingehend erwähnt. Die Einzelheiten hatte Stschussew selbst beschafft, wobei er vermutlich alte Verbindungen spielen ließ. Daß Stschussew eine Zeitlang Verbindung zu den »Eingefleischten« hatte, steht fest, aber die Verbindung war nach seinen Worten nur sehr kurzfristig und sachlich geschäftlich gewesen. Er brach sehr bald mit ihnen. Mit der Familie Orlow allerdings hatte er nie etwas zu tun gehabt, aber er hatte früher die Bekanntschaft mit Personen gepflegt, die mit dieser Familie befreundet waren, und zwar ziemlich eng.

Besonders alarmiert war Vater Orlow, als er zum KGB zitiert wurde, wo man ihm sagte, sein Sohn habe einen sehr gefährlichen Weg betreten, und ihm als Beweis dessen Opus »Russische Tränen sind bitter für den Feind« vorlegte.

»Wie ist das möglich?« fragte der Vater den Sohn, als sie zu Hause im Kreis der Familie und eines Freundes des Hauses saßen (der Freund des Hauses hatte Stschussew ausführlich informiert). »Wie ist das möglich? Ich kann mit dir nicht mehr russisch reden« (sie hatten alle etwas getrunken), »nicht mehr von Vater zu Sohn reden... So, dann antworte nicht mir, sondern deiner Mutter Nina Andrejewna oder Onkel Wanja, dem Freund unseres Hauses...«

»Ganz einfach«, sagte Orlow frech und freidenkerisch, ohne sich vor der Mutter und Onkel Wanja zu genieren, »weil ihr Alten zulaßt, daß die Jidden Rußland kaputt machen...«

»Ach, du bist dumm«, sagte Vater Orlow wütend und klopfte mit dem Finger auf den Tisch, »wenn wir schon so reden, dann bist du es, der sich wie ein Jude benimmt... Hintenrum... Um die Ecke... Mit einem krummen Gewehr schießt du auf deine Macht... Von den politischen Komplikationen der internationalen Lage verstehst du nichts... Obwohl das schon wieder russisch ist, unsere Art... Sie sind schlau, sie wissen genau, was für sie vorteilhaft ist und was nicht... Du, mein Söhnchen, hast deinen Vorteil noch nicht begriffen... Und dein Vorteil«, sagte Orlow senior überzeugt und fuchtelte mit dem Finger, »dein Vorteil ist die Sowjetmacht... Weil du Orlow bist, ein russischer Mensch...«

»Du bist zurückgeblieben, Vater«, sagte der junge Orlow auflachend, »politisch bist du völlig ungebildet, sag ich dir... Oder ein Anpasser... Genau das... Und mich ziehst du in dieselbe Richtung«, schrie er schon wütend. »Und Marx, was ist der? Auch ein Jude... Und wer hat die Sowjetmacht geschaffen? Die Juden«, schloß er ganz rebellisch.

Vater Orlow erstarrte plötzlich, als hätte ihn der Schlag getroffen, und schwieg offenen Mundes, dann lief er dunkelrot an, beugte sich ruckartig über den Tisch, riß mit dem Ärmel eine Flasche um und packte den Sohn am Kragen.

»Unter Stalin wärst du«, schrie er, »an die Wand gestellt worden für dein Gerede.«

Zu zweit, Nina Andrejewna heulend, zusätzlich erschrocken über das Klirren der zerschlagenen Wodkaflasche, und Onkel Wanja, zerrten sie den Vater vom Sohn weg; ein gutes Einvernehmen zwischen ihnen gab es schon längst nicht mehr.

»Die Sowjetmacht gefällt ihm nicht«, schrie der Vater, »jüdische Witze schreibt er über sie, lauter Unflat, dabei hat sie ihn, statt ihn wie unter Stalin an die Wand zu stellen«, er fuchtelte mit der Faust, »nur für ein Jährchen von der Universität ausgeschlossen... So als wie, wir bitten dich, sei ein Mensch... Arbeite ein Jährchen mit der Arbeiterklasse, komm zu Verstand...«

»Also ist es jetzt besser als unter Stalin, das meinst du doch?« Der junge Orlow lachte wieder auf, er ereiferte sich nicht oft, sondern spottete meist über den Vater.

Der erstarrte wieder für einen Moment.

»Bring mich nicht durcheinander«, schrie er, »dazu bist du noch zu grün, ich hab den ganzen Krieg mitgemacht, hochgedient hab ich mich vom Oberfeldwebel zum Major...«

»Was gibt's da durcheinanderzubringen«, sagte Orlow junior auflachend, »ich hab doch bloß gesagt, daß Marx Jude war... Das steht in jedem Buch... Nein, stimmt nicht... Nicht in jedem natürlich...«

»Raus!« schrie der Vater. »Faschistenfresse... Ich zeig dich selber an, was du hier geredet hast... Raus aus meinem Haus!«

»Was habt ihr bloß ewig mit der Politik!« schrie Nina Andrejewna. »Terenti, du bist der Ältere, sei klüger...«

»Du kannst mich nicht erschrecken«, sagte der junge Orlow, »ich geh selber... Ich werde mir mein Brot mit Arbeit verdienen... Meinst du, ich weiß nicht, daß Samuil Abramowitsch dir die Doktorarbeit geschrieben hat? Ich wünsche nicht Samuil Abramowitschs Brot zu essen... Dieses Jiddenbrot bleibt mir im Hals stecken... Und überhaupt, hörst du, Alter«, dem jungen Orlow gingen die Nerven durch, »diesen Samuil Abramowitsch will ich nie wieder hier im Hause sehen... Mit seiner Sara...«

»Wie kannst du sie sehen«, spottete der ruhig gewordene Vater, »wie kannst du sie sehen, du willst ja aus dem Haus gehen und dein eigenes Brot essen...«

Damit endete das Wortgefecht... Richtiger, der Lärm hörte auf, und die Schlägerei begann. Sie schlugen sich ohne Worte, zumindest konnte sich Onkel Wanja, der Freund der Familie, der später alles Stschussew erzählte, an keine Worte erinnern... Das einzige, woran er sich erinnerte – nachdem er die Kämpfenden getrennt hatte, war, daß er selbst einen Scherz versuchte, um die bedrückende Atmosphäre zu entspannen.

»Ja«, sagte er, »wenn ihr eingemachte Äpfel zum Wodka gegessen hättet, wäre das alles nicht passiert... Eingemachte Äpfel sorgen für völlige innere Ruhe, und diese Ruhe überträgt sich nach außen. Dagegen bringen Salzgurken die Innereien in Unruhe.«

Aber Vater und Sohn reagierten nicht auf den Scherz, sie saßen schnaufend in verschiedenen Ecken des Zimmers mit zerrissenen Hemden... Kurz und gut, ein Generationskonflikt mit eigenartigem Aspekt.

Natürlich wurden die Drohungen der einen wie der anderen Seite nicht wahr gemacht, der Vater jagte den

Sohn nicht davon, und der Sohn zog nicht aus, aber die Gespanntheit in den Beziehungen blieb. Der Vater war sich im klaren, daß sich der Sohn nach wie vor mit unerlaubter Tätigkeit beschäftigte, und das beunruhigte ihn zutiefst, doch er konnte nichts machen, und vor neuen Gesprächen hatte er Angst... Er fand sich ab, beschimpfte die gemeine Zeit und Chrustschow, denn unter Stalin wäre einem Jungen aus einer ordentlichen russischen Familie so etwas nie in den Sinn gekommen... Um auf den Sohn zuzugehen, bemühte er sich, Besuche von Samuil Abramowitsch zu vermeiden, und das unter einem äußerlich anständigen Vorwand, aber dieser durchschaute mit dem seinem Stamm eigenen Scharfsinn die Sache und war beleidigt... Zum Teufel mit ihm, natürlich, Orlow senior konnte ihn ja selbst nicht leiden, und er wußte, daß ihre Freundschaft widernatürlich war und den Charakter eines gegenseitigen Geschäfts trug. Und erst recht wußte das der Sohn, eine junge und ungestüme Natur... Diesen Samuil Abramowitsch schnappte sich allerdings sofort Jegorow aus der Nachbarabteilung. (Von wegen, dein russischer Bruder.) Es ging das Gerücht, daß Samuil Abramowitsch auch Jegorow die Doktorarbeit schrieb. In diesem Sinne hatte Vater Orlow das Gefühl, dem Sohn ein gewisses Opfer gebracht zu haben, er hatte sich sozusagen auf einen Kompromiß eingelassen und konnte nun auch von dem Sohn einen Kompromiß erwarten. Der aber ließ sich mit seiner jugendlichen Dickköpfigkeit nicht darauf ein, im Gegenteil, ohne zu fragen, nutzte er das Auto für seine Zwecke. So hatte er auch diesmal, als er beim Stalin-Denkmal Blumen hinlegte, das Auto seines Vaters genommen, was übrigens sehr unvorsichtig war, denn er legte sich keine Rechenschaft darüber ab, daß er bei der jetzigen politischen Richtung den Vater kompromittieren konnte. Vielleicht aber wußte er es auch und handelte vorsätzlich, da er dem Vater grollte. (Orlow war eine Natur seiner Zeit, das heißt, protestierend und nachtragend.)

Überhaupt zeichnet sich jede politisch stürmische Zeit bei äußerlicher Buntheit nicht durch besondere Vielfältigkeit der Charaktere aus. Als Wissowin die Einzelheiten der Beziehung von Orlow Vater und Sohn erfuhr, mußte er sogar lachen über die gemeinsame Tendenz – natürlich bei aller Verschiedenheit der Beziehung zu seinem Vater – bis hin zu übereinstimmenden Repliken des alten Orlow und des alten Wissowin, Menschen, die weit von einander lebten und sich nie gesehen hatten. Gemeinsam war beiden die Denkweise und die politische Sprache, die aus einem Gemisch der hohen Sprache der herrschenden Ideologie – Erbe der Theoretiker – mit dem Gossenjargon der Praxis bestand... Es war die Denkweise der in der Regel nicht mehr jungen Leute, die aufrichtig ergeben, stumpf, doch nicht zynisch waren... Ihre Aufrichtigkeit hatten sie sich aufgrund ihrer politischen (und manchmal auch elementaren) Ungebildetheit bewahrt und verhielten sich daher mit so konservativer Feindseligkeit zu jeder »Gelehrtheit«, zu jedem Versuch, etwas in die eine oder andere Richtung zu verändern – in die Richtung der hohen Ideologie oder in die des offenen Gossenjargons... Aber zurück zu den Ereignissen.

»Wenn der Blödmann weggeht«, sagte Gorjun zu mir, »dann nehmen Sie rasch den Strauß... Gehen Sie, Sie sind noch nicht aufgefallen.«

Ich sah Wissowin an. Er nickte.

»Gut«, sagte ich und ging in die Grünanlage.

Der Platz hatte sich inzwischen belebt. Auch im Park waren Passanten. Fast alle blieben stehen und blickten auf den großen Rosenstrauß vor dem Stalin-Denkmal... Und gingen weiter... Bis auf den alten Mann, der wie auf Ehrenwache stand. Der Alte erregte offensichtlich Aufmerksamkeit. Ich dachte zunächst, er sei von der Organisation Orlow. Viele betrachteten aufmerksam sein Gesicht, das starr und feierlich war und nicht zu dem hastigen Alltag des Arbeitsmorgens paßte. Nein, der Alte handelte natürlich von sich aus. Für einen beauftragten Menschen war seine Pose zu aufrichtig... Allmählich sammelten sich bei dem Alten ein paar Leute.

»Ja, was auch geredet wird...«, sagte einer mit Aktentasche unbestimmt, aber mit Anspielung.

»Stalin ist Stalin«, fügte ein anderer hinzu. (Diesen Ausdruck hatte ich schon gehört.)

»Natürlich, Fehler hat's vielleicht gegeben, aber nicht mit Absicht«, ergänzte ein dritter, »jetzt sieht's ja so aus, daß wir Dummköpfe sind... Das ganze Volk ist also dumm, und nur Chrustschow ist vernünftig...«

Mir stieg das Blut zu Kopfe, was mir, seit meinem individuellen »politischen Patrouillen« in den Straßen nicht passiert war. Ich sprang hinter den aktiven Stalinisten nach vorn, schnappte mir den Strauß und schüttelte ihn so, daß die Blütenblätter rieselten. Die stalinistischen Gaffer waren verwirrt, denn sie wußten nicht, ob ich von mir aus oder im Auftrag der Behörden handelte, aber von irgendwoher kamen drei junge Männer und warfen sich auf mich. (Wahrscheinlich hatten sie eine Wache im Gebüsch organisiert.) In einem von ihnen erkannte ich Lyssikow. Es waren Orlow-Leute (wenn ich sie so nennen kann). Ich wehrte sie ab und lief in die Gasse, wo Wissowin und Gorjun auf mich warteten... Einer der Gaffer stieß vor Überraschung einen Schrei aus. Eine Milizpfeife schrillte... In der Gasse kam es zwischen uns und den Orlowern zu einer kurzen Schlägerei... Der gegenseitige Haß war so mächtig, daß wir nicht nur aufeinander einschlugen, sondern uns gegenseitig immerzu ins Gesicht spuckten. Im übrigen ging die Prügelei wie einvernehmlich schnell zu Ende, denn weder wir noch die anderen wollten es mit den Behörden zu tun kriegen. Den Strauß hatten wir. Wir liefen in einen Hausflur, wo Gorjun fluchend und schwer atmend die Rosen zertrampelte. Wir alle waren in übler Laune, besonders ich, denn es war meine erste Operation, dabei gab es gar keinen Grund zur Traurigkeit, denn die Aufgabe war ja ausgeführt.

»Wir hätten Schechowzew mitnehmen sollen«, sagte Gorjun, verzog das Gesicht und hielt die Hand vor das blaugeschlagene Auge, »und überhaupt junge Leute... Stschussew macht das immer nach seinem Kopf, wie er grade will.«

»Oles«, sagte ebenso gereizt Wissowin, der sich angewidert mit einem Taschentuch das Gesicht abwischte (die »jungen Stalinisten« hatten ihm mehrmals ins Gesicht gespuckt, obwohl er sich gut verteidigt und Lyssikow in Nahkampfmanier zu Boden geworfen hatte), »Oles, Sie wissen doch, daß Stschussew mit einer anderen Sache beschäftigt ist...«

Später erfuhr ich, daß Stschussew und ein paar junge Männer an diesem Morgen einen ehemaligen Spitzel und Verleumder und jetzigen Rentner mit Bluthochdruck verprügelten, den zu überführen gelungen war – er hatte nach dem vom Tribunal der Organisation verhängten Urteil eine ganze Reihe von Opfern auf dem Gewissen, hauptsächlich in den Jahren 1937-39...

Ich war bald voll in den politischen Kampf einbezogen und widmete mich ihm mit allen Kräften. Meine seelischen Kräfte, die brachgelegen hatten, bekamen mit einem Schlag einen sinnvollen Ausweg, eine Zielrichtung und eine Rechtfertigung... Meine Vergangenheit war wie abgerissen...

Als ich eines Tages ins Wohnheim kam, fand ich auf meinem Schlafplatz einen schlafenden jungen Mann. Das heißt, mir bot sich das Bild, das ich mir früher mit Entsetzen als einen Alptraum und das Ende des Lebens vorgestellt hatte... Jetzt lächelte ich nur schief, um zu zeigen, daß diese Wendung mich nicht ängstigte, sondern erheiterte... Pfeifend (pfeifen hätte ich nicht sollen, es erweckte den Eindruck, ich wollte meine Traurigkeit künstlich tarnen), pfeifend und meine früheren Mitbewohner mit fröhlichem Grimm anblickend, packte ich einfach meine Sachen (die, wie ich erfuhr, Shukow und Petrow trotz der Forderung der Heimleiterin nicht in Tetjanas feuchte Wäschekammer gegeben, sondern sorgfältig in einer Zimmerecke verwahrt hatten), also, ich packte meine Sachen, trat gegen mein einstiges Bett, weckte den neuen Wohner, der mich verdrängt hatte, und sagte:

»Na schön, sauf mein Blut, verbeiß dich in meiner Brust... Leb hier statt meiner und huste nicht...«

Das war natürlich eine dumme Äußerung, besonders wenn man an die Veränderungen denkt, die mit mir vorgegangen waren, und an die politischen Gespräche, die ich mit Bruno Teodorowitsch Filmus geführt hatte... Es war auf dem Niveau des primitiven Salamow, doch wenn man's recht bedachte, entsprach die Dummheit vielleicht dem Moment und den Erfordernissen des Geschehens. Alle Zimmerbewohner, meine offenen Feinde und die Gemäßigteren, schwiegen betreten und warteten, daß ich ginge... Groll und Mitgefühl gab es nicht mehr. Ich störte sie einfach und war hier überflüssig. Überflüssig in diesem Wanzenloch, in dem ich sinnlos eine ganze Periode meines Lebens verbracht und mich mit aller Kraft an meinen Platz geklammert hatte.

Ich nahm den Koffer und das Bündel, und ich keuchte vor Hitze, denn ich hatte das Kordsakko und den Wintermantel anziehen müssen. Mit einem Fußtritt öffnete ich die Tür, und ich trat stärker zu als notwendig, so daß die Tür beinahe aus den Angeln sprang, ging hinaus und drehte mich nicht mehr um. Draußen traf ich Grigorenko, meinen ehemaligen Freund, der sich noch kürzlich so bemüht hatte, mir zu helfen, indem er die Sache mit der falschen Bescheinigung deichselte, womit er mögliche Schereien auch für sich riskierte.

»Du gehst?« fragte er.

»Ja.«

»Na, dann mach's gut...«

»Du auch.«

Wir trennten uns. Das war's. Ich war traurig. Ich hatte es nicht vermocht, meine dreijährige Periode des Kampfes um meinen Schlafplatz mit einem harmonischen, klaren Gedanken, einem gelungenen Vergleich oder sonst irgendwie abzuschließen. An diesem Abend legte ich mich seelisch zerrauft hin und konnte lange nicht einschlafen. Am nächsten Morgen aber lagen meine Vergangenheit, der Kampf um den Schlafplatz, die Gönner, die Feinde und alles schon weit hinter mir. So geht es, wenn man in einer Stadt lebt, wo man alle möglichen Verbindungen, Beziehungen, Hoffnungen, Befürchtungen, Sackgassen, Ausweglosigkeit und Aufregungen hat... Und dann setzt man sich in den Zug, wacht am Morgen auf und sieht plötzlich ringsum ein anderes Leben, eine andere Landschaft, andere Gesichter... Das Beispiel mag ungenau sein in dem Sinne, daß ich schon längst ein anderes Leben mit anderen Aufregungen lebte, doch erst als ich endgültig zu Wissowin gezogen war, empfand ich endlich meine Vergangenheit weit weg, das heißt, ich empfand meine Vergangenheit als Vergangenheit... Bisher hatte sie sich von Zeit zu Zeit mit der Gegenwart vermengt, mal mit einem unangebrachten Gedanken, mal mit einem gänzlich unpassenden Alltagsdetail oder sogar mit vergangenen Aufregungen... (So traf zum Beispiel plötzlich auf meinen Namen eine letzte Mahnung ein, den Schlafplatz freizumachen, und das regte mich dermaßen auf, daß ich im ersten Moment sogar Michailow anrufen wollte, meinen einstigen Gönner, doch dann konnte ich nur noch lachen.) Jetzt war meine Vergangenheit endgültig Vergangenheit geworden, und ich konnte mich voll und ganz dem neuen Leben und dem neuen Kampf widmen... Ich bekam tatsächlich eine Gelddotation und wurde überhaupt ein Profi, nahm auch an politischen Straßenpatrouillen teil. (Mein Ausdruck hatte gefallen und war in den Sprachgebrauch der Organisation eingegangen.) Ich nahm auch an Sitzungen des Tribunals der Organisation teil, wo (in Abwesenheit natürlich) die Fälle ehemaliger Verleumder, Denunzianten, Mitarbeiter der Straforgane und auch gegenwärtiger aktiver Stalinisten untersucht wurden. Über sie alle wurde die Todesstrafe verhängt, aber mit einer vorsichtigen Formulierung, die den Charakter einer Empfehlung hatte, das heißt, er »hat den Tod verdient«. Im übrigen waren in dieser Etappe die Todesurteile, die es zu vollstrecken gelang, nichts anderes als gewöhnliche Trachten Prügel... Es sei auch hinzugefügt, daß diese Verprügelungen sorgfältig vorbereitet und erstaunlich geschickt organisiert wurden, das heißt, sie erregten keine nennenswerte Aufmerksamkeit bei den Behörden, trugen alle äußeren Züge von gewöhnlichem Rowdytum und von Kriminalität und ließen nicht mal andeutungsweise politischen Hintergrund erkennen... Aber einmal wurde dieses Prinzip durchbrochen, und wir befanden uns sofort in einer ernsten Krise. (Dazu trug auch eine Reihe von anderen Umständen bei, die sich bekanntlich in schwierigen Momenten häufen.) Und an der Verletzung des Prinzips war ausgerechnet einer der Gründer der Organisation schuld – Gorjun...

Gorjun mißfiel mir überhaupt seit meiner ersten Operation beim Stalin-Denkmal... Er mißfiel mir sogar schon, nachdem ich und Wissowin (der mit mir solidarisch war) Überlegungen angestellt hatten und zu dem Schluß gelangt waren, daß Gorjun es war, der ein Ergebnis erzielt hatte. Wir waren ja ohnmächtig. Tatsächlich, es war uns nicht gelungen, Orlow und seine Kumpane daran zu hindern, bei dem Stalin-Denkmal Blumen und Kränze abzulegen. Manchmal, wenn wir einen Strauß oder Kranz weggenommen hatten, ersetzten sie ihn sogleich... Das Denkmal zog immer mehr Leute an. Das waren keine Zufallspassanten mehr. Man ging speziell hin, manche mit Kampforden und -medaillen... Mit Tränen in den Augen standen sie da, sprachen über die Vergangenheit, sangen manchmal Lieder über Stalin und den Vaterländischen Krieg, und einmal veranstalteten sie sogar ein Meeting, bei dem ein bekannter Dichter und Frontkämpfer auftrat... Die Behörden reagierten irgendwie lasch, als hätten sie nichts bemerkt, obwohl

Chrustschows Enthüllungen in jenen Tagen auf dem Höhepunkt waren – die Zeitungen druckten zahlreiche Artikel antistalinistischen Inhalts, in denen die mit Wissen Stalins begangenen Bestialitäten und Ungerechtigkeiten geschildert wurden. Nur einmal griffen die Behörden ein, als ein Mann, sicherlich ein Geschädigter und Rehabilitierter, nicht aus unserer Organisation natürlich, sondern ein Zufallspassant, sich in die Menge keilte, Krach schlug und von den Leiden schrie, die gänzlich unschuldige Menschen durch die Schuld des Mörders erdulden mußten, den sie jetzt schamlos besängen. (Eindeutig ein individueller Antistalinist. Wie gut ich das kannte, geradezu lächerlich.) Als Antwort auf seine Bemühungen drang ein kopfverletzter Invalide, mit seinen Kampfmedaillen klimpernd und mit seiner Prothese klappernd, auf den Rehabilitierten ein und packte ihn an der Kehle. Zwei Milizionäre führten den Rehabilitierten mühsam aus der wütenden Menge und empfahlen ihm halblaut, sich schleunigst zu entfernen...

All das spielte sich vor unseren Augen ab, wir sahen, hinter einer Ecke verborgen, zu und ballten hilflos die Fäuste, während Orlow (der anwesend war) und seine Leute triumphierten.

»Macht nichts«, sagte Gorjun schwer atmend, ganz bleich vor Haß, »jetzt weiß ich, in welcher Sprache man mit denen reden muß.« Er lachte böse. »Morgen werden ihnen die Blümchen verwelken... Und ihre Kränzchen... Ich habe einen Plan...«

Und richtig, als wir am nächsten Morgen hinkamen, fanden wir an der Ecke Gorjun, von böser Freude erfüllt. Neben ihm stand Wowa Schechowzew, ein rowdyhafter, physisch starker Kerl, und wohl nicht nur dumm, sondern ein ausgesprochener Schwachkopf. Er lachte auch schallend. Wir hielten Ausschau. Es war noch früh, und vor dem Stalin-Denkmal stand erst ein kleines Häuflein von »Wallfahrern«, aber die waren alle äußerst erregt und schüttelten die Fäuste. Vor dem Stalin-Denkmal lag ein riesiger Strauß weißer Rosen... Aber dieser Strauß war geschändet, das heißt, er war einfach vollgeschissen. Ein unangenehmer Anblick. Ich und Wissowin waren empört. Selbst Stschussew, freilich aus anderen Erwägungen, sprach sich auf einer Sitzung der Organisation angewidert gegen derartige Methoden aus. Aber eines ist interessant. Nach diesem Vorfall hörte tatsächlich alles auf, die Blumen verschwanden, die Zusammenrottungen der Stalinisten lösten sich auf, und ich glaube, die Behörden griffen nun auch aktiver ein... Und der Vorfall hatte für die Organisation keine direkten Folgen. Die Unannehmlichkeiten, auch durch die Schuld Gorjuns, immerhin eines nicht mehr jungen Mannes, der doch wohl Erfahrungen im politischen Kampf hatte, die Unannehmlichkeiten kamen später.

Wir sollten das Urteil im Fall einer Frau Lipschiz vollstrecken. Es war erwiesen (auf welche Weise, weiß ich nicht, die einfachen Mitglieder der Organisation wurden in solche Details nicht eingeweiht), es war erwiesen, daß diese Frau Lipschiz in einem Volkskommissariat gearbeitet hatte und daß in dieser Zeit aufgrund ihrer Denunziationen eine ganze Reihe von Mitarbeitern verhaftet war, wobei eines der Opfer sogar ihr Ehemann war, heute ein Rehabilitierter, von dem sie sich damals öffentlich losgesagt hatte. (Vielleicht war der rehabilitierte und natürlich ehemalige Ehemann der Initiator der Anklage?) Wir hatten sogar einen alten Zeitungsausschnitt (vielleicht von dem ehemaligen Ehemann geliefert) mit einem Foto, wie die erwähnte Julia Lipschiz bei einem Meeting auftritt und die Volksfeinde schmäht. (Der Text unter dem Foto: »Meeting der Werktätigen zum Zeichen der Billigung der Zerschlagung der Trotzki-Bucharin-Banden. Es spricht die Oberökonomin Genn. Lipschiz.«)

Diese Lipschiz wohnte in einem entlegenen Bezirk, wir hatten die genaue Adresse und wußten auch, wann sie etwa nach Hause kam und auf welchem Weg... Später, sozusagen nachträglich, äußerte ich

Stschussew gegenüber meine Vermutung, daß dieser Fall, nach einer Reihe von auf den ersten Blick unbedeutenden Details zu urteilen, einen weniger politischen als vielmehr persönlichen Charakter trug – der ehemalige Ehemann beglich mit seiner ehemaligen Ehefrau eine persönliche Rechnung – und daß die Organisation den Fall nicht hätte untersuchen und schon gar nicht das Urteil hätte vollstrecken sollen... Damit hatte ich nicht ganz recht... Eine Begleichung persönlicher Rechnungen lag natürlich vor, andererseits hatte Julia Lipschiz in der Tat eine Reihe von Denunziationen begangen, die sie nicht im geringsten bereute, eher im Gegenteil, sie hatte in einem Brief an Chrustschow geschrieben, daß sie die massenhafte öffentliche Rehabilitierung für einen politisch schädlichen Schritt halte, dessen Folgen für die Sowjetmacht noch gar nicht abzusehen seien... Und das, obwohl sie längst in Rente war und nicht mehr arbeitete...

Das Urteil (sie war natürlich zum Tode verurteilt worden, und wir sollten es symbolisch vollstrecken, das heißt, sie verprügeln), das Urteil vollstrecken sollten ich, Stschussew und Gorjun... Gorjun selbst hatte sich dazu erboten, wie ich denke, aus Haß, nachdem er die Bildunterschrift von den Trotzki-Banden gelesen hatte, die die Lipschiz gebrandmarkt hatte (ich erinnere daran, daß er der einzige Trotzki-Anhänger unter uns war). Das hätte uns hellhörig machen müssen, aber wir waren hier ein bißchen nachlässig, was Stschussew hinterher offen mir gegenüber zugab... Die Verprügelung sollte nach dem üblichen Schema ablaufen. Unsere Aufgabe wurde dadurch erleichtert, daß diese Lipschiz auf dem Weg von der Straßenbahnhaltestelle zu ihrem Haus einen Ödplatz überqueren mußte, der klein, aber dunkel war, mit irgendwelchen Lagergebäuden, die abgerissen werden sollten, und umgeben von einem Zaun... Daß Stschussew den ungefähren Zeitpunkt ihrer Rückkehr nach Hause kannte, deutete ebenfalls darauf hin, daß ihr ehemaliger Mann seine Hände im Spiel hatte. Tatsächlich, die Lipschiz erschien allein und etwa zu dem angenommenen Zeitpunkt... Ich konnte erkennen, daß sie eine jener bejahrten Frauen war, die sich auf jung zurechtmachen, mit grell geschminkten Lippen und Ohrclipsen, so daß ein persönliches Motiv ihres ehemaligen Mannes durchaus mitspielen konnte.

Das Ganze lief nach dem vorbereiteten Schema ab. Stschussew stieß sie in den Schatten des Zauns und hielt ihr den Mund zu, wir versetzten ihr ein paar sehr kräftige Schläge und rissen ihr zur Tarnung die alte Tasche aus der Hand. Aber dann, ganz zuletzt, tat sich Gorjun hervor... Erfüllt von triumphierendem Haß, beugte er sich über die überzeugte Stalinistin und schrie ihr ins Ohr:

»Stalinistisches Aas!« (Wie ich das kannte!)

Ein solcher Aufschrei ist natürlich äußerst wohltuend, war aber in diesem Falle ein schreiender Verstoß gegen die konspirative Disziplin. Gorjun rechtfertigte sich hinterher damit, daß ihn der Haß in einen unerklärlichen Zustand versetzt habe, der dem Verlust des Bewußtseins ähnlich gewesen sei... Hier bin ich geneigt, ihm zu glauben, denn ich kenne das. Zumal er nicht nur geschrien, sondern der Stalinistin plötzlich ins Ohr gespuckt hatte...

Wir zogen uns zurück und nahmen die Tasche mit, aber tags darauf bekamen wir vom ehemaligen Ehemann die Information, daß Julia Lipschiz erstens nach der Verprügelung im Krankenhaus liege und zweitens Anzeige erstattet habe, wonach Rehabilitierte sie verprügelt und beraubt hätten... Der Mann war sogar vorgeladen worden, freilich nicht vom KGB, sondern von der Miliz... Der Fall nahm eine unangenehme Wendung... Zu allem Überfluß gab es noch ein Ereignis, dem Stschussew mit großen Bedenken begegnete, nämlich eine Jugenddemonstration zur Unterstützung eines halbillegalen Dichters. Dieser Dichter war Akim, mit dem ich in der Gesellschaft bei Arski aneinandergeraten war. (Wieder die Regeln des »kleinen Kreises«.) Der Autor von »Ich bin in der Lenin-Straße unter den Obus geraten« war verbannt worden, natürlich nicht aus politischen Motiven (erst küzlich hatte Chrustschow in einer Rede erklärt, im Staat gebe es keine politischen Gefangenen), sondern wegen Schmarotzertums. Nichtsdestoweniger war Stschussew äußerst aufgeregt. Er hatte begriffen, daß die Welle, die er erst anderthalb Jahre später erwartet hatte (er hatte so seine Berechnungen), aus einer Reihe von Zufällen und Ursachen schon jetzt losrollte. Diese Welle drohte, seine Pläne zunichte zu machen... Und das waren, wie sich herausstellte, ernsthafte und wohldurchdachte Pläne, trotz der Unernsthaftigkeit und der sichtlich dummen Tätigkeit der von ihm geschaffenen Organisation... Wie aus dem Folgenden klar wurde, waren diese Tätigkeit und dieses Panoptikum, das er in der Organisation zusammengeschlossen hatte, und selbst die Idee der Organisation, die ihm der nervenkranke Gorjun eingegeben hatte, war all das notwendig für seine ernsthaften Ziele. Er bereitete einen aufsehenerregenden politischen Mord vor, das heißt, etwas, was das Land seit langem nicht kannte, einen Mord, der seiner Meinung nach Rußland in Bewegung bringen und eine Kettenreaktion auslösen sollte. Aber einen Mord, der nicht von einem Einzelgänger, sondern von einer Organisation ausgeführt werden mußte, die möglichst viele junge Mitglieder haben sollte, was wichtig war für die weltweite Resonanz auf den öffentlichen Gerichtsprozeß. Und nicht von einer Organisation schlechthin, sondern von einer Organisation, die schon viele Operationen hinter sich hatte. Das heißt, er träumte davon, Rußland auf den, wie er meinte, gesunden Weg der Entwicklung zurückzuführen, den Weg der Straßenaktionen, Umstürze und Gegenumstürze, den einzigen Weg, der die säuerliche Atmosphäre der politischen Stagnation reinigen und den in katastrophaler Weise sterbenden Nationalcharakter des russischen Volkes zum Früheren hin verändern konnte. (Über diese russophile Formulierung sprach er zu keinem, sie wurde erst später bekannt.)

Es gab noch einen Umstand, der ihn bewog, eine Änderung der liberalen Zustände zu fürchten, eine Änderung, die seine keineswegs konsequent konspirative Organisation vernichten konnte, die ihr Leben ausschließlich der jetzigen allgemeinen Atmosphäre der Schlaffheit, Verschwommenheit, der Chrustschowschen Entlarvungen und der offenen politischen Witze verdankte... Stschussew war todkrank und fürchtete, zu sterben, ohne seine Pläne verwirklicht zu haben...

15.4.1970

DRITTER TEIL
DER PLATZ UNTER DEN DÜRSTENDEN

Zu der Zeit war kein König in Israel;
ein jeglicher tat, was ihn recht deuchte.
Das Buch der Richte,. 21,25

Pilatus aber fragte ihn und sprach:
Bist du der Juden König?
Er antwortete ihm und sprach: Du sagst es.
Das Evangelium des Lukas, 23,3

ERSTES KAPITEL

Den Kandidaten für diesen aufsehenerregenden politischen Mord hatte Stschussew, wie ich erfuhr, längst ausgewählt, die Materialien wurden getrennt vom Archiv der Organisation aufbewahrt, im Fach für die Bettwäsche, ganz am Boden. Ich weiß noch, daß Stschussew, als er mich und Wissowin einlud, einen grünen Aktendeckel von dort hervorholte. Während er die Bänder aufschnürte, war er sichtlich nervös, knabberte Zuckerstücke und zog den Knoten nur noch fester, so daß er ihn mit den Zähnen lockern mußte, er benahm sich überhaupt wie ein junger Autor, der sein Werk zum erstenmal dem Urteil Fremder präsentiert. Aber noch aus einem anderen Grund war er nervös und hatte nur mich und Wissowin lange vor der Sitzung der Organisation durch Warja, seine Lebensgefährtin, zu sich bestellt. Der Grund war, daß in diesem entscheidenden Zeitpunkt in der Organisation eine Polemik darüber aufgekommen war, wer nach langer Pause das Opfer der ersten extremen Protestaktion sein sollte. Alle waren sich darin einig, daß es eine weltbekannte Figur sein mußte (mit einer geringeren war keiner einverstanden). Alle waren sich darüber im klaren, daß aufgrund etlicher Umstände unsere Organisation, bildlich gesprochen, »ein Gewehr mit nur einer Patrone« in den Händen hatte. Also konnte es nur einen Kandidaten geben, denn mehr als einmal ließe man uns nicht zum Zuge kommen, darauf würde die Zerschlagung folgen, Opfer würden unvermeidlich sein, Märtyrertum, die Dornenkrone und andere Attribute.

Mitunter sind wilde, schreckliche oder heldenhafte Taten, je nach unserer eigenen Ideologie und Haltung zu dem Ereignis, in Wirklichkeit natürliche, zweckdienliche Prozesse, aber geformt aus solch einem Stoff, aus solchen Fakten und Umständen, daß uns die Handlungen der Menschen, die ein natürliches Gleichgewicht mit ihrer Umgebung suchen, übernatürlich vorkommen. Im Grunde sollte ein Mensch, der der Kreuzigung und dem Ruhm entgegengeht, ebensowenig Angst oder Begeisterung hervorrufen wie ein Mensch, der in einen Laden geht, um Wurst zu kaufen... So etwa erklärte mir Stschussew seinen Zustand, fügte aber sofort hinzu, daß zum Glück in der menschlichen Geschichte die Logik beinahe am meisten gehaßt wird, denn gerade sie nimmt dem Menschen das Wichtigste im Leben – das Ziel. Nichts ist so geeignet, das Leben in die Abstraktion, in die Gesichtslosigkeit zu führen, wie die Logik.

Ich erinnere mich an dieses Gespräch mit Stschussew, das später stattfand (freilich nicht viel später), und will verstehen, was wir damals empfanden, als wir in Stschussews Zimmerchen zusammenkamen, »im Vorraum von Mütterchen Geschichte, bevor wir dort eintreten«, wie er sich ausdrückte (jeder, der sehr gelitten hat, ist ungemein eitel, ich weiß nicht, ob ich das schon sagte, wenn ja, wiederhole ich es). Jetzt verstehe ich, daß wir alle außer Wissowin (wie sich später herausstellte) eine seltsame Erregung empfanden, wie beim Anblick einer stark beleuchteten Theaterbühne und des dunklen endlosen Saals davor... Als Stschussew die Bänder des Aktendeckels aufgeschnürt hatte und ich das aus einer alten Zeitung herausgeschnittene Foto von Wjatscheslaw Molotow neben Stalin sah, die beide aus Kinderhänden Blumen entgegennahmen, ergriff mich Erregung, wie ich mich erinnere, mir traten sogar Freudentränen in die Augen. Später, als der Plan (genauer, die Pläne) Gestalt gewann und die Vorbereitungsphase anbrach, verblaßte das alles, obwohl es auch da noch manchmal hochkam. Aber die ersten

Empfindungen waren einzigartig. Das war die Schärfe des Übergangs, seine Unverhofftheit und Paradoxie. Von äußerster Not, von Armut, vom Schlafplatz, von Butterbroten mit Tomatenmark – zur Wechselbeziehung mit einer großen politischen Figur des Landes. Ich weiß nicht, ob es den anderen genauso ging, aber ich, das steht fest, ich empfand das große süße Gefühl, das Machtgenuß heißt und das zu empfinden nur Auserwählten gegeben ist...

Aber, wie schon gesagt, kam ganz unverhofft, zumindest für mich, Polemik in der Organisation auf, und das zeigte sich sofort nach der Eröffnung der außerordentlichen Sitzung. Oles Gorjun bestand darauf, einen anderen Kandidaten zu wählen, und stellte seinen Gegenplan vor, auch in Form eines Aktendeckels mit Bändern, allerdings von blauer Farbe. Als er den Aktendeckel öffnete, lag darin das Amateurfoto eines mir völlig unbekannten Mannes von orientalischem Typ.

»Zum Teufel damit«, rief ich als einer der ersten, völlig taktlos, so daß mich sogar Stschussew zurechtwies.

Ich hatte Gorjun nie leiden können, doch jetzt war ich schlichtweg empört und hörte ihm anfangs voreingenommen zu. Ich war sofort ein Anhänger der Wechselbeziehung (mein Ausdruck, ja, Wechselbeziehung und nicht Mord, so hatte es sich in meinem Kopf gefügt und gefestigt), der Wechselbeziehung zu Stalins Kampfgefährten Molotow. Ehrlich gesagt, glaubte ich überhaupt nicht an Mord, zumal alle unsere früheren Todesurteile auf gewöhnliche Prügel hinausgelaufen waren. Ich spürte sofort ernsthafte Möglichkeiten für mich, für den Klang meines Namens. Dennoch begann ich auch Gorjun zuzuhören. Der Kandidat, den er vorschlug, war ein Ausländer. Den Namen hörte ich zum erstenmal – Mercader.

»Hier habe ich das Verhörprotokoll Ramón Mercaders«, sagte Gorjun und schlug mit der Hand auf den blauen Aktendeckel.

»Wer hat das Verhör geführt?« fragte Stschussew rasch.

»Das ist unwichtig«, wich Grojun aus, »na ja, vielleicht ist Verhör zuviel gesagt, einverstanden... Ich hab's dann später bei der Niederschrift in die Form eines Verhörs gebracht. Ursprünglich war es wohl eher eine Erzählung, die Erzählung eines Menschen in einem schweren Seelenzustand, die also Vermutungen enthält. Leider ist es mir nicht gelungen, mit ihm zu sprechen. Ich habe mich bemüht, und vielleicht hätte ich's auch geschafft, aber ich hatte Befürchtungen... Ich hätte der Sache schaden können, darum hab ich mich mit Informationen aus zweiter Hand begnügt... Deshalb schließe ich Mystifikationen in einzelnen Punkten nicht aus... Aber im ganzen... Aber die Idee, der Geist... Dafür bürge ich... Ich bin sogar bereit, es als Legende über Trotzkis Mörder Mercader zu bezeichnen... Die Legende mystifiziert einzelne Punkte, aber insgesamt steckt in ihr mehr Wahrheit als in einem historischen Faktum.«

»Denken Sie mal nach«, empörte sich jetzt Stschussew, etwa in dem gleichen Ton wie ich vorhin. »Wen, wen interessiert dieser unbedeutende Mörder?«

»Die Größenordnung eines Mörders wird bestimmt von der Größenordnung des Opfers«, entgegnete Gorjun ruhig.

Ja, das stimmte, und das veranlaßte mich zumindest, meine Voreingenommenheit aufzugeben. Im allgemeinen war Gorjun ein äußerlich wie innerlich wirrer Mensch, doch heute war er, wohl weil es um den Fall seines Lebens ging, exakt und gesammelt.

»Vor allem«, sagte Gorjun«, »würde ich gern erzählen, wie ich Leo Trotzki kennenlernte.«

»Ihr Trotzki«, schrie Stschussew, »ist dasselbe wie Stalin... Das sind Fremdstämmige, die darauf aus sind, Rußland zu versklaven.«

»Ich muß doch bitten«, sagte Gorjun leise und blickte Stschussew an.

Ich hatte komischerweise das Gefühl, er hätte am

liebsten den massiven Aschbecher gepackt und ihn Stschussew an den Kopf geknallt. Gorjun aber nahm sich einen Stuhl (bislang hatte er an den Schrank gelehnt gestanden), setzte sich bequem zurecht und begann:

»Während des Bürgerkriegs hatte ich ein paarmal Gelegenheit, Trotzki von weitem zu sehen und ihn auf einer Kundgebung zu hören. In dem langen Mantel, mit dem blassen Gesicht und dem dunklen Spitzbart erinnerte er irgendwie an Christus.«

»Einverstanden«, rief Stschussew, »bloß mit dem Unterschied, daß Christus selten zu bewußter Demagogie gegriffen hat... Aufrichtige, unbewußte Demagogie gab es bei Christus auch zur Genüge... Aber das ist ganz was anderes...«

Stschussew wurde immer nervöser und benahm sich darum immer dümmer. Es hatte den Anschein, als beginne oder vertiefe sich zwischen ihm und Gorjun ein mir bislang verborgener, nun aber deutlich hervortretender Kampf um die Macht in der Organisation. Das wirkte auf mich unangenehm. Wissowin aber rief ganz einfach:

»Hör auf, Platon!«

»Also«, fuhr Gorjun fort (war das derselbe Gorjun, der neulich der Stalinistin Julia Lipschiz ins Ohr gespuckt hatte? Der Mann hatte sich völlig verändert.) »Also, ich habe Leo Dawydowitsch unter äußerst merkwürdigen Umständen kennengelernt«, sagte er, »es war im Jahre fünfundzwanzig... Leo Dawydowitsch war damals schon aller Ämter enthoben und arbeitete im Konzessionskomitee... Er war für die Konzessionen zuständig, die in der NÖP-Zeit an ausländische Firmen, also an die Kapitalisten, zur Erschließung unserer Bodenschätze vergeben wurden«, erklärte er umständlich und nur mir persönlich, denn er hatte begriffen, daß ich in einem Alter war, wo so etwas der Erklärung bedurfte.

Seine Aufmerksamkeit, das verhehle ich nicht, schmeichelte mir... Ich muß jetzt auch ein paar Worte

605

über mich sagen, um dann Gorjun das Wort zu übergeben. Das heißt, über meinen Zustand und meine Lage damals. Ich wohnte bekanntlich bei Wissowin, hatte ein anständiges Bett und bekam von der Organisation eine gewisse finanzielle Unterstützung, von der ich früher nicht zu träumen gewagt hätte, hatte also eine gewisse Stabilität erreicht. Ich wiederhole, es war eine lustige Zeit, besonders für die Jugend, die ehemaligen Heiligtümer wurden geschmäht, es gab Streitgespräche und sogar Schlägereien. Aber das alles hatte meinerseits schon einen weniger spontanen als vielmehr bewußten und organisierten Charakter. Bewußter Haß jedoch ist bekanntlich weniger organisch und weniger stark. Über die Ehemaligen des Landes, über Stalin, den Stalinismus und die Stalinisten machte ich mich eher lustig, als daß ich sie haßte. Meine Nerven hatten sich fast beruhigt. Von der Gesellschaft, die vor mir schuldig war, wie ich meinte, forderte ich keine Reue mehr, ich rächte mich nicht mehr an ihr, sondern verhöhnte sie, versteht sich, im Rahmen meiner Möglichkeiten. Meine geistige Zähigkeit hingegen, die Fähigkeit zu analysieren, in jeder konkreten Situation den maximalen Vorteil zu erkennen und alles, was unnütz und hinderlich war, erbarmungslos beiseite zu werfen und achtlos mit Füßen zu treten, Eigenschaften, ohne die eine Existenz auf der höchsten und der untersten Stufe der Gesellschaft unmöglich ist, all das stumpfte in mir ab, ich erschlaffte und verdummte. So sehe ich mich in jener Periode, wenn ich sie heute analysiere. In der Periode der völligen Rechtlosigkeit, des Kampfes um den Schlafplatz und der Suche nach Gönnern, denen ich mein Schicksal anvertrauen wollte, hatte ich das Leben in allen Wechselbeziehungen, wie mir scheint, bedeutend klarer gesehen und verstanden. Ob das genau so stimmt, weiß ich nicht. Vielleicht suche ich, wenn ich jetzt entsetzt auf alle folgenden schrecklichen Unbesonnenheiten zurückblicke, eine Rechtfertigung für meine Dummheit und den Verlust des Realitätsgefühls. Aber zugegebenermaßen fühlte ich mich damals wohl, ich ging hoch aufgerichtet, mit ausgreifenden Schritten, hatte drei Kilo zugenommen und war bereit, wenn mir was nicht paßte, jemandem aus dem kleinsten Anlaß die Faust ins Gesicht zu schlagen. In der reformistischen Revolution, die zweifellos in jenen Jahren stattfand und deren Resultate man vielleicht erst in hundert Jahren einschätzen kann, war die Faust als Waffe anerkannt, es hagelte Ohrfeigen, wie ich schon sagte, Blut floß aus den eingeschlagenen Zähnen der politischen Gegner, das heißt, es ging hoch her. Das Volk aber schwieg, doch es schwieg nicht nachdenklich im Puschkinschen Sinne, sondern erbittert und mißbilligend. Das Volk akzeptierte nicht die antistalinistischen Taten und Reformen Chrustschows, und vielleicht lag darin das Wesen von Chrustschows Erfolg und das Hauptverdienst dieser Reformen. Darin, daß diese Reformen das Volk lehrten, die Macht kritisch zu durchdenken und einzuschätzen. Das und nur das tat damals dem Land not.

Diesen Gedanken äußerte Bruno Teodorowitsch Filmus mir gegenüber erst später, als ich im Krankenhaus lag. Er sagte viel, aber ich merkte mir nicht alles und nicht das, was vernünftig gewesen wäre, sondern das, was ich mitbekam, wenn ich aus der Versunkenheit zu mir kam... Ich hatte mir damals nach den durchlebten Erschütterungen und Krankheiten angewöhnt, mich von der Stimme eines Gesprächspartners gleichsam abzuschalten und weit weg zu gehen, in mich...

Aber nun habe ich die Chronologie völlig verloren und bin abgeschweift...

An den Abend, an dem Oles Gorjun von seinen Begegnungen mit Trotzki erzählte, kann ich mich gut erinnern. Wir saßen alle am Tisch, auf dem nebeneinander die beiden Aktendeckel lagen: der blaue mit der Akte von Trotzkis Mörder Ramón Mercader und der grüne mit der Akte von Stalins Kampfgefährten Wjatscheslaw Michailowitsch Molotow. Wir, das waren ich, Stschussew, Gorjun und Wissowin. Ich muß dazu bemerken, daß ich infolge meiner totalen materiellen Abhängigkeit von der Organisation sehr rasch ihre Vertrauensperson geworden war und zur Erörterung der entscheidenden Details hinzugezogen wurde.

»Ich war mit meiner Kusine Oxana in die ehemalige Adelsversammlung, ins Haus der Gewerkschaften, eingeladen«, sagte Gorjun, »zu den Feierlichkeiten anläßlich des fünften Jahrestags der Georgischen Sowjetrepublik. Genauer, Oxana hatte sich beim Hausverwalter ihrer Behörde eine Einladung besorgt, weil Leo Dawydowitsch auf der Veranstaltung sprechen sollte, denn sie war seit langem in ihn verliebt... Ja, ich rede nicht von politischen Sympathien. Trotzki war nicht schön, aber die Frauen liebten ihn.«

»Ich verstehe nicht ganz Ihren Gedankensprung«, sagte Stschussew, der immer noch nervös war, »das hier ist kein Erinnerungsabend, sondern eine außerordentliche Sitzung des Tribunals der Organisation...«

Das war schon ein eindeutiger Beweis dafür, daß Stschussew den Boden unter den Füßen verlor. Mit dem inneren Gespür des politischen Funktionärs fühlte er, daß Gorjun die Initiative in seine Hände nahm und daß Molotows Kandidatur ohne weiteres scheitern konnte. Offensichtlich fühlte das auch Gorjun, denn obwohl er sonst immer so hitzig und unbeherrscht war, sagte er jetzt ruhig:

»Ich rede zur Sache, Platon Alexejewitsch... Trotzkis Beliebtheit bei den Frauen wurde in der Kommission berücksichtigt, die Stalin in den dreißiger Jahren eigens zur Ermordung Trotzkis gründete.«

»Das sind Vermutungen, nichts weiter«, sagte Stschussew gereizt.

»Eine solche Kommission existierte«, sagte Gorjun, »sie hatte ihr festes Personal und eigene Finanzen, übrigens hauptsächlich in harter Valuta, die vor allem durch den Verkauf von Bildern aus den Speichern der Eremitage eingenommen wurde.«

»Das sollte uns am wenigsten interessieren«, sagte

Stschussew, der sein Verhalten revidiert und sich in die Gewalt bekommen hatte, sachlich und notierte etwas in seinem Notizbuch, »Trotzki ist eine hinreichend kompromittierte Figur... Dem russischen Volk war er seinem Wesen nach immer fremd... Und jetzt hat ihn das russische Volk völlig vergessen.«

»Wenn Sie erlauben, fahre ich fort«, sagte Gorjun.

»Aber das Wichtigste ist die Jugend«, das konnte sich Stschussew wieder nicht verkneifen, »die heutige Jugend.«

»Wenn Sie erlauben«, sagte Gorjun wieder. Unmerklich gewann er immer mehr die Oberhand, und sogar ich hörte ihm jetzt aufmerksam zu und ärgerte mich, wenn Stschussew ihn unterbrach. »Wir kamen lange vor Beginn ins Haus der Gewerkschaften, aber Trotzki war irgendwo aufgehalten worden, und meine Kusine hatte keine Gelegenheit, ihm im Korridor zu begegnen. Sie war sehr aufgeregt und entschlossen, einfach so, ohne Anlaß, auf ihn zuzugehen. Sein Bild trug sie immer an einer Kette um den Hals. Natürlich werden Sie sagen, eins von jenen exaltierten Dämchen vom Ende des neunzehnten Jahrhunderts... Nein, meine Freunde. Meine Kusine hatte drei Jahre Bürgerkrieg hinter sich, Verwundungen, Folterungen in Petljuras Kerkern, der eigene Vater hatte sie verflucht, ein ukrainischer Nationalist... Außerdem war sie schön, trotz einer Säbelnarbe auf der linken Wange... Als nun Trotzki hereinkam (er hatte sich verspätet, und der Beginn der Festveranstaltung hatte sich verzögert), als er hereinkam, errötete Oxana wie eine Gymnasiastin, die ihren geliebten Oberleutnant sieht.« An dieser Stelle lachte Gorjun auf und blickte Stschussew an.

Ehrlich gesagt, ich weiß nicht, warum sich Gorjun in solchen, von der Sache wegführenden Einzelheiten erging. Ob es diplomatische Raffinesse war, ohne die es im politischen Kampf nicht geht, und bei uns in der Organisation hatte zweifellos ein Kampf begonnen... Angenommen, Stschussew würde an die Spitze Rußlands gelangen (eine irre Annahme, aber in einer Zeit blutiger nationaler Dauerkrisen sind solche Dinge durchaus möglich) und der Regierung des Landes vorstehen (das sagte er mir selbst bald danach), dann wären nicht die Stalinisten oder überhaupt die Anhänger der marxistischen Doktrin seine Hauptopfer...

»Ach, Goscha«, sagte Stschussew »könnte ich das Jahr zweitausend noch erleben« (fast alle Persönlichkeiten einer extremen Richtung sind Mystiker, daher ihre Vorliebe für runde Zahlen), »in meinem jetzigen Alter und mit meinem jetzigen Lebensgefühl, und würde ich an der Spitze Rußlands stehen... Dann würde ich auch Gorjun in die Geschichte einschreiben, damit er nicht beleidigt ist... Stalin rangierte bei mir als ein zweitrangiger Blutsauger... Sozusagen, es war einmal... Er hat dem russischen Volk das Blut ausgesaugt, zusammen mit den Kommunisten und den...« er zögerte, »und den übrigen...«

An dieser Stelle mußte ich an Bitelmacher und Olga Wassiljewna denken, und unter dem Eindruck dieser Erinnerung kam ich auf die Idee, daß Stschussew üblicherweise hinzufügen wollte: und den Juden, sich aber beherrscht hatte. Sein Gesicht zuckte, und ein Auge war bedeutend größer als das andere und gerötet.

»Goscha, ich würde Gorjun, wenn er bis dahin lebte und sich in seinem jetzigen Zustand hielte, zu einem großen Feind Rußlands aufbauen.« Stschussew fluchte plötzlich dreckig und faselte völligen Blödsinn, das heißt, er sprach zusammenhangslos und verworren über Regierungsformen in Rußland...

Aber das alles war erst später, und für die Genauigkeit der angeführten Stimmungen verbürge ich mich nicht, denn auch ich war in einem chaotischen Zustand und voreingenommen und versuchte, in Stschussews Worten einen verborgenen Sinn zu finden und zwischen den Zeilen zu lesen, und es ist möglich, daß ich manches mißverstand und verdrehte. Eins steht fest – Stschussew äußerte den Wunsch, an der

Spitze der Regierung Rußlands zu stehen und einen aufsehenerregenden Prozeß gegen Gorjun und seine Anhänger zu organisieren... Damals jedoch, an dem Abend, von dem die Rede ist, als der Kampf um die Kandidaten von Stschussew und Gorjun ausgetragen wurde, um Molotow und Mercader, äußerte Stschussew noch keine offene Feindseligkeit, benahm sich aber nervös und empfindlich. Gorjun schien überhaupt nicht zur Sache zu sprechen, ob das nun raffinierte Diplomatie war oder ob er tatsächlich den Faden verloren hatte, es kommt ja in der Politik häufig vor, daß ein normales Durcheinander im nachhinein als genaue und kühne Absicht bezeichnet wird, besonders im Falle des Erfolgs.

»Die langweiligen Ziffern der Erfolge und Errungenschaften, die Georgien in den fünf Jahren der dort herrschenden marxistischen Ideologie aufzuweisen hatte«, sagte Gorjun, »trug Leo Dawydowitsch so poetisch und eigenwillig vor, daß wir uns vorkamen wie auf einer Patenveranstaltung des Künstlertheaters.«

»Da haben Sie Ihren Trotzki«, unterbrach ihn Stschussew, »ein Dichter des Marxismus... Stalin ist der Prosaiker und Trotzki der Dichter. Das ist der ganze Unterschied.«

»Laß doch, Platon«, rief Wissowin wieder.

»Endlich bot sich eine Geglegenheit, an Leo Dawydowitsch heranzukommen«, fuhr Gorjun fort, ohne Stschussew zu beachten, »als er über das neue Georgien sprach, zitierte er aus einem Gedicht über dessen Vergangenheit. ›Erinnern Sie sich‹, sagte Trotzki, ›wie Puschkin schrieb‹« (an dieser Stelle lachte Stschussew scheinbar zustimmend) »»Sieh, im Schatten der Platane gießt ein schläfriger Georgier Tropfen schäumend süßen Weins auf die bunte Pluderhose... Dieses Georgien gibt es nicht mehr... Das Leben dort ist jetzt ein anderes...‹ Plötzlich sagte er: ›Entschuldigt, Genossen, vielleicht ist es auch nicht von Puschkin...‹

›Lermontow‹, rief jemand aus dem Saal.

›Ja, Lermontow‹, griff Trotzki auf.

›Nein, Puschkin‹, rief ein anderer.
Trotzki stand ein wenig verlegen, wie es schien, am Rednerpult.
›Wißt ihr, Genossen, wer herausfindet, von wem das Gedicht ist, der ruft mich an‹, und er sagte die Telefonnummer, ›und jetzt fahren wir fort.‹«
»Alles Trickserei«, sagte Stschussew lachend, »raffinierte Demagogie... Politische Koketterie... Trotzki war in Beziehung zum Auditorium kokett wie eine alternde Witwe.«
Gorjun stand auf, blickte den nervös lachenden Stschussew haßerfüllt an und sagte akzentuiert:
»Halten Sie den Mund!« Worauf er sich wieder setzte und fortfuhr: »Am nächsten Tag zog meine Kusine ihre beste Bluse an, überpuderte die Säbelnarbe und wählte die Telefonnummer.«
»Kurz und gut, Ihre Kusine war Trotzkis Geliebte... Das versuchen Sie uns seit einer Stunde zu erklären«, unterbrach Stschussew, wobei sein Kopf zuckte.
Es kostete Gorjun qualvolle Anstrengungen, sich zu beherrschen. Ich saß neben ihm und hörte seine Fingergelenke knacken.
»Ich möchte der Organisation verständlich machen«, sagte er, »daß das persönliche Element meines Hasses und meiner Voreingenommenheit außerordentlich groß ist. Erstens ist das ehrlich von mir, und zweitens erklärt es alles ganz natürlich. Wenn sich ideologische Ansichten mit einem persönlichen Gefühl verflechten, erreichen sie wahre Kraft... Und wenn meine Kusine 1935 auf der Sewastopoler Uferstraße versuchte, dem Tyrannen mit Schwefelsäure die Augen zu verätzen, dann war das nicht nur ein politischer Schritt, sondern der Protest einer Frau und Rache für den Liebsten... Und jetzt, nachdem ich alles erklärt habe« (im Grunde hatte er nichts erklärt, da hatte Stschussew recht), »jetzt zur Sache... Niemand ist so eng mit dem Namen eines großen Menschen verbunden wie sein Mörder, und wenn wir die Patina der Zeit abtragen und Trotzkis Namen im Volk leben-

dig machen wollen, müssen wir das mit einem Donnerschlag tun und den Namen seines Mörders lebendig und bekannt machen... Also«, er blätterte in den Papieren, »Ramón Mercader, ein Jüngling aus dem republikanischen Spanien... Nachdem die Verschwörung einer ganzen Organisation unter der Leitung des mexikanischen Malers Siqueiros gegen Trotzki fehlgeschlagen war und Trotzki sich retten konnte vor einem beinahe cowboyhaften Überfall mit MG-Garben und überhaupt einer Massenschießerei, da begriffen in Moskau die Leiter der Kommission zur Ermordung Trotzkis, daß sie einen Fehler gemacht hatten.«

»Eine solche Kommission hat es nie gegeben«, sagte Stschussew, »das sind Erfindungen der Feinde Rußlands... Ich hatte Gelegenheit, mit einem russischen Emigranten zu sprechen, einem Feind der Sowjetmacht. Er behauptet, daß die Trotzkisten diesen Schwindel 1939 in die Welt gesetzt haben.«

»Ich fahre fort«, sagte Gorjun zu Wissowin.

»Aber komm zur Sache«, sagte Wissowin, »es ist schon nach Mitternacht.«

Es war tatsächlich nach Mitternacht. Vor dem Fenster ging ein Platzregen nieder, und der Wind schüttelte die schweren schläfrigen Zweige der Bäume. Aber es war warm. Bei solchem Wetter macht es Spaß, in einem guten Regenmantel und wasserdichten Schuhen durch eine grüne Straße oder einen Park zu spazieren. Ich glaube, für eine Weile schalteten alle ab und vergaßen einander, während sie aus dem Fenster schauten.

»Wunderbar«, sagte Stschussew leise und in völlig anderem Ton, »ein russischer, ein slawischer Wolkenbruch. Einen solchen Regen gibt es außerhalb Rußlands nicht. Köstlich, wie das prasselt, da bekommt man Appetit aufs Leben.«

Ich erinnere daran, daß Stschussew todkrank war und das wußte, ihm war im Lager mit verschärftem Regime die Lunge kaputtgeschlagen worden, und er wußte, daß er weder das Jahr zweitausend noch die Möglichkeit erleben würde, Herrscher von Rußland zu werden, wovon er manchmal träumte; diese Träume vertraute er mir, wie ich schon sagte, bald darauf an.

Die unwillkürliche Pause, erfüllt vom Rauschen des Regens, wurde von Gorjun unterbrochen, der mit den Papieren der Akte Ramón Mercader raschelte. Vielleicht sah Gorjun in der Pause eine Gefahr, Stschussew gegenüber den Vorrang zu verlieren, den ihm jener durch sein unkluges, nervöses und grobes Verhalten zum großen Teil selber eingeräumt hatte.

»Ein persönliches Element in der Politik und im Terror, das ist unerläßlich für den Erfolg«, sagte Gorjun, »und das haben die in der Trotzki-Sonderkommission verstanden. Geben wir Mercader das Wort... Beginnen wir bei der Stelle«, er überblätterte ein paar Seiten und begann zu lesen: »›An meinen Vater kann ich mich kaum erinnern, aber meine Mutter habe ich über alles geliebt, sogar mehr als eine Mutter, das kommt bei uns in Spanien zwar nicht oft vor, aber öfter als anderswo, denn die spanische Frau reift früh und wird oft schon Mutter, wenn sie selbst noch ein Kind ist. Begreifen Sie, was es bedeutet, wenn ein heranwachsender, heißblütiger Junge von vierzehn Jahren ständig die geliebte Mutter vor Augen hat – eine Frau. Das geschieht alles unbewußt...‹«

»Es fehlt ihm nicht an Poesie und Rhetorik«, sagte Stschussew, »noch dazu in einer gefährlichen Richtung... Aber eine Frage möchte ich Ihnen doch stellen, und zwar im Namen der Organsiation« (wir sprachen einander manchmal mit du und manchmal mit Sie an, so daß es hier kein Versehen ist) »also eine Frage«, fuhr Stschussew fort, »an wen war seine, gelinde gesagt, freimütige Erzählung gerichtet? Etwa an Sie?«

»Ich habe doch eingangs gesagt«, erwiderte Gorjun und verzog das Gesicht, »daß ich über Dritte ein Verhör durchführen ließ... Ich habe einen guten Bekannten, dem Mercader nicht nur vertraute, sondern mit dem er befreundet war.«

»Sein Name«, sagte Stschussew scharf, »und wo haben Sie sich mit ihm getroffen?«
»Warum denn so scharf?« fragte Gorjun. »Haben Sie einen Verdacht gegen mich?«
»Ja, habe ich«, sagte Stschussew, »aber Sie berücksichtigen nicht die momentanen Bedingungen... Dort bei Ihnen geht jetzt alles durcheinander, und Sie wissen nicht, wie Sie handeln sollen... Denunzieren werden Sie nicht, und wenn Sie denunzieren, sind Sie nicht sicher, ob man Sie dort ermuntert...«
»Sie phantasieren«, sagte Gorjun, »kommen Sie zu sich«, und an Wissowin gewandt, »sehen Sie, in was für einem Zustand er ist, ich glaube, es hat heute keinen Sinn weiterzumachen.«
Tatsächlich, wir hatten nicht bemerkt, daß Stschussew einen Anfall bekam. Ich hatte das bei ihm schon erlebt, aber nicht in so extremer Form. Er war bleich, schweißbedeckt, seine Lippen überzogen sich mit einem grauen Belag, ein Auge wurde größer als das andere, die Halsadern schwollen an. Ich saß ihm am nächsten und wußte, daß er gleich zusammensacken würde und daß man ihn stützen und hinlegen mußte, doch zugleich überlegte ich, wie ich mit einer Geste meinen Wunsch zu helfen demonstrieren könnte, ohne ihn zu berühren, denn in mir stieg starker Ekel auf, sogar Übelkeit. Das dauerte nur einen Augenblick. Ich stand instinktiv auf, machte eine Bewegung, aber so ungeschickt, daß ich ein Glas umstieß. Es reichte aus, daß Wissowin, Gorjun und die aus der Küche herbeigeeilte Warja mir zuvorkamen. Sie legten Stschussew hin, und als er schon lag, fand ich in mir die Kraft, seine kalten Fersen zu berühren und ein kleines Kissen unter sie zu schieben, das er nicht brauchte, denn Warja nahm es sofort weg. Vom Lärm geweckt, fing das Baby an zu weinen, und Warja eilte zu ihm, ihren Mann Wissowin überlassend. Dieser Anfall erinnerte an Epilepsie, hatte aber ganz andere Ursachen, wie Wissowin erklärte. Die Ärzte hatten bislang noch keinen Namen für diese Krankheit.

Stschussew verlor das Gehör und die Fähigkeit, sich in Zeit und Raum zu orientieren, die Nackenmuskeln verkrampften sich, so daß man ihm ständig den Kopf halten mußte, und es trat das ein, was in der Medizin Blicklähmung genannt wird. Dieser Zustand endete entweder mit Wahnvorstellungen und Halluzinationen oder mit erhöhter Erregbarkeit und Unanständigkeiten. Für den einen wie den anderen Fall gab es Tabletten und Ampullen für eine Injektion. Wissowin hatte mit Hilfe des Journalisten Stschussew vor ein paar Monaten einem berühmten Professor vorgestellt. Der hatte diagnostiziert, daß Stschussew eine traumatische Verletzung der Wirbelsäule hatte, besonders im Beckenbereich, außerdem ein Ödem und eine Schwellung des Hirngewebes, allerdings in unbedeutendem Ausmaß. Das alles hatte er aus dem Lager mitgebracht, wo er öfter als andere geschlagen worden war, weil er sich herausfordernd benahm, und einmal hatte er, wie mir Bruno Filmus erzählte, der zusammen mit ihm gesessen hatte, einmal hatte er eine Frau töten wollen, eine Lagerärztin, während einer medizinischen Untersuchung.

Selbstverständlich konnte nach diesem starken Anfall keine Rede davon sein, die Sitzung fortzusetzen. Wissowin blieb am Bett des Kranken, und ich verließ zusammen mit Gorjun das Haus.

Die Nacht, feucht vom warmen Regen, war so himmlisch schön, daß wir eine Zeitlang schweigend gingen, jeder in sich versunken, und ich glaube sogar, zumindest was mich betrifft, aber sicherlich auch Gorjun, daß wir überwältigt waren. Davon zeugt die Tatsache, daß wir an der Seitenstraße vorbeigingen, wo ich hätte abbiegen müssen, und auch einen kleinen Bogen um Gorjuns Wohnhaus machten. Es tropfte von Dächern und Bäumen, und in der Luft schwebte das würzige Aroma der schlafenden Natur, denn in einer menschenleeren Nacht verschmilzt sogar die Stadt mit der Natur und scheint ihre Schöpfung zu sein.

»Wo müssen Sie hin?« fragte Gorjun schließlich, als

wir, an einer niedrigen Brüstung stehend, lange auf das dunkle, angenehm gegen die Betonböschung plätschernde Wasser geschaut hatten.
Ich nannte die Adresse.
»Dann wohnen Sie bei Wissowin«, sagte Gorjun.
Ich hatte plötzlich den Eindruck, daß er wußte, wo ich wohnte und bei wem, und daß hinter seiner Frage und Verwunderung eine bestimmte Absicht steckte, die ich noch nicht erriet. Ich dachte, wenn er mich plötzlich zu sich einlädt (übrigens warten von Odachlosigkeit bedrohte Leute häufig und unbewußt darauf), also, wenn er mich einlädt, bedeutet das, er hat mit mir etwas vor. Und richtig.
»Wollen Sie nicht mit zu mir kommen?« sagte Gorjun. »Es ist schon spät, drei Uhr, mindestens... Und zu mir ist es näher...«
»Gut«, sagte ich, nachdem ich zur Selbstberuhigung kurz nachgedacht hatte, »gehen wir.«
Meine schnelle Zusage erklärte sich aus dem während des Abends in mir aufgekommenen Widerwillen und Ekel gegenüber Stschussew. Ich wußte jetzt, daß es Antipoden waren, widerstreitende Kräfte, und mein Ekel gegenüber Stschussew war nach seinem Anfall so stark, daß ich beschloß, mich mit Gorjun zusammenzutun. Ich wußte, daß es nicht nur ums Übernachten ging, daß ich eine Wahl treffen und mich praktisch Gorjun anschließen mußte. Allerdings kannte ich nicht Wissowins Position, die mir wichtig war, denn er war der einzige Mensch, den ich aufrichtig achtete. Doch da er heute Stschussew ein paarmal zurechtgewiesen hatte, nahm ich an, daß er sich schlimmstenfalls neutral verhalten würde.
Wenn ich in eine fremde Wohnung komme, besonders zum erstenmal, bin ich immer neugierig. Es macht mir Spaß, mich nach Möglichkeit ausgiebig umzusehen, die Gegenstände zu betrachten, die das fremde Leben umgeben, und, wenn die Umstände es erlauben, über sie Fragen zu stellen. Aber kaum waren wir angekommen, da holte Gorjun aus der Schulta-

sche, mit der er von Stschussew weggegangen war, den blauen Aktendeckel hervor und fragte mich, noch bevor er mir Platz anbot:

»Ich hoffe, Sie wollen noch nicht schlafen?«

»Nein«, sagte ich (ich war wirklich noch nicht müde und hatte einen klaren Kopf).

»Dann kommen Sie hierher, näher ans Fenster.« Er setzte sich auf den Rand der Liege, die am Fenster stand, und legte den Aktendeckel aufs Fensterbrett.

Ich nahm einen Stuhl und setzte mich daneben.

»Wollen Sie weitermachen?« fragte ich erstaunt.

»Ja, das will ich«, sagte Gorjun, »ich möchte es auch selber hören... Wissen Sie, wie ein Schriftsteller, der sich nach seinem Manuskript sehnt.«

»In welcher Hinsicht?« fragte ich, sofort hellhörig geworden.

Obwohl mein Verstand durch das relative materielle Wohlergehen etwas an Wendigkeit verloren hatte, fühlte ich bei anderen sehr genau, wenn in der Darlegung dieser oder jener Version etwas nicht stimmte, denn ich hatte aus materieller Not selbst alle möglichen Versionen produziert. Das hatte Gorjun nicht bedacht, überhaupt schien er mich zu unterschätzen.

»Ach, das meinen Sie«, sagte er lächelnd (geistesgegenwärtig, wie mir schien). »Sie zweifeln auch an der Glaubwürdigkeit... Ich habe mich wohl wirklich ungeschickt ausgedrückt, wenn ich Ihr Mißtrauen errege. Aber dem Wesen nach ist das tatsächlich ein Kunstwerk, denn authentische Fakten bedürfen, um geordnet und gelesen zu werden, weit mehr der Schriftstellerkunst als eine Erfindung. Eine Tatsache ist immer widersprüchlicher als eine Erfindung, darum muß manches geglättet und manches sogar verschwiegen werden. Und daraus erwächst die Notwendigkeit der Schriftstellerkunst. In der Erfindung gibt es nichts Unnützes und Überladenes, in der Tatsache hingegen eine riesige Menge... Außerdem stammen diese Tatsachen aus dritter Hand, bedenken Sie das.«

»Sie sagten, aus zweiter Hand... Und Sie selber haben es eine Legende genannt... Ist für Sie eine Legende etwas anderes als eine Erfindung?«

Gorjun lachte.

»Wollen Sie jetzt anstelle Stschussews gegen mich opponieren? Wozu? Sie sind jung, ehrlich, Sie haben das Leben noch vor sich, Jahrzehnte, nicht nur zwei, drei Monate, in denen man nichts Gutes tun kann und sich darum beeilen muß, Böses zu tun... Nehmen Sie sich vor ihm in acht«, sagte er und brachte sein Gesicht plötzlich nahe an mich heran. »Er hat einen schrecklichen Plan, er möchte so sterben, wie die vorbiblischen Könige der Hethiter gestorben sind. Zusammen mit den jungen Leuten, die ihr Leben noch nicht gelebt haben... In einem gemeinsamen Grab...«

Gorjun blickte mich durchdringend an. Wenn ich früher gelesen hatte, diese oder jene literarische Gestalt habe funkelnde Augen, so hatte ich das lediglich für einen bildhaften Ausdruck gehalten, obendrein für keinen besonders guten. Jetzt sah ich, daß die Augen eines Menschen tatsächlich funkeln können. Mir wurde plötzlich unheimlich zumute, und mein erster Impuls war, aufzuspringen und hinauszulaufen auf die Straße. Die Tatsache aber, daß ich nicht hinauslief, war für mich der endgültige Wendepunkt, nach dem die folgenden Ereignisse unausweichlich wurden. Vor allem aber, so scheint mir, fühlte und sah ich sie in jenem Augenblick. Natürlich nicht in Form konkreter Zukunftsbilder, sondern in Form vielfältiger Gefühle, die mit Worten schwer wiederzugeben und unbewußt sind. Das dauerte nur einen Moment, danach lachte ich über mich. Ich blieb auch aus Eitelkeit sitzen, die mir bekanntlich nicht zu nehmen ist, denn ich begriff, daß Gorjuns Verhalten mich, einen Neuling in der Organisation, auf einen bedeutenden Platz rückte, und hatten mir Gorjuns funkelnde Augen im ersten Moment Angst eingejagt, so dachte ich schon im zweiten: warum auch nicht? Übrigens, nicht nur Schreckliches, Erbärmliches und Lächerliches, sondern auch viel Berühmtes, Aufsehenerregendes, Weltbedeutendes ist so entstanden, durch zufällige Übereinstimmungen, in Kämmerchen, Nachtasylen, bei nächtlichen Gesprächen, bei Gesprächen am Fensterbrett, umgeben von verblühten Geranien. Davon zeugt die Große Geschichte der Länder und Völker... Besonders in den letzten materiell-demokratischen Jahrhunderten begleiteten Geranientöpfe häufig die Große Geschichte.

»Dann ist es ja gut«, sagte Gorjun, als habe er meine Schlußfolgerungen erraten und begriffen, daß ich nach innerem Widerstreit auf ihn setzte und beschlossen hatte, mich mit ihm zu verbünden, »Ihre Meinung ist mir wichtiger als die vieler anderer in der Organisation... Denn Sie sind aus einem anderen Teig... Rede ich nicht zu nebulös?«

»Reden Sie«, sagte ich. »Ich verstehe nicht alles.«

»Sie sind noch fähig zur Wiedergeburt«, sagte Gorjun.

»Wozu?« fragte ich.

»Sie werden das Jahr zweitausend erleben«, sagte Gorjun plötzlich leise. »Wir Alten sind eigentlich schon tot, aber Sie können ein völlig verwandeltes Rußland sehen, in der Blüte sozialistischen Schöpfertums, das man sich jetzt schwer vorstellen kann... Wissen Sie, Leo Dawydowitsch hat Rußland sehr geliebt, das Zentrum des weltweiten Sozialismus... Ich habe ihn nicht sehr oft gesehen, aber bei den wenigen Begegnungen, als ich meine Kusine begleitete, hat er das Gespräch mehrfach auf Rußland gebracht... Dabei hat er vom Rußland des Jahres zweitausend gesprochen... Er hat gefühlt, daß er es nicht erleben würde... Der Tyrann wußte, worauf er zielte, er verurteilte ihn zuerst zum Exil... Sie wissen, daß er sich weigerte, Rußland zu verlassen, die Tschekisten mußten ihn zu dem Auto tragen, das ihn zum Zug brachte... Der Tyrann wußte, was er tat, denn faktisch ließ er seine Asche ins Ausland bringen... Er schickte die Asche in die Emigration, denn schon damals war entschieden worden, ihn im Ausland zu liquidieren, unter Mitwirkung der Komintern...«

Hier trug Gorjun vielleicht zu dick auf. Das stellte sich freilich erst später heraus, bei einer Auseinandersetzung, denn wir hatten es mit unseren Möglichkeiten schwer, alles bis ins letzte zu ergründen. Aber als Gorjun später bei Stschussew seine Worte über die Komintern wiederholte, geriet der außer sich und nannte ihn einen Provokateur, denn die Komintern, das wisse er aus einem anderen Anlaß und aus anderen Zusammenhängen, die Komintern habe sich nicht in solche Sachen hineinziehen lassen. Zwar habe es Versuche gegeben, die Komintern für die Erkundung antisowjetischer Aktivitäten zu gewinnen, aber mehr nicht... Doch das, ich wiederhole, ereignete sich erst zwei Tage später, als Stschussew sich erholt hatte und Gorjun auf der Sitzung der Organisation wieder seinen Vortrag hielt. In jener Nacht jedoch hörte ich, in diesen Dingen unerfahren, einfach zu, war allerdings zuweilen beunruhigt, wenn die Erzählung nach gefährlichen Ungereimtheiten roch.

»Also, die Geschichte Ramón Mercaders, eines jungen Mannes, eines Jünglings aus dem republikanischen Spanien«, sagte Gorjun, in den Papieren blätternd, »je mehr ich mich selber hineinlese, desto besser verstehe ich ihn als Menschen, ja, das ist kein Paradox, ich verstehe, daß dieses Leben so eng mit Trotzkis Leben verknüpft ist, daß es allein, wenn die ganze Welt wieder davon hört, die jetzige Generation in lebendiger Kette mit Leo Trotzki verbinden kann... Wenn wir Ramón Mercader dem Vergessen entreißen, erfüllen wir eine große Mission... Verstehen Sie mich? Aber zur Sache... Also, Ramón wuchs ohne Vater auf und war in seine schöne Mutter verliebt... Wir erwähnen das nicht wegen der pikanten Einzelheit. In der hohen, aber geheimen Politik verhält man sich zu solchen Fakten wie in der Medizin – ernst und sachlich. Ich bin überzeugt, daß das beim großen Wettstreit der Urteilsvollstrecker, oder sagen wir einfach, beim Wettstreit der Mörder, eine wichtige Rolle gespielt hat. Denn es gab in dieser Hinsicht natürlich einen ernsten Wettstreit, natürlich im geheimen, so daß jeder Kandidat dachte, er wäre der einzige. Ursprünglich war jemand anders ausgewählt worden, ich glaube, ein Pole, und Ramón wurde ausgesondert. Aber dann passierte irgend etwas, der Pole mußte entfernt werden, und Ramóns Kandidatur kam wieder auf die Tagesordnung.«

»Woher wissen Sie das alles?« fragte ich beunruhigt, denn mir fielen an dieser Stelle des Gesprächs Stschussews Unruhe und seine Anspielung auf Gorjuns Verbindung mit den Sicherheitsorganen ein.

»Ach, das ist es also«, Gorjun lachte wieder auf, »Sie haben sich immer noch nicht von allen möglichen dummen Gedanken freigemacht... Na schön, ich war im Lager mit einem von ihnen zusammen... einem Mörder-Kandidaten... einem Österreicher ... Er war mit Ramón befreundet, und vieles über Ramóns Leben erfuhr ich von ihm... Später gab's da noch einen Mann... Genauer, es gibt einen Mann, aber ich habe versprochen, seinen Namen nicht zu nennen... So hat sich aus Steinchen ein Bild zusammengefügt... Aus zweiter, manchmal sogar aus dritter Hand... Ich mußte auch ein bißchen phantasieren, aber nur, um die Fakten zu ordnen... Mehr nicht... Und überhaupt, Sie sind für Ihr Alter reichlich mißtrauisch... Ich dagegen vertraue Ihnen... Ich weiß, Sie brauchen mir nur aufmerksam bis zu Ende zuzuhören, und Sie werden mich verstehen und mir rückhaltlos vertrauen. Wissen Sie, warum ich dessen so sicher bin? Und warum ich mich gerade zu Ihnen hingezogen fühle?«

»Warum?« fragte ich und hoffte zu hören, ich sei in der ganzen Organisation der einzige ehrliche Mensch, und er habe das auf den ersten Blick begriffen usw.

»Weil«, sagte Gorjun, »Sie mich in erstaunlicher Weise an Ramón erinnern... Sie sind fähig, aus aufrichtiger Überzeugung zu töten... Nicht für Geld, sondern aus Überzeugung.«

»Was?« schrie ich und fühlte Hitze in mir aufsteigen.

»Ja, Sie ähneln ihm auch physiologisch... und in Ihrer nervlichen Veranlagung... das heißt, in all den Merkmalen, derentwegen Ramón im Wettstreit ursprünglich ausgesondert wurde... Ursprünglich beabsichtigte man, als Urteilsvollstrecker einen Mann mit eisernen Nerven auszuwählen... Einen harten Menschen... Aber dann wurde alles umgestoßen... Dabei spielte Ramóns Stiefvater eine große Rolle, er war es, der Ramón vorgeschlagen hatte und später darauf bestand... Der Stiefvater hieß Kotow, aber ich bin sicher, daß es ein Pseudonym war, und nicht sein einziges. Da wir nun schon beim Stiefvater angekommen sind, geben wir Ramón das Wort... Dieser Teil der Akte stammt von einem ihm sehr nahestehenden Menschen und wurde eingebaut. ›Ich habe meinen Stiefvater gehaßt‹« las Gorjun vor, »»und habe ihm sogar einmal nach dem Leben getrachtet...‹«

ZWEITES KAPITEL

»Mein Stiefvater war einer von denen, die mit ihrem Blick den Blick anderer brechen, ein Machtmensch und Aristokrat der Revolution. Ich weiß nicht, wo er meine Mutter kennenlernte, aber anfangs war ich von ihm begeistert. Sieg und Erfolg machen die Menschen im allgemeinen vertrauensvoller und gütiger, und wir lebten damals alle für dasselbe – für den Kampf gegen den Faschismus. Ich gehörte einer Abteilung der Volksmiliz an und war selten zu Hause. Wahrscheinlich kam meine Mutter in dieser Zeit mit Kotow zusammen, doch obwohl ich von Natur aus eifersüchtig bin, merkte ich nichts, so sehr lebte ich im Rhythmus der völligen Selbstaufgabe, des völligen Aufgehens in der Verteidigung der Heimat gegen den Faschismus.« (Einige plakative Standardwendungen Ramóns hatte Gorjun beibehalten, weil sie, wie er sagte, ein Bild von dem Jüngling gaben, der aus Notwendigkeit ein politisches Leben führte, noch bevor sein Organismus die dafür nötige geistige und körperliche Kraft erworben hatte. Wobei dieses politische Leben seine vielleicht durch die ständige Gegenwart der schönen jungen Mutter so früh erwachte männliche Reife teils unterdrückte und teils aufsaugte. Darum waren Ramóns politische Ansichten und sein Haß auf die Feinde der Republik so überaus natürlich und aufrichtig, daß gewöhnliche, plakativ gewordene Ausdrücke für ihn wie eine Offenbarung klangen.) »Ich erinnere mich an den Tag, an dem sich die Katastrophe ereignete«, fährt Ramón Mercader fort. »In der Nacht zuvor machten wir Jagd auf eine Bande von Francos Handlangern. Eigentlich kann man nicht sagen, daß es ein richtiger Kampf war. Unser Agent, übrigens kann man ihn auch nicht als Agenten bezeichnen, einfach ein Junge, der jüngere Bruder eines Miliz-Angehörigen, hatte gehört, wie zwei Bauern auf die Republik schimpften. In der Nacht kamen wir, um sie zu verhaften, aber jemand hatte sie gewarnt, beide waren nicht zu Hause, wir fanden sie in einem Schuppen beim Sägewerk. Bewaffnet waren sie mit alten Jagdflinten, und wir hatten sogar ein leichtes russisches Degtjarjow- Maschinengewehr. Wir feuerten den ganzen Patronengurt auf sie ab, und dann sammelten wir sie ein, wie man abgeschossene Spatzen einsammelt... Allerdings hatten sie, nachdem wir sie umzingelt und aufgefordert hatten, sich zu ergeben, auch ein paarmal auf uns geschossen, denn sie wußten, daß wir sie sowieso erschießen würden. Dieser erste Kampf, die ersten auf uns abgegebenen Schüsse und der erste Sieg, das alles entsprach unserer jugendlichen Heißblütigkeit und war wie ein Spiel. Wir kehrten erhitzt und munter in den Stab zurück und brachten die getöteteten Feinde und deren Jagdgewehre als Trophäen mit. Bei der Durchsuchung der Getöteten fanden wir bei beiden ein Franco-Flugblatt, das als Passierschein galt. Flugzeuge warfen diese Blätter ab, mit denen sich Deserteure und Verräter über die Frontlinie zu den Faschisten durchschlugen. Für diesen Kampf erhielt unsere ganze Gruppe (wir waren acht Mann) als Prämie einen Urlaub von zwei Tagen. Unsere Miliz-Abteilung befand sich etwa zehn Kilometer von unserem Haus entfernt, und ich hätte zu Fuß nach Hause gehen können, aber ich hatte Glück und wurde von einem Auto mitgenommen, das mich fast bis zur Tür brachte. Ich träumte oft von meiner Mutter, und diese Träume waren immer glücklich und angenehm. Früher, als ich noch klein war, sogar bis zum siebenten, achten Jahr, hatte mich meine Mutter in ihr Bett genommen, bis ich einschlief, und eine Zeitlang konnte ich gar nicht anders einschlafen als nur an ihrer Brust. Und ich behielt für immer ihre völlig unbehaarte Atlashaut in Erinnerung, eine Haut, wie sie in Südspanien, in Granada, früher vielleicht Königinnen hatten, so glatt, daß es angnehm war, mit der Zunge darüber zu fahren, ihren unvergleichlichen Geschmack zu spüren und mit der Nase ihren einmaligen Duft einzusaugen, vergleichbar dem Geruch frischgemolkener Milch. Natürlich habe ich das damals als kleiner Junge nicht so genau gefühlt und nicht formuliert. Damals wurde ich einfach froh und ruhig, und ohne diese Freude der körperlichen Beziehung zu meiner Mutter konnte ich nicht mehr einschlafen.« Diese äußerst heiklen und bis ins Intimste gehenden Informationen hatte Gorjun angeblich von einer Frau erhalten, der Ramón das alles in einem Anfall höchsten Vertrauens, wie er sich ausdrückte, erzählt hatte; das widerfährt Männern zuweilen, wenn sie überwältigt sind, so überwältigt von einer Frau, daß sie sogar bereit sind, an die Existenz einer völligen Einheit zu glauben. Dieses Gefühl kommt nie von Analyse und Verstand, vielmehr von der völligen Verdunklung des Verstands, und in der Regel werden solche Offenbarungen einer kaum bekannten Frau anvertraut, die dem Mann nicht gefällt, sondern ihn verzaubert hat und ihn für einen kurzen Augenblick den Genuß bis zur Neige auskosten läßt.

Solche Fälle gibt es, besonders bei Männern, die von der Liebe nicht verwöhnt, die gefühlsmäßig traumatisiert und vernachlässigt sind. In dieser Frau, so kann man vermuten, sah Mercader eine große äußerliche Ähnlichkeit mit seiner Mutter, was nicht selten geschieht, wenn die Züge auf einem alten Foto verblassen, man das Bild emotional in sich trägt und die lebendigen Züge nicht an dem alten Bild überprüft, sondern eher das alte Bild den lebendigen, zu Herzen gehenden Zügen anpaßt. Übrigens waren sich Mercaders Mutter und diese Frau vom Typ her wahrscheinlich wirklich ähnlich.

»Meine Beziehungen zu meiner Mutter«, teilt Ramón mit, »waren klar und vertrauensvoll, bis ich eines Tages, an ihrer Brust einschlafend, eine gewisse Unruhe spürte. Ich weiß nicht, worin sie sich äußerlich ausdrückte, ich lag wie gewöhnlich, das Gesicht in ihrem dichten Haar vergraben, aber seitdem nahm meine Mutter mich nicht mehr in ihr Bett, doch sie wiegte mich, den neunjährigen Jungen (ich war schon neun), kraulte mir den Kopf (was ich mochte und was Mutter oft getan hatte, wenn sie neben mir lag) und beruhigte mich, bis ich einschlief. Meine Mutter liebte mich ebensosehr wie ich sie, das wußte und fühlte ich, aber als sie mich das erstemal nicht in ihr Bett nahm, sondern sagte, sie werde an meinem Bett sitzen, bis ich eingeschlafen sei, machte mich das mißtrauisch, und danach fühlte ich eine Unaufrichtigkeit in unseren Beziehungen und Scham. Doch allmählich verging das Gefühl oder verbarg sich, wie auch die Liebe zur Mutter, von der mich der Altersunterschied trennte, denn der trennt Mutter und Kind immer mehr, besonders den Sohn, verwandelt sie in unterschiedliche Organismen, die kein physisches Bedürfnis nacheinander spüren, nur ein emotionales, also ein ausgedachtes. Bald fand ich eine neue Grundlage für meine Beziehungen zur Mutter, und diese Grundlage war meine Begeisterung für sie, für ihren Verstand (sie war für mich natürlich die Klügste), für ihre Schönheit usw. Unsere Beziehungen kamen also ins Gleichgewicht und wurden so, wie sie in einer guten Familie zwischen Mutter und Sohn zu sein pflegen, erreichten vielleicht nur in manchen Dingen extreme Ausmaße. So liebten wir einander nicht nur sehr, sondern waren manchmal bei Unstimmigkeiten auch richtig gekränkt, und unsere Versöhnungen waren seitens meiner Mutter frei von erwachsener Herablassung und von Spiel.

An jenem schrecklichen Tag, der so erfolgreich begonnen hatte, erreichte ich unser Haus, als es dämmerte, aber wegen der Verdunklung war die Stadt in Finsternis gehüllt, als wäre schon tiefe Nacht. Wir wohnten in einem ebenerdigen Haus, und ich hatte schon von Kind an einen Einstieg von der Straße auf den Dachboden und von dort ins Erdgeschoß. Ich muß dazu bemerken, daß kindliche Streiche und Unarten, die mit den Jahren nicht vergehen, im Alter gewöhnlich, ich würde sogar sagen, unausweichlich einen üblen Sinn erhalten. Als ich im Erdgeschoß war, hörte ich aus dem Schlafzimmer eine leise Bewegung, die keinen Zweifel ließ, was vorging, denn ich war in diesen Dingen schon erfahren. Dennoch machte ich ein paar Schritte, schlich zur Tür, um zu sehen und den Kelch bis zur Neige zu leeren. Erwachsen geworden, begriff ich, daß meine Mutter natürlich nicht allein bleiben konnte, zumal mein Vater schon lange tot war, aber ich hatte noch nie einen Mann bei ihr gesehen. Nun auf einmal sah ich einen, und es war meine eigene Schuld, was mich noch wütender machte. Was ich zu sehen bekam, wünsche ich nur meinem ärgsten Feind... Sie waren sich sicher, allein im Haus zu sein, darum stand die Tür einen Spalt offen, Mondlicht drang durch die Stores (wie zum Trotz war der Mond hinter den Wolken hervorgekommen), und ich sah deutlich das ganze Geschehen. Meine Lage wurde recht gefährlich und zweideutig, mein Herz hämmerte, und mein Atem ging so laut, daß es erstaunlich war, daß sie ihn nicht hörten. Übrigens waren sie miteinander beschäftigt, und das hatte etwas Tierisches. Ich glaubte, die Erde tue sich auf. Der Schleier, mit dem der Mensch sein Geheimnis umhüllt, das ihn vom Tier unterscheidet, war zerissen, und ich verlor schlagartig den Glauben an alles und alle und begriff, daß diese Minuten alle meine künftigen Sünden sühnten. Natürlich dachte ich damals nicht so, das begriff ich erst später, viel später, vielleicht nach einem oder zwei Jahren. Damals aber war ich klatschnaß, Schweiß rann mir in den Kragen, doch ich ging nicht weg, sondern schaute hin wie unter Hypnose, war wie gelähmt und sah alles und in allen Einzelheiten bis zu dem Moment, wo sie sich erschöpft voneinander lösten.

Möglich, daß dieser Kotow meine Mutter liebte, das begriff ich später, und sie ihn liebte. Er war ein untersetzter, kräftiger blonder Mann mit schweren Fäusten, und obwohl von bärbeißigem Aussehen, war er im Innern nicht übel, das begriff ich auch später. Als erfahrener Tschekist war er aus Moskau als Berater der republikanischen Spionageabwehr zu uns geschickt worden, aber wo er meine Mutter kennenlernte, weiß ich nicht, sie hatte keine Beziehung zu dieser Behörde und war überhaupt am liebsten zu Hause, sie strickte gern oder kochte leckere Gerichte, die sie sich selber ausdachte, natürlich im Rahmen der bescheidenen Witwenrente und der Honorare für Übersetzungen französischer Romane und Theaterstücke (mein Großvater war Franzose).

In jener irren Nacht, als ich, ein südländischer Jüngling, von innerer Glut erhitzt, die körperliche Nähe der beiden sah, zudem die Nähe eines robusten Nordländers und einer heißblütigen, ungebundenen jungen spanischen Witwe, in jener Nacht veränderte ich mich vollständig. Ich begriff, daß alle persönlichen Anhänglichkeiten und vertrauten Werte trügerisch und vergänglich sind, denn der Mensch ist ein gesellschaftliches Wesen. Ich kletterte auf demselben Weg wieder hinaus, über den Dachboden, so daß keiner etwas merkte. Ich fuhr zurück zur Abteilung, und nach etwa einer Woche bekam ich einen Brief von meiner Mutter, in dem sie mich zu ihrer Hochzeit einlud. Ich kaufte einen großen Strauß weißer Rosen, dann nahm ich das Magazin aus der Pistole und ließ alle Patronen bis auf eine in der Kaserne. Doch am Gürtel hatte ich, zweifellos aus Zerstreutheit (ich war schrecklich zerstreut), hatte ich noch das Seitengewehr hängen, und kaum war ich mit Kotow allein in dem kleinen Zimmer, in das wir eine Kiste Cidre tragen wollten, als ich mich unverhofft mit dem Seitengewehr auf ihn stürzte. Er schlug es mir mit einem professionellen Handkantenschlag auf den Unterarm mühelos aus der Hand, und als wir dann einander gegenüberstanden, an den Schultern gepackt und schwer atmend, sagte er in gebrochenem Spanisch zu mir: ›Was du machst, Kleiner? Mußt nicht so... Du nicht gut, Kleiner...‹

Vielleicht wollte er auch etwas Schärferes sagen, aber er kannte nicht viele Wörter und hatte diese Sätze mühevoll zusammengekriegt. Dabei bot er mir zum Zeichen des Verzeihens, obwohl ich ihn beinahe erstochen hätte, mit einem Lächeln seine Freundschaft an, wie das ein Ausländer tut, wenn der andere seine Worte nicht versteht. Er faßte das Seitengewehr, das sich tief in den Boden gebohrt hatte, nachdem es mir aus der Hand geschlagen war, am Griff, zog es heraus und hielt es mir hin. Ich steckte es schweigend in die Scheide, und wir trugen die schwere Kiste mit Cidre ins Zimmer.

Die Spanier lieben große, turbulente Hochzeiten, und selbst in jener schweren Zeit (es war wirklich eine schwere Zeit, die Republik erlitt eine Niederlage nach der andern), selbst in jener schweren Zeit kamen viele Gäste, Spanier und Russen. Auf der Hochzeit meiner Mutter habe ich mich zum erstenmal im Leben richtig betrunken, bis zur Bewußtlosigkeit. Dann bin ich an die Front gefahren. Das war nicht mehr die Miliz-Abteilung, sondern die richtige Front. Ich sah viele Tode, viel Blut, Grausamkeiten, all das, was ein Bürgerkrieg mit sich bringt. In einem Ort sah ich einen Haufen abgeschnittener Kinderköpfe. So hatten sich die arabisch-marokkanischen Söldner der Faschisten die Zeit vertrieben. Die Köpfchen stammten von Kindern im Säuglingsalter bis zu zwei, drei Jahren. Korrespondenten fotografierten sie, aber wie ich hörte, wurde dieses Foto nicht einmal für die Propagierung des Hasses auf den Faschismus genutzt, sondern verboten, nur eine französische Zeitschrift druckte es ab, aber keine politische, sondern eine von einer erotischen Untergrundsekte herausgegebene, und die Polizei zog die ganze Auflage ein. Danach kam mir vieles, worunter ich gelitten hatte, bedeutungslos und lächerlich vor. Ich begriff, daß man den Haß nicht zersplittern darf und daß es verbrecherisch ist, auf der Erde etwas anderes zu hassen, solange es den Faschismus gibt. Ich schrieb meiner Mutter einen herzlichen Brief, ließ Serge (Kotow) einen Gruß ausrichten und spürte sofort, daß es einfacher und leichter wurde zu leben. Zumal man hastig leben mußte, von Kampf zu Kampf... Wir gingen zurück, viele meiner Kameraden waren gefallen, und ich wunderte mich, daß mich Kugel oder Splitter bislang verschont hatten. Schließlich erwischte es auch mich, nicht tödlich, aber doch recht schwer... Ich war lange bewußtlos und erwachte an einem ganz anderen Ort und, wie sich herausstellte, in einem anderen Land. Es war Moskau...«

Hier war natürlich eine gewisse Eile und Vereinfachung zu bemerken, und es war offensichtlich, daß etwas ausgelassen, etwas verschwiegen und auch entstellt wurde. Ich wies Gorjun darauf hin. Er stimmte mir zu, sagte aber, daß er erstens nur das nutzen könne, was ihm zur Verfügung stehe, zumal er diesen Teil der Geschichte aus dritter und nicht ganz zuverlässiger Hand habe, und daß zweitens dieser Teil weniger wichtig sei als der erste und der folgende. Klar sei, daß Kotow den Charakter des jungen Spaniers recht genau studiert habe, seines Stiefsohns, der nach Rache für die Niederlage der Republik dürstete und im tiefsten Innern seiner Mutter doch nicht verzeihen konnte, daß sie ihn mit einem anderen Mann betrogen hatte. So habe es Kotow auch auf der Sitzung der Kommission zur Ermordung Trotzkis formuliert.

»Das weiß ich von dem Österreicher, mit dem ich zusammen gesessen habe und der auch in die Sache verwickelt war, beinah zu den Organisatoren gehörte«, sagte Gorjun. »Es handelte sich also um einen enttäuschten Menschen, der den Faschismus fanatisch haßte, zumindest in den damals üblichen Formulierungen und Definitionen, und der außerdem gewisse körperliche Abirrungen und Verklemmtheiten hatte. Wie schon gesagt, sonderte man Mercader zuerst aus, kam dann aber nach etlichen Mißerfolgen und Veränderungen auf ihn zurück. Insbesondere hatte man versucht, Trotzkis Sekretärin anzuwerben – Trotzki schien sie zu lieben. Aber das mißlang. Freilich gab man das nicht auf, und als man später das Dossier über diese Sekretärin unter einem anderen Gesichtspunkt studierte, erinnerte man sich an Mercader. Ihre beiden Dossiers wurden miteinander verglichen, und Kotow, dessen Position zu der Zeit wacklig war, so daß er sogar die härtesten Maßnahmen gegen sich befürchtete, Kotow wurde eingeladen, freundlich behandelt, und man forderte ihn auf, vom Wesen der Operation zu erzählen. Er legte sich ins Zeug, spürte darin nicht nur seine einzige Chance, sondern darüber hinaus gewaltige Möglichkeiten. Bald darauf waren er, seine Frau und sein Stiefsohn in Mexiko, wo Trotzki damals lebte. Hier gibt es auch mehrere Versionen, und es ist nicht ganz klar, auf welche Weise sich Mercader in Trotzkis Sekretärin verliebte und sie sich in ihn (sie liebten einander wirklich), wie das organisiert war. Es gibt die Vermutung, daß Ramóns Mutter daran beteiligt war, und natürlich sein Stiefvater. Also, die Mutter, die ihren Sohn liebte, übernahm die Rolle der Kupplerin, weil sie erkannte, daß diese Liebe für die Ausführung des politischen Mordes notwendig war. Übrigens sah sie darin offenbar ihre Pflicht und ihren Beitrag im Kampf gegen den Faschismus. Alle spanischen Emigranten waren damals in einer sehr schlimmen Seelenverfassung. Die spanische Republik lag in Todesagonie, und wo immer sie sich befanden, schienen sie an deren Leichnam zu sitzen, niedergeschlagen und erbittert. Unter solchen Umständen war ein Mensch wie Ramón Mercader, der am gemeinsamen Kummer litt und sich nicht mit körperlichen Ausschweifungen beruhigte, unersetzlich, und hier wußten die Organisatoren aus dem Zentrum den Professionalismus Kotows zu schätzen, der das alles vorausgesehen, aufgebaut und organisiert hatte.

Wie schon erwähnt, ergriffen Trotzki, seine Freunde und Anhänger nach dem mit modernen Terrormitteln durchgeführten Partisanenüberfall der Abteilung des Malers Siqueiros strenge Vorsichtsmaßregeln, so daß ein besonderes Vorgehen und eine völlige Änderung des Plans notwendig wurden. Die Stärke von Kotows Plan, den er der Kommission vorstellte, bestand in seiner Einfachheit. Dieser Plan roch nach dem alten Rußland, wo ein Mörder für drei Silberkopeken gedungen wurde und einen Espenknüppel in die Hand bekam. Aber niemand nahm an, daß dieser Plan erfolgreich sein würde. Es war so, daß Trotzki tatsächlich gewisse Absichten auf seine Sekretärin hatte, wohl eine Deutsche, die eine politisch ergebene, aber moralisch standfeste Person war und darum in Verwirrung und Zweifel gestürzt wurde. Sie verehrte das Genie Trotzkis, aber als Mann hatte er ihr nie gefallen (wie sie vor Gericht sagte). Das Erscheinen Ramón Mercaders, eines jungen Journalisten und feurigen Spaniers mit einer dunklen Tragebinde, Folge der Verwundung, die er in den Kämpfen gegen die Faschisten davongetragen hatte, den Kämpfen, zu denen es die Sekretärin selbst getrieben hatte und in denen ihr Bräutigam, ein spanischer Trotzkist, gefallen war, das Erscheinen eines solchen Mannes half ihr, das Problem zu lösen, sie verliebte sich in Ramón, und zwar sehr überstürzt, so konnte siedie Reinheit ihrer Beziehungen zu Trotzki bewahren. Trotz ihrer Jugend wußte und fühlte sie: Wenn sie nachgab und nicht aus Liebe Trotzkis Geliebte wurde, würde sie sicherlich bald auch von seinen geistigen Ansichten enttäuscht sein. Das ist die Denkweise einer sinnlichen Frau. So war es Trotzki selbst, der aufgrund seiner männlichen Schwäche (eben dort stellt man keine Wache auf, was Kotow wußte) für junge schöne Frauen, die vielen unschönen kleingewachsenen älteren Männern eigen ist, der aufgrund dieser Schwäche Kotows Plan entgegenkam und seinen eigenen Untergang heraufbeschwor. Von seiner Sekretärin wollte er sich nicht trennen, wie es seine Frau forderte, weniger aus Eifersucht als vielmehr aus Überlegungen der Sicherheit, denn sie war nicht nur Frau, sondern auch politische Funktionärin und begriff, wie zerbrechlich und gefährlich dieses Kettenglied in der so schwierigen Situation war, also, von der Sekretärin wollte er sich nicht trennen (sie war wirklich eine tüchtige und in ideeller Hinsicht ergebene Mitarbeiterin), sie aber konnte sich nicht mehr von Ramón trennen, den sie (nach einer Version) in einer literarischen Gesellschaft kennengelernt hatte. Diese Gesellschaften in Mexiko waren mit denen in Rußland vergleichbar, wo sich Menschen häufig nicht auf einer wirklichen, sondern konventionellen literarischen Grundlage zusammenfanden. Ramón begann in Trotzkis Haus zu verkehren, die Wache gewöhnte sich an ihn. Trotzki selbst sah er allerdings nur ein paarmal flüchtig, wobei sich solche Situationen zufällig zu ergeben schienen, aber vorbereitet waren. Auf diese Weise war Ramón sozusagen als zufälliger Besucher neutralisiert, doch er begriff die Schwierigkeit des Übergangs von der vorbereitenden Etappe, die erfolgreich verlaufen war, zur entscheidenden. In Moskau hatte Ramón Schnellkurse absolviert und verstand und bemerkte vieles, was einem Dilletanten nicht aufgefallen wäre. Doch im Grunde blieb er ein Dilletant (eben darauf setzte Kotow), wenn auch mit gewissen Elementen von Professionalismus.

Unterdessen wurde man im Zentrum nervös, denn die Zeit verging, und alle geplanten Fristen waren verstrichen. Ein chiffriertes Fernschreiben äußerst unangenehmen Inhalts traf ein, das sogar Grobheiten und Drohungen enthielt. Kotow wußte, daß man im Zentrum unrecht hatte und nicht die Subtilität und Kompliziertheit der Situation berücksichtigte. Er war sich darüber im klaren, daß, sollte die Operation jetzt abgebrochen werden, an eine Wiederholung nicht zu denken war. Ihn hatten Gerüchte erreicht, daß einige Anhänger Trotzki aufforderten, in die Illegalität zu gehen, wobei sie lästerlich (so meldete er es ans Zentrum) die Umstände mit denen verglichen, die Lenin 1917 gezwungen hatten, in die Illegalität zu gehen. Er wußte auch, daß Trotzki diesen Vorschlag verworfen hatte, aber es war ungewiß, ob er ihn früher oder später nicht doch akzeptieren würde, besonders wenn die geplante Operation fehlschlug. Trotzki war ein guter Konspirateur, und die Möglichkeit, ihn dann zu finden, wäre gering, ganz zu schweigen von einer Liquidierung. Kotow sah den Voluntarismus und die Praxisferne des Zentrums, dennoch war er verpflichtet, die Forderungen des Zentrums Mercader zu übermitteln und von sich hinzuzufügen, daß es Ramón an Entschlossenhheit fehle, was er freilich sogleich durch die Worte milderte, daß er auch künftig keine Unbesonnenheit begehen dürfe, wie es das Zentrum zu empfehlen scheine. Während dieses Gesprächs war Mercader äußerst finster, und am Ende forderte er, ihm für den nächsten Besuch ein paar Handgranaten zu geben, möglichst italienische Splittergranaten, die er kenne und die kleiner als andere und leicht zu handhaben seien. Er hoffe, nicht durchsucht zu werden, weil sie sich an ihn gewöhnt hätten und ihn fast für einen der Ihren hielten, für den Bräutigam ihrer Mitarbeiterin. Die Idee mit den Handgranaten wurde von Kotow sofort aus einer Reihe von Gründen verworfen. Erstens glaubte er nicht an die technische Möglichkeit, sie einzusetzen, zweitens war alles komplizierter geworden, denn Moskau bereitete einen Vertrag mit Deutschland vor, die Situation hatte sich geändert, und ein aufsehenerregender antifaschistischer Prozeß, mit dem eine so geräuschvolle, von Detonationen begleitete Ermordung Trotzkis enden mußte, würde jetzt wohl kaum gebilligt werden, ein Prozeß, der die Verbindung zwischen Trotzkismus und Faschismus nachgewiesen hätte und in dem viele fortschrittliche westliche Persönlichkeiten als Zeugen auftreten sollten. In der veränderten Situation, als in der sowjetischen Presse der Ausdruck »kurzsichtige Antifaschisten« auftauchte, mußte man sich rasch umstellen, und da die Operation zur Liquidierung Trotzkis nicht abgeblasen worden war, mußte es jetzt leise geschehen, gleichsam illegal, ohne unnützen Lärm und nach Möglichkeit mit einer kriminellen persönlichen Ausrichtung. Jetzt zahlte sich Kotows Voraussicht hinsichtlich der Wahl des Kandidaten aus, denn wenn die Kandidatur eines alten Revolutionärs oder professionellen Kundschafters bestätigt worden wäre, hätte die Operation abgeblasen werden müssen. Über die veränderten Bedingungen bei der Liquidierung Trotzkis informierte Kotow Mercader. Der war erschüttert, denn als eine unbefriedigte, erbitterte, launische und poetische Natur suchte er Aufsehen, politische Losungen und Märtyrertum. Dennoch sagte er, er habe die neuen Forderungen verstanden, brauche aber noch etwas Zeit, um sich umzustellen und nachzudenken. Er bat um die Erlaubnis, zu seiner Mutter zu fahren (seine Mutter war zu dieser Zeit in Paris). Das machte Kotow mißtrauisch, so daß er beinahe die Selbstbeherrschung verlor, und der professionelle Kundschafter griff sogar zu plumpen groben Drohungen, worauf Mercader ungut grinste und wohl auf russisch (er sprach schon leidlich russisch) sagte:

›Schade, daß ich dich auf der Hochzeit nicht mit dem Seitengewehr abgestochen habe...‹

So kam es zwischen ihnen im angespanntesten Moment zu einer gefährlichen Verstimmung. Freilich fing sich Kotow gleich wieder, vermochte die Sache zu überspielen und entschuldigte sich quasi bei Ramón.

›Na schön‹, sagte Ramón, offenbar die Entschuldigung seines ehemaligen Herrn genießend, dem er insgeheim doch nie die Liebe und Nähe zu seiner schönen Mutter verziehen hatte, ›na schön... Morgen treffe ich mich mit meiner Braut und werde versuchen, den Lageplan der Zimmer herauszubekommen...‹

›Auf keinen Fall‹, schrie Kotow, ›du bist ja übergeschnappt!‹

›Ich mache es vorsichtig.‹

›Red keinen Blödsinn... Meinst du das im Ernst?‹

›Was soll ich denn machen, du drängst mich ja zur Eile...‹

›Die Toilette‹, sagte Kotow, ›versuche alles über die Toilette herauszubringen... Die Lage, die Zugänge, das Türschloß, wann saubergemacht wird... Wir konnten einen bekannten Weißgardisten auf seiner Toilette liquidieren... Allerdings wird Trotzki das wissen. Natürlich kennt er alle Varianten der von uns durchgeführten Operationen. Aber wir haben wenig Zeit, wir müssen unser Glück in dieser Richtung versuchen. Zweimal kann man die gleiche Methode anwenden, beim drittenmal geht's schief... Wenn der Schützling allein ist... Die Toilette wird kaum bewacht werden...‹

›Aber im Korridor kann eine Wache stehen‹, sagte Mercader.

›Jedenfalls ist das die Richtung, in der man suchen muß.‹

Kotow war aufgeregt. Offenbar konnte er Mercaders Bitte nicht vergessen, seine Mutter in Paris besuchen zu dürfen, und ihn plagten Verdächtigungen und Angst um sich selbst. Er wußte ja nur zu gut, was ihm bevorstand, wenn die Operation gegen Trotzki mißlang oder mit einem Skandal und öffentlichen Entlarvungen endete. Vielleicht kamen ihm Zweifel an Mercader, er hatte auch extreme Varianten eingeplant. Wenn er Mercader liquidierte, um Verrat und öffentlichen Entlarvungen vorzubeugen, und das so dem Zentrum erklärte, würde man ihn zwar nicht gerade loben, ihm aber zumindest verzeihen: Die Operation war zwar fehlgeschlagen, aber die Spuren waren verwischt. Dennoch beschloß er nach einigem Zögern, das Risiko einzugehen (so schrieb er später in seinen Aufzeichnungen, die er im Ausland veröffentlichen wollte).«

Bisher habe ich alles so wiedergegeben, wie sich mir Gorjuns Darlegung der Ereignisse eingeprägt hat, im weitern führe ich eine Kopie der Aussagen aus Gorjuns blauem Aktendeckel an, die Gorjun, wie er sagte, aus zuverlässiger zweiter Hand hatte und für deren Glaubwürdigkeit er sich besonders verbürgte (nach einer Version hatte dieses Material auch der Rechtsanwalt benutzt, der Mercader vor Gericht verteidigt hatte).

»Der Tag, an dem ich zu Trotzkis Villa ging« (es war eine richtige Villa), teilt Mercader mit, »war außergewöhnlich heiß, selbst für ein Land wie Mexiko. Alles war weiß vor Hitze, und die Kleidung klebte am Körper. Wenn ich in der letzten Zeit zu Trotzkis Villa ging, hatte ich trotz Kotows Warnung und Verbot, um meine geistige Unabhängigkeit zu demonstrieren, jedesmal einen kleinen Browning unter der Kleidung versteckt, denn ich war sicher, daß man mich nicht durchsuchen würde. Doch ihn jetzt, bei der Hitze, unter der leichten Kleidung zu verstecken war unmöglich, und bei der Hitze etwas Festeres anzuziehen hätte vielleicht Verdacht hervorgerufen. Ich ging also hin, um mit meiner Braut zu reden und in einem günstigen Moment die notwendigen Details für meinen Plan herauszufinden, den ich längst fertig hatte, in den ich aber Kotow nicht einweihte (zum Glück wurde dieser Plan nicht realisiert, denn jetzt begreife ich, wie hirnverbrannt und gefährlich er war). Trotzkis Villa lag in einem großen Garten mit Blumenbeeten, Lauben und Sandwegen, sogar mit einem Teich, auf dem Schwäne schwammen. Trotzki war ein wohlhabender Mann. Meine Braut behauptete, daß er für seine literarisch-politischen Arbeiten märchenhafte Honorare bekomme. Ich denke aber, daß für seinen Unterhalt große ausländische Fonds aufkamen. Doch an jenem Tag dachte ich am wenigsten über Trotzkis Einkünfte nach. Ich war beunruhigt, und die unterschiedlichsten Gedanken schwirrten mir durch den Kopf, bis hin zu dem Wunsch, zur Polizei zu gehen. Aber das kam natürlich von meiner Erschöpfung und Gereiztheit. Mich hatte die Nachricht von dem Pakt zwischen Rußland und Deutschland erschüttert. Ich konnte nicht verstehen, was in der Welt vorging. Ich mußte an die Bestialitäten der Faschisten, an die abgeschnittenen Kinderköpfchen denken, und das alles verflocht sich auf merkwürdige Weise mit dem physischen Verrat meiner Mutter (ich konnte jene schmachvolle Nacht nicht vergessen, und gerade jetzt wurde sie wieder lebendig, setzte sich in meinem Kopf fest und ließ mir keine Ruhe). Ich war am Rande eines Nervenzusammenbruchs. In diesem Zustand erreichte ich den Garten von Trotzkis Villa.

Als ich durch die zentrale Allee ging, sah ich meine Braut, die mit irgendwelchen Papieren unterwegs war. Ich wollte sie anrufen, besann mich aber (ein Wink des Schicksals) und folgte ihr; wenn sie sich umgedreht und mich gesehen hätte, würde ich ihr gesagt haben, daß ich sie erschrecken wollte. Sie bog in eine kleine Seitenallee ein, und ich verlor sie aus den Augen, denn ich hörte die Schritte eines Wächters und schlug mich in die Büsche, obwohl das gefährlich war, denn hätte er mich dort gefunden, so wäre alles aus gewesen, für die Operation und für mich. Doch ich blieb unentdeckt. Nachdem ich eine Weile dort gestanden hatte, sah ich plötzlich meine Braut, die in heller Aufregung, der oberste Blusenknopf war geöffnet, schnell zum Haus ging, ja, rannte, und ich, ein verliebter Mann (ich liebte sie), erriet untrüglich, was vorgefallen war. Die Vernunft verließ mich endgültig (gerade das kam dem Erfolg der Operation zugute, wie ich später begriff). Ich trat aus den Büschen und ging fast im Laufschritt die schmale Allee entlang, bis ich eine grünumrankte Laube sah. In der Laube saß Trotzki und schrieb rasch. Die große Hitze (die mich gehindert hatte, eine Waffe unter der Kleidung zu verstecken) war nun mein Vorteil, denn sie hatte Trotzki veranlaßt, sein Arbeitszimmer zu verlassen und die Vorsicht zu vernachlässigen. Sicherlich hatte er versucht, meine Braut, seine Sekretärin, die ihm Papiere gebracht hatte, zu umarmen, oder er hatte ihr so stürmisch die Hand gedrückt, daß es ihrer Meinung nach die Grenze der Kameradschaftlichkeit überschritt. Klar war, daß er etwas Leichtsinniges getan hatte, was er aber als Egoist und mit sich selbst beschäftigter Mensch nicht allzu ernst nahm, denn er war völlig ruhig und konzentriert, obwohl meine Braut ganz aufgelöst und wohl auch weinend davongelaufen war. Ich weiß nicht, wie die kleine Gartenhacke auf den Sandweg kam, vielleicht hatte der Gärtner sie vergessen, vielleicht wurde sie auch vom Schicksal dorthin geworfen (die Spanier, selbst die Materialisten, sind immer abergläubisch, ob bei Erfolg oder Mißerfolg). Ich packte die Hacke und ging mit unbedacht lauten Schritten, fast laufend, zu der Laube. Aber Trotzki war so in die Arbeit vertieft, daß er erst in dem Moment aufblickte, als ich die rechte Hand mit der Hacke hob, während ich mich mit der Linken an einem Balken der Laube festhielt, damit der Schlag mehr Wucht bekäme. Wir waren beide erschrocken, er aus begreiflichem Grund und ich aus Angst vor einem Mißerfolg, die Eifersucht hatte mir zwar geholfen, mich für die Tat zu entscheiden, aber als ich die Hacke ergriff, vergaß ich alles und dachte nur an die mechanische Tat, die zu erledigen war. Darum schlug ich beim erstenmal ungeschickt zu, die Hacke streifte Trotzkis Glatze nur, verwundete ihn nicht tödlich. Er schrie auf, stieß mich mit den Händen gegen die Brust und versuchte, einen Revolver aus der Tischlade zu nehmen. Jetzt erwies es sich als günstig, daß ich die Hacke nicht mit beiden Händen hielt (anfangs hatte ich sie so gehalten, um kräftiger zuschlagen zu können), sondern nur in der rechten Hand und mich mit der Linken an der Laube festhielt. So brachte mich der Stoß nicht aus dem Gleichgewicht; überdies weckt der Anblick von Blut bei nervösen aggressiven Menschen Wut auf das Opfer und verleiht Kraft. Ich schlug ein zweitesmal zu und erkannte an dem weichen Laut, mit dem die Hacke in den Schädel drang, ohne einen neuen Blutstrom auszulösen, daß dieser Schlag gut und tödlich war. Die Hacke noch immer in der Hand, wandte ich den Kopf und sah Leute herbeilaufen. Trotzkis Frau erkannte ich sofort, an die übrigen kann ich mich nicht erinnern. Trotzkis Frau, schon in den Jahren, lief auf mich zu und weinte. Und da machte ich einen Fehler. Als Trotzki hinstürzte, genauer, von der Bank glitt, auf die er zuvor gesunken war, schrie ich wütend: ›Tod dem Faschismus‹, und dieser Satz machte später meinem Anwalt tüchtig zu schaffen, als er zu beweisen versuchte, daß ich vor Eifersucht von Sinnen gewesen sei und die politische Losung als gewöhnliche Beschimpfung herausgeschrien hätte. Jemand schlug mich von hinten heftig und gekonnt ein paarmal in die Nieren (ich lag später mit einer Nierenkrankheit im Gefängniskrankenhaus und denke, daß es eine Folge dieser Schläge war), dann wurde ich zu Boden geworfen, aber da war schon die Polizei da, von meiner Braut gerufen, und führte mich ab. Ich fühlte eine große Müdigkeit, die sogar die Freude über die gelungene Operation dämpfte. Zaudern und Zweifel plagten mich nicht mehr. Ich hatte meine Pflicht getan, hatte meinen Beitrag im Kampf gegen den Faschismus geleistet und meinte, nicht umsonst gelebt zu haben. (Das war für mich, einen in vieler Hinsicht unbefriedigten Menschen, äußerst wichtig.) Die entscheidende Etappe war abgeschlossen, nun stand der Gerichtsprozeß bevor.«

Der Gerichtsprozeß, so legte Gorjun seine Version weiterhin dar, wobei er sich, wie er behauptete, auf vertrauenswürdige Angaben stützte, ja, nachgerade auf die Aufzeichnungen von Kotow selbst, der Gerichtsprozeß beschwor ein ernstes Problem herauf, das im Zentrum Unruhe auslöste, so daß man von Kotow schier Unmögliches verlangte. Hatte man ursprünglich darauf hingearbeitet, dem Prozeß eine aufsehenerregende politische Resonanz zu verschaffen, den Trotzkismus endgültig mit dem Nationalsozialismus und Faschismus in Verbindung zu bringen und für die Verteidigung des Angeklagten bedeutende Antifaschisten und Demokraten zu gewinnen, so war die politische Färbung jetzt sehr ungünstig, weil antifaschistische Kundgebungen nicht mehr zeitgemäß waren. Mercaders Verliebtheit in Trotzkis Sekretärin und seine Eifersucht waren ursprünglich nur als praktisches Hilfsmittel gedacht, das im Laufe des Prozesses unter den Tisch fallen und vergessen werden sollte, doch nun bekamen sie erstrangige Bedeutung als eine Möglichkeit, die Resonanz des Falles zu verringern. Außerdem gab es keinerlei Garantien, daß in den Kreisen der westlichen Kommunisten und überhaupt der fortschrittlichen Öffentlichkeit des Westens, beeinflußt von der langjährigen Agitation und den Instruktionen, die aus Moskau kamen und zur Entlarvung der Verbindungen zwischen Trotzkismus und Faschismus aufriefen, gab es also keinerlei Garantien, daß der Prozeß in diesen Kreisen nicht spontan eine neue Welle antifaschistischer Kundgebungen auslösen würde, besonders unter dem Eindruck der von den spanischen Faschisten verübten Bestialitäten. Und hatte das Zentrum früher gebilligt, daß Trotzkis Mörder ein spanischer Republikaner war, so machte es diesen Umstand Kotow nun nachgerade zum Vorwurf. Überlegungen der hohen Politik kamen ins Spiel, und aus diesem Anlaß schien es ein Gespräch zwischen Molotow, der Litwinow auf dem Posten des Volkskommissars für auswärtige Angelegenheiten abgelöst hatte, und den verantwortlichen Mitarbeitern des Zentrums gegeben zu haben. Die sowjetische Presse war angewiesen, den Prozeß zu verschweigen. Kotow hatte den Befehl erhalten, den Prozeß nach Möglichkeit in eine mehr lokale, kriminelle Richtung zu lenken und Versuche der mit England und Amerika in Verbindung stehenden imperialistischen Reaktionäre zu durchkreuzen, dem Prozeß einen politischen Charakter zu verleihen, um die internationale Lage zu komplizieren. Kotows Aufgabe wurde allerdings durch die Maßnahmen erleichtert, die er gleich zu Beginn, sogar auf eigenes Risiko und gegen die Anweisungen des Zentrums ergriffen hatte (zum Beispiel war angeordnet worden, daß nach der Ermordung eine Demonstration der örtlichen fortschrittlichen Kräfte stattfinden sollte, aber Kotow hatte schon früher alles getan, um das zu verhindern). Doch ihn beunruhigte erstens Mercader, den er nicht im Gefängnis besuchen konnte (das war zu riskant), so daß er über dessen Mutter agieren mußte, der er immer weniger vertraute, und zweitens beunruhigte ihn Trotzkis ehemalige Sekreträrin, die ebenfalls in Haft war; dennoch war es einem fanatischen Trotzkisten gelungen, einen Anschlag auf sie zu verüben, der allerdings mißglückte. Die Sekretärin, die unter dem Eindruck der Ereignisse in einem schlimmen nervlichen Zustand war, gab Korrespondenten der fortschrittlichen Presse einige politische Erklärungen ab, in denen sie sich von ihren früheren Ansichten lossagte, was einem Todesurteil gleichkam, denn es war mit politischen Sensationen und Enthüllungen zu rechnen, auf die die fortschrittliche Presse nicht weniger erpicht war als die reaktionäre. Für Kotow brachen enorm schwere Zeiten an, er schlief mehrere Nächte nicht und mobilisierte seinen ganzen Willen, seine Energie und professionelle Erfahrung (seine eigenen Worte aus den Aufzeichnungen). Es gelang ihm, einen guten Anwalt mit gemäßigten, in gewissem Grade sogar rechten Ansichten zu finden. Es gelang ihm, über den Anwalt, einen verständigen Mann, der zwar etwas zynisch war und darum die Situation bestens verstand, der nervösen Sekretärin einen Verhaltensplan für die Voruntersuchung und dann auch für den Prozeß beizubringen. »Die einzige Methode, Ramón zu retten, besteht darin, nachzuweisen, daß der Mord aus Eifersucht begangen wurde, denn auf politischen Mord steht in Mexiko die Todesstrafe.« Sie begriff das und kam zur Vernunft. Wenn es auch nicht der Wahrheit entsprach, berührte es sie doch irgendwie, außerdem war sie eine gescheite Frau. Es bildete sich eine humane Situation heraus, die allerdings nach bürgerlichem Individualismus roch (diesen Vorwurf erhob ein örtliches, anarcho-linkskommunistisches Blättchen, das außer Kontrolle geraten war), das heißt, um ein Menschenleben zu retten, wurde die Pflicht und die gesellschaftliche Resonanz des Prozesses geopfert. Obendrein, vielleicht unter dem Einfluß des Besuchs der Mutter (ein richtiger Schachzug), erwachte in Ramón der Drang zu leben (zuvor hatte Ramón Kotow furchtbar mit seinem Entschluß erschreckt, den Kelch des politischen Kämpfers bis zur Neige zu leeren und als ein solcher in die Geschichte einzugehen). Bei der Voruntersuchung und dann auch beim Prozeß benahm sich Ramón exakt, sekundierte geschickt dem Anwalt, handelte in Übereinstimmung mit Trotzkis ehemaliger Sekretärin, der Ursache seiner Eifersucht und seiner extremen Tat in unzurechnungsfähigem Zustand. Schließlich wurde der Antrag des Staatsanwalts auf Todesstrafe abgelehnt und durch zwanzig Jahre Gefängnis ersetzt. Dennoch ging mit dem Prozeß nicht alles glatt, es gab alle möglichen unangenehmen Wirbel, spontane antifaschistische Kundgebungen, äußerst schlüpfrige Gerüchte usw. Das Zentrum war nicht völlig zufrieden, obwohl es im Prinzip Kotow zum Erfolg gratulierte. Doch Kotow war ein erfahrener Profi, der lange in dem System gearbeitet hatte. Er prüfte und analysierte die Umstände, und als ihn der nächste chiffrierte Funkspruch nach Moskau beorderte, packte er seine Koffer und fuhr nach Paris, wo er, in billigen, unauffälligen Hotels wohnend, seine Aufzeichnungen schrieb, in der Hoffnung, sie zu veröffentlichen, zumal sich die Beziehungen zu Rußland nach dem Pakt mit Deutschland verschlechtert hatten.

Doch der Faschismus rückte vor, und die fortschrittliche Persönlichkeit, an die sich Kotow wandte (er machte den Fehler, die Kritik dieser Persönlichkeit an der Sowjetunion für einen totalen Positionswechsel zu halten), diese Persönlichkeit verstand erstens (wie sie sogar zuweilen öffentlich erklärte, was Kotow aber entgangen war), daß Rußland nach wie vor die Kraft war, die sich dem Faschismus entgegenstellte, und daß der Nichtangriffspakt provisorisch war und vom Faschismus gebrochen werden würde, und zweitens hielt sie überhaupt alles, was Kotow geschrieben hatte, für eine plumpe Fälschung, weil es nicht mit ihren Ansichten und Vorstellungen von den fortschrittlich-demokratischen Grundlagen der Sowjetunion übereinstimmte. Da die fortschrittliche Persönlichkeit zur Zeit mit der Sowjetunion zerfallen war und keinen Kontakt zur sowjetischen Botschaft hatte, agierte sie über Dritte und übergab die Aufzeichnungen einem angesehenen Dichter, natürlich einem fortschrittlichen, der zwar auch den Protest gegen den Pakt zwischen Rußland und Deutschland unterschrieben hatte, aber immer noch Verbindung zu den örtlichen Kommunisten hielt. Diese wiederum übergaben die Aufzeichnungen der Botschaft. Und so, die Kette von dem fortschrittlichen Dichter zur fortschrittlichen Persönlichkeit zurückverfolgend, spürten die Leute des Zentrums, die ehemaligen Kollegen, Kotow auf (den sie seit langem suchten). Kotow wurde bald darauf getötet (vielleicht war es Zufall, daß es entsprechend seiner eigenen Idee in einer Toilette des Hotels geschah), und die Aufzeichnungen kamen natürlich in ein sicheres Versteck oder wurden gar vernichtet, aber es ist durchaus möglich, daß Kopien angefertigt wurden und ein Teil von ihnen auf verschlungenen Wegen in Gorjuns Hände gelangte, des Trotzkisten, der es sich zur Lebensaufgabe gemacht hatte, die Umstände von Trotzkis Tod zu rekonstruieren. Und was Mercader angeht, wäre es ihm damals nach dem Mord gelungen, sich zu verstecken, so hätte ihn zweifellos Kotows Schicksal ereilt. Da er aber verhaftet wurde und die Gefängniszelle in Mexiko ihn vor der Liquidierung schützte und da allmählich alles seinen Gang ging – Trotzki war tot, und es hatte keine besonderen Nebenwirkungen ausgelöst – und da Mercader sich im Gefängnis tadellos im Interesse der Sache verhielt, wurde ihm in Anbetracht seiner großen Verdienste heimlich der Titel Held der Sowjetunion verliehen, was ihm eine Vertrauensperson bei einem Besuch mitteilte. (Nach einer anderen Version erhielt er diesen Titel erst unter Chrustschow.) Was das Schicksal seiner Mutter angeht, so ist darüber nichts bekannt, nach Kotows Liquidierung wurde sie nirgends mehr erwähnt, zumindest hatte Gorjun keine Informationen über sie. Von Mercader hingegen ist bekannt, daß er in den zwanzig Jahren Gefängnishaft vorzüglich Billard spielen lernte, was er später in Moskau mehrfach unter Beweis stellte, im Klub der spanischen politischen Emigranten, wo Gorjun ihn zu sehen bekam.

Damit endeten die Aufzeichnungen in dem blauen Aktendeckel, aber er enthielt noch einige leere Blätter, Gorjun hielt sie mir hin und sagte:

»Diese Blätter müssen wir beide füllen und einen Schlußpunkt setzen.« (Wie sich zeigte, hatte er einen Sinn für symbolische Gesten, was ihn als einen eitlen Menschen auswies. Übrigens ist das in unserer Situation und unserem politischen Kampf eine Eigenschaft, die keiner Erwähnung bedarf, weil sie sich von selbst versteht.)

Ich weiß noch, als Gorjun fertig war mit dem Vorlesen, das er durch ausführliche mündliche Kommentare ergänzte, war es schon heller Morgen. Wir hatten uns in nächtlicher Dunkelheit und Kühle zum Lesen hingesetzt, und als wir aufhörten, brannte die Sonne aufs Fensterbrett. Ich blickte Gorjun an und sah sein erschöpftes, schläfriges Gesicht. Sicherlich bot ich den gleichen Anblick. Gorjun streckte sich, so daß seine Gelenke knackten, gähnte breit, wobei er seine schlechten Zähne entblößte und mir unangenehm ins Gesicht hauchte, und bedeckte die Augen mit der linken, von der Folter verkrüppelten Hand. Diese Geste machte er vielleicht unbewußt wie jeder müde Mensch, aber mir schien, daß er mir demonstrativ die verkrüppelte linke Hand zeigte, um mich zu tadeln oder einzuschüchtern. Wozu er das tat, weiß ich nicht, vielleicht hatte er einen komplizierten Plan, vielleicht war es auch nur ein Lapsus, denn gleich darauf schlug er mir vor (wie ich vermutet hatte), mich mit ihm zu verbünden für den Fall, daß durch Stschussews Intrigen Mercaders Kandidatur abgelehnt wurde. Bei einer solchen Wendung der Dinge sollte ich auf die Krim fahren (übrigens war ich noch nie auf der Krim gewesen und hatte auch das Meer noch nie gesehen), wo Ramón Mercader sich nach Gorjuns Worten gerade in einem der geschlossenen Sanatorien im Bezirk Jalta erholte.

DRITTES KAPITEL

Der Gerechtigkeit halber muß ich bemerken, daß der Fall Mercader auf mich einen überaus starken, wenn auch widersprüchlichen Eindruck machte. Dennoch entschied sich die Organisation, obwohl Gorjun anfangs einen gewissen Vorsprung hatte, für Stschussews Kandidaten, das heißt, für Molotow. Diese Kandidatur wurde als seriöser und zweckdienlicher für Rußland befunden (in letzter Zeit dachte man in der Organisation nur in solchen Kategorien). Was den von Gorjun vorbereiteten Fall Mercader betraf, so bezeichnete ihn Stschussew schlichtweg als größtenteils erfunden und unseriös. An dieser Sitzung der Organisation nahmen ein paar Leute teil, die ich noch nie gesehen hatte, offensichtlich kamen sie von außerhalb und waren von Stschussew kurzfristig eingeladen worden. Der einzige, der Gorjun unterstützte, war ich. Wissowin enthielt sich der Stimme. Damit war die Sache entschieden. Stschussew wies Gorjun darauf hin, daß er verpflichtet sei, sich der Mehrheit zu fügen.

Gorjun gab sein Versprechen, doch es war zu sehen, daß Stschussew dem Versprechen nicht traute und beunruhigt war. Ich versuchte mit Wissowin über Gorjun zu sprechen, aber er äußerte sich plötzlich mit einer Wut über ihn, die ich gar nicht an ihm kannte, und bezeichnete ihn im proletarischen Geist Petersburgs als »gemeinen Trozkisten«. Mein Verhältnis zu Gorjun war äußerst widersprüchlich und eher schlecht als gut, besonders nach der bei ihm verbrachten Nacht, doch jetzt mußte ich einfach widersprechen.

»Was denn, Christofor«, schrie ich, »kommt jetzt bei dir der stalinistische Petersburger Prolet zum Vorschein?«

»Du kannst mich mal«, entgegnete Wissowin mürrisch.

Er ließ sich auf keinen Streit mit mir ein, sondern machte sich das Bett (er schlief auf dem Sofa, ich auf der Klappliege), legte sich hin und drehte sich zur Wand. Wir lagen beide schlaflos da und warteten auf irgend etwas. Und richtig, gegen Morgen kam Warja und sagte, wir sollten sofort zu Stschussew kommen. Unterwegs waren wir fest davon überzeugt, daß etwas Unangenehmes passiert war, und glaubten, auf alles gefaßt sein zu müssen. Als Stschussew uns jedoch mitteilte, Gorjun sei verhaftet worden, und es sei zu vermuten, wenn auch noch nicht bestätigt, daß er bereits erste Aussagen gegen die Organisation gemacht habe, da begann ich im wahrsten Sinne des Wortes zu zittern, als hätte ich Schüttelfrost. Die Lage war sehr ernst. Wissowin und Stschussew waren auch bleich und schlossen sich in der Küche ein, aus der ihre aufgeregten Stimmen drangen, offensichtlich hatten sie einen unangenehmen, vielleicht sogar groben Streit. Neben mir saß Warja und wiegte den Säugling, doch ich hatte den Eindruck, daß sie hier saß, um mich zu beobachten. Warum, weiß ich nicht. Überhaupt war Stschussew schon seit einiger Zeit allen gegenüber äußerst argwöhnisch und mißtrauisch, und es war anzunehmen, daß sich sein Mißtrauen nach Gorjuns

Verhaftung noch verstärken würde, zumal er spürte, daß seine Autorität in der Organisation sank... In dem Streit, der aus der Küche drang, glaubte ich sogar das Wort »Strolch« zu hören, von Wissowin an Stschussew gerichtet. Aber bald wurden die Stimmen leiser, offensichtlich waren sie zu sich gekommen, hatten sich versöhnt oder geeinigt.

Wissowin betrank sich in letzter Zeit recht häufig, und wenn er betrunken war, weinte er wie ein Weib – bitterlich schluchzend, genußvoll, ohne sich vor mir zu genieren, wie nur ein Russe weinen kann, der, nach seinen Worten, das »wahre Rußland« verloren hat. Das Rußland der Großväter und Urgroßväter, das (wiederum nach seinen Worten) unter Stalin existiert habe, das jedoch immer dann verschwinde, wenn das Volk aufhöre, klar und einfach seine Pflichten, seine Feinde und seine Ziele zu erkennen. Überhaupt beschimpfte er immer öfter Chrustschow, da stimmte er mit Stschussew überein. Meinungsverschiedenheiten hatten sie nur in Bezug auf Stalin, den Stschussew haßte, doch interessanterweise konnte er nicht einleuchtend erklären, weshalb, denn die zur Zeit gängigen Erklärungen – Personenkult usw. – akzeptierte und teilte er nicht, weil er erstens nicht solidarisch sein wollte mit diesem ganzen »nichtrussischen Pack« (dieser Ausdruck entfuhr ihm einmal, doch er spielte ihn sofort herunter), und weil er zweitens eine andere Erklärung hatte, die er jedoch geheimhielt oder nicht sagen konnte. Übrigens verwickelten sich beide in Widersprüche, denn Wissowin bekannte nach wie vor, daß er Stalin hasse, und er haßte ihn aufrichtig, doch er litt darunter und sagte, daß er darum seine Heimat und sein Volk für immer verloren habe. So ging ihr Streit im Grunde nicht um Stalin, sondern um die Verbundenheit des Volkes mit ihm. Stschussew behauptete, der um einen gewissen »Kazo«* betriebene Kult, von dem der einfache russische Mensch, zumal der

---

* Verächtlicher Spitzname für Georgier.

Mushik, keinen Begriff gehabt habe, sei von den Intellektuellen geschaffen und dem Volk aufgezwungen worden. Bevor das Volk Stalin ins Herz schloß, hätten ihm die Intellektuellen die Ohren vollgequatscht mit diesem Georgier. Wissowin hingegen nahm an, daß die Intellektuellen, besonders die ehrlichsten und klügsten von ihnen (er dachte an den Journalisten), verstanden hätten, was das Volk und Rußland, von ihnen wirklich leidenschaftlich geliebt, brauchten und was das Volk begreifen und aufgreifen würde. Solche Streitgespräche waren in der Gesellschaft damals unmöglich, denn in der Periode der Chrustschowschen Entlarvungen über die Rolle Stalins zu streiten galt bei den Antistalinisten als Gipfel der Freidenkerei, und für solche Streitgespräche konnte man in einer fortschrittlichen Gesellschaft für einen Spitzel gehalten werden. Nur Menschen einer extremen Ausrichtung, die extreme antistalinistische Aktionen (Verprügelungen, Proklamationen) ausgekostet hatten und ihrer müde waren, konnten sich in der Periode seelischer Depression Derartiges erlauben. Diese Streitgespräche wurden natürlich im engen Kreis geführt und vor den Jugendlichen geheimgehalten, aber ich war zugelassen, erstens, weil ich aufgrund meiner Denkstruktur fähig war, Paradoxe zu verstehen (das schätzte Stschussew an mir, wofür ich ihm dankbar war), und zweitens, weil man sich bei meiner totalen materiellen Abhängigkeit von der Organisation vor mir keinen Zwang anzutun brauchte (was mich zugegebenermaßen bedrückte).

Mir erzählte später der Journalist, daß Stalin einen Gärtner hatte, dem er völlig vertraute, das heißt, er hatte sich so an ihn gewöhnt (Stalin arbeitete gern im Garten) und schätzte ihn als Persönlichkeit so gering, daß er in seinem Beisein Dinge aussprach, die er sonst nur in Gegenwart eines Pferdes, eines Hundes oder eines unbelebten Gegenstands gesagt hätte. Wenn Stalin verstimmt war, ging er manchmal in den Garten arbeiten und schimpfte dabei wütend mit zensurwidrigen

Ausdrücken auf die Sowjetmacht... So war es auch bei uns. Wir wurden unseres extremen, monotonen Antistalinismus überdrüssig, eine Entladung war nötig, eine Bewegung in die eine oder andere Richtung (nicht nur für uns, sondern auch für Rußland, wie Stschussew dachte). Gorjuns Verhaftung, die zudem so plötzlich und unter äußerst seltsamen Umständen erfolgt war, machte diese Bewegung unausweichlich.

Als Stschussew und Wissowin aus der Küche kamen, wo sie sich über eine Stunde eingeschlossen hatten, sprang ich auf und lief auf sie zu, wobei ich solchen Krach machte, daß das Baby aufwachte und zu weinen anfing. Ich begriff, daß ein ernster Entschluß gefaßt worden war. Und richtig, Stschussew sagte:

»Mach dich fertig, Goscha... Wir fahren nach Moskau... Noch heute...«

Dieser Satz und Stschussews Aussehen zeigten mir, daß meinem Leben eine ernste Wende bevorstand. Unruhe bemächtigte sich meiner, sogar Angst, die mich lange, seit der Rehabilitierung meines Vaters, nicht mehr heimgesucht hatte und die sich allenfalls mit dem Gefühl der Schutzlosigkeit gegenüber dem Leben vergleichen ließ, damals, als es um meine Ausweisung aus dem Wohnheim gegangen war und Michailows (ich dachte zum erstenmal in den letzten Monaten wieder an ihn, und nicht von ungefähr), als Michailows private, ungesetzliche Absprachen mit den zuständigen Leuten zu scheitern drohten, er nervös wurde (wegen meines Schicksals) und mich grob behandelte. Meine Unruhe verstärkte sich noch, als ich auf dem Tisch eine Nachricht von Wissowin entdeckte (er war vor einer halben Stunde fortgegangen, um Lebensmittel zu kaufen). »Goscha«, schrieb Wissowin, »richte Stschussew aus, daß ich nicht mitkomme.« Das war alles. Kein Wort mehr. Ich wurde wütend. Warum ist er davongelaufen und hat mich verraten? Wenn er was Besonderes weiß, warum hat er mir das nicht gesagt? Nach der Notiz zu urteilen, schien er nichts dagegen zu haben, daß ich fuhr, denn er hatte geschrieben »richte Stschussew aus«, aber ausrichten konnte ich es erst auf dem Bahnhof, wo wir verabredet waren. Noch mehr Besorgnis rief diese Notiz bei Stschussew hervor. Er knirschte mit den Zähnen, knüllte den Zettel wütend zusammen und wollte ihn zerreißen, besann sich aber sogleich, glättete ihn, las ihn noch einmal und lachte auf.

»Macht nichts«, sagte er, »das werden wir noch sehen.«

Er faßte mich unter, und wir gingen über den Bahnsteig zu den Lagerhallen, wo wenig Leute waren.

»Goscha«, sagte er, »dem Schicksal gefällt es offenbar, daß du tätigen Anteil nimmst am Schicksal unserer leidgeprüften Heimat.« (Er gebrauchte zweimal das Wort »Schicksal« und sprach recht unbeholfen, woraus ich schloß, daß er erstens hochgradig erregt war, wie ein Jüngling, und daß sich zweitens das Wort »Schicksal« in seinem Kopf festgesetzt hatte.) »Du bist doch Russe?« fragte er plötzlich, als wolle er mich ein übriges Mal prüfen.

»Ja«, sagte ich und wurde rot (ich hatte rassische Beimischungen, was ich aber verschwieg, vielleicht, weil ich von der Frage überrumpelt war, vielleicht aber auch, weil ich mich plötzlich schämte, ausgerechnet jetzt, in diesem offenen Gespräch, kein reinrassiger Russe zu sein).

»Mein Freund«, sagte Stschussew, »woran es uns immer gemangelt hat, das ist Klarheit... Der russische Mensch mag keine Allegorien, er ist von elementarer Vertrauensseligkeit... Aber selbst der beste Teil unserer nationalen Intelligenz hat stets zu Doppelzüngigkeit und Diplomatie Zuflucht genommen, angeblich im Namen des Humanismus und der allgemeinen Interessen... Aus irgendeinem Grund meint man, ein Volk ist nur dann zivilisiert, wenn es das allgemeine Weltinteresse wahrt... Das versucht man uns einzureden... Aber was für ein allgemeines Interesse wahren die Franzosen oder die Italiener oder die Deutschen oder die Griechen oder die Engländer?«

Stschussew hatte sich schlagartig verändert, er sprach jetzt fast wie Orlow, was ich zur Kenntnis nahm. Aber während Orlows Slawophilentum modern, zeitgemäß, verschwommen und widersprüchlich war, hatte Stschussew eine feste konservative Theorie, die ihm vielleicht erlaubte, vorerst ohne besonderen Haß auf Fremdstämmige auszukommen. Außerdem verhielt er sich zu Gegnern Rußlands weniger feindselig als zu denen, die auf ihre, also gefährliche Weise (denn nach Stschussews Überzeugung gibt es für ein Volk nur einen richtigen Weg), die auf ihre Weise versuchten, Rußland zu erheben und zu stärken. Daß das russische Volk Stalin vertraut hatte, diesem falschen Idol, daran gab Stschussew der Intelligenz die Schuld, denn sie habe den Kult um diesen »Kazo« ins Leben gerufen und den vertrauensseligen einfachen Mann durcheinandergebracht. Aber all das hatte Stschussew früher nur angedeutet und aus taktischen Überlegungen für sich behalten, erst jetzt brach es aus ihm heraus. Dem Schicksal (unwillkürlich wiederhole ich das Lieblingswort Stschussews, der nicht frei von Mystik war), dem Schicksal gefiel es, daß ausgerechnet ich Stschussews Vertrauensperson und Gesprächspartner wurde, genauer, sein Zuhörer, denn im großen und ganzen schwieg ich. Während wir auf dem Bahnsteig auf und ab gingen, begriff ich mit dem Gefühl, daß Stschussew all das zum erstenmal laut aussprach (obwohl er es für sich offenbar schon oft ausgesprochen hatte) und daß es ihm um etwas anderes ging, das nichts mit der Organisation und den gegenwärtigen stalinistischen und antistalinistischen Schwankungen zu tun hatte.

»Es geht um die Zukunft Rußlands«, sagte Stschussew (genauso sagte er, womit er meine Vermutungen bestätigte; nun war erwiesen, daß meine Gedanken richtig waren und daß ich seine Wandlung verstand), »unsere Intellektuellen, selbst die ehrlichsten unter ihnen (und davon gibt es nicht viele), waren noch nie fähig zu einem Galopp der Einbildungskraft, der ins

Phantastische, ja Wahnhafte geht (aber in der Geschichte ist das notwendig). Konnte man sich, sagen wir, vor hundert Jahren (eine recht unbedeutende Zeitspanne) auf dem Höhepunkt des gesellschaftlichen Kampfes jener Zeit, als all diese Liberalen, Kadetten, Monarchisten und Sozialisten plötzlich auftauchten, die gegenwärtigen Probleme Rußlands vorstellen? Die einen liebten Rußland, verstanden es aber nicht, die anderen verstanden es, liebten es aber nicht... Darin liegt die Wurzel unseres Elends... Diese Formulierung ist im polemischen Sinne gefährlich und für einen antirussischen Feuilletonisten gemacht, für einen begabten streitsüchtigen Juden.« (Er genierte sich vor mir überhaupt nicht mehr.) »Sie meinen also, sagt dieser zänkische Jude, daß einer, der Rußland versteht, es nicht lieben kann? Ich antworte ihm: Nein, mein lieber Jankel, in Ihrem Satz steckt mehr Koketterie als Wahrheit, Verzeihung, ich wollte Sie nicht kränken... Das Volk ist überhaupt ein Rätsel, und die Analyse ist ihm fremd... Es ist rätselhaft für Freunde und Fremde... Aber es lebt nach zwei Zeitrechnungen: der eigenen und der allgemein menschlichen. Diese zwei Rechnungen sind, ich sage nicht – notwendig, ich sage – unausweichlich. Aber zwischen ihnen herrscht keine Harmonie, sondern Widerstreit. Jener natürliche Widerstreit, der in jedem lebendigen Organismus existiert, besonders wenn dieser Organismus ein schweres biologisches Schicksal hat.« (Stschussew kennt sich ja in Philosophie aus, dachte ich mit freudiger Verwunderung.) »Ja«, fuhr Stschussew fort, »jener Widerstreit, der zwischen dem Herzen und der Lunge, zwischen dem Magen und der Milz existiert... Denn dort gibt es nicht nur Verbundenheit, sondern auch Widerstreit... Und da braucht es den Mut des Chirurgen... Diejenigen, die nicht lieben, die Fremden, Stalin oder Trotzki, die brauchen keinen solchen Mut... Die schneiden mit fester Hand... Darum haben sie auch das Übergewicht gewonnen... Sie haben den Hebel mit der Spitze in Rußlands Herz gestoßen und das Land umgestülpt... Mit dem Hebel ist das so ein Ding... Da sind die Gesetze der Physik... Wenn man den Drehpunkt geschickt und gnadenlos wählt, kann ein kleines Häuflein einen Riesen umwerfen... Nicht von ungefähr waren die meisten, die sich an den Hebelarm hängten, Fremdstämmige... Juden, Armenier, Georgier... Na ja, und ein paar von unseren Allgemeinmenschen. Aber auch sie sozusagen als Ehrenfremdstämmige... Doch was haben unsere ›Ehrlichen‹ nicht begriffen? Na, was haben sie nicht begriffen?« Er blickte mich an, seine Augen glitzerten fröhlich (ich dachte daran, wie die Augen des Trotzkisten Gorjun gefunkelt hatten, aber das war die Düsternis des illegalen sozialistischen Kämpfers gewesen, während es hier die Fröhlichkeit eines Volksweisen war, für den sich Stschussew zweifellos hielt).

»Ich weiß nicht«, sagte ich, erstens, weil ich es wirklich nicht wußte, und zweitens, weil ich begriff, daß Stschussew genau das von mir erwartete (ich spielte ihm zu, denn hier, so fühlte ich, würde ich endlich Verständnis finden für mein Inkognito, das ich über alle Umbrüche und Umschwünge gerettet hatte).

»Ja, ja«, Stschussew lachte auf, »sie haben nicht begriffen, daß unser Volk naiv, aber klug ist, und weil sie es nicht liebten, haben sie ihm geschmeichelt... Da gibt es eine Feinheit, die mir aufgefallen ist... Die Revolution in Rußland war notwendig, denn das Zarenregime war verrottet und volksfeindlich... Aber daran, daß Rußland eine allgemein menschliche, sozialistische Weltrevolution gemacht hat, nicht aber seine eigene, nationale Volksrevolution, ähnlich den nationalen Revolutionen in England und Frankreich, daran war die niederträchtige rechtgläubige russische Kirche schuld«, hier erloschen seine Augen, und er geriet in solche Wut, daß er mit den Zähnen knirschte, »diese Kirche hat alles daran gesetzt, daß bei uns das religiöse Prinzip das nationale Selbstbewußtsein ersetzte... Aus dummen und egoistischen Erwägungen hat sie den Ast abgehackt, auf dem sie saß... Obwohl, ganz so ist es nicht« (er überlegte im Gehen, vieles hatte er offensichtlich noch nicht durchdacht, vieles formte sich erst jetzt). »Mir ist da gerade bewußt geworden« (der Umstand, daß ich die Wendungen seiner Gedanken erstaunlich genau erriet, half mir, das Ungewöhnliche des Vorgangs zu fühlen), »im Grunde ist unser nationales Selbstbewußtsein dem Christentum zutiefst fremd... Unser Selbstbewußtsein ist dem längst vergangenen Hellenismus verwandt... Unsere nationale Revolution hätte in einem riesigen Raum von Europa und Asien die Kultur und den Glauben des antiken Griechenland wiedererstehen lassen und die jahrhundertelange Entwicklung des christlichen Bolschewismus stoppen können... Ach, mein Lieber« (er war ganz hingerissen, legte mir die Hand auf die Schulter und schaute mir in die Augen) »ach, mein Lieber, jetzt habe ich diese Worte zum erstenmal laut ausgesprochen« (sie machten damals auf mich einen unerwartet starken Eindruck, gerade durch ihre Direktheit und, ich würde sagen, ihre große Alltäglichkeit, das heißt, sie klangen ganz normal), »ach, mein Lieber«, sagte er, »wenn ich wenigstens drei Monate die Möglichkeit hätte, an der Spitze einer nationalen Regierung in Rußland zu stehen!« (Später dachte ich: Er war todkrank und wußte das. Vielleicht nannte er darum diese kurze Frist.)

Wir standen an einem Lattenzaun, wo ein paar zerquälte (genauso einen Eindruck machten sie) kleine Eichen wuchsen, deren staubige Blätter offensichtlich mit Mühe die für sie notwendigen Stoffe aus der von Eisenbahngerüchen getränkten Luft herauszogen, während die Wurzeln mit Mühe die Lebenssäfte aus der steinigen ungesunden Industrieerde sogen. Ich streifte diese Eichen damals nur mit einem flüchtigen Blick, aber als ich mich später an dieses Gespräch erinnerte, dachte ich auch an die Eichen, die faktisch nicht lebten, sondern um ihr Leben kämpften.

»Eine nationale Regierung Rußlands«, fuhr Stschussew fort, »das klingt sauber. Das verströmt frische

Gerüche wie ein Dorfteich... Aber diese ganze Scheußlichkeit... all dieses Gezische... WZIK*... ZK... Tscheka... staatliche Plankommission...«

Er äußerte mir gegenüber sehr mutige Ansichten, und ich befürchtete, daß er wieder einen Anfall bekommen könnte, in seinen Augen glitzerte wieder eine gewisse Fröhlichkeit, die aber jetzt krankhaft wirkte. Er bemerkte offenbar meine Unruhe und sah mich aufmerksam an, so daß es mir peinlich wurde und ich wie ein Jüngling errötete.

»Ich habe beschlossen, mich dir vollständig anzuvertrauen«, sagte er schlicht. »Aber wundere dich nicht über meine Naivität... Ich habe einfach keinen Ausweg... Ich habe wenig Zeit.« (Wie ich jetzt weiß, spielte er auf seine tödliche Krankheit an.) »Ich habe lange überlegt und nach einem Nachfolger gesucht.« (So sagte er – Nachfolger.) »Wir müssen gesundes Mark, gesundes Korn und gesunden Boden schaffen... Unser Boden ist hervorragend... Das einzige, was bei uns den Nationalcharakter bewahrt hat, ist der Boden, aber er braucht sein richtiges Korn, nicht Allerweltsgetreide...« Er hielt mir die Hand hin.

Ich drückte sie ungestüm.

»Das ist alles«, sagte er, »natürlich kannst auch du mich hereinlegen... Aber vielleicht tust du es nicht?«

»Ich habe an mich geglaubt«, öffnete ich mich ihm unverhofft. »Ich habe immer an mich geglaubt... Daß ich nicht umsonst lebe... Die Welt wird sich um mich drehen... So etwa... Aber jedesmal Enttäuschungen, die falsche Richtung, Spott, besonders über mich selbst... In letzter Zeit hatte ich überhaupt den Eindruck, daß ich verblödet bin... Mißerfolge bei den Frauen« (ich erreichte plötzlich einen solchen Grad von Offenheit) »ach, vielleicht sage ich nicht das Richtige...«

»Doch, doch«, sagte Stschussew und sah mich immer noch durchdringend an, »ich gebe zu, daß ich

---

* Allrussisches Zentrales Exekutivkomitee.

jetzt sozusagen zum erstenmal mit Ihnen rede.« (Er siezte mich, was seine neue Haltung zu mir unterstrich.)

Wir sahen einander prüfend an, dann zog es uns plötzlich zueinander, wir küßten uns und gingen wieder zum Du über. Aber das war ein anderes Du – das Du von Kampfgefährten und Gleichgesinnten (solche Küsse, werden sie von Hätschlingen und Auserwählten der Geschichte getauscht, gehen später in die Schulbücher ein. Den Liberalen aber dienen sie dazu, ihre Freidenkerei zu demonstrieren. Sie erklären, daß alles viel einfacher vor sich ging und die Küsse nichts anderes sind als Schönfärberei).

»Mit uns fahren zwei Jungs«, sagte Stschussew in einem ganz anderen Ton, in dem man Instruktionen erteilt, »Serjosha Tschakolinski und Wowa Schechowzew... Du bist mit ihnen in der Organisation nicht oft zusammengekommen, darum zur Erinnerung... Wowa ist von schlichterem Gemüt, und Serjosha ist ein typisches Produkt unseres Morasts... Hast du mich verstanden?«

»Ja«, sagte ich.

»Gute und nützliche Jungs«, sagte Stschussew, »aber sei vorsichtig mit ihnen. In Moskau holt uns ein wunderbarer Junge ab.« (Ich mußte unwillkürlich wieder an die Gerüchte denken, die Bitelmachers Frau Olga Wassiljenwa aus Zorn über Stschussew verbreitete und die natürlich nicht der Wahrheit entsprachen. Hier handelte es sich nicht um eine sexuelle Entartung, sondern um eine politische Konzeption und um Rückhalt bei der Jugend.)

Wowa und Serjosha erwarteten uns, auf ihren Koffern sitzend, und beide sahen aus, als gingen sie mit dem Komsomol auf eine Wanderfahrt (so hatte zumindest Serjosha seine Reise begründet). Wowa war ein etwas vernachlässigter, rowdyhafter Bursche, fast ein Gassenjunge, Serjosha dagegen kam aus einer wohlhabenden Familie.

»Christofor ist noch nicht da«, sagte Wowa (trotz

des Altersunterschieds nannte er wie alle Gassenjungs die Erwachsenen beim Vornamen).

»Wissowin fährt getrennt«, sagte Stschussew.

Bis zur Einfahrt des Zugs blieb nur noch wenig Zeit. Stschussew ging irgendwohin, und die beiden Burschen alberten herum, was mich seltsamerweise reizte. Außerdem bekam ich Kopfschmerzen. Dennoch empfand ich nach dem unerwarteten (ja, es war für mich unerwartet und unvorhergesehen), nach dem unerwarteten Gespräch mit Stschussew deutlich das Historische des in mir und um mich herum Geschehenden. Und wieder, zum zweitenmal (das erstemal, als ich Stschussews und Gorjuns Vorschlag über unsere Beziehungen zu Molotow und Trotzki hörte), wieder spürte ich den Machtgenuß, der den meisten Menschen unbekannt ist und der mir schon, wie ich jetzt meinte, in jenen Träumen vorschwebte, die ich als alternder, verletzlicher, in unnahbare schöne Frauen verliebter keuscher Jüngling geträumt hatte. Aber hatte ich für die süßen Träume mit innerer Unruhe und Verwirrung gegenüber der Realität bezahlen müssen, so erhob mich hier das Vorgefühl des Machtgenusses über die lebendige Realität und machte, daß nicht ich schuldig vor dem gewöhnlichen Leben war, sondern daß das gewöhnliche Leben vor mir schuldig wurde... Das war sie, die Süße der Macht: Alles ringsum ist immer und in jedem Augenblick vor mir schuldig... Ich erinnerte mich an mein wunderbares Gefühl in den ersten Tagen der Rehabilitierung, als die Gesellschaft und das Land sich in meiner Einbildung mir gegenüber schuldig fühlten... Das war natürlich kindisch... Aber dieses Gefühl hatte in mir wagemutige Gedanken geweckt... Rußland zu regieren... Wie fingen das die an, die es nicht durch ihre Geburt erreichten, sondern durch ihr Leben? Das Leben ist kurz, aber daraus werden die falschen Schlüsse gezogen... Es zu wollen, damit ist es schon halb verwirklicht... Die Größe liegt im Wunsch... Es übermannte mich, und ich begriff, daß ich mich nicht auf den Beinen halten konnte, wenn ich mich nicht irgendwo anlehnte. Ich lehnte mich an die Wand des Bahnhofsgebäudes und wischte mir den kalten Schweiß ab.

VIERTES KAPITEL

Wir fuhren zu viert in einem Abteil für uns. Stschussew hatte dafür (wie ich später erfuhr) die restlichen Mittel der Organisation auf den Kopf gehauen, die sich, abgesehen von allem übrigen, am Rande des finanziellen Bankrotts befand. Aber er gedachte, die Dinge in Moskau durch den Besuch bei einigen einflußreichen Liberalen in Ordnung zu bringen. Das Gealber von Serjosha und Wowa ging mir nach wie vor auf die Nerven, Stschussew hingegen amüsierte sich und plauderte mit ihnen wie mit seinesgleichen (darum wichen sie auch nicht von seiner Seite). Die meiste Zeit lag ich auf der oberen Pritsche und betrachtete heimlich mein Gesicht im Taschenspiegel (das hatte ich lange nicht getan). Wir sprachen unterwegs über nichts Wichtiges, vielleicht lag es in Stschussews Absicht, die mir eingegebenen Gedanken reifen zu lassen. Und wirklich, auf der oberen Pritsche liegend, beim Rattern der Räder, festigte sich in mir endgültig der Gedanke an die Möglichkeit, an Rußlands Spitze zu stehen (ich, nicht Stschussew). Ich war noch verhältnismäßig jung und konnte zehn, auch zwanzig Jahre warten... Hauptsache, ich hatte mich entschlossen und war wagemutig genug, einen solchen Wunsch zu haben. Im ersten Moment klingt das dumm – ich hatte mich entschlossen... Was hatte mich denn früher an dem Entschluß gehindert? Und was hindert jeden anderen? Es zu denken steht jedem frei... Aber versuchen Sie mal, den Entschluß zu fassen und dabei nicht über sich selbst zu spotten und zu lachen... Nein, da muß ein bestimmtes Moment eintreten, deine Beziehungen zur Umwelt müssen auf bestimmte Weise zusammentreffen, dein Schicksal muß sich auf bestimmte Weise gestalten, du mußt deinem Schicksal aufrichtig entgegenwirken und mußt Mißerfolge im Kampf gegen dein Schicksal hinnehmen, das dir Schlag auf Schlag versetzt und Kränkung auf Kränkung zufügt, denn der Mensch strebt seiner Natur nach immer nach alltäglicher Beständigkeit, und wenn seine Kräfte nicht ausreichen, mit den persönlichen alltäglichen Mißlichkeiten fertig zu werden, und wenn die Umstände ihn daran hindern, dann trägt ihn das Schicksal an jene Grenze, von wo es nicht mehr weit ist bis zum großen Wagemut der Gedanken... Doch das reicht noch nicht aus... Es bedarf einer Vielzahl sozialer und historischer Umschwünge, zufälliger Begegnungen und Übereinstimmungen, damit solch ein Gedanke Gestalt annimmt und vor allem von dir selbst akzeptiert wird... Ich war bis zu diesem Gedanken einen langen und beschwerlichen Weg gegangen, hatte ihn unter unterschiedlichen Namen eifersüchtig in mir gehütet, manchmal auch ganz ohne Namen, einfach nur als Gefühl der eigenen Ungewöhnlichkeit, und hatte nicht wenige Enttäuschungen erlebt. Ich weiß, daß die Jugend überhaupt dazu neigt, vom Ruhm zu träumen (ich wiederhole, ich bin jung, wenn nicht nach Jahren, so nach meiner eingeengten Entwicklung). Ich erinnere daran, was für eine Bitterkeit ich in Arskis Gesellschaft empfand, und nicht nur, weil ich hinausgeworfen wurde. Wäre ich einfach nur hinausgeworfen worden, hätte aber mein »Ikognito«, meine »Idee« mitgenommen, so hätte ich mich vielleicht sogar über jene Gesellschaft erhoben (so dachte ich jetzt). Das Entsetzliche bestand vor allem darin, daß sie mich ganz nebenbei meiner »Idee« beraubt hatten, ohne überhaupt von der Existenz einer solchen Idee in mir zu wissen, einfach dadurch, daß sie dem Gefühl, das ich verbarg und hütete, den wissenschaftlichen Begriff »Solipsismus« gaben, wobei sie sich an einen ganz anderen wandten (den Untergrunddichter Akim). Meine Schwäche und Hilflosigkeit bestand darin, daß ich noch nicht die nötige Reife hatte und mich noch nicht zu jenem großen Wagemut emporgeschwungen hatte, der jetzt zu mir gekommen war, nach dem »historischen Kuß« mit Stschussew bei den Lagerhäusern. Aus Erfahrung weiß ich, daß viele junge Leute die Idee vom Ruhm in sich tragen, daß sie sich hervortun, emporschwingen, Aufsehen erregen wollen... Fast alle... Auch diese beiden Bubis...

Ich wandte vorsichtig den Kopf, um nicht ihre Aufmerksamkeit zu erregen... Alle drei (auch Stschussew) droschen Karten, spielten Duratschok. Dieser Schechowzew wollte natürlich gern ein berühmter Fußballer werden... Und der mit den roten Pionierbäckchen etwas Feineres... Sicherlich Dichter oder Raketenkonstrukteur, ich lächelte ironisch, drehte den Kopf zurück und teilte dieses Lächeln dem Spiegel mit. Ich muß sagen, je länger ich so dachte, desto deutlicher empfand ich ungesunde Eifersucht und Neid auf Stschussew, weil der große Wagemut nicht von selbst in mir entstanden, sondern mir von Stschussew eingegeben worden war... Eine Entlehnung erniedrigt immer die Persönlichkeit. Darum beschloß ich, Stschussew gegenüber verschlossen und vorsichtig zu sein. Dennoch erfüllte mich die Existenz der großen wagemutigen Idee, die ich so lange unbewußt erstrebt hatte, mit Ruhe, mit dem Bewußtsein, daß mein Leben ein Ziel hatte, und das zeigte sich (wie immer, wenn in mir diese oder jene Idee reifte) rein äußerlich in einem herablassenden, gutmütigen Halblächeln, das mich auch schon früher besucht hatte, sich nun aber dauerhaft in meinem Gesicht festsetzte und ihm einen sinnenden, äußerst unrussischen, verfeinerten und unmännlichen Ausdruck verlieh.

Mit diesem Lächeln kam ich in Moskau an und stieg aus dem Zug, und an diesem Lächeln erkannte mich in der Menge der Ankommenden der Jüngling, der uns abholte.

»Gehören Sie zu Stschussew?« fragte er mich leise, in einem Ton, der ihm offenbar selbst gefiel.

Ich zögerte mit der Antwort (Stschussew war noch

im Zug und verschnürte mit Schechowzew das Gepäck). Der Jüngling, der uns abholte, hatte Ähnlichkeit mit Serjosha Tschakolinski, ich blickte sogar von einem zum anderen und dachte, daß Stschussew die Jungs nach einem bestimmten Prinzip aussuchte (wie sich herausstellte, hatte er diesen jungen Mann nach einem anderen Prinzip ausgesucht, und die Ähnlichkeit war Zufall). Als ich sie übrigens genauer betrachtete, sah ich selbst, daß sie sich nur auf den ersten Blick ähnelten. Dieser Jüngling war zweifellos klüger als Serjosha, ohne ihm an Ehrlichkeit nachzustehen (Serjosha war ein bis zur Naivität ehrlicher Junge).
»Ja, zu Stschussew«, sagte ich.
Aber da kam Stschussew selbst, mit Wowa Schechowzew einen schweren Koffer tragend, der mit einem Strick umwickelt war, sehr häßlich, nicht hauptstädtisch. Was in dem Koffer war, weiß ich bis heute nicht.
»Da ist ja Kolja«, sagte er erfreut (ich glaube, er hatte sich Sorgen gemacht, ob Kolja zum Bahnhof kommen würde, denn das Abholen bedeutete ihm weitaus mehr als nur Hilfe bei der Unterbringung, obwohl das wichtig genug war, denn ohne Kolja hätten wir keine Unterkunft gehabt).
»Alles in Ordnung«, sagte Kolja, »ich hab's abgesprochen... Fast im Zentrum und gar nicht weit von dem Platz« (von welchem Platz, begriff ich nicht), »dort wohnt die Schwester meiner Großmutter...«
Früher, als sich die wagemutige Idee in mir noch nicht herauskristallisiert hatte, hätte Moskau mich überwältigt und vielleicht moralisch erdrückt und zermalmt. Moskau versteht es großartig, mit eitlen Provinzlern fertig zu werden. Aber jetzt (und das bestätigte nur die Kraft und lebendige Realität meiner Idee), aber jetzt nahm ich Moskau als etwas Selbstverständliches auf, als etwas, was kommen mußte, und zwar gerade jetzt, nicht früher und nicht später. Die Stadt erdrückte mich nicht, sondern inspirierte mich. Ich dachte: Wenn ich später einmal, so in zwanzig Jah-

ren, in einer geschlossenen dunklen Limousine, unter Begleitschutz, am Bahnhof vorfahre, um irgendeinen hohen Gast zu begrüßen (bei diesen Gedanken gebrauchte ich offizielle Zeitungswendungen, was nicht verwunderlich ist), werde ich mich an diesen Tag erinnern, als ich zum erstenmal hierherkam und ein gewisser Kolja (er hieß also Kolja) mich begrüßte...

»Sind Sie zum erstenmal in Moskau?« fragte mich Kolja (wir hatten uns in ein Taxi gezwängt, und er saß neben mir, an mich gepreßt).

»Nein, ich war schon hier«, antwortete ich absichtlich gelangweilt und behielt mein »sinnendes« Lächeln bei. Um aber neuen gefährlichen Fragen vorzubeugen, lehnte ich mich lässig zurück (ich war bei meiner Armut bisher so gut wie nie Taxi gefahren), lehnte mich zurück und schloß die Augen, was meiner geistigen Müdigkeit entsprach (ich hatte einmal im Kino einen Gelehrten gesehen, der genauso antwortete). Allerdings machte ich hierbei einen Fehler, denn als ich die Augen schloß, behielt ich das Lächeln bei. Aber ein Mensch, der mit geschlossenen Augen lächelt, beraubt sich deren Beihilfe, was das Lächeln sogleich kläglich und zerstreut wirken läßt. Das begriff ich im selben Moment und preßte die Lippen zusammen.

Ich muß dazu anmerken, daß Kolja trotz seiner hauptstädtischen Erfahrung meine Berechnungen und Manipulationen nicht durchschaute und daß ich auf ihn Eindruck machte. Ich weiß nicht, wodurch eigentlich, aber ich gefiel ihm, und er mir. Es gibt Begegnungen, wo man (natürlich nicht auf den ersten Blick. Ich glaube nicht an den ersten Blick), wo man zehn, fünfzehn Minuten mit einem Menschen verbringt und weiß, daß man mit ihm Freundschaft schließen wird, vielleicht sogar sehr eng. Kolja und ich waren eben solche Freunde, die leben, ohne etwas voneinander zu ahnen, häufig in verschiedenen Städten (mitunter sogar Ländern). Und wenn sie sich Kameraden suchen, dann nach Möglichkeit solche, die dem Ideal nahekommen, von dem sie durch die Ent-

fernung und durch Unkenntnis getrennt sind. Ich bin im Prinzip ein ungeselliger Mensch, darum habe ich keine Freunde, aber wenn ich welche hätte, wären sie zweifellos vom Typ Koljas. (Höchstens, daß ich mich mit Christofor Wissowin etwas angefreundet hatte. Übrigens bin ich Kolja, wie sich herausstellte, dank Wissowin begegnet. Auch Kolja empfand für Wissowin tiefe Achtung und Sympathie und sah in ihm sicherlich meinen Prototyp. Von den Einzelheiten und Umständen der Begegnung zwischen Kolja und Wissowin wußte ich damals noch nichts.) Zu Koljas ständigen Freunden gehörte ein gewisser Jatlin (ein seltsamer Name), der mir tatsächlich etwas ähnlich sah (so wie ein ausgestopfter Balg dem lebendigen Tier ähnlich sehen kann). Diesen Jatlin haßte ich sofort, er mich übrigens auch. Aber ich eile schon wieder etwas voraus...
Das Taxi brachte uns zu einem alten Moskauer Haus, vor dessen Eingang wie gewöhnlich alte Frauen saßen und tratschten. Eine von ihnen war unsere Wirtin, eine etwas gebeugte, aber stämmige und hochgewachsene Frau (ich erinnere daran, daß ich große und starke alte Frauen nicht mag. Bei ihnen schimmert häufig etwas Ungesundes und Pathologisches durch). Stschussew begrüßte sie freundlich, sie antwortete, aber sichtlich unwillig, nur aus Höflichkeit und »wegen Kolja«. (Wie ich jetzt weiß, hatte Kolja sie mühsam überredet.) Sie wohnte nicht in einer Gemeinschaftswohnung, sondern hatte eine separate Zweizimmerwohnung. (Die drei übrigen Türen auf dem Treppenabsatz waren buchstäblich übersät von Klingelknöpfen, Briefkästen und Mieternamen.) Es war eine schöne, wenn auch vernachlässigte Wohnung, die bessere Zeiten gesehen hatte. Gewöhnlich sind solche Wohnungen mit alten Möbeln vollgestellt, hier dagegen war die Einrichtung mittelalt, das heißt, nach der letzten Vorkriegsmode (damals hatte die Wohnung wohl ihre Blütezeit gehabt). Hier standen ein Spiegelschrank, ein Trumeau, ein Sofa mit Spiegel (im Zim-

mer gab es viele Spiegel und viel Glitzerkram), ein vernickeltes Bett, an der Wand hing ein Teppich mit Schwänen, außerdem gab es ein großes Radio der letzten Vorkriegsproduktion mit glitzernden vernickelten Verzierungen. Kurzum, die Wohnung war, wie Kolja später sagte, eine Illustration der Stalinschen Worte: »Das Leben ist besser geworden, das Leben ist fröhlicher geworden.« Obwohl noch jung an Jahren, war Kolja mir wohl an Geistesschärfe überlegen. Das gefiel mir natürlich nicht, aber als ich seinen Vater, den Journalisten, kennenlernte, begriff ich, woher diese Veranlagung kam. Überdies war ich zugegebenermaßen etwas zurückgeblieben, denn was seine Bissigkeit und Opposition gegenüber der Macht betraf, so hatte Kolja seine natürlichen Anlagen in hochkarätigen hauptstädtischen Gesellschaften geschärft, von denen ich keinen Schimmer hatte und in denen selbst Arski nur Gleicher unter Gleichen war... Aber was waren schon Gesellschaften!

Moskau erlebte die Flitterwochen der »Chrustschowschen Freiheiten« (die auch hier schon, für das ungeübte Auge unsichtbar, leicht angewelkt waren, während man sie in einigen Orten der Provinz bereits auf gewaltsamste Weise beendet hatte, was die einen zu Tode erschreckte, andere in schwermütige Verzweiflung stürzte und die Mehrheit der »Großrussen«, die in jedem konservativen Schritt der Behörden antijüdische Tendenzen suchten, freute). Aber Moskau hatte so viel Beharrungsvermögen, hier waren alle vom Land und der Gesellschaft durchlebten Vorgänge so ursprünglich, verstärkt durch den Kontakt mit der Grundursache und den Primärquellen, und so einflußreiche Leute leiteten diesen Prozeß, daß alles noch im allgemeinen Reigen dahinjagte, und die Spaltung, die in der Provinz, wo es diesen stürmischen Druck nicht gab, schon zu spüren war, ging hier unter im allgemeinen fröhlichen Chaos der Entlarvungen und Geißelungen. Die Jugend der Hauptstadt war besonders grausam, gossenhaft furchtlos und bissig und machte es sich leicht, indem sie alle Menschen der älteren »Stalinschen« Generation moralisch verurteilte. Diese Menschen der »Stalinschen« Generation waren verwirrt, und es gab öffentliche Reue und Tränen. Hierher hatte Stschussew, getrieben vom Gespür des politischen Funktionärs, uns gebracht – die Reste der Organisation, die er eigenhändig ausgewählt hatte und mit denen er die Aktion durchführen wollte. Das Attentat auf Stalins engsten Kampfgefährten Molotow, ausgeführt im Zentrum Moskaus von einer organisierten Jugendgruppe (darum brauchte Stschussew diese Jungs. Keine erbitterten rehabilitierten Männer der älteren Generation, sondern Jungs), das Attentat sollte mit einem Schlag dieses ganze oppositionelle Chaos ordnen und ihm einen ernsthaften und zielgerichteten Charakter verleihen. Stschussew hatte es eilig, denn er wußte, daß dieses Chaos in seiner extremen Form kurz vor dem Erlöschen war. Den konkreten Grund unserer Reise kannten Serjosha und Wowa nicht, obwohl ihnen gesagt worden war, es gehe um die Vollstreckung eines Urteils der Organisation an einem großen Stalinschen Henker. Aber da es schon etliche solcher Urteile gegeben hatte und die Jungs (besonders Wowa) die Zeit gern mit Straßenprügeleien verbrachten, hatte die Mitteilung sie nicht sonderlich verwundert.

Marfa Prochorowna (nach ihrem Vor- und Vatersnamen zu urteilen, stammte sie vom Dorf, aus einer Familie von Kleinbauern, die in der Vergangenheit das Vertrauen der Behörden besessen und dadurch reich geworden war, das heißt, reich geworden natürlich auf dem Niveau »das Leben ist besser geworden, das Leben ist fröhlicher geworden«), Marfa Prochorowna überließ uns ein großes Zimmer, in dem ein Sofa »für zwei« stand, und wir beschlossen sofort, daß Wowa und Serjosha Kopf an Fuß darauf schlafen sollten und ich und Stschussew auf dem Fußboden.

»Marfa Prochorowna«, fragte Stschussew (um offenbar mit ihr in Kontakt zu kommen, denn das hätte er auch Kolja fragen können), »ist hier in der Nähe ein Kino? Da müßte ich mit den Jungs hin... Ich habe das Plakat eines sehr ordentlichen Films gesehen... Über die stalinistischen Bestialitäten.« (Wie sich herausstellte, wußte er, daß auch Marfa Prochorownas Mann, Mitarbeiter des Volkskommissariats für Landwirtschaft, einundvierzig, unmittelbar vor dem Krieg, erschossen worden war.)

»Was da läuft, weiß ich nicht«, sagte Marfa Prochorowna mürrisch und ausweichend, »aber ein Kino ist gleich um die Ecke.«

»Kommst du mit, Kolja?« fragte Stschussew.

»Ich hab den Film schon gesehen«, sagte Kolja, »das ist Stümperei... Jetzt will sich jeder anbiedern... Der Regisseur war früher selber ein großer Stalinist. Und was gibt's da schon für Entlarvungen? Da blühen im Frühling die Bäume, und irgendein Hundesohn hämmert einen Pfahl mit dem Datum ›1953‹ in die Erde.«

Dieser Kolja ist ja ganz groß im Schimpfen und Entlarven, dachte ich nicht ohne Interesse.

»Kommst du mit, Goscha?« fragte Stschussew.

»Ich habe Kopfschmerzen.« Mir tat der Kopf wirklich etwas weh. »Ich möchte nicht im geschlossenen Raum sitzen. Ich würde gern mit Kolja spazierengehen«, das letztere sagte ich zu Kolja.

»Natürlich, gern«, sagte Kolja, ohne seine Gefühle zu verbergen (da machte sich seine Jugend bemerkbar).

Ich freute mich, daß Kolja mit mir spazierengehen wollte, zeigte aber nicht meine Gefühle (womit ich Kolja überlegen war, denn bekanntlich ist bei einer Freundschaft Subordination unerläßlich). Ich war mir darüber im klaren, daß in Anbetracht meines »historischen Kusses« mit Stschussew dieser Entschluß ein Treuebruch war, in Stschussews Augen vielleicht sogar Verrat, wenn man bedenkt, mit welchem Ernst er mir auf dem Bahnhof sein Innerstes anvertraut und sogar seinen ausgereiften Traum, Rußland zu führen, an mich weitergegeben hatte. Da ich aber bereits während der Fahrt auf der oberen Pritsche alles durchdacht hatte, kam mir dieser Entschluß berechtigt vor. Selbstverständlich liegt schon im Generationswechsel selbst eine gewisse Grausamkeit, aber das ist eine natürliche Grausamkeit, und ein kluger Mensch wird sie bei einigem Nachdenken verstehen. Stschussew war ja wohl nicht dumm, und er war zweifellos erfahren. Und richtig, er ließ sich seine Unzufriedenheit nicht anmerken, sondern lächelte und sagte zu Kolja:

»Also dann... Mach ihn bekannt... Das wird ihm zustatten kommen...«

Was meint er damit? dachte ich sofort, ist das vielleicht eine Falle? Womit soll er mich bekanntmachen und wobei kommt es mir zustatten?

Solche Gedanken wirbelten mir durch den Kopf, als Kolja und ich das Haus verließen und allein waren. Ich sagte schon, daß sich Moskau darauf versteht, den eitlen Provinzler zu überwältigen, und wenn die Ansichtskarten von Moskau (übrigens hatte ich von meinem Privatfonds ein Päckchen Ansichtskarten gekauft und sie auf der oberen Pritsche heimlich betrachtet, um mich im voraus einzustimmen und vertraut zu machen, denn ich hatte Stschussew und den Jungs gesagt, ich wäre schon in Moskau gewesen), also, wenn diese Ansichtskarten sich materialisieren, ist es äußerst schwer, gleichgültig dahinzuschreiten und sich für nichts zu begeistern. Übrigens galten Begeisterung und stürmische Gefühlsäußerungen in den Kreisen, in denen Kolja verkehrte, als schlechter Ton, aus der Vergangenheit, »als Stalin aus dem Fenster blickte und dich Krümel sah«, der moderne Mensch aber mußte zu allem eine ironische Haltung haben. Auf diese Regel war ich jedoch schon von selbst gekommen, und sie half mir außerordentlich bei meinen ersten Schritten in der Hauptstadt. Moskau, besonders das sommerliche, hat für einen eitlen Provinzler noch eine gefährliche Eigenschaft: Es überschüttet ihn mit Unmengen hauptstädtischer Schönheiten, vor denen alle Favoritinnen der Provinz verblassen. Man muß auch hier Selbstbeherrschung bewahren, um nicht bei der Menge schöner Mädchen und Frauen, denen man gleichgültig ist, die Fassung zu verlieren. Besonders hinreißend sind in Moskau die Frauen mittleren Alters, strotzend von Wohlstand und mit freiem Blick. In der Provinz können sich das nur junge Mädchen erlauben, aber niemals Frauen im mittleren Alter. Ich begriff, daß sie die Schönheit der Moskauer Straßen ausmachen, sie verschönen sie mit ihrem Wohlstand, in dem sich die gereifte Schönheit manifestiert. In der Provinz hingegen (zumindest in jenen Jahren) hatten die modischen Damen ein unreifes Aussehen und versuchten in der Regel hinter der Mode ihre Armut zu verstecken (denn junge Leute sind im allgemeinen nicht reich).

So ungefähr entwickelten sich meine Gedanken in den ersten zehn, fünfzehn Minuten meines Spaziergangs mit Kolja durch die Moskauer Straßen. Wir sprachen anfangs kaum. Genauer, Kolja stellte mir schüchtern irgendwelche Fragen, die ich nicht hörte oder sofort wieder vergaß, während ich einsilbig anwortete: Ja, nein... Zwischen uns entwickelte sich ganz von selbst eine Beziehung. Ich dachte zwar unentwegt nach, aber hauptsächlich in der oben dargelegten Richtung, und verwendete alle meine seelischen Kräfte darauf, die Verwirrung und Schüchternheit zu verbergen, die mich beim Anblick solcher Schönheit, solcher Reichtümer und Möglichkeiten dennoch erfaßt hatte. Ich begriff, daß Kolja Fleisch und Blut all dessen war, was mich umgab, eine lebendige Zelle, die von Moskau genährt wurde, und der Umstand, daß sich zwischen uns eine Freundschaft anbahnte (wir fühlten es beide) und daß ich in dieser Freundschaft dominieren würde, schien mir die Garantie für meine Eroberung Moskaus zu sein.

Als wir so ohne Rast und fast ohne zu reden durch drei Viertel gegangen waren, blieben wir endlich stehen (selbstredend blieb ich stehen, und Kolja ordnete sich mir unter). Es war ein merkwürdiges Zusammentreffen (Kolja erzählte es mir später), daß wir fast genau an der Stelle stehenblieben, wo Kolja seinerzeit Wissowin eingeholt hatte, nachdem dieser Koljas Vater, dem Journalisten, eine Ohrfeige versetzt hatte, und wo es zwischen Kolja und Wissowin zu einem Gespräch kam, dessen Inhalt ich später erfuhr (aber hier in meinen Aufzeichnungen schon früher angeführt habe). Direkt vor uns war ein geräuschvoller Platz voller Menschen, der mich einigermaßen erschreckte wie alles Unbekannte und Bedeutende (der Manege-Platz, wie sich dann herausstellte), und dahinter war die berühmte Kreml-Mauer zu sehen, sehr gewohnt und vertraut (obwohl ich sie in natura zum erstenmal sah), die mich hingegen beruhigte.

»Ihr Vater wurde in der Periode des Personenkults natürlich auch repressiert?« fragte Kolja schüchtern.

»Er wurde auf Beschluß einer Sonder-Troika* erschossen«, sagte ich mit einem Unterton von Überlegenheit.

Freilich entsprang diese Überlegenheit einer leichten Gereiztheit, denn als Kolja sagte »auch repressiert«, hatte er mich sichtlich unterschätzt, natürlich unabsichtlich. Ich bereute sogleich meinen Ton, denn Kolja machte ein überaus schuldbewußtes Gesicht. Außerdem hatte ich das mit der »Sonder-Troika« erfunden und ein bißchen dick aufgetragen. Übrigens gut möglich, daß es wirklich so war, aber mir hatte man mitgeteilt, er sei an Herzversagen gestorben. Kurzum, ich bemühte mich, ohne meine Überlegenheit aufzugeben, mit der ich, wie es schien, in kurzer Zeit diesen Jüngling unterworfen hatte, meinen Ton zu mildern, und fragte meinerseits:

»Hat dein« (er siezte mich, während ich ihn duzte) »hat dein Vater unter den Stalinschen Henkern gelitten?«

»Nein«, sagte er bekümmert und hatte wohl sogar

---

* Außerordentliches »Gerichtskollegium«, bestehend aus den Regionalchefs von GPU, Partei und Sowjet; in Kurzverfahren (»Sonderberatungen«) wurden Angeklagte in Abwesenheit zum Tode verurteilt.

Tränen in den Augen, »ich habe ein kompliziertes Verhältnis zu meinem Vater... Er ist ein unglücklicher Mensch... Es gab eine Zeit, da habe ich ihn gehaßt. Auch Mascha... Das ist meine Schwester... Wir beide... Wissowin weiß das... Aber dann, das sage ich Ihnen als Freund« (er bezeichnete mich zum erstenmal direkt und aufrichtig als Freund, dabei kannten wir uns höchstens eine Stunde und waren höchstens eine halbe Stunde zusammen spazierengegangen), »aber später, erst vor kurzem, habe ich begriffen, wie unglücklich er ist... Das rechtfertigt ihn natürlich nicht, da hat Jatlin recht... Das ist ein Freund... Ich werde Sie mit ihm bekanntmachen. Hermann ist ein wunderbarer, begabter, prinzipienfester Mensch... Jatlin heißt mit Vornamen Hermann*, weil sein Vater ein bekannter Puschkinforscher war... Sein Vater ist tot, aber wenn er noch lebte, hätte Jatlin mit ihm gebrochen, das steht fest... Doch ich kann das nicht...«

So erzählte mir Kolja von allem ein bißchen und etwas chaotisch, verworren und töricht (auf jugendliche Weise rührend töricht), womit er, wie ich begriff, noch mehr in meine Macht geriet.

»Wer ist denn dein Vater?« fragte ich mit leicht spöttischer Herablassung. »Als was arbeitet er?«

»Sie haben bestimmt von ihm gehört«, sagte Kolja traurig, »von ihm haben viele gehört... Er ist ziemlich bekannt bei uns und sogar im Ausland.« Er nannte den Namen.

Ich muß zugeben, daß ich im ersten Moment verblüfft war. Ich konnte ja nicht ahnen, daß Kolja der Sohn einer solchen Berühmtheit war, einer jener Himmelsbewohner, deren Resonanz mich früher, in der Zeit meines Dahinvegetierens, als etwas Drohendes und Unzugängliches erreicht hatte, wie himmlisches Donnergrollen, und später, in der wollüstigen Zeit der Chrustschowschen Entlarvungen, als etwas so Sensationelles, umwittert von landesweit aufsehenerregen-

---

* Gestalt aus »Pique Dame« von Puschkin.

den Streitigkeiten, Geheimnissen, Witzen und Versuchungen, daß dieser Name, nun zugänglich geworden, im Endeffekt vielleicht die offizielle Unzugänglichkeit übertraf, die er unter Stalin gehabt hatte. Meine Verblüffung dauerte nicht lange. Sie wurde sogleich abgelöst vom Stolz auf mich selbst, auf meine jetzige Lage und die Richtigkeit des eingeschlagenen Weges.

»Gehen wir zum Kreml«, sagte ich, einem inneren Impuls gehorchend.

»Wozu?« Kolja drehte sich befremdet zu mir um und zeigte zum erstenmal so etwas wie Widerspenstigkeit.

Es stellte sich heraus, daß es in den Kreisen, in denen er verkehrte, verpönt war, zum Kreml zu gehen. Das sagte er mir nicht, aber ich spürte in seiner Frage Befremden (denn er sah in mir offenbar eine große Gestalt der Opposition).

»Für die Sache«, sagte ich geistesgegenwärtig (nicht einfach aus der Nähe betrachten, was ich eigentlich wollte, sondern für die Sache).

»Dann vielleicht von der Uferstraße her?« schlug Kolja vor, der immer noch nicht verstand, was ich vorhatte (ich hatte nichts vor, hatte mir noch nichts ausgedacht, aber ich begriff, daß ich mir etwas ausdenken mußte, um mich aus der Affäre zu ziehen und mein Ansehen zu wahren). »Von der Uferstraße her«, fuhr Kolja fort und blickte mich ernst, sogar etwas aufgeregt an. »Vertrauen Sie mir... Dort sind gewöhnlich wenig Leute.«

»Gehen wir«, sagte ich energisch.

Aber da kam es zu einer Verzögerung und einem Vorfall, ganz alltäglich für einen Provinzler, der zum erstenmal einen hauptstädtischen Platz betrat, auf dem der Verkehr in verschiedenen Richtungen raste und Massen von Fußgängern wimmelten, von denen jeder die Absicht zu haben schien, mit mir zusammenzuprallen und mich unter die Räder zu stoßen. Aber die Schwierigkeit bestand darin, daß die Idee des »Auserwähltseins«, die sich, nachdem sie verschiedene

Etappen durchlaufen, endlich in mir etabliert hatte, jetzt von mir eine besondere Körperhaltung (ja, Körperhaltung) verlangte, dazu geeignet, meinen ersten Untertanen zu beeindrucken, denn Kolja, dieser gute Junge, der mich mit scheuer Achtung behandelte, war natürlich schon mein erster Untertan, obwohl er es noch nicht ahnte. Also, nachdem ich den belebten Platz mit Scheu und einiger Angst betreten hatte, zudem mit doppelter Angst, denn ich fürchtete mich vor dem rasenden Verkehr, und ich fürchtete sehr, Kolja diese Angst zu zeigen, wodurch meine Gliedmaßen unnatürlich steif wurden; aus Angst vor dem rasenden Verkehr legte ich Verwegenheit an den Tag, lief zum Beispiel direkt vor einem Obus hinüber, so daß mir die Knie zitterten (es war ein leichtes Kribbeln, wie man es hat, wenn einem ein Bein oder Arm einschläft). Nachdem ich mich etwas verpustet hatte, stürmte ich weiter. Ich rannte aus Angst, daß mich die Kräfte verließen, wenn ich stehenbliebe. Auf dieselbe Weise wutschte ich zwischen einem Bus und einem Auto hindurch, sprang um ein anderes Auto und war schon kurz vor dem Ziel, während Kolja beträchtlich zurückgeblieben war. Ich drehte mich um (das hätte ich nicht tun dürfen) und lächelte Kolja zu, er winkte mir und jagte, aufgestachelt von meiner Verwegenheit, hinter mir her. Ich begriff, daß ich weiterlaufen mußte, um ihm voraus zu sein und sozusagen die Distanz zwischen uns zu wahren. Ich machte einen Schritt, da fühlte ich neben mir einen merkwürdigen überirdischen Ansturm (ja, es war ein überirdisches Gefühl), den schrecklichen überirdischen Ansturm eines Autos, von dem mich nichtige Bruchteile von Zeit trennten. Und da machte ich (selbstverständlich unter Ausschaltung des Verstandes) zwei Bewegungen, die mich retteten, meiner Körperhaltung jedoch etwas Komisches verliehen. Diese Bewegungen erinnerten an einen Tanzschritt – tara-ra. Das heißt – tara – vorwärts, noch näher hin zum sicheren Tod, gleichsam, um nach erlebter Versuchung mehr emotionale

Gegenenergie zu gewinnen und den rettenden Sprung zurück zu tun – ra – auf das rechte Bein gestützt. Kolja brach in Lachen aus. Das war keine gewöhnliche Widerspenstigkeit mehr, sondern eine ernste Unstimmigkeit, etwas wie Rebellion, zudem aufrichtige Rebellion, denn ich bot mit der Tanzbewegung mitten auf dem Fahrdamm wirklich einen überaus komischen Anblick. Als wir aber den Strom der Autos abgewartet und endlich den Bürgersteig erreicht hatten, endete Koljas Rebellion in Verwirrung, Verwirrung aber ist bei so aufrichtigen Menschen der Beginn des Zweifels. Ich war in einem scheußlichen Zustand, und meine Ohren brannten (ich befühlte sie sogar heimlich).

Wir standen vor einer niedrigen Einfriedung, dahinter begann ein gewöhnlicher begrünter Boulevard, auf dem alte Frauen mit Kindern spazierengingen und alle möglichen Leute auf den Bänken saßen. Hier gab es auch verschiedene Verkaufsstände für Piroggen, Süßigkeiten und Getränke. Das ganz alltägliche Bild zog sich hin bis zu einem historischen Symbol – der Kreml-Mauer. Dieses unkomplizierte Schema des Erhabenen und Lächerlichen gab mir glücklicherweise meinen nächsten Schachzug ein.

»Vom Erhabenen zum Lächerlichen ist es nur ein Schritt«, sagte ich, nachdem ich mich wieder in der Gewalt hatte, die Erregung niedergekämpft und Ironie in der Stimme und im Lächeln wiederhergestellt hatte, »hier sehen wir Napoleons Worte vollauf bestätigt.«

Kolja ging freudig auf diesen Schachzug ein, obwohl seine Rebellion aufrichtig gewesen war, aber sie war nicht nach seinem Geschmack, sondern eher physiologisch gewesen, und er suchte nach einem glaubwürdigen und klugen Grund, um sie abzuschütteln, so wie ein Verliebter nach einem Grund sucht, um die Zweifel abzuschütteln, die unwillkürlich und unabhängig von seinem Willen in ihm aufgekommen sind.

Als ich mit Kolja an unserem Bestimmungsort angekommen war und wir uns auf einen kleinen grünen Hügel setzten, fing ich folgendes Gespräch an:

»Wenn einem geliebten Führer, einem Heerführer, der das Vaterland gerettet hat und sonstige Verdienste aufweist, wenn diesem Führer während einer pathetischen Rede, die er vor den ihn aufrichtig liebenden Soldaten hält, plötzlich die Hose herunterrutscht, ein nur auf den ersten Blick anekdotischer Vorfall, der in Wirklichkeit aber alltäglich ist, so würde das eine tragische Respektlosigkeit bei seinen Soldaten auslösen, und sie würden höchstwahrscheinlich in ein tragisches schreckliches Gelächter ausbrechen, das Keime zur Revision der Idee und zur Verumglimpfung der Heiligtümer in sich trüge.«

Kolja hörte mir mit angehaltenem Atem zu. Das Gleichnishafte meiner Worte imponierte nicht nur ihm, sondern sogar mir. Ich hörte mir selbst mit Freuden zu, während ich dachte, daß ich mich früher ganz einfach unterschätzt und in einer Reihe von Fragen sogar für dümmlich gehalten hatte. Was muß erst Kolja empfunden haben, dieser Junge des Protests, der gierig nach neuen Autoritäten suchte, die mit den alten nichts gemein hatten. Ich muß hier anmerken, daß wir an jenem Teil der Kreml-Mauer saßen, wo die weltberühmte Mauer besonders provinziell aussieht, wo sie sich mit ihrem Fundament auf einen grünen, mit ungepflegtem Gras bewachsenen Hügel stützt und mit ihren Ziegelpfeilern bis auf den schmalen Fahrdamm reicht, der von der Brüstung der Uferstraße begrenzt wird. Wir setzten uns ins Gras und lehnten uns mit dem Rücken an die sonnenwarmen rötlichen Kreml-Ziegel. Im Gras hüpften Heupferdchen, und über uns war in die uralten Ziegel unter den weltbekannten Schießscharten und Zinnen ein angerosteter Eisenhaken eingeschlagen, an dem im Wind eine Glühbirne unter einem Blechhut schaukelte. Unweit von uns gab eine fettleibige, schmuddlige Frau, die ihre Strümpfe wegen der Hitze heruntergerollt hatte, so daß die formlosen Beine entblößt waren, einem quengeligen Jungen Milch aus der Flasche zu trinken. (Ich bekenne, daß der Anblick dieser Frau mir mein Beispiel eingegeben hatte, und so hatte sich das Gleichnis gefügt.) Die ganze Umgebung hier war gegen die früheren Symbole und Autoritäten gerichtet; alles hier, diese Frau, die sicherlich gerade aus einer Gemeinschaftsküche kam, die vor der Kreml-Mauer herumhüpfenden dörflichen Heupferdchen und die rostige, im Wind quietschende Lampe unter den Schießscharten des Kreml, das alles ermunterte mich in meinem Wagemut, und Koljas grenzenlos ergebene Miene (die besonders angenehm war, wenn ich die Kürze unserer Bekanntschaft bedachte, die durch den Vorfall vorhin etwas getrübt worden war), diese ergebene Miene trieb mich zu einem äußerst wagemutigen Schritt, und ich fragte ihn nach einem vorsichtigen Blick zu der dicken Frau mit gesenkter Stimme, ob er ein großes Geheimnis hüten könne. Kolja spannte sich, seine Augen loderten freudig auf. Ich sah, daß er, noch ohne das Geheimnis zu kennen, stolz war.

»Kolja«, sagte ich, »merke dir diese Minute. Sieh dich um und merke dir alles. Es soll sich in dein Gedächtnis graben.«

»Wie bei Herzen und Ogarjow auf den Lenin... das heißt, auf den Sperlingsbergen?«

Ich begriff nicht, wovon er sprach, ahnte jedoch, daß es aus einem Buch oder einer Geschichte war, vielleicht sogar aus einem Lesebuch, das ich aber nicht kannte... Meine Kenntnisse sind sehr zufällig und hängen von den Büchern, Menschen und Gesprächen ab, mit denen ich so oder anders in Berührung gekommen bin. Ich weiß vieles, was die meisten nicht wissen, und es kommt vor, daß ich Elementares nicht weiß... Das ist mir natürlich jedesmal peinlich, wenn ich darauf stoße, und ich war etwas ärgerlich auf Kolja wegen seiner Frage und begann sogar zu zweifeln, ob ich es ihm sagen sollte, und wenn nicht, wie zog ich mich dann aus der Affäre, was dachte ich mir als »Geheimnis« aus? Um Zeit zu gewinnen, sagte ich, wie immer in solchen Fällen, einen neutralen, zu nichts verpflichtenden Satz, nämlich:

»Was haben Herzen und Ogarjow hiermit zu tun? Ich wollte etwas anderes sagen.«

»Ja«, hakte Kolja sofort ein, »Jatlin meint auch, daß der Schwur von Herzen und Ogarjow nach dummer Romantik riecht... Nach Kothurnen, aber nicht nach Wahrheit... Nach sozialistischem Realismus... Ich war mit ihm nicht einverstanden... Ich dachte, der Schwur, die leidgeprüfte Heimat von der Tyrannei zu befreien, sei gerade im Geist unserer Zeit... Aber vielleicht... Wenn Sie und er, zwei kluge Männer, natürlich jeder auf seine Weise... ja, vielleicht habe ich unrecht... Mir kommt gerade der Gedanke, daß solch ein Schwur wirklich etwas Totalitäres, etwas von ideeller Leibeigenschaft hat...«

Diese Gedanken trug er vor wie ein Erwachsener, und ich begriff, daß sie von seinem Vater stammten. Das war nicht auf seinem Mist gewachsen... Aber pfeif auf Worte. Der Einfluß seines Vaters auf ihn muß mir ja nicht schaden, kann mir sogar nützen... Dieser Jatlin, das scheint ein gefährlicher Konkurrent zu sein. Er verwirrt Kolja und hat Einfluß auf ihn. Und bei Herzen und Ogarjow ging es also um einen Schwur. Kolja vermutet anscheinend, daß ich mit ihm etwas Ähnliches vorhabe... Nein, mein Lieber, du hast mich ganz schön unterschätzt... Du denkst, ich bin eine Variante deines Jatlin. Vielleicht hat er mit Jatlin schon irgendwo einen Schwur abgelegt. Ach nein, Jatlin ist ja gegen Schwüre fürs Vaterland. Das ist für ihn sozialistischer Realismus.

»Sag mir, Kolja«, fragte ich leise, »weiß dieser Jatlin von Stschussew und unseren Dingen? Ja?«

»Nein, wo denken Sie hin«, sagte Kolja, »das darf man ihm nicht sagen... Er würde sich vielleicht darüber lustig machen. Das würde er nicht verstehen, denn einem Talent ist es nicht gegeben, alles zu verstehen. Wir machen die Dreckarbeit, aber er hat die

Ewigkeit in Reserve... Genies gehen nicht hinaus auf den Senatsplatz... Er ist ein Auserwählter, auf den von oben der Finger des Schicksals zeigt.«

Das alles wurde so aufrichtig und reinen Herzens gesagt, wie es nur Wesen vermögen, die nicht von Not verdorben, nicht von unerfüllten Hoffnungen verführt worden sind, die gerade erst zu leben beginnen. Es hatte den Anschein, daß Kolja in seiner reinen jungenhaften Dummheit auch mir vorschlagen wollte, mich für diesen Jatlin zu begeistern, zudem aus der Ferne. »Genie«, »Auserwählter des Schicksals« – solche Wörter gebrauchte er für diesen Typ. Nach den bruchstückhaften Kenntnissen über ihn zeichnete ich bereits sein moralisches Porträt, und mir schien, daß mir Jatlin in der nervlichen Disposition tatsächlich ähnlich war, aber davon gab es sehr viele... Wawa... Ach, Wawa, der Mann Zwetas, durch die ich den Weg in die Gesellschaft hatte finden wollen... Natürlich, Jatlin war so ein hauptstädtischer Wawa... Strebende gibt es viele, aber man muß den Wagemut des Wunsches haben, teure Genossen... Was wissen diese Parkett-Märtyrer vom Leben?

Ich blickte Kolja feindselig und verdrossen an. Unsere Beziehungen werden gar nicht so einfach sein, dachte ich. Gerade erst haben wir uns in einer Sache versöhnt, da macht er mir aus einer ganz anderen Ecke Kummer... Und dieser aufrichtige Blick, diese Naivität... Sind die nicht vorgetäuscht? Vielleicht trickst er? Aufstehen und weggehen, bevor es zu spät ist... Wenn er mich aufrichtig ins Herz geschlossen hat, soll er leiden. Doch sein Leid vertraut er vielleicht Jatlin an. Solche können nicht für sich allein leiden... Dieser Jatlin wird Kolja trösten und mich aus der Ferne verspotten... Aus Naivität und natürlich aus Lauterkeit schätzt und begreift Kolja nicht, wer neben ihm sitzt... Mein »Inkognito«... Gute Menschen haben überhaupt ein schwächeres Gespür für einen Auserwählten als schlechte Menschen, die ihn sofort zu hetzen beginnen.

Wir saßen schweigend, Kolja verwirrt und ratlos, ich verstimmt und nachdenklich.

»Ja also«, sagte ich, als ich mich endlich entschlossen hatte, »vielleicht klingt das wirklich wie ein Schwur« (das war eine Spitze gegen Jatlin), »ich denke nicht, daß ein Schwur nur dem sozialistischen Realismus und überhaupt der Stalinzeit eigen ist. Da ist dein Jatlin einfach« (ich wollte sagen »ein Dummkopf«, begriff aber rechtzeitig, daß es stärker wirkte, wenn ich Jatlin nicht direkt beschimpfte, sondern vielmehr Höflichkeit vortäuschte) »da ist dein Jatlin« (das Wort »dein« paßte gut zu einer höflichen Beleidigung), »da ist dein Jatlin im Unrecht...«

Ich fühlte, daß der Gedanke, den ich vortragen wollte, wieder dahinsiechte und in Jatlin unterging, und ich ärgerte mich über mich und über Kolja, der dasaß und wartete, die blauen Augen weit geöffnet, und keinerlei Notwendigkeit verspürte, eine schwere geistige Arbeit zu leisten, wie ich es tat, sondern vielmehr Vergnügen und Gewinn von meiner Arbeit erhoffte, die ich mir freiwillig aufgeladen hatte... Ja, freiwillig... Denn wenn die Auserwähltheit auch vom Schicksal bestimmt ist, so setzt doch jeder den letzten Strich und Ziegelstein freiwillig, ohne diesen letzten Ziegelstein bleibt der ganze Turm, sei er auch vom Schicksal vorbereitet, unwirklich und für die Umgebung unsichtbar. Es gibt so viele nicht zu Ende gebaute babylonische Türme! Nur der letzte Strich und der letzte Ziegelstein machen den Auserwählten aus, und diesen Ziegelstein hat nicht mehr das Schicksal in der Hand, sondern er selbst... Dem Schicksal hat es gefallen, daß mich dieser blauäugige, frische, unverdorbene Jüngling für das Amt des Herrschers von Rußland examinierte. Ihm als erstem mußte ich wagemutig meinen Wunsch und meine Absicht verkünden, mich an Rußlands Spitze zu stellen.

FÜNFTES KAPITEL

»Kolja«, sagte ich, »deine Freunde, dieser Jatlin und die anderen« (wieder Jatlin... schnell weg von ihm), «die haben doch bestimmt eine hohe Meinung von sich? Also... sie haben ihre Träume«, hier wurde ich wieder sarkastisch, »wollen hoch hinaus...«

»Ja«, sagte Kolja, »Hermann ist sehr von sich eingenommen. Anfangs hab ich ihm Unbescheidenheit vorgeworfen, aber später hab ich begriffen, daß er ein Recht darauf hat... Es ist ihm in die Wiege gelegt worden.«

»Aha«, von Eifersucht zernagt, wurde ich wieder sarkastisch, »wahrscheinlich will er Dichter werden, Schriftsteller oder Erfinder eines Turbinentriebwerks... Ha-ha-ha«, ich lachte nervös, »aber denkt er an das Schicksal Rußlands als Ganzes? Wagt er es? In dem Sinne, daß er es auf seine Schultern nimmt?«

»Was?« Kolja blickte mich rasch und merkwürdig an.

»Ja, Kolja«, sagte ich erleichtert und freute mich über seine Auffassungsgabe, denn im letzten Moment hatte mich doch der Mut verlassen.

»Was heißt das?« fragte Kolja.

Nein, ich hatte mich zu früh gefreut. Er nötigte mich doch, meine Idee direkt auszusprechen.

»Ja, Kolja«, sagte ich, »ich habe die Ahnung, mehr noch, die Gewißheit, daß ich irgendwann Rußland regieren werde.«

»Aber das ist doch eine Schande«, brach es unwillkürlich und aufrichtig aus Kolja heraus.

Ich hatte alles erwartet, nur das nicht.

»Wieso Schande?« sagte ich. »Dein Jatlin mit seinen Ansichten, der ist also gar kein Feind von Stalin, sondern von ganz Rußland...«

»Was hat Jatlin damit zu tun?« schrie Kolja. »Ich habe nie mit ihm darüber gesprochen... Ich selber denke so... Rußland lieben – das bedeutet, ehrlich arbeiten, sich für Rußlands Wohl mühen, aber nicht Macht haben.«

In seinen blauen Augen war in diesem Moment so viel Licht, daß ich ganz hingerissen war.

»Nein, Kolja, da hast du nicht recht«, sagte ich weich, Koljas Aufrichtigkeit nachgebend, »Rußland hatte nie einen Mangel an ehrlichen Arbeitsleuten, aber es mangelte ihm immer an ehrlichen Regenten... die seine nationale Idee verstanden hätten...«

Dies Letzte war ein Zitat von Stschussew, aber gerade da runzelte Kolja die Stirn und wurde nachdenklich. Und erst jetzt begriff ich, was für ein Erfolg mir zugefallen war. Ich hatte diesem reinen hauptstädtischen Jüngling, dem Sohn einer Weltberühmtheit, meine Absicht mitgeteilt, Rußland zu regieren, und er nahm das so selbstverständlich auf, daß er nicht die Tatsache selbst für das Wichtigste hielt, sondern ihre Folgen für mich. Der Umstand, daß er sich sofort gegen meine Idee äußerte, ihr entgegentrat, zeugte davon, daß die laut ausgesprochene Idee ihn weder verwunderte noch erheiterte... Ich bekenne, wie sehr ich auch von mir überzeugt war, bis zu diesem Moment hatte doch etwas in mir gehöhnt, irgendein Eckchen in mir hatte mir gleichsam von außen zugehört, manchmal lachend, manchmal besorgt. Das ist nicht verwunderlich. Jeder künftige Herrscher, der von unten zur Macht aufsteigt, kraft seines Willens und seines Wagemuts, und mag er noch so sehr von seiner Bestimmung überzeugt sein, ist doch ein wenig erstaunt, wenn er die Macht bekommt... Denn den Anfang macht er immer auf einem leeren Platz... Du hast es gewagt und es dir gewünscht... Und schon blitzt etwas auf, und schon kommt etwas in Gang, und schon ist um deinen Wunsch, der Hunderten anderen persönlichen Wünschen gleicht, eine erste Polemik entbrannt, schon hat dein persönlicher Wunsch, den du früher durchaus im Keim hättest ersticken können, eine von dir unabhängige Existenz erlangt und diesen ernsten, belesenen Jüngling in Nachdenklichkeit versetzt.

»Gut«, sagte Kolja, »ich habe jetzt nachgedacht und begriffen, daß Sie irgendwie recht haben... Europa hat uns zu oft bevormundet, weil wir Sklaven sind... Ja, der russische Intellektuelle hat die Unterdrücker des Volkes stets voller Talent verflucht, aber nie wollte er seine hohen Prinzipien mit schwerer Schweißarbeit besudeln, wie es ein ehrliches Regieren Rußlands ist... Immer hat er das denen überlassen, die er später als Objekt seiner talentierten Verwünschungen benutzen konnte.«

Diese letzte Erklärung machte mich etwas hellhörig, obwohl sie meine Idee unterstützte, mit der sich Kolja also ausgesöhnt hatte. Aber mich machte nicht der Inhalt hellhörig, sondern die Form, die Ernsthaftigkeit und Schärfe eines Erwachsenen. Dieser Jüngling war beim Lesen politischer Bücher und bei politischen Streitgesprächen vorzeitig gealtert. Das war zu erkennen, so wie in früheren Zeiten ein vor der Zeit erfahrenes Erwachsenen-Laster zu erkennen war. Kolja, der naive und ehrliche Junge, war in gewisser Weise verdorben von diesen Büchern, diesen Streitgesprächen, die häufig in seinem Haus ausgetragen wurden, so wie in früheren Zeiten ebenso reine Jünglinge verdorben wurden von lasterhaften Stubenmädchen, die der wollüstige Vater unbedacht oder unklug für sich ins Haus geholt hatte. Aber das ist schon ein besonderes Thema. Bei solchen Jünglingen, fast noch Jungen, äußerte sich das pathologische Altern eines Teils der Seele höchst unerwartet mal in einer merkwürdigen Wortverbindung, mal im plötzlichen Übergang von kindlicher zu erwachsener Gestik und im raschen Wechsel der Ansichten. Der Gedanke, den Kolja als letzten ausgesprochen hatte, begann damals gerade erst in der Gesellschaft umzugehen. Wobei die Provinz der Hauptstadt voraus war, denn in der Provinz hatte man früher begonnen, das von Chrustschows Entlarvungen heraufbeschworene Chaos mit Gewalt zu regeln und zu unterdrücken, und die Provinz ging in bestimmten Kreisen früher von der illegalen zur legalen Opposition über, das heißt, zum Slawophilentum, das in Rußland die natürliche Fortsetzung jeder russischen Opposition unter jeder Herrschaftsform ist. Denn das

Slawophilentum entspricht immer dem Geist der nationalen Freiheitsliebe und läuft mit seinem nationalen Anarchismus jeder Macht zuwider – von der Volksmacht bis zur Selbstherrschaft. Aber in der Hauptstadt, wo direkte antistalinistische Tendenzen, das Auskosten der Entlarvungen und die eigene Buße noch außerordentlich stark waren, erwachten die slawophilen Tendenzen gerade erst, hauptsächlich in den Kreisen der radikalen Jugend, in denen auch Kolja verkehrte. Diese Kreise konnten nicht ohne tagtägliche Neuigkeiten, Sensationen und Erneuerung ihrer Opposition leben, und der gewöhnlichen antistalinistischen Tendenz, die schon einen konservativen und offiziellen Charakter angenommen hatte, war man hier überdrüssig. In diesen Kreisen hieß es: Wir haben den offiziellen sozialistischen Antistalinismus satt, wir fordern einen nationalen Antistalinismus.

Man sagt, daß Ideen in der Luft liegen und sofort von vielen an unterschiedlichen Orten aufgegriffen werden. Stschussew, selbst Vertreter solcher Tendenzen, wußte zweifellos, daß sie auch an anderen Orten existierten, und berücksichtigte das bei der Vorbereitung seiner »allrussischen Sache«.

»Übrigens«, sagte Kolja nach einem Blick auf die Uhr, »wir treffen uns heute am Puschkin-Denkmal... Sie treffen sich am Majakowski-Denkmal, wir am Puschkin-Denkmal« (Wer »sie« und wer »wir« waren, fragte ich nicht... Das würde ich an Ort und Stelle begreifen). »Gehen wir«, sagte er zu mir.

»Gehen wir«, antwortete ich, »denk daran, Kolja, du weißt als einziger auf der Welt von meinem Plan... Ich habe ihn dir als einzigem anvertraut...«

»Ich verstehe«, sagte Kolja, »ich kann ein Geheimnis wahren... Sogar mein Vater, der jetzt so mißtrauisch geworden ist, vertraut mir manchmal so was an... Das sollte er lieber nicht tun... Aber das gehört nicht hierher... Und wissen Sie, was mich besonders freut... Daß Sie endlich Jatlin kennenlernen werden. Sie brauchen einander so sehr.«

Schon wieder dieser Jatlin, dachte ich empört, macht sich dieses Jüngelchen etwa über mich lustig? Ist es vielleicht ein tragischer, nicht wiedergutzumachender Fehler, daß ich ihm mein »Auserwähltsein« anvertraut habe? Nein, das von Jatlin hat er natürlich aus Naivität gesagt, beruhigte ich mich, während ich in das mädchenhafte, blütenzarte Gesichtchen (nicht Gesicht, sondern Gesichtchen) Koljas schaute.

Wir standen auf und schüttelten den Staub von unseren Hemden, den Staub der Kreml-Mauer, an der man sich genauso dreckig machte wie an einer Provinzkneipe, was ich natürlich ungesäumt mitteilte. Ich fand für diese Mitteilung zwar keine geistreiche Formulierung, keinen lustigen Vergleich, dennoch lachte Kolja, offenbar vor überschüssigem Gefühl. Wir gingen die Uferstraße entlang und folgten dem Geländer bis zur Bushaltestelle. Die Fahrscheine bezahlte Kolja, aber das geschah so natürlich, daß es für mich gar nicht erst zum Problem wurde, und nur ein winziger Gedanke kreiste aus Gewohnheit um die Einsparung und meinen persönlichen Geldfonds, von dem nicht einmal Stschussew etwas wußte. Aber sofort schämte ich mich dieses winzigen Gedankens, und um ihn loszuwerden, verwickelte ich den lieben, guten Kolja, den ich mit jeder Minute mehr mochte, in ein Gespräch voller Andeutungen, mit denen ich mich und Kolja aus dem Kreis der Fahrgäste herausheben wollte, unter denen sogar drei ansehnliche Frauen waren. Ein Mensch, der über sich nachdenkt, legt großen Wert auf die öffentliche Meinung, und sei es auch nur in einer zufällig und zeitweilig zustandegekommenen Gesellschaft, wie es die Fahrgäste eines Busses sind, besonders eines Hauptstadtbusses. Wir verbrachten die Fahrt angenehm mit diesem belanglosen Gespräch und dem unwillkürlichen Einfangen von Frauenblicken. Auf diesem Gebiet bin ich Spezialist. Ich kann einen Frauenblick mit Gleichmut und Oneginschem Überdruß im Gesicht einfangen, so daß die Eingefangene nicht begreift, von wem das Interesse ausgeht, von mir oder von ihr, sie beginnt zu zweifeln und blickt bestimmt noch ein- oder zweimal. Nun kommt es darauf an, den Gleichmut auf die Spitze zu treiben, man kann sogar eine Grimasse ziehen, als hätte man Zahnschmerzen und wäre nur damit beschäftigt... Und wenn man ihren Blick auf sich spürt, muß man den Moment abpassen und, wie die Angler sagen, »anhauen«. Diesmal lief alles so erfolgreich, daß ich zwei an der Angel hatte: ein Mädchen und Kolja. Kolja hatte ich damit endgültig gezähmt und für mich gewonnen, denn trotz seiner Reinheit und mädchenhaften Zartheit sowie seiner Belesenheit war er zugleich auch ein Jüngling in dem Alter, in dem in ihm die Säfte gärten und erwachten. Und obwohl er äußerst schüchtern war und sichtlich zu den Männern gehörte, die nicht heiraten, sondern geheiratet werden, träumte er, da bin ich sicher, nachts von jungen Mädchen, außerdem sind solche Schüchternen sehr leicht entflammt, natürlich heimlich, und mögen Freunde, die in bezug auf Frauen Draufgänger sind. (Ich war überzeugt, daß der berüchtigte Jatlin ein Draufgänger war und ihn auch damit für sich eingenommen hatte.) Und richtig, im Bus unterbrach Kolja plötzlich das Gespräch, beugte sich zu mir und flüsterte, schamhaft kichernd, was sein Gesicht total veränderte und dümmlich machte:

»Dort, die Schwarzhaarige, die guckt Sie immer an...«

»Welche?« fragte ich gleichmütig. »Die da? Ach, die andere...«

Es war ein kleines und recht hübsches Mädchen, einem Mäuslein ähnlich, das ich mit meinen Blicken in Unruhe versetzt hatte. Sie saß drei Plätze von uns entfernt, und der Platz neben ihr war an der Haltestelle gerade frei geworden.

»Soll ich euch bekannt machen?« sagte ich ungeniert zu Kolja und setzte ein Straßenlächeln auf.

»Ach, lieber nicht«, sagte Kolja erschrocken und wurde rot, »vielleicht später, nicht jetzt.«

»Später steigt sie aus.« Ich trieb mein Spiel weiter, davon ermutigt, daß Kolja abgelehnt hatte, denn für mich, einen Menschen der Idee, war die Hauptsache, Eindruck zu machen. Hingehen und sie ansprechen hätte bedeutetet, daß ich mich erniedrigte und sie höher stellte, außerdem hatte ich, ehrlich gesagt, darin keine Erfahrung. Aber da ich sicher war, daß Kolja ablehnen würde (ich bin kein schlechter Psychologe), trieb ich mein Spiel weiter. »Also, soll ich?« fragte ich wieder.

»Na schön«, sagte Kolja unverhofft, »einverstanden.«

Mir brach der kalte Schweiß aus. Aber Psychologie und Analyse hatten mich hier nicht getäuscht, sondern gerade jene Wahrheit bestätigt, daß man immer mit ihnen rechnen und sie ständig respektieren muß. Als ich Kolja zum zweitenmal fragte, hatte ich offenkundig überzogen und Kolja so in Verlegenheit gebracht, daß die Scham über seine männliche Unschlüssigkeit die Schüchternheit besiegte. Zum Glück setzte sich eine alte Frau neben das Mädchen und versperrte uns den Zugang.

»Da hast du's«, sagte ich und atmete erleichtert auf, »du hättest dich früher besinnen müssen.«

»Da kann man nichts machen«, antwortete Kolja, aus Naivität unfähig, seine Erleichterung zu verbergen. »Wir hätten sowieso keine Zeit gehabt, uns mit ihr abzugeben... Wir müssen die nächste raus...«

Wir standen auf und zwängten uns an fremden Rücken und Ellbogen vorbei zum Ausgang. Wir landeten auf der Gorki-Straße, der belebten zentralen Straße Moskaus, die ich zum Glück nach einer Ansichtskarte gleich erkannte. Zum Glück – weil ich vor Kolja nicht als staunender Provinzler dastehen wollte. Ich ging ohne nach rechts und links zu blicken, aber Kolja fragte mich:

»Haben Sie keinen Hunger? Mir knurrt der Magen.«

Wirklich, es wurde Abend, da und dort leuchteten

schon die Schaufenster und die Neonreklamen. In der Provinz kam die Neonreklame in jenen Jahren gerade erst in Mode, aber hier war sie gewohnter Alltag. Eine der grünen Leuchtschriften zog meine Aufmerksamkeit schon von weitem an, und ich irrte mich nicht. Es war wirklich ein Café.

»Irgendwo hier in der Nähe ist ein Café«, sagte ich und wandte den Blick zerstreut von der Leuchtschrift ab.

»Nein, erst zwei Blocks weiter«, sagte Kolja, »vielleicht fahren wir eine Station?«

Ich freute mich: Aha, er als Moskauer wußte nicht Bescheid, ich war im Vorteil und konnte beweisen, daß ich häufig in Moskau war und und die Hauptstadt kannte (obwohl Kolja diese Beweise gar nicht von mir verlangte). Ich wollte es mir selbst beweisen. Häufig gelingt es mir, mit Einfallsreichtum etwas zu beweisen, was es nicht gibt.

»Ich weiß doch, hier ganz in der Nähe muß ein Café sein, wir brauchen nicht zu fahren«, sagte ich, weiter meine Linie verfolgend, und ging wie unabsichtlich auf die grüne Neonschrift zu.

»Ach, das da«, sagte Kolja, als er es bemerkte, »wirklich, dieses Café hatte ich vergessen... Es wurde so lange renoviert.«

Er rechtfertigt sich, dachte ich mit ironischem Lächeln.

Wir betraten das Café, setzten uns an einen Tisch und bestellten Würstchen mit grünen Erbsen, Kefir und Kuchen. Würstchen und Kefir bestellte ich, den Kuchen Kolja, und nach Koljas Bestellung war mir klar, daß er bezahlen wollte, denn sonst hätte er keinen Kuchen bestellt. Darum aß ich beruhigt und mit Appetit, ohne Analyse und Berechnungen (nachdem ich die Würstchen bestellt hatte, entdeckte ich auf der Speisekarte gebratenen Fisch und machte mir Vorwürfe, denn der gebratene Fisch war billiger, außerdem gab es dazu Kartoffeln, die besser sättigten). Und richtig, kaum hatten wir die Würstchen aufgegessen, da holte Kolja auch schon einen ziemlich großen Geldschein hervor (den er bestimmt von seinem Vater als Taschengeld bekommen hatte) und legte ihn an den Tischrand, noch bevor die Kellnerin kam. Als sie die Zeche zusammengerechnet hatte, legte sie das Wechselgeld vor mich hin, einen Menschen, dem diese Summe dem Alter nach eher entsprach. Es entstand eine kleine Verlegenheitspause, aber Kolja fing sich rasch und sagte:

»Nehmen Sie es einstweilen, ich verliere dauernd Geld.«

»Meinetwegen«, sagte ich, nahm das Geld und steckte es lässig in die Brusttasche des Hemdes (später, in einem günstigen Moment, verstaute ich es sorgsam in der Gesäßtasche und knöpfte sie zu).

Dieser winzige Vorfall bekräftigte endgültig den familiären Charakter unserer Beziehungen. Ich war von Koljas Takt begeistert. Später erfuhr ich, daß er, wie auch sein Vater, bemüht war, Freunde materiell zu unterstützen, besonders Repressierte und Rehabilitierte. Zumal sie sich das leisten konnten, denn was Kolja an Taschengeld erhielt, überstieg meine gesamte unangerührte Geheimreserve, die ich ins Jackenfutter eingenäht hatte. Jetzt hatte sich die Reserve fast verdoppelt, selbst wenn ich einen Teil des Wechselgeldes heute für Kolja ausgeben mußte. Aber höchstens für Süßigkeiten, Eis, Säfte, schlimmstenfalls ein Taxi. Es würde also noch ein anständiger Betrag übrigbleiben, den ich natürlich meiner Reserve hinzufügen würde. So dachte ich, während ich den Kuchen aß, der so lecker und aromatisch schmeckte, daß ich gute Laune bekam und beim Essen genüßlich schmatzte und lächelte. Dann gingen wir gesättigt und zufrieden. Inzwischen war es ganz dunkel geworden, wir gingen eine Weile an Leuchtreklamen vorbei und kamen auf einen hell erleuchteten Platz, und hier endete das spießig-pralle und konservative Leben, und ich sah das oppositionelle Moskau, das freidenkende und deutlich antistalinistische Moskau, das rings um das riesige Denkmal eines Mannes in schweren Bronzehosen brodelte. Als ich genauer hinsah, begriff ich, daß es Majakowski war. (Bei den Moskauer Ansichtskarten war dieses Denkmal auch dabei gewesen, aber jetzt sah ich es aus einem ungewöhnlichen Blickwinkel und in ungewöhnlicher Umgebung und hatte es nicht gleich erkannt.)

Dort stand eine dichte Menge von Jugendlichen, und ein junger, übrigens recht provinziell aussehender Mann in einem Sporthemd sagte etwas, aber der Strom in der Nähe vorbeirasender Autos übertönte ihn. Wir traten näher, doch da hatte der junge Mann schon geendet, und ringsum wurde geklatscht.

»Kommt Arski auch manchmal her?« fragte ich wie nebenbei.

»Ja, manchmal.« Kolja lachte plötzlich verächtlich auf. »Eigentlich ist das hier sein Platz, aber er hat ein gutes Gespür und ist zu uns übergelaufen... Doch das hat auch nicht geklappt... Ich glaube, hierher, auf die Straße, kommt er nur noch selten... Er tritt lieber im Polytechnischen Museum auf, wo man bloß mit Eintrittskarten reinkommt... Vor Provinzlern und Brigaden der kommunistischen Arbeit... Da, gleich singt sie«, Kolja stieß mich in die Seite, »sehen Sie, die da oben...«

Auf dem Sockel des Denkmals stand ein dünnes Mädchen mit einer weißen Blume in den Händen.

»Gleich läßt sie Komsomolgedichte los... Das sind nicht unsere Leute... Ich bin nur zum Beobachten hergekommen. Am Anfang, vor zwei Jahren, als alles losging, haben wir uns als erste versammelt, und zwar hier... Bei Majakowski... Aber dann sind die hier dazugestoßen... Und alles mündete in einem Komsomol-Disput... Die bekämpfen Stalin nämlich mit Komsomolgedichten, manchmal noch aus der Stalinzeit... Wir haben längst mit ihnen gebrochen, schon vor fünf Monaten, im Frühjahr... Jetzt sind wir Feinde... Wir versammeln uns beim Puschkin-Denkmal...«

Während Kolja das alles sagte und überhaupt seit wir hier waren, hatte er sich völlig verwandelt, und sein gutes, zartes Gesichtchen war eigensinnig verzerrt, wie es bei solchen Jünglingen geschieht, wenn sie ungerecht bestraft, gar mit dem Riemen geschlagen werden, sie aber hartnäckig auf ihrem Standpunkt bestehen, was ihr Gesicht böse macht wie das eines verstockten Märtyrers. Und wirklich, ich sah zum erstenmal einen bösen Ausdruck in Koljas Gesicht.

»Gleich sagt sie Komsomolgedichte auf, hör zu«, sagte Kolja.

Aus Erbitterung und Erregung duzte er mich zum erstenmal, seit wir uns kannten, ich blickte ihn beunruhigt an und sah meinen Einfluß auf ihn unverhofft in Gefahr. Ich mußte rasch etwas unternehmen.

»Hör zu«, sagte Kolja, »gleich fängt sie von den heldenhaften Komsomolzen an...«

Aber das Mädchen begann, die Blume an die Brust pressend, ganz aufrichtig, doch etwas künstlich, zu deklamieren:

»Dieser Welt – ich geh ihr vorüber.
Du wink mir mit leichter Hand.
Auch der Herbstmond hat ein so stilles,
Zärtliches Licht dem Land...«

»Jessenin«, sagte Kolja, »ein Fortschritt bei ihnen... Bagrizki haben sie hinter sich und sind nun bei Jessenin angelangt... Das ist ihre Bandbreite... Stalin hat auch Jessenin geliebt... Das sind die sieben kleinen Elefanten... Wenn ein Spießer am schönfärberischen Heroismus arbeitet, ruht er sich bei Jessenin aus... Vom Sattel zu Hängematte und Klampfe mit Schleifchen...«

Ich kapierte nichts von dem, was Kolja sagte. Sieben Elefanten, Sattel, Hängematte, Klampfe mit Schleifchen? Ich muß zugeben, daß ich leider ein sentimentaler Mensch bin und aufgrund meiner Verklemmtheit und meines schweren Lebens vieles mich noch immer berührte. Diese Verse hörte ich zum erstenmal, und sie gefielen mir. Doch mit schauspielerischer Vollendung stellte ich Hohn zur Schau, zumal mir das Mädchen, das diese Verse vortrug, nicht gefiel. Sie war blaß und hatte eine lange weiße Totennase.

»Buh!« rief Kolja schallend, die Hände zu einem Trichter geformt. »Verschen fürs Poesiealbum...«

Ein paar Kerle in Sporthemden blickten Kolja mißbilligend an.

»Einen Bräutigam muß man sich auf dem Tanzboden suchen und nicht auf einer politischen Kundgebung!« Kolja gab sich nicht zufrieden.

»Halt die Klappe, du Rotznase!« sagte einer im Sporthemd.

Ich begriff, daß ich als physisch starker Freund nun in Aktion treten mußte, was mich ärgerte und auf Kolja wütend machte. (Überhaupt gefiel er mir nicht mehr, seit wir bei Majakowski waren.) Er benahm sich anmaßend, weil er wußte, daß ich die Rechnung bezahlen würde. Aber die Kerle in den Sporthemden waren körperlich gut entwickelt. Dennoch suchte ich mir den Schmächtigsten von ihnen aus und gab ihm einen Stoß gegen die Schulter.

»Was ist?« fragte er verwundert.

»Das ist!« antwortete ich herausfordernd.

»Na schön«, sagte Kolja, »der Teufel soll sie holen.«

Auf diese Weise hatte ich die »Rotznase« an Koljas Adresse sozusagen gerächt und zugleich eine Schlägerei vermieden, die unter diesen Umständen sehr gefährlich für mich geworden wäre. Zwar hatte nicht der Schmächtige »Rotznase« gesagt, vielmehr ein Breitschultriger mit modernem Bürstenschnitt. Aber er gehörte zur selben Clique, und meine demonstrative Handlung war in aller Öffentlichkeit erfolgt, so daß sie der Breitschultrige wahrscheinlich gesehen hatte, aber er schwieg. Jetzt muß ich vor allem Kolja beschwichtigen, überlegte ich, denn wenn er noch einmal provoziert, läuft das vielleicht nicht so glimpflich ab. Doch ehe ich meinen Gedanken zu Ende gedacht hatte, rief Kolja in fröhlicher Wut:

»Und jetzt die ›Verse vom Sowjetpaß‹... Bitte, bitte, Mädchen... Tragen Sie sie vor...« Und er applaudierte.

Der Breitschultrige drehte sich wieder um und maß Kolja mit einem Blick, daß mir ganz kalt im Bauch wurde, während Kolja, der Narr, sich amüsierte. Aber von wegen Narr, ein Egoist... Er wußte, daß nicht er, der Schwache, die Rechnung bezahlen mußte... Zum Glück beleidigte der Breitschultrige Kolja diesmal nicht, sondern sagte belehrend:

»Das ist doch Tanja Sudezkaja... Sie ist voriges Jahr von der Uni geflogen, weil sie in einer Vorlesung für Politökonomie öffentlich die Auflösung der Kolchose gefordert hat... Über sie stand sogar ein Feuilleton in der Zeitung...«

»Damit will sie bloß die Jungs auf sich aufmerksam machen«, setzte Kolja noch einen drauf, »solche benutzen die Politik, um unter die Haube zu springen...«

Ich weiß nicht, warum er so gegen das Mädchen war. Wahrscheinlich reizte ihn ihre Häßlichkeit, und als geradlinige Natur ließ er seinen Gefühlen freien Lauf und konnte nicht wieder aufhören. Außerdem war der politische Kampf gegen den Stalinismus der Sinn seines Lebens, ein Heiligtum, und jeder, der unwürdig war, und sei es auch nur durch sein Äußeres, bekam seine eifersüchtige Wut zu spüren. Nach diesem Ausfall Koljas erwartete ich eine Reaktion von seiten des Breitschultrigen, dessen Geduld endlich reißen mußte, aber die Reaktion kam unverhofft von seiten des Schmächtigen. (Vielleicht war er in Tanja verliebt, weil er selbst stockhäßlich war.) Der Schmächtige versetzte Kolja einen Schlag gegen den Hals, woraufhin ich den Kerl sofort am Sporthemd packte. Zum Glück trennten uns zwei Jungs.

»Was ist denn da los?« rief ein jüdischer oder armenischer Bursche, der am Sockel des Denkmals stand.

»Sie randalieren«, antwortete ein Ordner. (Also war das keine formlose Menge. Sie hatte ihre Ordner und überhaupt Anzeichen von Organisiertheit.)

»Wer randaliert?« fragte der Jude (oder Armenier). »Spitzel?« (Das sprach er direkt aus, mit lauter Stimme, mir schien, etwas zu laut und forsch.)

»Nein«, antwortete der Ordner, »die vom Puschkin-Denkmal, die Russophilen...«

»Ach, ihr seid's.« Der Jude (oder Armenier) hatte sich auf die Zehenspitzen gestellt und Kolja erkannt (der war also eine bekannte Gestalt). »Herzlich willkommen... Vielleicht willst du reden? Wir sind bereit... Wir werden antworten...«

»Nein«, sagte Kolja scharf, böse und gnadenlos, »es gibt nichts, worüber wir mit euch streiten... Freßt eure Komsomolgedichte und schiebt noch ein paar Poesiealbumverse hinterher... Wir gehen zu uns... Zu Puschkin...« Kolja drehte sich um und zwängte sich durch die Menge.

Ich folgte ihm.

»Gesindel«, sagte Kolja, als wir ein Stück gegangen waren, und fügte noch einen unflätigen Fluch an ihre Adresse hinzu.

Dieser männliche Fluch paßte zu seiner jünglingshaften Keuschheit, wie harte Stoppeln zu seinen rosigen Wangen (er rasierte sich noch nicht) gepaßt hätten. Die obszönen Flüche aus Koljas Mund verblüfften mich weniger als sie mich erschreckten, so wie mich ein sprechender Säugling hätte erschrecken können. Kolja bemerkte mein Erschrecken, deutete es aber auf seine Weise, als Mißbilligung.

»Was hast du?« (Von seiner Wut enthemmt, duzte er mich wie vorhin.) »Was hast du? Haben sie dir gefallen?«

»Nicht gerade gefallen«, antwortete ich, »aber immerhin kämpfen sie auch...«

»Kämpfen?« äffte er mich nach. (Das ging zu weit, aber ich begriff, daß er sich von seinen Gefühlen hinreißen ließ.) »Kämpfen?« fuhr er fort. »Retter des Vaterlands... Was du gesehen hast, ist nichts weiter als das letzte Bollwerk des Stalinismus, das jedoch eine antistalinistische Form angenommen hat... Das sind Chrustschow-Anhänger... Die meisten von ihnen sind mit Komsomol-Liedern aufs Neuland gefahren... Die Sudezkaja auch, damit ihr ihre Sünden vergeben werden... Denkst du, ich kenne sie nicht?«

Da sah ich eine andere Menschenmenge vor einem

anderen Denkmal, das vom ersten etwa zehn Minuten Fußweg entfernt war.

»Das da sind wir«, sagte Kolja und wies mit dem Kopf auf die Menge, sein Gesicht wurde sogleich ruhig und hell, »jetzt können Sie sich überzeugen «(wieder »Sie«, also war alles in Ordnung), »was für ein Unterschied das ist.«

Und wirklich, es war ein Unterschied. Die Menge hier war weniger dicht, aber offenbar auch weniger zufällig. Eigentlich keine Menge, sondern eher eine Gruppe. Hier waren mehr Intellektuelle, aber auch Leute aus dem Volk. Das Puschkin-Denkmal erkannte ich sofort, es sah genauso aus wie auf der Ansichtskarte. Und den Redner, der am Denkmal stand, erkannte ich auch sofort, obwohl ich ihn zum erstenmal sah. Es war zweifellos Jatlin, und er stimmte völlig mit dem emotionalen Bild überein, das ich mir von ihm gemacht hatte. Er war etwas mehr als mittelgroß (genau die Größe, die Frauen mögen, keine »Bohnenstange«, aber groß), blond, doch ins Rötliche spielend, denn für einen gewöhnlichen Blonden waren seine Haare zu storr und kräuselig. Sein Gesicht war flach, hatte aber dicke, etwas negroide Lippen, über denen in der Rinne eine Art rostiger Schnurrbart wuchs, ein Büschelchen, wie beim Rasieren vergessen. Auch ein kleiner Vollbart deutete sich an (und das in jenen Jahren, als Bärte auch bei den Russophilen gerade erst in Mode kamen). Die Augen waren von klarem dichten Grau mit einem Schuß Himmelblau, und ich zweifle nicht, daß Jatlin stolz auf sie war, denn sie waren an ihm das einzige, das voll und ganz der Vorstellung der Russophilen vom slawischen Typ entsprach. Im übrigen, auch das vermerkte ich im stillen, erinnerte er eher an den Typ eines hellen Negroiden.

Als wir herankamen, trug er, genau wie die am Majakowski-Denkmal, Gedichte vor, aber hier blieb Kolja andächtig stehen, und sein Gesicht nahm wieder den jünglingshaften und vertrauensvollen Ausdruck an, was mich ein übriges Mal davon überzeugte, wie stark Jatlins Einfluß auf ihn war und wie schwer ich es in dieser Hinsicht haben würde. Übrigens waren es wirklich andere Gedichte, und der Vortragende sprach sie in einem anderen Rhythmus, schwer und nachdenklich, nicht schallend und komsomolhaft.

»Wir wünschen dem eine gute Nacht,
der alles im Namen Christi erduldet,
dessen strenge Augen nicht weinen,
dessen stumme Lippen nicht murren,
dessen derbe Hände schuften,
und es uns voll Achtung überlassen,
uns zu vertiefen in Kunst und Wissenschaft,
uns Träumen und Leidenschaften hinzugeben...«

»Das ist Jatlin«, flüsterte der völlig verwandelte Kolja verliebt und lächelte mir mit einer Miene zu, als wolle er sagen: Na, sind Sie schon verzaubert und verliebt? Ich hab's Ihnen ja gesagt, aber Sie wollten es nicht geglaubt...

»Der den Lebensweg durchschreitet
in tiefer Nacht ohne Morgenrot,
ohne Sinn für Recht und Gott,
wie im Kerker ohne Kerze...«

Kolja applaudierte als einer der ersten, kindlich in die vorgestreckten Hände klatschend. Ich entschloß mich nach kurzem Nachdenken, auch meinen Tribut zu zollen, um nicht als voreingenommen zu gelten; später würde ich den richtigen Moment abpassen, um diesem Jatlin von unverhoffter Seite einen Schlag zu versetzen, im Beisein Koljas, wenn möglich, in einer großen Gesellschaft. Freilich applaudierte ich von Anfang an lasch und herablassend, in der Hoffnung, daß Kolja meine Mißbilligung seiner Begeisterung bemerkte und die ersten Zweifel in ihm erwachten, wenn er mir richtig vertraute. Aber Kolja bemerkte es nicht, so verzaubert war er von seinem Führer (Jatlin war offensichtlich der Führer dieser Gruppe).

»Die Märtyrerin!« rief Kolja, die Hände zum Sprachrohr geformt, genauso wie am Majakowski-Denkmal, wo er Beleidigungen herausgeschrien hatte, während er hier mit einer Stimme der Begeisterung rief, ohne den scharfen, heiseren Ton.

»Die Märtyrerin!« riefen noch ein paar Stimmen.

»Na schön«, sagte Jatlin, »einen Ausschnitt.«

»Jetzt bringt er Eigenes«, flüsterte mir Kolja begeistert zu, »bis jetzt hat er Verse von Nekrassow über die Not des Volkes vorgetragen, nun kommt Eigenes.«

»Manchmal hat man nicht mal Wut auf euch«, begann Jatlin, »du bindest Garben auf dem Feld, von oben verbrennt und versengt dich die liebe Sonne. Von unten lodert dir Mutter Erde gegen die Brust. Du kannst das Kreuz nicht mehr geradebiegen, denn von früh an gehst du tief gebückt übers Feld. Die Kehle ist ausgedörrt, du kannst sie nicht befeuchten, denn im Krug ist kein Tropfen Wasser mehr. Und du bist voller Staub, bist verschwitzt, sonnenverbrannt, und die Hände sind rissig und schmerzen. Und dann siehst du: Ihr geht gemächlich dahin, unterm Schirm, mit einem Büchlein, füllig und mit rosigen Wangen, in sauberen weißen Kleidern, wie schöne saubere Rüben. Wie du das siehst, preßt es dir das Herz ab. Mein Gott, wofür muß ich mich hier in der Hölle plagen, und sie gehen schön spazieren? Und eine von euch bleibt stehen und sagt sanft: ›Mußt du schwer arbeiten?‹ Ach zum Kuckuck mit dir. Arbeite doch selber mit deinen weißen Händchen so wie ich hier in der Sonnenglut... Ach, wann geht es euch an den Kragen? Käme wenigstens eine Seuche über euch! Einen Knüppel müßte ich nehmen und euch alle aufs Feld jagen, damit ihr dort wenigstens einen Tag arbeitet. Dann würdet ihr euer Fett loswerden. Der Magen würde euch knurren. Nein, euch wird es an den Kragen gehen, wir werden euch Weißhäutigen unsere Kränkungen heimzahlen. Ihr habt euch lange genug über uns lustig gemacht...«

Wieder klatschten sie ringsum, besonders Kolja, aber Jatlin hob unzufrieden die Hand und runzelte die

Stirn. Offensichtlich stand er selber unter dem Eindruck des Vorgetragenen.

»Das alles habe ich mir nicht ausgedacht«, sagte er laut, »so ist es seit Jahrhunderten in unserem Mütterchen Rußland.«

»Das hat er über den Anfang unseres Jahrhunderts geschrieben«, flüsterte mir Kolja zu, »äsopische Sprache... In unserer Zeit liegt das Wesentliche überhaupt im Unausgesprochenen... Sehen Sie«, flüsterte er, ganz nahe herantretend und mir ins Ohr atmend, »der da, mit der grauen Jacke... Der ist eindeutig nicht von uns... Den haben sie hergeschickt... Ein Spitzel... Sie beobachten uns«, sagte er stolz, »dort bei Majakowski haben sie nur am Anfang, vor der Spaltung, welche hingeschickt... Jetzt haben sie an denen kein Interesse mehr...«

Das alles flüsterte er mir zu, während er den jungen Mann im grauen Jackett betrachtete. (Es wurde bereits kühl, und ich bedauerte, kein Jackett mitgenommen zu haben.) Kolja neigte sich bald zu meinem Ohr, um zwei, drei Sätze hineinzuflüstern, bald blickte er zu dem, der seiner Meinung nach »hergeschickt« war. Plötzlich ließ er mich mitten im Wort stehen und stürzte zu Jatlin, der einem neuen Redner Platz gemacht hatte und sich durch die Menge drängte. Ich empfand Bitternis und beschloß, zu Kolja auf Distanz zu gehen und überhaupt zu überlegen, ob es sich lohnte, mit ihm weiterhin Umgang zu haben. Aber es stellte sich heraus, daß Kolja losgestürmt war, um mir Jatlin vorzustellen. Er war schon bei ihm und winkte mir zu, hinzukommen. Ich schüttelte energisch den Kopf und tat so, als hörte ich dem neuen Redner zu, der seltsamerweise über den Buddhismus sprach. Aber ich verstand nicht, ob er ihn pries oder kritisierte.

»Der Buddhismus«, sagte der Redner, »gehört zu den nihilistischen Religionen, er ist eine Religion der Dekadenz, und für uns Russen hat er eine besondere Bedeutung...«

An dieser Stelle wurde ich abgelenkt, denn ich sah,

daß sich Jatlin, von Kolja dirigiert, zu mir durchdrängte. Das schmeichelte mir, und ich dachte erfreut, daß ich den ersten Sieg davongetragen hatte, wenn auch bislang nur taktischer Art. Von nahem entsprach Jatlin noch mehr den emotionalen Eindrücken, die ich von ihm hatte. Etwas Neues stellte ich, ehrlich gesagt, nicht an ihm fest, er war eine Zusammensetzung und Mixtur von Menschen, die ich schon gesehen und kennengelernt hatte. Dazu muß ich anmerken, daß die Vielfalt der Menschen ebenso wie die Vielfalt der Gegebenheiten und Situationen überhaupt äußerst begrenzt ist und an das Farbspektrum erinnert, so daß die ganze Farbigkeit der Charaktere und Situationen aus der Vermischung ein und derselben Eigenschaften und Umstände in verschiedenen Formen, verschiedenen Proportionen und mit verschiedenen Schattierungen erwächst. Überhaupt hatte Jatlin sehr viel von Wawa, Zwetas Mann, obwohl er größer war und ein Frauenliebling (das erriet ich), denn als dritte, Jatlin folgend, drängte sich ein sehr schönes Mädchen durch die Menge, das sogar in Arskis Gesellschaft gepaßt hätte. (Übrigens stellte sich später heraus, daß Jatlin sich dem, wie er sich ausdrückte, sozialistischen Spekulanten Arski weit überlegen fühlte.)

»Das ist Goscha«, sagte Kolja aufgeregt.

»Jatlin.« Koljas Liebling streckte mir die kleine knochige Hand hin und drückte so kräftig zu, daß ich, auf einen so kräftigen Händedruck nicht gefaßt, unwillkürlich das Gesicht verzog, Jatlin bemerkte es und sagte: »Entschuldigung.«

Obwohl ich nicht zu ihnen gegangen war, sondern sie gezwungen hatte, sich zu mir zu bemühen, mußte ich in dieser Episode zwei Niederlagen einstecken, was ich weitgehend Koljas unmöglichem Verhalten zu verdanken hatte, und ich nahm mir vor, ihn bei passender Gelegenheit zurechtzuweisen. Erstens hatte er mich mit meinem Vornamen vorgestellt, obendrein in der Kurzform, während Jatlin mit dem Nachnamen geantwortet hatte, also offizieller, so daß ich vor ihm unseriös dastand. Und zweitens war ich in meiner Verärgerung nicht auf den kräftigen Händedruck gefaßt gewesen, hatte das Gesicht verzogen (körperlich war ich nicht schwächer als Jatlin) und damit Jatlin auch noch die Möglichkeit eingeräumt, sich für den mir zugefügten Schmerz mit deutlichem Spott zu entschuldigen.

»Ihr werdet euch bestimmt mögen«, sagte Kolja sehr unpassend, was ich und Jatlin sofort merkten.

»Sie haben auf Kolja Eindruck gemacht«, sagte Jatlin und sah mich durchdringend an mit seinen wahrlich slawischen Augen.

»Sie auch«, parierte ich, seinem Blick standhaltend, mehr noch, bemüht, diesen Blick zu brechen.

Da hakte sich das Mädchen, im Geist recht freier Sitten, bei Jatlin ein, wobei sich ihr wohlgeformtes jungfräuliches Brüstchen gegen seine Rippen drückte. (Sie war klein und außerordentlich wohlgeformt, wie gedrechselt, und war sicherlich Turnerin. Die wohlgeformten und braungebrannten Beine mündeten in exquisiten Schuhen.)

»Kolja hat mir über Sie die Ohren vollgequatscht«, sagte Jatlin, von neutralen Sätzen zum Angriff übergehend, wobei er dem Mädchen einen Seitenblick zuwarf.

Sie antwortete ihm mit einem ebensolchen Blick, beugte sich vor und gab ihm plötzlich mit ihren kleinen Lippen einen Schmatz auf den pickligen Hals (ja, sein Hals war von ungesunder Röte, wie ich feststellte).

»Mir auch über Sie«, parierte ich ziemlich monoton wie ein Papagei, denn dieser Kuß hatte mich einigermaßen verwirrt und aufgeregt. Zu jener Zeit hatte sich die Freiheit der Sitten in der Provinz noch nicht so durchgesetzt wie in Moskau; besonders nach den Weltfestspielen der Jugend gegen die Kriegsbrandstifter, für Frieden und Freundschaft, hatte diese Freiheit der Sitten ernste Ausmaße angenommen, worüber uns in der Provinz Gerüchte erreichten. Eigentlich gefiel mir ja eine solche Freiheit, und ich hätte selbst nichts dagegen gehabt, aber in der gegebenen Situation, wo ich mit Jatlin auf Initiative des naiven Kolja ein kennenlernendes Geplänkel austrug, half diese Freiheit eben Jatlin und stärkte sein Gefühl der eigenen Bedeutsamkeit, nicht das meine... Ich begriff, daß ich das Gespräch abbrechen mußte, denn mit dieser Geheimsprache, im Zusammenspiel mit dem Mädchen, das offenbar mitgekommen war, um Jatlin im Kampf gegen mich zu unterstützen, mit dieser Geheimsprache würden sie mich durcheinander bringen und fertigmachen.

»Sagen Sie«, fragte ich plötzlich, »kennen Sie Orlow?« (Jatlin hatte nämlich gerade für einen Moment Ähnlichkeit mit Orlow.)

»Ich habe von ihm gehört«, sagte Jatlin, ohne sich über den Themawechsel zu wundern, »ein unbegabter Provinzler, der nicht nur unbegabten Untergrundschund verzapft, sondern auch noch eine Gruppe von Straßenrowdys zusammengetrommelt hat.« (Jatlin gebrauchte zweimal das Wort »unbegabt«, offenbar war es sein Lieblingswort.)

Ich hatte mich in eine blöde Lage gebracht. Obwohl ich Orlow haßte, mußte ich ihn nun verteidigen, wenn schon nicht im Wesen, so doch in der Form, um Jatlin die Stirn zu bieten und die Stichlei fortzusetzen.

»Wieso unbegabt?« sagte ich aufgebracht. »Natürlich ist es leichter, Monologe vorzutragen, als zu handeln.«

»Ach, Sie gehören auch zu denen?« sagte Jatlin nun mit offener Geringschätzung, fast ohne Diplomatie. »Schade, schade« (jetzt brach Hohn durch), »denn Kolja zieht es auch dorthin, jung wie er ist... Wahrscheinlich habt ihr euch auch auf diesem Betätigungsfeld kennengelernt.« Hier prustete das Mädchen.

»Alka, hör auf zu lachen«, herrschte der naive Kolja sie gekränkt an, »meine Freunde, hier passiert etwas Dummes... Ihr seid beide wunderbare Menschen, ihr braucht einander, ergänzt euch... Hermann, du weißt doch überhaupt nichts von Goscha...«

Vor Schreck, ja, vor Schreck trat ich Kolja auf den Fuß. Mich packte einfach Angst bei dem Gedanken, der naive Kolja könne, um mich zu verteidigen, alle seine Schwüre und meine Warnungen vergessen und mein Geheimnis offenbaren, meinen Traum, Rußland zu regieren, den ich aus entsetzlicher, schlichtweg banaler Dummheit (ja, aus banaler Dummheit, das widerfährt mir manchmal) diesem unseriösen Jüngling anvertraut hatte. Ich weiß nicht, ob Kolja meine Geste verstand, aber er verstummte und blickte zerstreut, vielleicht hatte er sich auch besonnen und dachte an die Abmachung und den Schwur. Dennoch, obwohl Kolja den Mund hielt, hatte er mir mit seiner unpassenden Verteidigung schon genug geschadet. Erstens hatte er gesagt, wir ergänzten uns, womit er mich herabsetzte, denn Jatlin führte die Polemik, folglich war ich die Ergänzung. Zweitens hatte er sich nach Jatlins giftigen Worten eingemischt, ihm also das letzte Wort überlassen, so daß ich nicht in gebührender Weise parieren konnte. Für mich war es höchste Zeit zu gehen, aber ohne einen treffenden Satz käme das einer Flucht gleich. Mir lag auf der Zunge: Du Hundesohn!, aber das hätte eher mich als Jatlin blamiert, der zusammen mit seiner Sportlerin darüber gelacht hätte. Wenn eine Frau über mich lacht, ist das für mich bekanntlich wie ein Messerstich. Und Kolja hätte ich mit so einem dummen Ausfall sehr betrübt, ja, niedergeschmettert, er litt auch so schon schrecklich, das sah und vermerkte ich. Darum beschloß ich, überhaupt nichts zu sagen, sondern mich umzudrehen und zu gehen, aber nicht sofort, sondern nach einem langen direkten Blick ins Jatlins Augen. Das tat ich auch.

»Wo wollen Sie denn hin?« rief mir Kolja hinterher.

Ich ging schweigend noch ein paar Schritte und blieb dann im Strom der Passanten vor einem beleuchteten Schaufenster stehen (einer Apotheke). Ich blieb stehen, denn ich sah, daß Kolja mir ganz aufgelöst hinterhergelaufen kam.

»Glauben sie mir«, sagte er, »das ist ein Mißverständnis... Hermann ist einfach nicht in Stimmung... Aber Sie werden einander mögen... Sie brauchen einander... Er hat mir jetzt, als Sie weggegangen sind, gesagt, daß an Ihnen was dran ist...«

»Vielleicht«, sagte ich mit zurückgewonnener Ironie, ein Zeichen, daß sich meine seelische Ruhe wiederherstellte, »vielleicht ist an mir wirklich was dran.« Ich klopfte Kolja freundschaftlich, doch zugleich gönnerhaft auf die Schulter. »Wir reden morgen bei dem Treffen... Und jetzt geh zu deinen Freunden... Mach's gut...« Und ich ging, hoch aufgerichtet, meinen Rücken fühlend, mit festen, ausgreifenden Schritten davon. Mein Ansehen war, vor allem in meinen eigenen Augen, nach diesen nicht gerade leichten hauptstädtischen Prüfungen wiederhergestellt.

SECHSTES KAPITEL

Ich verirrte mich natürlich, weil ich anfangs aus Stolz und in dem Wunsch, nicht als Provinzler zu gelten, niemanden nach dem Weg fragen, sondern mich nach den Ansichtskarten und nach meinem visuellen Gedächtnis, das übrigens recht gut ausgeprägt ist, orientieren wollte. Wie sich später herausstellte, waren es vom Puschkin-Denkmal bis zu unserer Unterkunft bei Marfa Prochorowna zu Fuß nicht mehr als zehn bis fünfzehn Minuten. Ich ging jedoch im Kreis, das heißt, in die entgegengesetzte Richtung, zum Majakowski-Denkmal, vor dem sich die Menge zerstreut hatte (sicherlich hatten die am Majakowski-Denkmal ein Reglement), ging dann an dem Café vorbei, in dem wir zu Abend gegessen hatten, und gelangte so, Punkt für Punkt, wie nach Wegzeichen, zur Bushaltestelle, von wo ich wieder zur Kreml-Mauer fuhr, zu dem Platz, wo ich mit Kolja gesessen und wo ich ihm meine Idee offenbart hatte – zu leben, um Rußland zu regieren. Jetzt in der Dunkelheit sah die Kreml-Mauer hier an dem menschenleeren Teil, der an die nächtliche Uferstraße grenzte, irgendwie besonders aus. Berücksichtigt man die nervöse, empfängliche Beschaffenheit meines Geistes im allgemeinen und die Ereignisse des Tages im besonderen, ebenso die Finsternis, meine Einsamkeit, die warme Sternennacht (bekanntlich fördern warme Sternennächte ungemein das bildhafte emotionale Denken), berücksichtigt man das alles, so wird man verstehen, warum ich hier verweilte, den grasbewachsenen kleinen Hügel hinaufstieg, mich an die alten historischen Kreml-Ziegel lehnte und eine ganze Weile so stehenblieb, in tiefen Zügen atmend. Jenseits des Flusses krochen Lichter dahin, dort war eine verhältnismäßig belebte Autostraße, hier dagegen herrschte völlige Stille. Plötzlich überkam mich ein beinahe religiöses Gefühl, und ich küßte die Kreml-Ziegel, blickte mich freilich sofort schamhaft um, aber ringsum war niemand. Da drückte ich erneut die Lippen an die Ziegel und saugte mit den Nüstern ihren Geruch ein.

»Lieber Gott«, flüsterte ich, »hilf mir, lieber Gott...«

Ich erinnere daran, daß ich nicht gläubig bin und mir früher, in der Stalinzeit, erlaubt hatte, über Gott geistreiche Witze zu machen. Zwar erlaubte ich mir jetzt, nachdem ich mit Gesellschaften und Freidenkern Umgang gehabt hatte, Betrachtungen über ihn anzustellen, wenn mir ein gelungener Gedanke oder Vergleich einfiel, ein eigener oder entlehnter, aber dabei ging es mir nun um die Schönheit des Gedankens oder um den Widerspruch zur armseligen sklavischen Vergangenheit. Es kam aber auch vor, daß meine rein fleischlichen, nicht geistigen Bestrebungen der überirdischen Hilfe beduften, um einen persönlichen Erfolg zu erzielen. Und wenn ich diese Hilfe von nirgendwoher erwarten konnte und wenn alle Möglichkeiten ausgeschöpft waren, wandte ich mich in meiner Seele an Gott und betete sogar flüsternd, natürlich auf meine Weise. Wenn früher (mir schien, in unendlich fernen Zeiten, obwohl erst ein halbes Jahr vergangen war), in der Periode meines Kampfes um den Schlafplatz, ausweglose Situationen entstanden, wenn mir die Ausweisung drohte und ich glaubte, daß meine Feinde die Oberhand gewonnen hatten und mein Gönner Michailow mich endgültig aufgab und die Hand von mir abzog, dann war es vorgekommen, daß ich flüsternd gebetet und Hilfe erfleht hatte. Übrigens, nach diesen Gebeten hatte sich dann auch alles geregelt. (Der Gerechtigkeit halber muß ich noch einmal daran erinnern, daß ich in ausweglosen extremen Situationen gebetet habe. In Entweder-oder-Situationen... In Situationen, in denen es ums Ganze ging, nahm sich Michailow, der sich vorher gedrückt und auf Telefonate beschränkt hatte, sofort ernsthaft der Sache an und fuhr selbst irgendwohin und zu irgendwem.) Aber im vorliegenden Fall, das begriff ich, würde die Situation ständig ausweglos sein, denn den Platz auf dem »russischen Thron« (ich bin selbstredend kein Monarchist, und überhaupt werden die Regierungsformen, wie Bruno Teodorowitsch Filmus sagte, von keinem Herrscher geschaffen, sondern von der Geschichte und dem Volk, so daß der »russische Thron« nichts weiter ist als ein schöner Klang und Ironie, ohne die man heutzutage nicht auskommt), also, den Platz auf dem »russischen Thron« würde ich mir selbst erringen müssen, ich, das bedeutet, Gott... Ja, wenn ein Mensch in seinem Kampf allein ist (Kolja zählte ja nicht ernstlich, besonders nach dem heutigen Vorfall, und Stschussew war eher ein Konkurrent, obwohl er mich zum Nachfolger ausersehen hatte), wenn ein Mensch allein ist in einem Kampf von Weltbedeutung, den er wagemutig aufgenommen hat, wenn auch für den Anfang nur in Gedanken, bedeutet das, daß er seine Wünsche dem Schicksal und Gott anheimgegeben hat.

Ich war mir für eine Weile entrückt, und als ich zu mir kam, bemerkte ich, daß ich mit hochgerecktem Kinn dastand, die rechte Hand an die Ziegel der Kreml-Mauer gelegt und die linke ans stark pochende Herz gepreßt. Die Haltung war eindeutig symbolisch, hatte sich aber aus innerer Empfindung und Intuition ergeben. Über die Moskwa glitt in der Finsternis etwas Großes, wohl ein Lastkahn. Von dort drangen die Stimmen von Menschen herauf, Lichter blinkten. Der Strom der Autolichter jenseits des Flusses war verebbt. Ich blickte auf die Uhr (eine uralte »Pobeda« der ersten Nachkriegsproduktion), es war kurz nach eins.

»Donnerwetter«, sagte ich und stieg den Hügel hinab.

Mein Weg führte über den dunkel gewordenen Roten Platz, und so entprach die Umgebung wieder der emotionalen Stimmung. Ich ließ den Manege-Platz hinter mir, wo ich mich zum erstenmal vor Kolja blamiert und wo sich der Autostrom jetzt stark vermindert hatte, und erreichte Seitenstraßen, die mir bekannt vorkamen, und gerade hier verlief ich mich und irrte mindestens eine halbe Stunde herum, bis ich mich entschloß, einen Taxifahrer zu fragen.

»Steig ein, ich bring dich hin«, sagte der Fahrer und grinste ganovenhaft.

»Nein, nein«, antwortete ich erschrocken und dachte an meine unangerührte Geldreserve und besonders an Koljas Geschenk. Es ist doch besonders ärgerlich, glücklich gefundenes Geld zu verlieren.

»Das ist am andern Ende der Stadt«, rief mir der Fahrer schmunzelnd nach, aber als er sah, daß ich nicht reagierte und mich nicht umdrehte, gab er Gas, holte mich ein und sagte: »War bloß Spaß, Junge... Da ist es... Die dritte Querstraße von hier...«

Und wirklich, nach fünf Minuten erkannte ich die Querstraße und das Haus und ging hinein. Mir öffnete Marfa Prochorowna.

»Noch einer«, sagte sie, unzufrieden schnaufend und hustend, und hüllte sich in ihren langen geblümten Morgenmantel (ja, Morgenmantel, nicht Kittel), »was haben wir ausgemacht? Ich hab auch Kolja gewarnt... Nun ist es noch einer mehr...«

Ich wußte nicht, was wir hier für Rechte hatten und in welchem Umfang Kolja hier verfügen konnte, darum schwieg ich. Aber als ich in unser Zimmer kam, sah ich, daß außer den beiden Jungs, die auf dem Sofa Kopf an Fuß schliefen, auf dem Fußboden, neben Stschussew, ein Fremder lag. Mit anderen Worten, er schlief auf meinem Platz. Interessant, dachte ich, und wo soll ich hin?

Meine Gedanken gleichsam beantwortend, stützte sich Stschussew auf den Ellbogen und sagte:

»Leg dich dazu, verkehrt herum, pack die Jacke unter den Kopf...«

So ist das also, dachte ich mit wütendem Spott, so ist das also.

Eigentlich hatte ich keinen Grund, wütend zu sein. Ein Mann war dazugekommen, und ich war als letzter zurückgekehrt. Dennoch war es kränkend, daß sie sich keine Gedanken um mich gemacht hatten. Überhaupt wurde mir klar, daß die Leute, die mich umgaben, vorübergehende Weggefährten waren. In fünf oder zehn Jahren, ach was, vielleicht schon in einem Jahr würden ihre Namen vergessen sein... Ich hatte begriffen, daß es in dieser Buntheit und diesem Chaos ringsum hauptsächlich darauf ankam, Leute zu sammeln... Keine leichte Aufgabe, und wenn man unsere Armut berücksichtigte, durfte man Leute wie Kolja nicht verschmähen, bei all seinen Mängeln... Vor allem mußte ich ihn von Jatlin isolieren... Jatlin war ein Gegner, wohl gefährlicher als Stschussew. Mit diesem Gedanken schlief ich ein. Natürlich hatte ich mich nicht mit dem Kopf neben ein Paar nackte Männerfüße gelegt (ich ekle mich leicht), sondern hatte mein Jackett etwas weiter weg ausgebreitet und ein Sofakissen unter Wowa Schechowzews Kopf hervorgezogen (er hatte sich zwei genommen). Trotz der Eindrücke des Tages schlief ich verhältnismäßig rasch ein, die Erschöpfung tat das ihre. Am Morgen weckte mich Stschussew. Alle waren schon angezogen und gewaschen und liefen hin und her, wobei sie beinahe über mich hinwegstiegen. Ich sprang rasch auf.

»Du hast heute nacht unheimlich geschnarcht«,

sagte Wowa Schechowzew zu mir, »ich bin aufgewacht und hab gedacht, wer sägt denn da so?«

Dieser Schechowzew ging mir auf die Nerven. In seinen Rowdyaugen war stets etwas mir Feindliches. Außerdem empörte mich, daß mich dieser grüne Rotzlümmel duzte wie seinesgleichen. Und geradezu demütigend fand ich, daß er mich nachts beim Schnarchen ertappt hatte. Zumal nach seiner Bemerkung jemand hinter mir in ein neues, fremdes Lachen ausbrach. Und richtig, es war der Nachzügler, der sich hier einquartiert hatte (übrigens hatte ich ihn schon bei Stschussew auf der Sitzung der Organisation gesehen, auf der es um Molotows oder Mercaders Kandidatur ging). Er war klein, beinahe ein Zwerg, und hatte das Aussehen eines Menschen, der nach Unterernährung rasch dick geworden ist. (Einige Rehabilitierte, besonders wenn sie nach ihrer physiologischen Struktur zur Korpulenz neigten, hatten rasch zugenommen und sich in den ersten Monaten der Freiheit buchstäblich zusehends verändert.) Aber der Teint seines vollen Gesichts hatte ein bleibendes Erdgrau bewahrt, und seine Hände waren kalt wie die eines Toten (er hatte mir die Hand gegeben). Er hieß Pawel (vielleicht war das ein Pseudonym, ein Deckname, denn mich stellte Stschussew auch mit meinem Decknamen vor, den ich schon fast vergessen hatte. Ich erinnere daran, daß jeder von uns einen Decknamen hatte, den wir aber nicht benutzten, er hatte etwas Unseriöses und Spielerisches. Vielleicht war es auch ein geschickter Schachzug Stschussews, der sich dem Marktschreierischen und Unseriösen der Zeit anpaßte, denn heute wissen wir: Alle diese Decknamen wurden in entsprechender Weise festgehalten; überhaupt wurde alles über uns gemeldet. Aber dafür ist es noch zu früh).

»Türke«, stellte Stschussew mich Pawel vor.

»Genau der Typ«, sagte Pawel zu Stschussew über mich.

»Das glaube ich nicht«, antwortete Stschussew.

»Du irrst«, sagte Pawel und hielt nach dem Händedruck immer noch meine Hand in seiner gedunsenen kalten Rechten fest.

»Was ist los?« explodierte ich und gab diesem Pawel zu verstehen, daß ich nicht von gestern war und mich nicht so leicht überrumpeln ließ und daß er sich diese unbestimmten Anspielungen für einen anderen aufheben sollte. Ich riß meine Hand weg und ging zum Fenster. Die Jungs, Wowa und Serjosha, lachten. (Jetzt war ihre Stunde gekommen.) »Was wird hier gespielt?« fragte ich Stschussew.

Aber Pawel trat zu mir (er war einen Kopf kleiner als ich), faßte mich unter und ging mit mir in die Diele. Stschussew folgte uns.

»Wußten Sie schon«, sagte Pawel leise, »daß Oles Gorjun ein Agent des KGB ist und als solcher in die Organisation geschleust wurde?«

»Nein«, antwortete ich verwirrt und verstand sofort die Anspielung, »Sie halten also auch mich... Wie können Sie es wagen? Wer sind Sie? Mit welchen Recht...« Ich redete Unsinn, denn ich war verwirrt.

»Schluß«, sagte Stschussew hart und herrisch, »aufhören, und zwar sofort... Hörst du, du Lump?« schrie er plötzlich Pawel an.

Eine scheußliche Szene. Offensichtlich war sie die Fortsetzung von etwas, was gestern in meiner Abwesenheit vorgefallen war.

»Los, alle raus!« schrie Stschussew (er schrie, wie sich herausstellte, in dem Wissen, daß wir allein waren, denn unsere Wirtin war im Morgengrauen mit der ersten Stadtbahn zur Datsche des Journalisten, ihres Verwandten, gefahren und hatte uns die Wohnung überlassen. Das war, wie ich später erfuhr, Koljas Werk). »Alle raus... Geht schon, Jungs, ich muß mit Pawel allein reden.«

Wir standen ziemlich erschrocken in der Diele, darauf gefaßt, daß im Zimmer gleich lautes Geschrei, vielleicht sogar eine Prügelei losgehen würde, aber dort herrschte eine Stille, als ob sie flüsterten. Nach etwa zwanzig Minuten wurde die Tür aufgerissen, Pawel kam heraus, einen Koffer in der Hand, und verließ, ohne uns eines Blicks zu würdigen, ohne sich zu verabschieden, die Wohnung. Etwas später, nachdem die Wohnungstür zugeklappt war, kam Stschussew aus dem Zimmer und sagte, als wäre nichts gewesen:

»Frühstücken wir, dann geht ihr ins Kino, Jungs, da habt ihr Geld« (er teilte ihnen jeden Tag ein Taschengeld zu, das er nicht Wowa, sondern Serjosha aushändigte). »Macht euch einen schönen Tag... Ich hab mit Goscha was zu erledigen.«

Klarer Fall, dachte ich, er will die Jungs bis zur letzten Minute in Unkenntnis halten... Und dieser Pawel... Wozu ist er hergekommen? Und der Krach... Ob das hier eine Falle oder ein Trick ist? Ob sie mich überprüfen wollen? Na, warte... Die Zeit, die Zeit, die wird alles zurechtrücken...

So dachte ich beim Frühstück, das recht karg war – Brötchen und Tee. Als die Jungs nach dem Frühstück gegangen waren, versuchte ich das Gespräch auf Pawel zu bringen, denn sein Erscheinen und Verschwinden beunruhigte mich, aber Stschussew sagte:

»Nicht der Rede wert... Er ist unaufgefordert gekommen... Ein Tölpel... Überhaupt ein Verrückter... Zwanzig Jahre Lager mit verschärftem Regime... Dort haben sie ihm die Rippen gebrochen und die Fuß- und Fingernägel herausgerissen... An den Füßen tut das besonders weh...«

»Und Gorjun, hat der wirklich...«, sagte ich leise nach einer Pause der Betroffenheit, die ich empfand, als ich von den Qualen des mir unangenehmen Menschen hörte.

»Alles nur eine Vermutung«, unterbrach mich Stschussew irgendwie nervös, »verbürgen kann ich mich nicht.«

»Aber er ist doch verhaftet?«

»Das ist auch eine Vermutung... Übrigens verhaften sie manchmal zur Irreführung die eigenen Leute... Haben Sie nicht« (er siezte mich wieder) »die Broschüre des Volkstümlers Tichomirow gelesen: ›Warum ich kein Revolutionär mehr bin‹? Darin ist schon einiges erklärt, und später zeigte es sich bei unseren Juden.« (Es ging wieder mit ihm durch.) »Der nationale Geist der Revolution... Die Volksbewegung wurde getötet von der aus dem Westen eingeführten Ideologie... Ein Eckpfeiler des Trotzkismus ist die Selbstherrschaft des Volkes... Welches Volkes? Der Russen? Der Slawen? Herrscht in England etwa ein Weltvolk, oder in Frankreich? Sie haben sich die Internationale ausgedacht, aber sie haben sie sich für uns ausgedacht.« (Er wiederholte sich, was davon zeugte, daß es ihn sehr beschäftigte und sich in seinem Hirn festgesetzt hatte.)

»Wir müssen handeln, Goscha«, sagte er, als wir mit dem Teetrinken fertig waren (nachdem die Jungs weg waren, hatten wir jeder noch zwei Tassen getrunken, vielleicht, um nicht auf der Straße zu reden und um beim Reden nicht untätig dazusitzen, vielleicht auch, um dem Gespräch keine besondere Bedeutung zu verleihen), »jetzt ist der richtige Augenblick... Seit Chrustschow ihn abgesetzt hat, ist faktisch auch die Sonderbewachung weggefallen, das erstens«, Stschussew bog einen Finger ein, »andererseits ist er jetzt ein Märtyrer für die Idee des Stalinismus, und er besitzt durchaus noch Autorität, auch im Weltmaßstab... Du weißt, daß unsere Organisation so gut wie keine Möglichkeiten hat, und ein Akt der Vergeltung, im Zentrum Moskaus, am hellichten Tag, an Stalins rechter Hand, seinem engsten Kampfgefährten, ist nur durch ein zeitweiliges Zusammentreffen von Umständen möglich geworden... Das muß die jungen Hirne aufwühlen... Es gibt noch ein Moment... Übrigens ein äußerst heikles... Ich fürchte, daß irgendein zufälliger rehabilitierter Einzelgänger... irgendein repressierter Jude ihm eine Ohrfeige gibt, mehr wird er kaum tun, und dann bekommt alles einen komischen Charakter... Und überhaupt stört so ein Einzelgänger und schreckt Molotow auf... Er stört auch rein organisatorisch... Wir müssen uns beeilen... Sogar unser Terror wurde nach Pugatschow von Andersgläubigen verunreinigt, darum war er auch dem Volk fremd...«

Zu der Zeit wußte ich schon ganz sicher, daß ich mit Stschussew brechen mußte, aber ich wußte auch, daß es noch zu früh war und ich noch kein eigenes Credo erarbeitet hatte. An Stschussew mißfiel mir vor allem die Monotonie seiner Argumente und Aufrufe (wie ich später erfaßte, war das nicht die Schwäche, sondern die Stärke einer extremen politischen Strömung). Mir mißfiel außerdem, daß auch hier Züge des mir verhaßten Orlow durchblickten und daß überhaupt ein Teufelskreis entstanden war, der mich in letzter Zeit zu erschrecken begann: In welche Richtung ich auch ging, überall schimmerte das Phantom Orlows, und zwar gerade bei denen, die ihn schmähten. (Ihn schmähten alle, mit denen ich zusammentraf.) Ich mußte mir also ein eigenes Credo schaffen, und da tauchten nicht wenig Schwierigkeiten auf. Jener lange und gewundene Weg, den ich zur Idee zurückgelegt hatte, Verluste und Enttäuschungen erleidend, und der glückliche Umstand, daß ich von Stschussew, auf seine Anregung hin, den großen Wagemut des Wunsches übernommen hatte, der meine Idee in mir bestärkte, das alles hatte, wie ich begriff, keinen Sinn, solange ich diese Idee nicht mit einem Credo untermauerte, das heißt, mit eigenen Ansichten zum Schicksal Rußlands. Stschussews Ansichten waren mir unangenehm, und nur dank meiner in Jahren erworbenen Schläue und Verstellung konnte ich das vor ihm verbergen. Aber einen eigenen Standpunkt zum Schicksal Rußlands hatte ich nicht, und hier hoffte ich auf Kolja, den hauptstädtischen und belesenen Jüngling. Überhaupt war ich allein noch nichts, doch wir beide zusammen stellten schon eine gewisse neue Richtung dar. Das waren meine Gedanken bis zu dem Moment (wir gingen übrigens schon die Straße entlang), bis zu dem Moment, wo Stschussew leise sagte:

»Hier...«

Wir blieben stehen, da sah ich Kolja, was ich als Omen nahm. Freilich stellte sich später heraus, daß Kolja auf Stschussews Geheiß hier war und eine bestimmte Aufgabe zu erfüllen hatte: Er stand vor einem Kiosk »Tabak, Zigaretten« und beobachtete eine schmale, stille Straße. Offensichtlich ging er völlig in seiner Aufgabe auf, denn er sagte, als ob er mich nicht bemerkte, leise zu Stschussew:

»Heute hat er sich zehn Minuten verspätet... Aber alles übrige wie gewöhnlich.« Erst danach lächelte er mir zu.

Ich war gekränkt. Bestimmt steckt Jatlin dahinter, dachte ich. Aber da sagte Kolja leise, nur an mich gewandt und die Stimme senkend, damit es Stschussew, der sich die Kreuzung anschaute, nicht hörte:

»Ich habe gestern den ganzen Abend mit Jatlin über Sie gesprochen... Er ist interessiert und möchte sich mit Ihnen treffen...«

Ich überlegte. Für die Erarbeitung meines Credos ist das ein positives Moment. Meine Anwesenheit in einer hauptstädtischen Gesellschaft, wo für mich alle ein Objekt der Betrachtung sein werden, während ich »inkognito« bin, kann nicht schaden, ich muß nur jeden Schritt sorgsam überlegen. Womöglich bin ich diesem Jatlin gegenüber ungerecht? Meine Idee, die oberste Macht in Rußland zu erringen, verlangt Wendigkeit und Bündnisse, wenn auch zeitweilige.

»Ein Mädchen hat sich auch für Sie interessiert«, sagte Kolja und kicherte dümmlich.

Das war wieder unpassend. War ich bis zu diesem Satz bereit gewesen, dem Treffen zuzustimmen, so bekam danach alles einen anderen Aspekt, und Kolja, zumal mit seinem Gekicher, könnte mein Einverständnis falsch auslegen. Ein seltsamer Bursche, dachte ich ärgerlich, wann wird er die Feinheiten gegenseitiger Beziehungen erlernen? Da geht ihm jedes Gespür ab. Natürlich beeindruckte mich die Anspielung auf ein Mädchen, aber das war auch gefährlich und konnte meinen Beziehungen zu Kolja, die sich auf eine große Idee gründeten, abträglich sein. Darum beschloß ich, den Vorschlag unbeantwortet zu lassen und abzuwarten, zumal Stschussew, der auf die andere Seite der breiten Straße (Herzenstraße) gegangen war, jetzt zu uns zurückkam.

»Was für ein seltsames Zusammentreffen«, sagte er leise, als wir zu einer Grünanlage gingen (sie war ganz in der Nähe, klein und ohne Bäume, hatte nur zwei Gartenbänke und ein verwahrlostes Blumenbeet), »was für ein Zusammentreffen... Hier muß alles beginnen... Auf der Alexander-Herzen-Straße... Das ist ein Symbol... Kolja, erinnern Sie sich, was Herzen sagte: Das Land ist sittlich immer mehr heruntergekommen, nichts in ihm gedeiht, die örtliche Administration wird für die Untertanen immer lästiger, ohne daß der Staat den geringsten Vorteil davon hat... Ich erinnere mich sehr genau an diese Stelle.«

Daß Stschussew sich mit dem Zitat an Kolja wandte, einen sechzehnjährigen Jüngling, und mich überging, berührte mich natürlich unangenehm, aber ich fand in mir die Kraft, mir nichts anmerken zu lassen. Überhaupt veränderte ich mich in vielen Dingen zusehends, und das freute mich. Der neue Prozeß in mir war noch nicht abgeschlossen, das begriff ich, doch ich verhielt mich wie eine junge Mutter, die um ihres Kindes willen ihre alten Gewohnheiten ablegt, ich hörte zu, bändigte meine Gefühle und lebte für mein neugeborenes Kind (es war noch ein Neugeborenes), für mein Kind – die Idee, und suchte im Leben das, was ihr nützte. Mein Leben gewann in meinen Augen einen immer höheren Wert, doch, ich wiederhole, der Prozeß war noch nicht abgeschlossen, darum stellte ich manchmal Vergleiche an.

Unterdessen ging es auf Mittag. Gegen Ende des Sommers, wenn das Laub schwer wird von Staub und die Zeit der warmen Regen vorbei ist (es regnet nur noch an kalten Tagen), das heißt, im August, gibt es in Moskau häufig jähe Wechsel von Kälte und Hitze, die auf das Nervensystem wirken, das Ende des Moskauer Sommers ist selten schön, und eine Besserung bringt erst der Herbst mit morgendlicher Frische und Kühle, mit dem goldenen, das Auge erfreuenden Laub. Aufgrund eines mystischen Verhältnisses von Zufälligem und Gesetzmäßigem waren wir mit unseren allrussischen Plänen und ich mit meiner neugeborenen Idee gerade in diese komplizierte Zeit des Moskauer Kalenders hineingeraten. Daraus ergaben sich zusätzliche Belastungen, Nervenzerrüttungen und darauf folgende, mehr oder weniger anhaltende pathologische Zustände. Aber an jenem Tag fühlte ich mich trotz der Hitze wohl, und der Ärger auf Kolja und Stschussew war schnell verraucht.

Stschussew gab mir und Kolja je eine Stoppuhr und befahl uns, die schmale Straße (Granowski-Straße), die rechtwinklig zur Herzenstraße verlief, entlangzugehen, ich im normalen Schritt, dann, in einem bestimmten Abstand, Kolja fast im Laufschritt. Stschussew verglich die Zeit auf den Stoppuhren und stellte, wieder mit dem Notizblock in der Grünanlage sitzend, irgendwelche Berechnungen an. In der Granowski-Straße gab es, wie ich erfuhr, ein Regierungsgebäude, aber dort wohnten nur »Ehemalige«, die nicht mehr in Amt und Würden waren. Das riesige, rotverputzte alte Haus mit hohen Fenstern und Gedenktafeln, mit verschlossenen messingglänzenden Eingängen fiel auf und machte auf mich einen politischen und belehrenden Eindruck. Mit anderen Worten, ich betrachtete es mit Interesse, in der Hoffnung, aus diesen messingglänzenden Eingängen und den sich an den Straßenrand schmiegenden Wagen mit den darin sitzenden erfahrenen und wohlgenährten Chauffeuren etwas für mein »Kind« zu schöpfen. Durch die gußeiserne Umzäunung war der Hof zu sehen, in dem die Kinder der »Ehemaligen« spielten und alte Frauen saßen, übrigens ganz alltägliche. Obwohl das Hoftor nicht verschlossen war, saß in einem grünen Büdchen am Tor ein Mann, freilich nicht in Militäruniform, er war schon ziemlich alt, sicherlich auch ein »Ehemaliger«, der früher etwas Wichtiges bewacht hatte, nun aber Rentner war.

»Hier ist der Innenhof des Lebensmittelladens«, sagte unterdessen Kolja zu Stschussew (sie führten offenbar nicht zum erstenmal eine Erkundung durch, und Kolja hatte dieses Viertel schon vor unserer Ankunft ausgekundschaftet.)

»Die Straße ist an sich menschenleer«, sagte Stschussew, »am gefährlichsten ist die Kreuzung, wenn wir alle in dieser Richtung verschwinden.«

»Warum denn alle?« sagte Kolja. »Höchstens zwei... Auf gar keinen Fall dürfen alle in eine Richtung, stimmt's, Goscha?«

Ich glaube, er bezog mich absichtlich in den Disput ein, weil er fühlte, daß Stschussew mich ignorierte. Mir ging Pawel nicht aus dem Kopf und die ganze Geschichte mit ihm, seine Anspielungen gegen mich, ebenso die Mitteilung, daß Gorjun ein Spitzel sei. Darum zögerte ich etwas mit der Antwort, und Stschussew »überging« mich wieder.

»Na schön, machen wir Schluß«, sagte er, ohne meine Antwort abzuwarten. »Nicht jetzt«, fügte er milder hinzu, »das entscheiden wir morgen... Wir sind hier fertig... haben alle Daten beisammen, denke ich... Gehen wir lieber, Jungs, machen wir noch einen Spaziergang...«

Ich blickte Stschussew an und begriff, daß er sich nun mir zuwenden und eine erheblich bessere Haltung zu mir einnehmen würde, denn die Sache, bei der er weniger mich als Kolja brauchte, war beendet, und dieser erfahrene Politfunktionär würde sich natürlich in dem zu nichts verpflichtenden Gespräch bemühen, unsere alten Beziehungen wiederherzustellen. Ich war mir bereits sicher, daß Stschussew den »historischen Kuß« bereute, ebenso, daß er mich zum »Nachfolger« ausersehen hatte, weil ich in einer schweren Minute (Wissowins Absage war für ihn eine schwere Minute gewesen, und er hatte irgendwelche

Befürchtungen, die sich aber bislang nicht bestätigten) zufällig bei ihm war. So etwas kommt in der Politik häufig vor, und wenn Stschussews Gedanke der Machtergreifung nicht meine längst herangereifte, aber noch nicht klar durchdachte, lebendige Idee befruchtet hätte, wäre das Gespräch nur gut für eine anekdotische Erinnerung gewesen. Doch etwas später war ich geistig bereits mein eigener Herr und eine ausgereifte Persönlichkeit, davon zeugte die Beziehung Koljas zu mir, und es war schwierig, mich noch zu verblüffen.

»Haben Sie schlechte Laune?« fragte mich Kolja flüsternd.

»Nein, alles bestens«, antwortete ich gleichmütig.

»Und was ist mit Hermann?«

»Was meinst du?« (Ich wußte sehr gut, was er meinte).

»Jatlin... Er will sich mit Ihnen treffen... Er hat Interesse...«

»Ach ja, der... Na ja, wenn er Interesse hat...« Ich versuchte den Satz möglichst lässig zu formulieren, zugleich so, daß er nicht nach Ablehnung klang und auch keine direkte Zusage war.

Da blieb Stschussew stehen (er war etwas vorausgegangen).

»Also, Jungs«, sagte er leise, »ich will euch das heutige Rußland zeigen... Ja, ja, eine anschauliche Lektion im politischen Grundunterricht.«

Wir standen an einer Stelle, wo große Handelszentren gelegen waren, die Massen von Provinzlern anlockten. Stschussew betrachtete die vorbeigehende verschwitzte Menschenmenge mit einem schiefen Lächeln, das selten auf seinem Gesicht erschien (ich hatte es wohl nur in zugespitzten Situationen gesehen, beim Spazierengehen aber zum erstenmal). Plötzlich trat er zu einem Bürger mit steifem Hut und drehte ihm mit einem Ruck den Arm auf den Rücken. Die Leute ringsum fuhren zurück, da aber Stschussew mit offizieller Miene dastand und den Bürger festhielt, schauten alle mit erschrockener Neugier zu, so wie man gewöhnlich einen Verbrecher betrachtet. Der Festgehaltene versuchte etwas einzuwenden, aber Stschussew sagte hart:

»Gehen wir... Es ist zu Ihrem Besten, Bürger...«

Stschussew hatte ja doch eine gewisse gossenhafte Verwegenheit, die an schauspielerische Meisterschaft grenzte und nur wenigen eigen ist, nur Auserwählten. Ich sprang sofort hinzu und verdrehte dem Bürger den anderen Arm, so daß seine Knochen knackten und ein freudiges übermütiges Ziehen meine Brust erfüllte. Wir führten den Bürger durch die Menge, und er ging wie betäubt, ohne sich zu widersetzen, und zog uns sogar in die Richtung, in die wir ihn führten, so daß es uns fast keine Mühe kostete, ihn vorwärtszustoßen, und ich verwandte meine ganze Anstrengung darauf, ihm den Arm zu verdrehen. Mich übermannte ein mich selbst erschreckender Anfall von Grausamkeit und Widerwillen gegen diesen Mann mit dem steifen Hut, und ich verdrehte ihm so den Arm, daß er sich zu meiner Seite neigte. Auf der belebten Straße mit ihm zu gehen, wo sich alle nach uns umguckten, war gefährlich, darum bogen wir in eine ziemlich leere Seitenstraße ein. Und da hielt es Kolja, der hinter uns ging, nicht mehr aus und lachte schallend. Dieses Lachen schien bei dem Mann die Erstarrung zu lösen, er kam zu sich, begann wohl trotz des Schmerzes, den ich ihm zufügte, nachzudenken und an der Rechtmäßigkeit eines solchen Vorgehens zu zweifeln. Stschussew spürte, daß die Grenze des Möglichen erreicht und die Situation ausgeschöpft war. Er zwinkerte mir zu, und wir ließen den Bürger gleichzeitig los, der nun wohl begriff, daß unser Tun nicht von der Macht sanktioniert war, darum gewann er die Gabe der Rede wieder, was für uns äußerst gefährlich war. Wir hatten uns natürlich wie rüpelhafte Straßenjungs benommen, aber ich glaube, Stschussew hatte dabei den Plan, der natürlich wie alle solche Aktionen mit einem Risiko verknüpft war, auf uns einzuwirken und in uns die Bereitschaft zum Ungewöhnlichen zu aktivieren. Überhaupt verstand Stschussew großartig die »Straße«, wo die wesentlichen Ereignisse der extremen Politik stattfanden, und verletzte kühn die gewohnten Alltagsnormen, um seine Schützlinge in die nötige Richtung zu lenken... Kolja war von seiner Tat hingerissen, aber auch mich, ich gebe es zu, hatte das ganze aufgemuntert und mit Stschussew ausgesöhnt, zumindest zeitweilig.

Wir verschnauften in einem Hauseingang, Stschussew hustete heftig, denn da er viele Jahre in Konzentrationslagern zugebracht hatte, fiel ihm das Laufen schwer, besonders bei Hitze. (Wir waren gezwungen gewesen zu laufen, weil der Geschädigte sich besonnen hatte und schreiend hinter uns hergejagt war.) Stschussews Gesicht wurde bleich, was mich beunruhigte, aber er fing sich gleich wieder, spähte hinaus und sagte lächelnd:

»Er ist zurückgeblieben, der Lump...« (Er gebrauchte oft dieses Schimpfwort, das scharf und doch nicht zensurwidrig war.)

SIEBENTES KAPITEL

Es ist nicht verwunderlich, daß die hauptstädtische Gesellschaft, in die ich durch Kolja geraten war, in gewissen grundlegenden Gesetzen der provinziellen Gesellschaft glich, in die ich durch Zwetas Protektion geraten war. Ihre heutige Form gibt es in Rußland seit langem, vielleicht schon seit dem Jahr 1812, als sich im Adelsmilieu die Intelligenzija des Protests herausbildete, die der Regierung das Recht streitig machte, die öffentliche Meinung des Staates zu beherrschen. Grundlage dieser Form ist der Streit, wobei jeder lebendige Streit eines lebendigen Opponenten bedarf; da aber die Grundforderungen an die Regierung von allen geteilt wurden und jede Diskussion darüber verpönt war, wurde der Streit und die Profilierung der eigenen Persönlichkeit untereinander ausgetragen, oft bis zur gegenseitigen moralischen Vernichtung, was als höchster Ausdruck der Persönlichkeit galt. All das bildete sich in Rußland schon früher heraus und wiederholte sich in Übergangszeiten, wenn die Macht schwächer wurde, das heißt, wenn sie nach Vollendung eines Zyklus aufhörte, wahllos und massenweise hinzurichten. Gerade dann bildete sich eine öffentliche Meinung heraus, aber eine öffentliche Meinung besonderer Art, das heißt, an gedeckten Privattischen. Diese Tradition ist auch durch das Fehlen einer regierungsfeindlichen Presse bedingt, was übrigens einige von der Opposition für einen Segen halten, denn angeblich würde eine solche Presse sofort in mehrere Richtungen mit gegenseitigen, in Haß ausartenden Beschimpfungen und Vorwürfen zerfallen und weniger einen Kampf gegen Bürokratie und Ungerechtigkeit führen als vielmehr Volk und Öffentlichkeit gegeneinander aufhetzen und damit völlige Wirrnis ins Bewußtsein tragen. Und manche sind der Meinung, Wirrnis im Bewußtsein eines Landes wie Rußland sei gefährlicher als jede klare Formulierung eines Tyrannen. Aber das ist selbstverständlich nur ein Rückzug, der erklärt, warum man, wenn man das 19. Jahrhundert durchblättert, die Werke von Klassikern oder alte Zeitungen, eine in der Form äußerst ähnliche Gesellschaft finden kann, in der auch bei Vorhandensein einer liberalen Presse (natürlich keiner regierungsfeindlichen, sondern eben einer, die mit ihresgleichen abrechnet) häusliche Streitgespräche stattfanden – nennen wir sie Tischoppposition –, wo am Samowar Probleme auf dem Niveau höchster staatlicher Behörden aufgeworfen wurden.

Um so weniger darf es verwundern, daß die modernen Gesellschaften und Tischrunden sich strategisch außerordentlich glichen. Aber das bedeutete nicht, daß es bei ihnen keine taktische Vielfalt gegeben hätte, es gab häufig sogar eine sehr wesentliche, worauf ich eingehen möchte. Ich würde sagen, daß die

Gesellschaft, in die mich Kolja brachte, schon rein äußerlich mit jener in der Provinz polemisierte. Fangen wir damit an, daß in der Provinzgesellschaft Luxus und Feierlichkeit herrschten, was erstens durch Wohlstand und zweitens durch die Ankunft einer Berühmtheit aus der Hauptstadt bedingt war. Hier dagegen herrschten Armut (die noch betont wurde) und Freiheit der Sitten, und ich bin sicher, käme diese Berühmtheit, Arski, hierher (er war übrigens früher oft hier, bis er Krach mit Jatlin kriegte, aber das ist eine oberflächliche Erklärung), käme er hierher, so würde er wegen des offiziellen Rummels, der um ihn gemacht wurde, kühl empfangen werden, denn Offizialität galt hier als Schande. Darum entfiel hier die Atmosphäre des Berühmtheitskults, man sprach nicht, um zu gefallen (ich erinnere daran, genau das, das heißt, der Wunsch, Arski zu gefallen und sein Freund zu werden, hatte damals all meine Gedanken, Handlungen und Mißgriffe beherrscht). Hier sprach man, um sich in seinen eigenen Augen zu bestätigen. Mit anderen Worten, in jedem Mitglied der hauptstädtischen Gesellschaft war mehr Unabhängigkeit, so daß sich ihr Nerv schwer ertasten ließ, denn alle außer Kolja, dem guten Jungen, der nicht zählte, alle verhielten sich Jatlin gegenüber unabhängig. Jatlin ragte zwar heraus, aber als nominelles Symbol der Unabhängigkeit eines jeden. Ich will es erklären. Wenn jemand seine Unabhängigkeit betonen oder demonstrieren wollte, mußte Jatlin herhalten, die anerkannte und geachtete Persönlichkeit. Sei es, daß man Streit mit ihm anfing oder ihm gegenüber eine geringschätzige Geste machte, was Jatlin mit gleicher Münze zurückzahlte, und beide waren mit sich zufrieden. Diese Spezifik der Gesellschaft hatte ich sofort mitgekriegt, und ich begriff, daß man sich auch hier hervortun mußte. Ich möchte dazu bemerken, daß sich Jatlin als anerkannte Autorität zu den übrigen im allgemeinen äußerst demokratisch und zurückhaltend verhielt, er nahm nicht einmal Grobheiten übel und versuchte überhaupt nicht zu unterdrücken. Aber ich ließ die Tatsache außer acht, daß Kolja sehr viel verdorben hatte, und so wie er mich mit seiner Begeisterung für Jatlin von vornherein gegen diesen aufgebracht hatte, so hatte er mit seiner Begeisterung für mich Jatlin in einem solchen Maß gegen mich aufgebracht, daß sein persönliches Credo die Oberhand über sein gesellschaftliches gewann, das heißt, er haßte mich persönlich, nicht als gesellschaftlichen Gegner oder Vertreter einer anderen Anschauung. Auch möglich, daß Jatlin an meinem Beispiel den übrigen Mitgliedern der Gesellschaft zeigen wollte, daß er sehr wohl zu unterdrücken verstand, und wenn er sie nicht unterdrückte und einen familiären Ton zuließ, dann nur aufgrund seiner Überzeugungen, nicht aufgrund seines Charakters. Mein Zusammenstoß mit Jatlin, unaufhaltsam wie ein Verhängnis, das begriff ich später, mein Zusammenstoß mit Jatlin wurde auch begünstigt durch meinen Wunsch, Rußland zu regieren, und durch mein großes Geheimnis, das Gestalt angenommen hatte. War ich in jene andere Gesellschaft als Bittsteller gegangen, so ging ich in diese als Machthaber, der sich vor der Zeit nicht zu erkennen gab und diese jämmerliche Betriebsamkeit beobachtete. Wie der verkleidete Harun al Raschid. Ich dachte, das Geheimnis säße noch tief verborgen in mir, aber offenbar machte es sich unwillkürlich schon in meiner Körperhaltung bemerkbar. Kolja erzählte mir später, daß ich beim Kommen nicht an der Tür stehenblieb (was Schüchternheit gewesen wäre), sondern in die Mitte des Zimmers trat und, noch bevor ich grüßte, die Gesellschaft musterte, wobei ich kurzsichtig blinzelte. (Seit einiger Zeit hatte ich mir einen blinzelnden Blick angewöhnt.) Das Zimmer (ich weiß bis jetzt nicht, wem es gehörte) war fast ohne Möbel. Es enthielt Regale mit Büchern, das obligate, schon symbolische Hemingway-Porträt und eine Christus-Ikone, eine Neuheit für mich, denn Hinwendung zur Religion als Widerstand gegen die Offizialität, gegen

Vergangenheit und Stalinismus entstand gerade erst im Milieu des Protests. Im Zimmer stand ein ausziehbarer Küchentisch finnischer Produktion, an den zur Verlängerung ein Schachtisch gestellt war. An dem Tisch drängten sich (ja, drängten sich) acht Leute, darunter zwei Mädchen, die beide rauchten (in der einen erkannte ich Alka, die sich gestern mit der Brust gegen Jatlins Rippen gedrückt hatte). Der Imbiß (es war kein Essen, sondern eben ein Imbiß) bestand aus einigen Büchsen Auberginen- und Zucchinimus, das mit Löffeln direkt aus den Büchsen gegessen wurde, und Wurst, die nicht auf Tellern, sondern auf Papier lag, als wäre man nicht in einer Wohnung, sondern auf dem Bahnhof oder im Wohnheim. Wodka gab es nicht, vielleicht hatten sie ihn vor unserem Eintreffen auch schon ausgetrunken, denn einige hatten überaus gelöste Gesichter (darunter die rauchende Alka).

»Meine Freunde«, erklärte Kolja feierlich und naivdümmlich, »das hier ist Goscha Zwibyschew.«

Diese Erklärung warf mich sofort aus dem Gleis. Erstens war es mir peinlich, zweitens merkte ich, daß spöttische Blicke gewechselt wurden. Sieht so aus, dachte ich bei mir, daß man Kolja hier mag, aber nicht ernst nimmt. Es gibt nichts Schlimmeres, als von einem solchen Menschen in eine Gesellschaft eingeführt zu werden, besonders wenn er einen vorstellt und herausstreicht. Ich wäre Kolja liebend gern auf den Fuß getreten (diese Geste hatte er anscheinend verinnerlicht), aber Kolja stand ein Stück weg, und extra zu ihm hingehen, das hätte Aufmerksamkeit erregt. Während ich gereizt diesem Gedanken nachhing, zögerte ich zu lange und gab Jatlin Gelegenheit, den ersten Zug zu machen.

»Ich möchte Kolja gern ergänzen«, sagte Jatlin, »das ist derselbe Zwibyschew, der aus der Provinz gekommen ist, um Moskau zu erobern.«

Am Tisch wurde natürlich gelacht. Ein solches Lachen ist nicht originell, sondern gleicht sich in allen Gesellschaften, und es erschlägt denjenigen, dem es gilt. Nach einem solchen Lachen ist nichts mehr möglich außer Kampf. Ich erinnere daran, daß ich noch nicht einmal bis an den Tisch gekommen war, sondern beinahe noch an der Schwelle stand, näher zur Mitte hin, um nicht schüchtern zu wirken.

»Ja«, sagte ich und blickte Jatlin herausfordernd an (die Gesichter der übrigen verschmolzen in eins), »ja, dafür gibt es eine Menge Beispiele... In der Vergangenheit und in der Zukunft.«

»In der Zukunft«, hatte ich mechanisch gesagt, mich sozusagen versprochen, weil ich meinen Gedanken, den ich als »Inkognito« geheimhielt, an die Kandare nehmen mußte, und dabei war etwas Dummes herausgekommen. Aber in einer Gesellschaft, in der ein Wortduell stattfindet, ist so ein Versprecher ein elementarer Fehlschlag, wie beim Schach die Situation eines kindlichen Matts.

»Demnach können Sie in die Zukunft schauen«, sagte Jatlin, erfreut über meinen Patzer gleich bei den ersten Zügen, und seine Augen blitzten.

Ich hätte mir so etwas auch nicht entgehen lassen, wenn mir Jatlin die Möglichkeit dazu gegeben hätte, darum begriff ich, wie übel mir jetzt die ganze Gesellschaft zusetzen würde. Offenbar begriff das auch Kolja, der seine Freunde gut kannte, und er versuchte verzweifelt, die Situation zu retten.

»Jungs«, sagte er, »wir brauchen solche Leute dringend... Er ist ein sehr interessanter Mensch, glaubt mir.« Offenbar aus Verzweiflung, weil er sah, daß seine Worte nicht ankamen, sagte er das letzte mit zitternder Stimme.

Das brachte mich auf die Palme. Mit jedem Versuch, mich zu verteidigen, blamierte mich Kolja nur noch mehr. Außerdem fühlte ich als kapriziöser Mensch, daß Kolja das einzige Wesen hier war, das mich mochte, also würde er meine Gereiztheit ohne Murren hinnehmen.

»Ach, hör doch auf«, fuhr ich ihn an, »du redest lauter dummes Zeug... Wer hat dich darum gebeten?«

»Jungs«, sagte Jatlin, nachdem er mich mit einem bereits offen feindseligen Blick gemessen hatte, »er wagt in unserm Beisein, Kolja zu beleidigen... Das werden wir nicht dulden...«

Und wirklich, zusammen mit Jatlin erhoben sich drei vom Tisch, darunter ein Langarmiger, der, wie ich sofort kapierte, die Hauptgefahr darstellte.

»Jungs«, sagte Kolja verzweifelt, den Tränen nahe, »er hat mich nicht gekränkt... nicht beleidigt... Ich verzeihe ihm, versteht ihr, verzeihe ihm...«

Nein, das war zuviel. Dieser keusche Jüngling verzeiht mir.

»Du kannst mich mal mit deiner Verzeihung«, schrie ich und fluchte dreckig, ungeachtet der beiden rauchenden Mädchen.

»So«, sagte Jatlin in der Stille.

»Halt«, schrie Kolja, kam zu mir gelaufen und stellte sich schützend vor mich. Er stand mit ausgebreiteten Armen wie der gekreuzigte Christus. Ich sah vor mir seinen Kükenhals.

Ich muß dazu sagen, daß ich wie alle aufbrausenden Menschen nach meinem Ausbruch sogleich zu mir kam und erschlaffte, ja, erschrak, darum nahm ich Koljas Verteidigung unwillkürlich ernst, das heißt, ich blieb reglos hinter seinem Rücken stehen.

»Kommt nur näher«, rief Kolja. »Jatlin, du bist doch ein kluger Mann... Wie kannst du bloß? Jatlin, ich will mit dir reden...«

»Na schön«, sagte Jatlin, »ich rede mit Kolja... Wartet solange und unternehmt nichts ohne mich« (hier verletzte er die Demokratie und zeigte seine Macht).

Kolja nahm Jatlin beim Arm, und sie gingen in den Korridor. Ich stand da und betrachtete die Gesellschaft. Jetzt wurde mir klar, daß ich in eine ziemlich gefährliche Situation geraten war, denn sie waren alle betrunken, das sah ich erst jetzt, und in einer Ecke entdeckte ich auch mehrere leere Flaschen. Ich begriff, daß ich mich von dem Moment an, wo ich hier hereingekommen war, entsetzlich dumm benommen hatte. Ich hatte kein Recht, ein Risiko einzugehen, denn ich war nicht mehr allein und mußte mein »Kind«, die Idee, vor dummen Zufällen schützen. Jatlin kam bald zurück, fröhlich und mit großen Schritten. Er war außerordentlich vergnügt und wie ausgewechselt. Er trat zu mir und drückte mir die Hand, und Kolja, der ihm folgte, machte ein freudiges Gesicht.

»Jungs«, sagte Jatlin, »die Situation hat sich geändert... Wir haben diesen Burschen einfach unterschätzt... Setzen Sie sich, Goscha...«

Ich setzte mich, noch immer mißtrauisch, an den Tisch, und sofort legte man mir mit der Gabel Wurstscheiben auf den Teller, die voller Zucchinimus waren. Plötzlich durchzuckte ein schrecklicher Verdacht mein Hirn. Ich blickte zu Kolja. Er antwortete mir mit einem beruhigenden Blick.

»Ich hätte gern gewußt«, sagte Jatlin, »ob Sie von Fetissow gehört haben.«

»Nein«, antwortete ich und spannte mich.

»Sie sollen ihn wieder ins KGB vorgeladen und verwarnt haben«, sagte der Langarmige.

»Wissen wir, wissen wir«, sagte die rauchende Alka, so wie man zu einem spricht, der alte Witze erzählt.

»Fetissow ist ein ehemaliger Kapitän der Handelsflotte«, sagte Jatlin und sah mich durchdringend an, »er hat bei sich zu Hause eine neue Regierung Rußlands organisiert... Er und sechs seiner Schüler...«

Mir brach der Schweiß aus. Kolja, der erste Mensch, dem ich mich anvertraut hatte und den ich mochte, hatte mich verraten. Ich sah, daß auch er erbleichte.

»Jatlin«, schrie er, »du hast doch versprochen... Ich habe dir als Freund...«

»Und was ist Ihr Credo?« fragte Jatlin, ohne auf Koljas Schrei zu achten, und blickte mich frohlockend an wie eine erlegte Beute. »Was für eine politische Ordnung wollen Sie in unserem leidgeprüften Land errichten? Eine demokratische Republik mit Ihnen an der Spitze, als Präsident? Oder eine Militärdiktatur? Oder eine Monarchie? Goscha... Georgi also... Georgi der Erste...«

Mir verschwamm alles vor den Augen, und Koljas blasses Gesicht, auf das ich mich zu konzentrieren versuchte, um meinen Zorn auszuschütten, pulsierte, wurde bald kleiner, bald größer.

»Erstens heiße ich nicht Georgi, sondern Grigori«, schrie ich und wußte nicht mehr weiter.

»Ausgezeichnet!« Jatlin freute sich (ich stellte mir vor, wie er es genoß, den Feind zu zertrampeln), »ausgezeichnet... Grigori Otrepjew*... Keine neue Figur für Rußland... Der Falsche Grischka...«

»Hört mal«, sagte das Mädchen, das in meiner Nähe saß, »bei Fetissow haben sie einen Plan für den politischen Aufbau in Rußland gefunden.« (Ich glaube, sie spürte das Extreme der Situation und wollte aus Mitleid mit mir das Gespräch in eine zwar parallele, aber für mich weniger gefährliche Bahn lenken.)

»Wissen wir«, sagte der Langarmige, »Deurbanisierung der Städte... Dorfgemeinde... Was die Juden angeht, so dürfen sie nur in bestimmten Berufen arbeiten, zum Beispiel als Schneider, Schuster, Uhrmacher... und sich nur im Süden des Landes ansiedeln...«

»Nun, und was sehen Sie vor?« fragte Jatlin gnadenlos, »was sagen Sie, Jeanne d'Arc in Hosen?«

»Jatlin!« rief Kolja wieder verzweifelt.

»Sei still und hör zu, Kolja«, sagte Jatlin zu ihm, »am Beispiel dieser jämmerlichen Persönlichkeit«, er nickte zu mir hin, »will ich dir zeigen, worauf du hereingefallen bist... Das sind Strolche und Abenteurer... Guck ihn dir an... Sein Kopf wackelt... Eine Jammergestalt voll aufgeblähter Eitelkeit... Goscha, wie konntest du dir einbilden, daß wir dir unser Land überlassen? Wie konntest du es wagen, so etwas auch nur zu denken? Übrigens tue ich ihm zuviel Ehre an« (Jatlin

* Gab sich als Zarewitsch Dmitri, Sohn Iwans IV. aus, wurde 1605 gekrönt, 1606 gestürzt und ermordet.

ließ sich offenbar in seinem Rausch hinreißen), »kann man denn so was ernst nehmen? Vielleicht hältst du dich für Napoleon? Oder für ein gebratenes Hähnchen?« Er lachte.

Die anderen lachten auch. Ich verpürte einen starken Druck in den Schläfen.

»Jatlin«, schrie Kolja, »du hast ganz und gar unrecht... Goscha, hören Sie nicht auf ihn, er ist betrunken... Ich bin an allem schuld... Ich hab gedacht, er behandelt Sie schlecht, weil er Sie nicht kennt, Ihren Traum... Er hat mir versprochen...« Kolja stürzte zu mir.

Bis jetzt hatte ich wie versteinert vor meinem Teller gesessen, auf dem ein paar Scheiben Wurst voller Zucchinimus lagen. (Dieser Teller mit der unappetitlichen, angegangenen Wurst würde sich mir für lange, wenn nicht für immer ins Gedächtnis eingraben, das wußte ich.) Aber als Kolja zu mir stürzte, packte mich wieder solch eine Wut, daß ich ihn mit voller Wucht vor die Brust stieß, so daß er mit dem Rücken gegen ein Bücherregal knallte. Da zerrte mich jemand von hinten am Hemd. Tumult brach los, Stühle wurden umgestoßen, und sofort klopften die Nachbarn an die Wand. Das deutete darauf hin, daß hier öfter mal Tumult war.

»Ach«, schrie ich, jemanden abschüttelnd und die Fäuste ballend, »ach, ich würde euch das Blut auspressen... Wartet nur ab...«

»Das sagt er aus Wut«, rief Kolja, »weil er aufgebracht ist... Er ist ein Anhänger demokratischer Regierungsformen...«

Da klingelte es an der Wohnungstür.

»Das ist Mascha«, sagte Jatlin in völlig verändertem Ton und besänftigte sich. »Ich weiß, daß es Mascha ist...«

Und wirklich, es war ein Mädchen. Sie blieb auf der Schwelle stehen, sah alle mit Zorn und Verachtung an, ließ den Blick auf mir, einem neuen Gesicht, etwas länger ruhen und sagte:

»Kolja, komm mit nach Hause.«
»Was willst du hier, Mascha?« sagte Kolja gereizt. »Du störst... Ich bin kein kleiner Junge, wieso kommst du mich holen?«

»Vater schickt mich«, sagte Mascha, »von allein wär ich nicht in so ein«, sie überflog wieder die Runde, »Dreckloch gekommen... Ah, ein Neuer«, wandte sie sich an mich.

Ich war von diesem Mädchen in einem Maße betäubt, daß all das Furchtbare, das sich gerade abgespielt hatte, sofort in den Hintergrund trat. Ich war für immer verliebt, doch mein sehr gut entwickeltes Gespür sagte mir sofort, daß sie mich nie lieben würde. Ich begriff, daß auch Jatlin verliebt war, aber von ihr nicht geliebt wurde, wohl sogar schon einen Korb bekommen hatte. Ich sah, wie er sich anfangs besänftigte, verzaubert von ihrem Anblick, dann aber zu sich kam und sich darauf besann, daß er sich an ihr rächen mußte (solche wie Jatlin rächen sich, wenn sie einen Korb bekommen), und er sagte:

»Na, wie geht's Ihrem Erzeuger, dem stalinistischen Spitzel? Hat er keine Ohrfeigen mehr gekriegt?«

Alka, mit Zigarette, lachte laut.

»Dreckskerl«, sagte Mascha knapp. »Kolja, wehe, du gehst noch mal hierher... Ich verbiete es dir als Schwester...«

»Das geht dich nichts an«, schrie Kolja. »Es ist unredlich, Mascha, einen schlechten Menschen bloß deshalb zu verteidigen, weil er dein Vater ist... Es ist doch erwiesen, daß er denunziert hat... Es ist erwiesen... Zum Beispiel Wissowin...« Hier konnte sich Kolja nicht mehr beherrschen. Alles an diesem Abend Durchlebte brach nun aus ihm heraus, und er weinte laut schluchzend wie ein Kind.

Ich war völlig verwirrt, überlegte aber zugleich, daß etwas geschah, was mir nützte und half.

»Ich bin zum erstenmal hier«, sagte ich und sah Mascha aus Schüchternheit nicht an, »Sie haben recht... Kolja steht hier unter schlechtem Einfluß, er hat sich sogar mir gegenüber taktlos benommen... Aber ich bin bereit, ihm zu verzeihen.«

»Der Diktator Rußlands verzeiht«, sagte Jatlin, und ringsum wurde schallend gelacht. »Mascha, heirate ihn, dann wirst du Zarin von ganz Rußland... Er träumt davon, in Rußland zu herrschen«, sagte Jatlin, aber in seinen Worten war mehr kleinliche, eifersüchtige Wut als Kraft, und das freute mich, denn ich begriff, daß jedes wütende Wort an meine Adresse mich Mascha ein bißchen näherbrachte.

»Bringen Sie Kolja von hier weg, ich bitte Sie«, wandte sie sich an mich.

»Nein«, schrie Jatlin in dem Wunsch, Mascha eins auszuwischen, »Kolja ist ein erwachsener Mensch und kann selber entscheiden.«

»Wirklich«, sagte Kolja, »du bist merkwürdig, Mascha... Ich will nicht... Ich habe meine eigenen Ansichten.«

»Kolja«, sagte Mascha leise, »Vater kann nicht einschlafen, bevor du da bist, er ist sehr krank.«

»Das schlechte Gewissen läßt ihn nicht schlafen«, schrie Jatlin, »er sieht blutüberströmte kleine Jungs vor sich... Denunziationen...«

»Er hat nicht denunziert«, sagte Mascha und blickte Jatlin voller Empörung an, »das sagst du nur, um Kolja zu verwirren und zu beeinflussen.«

»Nein, er hat denunziert, Mascha«, sagte Kolja niedergeschlagen und unter Tränen, »so geht's doch nicht... Bloß, weil er unser Vater ist... Erinnerst du dich, wie ihn der Mann, den die Stalinschen Henker zum Krüppel gemacht haben, im Literatenhaus geschlagen hat... Und Christofor...«

»Mit Wissowin, das war ein Mißverständnis«, entgegnete Mascha, »das sagt er selber... Und der im Literatenhaus war ein Alkoholiker und Erpresser... Bleck nicht die Zähne, Jatlin...«

»Kolja bleibt hier«, sagte Jatlin schadenfroh, als er sah, daß er Mascha damit weh tat. »Kolja, komm, wir trinken auf unsere russische Wahrheit... Auf unsere weltbekannte russische Wahrheit... Natürlich nur einen Kleinen...« Er legte Kolja den Arm um die Schulter und führte ihn zum Tisch.

Von irgendwoher war eine Flasche Wodka aufgetaucht.

»Ach, ich weiß nicht«, sagte Kolja, noch immer schluchzend und puterrot vor Scham, er war durcheinander und wußte nicht, wie er sich verhalten sollte.

Mascha tat ihm leid, mir gegenüber hatte er ein schlechtes Gewissen, aber Jatlin den Rücken kehren konnte er auch nicht, denn das hätte, besonders nach seinen Tränen, bedeutet, endgültig die männliche Ehre zu verlieren, und für einen keuschen Jüngling gibt es keine schlimmere Schande.

»Bringen Sie ihn weg, ich bitte Sie.« Mascha sah mich wieder mit ihren hellen Augen an, die mich erbeben ließen. Diese Augen lobpreisten mich und machten, daß ich weise und exakt handelte. Hinzu kam die Erfahrung, die ich in Stschussews Organisation erworben hatte.

Mit federnden, wohlberechneten Schritten trat ich zu Jatlin und schlug ihn so heftig und genau und unverhofft (das hatte er von mir nicht erwartet, besonders nach meiner Niederlage im Wortduell), schlug ihn so heftig, daß er sofort unter den Tisch fiel.

Ich schnappte mir eine Flasche vom Tisch, denn ich erwartete den Angriff von Jatlins Freunden, aber sie kamen ihrem gestürzten Führer nicht zu Hilfe, und er lag mit blutüberströmtem Gesicht so einsam unter dem Tisch, daß er mir sogar ein bißchen leid tat. Dennoch waren meine weiteren Taten voller Kraft und Macht.

»Gehen wir, Kolja«, sagte ich, und Kolja fügte sich gehorsam.

So hatte ich meine Niederlage dank Maschas Erscheinen in einen Sieg umgewandelt. Denn Mascha, das war das glückliche Schicksal, und wer den Wunsch eines solchen Mädchens erfüllt, ist allmächtig.

Ich, Mascha und Kolja gingen auf die Straße. Alles

Schwache und Schmähliche war vergessen. Ich hätte am liebsten gesungen. Vor überschüssiger Kraft stieß ich mich beim Gehen federnd von der Erde ab. Nie zuvor hatte ich stärker an meine Bestimmung und meinen Stern geglaubt. Jatlin, mein gefährlichster Feind in der Hauptstadt, war gestürzt und lag mit blutig geschlagenem Gesicht einsam unter dem Tisch.

Ungenügende Einfachheit der Methoden und die Nichtbeachtung der Lehren Stschussews, das ist die Wurzel meiner Fehler im Kampf mit Jatlin, dachte ich. Das muß ich mir für die Zukunft merken... Ach, die Zukunft, die Zukunft... Das wunderbare Mädchen, das öffnet mir die Zukunft.

Ich liebte sie für immer. Ich war so hingerissen, als ich neben ihr durch die abendlichen Straßen schritt, daß ich zeitweise sogar die Prophezeiung vergaß, die sich mir beim ersten Blick auf sie erschlossen hatte, nämlich das unausweichliche Ausbleiben von Gegenliebe. Aufgrund meiner nervlichen Organisation bin ich manchmal im ersten Moment imstande, in die Zukunft zu sehen, es ist wie eine Erleuchtung; aber dann verdunkelt sich alles, und es folgen Blindheit und Versuchung. Ja, so waren meine Beziehungen zu Mascha in der ersten halben Stunde unserer Bekanntschaft. Interessant, wenn man mich später gebeten hätte, Maschas Bild zu beschreiben, ihre Figur und überhaupt ihre äußere Erscheinung, hätte ich das nicht gekonnt. Ich war von ihr insgesamt so bezaubert, daß ich keine Details unterschied, besonders nicht jene, die Männer an Frauen in erster Linie wahrnehmen und schätzen. Der Gedanke, daß man mit Mascha das tun konnte, was ich mit der Putzfrau Nadja und mit anderen Frauen getan hatte (ungeachtet meiner langen Keuschheit hatte ich in der kurzen Zeit meiner Entfesselung reichlich Erfahrung darin gesammelt), dieser Gedanke, der pötzlich aufblitzte, kam mir ungeheuerlich vor und erschreckte mich. In Maschas Nähe offenbarten die gewöhnlichen, naturgegebenen Beziehungen zwischen Mann und Frau, die Kinder hervorbringen und das Menschengeschlecht fortsetzen, ihr abstoßendes Wesen und erklärten anschaulich das evangelische Streben nach unbefleckter Empfängnis. Es wurde verständlich, warum schon die Empfängnis des Menschen seinem geistigen Entwurf widerspricht und die Sünde des Fleisches und die Nähe zum Tier aufzeigt, das jedoch ohne Sünde ist.

Alle diese Gedanken entstanden und formten sich natürlich erst später, damals aber äußerten sie sich unbewußt in einem Traum, den ich träumte, als ich neben Mascha ging und ihren Duft einatmete. Irgendwann einmal, und sei es in vielen Jahren, wenn ich auf dem Gipfel der Macht stehe und über Millionen fremder Schicksale bestimme, werde ich zu Mascha treten, ihre zarte, wie modellierte Hand ergreifen und wissen, daß ich das Recht habe, unendlich lange dieses Händchen so zu halten, es zu kosen und in meiner Hand zu fühlen... Etwas anderes an Mascha zu berühren war für mich unvorstellbar, und ich dachte nicht einmal in dieser Richtung.

Wir gingen durch die nächtlichen Moskauer Straßen, und die Männer, die uns begegneten, drehten sich allesamt nach Mascha um. Ich muß allerdings dazu bemerken, daß um diese Zeit auf den Moskauer Straßen im Zentrum hauptsächlich Bummler unterwegs waren, die kaum eine Frau ausließen, um ihr nachzusehen, und erst recht nicht eine so bezaubernde wie Mascha. Ich ging neben ihr und war glücklich, denn vielleicht hatte ich zum erstenmal nach meinem nichtigen Leben und dem Kampf um den Schlafplatz den Gipfel der Gesellschaft erreicht und befand mich darauf während unseres ganzen gemeinsamen Wegs. Alle meine Favoritinnen, von denen ich geträumt hatte, verblaßten und konnten bestenfalls als Objekt für niedere fleischliche Beziehungen dienen, so wie die Putzfrau Nadja, sie wurden alle von mir degradiert und aus dem Bereich der Träume verbannt. Doch wie unirdisch Mascha in meiner Phantasie auch war, sie blieb doch eine Frau, und ihr weibliches Gespür sagte ihr offensichtlich, daß sich in mir ein stürmischer Prozeß abspielte, dessen Objekt sie war, Mascha. Und sie machte zum erstenmal eine Bewegung, die ich bei ihrem Anblick sofort vorausgeahnt hatte, doch kurz darauf war mir dieses Gefühl wieder abhanden gekommen. Nun aber begann sich mein Vorgefühl zu bewahrheiten, daß ich von Mascha niemals Gegenliebe zu erwarten hatte und zu unerwiderter Liebe verurteilt war, die ich durchs ganze Leben tragen würde... Heute weiß ich, daß Menschen mit einer nervlichen Organisation wie der meinen zu solch einer unerwiderten Liebe schlichtweg vorprogrammiert sind, und gerade sie ist geeignet, das Leben solcher Menschen mit süßer Wehmut zu verschönen, deren Geschmack den Glücklichen und den Hätschlingen des Schicksals verschlossen bleibt. Als ich aber neben Mascha ging, dachte ich anders, da war ich in dieser Frage kein Feinschmecker und beschaulicher Betrachter, sondern vielmehr von überschüssiger tätiger Energie erfüllt. Darum verursachte mir Maschas Bewegung einen Schmerz in der Brust und füllte mir Mund und Kehle mit einem bitteren Beigeschmack. Etwas Seltsames, nie zuvor Erlebtes widerfuhr mir – beim Schlucken tat mir im Hinterkopf etwas weh. Ich hatte zwar schon manchmal vor Aufregung Schmerzen im Hinterkopf gehabt, aber jetzt hatte ich, wenn ich nicht schluckte, überhaupt keine Schmerzen, nur beim Schlucken machten sie sich bemerkbar. Ich versuchte, nicht mehr zu schlucken, doch in meinem Mund sammelte sich entsetzlich viel Speichel, was früher auch nie gewesen war, und ich mußte dauernd schlucken, was zu Stichen im Hinterkopf führte; wenn ich aber das Schlucken hinauszögerte und dann eine große Portion schluckte, breitete sich der Schmerz bis zum Scheitel aus. Das waren die ersten Empfindungen des Liebeskummers, das heißt, des Kummers darüber, daß sie mich nicht liebte und nie lieben würde. Ich hatte bei meinem nichtigen Leben früher viele Demütigungen von schönen Frauen erfahren, im wesentlichen natürlich deshalb, weil ich mich ihnen gar nicht erst zu nähern gewagt hatte, aber manchmal auch durch ihr Lächeln und ihren Spott. Doch jene Empfindungen unterschieden sich von dem jetzigen Gefühl wie Erzähltes von Lebendigem. Nie hatte ich eine solche Pein für möglich gehalten. Nein, das war keine seelische Pein, wie ich sie auch früher schon bei der Demütigung durch eine Frau empfunden hatte, es war ein physisches Leid, ein Geschwür, eine Wunde, eine Geschwulst... Die Demütigung, die ich durch Mascha empfand, mag einem außenstehenden Menschen lächerlich vorkommen, das heißt, er wird mein Leid nicht verstehen, es mag ihn sogar verwundern. Denn einen zu Tode Verliebten (ja, zu Tode), einen zu Tode Verliebten versteht niemand, und er verwundert jeden.

Seit wir die Gesellschaft verlassen hatten, ging Mascha zwischen mir und Kolja. Aber irgendwo auf halbem Wege und in dem Moment, als meine Träume von Mascha eine besondere Spannung erreichten, wechselte sie plötzlich auf Koljas andere Seite. Auf den ersten Blick mag das durchaus erklärlich scheinen (so dachte Mascha offensichtlich auch, als sie diese Bewegung machte), denn Kolja redete die ganze Zeit auf mich ein (ich verstand natürlich kein Wort), und Mascha, die bemerkt hatte, daß Kolja zu mir sprach und ich ihm nicht antwortete, wollte uns die Möglichkeit geben, nebeneinander zu gehen. Ja, oberflächlich betrachtet, mochte ein Außenstehender das natürlich finden, aber ich, auf den ersten Blick in Mascha verliebt, hatte ja in einer Erleuchtung etwas Derartiges vorausgesehen und faktisch die ganze Zeit darauf verwandt, die eigene Erkenntnis, daß sie mich nie lieben würde, zu betrügen, darum begriff ich, daß Mascha das alles wohlüberlegt und nicht von ungefähr machte.

»Das Rad dreht sich hinter Sokrates«, sagte Kolja, »und zeichnet sich durch ihn ab wie durch einen Schatten.«

Ungeachtet meiner totalen Niedergeschlagenheit und meiner Bestrebungen in ganz anderer Richtung war Koljas erster Satz, der mich erreichte, so erschreckend absurd, daß er unwillkürlich meine Aufmerksamkeit erregte. Diesem Jüngling, der aufgrund seiner Struktur zweifellos häufig betrübt war, kam der Umstand zustatten, daß diese Betrübnisse nicht tief gingen, wie das oft bei wohlbehüteten und geliebten Menschen ist, denen bei Betrübnissen sofort die Angehörigen zu Hilfe kommen. Darum hatte er sich jetzt, wie übrigens auch im Fall der Ohrfeige, die sein Vater bekommen hatte, schnell erholt und war bereits von einem Gedanken gefesselt, den er mir offenkundig die ganze Zeit über, während ich über Mascha nachdachte, dargelegt hatte.

Was für ein Rad, und was hat Sokrates mit seinem Schatten damit zu tun? dachte ich gereizt. (Ich wiederhole, ich wußte, daß Kolja mich gern hatte, und erlaubte mir darum, ihm gegenüber gereizt zu reagieren.)

Das Rad und den Schatten ignorierte ich, denn das war völlig irre, aber bezüglich Sokrates fragte ich nach:

»Was hat Sokrates damit zu tun?«

»Was er damit zu tun hat?« wunderte sich Kolja. »Das ist doch ein ganz eindeutiges Beispiel für politischen Unverstand und für die Negierung des hellenistischen Wesens... Es ist ein Beispiel für die Entartung eines Volkes um einer fragwürdigen Aufklärung willen... Die Logik ist außerstande, sich selbst zu erforschen. Aber das gewaltige logische Rad...«

Ach, daher das Rad, dachte ich, wobei ich schluckte und ein Stechen im Hinterkopf fühlte. Wieder in Gedanken versunken, entging mir das Ende von Koljas Erklärungen, und um mich aus der Affäre zu ziehen, beschloß ich, ihm einfach zuzustimmen.

»Also gut«, freute sich Kolja, »aber Wein hat sich hier völlig verrannt.«

Wein, dachte ich, wieder ein neuer Name, vielleicht

auch so ein Abgott wie dieser Jatlin? Nein, über diesen Wein hat er sich ja wohl abfällig geäußert, aber ich bin auch gut. Mit mir geht jetzt etwas Einmaliges vor, und ich lasse mich von Dummheiten ablenken.

»Er hört dir ja gar nicht zu«, unterbrach Mascha plötzlich ihren Bruder, der immer noch auf mich einredete, »begreifst du denn nicht, daß er dir gar nicht zuhört«, sagte sie, für den Bruder gekränkt, und blickte mich feindselig an.

Ihr scharfer Ton ließ mein Herz erschrocken klopfen, denn ich hatte zu spät meinen taktischen Patzer begriffen. Der Weg zum Herzen einer Frau führt über den Menschen, den sie liebt. Mein Verhalten war von Anfang bis Ende entsetzlich, blöd und widerlich, und ich hätte schreien mögen vor Kränkung und weil ich selbst alles zerstört hatte. Dabei hatte sich alles so gut angelassen, ich hätte nur mehr Verstand zeigen müssen. Kolja liebte mich und Mascha, und Mascha liebte Kolja. Das ist eine arithmetische Aufgabe für einen Drittklässler, aber ich hatte sie nicht bewältigt und mich verrechnet. Angefangen hatte ich gut, als ich Kolja aus der üblen Gesellschaft herausholte und Jatlin niederschlug, womit ich mir und Mascha einen Gefallen tat, aber dann schien sich mein Bewußtsein getrübt zu haben, und ich hatte, von Mascha träumend, Kolja ignoriert, der sich zu mir hingezogen fühlte, das mußte mir Mascha ja übelnehmen, ein so kluges Mädchen, das ein feines Gespür für die Situation hatte.

»Wir müssen hier lang«, sagte Mascha und blieb vor einer stillen, im Grün der Bäume versinkenden Seitenstraße stehen, die mit alten reichen Häusern bebaut war, »wir sind schon da.« Sie nickte mir leicht zu und zog Kolja hinter sich her.

Sie hätte auch freundlicher sein können, dachte ich mit böser Wehmut.

Zwischen mir und Mascha hatte ein Kampf begonnen, an den ich mich, wie ich begriff, gierig klammern würde, um sie zu demütigen und mich von dieser

Liebe zu kurieren, die meine Würde und meine Eitelkeit zertrat. (An dieser Stelle dachte ich an Jatlin und verstand seine wütenden und giftigen Ausfälle gegen Mascha.) Sie hätte auch freundlicher sein können, dachte ich, während ich schluckte und schluckte und vor Stichen im Hinterkopf zusammenfuhr, immerhin habe ich mich ihretwegen geschlagen... Ich hätte ja Prügel beziehen können, wenn Jatlins Freunde nicht zu feige gewesen wären... Aber sie hat das als selbstverständlich hingenommen.

Die Seitenstraße, in der Mascha und Kolja wohnten, war trotz ihres reichen Aussehens schwach beleuchtet. Ich stand und blickte Mascha angespannt nach, bis sie und Kolja ihr Haus erreicht hatten. Ich sah, daß Kolja sich umdrehte und mir winkte, aber Mascha zog ihn weiter und sagte ihm etwas, offensichtlich etwas Demütigendes über mich. Ich sah alles doppelt und geriet plötzlich in einen grippeähnlichen Zustand mit Schwächegefühl und einer Schwere, die von den Brauen aufs Nasenbein übergriff. Ich wiederhole, ungeachtet meiner Empfindlichkeit und der häufigen Demütigungen durch Frauen, besonders durch schöne, war die jetzt erlebte Kränkung völlig neu für mich und so stark, daß sie in jeder Erscheinungsform keinen geistigen und allgemeinen, sondern einen konkreten physischen Charakter hatte. Ich glaubte, Fieber zu haben, und eine motorische Unruhe befiel mich, die ich freilich auch schon früher erlebt hatte, aber jetzt war sie stark ausgeprägt und äußerte sich mal in allgemeinem Zittern, mal in einzelnen heftigen Zuckungen von Gesichts- und Körpermuskeln. Sogar Halluzinationen stellten sich ein. So schien es mir plötzlich, daß ich mit Mascha telefonierte und scherzte. (Scherzen – genau das muß man mit einer schönen Frau, auch mit einer klugen wie Mascha. Humor – gerade daran mangelte es mir.)

Wie ich mich zu Marfa Prochorownas Wohnung schleppte, weiß ich nicht. Stschussew machte mir auf. (Marfa Prochorowna war, wie schon gesagt, von Kolja auf die Datsche geschickt worden.) Stschussew sah mich aufmerksam an, sagte aber nichts Häßliches und fragte auch nichts, nein, er lächelte sogar freundschaftlich. Die Jungs, Serjosha und Wowa, schliefen und wälzten sich sorglos auf dem Sofa hin und her. Obwohl ich sie schon verhältnismäßig lange (einige Monate) kannte, waren sie mir fremd, gesichtslos und uninteressant geblieben. (Vielleicht hatte Stschussew sie gerade wegen dieser Eigenschaften zu der Sache herangezogen.)

»Ich leg mich extra«, sagte ich leise zu Stschussew, um die Schlafenden nicht zu wecken.

»Gut«, antwortete er flüsternd. »Hol dir aus dem Flur alte Mäntel... Die Alte hat ein paar... Morgen müssen wir ausgeschlafen sein...«

»Morgen?« fragte ich beunruhigt.

»Ja«, antwortete Stschussew.

Ich hatte an einer Reihe von Straßenschlägereien und an der Vollstreckung von Todesurteilen der Organisation gegen Stalinsche Henker und Zuträger in Form von Verprügelungen teilgenommen. Doch jetzt, vielleicht wegen der weltweiten Bekanntheit des Kandidaten, vielleicht auch wegen meines persönlichen Zustands, empfand ich Unruhe, und mich beschlich das Gefühl, daß sich Stschussew etwas Extremes und Ernstes ausgedacht hatte. Meine Gefühle sollten sich vollauf bestätigen. In Stschussews Jackentasche lag ein scharf geschliffenes Rasiermesser bereit, und bevor er sich auf den Weg machte, steckte er einen neuen Schlosserhammer, offenbar am Vorabend in einem Wirtschaftsladen gekauft, hinter den Gürtel und zog die Jacke darüber. Aber das alles stellte sich erst später heraus, noch wußte ich nichts davon, doch mein krankhafter Zustand sagte mir, daß sich die Sache womöglich nicht nur auf eine »weltweite Ohrfeige« für Stalins Kampfgefährten Nummer eins beschränken würde. Übrigens, dieser krankhafte Zustand wirkte auch beruhigend auf mich, denn er lenkte meine Gedanken erneut in eine angenehme Richtung.

Ich legte mich auf einen Haufen alter Mäntel und war frohgestimmt, weil ich eine ganze schlaflose Nacht vor mir hatte (im allgemeinen fürchte ich Schlaflosigkeit und werde nervös, wenn sie eintritt, aber jetzt freute ich mich darüber), also, frohgestimmt legte ich mich auf den Haufen Mäntel, atmete den Geruch von Mäusedreck ein und begann an Mascha zu denken. Ich dachte geruhsam an sie, jeden Moment auskostend, und rekonstruierte Punkt für Punkt realistisch ihr Erscheinen und den gelungenen Anfang unserer Beziehungen. (Ihre Bitte, Kolja wegzubringen, mein Schlag gegen Jatlins Kinnlade.) Die mißlungene Fortsetzung spielte ich ganz neu durch bis zu dem Moment, wo wir vor der Haustür standen, der gute, mich liebende Kolja so gescheit war zu gehen und ich mit Mascha über Kolja sprach... Nur über Kolja, den Menschen, der uns beiden teuer war... Zwei, drei Stunden standen Mascha und ich im Hausflur und sprachen über ihren geliebten Bruder Kolja. Und in der ganzen Zeit machte ich keine einzige Bewegung, die man schlecht oder auch nur zweideutig hätte auslegen können.

So lag ich und träumte, und so begrüßte ich den Morgen des, wie Stschussew sich ausdrückte, »historischen Tages«, an dem das Urteil an der rechten Hand des Tyrannen vollstreckt werden sollte, an Wjatscheslaw Michailowitsch Molotow.

ACHTES KAPITEL

Im Morgengrauen klingelte es an der Tür, ich hörte es, war aber so in mich versunken, daß ich weder selbst öffnen ging noch jemanden weckte. Endlich, nach dem dritten oder vierten Klingeln, wachte Stschussew auf. Gewöhnlich hatte er einen leisen Schlaf, aber in dieser Nacht, wohl vor Müdigkeit, denn wie sich herausstellte, war er den ganzen Tag herumgelaufen, hatte er fest geschlafen. Er sprang vom Boden auf, und ich schloß rasch die Augen, damit sich unsere Blicke nicht trafen. Zugleich horchte ich auf alles, was im Flur vorging, und eine bekannte Stimme, gleichsam aus meiner Schlaflosigkeit gekommen, ließ mein Herz wieder hastig schlagen. Nein, es war nicht Mascha, es war Kolja, aber seit ich Mascha kannte, seit gestern abend, verursachte mir Koljas Stimme Herzklopfen. Die Stimme eines Jünglings, solange er noch nicht erwachsen ist, gleicht sehr häufig der Stimme seiner Schwester. Ich stand schnell auf, damit Kolja mich nicht am Boden auf dem Haufen alter Mäntel sah. Überhaupt begann ich mich vor ihm offenbar zu genieren, und meine Beziehung zu ihm war seit dem gestrigen Abend recht merkwürdig, denn Kolja war nun für mich der Faden zu Mascha.

Kolja, ganz rosig, wie ein Mensch, der früh am Morgen aufgestanden ist (es war noch nicht sechs) und sich an sauberer Frühluft sattgeatmet hat, schaute zur Tür herein, und ich lächelte ihm zu, noch bevor er mir zulächelte. Zugleich waren unsere Bewegungen von nervöser Feierlichkeit, wie bei Schülern am Prüfungstag. Stschussew weckte Serjosha und Wowa. Serjosha stand sofort auf wie ein Junger Pionier, während Wowa noch an die zwei Minuten liegenblieb, die Knochen knacken ließ und die für sein Alter recht muskulösen Arme reckte. Interessant, daß Kolja sich überhaupt nicht mit den Jungs anfreundete, obwohl sie etwa im gleichen Alter waren und Serjosha sogar eine gewisse Ähnlichkeit mit ihm hatte. Ich glaube, daß zwischen Wowa und Serjosha eine Freundschaft bestand, die sich freilich darin äußerte, daß sich Wowa über Serjosha lustig machte und ihm gegen die Stirn schnippste, was Serjosha kränkte, auch wenn er es hinzunehmen schien, doch einmal hätten sie sich fast geprügelt. Und da blitzte in Serjosha etwas auf, was gar nicht zu seinen rosigen Pionierwangen und seiner Kurzsichtigkeit paßte, denn ausgerechnet er zog ein Federmesser aus der Tasche. Stschussew konnte gerade noch seinen

Arm festhalten. Serjosha hatte mit dem Messer nicht auf Wowas Schulter gezielt, wohin gewöhnlich wütende, aber gut behütete Jungs instinktiv zielen, sondern auf die Rippen, nach Straßenart. Ich glaube, daß Stschussew von dieser Eigenschaft Serjoshas wußte, er war überhaupt ein guter Psychologe der »Straße« und hatte eine Gruppe von extremer Schattierung auf die Beine gebracht, die auf den ersten Blick bunt zusammengewürfelt schien, doch in Wirklichkeit ergänzte einer den anderen.

Wir tranken jeder ein Glas Tee (zur Gesellschaft trank auch Kolja), denn essen mochte keiner, nicht einmal Wowa, ein Bursche mit einem kräftigen, simplen Organismus. Ich merkte, daß Stschussew aufgeregt war, und das übertrug sich auf die übrigen. Wie sehr wir auch an Straßenschlägereien gewöhnt waren, dies war etwas nicht ganz Gewöhnliches. Stschussews Augen begannen ungut, wie vor einem Anfall, zu glänzen. Was meine Beziehungen zu Mascha anging, so hatte ich in der Nacht das Akute ausgeschöpft, sie waren nicht mehr so einzigartig und erlaubten mir, obwohl sie immer präsent waren, mich umzuschauen, den Umständen entsprechend zu handeln und die Hauptkräfte in die Richtung zu lenken, die jetzt für mich besonders gefährlich war. Das galt selbstverständlich nur für Maschas Abwesenheit. Ihre Anwesenheit würde alles übrige in den Schatten gestellt und alle meine Handlungen, die nichts mit ihr zu tun hatten, paralysiert haben. Ich halte es für möglich, daß ich auf ihren Wunsch sogar imstande gewesen wäre, mich zu töten, meine Ansichten zu ändern, mich mit Orlow anzufreunden, und weiß der Teufel, was für irre Dinge ich in Gedanken noch für möglich hielt, wenn ich in einem akuten und nicht chronischen Zustand war. Aber an diesem »historischen« Morgen, wie Stschussew sich ausdrückte, waren meine Gedanken an Mascha in chronische Wehmut und Hoffnung übergegangen. Zwar hatte das Erscheinen Koljas mit Maschas Stimme mich erneut aufgewühlt, aber die allgemeine nervöse Feierlichkeit, die alle ergriffen hatte (auch Kolja), und der krankhafte Glanz in Stschussews Augen gewannen die Oberhand. Ich übertrug meine akuten Gefühle für Mascha endgültig auf die bevorstehende Aufgabe, wobei ich Mascha zeitweilig ebenso vergaß wie mich selbst. In dieser feierlichen Stille trat plötzlich der Moment ein, wo wir alle eins waren und Rußland gehörten. Ja, Stschussew hatte ein Wunder vollbracht und uns mit dem aufrichtigen (er war aufrichtig) krankhaften Glanz seiner Augen gleichsam hypnotisiert und jedem von uns die Größe eines Kämpfers verliehen. Und das widerfuhr ausgerechnet uns jungen Leuten in der Periode der Chrustschowschen Entlarvungen, in der selbst das Wort »Patriotismus« als stalinistisch und schändlich galt. Stschussew hatte zweifellos Eigenschaften eines Führers, aber das Schicksal des Volkes fiel zeitlich nicht mit seinem persönlichen Schicksal zusammen, darum trat er als Unbekannter ab, tat sich nicht hervor, sondern düngte nur den Boden. Es gibt genug solche Beispiele, ihr Name ist Legion. Ich muß dazu anmerken, daß Stschussew trotz seines extremen russischen Nationalismus nicht die Russophilen Chomjakow oder Aksakow liebte, sondern den Europäer Herzen, in dem er seinen Lehrer sah, und er behauptete, Herzen sei keine europäische Figur, sondern eine russische, und er habe Rußland nur verlassen, weil er dessen Leiden nicht mehr mit ansehen konnte, doch in der Folgezeit habe man seine Äußerungen entstellt. An diesem »historischen« Morgen gab uns Stschussew Worte aus einem abgegriffen Herzen-Band mit auf den Weg.

»Meine Freunde«, sagte er, als wir mit dem Teetrinken fertig waren, »meine lieben russischen Jünglinge« (mich rechnete er auch zu den Jünglingen), »viele weitreichende historische Ereignisse beginnen äußerlich unbedeutend und alltäglich... Uns Russen wird von Fremden unterschiedlicher Couleur hier im Land und im Ausland häufig mangelnde Eigenständigkeit und Nachäfferei vorgeworfen« (er schien von einem Gedanken zum anderen zu springen. Sein Gesicht war bleich, und das, obwohl er fest geschlafen hatte und gestern völlig ruhig gewesen war. So ist die Natur eines Führers der »Straße«, der im Nu sich selbst und seine Zuhörer in Bann zu schlagen weiß.) »Ja, wir leugnen es nicht. Eine junge Nation ist immer gelehrig, und wir Russen sind eine junge Nation, und eure jungen Gesichter beseelen jetzt jeden, der müde geworden ist und den Glauben verloren hat«, seine Stimme zitterte, »wir sind gelehrig, aber wir sind auch eigenständig, merkt euch das, ihr Herren Itzikowitschs.« (Es ging wieder mit ihm durch. Ich weiß nicht, ob er diesen Namen als konkretes Beispiel gebrauchte oder allgemein.) »Unsere Eigenständigkeit ist Fremden vielleicht unverständlich, aber wir müssen gemeinsam kühn die Mängel unserer Nation definieren, nicht um das auf europäisch auszukosten, sondern um den Weg zur Rettung zu erkennen... Aber hören wir Alexander Iwanowitsch.« (Er meinte Herzen, das begriff ich, als er den abgegriffenen Band aufschlug.) »›Den Russen hat es durchaus nicht an liberalen Bestrebungen oder am Erkennen auftretender Mißbräuche gefehlt‹«, las er, »›ihnen hat es an einer Gelegenheit gefehlt‹« (Gelegenheit betonte er), »›an einer Gelegenheit, die ihnen die Kühnheit zur Initiative gegeben hätte. Ein solches Beispiel ist immer dort unerläßlich, wo der Mensch nicht gewohnt ist, seinen Willen durchzusetzen, offen aufzutreten, sich auf sich selbst zu verlassen und seine Kräfte zu fühlen, wo er vielmehr immer unmündig war, weder eine eigene Stimme noch eine eigene Meinung hatte.‹ Und weiter: ›Passive Unzufriedenheit ist zu sehr zur Gewohnheit geworden. Man wollte sich vom Despotismus befreien, aber keiner wollte die Sache als erster anpacken.‹ So, meine lieben russischen Jünglinge... Der Zarismus war niemals national... In der Zarenstandarte erschien nach der Niederschlagung der Dekabristen nicht das Wort ›Fortschritt‹, sondern es wurde offen ›Selbstherrschaft, Rechtgläubigkeit, Volkstümlichkeit‹ proklamiert, wobei das letzte Wort, wie Alexander Iwanowitsch anmerkte, nur pro forma dastand... Der russische Patriotismus war immer nur ein Mittel zur Festigung der Selbstherrschaft, und das Volk hat sich von Nikolaus' Nationalismus nie täuschen lassen... ›Mag Rußland zugrunde gehen, wenn nur die Macht unumschränkt und unverbrüchlich bleibt‹ – das war die Devise von Nikolaus' Despotismus... Als weitaus gefährlicher für Rußlands Schicksal erwies sich der Stalinismus, dem es mit Hilfe der Intellektuellen gelang, das Volk zu täuschen und es zu zwingen, ›welthistorisch‹ zu leben... Rußland hat faktisch noch nie ein wirklich nationales Leben gelebt, das es nicht weniger verdient hätte als England, und selbst als sich Stalin gezwungen sah, Rußland, wenn auch widerwillig, vor Kaganowitschs pfiffigen und zähen Stammesgenossen zu retten, die in alle Ritzen gekrochen waren, sagte er unserm naiven und vertrauensseligen Volk nicht die Wahrheit, sondern begründete seine erzwungenen Handlungen, mit deren Hilfe er sich im Sattel zu halten gedachte, denn er war gerissen wie alle fremdstämmigen Tyrannen in Rußland, begründete er seine Handlungen mit allen möglichen verschwommenen Begriffen wie Kosmopolitismus, Trotzkismus und so weiter...«

Ich muß dazu bemerken, daß Stschussews Rede (seine Worte mündeten in einer richtigen Rede, vorgetragen mit einem krankhaften Glanz in den Augen) einen überaus speziellen Charakter trug, wenn auch nicht für Kolja und mich, ich hatte schließlich schon Umgang mit Filmus gehabt, so doch für Wowa und Serjosha. Aber auch sie hörten aufrichtig interessiert zu, Wowa allerdings mit einem Anflug von stumpfer Neugier, den Mund halb offen.

»Gießen wir jedem was ein«, schlug Stschussew plötzlich vor, er verteilte rasch Gläser und holte eine Flasche Wodka hervor, »nur einen Schluck, damit sich's bißchen dreht«, und er goß wirklich allen etwas ein, eine exakte Portion. »Bevor Stepan Chalturin* sich auf den Weg machte, um den Henker des Volkes zu töten« (zum erstenmal gebrauchte er dieses extreme Wort, wenn auch nur als Beispiel, sozusagen als Anspielung, doch ich persönlich zweifelte nicht mehr an seinem Vorhaben, bis zum äußersten zu gehen), »bevor Chalturin sich auf den Weg machte, um den Henker des Volkes zu töten, tranken sie auch jeder ein Viertelglas Smirnow-Wodka... Es gibt Erinnerungen... Also verletzen wir nicht die Tradition der russischen Kämpfer und Märtyrer.«

Wir stießen an und tranken aus. Wahrscheinlich weil es auf nüchternen Magen war und weil ich die Nacht nicht geschlafen hatte, drehte sich mir wirklich alles im Kopf, dennoch fühlte ich mich nicht geschwächt. Offensichtlich hatte Stschussew die Portion genau bemessen.

»Unsere Organisation«, sagte Stschussew feierlich, »hat das Todesurteil verhängt über Stalins Mitkämpfer Nummer eins, den Henker Molotow, der über viele Jahre zusammen mit Stalin unsere leidgeprüfte Heimat gewürgt und gefoltert hat... Euch, meine russischen Jünglinge, fällt eine große Ehre zu... Da ist sie, die Gelegenheit, von der Herzen geschrieben hat und an der es gefehlt hat, um unsere Opposition zu einer nationalen zu machen, wie sie es zur Zeit der Dekabristen war... Denn die Erfahrung der Geschichte hat gezeigt, daß die Übermacht von Juden und sonstigen nationalen Minderheiten in der Opposition gefährlicher war als ihre Übermacht im offiziellen Staatsapparat... Ja, die Opposition muß russisch sein, damit Rußland eine Zukunft hat... Gleich jenen großen Söhnen Rußlands, die im neunzehnten Jahrhundert auf den Senatsplatz hinausgingen, werdet ihr im zwanzigsten Jahrhundert mit eurem heldenhaften Verhalten der feigen, über Witze grinsenden Gesellschaft eine Lektion in politischer Erziehung erteilen... Man hat uns

*Russischer Terrorist (1856 – 1882); unternahm 1880 einen erfolglosen Sprengstoffanschlag auf Alexander II., 1882 hingerichtet.

vorgeworfen« (wer, erklärte Stschussew nicht), »wer braucht diesen pensionierten Greis... Ihr irrt euch... Eine von Chrustschows Aufgaben, jetzt, nach den Entlarvungen, die ihn an die Macht gebracht haben, besteht darin, das zu ertränken und dem Vergessen anheimzugeben, was die Gesellschaft aufrüttelt... Der Stalinismus ist entlarvt und vergessen – das ist Chrustschows Traum... Nein, Nikita, kleiner schlauer Bauer, Rußland ist kein Kulakenladen im Dorf, er hat für sich Waren zusammengerafft, das reicht ihm... Und der Rest in den Speicher... Ins Dunkel... Für eine hohe Parteirente... Nein, wir wollen ein fetteres, süßeres Stück, und zwar im Lichte Gottes... Mit Krawall, mit Opfern... Ruhm und Ehre euch, ihr russischen Jünglinge... Erinnern wir uns an die Worte Alexander Iwanowitschs«, er griff wieder nach dem Herzen-Band und las vor: »›Nein, meine Freunde, ich kann die Grenze dieses Reichs der Finsternis, der Willkür, des schweigenden Sterbens, des Todes ohne Nachricht, der Leiden mit geknebeltem Mund nicht überschreiten. Ich warte, bis die erschöpfte Macht, geschwächt von den erfolglosen Anstrengungen und aufgestört von Gegenaktionen, etwas Würdiges im russischen Menschen anerkennt...‹ Alexander Iwanowitsch, diesmal irren Sie sich... Wir werden nicht warten, bis die Macht die Würde des russischen Menschen anerkennt... Es ist Zeit, zu begreifen, daß in diesem Land nicht die Macht der Richter ist, nein, der russische Mensch ist der Richter... Es gibt nur einen gesetzmäßigen Richter, alle übrigen sind Usurpatoren... Nur der russische Mensch kann hier richten und das Urteil fällen... Und der russische Mensch hat immer die Jugend geachtet... Der Jugend kommt das wichtigste Wort zu... Das letzte Wort... Hurra!«

»Hurra!« rief als einer der ersten Kolja voller Begeisterung (er war wohl mehr als die anderen beschwipst).

Serjosha Tschakolinski hob wie ein Schüler die Hand und bat ums Wort.

»Sprich«, sagte Stschussew zu ihm.
»Ist Molotow auch Jude?« fragte Serjosha.
»Nein«, erklärte Stschussew ernst, »aber seine Frau ist Jüdin.«
Auf den ersten Blick mag das alles naiv erscheinen, aber ich muß dazu anmerken, daß Stschussew gerade auf diese Naivität setzte. Ihm kam es darauf an, den Terrorakt nicht mit erfahrenen Funktionären durchzuführen, sondern mit naiven russischen Jünglingen, um aufzurütteln und Tausenden Jünglingen, die von Chrustschows Entlarvungen mitgerissen waren, den Weg zu zeigen. Das war sein Kalkül, und dieses Kalkül begann sich zu verwirklichen.

Jetzt etwas ausführlicher zu meinem Zustand. Ungeachtet des getrunkenen Wodkas und einer gewissen meetinghaften Hochstimmung nach Stschussews Rede war ich mir darüber im klaren, daß Stschussew und ich in dieser Sache nur bis zu einer gewissen Grenze Weggefährten waren. Seit langem schon (seit drei Tagen) schätzte ich mich nicht geringer als ihn ein und folgte ihm nur, weil es noch zu früh war, etwas Eigenes aufzubauen. Den Moment der politischen Reife zu erfassen und nicht überreif zu werden ist meines Erachtens eine der grundlegenden (nein, nicht eine der grundlegenden, sondern faktisch die grundlegende) Aufgaben bei dem großen Wagemut, der da heißt – Streben zur Macht. Die Sache, die Stschussew zu verwirklichen gedachte, wie ich unterwegs endgültig begriff, war für mich von Nutzen, aber ohne das Äußerste, das sich nur ein Mensch erlauben kann, der am Ende ist, nicht aber einer, der am Anfang steht. Für Stschussew war diese Sache der Schlußpunkt, für mich dagegen der Anfangsbuchstabe. In einer Gesellschaft, in der sich der Kampf mit den Machtorganen in Witzen, in seelischer Haltlosigkeit und in Deklarationen äußert, woran man sich nach dreißig Jahren aufrichtigen Strammstehens mit Freuden klammert, in einer solchen Gesellschaft, die die ungefährlichen und süßen Freiheiten noch nicht ausgekostet hat, regt eine allrussische und weltweite Ohrfeige die Phantasie an, während vergossenes Blut auf die Nerven wirkt und sogar Verdrossenheit auslöst, denn es stellt diese Gesellschaft vor die Notwendigkeit, entweder im Namen der Freiheit zu handeln, über die man jetzt gefahrlos zu Hause polemisieren kann, oder schmähliche Reue zu zeigen und sogar zu denunzieren. Aber weder das eine noch das andere möchte die Gesellschaft des Protests tun, und nur ein Mensch, der mit der Gesellschaft am Ende ist, so wie Stschussew (ich erinnere an seine Krankheit), kann sich darauf einlassen. Und ich war fest entschlossen, an der Aktion nur bis zum Moment des Mordes teilzunehmen, den Mord selbst aber zu verhindern. Andererseits hatten alle diese Überlegungen auch den Zweck, die in mir hochgekommene Todesangst vor richtigem Blut zu rechtfertigen. Manchmal, wenn mich Haß überwältigte, malte ich mir Ströme von Blut und die Qualen meiner Feinde unterschiedlichen Kalibers aus, aber ich konnte es nicht mit ansehen, wenn bei jemandem aus einer Schnittwunde im Finger Blut tropfte, erst recht nicht bei mir selbst, und sowie bei politischen Schlägereien mein Gegner blutete, erschlaffte meine Wut, und ich verlor den Kopf. Das ist eine rein physiologische Erscheinung, und ich habe gehört, daß zahlreiche Menschen, sogar grausame, ja, Tyrannen, allergisch gegen Blut sind, besonders gegen Menschenblut. Der Wilde, mit der Natur eng verbunden, hat diese Angst vor Blut nicht gekannt, wie sie auch wilde Tiere und selbst Haustiere nicht kennen und wie sie die Menschen der alten Zivilisationen nicht gekannt haben. Aber die Entwicklung der modernen Zivilisation und Kultur, die den Menschen der Natur und dem Tier immer mehr entfremdete, ihn immer nervöser und raffinierter machte, brachte auch die Notwendigkeit mit sich, nach unblutigen Morden zu suchen, Erwürgen, Ertränken, Verbrennen, Methoden, die Zeit und Vorbereitung, folglich Macht voraussetzen und die am wenigsten den Möglichkeiten der extremen Opposition entsprechen, denn die ist gezwungen, hastig, Hals über Kopf zu handeln, häufig hinter der Ecke hervor, und kommt unter solchen Umständen maßloser Vereinfachung des Mordes nicht ohne Blutvergießen aus. Die extreme Opposition hat nicht die Möglichkeit, auf Plätzen Galgen zu errichten, Gaskammern zu bauen oder Lastkähne mit Menschen vollzupferchen und zu versenken. Darum ist sie gezwungen, bei ihren Morden Blut zu vergießen. Und darum, aus diesem rein physiologischen Grund, beschloß ich, Stschussew im letzten Moment zu hindern und alles nur bis zur »weltweiten Ohrfeige« kommen zu lassen, was für mich von Vorteil war und für Stschussew von Nachteil (einverstanden). So dachte ich (selbstverständlich nicht in solchen Einzelheiten, die fand ich erst später), und davon ausgehend, faßte ich meinen Plan. Das Wichtigste an diesem Plan war, daß ich mich an Stschussews Seite hielt und seine Handlungen kontrollierte, um im entscheidenen Moment alles in die mir notwendige Richtung zu lenken.

Die Granowski-Straße, in der das Haus der Regierungsfunktionäre stand, erreichten wir schnell. (Ich erinnere daran, daß wir es nicht weit hatten.) Um diese Morgenstunde sind die Hausmeister mit dem Saubermachen fertig, der Strom der zur Arbeit eilenden Bürger füllt aber noch nicht die Straßen, die vergleichsweise sauber und menschenleer sind. Genau diesen Zeitpunkt wählte Molotow für seine Spaziergänge, was uns nur gelegen kam. Stschussew hatte alles berechnet und zeitlich ausgemessen, jeden Straßenabschnitt von der Ecke bis zur Kreuzung, von dem Hofgitter, wo die Bude mit dem Wächter stand, bis zur Nebengasse, in der sich der Hinterhof des Lebensmittelladens befand, durch den wir nach Erledigung der Sache fliehen sollten. Ein Milizposten stand in fünfzig Meter Entfernung (Kalinin-Prospekt), aber an einer belebten Kreuzung, so daß er vom Autostrom abgelenkt war. Der zweite war näher, auf der Herzen-Straße, aber erstens hatte der auch mit dem Straßenverkehr zu tun, und zweitens hätte er erst bis zur Ecke laufen müssen, um die Granowski-Straße zu erreichen. (Alles war mit der Stoppuhr ausgemessen. Ich begriff, daß Stschussew und Kolja hier viel ohne mich gearbeitet hatten.) Früher freilich war auf der Granowski-Straße ein Sonderposten der Miliz Streife gegangen, aber der war im Zuge der von Chrustschow aus Sparsamkeitsgründen angeordneten Reduzierung des Bewachungs- und Strafapparats abgeschafft worden. Ebenfalls abgeschafft worden war der zweite Militärposten – am Hofeingang des Regierungshauses. All das wußte Stschussew und hatte es in seinem Plan berücksichtigt. Offensichtlich hatte er jedes Detail genau durchdacht. Während wir noch unterwegs waren, verteilte er im Gehen die Aufgaben. Und hier, bei der Verteilung der Aufgaben, ergaben sich die ersten Komplikationen, und mir kam der Verdacht, daß Stschussew meine Absichten erraten oder vorausgesehen hatte. Er wollte Wowa und Serjosha bei sich behalten, mich aber weiter weg schicken. Mich und Kolja (mißtraute er etwa auch Kolja?) beauftragte er, das andere Ende der Granowski-Straße, die den Kalinin-Prospekt kreuzte, zu sichern für den Fall, daß Molotow entwischte und nicht in den Hof floh (den Stschussew offenbar selbst sichern wollte), sondern die Straße entlanglief, in der Hoffnung, Schutz bei einem Milizionär oder im dichteren Passantenstrom zu finden. Zu allem übrigen war das von Stschussew auch noch gemein, denn wir hatten den gefährlichen breiten Prospekt im Rücken, während Stschussew einen verhältnismäßig ungefährlichen Rückzugsweg durch die Seitengasse zum Hinterhof des Lebensmittelladens hatte und von dort über einen niedrigen Zaun in eine stille Straße. Ich hatte nur Sekunden zum Überlegen. Wenn ich mich mit Stschussew in einen Wortwechsel vor den Augen der Jugendlichen einließ, die ihm alle (sogar Kolja) zu diesem Zeitpunkt vertrauten, wäre ich für sie im besten Fall ein Spalter und im schlimmsten ein Feigling gewesen. Nein, ich beschloß, mich zu fügen, den Plan jedoch aus dem Stehgreif zu ändern und entsprechend den Umständen zu handeln.

Stschussew blieb mit Wowa und Serjosha an der Ecke bei dem Tabakkiosk, Kolja und ich gingen rasch durch die Granowski-Straße und blieben da stehen, wo sie auf den Kalinin-Prospekt stößt. Kaum hatten wir unseren Standpunkt errreicht, als Kolja mir besorgt zuflüsterte:

»Da ist er... Ganz pünktlich...«

Ich blickte die Straße entlang. Sie war still und menschenleer. In der Ferne zeichneten sich die Umrisse eines Muttchens ab, das sich von uns entfernte, doch ganz hinten auf dem Gehweg, gegenüber vom Regierungshaus, waren drei Gestalten zu erkennen, Stschussew und die Jungs, und auf dem Gehweg vor dem Regierungshaus ging, auf uns zukommend, ein alter Mann mit Hündchen.

»Also beginnt er seinen Spaziergang in unserer Richtung«, flüsterte Kolja.

Ich begriff, daß der Alte mit dem Hündchen, der auf uns zukam, Molotow war, zu dem ich faktisch in Beziehung getreten war und dessentwegen ich hier stand. Mich erfaßte ein nervöser und zugleich freudig-ehrfürchtiger Schauer, hauptsächlich wegen der Stellung, die ich so schnell, innerhalb eines halben Jahres, errungen hatte.

»Meist geht er zuerst in die andere Richtung«, flüsterte Kolja, »ich habe seine Gewohnheiten studiert... aber bis hierher kommt er selten... Hier ist es laut und staubig... Am andern Ende geht er zwar manchmal auf die Herzen-Straße, aber nur bis zum Kiosk... Jeden Morgen eine halbe Stunde, von sieben bis halb acht.«

Ich lauschte Koljas Flüstern, blickte angespannt auf den Alten und überlegte und kombinierte. Es nahte ein hochwichtiger, vielleicht der entscheidende Moment meiner Karriere. Allmählich unterschied ich an dem näherkommenden Molotow gewohnte Züge, die ich seit meiner Kindheit von Bildern her kannte. Er trug seinen traditionellen, weltbekannten Kneifer, und es war vor allem dieser Kneifer, der mir in die Augen sprang. Im übrigen war er ein rüstiger Greis mit einem sauberen grauen Schnurrbart (das Grau ließ ihn besonders sauber wirken) und mit dem gesunden, ausgeruhten Gesicht eines gepflegten Menschen, der keine Not leidet. Neben ihm lief ein reinrassiger schwarzer Spitz, Lieblingshund junger verheirateter Frauen oder reicher Greise. Auf dem Kopf trug er einen weichen kaffeebraunen Hut, und bekleidet war er mit einem etwas altmodischen dunkelgelben Seidenanzug mit weiten Hosenbeinen. Sein Gesicht hatte noch immer eine mir unverständliche, offenbar mit der Zeit erworbene Macht und Kraft, obwohl ihn Chrustschow vor mehr als einem Jahr von allen Staatsgeschäften entfernt hatte, obwohl er in Ungnade gefallen war und einer parteifeindlichen Gruppe zugerechnet wurde nach seinem mißlungenen Versuch, Chrustschow zu stürzen und selbst das Land zu führen. Ja, ausgerechnet Molotow hatten die Oppositionellen in der Regierung zum Führer, vielleicht sogar zum Diktator ausersehen. Und Chrustschow hatte sich im Geist der Zeit an ihnen gerächt, das heißt, er machte sie zu gewöhnlichen Bürgern, die zwar in Wohlstand lebten, aber ohne die Unantastbarkeit und Sonderbewachung von Regierungsmitgliedern. Damit hatte Chrustschow unwillkürlich der grenzenlosen Autorität der Macht den vielleicht stärksten Schlag versetzt, und der mit einem Hündchen in einer Moskauer Straße spazierengehende Molotow erschütterte die gewohnten Grundfesten vielleicht mehr als alle möglichen antistalinistischen Aktionen, Pamphlete und Proklamationen, denn früher war jeder, der einmal ganz oben gestanden hatte, entweder als Staatsfunktionär oder als Staatsverbrecher unantastbar gewesen.

So erklärte es mir später der Journalist, Koljas Vater: Unser Plan sei nicht nur unbesonnen, sondern auch dumm gewesen, denn unsere Aktion habe sich gegen unsere eigene Absicht gerichtet – die ehemaligen Grundpfeiler zu erschüttern. Aber das kam später.

Jetzt jedoch war ich damit beschäftigt, wie ich meine Linie verwirklichen und Stschussew hindern könnte.

Während ich überlegte, blieb Molotow stehen und rief sein Hündchen, das fast bis zum Kalinin-Prospekt gelaufen war und an der Ecke das Bein hob. Ich mußte handeln und mich zu einer Ohrfeige entschließen, denn am anderen Straßenende wartete Stschussew mit einem Rasiermesser und einem Schlosserhammer auf Molotow (ich erinnere daran, daß Trotzki mit einer Gartenhacke getötet worden war), Stschussew, der nur noch zwei bis drei Monate zu leben hatte (das wußte ich von Gorjun) und der einen Schlußpunkt setzen wollte und diesem Schlußpunkt meinen Anfangsbuchstaben unterordnete...

Unterdessen entfernten sich Molotow und das Hündchen langsam, im Spazierschritt, und ich stand da und verfluchte meine Unentschlossenheit. Wenn er in dem Spazierschritt weiterging, würde er in fünf Minuten bei Stschussew am anderen Ende der Granowski-Straße sein, denn seit etwa zwei Minuten entfernte er sich von uns. (Alles war mit der Stoppuhr ausgemessen.) Wenn ich jetzt noch eine Minute zögerte, mußte ich, um ihn noch zu erreichen, bevor er bei Stschussew war, ein unerlaubt schnelles Tempo anschlagen, beinahe rennen, und das würde die Aufmerksamkeit Molotows und Stschussews und sogar des pensionierten Postens in dem grünen Büdchen erregen.

»Kolja«, sagte ich abgehackt, wie ein Mensch, der alle Zweifel abgeschüttelt und sich entschieden hat, »Kolja, du bleibst hier.«

»Wo wollen Sie denn hin?« fragte er beunruhigt, als er sah, daß ich nicht schnell, aber doch zügig genug ausschritt, um Molotow einzuholen, bevor er das Ende der Straße und Stschussew erreichte. »Platon Alexejewitsch hat uns befohlen...«

»Du hör vor allem auf mich«, warf ich scharf hin (das war schon offene Meuterei und Übernahme des Kommandos), »bleib hier...«

Es war keine Zeit mehr für Erklärungen, denn ich hatte durch den Wortwechsel ohnehin kostbare Sekunden verloren und war nun genötigt, mein Tempo zu beschleunigen. Zum Glück fügte sich Kolja, weil er mir Liebe und Vertrauen entgegenbrachte. Außerdem schien mir, daß seine Zwiespältigkeit, bedingt durch Jatlins Einfluß auf ihn, überwunden war, seit ich Jatlin verprügelt hatte. Stschussew jedoch beeinflußte ihn von der Höhe seiner Stellung, die er nach den im Konzentrationslager erlittenen Foltern einnahm. (Ich glaube, insgeheim fürchtete ihn Kolja sogar.) Stschussew beeinflußte Kolja auch mit seinen gesellschaftlichen Ansichten, aber jetzt ging es nicht um Ansichten, sondern um die Aktion. Darum hatte er sich mir nach einigem Zögern untergeordnet. Nun hatte ich freie Hand, und mein Plan begann sich zu verwirklichen.

Als ich die ersten messingblinkenden Eingänge des Regierungshauses erreicht hatte, erlaubte ich mir sogar, das Tempo zu vermindern, um das Büdchen in gewöhnlichem Schritt zu passieren und den Wachposten nicht auf mich aufmerksam zu machen. Ich schätzte nach Augenmaß, daß ich Molotow, ohne den konspirativen Schritt zu beschleunigen, zwanzig Meter vor der Ecke einholen würde, an der Stschussew stand. Molotow ging gemächlich, offenbar bezaubert von dem frischen Morgen, was seine Wachsamkeit dämpfte, doch Stschussew bemerkte mein Manöver, und ich sah, wie er die Hand hob, warnend oder drohend. Ich tat, als sähe ich nichts, grinste aber im stillen. Nach meinen Berechnungen war Stschussew jetzt außerstande, mich zu hindern, doch ich hatte ihn ebenso unterschätzt wie er mich. Ich sah, daß er sich zu den Jungs umdrehte, sie offenbar anwies, weiterhin die Straße zu sichern, und dann offen und konspirationswidrig (er hatte keinen anderen Ausweg) auf Molotow zustürmte, eine Hand in der Jackentasche, in der das Rasiermesser war, diese tragbare Taschenguillotine des individuellen Terrors. Ich begriff, daß Stschussew va banque spielte. Im nächsten Moment würde Molotow den auf ihn zulaufenden Mann bemerken und in Stschussews Gesicht sofort dessen Absicht lesen. Da gab ich auch die Konspiration auf und lief los. Ich hatte alle Chancen auf meiner Seite. Ich war jünger, lief folglich schneller, ich hatte mich früher auf den Weg gemacht, war folglich schon näher dran, und ich kam von hinten, während Stschussew im Blickfeld Molotows und seines Hundes war. Und richtig, alles spielte sich genauso ab, wie ich vorausgesehen hatte. Kaum war Stschussew losgelaufen, als der Hund zu bellen anfing, und Molotow hob den Kopf. Ich sah, daß ihm ein Verdacht kam und er beunruhigt stehenblieb, aber da war ich auch schon bei ihm, unverhofft in einen intensiven Geruch von Köllnisch Wasser gehüllt, schrie hysterisch kreischend:

»Stalinscher Henker!« und schlug ihn mit der flachen Hand auf die glattrasierte und satte Wange, gekonnt und schallend, schließlich hatte ich auf dem Gebiet schon etliche Erfahrung, denn buchstäblich vom ersten Tag der Rehabilitierung an, als ich noch nicht in der Organisation war, hatte ich, erfüllt von launenhafter Schwermut, mich bemüht, die Stalinisten auf der Straße und an öffentlichen Plätzen zu terrorisieren. Und nun hatte ich nach wenigen Monaten faktisch den Gipfel des Terrors erklommen und war in Beziehung zu einer weltbekannten Figur getreten.

Molotow taumelte nach meiner Ohrfeige und drehte sich zu mir um, verlor dabei aber Stschussew aus den Augen, der inzwischen heran war und Molotow merkwürdigerweise in den Rücken stieß, Molotow stürzte, aber zu seinem Glück nicht der Länge lang, sondern auf alle viere, und so, auf allen vieren, konnte er von dem sich auf ihn stürzenden Stschussew wegkriechen, wobei er schrie:

»Parschin, Parschin!« (Offensichtlich der Name des Wächters.)

Eine wüste und absurde Szene. Wir traten beide verwirrt von einem Bein aufs andere, nachdem unser Plan durcheinandergeraten war, der Hund bellte, und auf dem Pflaster kniete zu unseren Füßen schreiend Wjatscheslaw Michailowitsch Molotow, der ehedem weltbekannte, hochmächtige Außenminister, der Mann, dessen Name gleich nach Stalin genannt wurde, und er rief um Hilfe mit derselben Stimme, die 1941 dem Land den Beginn des Vaterländischen Krieges verkündet hatte.

An dieser Stelle habe ich einen Filmriß. Was ich tat, weiß ich nicht mehr. Ich erinnere mich nur, daß Stschussew schrie: »Lauf weg!« Dann rannte er zurück.

Erst in dem Moment kam ich zu mir, aber es war zu spät, denn jemand zerrte mich heftig am Ohr. Ja, am Ohr. Man drehte mir nicht die Hände auf den Rücken, warf mich nicht zu Boden, sondern hielt mich am Ohr fest, und das brachte mich endgültig aus dem Gleichgewicht. Zumal ich nach einem Seitenblick begriff, daß mich kein anderer am Ohr hielt als Molotow, der inzwischen wieder auf die Beine gekommen war. Auch der schwammige Wächter und noch ein paar Leute standen da, wahrscheinlich zufällige Passanten. Ich wurde abgeführt – Molotow hielt mich am Ohr und drehte es mit starken, keineswegs greisenhaften Fingern, und der Wächter stieß mich schnaufend in den Rücken. Sie brachten mich in das grüne Büdchen, und hier schrie Molotow besonders heftig auf den Wächter ein, wobei er im Geist der letzten Strömungen und der Freidenkerei auf die Behörden schimpfte. Da erschien ein Mann in halbmilitärischer Uniform.

»Ich werde mich über Sie beschweren!« schrie ihn Molotow an. »Der Verwalter trägt die Verantwortung.«

»Folgendermaßen«, sagte der Verwalter recht scharf, »Sie wurden mit der Instruktion vertraut gemacht, Wjatscheslaw Michailowitsch« (das ist sie, die russische Ungnade), »Sie unterliegen nicht mehr der Sonderbewachung, das ist Ihnen bekannt... Und eine allgemeine Überwachung kann ich in einem uneingezäunten Gelände nicht gewährleisten, denn dafür werden keine Mittel bewilligt... Sie selber verstoßen mit Ihren Spaziergängen gegen die Instruktion, und dann beschweren Sie sich...«

In dem Augenblick, als sie sich in die Haare gerieten, gab es mir einen Stoß, und unerwartet für mich selbst wagte ich mit grandioser Dreistigkeit die Flucht. Ich weiß noch, daß ich mein Ohr Molotows Fingern um den Preis eines heftigen, aber nur momentanen Schmerzes entriß, zur halboffenen Tür stürmte und in einem rauschhaften Zustand davonrannte, in dem ich mich befand, seit ich Molotow geohrfeigt hatte, obwohl es darin auch ein paar klare Momente gab. Ich lief gebückt und fühlte um mich herum eine angenehme Leere, frei von zupackenden Verfolgerhänden, und in einem Moment der anhaltenden Leichtigkeit, Glückhaftigkeit und Freiheit brach ich sogar in nervöses Lachen aus. Ich lief genau den Rückzugsweg, den Stschussew vorgesehen und ausgemessen hatte, das heißt, durch die Seitengasse in den Hinterhof des Lebensmittelladens, von dort über den Zaun in das stille leere Gäßchen und dann mit raschen Schritten um die Ecke zur Obushaltestelle. Erst im überfüllten Obus kam ich wieder zu mir, umgeben von den ungefährlichen, vor Hitze trägen Gesichtern der Fahrgäste. Um die Spuren zu verwischen, stieg ich in ein Linientaxi um, fuhr bis zur Endhaltestelle, ging einen Boulevard entlang, kaufte dann eine Eintrittskarte von meinem persönlichen Fonds (der bekanntlich von Kolja aufgefrischt worden war), und erst als ich in dem dunklen Kinosaal saß, beruhigte ich mich etwas, und nun tat mir das Ohr richtig weh. Es war geschwollen und wie verbrüht. Einen so gekonnten und wütenden Zugriff hatte Rußlands ehemaliger Außenminister Molotow. Ich befeuchtete die Hand vorsichtig mit Spucke und rieb das Ohr ein. An den Film kann ich mich überhaupt nicht erinnern. Nicht daß ich gar nichts mehr von dem Sujet und einigen Szenen wüßte, aber ich blickte auf die Leinwand und konnte das Geschehen in keinen logischen Zusammenhang bringen, denn meine ganze Logik konzentrierte sich auf die Analyse von etwas ganz anderem: Ich begriff urplötzlich, daß ich ungeachtet der absurden Form eine wichtige Prüfung auf dem Weg zur Macht durchlaufen hatte, und zwar erfolgreich. Meine vielschichtigen, vielfältigen Beziehungen zu Molotow, einem Mann, den ich von amtlichen Bildern kannte, suggerierten mir plötzlich etwas Wichtiges, was ich in den Details nicht genau bestimmen konnte, was sich aber in großen Zügen in einen Alltagsbegriff fügte: Zwibyschew – der Diktator Rußlands... Warum das so war, weiß ich nicht... Nach dem Vorfall mit Molotow begann ich diesen Satz häufig zu wiederholen, gelegentlich sogar laut. Ich bekam wieder, wie im Fall Mascha, Schmerzen im Hinterkopf, die auf Hals, Gesicht und linkes Schulterblatt übergriffen... Zum Glück war die Vorstellung bald zu Ende, ich zog aus dem Kinosaal auf eine Parkbank um, wo ich einen Hustenanfall hatte, was doppelt unangenehm war, weil er den Kopf erschütterte, die Schmerzen aber ließen nur nach, wenn ich den Kopf ganz still hielt, nach hinten oder zur Seite geneigt. Offensichtlich erklärt sich daraus, daß ich ziemlich unbekümmert zu Marfa Prochorownas Wohnung ging, dabei hätte dort durchaus ein Hinterhalt sein können. Aber das war glücklicherweise nicht der Fall, mehr noch, auf mein Klingeln öffnete mir Stschussew ziemlich schnell und ebenfalls unbekümmert. (Freilich war es ein verabredetes Klingelzeichen.) Er stürzte mir entgegen und umarmte mich, als gäbe es zwischen uns keine offene Rivalität und keine Handlungen, die unterschiedliche Standpunkte verkörperten.

»Gott sei Dank, Goscha«, sagte er und schlug plötzlich kleine rasche Kreuze über mir, so wie sich in Ostrowskis Theaterstücken alte Männer und Generäle bekreuzigen. »Gott sei Dank«, wiederholte er, »wir haben uns Sorgen um dich gemacht...«

Er roch nach Wodka, Wowa und Serjosha waren auch betrunken. Besonders schrecklich war der betrunkene Serjosha mit den rosigen Pionierbäckchen anzusehen.

»Wo ist Kolja?« fragte ich merkwürdigerweise als erstes.

»Der ist vorhin gegangen«, antwortete Stschussew und küßte mich auf unangenehme und betrunkene Art, »trotz allem, trotz des Mißerfolgs in den Details war es ein großes Ereignis... Am hellichten Tag... Morgen wird Moskau darüber reden, und dann...« Er machte eine ausladende Geste.

Wowa und Serjosha lachten. Die beiden wurden mir immer unangenehmer. Sie schienen mein geschwollenes Ohr zu bemerken. Und richtig, Wowa sagte:

»Du hast wohl eins aufs Ohr gekriegt, du Armer?«

»Erstens nicht du, sondern Sie«, parierte ich scharf, stieß den betrunkenen Stschussew beiseite, ging ziemlich brüsk und hochmütig zum Fenster und setzte mich, den dreien den Rücken zukehrend. Es war an der Zeit, mit ihnen zu brechen, denn sie konnten meine Zukunft kompromittieren. Dann legte ich mich auf den Haufen Mäntel und bin wohl eingeschlafen. Ich sage »wohl«, denn ich kann nicht mit Sicherheit sagen, ob ich wirklich geschlafen habe. Ich hatte den Eindruck, daß Serjosha und Wowa auf dem Sofa Purzelbaum schlugen und einander in die Beine und die Seiten zwickten und daß Stschussew an der Wand stand, die Arme ausgebreitet, wie gekreuzigt, und auf die Juden schimpfte. Aber vielleicht habe ich das auch geträumt, denn Stschussews Gesicht war dunkelgrün, schon beinahe schwarz. (Das spricht zugunsten eines Traums, alles übrige war erstaunlich real und spricht zugunsten der Wirklichkeit.)

Am Morgen erwachte ich (also hatte ich doch geschlafen, wenn auch vielleicht nicht lange). Es war schon nach acht, der Tag wurde wieder heiß. Die Fenster des Zimmers waren weit geöffnet, und zusammen mit der Schwüle und dem Krach des Moskauer Verkehrs drang von der Straße ein erstaunlich sorgloses Pfeifen ins Zimmer. Irgendwer pfiffelte eine damals populäre Filmmelodie. Das habe ich behalten, weil ich die Angewohnheit habe, wichtige Momente in zufällige Details einzufassen, die dann in der Erinnerung diesen Momenten eine besondere Konkretheit verleihen. Und der Moment war wichtig, danach zu urteilen, wie Stschussew dasaß und mich anblickte. Vor ihm lag ein Haufen frischer Zeitungen. (Die hatte offenbar Serjosha geholt, der jetzt auch dasaß und einen Bonbon lutschte.)

»Alles aus, Goscha«, sagte Stschussew, und in seinen Worten spürte ich nicht die ihm sonst eigene Sicherheit. Er sah aus wie ein Mensch, der verloren hat. »In den Zeitungen steht kein Wort über uns... Schlimme Zeiten... Der politische Terror ist in Rußland gestorben, denn es gibt zur Zeit in Rußland keinen einzigen Menschen, dessen Tod das Land erschüttern könnte... dessen Leben für Rußland wertvoll wäre... Mitten in Moskau wird ein Anschlag auf einen großen Politfunktionär verübt, und darüber steht kein Wort in den Zeitungen... Ach, Goscha, könnte ich doch mein Leben auf dem Lande zu Ende bringen... Ich bin ja zufällig in die Politik hineingezogen worden... Die ungerechte Verhaftung hat mich in die Politik hineingezogen... Aber du... Warum geht dir das nahe? Na ja, du hast deine Launen ausgelebt, deine Unterdrücker verhöhnt« (irgend etwas ging mit ihm vor), »hast deinen Spaß gehabt... Und fertig... Du hast es leichter... Dich haben sie im Lager nicht auf den Hintern gesetzt... Was für Rechnungen hast du schon mit ihnen zu begleichen?« Er brach in Tränen aus.

»Nicht doch, Platon Alexejewitsch«, sagte Serjosha und strich ihm über den Kopf (Wowa schlief).

Es stellte sich heraus, daß zwischen Serjosha und Stschussew eine mir unverständliche Herzlichkeit bestand. Stschussew blickte Serjosha an, rieb sich mit seinem stoppligen Gesicht an dessen rosiger Wange und sagte:

»Man wird dir Schlechtes über mich erzählen, Goscha... Man wird sagen, ich wäre ein Agent... ein Zuträger der Tscheka... oder wie sie jetzt heißt... Aber glaube es nicht... Was war, das war, aber ich hatte meine unabhängigen Pläne... Und ich liebe Rußland...«, sagte er wieder einmal, als wolle er mich beeindrucken mit diesem schon aufdringlich wirkenden Satz. »Goscha«, sagte er, wobei er aufstand und zu mir kam, »derjenige, der Rußland einmal lenken wird, braucht nur eines – er muß es lieben... Es lieben, denn es ist eine Waise... Es hatte nie gute und fürsorgliche Eltern... Liebe unsere Waise Rußland, Goscha, und denke nicht an die Allmenschlichkeit... Unser Rußland, das ist ein vergewaltigtes Dorfweib, das seit tausend Jahren vergewaltigt wird, vor unseren Augen, den Augen ihrer Kinder... Das ist die Qual.« Sein Gesicht wurde bleich, und ich begriff, daß er einen Anfall bekam. »Schütze Rußland, Goscha«, rief er, streckte mir die Hände entgegen und stürzte im selben Moment zu Boden, vorbei an unseren Händen, und schlug mit dem Kopf gegen die Tischkante, denn Serjosha und ich waren verwirrt und benahmen uns ungeschickt. Von dem Krach erwachte Wowa, und zu dritt trugen wir Stschussew auf das Sofa, das den unfrischen warmen Geruch von Wowas Körper verströmte.

»Gebt ihm keinen Wodka«, sagte ich streng zu Serjosha und Wowa, »und ihr selber trinkt auch nicht...« Nach Stschussews Worten war ich außerordentlich erregt, fühlte aber einen Zustrom an Kraft und Macht. Also wußte Stschussew von meinen Absichten und hatte ernst und hoffnungsvoll zu mir gesprochen. Ungeachtet aller möglichen Konfusionen und Konflikte, Abweichungen und Zweifel kam ich meinem Ziel näher immer und wurde in meiner Idee bestärkt.

Ich überließ es den Jungs, bei Stschussew Wache zu halten, ging mich waschen, aß Brot und trank kalten Tee (weiter war nichts da) und verließ das Haus. Die Macht und Mascha – das galt es von nun an ernst zu nehmen, dem war alles übrige zu opfern und unterzuordnen. Wobei Maschas Unnahbarkeit (ich wußte genau, daß sie unnahbar war) mich noch mehr in der Richtung bestärkte, die größeren Erfolg versprach – Rußland zu regieren... Rußland, das vergewaltigte

Weib, das hatte Stschussew bildlich gemeint. Ein vergewaltigtes Weib zu heiraten bedeutet, es ständig mit einem unwillkürlichen Vorwurf zu behandeln. Daher die Feindseligkeit der Regierenden gegen Rußland, die um so stärker ist, weil es keine Schuld trägt. Man kann ihm nicht einmal verzeihen, weil es nicht gesündigt hat, sondern an ihm gesündigt wurde. Mit einem ehemaligen Flittchen, einer Hure kann man im guten leben, wenn sie bereut, aber mit einem vergewaltigten Weib nur voller Wut auf ihre Not. Hier kann nur eines helfen – es liebgewinnen. Stschussew liebte sein Rußland (und jeder hat natürlich sein Rußland). Aber liebe ich denn das meine? Wie ist denn meins? Wo ist es? Solange ich klein und schwach war, habe ich nach seiner Zärtlichkeit gedürstet, und wäre es rechtzeitig zärtlich zu mir gewesen, so wäre ich vielleicht ein liebender Familienvater geworden, ein Konservativer, eine Stütze der jetzigen Offizialität... Doch wenn ich es jetzt heirate, werde ich mich an ihm rächen, werde ihm keine einzige Ungerechtigkeit mir gegenüber verzeihen... Aber wovon rede ich? Sie stand vor mir und sah mich mit ihren blau schimmernden grauen Augen an. Und das bei dichtem dunklem Haar – meine Gedanken verhedderten sich, und im Hinterkopf hatte ich beim Schlucken wieder Stiche.

»Verzeihen Sie«, sagte Mascha (ja, sie war es, die lebendige Mascha aus Fleisch und Blut, zu ihr hatten mich meine Gedanken über Rußland geführt). »Verzeihen Sie, ich warte hier schon eine Weile... Ins Haus will ich nicht... Wissen Sie, jemand möchte mit Ihnen sprechen.«

NEUNTES KAPITEL

»Wer denn?« fragte ich.

»Das werden Sie gleich sehen«, antwortete Mascha, drehte sich um und ging, womit sie mich aufforderte, ihr zu folgen.

»Trotzdem, wer ist es?« fragte ich wieder.

Ich fragte nicht, um es zu erfahren, im Grunde interessierte es mich nicht sonderlich. Ich fragte, weil ich mit Mascha reden wollte, zumal sie mir selbst diese Möglichkeit geboten hatte.

»Ich sag Ihnen doch, Sie werden es gleich sehen.« Ich hörte Gereiztheit in ihrer Stimme, und das, obwohl sie längere Zeit auf mich gewartet hatte. Also war ich ihr in dieser Sache ebenso gleichgültig, wie mir derjenige gleichgültig war, in dessen Namen sie sich bemühte.

Ich bemerkte, daß Mascha, die mich irgendwohin führte, zugleich bestrebt war, immer einen Schritt vor mir zu sein, um nicht neben mir gehen zu müssen, als wären wir zwei voneinander unabhängige Passanten. Es gibt diese Methode, beim Gehen Abstand zu einem Menschen zu halten, den man braucht, mit dem man sich aber nicht zeigen möchte, ich hatte sie selbst schon angewandt. Dabei braucht der Mensch, zu dem man Abstand hält, das nicht unbedingt zu merken, man muß sich auch nicht weit entfernen, einen halben Schritt, und das Gesicht sollte nicht dem Begleiter zugewandt sein, sondern zerstreut wirken wie bei einem Menschen, der nachdenkt oder allein die Straße entlanggeht. Diese Methode hatte ich bereits als Kind bei meiner schlampigen, keifigen Tante angewandt, besonders, wenn uns Kinder begegneten, die ich kannte. Meine Tante hatte das natürlich nicht gemerkt, sich nur aufgeregt, daß ich so schnell ging. Aber ich hatte es auch fertiggebracht, diese Methode bei Bitelmacher und anderen Rehabilitierten anzuwenden, bei Menschen, die, so sollte man meinen, auf ihre Würde besonders bedacht waren... Da ich also in diesen Dingen selbst gewitzt war, hatte ich Maschas Manöver sofort durchschaut, also war es zum Scheitern verurteilt, denn es gründet sich ausschließlich auf die Unkenntnis desjenigen, von dem man sich abgrenzen möchte.

Nicht nur, daß ich Mascha einholte, ich redete ununterbrochen, und so war unser Kontakt während des gemeinsamen Wegs besonders eng. Meine Gefühle waren zwiespältig: Einerseits war ich berauscht von Mascha, andererseits dürstete ich danach, sie für ihre Geringschätzung zu verletzen, dürstete danach, ihr Schmerz zuzufügen, und erhielt so ein doppeltes Vergnügen: aus ihrer Nähe und ihrer Gereiztheit. Sie hatte schon begriffen, daß ich besinnungslos verliebt war (das widerfuhr ihr im Umgang mit Männern des öfteren), und ich sah ihre Gereiztheit über meine Gesellschaft und darüber, daß ich ihre Lage egoistisch, wie sie meinte, und unfein zu meinen Gunsten ausnutzte. Mehr noch, ich begann sogar Geschmack daran zu finden, und mich erregte meine Aufdringlichkeit, die Mascha mit ihrem Verhalten und ihrem Bestreben, mich auf Abstand zu halten, selbst herausgefordert hatte. All das nahm den Charakter eines leidenschaftlichen und süßen Spiels an. Ich sah, daß Mascha mich brauchte (was für eine Botschaft des Schicksals), darum trieb ich das Spiel so weit, daß ich plötzlich ihren nackten Ellbogen ergriff. Sie entriß ihn mir natürlich, aber die Finger meiner rechten Hand, denen ich in diesem Moment mein ganzes Begehren übertragen hatte, behielten Maschas Körper in Erinnerung. Ohne ihre Feindseligkeit, die dieses leidenschaftliche Spiel und die Gewalt eines Willens gegen einen anderen ausgelöst hatte, hätte ich mich niemals erkühnt, sie zu berühren. Ich wäre vielleicht von selbst auf Abstand gegangen, wenn sie es nicht so darauf abgesehen hätte. Mit ihrer Feindseligkeit hatte mich Mascha des Glücks der platonischen Liebe beraubt, einer Liebe, die keine Berührung braucht und zu der ich bereit war, denn obwohl ich ihren nackten Ellbogen ergriffen hatte, unterschied ich an ihr nach wie vor nicht die Besonderheiten, auf die ein Mann, der eine Frau begehrt, sein Augenmerk richtet. Selbst als ich sie im Widerstreit gegen ihre Geringschätzung böswillig berührte, hatte ich nichts spezifisch Weibliches gefühlt, sondern Mascha als Ganzes, als eine Erscheinung, die einen Geschmack, eine Farbe und einen Geruch hat. Ich wußte, mit Maschas Liebe hätte ich mich vollständig verändern, alles aufgeben, dem Wunsch, Rußland zu regieren, entsagen und mich mit dem Los eines bescheidenen Bautechnikers zufriedengeben, ja, diese ungeliebte Arbeit sogar liebgewinnen und sachkundig verrichten können. Von Maschas Liebe über die ganze Welt emporgehoben, wäre ich bereit gewesen, das ganze Leben lang mein »Inkognito« zu wahren und unter der Maske eines bescheidenen Partikels der Menschenmasse zu leben. Aber ich wußte genau, daß Mascha mich niemals liebgewinnen würde, darum war mir ein anderes Schicksal bereitet – Rußland zu heiraten, diese tausendjährige vergewaltigte Witwe.

In diese Gedankengänge drang plötzlich ein Reiz ein. Ich ließ den Blick schweifen. Auf einer Bank in der Grünanlage, derselben, in der wir die Einzelheiten des Anschlags auf Molotow besprochen hatten (ich erinnere daran, alles liegt dicht beieinander, wieder einmal das Gesetz des »kleinen Kreises«), auf einer Bank saß Christofor Wissowin und blickte mich an. Ich stürzte auf ihn zu, und wir umarmten uns, doch noch ehe wir uns aus der Umarmung lösten, begriff ich, daß mich Mascha zu ihm geführt hatte. Ich begriff es von selbst, ohne von außen darauf gebracht zu werden. Und richtig, als ich mich umdrehte, saß Mascha bereits neben Wissowin. Ich schaute sie an, und sie antwortete mir mit einem unerwartet herzlichen, versöhnlichen Blick, der mir mein Benehmen während des Weges verzieh. Oh, was für ein Fehler ihrerseits! Hätte sie mich vorher so angesehen, bevor wir bei Wissowin waren, so hätte ich vor Freude vielleicht das Bewußtsein verloren, doch jetzt war ich im Gegenteil bei vollem, kaltem, klarem Verstand und in guter Form für Streit und Kampf. Ich wußte bereits, daß ich mit Wissowin in Streit geraten würde, ganz gleich, was er von mir wollte. Ich hatte augenblicklich, im Bruchteil einer Sekunde, meine Beziehungen zu diesem Mann neu bewertet, den ich früher nicht nur geachtet, sondern sehr gern gehabt hatte, ihn als einzigen in der Organisation, der in der Zeit meiner

Unbehaustheit, ohne zu überlegen, das Obdach mit mir geteilt hatte, als ich endgültig den Schlafplatz im Wohnheim verlor. Das waren ernste Argumente, aber was bedeuteten sie im Vergleich zu dem, was jetzt zwischen uns vorging und was Mascha mit ihrem unerwartet herzlichen Blick unvorsichtig bestätigt hatte? Ich glaube, Maschas Fehler war ebenso gefährlich für sie, wie er spontan war und dem Fehler ihres Bruders Kolja entsprach, mit dem sie, bei allen Unterschieden natürlich, in ihrer psychischen Struktur zweifellos viel gemein hatte. Mascha hatte mich also nur darum herzlich angesehen, weil ich Wissowin, ihren geliebten Menschen, so aufrichtig und impulsiv umarmt hatte. Ich brauchte keine gewichtigeren Beweise ihrer Liebe, denn bei ihrer psychischen Struktur konnte sie nicht umhin, selbst mir, einer ihr unangenehmen Person, dafür zu danken, daß ich ihrem Liebsten nahestand. Das erinnerte stark an den Fehler Koljas, dessen Achtung für mich gestiegen war, als er annahm, daß ich seinen Freund Jatlin liebgewinnen würde. Aber die Situation hier war extremer und der Einsatz ein anderer. Das alles begriff und durchdachte ich, ließ mir aber nichts anmerken, denn, ich wiederhole, in einer solchen Situation handle ich im allgemeinen erstaunlich exakt, treffsicher und schlau. Und in der Tat bemerkten weder Wissowin noch Mascha etwas, wobei Mascha die Situation noch verschärfte, indem sie naiv (vor Liebe naiv) ihre kleine schöne Hand auf Wissowins grobe verstümmelte Hand legte. (Man hatte ihn bei den Verhören auch gefoltert und ihm Nadeln unter die Fingernägel getrieben.)

»Goscha«, sagte Wissowin, »ich will mit dir reden, damit wir gemeinsam einen Ausweg finden. Es geht dabei um dich und um Kolja, Maschas Bruder, außerdem um diese beiden Jungs, die hierhergebracht worden sind, und um noch einen Menschen...« (Hier sah er Mascha an, und ich glaube, aufgrund ihres Blicks hielt er sich zurück und sagte nicht, um wen es sich handelte.)

Erstens, vermerkte ich im stillen. Darauf werde ich für den Anfang meinen Kampf aufbauen... Um wen geht es eigentlich? Warum diese Andeutungen? Dann sehen wir weiter...

»Stschussew ist sehr gefährlich«, fuhr Wissowin fort, »ich habe es selbst erst vor kurzem begriffen.«

Zweitens, vermerkte ich im stillen, warum vor kurzem? Was ist passiert? Übrigens drittens – du bist davongelaufen und hast eine unbestimmte Nachricht hinterlassen, und jetzt tauchst du plötzlich auf... Ich fühlte, daß ich ihn in Maschas Gegenwart durcheinanderbringen würde, zumal er, wie ich annahm, selbst nicht alles begriff.

»Stschussew ist ein alter Spitzel... Sie haben ihn schon im Lager angeworben... Seine Handlungen werden überwacht... Natürlich nicht alle... Ich nehme an, er betrügt die einen wie die andern – das ist für Rußland nichts Neues. Ein Asef* ist für Rußland keine Neuheit.« (Dieser Wissowin verliert mit der Aneignung von Kenntnissen immer mehr seine proletarische Petersburger Klarheit, dachte ich mit heimlichem Spott.)

»Er ist ein furchtbar gemeiner Mensch«, fuhr Wissowin fort, »obendrein ein Hochstapler und Erpresser...« (An dieser Stelle warf Mascha ihm wieder einen Blick zu. Ich begann zu ahnen, um wen es gegangen war, als sie Wissowin zum erstenmal gestoppt und daran gehindert hatte, den Namen zu nennen. Und in welchem Zusammenhang von Stschussews Erpresserei und Hochstapelei die Rede war. Natürlich – der »Inkognito-Mann« war Maschas und Koljas Vater, der Journalist. Alles fügte sich für mich so günstig, daß ich es kaum glauben konnte. Es war an der Zeit, den ersten Zug zu machen.)

»Um wen geht es?« fragte ich mit naivem Ernst und lenkte so das Gespräch von der grundlegenden Frage, der Spitzelei Stschussews, auf eine zweitrangige – die erpreßte Person.

* Mitglied der Partei der Sozialrevolutionäre und Spitzel der zaristischen Geheimpolizei.

»Das spielt keine Rolle«, wich Wissowin aus. »Wichtig ist die Tatsache, die Stschussew charakterisiert... Er erpreßt Geld.«

»Nein«, sagte ich, »du bringst da eine sehr ernste Beschuldigung gegen ihn vor... und sehr überraschend... Dabei hast du, Christofor, ihm doch immer Achtung und Vertrauen entgegengebracht.«

»Na, nicht immer«, sagte Wissowin, »früher ja, bis die Tatsachen bekannt wurden...«

»Bekannt sind sie dir, nicht mir.« Im Grunde verwandelte sich unser Gespräch allmählich in ein Verhör. Wobei ich Wissowin verhörte und er sich verteidigte und rechtfertigte.

»Die Sache mit Gorjun«, sagte Wissowin, »ich wollte nicht darüber reden, bevor ich eindeutige Beweise in der Hand hatte, aber da du darauf bestehst... Seine Verhaftung hängt mit Stschussew zusammen... Nachdem sich Gorjun entschlossen hatte, das Attentat auf Mercader unabhängig von der Organisation durchzuführen... Natürlich, ich gebe zu, daß es ein Abenteuer gewesen wäre... Er ist überhaupt ein Abenteurer, ein Trotzkist. Aber jetzt geht es um Stschussew.«

Nein, Wissowin eignete sich entschieden nicht zum politischen Streit. Er war eine äußerst naive Natur, und die Tatsache, daß man ihn bei den Verhören gefoltert hatte, bestätigte ein übriges Mal den primitiven Sadismus der Untersuchungsführer vergangener Jahre. Mit dem einen Satz hatte er mir so viele Trümpfe zugespielt, daß ich sogar in Verlegenheit war, womit ich ihn endgültig durcheinanderbringen sollte. Vielleicht damit, daß er selbst Gorjun als Abenteurer bezeichnete, den Stschussew angeblich denunziert hatte, oder damit, daß er selbst das Fehlen eindeutiger Beweise zugab... Übrigens, da Mascha dabei war, mußte ich klarstellen, wer hinter dem »Inkognito« steckte. Alles übrige würde die Beilage zum »Leckerbissen« sein, der für mich der Journalist war, eine in ganz Rußland und sogar in der ganzen Welt bekannte Persönlichkeit, für mich bislang noch unerreichbar. Aber über Mascha, der es offensichtlich unangenehm war, wenn der Name ihres Vaters strapaziert wurde (sie liebte ihn wohl sehr), über Mascha konnte ich auch ihn treffen und zu einem Untersuchungsgefangenen machen.

»Wir sind abgeschweift«, sagte ich und blickte nicht Wissowin, sondern Mascha durchdringend an. Ich sah, wie sie zusammenzuckte. Sie hatte sofort begriffen, was ich meinte. »Wir sind von meiner ursprünglichen Frage nach der Person des Mannes abgekommen, den Stschussew angeblich erpreßt hat.«

»Nicht angeblich«, schrie Wissowin, »nicht angeblich, sondern im allergewöhnlichsten Sinn... Obendrein macht er das in meinem Namen, der Lump... Natürlich bin ich auch schuld, weil ich lange Zeit dieses Geld genommen habe... Wofür soll ich es nehmen? Das habe ich auch gesagt: Wofür? Nicht nötig... Schicken Sie mir ja keins mehr... Nicht Sie, die Zeit hat mich ins Lager gebracht... Und mit Geld kann man sein Gewissen auch nicht beruhigen.« Den letzten Satz sagte Wissowin in ganz anderem Ton, traurig und verwirrt...

Ich beeilte mich, seinen Zustand auszunutzen, solange er noch frisch war.

»Siehst du, Christofor«, sagte ich, »du gibst selber zu, daß der Mann, den du zu schützen versuchst, unredlich ist... Jetzt wollen viele die einstigen stalinistischen Sünden abbitten... Von wegen... Wir machen ihnen einen Strich durch die Rechnung... Sollen sie... Sollen sie bis ans Ende ihres Lebens leiden und sich entschuldigen.« Es ging mit mir durch, und für einen Moment warf mich aufrichtige Wut aus dem Gleis. Zum Glück nutzten weder Wissowin noch Mascha meine Schwäche aus. Im Gegenteil, Mascha ließ sich selber von Emotionen hinreißen, denn wie vermutet, hatten meine Worte sie, die liebende Tochter, getroffen.

»Unterstehen Sie sich, so zu reden«, sagte sie ganz nach Frauenart, sie hatte sonst bei all ihrer Weiblichkeit eine männliche Geisteshaltung, aber jetzt war sie ganz schwach und nervös und ereiferte sich nach

Frauenart. »Gut, ich sag's Ihnen... Es ist mein Vater... Aber er ist ein redlicher Mensch... Er ist redlicher und klüger als ihr alle zusammen... Ihr habt von allen Seiten Fußangeln ausgelegt... Stalinisten, Antistalinisten... Aber ein redlicher Mensch leidet...«

Ich hätte vor Vergnügen beinahe laut herausgelacht, fühlte aber, daß ich schon dabei war, sie moralisch zu beherrschen und zu vergewaltigen, sie, die mich verschmähte, einen Mann, der zum erstenmal liebte, fürs ganze Leben, und bereit war, alles für sie zu tun, wenn sie mein Gefühl erwiderte. Aber in meinen Handlungen war ich exakt und zurückhaltend. Ich stand auf und sagte zu Wissowin:

»Ich fühle, aus unserm Gespräch wird nichts... Was deine Beschuldigungen gegen Stschussew angeht, so weise ich sie als unbewiesen zurück. Ich will hoffen, daß es nur ein Irrtum von dir ist und keine böse Absicht.«

Diese beiden Verliebten hatten mich binnen kurzem mit Stschussew ausgesöhnt, mit dem ich hatte brechen wollen. Nein, mit ihm zu brechen war, nach allem zu urteilen, verfrüht und falsch.

»Warte«, sagte Wissowin, sichtlich betroffen von dieser Wendung, zumal er begriff, daß er selbst mit seinen ungeschickten Äußerungen an Maschas Gefühlsausbruch beteiligt war, die mich in ihrer Unbeherrschtheit direkt beleidigt hatte. (Ihren Gefühlsausbruch nahm ich heiter, als Schwäche, die Beleidigung jedoch nahm ich ernst und legte sie mir für die Zukunft in die »Sparbüchse«.) »Warte«, sagte Wissowin wieder, »das Gespräch ist nicht gut gelaufen, wir haben viel Überflüssiges gesagt... Es gibt keinen Ausweg... Wenn Stschussew ein doppeltes Spiel treibt, kann jeden Moment das Schlimmste passieren... Das liegt auf der Hand, das versteht jeder, der es verstehen will.« (Aha, eine Spitze gegen mich, dachte ich, sagte aber nichts). »Er ist krank, seine Tage sind gezählt, er weiß das und kann jeden Moment das Leben junger Menschen opfern... Das ist sein Plan...«

An dieser Stelle dachte ich daran, daß Gorjun sich ähnlich geäußert hatte, als er mir am Fensterbrett in seinem Zimmer den Fall des Trotzki-Mörders Mercader vorgelesen hatte. Bedenken und Zweifel regten sich in mir, aber da machte Wissowin einen Schritt, der endgültig eine Mauer zwischen uns aufrichtete und mich mit Stschussew versöhnte.

»Es gibt eine einzige Methode«, sagte Wissowin, die Stimme zum Flüstern senkend, obwohl wir abseits saßen und kein Mensch in der Nähe war, »es gibt eine einzige Methode, Stschussews niederträchtige Pläne zu vereiteln... Ihn liquidieren... Ich nehme das auf mich... Aber du mußt mir helfen... Alle wissen, daß er todkrank ist, und alles kann völlig ungefährlich verlaufen... Außerdem wird man um einen entlarvten Spitzel, der ein doppeltes Spiel treibt, nicht viel Aufhebens machen...«

Eine Pause trat ein. Ich bemühte mich, sie auszudehnen, und blickte von Mascha zu Wissowin. Ich bemerkte, daß Wissowins Vorschlag auch für Mascha überraschend kam, sie hatten etwas anderes abgemacht. Mich überlief es kalt.

»Du bist verrückt«, schrie ich erschrocken flüsternd (man kann auch flüsternd schreien), »du bist verrückt... Oder von den Organen geschickt... Selber geschickt... Du behauptest, daß Stschussew ein Spitzel ist... Nehmen wir's mal an... Und wenn sie ihn plötzlich doch vermissen... Willst du, daß ich erschossen werde?«

»Ach, du verstehst nicht«, sagte Wissowin, »ich hab's doch gesagt... Ich hab auch das bedacht... Ein Spitzel, auf den... Der entlarvt ist... So ein Fall wird selten ernsthaft verfolgt...«

Wissowin sprach verworren, vielleicht meinte er auch alles nicht so ernst... Wollte mir einfach auf den Zahn fühlen, und ich war schwach geworden... Nein, ich mußte alles in die für mich nötige Richtung lenken.

»Woher hast du solche Kenntnisse über Spitzel?« fragte ich scharf.

»Lassen Sie Ihre gemeinen Anspielungen!« schrie Mascha (wieder gewann in ihr die Frau die Oberhand, die Freundin des beleidigten Liebsten), »Sie sind ein Schuft und Intrigant... Christofor, merkst du denn nicht, daß das eine Kreatur Stschussews ist... Warum machst du auch solche Späße, noch dazu in seiner Gegenwart? Das kommt auch für mich unverhofft« (aha, die Bestätigung), »wir haben doch über etwas anderes gesprochen...«

»Nicht so laut«, sagte ich, »solche Sachen schreit man nicht heraus... Oder ist das eine Form von Denunziation? Vielleicht erwarten mich hinter der Ecke schon Agenten des KGB, denen ihr mit euren Stimmen ein Zeichen gebt?« Ich war wieder in meinem Element, ich hatte mich beruhigt, ich hatte mich von dem Schreck erholt, ich triumphierte. Ich sah in Maschas stolzen, unnahbaren Augen Tränen schimmern. Wie sie mich in diesem Moment haßte! Wie sie mich anschaute! Nein, der Haß dieses Mädchens erregte mich nicht weniger als ihre Liebe... Sogar mehr... In diesem Moment überzeugte ich mich... Ich nahm bei Mascha nun zum erstenmal Einzelheiten wahr.

Sie hatte apfelrunde Knie, ihre bloßen Arme waren, obwohl der Sommer schon zu Ende ging, nicht braungebrannt, nur leicht getönt, zart und appetitlich, ohne daß ich sie berührte (hier erinnerte ich mich deutlich an die Berührung ihres Ellbogens), und ihre zwei Brüstchen spannten das Sommerkleid... Lange weiche symmetrische Linien, die irgendwo bei den zarten Schultern begannen, die Schlüsselbeine streiften und das Hälschen hinauf bis zu den Ohren führten, in denen helle Steinchen glitzerten (echte Brillanten, wie sich herausstellte, denn der Vater war ein wohlhabender Mann und verwöhnte seine einzige Tochter). Je haßerfüllter Mascha mich anschaute, desto süßere Bilder malte mir meine Phantasie. Ich entkleidete sie, vorsichtig, zärtlich, aber hartnäckig und unerbittlich.

»Ach, Mascha, das ist doch ganz anders«, mischte sich Wissowin ein, verwirrt und verärgert, »wir verhängen in der Organisation manchmal das Todesurteil über jemanden, doch in Wirklichkeit kriegt der Verurteilte eins in die Zähne und ins Genick... Goscha, du weißt das doch...«

Er schwächte ab, machte einen Rückzieher, aber nicht mit mir... Als ob ich das nicht mitkriegte! Ich, der ich die Situation buchstäblich im Detail analysiert und im Widerstreit die für mich optimal günstige Entscheidung getroffen hatte.

»Und noch eins«, sagte Mascha, wütend und erregt schnaufend, »laßt Kolja in Ruhe, wir erlauben euch nicht, ihn zu verderben...«

Ich sah, daß mein Blick Mascha beunruhigte und erregte. Ob erfahrene Frau oder Jungfrau, ob sie liebt oder haßt, hier sind sie alle gleich und nicht frei in ihren Gefühlen. Unter einem solchen harten und dürstenden Blick rebelliert in der Frau ihr physiologisches Wesen, das diesem Blick entgegenstrebt und das zu bezwingen ist. An Maschas schwerem Atem sah ich, wie mühsam sie gegen das ankämpfte, was in ihr war und was ihrer Seele und ihrer Weltsicht feindlich gegenüberstand. Ich sah, daß sie das in sich haßte und ihren ungewöhnlich weiblichen Haß auf mich übertrug.

»Ihr wart beide ungerecht«, sagte Wissowin wieder versöhnlich, »und ich hab mich auch verheddert... Es ist nur Blödsinn herausgekommen...«

Nein, Wissowin liebte Mascha nicht und paßte nicht zu ihr. Genauer, er liebte sie natürlich sehr (konnte man ihr etwa widerstehen?), aber er liebte sie zu menschlich, ohne den männlichen Instinkt im Untertext jedes Wortes und jeder Tat. Hätte er diesen männlichen Instinkt in bezug auf Mascha auch nur im Ansatz besessen, dann hätte er begreifen müssen, was sich gerade zwischen mir und Mascha abspielte, was für ein starkes natürliches Verlangen zwischen uns aufgebrochen war und wie dieses Verlangen mich freute und stärkte und Mascha erschreckte und schwächte. Ich denke, was Mascha angeht, war es der Widerspruch zwischen dem Menschen und seinen eigenen inneren Organen, der Leber, Lunge, Milz, die immer Angst machen und immer feindlich sind, wenn man über sie nachdenkt oder, noch schlimmer, wenn sie sich selbst in Erinnerung bringen. Und noch eines, mich stärkte gerade der Kampf, den Mascha gegen ihre Organe führte, um ihnen keine Gewalt über sich einzuräumen. Hätte Mascha nachgegeben, hätte sie ihr Verlangen nur ein kleines bißchen gezeigt, wie hätte ich mich dann auf der Stelle verändert, ich hätte mich ihr ausgeliefert, wäre hier, in der Grünanlage, zu ihren Füßen, ihren runden Knien niedergesunken. Aber ihr Haß, ihr Widerstand stärkten mich und brachten mich in meiner Leidenschaft nicht auf den Weg der Schwäche, sondern der Härte und Gewalt. Wissowin liebte den Menschen Mascha, ich die Frau. Darum war ich ihm auch hierin, und sei es in meiner Phantasie, überlegen, obwohl Mascha mich haßte und bei ihm blieb, während ich ging. Ja, ich hatte begriffen, daß es Zeit war zu gehen, um unter unvorhergesehenen Umständen nicht die Überlegenheit zu verlieren. Meine Beziehungen zu Mascha konnten jede beliebige Wendung nehmen, ein solches Ausmaß hatte ihr Haß erreicht (auch eine Ohrfeige lag im Bereich des Möglichen). Als ich mich zum Gehen wandte, warf ich einen natürlich verlockenden, doch, wie ich jetzt zugebe, falschen Satz hin (das war der einzige Fehler, den ich in diesem schwierigen Kampf machte): »Kolja geben wir Ihnen nicht... Er ist der weiße Rabe in Ihrer unredlichen Familie Stalinscher Schmarotzer.« Ich glaube, nach diesem Satz drängte es Mascha, mir eine Ohrfeige zu versetzen, aber sie beherrschte sich, und ich drehte mich um und ging eilig davon, ohne mich zu verabschieden. Als ich einen Blick zurückwarf, sah ich, daß Wissowin völlig niedergeschlagen und müde dasaß. Das freute mich. In einem Kampf ist ein solcher Zustand des Gegners (und Wissowin war zweifellos mein Gegner geworden und hatte das Gegenteil von dem erreicht, was er erhoffte, als er mich mit Stschussew zusammenbrachte), in einem Kampf ist ein solcher Zustand äußerst wertvoll, den darf man nicht aufs Spiel setzen. Ich mußte Stschussew alles mitteilen und mit ihm den weiteren Plan entwerfen. Natürlich nicht umsonst. Stschussew würde meiner Handlungsweise Rechnung tragen und begreifen müssen, daß ich ihm künftig nicht mehr untergeordnet, sondern ein ebenbürtiger Partner war. So ungefähr würde ich es ihm auch sagen. Es war der geeignete Moment.

Ich brach den Spaziergang ab und ging nach Hause, denn ich wußte, daß Stschussews Krankheitsanfälle nicht länger als eine halbe Stunde dauerten, wenn sie nicht von extremer Heftigkeit waren. Doch jetzt hatte er, nach allem zu urteilen, einen leichten Anfall gehabt, einfach von der Aufregung, und er war zweifellos schon wieder auf den Beinen. Ich würde ihn ganz sicher zu Hause antreffen, denn auch nach einem leichten Anfall blieb er nach Möglichkeit noch eine bis zwei Stunden liegen. Also fügte sich alles äußerst günstig und zur rechten Zeit.

Es war so, wie ich gedacht hatte. Stschussew lag auf dem Sofa, etwas geschwächt, aber mit klarem Blick. Neben ihm saß Serjosha, befeuchtete von Zeit zu Zeit einen Lappen in einer Schüssel und legte ihn Stschussew auf die Stirn. Wowa war nicht da, offensichtlich hatten sie ihn irgendwohin geschickt.

»Wie geht's?« fragte ich teilnahmsvoll und setzte mich neben ihn.

»Einigermaßen«, sagte Stschussew mit schwacher, doch munterer Stimme, »ich bleib noch ein bißchen liegen, es ist bald vorbei... Offensichtlich von der Hitze...«

»Ja, natürlich«, bestätigte ich. In der jetzigen Etappe mußte ich ihm in allem beipflichten, auch in Kleinigkeiten, um im Gespräch das Beharrungsvermögen einer engen Beziehung zu entwickeln. Anfangs wollte ich Serjosha den Lappen aus der Hand nehmen, um ihn selbst anzufeuchten und Stschussew auf die Stirn zu legen, überlegte es mir aber anders. Stschussew war eine scharfsinnige, mißtrauische Natur, und ich durfte in meinen Absichten nicht zu deutlich werden

»Ich habe Wissowin gesehen«, sagte ich.

»Aha«, sagte Stschussew, »jetzt macht er sich an dich ran... Er ist schon seit einiger Zeit hier. Er hat auch versucht, mich zu erpressen und gegen dich aufzubringen, aber ich habe beschlossen, das nicht publik zu machen, obwohl, angedeutet hab ich's dir.«

Hier machte Stschussew einen großen Fehler, der offenbar auf seinen Gesundheitszustand zurückzuführen war. Übrigens war er noch nie ein großer Meister des raffinierten Kampfes gewesen und ging häufig äußerst grob vor, nach Art der Straße. Natürlich begriff ich, daß er eindeutig die Unwahrheit gesagt hatte, als er Wissowins Intrigen gegen mich erwähnte. Aber in der gegebenen konkreten Situation mußte ich diese Unwahrheit berücksichtigen (alles mußte ich berücksichtigen, selbst eine alltägliche Bagatelle, die sich später zu einem entscheidenden Faktor auswachsen konnte), also, ich mußte es berücksichtigen, aber nicht darauf reagieren, sondern zuhören und meine Linie verfolgen.

»Und über gestern hat er nichts gesagt?« fragte Stschussew und blickte mich scharf an. »Über Molotow?«

»Nein«, sagte ich, »allerdings haben sie Kolja zu Hause eingesperrt... Aber von wo er gekommen ist, von was für einer Sache, wissen sie wohl nicht, sonst hätte es Mascha, seine Schwester, ganz sicher erwähnt...«

»Ja«, sagte Stschussew nachdenklich, »da liegt der Fehler... Wir haben uns so gut vorbereitet, dachten gar, wir könnten Rußland aus den Angeln heben, aber nun ist es nicht der Rede wert. Vielleicht wird es noch nicht mal einen Witz abgeben. Ich habe seine Bedeutung eindeutig überschätzt, leider. Es war ein schwerer Fehler von mir. Gut, daß ich ihn nicht getötet habe«, sagte er plötzlich zu mir und blickte mir in die Augen, »ich war nämlich zum Äußersten entschlossen... Ich hatte ein Rasiermesser bei mir und einen Hammer, damit wollte ich ihm den Schädel einschlagen.«

»Ich weiß«, sagte ich ruhig und fest. (Oh, wie günstig sich auch hier alles fügte.)

»Du weißt es?« fragte Stschussew verblüfft und stützte sich auf den Ellbogen.

»Ja«, antwortete ich. Das Gespräch fand in Serjoshas Gegenwart statt, der mit unbewegter Miene dasaß. Das erlegte mir Zurückhaltung auf. Mir schien, daß Stschussew Serjosha in letzter Zeit zu seinem Vertrauten gemacht hatte. Das mußte zerschlagen werden, falls sich die Vermutung bestätigte. »Serjosha«, sagte ich, »ich muß mit Platon Alexejewitsch ein ernstes Gespräch führen. Sei so gut und geh ein bißchen an der frischen Luft spazieren.«

Serjosha reagierte auf meine Bemerkung überhaupt nicht, blickte nur fragend zu Stschussew.

»Geh, Serjosha«, sagte Stschussew freundlich und tätschelte dem Jungen den Arm, »geh, mein Guter... Wenn nötig, wird Goscha den Lappen anfeuchten.«

Das gab mir einen inneren Stoß. Nein, Stschussew hatte nicht die Absicht, mich als gleichberechtigten Partner zu akzeptieren, und ich hatte die Situation sichtlich überschätzt. In Gegenwart dieses Jungen nannte er mich nicht Zwibyschew, sondern Goscha, womit er mich Serjosha gleichsetzte, und dann die Anspielung mit dem Lappen... Ich hatte ihm von mir aus den Lappen wechseln wollen, aber seine Bemerkung spielte darauf an, daß ich zwar die gleiche Position wie Serjosha einnahm, aber nicht das gleiche Vertrauen besaß. Für einen kampferfahrenen Menschen kann die Grammatik eines Satzes und sogar die Stellung der Wörter eine Situation genauer erklären als der Klartext. Nein, Stschussew war natürlich manchmal grob in den Methoden, aber eigentlich beruhte darauf sein Kalkül. Was für Wissowin oder sogar für mich ein schwerer Fehler gewesen wäre, verwandelte sich für Stschussew in einen Erfolg. Wir hatten noch nicht lange miteinander gesprochen, als schon deutlich wurde, daß meine ursprüngliche, überaus optimistische Vorstellung, die sich auf Stschussews Verblüffung darüber gründete, daß ich seinen Wunsch, Molotow zu vernichten, erraten hatte, daß diese Vorstellung voreilig gewesen war, und vielleicht hatte Stschussew die Verblüffung auch nur gespielt, weil er wußte, daß ich seine extremen Absichten erraten hatte. Klar, Stschussew war nicht Wissowin und ließ sich nicht so einfach das Heft aus der Hand nehmen. Bislang führte er das Gespräch. Selbst wenn er seine Fehler eingestand, tat er es so, daß er die Initiative behielt.

»Wirklich dumm«, sagte Stschussew, nachdem er gewartet hatte, bis Serjosha draußen war, »wir haben die Operation gründlich vorbereitet. Wir sind deshalb nach Moskau gefahren« (da kam mir plötzlich der Verdacht, daß wir aus einem anderen, für Stschussew wichtigen Grund nach Moskau gefahren waren und daß Molotow nur ein Begleit- oder Ablenkungsfaktor war). »Ja, das war ein schrecklicher Fehler«, fuhr Stschussew fort, »das Leben aufs Spiel zu setzen, die Organisation aufs Spiel zu setzen wegen eines Mannes, dessen Platz längst im Armenhaus der Regierung in der Granowski-Straße ist... Na, dankeschön«, sagte er plötzlich und drückte mir die Hand.

»Was soll das?« fragte ich verwirrt.

»Danke dafür, daß du es abgewendet hast... Natürlich nur, wenn du nach eigener Vernunft und nicht im Auftrag gehandelt hast.«

»In was für einem Auftrag?« fragte ich nun völlig verwirrt.

»Des KGB«, sagte Stschussew fröhlich.

»Aber ich hab doch Molotow öffentlich eine Ohrfeige gegeben.« Ich fand keine bessere Entgegnung und bemerkte, daß ich mich bereits verteidigte und rechtfertigte, aber nicht das Gespräch führte. (Daß Molotow mich am Ohr gepackt hatte, verschwieg ich, in der Hoffnung, daß Stschussew es nicht gesehen hatte, als er davonlief.)

»Ach, die Ohrfeige«, sagte Stsschussew, »warum soll man ihm keine Ohrfeige geben? Ich habe herausbekommen, daß das schon seine dritte oder vierte ist... Eine von den Rehabilitierten hat ihn mit einer Ohrfeige sogar zu Boden geworfen... Damit kann man keinen mehr verblüffen, aber man kann sich dahinter verstecken, um zum Beispiel unerwünschte Aktionen abzuwenden... Töten – das hat Resonanz... Eine weltweite Resonanz...«

»Aber Sie haben doch selber...«, rief ich.

»Ja, ich habe selber«, sagte Stschussew, setzte sich auf und schleuderte den Lappen beiseite, »ich habe selber, natürlich ich selber«, er redete absichtlich verschwommen. Das ist eine Methode des Streitgesprächs, aber mir war es bislang nicht gelungen, sie richtig anzuwenden. »Ja, ich selber«, sagte Stschussew, »ich selber gebe die Richtigkeit deines Vorgehens zu... Aber manchmal ist es doch dein Gegner, der deine eigenen Fehler abwendet, weil er unüberlegt gegen dich kämpft... Das kommt doch vor?«

»Das kommt vor«, sagte ich total verwirrt und ordnete mich Stschussew sogar unter.

»Ich persönlich verdächtige dich nicht«, sagte Stschussew, »aber Pawel, der Kleine, der neulich hier war, und Wissowin, du mußt bedenken, daß sie sich kaum kennen und nichts absprechen konnten, und sei es nur deshalb nicht, weil sie einander hassen... Aber beide behaupten, daß du ein Agent des KGB bist. Deine Verbindung mit Oles Gorjun hat dir sehr geschadet... Er ist ein alter, erfahrener Abenteurer.«

In meinem Kopf ging alles durcheinander, und ich sagte in meiner Verwirrung genau das, was der Situation am wenigsten entsprach:

»Aber wenn Sie mich verdächtigen, warum sind Sie dann einverstanden... Heute morgen haben Sie mit mir über Rußland gesprochen... Darüber, daß ich es regieren kann...«

Zu allem übrigen drückte ich mich auch noch so aus, als wäre die Macht schon in Stschussews Händen und es läge an ihm, sie mir zu übergeben oder auch nicht.

»Erstens verdächtige ich dich nicht«, sagte Stschussew. »Und zweitens, das eine schließt das andere nicht aus... Taktik und Strategie unterscheiden sich in der Form häufig außerordentlich voneinander. Taktisch dienen wir der Macht, aber strategisch bekämpfen wir sie.« An dieser Stelle lächelte er mir aufmunternd zu. »Nun erzähl von Wissowin«, fügte er weich hinzu.

Stschussew konnte mich zermalmen, das hatte ich ihm mit meiner Unvorsichtigkeit und Zerfahrenheit ermöglicht. Er konnte in Form eines Verhörs von mir fordern, ihm mein Gespräch mit Wissowin darzulegen, so wie ich Wissowins Patzer dazu benutzt hatte, ihn einem Verhör zu unterziehen. Doch unverhofft hatte er alles in ein freundschaftliches Gespräch gelenkt, und als ich schon beim Erzählen war, stockte ich plötzlich und dachte an Stschussews Bemerkung über Taktik und Strategie. Faktisch hatte er mich äußerst geschickt zwar nicht angeworben, aber doch darauf hingelenkt und Wissowins Beschuldigung, mit dem KGB in Verbindung zu stehen, so gut wie bestätigt. In der Form bestätigt, doch im Wesen dementiert, denn letztendlich geschah es zum Nutzen Rußlands, das er liebte.

Ich gab ihm mein Gespräch mit Wissowin wieder, wobei ich natürlich die Linie Mascha völlig ausließ, und als ich zu Wissowins Vorschlag kam, zusammen mit ihm einen Überfall auf Stschussew zu verüben (ich sagte nicht »Liquidierung«, sondern »Überfall«), als ich das mitteilte, fühlte ich, daß sich Stschussew richtig aufregte. Alles Vorangegangene hatte er sich heiter angehört, aber jetzt geriet er in Erregung und Wut.

»Ach, der Lump«, sagte er, sein Lieblingswort, »was für ein Lump... So tief zu fallen... Hat er dir nicht gesagt, wo er gesteckt hat, wo er untergetaucht ist und von wo er gekommen ist?«

»Das habe ich versäumt zu fragen«, sagte ich, erstens, um mit dem Eingeständnis einzelner Fehler die

Genauigkeit und den Erfolg meiner übrigen Handlungen zu bekräftigen, und zweitens, um Stschussew zuzuspielen. »Wissowin war so verwirrt und hat so viel Überflüssiges gesagt, daß es leicht gewesen wäre, ihn auch in diesem Punkt durcheinanderzubringen... Ich hatte das ursprünglich auch vor, aber dann war ich damit beschäftigt, das Inkognito des Journalisten zu lüften, da hab ich es versäumt... Seine Behauptung von der Erpressung...«

»Ach, Erpressung«, sagte Stschussew. »Na ja, wir werden sehen... Das mit dem Journalisten hast du richtig gemacht... Das ist auch wertvoll. Also, Kolja haben sie eingesperrt? Ich weiß, ich bin schon mit ihnen zusammengestoßen... Dort ist Koljas Mutter Rita Michailowna, die Hausangestellte, dann das Schwesterchen... Ein äußerst anziehendes Mädelchen, aber eine Giftnudel... Sei vorsichtig mit ihr, paß auf, daß du dich nicht verliebst...«

Mir wurde siedendheiß, und aus Ärger darüber, daß ich meine Gefühle nicht verbergen konnte, knirschte ich mit den Zähnen.

»Ach, schon passiert...«, sagte Stschussew, aber nicht fröhlich und anzüglich, wie man Verliebte foppt, sondern ernst und besorgt, wie man über einen wichtigen Faktor im Kampf spricht.

Darum beruhigte ich mich und antwortete offen:
»Ich gebe mir Mühe, damit fertig zu werden... Der Sache wird es nicht schaden, eher im Gegenteil.«

»Ich glaube dir«, sagte Stschussew, sah mich aber immer noch ernst an. »Also, Goscha, wir gehen jetzt beide dorthin... Mir geht's besser, sogar richtig gut.«
Er stand auf und ging durchs Zimmer.

Ich hatte den Eindruck, daß er leicht wankte, hielt es aber für angebracht zu schweigen, weil eine Bemerkung über die Gesundheit jetzt deplaziert gewesen wäre und mir nicht geholfen hätte, meine gute Beziehung zu Stschussew deutlich zu machen, denn er hatte jetzt anderes im Kopf.

»Es wird endlich Zeit, alles auf seinen Platz zu

rücken«, sagte er, »und du, Goscha, bist bei dieser Sache ungemein wichtig... Besonders nach deinem Gespräch mit Wissowin und dem widerlichen Judas-Vorschlag dieses Lumpen.«

Mich befiel ein nervöses Zittern. Zum erstenmal sollte ich die Schwelle von Maschas Haus übertreten, noch dazu mit gewalttätigen Absichten. Auch mit dem Journalisten, einer landes- und weltweit bekannten Figur, hatten wir wohl nicht die Absicht zu scherzen. Ich fühlte, daß etwas Wichtiges näher rückte, eine neue Etappe.

ZEHNTES KAPITEL

Der Journalist wohnte auch im Zentrum, nicht weit von Marfa Prochorownas Wohnung, in einer stillen Seitenstraße, die ich von jenem Abend her kannte, als ich Mascha und Kolja von Jatlins Gesellschaft nach Hause gebracht hatte. Bis zu seinem Haus brauchten wir nicht länger als zehn Minuten, allerdings gingen wir eine Abkürzung durch eine andere Seitenstraße und dann durch einen Durchgangshof, woraus ich schloß, daß Stschussew den Weg gut kannte und schon des öfteren bei dem Journalisten gewesen war. Bevor wir das Haus betraten, flüsterte er mir zu:

»Du sagst nichts, ich werde für dich antworten.«

Und richtig, kaum hatten wir das Foyer des prächtigen Hauses höchster Kategorie betreten (ich bin immerhin vom Bau und verstehe etwas davon), wo sogar die Briefkästen vernickelt waren und an einem Tisch mit Telefon eine wohlgenährte Pförtnerin saß, als diese Pförtnerin einen Blick auf uns warf (besonders auf Stschussew, den sie offensichtlich hier schon gesehen und sich gemerkt hatte) und sagte:

»Wenn Sie zu ...«, sie nannte den Namen des Journalisten, »wollen, die sind nicht da... Verreist...«

»Nein, nein«, antwortete Stschussew, »wir wollen zur Wohnung dreiundsiebzig... Zu Prochorow...«

Ich wußte damals noch nichts von der Bevormundung, die Rita Michailowna und die Hausangestellte Klawa im Kampf gegen die Erpresser über den Journalisten verhängt hatten (jetzt hatten sie sie auf Kolja ausgedehnt, den sie einfach einsperrten, freilich aus einem anderen Grund), aber ich ahnte natürlich, daß Stschussew Gründe hatte, sich so zu benehmen.

Wir betraten den eleganten Fahrstuhl, dessen Türen sich von selbst schlossen. (Damals war das noch eine Neuheit.)

»Komplizierte Umstände«, sagte Stschussew im Fahrstuhl leise zu mir, »aber ich denke, das kommt uns nur entgegen«, er lächelte rätselhaft, »ich erklär's dir nicht, das dauert zu lange und verwirrt bloß. Du wirst es selber begreifen.«

Wir fuhren bis ganz nach oben und stiegen aus. Die Türen auf dem Treppenabsatz waren eine schöner und reicher als die andere – mit Wachstuch verkleidet, mit zahlreichen raffinierten blinkenden Schlössern versehen, auf dem Fußboden bunte Abtreter, offenbar ausländische, denn solche hatte ich noch nie gesehen. Sich die Füße an einem derartigen Läufer abzutreten bedeutete, zu den Reichen zu gehören. (Ich erinnere daran, daß ich bei meiner ständigen Armut im Gegensatz zu anderen, die ihre Armut durch Verachtung des Reichtums aufwerten, Reichtum mag.) Ich betrachtete mit Interesse die Türen und rätselte, zu welcher Stschussew gehen würde, aber er stieg unverhofft die Treppe hinunter.

»Haben wir die richtige Etage verpaßt?« fragte ich erstaunt, denn wie ich wußte, war Stschussew schon hier gewesen, und er war nicht der Mann, der sich die Lage eines wichtigen Objekts (wie er sich manchmal ausdrückte) nicht merkte. Und richtig, es war kein Fehler, sondern Absicht.

»Es kommt die Zeit, Goscha«, sagte er, »da wird uns das Leben keinen einzigen Fehler verzeihen, nicht mal einen kleinen, alltäglichen.«

Er war bis zur obersten Etage gefahren, weil er wußte, daß Rita Michailowna und Klawa auf die

Geräusche des Fahrstuhls achteten und, wenn er auf ihrem Treppenabsatz hielt, sofort Maßnahmen ergriffen, die so weit gingen, daß sie den Journalisten nötigten, sich in ein abgelegenes Zimmer zurückzuziehen (die Wohnung hatte fünf Zimmer außer der Küche), und sie selber empfingen den Besucher vor der Tür, noch ehe er klingeln konnte. (Das hatte Kolja, wie ich erfuhr, Stschussew erzählt, voller Bitterkeit über seinen charakterschwachen Vater. »Ich weiß doch«, hatte Kolja, der bekanntlich seinen Vater insgeheim liebte, hinzugefügt, »ich weiß, daß er sich nicht aus Feigheit versteckt, sondern aus Charakterschwäche, weil er nicht imstande ist, sich meiner Mutter und Klawa zu widersetzen.« Obendrein hatte sich in letzter Zeit auch Mascha auf ihre Seite geschlagen, die früher Kolja und den Vater unterstützt hatte.)

Wir stiegen vorsichtig drei Treppen hinab, dann blieb Stschussew vor einer Tür stehen, die sich sogar noch zwischen den anderen reichen Türen luxuriös ausnahm und mit einer Krokodilleder-Imitation verkleidet war. Von dieser Tür kam ein Geruch dauerhaften Wohlstands, und der Fußabtreter war aus besonderem Material, borstenartig... Stschussew legte schweigend einen Finger auf die Lippen, womit er mir bedeutete, vorerst still zu sein. (Der Belehrung bedurfte es nicht, denn ich hatte auch so begriffen, daß man sich hier auf besondere Weise benehmen mußte, trotzdem war ich aufgeregt, stand ich doch zum erstenmal vor Maschas Tür.) Stschussew stellte sich dicht vor die Tür, um den Spion zu verdecken, und wies mit dem Kopf auf die Klingel. Ich begriff sofort und drückte. Ein ungewöhnliches, originelles Klingeln erschallte. Ich drückte noch einmal. Die Tür öffnete sich überraschend schnell, überraschend auch für Stschussew, der etwas durcheinandergeriet. Ganz zu schweigen von der Hausangestellten Klawa, die wie vor den Kopf geschlagen war, erstens wegen ihrer eigenen Fahrlässigkeit und zweitens, weil sie nicht den vor sich sah, den sie erwartet hatte. Das eine war die

Folge des anderen, und wie sich später herausstellte, warteten alle im Haus, einschließlich des Journalisten, der das Nachdenken für eine Weile eingestellt hatte, auf den Psychiater, Koljas wegen, aber der Arzt verspätete sich. So hatte ein blinder Zufall (ganz gesetzmäßig und üblich im politischen Kampf) uns geholfen, denn unser Klingeln wurde für das Klingeln des Arztes gehalten. (Auch Stschussews Manöver mit dem Fahrstuhl war hilfreich gewesen, denn es hatte verhindert, daß Klawa herauskam und uns vor der geschlossenen Tür empfing.)

»Oh«, rief Klawa verwirrt, »sie sind nicht da... Sie sind verreist, soll ich ausrichten.«

Da erschien im Korridor der Journalist, in dem Glauben, der Arzt sei gekommen, wich aber sofort zurück, weil er dachte, wir hätten ihn nicht bemerkt. Folglich befand er sich zu der Zeit bereits in einem neuen Stadium, das in der Periode der Bevormundung und in der Einsamkeit allmählich herangereift war, er befand sich, bildlich ausgedrückt, im rechten Winkel zur Linie seines früheren Verhaltens – eines zuerst stalinistischen, dann antistalinistischen Verhaltens, das heißt, das Pflichtgefühl, mochte es auch in verschiedenen Perioden widersprüchlich gewesen sein, war allmählich der Analyse gewichen, die in seinem Alter und bei seiner Weltanschauung unweigerlich zum kontemplativen Konservatismus führte. Freilich befanden sich seine neuen Ansichten damals noch in der Phase des Reifens, aber bekanntlich reifen als erstes die Schutzreaktionen, und obwohl die Suche nach der objektiven Wahrheit erst begann, hatte sich der Journalist, um sein Ehrgefühl vor dieser Wahrheit zu retten, schon einen scharfsinnigen und gewandten Zynismus voll zu eigen gemacht, wonach seine Überlegungen (er bemerkte es) klarer und interessanter wurden. Anstoß zu diesem Umschwung (aber natürlich nicht die Ursache) war die dritte Ohrfeige gewesen, von der damals niemand wußte außer einem Freund des Journalisten, einem Militärangehörigen, also einem zuverlässigen und nicht schwatzhaften Menschen. Folglich wirkte hier nicht die öffentliche Meinung, sondern eine persönliche Überlegung, zumal er diese Ohrfeige zufällig erhalten hatte, vielleicht sogar versehentlich, nicht weit von der Datsche des Freundes, wo Rita Michailowna den Journalisten vor Erpressern verstecken wollte. (Auf der eigenen Datsche kann man sich natürlich nicht verstecken.) Als der Journalist eine kleine Brücke über einem recht malerischen Teich überquerte, kam ihm eine junge Frau oder ein Mädchen entgegen, schlug ihn mit dem üblichen Ruf »Spitzel!« ins Gesicht und lief ins Gebüsch. Der Freund, der in dem Moment mit den Angeln am Ufer war, wollte ihr nachlaufen, doch der Journalist hielt ihn zurück, lächelte mit einem gewissen Zynismus und fuhr am selben Tag von der Datsche nach Hause.

Die erste Ohrfeige, erhalten von dem durch Foltern verkrüppelten, rehabilitierten Erpresser, hatte den Journalisten bekanntlich erschüttert und empört, die zweite – von Wissowin – hatte ihn beruhigt, zum Nachdenken angeregt und ihn für eine gewisse Zeit auf den Weg beinahe christlicher Langmut beim Abbitten seiner Sünden aus der Stalinzeit gebracht. Auf die dritte Ohrfeige hatte er nur mit einem zynischen Lächeln reagiert: Was soll's, so ist das eben... Wie hättet ihr's denn gern? Seit jener Zeit hatte es eine Reihe von Ereignissen gegeben. Sein Bruch mit der lautstarken Jugendbewegung, die er anfangs, in den ersten Chrustschowschen Jahren, fast angeführt und der er (natürlich nur bis zur ersten Ohrfeige) als Prophet gedient hatte, dieser Bruch hatte ihn veranlaßt, vieles neu zu durchdenken. Wie merkwürdig es auch sein mag, auf vieles brachten ihn, den grauhaarigen erfahrenen Mann, die eigenen Kinder, die er liebte und um deren Schicksal er sich sorgte, da er sich ihnen gegenüber schuldig fühlte, und er stritt nicht mehr mit seiner Frau Rita Michailowna, wenn sie ihm ähnliche Vorwürfe machte. Mascha brachte ihn direkt darauf, nachdem sie sich von ihren ehemaligen lautstarken Freunden abgewandt und sich vernichtend über sie geäußert hatte. Kolja dagegen war von diesen Freunden hingerissen und schien überhaupt in schlechte Gesellschaft geraten zu sein, und das waren keine grünen dummen Jungs, sondern erfahrene Halunken – das dachte der Journalist im stillen, so sehr hatte er sich verändert. Im übrigen war er als eine zutiefst von sich überzeugte Natur schon immer zu jähen Veränderungen fähig gewesen, aber hatte er früher eine bedeutsame gesellschaftliche Bewegung für seine Veränderungen gebraucht, so war er jetzt individueller geworden, was überhaupt charakteristisch ist für Zeiten ohne mitreißende gesellschaftliche Bewegungen, und in dem Journalisten machten sich erste Anzeichen jener Strömungen bemerkbar, die sich in der Gesellschaft, und zwar in unklarer Form, einige Zeit nach den beschriebenen Ereignissen ausbreiteten, nämlich Beschaulichkeit, Müdigkeit, eine abwartende Haltung, Objektivismus und Nachdenklichkeit... Alle diese Eigenschaften gelten, besonders in stürmischen Zeiten und besonders bei der Jugend, als gewissenlos. Darum hatte sich der Journalist in letzter Zeit von allen abgekapselt, sogar von seinen Kindern. (Mascha hätte ihn wohl auch nicht verstanden, ganz zu schweigen von Kolja!) Alle Bitten Rita Michailownas, mit Kolja zu sprechen, lehnte er kategorisch ab, denn er kannte Kolja als einen klugen Jungen, der sofort den Betrug gespürt haben würde, wenn er mit ihm ein unaufrichtiges Gespräch angefangen hätte. Und ein aufrichtiges Gespräch hätte nach seiner Meinung überhaupt zur Katastrophe und zum Bruch geführt. Darum hatte der Journalist jetzt, da mit Kolja etwas Besonderes geschehen war, trotz aller ihn rechtfertigenden Gründe ein schlechtes Gewissen gegenüber seiner Frau. Natürlich ahnte niemand in der Familie, daß Kolja an einem Attentat auf Molotow teilgenommen hatte, aber sein Aussehen, als er nach Hause kam, aufgeregt und mit zerrissener Hose (er hatte sie bei der Flucht über den Zaun zerrissen), sein Aussehen und der ungesunde Glanz seiner Augen, der ihn übrigens seinem Vater in Momenten seelischer Unruhe sehr ähnlich machte, all das erforderte unverzügliche Maßnahmen, die der Journalist billigte, womit er zum erstenmal Rita Michailowna beipflichtete und offen konservative Positionen einnahm. Kolja wurde in dem Zimmerchen eingeschlossen, in das der Journalist seinerzeit, als er seine Sünden der Stalinzeit bereute, aus seinem luxuriösen Arbeitszimmer umgezogen war. Übrigens stand dieses Zimmerchen schon seit einiger Zeit leer, denn als der Journalist nach seiner dritten Ohrfeige mit neuer Eigenschaft nach Hause gekommen war, hatte er Klawa angewiesen, seine Bücher und Sachen aus dem Zimmerchen in sein luxuriöses Arbeitszimmer zurückzutragen. So war das Zimmerchen also schon vorher frei geworden und schien als Hausgefängnis auf Kolja gewartet zu haben. Der herbeigerufene Arzt konstatierte nervliche Erschöpfung, verschrieb Medikamente, Bettruhe und eine Schlaftherapie unter Anwendung von Arzneimitteln, doch Rita Michailowna meinte, der Arzt habe Kolja zu oberflächlich untersucht, und verlangte, einen Spezialisten hinzuzuziehen, übrigens einen Freund der Familie, den Dozenten Solowjow, dessen Dienste man bisher nicht in Anspruch genommen hatte, erstens, weil Rita Michailowna seine Frau nicht mochte, die hinsichtlich ihres Mannes aus Dummheit auf Rita Michailowna, wie diese meinte, eifersüchtig war und darum aus Rache das Gerücht verbreiten könnte, Rita Michailowna habe nervenkranke Kinder, und zweitens, weil Solowjow überhaupt nicht in Moskau gewesen war. Aber Koljas Zustand hatte Rita Michailowna dermaßen erschreckt, daß sie, als Solowjow aus England zurück war, sofort darauf bestand, ihn herzubitten, womit sie die schlechten Eigenschaften seiner Frau ignorierte. Diesen Solowjow erwarteten sie, aber er verspätete sich, und so waren wir gerade zur rechten Zeit gekommen.

Das alles erfuhr ich natürlich erst später. Damals wußte ich überhaupt nichts, war überwältigt von der luxuriösen Diele mit den Spiegeln und vom Anblick des Journalisten, dessen graue Mähne ich von Fotos kannte. Ich wiederhole, danach zu urteilen, daß sich der Journalist von selbst vor uns verstecken wollte, bedurfte er keiner Bevormundung mehr, und wenn er sich in dieser Hinsicht seiner Frau unterordnete, so nicht ohne den Hintergedanken, die sittliche Verantwortung für seinen Entschluß, die finanzielle Hilfe an Rehabilitierte einzustellen, auf sie abzuwälzen. Wie sich herausstellte, war auch Wissowin daran beteiligt gewesen, denn er hatte dem Journalisten einen Brief geschrieben, in dem er ihn bat, ihm kein Geld mehr zu schicken, und vielleicht auch die wahren Ziele andeutete, für die das Geld gebraucht wurde. Natürlich wußten wir in dem Moment, als wir in der Diele standen, keine Einzelheiten, aber sogar ich erkannte einen gewissen Umschwung im Verhalten des Journalisten uns gegenüber. Um so mehr, daran zweifle ich nicht, kapierte es Stschussew.

»Ach, da sind Sie ja«, sagte er, stieß die Hausangestellte beiseite und folgte dem Journalisten ins Innere der Wohnung.

Wie sich herausstellte (vieles schöpfte ich später aus den Erzählungen der handelnden Person oder seiner Angehörigen und verarbeitete es), also, wie sich herausstellte, reagierte der Journalist in letzter Zeit, seit dem neuen Umschwung von der Pflicht zur Analyse und Kontemplation, auf Druck kaum noch gütig und verwirrt wie früher, sondern häufig scharf und spöttisch, aber Koljas Krankheit hatte ihn aus dem Gleis geworfen und rief ihm in gewissem Maße seine Pflicht und seine Fehler in Erinnerung. Darum empfing er Stschussew mit einem gütigen, verwirrten und nachdenklichen Lächeln, fast einem solchen, mit dem er seinerzeit auf Wissowins Ohrfeige reagiert hatte. Dieses Lächeln (es war passiv, wodurch es sich stark von dem zynischen aktiven Lächeln nach der dritten Ohrfeige unterschied) war das letzte, was ich sah, denn die Hausangestellte Klawa schätzte in ihrem schlichtem Gemüt die entstandene Situation offensichtlich so ein, daß sie mit einem leichter fertig wurde als mit zweien, nutzte darum meine unschlüssige Haltung aus, mit der ich in der offenen Tür stand, und packte mich plötzlich mit ihren an physische Arbeit gewöhnten Händen und genierte sich auch nicht, sich mit der recht straffen Brust eines Dorfweibs gegen mich zu pressen. Ehe ich zur Besinnung kam, hatte sie mich mit einem kräftigen männlichen Stoß auf den Treppenabsatz befördert. Die Tür schlug zu, Stschussew und ich waren voneinander getrennt. Zuerst war ich verwirrt und wollte sogar weggehen, blieb aber doch ein paar Minuten vor der Tür stehen, was sehr angebracht war, denn bald ging die Tür wieder auf, und ich sah eine Frau, die anschaulich demonstrierte, wie die Jahre und die Leiden Mascha künftig verändern konnten.

Wenn eine Tochter der Mutter ähnelt (es war Rita Michailowna), und wenn beide schön sind, die Schönheit der Mutter aber schon von der Zeit und den Umständen angegriffen ist, dann wirkt das erschreckend, besonders auf einen in die Tochter verliebten Träumer und Romantiker, der ich war. Ich sah Maschas noch dichtes Haar, das jedoch von künstlichem makellosen Schwarz war, sichtlich gefärbt (Rita Michailowna trug eine lange und, wie sie meinte, sie verjüngende Frisur), Maschas wunderschönen Schwanenhals, der offenkundig durch ständiges Eincremen seine Form bewahrt, aber durch eben dieses Eincremen auch eine ungesunde, fettig glänzende Haut bekommen hatte, ich sah Maschas Figur, nach unten verschoben, geschwollene, sichtlich kranke Beine, Maschas blaue Augen, müde und entzündet, und Maschas großen Mund, in ihrem Gesicht das einzige männlich wirkende Detail, das ihrer zarten Weiblichkeit etwas Aktives verlieh, doch dieser hier ließ ungesunde verräucherte Zähne und sogar zwei oder drei Goldkronen sehen, wovon bei Mascha nicht die Rede sein konnte.

Ich begriff schlagartig, daß ich wieder grausam betrogen war und Mascha als Krönung, als Schlußetappe meines Lebens die von mir erduldeten Leiden nicht wert war. Nicht, daß ich Mascha nicht mehr liebte (auch Rita Michailowna war immer noch beeindruckend und trotz allem sehr schön), ich liebte Mascha weiterhin, aber ich verminderte den Einsatz, und ich begriff, daß Mascha nicht die Krönung war, sondern nur eine Etappe auf dem Weg zur Krönung. Alle diese Gedanken schossen mir, natürlich nicht in solchen Einzelheiten, durch den Kopf, als ich vor der wieder offenen Tür stand.

»Kommen Sie herein«, sagte Rita Michailowna mit Bitterkeit und blickte mich feindselig an, offensichtlich hatte sie die Tür auf Stschussews Drängen geöffnet. (Sie hatte eindeutig Maschas Stimme, nur daß sie vom Rauchen vielleicht etwas tiefer war. Trotz der Enttäuschung klopfte mir das Herz.) »Aber leise«, sagte sie, als ich eintrat, wobei sie selbst die Stimme zum Flüstern senkte, »mein Sohn ist krank, er hat die ganze Nacht wach gelegen, ist erst vorhin eingeschlafen«, dabei blickte sie mich und Stschussew und wohl sogar den Journalisten wütend an.

Alle standen noch auf demselben Platz und, wie mir schien, sogar in derselben Haltung, in der ich sie gesehen hatte, bevor mich die Hausangestellte hinausstieß. Aber sie hatten sich sichtlich über etwas verständigt und waren zu einem Kompromiß gekommen, denn Stschussew sagte auf Rita Michailownas Bemerkung flüsternd:

»Gut, wir akzeptieren auch diese Bedingung.«

Also, folgerte ich, waren auch andere Bedingungen Rita Michailownas akzeptiert worden. (Natürlich war sie und nicht der Journalist der Hauptpartner bei den Verhandlungen.) Es waren aber auch Bedingungen Stschussews akzeptiert worden. (Insbesondere, mich hereinzulassen.)

Wir gingen ins Arbeitszimmer des Journalisten, ein Arbeitszimmer, das mich überwältigte. Alles hier atmete Geschmack und Reichtum, aber erfinderischen Reichtum, den ein anderer, und bekäme er eine Million, nicht erreichen würde. Ich sah mich um und saugte das alles in mich ein. So etwas hatte es also auf der Welt gegeben, während ich in meiner Nichtigkeit um einen Schlafplatz kämpfte. Ein weiches Eisbärenfell auf dem Fußboden, schwere aristokratische Möbel, kein aufpoliertes modernes Zeug, doch in einer Ecke eine Stehlampe neuesten Typs... Bücher ringsum bis zur Decke... Bronze... An der Wand Puschkin und nicht Hemingway, aber zwei goldgerahmte Bilder eindeutig im Stil des Surrealismus (wie ich später erfuhr, von Picasso), natürlich nicht des sozialistischen Realismus und nicht einmal des kritischen Realismus. Ja, das war eine Kombination. Ja, das war höchste Klasse... Aber zugleich begriff ich auch, daß Menschen, die mit all dem leben und all das erreicht haben, nicht fähig sind, es in vollem Umfang zu nutzen, ja, mehr noch, man bekommt den Eindruck, daß sie von all dem zermürbt sind. So dachte ich, als ich mich vorsichtig in einen Luxussessel setzte (ich saß zum erstenmal in solch einem Sessel). Der Journalist nahm auch in einem Sessel Platz, gleichgültig, gelangweilt und ohne jeden Genuß. (Diese Leute hatten den Geschmack am Leben und am Luxus eingebüßt, in mir jedoch lagen ganze Schichten von Genüssen unberührt, die kennenzulernen mir noch bevorstand.) Stschussew ließ sich auch gleichgültig in einen Sessel fallen, allerdings war er wohl ganz konzentriert auf seinen Plan des Kampfes gegen den Journalisten. (Genauer, gegen Rita Michailowna.) Doch war sein Plan nicht mein Plan. Bislang hatte ich es noch schwer, gegen Stschussew zu kämpfen, zumal seine Aktionen mir nützten, natürlich in gewissen Grenzen. Ich war allein. Ich hatte keinen Rückhalt. Was für ein wunderbarer Rückhalt war diese Familie. Fünf Zimmer, der Geruch nach Beständigkeit und Macht, der von der alten Bronze und den modernen Bildern ausging. Die Gedanken an Mascha, die sich mir aufgedrängt hatten, als ich ihre ihr so ähnliche Mutter sah, waren auch von Nutzen, wie ich jetzt begriff, denn sie bewirkten, daß Mascha nicht mehr die Krönung war, sondern eine Etappe... Aber mich haßten hier alle, außer vielleicht Kolja... Obwohl, wer weiß, wie es um ihn stand, seit er eingesperrt war... Bestimmt hatten sie ihm ein Schlafmittel gegeben, sonst hätte er auf unsere Ankunft reagiert.

Diesen etwas wirren Gedanken nachhängend, in mich versunken, hatte ich den Anfang des Streitgesprächs verpaßt. Freilich führte Stschussew das Wort, ich war hier das fünfte Rad am Wagen und begriff noch nicht, warum er mich mitgenommen hatte.

»Also, Sie weigern sich, die notwendigen Summen zu überweisen?« sagte Stschussew.

Offensichtlich stellte er diese Frage schon zum zweiten- oder drittenmal, denn der Journalist sagte:

»Wenn Sie mich mit der Monotonie Ihrer Frage kleinkriegen wollen, irren Sie sich. Ich gebe zu, daß ich Sie überschätzt habe. Sie sind ein erstaunlich nichtiger Mensch, und es tut mir sogar leid, daß ich an einem Schauprozeß teilnehmen werde, falls Ihrer Erpressung Erfolg beschieden ist... Natürlich als Zeuge, aber auch das reicht schon. Sie versuchen mich damit zu erpressen, daß Sie die Überweisungsbelege für die erfolgten Zahlungen vorlegen werden, die meine Beteiligung an Ihren banditenhaften Umtrieben beweisen sollen... Und damit wollen Sie mich in die Enge treiben?« Der Journalist lachte kurz und geringschätzig auf.

Aha, eine solche Schärfe hatte das Gespräch angenommen, während ich die Möbel betrachtete und mit mir beschäftigt war. Das Gesicht des Journalisten sah jetzt hart, sogar grausam aus, wohl mehr sich selbst und seiner Familie gegenüber, denn ich wußte, daß man mit Stschussew so nicht reden durfte. Dieser Mann war gefährlich und todkrank. Ich sah, daß sogar Rita Michailowna, unsere Hauptgegnerin, diesen Umschwung des Journalisten (ach, wie oft machte er

Umschwünge durch) mißbilligte; meines Erachtens sah sie darin zu allem übrigen eine gegen sie gerichtete Herausforderung und Widerstand gegen ihre Bevormundung, deren der Journalist überdrüssig wurde.

»Wieviel Geld brauchen Sie?« fragte sie Stschussew rasch.

»Das Geld ist nicht für mich, sondern für Rußland.«

Ich begriff, daß er hin und her gerissen wurde zwischen dem Wunsch, sich auszusöhnen, oder im Kampf den nächsten Zug zu machen. Aber der Journalist, von launenhafter Wut beherrscht, vor allem auf sich und seine frühere Demut (dieses Gefühl kenne ich), fragte rasch, ehe Stschussew zu Ruhe und Frieden zurückfinden konnte:

»Sagen Sie, sind Sie verwandt mit dem Architekten Stschussew, der das Lenin-Mausoleum gebaut hat?«

Im Prinzip war das keine ungewöhnliche oder verwunderliche Frage, aber nicht in dieser Situation und nicht bei der Entwicklung der gegenseitigen Beziehungen, als es galt, die Sache zu Ende zu bringen. Außerdem hatte Stschussew diese Frage sicherlich schon oft zu hören bekommen.

»Nein«, antwortete er voller Haß und begann sogar leicht zu zittern. »Ich bin ein anderer... Mich haben sie im Lager auf den A... gesetzt...«

Er drückte sich trotz der Anwesenheit einer Frau grob aus und hob die Stimme. (Das ganze Gespräch war bislang auf Rita Michailownas Bitte flüsternd geführt worden.)

»Sei still«, blaffte Rita Michailowna, ohne sich vor uns zu genieren, ihren Mann an.

»Aber ich hab's satt«, schrie der Journalist, ebenfalls die Grenze überschreitend, »natürlich hab ich in der Stalinzeit viele unüberlegte Schritte getan...«

»Den Opfern, die Sie denunziert haben«, unterbrach ihn Stschussew, »war es egal, ob Ihre Schritte überlegt waren oder nicht.«

»Ich habe nicht denunziert«, sagte der Journalist ebenfalls voller Haß, der zu seinem gütigen Gesicht überhaupt nicht paßte und es bedrohlich machte. Es gibt Gesichter, in denen sich der Haß einfach nicht abbildet. »Ich habe nicht denunziert«, wiederholte der Journalist, »denn in der Stalinzeit hatte ich keinen Grund, jemanden zu denunzieren... Damals hatte ich es nicht mit Halunken zu tun... Und bitte, gebrauchen Sie hier keine groben Wörter... In Gegenwart einer Frau...«

»Ach, Sie meinen den A...«, sagte Stschussew, »ich werd's Ihnen erklären... Auf den A... setzen, das ist ein Lagerausdruck... Man packt einen Häftling, der sich was zuschulden kommen ließ, an Armen und Beinen, zieht ihn auseinander und läßt auf Kommando gleichzeitig los. Er fällt zu Boden und hat häufig keine äußeren Verletzungen, aber seine Innereien gehen kaputt... Besonders leiden die Lungen... Nach der dritten derartigen Behandlung kommt es unvermeidlich zu Blutungen...«

Mir schien, daß Stschussew mit aufrichtiger Wut und Bitterkeit sprach und sogar den Faden des Streitgesprächs verloren hatte. Er hielt zweifellos gewisse Schachzüge gegen den Journalisten in Reserve, denn er hatte mich ja wohl nicht umsonst mitgenommen. Irgend etwas hatte er auch mit mir vor. Aber das Verhalten des Journalisten (es war für Stschussew neu und unerwartet) lenkte das Gespräch nicht in die entsprechende Richtung, und seine Aufrichtigkeit bei der Erinnerung an die Folter hinderte ihn, die Sache zu Ende zu bringen und den Journalisten wieder unter seine Fuchtel zu bekommen. Das Beste wäre gewesen, wenn der Journalist seine zynische Linie beibehalten hätte, denn hier wäre er zu packen gewesen, und hier, das vermerkte ich im stillen, hier zeigten sich Stschussews Mängel und die gossenhafte Grobheit seiner Methoden. Übrigens war er wirklich an seinem wunden Punkt getroffen, und das ist einem subtilen Streitgespräch immer hinderlich. Daß der Journalist nach Stschussews Worten seinen Zynismus einbüßte, war letztendlich unser Schaden, denn nach seinem Ausbruch war er in sich zusammengesunken, so daß Rita Michailowna wieder die Initiative übernahm.

»Wieviel?« fragte sie. »Und dann gehen Sie, wir erwarten den Arzt...«

»Folgendes«, sagte Stschussew und sah sie an, »wir brauchen keine einmalige Armenbeihilfe... Wir brauchen kein jüdisches Geld... Ein jüdisches Pflaster auf russische Wunden...«

Stschussew ließ sich hinreißen.

»Erstens sind wir keine Juden«, sagte Rita Michailowna aufbrausend, »und selbst wenn wir Juden wären, was machte das für einen Unterschied...«

Ich sah, wie sie den Journalisten anschaute und er sie... Ich sah, daß es diesen Leuten voreinander peinlich war, was jetzt vorging, worüber sie sprachen und woran sie teilnahmen.

»Was brauchen Sie dann?« fragte der Journalist müde.

»Erstens müssen Sie sich für die mir und meinem Kameraden zugefügte Kränkung entschuldigen«, sagte Stschussew.

»Na schön«, sagte der Journalist, »entschuldigen Sie bitte... Nun, und zweitens... Zweitens, wenn ich richtig verstehe«, er griff in die Schreibtischlade und nahm ein knisterndes Geldbündel heraus, das von einem Gummi zusammengehalten wurde und offensichtlich für häusliche Bedürfnisse bestimmt war, »da, nehmen Sie... Und dann machen Sie, daß Sie hinauskommen...«

Eine Pause trat ein. Ich begriff, daß Stschussew in einer schwierigen Lage war, denn da er von jüdischem Geld gesprochen hatte, wußte er nun nicht, wie er einlenken sollte, um sich die fette Dotation nicht entgehen zu lassen. Da ergriff ich zum erstenmal während unseres Besuchs die Initiative, ich stand auf, ging zum Tisch und nahm das Geld aus der ausgestreckten Hand des Journalisten. Damit kam ich sowohl Stschussew als auch dem Journalisten entgegen, der verlegen mit ausgestreckter Hand dastand. Oben-

drein war mein Verhalten frei von Hysterie, was man von Stschussew diesmal nicht sagen konnte. (Ich erinnere aber daran, daß er kurz zuvor einen Anfall hatte.) Es gefiel mir selbst, wie ich an den Tisch trat, das Geld nahm und in die Jackentasche steckte. Ehrlich gesagt, ich wollte diesen Leuten gefallen oder ihnen zumindest zeigen, daß ich anders war als Stschussew. Und richtig, der Journalist blickte mich aufmerksam an und sagte:
»Heißen Sie nicht Zwibyschew?«
»Ja«, antwortete ich geschmeichelt.
»Kolja hat mir viel von Ihnen erzählt«, sagte er. »Kommen Sie doch mal vorbei... Hier interessiert sich noch jemand für Sie... Rita, das ist Zwibyschew...«
Das kam völlig unverhofft. Mir war klar, daß Stschussew gleich eingreifen würde. Eine so merkwürdige Wendung in meinen Beziehungen zur Familie des Journalisten mißfiel ihm zweifellos. Und richtig, Stschussew unterbrach ihn gereizt:
»Wir müssen gehen...«
Ich überlegte, was ich tun sollte. Ich mußte sofort einen Entschluß fassen. Aber mir fiel nichts ein. Da kam mir erneut die Vorsehung zu Hilfe, zumal von ganz überraschender Seite. Plötzlich stand Wissowin auf der Schwelle des Arbeitszimmers (offensichtlich hatte Mascha mit ihrem Schlüssel geöffnet, darum das plötzliche Erscheinen ohne Klingeln), Wissowin, auf den Stschussew seinen Kampf mit dem Journalisten hatte aufbauen wollen, aber das Gespräch war unverhofft in eine andere Richtung abgeglitten.
Wissowin musterte uns alle, die wir von seinem plötzlichen Erscheinen verwirrt waren, trat dann schweigend zu Stschussew, packte ihn an der Gurgel und warf ihn mühelos, denn Stschussew war von dem morgendlichen Anfall noch geschwächt, warf ihn mühelos zu Boden, auf das kostbare Eisbärenfell. Während dieses irren Vorgangs war ich so gelähmt, erstarrt und entrückt, daß ich das weiche Bärenfell, auf das Stschussew geworfen wurde, als ein komisches Mo-

ment empfand. Im übrigen nahm alles eine sehr ernste Wendung, denn Wissowin, der unsere Verwirrung ausnutzte, drückte Stschussew dermaßen die Kehle zu, daß dessen Gesicht blau anlief und Blut aus seinem Mund floß. (Ich erinnere daran, daß seine Lungen im Konzentrationslager kaputtgeschlagen worden waren.) Alles übrige verschwamm vor meinen Augen, flimmerte vorüber wie immer bei einem unverhofften extremen Krach, wie in einem Traum, wo alles passieren kann und nichts verboten ist, ich sah Mascha, deren Gesicht nicht blaß war, sondern völlig blutleer, Mascha, die sich merkwürdig um ihre eigene Achse drehte, wobei sie ihre Mutter, in deren Mund die Goldzähne funkelten, und den Journalisten beiseite stieß, der im ersten Moment aus dem Zimmer laufen wollte, um jemanden zu holen oder um zu entfliehen, aber in der Eile stolperte er und krachte mit seinem weltbekannten grauen Kopf gegen eine Ecke eines der goldgerahmten surrealistischen Bilder. Wissowin aber würgte noch immer Stschussew, nicht mehr ganz so emotional, sondern mit einem Schimmer von Verstand und Berechnung, denn er stemmte das Knie auf Stschussews Brust. Zum Glück kam die Hausangestellte ins Zimmer gestürmt, eine schlichte Natur, und warf sich ohne überflüssiges unterbewußtes Getue mit ihrem schweren wohlgenährten Körper und ihren schweren Brüsten auf Wissowins Rücken. Mit einem schrillen Schrei, wie ihn ein schlichter Mensch vor einer entscheidenden Kraftanstrengung ausstößt, riß sie Wissowin mit einem Ruck von Stschussew weg zur Seite, so daß Wissowins linke Hand Stschussews Kehle freigeben mußte, während die rechte die Kehle noch mit den Fingerspitzen berührte und sich gierig danach streckte. Ich sah, daß Klawas Gesicht vor Anstrengung rot anlief, und kam ihr im entscheidenen Moment zu Hilfe, indem ich Wissowins rechte Hand packte und endgültig von Stschussews Kehle wegzog, der lag bewußtlos da, die Lippen feucht von hellem Lungenblut. Etliche Blutflecke waren auch auf dem Boden, aber nur auf dem Parkett, das Eisbärenfell hatte lediglich ein paar Spritzer am Rand abbekommen.

Während Klawa und ich uns abmühten, verschwand das Ehepaar aus dem Arbeitszimmer, was sehr angebracht war, weil es mehr Raum für die notwendigen Manöver schuf. Wissowin, der ehemalige Luftlandesoldat, wandte einen Nahkampfgriff an, und Klawa krachte schwer zu Boden, mich schleuderte er beiseite, dann streckte er wieder gierig und selbstvergessen die Hände nach der Kehle des bewußtlos am Boden liegenden Stschussew aus, um das Angefangene zu vollenden. Aber ich verkrallte mich in Wissowins Hemd, das knirschend zerriß, dennoch konnte ich ihn zurückhalten. Inzwischen hatte sich Klawa erhoben und warf sich wieder mit ihren Brüsten auf Wissowin, dessen Kräfte vor Erschöpfung und emotionaler Verausgabung sichtlich versiegten. Er begriff selbst, daß er seinen Kampfgriff nicht noch einmal anwenden konnte, und als wir ihn hinauszerrten, sagte er mit stockender Stimme:

»Goscha, man muß ihn töten... Ich bitte dich... Ich nehme es auf mich... Ihr habt nichts damit zu tun... Wie viele Leben wird er noch verderben... Er ist ein Spitzel... Er betrügt alle... Er betrügt auch die andern...«

Klawa zerrte Wissowin zur Tür, und ich half ihr dabei. Rita Michailowna kam herbeigelaufen. (Mascha war, wie sich herausstellte, im Badezimmer eingeschlossen, und Rita Michailowna hatte freie Hand.) Die Tür war offen, und zu dritt warfen wir Wissowin auf den Treppenabsatz. Dort standen Leute, von dem Lärm angelockt, dem Aussehen nach wohlhabende Nachbarn aus den reichen Wohnungen. In meinen Ohren wiederholte sich ein monotoner dumpfer Laut: uau-uau-uau... Ich sah Wissowin in dem von mir zerrissenen Hemd hinunterlaufen und irgendwelchen Händen ausweichen, die ihn aufhalten wollten, übrigens recht lasch. Dann war er verschwunden. Ich dachte aus irgendeinem Grund, ich hätte ihn zum letztenmal gesehen. (Doch ich sollte mich irren. Er tauchte in meinem Leben wieder auf, aber bedeutend später.) Übrigens hatte ich für solche lyrischen Abschweifungen keine Zeit. Ich mußte mir die neue Situation, die sich plötzlich herausgebildet hatte, und meinen Platz darin bewußt machen. Als ich ins Arbeitszimmer zurückkam, saß Stschussew, sehr schwach, zusammengesunken, den Hals von Wissowins Fingernägeln blutiggekratzt, auf dem Sofa, zu dem er sich offenbar mit Hilfe des Journalisten geschleppt hatte. Der Journalist, ebenfalls zerknittert und niedergedrückt, saß »bei sich«, das heißt, an seinem riesigen »schöpferischen« Mahagonischreibtisch, und schwieg. Bald darauf kamen Rita Michailowna und Mascha herein, die endlich aus dem Badezimmer befreit worden war.

ELFTES KAPITEL

Das Geschehen erinnerte so sehr an einen nächtlichen Alptraum, daß wir alle eher erstaunte als erschrockene Gesichter hatten und einer sich über den anderen wunderte, ihn sogar ungläubig anschaute, ohne recht zu begreifen, ob das alles wirklich geschehen war. Ich konnte mich nicht von außen sehen, aber mir schien, daß wir für einen Moment alle den gleichen Blick hatten, den Blick von Betäubten, die nach gewohnten Orientierungspunkten suchen, an denen sich das Bewußtsein festhalten kann, um sich wieder zu beleben. Ein derartiger Orientierungspunkt erschien in Gestalt der in solchen intellektuell müden Familien unentbehrlichen, primitiven Klawa, die ins Arbeitszimmer kam und sachlich die Scherben einer kostbaren Porzellanvase auflas.

»Man hätte ihn zur Miliz bringen sollen«, sagte sie böse, sie hinkte, denn im Kampf mit Wissowin hatte sie sich Hüfte und Bein geprellt, »Chrustschowsches Pack... Übriggebliebene Juden... Schade, daß Stalin die nicht alle ausgerottet hat...«

»Was redest du bloß, Klawa?« sagte Rita Michailowna mit schwacher Stimme. »Was denn für Juden? Was haben die Juden damit zu tun?«

»Alle diese Rehabilitierten sind Juden«, sagte Klawa.

»Ihr hättet Klawa längst entlassen müssen«, brauste Mascha auf, und ihre Wangen färbten sich rosig; überhaupt schien sie wieder zu sich gekommen zu sein, »dieses stalinistische Aas...«

»Ja, ich bin für Stalin«, sagte Klawa selbstsicher, »für Stalin.«

»Es reicht, Klawa«, unterbrach Rita Michailowna sie streng, »und du sei auch still«, wandte sie sich an die Tochter, »was hast du angestellt? Ich beginne erst jetzt zu begreifen, was du angestellt hast... Daß sich dieser Wissowin hier nie wieder blicken läßt...«

»Recht hat er getan«, sagte Mascha wütend, und die Wut stärkte sie noch mehr, sie stand sogar auf, »ich habe natürlich nicht erwartet, daß er ihm an die Gurgel geht... Aber recht hat er... Das ist ein Spitzel... Mir reicht's, daß ich Mitarbeiter des KGB in der Familie habe.« Sie nickte zu Stschussew hin, der mit zerschundenem Hals dasaß, den Kopf zur Schulter geneigt, entweder war er so zerschlagen, daß er nicht reagierte, oder (er hatte übrigens auch etwas Farbe bekommen) er überlegte, wie er weiter vorgehen sollte. (Ich war auch damit beschäftigt, deshalb schwieg ich.)

»Mascha«, schrie der Journalist seine Tochter an, »überleg dir, was du sagst... In den Tiefen unseres von Protest gedüngten Landes reifen derartige Kräfte heran, daß es ein Segen und keine Schande ist, sie aufzudecken.«

»Jetzt hast du's ausgesprochen«, brauste Mascha auf. »Ich hab dich immer in Schutz genommen, aber offenbar hat Kolja recht... Du, ein russischer Intellektueller, wagst es, ein Loblied auf Denunziationen zu singen...«

»Ich rede nicht von Denunziationen, sondern von der Verhütung geplanter Verbrechen... Jeder Staat hat Sicherheitsorgane...«

»Leise«, sagte Rita Michailowna, »ich glaube, Kolja ist aufgewacht...« (Ich wußte damals noch nicht, ob es ihr wirklich so vorgekommen war oder ob sie es nur gesagt hatte, um das Gespräch abzubrechen, das eine gefährliche Wendung genommen hatte.) »Kolja«, fuhr sie fort, nachdem sie sich überzeugt hatte, daß er nicht aufgewacht war, »Kolja hat heute den ersten Tag seiner Schlaftherapie... Wie gut, daß er den Skandal einfach verschlafen hat... Hör zu, Klawa«, wandte sie sich an die Hausangestellte, »keine Gespräche, keine Miliz. Wir rufen jetzt ein Taxi, und sie fahren weg. Sag den Nachbarn, es gab Krach... Die Kinder haben randaliert... Keine Einzelheiten, ich denke, die sind für keinen von Nutzen«, sie warf einen Blick auf Stschussew, der noch immer müde dasaß, mit blutverkrusteten Lippen...

Der Journalist schien erst jetzt das Blut zu bemerken.

»Haben Sie öfter Blutungen?« fragte er Stschussew.

»Mir haben sie die Lunge kaputtgeschlagen«, antwortete Stschussew schwach, »aber ich werde noch ein bißchen leben.« Seine Stimme festigte sich. »Der Liebhaber Ihrer Tochter«, er drehte sich haßerfüllt zu Mascha um, »Ihr Liebhaber wird mich nicht überleben... Gehen Sie davon aus, daß er schon krepiert ist in der Klapsmühle... Komm, Goscha.« Er stand mühsam auf und stützte sich auf meine Schulter.

Ich begriff, daß der Journalist, nachdem der das Blut bemerkt hatte (Blut war ja gleich zu Beginn geflossen, als Wissowin Stschussew würgte, aber die Ereignisse hatten sich so überstürzt, daß der Journalist, und mit ihm auch die übrigen, erst wieder zu sich kommen mußte, um richtig zu erfassen, daß Stschussew krank und leidend war), also, daß der Journalist, ein im Grunde doch weicher und gütiger Mensch, nachdem er das Blut bemerkt hatte, in seinem Kampf mit Stschussew nachgiebiger wurde. Aber ich begriff auch, daß Stschussew das nicht gelegen kam, denn sein Plan war auf Zuspitzung angelegt, und alle seine

Handlungen hatten einen scharfen, endgültigen Charakter. Hier gingen unsere Wege auseinander, denn ich stand erst am Anfang. Der Satz, den er Mascha und dem Journalisten hinwarf und in dem er Mascha als Wissowins Geliebte bezeichnete, war eine überlegte Beleidigung. Als er sich danach auf meine Schulter stützte, bezog er mich gleichsam in seinen Krieg ein, den er der Familie des Journalisten offen erklärt hatte. Nein, ich hatte einen anderen Plan und zog meine Schulter unter Stschussews Hand weg. Er verlor beinahe das Gleichgewicht, denn er war noch außerordentlich schwach, und hätte er dieser Familie nicht so eine schreckliche Beleidigung an den Kopf geworfen, so wäre ich mit meiner Geste, die einem kranken Menschen die Stütze entzog, in ihren Augen natürlich gesunken, denn sie waren in humaner Moral erzogen. Nichtsdestoweniger ging ich das Risiko ein, in dem Wissen, daß Stschussew mir mit seinen Beleidigungen half, mich von ihm zu trennen und selbständige Beziehungen zu dieser Familie aufzunehmen.

»Du bist im Unrecht, Platon«, sagte ich, »du mußt dich entschuldigen...« Ich hatte ihn erstens mit Platon angesprochen und ihn zweitens geduzt, um öffentlich meine Ebenbürtigkeit zu demonstrieren. Jetzt konnte ich unverhofft Revanche nehmen für meinen Mißerfolg bei unserem morgendlichen Gespräch, bei dem Stschussew die Oberhand behalten hatte. »Ich bin sicher«, fügte ich hinzu, »daß Maschas Beziehungen zu Wissowin sauber sind.«

Hier hatte ich es mit meiner Schlauheit zu weit getrieben, denn Mascha stieß sofort einen nervösen Schrei aus, und ihre ganze Wut richtete sich gegen mich (Stschussews offene Beleidigung ließ sie unbeachtet).

»Ich habe Sie nicht gebeten, mich mit Ihren Abgeschmacktheiten zu verteidigen!« schrie Mascha.

»Schrei nicht so«, wurde sie von Rita Michailowna zurechtgewiesen.

Das war schon ein Ausruf zu meinen Gunsten. Wenn Stschussew mich jetzt noch beleidigte, und er hatte Grund dazu, könnte mir das in meinen Beziehungen zu dieser Familie sehr helfen. Aber Stschussew schien meinen Wunsch zu spüren, er drehte sich vorsichtig um (schnelle und abrupte Bewegungen schienen ihm Schmerzen zu bereiten) und sagte, kaum merklich lächelnd:

»Versuch's, Goscha, versuch's, vielleicht klappt's... Alles ist möglich...« Dann ging er weiter, bewegte sich vorsichtig und sparsam und blieb häufig stehen. Er atmete schwer, bemühte sich aber zu lächeln.

»Man muß ihm trotzdem helfen«, brach es unwillkürlich aus dem Journalisten heraus, »ein Taxi rufen... Und Geld... Geben Sie ihm das Geld, das er uns abgenommen hat, um Rußlands Schicksal zu ordnen.« Hier hatte sich der Journalist bei aller Aufrichtigkeit und bei allem Mitgefühl mit dem verprügelten und kranken Menschen eine satirische Bemerkung nicht verkneifen können, doch Stschussew reagierte überhaupt nicht darauf, er war offensichtlich auf etwas anderes konzentriert.

»Geld braucht er jetzt nicht«, sagte Rita Michailowna, »womöglich wartet Wissowin unten auf ihn und nimmt es ihm weg.«

»Mama, wage nicht, so über Christofor zu reden«, rief Mascha, »ihm geht's nicht um Geld.«

»Wir haben auch ihm eine Menge Geld überwiesen«, sagte Rita Michailowna, »und wofür? In jenen Jahren war es wie eine Lotterie, ob man ins Gefängnis kam oder nicht. Und überhaupt, in Zeiten, in denen Rußland um seine Unabhängigkeit kämpfte, hat es nie nach dem Gesetz gelebt, denn das Gesetz steht im Widerspruch zu der Kraft, die für den Kampf gebraucht wird.« Rita Michailowna sind politische Gedanken also auch nicht fremd, vermerkte ich im stillen. »Ja, ja«, fuhr sie fort, »für seine Leiden Geld zu verlangen ist genauso abgeschmackt, wie wenn ein Invalide seine Stümpfe herumzeigt.«

»Mama, hör auf«, rief Mascha wieder.

Stschussew, der inzwischen langsam, schwer atmend die Tür erreicht hatte, blieb an der Schwelle stehen, drehte sich um und sagte plötzlich:

»Wissen Sie, wie die Bauern im Dorf die Läuse aus ihren verschwitzten Hemden ausdämpfen? Genauso wird Rußland euch ausdämpfen... Es wird euch ausdämpfen und dann euer verlaustes Jiddenblut aus seinem Hemd waschen...« Und er schritt durch die Tür, die ihm Klawa geöffnet hatte, und atmete noch immer schwer und stoßweise. Die Tür schlug zu.

Obwohl der Auftritt völlig irre war, waren wir alle verstört, vor allem von Stschussews Ton. In den Worten dieses todkranken Mannes schwang nicht Nervosität und Leidenschaft, sondern erstarrte Kälte, die vom tiefsten Grund aufstieg, von ganz unten, wo alles beginnt, doch erreicht es die Oberfläche selten in ursprünglicher Form, sondern durchläuft verschiedene Etappen und gestaltet sich dabei um. Es war der Haß, den auch ich, als ich Stschussew zuhörte, zum erstenmal empfunden hatte. Es war die Urideologie einer schweren, den Untergrund bildenden Kraft, die bis ins letzte nicht einmal dem klar ist, der zu dieser Kraft gehört. Und mir schien, daß diese Kraft bedrohlich und gebieterisch von unten drängte und daß keiner sie unberücksichtigt lassen konnte, der je Rußland regierte... Das war der biologische Schleim, aus dem alles geboren wurde und sich entwickelte, und kaum geboren, trachtete alles danach, sich von seinem ekelerregenden Ursprung zu entfernen und ihm weniger ähnlich zu sein... Aber zuweilen spülen die gesellschaftlichen Strömungen einer Übergangsperiode, wenn alles entfesselt und aufgewühlt ist, Fetzen dieses Schleims nach oben, und dann spüren alle seine Kraft und seinen Einfluß und daß sie selbst aus ihm hervorgegangen sind. Die einen begegnen den Fetzen des Urschleims mit Angst, andere hingegen, die sich in ihrem vielzelligen Organismus verirrt haben, mit Freude, als einem einfachen, klaren Ausweg zur eigenen Quelle und zum eigenen Anfang... Dem historischen Schicksal gefiel es, daß dieser Urschleim, in stürmischen Zeiten nach oben gespült, am häufigsten, besonders im slawisch-germanischen Kessel, die Form aufrichtiger antisemitischer Leidenschaft annahm. So war es auch mit Stschussew, der eine für ihn klare Bilanz aus den Wirren zog, die hier geschehen waren. Das schwache vielzellige Leben ist nicht fähig, so zu hassen. So haßt nur der ganzheitliche klare Tod, der im ursprünglichen einzelligen Keim verborgen ist.

Die Situation nach dem Abgang des blindwütigen, verprügelten, beinahe erwürgten Stschussew war schwer einzuschätzen. Erstens, wie war Maschas Beziehung zu Wissowin? Liebte sie ihn so, daß sie mit ihm durch »Feuer und Wasser« ging? Sie war ihm nicht hinterhergelaufen, als sie nach seinem Hinauswurf aus dem Badezimmer gelassen wurde, sondern hatte ihn nur verbal verteidigt. Zugleich konnte sie ihm, nach allem zu urteilen, nicht verzeihen, daß er so extrem und unüberlegt gehandelt und versucht hatte, Stschussew in ihrem Elternhaus umzubringen, statt ihn, wie sie es offensichtlich abgesprochen hatten, einfach nach Ritterart aus der Wohnung zu werfen. Damit würde er sich, abgesehen von allem übrigen, die Sympathie der Eltern erworben haben, besonders des Vaters. Die Mutter wäre sowieso gegen ihre Heirat gewesen, wenn auch nicht so kategorisch. Doch ob nun Wissowin bei Stschussews Anblick von Wut übermannt worden war oder ob er nach Plan gehandelt hatte (ich erinnere daran, daß er mich aufgefordert hatte, ihm bei Stschussews Liquidierung zu helfen, das Ganze dann aber als Scherz hingestellt hatte), jedenfalls war er bis zum Äußersten gegangen und hatte alles verdorben. Ich versetzte mich in Maschas Gedankengang, und ich kam der Wahrheit nahe, wie sich später herausstellte. Unbekannt war auch Rita Michailownas Einstellung zu mir, besonders nach den Anspielungen des Journalisten auf ein Gespräch mit Kolja... Kolja... Das war die Richtung... Ich beschloß, mich nicht mit der Gesamtheit der Beziehungen zu befassen, zumal sich die Pause schon recht lange hinzog.

Mascha hatte mir einen feindseligen Blick zugeworfen und war sofort hinausgegangen. (Sie schien mir bislang »berechenbar« und verständlich zu sein. Für eine Weile mußte ich sie als negativen Faktor einkalkulieren, aber nicht mehr.) Der Journalist und Rita Michailowna schauten mich an, und ich war mir der Zwiespältigkeit meiner Lage bewußt. Ich war gewaltsam hier eingedrungen, zusammen mit Stschussew und als Erpresser. Freilich hatten sich danach mannigfache Vorgänge abgespielt, aber wie die Bilanz nach allgemeiner Addition und Subtraktion ausgefallen war, wußte ich nicht. Übrigens hatten diese Leute offenbar keine Bilanz gezogen, darum schauten sie mich schweigend an. Kolja, dachte ich wieder, ich muß Kolja ins Spiel bringen.

»Was ist mit Kolja?« fragte ich. »Wie geht es ihm?«

Der Satz war auf den ersten Blick banal und alltäglich, aber in meiner Lage »auf des Messers Schneide« hatte mir eine Erleuchtung geholfen, ihn zu finden. Nicht umsonst war diesem Satz eine angespannte Denkarbeit vorangegangen. Ich wartete aufgeregt auf die Fortsetzung. Was würden sie antworten? Würden sie mir nicht einfach die Tür weisen?

»Kolja ist ernstlich krank«, antwortete Rita Michailowna.

Ich stieß einen Seufzer der Erleichterung aus. Nein, so antwortet man nicht, wenn man jemanden einfach rausschmeißen will. Natürlich war es bis zu wirklichem Vertrauen noch ein weiter Weg, dennoch zeichnete sich zumindest ein Gespräch ab. Und richtig, Rita Michailowna stand auf und sagte zu mir:

»Entschuldigen Sie, Goscha... So heißen Sie doch?«

Die vertrauliche Anrede dieser Frau freute mich sehr.

»Ja«, antwortete ich. »Eigentlich heiße ich Grigori, und Goscha kommt ja eher von Georgi... Aber ich habe mich daran gewöhnt – also Goscha...«

Diese Fortsetzung war richtig. Nach all den Extremen, den wüsten Leidenschaften und aufgeputschten Gefühlen sprach meine ungeschickte und verworrene

Ausdrucksweise, die sich spontan ganz von selbst ergeben hatte, zu meinen Gunsten und beruhigte diese Leute.

»Ich möchte mit Ihnen reden«, sagte Rita Michailowna. »Wir gehen zu mir«, wandte sie sich an ihren Mann. »Ruf inzwischen Solowjow an... Dein Sohn ist krank, und dein Freund, Arzt und Dozent, eine Leuchte, benimmt sich wie ein Schwein.« (Daß dieser scharfe Satz in meiner Gegenwart gesagt wurde, freute mich, denn er bezog mich ungewollt in die Intimität der Familienverhältnisse ein.)

»Vielleicht haben sie ihn kurzfristig ins Kreml-Krankenhaus gerufen«, sagte der Journalist.

»Dann hätte er wenigstens anrufen können«, sagte Rita Michailowna, »aber vielleicht ist es besser so... Ich glaube, ich war ungerecht zu dem Arzt... Alle diese Leuchten...« Sie winkte geringschätzig ab. »Kommen Sie, Goscha...«

Wir gingen durch den Korridor, dann durch ein luxuriöses Zimmer mit einer altertümlichen Anrichte über die ganze Wand, offenbar das Speisezimmer, und betraten einen kleinen, elegant eingerichteten Raum mit cremefarbenen Tapeten. Es war das eheliche Schlafzimmer, aber ganz unterschiedliche, sehr diffizile Anzeichen brachten mich gleich beim Eintreten auf den Gedanken, daß der Journalist hier seit langem nicht mehr nächtigte, sondern in seinem Arbeitszimmer auf dem Sofa schlief. Rita Michailowna hatte ja auch gesagt: »Wir gehen zu mir...«

Das war verständlich und lag auf der Hand. Aber es gab auch andere, auf den ersten Blick kaum wahrnehmbare Anzeichen dafür, daß Rita Michailowna manchmal sehr raffiniert und mit mondäner Vorsicht ihren Mann betrog. Ja, so entwickelten sich meine Gedanken, während ich mir das Schlafzimmer anschaute. An der Wand hing ein großes Frontfoto des jungen Journalisten mit dem sehr männlichen, fröhlichen, klaren Gesicht der Stalinzeit, das sich stark unterschied von dem jetzigen müden Intellektuellengesicht, das die wichtigsten Genüsse eindeutig nicht vom Körper bezog, sondern vom Geist und von Überlegungen. Ich war zum erstenmal mit einer wirklich mondänen Frau allein, und hier, im Halbdunkel, bei zugezogenen Gardinen, sah sie ihrer Tochter außerordentlich ähnlich, hatte aber nicht deren herbe Unnahbarkeit, die die Hätschlinge des Schicksals und die Übersättigten entflammt, mich aber eher abschreckt. Meine Gedanken wollten noch weitergehen, aber da besann ich mich und hielt inne, blickte sogar besorgt zu Rita Michailowna, ob sie etwas bemerkt hatte. Aber sie setzte sich auf einen weichen Puff, scheinbar neutral, es war ihr wohl gleichgültig, was in mir vorging. Ich setzte mich auf einen ebensolchen Puff, etwas weiter weg von Rita Michailowna, um meine Gedanken endgültig zu unterdrücken.

»Erzählen Sie mir von sich«, sagte Rita Michailowna.

Ich nahm mir höchstens eine Minute Zeit zum Nachdenken, doch ich glaube, daß ich den Plan meiner Erzählung ausreichend genau entwarf. Ich beschloß, meiner Erzählung die Wahrheit zugrunde zu legen, nur einzelne Momente zu verstärken oder abzuschwächen und mir gelegentlich Verfälschungen zu erlauben. (Besonders über meine Bekanntschaft mit Stschussew.) Ich sprach nicht lange, vielleicht zwanzig Minuten, und das war Absicht – ich wollte Rita Michailowna nicht ermüden, denn das hätte ihre Beziehung zu mir unangenehm beeinflussen und Argwohn hervorrufen können. Ich erzählte von meinem Leben im Wohnheim, von meiner frühen Verwaisung, ließ aber meinen Kampf um den Schlafplatz unerwähnt, weil ich meinte, daß mich das erniedrigte, teilte nur mit, daß die Rehabilitierung mir äußerst wenig gegeben habe und daß ich in meinen Hoffnungen enttäuscht worden sei, und da sei Stschussew mit seinen Vorschlägen und Versprechungen aufgetaucht. Ich hätte ihm vertraut und mich auf all diese Dinge eingelassen... Etwa in diesem Sinne, ziemlich zurückhaltend, legte ich alles dar.

»Goscha«, sagte Rita Michailowna, »ich darf Sie doch so nennen?«

»Aber ja, bittesehr«, sagte ich und spürte, daß meine Erzählung ein Erfolg war und einen guten Eindruck hinterlassen hatte.

»Goscha«, wiederholte Rita Michailowna, »ich habe begriffen, daß Kolja sich zu Ihnen hingezogen fühlt und Ihnen vertraut. Er ist ein sehr anhänglicher und guter Junge, aber aus einer Reihe von Gründen braucht er eine männliche Autorität, der er glauben kann... Ich will ganz offen mit Ihnen sein... Das rührt daher, daß sein Vater diesen Platz nur ungenügend ausfüllt... Ach, das ist alles sehr kompliziert, und Sie werden es nicht verstehen... Zumal er seinen Vater liebt, und sein Vater liebt ihn sehr... Aber die Umstände, die Spezifik unserer Familie, Koljas frühe Teilnahme an politischen Disputen, sein Interesse für alle möglichen Bücher und Interpretationen... Dann die Zeit... Eine Zeit, die für solche Jungs sehr ungünstig ist... Da ist es kein Wunder, daß er unter den Einfluß dieses Stschussew geraten ist... Außerdem gab es noch einen Jatlin, aber mit dem trifft er sich Gott sei Dank nicht mehr... Ich frage nicht nach den Einzelheiten des letzten Abenteuers, von dem er ganz zerfleddert zurückgekommen ist... Sicherlich war es eine Straßenprügelei...« (Ich stellte mir vor, was in ihr vorginge, wenn sie erführe, daß ihr Kolja an einem Überfall auf den ehemaligen Außenminister Molotow teilgenommen hatte... Nicht mehr und nicht weniger.) »Kurzum, ich möchte Ihnen vorschlagen, eine Weile unser Gast zu sein, in Koljas Nähe zu bleiben... Im Hinblick darauf, daß Sie Einfluß auf ihn haben und sich bewußt geworden sind, wie falsch und gefährlich die Beziehungen zu Stschussew sind... Uns akzeptiert Kolja nicht... Sein Vater und ich sind so erschöpft...«

So etwas gibt's nur im Märchen. Selbstverständlich willigte ich ein, wobei ich freilich den Fehler machte, zu hastig einzuwilligen und meine Freude über diese Wendung zu zeigen. Aber auch Rita Michailowna war höchst zufrieden, so daß sie meinen Patzer nicht bemerkte.

»Gehen Sie jetzt ein bißchen spazieren«, sagte sie, »Sie nehmen es mir hoffentlich nicht übel, daß ich Sie bitte, jetzt zu gehen... Ich jage Sie nicht weg, aber wir müssen im Familienrat noch Entscheidungen treffen... Und zum Mittagessen kommen Sie wieder. Klingeln Sie dreimal und dann noch zweimal...«

So war das Gespräch, das mir den Weg in diese Familie öffnete. Als ich zum Mittagessen wiederkam (ohne Müdigkeit zu spüren, war ich über den Boulevard spaziert und hatte die Situation überdacht), als ich wiederkam, stellte ich fest, daß nichts Außergewöhnliches passiert war und daß Rita Michailownas Vorschlag, mich einzuladen, von Mascha, wie nicht anders zu erwarten, feindselig aufgenommen worden war, von dem Journalisten hingegen mit einer seltsamen Neugier (er studierte mich), Kolja aber fehlte beim Mittagessen. Das Essen schmeckte sehr gut, aber ich litt Qualen, denn Mascha hatte, wie ich begriff, beschlossen, mir gerade jetzt die erste Schlacht zu liefern. Ein eitler Mensch ist gleichzeitig äußerst schüchtern, weil ihm die Meinung der anderen wichtig ist, das hatte Mascha erfaßt. Mit der Suppe kam ich ganz gut zurecht, ich schöpfte sie vorsichtig mit dem schweren alten Silberlöffel. Um zu vermeiden, daß würzige Suppentropfen verlorengingen, während ich den Löffel vom Teller zum Mund führte, hielt ich ein Stück Brot unter den Löffel. Als ich jedoch einen Blick auffing, den Mascha dem Journalisten zuwarf, besann ich mich, schluckte das Stück Brot hinunter und hielt im weiteren jeden Löffel Suppe lange über den Teller, damit alle Tropfen dorthin zurückfielen. So kam es, daß alle schon fertig waren, während ich noch immer Suppe löffelte, und ich wußte nichts Besseres zu tun, als den noch nicht geleerten Teller mit der ersten gehaltvollen Suppe in meinem Leben beiseite zu schieben. Als Hauptgericht brachte Klawa einen riesigen Teller mit dampfendem, stark gepfeffertem Fleisch, von gebackenen Kartoffeln umrahmt. Jeder sollte sich selbst »nach seinem Appetit« nehmen. Da ich die Suppe nicht aufgegessen hatte, war ich noch hungrig, und beim Anblick des Bratens spürte ich ein schmerzhaftes Ziehen im Magen. Besser, jeder hätte eine Portion zugeteilt gekommen, dachte ich, denn wie soll ich entscheiden... Dort, das schöne geäderte Stück... Danach zu greifen war wohl ungehörig... Da müßte ich ein kleines trockenes Stück mit Knochen übergehen, das am Tellerrand lag und angebrannt war... Klawa hatte den Teller sicherlich so hingestellt, damit dieses Stück mir zufiel. Natürlich war es auch appetitlich, und ich hatte so etwas selten zu essen bekommen. Aber es war nichts im Vergleich zu dem schönen Stück, das schon so zart und aromatisch aussah und – wie dunkler Marmor – von hellen Adern durchzogen war... Von den üppigen Fleischstücken überwältigt, verlor ich für kurze Zeit die innere Sammlung und ließ mich gehen. Mehr noch, ich konzentrierte meine seelischen Kräfte auf das Fleisch, und hätte ich mich früher in ähnlicher Situation mit dem angebrannten Stück zufriedengegeben, so spießte ich jetzt die Gabel in das schöne geäderte Stück, hob es über den Tisch und legte es auf meinen Teller. Und blickte sofort auf. Wie sich zeigte, beobachteten sie mich. Mascha mit gereiztem Spott, der Journalist mit aufmerksamer, doch nicht feindseliger Neugier und Rita Michailowna mit Besorgnis. Sie hatten auf ihrem Teller je ein akkurates kleines Stück Fleisch liegen, von dem sie noch kleinere, spielzeugkleine Stückchen abschnitten, sie mit Grünzeug bestreuten und hinunterschluckten. Ich nahm von dem vor mir stehenden Ständer ein Messer mit kurzer und stumpfer Klinge und machte mich ans Schneiden. Ich wußte, daß das eine für mich gefährliche Operation war, denn schon zweimal hatte ich mich dabei blamiert, wenn auch in weniger aristokratischen Häusern. Entweder hielt ich mit der Gabel das Stück nicht fest genug, oder ich stieß zu heftig mit dem Messer zu. Ganz ruhig, sagte ich zu mir, die Gabel schön tief hineinstoßen, mit der Linken festhalten... Und in der Rechten das Messer...

»Also, ihr habt für Kolja einen Erzieher engagiert«, sagte Mascha mit nervösem fröhlichem Lachen, geschickt den richtigen Moment abpassend, um mich aus dem Gleichgewicht zu bringen.

»Laß das, Mascha«, sagte Rita Michailowna, »Goscha ist Koljas Freund... Er ist unser Gast...«

»Warum heuchelt ihr?« sagte Mascha, legte Gabel und Messer hin und blickte ihre Eltern an. »Nach all dem verlangt ihr von mir und Kolja, daß wir im Leben ehrlich sind... Ich habe zwar eure absurde Kombination noch nicht verstanden, aber ich zweifle nicht, daß sie absurd ist... Bei Kolja ist es Unerfahrenheit... Aber ihr, ihr... Sich mit einem eingefleischten Schwarzhunderter einzulassen...«

Das alles sagte sie in meiner Gegenwart, offen und sogar herausfordernd, noch dazu in dem Moment, als ich versuchte, vorsichtig das Fleisch zu schneiden, ohne es vom Teller zu schubsen.

»Mascha«, schnauzte der Journalist, »ein bißchen mehr Takt... Du hast dich sehr verändert, Mascha«, fügte er leiser hinzu.

»Nein, du hast dich verändert«, sagte Mascha mit nervösem Nachdruck, »und ich hab dich noch in Schutz genommen, als dich die Antistalinisten im Klub geschlagen haben.«

»Mascha«, schrie Rita Michailowna, »du verläßt sofort den Tisch... Ich verbiete dir den Umgang mit diesem Wissowin... Das bringt er dir alles bei...«

»Ich rechtfertige Christofor nicht«, sagte Mascha, »aber ich verstehe ihn... Einen ehrlichen Menschen jagen sie davon, und einen Antisemiten holen sie sich an den Mittagstisch... Und das nennt sich russische Intelligenz...«

»Mascha!« schrie Rita Michailowna wieder und schlug mit der Hand heftig auf den Tisch. Das Geschirr klirrte. Von einer Schale löste sich ein Apfel und kullerte herunter. (Klawa hatte, da sich das Essen in die Länge zog und sie eilig irgendwohin mußte, schon den Nachtisch aufgetragen.)

Im selben Moment, offensichtlich von dem Schlag rein physiologisch erschrocken, ließ ich das Stück Fleisch los, das hopste vom Teller und klatschte in den Salat. Mascha lachte schallend und mit Nachdruck.

»Verlaß den Tisch, Mutter bittet dich«, sagte der Journalist leise, »wie grausam du bist, Mascha.«

Mascha stand auf, noch immer lachend, und ging.

Ich saß da, ballte unterm Tisch die Fäuste, bis es weh tat und die Fingernägel sich in die Handfläche gruben. Ich vergötterte dieses Mädchen nicht mehr. Ich sah sie jetzt bis ins kleinste Detail, als ich ihr nachschaute. Ihr wunderschöner Hals, die kapriziöse hochmütige Drehung des Kopfes, die strammen Hüften... Ich freute mich nicht mehr an ihrem Anblick, sondern taxierte in rasender Wut ihren Körper. Ich liebte sie nicht mehr, sondern haßte sie und wünschte mir... Gewalt – das war mein Traum von ihr, sie grob packen und zerbrechen... Und dabei ins Gesicht schlagen... Mein Herz hämmerte schwer, und mich übermannte plötzlich böse Begehrlichkeit.

»Nehmen Sie unsere Entschuldigung entgegen«, sagte der Journalist und sah mich ernst an.

»Geben Sie nichts darauf«, fügte Rita Michailowna hinzu. »Wir essen jetzt zu Ende und fahren dann... Dort werden Sie mit Kolja allein sein...«

»Wohin fahren wir?« fragte ich, durch die Entschuldigung des Journalisten einigermaßen beruhigt, wobei ich außer acht ließ, daß er in seiner neuen kontemplativen Eigenschaft äußerst leicht Entschuldigungen aussprach, denn er nahm bestimmte Situationen nicht ernst, besonders wenn sie von Jugendlichen und der Gesellschaft des Protests schlechthin herbeigeführt wurden.

»Kolja ist nämlich auf der Datsche«, sagte Rita Michailowna, »seit gestern... Wir haben ihn fast mit Gewalt dorthin gebracht... Stellen Sie sich vor, er wäre bei dem Skandal hier gewesen. Ich habe absichtlich gesagt, daß er hier ist, um die Spuren zu verwischen... So weit haben wir's gebracht in der Chrustschow-Zeit.« Sie seufzte, nahm aber gleich wieder eine sachliche Miene an, rief Klawa und bat sie, den Wagen aus der Garage fahren zu lassen. »Dein Solowjow wird ja heute kaum noch kommen«, sagte sie vorwurfsvoll zu dem Journalisten, »wir werden ihn morgen hinbringen... Jetzt warten wir nicht länger auf ihn, wir fahren... Das ist ein Neuropathologe«, erklärte sie mir.

In diesem Moment schrillte die Klingel, ein langgezogener Ton, nicht das verabredete Zeichen. Alle am Tisch verstummten, und ich sah in den Gesichern der beiden aufrichtiges Erschrecken. Auch Mascha kam aus ihrem Zimmer. Diese Menschen lebten wirklich wie unter Belagerung. Rita Michailowna bedeutete dem Journalisten mit der Hand, in eines der Zimmer zu gehen, und gab Klawa ein verabredetes Zeichen, indem sie die Hand zum Gesicht hob und hin und her schwenkte. Klawa nickte verstehend, und es war zu hören, wie sie in der Diele zu jemandem sagte:

»Nicht da, nein... Weggefahren...« Dann kam sie plötzlich zurück und sagte zu mir: »Für Sie... Irgendein Junge...«

Ich war verwirrt und wußte nicht, was ich tun sollte, denn unwillkürlich hatte die allgemeine Atmosphäre der Angst nach dem Klingeln auch mich ergriffen, aber Rita Michailowna machte mir ein Zeichen hinzugehen, offensichtlich, um den Schlag von sich selbst abzuwenden... Ich stand auf, ging hinaus und sah auf dem Treppenabsatz Serjosha Tschakolinski. Für eine Weile hatte ich die Existenz dieser Jungs völlig vergessen und war jetzt, als ich einen Bekannten sah, sogar beruhigt.

»Gib das Geld«, sagte Serjosha und sah mich mit ehrlicher jungenhafter Feindseligkeit an, und seine Wangen zeigten die Röte eines Jungen Pioniers. »Platon Alexejewitsch hat's befohlen...«

Ach, das war's. Ich faßte in die Tasche und zog das

Geldbündel hervor, das ich ebenfalls völlig vergessen hatte, was mir noch nie passiert war. Noch ehe ich es Serjosha geben konnte, riß er es mir aus der Hand, lief eine halbe Treppe tiefer, blieb stehen und fügte, offensichtlich von sich aus, nicht im Auftrag, hinzu:

»Du hast Platon Alexejewitsch an die reichen Jidden verkauft, du Lump... Stalinscher Judas... Spitzel.« Er drohte mir mit der Faust und lief hinunter.

Ich wußte, daß Serjosha mich nie gemocht hatte, doch dieser aufrichtige jungenhafte Ausbruch verwirrte mich.

»Was gibt's?« Rita Michailowna kam beunruhigt näher.

»Sie haben sich das Geld geholt«, antwortete ich.

»Machen Sie sich nichts draus«, sagte Rita Michailowna, »Sie haben mit Ihren früheren Freunden nicht mehr den gleichen Weg... Genauso wie Kolja... Gott sei Dank sind wir die los. Jetzt fahren wir zur Datsche. Wissen Sie, eine Gegend ist das dort... Kiefernwald, wunderschön...«

Und wirklich, kaum hatte ich mich in den neuen grauen Wolga, persönliches Eigentum des Journalisten, gesetzt, fiel vieles von mir ab, und mir wurde leichter. Und als wir aus der Stadt heraus waren, wurde mir ganz leicht und wohl. Ich saß neben dem Fahrer, einem kleinen gedrungenen Burschen. Rita Michailowna hatte mit allerhand Tüten, offenbar Lebensmittelvorräten, hinten Platz genommen. Auf den Knien hielt sie einen Karton mit einer Nußtorte. Privatwagen, persönlicher Fahrer, Nußtorte – alles war reich und beständig. Für einen Moment schloß ich die Augen und dachte: Dahin also hat dich das Leben schon auf dem von dir gewählten Weg verschlagen.... Wo ist er, der Schlafplatz? Das ist doch alles noch gar nicht so lange her.

Das Gespräch, das inzwischen Viktor (der Fahrer) mit Rita Michailowna führte, paßte bestens zu meinen Geedanken.

»Alexej Iwanowitsch ist auf einen Mercedes umgestiegen«, sagte Viktor, »ich gucke, sein Petka fährt an mir vorbei und strahlt übers ganze Gesicht... ›Mein Chef hat seinen Wolga verkauft‹, sagt er, ›und den Mercedes hat er über eine ausländische Kommission gekriegt...‹ – ›Na und‹, sag ich, ›meiner bekommt bald einen amerikanischen Ford...‹«

»Ach, Viktor«, sagte Rita Michailowna, »als ob uns jetzt danach wäre...«

»Wie geht's Kolja?« Viktor erfaßte sofort die Situation.

»Er ist krank«, sagte Rita Michailowna.

»Sie haben einen guten Jungen«, fuhr Viktor fort, »einen klugen... Er hatte einen kleinen Juden zum Freund, ich hab sie mal zur Datsche gefahren... Der hat so interessant über Stalin geredet und überhaupt über Rußland... Auf so was kommen wir Russen gar nicht... Da reicht der Grips nicht...«

»Weißt du, Viktor«, sagte Rita Michailowna, »laß solche Reden...«

»Was hab ich denn gesagt?« stammelte der Fahrer, der fühlte, daß er danebengehauen und seine Herrschaft verdrossen hatte und daß das, was seiner Herrschaft früher gefallen und was als Zeichen guten Tons gegolten hatte, ihr jetzt mißfiel. »Ich mein doch bloß«, fuhr Viktor fort, »daß sich Kolja gute Jungs als Freunde aussucht... Sind Sie sein Freund?«

»Ja«, antwortete ich einsilbig.

Meine Stimmung verlor für eine Weile die Leichtigkeit und wurde unruhig, doch der Anblick der vorbeifliegenden Landschaft zerstreute mich wieder und heiterte mich allmählich auf.

Ringsum begann schon der goldene Herbst der Moskauer Umgebung zu lodern, der in dieser waldigen, privilegierten Gegend besonders schön ist. Es gab weder Vorstadtstaub noch Fabrikrauch, auch war kein Geratter von Vorortbahnen zu hören. Ins offene Wagenfenster flog der würzige Geruch nach welkendem Laub und trockenen Gräsern. Hin und wieder huschte eine Zapfsäule oder ein Milizposten vorbei.

An einer Stelle gabelte sich die Straße, und an dem einen Abzweig war ein Schild, das die Durchfahrt verbot, aber Viktor lenkte den Wagen eben dorthin. Nach etwa fünfhundert Metern versperrte ein Schlagbaum den Weg. Viktor lehnte sich aus dem Fenster und winkte einem ihm offenbar bekannten Milizionär, der aus einem Büdchen am Wegrand kam. Der Milizionär ließ den Schlagbaum hoch, und wir fuhren in einen Kiefernwald, in dem reiche Datschen blinkten. Vor einer Datsche bremste Viktor, stieg aus dem Wagen und ging durch die Pforte. Ein Hund schlug an, erkannte dann den Ankömmling und winselte freundlich.

»Zuerst gehe ich zu Kolja und bereite ihn vor, und dann kommen Sie«, sagte Rita Michailowna zu mir.

Viktor öffnete das Tor, setzte sich in den Wagen, fuhr den kurzen Weg bis zur Vortreppe und hielt. Auf den Lärm hin kam sofort eine ältere, fast alte Frau in einer Schürze herausgelaufen.

»Ich hab schon in der Stadt angerufen«, sprudelte sie erschrocken hervor, »man hat mir gesagt, daß Sie auf dem Weg hierher sind... Na, denk ich, wenn sie bloß bald kommen...«

»Was ist denn passiert?« fragte Rita Michailowna, ebenfalls erschrocken. »Reden Sie vernünftig, Glascha...«

»Er wütet und randaliert«, sagte Glascha, »und droht... Er sagt, ich schlag die Fenster ein... Oder steck die Datsche in Brand, wenn ihr mich nicht rausläßt... Er hat doch Streichhölzer... Und fluchen tut er ganz unflätig... Mich hat er auch beschimpft«, beklagte sich Glascha, »dabei hab ich nur gemacht, was Sie gesagt haben...«

»Nicht so laut«, sagte Rita Michailowna, die ganz blaß geworden war. »Warum haben Sie nicht früher angerufen? Sie haben doch gesagt, alles ist in Ordnung, als ich angerufen habe.« Nach diesen Worten stieg Rita Michailowna hastig die Vortreppe hinauf, ging durch mehrere Zimmer und auf einer Wendeltreppe nach oben. Von oben war tatsächlich Gepolter und Geschrei zu hören.

»Am Morgen war auch alles in Ordnung«, sagte Glascha und trippelte hinterher, »aber dann ging's los...«

»Ach, seien Sie still«, herrschte Rita Michailowna sie an.

»Der legt ja los«, sagte Viktor und lachte leise auf, womit er sich insgeheim an Rita Michailowna für die Zurechtweisung während der Fahrt rächte. »Denen geht's zu gut...« Er suchte in mir einen Verbündeten, aber ich wandte mich ab. Ekliger Typ, dachte ich im stillen. Bei dem muß man vorsichtig sein.

Ich stand mit Viktor in einem Zimmer, das ebenso wie die Stadtwohnung mit altertümlichen Möbeln eingerichtet war. Durchs offene Fenster kam ein herber Geruch nach trockenem Laub, Nadeln und Sand - die Datschengerüche waren für mich noch ungewohnt... Viktor trat näher zur Treppe, um mitzubekommen, was Kolja schrie. Ich horchte auch.

»Lumpen«, schrie Kolja, »stalinistische Schmarotzer... Habt euch bereichert an den Leiden des Volkes... Ich akzeptiere dich nicht als Mutter, du Hündin... Vater akzeptiere ich auch nicht...« Danach krachte es, irgend etwas ging zu Bruch.

»Der legt ja los.« Viktor strahlte geradezu vor Vergnügen, aber als er Rita Michailownas Schritte hörte, machte er rasch ein betrübtes und ernstes Gesicht.

»Gehen Sie zu ihm, ich bitte Sie«, sagte Rita Michailowna mit zitternder Stimme zu mir, »vielleicht können Sie ihn beruhigen... Und Sie, Viktor, gehen zum Wagen«, schnauzte sie den Fahrer an, dessen Schadenfreude ihr offenbar nicht entgangen war, »lungern Sie überhaupt weniger hier herum...«

»Ich lungere hier nicht herum«, schnappte Viktor plötzlich zurück (also war auch er störrisch und in der liberalen Familie verdorben), »wenn's so ist, kündige ich... Lakaien sind schon lange abgeschafft... Nun finden sich sowjetische Gutsbesitzer.« Er knallte die Tür zu.

Ich weiß nicht, wie eine solche Szene unter anderen Umständen ausgegangen wäre, aber jetzt hatte Rita Michailowna keinen Sinn dafür.

»Ich bitte Sie«, sagte sie wieder zu mir, »beruhigen Sie Kolja... Gehen Sie nach oben... Die Treppe hinauf, die Treppe.«

Ich sah nicht ganz durch, fühlte aber schon, was für gute Möglichkeiten die entstandene Situation mir eröffnete. Und ich bedankte mich im stillen noch einmal bei mir selber, daß ich mit Stschussew gebrochen und auf diese Familie gesetzt hatte... Ich stieg die Treppe hinauf und blieb vor der Tür stehen, gegen die ständig gewummert wurde, offensichtlich mal mit den Füßen und mal mit einem Stuhl, denn das Geräusch änderte sich von Zeit zu Zeit.

»Kolja«, sagte ich, »ich bin's, Goscha Zwibyschew.«

Für einen Moment wurde es im Zimmer still, dann rief Kolja mit anderer, freudiger Stimme:

»Goscha, du hast mich gefunden... Ist Platon Alexejewitsch auch hier?«

»Nein«, sagte ich. »Wir müssen miteinander reden.«

»Sie sollen mich rauslassen«, schrie Kolja, »die haben mich eingesperrt... Die Halunken...«

»Geben Sie mir den Schlüssel«, sagte ich laut und herrisch.

Ich begriff: Wenn ich mir eine solche Situation entgehen ließ und nicht das Maximum des Möglichen aus ihr herausholte, konnte ich mich begraben lassen. Das war wieder eine Situation aus der Serie, wie sie die Vorsehung den Auserwählten des Schicksals bereitet.

Rita Michailowna entriß Glascha hastig den Schlüssel und reichte ihn mir. Dabei ging ich nicht die Treppe hinunter, sondern sie kam herauf, um ihn mir zu geben. Ich schloß die Tür auf, und Kolja fiel mir um den Hals. Er sah wirklich schrecklich aus, war blaß und zerzaust und hatte aufgesprungene Lippen.

»Die haben mich eingesperrt«, wiederholte er, »zuerst zu Hause, dann haben sie mich hierhergebracht...

Wie einen Häftling oder Gemütskranken... Das werde ich ihnen nie, nie verzeihen... Hörst du, du Hündin«, schrie er die Treppe hinunter, »ich kenne euch nicht mehr... Dich und den stalinistischen Spitzel... Ich akzeptiere ihn nicht als Vater.«

Ich hörte, wie Rita Michailowna unten in Tränen ausbrach.

»Nicht doch, Kolja«, sagte ich, »beruhige dich...«

»Wer glaubt mir jetzt, daß ich kein Spitzel bin?« sagte Kolja. »Ich hab die Freunde im Stich gelassen... Sie haben mir eine Spritze gegeben, und ich bin eingeschlafen... Es ist so gemein von ihnen, so gemein, mich hierherzubringen und einzusperren... Was denken die Jungs, was denkt Stschussew?«

»Darüber reden wir später«, sagte ich. »Jetzt beruhige dich... Niemand denkt schlecht von dir.«

»Wirklich?« rief Kolja freudig. »Es war so furchtbar für mich... Als ich hier aufgewacht bin, hab ich alles kapiert... Es ist furchtbar, sich als Verräter zu fühlen...«

»Du bist kein Verräter, Kolja«, sagte ich, »du bist ein wirklich ehrlicher Mensch... Aber du darfst deine Eltern nicht so beschimpfen.«

»Ich akzeptiere sie nicht«, sagte er wieder aufgeregt, »ich bin selber schuld... Ich hätte längst weggehen müssen, aber ich konnte mich nicht von dieser gemeinen Gemütlichkeit trennen... In ein Wohnheim, ein Arbeiterwohnheim...«

»Laden Sie ihn zu einem Spaziergang ein«, soufflierte von unten Rita Michailowna vorsichtig und schüchtern, »wenn er sein Wort gibt, nicht wegzulaufen.«

»Sei still«, schrie Kolja wieder, »Zuträgerin... KGB in der Familie...«

»Wirklich, gehen wir ein bißchen spazieren«, sagte ich. »Du bist blaß und siehst schlecht aus... Er denkt nicht daran, wegzulaufen«, sagte ich scheinbar ärgerlich zu Rita Michailowna, als hätte sie Kolja mit solchen Verdächtigungen beleidigt.

»Ja, du hast recht«, sagte Kolja. »Wir gehen gleich« (er duzte mich, aber in einer Aufwallung, aus tiefstem Vertrauen, so daß es mich nicht unangenehm berührte). »Wir müssen reden, ich möchte so gern mit dir reden.«

Er kam hinter mir die Treppe herunter und rempelte im Vorbeigehen seine Mutter, ich glaube, absichtlich, so heftig mit der Schulter an, daß sie sich kaum am Geländer festhalten konnte.

»Geh mit ihm zum See, Kolja«, sagte sie trotz seiner Grobheit, besorgt um ihn und irgendwie demütig.

»Dich hat keiner gefragt«, schnitt Kolja ihr das Wort ab und trat auf die Vortreppe.

»Gehen Sie«, flüsterte mir Rita Michailowna zu, »bleiben Sie keinen Schritt zurück, ich bitte Sie...«

»Alles wird gut«, entgegnete ich etwas gönnerhaft.

»Ich bin Ihnen ja so dankbar«, sagte sie, »Sie hat uns der Himmel geschickt.«

ZWÖLFTES KAPITEL

»Was gibt's dort?« bestürmte mich Kolja begierig, sowie wir auf einem Waldweg waren. »Hat Stschussew dich geschickt?«

»Nein«, sagte ich. »Überhaupt mußt du umdenken, was Stschussew betrifft.«

»Was heißt das?« Er blieb mißtrauisch stehen.

Ich blickte ihn an und begriff, daß ich ungeschickt und überstürzt vorgegangen war.

»Er ist sehr krank«, redete ich mich heraus.

»Ja«, sagte Kolja. »Er hat keine heile Stelle am Körper. Die Stalinschen Henker haben ihn bestialisch gefoltert... Sie haben ihn an Armen und Beinen gepackt und dann losgelassen, und er ist auf die Erde geknallt... Das war so eine Methode im Lager.«

Während er das sagte, blickte er mich böse und leidend an, als hätte er das alles selbst durchgemacht. Ich begriff, was für einen ernsthaften Gegner ich in

Stschussew hatte, besonders wenn es um die Beherrschung ehrlicher Jungenseelen ging. Für einen Moment geriet ich sogar ins Grübeln und Zweifeln, ob meine Entscheidung, mit Stschussew offen zu brechen, richtig gewesen war und ob ich ihm nicht besser hätte folgen sollen, um die Aura seines Märtyrertums auszunutzen. Sollte ich alles umstoßen, dem Gespräch eine andere Wendung geben und Kolja etwas ganz anderes sagen, als Rita Michailowna erwartete? Nein, das wäre auch falsch. Das Beste wäre, in Stschussews Namen in der von Rita Michailowna gewünschten Richtung zu handeln. Ach, wie dumm, daß ich zu Beginn des Gesprächs nicht behauptet hatte, von Stschussew geschickt zu sein. Das barg natürlich auch Gefahren, aber in der ersten Etappe wäre es günstig gewesen, und im weiteren hätte ich nach den Umständen handeln können. Kolja vertraute mir und liebte mich, aber darin lag auch die Hauptgefahr. Solche naiven, ehrlichen Jungs sind schrecklich, wenn sie enttäuscht werden. Menschlich stand ich Kolja sogar näher als Stschussew, denn Stschussew war für ihn vor allem eine gesellschaftliche Figur, ich dagegen fast ein Freund... Aber da mußte ich auf der Hut sein. Diese ehrlichen Jungs sind sehr wankelmütig, nicht aus Berechnung, sondern vom Gefühl her... Die Geschichte mit Jatlin war ein Beispiel. Über den verlor Kolja kein Wort mehr, nicht weil ich sein Idol mit einem Schlag gegen die Kinnlade zu Boden gestreckt hatte, sondern weil ihm klar geworden war, daß Jatlin, dem er vertraute, den Schwur gebrochen und mich ungerecht behandelt hatte. Würde mir nicht dasselbe passieren, wenn ich mich seiner Meinung nach unanständig gegen Stschussew benahm? Freilich hatte ich schon in Koljas Gegenwart gegen Stschussew zu »rebellieren« versucht, aber erstens war es damals um konkrete, möglicherweise falsche Aktionen gegangen und nicht gegen Stschussew selbst. Und zweitens war das im Moment höchster Anspannung vor dem Überfall auf Molotow geschehen und wurde darum von anderen

Fakten verdrängt. Es gab freilich noch jemanden, den Kolja achtete – Wissowin. Ja, Wissowin gegen Stschussew benutzen. Natürlich durfte ich nicht die furchtbaren Ereignisse erwähnen, das würde Kolja traumatisieren und Gott weiß was für Folgen nach sich ziehen, zumal die leidtragende Seite wieder Stschussew wäre, und Kolja würde zweifellos die Partei dessen ergreifen, der im Moment am meisten litt.

»Worüber denkst du nach?« fragte Kolja.

Wir gingen inzwischen durch duftendes, welkendes Gebüsch, und weiter vorn war Wasser zu sehen, offensichtlich der See. Ich habe die Antwort zu lange hinausgezögert, und überhaupt ist das Gespräch mißglückt, dachte ich ärgerlich, jeder Satz, den ich jetzt, nach der Denkpause, sage, bekommt einen anderen Sinn, als er bei einer spontanen Antwort gehabt hätte. Besonders nach Koljas letztem Satz, wie Stschussew im Lager gefoltert worden war. Diesen Satz damit auslöschen, daß Wissowin, der Stschussews Handlungen mißbilligte, ebenfalls gefoltert worden war und gelitten hatte? Nein, nach meiner Denkpause würde das mehrdeutig klingen und die Sache verwirren. Nun dachte ich schon wieder nach, diesmal über eine Antwort auf Koljas Frage. Das war schon völlig absurd, und ich mußt es mit etwas Elementarem, sogar Albernem durchbrechen.

»Weißt du was, Kolja, wir gehen erst mal baden, und dann reden wir«, sagte ich, aber sowie ich es gesagt hatte, kam ich zur Besinnung, besonders, als ich Koljas mißtrauischen Blick sah. Nun sah es wirklich so aus, als würde ich etwas verheimlichen und darauf hoffen, daß Kolja es in seiner Jugend nicht merkte. In den Augen kluger Jünglinge (Kolja hielt sich zweifellos für klug) ist das ein sehr ernster Vorwurf. Mit einem solchem Vorwurf beginnt häufig die Enttäuschung.

Folgende Kombination ergab sich: Kolja hatte beschlossen, endgültig mit seinen Eltern zu brechen, und Rita Michailowna, die in dieser reichen Familie die materielle Macht in ihrer Hand konzentrierte, war

Kolja gegenüber schwach, denn sie liebte ihn und hoffte in ihren Plänen auf mich, den Kolja liebte und achtete. Er achtete mich aber, weil ich mich an der Seite Stschussews befand, der durch die Folterungen im Lager geheiligt war, und er liebte mich, weil ich für ihn menschlich zugänglicher war als Stschussew. Stschussew würde sich wohl kaum mit Kolja abgeben. So hatte sich ein gordischer Knoten geschürzt.

»Kolja«, sagte ich, bemüht, den Knoten mit einem Hieb zu zerhauen, denn ich war selbst müde, »Kolja, die Operation gegen Molotow war ein Fehler. Molotow ist eine überlebte Figur und lohnt nicht das Risiko, das wir seinetwegen auf uns genommen haben... Das hat Stschussew selber zugegeben, und ich bin gekommen, um dir das mitzuteilen.«

»Aber Stschussew weiß doch gar nicht, daß du hier bist, und wie hast du meine Mutter kennengelernt?«

Koljas Fragen beunruhigten mich. Ich konnte sogar die allmächtige Rita Michailowna unter Kontrolle halten, solange ich Kolja unter Kontrolle hatte. Aber jetzt geschah etwas Unverständliches. Nein, ich mußte wieder den Stier bei den Hörnern packen. Mit dem Analysieren hatte ich schon genug verdorben. Bei ehrlichen Jünglingen erreicht man damit das Gegenteil von dem, was man beabsichtigt.

»Hast du vielleicht einen Verdacht gegen mich?« sagte ich scharf und blieb stehen. »Dann bist du verpflichtet, es mir offen zu sagen, als Kamerad der Organisation.«

Das klang männlich, scharf, romantisch und ehrlich gekränkt. Ich sah: Kolja war verwirrt und bereute seinen Ton.

»Ich habe überhaupt keinen Verdacht gegen dich, Goscha«, sagte er mit gesenktem Blick und wurde rot, denn ihm war wirklich ein solcher Verdacht gekommen. Er trat schon den Rückzug an und gab sich geschlagen. Ich wußte, gleich würde er Abbitte tun für die Ungerechtigkeit mir gegenüber und lieb und zuvorkommend mit mir umgehen.

»Vielleicht denkst du, ich bin ein Spitzel?« (Nur grob und direkt, mit solchen Jünglingen muß man grob und »ehrlich« sein.)

»Sieh mal, Goscha«, sagte Kolja, »du weißt doch, wie ich zu dir stehe. Ich habe ein paar Tage nicht mit Mascha geredet, als sie schlecht über dich gesprochen hat« (wie naiv er war, ein richtiger Jüngling), »aber versteh doch«, fuhr er fort, »du bist so unverhofft hier aufgekreuzt... Obwohl ich mich in der ersten Aufwallung gefreut habe...«

»Und jetzt freust du dich nicht mehr«, sagte ich scharf und gekränkt (ich durfte die Initiative nicht aus der Hand geben.)

»Was fällt dir ein, natürlich freu ich mich«, versicherte Kolja hastig. »Bloß, ich versteh's nicht ganz...«

»Stschussew ist krank«, sagte ich, »er muß liegen... Darum kümmere ich mich jetzt um die Angelegenheiten der Organisation... Wieso ich hier bin? Wissowin war auf der Durchreise in Moskau...«

»Christofor?« rief Kolja freudig. »Er ist in Moskau?«

»Ich hab doch gesagt, auf der Durchreise. Übrigens hat er mich mit deiner Familie bekanntgemacht.«

»Ja, er war manchmal bei uns zu Hause«, sagte Kolja. »Aber merkwürdig ist etwas anderes... Mama hat ihn immer schlecht behandelt...«

»Es ist mir gelungen, mit Rita Michailowna zu reden und ihr manches auseinderzusetzen... Sei höflicher zu ihr, sie ist ein Mensch einer anderen Zeit, nimmt vieles anders auf...«

Im großen und ganzen waren meine Argumente blödsinnig, aber merkwürdig, kaum hatte ich das Analysieren aufgegeben und redete leicht und ohne zu überlegen mit Kolja, schon vertraute er mir und bereute sogar sein früheres Mißtrauen. Und die Reue solcher Jünglinge ist, wie schon gesagt, das fruchtbarste Material für diejenigen, gegen die sie ihrer Meinung nach ungerecht gehandelt haben. Und hätte es nicht die Folterungen gegeben, die Stschussew im Lager erlitten hatte und die für ihn eine ewige Rente waren, zumindest in Koljas Augen, so hätte ich, da bin ich sicher, Kolja in diesem Moment von Stschussew losreißen und diesen in Verruf bringen können. Aber ich hatte schon genug erreicht, zumal nach dem mißglückten Beginn des Gesprächs.

»Und weiter?« fragte Kolja.

»Weiter werden wir uns erholen«, sagte ich, »baden, uns braunbrennen lassen.«

»Bleibst du hier?« fragte Kolja.

»Ja«, antwortete ich.

»Wie schön«, Kolja freute sich aufrichtig, doch gleich darauf wurde er ernst. »Wirst du gesucht?« fragte er flüsternd und blickte sich um.

»Komm, wir gehen baden, Kolja«, sagte ich, »und mach dir keine Gedanken, alles ist gut.«

»Verstehe«, antwortete Kolja vielsagend. »Weißt du, Goscha, meine Eltern wollen mich in eine Klinik bringen... Besonders meine Mutter besteht darauf.«

»Deine Mutter will dein Bestes«, sagte ich, eine Banalität, die gleichwohl auf Kolja wirkte.. »Du mußt dich bei ihr entschuldigen... Du hast sie in Gegenwart des Fahrers so häßlich beschimpft...«

»Das stimmt«, sagte Kolja. »Das stimmt wirklich... Am besten geh ich gleich hin... Ich hab mir jetzt überlegt, wie furchtbar das ist... Mama ist ein merkwürdiger Mensch, aber dazu hatte ich kein Recht. Mir ist plötzlich so schwer ums Herz, es quält mich... Bade du nur im See, das Wasser hier ist gut, und ich gehe zurück.«

»Warte, Kolja«, rief ich ihm nach.

Es war ein eindeutiger Ruck in die andere Richtung erfolgt. Wer weiß, was dieser ehrliche hysterische Junge alles sagen würde, und vor allem die gerührte, ebenso hysterische Rita Michailowna. (Sie würde zweifellos gerührt sein und ihm die »Hündin« und alles übrige verzeihen.) Aber würde sie in der Aufwallung nicht über Stschussew herziehen, was nicht geschehen durfte mit Rücksicht auf Koljas Hochachtung für den gefolterten Menschen. Nein, die Versöhnung zwischen Mutter und Sohn durfte nicht ohne meine Kontrolle vor sich gehen, und überhaupt wäre es nicht schlecht, »das Tempo zu drosseln«, damit sich Kolja ein wenig erholte von dem über ihn hereingebrochenen Wirbel aller möglichen Reuegefühle in bezug auf mich und seine Mutter.

»Kolja«, rief ich, »Kolja, warte.«

Aber Koljas weißes Hemd blinkte schon weit im Wald. Ich lief aus Leibeskräften hinter Kolja her und packte ihn am Arm, wobei ich unwillkürlich ein bißchen fester zudrückte, so daß er die Stirn runzelte und mich wieder beunruhigt ansah. Wir waren beide vom Laufen außer Atem.

»Was ist?« fragte Kolja.

»Ich fühle mich auch schuldig vor deiner Mutter«, sagte ich die erstbeste Dummheit, die mir in den Kopf kam, »ich möchte mich auch entschuldigen... Wir beide zusammen...«

»Nein«, sagte Kolja und zeigte plötzlich Widerspenstigkeit, »ich weiß nicht, wieso du schuldig bist, aber ich hab so furchtbar... Ich möchte unter vier Augen...«

»Da ist sie ja«, rief ich laut, womit ich Rita Michailowna auf uns aufmerksam machte, die nervös am Datschenzaun entlangging. (Kolja war so schnell gelaufen, daß ich ihn erst kurz vor der Datsche eingeholt hatte.) »Rita Michailowna«, rief ich, »Kolja und ich möchten uns bei Ihnen entschuldigen...«

Ich sah, wie Rita Michailowna über einen Graben sprang, zu Kolja lief und ihn umarmte. Beide heulten laut und hysterisch. Wie richtig ich kalkuliert habe, dachte ich nicht ohne Selbstzufriedenheit. Wer weiß, was sie alles zusammenreden würden, wenn sie allein wären. Das rückt man kaum wieder zurecht. Meine Anwesenheit schränkte sie zweifellos ein, machte sie verlegen, und sie kamen fast ohne Worte aus, schmiegten sich nur aneinander und weinten hemmungslos. Vor allem muß sich der nervliche Aufruhr legen, dachte ich, er macht alles unberechenbar. Dann wird es einfacher. Und richtig, als Mutter und Sohn eine Weile geweint hatten, lösten sie sich voneinander, und Rita Michailowna sagte:

»Mein lieber Sohn, wirst du deine Mutter auch nie wieder kränken?«

»Nie wieder«, rief Kolja aufrichtig. »Es tut mir so leid...«

»Dann ist es ja gut«, sagte Rita Michailowna, und ihre Stimme war schon viel nüchterner, wie mir schien, »und jetzt essen wir erst mal eine Kleinigkeit... lade Goscha dazu ein.« Rita Michailowna blickte mich auf neue Weise an, in ihrem Blick war weibliche Dankbarkeit... Wenn eine Frau einem Mann dafür dankt, daß er ihrem Kind etwas Gutes getan hat, geht sie unwillkürlich bis an die Grenze ihrer Gefühle, und diese Grenze ist die Weiblichkeit...

In manchen Momenten hat sie doch eine erstaunliche Ähnlichkeit mit Mascha, vermerkte ich im stillen.

Dann wurde alles wunderschön. Wir saßen im Garten unter einem Baum an einem einfachen, grob zusammengezimmerten Tisch, auf dem eine Wachstuchdecke lag (höchster Schick bei reichen Intellektuellen), und aßen derbe und appetitliche Datschenkost: geräucherten Speck, frisches, erst vor kurzem eingesalzenes Kraut, eingelegte Birnen... Nach der Nervenanspannung aßen wir viel und mit Appetit. Ich vergaß die Etikette (zum Glück war Mascha nicht da) und knabberte gierig würzige knackende Krautstückchen zu weichem zartem Speck und erstaunlich wohlschmeckendem Roggenbrot. (Wie ich erfuhr, hatte Glascha das Brot gebacken.) Kolja aß auch viel, und Rita Michailowna legte uns fortwährend nach. Ich war völlig erschlafft, sozusagen moralisch demobilisiert, und wäre nicht zum Streit fähig gewesen, wenn sich eine solche Notwendigkeit ergeben hätte. Vielleicht zum erstenmal im Leben fühlte ich mich auf häuslich-familiäre Weise schwach, und dieses bislang ungekannte Gefühl, das mich plötzlich übermannte, war mir äußerst angenehm. Kolja und ich hatten so viel Speck mit Kraut und Roggenbrot gegessen, daß wir keine Wareniki mehr essen konnten, die Glascha, diese ergebene Dienerin der alten Schule, in einer Holzschale brachte. Glascha freute sich sichtlich über Koljas Genesung und Rita Michailownas gute Stimmung und spürte, daß die Ursache für die Beruhigung im Haus ich war, darum versuchte sie es auch mir recht zu machen. Glaschas Wareniki waren mit Sauerkirschen gefüllt, dazu gab es frische saure Sahne. Kolja nahm aus Übermut, ich sah ja, daß er satt war und sich an Speck übergessen hatte, einen Warenik und biß hinein. Klebriger rötlicher Kirschsaft spritzte, und Kolja lachte. Rita Michailowna lächelte, um den Sohn in seiner Ausgelassenheit zu bestärken, über die sie so froh war. Auch ich lächelte, aber nicht nur, um Kolja zu bestärken, sondern weil mich angenehme Empfindungen beherrschten. War in diesem Moment meine Idee präsent, an Rußlands Spitze zu treten? Zweifellos, aber nicht in Form eines krankhaften leidenschaftlichen Drangs, den ich besonders in schweren Momenten immer deutlich gespürt hatte, sondern in Form eines angenehmen Versprechens, eines angenehmen »morgen«, das ich jetzt nicht brauchte, aber im Kopf behielt. Jetzt an diesem Datschentisch, der mit wohlschmeckenden Speisen vollgestopft war, hatte ich wie nie zuvor den Wunsch, gut zu leben. Und meine Träume verloren die Klarheit, die ständig geistige und physische Intensität erfordert... Meine Idee war präsent, aber sie verbrannte mich nicht, sondern lag sanft unter meinem Herzen.

»Tunk den Warenik in saure Sahne«, sagte Rita Michailowna zu Kolja.

»Nein, ich mag es so«, sagte Kolja, biß in den zweiten Warenik und lachte wieder.

Er freute sich, daß er nicht die Organisation verraten hatte, als er sich unter dem Druck und Zwang seiner Eltern vor ihr versteckte. (Das hatte ich ihm bewiesen.) Und als Folge davon hatte er sich mit seiner Mutter versöhnt.

»Warum greifen Sie nicht zu?« fragte mich Rita Michailowna. »Probieren Sie's mit saurer Sahne...«

Ich nahm einen Warenik, tunkte ihn in die saure Sahne und kaute sorgfältig, und obwohl ich satt war, genoß ich den zarten, von Sauerkirschen und saurer Sahne durchtränkten Teig. So aßen Kolja und ich noch ein Dutzend Wareniki, danach noch eingelegte Birnen, wonach wir uns mühsam vom Tisch erhoben, wieder unter Gelächter.

»Nun vergnügt euch, Jungs«, sagte Rita Michailowna zu uns, womit sie auch mich, den Dreißigjährigen, zu den »Jungs« rechnete.

Aber das kränkte mich nicht, im Gegenteil, es war mir angenehm.

»Wir gehen zu mir«, sagte Kolja, »nach oben in mein Zimmer.«

»Gut«, sagte Rita Michailowna, »Goscha, später lassen Sie sich von Glascha Ihr Zimmer zeigen... Das Zimmer, in dem Sie schlafen werden«, präzisierte sie.

Satt, wie wir waren, stiegen wir die Treppe hinauf zu Koljas Zimmer, und Kolja wollte ein politisches Gespräch anfangen, sagte sogar etwas Antisowjetisches, aber ich war hundemüde, und auch Kolja fielen schon die Augen zu. So saßen wir schweigend einander gegenüber und verdauten in den Sesseln das nahrhafte und wohlschmeckende Essen, denn ein oppositionelles Gespräch erfordert Inspiration, ebenso wie das Vortragen von Gedichten. Allmählich wurde es dunkel, und ins offene Fenster wehte ländliche Frische. Es klopfte an die Tür, und Glaschas Kopf schob sich ins Zimmer.

»Kommen Sie«, sagte sie zu mir, »ich zeige Ihnen Ihr Zimmer, und für Kolja ist es Zeit zu schlafen... Ihm fallen ja schon die Augen zu... Haben die Wareniki geschmeckt, Kolja?«

»Sehr gut, Oma Glascha«, sagte Kolja, der offenbar auch bei Glascha seine Grobheiten abbitten wollte.

»Bis morgen«, sagte ich zu Kolja.

Er lächelte mir zu, aber wie mir schien, etwas gleichgültig, obwohl ich begriff, wie müde er war.

»Soll er schlafen«, sagte Glascha leise zu mir, als wir hinausgingen und die Treppe hinunterstiegen, »der Ärmste hat ja was zusammengeschrien, ach du mein Gott... Und Mascha streitet mit ihm... Ich sag, du mußt nicht mit ihm streiten... Der Junge ist da in eine Geschichte reingerasselt... Dauernd haben sie sonstwen ins Haus gebracht, haben gestritten, geschrien... ach du mein Gott...« Derart brabbelnd, führte mich Glascha in mein Zimmer im Erdgeschoß.

Wohl zum erstenmal übernachtete ich in einem Zimmer für mich allein und in so einem weichen, duftenden, frischen Bett. Ich schlief rasch ein, wachte aber nicht ebenso träge und ruhig auf, wie ich eingeschlafen war, sondern hektisch und nervös, voller Unruhe. Mir schien, ich sei von der Schwüle wach geworden, im Zimmer war es wirklich etwas schwül, und die Unruhe komme daher, daß ich nach dem Erwachen ein völlig unbekanntes und im ersten Moment unbegreifliches Zimmer um mich herum sah und nicht wußte, wo ich war... Freilich besann ich mich sofort und rief mir ins Gedächtnis, wie ich hierhergekommen war, ich lächelte sogar über meine Ängste, aber das Herz schlug noch immer dumpf, und auf der Stirn war ungesunde klebrige Kälte. Was ist los? dachte ich. Ach, dummes Zeug... Alles ist wunderbar... Das Schlechte ist überstanden... Hätte ich mir das je träumen lassen?

Es war noch nicht so spät, etwa ein Uhr, und ich hatte nicht länger als zwei Stunden geschlafen. Ich stand auf, setzte die Füße auf den weichen Teppich und ging zum Fenster, um die Lüftungsklappe weiter zu öffnen. Draußen ging jemand, Stimmen waren zu hören, und ein Wagen mit eingeschalteten Scheinwerfern stand da. Daher also die Unruhe, begriff ich, das hat mich geweckt, jemand ist gekommen. Ich legte mich wieder hin, schlief aber nicht mehr, sondern horchte. Jemand ging in das große Zimmer neben meinem, und ich erkannte die Stimme des Journalisten. Aha, er war also gekommen, und so spät. Weshalb nur? Ob etwas Außergewöhnliches passiert war? Überhaupt ist alles zu gut gelaufen, um so weiterzugehen, dachte ich und machte mich auf das Schlimmste gefaßt, was mich ein wenig beruhigte.

»Er schläft schon«, sagte Rita Michailowna.

Das galt eindeutig mir.

»Verdammt noch mal«, sagte der Journalist nervös, fast schreiend, »du schläfst nicht, und ich schlafe nicht, und er braucht auch nicht zu schlafen! Du kannst dir nicht vorstellen, wie ernst und dringend die Sache ist... Das hätte ich nicht für möglich gehalten... Roman hat mich von sich aus angerufen und ist zu mir gekommen, und Roman ist kein Panikmacher.«

»Dafür gerätst du gleich in Panik«, sagte Rita Michailowna.

»Hör auf, mit mir herumzuzanken«, rief der Journalist wieder. »Es geht um das Schicksal deines Sohnes...«

»Das hast du dir alles selber zuzuschreiben«, sagte Rita Michailowna auch nervös und wütend.

»Darum geht's jetzt nicht«, sagte der Journalist. »Wir müssen unverzüglich Maßnahmen ergreifen.«

Ich hatte schon begriffen, daß mir von diesen Leuten eine Gefahr drohte, erfaßte aber nicht, in welcher Hinsicht und in welchem Ausmaß. Natürlich hatten sie mich nicht umsonst eingeladen. Auch die Wareniki und das Einzelzimmer waren nicht umsonst... Man hatte mir noch nie gute Gefühle ohne Hintergedanken entgegengebracht, und hätte ich keinen Hintergedanken wahrgenommen, so hätte mich das stutzig gemacht. Hätten sie mich einfach so auf die Datsche eingeladen, dann wäre ich wohl nicht mitgefahren. Aber es war darum gegangen, Kolja zu beruhigen. Diese Gegenleistung erbrachte ich gern für das gute Essen und sonstige Annehmlichkeiten, zumal ich im Begriff stand, mit Stschussew zu brechen und selbständig zu handeln. Ich hatte eingewilligt und mich offenkundig geirrt. Kolja beruhigen, das war nur so am Rande, obwohl es für sie natürlich auch wichtig war, denn sie hingen sehr an ihm... Doch die Hauptsache bestand nicht darin... Aber worin?

»Die Zeit drängt«, sagte der Journalist, »Roman sagt, die Sache nimmt eine sehr ernste Wendung... Offenbar hat sich in ihrer Behörde auf höchster Ebene etwas geändert... Und dann, wer konnte wissen, daß Kolja in eine solche Geschichte verwickelt ist?«

»Du selber hast ihn da hineingezogen«, schrie Rita Michailowna, »du bist selber in der Geschichte mit drin... Du hast sie mit Geld versorgt und versorgst sie immer noch... Du mußt selber sehen, wie du da rauskommst... Du, du hast mir die Kinder verkrüppelt, du alter Trottel...«

So weit war es also gekommen.

»Was redest du?« sagte der Journalist. »Daß du dich nicht schämst...«

»Du hast's nötig«, ließ sich Rita Michailowna völlig hinreißen, »rette lieber Kolja... Rette Kolja, verstehst du, verdammter Sowjetfeind... Deine Rehabilitierten haben dir noch zu wenig in die Fresse gegeben...«

»Hysterikerin«, sagte der Journalist grob und mit völlig neuer, kollernder Gossenstimme, »dumme Gans... Du weckst jetzt Kolja und diesen Burschen... Damit sie Zeugen deiner Hysterie werden... Übrigens«, fügte er, wieder zu sich gekommen, nach einer Pause hinzu, wie mir schien, sogar mit schuldbewußter Stimme, »diesen Zwibyschew müssen wir wirklich wecken, aber so in zehn Minuten, wenn du dich beruhigt hast... Geh dich waschen...«

Ich hörte, wie Rita Michailowna hinausging. Der Journalist schien sich auf einen Stuhl zu setzen, nach dem Geräusch zu urteilen. Ich zog mich vorsichtig an, einen Entschluß hatte ich noch nicht gefaßt, wußte aber, daß es besser war, dem Außergewöhnlichen, das mir bevorstand, angekleidet zu begegnen. Als es bei mir klopfte, meldete ich mich nicht sofort, sondern erst nach einer Weile und mit verschlafener Stimme, um nicht zu zeigen, daß ich munter war und ihr Gespräch gehört hatte. Für die bevorstehende Begegnung mußte ich wenigstens in allgemeinen Zügen die erhaltene Information verarbeiten. Ich hatte schon begriffen, daß es um die Organisation ging, und nahm an, daß sich Stschussew eine neue Sache ausgedacht hatte, vielleicht einen neuen Überfall oder dergleichen, und daß Maßnahmen getroffen werden mußten, um Kolja davon zu isolieren... Halten wir uns zunächst an diese Version, um wenigstens einen Fixpunkt zu haben und im Gespräch nicht zerstreut zu sein.

»Ja, ja«, meldete ich mich endlich.

»Entschuldigen Sie bitte, Goscha«, sagte Rita Michailowna.

Sie hatte also die Mission übernommen, mich zu wecken. Na ja, das war ja auch richtig. Es hätte mich ja überraschen müssen, von der Stimme des Journalisten geweckt zu werden. (Schließlich dachten sie, daß ich schlief.) Folglich war in ihren Handlungen kein emotionales Chaos mehr. Sie hatten sich abgesprochen, die Funktionen unter sich aufgeteilt, und darum mußte ich besondere Vorsicht walten lassen.

»Entschuldigen Sie, Goscha«, wiederholte Rita Michailowna, »mein Mann ist gekommen, er muß in einer ernsten Sache mit Ihnen reden. Wenn es Ihnen keine Mühe macht, ziehen Sie sich bitte an und kommen Sie ins Eßzimmer.«

»Sofort«, sagte ich.

Also hatte ich ein paar Minuten für mich, in denen ich mich angeblich anzog, und konnte die Analyse fortsetzen. Aber daraus wurde nichts, und nachdem ich eine Weile unnütz auf dem Stuhl gesessen hatte, ging ich ins Eßzimmer, gegen das grelle Licht blinzelnd. (In der Lampe brannten alle Birnen.) Der Journalist und Rita Michailowna saßen nebeneinander am Tisch, beide mit geröteten Augen, und sahen äußerst nervös und konfus aus. Bei beiden war nach all ihren Gesprächen und gegenseitigen Vorwürfen und dann auch schweren Abrechnungen das zu beobachten, was in der Medizin »hysterisches Zittern« genannt wird;

während bei dem Journalisten von Zeit zu Zeit nur der Kopf zuckte, schlotterte Rita Michailowna wie im Schüttelfrost. Mir war dieser Zustand vertraut, und als ich diese reichen, gesichert lebenden, berühmten Leute in einem solchen Zustand sah, vergaß ich unwillkürlich die Analyse und empfand Angst.

»Setzen Sie sich«, sagte Rita Michailowna flüsternd.

Auch das ein verständliches Anzeichen. Nach dem emotionalen Ausbruch und dem Widerstand gegen die Angst tritt ein Kräfteverfall ein, und erst dann beherrscht die Angst wirklich den Menschen.

»Nein, nicht hier«, sagte der Journalist ebenfalls flüsternd. »Kolja könnte aufwachen, wir waren schon laut genug«, er blickte seine Frau zornig an, »gehen wir in den Garten...«

Ich zog das in der Diele hängende Jackett über, und wir gingen in den nächtlichen Garten. Der Hund knurrte und bellte, aber der Journalist herrschte ihn an. Die Nacht war septemberlich frisch, und ich zitterte wie Rita Michailowna am ganzen Leibe, freilich nicht nur vor unguten Ahnungen, sondern auch vor Kälte, denn ich trug mein einziges Jackett (der Regenmantel war in Marfa Prochorownas Wohnung), während es die Ehegatten trotz ihrer Verwirrung nicht versäumt hatten, einen warmen Übergangsmantel anzuziehen, um einer Erkältung vorzubeugen.

Ach, diese verhängnisvollen Nächte, in denen eine neue Wende und eine neue Etappe beginnt! Diese kalte ländliche Nacht hat sich mir eingeprägt. Der Mond schien, und der ganze Hof der reichen Datsche mit Anbauten, Verschlägen und Vorratsgebäuden war bis in die Details zu sehen. Im Obstgarten, der sich an den Hof anschloß, wurde es noch kälter, obwohl die Bäume, sollte man meinen, gegen den Wind schützen müßten. Nicht daß es sehr windig gewesen wäre, aber ein recht feuchtes Lüftchen wehte vom Wald herüber. Der Wald selbst wirkte jetzt, in der Nacht, nicht mehr parkähnlich – vollgestellt mit Bänken und Spucknäpfen, die ich gestern, als ich mit Kolja zum See ging, gesehen hatte, sondern unberührt und gefährlich. Wir gingen an Beeten vorbei, an längst verwelkten, vertrockneten Erdbeerpflanzen und an Treibkästen und blieben vor einer Laube stehen. Kaum waren wir bei der Laube angekommen, als Rita Michailowna, die mit ihren Nerven offensichtlich am Ende war, abrupt stehenblieb und flüsternd herausplatzte:

»Ihre Bande wird bald verhaftet...«

»Na aber, nicht so dumm«, unterbrach der Journalist sie scharf, »beruhige dich, Rita... Oder geh ins Haus, wenn du in so einer Verfassung bist, ich rede mit ihm.«

»Was du schon zusammenreden wirst«, sagte Rita Michailowna aggressiv zu ihrem Mann, ohne sich im mindesten vor mir zu genieren, doch mit gedämpfter Stimme, »du hast schon so viel zusammengeredet, daß Kolja bald im Gefängnis landet.«

»Beruhige dich, Rita«, sagte der Journalist, der sich wieder in der Gewalt hatte, beherrscht und männlich. »In der Tat«, wandte er sich an mich, »gegen die Organisation Stschussew wird ermittelt, es sieht sehr ernst aus... Es wird Verhaftungen geben...«

»Wo gibt's denn so was«, schrie ich, endlich die Sprache wiederfindend, »also wieder wie siebenunddreißig... Personenkult...«

»Lassen Sie ihr Chrustschowsches Vokabular«, schrie Rita Michailowna wütend, »Chrustschow hat euch mit seinen Entlarvungen ein Beispiel gegeben... Aber die Diktatur des Proletariats abzuschaffen, das hat noch keiner gewagt...«

»Leise«, unterbrach sie der Journalist, »was redest du da... Es geht nicht um Verletzungen der Gesetzlichkeit... Es geht darum, daß Stschussew, der unreife Jugendliche in seine Organisation gezogen hat, mit einer Gruppe Gleichgesinnter eine Reihe krimineller Verbrechen verübte... Von vielen seiner Machenschaften werden Sie selber nichts ahnen... Damit Sie den Ernst Ihrer Lage begreifen, sage ich Ihnen, daß man Stschussew außer den rowdyhaften Überfällen, an denen Sie auch teilgenommen haben, mindestens zwei Morde zuschreibt – in Ufa und Poltawa, sie konnten bisher nicht aufgeklärt werden und galten als gewöhnliche Kriminalfälle... In Ufa hat er einen pensionierten Major des Innenministeriums mitsamt seiner Frau und einem kleinen Kind bestialisch ermordet und in Poltawa anscheinend sogar einen Rehabilitierten, gegen den er irgendeinen Verdacht hatte...«

»Sie bekommen mindestens zehn Jahre«, warf Rita Michailowna nervös ein.

»Hör auf, ihm Angst zu machen«, unterbrach sie der Journalist. »Er begreift es schon selber... Ich muß dazu bemerken, als Kolja mir einige Einzelheiten über Sie erzählte, habe ich begriffen, daß Sie uns helfen können... Kolja vertraut uns nicht, mehr noch, er würde uns hassen, wenn wir ihm das vorschlügen, was wir Ihnen vorschlagen wollen... Das heißt, zuerst wollten wir Sie einfach zu uns einladen, denn wie ich verstanden habe, sind Sie von Stschussew enttäuscht und haben ihn bis ins letzte durchschaut, wir dachten, daß Sie diesbezüglich auf Kolja einwirken... Aber die Ereignisse haben einen so ernsten Charakter angenommen, daß ich genötigt war, in der Nacht herzukommen... Man hat mich gestern abend ins KGB bestellt... Wie Sie wissen, habe ich Stschussew beträchtliche Summen gegeben... Aber es geht jetzt um etwas anderes... Zum Glück arbeitet im KGB ein alter Freund von mir, ein ehemaliger Partisan und ein feiner Kerl. Er sitzt in einer anderen Abteilung, die mit Ihrem Fall nichts zu tun hat. Trotzdem haben wir miteinander telefoniert, und ich hatte mit ihm ein Gespräch... Natürlich in inoffizieller Umgebung... Es gibt eine Möglichkeit«, hier machte der Journalist eine Pause und blickte mich an, »Sie schreiben ans KGB einen Bericht über Stschussew und überreden Kolja, ihn auch zu unterschreiben... Wie, das ist Ihre Sache...«

»Also eine Denunziation«, brach es aus mir heraus. »Zum Spitzel werden?«

»Lassen Sie Ihren Ganovenjargon«, schrie Rita Michailowna, »Ihre Ganovensolidarität... Sie müssen begreifen, daß wir Ihnen eine Chance geben, dem Gefängnis zu entgehen, nicht weil Sie unser Bruder, Schwager oder Gevatter sind... Wir tun es wegen Kolja...«

»Ja, das begreife ich«, sagte ich leise, »weiter, reden Sie weiter...«

»Verstehen Sie«, sagte der Journalist, »Ihr Bericht ist jetzt im Grunde nichts wert... Das KGB braucht ihn nicht... Über Stschussew ist auch so genug bekannt, und Ihre Mitteilungen sind absolut keine Hilfe mehr... Und was die Reue betrifft, so wird ihr am Vorabend der Verhaftung keine sonderliche Bedeutung beigemessen... Sie mindert nicht einmal die Schuld... Nur wenn Ihr Papier mit Hilfe meines Freundes einen besonderen Weg geht... Um meinetwillen, um meiner Familie willen, um Koljas willen... Seien wir doch Realisten... Sehen Sie, ich bin schon grauhaarig, aber ich habe zu lange in himmlischen Gefilden geschwebt... Vielleicht wird das Papier sogar rückdatiert und so weiter... Und schließlich muß Sie nicht das Gewissen quälen... Stschussew ist doch ein Strolch, ein entsetzlicher Strolch, selbst wenn sich nicht bestätigt, daß er die Morde verübt hat... Sie hassen ihn doch auch, nicht wahr?«

»Ja«, sagte ich leise, »ein Strolch... Aber das ist alles nicht so einfach...« Ich verlor plötzlich völlig die Orientierung und fiel in mich zusammen. »Kolja wird schwer zu überreden sein«, sagte ich. »Stschussew wurde in einem Lager mit verschärftem Regime gefoltert, das wissen Sie... Man hat ihm die Lunge kaputtgeschlagen... Kolja weiß das, und er ist ein ehrlicher Junge...«

»Stschussew ist ein Bandit und Schwarzhunderter«, schrie Rita Michailowna. »Als gäb's nicht auch kranke Banditen! Und was Kolja angeht, so ist das Ihre Sache... Denken Sie, wir hätten Sie zu uns eingeladen, wenn wir ohne Sie damit fertig geworden wären...«

»So nicht!« brauste ich plötzlich auf, was mich

selbst überraschte. »Ich bin nicht Ihr gedungener Lakai.« Doch im gleichen Moment besann ich mich und erkannte die Gefahr, die mir wirklich drohte, wenn ich diese Chance nicht nutzte.

Zum Glück kam mir der Journalist zu Hilfe.

»Ich bitte dich, Rita«, sagte er zu seiner Frau, »misch dich nicht länger ein... Das ist Männersache... Gehen Sie jetzt und ruhen Sie sich aus«, sagte er in milderem Ton zu mir, »morgen kommt Roman Iwanowitsch hierher, mein Freund von den Sicherheitsorganen... Er wird sich mit Ihnen unterhalten... Dann werden wir entscheiden.«

»Aber kein Wort zu Kolja!« Rita Michailowna konnte sich wieder nicht zurückhalten.

Ich ging zur Datscha und ließ die Eheleute bei der Laube zurück. Sie begannen sofort zu tuscheln. In meinem Zimmer legte ich mich angezogen auf die Decke und dachte nach. Nachts fällt das Denken im allgemeinen leichter, die Gedanken kommen von selbst, fast mühelos, und einer scheint besser als der andere zu sein, doch aus Erfahrung wußte ich, daß diese Gedanken gegen Morgen in der Regel wertlos und absurd werden. Darum war ich bemüht, mich nur an die Tatsache zu halten, sie nicht umfassend zu bewerten und keinen Plan für die Zukunft aufzustellen. Die Tatsache bestand darin, daß unser freudiges Spiel mit dem Verbotenen zu Ende ging und der Katzenjammer begann, und die Straforgane, mit deren öffentlicher Beschimpfung ich mein neues Leben als Mensch eines unabhängigen Schicksals begonnen hatte, schienen sich plötzlich im Schlaf die Maske der gutmütigen Nachgiebigkeit heruntergerissen zu haben, die es so angenehm gemacht hatte, diese Leute mit Vorwürfen zu quälen.

Ich stand vom Bett auf und zog aus der Jackentasche einen billigen kleinen runden Spiegel mit Papprahmen und Pappdeckel. Ein Spiegel, wie ihn Frauen, die auf sich achten, aber nicht reich sind, immer in ihrer Handtasche haben. Ich hatte ihn auch stets bei mir.

Er war äußerst handlich, fand bequem in der Seitentasche Platz und kam mir stets in schweren Momenten zu Hilfe. So wie ich bei Schlaflosigkeit die Gewohnheit hatte, mich selbst einzuwiegen, hatte ich bei Unruhe die Gewohnheit, mich selbst zu beruhigen. Ich mochte mein Gesicht und vertraute ihm. So war der Taschenspiegel gleichsam zu meinem Talisman geworden, denn in ihn schauend, hatte ich zum erstenmal an meine Möglichkeit gedacht, Rußland zu regieren... Jetzt freilich blickte mich ein aufgewühltes Gesicht an, aber ein paar Minuten aufmerksames Betrachten – und ich geriet in gehobene Stimmung und begriff, daß alles gut werden würde. Mit diesem Gedanken schlief ich ein. Ich wachte, wie mir schien, gleich wieder auf, mit einem irren Schreck (so untauglich sind die nächtlichen Gedanken am Morgen), überdies wieder von einem Klopfen. Ein merkwürdiger Wirbel kreiste in meinem Hirn: Mir schien, daß sich jetzt das wiederholte, was ich schon erlebt hatte – der Journalist war angekommen, würde sich gleich mit seiner Frau streiten, dann würden sie mich wecken, und wir würden in den Garten gehen... Ich schüttelte den Kopf. Die letzten Reste der nächtlichen Gedanken verflüchtigten sich. Es war ein sonniger Morgen, und von draußen klopfte Kolja lächelnd an den Fensterrahmen. Ich empfand plötzlich eine starke Feindseligkeit gegen sein sorgloses, freudiges Lächeln, das nur aus einem reinen Gewissen und aus Ehrlichkeit erwächst. Diese Gefühle stellte er, dank der Liebe seiner wohlhabenden Eltern zu ihm, hoch über den Alltag, über Nahrung und Obdach. Ich war von Koljas Eltern faktisch gedungen, diesen Jüngling durch Betrug in eine Sache hineinzuziehen, die aus seiner Sicht niederträchtig war und, allgemein gesprochen, nicht gerade von Edelmut zeugte. Ich sollte ihn überreden, eine Denunziation gegen Stschussew zu unterschreiben, noch dazu eine Denunziation, die durch Privilegien, dank der Beziehungen des Journalisten, einen besonderen Weg nehmen sollte. Mir erlaubten sie für meine Bemühungen, an dieser privilegierten Denunziation teilzuhaben. Soviel ich verstanden hatte, handelte es sich im Grunde um eine fiktive Denunziation, das heißt, sie sollte rückdatiert werden, und überhaupt bedurften die Straforgane ihrer nicht, weil sie ohnehin alles über Stschussew wußten. Aber Roman Iwanowitsch, der Freund des Journalisten, würde einen Blickwinkel finden, unter dem die Denunziation ein entsprechendes Gewicht bei der Entlarvung von Stschussews Organisation bekäme. Und das ausschließlich zu dem Zweck, Kolja aus der Sache herauszuhalten und ihm den Prozeß zu ersparen. Und damit auch mir, als Bezahlung für die Denunziation... So ordnet sich alles, wenn man nicht in der Nacht denkt, sondern am Morgen. In meinem Herzen haßte ich Kolja nach all diesen Gedanken (das geht bei mir schnell) allein dafür, daß ich ihn betrügen mußte, und ich wußte, daß auch er mich nach Jünglingsart hassen würde, wenn er alles erfuhr. Aber ich wußte ebenfalls, daß mein künftiges Schicksal vom Erfolg dieses Betrugs abhing. Mir war klar, wenn ich Kolja alles offen erklärte, würde er niemals auf die Denunziation eingehen, selbst wenn er von Stschussew enttäuscht war. Und wie oft in Momenten, die für meine Existenz enorm wichtig waren, handelte ich exakt und schlau. Meine Schläue bestand darin, daß ich geradezu und entgegen meinen sicheren Schlußfolgerungen handelte. Auch die Zeit des Handelns war genau gewählt. Jetzt gleich, unverzüglich, spontan.

Nachdem ich mich rasch angezogen und mir das Gesicht gewaschen hatte, nicht im Badezimmer, um keinen zu wecken, sondern im Hof, wo ein Wasserbehälter hing, schlug ich Kolja vor, mit mir ein paar Schritte zu gehen.

»Ist was passiert?« fragte er, nicht mehr lächelnd, mit einem gewissen besorgten Stolz.

Dieser Junge, von der morgendlichen Sonne geweckt und froh über die Versöhnung mit den Eltern, hatte sich auf einen sorglosen Zeitvertreib eingestellt, nach dem er sich offensichtlich sehnte, doch als er nun meinen Ernst sah, verging ihm zweifellos die Freude, und er schämte sich seines kindlichen Impulses, dafür empfand er jetzt eine angenehme Unruhe, wie sie Kinder fühlen, die in eine Angelegenheit der Erwachsenen hineingeraten sind.

»Kolja«, sagte ich, »wir müssen über Stschussew eine Denunziation ans KGB schreiben...«

»Eine Denunziation?« fragte Kolja, und mir schien, er hatte nicht einmal den grammatischen Sinn des Satzes erfaßt. »Wer?«

»Unterschreiben müssen ich und du... Anonyme Denunziationen werden nicht mehr bearbeitet... Zumindest dauert es länger...«

»Wozu?« fragte er verwirrt und zwinkerte kindlich.

»Ein Beschluß der Organisation«, antwortete ich.

Ich muß dazu bemerken, daß ich die Erfahrung meines letzten, äußerst heiklen (freilich nicht in dem Maße) Gesprächs mit Kolja berücksichtigte. Diesmal hatte ich nichts vorbereitet. Wenn ich einen Satz begann, kannte ich oft nicht sein Ende, es ergab sich im Prozeß des Sprechens. Ich glaube, ein zuvor durchdachter Plan hätte dem Zusammenstoß mit Koljas kindlicher, reiner, naiver Intuition nicht standgehalten. Jetzt aber improvisierten wir beide.

»Ein Beschluß der Organisation«, wiederholte ich, um die sich dehnende Pause zu füllen und keinen Anlaß zum Nachdenken zu geben.

»Was für einer Organisation?« fragte Kolja.

Ein gefährlicher Augenblick. In dieser vielleicht spontanen Frage steckte eine Falle, die Kolja selbst noch nicht erkannte.

»Unserer Organisation«, sagte ich. »Platon Alexejewitsch hatte zuerst mich und Prochor« (ich erinnere daran, daß Prochor der Deckname für Serjosha Tschakolinski war) »für die Unterschrift ausersehen.«

»Also hat es Platon Alexejewitsch beschlossen?« sagte Kolja halb befriedigt, halb fragend.

Die Gefahr war noch nicht vorüber, sie war sogar

noch gewachsen. Ich sah plötzlich in Koljas Augen einen gefährlichen Glanz.

»Nein«, antwortete ich, »Platon Alexejewitsch hat auf Prochor bestanden, aber ich habe ihn überzeugt, Prochor durch dich zu ersetzen.«

Das war meinerseits eine naiv freche Wendung, die sich auf einen rein verbalen Wirrwarr gründete. Ich wartete mit klopfendem Herzen auf Koljas Antwort. Möglicherweise begriff er alles auf Anhieb, und das wäre für mich eine Katastrophe, die dem Verlust meines Schlafplatzes gleichkäme, aber auf anderem, jetzigen Niveau. Ich wußte, daß Koljas einflußreiche Eltern so oder anders einen Weg finden würden, den Sohn aus der Sache herauszuhauen, schlimmstenfalls würden sie ihn für unzurechnungsfähig erklären. Ich dagegen konnte mich ohne diese Denunziation nicht herauswinden. Selbst wenn ich von mir aus, ohne Kolja, einen Bericht ans KGB schriebe (auch ein solcher Gedanke blitzte auf), er würde den üblichen Weg gehen, und das würde jetzt, da die ganze Organisation aufgedeckt war, überhaupt nichts bringen... Ich wartete und begriff intuitiv, daß ich kein Recht mehr hatte, mit einem zufälligen oder gar sachlichen Satz die Pause zu füllen. Gerade mein letzter Versuch, die Pause zu füllen, indem ich zweimal »Beschluß der Organisation« sagte, hatte das Gespräch in eine gefährliche Richtung gelenkt. Mich beruhigte freilich, daß sich die Pause schon überaus lange hinzog. Einen so frechen Betrug spürt ein Mensch gewöhnlich schneller, wenn er überhaupt imstande ist, ihn zu spüren. Also ein zweiter Gang. Also würde alles von vorn beginnen und sich wieder um das Wesentliche drehen, das heißt, um die Notwendigkeit der Denunziation, nicht aber um Details - wer diese Denunziation unterschreiben sollte. Das war natürlich nicht so hoffnungslos, wie wenn Kolja meinen Betrug gespürt hätte, doch immer noch gefährlich genug.

Wir standen schon geraume Zeit auf einer sonnigen Waldwiese; hatte ich zu Beginn unseres Gesprächs die

Sonne als angenehme Liebkosung empfunden, so verspürte ich jetzt den Wunsch, in den Schatten, zum Gebüsch zu gehen, aber ich wagte mich nicht zu rühren. Wer weiß, wie Kolja diese Bewegung aufnehmen würde. Er lehnte wie erstarrt an dem sonnigen Stamm einer verkümmerten, verdorrenden Birke, die einsam mitten auf der Wiese stand und fast keinen Schatten spendete.

»Warum ausgerechnet ich?« sagte er endlich.

Ich mußte mich beherrschen, um nicht vor Freude laut herauszulachen. Die gefährliche Klippe lag hinter mir, obwohl ich nach wie vor achtgeben mußte. Ein unvorsichtiges Wort konnte alles verderben.

»Ich sag dir ehrlich, Kolja«, begann ich und fühlte in mir eine Art schöpferischen Auftrieb, der sich einstellt, wenn das tastende Herumirren vorbei und das Weitere klar zu sehen ist, »ich sag dir ehrlich, diesen Prochor, das, heißt, Serjosha Tschakolinski, den mag ich nicht... Er hat viel von einem Jungen Pionier... ›Sei bereit – immer bereit!‹« (Ich wußte, nahm zumindest an, daß Kolja genauso empfand, und das würde den Kontakt zwischen uns noch mehr festigen.) »Aber Serjoshas persönliche Situation ist viel schlechter als deine, Kolja«, fuhr ich fort. »Er hat einen Stiefvater und so weiter... Und wenn eine Gefahr auftaucht... Versteh mich richtig, dein Vater hat Beziehungen...«

»Laß das aus dem Spiel«, schrie Kolja und wurde rot vor Kränkung, »was auch immer passiert, ich will keine Vorteile... Aber ich hab das Wesen der Sache noch nicht verstanden...«

»Über Stschussew wurde eine Denunziation geschrieben«, sagte ich. »Die Organisation hat davon Kenntnis... Wir beide müssen auch eine Denunziation schreiben, aber eine, die die Mitarbeiter des KGB davon überzeugt, daß der Mann eindeutig verleumdet wird; wenn aber verkappte Stalinisten in den Sicherheitsorganen unsere Denunziation trotzdem auf den Weg schicken, müssen wir das Risiko eingehen und sie öffentlich entlarven, indem wir beweisen, daß wir uns

diese Mitteilungen aus den Fingern gesogen haben...
Damit wird auch die andere Denunziation hinfällig...
Es müssen ganz irre und verleumderische Mitteilungen sein... Hast du mich verstanden? Bist du bereit?«

»Ja«, sagte Kolja und drückte mir fest und männlich die Hand.

Es mutet unwahrscheinlich an, aber diese einfache und überzeugende Erklärung hatte ich zu Beginn des Gesprächs noch nicht. Dennoch hatte ich das Gespräch riskiert und darauf gebaut, in seinem Verlauf eine Lösung zu finden. Das Risiko hatte sich gelohnt. Kolja war beruhigt, und jeder Verdacht seinerseits war neutralisiert durch das Bewußtsein des Risikos und vielleicht auch Opfers, das ihm abverlangt wurde. Und jeder Verdacht gegen den Charakter der Denunziation sah in Koljas Augen jetzt aus wie ein Versuch, sich vor dem Opfer und dem Risiko zu drücken. Besser hätte ich es mir gar nicht ausdenken können für den ehrlichen Jungen. Mein Plan bedurfte nur noch der Bestätigung durch den Journalisten und Rita Michailowna.

DREIZEHNTES KAPITEL

Zum Frühstück kam unverhofft Mascha. Ihre Ankunft hatte ich verpaßt, ich sah sie erst, als sie über den Hof ging, sie war datschenhaft leicht bekleidet, mit einem schulterfreien Sarafan, und barfuß. Nach den Beleidigungen und Demütigungen, die sie mir öffentlich zugefügt hatte, hegte ich keine Zärtlichkeit mehr für sie, aber die Leidenschaft war nicht erloschen, im Gegenteil, ich beobachtete sie von den Büschen am Zaun mit grausamer Gier. Sie ging ganz nahe an mir vorbei, anscheinend ohne mich zu bemerken, und ich konnte an den Rändern des lose sitzenden Sarafans weiße, von der Sonne unberührte, jungfräuliche Haut auf Brust und Schultern betrachten. Sie verströmte einen herben und natürlichen Körpergeruch – nach Schweiß und noch etwas Würzigem. Bei keiner Frau, auch nicht bei der früheren Mascha, für die ich Zärtlichkeit empfand, hatte ich so einen verlockenden und aufreizenden Geruch wahrgenommen. Es war nicht der Geruch der Liebe, sondern der Empfängnis, der Geruch des Augenblicks, der das lange alltägliche Leben abwertet. Meine Muskeln spannten sich, und ich hatte plötzlich das Gefühl, daß ich hier zum Sprung bereitstand. Etwa fünf Minuten, nachdem Mascha vorbeigegangen war, kam ich zu mir und holte tief Luft. Mascha war offenbar zu dem Holztisch unter den Bäumen gegangen, wo die Familie des Journalisten an schönen Tagen frühstückte und Mittag aß. (Das Abendessen nahm sie gewöhnlich auf der verglasten Veranda ein.) Und richtig, am Tisch, auf dem saure Sahne, Quark, eingelegte Gurken und dampfende Kartoffeln standen, saßen schon der Journalist, Rita Michailowna und Mascha. Kolja war nicht da, und das beunruhigte mich etwas. Rita Michailowna und der Journalist lächelten mir zu und zeigten auf den freien Platz neben Mascha.

»Auch das noch«, sagte Mascha, nachdem sie mir einen raschen und giftigen Blick zugeworfen hatte, »ich mag nicht an einem Tisch sitzen mit diesem... Schon gar nicht neben ihm...«

»Mascha«, rief Rita Michailowna, »nicht schon wieder...«

»Doch«, sagte Mascha, und um ihren Mund bildeteten sich trotzige und böse Falten, »schon wieder, Mama... Ich hab diesen Irren satt... Ihr holt euch sonstwen ins Haus... Wenn ihr gesehen hättet, wie er mich hinter den Büschen hervor angestarrt hat... Wie ein Wolf... Ich bin richtig erschrocken...«

Sie hatte es also gemerkt. Mir brach der kalte Schweiß aus, als wäre etwas Schändliches, was man tief im Innern versteckt, ans Licht gekommen. Obendrein trat nach Maschas Worten eine lastende, peinliche Pause am Tisch ein.

»Verschone uns mit deinen Launen, Mascha«, sagte

Rita Michailowna schließlich (der Journalist schwieg die ganze Zeit, und mir schien, daß sein Gesicht vor Schlaflosigkeit gedunsen war. Dieser Anblick war mir wohlbekannt.) »Du bist ein schönes Mädchen«, fuhr Rita Michailowna fort, bemüht, die Peinlichkeit zu überspielen, »da ist es nicht verwunderlich, daß junge Männer dich angucken.«

»Junge Schwarzhunderter...«

»Warum Schwarzhunderter?« brach der Journalist endlich sein Schweigen. »Was verstehst du überhaupt von diesem für Rußland schwierigen Problem?«

»Ach, für dich ist es schon schwierig«, sagte Mascha scharf, »du baust ja schnell ab.«

»In letzter Zeit, Mascha«, sagte Rita Michailowna, »kannst du keine zwei Minuten mit deinen Eltern friedlich am Tisch sitzen... Ohne Gemeinheiten zu sagen... Du weißt sehr gut, daß dein Vater sich immer für Juden eingesetzt und ihnen geholfen hat... Alle seine Freunde sind Juden, so daß er selber schon für einen Juden gehalten wird, obwohl er ein Adliger ist, aus dem Gouvernement Twer«, sie benutzte das alte Wort Gouvernement, »einen Russen findest du ganz selten in unserem Haus«, fügte sie, aus dem Konzept gekommen, völlig unpassend hinzu, denn Mascha und der Journalist blickten sie protestierend an. Mascha war empört.

»Na, Mama, ich gratuliere«, sagte sie, »das ist ja zum Davonlaufen, was du von dir gibst... Mir kann's schnuppe sein, ich bin erwachsen, aber Kolja ist noch ein Kind...«

»Na schön«, sagte der Journalist rasch, »frühstücken wir, sonst reden wir hier noch sonstwas zusammen...«

Trotz der leckeren Dinge aß ich hastig und ohne Appetit. Maschas Nähe erregte und erschreckte mich. Sie dagegen aß, nachdem sie sich Luft gemacht hatte, in aller Seelenruhe, ohne mich zu beachten.

»Übrigens«, sagte sie am Ende des Frühstücks, als Glascha den Kaffee brachte, »übrigens gibt's heute bei den Chemikern im Klub einen interessanten Vortrag... Natürlich anonym, trotzdem hängt ein Anschlag... Karten sind nicht zu kriegen, der Raum ist so klein – der Speisesaal, der abends als Klub genutzt wird...«

»Was heißt anonym«, fragte der Journalist, »in welchem Sinne?«

»Ach, das ist jetzt so üblich«, sagte Mascha, »bei der Parteiorganisation wird ein allgemeines Thema und ein annehmbarer Text zur Bestätigung eingereicht, aber dann wird etwas ganz anderes vorgetragen ... Heute zum Beispiel lautet der Vortrag: ›Die internationale Pflicht des sowjetischen Menschen‹... Zitate von Lenin und Marx... Aber das eigentliche Thema des Vortrags liegt in dem bislang geheimen Untertitel...«

»Aha«, sagte der Journalist, »und wie lautet der?«

»Die mythologischen Grundlagen des Antisemitismus«, sagte Mascha.

»Aha«, wiederholte der Journalist, wie mir schien, mit Interesse, Rita Michailowna blickte ihn beunruhigt an.

»Chrustschow hat das Land verkrüppelt«, sagte sie nervös.

»Du bist dumm, Mama«, sagte Mascha. »Du solltest auf dem Ochotny Rjad Fische verkaufen.«

»Das sagst du deiner Mutter im Beisein eines Fremden?« sagte Rita Michailowna schon nicht mehr nervös, sondern müde.

»Ich hab doch diesen Kostgänger nicht eingeladen«, antwortete Mascha und sah mich mit einem rachsüchtigen, spöttischen Lächeln an.

»Kannst du mir einen Gefallen tun, Mascha?« fragte Rita Michailowna.

»Ja, Mama«, sagte Mascha.

»Fahr auf der Stelle zurück und komm mir mindestens zwei Wochen nicht unter die Augen...«

»Gut, Mama«, sagte Mascha, »das werd ich tun.«

Beide sprachen ruhig und leise, trotz der zugespitzten Situation, aber während es bei Rita Michailowna von ehrlicher Müdigkeit kam, die sie plötzlich übermannt hatte (offensichtlich machten sich auch die Aufregungen der Nacht bemerkbar, von denen Mascha nichts zu wissen schien), so war es bei Mascha höflicher Zynismus, hervorgerufen von gesellschaftspolitischen Enttäuschungen, doch auch von dem rein weiblichen Drang ihres blühenden jungen Körpers, den sie sichtlich unterdrückte.

Ich blickte Mascha an (während des ganzen Frühstücks hatte ich nicht gewagt, sie anzuschauen, denn sie hätte meinen Blick bemerkt, aber als sie vom Tisch aufstand, paßte ich den Moment ab und riskierte einen Blick), ich blickte sie also rasch und verstohlen an, und mir kam seltsamerweise der Gedanke, daß sie wahrscheinlich nachts oft ins Kissen weinte. Demonstrativ pfeifend und mit den nackten Füßen patschend, ging sie ins Haus, wohl um sich für die Fahrt in die Stadt umzuziehen.

»Oje, oje«, seufzte der Journalist bekümmert nach Altfrauenart.

»Wo ist denn Kolja?« fragte ich.

»Als Mascha hier anrief und ihr Kommen ankündigte, haben wir ihn zur Nachbardatsche geschickt... Unter einem Vorwand... Mascha ist in letzter Zeit völlig durchgedreht«, sagte Rita Michailowna.

»Bei mir ist alles glatt gegangen«, sagte ich mit gesenkter Stimme und blickte mich um.

»Schon?« fragte Rita Michailowna erstaunt und erfreut. »Sie haben mit Kolja gesprochen?«

»Ja... Er ist einverstanden... Natürlich mußte ich mir etwas ausdenken...« Ich legte in wenigen Worten den Plan der Denunziation ans KGB und die Gesichtspunkte dar, unter denen Kolja bereit war zu unterschreiben.

Rita Michailowna gefiel der Plan sehr, der Journalist aber wurde nachdenklich.

»Ein bißchen kindlich«, sagte er schließlich.

»Um so besser«, entgegnete Rita Michailowna.

»Leise«, sagte der Journalist.

Mascha kam heraus, stadtfein angezogen, in einem gestärkten modernen Rock, der ihre Beine bis weit oben freigab.

»Den Wagen gibst du mir wohl nicht, Papa?« fragte sie.

»Nein«, sagte der Journalist, »ich brauche ihn.«

»Dann nehm ich eben den Bus«, sagte Mascha, »wenn du in der Stadt bist, komm hin... Man erzählt sich nämlich schon lange, daß du dich abkapselst und zu deinem Stalinismus zurückgekehrt bist. Wir legen eine Karte für dich zurück. Vielleicht sprichst du in der Diskussion... Arski wird da sein. Und ein Professor vom geistlichen Seminar.«

»Ich hab keine Zeit«, sagte der Journalist.

»Das fehlte grade noch«, fügte Rita Michailowna hinzu, »da hast du ja eine schöne Gesellschaft für deinen Vater gefunden, er hat schon genug Fehler gemacht.«

»Wie du meinst«, sagte Mascha, nur an ihren Vater gewandt und ihre Mutter gröblich ignorierend, »schönen Gruß an Kolja... Ihr versteckt ihn vor mir... Aber diesen Antisemiten habt ihr zu seinem Vormund gemacht.« Sie drehte sich plötzlich zu mir um, drohte mir mit der Faust und schrie: »He, du Scheißkerl... Verdammter Schwarzhunderter... Den Kopf reißen wir dir ab...«

Das war so irre und kam so unverhofft, selbst für die Eltern, ganz zu schweigen von mir, daß wir noch ein paar Sekunden stumm und verdattert dasaßen, nachdem die Pforte zugeschlagen war.

»Wir hätten sie nicht weglassen dürfen«, sagte der Journalist und sprang auf, »mit ihr geht irgendwas vor... Wir müssen sie zurückholen. Ich erkenne sie nicht wieder, buchstäblich ein anderer Mensch...« Er ging zur Pforte, aber Mascha war schon weg. »Verdammt noch mal, warum hast du sie beschimpft?« fuhr er grob und ohne sich vor mir zu genieren seine Frau an. »Du hast deine Tochter aus dem Haus gejagt, und so was nennt sich Mutter...«

»Um Gottes willen, nicht jetzt«, sagte Rita Michailowna ebenfalls nervös und aufgeregt, »wahrscheinlich ist was mit diesem Wissowin... Er soll in der Nervenklinik sein, hab ich gehört... Ob das stimmt, weiß ich nicht... Ich verstehe, daß sie überreizt ist, aber sie benimmt sich gossenhaft... Und daran bist du schuld... Du... du... Mit deinen antisowjetischen Geschichten... Mit deinen Juden.« Sie heulte laut und ordinär, aber der Journalist, offenbar daran gewöhnt und auch von etwas anderem in Anspruch genommen, reagierte nicht darauf und sagte zu mir:

»Junger Mann, laufen Sie Mascha nach... Bitten Sie sie zurückzukommen... Sie sind jung und flink, vielleicht schaffen Sie es... Sagen Sie ihr, ihr Vater bittet sie zurückzukommen... Von der Pforte links am Zaun entlang... Dort geht's zur Bushaltestelle...«

Ich rannte los, zufrieden, dem Höhepunkt des groben Familienkrachs zu entkommen, so etwas machte mir immer Angst, egal, mit wem und wo es passierte. Außerdem hatte ich nun einen Vorwand, mit Mascha Kontakt aufzunehmen. Ich laufe gern und gut, und so lief ich in recht scharfem Tempo auf dem Pfad entlang der Datschenzäune, aber offensichtlich war Mascha auch schnell gegangen oder sogar gelaufen, denn ich sah sie erst, als ich den Datschenweg hinter mir hatte und auf offenes Gelände kam. Sie hier anzurufen wäre nicht gut, denn viele Leute waren von der Datschensiedlung zur Chaussee unterwegs. Darum lief ich aus Leibeskräften, um Mascha zu überholen und dann vor sie hinzutreten. So geschah es auch. Mein wohl etwas merkwürdiges Aussehen und mein unverhofftes Auftauchen bewirkten, daß Mascha im ersten Augenblick sprachlos war.

»Mascha«, sagte ich, außer Atem vom Laufen und vom abrupten Halt, und meinem Herzen wurde es so eng in der Brust, daß es sie sprengen oder an seinem rasenden Klopfen selbst zu zerbrechen drohte. »Mascha«, wiederholte ich und machte erneut eine Pause, ich schnappte nach Luft und empfand das Atmen als schwere, aber notwendige Arbeit, für die ich die Kräfte verausgabte, die ich gebraucht hätte, um mich zu konzentrieren und Mascha mit gelungenen Äußerungen zu beeindrucken. »Mascha«, sagte ich nach einer langen Pause zum drittenmal, »warum sind Sie so zu mir? Ich hatte so ein schweres Leben...«

Das war zwar überraschend und aufrichtig, aber uninteressant und nicht neu. Ich glaube, in extremen Situationen waren mir schon öfter solche Ausrufe entschlüpft. Und richtig, aus Maschas Gesicht wich die Verwirrung, die mein unverhofftes Erscheinen ausgelöst hatte, und es kam der für mich so gefährliche giftige Spott zum Vorschein.

»Na und«, sagte sie bissig und böse, »wenn Sie im Leben gelitten haben, müssen Sie dann zwangsläufig die Juden hassen?«

»Mascha«, sagte ich, »was reden Sie da... Ich kenne meine eigene Herkunft nicht mal genau...«

»Faseln Sie nicht«, sagte Mascha streng, »Ihre antisemitische Gruppe Stschussew ist bei uns als Nummer zwei registriert.«

»Ich habe längst mit Stschussew gebrochen«, sagte ich hastig und hitzig, denn ich bemerkte, daß Mascha eine ungeduldige Bewegung machte, um weiterzugehen, »ich bin nämlich hier, weil Ihre Eltern über mich auf Kolja einwirken möchten... Um auch ihn von diesem Halunken wegzubringen... Vielleicht hätte ich das nicht sagen sollen, denn Ihre Eltern scheinen es vor Ihnen geheimzuhalten, aber das nehme ich auf meine Kappe...«

»Aha«, sagte Mascha und schien mich aufmerksamer und ruhiger anzusehen.

»Glauben Sie mir, Mascha«, sagte ich hastig, um den günstigen Moment nicht ungenutzt verstreichen zu lassen, »für Sie bin ich zu allem bereit...«

»Aha«, wiederholte Mascha, »und warum haben Sie mich so widerwärtig aus den Büschen angestarrt? Ich habe richtig Angst gekriegt...«

»Ja, ja«, sagte ich hitzig, »ja, Mascha, ja... Ich habe

Sie zeitweise gehaßt... und wollte... wie ein Tier...« Es schien auf eine totale sittliche Selbstenblößung hinauszulaufen, ausgelöst durch die emotionale Hitzigkeit, aber zum Glück konnte meine Zunge mit meinen Gedanken nicht Schritt halten, und meine Rede bestand aus wenig interessanten Bruchstücken, ich plauderte nichts besonders Schmachvolles über mich aus, obwohl ich durchaus dazu imstande gewesen wäre, denn unter Maschas Blick fühlte ich einen Anfall von völliger Offenheit, wie bei der Beichte.

»Na schön«, sagte sie irgendwie väterlich, das heißt, mit der Intonation des Journalisten (sie gebrauchte auch die gleichen Wendungen wie ihr Vater). »Na schön, ich sehe, Sie sind hochgradig erregt... Na schön... Aber das mit Kolja ist ein Ding... Man versteckt Kolja vor mir, vor meinem Einfluß... Der Junge kann doch völlig kaputtgehen... Er ist in eine Bande geraten, und zwar durch Zutun der eigenen Eltern.«

»Na, hinsichtlich Ihrer Eltern übertreiben Sie«, wagte ich einzuwenden.

»Schweigen Sie«, sagte Mascha launisch und stampfte nach Frauenart mit dem Fuß auf. »Sie wissen überhaupt nichts... Der Vater hat sie finanziert...«

»Nun, ich glaube nicht, daß Ihr Vater Antisemit ist«, versuchte ich, wenn auch schüchtern und ungeschickt, zu widersprechen, um Mascha von den ersten gemeinsamen Schritten an zu beweisen (ich glaubte, daß wir endlich die ersten gemeinsamen Schritte machten), also, um zu beweisen, daß ich, obwohl ich sie wahnsinnig liebte, in sittlichen Fragen doch meine Prinzipien hatte. Ich wußte, daß Mascha dies gefallen mußte.

»Ach, darum geht's nicht«, sagte Mascha leise, bereits ohne Bosheit und Schärfe (ich triumphierte innerlich), »mein Vater ist ein willenloser Mensch... Und in einem Land wie Rußland finden willenlose Menschen zwangsläufig zum Antisemitismus... Denn das ist das, wohin einen die Strömung von selbst trägt... Wissen Sie, er erinnert mich irgendwie an Wissowin... Darin sind sie sich ähnlich...«

»Wie geht es Christofor?« fragte ich teilnahmsvoll, sogar ein bißchen übertrieben, um die freudige Hoffnung zu verbergen, die in mir aufleuchtete. Nicht so sehr an ihrer Stimme wie am Unterton spürte ich, daß der so gefährliche Rivale ausgeschaltet war.

»Ich habe mit ihm gebrochen«, sagte Mascha hart, »er hat sich geweigert, mich in der Sache zu unterstützen, der ich mein Leben widmen will... Gegen den Antisemitismus in Rußland kämpfen im wesentlichen die Juden selber, aber es kommt darauf an, daß auch die Russen dagegen kämpfen... Ich spreche mit Ihnen so offen, weil ich nichts zu verbergen habe... Ich bin überzeugt, daß die Sicherheitsorgane längst von unserer Gruppe wissen... Und es gibt noch einen Grund: Kolja... Wenn Sie es wirklich so gut mit mir meinen und wenn Sie Einfluß auf Kolja haben... Obendrein vertrauen Ihnen meine Eltern... Gehen wir ein Stück beiseite...«

Wir verließen den Pfad und gingen zu den Büschen.

»Ich sage Ihnen offen«, begann Mascha, »ich bin Mitglied des Exekutivkomitees der Russischen Nationalen Troizki-Gesellschaft... Natürlich würde ich Ihnen das niemals sagen, wenn ich nicht wüßte, daß das KGB ohnehin alles über uns weiß... Aber wir sind keine illegale, sondern eine freiwillige gesellschaftliche Organisation, die in Übereinstimmung mit der Verfassung handelt... Dennoch ist überflüssiges Gerede nicht angebracht, das verstehen Sie selber... Sie sind doch in mich verliebt?« fragte sie plötzlich geradeheraus und etwas zynisch. (Wie ich schon sagte, hatte ich bei Mascha eine Veränderung in dieser Hinsicht bemerkt, obwohl ich sie noch nicht lange kannte. Das spielte sich offenbar nicht in Monaten ab, sondern in Wochen.)

»Ja«, sagte ich verwirrt, »ich bin verliebt.«

»Dann ist es ja gut«, sagte Mascha, »manchmal nützt das der Idee... Aber wagen Sie nicht, mich noch einmal so anzugucken wie heute aus den Büschen...«

»Ich schwör's Ihnen«, rief ich feurig.

»Schon gut, schon gut, ich glaube Ihnen«, sagte Mascha, »aber ich hoffe, Sie begreifen, daß ich nicht Ihretwegen so offen zu Ihnen bin, sondern Koljas wegen. Kolja ist mein Bruder, ein wunderbarer Junge und wohl überhaupt der einzige Mensch, den ich liebe. Wenn Sie mir helfen, ihn von diesen Banditen wegzubringen, von diesem Lumpenpack, und zu uns herüberzuziehen, dann werde ich Ihnen über alle Maßen...«

»Aber eigentlich...«, druckste ich, denn ich wußte nicht, wie ich Mascha genauer nach der Gesellschaft befragen sollte, ohne sie zu kränken und ihren Verdacht zu wecken.

»Sie wollen Einzelheiten über die Gesellschaft wissen?« kam mir Mascha zu Hilfe. »Die Russische Nationale Troizki-Gesellschaft hat sich das Ziel gesetzt, gegen alle Formen des persönlichen und gesellschaftlichen Antisemitismus in unserem Land zu kämpfen. Obwohl die Gesellschaft ›Russische‹ heißt, zeugt das eher von ihrem Ziel als von der nationalen Zusammensetzung ihrer Mitglieder. Wir nehmen alle auf außer Juden, damit unsere Feinde uns nicht der Voreingenommenheit bezichtigen können. Uns nicht bezichtigen können, eine jüdische Organisation zu sein, denn wenn Juden in unsere Organisation kämen, wäre es unausbleiblich, daß sie aufgrund des jüdischen Charakters letztendlich die Führung übernähmen, wenn nicht direkt, dann indirekt...«

»Und wer ist dieser Troizki?«

»Er war zu Lebzeiten Professor an der Petersburger geistlichen Akademie... Gegen die offizielle Linie der rechtgläubigen Kirche war er Gutachter der Verteidigung in dem rituellen Bejlis-Prozeß... Haben Sie von dem Fall Bejlis gehört?«

»Ja«, sagte ich, »aber flüchtig... Noch eine Frage, wenn es kein Geheimnis ist, wie viele sind Sie?«

»Bis jetzt fünf«, sagte Mascha, »aber es kommt nicht auf die Zahl an... Zum Beispiel würden wir einen Krakeeler wie Arski um keinen Preis aufnehmen... Ich verhehle nicht, daß ich in bezug auf Sie natürlich Zweifel habe, aber letzten Endes ist es wichtig, daß Sie Kolja zu uns bringen... Sie bringen ihn doch?«

»Ich bringe ihn«, sagte ich eifrig, »und was mich angeht, haben Sie unrecht...« Ich drückte die Hand an die Brust.

»Na schön, ich mag keine Schwüre«, sagte Mascha. »Nehmen Sie erst mal das«, sie öffnete ihre Handtasche und gab mir eine Eintrittskarte, »für die Veranstaltung bei den Chemikern... Heute um sieben... Ein Vortrag mit anschließender Diskussion... Das haben wir organisiert... Unsere Organisation... Bringen Sie Kolja mit, das ist Ihre Prüfung...« Sie drehte sich um und ging zur Chaussee, blieb dann stehen und sagte: »Zu den Eltern natürlich kein Wort, besonders nicht zu Mama.«

Ich blickte ihr nach, bis sie in den Bus stieg und wegfuhr, dann preßte ich die Eintrittskarte, die nach Maschas Parfüm roch, inbrünstig an die Lippen. (Nachdem sie sich für die Fahrt umgezogen hatte, roch sie städtisch, nicht mehr herb und körperlich, sondern fein und unnahbar.)

»Sie ist trotzdem gefahren«, sagte ich, zurückgekehrt, zu dem Journalisten und zu Rita Michailowna.

Sie saßen immer noch an dem Holztisch unter den Bäumen, aber das Geschirr war abgeräumt und der Tisch abgewischt.

»Ist doch klar«, sagte Rita Michailowna, um ihren Mann zu verletzen, »auch so eine Idee, Mascha diesen Knaben hinterherzuschicken... Wo sie ihn haßt...«

Ich blickte Rita Michailowna besorgt an, der »Knabe« erschreckte mich geradezu. Diese Familie hatte ihre eigene Diplomatie, und indem ich den Auftrag des Journalisten ausführte, hatte ich gegen Rita Michailowna gehandelt. Nein, wenn die Frage »entweder oder« stand, dann natürlich Rita Michailowna und nicht der Journalist. Sie brauchten mich, doch zugleich schien etwas vorgefallen zu sein, was sie beruhigt hatte, vielleicht war die nächtliche Sorge auch übertrieben gewesen, wie es ja häufig bei hysterischen Menschen vorkommt. So dachte ich, während ich den ersten Satz vorbereitete, der alles enthalten mußte: eine indirekte Entschuldigung bei Rita Michailowna, eine indirekte Versicherung meiner Treue ihr gegenüber, eine Überprüfung der Situation in bezug auf die Denunziation und zugleich die Aufrechterhaltung meiner guten Beziehung zu dem Journalisten.

»Ich müßte mit Kolja reden«, sagte ich zu Rita Michailowna, womit ich demütig und öffentlich ihren »Knaben« schluckte, »Mascha hat sich beruhigt«, fügte ich für den Journalisten hinzu, »aber sie hat in der Stadt zu tun.«

Weiter wußte ich nichts Interessantes hinzuzufügen, aber immerhin hatte ich doch etwas erreicht, der Streit schien beigelegt, und Rita Michailowna wußte sicherlich zu würdigen, daß ich nicht wie in der Nacht aufgebraust war, sondern mich »dressierter« und nachgiebiger zeigte. (Offenbar brauchten sie mich jetzt nicht mehr so dringend, daher meine Nachgiebigkeit.)

»Wissen Sie«, bestätigte der Journalist meine Vermutung, »was die Erklärung ans KGB angeht, so war das vielleicht falscher Alarm... Ich habe vorhin mit meinem Freund telefoniert... Vielleicht läßt sich das auch so in Ordnung bringen... Aber natürlich kann alles passieren...«

»Und Kolja?« hakte ich sanft und beharrlich nach. »Kolja ist doch schon darauf vorbereitet.«

»Ja, ja«, sagte der Journalist nachdenklich, »wir schreiben dieses Papier trotzdem und übergeben es für den Notfall.«

»Du mußt dich heute wieder mit Roman Iwanowitsch treffen«, sagte Rita Michailowna. »Dich mit ihm beraten... Ihm den Text zeigen.«

»Der Text ist nicht das Problem«, sagte der Journalist. »Mit dem Text kommen wir schon klar. Wichtig ist die Situation...« Er stand auf und legte mir die Hand auf die Schulter. »Gehen wir ans Werk«, sagte er mit spöttischem Lächeln, »ich helfe Ihnen... Das machen wir besser, wenn Kolja nicht da ist...«

Wir gingen in sein Arbeitszimmer, das hier in der Datsche ebenfalls geräumig war, eingerichtet mit antiken Mahagonimöbeln und Bücherschränken längs der Wände. Ich setzte mich auf die Kante des Sofas.

»Nein«, sagte der Journalist, »setzen Sie sich an den Tisch, schreiben Sie, ich diktiere Ihnen... Ich habe gestern schon etwas entworfen.« Er reichte mir ein Blatt Papier, das er einem auf dem Nachttisch liegenden Buch entnommen hatte.

Ich setzte mich an den wuchtigen Schreibtisch, auf dem ein Stoß Schreibpapier und eine Menge teurer Füller in Etuis lagen, und legte den Denunziationsentwurf hin, den der Journalist verfaßt hatte.

»Schreiben Sie«, sagte der Journalist, nachdem er vorsorglich das Fenster geschlossen und den Schlüssel in der Tür herumgedreht hatte, was er allerdings, wie mir schien, gewohnheitsmäßig und beiläufig tat. »An das Komitee für Staatssicherheit«, begann er, »mit der Achtung, die Sie verdienen, teilen wir Ihnen mit...« Das schien auch so ein Standardsatz zu sein, der in solchen Fällen üblich war, der Entwurf begann genauso. »Teilen wir Ihnen mit... Schreiben Sie.« Der Journalist drehte sich zu mir um.

Ich nahm einen Füller und begann emsig zu schreiben. Der Journalist diktierte mir rasch und klar, fast ohne zu stocken, ich und Kolja seien von P. A. Stschussew in eine antisowjetische Organisation hineingezogen worden, die wir aufgrund unserer Jugend und Unerfahrenheit anfangs für einen literarischen Klub gehalten hätten, gegründet zur Weiterbildung und zur Erörterung von Problemen, die mit der Liquidierung der Folgen des Personenkults zusammenhingen, entsprechend den Beschlüssen des XX. Parteitags. (Genauso stand es im Entwurf, Wort für Wort.)

»Macht nichts, schreiben Sie«, sagte der Journalist, der meine Nachdenklichkeit bemerkte, »vielleicht klingt es ein bißchen dümmlich, um so besser.«

»Darum geht's nicht«, sagte ich. »Kolja und ich sind übereingekommen, daß die Denunziation überaus scharf, beinahe verleumderisch sein muß, damit man später öffentlich ihre Haltlosigkeit beweisen kann. Sonst wird Kolja nicht unterschreiben und vielleicht sogar Verdacht schöpfen... Verstehen Sie mich?«

»Du bist ein begabter Bursche«, sagte der Journalist, zum du übergehend, und lächelte wieder seltsam.

»Es muß unbedingt erwähnt werden«, sagte ich, »daß Stschussew den Politstellvertreter eines Lagers mit verschärftem Regime, seine Frau und sein Kind umgebracht hat... Dessen wird er ja nach Ihren Worten verdächtigt. Kolja ist ein ehrlicher Junge, er glaubt an Stschussew, und sei es nur, weil der im Lager gefoltert wurde. Ein Mensch, der Folterungen hinter sich hat, ist für Kolja heilig und unfähig, ein Kind zu töten. Das ist für ihn eine eindeutige Verleumdung. Auf diese Weise fügt sich alles sehr gut. Das bietet sich sogar als Anlaß für die Denunziation an. Wir haben sozusagen zufällig von den Morden gehört, und das hat uns die Augen geöffnet.«

»Sie sind ein begabter Mensch«, wiederholte der Journalist und sah mich unverhofft mit gespannter Aufmerksamkeit an; diesmal hatte er das etwas gönnerhafte »Bursche« und »du« durch das achtungsvolle »Sie« und »Mensch« ersetzt; er nahm auf dem Sofa Platz und fragte plötzlich: »Mir ist zu Ohren gekommen, Sie haben einen Traum?«

Ich wurde rot. Es war doch eine Dummheit gewesen, Kolja mein größtes Geheimnis anzuvertrauen.

»Genieren Sie sich nicht vor mir«, sagte der Journalist sehr ernst, »ich beginne anscheinend an Sie zu glauben. Sie sind natürlich noch im Reifeprozeß, kommen durcheinander, suchen Ihren Weg... Aber warum nicht? Schließlich und endlich: Es lebe der Genosse Zwibyschew! Warum auch nicht? Oder mögen Sie lieber ›Eure Exzellenz‹? Übrigens, was haben Sie für politische Ansichten? Eine erstaunliche Sache, es wird viel Wind gemacht, es gibt eine Menge Meinungen, aber klare politische Ansichten erkennt man bei keinem...«

Er hatte ernst begonnen, aber dann war, sozusagen mitten im Satz, ein satirischer Umschwung erfolgt, den er selbst nicht gewollt hatte, aber seine entlarvende Natur war stärker gewesen. Offensichtlich fühlte er das, denn er wurde sehr rasch wieder ernst.

»Verzeihen Sie mir«, sagte er, »ich bin zu weit gegangen... Ich wollte Ihnen nur ehrlich und offen etwas sagen... Natürlich ist die Chance, daß Sie einmal an der Spitze Rußlands stehen, gleich Null. Jedenfalls denke ich so. Aber daß Sie das erstreben, schon das unterscheidet Sie von Millionen Mitbürgern. Ich zum Beispiel erstrebe es nicht, so daß Sie bessere Chancen haben als ich. Aber was ich Ihnen sagen wollte: Die Sowjetmacht begeht ungeheuer viele Fehler und sogar Gemeinheiten, doch hören Sie auf mich, einen alten Mann, der viel erlebt und durchdacht hat... In der Sowjetmacht hat Rußland seinen Weg gefunden. In der Periode der Volksaktivität, die im zwanzigsten Jahrhundert angebrochen ist, würde jede andere Macht Rußland zugrunde richten... Bedenken Sie das. Machthungrige sind selten Patrioten, aber Glück hat der Machthungrige, dessen Bestrebungen mit der Volksbewegung übereinstimmen. Andernfalls wird seine Asche in eine Kanone gestopft und in die Luft geschossen, wie das zum Beispiel mit dem Falschen Dmitri geschah. Die Sowjetmacht ist notwendig für Rußland und ist aus seiner Geschichte entstanden. Statt ihrer kann nur Schlimmeres kommen. Gelinde gesagt. Dieses Schlimmere kann Anhänger finden, viele Anhänger. Millionen. Denn es geht ja um Dutzende Millionen Menschen und Hunderttausende Kilometer. So sind die Maßstäbe. Und bei solchen Maßstäben ist die Sowjetmacht ein gewaltiger Glücksfall und ein gewaltiger Segen, für den jeder vernünftige Mensch danke sagen muß, trotz allem. Denn diese Maßstäbe, diese Millionen Menschen und Hunderttausende Kilometer können auch anderes hervorbringen, was sie selbst und die Welt in den Untergang führt...«

Es war zu spüren, daß der Journalist sich hinreißen ließ und etwas aussprach, was ihm auf der Seele lag, aber noch nicht bis zu Ende durchdacht war, vielleicht auch seine heimlichen nächtlichen Gedanken. Eine Weile saßen wir schweigend.

»Schreiben Sie es zu Ende«, sagte der Journalist schließlich. »Schreiben Sie so, wie Sie es vorhatten.«

Ich schrieb die Denunziation und zeigte sie ihm.

»Na, großartig«, sagte er. »Und sehr überzeugend. Aber setzen Sie vorläufig kein Datum darunter.«

Da faßte ich mir ein Herz, zog die Eintrittskarte hervor und zeigte sie dem Journalisten.

»Da«, sagte ich, »von Mascha. Sie lädt uns für heute abend um sieben ein.«

»Ich muß hin«, sagte der Journalist, der offensichtlich etwas in Gedanken abwägte. »Natürlich muß ich. Die jungen Leute werden dort sein. Ich habe schon lange nicht mit ihnen gesprochen. Aber so unauffällig wie möglich.« (Das letzte war, wie ich begriff, eindeutig Selbsttäuschung und Selbstberuhigung.)

»Wir nehmen auch Kolja mit«, sagte ich in Erinnerung an das Versprechen, das ich Mascha gegeben hatte, und freute mich, daß sich alles so gut fügte.

»Kolja?« Der Journalist runzelte die Stirn. »Na schön, aber meine Frau braucht das nicht zu wissen... Übrigens hat sie mir ja selber vorgeschlagen, mich heute mit Roman zu treffen... Also habe ich einen Anlaß, in die Stadt zu fahren.«

»Dann gehe ich jetzt«, sagte ich, »womöglich ist Kolja schon zurück. Besser, er weiß nichts von Ihrer Beteiligung an dieser... An dieser Denunziation...«

»Was heißt besser?« rief der Journalist. »Das wäre geradezu tödlich... Na, gehen Sie...«

Ich ging hinaus und ließ den Journalisten in angestrengtem Nachdenken zurück. Ich zweifelte nicht, daß er über die Fahrt zum Disput der Studenten nachdachte. Irgend etwas reifte in ihm heran.

VIERZEHNTES KAPITEL

Kolja kehrte zum Mittagessen zurück. Er schien nicht zu argwöhnen, daß man ihn absichtlich weggeschickt hatte, und war wohl trotz allem ein gutgläubiger Junge geblieben. Von daher ist klar, wie schwierig meine Aufgabe war, denn jeder, der mit einer ernsthaften Intrige befaßt ist, weiß, daß man entgegen der landläufigen Meinung in gefährlichen Dingen bedeutend leichter mit einem argwöhnischen und mißtrauischen Menschen umgehen kann als mit einem offenen und naiven. Um die Befürchtungen des letzteren zu zerstreuen, sofern schon welche aufgetaucht sind, braucht man keine Findigkeit und Gewandtheit des Verstandes, sondern Aufrichtigkeit in der Lüge, das heißt, die Fähigkeit, für einen Augenblick die eigne Lüge zu glauben. Nach den beiden gefährlichen und schwierigen Gesprächen, die ich mit Kolja geführt hatte, wußte ich, daß ich diese überaus wichtige Eigenschaft besitze. Sie ist um so wertvoller, als sie keine Eigenschaft des Verstandes ist, die man entwickeln kann, sondern eine Eigenschaft des Charakters, die unabhängig vom Willen heranreift und von den äußeren Umständen abhängt. Der Journalist zum Beispiel besaß bei all seinem Verstand und literarischen Talent diese Eigenschaft nicht, aber als Psychologe erahnte er vielleicht diese Eigenschaft in mir, und das war ein zusätzlicher Grund gewesen, mich mit dieser Sache zu betrauen. Dem Journalisten wäre es kaum gelungen, in extremen und lebenswichtigen Dingen einen so sauberen und naiven Jungen wie Kolja zu betrügen, obwohl er ihn im Alltag leicht und locker betrog, wie Eltern überhaupt ihre Kinder häufig zu deren eigenem Wohl betrügen.

Nach dem Mittagessen, einem außerordentlich wohlschmeckenden (gefüllte Pute) und mir bislang unbekannten Gericht (ich hatte bis in die letzte Zeit trotz meiner Träume nicht einmal geahnt, wie angenehm und appetitlich ein Leben im Wohlstand sein kann), nach dem Mittagessen ging ich mit Kolja in den Wald und gab ihm die Denunziation ans KGB, die ich schon unterschrieben hatte. Er las sie, setzte sich auf einen Baumstumpf und schloß die Augen.

»Was ist?« fragte ich, ohne meine Unruhe zu verbergen. (Darin lag meine Würde in meiner Beziehung zu Kolja. Wenn es nicht ums Wesentliche ging, sondern um Gefühle, verbarg ich nichts vor ihm.)

»Was für eine Niedertracht«, sagte Kolja.

»Was soll man machen?« sagte ich. »Es muß sein. Wir müssen in Kauf nehmen, daß uns viele anständige Menschen für Strolche und Spitzel halten.«

»Ja«, sagte Kolja, nahm den Füller, den ich ihm hinhielt, und unterschrieb. »Nun sind wir beide Spitzel geworden«, sagte er mit einer Bitterkeit, wie nur Kinder sie empfinden können.

»Es ist ein Beschluß der Organisation«, sagte ich.

»Ich verstehe«, sagte Kolja traurig.

Es war an der Zeit, ihm die Fahrt anzukündigen, über die er sich zweifellos freuen würde. Ich hatte es ihm absichtlich nicht früher gesagt (in solchen Dingen ist Berechnung unerläßlich), denn ich wußte, daß ihn das Unterschreiben der Denunziation betrübte. Das heißt, ihn betrübte der Vorgang des Unterschreibens, denn auf die Tatsache selbst hatte ich ihn ja vorbereitet. Darum traf die Mitteilung über die Fahrt zu dem Studentendisput jetzt genau ins Schwarze. Kolja klatschte in die Hände und sprang auf. (Kindliche Unmittelbarkeit und jäher Wechsel der Gefühle. Das mußte ich auch berücksichtigen.)

»Aber zu Rita Michailowna kein Wort über den Disput«, sagte ich, womit ich ihm die Mitteilung noch versüßte.

Kolja war eine Zeitlang, mindestens eine Woche, eingesperrt gewesen, im Hausgefängnis, wenn man das so sagen kann. Im Zusammenhang mit meiner Ankunft und meiner Einwirkung auf ihn, die zu seiner Aussöhnung mit den Eltern geführt hatte, war ihm erlaubt worden, sich frei zu bewegen, ja, es wurde sogar auf den Besuch des Psychiaters Solowjow verzichtet, um Kolja nicht zu traumatisieren. Von den oppositionellen Dingen war er jedoch abgeschirmt. Dabei waren seine emotionalen Bestrebungen, die sich in der Zeit der Geschlechtsreife herausbildeten, untrennbar verbunden mit der oppositionellen Geisteshaltung und der Anprangerung aller offiziellen Erscheinungen. Anfangs war das zu Hause unter dem Einfluß des Vaters geschehen, später in den Gesellschaften. Natürlich konnte Kolja von der Datsche in die Stadt fahren, sich mit Freunden treffen, wieder in das ihm so kostbare Element eintauchen, doch das hätte er nur im Moment des Widerstands gegen die Eltern und im Moment der Entrüstung getan, nicht aber im Moment der Aussöhnung, ja, sogar der Reue für den ihnen zugefügten Kummer. Also, ich wiederhole, in seiner psychologischen Grundstruktur, die in den für die Familie des Journalisten ruhigeren und klareren Jahren der Stalinzeit ausgebildet worden war, in seiner psychologischen Grundstruktur war Kolja ein guter und weicher Junge. Darum war meine Mitteilung, daß wir mit seinem Vater zu dem Studentendisput fahren würden, für ihn dasselbe, was für seine politisch passiven Altersgenossen die Mitteilung gewesen wäre, nach gewaltsamer Trennung das geliebte Mädchen wiederzusehen. Die Schülerliebe hat ja ihre Einzigartigkeit. All das Unangenehme, das mit der Notwendigkeit zusammenhing, die Denunziation gegen Stschussew zu unterschreiben, war zwar nicht vergessen, aber untergegangen in überschäumender freudiger Erregung. (Eine glückliche Eigenschaft der Jugend.) Überhaupt war Kolja so aufgeregt, wurden seine Bewegungen so hektisch und abrupt, daß ich befürchtete, er könnte aus Naivität Rita Michailowna von dem Abend erzählen, darum sah ich mich gezwungen, ihn zu ermahnen. Er wurde sofort still, doch seine Augen strahlten aufgeregt.

Zum Glück freute sich Rita Michailowna so über die gute Veränderung von Koljas Zustand nach der schrecklichen Woche, die erfüllt gewesen war vom Haß des geliebten Sohnes gegen sie und den Vater, freute sie sich so, daß sie bei all ihrem Argwohn (sie war argwöhnisch im alltäglichen Sinn dieses Wortes), die mütterliche Freude über die Genesung ihres Sohnes nicht mit nebensächlichen Dingen vergiften wollte. Ganz in Anspruch genommen von Kolja, ihrem Liebling, schenkte sie dem Journalisten keine Beachtung. Doch in ihm ging deutlich etwas vor, vielleicht faßte er sogar einen wichtigen Entschluß, denn ich bemerkte die Blässe seines Gesichts, und auf eine Frage von mir, eine unbedeutende Alltagsfrage, antwortete er lasch, sichtlich bemüht, sich nicht für Nebensächliches zu verausgaben und sich nicht von seinem inneren Zustand ablenken zu lassen. Im Wagen setzte er sich neben den Fahrer Viktor, der, noch im Banne der alten Vorstellungen vom liberalen Charakter dieser Familie, Rita Michailowna gegenüber in schmeichlerischer Weise die Juden gelobt hatte, um ihr seinerseits seine Liberalität als einfacher Mann und Fahrer zu beweisen. Dafür war er von ihr zurechtgewiesen worden. Jetzt hielt Viktor, ein erfahrener Diplomat, der sich in den neuen widersprüchlichen Erscheinungen innerhalb der Familie seiner Arbeitgeber noch nicht zurechtfand, wohlweislich den Mund.

Im Wagen machte der Journalist einen gelassenen Eindruck und bekam sogar wieder etwas Farbe (ich beobachtete ihn verstohlen), war aber schweigsam. Kolja und ich plauderten hinten ohne Pause, wenn auch nur über Belanglosigkeiten. Kolja äußerte mit dem Geplauder seine Freude über die Fahrt, und ich stimmte ein. In der Stadt befahl der Journalist Viktor, zuerst bei der Wohnung vorbeizufahren. (Zeit hatten wir genug, denn wir waren kurz nach dem Mittagessen aufgebrochen.) Kolja und ich blieben unten im Wagen, der Journalist ging hinauf in die Wohnung, hielt sich dort aber nicht lange auf, vielleicht zehn Minuten. Ich verweile bei diesen Einzelheiten, um seine Behauptung zu widerlegen, daß sein Auftreten an dem Abend eher improvisiert als vorbedacht war. Nein, ich bin sicher, daß er, sowie er von dem Disput hörte, einen Plan faßte und immer mehr in dem Wunsch bestärkt wurde, der Jugend nach der langen (fast zweijährigen) Pause eine programmatische Rede zu halten, mit den neuen Erkenntnissen, die in jüngster Zeit in ihm herangereift waren und nach Öffentlichkeit verlangten. Es war auch der Wunsch, öffentlich die Gerüchte über seine Rückkehr zum Stalinismus zu widerlegen. Vielleicht rechnete er sogar mit weiterreichenden Folgen. Wollte wieder die Jugend für sich begeistern und ihr Führer werden, aber jetzt in einer völlig anderen, unverhofften Richtung. (Er glaubte, daß die Jugend das Unverhoffte vergötterte.) Außerdem denke ich, daß er die Thesen dieser Rede in seiner Stadtwohnung bereitliegen hatte und daß er hinaufging, um sie zu holen. (Bei dem Disput sah ich in seinen Händen Papierblätter, was eine Improvisation ausschließt.)

Wie ich schon sagte, waren wir früh losgefahren, dennoch drängten sich vor dem Speisesaal im Wohnheim der Chemiker schon viele Leute, vor allem Jugendliche. Wir bahnten uns mit Mühe einen Weg zum Eingang. Hier standen fünf kräftige Jungs, offenbar Sportler des Instituts, mit Armbinden. Wir hatten eine Eintrittskarte für zwei Personen, waren aber zu dritt. Allerdings rechnete der Journalist darauf, erkannt und eingelassen zu werden, aber er wurde nicht erkannt und nicht eingelassen.

»Du bist hier falsch, Opa«, sagte ein pickliger Bursche zu ihm, »hier wird kein Dörrfisch verteilt.«

Kolja wollte sich auf ihn stürzen, aber ich hielt ihn zurück.

»Geht allein rein, Jungs«, sagte der Journalist leise und irritiert.

Dieser dumme Zwischenfall machte ihm wohl sehr zu schaffen, hielt er sich doch für eine bekannte Persönlichkeit, die bis vor kurzem nachgerade der Führer der Jugend gewesen war.

Wir drängten uns ins Foyer und stießen bei der Garderobe auf Mascha, die ebenfalls die rote Armbinde der Diensthabenden trug. Bruder und Schwester fielen sich in die Arme.

»Mein lieber Kolja«, sagte Mascha. »Ich hatte große Sehnsucht nach dir.«

»Da draußen ist Papa«, sagte Kolja, »sie haben ihn nicht reingelassen. Irgendein Trottel hat ihn sogar beleidigt.«

»Kolja übertreibt«, warf ich rasch ein. (Ein vorzeitiger Skandal fehlte gerade noch. Daß es einen Skandal geben würde, stand für mich fest, in solchen Dingen hatte ich Erfahrung, aber ich wollte nicht, daß der Skandal wegen einer Lappalie und zu unpassender Zeit losging.) »An der Tür hat ein Provinzler Ihren Vater nicht erkannt«, fügte ich hinzu.

»Das haben wir gleich«, sagte Mascha, »und ihr geht hinein, Jungs.« (»Jungs«, das war die Belohnung dafür, daß ich mein Versprechen gehalten und Kolja hergebracht hatte.) »Geht hinein und besetzt Plätze... Ich hole Papa...«

Wirklich, das mit den Plätzen war zur rechten Zeit gesagt, denn der Saal, lang und schmal, mit Säulen, großen Fenstern und einer leeren Theke in einer Ecke war fast voll. Auf der kleinen Bühne, wo an Studentenabenden sicherlich ein Laienorchester spielte, standen jetzt zwei zusammengestellte Eßtische, mit rotem Stoff bedeckt, auf dessen Unterseite wohl eine Losung stand, denn auf dem roten Leinen zeichneten sich weiße Striche ab. Am Eingang hing ein großes farbiges Plakat, das einen Vortrag mit anschließendem Disput zu dem Thema ankündigte: »Die internationale Pflicht der russischen Mehrheit«, Redner A. Iwanow. Innerhalb des Raumes jedoch war ein kleiner, mit Tinte geschriebener Anschlag an eine Säule gezweckt, und hier hieß der Vortrag: »Die mythologischen Grundlagen des Antisemitismus«.

Wir setzten uns auf eine Bank unweit der Theke. Die Bühne war schräg vor uns und nur teilweise zu sehen, dennoch konnten wir, obwohl wir früh gekommen waren, auf nichts Besseres hoffen. Da entdeckten wir den Journalisten, der an der Saaltür stand und sich kurzsichtig und verwirrt umsah. Hin und her laufende junge Leute hatten ihn schon ein paarmal angerempelt. Kolja rief ihn, und er drängte sich zu uns durch, irgendwie in sich gekehrt und verunsichert. Aber als er sich hingesetzt und verschnauft hatte, änderte sich seine Miene, sein Gesicht bekam sogar eine Leichtigkeit, wie sie Menschen eigen ist, die innerlich über die eigenen Dummheiten und Hoffnungen spotten. Natürlich waren alle Attribute vorhanden, die für einen solchen Zustand charakteristisch sind – leichtes Kopfschütteln und sanfte, gütige, in Zynismus übergehende Wehmut. Daß ich seinen Zustand richtig erkannt hatte, belegt auch ein Satz, der ihm wohl unwillkürlich entschlüpfte, also aufrichtig war.

»Ach, liebe Kinder«, sagte er, den Kopf schüttelnd, »wie wenig wir persönlich bedeuten... Wir sind nur Symbole des Moments.«

Übrigens schwang in diesem Satz auch Kränkung mit, die nicht mit dem zynischen Blick »von oben herab« harmonierte, mit dem der Journalist sich innerlich abzuhärten suchte.

Mittlerweile hatte sich der Saal gefüllt, und wer keinen Sitzplatz gefunden hatte, drängte sich an den Wänden. Es war eng, und es wurde heiß, und noch immer fing es nicht an. Mascha zeigte sich an verschiedenen Enden des Saals, energisch, mit frischen, geröteten Wangen und erstaunlich schön. Sie hatte das Aussehen eines Menschen, der nach langer Wirrnis, nach Leidenschaften und Enttäuschungen in einer guten (wie sie meinte) und aktiven Sache endlich zu sich selbst gefunden hat. Ich gewann den Eindruck, daß sie die Seele und Organisatorin wenn nicht der Russischen Nationalen Troizki-Gesellschaft, so doch zumindest des heutigen Vortrags war, und die Verteidigung des seit »Jahrhunderten verfolgten Judentums« war für sie zum Ziel und Sinn ihres Lebens geworden, zur »Pflicht des russischen Menschen«. (Das waren ihre eigenen Worte.) Wenn ein blühendes Mädchen, das jedoch das Weibliche in sich unterdrückt, ein sauberes und ehrliches Mädchen, das sich dem wonnevollen Instinkt nicht ohne die im Leben so seltene große Liebe zu unterwerfen gedenkt, wenn ein solches Mädchen ein beharrliches Ziel findet, speisen alle ihre unverbrauchten Lebenssäfte dieses Ziel auf weibliche, auf mütterliche Art, das heißt, oft auch blind...

Endlich, nach langem Warten und dem Zischen der Ungeduldigen, bestieg ein breitgesichtiger, treuherzig wirkender blonder Mann die Bühne. Ehrlich gesagt, wunderte ich mich, denn nach dem Thema des Vortrags hatte ich mir Iwanow als einen Menschen von markanterem Aussehen vorgestellt. Und richtig, mein Gefühl trog mich auch diesmal nicht. Es war nicht der Redner, sondern der Versammlungsleiter, ein gutmütiger Dorfbursche, Vertreter des Komsomol-Komitees des Instituts, der meines Erachtens als Tarnung diente und sich wohl als einziger der Anwesenden nicht im klaren war, was hier passieren sollte und weshalb man sich hier versammelt hatte. Und das, obwohl die Versammlung unter seiner Ägide und Verantwortung erlaubt worden war.

»Jugendfreunde«, sagte er, »jetzt wird uns unser Gast von der Universität, Sascha Iwanow, einen Vortrag zu einem wichtigen und nützlichen internationalen Thema halten, anschließend ist Diskussion und Tanz... Bitte, Sascha...«

Leicht und flink stieg der Redner auf die Bühne, und seine äußere Erscheinung entsprach meinen Erwartungen. Er war schwächlich und mager, hatte eine Entennase, und etwas an ihm war geeignet, fremde Augen zu reizen, das heißt, die Augen von Menschen, die ihn nicht kannten und zum erstenmal sahen. Als er die Bühne betrat, kam sogar Lachen auf, und jemand in der Mitte des Saals sagte ziemlich laut:

»Na, alles klar...«

Noch ein paar lachten. Ich begriff, daß zu dem Vortrag nicht nur Anhänger oder passiv Neugierige (das war natürlich die Mehrheit) gekommen waren, sondern auch Gegner, womöglich mit dem Ziel, den Vortrag zu sabotieren. Und richtig, nach dem Einwurf kam Unruhe auf, alle drehten sich um, flüsterten, und ich sah, daß Mascha und noch zwei Aktivisten besorgt reagierten, den Hals reckten und die Krakeeler in der Menge auszumachen versuchten. Aber da sagte der Redner plötzlich mit einer für seine Statur unerwartet tiefen Stimme:

»Ich möchte erst einmal etwas zu dem Gelächter und den Zwischenrufe sagen, die hier laut wurden. Natürlich, in uns ist viel Satirisches und Absurdes. Wir wissen selbst, daß wir bislang lächerlich sind...«

»Wissen das auch Ihre Schützlinge?« fragte einer mit russisch-tatarischem Backenknochen und erhob sich in der Saalmitte. Ich glaubte ihn schon gesehen zu haben.

»Wen meinen Sie?« Der Redner warf ihm einen raschen Blick zu.

»Ihre Juden?«

»Unsere Schützlinge sind nicht die Juden, sondern die Russen. Sie wollen wir verteidigen und kurieren, denn die Hauptgefahr droht gerade ihnen. Mit dem Haß ist es wie mit dem Eiter, er bedroht immer am meisten denjenigen, in dem er entsteht und sich entwickelt.«

»Genau«, warf jemand neben dem Backenknochigen ein, »man weiß nicht, wer wen mehr haßt. Wenn die Juden in der Mehrheit wären, würden sie uns bei lebendigem Leib die Haut abziehen...«

»Wenn die Juden in der Mehrheit wären«, sagte Iwanow, »wäre das ihr Problem, da aber wir in der Mehrheit sind, ist es unser Problem... Ich lege nur Tatsachen dar... Sie sind traurig und tragisch für unser Volk...«

»Dann heul doch«, schrie noch einer, aber das war einfach ein Gossenruf, und der Schreier wurde wohl von den eigenen Leuten zurechtgewiesen, denn sie wollten eine ernsthafte Polemik.

»Da brüllen die Stalinisten«, sagte Kolja, »Lumpen... Wer hat denen Eintrittskarten gegeben?«

Der Journalist blickte seinen Sohn an und schmunzelte kaum merklich.

»Jugendfreunde«, der blonde Versammlungsleiter schlug mit der flachen Hand auf den Tisch, »was soll der Spektakel? Hört auf, den Redner zu unterbrechen... Wir schaffen die Krakeeler hinaus... Und den Redner bitte ich, sich auf keinen Streit mit dem Auditorium einzulassen und beim Thema zu bleiben: unserem sowjetischen Internationalismus.«

Der arme Kerl witterte schon Unrat, hoffte aber, die Veranstaltung, wie geplant, durchzuführen. Den handschriftlichen Anschlag an der Säule hatte er schlicht und einfach nicht gesehen. (Davon konnten sich später alle überzeugen.)

»Also, bitte«, wandte er sich an den Redner.

»Natürlich«, begann Iwanow mitten im Satz (wie sich zeigte, kein schlechter Rednertrick), »natürlich, in uns ist viel Satirisches und sogar Possenhaftes, aber das Satirische und Possenhafte betrifft nur die Form, das Wesen jedoch zeugt von einer Wiedergeburt des russischen öffentlichen Gewissens nach langem Schlaf. Auch wenn dieses Gewissen noch nicht von Herzen kommt, nicht tief und emotional ist, sondern auf dem Niveau einer Mode und der Regeln des guten Tons steht.«

Der gutmütige Versammlungsleiter war von den Worten des Redners wieder irritiert und erhob sich sogar leicht, konnte sich jedoch nicht entschließen, ihn zu unterbrechen, denn erstens hatte sich das Auditorium endlich beruhigt, womit der ordnungsgemäße Ablauf der Veranstaltung wiederhergestellt war, und zweitens enthielt das vom Redner Gesagte zwar eine Gefahr, aber eine vorerst ungreifbare Gefahr, bis auf den letzten Satz über die Wiedergeburt des Gewissens nach langem Schlaf. Doch auch das ließ sich letztendlich als Wiederherstellung der Normen verstehen, die vom Personenkult verletzt worden waren, worüber zur Zeit die gesamte zentrale Presse schrieb.

»Eigentlich hat sich die russische, die Tschechowsche Gesellschaft«, fuhr der Redner fort, »ungeachtet ihrer geringen Anzahl, umgeben von Unwissenheit und tierischen Instinkten, das heilige Recht, Hüter der Ehre der Nation zu sein, gerade dank der in ihr herrschenden Regeln des guten Tons bewahrt, nicht aber dank eines wahrhaft tiefen, sogannten ›Gewissens vom Herzen‹. Das Gewissen des Herzens existierte zweifellos und zementierte die Gesellschaft, aber dazu waren nur ganz wenige fähig.« Iwanow hob den Kopf, blickte in den Saal und sagte: »Als real und nicht utopisch rechtschaffen läßt sich eine Gesellschaft ansehen, in der ein ehrgeiziger junger Mann, der einen Schuft öffentlich geohrfeigt hat, darauf seine Karriere aufbauen konnte...«

Die letzten Worte erschreckten den Versammlungsleiter wieder, aber hier kamen dem Redner unwillkürlich dessen Gegner zu Hilfe, indem sie wieder zischten und murrten. Der Versammlungleiter erhob sich und drohte ihnen mit dem Finger. Nun konnte er den Redner nicht mehr unterbrechen, denn damit hätte er sich mit den Zischern solidarisiert.

»Die Sitten, nicht aber die Vernunft«, fuhr der Redner fort, »so scheint mir, erklären vor allem die Lebenskraft eines Vielmillionenvolkes. Gerade eines Vielmillionenvolkes, für das dieser Umstand besonders wichtig ist... Sie erklären die Lebenskraft bedeutend genauer als authentische Fakten der lebendigen Herzlichkeit und Güte. Sie erklären auch, was zu einer Periode des Verfalls dieser Lebenskraft führt, so daß dem Volk der Untergang droht... Selbstredend der sittliche, doch nach diesem ist der physische Untergang nur noch eine Frage der Zeit. Ob Jahre oder Jahrhunderte, das ist unwesentlich...«

An dieser Stelle möchte ich den Redner Iwanow verlassen und für kurze Zeit zu meinem früheren Leben zurückkehren, zur Periode meines Kampfes um den Schlafplatz. Mich an einen satirischen Vorfall erinnern, der auf Judenhaß beruhte. (Das ist sehr charakteristisch. Diese Vorfälle haben, selbst wenn sie blutig enden, im wesentlichen einen satirischen Charakter.)

Drei Wochen vor der Episode in Arskis Gesellschaft, als ich zum erstenmal davon träumte, politisch tätig zu werden, nein, wohl eher einen Monat oder noch länger davor, denn es herrschte starker Frost, und der Winter war auf dem Höhepunkt, da wurde im Zimmer acht im Erdgeschoß unseres Wohnheims über die Juden gesprochen. Eigentlich wurde im Wohnheim hin und wieder über sie geredet, aber eher beiläufig. Diesmal jedoch lange und ausgiebig. Das Zimmer acht befand sich gegenüber dem Raum, wo man sich kochendes Wasser aus dem großen Kessel holte, darum war es voller Menschen; manche waren, von dem Gespräch angelockt, von selbst gekommen, andere waren als Berater, Schiedsrichter (es wurde gestritten) und Autoritäten gerufen worden. Die meisten hatten ihren Teekessel mitgebracht. (Ein satirisches, auf den ersten Blick zufälliges Detail, das sich aber zu einem Symbol des Unernstes und des Spotts auswuchs.) Das Gespräch hatte nicht einfach so begonnen. Es gab einen Grund – ein Ereignis, das sich am Vortag spätabends zugetragen hatte (wenn man diese Absurdität als Ereignis bezeichnen kann) und äußerst komisch war. (Der satirische Witz und die jüdische Frage sind wahrlich leibliche Schwestern.)

Gegen elf Uhr abends, als sich die meisten Heimbewohner schon schlafen gelegt hatten (im Winter, noch dazu bei Frost, ging man bei uns früh schlafen), ertönte vor dem Gebäude der Installateure (wir waren ein richtiges Städtchen vom Wohnungsbau) ein einsamer irrsinniger Schrei. Na ja, bei uns wurde öfter mal geschrien, hier wohnten größtenteils Junggesellen, ungebärdige Jungs, die gern einen drauf machten, darum achtete anfangs niemand auf das Geschrei. Als es freilich näher kam und der Inhalt klar wurde, nämlich: »Schlag die Jidden!«, erschien auf einigen Gesichtern in unserem Zimmer ein Lächeln, aber auch so beiläufig, wie man über alte, längst bekannte Witze lacht. Zu der Zeit lagen wir alle schon in den Betten und hatten das Licht nur wegen Shukow noch nicht ausgemacht, der am Tisch saß und wieder mal eine Erfindung zeichnete, wobei er ins Physikbuch der siebenten Klasse schaute. Es verging eine halbe Stunde, eine Stunde, Shukow hatte sich ausgezogen und das Licht gelöscht, aber das Geschrei vor dem Fenster hörte nicht auf, es brach aus tiefstem Innern heraus, ging zuweilen in ein heiseres, klägliches Heulen, ein Flehen über, als sei der Schreier erschöpft, gewann dann aber wieder Kraft.

»Schlag die Jidden, sonst keinen!« erklärte er zwischendurch seine Ansichten über die menschliche Brüderlichkeit, wonach er wieder monoton und eintönig schrie und sein ganzes Leben in das Geschrei zu legen schien. Diese gnadenlose und beharrliche Verausgabung der eigenen Kräfte verlieh der abgedroschenen und abgegriffenen Formulierung eine gewisse Neuheit. Da jedoch eine Reihe von Nebenfaktoren fehlten, wie Hunger, Pest, Gedränge im Bus, eine politische Ordnung oder Situation extremer Art, war diese Formulierung, die noch dazu im Warmen, im Bett, nach einem ausreichenden Abendbrot aufgenommen wurde, dazu angetan, die Gedanken der Heimbewohner eher ins Humoristische zu lenken. Als erster lachte Salamow, eine schlichte und physiologische Natur. Nach ihm Beregowoi, ein Mann mit Ansätzen von Geistigkeit, der darum die Komik der Situation bedeutend besser erfaßte als Salamow. Es lachten auch Petrow und Shukow.

»Der hat Puste«, sagte Kulinitsch lachend, »schreit schon eine Stunde...«

Aber der Schreier begann doch zu ermüden. Er schrie nicht mehr durchgängig, sondern machte Verschnaufpausen, und während der Verschnaufpausen herrschte bei uns im Zimmer erwartungsvolle Stille, und jeder neue Schrei wurde mit einer Lachsalve begrüßt. Auch hinter der Wand im Nebenzimmer wurde gelacht. Gegenüber, im Gebäude der Installateure, ging in einigen Fenstern das Licht an.

»Der traut sich was«, sagte Salamow, »er weckt das ganze Wohnheim...«

»Da schwankt er zwischen den Schneehaufen«, sagte Beregowoi, der in langen Unterhosen auf dem Fensterbrett saß und die vereiste Scheibe behauchte.

Es war schon nach eins, draußen wütete ein Schneesturm, und der Frost hatte noch zugenommen, das war zu spüren.

»Dreißig Grad, mindestens«, sagte Shukow.

Der Schreier krächzte heiser, verschluckte sich, heulte wie vor Schmerz, ging aber nicht weg und hörte nicht auf zu schreien. Man konnte meinen, er wollte mit seinem Geschrei irgend etwas erreichen oder sterben.

»Hitler hat's ihnen gegeben, so muß es sein!« modifizierte der Schreier seine Formulierung, sicherlich vor Erschöpfung. (Offenbar strengte ihn die Monotonie an, und er wollte sich auflockern.)

Um halb zwei flaute das Gelächter in unserem Zimmer ab, man hatte es satt. Übrigens lachten seit längerem nur noch Beregowoi und Salamow.

»Ich geh raus und jag ihn weg«, sagte Petrow plötzlich, setzte sich aufs Bett und wickelte sich die Fußlappen um. »Der Lump läßt einen nicht schlafen«, fügte er hinzu, als müßte er sich vor irgendwem rechtfertigen, »ich muß um sieben zur Schicht.«

»Ich komme mit«, sagte Shukow. Sie zogen sich an und gingen hinaus.

Ich schloß mich ihnen nicht an, denn ich hatte damals schon zu beiden gespannte Beziehungen. Nach wenigen Minuten verstummte das Geschrei, und bald kamen Shukow und Petrow zurück, von Schnee überpudert.

»Wir haben ihn nicht gefunden«, sagte Petrow, »wir gehen und hören ihn schreien, wir kommen zu der

Stelle, da ist der Schnee zertrampelt, Fußspuren... Nur der Schneesturm heult... Er ist wie vom Erdboden verschluckt.«

»Ich hab ihn doch durchs Fenster gesehen«, sagte Beregowoi, »zwischen den Schneehaufen ist er herumgewankt... Er hat sich versteckt, gleich wird er wieder schreien...«

Aber es kam kein Schrei mehr, und wir schliefen ein.

Über dieses Ereignis wurde nun im Zimmer acht gestritten. Es war ein malerisches Bild. Man saß zu zweit auf Stühlen, saß auf den Betten (fünf Betten) und auf dem Fensterbrett. Jeder war in den Sachen gekommen, die er gerade anhatte, manche in Wattejacken, andere in warmen Unterhemden. Der Tisch war mit Teekesseln vollgestellt. Mich hatte der Montagearbeiter Danil gerufen, denn ich war Bauleiter, also ein gebildeter Mann mit Autorität. (Nicht alle im Wohnheim wußten von meinem Schwebezustand und meiner Rechtlosigkeit selbst im Vergleich zu ihnen. Darum brachten mir etliche Leute Achtung entgegen. Allerdings spürte ich dank der Aufklärungsarbeit meiner Zimmergenossen allmählich eine geringschätzige Haltung und wurde einmal im Kulturraum sogar als »armer Student« bezeichnet, woraufhin ich nicht mehr fernsehen ging.) Doch im Winter genoß ich bei etlichen noch eine ziemlich hohe Autorität. (Durch ein glückliches Zusammentreffen war im Zimmer acht keiner von meinem Zimmergenossen.) Ich will nicht auf die Einzelheiten des Streitgesprächs eingehen, es war banal und uninteressant. Die Argumente und verbalen Feststellungen in dieser eigentlich für alle Anwesenden klaren Frage, vorgetragen auf dem Niveau der mangelhaften Bildung der Anwesenden, waren langweilig und unnatürlich. Auf die Bemerkung des Zimmermanns Grigori Grigorjewitsch, eines älteren Mannes (um die vierzig), der zwar nicht gläubig, aber gesetzt und sparsam war, also, auf seine Bemerkung, daß die Juden doch nichts dafür könnten, als

Juden geboren zu sein, faselte Danil einen solchen Unsinn, wärmte die Geschichte von den Mörder-Ärzten auf, die von Berija ungesetzlich rehabilitiert worden wären, und von Raissa Samoilowna, einer Ärztin der hiesigen Bezirkspoliklinik, die den Kindern vergiftete Augentropfen verabreicht hätte, einen solchen Unsinn, daß es alle anödete, denn das war schon vor drei Jahren durchgekaut worden, und Danil redete irgendwie angestrengt, unnatürlich. Ich stand an einem Schrank, den Teekessel in der Hand (ich konnte ihn nirgends mehr abstellen), und dachte darüber nach, warum diese Menschen, die längst begriffen hatten, daß sie einander nichts erklären und nichts Neues sagen würden und einander längst überdrüssig waren, dennoch nicht auseinandergingen und an dem Thema festhielten. Was wollten sie in so einer schwerfälligen, niveaulosen Diskussion, wie sie immer wieder um die jüdische Frage entbrannte, begreifen? Und als ich jetzt Iwanow zuhörte, begriff ich und stimmte ihm zu, daß die Juden schon seit langem weniger als Nation an der Geschichte beteiligt waren, sondern mehr als Gefühl. Als ein Gefühl, das Gefühlen wie Liebe, Haß, Angst Genuß, Abscheu usw. gleichzusetzen ist.

»Aber dieses Gefühl«, sagte Iwanow, »hat eine materielle Verkörperung, darum ist es eine Art Naturerscheinung wie Regen, Hagel, Frost, Hitze... Mit anderen Worten, der Jude hat den Platz einer mythologischen Gestalt eingenommen, die eine Reihe unklarer Erscheinungen vereint, sie einfach und faßbar erklärt und dergestalt den Kampf um den Platz im Leben, um die Existenz erleichtert. Je bedrängter der Mensch ist, nicht unbedingt materiell, sondern manchmal auch von aufrichtigem Leid um das Vaterland oder um das Menschengeschlecht als Ganzes, desto mehr bedarf er der Mythologie. Und wenn Fortschritt und Aufklärung seinen Verstand kritisch machen und er nicht an jenseitige Kräfte glaubt, greift er nach der realen Figur des Juden wie nach himmlischem Manna, denn an den gehörnten Teufel glaubt solch ein Aufklärer nicht (zum Beispiel der Aufklärer Voltaire). Das ist der Grund, warum die Entwicklung von Fortschritt und Aufklärung den Bedarf an Antisemitismus nicht vermindert, sondern in einer Reihe von Fällen sogar erhöht. Die Mythologie, nicht aber das alltägliche Leben und die alltäglichen Taten, mögen sie noch so unangenehm sein, dient als Grundlage des Antisemitismus. Aus dem alltäglichen Leben wird in der Folge nur das genommen, was in der Mythologie unerläßlich ist. Einer der Hauptirrtümer ist der Versuch, den Antisemitismus mit Unwissenheit zu koppeln. Man muß verstehen, daß unserer Zivilisation, die von der antiken Mythologie zur Aufklärung führt, eine erstarrte Zelle zugrunde liegt, welche die mythologische Grundlage bewahrt hat, während sich andere Zellen unzählige Male erneuert und ein natürliches Leben auf dem Niveau ihrer Zeit geführt haben. Wer verstanden hat, welche Gefahr in der Zivilisation begründet liegt, mit der das Schicksal seines Vaterlands verbunden ist, und ein solches Verständnis erfordert zweifellos einen ehrlichen Verstand, der nicht befrachtet ist mit poetischer Überdrehtheit und maßloser Liebe zum eigenen Volk, sondern eher zu ehrlicher Statistik und klarer Betrachtung der Tatsachen neigt«, Iwanow holte Luft und fuhr sich mit der Hand müde übers Gesicht, »ja, ja, das ist der Grund, warum unter solchen Hellsehern nicht die Genies überwiegen, sondern einfach ehrliche, fähige Menschen. Also, wer das verstanden hat, war um jeden Preis bestrebt, seine Einsicht möglichst breiten Schichten nahezubringen, denn er war sich sehr wohl über sein Unvermögen im klaren, eigenhändig eine Veränderung im mythologischen Gefühl herbeizuführen, das der Zivilisation zugrunde liegt. Unter diesen Hellsehern waren Schriftsteller, Philosophen, Staatsmänner, Gelehrte und sogar, natürlich seltener, Bauern und gekrönte Häupter, aber sie alle, darunter auch die Selbstherrscher, fühlten ihr Unvermögen oder ihre Beschränktheit bei konkreten Handlungen. Veränderungen des mythologischen Gefühls entstehen immer innerhalb des Volkes, aus den Grundlagen. Jene Hellseher, welche die Gefährlichkeit des Antisemitismus für das Schicksal des eigenen Volkes erkannten, wobei viele von ihnen den Interessen der Juden völlig gleichgültig gegenüberstanden und ein rares Gefühl von ehrlichem Nationalismus hegten, jene nicht sehr zahlreichen Hellseher befanden sich in der Regel nicht in den Tiefen der Gesellschaft, sondern auf deren höchsten und mittleren Stufen oder einfach in einer Position, die zu den Tiefen des Volkes keine Verbindung hatte. Darum war ihre einzige Möglichkeit eine Veränderung nicht des Gefühls, sondern der Mode und der Regeln des guten Tons. So war es bei den Vasallen einiger mittelalterlicher Fürsten Mode und eine Regel des guten Tons, tolerant zu den Juden zu sein, diese Mode verbreiteten einige Schriftsteller, Philosophen und Gelehrte unter ihren Anhängern... In Rußland, wo das schwere Leben des Volkes und die natürliche Vorliebe der Slawen für heidnische Gestalten die mythologische Figur des Juden besonders klar wiedererstehen ließen, bekräftigt von Bildern des alltäglichen Lebens, die sehr greifbar waren, in Rußland haben solche heiligen Hellseher wie zum Beispiel Korolenko oder der junge Gorki, diese klaren Vertreter eines ehrlichen und klugen russischen Nationalismus, bestimmten Kreisen, leider meistenteils unreifen oder leichtfertigen Menschen, die Autoritäten suchten, die Mode einer guten Beziehung zu den Juden aufgenötigt. Nichtsdestoweniger hat diese Mode, ausgehend von den Regeln des guten Tons, sogar aufrichtige und selbstlose Handlungen hervorgebracht. Nach dem Zusammenbruch der Selbstherrschaft wurde diese Mode mitsamt dem Problem, wie man meinte, liquidiert. Übrigens setzten einige ehrliche Hellseher, deren Blick allerdings schon von der Begeisterung für die vollzogenen Veränderungen getrübt war, noch eine Zeitlang ihre Tätigkeit fort... Zum Beispiel Lunatscharski... Zudem verkündeten sie die Regeln des guten Tons nicht einer kleinen Zwischenschicht, die entweder verschwunden war oder sich mit anderen vermischt hatte, sondern unmittelbar dem Volk, in dem solche Schreibtisch-Regeln untergingen oder die gegenteilige Reaktionen zeitigten, wie eine Herrenlaune... Darum muß man die jetzige Wiedergeburt dieser Mode, auch wenn sie häufig einen satirischen, leichtfertigen, manchmal gar karrieristischen Charakter trägt, dennoch als eine überaus ernste Aufgabe in der aus dem Schlaf wiedererstehenden Gesellschaft betrachten.«

»Schluß jetzt.« Der Vorsitzende hielt es nicht länger aus. »Ich finde, Sie sind völlig vom Thema abgekommen.«

»Aber wieso denn?« schrie jemand im Saal, und der Backenknochige stand auf. Er drängte sich durch zu der Säule, an der der handgeschriebene Anschlag hing, riß ihn rasch ab und brachte ihn dem Versammlungsleiter. »Alles entspricht dem Thema«, sagte er, »oder haben Sie das nicht gelesen?«

»Was ist das?« schrie der Versammlungsleiter, während er den Anschlag überflog, und seine Stimme klang fast weinend. »Aber das ist doch gar nicht bestätigt... Das geht doch nicht, das ist Betrug!«

»Also, ich fasse zusammen«, sprach Iwanow weiter, ohne den Ausruf des Versammlungsleiters zu beachten. »Den Kampf gegen den Antisemitismus müssen wir Russen führen und uns dabei auf die Mode und die Regeln des guten Tons stützen. Aber die Schwierigkeit besteht darin, daß solch ein Modegesetz sich nicht von oben über die offiziellen Kanäle ausbreiten kann. Damit verliert es die Hauptkraft der Mode und der Regeln des guten Tons – die Inoffizialität. Das heißt, die Mode ist ein ungeschriebenes Gesetz... Bei uns gibt es nur geschriebene Gesetze, den Paragraphen der Verfassung... Aber manche Selbstherrscher begriffen diese Absurdität im Kampf gegen den Antisemitismus, und sie erließen solche Regeln in verschleierter Form, nicht in Form von Ukasen, Paragraphen oder Zeitungsartikeln, die nur als Hilfsmittel beim Bestehen von ungeschriebenen Gesetzen existieren können...«

»Schluß jetzt!« brüllte der Versammlungsleiter, der die Selbstbeherrschung verlor, er lief rot an, zitterte und machte eine sonderbare Bewegung mit dem Kopf. Es ist überhaupt so, daß sich gutmütige und stille Naturen sehr ungeschickt und lächerlich äußern, so daß die überwiegende Mehrheit des Auditoriums in Gelächter ausbrach. »Schluß jetzt!« sagte er noch einmal angespannt und aufgebracht, um den Lärm zu übertönen. »Ich entziehe Ihnen das Wort... Das ist Betrug... Sie haben das Vortragsthema geändert.«

»Ich bin schon fertig«, sagte Iwanow gelassen. »Danke für die Aufmerksamkeit.«

»Unser Komsomolkomitee wird Ihr Vorgehen an die Universität melden!« schrie der Vorsitzende.

»Sparen Sie sich das Porto«, sagte Iwanow, »ich bin schon seit drei Monaten relegiert.«

Wieder wurde gelacht und applaudiert. Kolja applaudierte besonders laut und freudig, und Mascha (ich suchte sie, obwohl ich zugeben muß, daß ich während des Vortrags, vom Thema gefesselt, nicht auf sie geachtet hatte), also, Mascha sah Iwanow mit einem Strahlen in den Augen an, das mich erschreckte. Ich begriff, daß sie imstande war, sich in diesen Hänfling zu verlieben, wenn sie es nicht schon getan hatte. (Er war sichtlich auch Mitglied der Troizki-Gesellschaft.) Dabei hatte sie mir doch endlich Hoffnungen gemacht. Und ich hatte ihr geglaubt... Die Hauptsache aber war, ich durfte keine Dummheiten machen, denn in mir war für einen Moment sogar der Wunsch aufgeblitzt, die Gegner dieses Iwanow zu unterstützen. Aber dann würde der Spitzname »Antisemit« an mir haftenbleiben, und Mascha wäre für immer verloren.

»Die Sitzung ist geschlossen!« sagte der Versammlungsleiter scharf und ärgerlich.

»Und was ist mit tanzen?« rief jemand fröhlich.

»Schluß mit den Witzen!« befahl der Vorsitzende sehr komisch. »Verlassen Sie den Raum.«

»Moment mal!« sagte der Backenknochige und sprang so leichtfüßig wie vor ihm Iwanow auf die Bühne. »Sie haben dem Vorredner erlaubt, hier antirussische Agitation zu machen... Warum diese Bevorzugung? Wenn wir schon Redefreiheit haben, müssen Sie auch uns Russen diese Freiheit im eigenen Lande einräumen...«

Iwanow war natürlich auch Russe, aber mit dem Ausdruck »uns Russen« hatte ihn der Backenknochige gleichsam vom Volk getrennt und auf etwas angespielt. Ich hatte den Backenknochigen schon mal irgendwo gesehen, wohl zusammen mit Orlow, doch das war ein Irrtum, die Organisation Orlow war ja gar nicht in Moskau.

»Erlauben Sie«, rief der Backenknochige, »ich möchte erstmal feststellen, daß hier einige ehemalige Russen anwesend sind.« Er ließ wie ein Seemann die Kaumuskeln spielen, und überhaupt hatte er etwas Matrosenhaftes, Massives, Watschliges. »Einige ehemalige Russen verbreiten hier Gerüchte und versuchen, uns an die Wand zu drücken, dabei rechnen sie auf unsere russische Vertrauensseligkeit und jammern über die Nöte der Juden.«

»Bürger!« schrie der Vorsitzende. »Die Sitzung ist geschlossen. Verlassen Sie sofort die Bühne, oder ich rufe die Miliz.«

»Ach du, Hündin!« schrie der Backenknochige. »Ein jüdischer Advokat verdummt hier stundenlang die Leute, und ich soll zur Miliz... Wir kriegen schon noch raus, was du zu diesem Vortrag beigetragen hast...«

»Stalinistischer Halunke!« rief Mascha tönend und böse. »Spitzel!«

»Nutte!« erwiderte der Backenknochige.

Ich stürzte vor, auch Kolja stürzte vor, doch der sehr beherrschte und blaß gewordene Journalist hielt ihn am Arm fest. Plötzlich gab es mir einen

Stich ins Herz, denn ich sah am andern Ende des Saals den Redner Iwanow auf den Backenknochigen zustürzen. Also liebt er Mascha, ging es mir bitter durch den Sinn. Danach trat ein seltsamer Schwebezustand ein. Inzwischen tobten im Saal und auf der Bühne Lärm und Getöse, wie sie, in solchen Fällen unausweichlich und langersehnt, die Mehrheit erfreuen. Aber da erschien auf der Bühne ein junger Mann in zerdrücktem weißem Hemd, hellblond wie der Vorsitzende, doch mit leichtem Goldschimmer, der ins Rötliche spielte. Er trug eine Brille, die er mit gewohnter Bewegung zurechtrückte, indem er den Finger auf die Brücke drückte.

»Genosse Versammlungsleiter«, sagte er, »wenn nun schon mal eine Diskussion angefangen hat, bin ich der Meinung, daß sie anständig beendet werden muß.«

Der Versammlungsleiter, der mit total verwirrtem und verzweifeltem, fast weinendem Gesichtsausdruck die Auseinandersetzungen beobachtete, sah diesen ruhigen, sanften Menschen neben sich (er wirkte in der Tat sehr sanft, was die Kleidung und das Äußere betraf), und er klammerte sich an ihn wie an einen Strohhalm.

»Ruhe«, schrie er und hatte offenbar vergessen, daß er die Versammlung schon geschlossen hatte, »zur Diskussion spricht jetzt...« Er wandte sich fragend dem Rötlichblonden zu, in der Hoffnung, der werde ihm seinen Namen sagen. Der aber wartete nicht, bis der Versammlungsleiter geendet hatte, sondern begann sogleich:

»Ich bin kein Feind der Juden...«

In diesem Satz war soviel Einfachheit und Sanftheit, daß sofort Stille eintrat. Der Backenknochige, als der neue Redner auftrat, verstummte sogleich und verließ die Bühne.

»Auch Dostojewski war kein Feind der Juden, was er mehrfach geschrieben und bekräftigt hat... Aber hier liegt der Haken. In den Wechselbeziehungen zu den Juden kann man entweder für sie voreingenommen sein und offenkundige Fakten übersehen, oder aber man wird sämtlicher Sünden bezichtigt. Reden wir nicht vom Alltag, der vergänglich und schwer faßbar ist, sondern von den Ideen... Verabscheuen, sich vereinigen, ausbeuten und abwarten – das ist das Wesen dieser jüdischen Idee... Gehe hinaus aus den Völkern, schaffe dein Individuum und wisse, daß du fortan nur Gott hast, die anderen vernichte, mache sie zu Sklaven oder beute sie aus. Glaube an den Sieg über die ganze Welt, glaube, daß alles dir untertan sein wird.«

»Ist das ein Zitat oder von Ihnen?« schrie Iwanow.

»Ein Zitat natürlich«, antwortete der Rötlichblonde.

»Von wo?«

»Aus dem Original natürlich«, sagte der Rötlichblonde, »aus einer altjüdischen Handschrift.«

»Nehmen wir's an«, sagte Iwanow, »obwohl man das nicht aufs Wort glauben kann, besonders einem wie Ihnen.«

»Keine Grobheiten«, sagte der Rötlichblonde. »Ich beleidige Sie ja auch nicht und rühre Ihre Lieblinge nicht an... Hauptsache – Höflichkeit.«

»Nehmen wir's an«, wiederholte Iwanow, »aber ist das nicht überhaupt die psychologische Grundlage einer bestimmten historischen Periode des Lebens? Ich würde sagen, als in den Beziehungen zwischen den Nationen Offenheit herrschte. Und erinnert das nicht zum Beispiel an das Credo des Moskauer Fürstentums, das bedeutend jünger ist als die Handschrift... Die Eroberung von Sibirien etwa... Oder des Kaukasus... Die Ausrottung der Nogaier, Frauen, Greise und Kinder durch Feldmarschall Suworow... Selbstverständlich trug das in sich die Idee der Vereinigung... Und das war Aufgabe des Zarismus...«

»Sie haben es ein bißchen eilig mit der Rechtfertigung«, sagte der Rötlichblonde halblaut, »spüren Sie nicht selbst, daß Sie in Ihrem Haß auf Rußland zu weit gehen?«

»Nein, Sie sind Feinde Rußlands«, schrie Iwanow, der sich nicht beherrschen konnte und vielleicht auch unwillkürlich erschrocken war über die schwerwiegenden Anschuldigungen, »Sie singen die alten Lieder.«

»Die sind leider noch nicht zu Ende gesungen«, parierte der Rötlichblonde, der seine anfängliche Weichheit immer mehr verlor und immer aggressiver wurde.

Das Publikum schwieg größtenteils, beobachtete und spürte, daß alles bereits sehr ernst und gefährlich war. Nur ein junger Mann, offenbar einer von denen, die es immer mit der Wahrheit hielten, stand auf und sagte zum Versammlungsleiter:

»Machen Sie endlich Schluß mit dem antisowjetischen Gerede.«

»Sie wollen mit Antisemitismus ein Volk zusammenschweißen?« schrie Iwanow und achtete nicht auf die hilflosen Proteste des Versammlungsleiters, der sich auch in dem Rötlichblonden getäuscht hatte.

»Wir wollen die Wahrheit«, sagte der Rötlichblonde, »und für die Wahrheit können Sie uns beschimpfen, wie Sie wollen... Wir wollen nicht die weltweite Wahrheit, sondern die russische... Wir wissen«, schrie er plötzlich, lief rot an, verlor gänzlich die Sanftheit und sah plötzlich sogar dem Backenknochigen ähnlich, als wären seine unter den weichen Wangen versteckten Backenknochen auf einmal hervorgetreten, »wir wissen, wie Juden sich rächen können... Wir wissen, daß ihre Leute im KGB Listen aller Feinde der europäischen Übermacht aufstellen...«

Diese Argumente hatte ich schon gehört, und zwar von Stschussew. Ob der Rötlichblonde ihn kannte?

Aber in diesem Moment wurde ich aus meinen Gedanken gerissen durch den Journalisten, der fest und entschlossen aufstand. (Solche Entschlossenheit hat stets etwas Erkünsteltes und Theatralisches, auch wenn sie einer ehrlichen Aufwallung entspringt.) Seine Hände zitterten ein wenig, sicherlich auch vom Übermaß seiner Entschlossenheit und des nervösen inneren Drucks, von dem er sich, wie er spürte, sofort befreien mußte. Mit diesen zitternden Händen blätterte er in irgendwelchen Papieren und legte sie zusammen, und deren zerknittertes und abgegriffenes Aussehen bezeugte, daß sie seit langem aufbewahrt wurden. Also, mit diesen Papieren ging der Journalist zur Bühne. Und was das Interessanteste ist, jetzt, als er zur Bühne ging, erkannten ihn viele sofort, während man ihn vordem gar nicht hatte hereinlassen wollen, er war in der Menge untergegangen. Vielleicht hatte er sich bei seinem Entschluß aufzutreten verändert und hatte zurückgefunden zu dem früheren Aussehen als »Führer der Jugend«, der er noch drei Jahre zuvor, zu Beginn der Liberalisierung, gewesen war, oder er fiel während seines Gangs zur Bühne einfach mehr auf. Der Blick einer Menge aber ist ein besonderer Blick. Der Versammlungsleiter jedenfalls, als er in dieser drittklassigen Diskussionsrunde die unionsweit und sogar weltweit bekannte Figur sah, war dermaßen verwirrt, daß er dem Journalisten nicht einmal das Wort erteilte, sondern nur – trotz seiner Bedrücktheit wegen des Geschehens – lächelte, aus der Karaffe hastig ein Glas frisches Wasser einschenkte und es auf eine Art Rednerpult stellte, von dem die Vorredner übrigens keinen Gebrauch gemacht hatten. Der Journalist aber stützte sich sofort darauf und breitete seine zerknitterten Blätter aus.

»Na also«, sagte er und rieb sich nervös die Hände, »na also, meine Lieben, wir haben soeben etwas wie Redefreiheit erlebt, natürlich nur en miniature und in einer zufälligen und laienhaften Erscheinungsform. Aber so etwas kann in ganz Rußland herrschen und durchaus professionell.«

Ein Murren ging durch den Saal. Ich sah, wie Kolja sich erregt spannte. Der Journalist blickte in die raschelnden Blätter und sagte:

»Mein Vortrag hat eigentlich sogar die Überschrift ›Neue Fragen und alte Enttäuschungen‹... Genau so... Die Redefreiheit ist tatsächlich eine neue Frage für uns. Aber die Enttäuschungen werden die alten sein. Die von der Redefreiheit gezeugte Freidenkerei und Demokratie der Straße, die in den Zeiten der stabilen Tyrannei gefesselt war, wird wie auch die geistige Freiheit in zügellose Gewalt einmünden... Ich bin überzeugt, daß die Judenpogrome im zaristischen Rußland das Resultat der freidenkerischen Dezentralisierung der Gesellschaft waren und ein Zeugnis für ein Element der Demokratie, das auch die Regierung berührte.«

Im Saal kam überraschend Applaus von der Stelle, wo die Anhänger des rötlichblonden belesenen Antisemiten saßen. Dieser Applaus brachte den Journalisten sichtlich in Verlegenheit.

»Sie haben mich falsch verstanden«, wandte er sich den Applaudierenden zu.

»Nein, sie haben Sie richtig verstanden«, schrie Mascha tönend und wütend, sie sprach ihren Vater wie einen Fremden und einen Feind an.

Das warf den Journalisten vollends aus dem Gleis, er raschelte hastig mit seinen zerknitterten Blättern.

»Mascha, liebe«, wandte sich der endgültig verwirrte Journalist vom Rednerpult unmittelbar an seine opponierende Tochter, was im Saal fröhliches Gelächter auslöste.

Ich sah Kolja leiden und Qualen ausstehen, aber er war sich noch nicht im klaren, ob er endgültig Haß und Enttäuschung über seinen Vater empfinden sollte, was sich schon ganz zu Beginn der Chrustschowschen Entlarvungen abgezeichnet hatte, oder ob er ihm im Gegenteil zu Hilfe kommen sollte, denn er sah, daß sein Vater zum Objekt lustiger studentischer Hetzrufe wurde, wie sie in einer Periode des oppositionellen Anspuckens von Autoritäten üblich sind.

»Mascha, liebe«, fuhr der Journalist fort und raschelte wieder mit seinen Blättern; aus irgendwelchen Gründen wandte er sich nicht an das Publikum, sondern nur an seine Tochter, »versteh doch, in der Blütezeit eines Staatsregimes ist das Recht, menschliches Blut zu vergießen, das heißt, das höchste Recht und die höchste Macht, die ein menschliches Wesen erlangen kann, ist also dieses Recht streng monopolisiert und für die Menge nicht zugänglich...«

»Wollen Sie damit sagen«, schrie Iwanow, »daß bei der Organisierung von Pogromen die Behörden des zaristischen Rußlands nicht beteiligt waren?«

»Sie waren beteiligt«, sagte der Journalist, »aber das bezeugt nur, daß die Selbstherrschaft schon die volle Macht verloren hatte und genötigt war, sie mit den unteren Schichten zu teilen... Menschliches Blut ist die am meisten materialisierte und für die Menge zugängliche Idee, und sie lenkt niemals vom Ungehorsam ab, im Gegenteil, sie stiftet immer zum Ungehorsam gegen jede Ordnung an... Das ist der wichtigste Punkt bei Unstimmigkeiten zwischen der Menge und der Alleinherrschaft – das Recht auf Blutvergießen... Die Stabiltät des Staates – das ist es, was wir brauchen... Und der wichtigste Feind der Stabilität ist die Reform... Es ist mir nicht leicht gefallen, zu diesem Schluß zu kommen... Ich habe eine Biografie hinter mir, die diesem Schluß sehr widerspricht... Ja, meine jungen Freunde, es lebe der stabile Staat, selbst wenn er Fehler und Ungerechtigkeiten begeht...«

»Aber solch ein Staat ist schon an sich eine Gefahr für die Gesellschaft«, schrie Iwanow. (Ich muß anmerken, daß sich nur ein sehr begrenzter Personenkreis an der Diskussion beteiligte. Die große Masse bildete nur einen Geräuschhintergrund.) »Denken wir an die Opfer der Stalinschen Repressionen...«

»Aber Stalins Staat war niemals stabil«, sagte der Journalist, »es war ein dynamischer revolutionärer Staat... Immer in Bewegung... Die Kollektivierung, die Prozesse, der Kosmopolitismus...«

»Und jetzt, sind wir stabil?« fragte Iwanow.

»Jetzt müssen wir danach streben«, sagte der Journalist. »Halten Sie eine Machtergreifung durch Nationalsozialisten im Land für möglich?« sagte er auf einmal scharf. »Durch gewöhnliche Nationalsozialisten, ohne besondere Spezifik? Nun, vielleicht äußerlich mit einem orthodoxen Element?« Und sogleich, ohne auf Antwort zu warten, antwortete er sich selbst: »Ich halte sie für möglich, sogar sehr... Neunzehnhundertvierzehn wäre das unmöglich gewesen... Die damaligen Pogromhelden waren kaum gebildet... Die heutigen durchaus. Aber dazu müßten die Liberalen und die Freidenker die Stützpfeiler des Staates gründlich lockergerüttelt haben... Ohne die Liberalen sind die Faschisten in Europa ohnmächtig... In Asien ist das was anderes... Doch in Europa hat es keinen Fall gegeben, daß die Faschisten die Macht und in einer Periode des stabilen Konservatismus die Macht allein ergriffen hätten... Glotzen Sie mich nicht so mißmutig an, junger Mann.« (Der Journalist gestaltete seinen öffentlichen Auftritt so, als ob er persönlich bald mit dem einen, bald mit dem anderen seiner Opponenten plauderte.) »Die heutigen Liberalen haben sich auch verändert, ebenso wie die Pogromhelden. Sie bemühen sich auch, das Fundament zu erschüttern, weil sie meinen, daß, wenn das Fundament einstürzt, das liberale Reich anbricht... Aber jeder Umsturz im heutigen Rußland führt unweigerlich zum russischen Nationalfaschismus...«

»Sie meinen also«, rief Iwanow empört, »man soll schweigen oder applaudieren, wenn man die Ungerechtigkeiten Ihrer Stabilität sieht?«

»Applaudieren soll man nicht, das wäre ja widerlich, das soll man den Schönfärbern überlassen.« (Der Journalist kämpfte noch immer gegen die Schönfärber.) »Aber das Fundament erschüttern soll man auch nicht... Wenn man das mit seinen Protesten tun will, dann schaue man sich um und überzeuge sich, ob man auch nicht eine Schlinge um den Hals hat und mit seinen Fußtritten nicht den Hocker unter den eigenen Füßen wegstößt...«

Dieses Beispiel führte er unerwartet an (ich glaube, auch für sich selbst), denn er verstummte sogleich und verfiel in Nachdenken. Ich erwog sofort, daß ich Iwanow jetzt die Initiative im Streit mit dem Journalisten entreißen konnte, denn das gab mir die Möglichkeit, um Maschas Gefühle zu kämpfen.

»Genau«, sagte ich lachend, »ein sehr gelungenes Beispiel. Ihre Stabilität des Staates ist ein fest stehender Hocker unter den Füßen eines Menschen... Und wehe, er protestiert, dann stößt er selber den Hocker mit den Füßen weg.«

»Wissen Sie was«, sagte der Journalist und wandte sich mir zu, und seine Stimme war zitternd und halblaut, »wenn Ihre Bemerkung auch zutrifft, so ist sie doch unmenschlich. Wenn der Hocker fest unter den Füßen steht und die Schlinge um den Hals nicht straff gezogen ist, kann der Mensch erstens atmen und zweitens auf Begnadigung warten... Atmen und warten – was kann für den Menschen kostbarer sein? Und Sie wollen ihm mit Ihren Protesten diese Möglichkeiten nehmen...«

»Wie lange warten?« fragte ich.

»Zehn Jahre«, antwortete der Journalist, »oder zwanzig, oder das ganze Leben, bis zum Tode... Geduld ist die Grundlage des Lebens... Jede herrschende Ideologie, selbst wenn sie früher Geduld verneinte, nimmt sie später, wenn sie Reife und Erfahrung gewonnen hat, in ihr Arsenal auf... Gewiß, sie nennt sie dann anders, verbal oft entgegengesetzt... Rußland hatte in dem Jahrtausend seines Bestehens sieben Monate Demokratie, von Februar bis Oktober siebzehn, und diese Demokratie hätte sein Staatswesen beinahe zugrunde gerichtet... Und in Rußland, einem doch noch jungen Land, ist ein festes Staatswesen das A und O und kann im nationalen Leben durch nichts ersetzt werden... Jeder Ersatz führt zu Schwäche... Denken wir nur an die Nowgoroder Volksversammlung...«

»Und was stellen Sie sich vor?« warf Iwanow ein, der sich offenbar im Kampf um Mascha an mir revanchieren wollte.

»Stillstand«, antwortete der Journalist. »Rußland braucht mindestens zwei- bis dreihundert Jahre Stillstand... Keine jähen Brüche und Bewegungen. Alle Kräfte des Landes müssen sich auf das innere Reifen konzentrieren. Soll sich doch in dieser Periode der stille, friedliche Spießer ins Joch spannen und triumphieren. Das braucht man nicht zu fürchten. Das wird nur Fassade sein. Hinter dieser Fassade werden sich höchst interessante Prozesse abspielen.«

»Was für Prozesse?« rief es ganz respektlos aus dem Publikum. »Sie sprechen in Rätseln...«

»Rußland braucht drei Jahrhunderte Ruhe und Stabilität«, sagte der Journalist, »drei Jahrhunderte Langeweile, und Sie können sich vorstellen, was für ein Land wir werden... Drei Jahrhunderte Sowjetmacht, die, wie auch immer, den nationalen Interessen und Besonderheiten des Landes am meisten entspricht, und glauben Sie mir, ihr dreihundertjähriges Bestehen wird die Sowjetmacht in völlig verändertem Aussehen feiern...« Der Journalist verstummte und raschelte wieder mit seinen Blättern. Für einen Moment herrschte Stille.

»Ich hätte eine Frage.« In den hinteren Reihen stand jemand auf. »Ich habe gehört, daß Sie mit Stalin persönlich bekannt waren. Ich würde gern etwas von Ihren Eindrücken erfahren.«

»Warum nicht«, sagte der Journalist. »Erstens habe ich Iossif Wissarionowitsch nie persönlich kennengelernt, aber ich hatte über bestimmte Instanzen Umgang mit ihm.« Dieses »Iossif Wissarionowitsch«, also die Benennung Stalins mit Vor- und Vatersnamen, war dem Journalisten sichtlich nur so herausgefahren, doch es machte das Publikum hellhörig, das in seiner Mehrheit natürlich oppositionell zur Vergangenheit eingestellt und von den Chrustschowschen Entlarvungen aufgerüttelt war. Der Journalist mochte das selber spüren, denn er wiederholte es nicht. »Stalin wollte natürlich ein aufgeklärter Selbstherrscher sein, ein Gönner der Beleidigten, ein Gönner von Kunst und Wissenschaft... Aber er sah, daß er sich damit, besonders in den letzten Jahren, immer mehr von der Kraft entfernte, auf die er sich stützte... Der Krieg hat dem Land viel Elend und Zerstörungen gebracht, doch neben allem übrigen gehört zu den Kosten jedes siegreichen Krieges der Volkschauvinismus, ohne den kein großer Krieg gewonnen werden kann, der aber nach dem siegreichen Ende seinen Lohn verlangt... 1914 war es einfacher, mit dieser Kraft fertigzuwerden, als 1945. Ich glaube, Stalin selbst hatte Angst vor dieser Kraft und stieß darum diejenigen von sich, die er früher protegiert hatte und die sich in seinem heiligen und gewaltigen Schatten verstecken wollten... Das wurde zu Beginn der fünfziger Jahre besonders deutlich. Er stieß die intellektuelle Gesellschaft von sich, um dieser Kraft nicht zu erlauben, ihn zu pieken, denn bei all seiner Macht war er der Ausführende des Willens der russischen nationalistischen Massen... Der Massen, die aus ihrer Mitte auch Opfer aussonderten, nur um Macht zu haben, so wie in einer Familie an irgendwas gespart und irgendwas geopfert wird, um einen wertvollen Gegenstand zu erwerben... Das sag ich wegen der Anschaulichkeit... Um mit ihren Opfern ein Imperium zu kaufen...«

»Brüder!« Im Publikum war plötzlich jemand aufgestanden, dem Aussehen nach ein Repressierter und Rehabilitierter. »Brüder, ich selber stamme vom Dorf, aus dem Volk... Wieviel Opfer allein in unserm... Wieviel haben wir durchgemacht, wieviel Qualen, die Entkulakisierung, und der da versucht, die ganze Schuld auf das einfache Volk abzuwälzen... Und Stalin will er rehabilitieren... Weißt du denn überhaupt«, er keuchte vor Haß, »ich war schon mit sechzehn an der Front, dreimal verwundet... Und wie ich aus der Gefangenschaft kam – ab nach Workuta... Vierzig Grad Frost... Nachts sind wir an der Pritsche festgefroren... Ich hab ein verkrümmtes Rückgrat... Ach, du Lump!« Hinkend lief er durch den Gang zur Bühne.

Ich bin mir nicht sicher, ob das Publikum sofort erraten hatte, warum er zur Bühne lief, aber der Journalist hatte es zweifellos erraten. Er wurde zwar sehr blaß, verharrte aber unbeweglich in der Pose, die er sich nach der dritten Ohrfeige zugelegt hatte, und wartete mit einem Lächeln nicht ohne Zynismus auf den rehabilitierten Invaliden, als handle er nach einem vorher festgelegten Programm. Der Invalide schwang sich trotz seiner Behinderung geschickt auf die Bühne, holte aus und schlug den Journalisten ins Gesicht. Erst danach gelang es dem bedrückten und wie betäubten Versammlungsleiter, den Invaliden des Krieges und der Stalinschen Repressionen an den Armen zu packen.

»So, das war's«, sagte der Journalist etwas zynisch, wie um das vorher festgelegte Programm zu resümieren. Danach nahm sein Gesicht plötzlich einen neuen Ausdruck an, er blickte über die Köpfe hinweg, hob den Zeigefinger hoch und sprach: »Die zeitgenössische Schwarzhunderteridee ist ein Mittelding zwischen der extremen Sowjetidee und der extremen Antisowjetidee...« Dies gesagt, setzte er sich sacht auf den Fußboden, wie um sich auszuruhen.

Im Publikum hastige Bewegung und Chaos. Endlich erschien die Miliz, offenbar schon vor der Rede des Journalisten von jemandem auf Bitte des Versammlungsleiters herbeigerufen. Die Miliz nahm den Invaliden fest, der trotz seines ländlichen Aussehens ein überalterter Student des ersten Studienjahrs war, und zusammen mit ihm auch Iwanow, der nur friedlich polemisiert hatte. Mascha und Kolja waren trotz ihrer zweideutigen Position gleich nach der Ohrfeige impulsiv zu ihrem Vater gestürzt, doch schon im zweiten Moment versuchte Kolja am Rand der Bühne mit leidverzerrtem Gesicht dem auseinanderlaufenden Publikum hinterherzuschreien, daß er seinen stalinistischen Vater hasse und sich von ihm lossage. Während dieser Worte Koljas setzte sich der Vater auf, und das zwang Kolja, seine Lossagung mitten im Wort abzubrechen. Kolja glaubte sogar (das hat er mir später gesagt), seine Lossagung habe dem Vater den Rest gegeben. Aber da irrte er sich wohl. Ich glaube, schon bei seinem zynischen Lächeln in Erwartung der Ohrfeige war der Journalist nicht mehr bei vollem Bewußtsein, vielleicht sogar schon vorher, denn einzelne Teile seiner Rede waren unlogisch und verworren, aber nicht aus geistiger Umnachtung, das ist wichtig, sondern vor Schwäche und im Zustand kurz vor einem Infarkt.

Ich muß sagen, die einzige, die in dieser Situation ihre Geistesgegenwart behielt, war Mascha. Kolja, der seine angefangene Entlarvungsrede gegen den Vater sogleich abgebrochen hatte, war aufs äußerste erschüttert von dessen schrecklichem, nicht wiederzuerkennendem fremdem Aussehen, so daß er einfach weinte und neben seinem liegenden Vater niederkniete. Mich dagegen packte neben rein physischer Angst ein Gefühl des Ekels. Ich hatte ein paarmal Anfälle miterlebt. (Zur Erinnerung: auch Stschussew, Wissowin und der rehabilitierte Bitelmacher, in dessen Gesellschaft ich Stschussew kennengelernt hatte, neigten zu Anfällen. Diese waren aktiv und böse, aber hier war auch der Anfall lasch und liberal.)

Mascha nahm flink ein duftendes Spitzentaschentuch aus ihrem Täschchen und wischte damit dem Vater den Mund und das Kinn.

»Die Schnelle Hilfe«, sagte der Vorsitzende mehrmals. »Man muß sofort... Ich geh anrufen...«

»Nicht nötig«, sagte Mascha, »wir haben einen Wagen, Goscha, gehen Sie runter und sagen Sie Viktor Bescheid, er soll in den Hof fahren, zum Hinterausgang, damit wir ihn nicht durch die Menge tragen müssen.«

Ich lief froh davon, mehr noch, ich erklärte Viktor alles ausführlich, um mich länger bei ihm aufzuhalten, denn ich wollte nicht den Journalisten tragen helfen, der in mir Ekel weckte. Und richtig, als ich wieder zurückging, trugen Mascha, der Versammlungsleiter, Kolja und einer der Milizionäre den Journalisten herunter. (Der andere Milizionär führte Iwanow und Jorkin ab, den Invaliden, der den Journalisten geschlagen hatte.)

Der Journalist wurde auf den Rücksitz gelegt, und Mascha nahm seinen Kopf auf den Schoß. Kolja setzte sich neben den Fahrer, für mich blieb kein Platz.

»Sie fahren besser auf die Datsche«, sagte Mascha zu mir, »in der Wohnung wird es jetzt eng und laut sein... Wir sagen Mama gleich Bescheid, damit sie herkommt, aber Glascha ist dort... Fahren Sie mit der Vorortbahn und dann mit dem Bus... Übrigens, wenn Sie gefragt werden, wenn Mama Sie später fragt, wie alles war...« Sie überlegte. »Ach, wozu lügen?« Sie winkte ab, und der Wagen fuhr los.

FÜNFZEHNTES KAPITEL

In der Datsche des Journalisten verbrachte ich drei Tage allein. Ich verhielt mich äußerst diplomatisch und beantwortete alle Fragen Glaschas, die vielleicht im Auftrag von Rita Michailowna handelte, höflich (ich wohnte hier auf Einladung der Hausherren, aber die Qualität der Ernährung hing in dieser Situation von Glascha ab, die in Abwesenheit der Hausherren das Sagen hatte), doch immer wieder gleich:

»Ihm ist schlecht geworden. Bestimmt das Herz, wahrscheinlich von der schlechten Luft...«

»Ach du«, sagte Glascha seufzend, »schlechte Luft... Die Kinder – das ist die schlechte Luft... Kinder verkürzen das Leben... Aber es stimmt auch, sie haben den Kindern selber alles mögliche beigebracht... Schon vor vielleicht fünf Jahren kamen sie alle zu uns... Das ganze Haus voll... Ta-ta-ta, ta-ta-ta... Und lauter Juden... Und die Juden, die sind schon immer mit der russischen Macht unzufrieden, ist ja auch verständlich... Und du, du bist doch ein Russe? Und den Kindern haben sie auch so was beigebracht...«

Glaschas Äußerungen über den Hausherrn hatten einen scharfen und mutigen Charakter. Ich denke mir, sie würde das kaum gewagt haben, wenn sie sich nicht der Unterstützung der Hausfrau Rita Michailowna versichert hätte. Ich bemühte mich bei solchen Gesprächen zu schweigen, brummte vage oder nickte nur. So vergingen also drei Tage, übrigens höchst angenehm, abgesehen von den für mich gefährlichen Monologen Glaschas.

Am dritten Tag kam gegen Abend Kolja. Seine Miene war mürrisch und verschlossen.

»Wie geht's dem Vater?« fragte ich.

»Besser«, sagte er. »Mutter will mit ihm in ein tschechisches Bad. Und dann nach Italien... Sollen sie fahren... Goscha, ich ziehe zu Hause aus...«

»Was?« fragte ich echt erschrocken, denn das war sehr nachteilig für mich.

»Ja«, antwortete Kolja, »für immer. Das hätte ich schon längst tun müssen... Eigentlich hat mich die Mutter rausgeschmissen.«

»Aber Kolja«, sagte ich, »das war im Eifer des Gefechts, das kommt vor. Ich bin sicher, das tut ihr jetzt schon leid.«

»Nein«, sagte Kolja. »Wir hatten mit den Eltern ein ernstes Gespräch... Ohne Geschrei... Mascha und ich... Sie mögen unsere Lebensweise nicht, und wir mögen ihre nicht... Allein die Geschichte mit Wissowin... Er ist ja durch Vaters Schuld ins Konzentrationslager gekommen. Mascha hat mir alles erzählt. Vater hat ihn faktisch denunziert, wenn auch in Form einer Zeitungsreportage...«

»Entschuldige, Kolja«, sagte ich, »aber so war es nicht...«

»Doch, Goscha, so war's... In dem Moment, als mein Vater den Anfall hatte, das war schrecklich, und er tat mir aufrichtig leid... Aber erinnere dich, was er gesagt hat... Er hat ja den Stalinismus gepredigt... Und das in unserer Zeit, nach all den Enthüllungen... Goscha, mein Vater ist ein Feind unserer Sache, der Sache, der wir uns ganz und gar widmen, ich und du und Stschussew und sogar Mascha, wenn auch auf anderem Weg und anderer Ebene.«

»Welcher Sache?« fragte ich plötzlich, was ich nicht hätte tun sollen, zumal nach der Geschichte mit der Denunziation gegen Stschussew, die zu unterschreiben ich Kolja durch Täuschung gezwungen hatte.

Und richtig, Kolja sah mich sogleich mit höchster Aufmerksamkeit an.

»Was soll die Frage?« sagte er.

»Ja, welcher Sache?« setzte ich gegen Verstand und Logik das gefährliche Spiel fort, vielleicht weil ich selber in diesem Moment herausfinden wollte, welcher Sache wir dienten.

»Der Sache des freien und glücklichen Rußland«, antwortete Kolja.

»Frei wovon und glücklich wie?« fragte ich. »Solange wir nicht frei und nicht glücklich sind, sind wir Rußland... Wenn wir erst frei und glücklich sind, verschwinden wir sofort, hören wir auf, zu sein, was wir sind, und verwandeln uns in eine Art Holland mit vielen Millionen Einwohnern... Wo bleibt dann die Idee des russischen Messianismus?«

»Interessant.« Kolja sah mich wieder aufmerksam an. »Wo hast du solche Gedanken her? Das sind doch nicht deine Gedanken, Goscha, gib's nur zu... Sie stammen von meinem Vater... Du solltest weniger auf ihn hören... Er ist ja ein Mensch des literarischen Denkens. Für ihn ist wichtig, wie sich ein Gedanke entwickelt, und nicht, was darin eingeschlossen ist.«

Ich stimmte ihm zu, und damit war das gefährliche Gespräch beendet.

Aber, wie man so sagt, alles fing erst an, und der Disput, den die Russische Nationale Troizki-Gesellschaft zum Kampf gegen den Antisemitismus so unzeitgemäß organisiert hatte, hatte Folgen. Am Abend des Tages, an dem Kolja auf die Datsche gekommen war, erschien auch der Journalist mit Rita Michailowna und einem breitschultrigen Mann, den ich nicht kannte. Aber als ich Kolja an seinen Eltern vorbeigehen sah, als ob sie nicht existierten, begriff ich, daß in der Familie ein richtiger »Bürgerkrieg« begonnen hatte, auf Leben und Tod und ohne auf Alter und Position Rücksicht zu nehmen. Koljas Bemerkung, dem Vater gehe es besser, entsprach nicht ganz der Wirklichkeit, denn der Journalist konnte sich nur vorwärtsbewegen, wenn er sich auf die Schulter seiner Frau stützte, dabei zog er den linken Fuß ein wenig nach.

»Goscha«, sagte Rita Michailowna freundlich zu mir, ohne Kolja zu beachten, »kommen Sie in einem halben Stündchen zu uns ins Arbeitszimmer.«

»Gut«, antwortete ich höflich.

»Was wollen sie von dir?« fragte Kolja ärgerlich, als wir allein waren.

»Weiß ich nicht«, antwortete ich. »Vielleicht wollen sie mich bitten, auf dich Einfluß zu nehmen.«

»Geh einfach nicht hin«, sagte Kolja jugendlich

hochnäsig, »sie sind ja leider meine Eltern, aber ich kenne sie.«

»Ich muß«, sagte ich, »im Interesse der Organisation... Dieser Tage habe ich mich mit Stschussew getroffen.«

»Na, was macht Platon Alexejewitsch?« rief Kolja.

»Es gibt bestimmte Überlegungen«, antwortete ich, »es ist noch nicht spruchreif.«

Meine Lüge klang diesmal sehr lasch und traurig, aber Kolja war so erregt über die Nachricht von meinem Treff mit Stschussew, daß er es nicht bemerkte. Es war überhaupt ein Wunder, daß er noch nicht darauf verfallen war, Stschussew aufzusuchen, der sich bestimmt noch in Moskau aufhielt. Im übrigen vertraute Kolja mir aufrichtig und war es zufrieden, daß er aus Gründen der Konspiration und im Zusammenhang mit den veränderten Bedingungen nur über mich Verbindung zu Stschussew halten sollte.

»Na schön«, sagte er, »geh rein, aber sei vorsichtig. Mein Vater ist ein gerissener Provokateur, davon konnte ich mich überzeugen.« Was er meinte, weiß ich nicht, aber nach diesen Worten sah er finster und blaß aus, als ob er sich an etwas erinnerte. »Aber der im grauen Anzug, Roman Iwanowitsch«, fuhr Kolja fort, »der ist Oberstleutnant des KGB oder Oberst, weiß ich nicht genau, aber jedenfalls beim KGB. Er war schon öfters bei uns. Meine Mutter sagt, er wäre ein Militärjournalist und Freund meines Vaters von der Front, aber ich weiß Bescheid, in der Familie bleibt so was nicht geheim... Also sei vorsichtig, womöglich wollen sie was über Stschussew ausschnüffeln... Du mußt Stschussew warnen.«

»Er ist schon gewarnt«, sagte ich.

»Und unsere...«, Kolja zog den Mund schief, »unsere Denunziation... Hast du die schon abgeschickt?«

»Nein«, antwortete ich, »das mach ich, wenn es notwendig wird, in Absprache mit Stschussew.«

»Na gut«, sagte Kolja, »ich warte am See auf dich.« Und er ging auf dem Pfad in den Wald.

Ich sah ihm hinterher, neidisch auf seine unbekümmerte Prinzipienfestigkeit und Unabhängigkeit, und kehrte seufzend ins Haus zurück.

Ich ging zum Arbeitszimmer des Journalisten, aber die Tür war geschlossen, und es war still. Ich war wohl viel zu früh gekommen, oder Koljas Eltern hatten mit ihrem Gast zu lange beim Tee gesessen, denn ihre Stimmen tönten aus der Veranda.

»Ach, Roman Iwanowitsch«, sagte Rita Michailowna, »ich hatte ihn so gebeten... Mit deinem Auftreten greifst du in das Schicksal der Kinder ein. Keine Verantwortung vor der Familie.«

»Na, es ist dumm gekommen, Rita«, sagte der Journalist, »wozu das jetzt aufrühren... Aber ich bin überzeugt, daß dort einer von den Schönfärbern war, der meine Rede entstellt wiedergegeben hat...«

»Deine Rede ist ganz sachlich mitstenografiert worden«, sagte der Gast, »und sie wurde in der Abteilung objektiv geprüft... Wenn du willst, kann ich sie dir mal geben, wenn sie in der technischen Abteilung aufbereitet ist. Und überhaupt, du irrst dich, wenn du meinst, man wäre voreingenommen zu dir und hätte eine schlechte Meinung. Im Apparat hast du natürlich Feinde, aber die Führung ist nicht gegen dich.«

»Na gut, Roman«, fiel ihm der Journalist ins Wort, »an welcher Stelle habe ich davon gesprochen, daß man nicht unorganisiert mit den Juden abrechnen darf? Was für eine Dummheit, wie konnte ich überhaupt zur Abrechnung mit den Juden aufrufen? Das ist doch dummes Zeug...«

»Ja«, bestätigte Roman Iwanowitsch, »dummes Zeug. Das habe ich über diese Stelle auch gesagt. Unsere Genossen sind wahrscheinlich in die Irre geführt worden durch den Applaus des extremistischen Grüppchens, das bei uns als aktiv nationalistisch registriert ist. Aber ich muß dir sagen, daß deine Äußerung trotzdem unklar war und Anlaß zu Deutungen gab. Na, die über den Volkschauvinismus. Oder deine Bemerkung über die zeitgenössischen Schwarzhunderter. Oder dein sehr pietätloses Beispiel mit dem Hocker und dem Gehenkten...«

»Wieso?« unterbrach ihn der Journalist nervös. »Wieso ist das Beispiel pietätlos?«

»Streite nicht«, bremste Rita Michailowna ihren Mann scharf, »deine Streitereien haben die Familie schon an den Rand der Katastrophe geführt, auch die Kinder und dich selbst.«

»Nein, warte mal«, der Journalist gab nicht klein bei, »das muß man zurechtrücken, das ist eindeutig ein Komplott und eine Verdrehung. So kann man mir aus jedem Wort einen Strick drehen.«

»Nun gut«, sagte Roman Iwanowitsch, »da ich deinen Charakter kenne, habe ich dir ein paar Auszüge mitgebracht, um dir alles darzulegen und das Mißverständnis auszuräumen.« Eine kleine Pause trat ein, in der Roman Iwanowitsch wohl in die Tasche griff, um die Aufzeichnungen hervorzuholen. »Am vierzehnten August letzten Jahres«, las er ab, »ungefähr um neun Uhr abends hattest du im Hause des Malers Schnejderman einen Streit mit dem Hausherrn über Rußland. Schnejderman schimpfte auf die Unordnung, die in Rußland herrscht. Du hast ihm geantwortet: ›Lew Abramowitsch, Rußland ist ein für euch und für Europa unverständliches Land. Unsere Unordnung ist die Grundlage der für den Westen unbegreiflichen und rätselhaften russischen Seele. Wird bei uns mal Ordnung eingeführt, werden Diebstahl, Lotterwirtschaft und Faulenzerei abgeschafft, dann geht Rußland zugrunde, denn all das gleicht sich gegenseitig aus, so wie in der Natur die negativsten Erscheinungen, die keine Einmischung von außen dulden, sich gegenseitig ausgleichen und als Grundlage des Lebens dienen... Rußlands Innenleben ist den Naturgesetzen nahe, nicht den Gesetzen der europäischen Zivilisation...‹

Entschuldige das lange Zitat, aber ich wollte dich einfach von unserer Objektivität überzeugen... Am zweiten Februar dieses Jahres sagtest du im Gespräch mit Doktor Cholodkowski, ich zitiere: ›Marx und Engels haben eine große Zahl guter Bücher geschrieben, deren Sinn für ihre westlichen Klassenfeinde verständlicher war als für die halbkultivierten Marxisten...‹ Und schließlich erst vor kurzem, buchstäblich vor zwei Monaten, sagtest du in einer zufälligen Gesellschaft, ich betone, in einer zufälligen: ›Das Evangelium unterscheidet sich vom Kommunistischen Manifest dadurch, daß es jeden individuell anspricht, während das Manifest nicht ohne die Masse denkbar ist, die gesichtslose Masse, denn es wendet sich nicht an die einzelne Persönlichkeit, sondern an die Klasse als Ganzes...‹«
»Erlaube mal«, schrie der Journalist, »aber das Kommunistische Manifest will doch nicht auf die Einzelpersönlichkeit geistig einwirken, sondern nur auf die Persönlichkeit in der Gesellschaft. Das habe ich gemeint.«
»Ich rede nicht davon, was du gemeint hast«, sagte Roman Iwanowitsch, »sondern davon, wie es angekommen ist... Und dieser Disput, in den deine Tochter und diese Handvoll Idioten von der Troizki-Gesellschaft verwickelt waren... Deine Rede dort ist jetzt als Einzelfall eingestuft... Aber die größten Sorgen macht mir der Fall Kolja... Bei uns, ich sag's noch einmal, gibt es Mitarbeiter, die eine sehr schlechte Meinung von dir haben, noch aus alten Zeiten, in denen sie dich um Stalins gutes Verhältnis zu dir beneideten. Also, die von dir ausgelöste Welle gibt ihnen die Möglichkeit, gegen dich und besonders gegen Kolja vorzugehen. Früher dachte ich, ich könnte das irgendwie vertuschen, aber jetzt kaum noch...« Die nächsten Sätze konnte ich nicht verstehen und bekam nur noch das Ende eines Gedankens mit: »...zumal«, sagte Roman Iwanowitsch, »es bei uns Mitarbeiter gab, die Stschus-

sew vertrauten, und jetzt tun sie alles, um sich reinzuwaschen...« (Wieder entgingen mir ein paar Sätze.) »Dieser Junge, wie heißt er gleich? Zwibyschew, oder?«

Als ich meinen Namen hörte, fuhr ich zusammen.

»Mit dem ist alles in Ordnung«, sagte Rita Michailowna, »er muß gleich kommen...«

Ich hörte sie aufstehen und zur Tür kommen. Zum Weglaufen war es zu spät und zu gefährlich, denn wenn meine Flucht bemerkt würde, konnte man mich eines heimlichen Vorhabens verdächtigen.

»Er ist hier«, sagte Rita Michailowna, als sie mich sah, »einen Moment, Goscha... Ein Bekannter von uns möchte mit Ihnen sprechen.« (Typisch weibliche Unlogik. Erstens wußte ich, wer dieser Mann war, und zweitens hatten sie mir die Begegnung mit ihm angekündigt.)

Durch die angelehnte Verandatür sah ich ein Tischchen, darauf eine Flasche Kognak, eine geöffnete Dose Preßkaviar und Zitronenscheiben.

»Laß ihn doch reinkommen«, hörte ich die Stimme des Journalisten, »wieso ins Arbeitszimmer? Wir sitzen hier so schön.« (Ich glaube, der Journalist hatte schon ein paar Gläschen gekippt.)

»Nein«, sagte Roman Iwanowitsch, »du bleib hier und ruh dich aus, ich muß jetzt mit ihm sprechen.«

»Hier hast du den Schlüssel, Roman«, sagte Rita Michailowna zuvorkommend.

Roman Iwanowitsch kam mit ihr heraus. (Der Journalist blieb auf der Veranda.) Roman Michailowitsch nickte mir zu, schloß das Arbeitszimmer auf, ließ mir den Vortritt, und wir waren allein.

»Nehmen Sie Platz«, sagte er.

Ich setzte mich.

»Geben Sie her«, sagte er.

Ich begriff nicht gleich, was er meinte, kam dann aber doch darauf, griff in die Tasche und gab ihm die Denunziation. Er nahm sie und las lange und aufmerksam.

»Na also«, sagte er, »allerhand Holprigkeiten natürlich, aber sonst akzeptabel... Ich muß Ihnen sagen, daß Sie eine Reise vor sich haben.«

»Wohin?« fragte ich beunruhigt.

»Sie haben Verbindung zur Gruppe Stschussew?« fragte er, ohne meine Frage zu beantworten.

»Schon längst nicht mehr.«

»Was wissen Sie über Verbindungen Stschussews zur russischen nationalistischen Bewegung im Ausland? Zu den russischen antisowjetischen Emigranten?«

»Nichts, gar nichts«, antwortete ich verwirrt, denn ich begriff, daß ich verhört wurde, und ich war aufgeregt, weil er mich womöglich verdächtigte und mir nicht glaubte.

»Und Gorjun?« fragte er. »Was wissen Sie über den? Von seinen Beziehungen zu Stschussew?«

»Wir waren in derselben Organisation«, antwortete ich, »aber Stschussew hat ihn gehaßt.«

»Warum?«

»Gorjun war ein Anhänger Trotzkis«, antwortete ich. »Stschussew dagegen hielt den Trotzkismus für eine jüdische Bewegung, mit dem Ziel, Rußland zu versklaven.«

»Es wäre nicht schlecht, wenn Sie mit der Gruppe Stschussew fahren könnten«, sagte Roman Iwanowitsch. Daraus, daß er von Thema zu Thema sprang, begriff ich, daß meine Informationen ihn nicht interessierten, weil er all das schon wußte, er wollte mich einfach abtasten. »Hat Stschussew irgendeinen Verdacht gegen Sie?« fragte er.

»Früher hat er mir vertraut, relativ natürlich«, antwortete ich. »Jetzt wohl nicht mehr.«

»Nun gut«, sagte Roman Iwanowitsch, »jedenfalls müssen Sie gleichzeitig mit der Gruppe Stschussew an Ihrem Bestimmungsort eintreffen... Sie werden den Genossen dort bei der Identifizierung helfen...«

»Will denn Stschussew irgendwohin fahren?« fragte ich.

»Ja«, antwortete Roman Iwanowitsch, »in einen Kreis, wo es jetzt äußerst unruhig ist... Dort gab es ein paar elementare Ereignisse ökonomischen Charakters... Antisowjetische Flugblätter sind aufgetaucht... Man müßte ermitteln, wer sie verbreitet und ob es eine Verbindung zur Gruppe Stschussew gibt...«

»Fährt Kolja auch?« fragte ich beunruhigt.

»Nein«, antwortete er, »es genügt, wenn Sie dort die Registrierung durchlaufen... Aber den Bericht werden Sie beide unterschreiben. Auf diese Weise werde ich die Möglichkeit haben, Sie aus der Sache herauszuhalten... Schlimmstenfalls sind Sie alleine dran, doch das wäre sogar einfacher... Haben Sie mich verstanden?«

»Ja«, antwortete ich.

»Das wär's«, sagte Roman Iwanowitsch, stand auf, und wir verließen zusammen das Arbeitszimmer.

Draußen erwartete uns schon die aufgeregte Rita Michailowna.

»Roman«, sagte sie, »Mascha ist eben gekommen, sie will mit dir sprechen... Ich habe sie erstmal weggeschickt.«

»Moment mal«, sagte Roman Iwanowitsch, »um was geht's?«

»Sie will sich für einen ihrer Bekannten verwenden, einen gewissen Iwanow.«

»Ach, der«, sagte Roman Iwanowitsch, »da werd ich kaum was machen können.«

»Du sollst ja auch gar nichts machen«, schrie Rita Michailowna, »das hat grade noch gefehlt. Dieses unvernünftige Ding. Du tust auch so schon genug für unsere Familie... Roman, bist du mit Goscha fertig?«

»Sieht so aus.«

»Dann wär's nicht schlecht, wenn du jetzt abfährst.«

»Du schmeißt mich raus?« Roman Iwanowitsch schmunzelte.

»Wir sind doch Gleichgesinnte«, sagte Rita Michailowna, »diese Unvernünftige macht Skandal, hetzt Kolja auf und richtet noch sonst was an.«

»Für mich wird es sowieso Zeit«, sagte Roman Iwanowitsch.

»Na wunderbar«, sagte Rita Michailowna. »Mein Gott, wie schrecklich, solche Kinder zu haben... An die hängt sich alles mögliche, was antisowjetisch ist...«

Ich begriff, daß ich bei diesem Gespräch überflüssig war, und ging hinaus. Mascha ist also gekommen, dachte ich freudig, und ich werde sie sehen... Aber wohin haben sie sie geschickt? Bestimmt zu Kolja an den See. Und richtig, als ich den Wald erreicht hatte, sah ich die Geschwister eilig auf die Datsche zukommen.

»Ist Roman Iwanowitsch noch da?« rief Mascha schon von weitem.

»Ich glaube, er ist weg«, antwortete ich.

»Da haben wir's«, ereiferte sich Kolja. »Ich hab dir ja gesagt, sie haben dich absichtlich weggeschickt, damit du ihn nicht siehst. Mama hat stalinistische Methoden.« (Ich erinnere daran, daß Kolja alles Häßliche stalinistisch nannte.)

»Lumpen!« sagte Mascha. Sie war hochgradig erregt und blaß. »Also hast du mich getäuscht«, schrie sie, als sie ihre Mutter auf der Vortreppe sah.

»Laß diesen Ton«, sagte Rita Michailowna aufgebracht, um sich Mascha gegenüber sicherer zu fühlen. (Ich glaube, sie hatte ein bißchen Angst vor ihr.)

»Wo ist Vater?« fragte Mascha.

»Das geht dich nichts an«, schrie Rita Michailowna, »Ich hatte dir verboten, auf die Datsche zu kommen.«

»Wo ist Vater?« wiederholte Mascha.

»Er ist krank«, sagte Rita Michailowna leiser, »interessiert dich das überhaupt?«

»Hör nicht auf die stalinistische Natter«, schrie

Kolja grob. »Er ist auf der Veranda.« Er und Mascha rannten ins Haus.

»Kommen Sie«, flüsterte Rita Michailowna mir zu und wischte die Glitzertränen weg, »vielleicht können Sie Kolja beeinflussen.«

Wir eilten hinein. Der Journalist saß nach wie vor im Sessel. Vom Kognak ermattet, hatte er wohl vor sich hingedöst und wurde jetzt vom Geschrei geweckt.

»Vater«, sagte Mascha, »Sascha Iwanow, erinnerst du dich, der beim Disput den Vortrag gehalten hat, wird beschuldigt, rowdyhafte Handlungen begangen zu haben... Dabei war er's nicht, der dich geschlagen hat, er hat nur mit dir gestritten...«

»Was willst du, Mascha?« fragte der Journalist matt und noch nicht wieder ganz bei sich.

»Du mußt offiziell schreiben, daß er gegen dich nicht rowdyhaft gehandelt hat.«

»Mascha, du bist doch kein dummes Mädchen«, sagte der Journalist. »Denk an das Thema seines Vortrags, das ist doch viel ernster.«

»Schreibst du oder nicht?« fiel sie ihm scharf ins Wort.

»Gut, ich werde schreiben«, sagte er irgendwie erschrocken.

»Gar nichts wirst du schreiben«, mischte Rita Michailowna sich ein. »Das hat grade noch gefehlt. Mascha, hör auf, deinen kranken Vater zu tyrannisieren. Schäm dich was. Du beleidigst deine Angehörigen wegen eines fremden Kerls, der in antisowjetische Geschichten verwickelt ist.«

»Mir ist er nicht fremd«, schrie Mascha, »er ist mein Bräutigam... Ihr seid mir fremd.«

Mich überlief es siedeheiß. Mascha liebte ihn, also hatte ich wieder einen Rivalen und wieder einen Repressierten. Aber klare Gedanken hatte ich in diesem Moment nicht, denn das weitere Gespräch lief fetzenweise.

»Ich kenne euch nicht mehr«, schrie Mascha.

»Mascha!« Der Journalist versuchte aufzustehen, doch sein linker Fuß versagte und rutschte hilflos über den Boden. »Mascha, ich bin doch einverstanden.«

»Gar nichts wirst du schreiben!« schrie wieder Rita Michailowna. »Sie soll gehen... Hat sich vollgefressen für Vaters Geld...«

»Ich spuck was auf euer Judasgeld«, schrie Kolja, »so was nennt sich Vater... Menschen hat er hinter Gitter gebracht... Diese Datsche ist von Tschekistengeld gebaut... Stalinistische Kreaturen... Ich geh mit dir, Mascha... Schluß... Für immer...« Bruder und Schwester, im Zorn einander sehr ähnlich, nahmen sich bei der Hand und liefen durch die Gartenpforte.

»Laufen Sie hinterher!« flüsterte Rita Michailowna mir erregt zu. »Lassen Sie Kolja nicht aus den Augen, ich bitte Sie.«

Ich lief den beiden hinterher. Die Geschwister gingen eilig zur Bushaltestelle. Ich holte sie ein.

»Du gehst mit uns, Goscha«, sagte Kolja. »Ich hab's ja gewußt... Hier kann ein ordentlicher Mensch sich nicht aufhalten. Mein Vater ist ein bezahlter Spitzel, das weiß ich jetzt. Ich glaube, er plant auch etwas gegen Stschussew.«

Ich blieb aufgeregt stehen.

»Wie kommst du darauf?«

»Es ist eine Vermutung... Mein Vater war ja eine Zeitlang ziemlich eng mit ihm verbunden... Hat ihm Geld geschickt... Durch den Vater hab ich ihn überhaupt kennengelernt. Aber jetzt weiß ich, daß mein Vater einfach ein Spion der Tscheka ist. Du mußt unbedingt Stschussew darüber informieren.«

»Gut«, sagte ich, um das gefährliche Gespräch abzubiegen.

Den ganzen Weg über suchten die Geschwister hitzig (sogar übertrieben hitzig) einander zu überzeugen, wie gut sie es zu zweit haben würden und wie richtig es war, mit solchen Eltern gebrochen zu haben.

»Wir nehmen uns ein Zimmer«, sagte Kolja, »ich werde arbeiten. Schon lange will ich in eine Fabrik gehen und von meiner Arbeit leben. Goscha, der ist immer allein, ohne fremde Hilfe, und er lebt, und wie gut. Er weiß, was er will, er hat ein Ziel...«

Bei diesen Worten sah ich ihn warnend an, aus Furcht, er könnte in seinem jugendlichen Überschwang meinen Traum, Rußland zu regieren, ausplaudern. Genauer, er hatte es längst ausgeplaudert, und an verschiedenen Stellen: Jatlin, seinem ehemaligen Abgott, und seinem Vater, nach Andeutungen zu urteilen. Aber in Maschas Gegenwart wollte ich sein Geschwätz nicht hören, denn Maschas Spott hätte ich schwer ertragen können. Zum Glück sprang Kolja, den nach dem Zerwürfnis mit seinen Eltern gemischte Gefühle bewegten, gleich zu einem anderen Thema über und meinte, sie sollten am besten zu ihrer Verwandten Marfa Prochorowna ziehen. (Derselben, bei der Kolja den Treff für die Gruppe Stschussew arrangiert hatte.) Aber Mascha war dagegen, und so kam es bei ihnen beinahe zum ersten offenen Zwist. Ich begriff, daß sie trotz ihrer geschwisterlichen Liebe noch immer politische Meinungsverschiedenheiten hatten und jeder den anderen zu seinem Glauben bekehren wollte.

»Du solltest nicht so über die Unseren reden, Mascha«, sagte Kolja, »du siehst nur einzelne Mängel, aber nicht das Ziel. Dabei ist es heilig und wahrhaft russisch.«

»Bist doch noch ein Dummchen, Kolja«, sagte Mascha zärtlich, aber hartnäckig.

Darauf wurde Kolja still und verschlossen. Ich folgerte aus all dem, daß es zwischen ihnen nicht das erste Wortgefecht dieser Art war und daß es noch viel härtere gegeben haben mußte. Auf diese Weise begriff ich, daß Kolja sich in der Troizki-Gesellschaft, die zweifellos jetzt unser Ziel war, zumindest mißtrauisch verhalten würde.

Die Russische Nationale Professor-Troizki-Gesellschaft zum Kampf gegen den Antisemitismus (schon wieder eine Gesellschaft, dachte ich, die wievielte schon in der Zeit meiner politischen Aktivität) befand sich in einer Einzimmerwohnung in einem entlegenen und noch nicht fertigen Neubaugebiet von Moskau. Die Häuser standen in einem Häuflein auf einem vermüllten Ödplatz. »Wohngebiet« – so hieß denn auch die Straßenbahnhaltestelle, von der es noch anderthalb bis zwei Kilometer waren, ein staubiger Weg voller Schlaglöcher und Radspuren. Wenn es regnet, ist hier bestimmt alles aufgeweicht, dachte ich, und man kann weder gehen noch fahren. Wir betraten einen Hausflur, wo es nach frischer Farbe und Zement roch, und stiegen zu Fuß hinauf zum sechsten Stock (einen Fahrstuhl gab es, aber er fuhr nicht), und Mascha klingelte an einer Tür (der einzigen auf dem Treppenabsatz, vor der nicht ein Lappen oder eine Gummimatte zum Abtreten der Füße lag). Uns öffnete ein hochgewachsener, knochiger junger Mann von sehr schmuddeligem Aussehen mit gutmütigen hellblauen Augen, die sich ständig zu entschuldigen und den Gesprächspartner um etwas zu bitten schienen.

»Annenkow, Iwan Alexandrowitsch«, stellte er sich hastig vor, als fürchtete er, wir könnten ihn für unhöflich halten. Dabei lächelte er, so daß sein blutleeres Zahnfleisch zu sehen war.

»Wanja, das ist mein Bruder Nikolai«, sagte Mascha.

»Sehr angenehm«, sagte Annenkow, krümmte ein wenig den Rücken und drückte Kolja die Hand.

Seine Höflichkeit war aufrichtig, aber gemessen an meinem und Koljas kaltem Argwohn wirkte sie wie Liebedienerei. Überhaupt nimmt sich ein aufrichtig gutmütiger und höflicher Mensch vor dem Hintergrund allgemeiner Verschlossenheit, Ironie und persönlicher Würde devot und lakaienhaft aus. Bei diesem Gedanken wurde mir unbehaglich, und als Mascha mich als ihren Bekannten vorstellte, was mir höchst angenehm war, sagte ich, um wenigstens irgendwie Annenkows Höflichkeit zu erwidern und zugleich das unangenehme Gefühl seines kalten, blutleeren und knochigen Händedrucks zu verwischen:

»Annenkow, den Namen kenn ich doch, ich komm nicht drauf...«

»Sie meinen vermutlich meinen Urgroßvater«, antwortete Annenkow prompt, »übrigens ebenfalls Iwan Alexandrowitsch. Bekannter Dekabrist. Oberleutnant in einem Gardekavallerieregiment. Für seine Mitgliedschaft im Nordbund zur Zwangsarbeit nach Sibirien verbannt...«

All das spielte sich in der dunklen Diele ab. Ich beherrschte mich, doch Kolja hielt es nicht aus und prustete los. Ich muß beiläufig erwähnen, daß Kolja zwar ein gutmütiger Junge war, aber wenn es gegen politische Opponenten ging, war er imstande, sich mit offener Frechheit zu benehmen. (Denken wir nur an sein Verhalten während des Straßendisputs beim Majakowski-Denkmal am ersten Tag unserer Bekanntschaft.) Überdies hatte ich den Eindruck, daß Kolja, der die Dekabristen und ihre »tapfere russische Ritterlichkeit« verehrte, auf Annenkow Neid empfand. Kolja benahm sich gleich so scharf (ich hatte das vorausgesehen, bevor Annenkow uns öffnete, einfach aus Intuition), so offen feindlich und spöttisch, daß sogar der sanftmütige Annenkow, wie ich glaube, etwas bemerkte, denn er sah Kolja mit Verwunderung und Verwirrung in den gütigen blauen Augen an. Mascha warf Kolja ärgerliche Blicke zu, denn sie wußte nicht, was sie tun sollte, aber da sprang ich ein. (Ich fühlte mich nach den unzähligen politischen Auseinandersetzungen glänzend trainiert.)

»Kolja und ich hatten unterwegs einen Streit«, warf ich ein. »Wir haben Wünsche geraten und beschlossen, daß der gewinnt, der richtig voraussagt, ob uns ein Mann oder eine Frau die Tür aufmacht.

Ich habe gesagt, eine Frau, und Kolja, ein Mann. Nun hat er gewonnen und freut sich.«

Diese Erklärung war die dümmstmögliche, aber in solch einer Situation war sie die glaubhafteste, denn es bedarf keiner Logik, sondern nur des guten Willens, aufs Wort zu glauben. Während meiner Worte wechselte Annenkow einen Blick mit Kolja und sah mir dann mit ehrlicher Aufmerksamkeit ins Gesicht, um meine wirre und alberne Erklärung zu verstehen. Da sie wirr war und er sie nicht verstanden hatte, war er verlegen und fühlte sich schuldig, und nach meinen Worten trat eine peinliche Pause ein, die gefährlich war, denn ich fürchtete, Kolja könnte in schallendes Gelächter ausbrechen. Zum Glück ging alles gut, vielleicht auch, weil Mascha Kolja fest am Ellbogen gepackt hatte.

»Ach, ihr redet vom Aberglauben.« Annenkow hatte endlich etwas verstanden, darum lächelte er gutmütig und ließ wieder das blutleere Zahnfleisch sehen.

»Genau«, pflichtete ich eilig bei.

»Ja«, sagte Annenkow, »davon sind wir alle nicht frei... Ist der Antisemitismus nicht auch ein furchtbarer Aberglaube unseres unglücklichen Vaterlands? Aber kommt doch rein, es sind schon alle beisammen«, sagte er, sich gleichsam an den Zweck unserer Begegnung erinnernd, »ich kümmer mich um den Tee... Geht rein ins Zimmer.« Er drehte sich um und ging in die Küche.

»Untersteh dich«, flüsterte Mascha ärgerlich Kolja zu.

Erstaunlich, wie schnell ihre guten Beziehungen zerbrachen, wenn sie nicht mehr vom gemeinsamen Haß auf die »stalinistischen Eltern« (wie sie sich ausdrückten) zusammengehalten wurden.

Wir traten in das Zimmer, das, wie nach dem Anblick des Hausherrn und der Diele zu vermuten, armselig möbliert und schmuddelig war. Möbel gab es viele, offenbar aus einer geräumigeren Wohnung hergebracht, aber alt, wacklig und nicht zueinander passend. Zwei Kleiderschränke standen da: einer mit einem gesprungenen blinden Spiegel, der andere irgendwie schief und mit fehlenden Türen. Ferner gab es ein Bett aus trübem Nickel, dem die vier Kugeln fehlten, und man sah das Gewinde, auf das sie früher geschraubt waren, sowie ein schweres Büfett mit bunten Scheiben, das mal sehr schön gewesen sein mußte, jetzt aber war es verstaubt, der Lack platzte ab, und von innen roch es nach verdorbenen Lebensmitteln. In einer Ecke hing eine Christus-Ikone mit nachgedunkeltem Silberrahmen. Am Tisch, auf dem eine alte abgewetzte Plüschdecke mit Goldtroddeln lag, saßen ein Junge und ein Mädchen, die sichtlich zusammengehörten, miteinander gingen oder verheiratet waren. Das hatte ich auf den ersten Blick heraus, obwohl sie in einiger Entfernung voneinander saßen und nicht flirteten. In ihrer Haltung zueinander war eine gewisse Ruhe, die zu beobachten ist, wenn eine Frau und ein Mann einander bereits erkannt haben. Ich, ein gehemmter und dürstender Mensch, besonders in Gegenwart von Mascha, hatte gelernt, so etwas zu erkennen. Das Mädchen war anspruchsvoll gekleidet und vielleicht aus einer wohlhabenden Familie wie Mascha, aber etwas älter als sie und ihr äußerlich natürlich nicht ebenbürtig. In dem Jungen blitzte manchmal etwas Semitisches auf, bei einer bestimmten Kopfdrehung wohl, ansonsten war er hellblond und grauäugig, hatte eine kurze gerade Nase und eine sehr weiße Haut mit Sommersprossen im Gesicht und auf dem Hals. Vielleicht waren es sogar die Sommersprossen, die seinem Gesicht manchmal einen semitischen Einschlag verliehen, trotz seiner sonst slawischen Attribute. Er hatte den verbreiteten Vornamen Vitali, während das Mädchen Lyra hieß und offenbar aus einer Musikerfamilie stammte.

Kolja und ich stellten uns vor und setzten uns auf knarrende Stühle, und Mascha ging in die Küche, um

Annenkow zu helfen. Da die Russische Nationale Professor-Troizki-Gesellschaft zum Kampf gegen den Antisemitismus, wie mir Mascha gesagt hatte, erst fünf Mitglieder hatte, waren alle beisammen, natürlich mit Ausnahme Iwanows, der verhaftet war.

SECHZEHNTES KAPITEL

Bald kam dank den Bemühungen Annenkows und Maschas Tee auf den Tisch, dazu gab es zwei aufgeschnittene Weißbrote und statt des Zuckers Fruchtpastillen in einer Zuckerdose; jede Pastille war halbiert, damit mehr in die Dose hineingingen, oder aus Sparsamkeit. In der Zeit meines politischen Lebens, aber auch durch mein früheres Leben hatte ich gelernt, von der Bewirtung auf den Charakter einer Gesellschaft zu schließen. So war in einer meiner ersten Gesellschaften, in die mich Zweta noch in der Provinz einführte und an der auch der damals gottgeehrte Arski teilnahm, die Ernährung reichlich gewesen, was auf Verbindungen dieser Gesellschaft mit der offiziellen Lebensform hindeutete, ungeachtet der oppositionellen Kühnheit der Reden, die mich, den politischen Anfänger, damals beeindruckt hatte. In der Moskauer Gesellschaft Jatlins war es das Gegenteil gewesen. Die unordentlich abgeschnittenen Wurst- und Käsestücke, die zerdrückten und abgebrochenen Brotbrocken, die verschiedenen geöffneten Konservendosen hatten schon an sich etwas Jugendliches, was die ganze frühere Lebensform ablehnte. Hier dagegen herrschte bescheidene, unappetitliche Armut. Das Weißbrot war hart und krümelig, der Tee dünn, und die Pastillen befanden sich in einer klebrigen Zuckerdose.

»Den Schinken, den du mitgebracht hast«, sagte Annenkow zu Lyra, »den wollen wir für Sascha aufheben, wenn Besuchstag ist... Wenn keiner was dagegen hat...«

»Nein nein«, sagte Vitali, »sehr gut.«

»Ich hab kein Geld, Leute«, sagte Annenkow und lächelte zaghaft, »entschuldigt schon, ohne Stipendium...«

»Ist doch gut, Wanja«, sagte Mascha, »ein Glück, daß sie dich nicht geext haben.«

»Sie haben mich ja beschuldigt, daß ich die Sekte der Projüdischen wiederherstellen will... Seit sie bei uns am Lehrstuhl für die Heilige Schrift und das Alte Testament Vater Anton entlassen haben, ist es schwer...«, Annenkow seufzte, »und langweilig und, entschuldigt, gemein... Nicht nur die Professoren, auch die meisten Studenten hassen mich. Die Leute bei uns haben nichts Geistiges, sie sind böse und ungebildet... Jeder biedert sich an, um eine reiche Kirchengemeinde zu kriegen... Mein Thema für die Jahresarbeit war ›Die altrussische Predigt in der vormongolischen Periode‹... Sie haben mich beschuldigt, ein Zitat aus dem Talmud benutzt zu haben...«

»Sie studieren an der Geistlichen Akademie?« fragte Kolja.

»Ja.« Annenkow wandte sich ihm zu und lächelte.

Daß Annenkow jedem, der ihn ansprach, mit einem Lächeln antwortete, ließ dieses liebedienerisch erscheinen, was es nicht war, doch es wirkte so neben den Gesichtern von Menschen, die um die Wahrung ihrer Würde besorgt waren. Gleichwohl weckte es Gereiztheit, und das so sehr, daß Kolja, der seit unserer Ankunft noch immer erbost war (vielleicht auch wehmütig, denn als grundguter Junge quälte er sich schon mit Reue über seine Grobheit den Eltern gegenüber und zugleich mit Wut auf sich selbst wegen seiner fehlenden Prinzipienfestigkeit), also, Kolja, der noch immer in diesem Zustand war, vergaß sich völlig in seiner Gereiztheit über das Lächeln »dieses Jungpopen«, wie er ihn im stillen getauft hatte, was er mir flüsternd mitteilte.

»Ich versteh da was nicht«, sagte er, »bekennen

Sie sich nun zur jüdischen oder zur russischen Religion? Entschuldigen Sie schon, ich spreche zum erstenmal mit einem Popen und bin darum verwirrt... Oder sind Sie Rabbiner?«

In dem Jungen steckt bedeutend mehr Gift, als man denkt, vermerkte ich für mich.

»Erstens ist Wanja noch nicht Geistlicher, sondern Student an der Geistlichen Akademie«, mischte sich Mascha ein und warf Kolja einen verärgerten Blick zu, »und zweitens hast du einen Haufen Unflat übernommen von dem Schwarzhunderter Stschussew.«

Ich zuckte zusammen, und mein Herz klopfte beunruhigt. Mascha hatte einen groben Fehler gemacht, als sie diesen Namen nannte, noch dazu öffentlich und in so respektlosem Ton... Aber ich war selber schuld. Ich hätte ihr wenigstens in großen Zügen die Situation erklären müssen, natürlich nicht ganz wahrheitsgemäß, daß Kolja noch unter dem Einfluß Stschussews stehe und man langsam vorgehen müsse. Mascha hatte sich sehr verändert, selbst in dem kurzen Zeitraum, den ich sie kannte. Sie war jähzornig geworden, Begleiterscheinung eines geistigen Umbruchs oder einer starken Enttäuschung. Ihre praktischen Schritte zeigten eine deutliche Inkonsequenz. So hatte sie Kolja dem Einfluß ihrer »stalinistischen« Eltern entreißen wollen und das wohl auch erreicht, nichtsdestoweniger verhielt sie sich jähzornig und nahm keinerlei Rücksicht.

»Stschussew ist ein russischer Patriot.« Kolja sprang auf. »Er war zwanzig Jahre im Konzentrationslager. Die Stalinschen Henker haben ihn gefoltert, ihm die Lungen kaputtgeschlagen... Und was macht ihr?«

»Erlauben Sie mal«, sagte Vitali, »Stschussew ist der Häuptling einer Schwarzhunderter-Bande von Rowdies, die bei uns in den Listen registriert ist... Sie fragen, was wir machen? Wir bemühen uns nach Maßgabe unserer Kräfte, in die einfachen russischen Menschen, in ihre Herzen, in ihre betrogenen Herzen Verständnis zu säen für das tragische Schicksal des jüdischen Volkes... Ströme von Blut... Sich rechtfertigen... Für Pogrome und Verfolgungen...«

»Und wer rechtfertigt sich für die Ströme russischen Blutes«, schrie Kolja, »die Leibeigenschaft und so weiter... Das russische Volk wurde auch gequält und leidet...«

»Warum hast du dann mit deinem Vater gebrochen?« schrie Mascha, die endgültig die Selbstbeherrschung verlor.

»Ich habe mit ihm gebrochen, weil er ein stalinistischer Spitzel und ein Judas ist, nicht weil er ein russischer Patriot ist«, schrie Kolja, »jawohl... Er ist kein russischer Patriot... Du irrst dich, Mascha... Wenn du ihn für seinen russischen Patriotismus haßt, irrst du dich...«

»Sind Sie Antisemit?« fragte Lyra und sah Kolja von oben herab an, aber der Ton ihrer Frage kam dermaßen dumm heraus, daß Kolja in lautes Gelächter ausbrach, das zunächst ganz aufrichtig war, dann aber (er lachte lange) Schau war und künstlich wirkte.

»Ach, geht doch alle zum Teufel«, sagte Kolja, »Goscha, laß uns hier verschwinden, sonst verpassen sie uns noch eine Beschneidung.«

So etwas hätte ich von Kolja nicht erwartet, und ich hörte ihn überhaupt zum erstenmal so etwas sagen. Ich kann mich nicht erinnern, daß Stschussew in Koljas Gegenwart je etwas direkt über solche Themen gesagt hätte (mir schien sogar, daß er sich davor fürchtete), und Koljas Feindseligkeit gegen den Jungen Pionier Serjosha Tschakolinski, der bei jeder Gelegenheit antijüdische Bemerkungen machte, hatte in mir den Eindruck geweckt, daß Kolja ihn auch aus diesem Grund nicht mochte. Ich muß jedoch der Gerechtigkeit halber anmerken, daß Kolja sich natürlich in einem jugendlichen Widerstreit nicht so sehr zur prosemitischen Idee befand wie zu den Leuten, die diese Idee predigten und die er physisch nicht mochte. Ihm war auch unangenehm, daß seine Schwester Mascha ihn für ihre prosemitische Idee begeistern wollte und seine persönlichen Ansichten völlig ignorierte, als wäre er noch ein Rotzbengel und ein Jüngelchen.

Bruder und Schwester standen sich jetzt gegenüber, wie auf der Datsche einander äußerst ähnlich, doch der Zorn einte sie jetzt nicht, sondern trennte sie.

»Kommst du mit, Goscha?« fragte Kolja wieder, doch dann sah er mich an und bemerkte: »Aber du bist ja in Mascha verliebt... Zum Teufel mit dir, ich will nicht stören.«

Er stürmte in die Diele, stieß gegen die Tür, zerrte daran, kam endlich mit dem Schloß zurecht und lief hinaus. Ich hörte seine Schritte die Treppe hinunterrattern, dann klappte die Haustür. Ich erschrak bei dem Gedanken, Mascha könnte wegen Koljas öffentlicher Äußerung über meine Verliebtheit auch auf mich wütend sein, aber sie ließ sie unbeachtet, als hätte sie sie nicht gehört.

»Entschuldigt«, sagte sie, »entschuldigt, daß ich meinen Bruder mitgebracht habe. Er ist von Kind an geistig verkrüppelt worden. Daran bin auch ich schuld, vor allem aber meine Eltern, mein Vater.«

»Ja«, sagte Annenkow, »das bestätigt die Notwendigkeit, die Hauptarbeit unter den heranwachsenden Jugendlichen zu leisten.«

»Nach neueren psychologischen Forschungen«, sagte Vitali, »wird das geistige Fundament mit drei-vier Jahren gelegt...«

»Willst du damit sagen, daß wir Säuglingen Liebe zu den Juden predigen sollen?« sagte Mascha. Sie war bedrückt und daher gereizt, überdies schien sie Vitali nicht zu mögen.

»Stell dir vor«, trat Lyra für ihren Gefährten ein, »Kinder sind gerade in der Familie schlechtem Einfluß ausgesetzt und schon von klein auf... Ich habe irgendwo gelesen, daß während des Kischinjower Pogroms 1903 den Juden Tischlernägel in den Kopf geschlagen wurden und Kleinstkinder bei ihren Eltern und manche sogar in ihren Armen waren... Dicht bei den gepeinigten Opfern.«

»Wozu so alte Beispiele?« sagte Vitali. »In meiner Schule haben kürzlich Jungs aus der sechsten Klasse einem jüdischen Klassenkameraden mit dem Katapult ein Auge ausgeschossen. Die Behörden versuchten, die Sache zu vertuschen. Darüber, so meine ich, müßten wir ein Flugblatt schreiben.«

»Jungs schlagen sich immer«, sagte Mascha, »besonders in dem Alter. Als Gegenstand eines Flugblatts ist das nicht günstig.«

»Ich verstehe dich nicht ganz«, widersprach Lyra weiblich inkonsequent, »Sascha« (dieser Sascha Iwanow war zweifellos der ideelle Führer), »Sascha hat immer darauf bestanden, daß die Themen unserer Flugblätter aktuell sind.« (Sie war doch nicht etwa wegen Iwanow auf Mascha eifersüchtig?) »Aber«, fügte sie mit einem Blick auf mich hinzu, »aber darüber sollten wir nicht vor Fremden reden.«

»Erstens ist dieser Mann mit mir gekommen«, sagte Mascha (bei diesen Worten spürte ich ein süßes Ziehen im Herzen), »und zweitens, du... Sie vergessen die eigentliche Grundlage unserer Tätigkeit...«

»Ja, ja, Lyra«, unterstützte Vitali überraschend Mascha; vielleicht hatte er in dem Wortwechsel zwischen den beiden Frauen die Rivalität um Sascha gespürt und aus Eifersucht die Partei der Gegnerin seiner Dame ergriffen. »Ja, Lyra«, fuhr er fort, »hier hast du nicht recht... Die Grundlage unserer Tätigkeit ist das völlige Fehlen von Konspiration... Völlige Legalität... Wir sind keine illegale Organisation, sondern eine freiwillige Gesellschaft zur Unterstützung der Verfassungsartikel, in denen es um Rassismus und Antisemitismus geht. Die freiwillige Gesellschaft zur Unterstützung der Armee gibt ja auch eine eigene Zeitung heraus. Genauso müssen wir ein Flugblatt herausgeben. Und keine Geheimnisse.«

»So weit haben wir's gebracht«, sagte Lyra. »Sascha ist verhaftet, und wer weiß, was uns erwartet.«

»Sascha ist angeklagt wegen Rowdytum«, sagte Mascha, »eine Beschuldigung, die mit der Gesellschaft nichts zu tun hat.«

»Ihr Idealismus verblüfft mich«, sagte Lyra zu Mascha und wandte sich dabei demonstrativ von Vitali ab. Zwischen ihnen reifte eine Klärung der Beziehungen heran.

»Leute, der Tee wird kalt«, sagte Annenkow und lächelte wieder.

Das Teetrinken begann in fast völligem Schweigen. Genauer, vielleicht fielen irgendwelche belanglosen Bemerkungen, wie sie beim Teetrinken in Gesellschaft anstandshalber üblich sind, aber sie gingen an mir vorbei, da ich Mascha »einatmete«, die neben mir saß. Ja, ich atmete ihren Duft ein, gewissermaßen zum Tee, der davon Wohlgeschmack gewann und belebend wirkte. So vergingen in Seligkeit wohl zehn Minuten, bis es plötzlich an der Tür klingelte, hartnäckig und pausenlos.

»Wahrscheinlich Paltschinski«, sagte Lyra, »er klingelt so.«

Paltschinski, dachte ich, wer ist das? Gibt es einen Sechsten?

Dieser Paltschinski paßte genau zu seinem Namen (Finger), denn er war nicht nur klein, sondern von zartem, zierlichem Körperbau. Er war mindestens dreißig, hatte aber jünglingshaft gerötete Wangen. Nachdem er ins Zimmer gestürmt war (anders kann man das nicht nennen), schoß es sofort aus ihm heraus, wie in Furcht, jemand könnte ihm die Neuigkeit stehlen:

»Es hat sich bestätigt«, schrie er, »ich habe belegt

gefunden, daß 1940 Verhandlungen geführt wurden, um nicht nur deutsche Kommunisten, sondern auch Juden an die Gestapo auszuliefern.«

Für einen Moment trat Stille ein. Nicht daß die außerordentliche Neuigkeit die Anwesenden beeindruckt hätte, die in einer Atmosphäre der politischen Gerüchte und Einflüsterungen lebten. Nein, alle waren verblüfft über die freudige Erregung Paltschinskis, der diese entsetzliche Neuigkeit mitgeteilt hatte.

»Die Auslieferung deutscher Kommunisten durch Stalin ging schon durch die Westpresse«, sagte Paltschinski, »aber das von den Juden ist neu... Das kann unserer Troizki-Gesellschaft internationale Autorität verschaffen...«

»Schrei nicht so«, bremste Vitali seine Begeisterung, »woher weißt du das?«

»Ich selbst habe die Liste der angesehenen sowjetischen Juden gesehen, die als erste an die Gestapo übergeben werden sollten... Kopien natürlich.«

»Und wo hast du sie gesehen?« fragte Lyra.

»Ich habe sie gesehen«, sagte Paltschinski, »genauer, ehrlich gesagt, ich habe mit einem Mann gesprochen, der sie gesehen hat... Aber der ist eine Autorität und verdient Vertrauen, darum ist es so, als hätte ich sie selbst gesehen. Ihr wißt ja, die Gestapo hat weltweit eine Auflistung der Juden organisiert, das wissen alle. Daß sie aber statistische Angaben über die sowjetischen Juden verlangt haben, weiß kaum jemand. Und daß sie diese Informationen sogar bekommen haben, weiß erst recht niemand, und hier können wir von uns reden machen... Es ist eine Information von Weltbedeutung.«

Seine Augen glänzten, das Gesicht wurde noch röter. Ein Besessener, dachte ich, nach Weltbedeutung strebt er. Dickköpfig, doch zum Glück unerfahren und unausgeglichen wie früher ich.

»Warum denkst du, das weiß niemand?« sagte Vitali. »Ich habe mal gehört, daß es der deutschen Abwehr gelungen ist, statistische Unterlagen über die sowjetischen Juden in ihren Besitz zu bringen.«

»Das ist es ja grade, der Abfluß der Information geschah vorsätzlich«, schrie Paltschinski, »außerdem ging es nicht nur um die Herausgabe von Informationen, sondern auch um die physische Auslieferung von angesehenen sowjetischen Juden für den Anfang... Michoels und so weiter... Aber der Krieg kam dazwischen... Der Mann, der damit befaßt war, wurde später zusammen mit Berija erschossen... Und schon schien alles vertuscht... Aber nein, du machst Spaß«, Paltschinski drohte jemandem mit dem Finger und lachte, »diese Informationen könnten auf der ersten Seite der Londoner ›Times‹ veröffentlicht werden.«

»Wir dienen nicht der Londoner ›Times‹, sondern Rußland«, sagte Vitali. »Unsere Aufgabe ist der Kampf gegen den Antisemitismus auf legalem Weg. Wir sind nicht gegen die Sowjetmacht. Und Ihre Informationen riechen nach politischem Banditentum und ideologischer Spekulation.«

»Ach so«, sagte Paltschinski und veränderte sich schlagartig, sein Gesicht verzerrte sich zur Grimasse, und seine Stimme nahm die Heiserkeit an, die für Tobsüchtige charakteristisch ist. »Ach so«, wiederholte er, »eure Tätigkeit erinnert mich an die legale Onanie in psychiatrischen Heilanstalten«, und er lachte schallend.

»Paltschinski«, schrie Vitali, »hier sind Frauen! Ich hau dir eins aufs Maul!«

»Versuch's doch!« tobte Paltschinski. »Wo ist denn unser Führer, dieser nicht alternde Jüngling Iwanow?« (Hieraus zog ich den Schluß, daß Paltschinski, der von Iwanows Verhaftung nichts wußte, lange nicht mehr in der Troizki-Organisation gewesen war oder aber immer nur auf einen Sprung hier hereinschaute. Iwanow schien er nicht zu mögen, und vielleicht beanspruchte er selbst die Rolle des Führers.) »Er hat ja ein physisches Gebrechen«, fuhr Paltschinski fort, »obwohl eine gewisse Person in ihn verliebt ist und man meinen sollte, daß für dieses Gebrechen keine Notwendigkeit besteht...«

»Lump«, schrie Mascha und wurde blaß.

Ich muß wohl auch blaß geworden sein, denn ich spürte Kälte auf der Stirn und warf mich fast unbewußt auf diesen Paltschinski. Ich stieß jedoch auf Annenkow, der sich zwischen uns gestellt hatte.

»Laß mal«, sagte er und sah mich mit einem zitternden (ihm zitterten die Lippen) Lächeln an. »Und Sie gehen jetzt«, sagte er zu Paltschinski.

»Na schön!« schrie Paltschinski. »Ich trete aus eurer nichtigen Organisation aus...«

»Sie sind längst ausgeschlossen«, entgegnete Lyra. (Darum hatte Mascha von fünf Leuten gesprochen und nicht von sechs.)

»Ach, so ist das!« schrie Paltschinski und machte eine unzüchtige Geste.

»Er muß ein Provokateur sein«, sagte Vitali, als Paltschinski gegangen war (genauer, er war in dem gleichen Tempo hinausgestürmt, wie er gekommen war), »er ist ein Provokateur und obendrein in psychiatrischer Behandlung.«

Aus Erfahrung wußte ich, daß der übliche Skandal, der bei jeder politischen Zusammenkunft jener Zeit vorkam, vorübergerauscht war und der restliche Abend wehmütig und langweilig sein würde. (Allerdings hatte es hier vorher den Zusammenstoß mit Kolja gegeben, doch ich wußte, daß der zufällig und persönlich gefärbt war und die Sache sich nicht darauf beschränken würde.)

»Gehen wir«, flüsterte ich Mascha zu.

»Ja, gehen wir«, sagte sie, »was für eine Gemeinheit!« Das hatte sie sich nicht verkneifen können.

Wir verabschiedeten uns und gingen. Niemand hielt uns zurück oder wunderte sich über unser Gehen. Draußen war es schon dunkel, und es regnete, doch das konnte gerade erst angefangen haben, denn der Weg war noch nicht aufgeweicht, und in den Fahrspuren bildeten sich erst kleine Pfützen. Mascha ging mit mürrisch gesenktem Kopf, ich faßte mir ein Herz und nahm sanft ihre Hand.

»Tiere sind das«, sagte sie, ohne sie mir zu entziehen, »außer Sascha Iwanow« (ich bekam vor Eifersucht Herzschmerzen), »außer Sascha sind in der Organisation keine ordentlichen Leute... Für eine so heilige Sache finden sich keine ehrlichen, anständigen Leute... Sogar Annenkow... ein Gottesnarr... Da hat Kolja recht, obwohl er sich flegelhaft benommen hat. Wir sind gleich da, dann können Sie mit ihm reden... Dumm, wie das gekommen ist... Kolja ist ja ein guter, ehrlicher Junge, aber wenn alle ringsum so... Und ich hab mich auch dumm benommen«, sagte Mascha voller Reue.

»Ich rede bestimmt mit ihm«, sagte ich. »Er wird es verstehen.« Schon ganz mutig geworden, massierte ich mit meinen Fingern behutsam Maschas Fingerchen und dachte: Süße Finger... Ach, was für süße Finger... Von meinen Gedanken und der Berührung erregt, hätte ich diese Finger am liebsten mit meinen Lippen gekostet, doch dazu konnte ich mich nicht entschließen, und erschrocken über meine Gedanken, schwächte ich meine Berührung ab, was Mascha zu meiner Freude auffiel, denn sie warf mir einen mißbilligenden Seitenblick zu. Frauen fühlen alles, dachte ich, alles, was ihre Seele und ihren Körper angeht. Auch das kleinste Detail. Ach, bin ich blöd... Trotz des Skandals und der Unverschämtheit Paltschinskis war mir froh ums Herz, und dieser Spaziergang bei Regen in Richtung der vor uns blinkenden abendlichen Lichter der Straßenbahnhaltestelle auf dem zerfahrenen demolierten Weg war der glücklichste in meinem Leben...

Aber in der Stadtwohnung des Journalisten erwartete uns eine Überraschung: Kolja war noch nicht da.

»Wo mag er sein?« sagte Mascha aufgeregt. »Er

wird doch bei seinem Charakter nach dem Streit mit den Eltern nicht wieder auf die Datsche gefahren sein.«

Mich erfaßte auch Aufregung, und ich hatte einen noch ernsteren Grund. Das erste, was mir in den Sinn kam, war das Wahrscheinlichste und Gefährlichste. Und wenn Kolja, wütend über den Streit mit der geliebten Schwester, verwirrt nach dem Streit mit den Eltern, meiner Kontrolle entzogen, denn ich war ja in der ihm feindlichen Gesellschaft geblieben und hatte ihn damit nach seinen jugendlichen Vorstellungen verraten, wenn also Kolja, in solch einen Strudel geraten, losgestürzt war, um Stschussew zu suchen, und mir nicht mehr vertraute? Und wenn er ihn gefunden hatte und die ganze Geschichte mit der Denunziation herauskam?

»Mascha«, sagte ich, »wir müssen zu der alten Frau... Marfa Grigorjewna, glaub ich...« (In Wirklichkeit hieß sie Marfa Prochorowna).

»Sie meinen, er ist dort?« sagte Mascha, freilich ohne den wahren Grund meiner Aufregung zu kennen.

»Möglich«, antwortete ich. »Es ist jetzt dunkel und schon spät. Ich würde den Weg kaum allein finden.«

»Ich komme natürlich mit«, sagte Mascha und bat Klawa, auf die sich unsere Aufregung übertragen hatte: »Rufen Sie einstweilen nicht in der Datsche an, die Eltern regen sich bloß auf.«

Bis zu Marfa Prochorowna war es nicht weit, aber je näher wir der konspirativen Wohnung der Gruppe Stschussew kamen, desto unschlüssiger wurden meine Schritte. Erst auf der Straße, vom nächtlichen Wind abgekühlt, begriff ich die rauhe Wahrheit, daß nämlich eine Begegnung mit Stschussew mir nichts Gutes verhieß, besonders wenn Kolja schon da gewesen war und alles aufgedeckt hatte. Stschussew und seine besoffenen Jungs waren zu allem fähig.

»Warten Sie hier auf mich«, sagte ich zu Mascha.

»Sie meinen, diese Bande existiert noch?« fragte sie. »Ich habe gehört, die sind alle verhaftet. Darum war ich so aufgeregt, ich wollte bloß nichts sagen. Sie können ja auch Kolja hineinziehen...«

»Das können sie«, antwortete ich mechanisch.

Mascha war wegen ihres Bruders aufgeregt und vergaß darüber ganz, daß ich in dieser Sache kein Außenstehender war und auch hineingezogen werden konnte. Ich betrat den Hausflur, blieb vor der Tür der konspirativen Wohnung stehen und dachte: Jetzt gehe ich von selbst in die Falle. Aber ich mußte herausfinden, ob Kolja hier gewesen war. Hineingehen würde ich nicht, ich würde es so erkennen, je nachdem, wer mir öffnete und wie sich die Dinge entwickelten. Wenn Kolja da gewesen war und Stschussew von der Geschichte mit der Denunziation wußte, mußte der Aktionsplan umgebaut werden.

Ich klingelte und horchte. Klingelte nochmals. Ein nächtliches Klingeln wirkt rein physiologisch, egal ob man selber klingelt oder herausgeklingelt wird, in beiden Fällen schärft es die Nerven, es ist gleichsam ein Symbol, ein Signal von Unheil, denn nächtliche Nachrichten sind in der Regel Nachrichten von Unheil. Und als ich zum drittenmal auf den Klingelknopf drückte, verkündete ich mir gewissermaßen selbst eine bevorstehende Gefahr oder eine schlechte Neuigkeit. Während ich mich solchermaßen selbst erregte und einstimmte, verpaßte ich den Moment, als die Tür aufging. Die verschlafene Marfa Prochorowna zeigte sich mir ohne Bademantel, nur mit einem Tuch, das sie »anstandshalber« über dem Nachthemd um die Schultern gelegt hatte.

»Was willst du?« fragte sie ärgerlich. »Die sind weg.«

»Schon lange?« rief ich freudig, denn ich konnte meine Freude nicht verbergen, so überraschend kam das nach meinem bösen Vorgefühl.

»Schon lange«, antwortete Marfa Prochorowna und wollte die Tür schließen.

»Wie lange?« fragte ich und hielt die Tür fest, um mich endgültig von meinem Glück zu überzeugen. Aus dem Mund der Greisin konnte »lange« alles mögliche bedeuten, vielleicht war schon eine Stunde für sie lange. »Wann sind sie weg«, fragte ich, »heute?«

»Vor zwei Wochen«, antwortete Marfa Prochorowna, »vielleicht ist es auch zehn Tage her.« (Also gleich nach dem Krach in der Wohnung des Journalisten.) »Und richtig abgerechnet haben sie auch nicht«, fuhr die Alte fort, »und alles vollgedreckt.« Sie wollte wieder die Tür zuknallen, doch ich hielt sie wieder fest, was sie ein wenig erschreckte, sie warf mir einen Blick zu und fragte: »Und was willst du?«

»War Kolja hier?« fragte ich, diesmal ruhiger und einfacher, ohne Aufregung, denn das Wichtigste war ja in Ordnung.

Diese meine Veränderung beruhigte die Alte.

»Ja«, sagte sie, nicht mehr erschrocken, sondern verärgert. (Die Alte war stets entweder erschrocken oder verärgert, andere Gefühle habe ich bei ihr nicht gesehen.) »Er kam heute angelaufen wie ein Verrückter und fragte auch nach denen, die er mir in die Wohnung gesetzt hatte.... Zu Vater und Mutter bringt er sie nicht... Immer zu Marfa Prochorowna... Aber wenn Marfa Prochorowna mal bei ihnen auf der Datsche wohnen will, machen sie eine dritte Hausangestellte aus ihr... Zwei sind ihnen nicht genug.«

Ich machte eine ziemlich unhöfliche Handbewegung, war aber freudig bewegt, weil meine schlimmsten Befürchtungen nicht eingetroffen waren, und lief aus dem Haus.

»Ist Kolja hier?« fragte Mascha voller Hoffnung, getäuscht von meiner frohen Miene.

»Er war hier«, antwortete ich und fügte, um den wahren Grund meiner Freude zu tarnen, eine ungefährliche Lüge hinzu: »Marfa Prochorowna sagt, er ist nach Hause gegangen, wir müssen uns verfehlt haben.«

Diesen Betrug konnte ich jederzeit auf Marfa Prochorowna abwälzen, die mich belogen, oder auf Kolja, der Marfa Prochorowna belogen hatte.

Kolja war natürlich nicht zu Hause, und noch schlimmer, Klawa hatte trotz Maschas Warnung bereits Alarm geschlagen. Kaum waren wir weg gewesen, hatte Klawa in der Datsche angerufen. Es ist schon festgestellt worden, daß bei hysterischen Herrschaften allmählich auch die Dienstboten hysterisch werden. Die beiden Hausangestellten des Journalisten, die in der Datsche und die in der Stadtwohnung, jagten einander solche Angst ein, daß die Nachricht bei ihrer Weiterleitung an die Herrschaften, die nicht einfach hysterisch waren, sondern hysterisch mit Phantasie, nachgerade wie die Kunde von Koljas Tod klang. Und wenn man dem noch die Reue der Eltern hinzurechnet, denn das Ganze war ja nach ihrem Streit mit dem Sohn passiert (in der Reue versteht es die Intelligenz, sich selbst zu zerfleischen, und wie), wenn man all das hinzurechnet und auch noch die Fähigkeit von Koljas Eltern, sich in schwierigen Momenten gegenseitig die Schuld für Geschehenes zuzuschieben, kann man sich vorstellen, was sich dort abspielte. Bald danach waren sie schon in der Stadtwohnung, wobei der Journalist, wie mir schien, vor Aufregung seine Behinderung vergessen hatte. (Das kommt vor. Es war kein Simulieren, nein, der Schock unterbricht die Krankheit für eine Weile, um sie dann noch mehr zu verschlimmern. So war es auch hier.) Der Journalist lahmte kaum noch, und seine Bewegungen waren rasch und energisch. Als er eintraf, sah ich, daß er in der Eile unter dem Regenmantel die Hausjacke mit den Troddeln anbehalten hatte. In der Hausjacke verbrachte er die ganze verrückte Nacht, die erfüllt war von Frauengeheul (Rita Michailowna und Klawa beweinten Kolja pausenlos wie einen Toten), von Telefonaten, von Autofahrten zu Orten, wo Kolja hätte sein können, darunter zu ganz irren Orten wie der Bootsstation.

»Warum sollte er nachts in der Bootsstation sein?« versuchte der Journalist trotz seiner Aufregung zu widersprechen.

Aber da fielen die beiden Frauen (Rita Michailowna und Klawa) über den Journalisten her, wobei er sogar von Rita Michailowna »Sohnesmörder« tituliert wurde. Danach gab der Journalist seinen Widerstand auf, und nach unablässigen und hemmungslosen Anrufen bei den verschiedensten Leuten mitten in der Nacht unterblieb ein Anruf bei der Miliz nicht so sehr wegen der Mahnung des Journalisten wie bei dem Gedanken an die gefährlichen Verbindungen Koljas, was Rita Michailowna einsah. Als aber Rita Michailowna sich in den Kopf setzte, zu einem Park am Stadtrand zu fahren (alle Bahnhöfe waren längst abgesucht), fügte sich der Journalist ohne Murren. Der Fahrer Viktor bekam von Rita Michailowna für die angespannte Überstundenarbeit ein hohes Entgelt in Aussicht gestellt und erhielt sogleich einen Vorschuß. Mascha beteiligte sich an dem ganzen Durcheinander, telefonierte und schluchzte nach Frauenart ein paarmal auf, wobei sie ihrer Mutter sehr ähnlich wurde. Nichtsdestoweniger erklärte sie, daß sie an den idiotischen Fahrten nicht teilnehmen wolle und es für notwendig halte, die Miliz zu verständigen. Rita Michailowna schrie sie sofort an (hysterisch natürlich) und behauptete, nach dem Vater sei Mascha am Tode Koljas mitschuldig (so sagte sie – »am Tode«). Mehr noch, vielleicht sei ihre unmittelbare Schuld noch schlimmer als die des Vaters, denn sie sei es gewesen, die Kolja aus dem Hause geführt und den Skandal veranstaltet habe. Und es wäre nicht schlecht, wenn Mascha ihr überhaupt nicht mehr unter die Augen käme, denn wenn Kolja etwas zugestoßen sei, werde sie ihr das nie verzeihen, nicht mal auf dem Sterbebett. Und all das, etwa in dieser Reihenfolge, schrie Rita Michailowna hintereinanderweg, dabei stampfte sie mit den Füßen, zerrte sich ein paarmal an den Haaren und kniff sich ins Gesicht. Es war ein gräßliches Schauspiel, und überhaupt sind fremde Kräche, besonders Familienkräche, wenn einander nahestehende Menschen die Zähne blecken und Haß zeigen, ganz schrecklich, schrecklicher als jede Schlägerei auf der Straße. Bei solchen Krächen kommt einem der schlimme Gedanke, daß alle Anhänglichkeiten und Verwandtschaftsgefühle von Menschen nur Spielerei, nur Erfindung sind, die sich schlagartig entlarven, wenn solche Extreme ins Spiel kommen. In solchen extremen Situationen denkt keiner an den anderen, und jeder bedauert nur sich selbst auf Kosten der anderen. Jetzt war es jedoch für mich eine Freude, daß Mascha, von allen allein gelassen (genauer, alle ließen einander allein), daß Mascha, wie mir schien (vielleicht phantasierte ich auch), sich zu mir hingezogen fühlte, denn trotz Koljas Verschwinden war ich immer noch nur mit ihr, Mascha, beschäftigt und liebte nur sie, nicht den Verschwundenen, wie es die Situation erfordert hätte, eine Situation, in der alle einander Feind wurden und die Liebe jedes einzelnen nur dem verschwundenen Kolja galt.

Während der nächsten Autofahrt der Eltern, die durch Panik und Müdigkeit (es war schon die fünfte Morgenstunde, und es tagte) in einem Zustand waren, daß sie meiner Meinung nach die Fähigkeit eingebüßt hatten, ihre Handlungen zu kontrollieren (vielleicht fürchteten sie auch die Untätigkeit, die bei Nervenanspannung gefährlich ist), also, während der nächsten Autofahrt rasten sie siebzig Kilometer von Moskau weg, wo es, wie Rita Michailowna sich entsann, einen Touristenstützpunkt gab, den die jungen Leute gern besuchten. Das ging schon zu weit, und Mascha wollte gegen den Willen der Eltern in der Aufregung die Miliz anrufen. Aber das redete ich ihr aus, und damit meine Argumente überzeugend klangen, äußerte ich meine Vermutung einer möglichen Verbindung Koljas zur Gruppe Stschussew. (Dabei dachte ich daran, daß Stschussew längst weg war, und das erleichterte mir das für Mascha überzeugende Geständnis.)

»Ja«, sagte sie, »so kommt es, wenn die Eltern eines Jungen politisch verantwortungslos sind. Sie haben Kolja mit der antisemitischen Bande zusammengebracht.«

Mascha schluchzte wieder auf, aber nicht grob und hysterisch wie Rita Michailowna, sondern ganz fraulich, und sie war in diesem Moment so begehrenswert, daß ich die Zähne zusammenbiß.

»Moment mal«, sagte Mascha plötzlich und hörte auf zu weinen, »waren sie bei Nikodim Iwanowitsch, Klawa?«

»Bei Nikodim Iwanowitsch?« fragte Klawa zurück. »Ich glaube nicht.«

»Da haben wir's«, sagte Mascha, »die ganze Stadt haben sie abgesucht, aber bei Nikodim Iwanowitsch waren sie nicht. Kolja hat doch bei ihm schon ein paarmal übernachtet, als er das letztemal mit den Eltern brechen wollte. Bei ihm hätten sie als erstes suchen sollen.«

Nikodim Iwanowitsch war, wie ich erfuhr, ein Vetter des Journalisten, auch eine Art Schriftsteller, aber ein kleiner, genauer gesagt, einer, »der kein Glück hatte« (so charakterisierte ihn Mascha). Dieser Nikodim Iwanowitsch hatte eine (übrigens sehr gewöhnliche) Geschichte – er war in den fünfziger Jahren verhaftet worden, und der Journalist hatte sich geweigert, ihm zu helfen, und seine Frau, inzwischen verstorben, war nicht einmal ins Haus gelassen worden. Hierzu ist zu sagen (ich fand das später heraus), daß Nikodim Iwanowitsch ein bißchen übertrieb. Der Journalist hatte ihm tatsächlich nicht geholfen, aber er hätte ihm trotz seiner sicheren Position gar nicht helfen können, denn zu Stalins Zeiten gab es keine Korruption, und die persönliche Position eines Menschen, wie hoch sie auch sein mochte, gab ihm nicht die Möglichkeit, gegen Ordnung und Gesetz (oder Gesetzlosigkeit, die zum Gesetz geworden war) zu verstoßen. Zu Stalins Zeiten beispielsweise hätte es die Tat des mit dem Journalisten befreundeten KGB-Mitarbeiters Roman Iwanowitsch, der mit Hilfe einer nachträglich geschriebenen Denunziation versuchte, Kolja, den in die Klemme geratenen Sohn seines Freundes, aus der Sache herauszuhalten, eine solche Tat hätte es damals nicht geben können, sie war ein Beweis für die Dezentralisierung und die Chrustschowschen Freiheiten. Eine Wahrheit, eine unangenehme Wahrheit ist, daß Rita Michailowna die Frau Nikodim Iwanowitschs nicht ins Haus gelassen hat. Aber wahr ist auch, daß der Journalist einige Zeit später heimlich Klawa mit einer großen Summe Geld zu der Frau Nikodim Iwanowitschs geschickt hat. »Hat sich losgekauft, der stalinistische Dreckskerl«, wie Kolja wütend bemerkte, als Nikodim Iwanowitsch ihm das alles erzählte. Jedenfalls gab es Gekränktheit auf die Familie des Journalisten, und das machte es wahrscheinlich, daß Kolja dort nächtigte, da er sich jetzt in aktiver Opposition nicht nur zu den Eltern befand, sondern auch zu Mascha, der heißgeliebten Schwester, die ihn enttäuscht hatte. Telefon hatte Nikodim Iwanowitsch natürlich nicht, und er wohnte weit weg.

»Fahren Sie mit, Goscha, wenn's Ihnen keine Mühe macht?« fragte Mascha.

»Natürlich«, sagte ich sofort.

Ich glaubte immer weniger an die unerwiderte Liebe. Viele Male hatte ich, ein Mensch voller Hemmungen, unerwidert geliebt und, wie ich glaubte, bis zur Raserei. Nelja zum Beispiel, die Schöne aus dem Archiv. Diese Mascha hingegen liebte ich unerwidert und bis zum Wahnsinn, bis zum Gehtnichtmehr. Und jetzt, als Mascha mir nur ein gutes Schrittchen entgegenkam, das meine männliche Sehnsucht aufgriff und mich in den Himmel emporhob, zeigte und erklärte mir dieses Schrittchen, dieses kleine Entgegenkommen, was wahre Liebe ist. Es erklärte mir, daß meine früheren Gefühle sich von den jetzigen genauso unterschieden, wie sich der realistischste süße Traum von dem wirklichen Besitz einer schönen Frau unterscheidet.

Draußen ratterten einige wenige Straßenbahnen vorbei, der Himmel wurde schon rosig, doch nach dem Regen war es herbstlich kühl. Die Bäume und Sträucher waren dicht und grün, aber das wirkte im Gegensatz zum Hochsommer wie ein Kontrast, denn da und dort lagen die ersten abgefallenen Bätter auf dem Gehsteig. Der Bezirk, in dem Nikodim Iwanowitsch wohnte (wir brauchten für die Straßenbahnfahrt mit Umsteigen anderthalb Stunden), war ein verqualmtes Industrieviertel. Hier verlief eine Eisenbahnstrecke für Gütertransporte, wir hörten schweren Lärm, Räderrattern und Pfiffe, es roch beißend nach Eisenbahn – Metall, Maschinenöl, Farbe und geteertem Holz... Neubauten gab es hier kaum. (Nur wenige waren zu sehen, auch etliche Baustellen.) Hier überwogen alte Häuser aus vorrevolutionären Kasernenziegeln oder hölzerne Moskauer Stadtrandhäuschen mit Vortreppchen und geschnitzten Fensterrahmen. Nikodim Iwanowitsch wohnte in solch einem Häuschen, das eher zu einem Lokführer, Schlosser oder sonstigen Proletarier gepaßt hätte als zu einem Schriftsteller.

SIEBZEHNTES KAPITEL

»Sie warten hier«, sagte Mascha, »es gehört sich nicht, so früh zu zweit aufzukreuzen.«

»Selbstredend«, sagte ich und entfernte mich ein wenig.

Mascha öffnete die Pforte und betrat den Vorgarten, und ich verlegte mich aufs Beobachten, denn ich dachte, wenn Kolja sich vor Mascha verstecken und durch den Seiteneingang entweichen wollte, konnte ich ihn festhalten. Doch ich hatte keineswegs erwartet, daß er mich aufspüren würde, wobei er mich von hinten ziemlich derb gegen die Schulter stieß. Ich drehte mich um und sah an seinem Gesicht, daß meine schlimmsten Befürchtungen eingetroffen waren. Kolja hatte Stschussew gesehen, und die ganze Geschichte mit der Denunziation beim KGB war ihm klar. Klar war sie auch Stschussew. Das war schon gefährlich, zumal Kolja einen Pflasterstein in der Hand hielt, den er hier am Zaun aufgelesen haben mochte. Er sah zerknittert und unausgeschlafen aus, und nach seinem Anzug zu urteilen, hatte er im Freien übernachtet und sich vor dem Regen in einem Hausflur verkrochen.

»Na?« sagte er haßerfüllt. »Schiß gekriegt... Stalinistischer Spitzel... Lump... Wieso wolltest du mich als KGB-Agent anwerben? Wieviel kriegst du pro Kopf, du Judas?« Tränen glänzten in seinen Augen.

Ich antwortete ihm nicht, sondern beobachtete die ganze Zeit aufmerksam seine Hand mit dem Pflasterstein, denn ich wußte: Wenn ich in meiner Wachsamkeit nachließ, war er in seiner jugendlichen Hitzigkeit imstande, mir den Stein auf den Schädel zu donnern.

»Stalinistischer Judas!« schrie Kolja wieder und spuckte mir ins Gesicht.

Ich muß sagen, ich hatte schon viel hinnehmen müssen, aber noch nie hatte mir jemand ins Gesicht gespuckt. Zum Glück hatte mich die Spucke nicht auf den Mund und nicht in die Augen getroffen, sondern klebte auf der rechten Wange, denn ich hatte Kolja die rechte Seite zugekehrt, um notfalls seine Hand mit dem Stein ergreifen zu können. Meine Gefühle waren in diesem Moment blockiert, denn ich war ganz auf den Stein konzentriert, den aus dem Auge zu verlieren gefährlich gewesen wäre, darum wischte ich mir, ohne meine Haltung zu ändern, mit dem linken Arm die Spucke aus dem Gesicht. In diesem Moment hörte ich Mascha mit Freudengeschrei gelaufen kommen. Sie freute sich so, Kolja gefunden zu haben, daß sie weder die zwischen Kolja und mir entstandene Situation noch den Pflasterstein in seiner Hand wahrnahm. Daß Kolja mich angespuckt hatte, war ihr zweifellos auch entgangen.

»Mein dummes Brüderchen«, schrie sie, fiel Kolja um den Hals und küßte ihn ab, »wo kommst du her, wie geht's dir, was ist?«

Das alles war mir im Moment auch unbegreiflich. Später wurde es mir klar. Ich erlaube mir aber, die Antwort auf diese Fragen hier vorwegzunehmen. Nachdem sich Kolja mit der Schwester und der Troizki-Gesellschaft überworfen hatte und nicht zu den Eltern zurück konnte, war er sofort zu Nikodim Iwanowitsch gefahren. Aber auf halbem Wege war ihm eingefallen, daß ihm an meinem Benehmen etwas mißfallen hatte. Ich glaube, es war vor allem seine jugendliche Gekränktheit darüber, daß ich nicht mit ihm gegangen war. (Das war zweifellos mein Fehler, der verhängnisvolle Folgen hatte. Aber ich war verliebt und konnte nicht Mascha meiner Vernunft opfern.) Infolgedessen hatte Kolja, nachdem er den Glauben an mich verloren hatte, sich entschlossen, selber Kontakt mit Stschussew aufzunehmen. Er war zu der Wohnung von Marfa Prochorowna gefahren, die er (die Wohnung natürlich) selbst für Stschussew angemietet hatte. Stschussew war bekanntlich nicht dort, denn er war längst abgereist. (Natürlich weil er die Gefahr gewittert hatte.) Kolja, verzweifelt, war schon drauf und dran, nochmals zu Nikodim Iwanowitsch zu fahren, ohne etwas geklärt zu haben (ich hatte irrigerweise geglaubt, daß meine Erklärungen zu der Denunziation an das KGB, die wir beide unterschrieben hatten, Kolja völlig beruhigt hätten. Ich hatte die krankhafte Gewissenhaftigkeit dieses Jungen unterschätzt, der genetisch den Journalisten fortsetzte, aber in einer neuen gesellschaftlichen Etappe. Ihn quälte die ganze Zeit etwas Unerkläriches in der Seele), also, Kolja war schon verzweifelt, als ihm plötzlich eine weitere konspirative Wohnung einfiel. Diese hatte er für den Notfall für Stschussew beschafft, falls Marfa Prochorowna abgelehnt hätte, sie lag außerhalb der Stadt und war eigentlich eine Bruchbude, in der es durchregnete. (Von dieser Wohnung wußte ich nichts, Kolja hatte die Reserveadresse Stschussew gegeben.) Zu dieser Adresse war Kolja aufs Geratewohl gefahren, und dort traf er Stschussew. Außer ihm waren dort die Jungs, Wowa und Serjosha, sowie Pawel, der Verbindungsmann, derselbe Kerl, der mir in Marfa Prochorownas Wohnung mißtraut hatte, als er letztesmal hier war, und den Stschussew in meiner Gegenwart, angeblich mit Krach, weggejagt hatte. Wie sich alles abgespielt hatte, weiß ich im einzelnen nicht, ich kann nur vermuten, daß Kolja alles ihm Widerfahrene und alle seine Zweifel aussprach wie bei der Beichte. Dadurch war alles herausgekommen, und Kolja war entsetzt über die »stalinistische Provokation«. (So hat er sich ausgedrückt, das weiß ich.) »Stalinistische Provokation und jüdische Schlauheit«. (Auch das hat er in seiner Hitzigkeit gesagt und in dem Geist, der endgültig und offen in der Gruppe triumphierte.) Hinzu kam noch ein emotionaler Faktor. (Stschussew lag in einem schlimmen Zustand in der feuchten Bruchbude und spuckte Blut.) Allein das schon genügte, um in Zorn zu geraten, allein das schon erhob Stschussew in sittliche Höhe, und die Situation des »Spitzels«, in die Kolja ungewollt geraten war, als er durch Täuschung in die Denunziation gegen diesen Märtyrer hineingezogen wurde, war für den Jüngling so unerträglich, daß er hätte schreien mögen. Hier spielte bei ihm auch das Familienprinzip eine Rolle, denn die Situation erinnerte, zumindest äußerlich, sehr an diejenige im Winter 1942, als der Journalist aus dem Mund des sterbenden Partisanen die zornigen Worte an die Adresse Wissowins hörte. Die Situation des »Spitzels« und KGB-Agenten, die Pawel ihm übrigens mit äußerster Härte vorgeworfen hatte, war für Kolja so entsetzlich, daß er sogar, die männliche Scham vergessend, jünglingshaft losheulte. Aber Stschussew nahm ihn sogleich unter seinen Schutz, hielt Wowa und Serjosha zurück, die Kolja verprügeln wollten, und schnauzte Pawel an (ähnlich dem Vorfall mit mir), und natürlich war Kolja von diesem Moment an Stschussew völlig und vorbehaltlos ergeben. Er äußerte den Wunsch, sich an mir zu rächen (mein Leben war in einiger Gefahr, vielleicht sogar in großer, denn wenn solch ein Jüngling einmal enttäuscht und erzürnt ist, kann ihn nichts aufhalten). Nichtsdestoweniger befahl ihm Stschussew, dergleichen vorerst zu unterlassen und keinen Lärm zu schlagen, denn sie hätten eine ernsthafte Aufgabe zu erfüllen, »möglicherweise im Maßstab ganz Rußlands«. Was die Übernachtung betraf, so gab es für Kolja in der Bruchbude keinen Platz, denn sie war schon für vier zu klein. Also beschloß Kolja, doch noch bei Nikodim Iwanowitsch zu nächtigen. (Dabei mögen der Schmutz und die Feuchtigkeit der Bruchbude eine zusätzliche Rolle gespielt haben, vielleicht unbewußt, doch Kolja zog es trotz allem vor, in Wärme und Bequemlichkeit zu schlafen, zumal der Grund durchaus triftig war.) Er fuhr also zu Nikodim Iwanowitsch, beschloß aber, äußerst schlau zu handeln und dabei den Charakter seiner Eltern zu berücksichtigen. Er wußte, daß sie ihn suchen und gewiß auch zu Nikodim Iwanowitsch kommen würden, obwohl sie ihn nicht mochten, aber es blieb ihnen nichts anderes übrig. Kolja beschloß also, irgendwo im Vorgarten zu warten, bis sie kämen und sich überzeugten, daß er

nicht da sei, und dann würde er anklopfen und über Nacht bleiben. Vorher rief er noch von einer Zelle aus die Datsche an und fragte Glascha mit verstellter Stimme (dazu muß man einen Bleistift oder ein Hölzchen in den Mund nehmen), ob Rita Michailowna da sei. Glascha antwortete ihm:
»Nein, sie ist weggefahren.«
»Wann?«
»Vor einer halben Stunde.«
Also, entschied Kolja, können sie noch nicht bei Nikodim Iwanowitsch gewesen sein. Sie kommen frühestens in einer Stunde. Und er beschloß zu warten. Bekanntlich mußte er die ganze Nacht warten, denn die Eltern in ihrer nervösen Panik suchten sämtliche Parks, Bahnhöfe und Bootsstationen ab (die Bootsstationen deshalb, weil Rita Michailowna sich erinnerte, in Gorkis literarischen Schilderungen des Barfüßerlebens gelesen zu haben, wie die Straßenvagabunden unter kieloben liegenden Booten nächtigten), also, sie suchten alles ab, doch auf das für Kolja nächstliegende Nachtquartier kamen sie nicht.
In der Nacht fror Kolja völlig durch, er war zermürbt, hatte Stiche in der Brust und Halsschmerzen. In diesem Zustand war er, als er schon bei Morgengrauen mich und Mascha erblickte. Mascha ging zu Nikodim Iwanowitsch hinein, und ich blieb draußen allein in der menschenleeren Straße. Die Versuchung war zu groß, das Blut stieg ihm zu Kopfe, er vergaß die Warnungen Stschussews, hob den Pflasterstein auf und stürzte sich haßerfüllt auf mich. Die Kraft für den Schlag hatte er nicht (das ist nicht so einfach, selbst für einen entschlossenen Menschen, dem solches Tun ungewohnt ist, und vor Zorn und Verzweiflung schrie er mir seine Anklagen und Beschimpfungen entgegen und spuckte mir ins Gesicht). Wie sich die Ereignisse weiter entwickelt haben würden, weiß ich nicht. Ich glaube, er wußte es auch nicht. Nach dem Spucken spürte

er den Pflasterstein stärker und preßte ihn in der Hand, aber in diesem Moment kam Mascha, fiel dem verlorenen Brüderchen um den Hals und küßte es ab.

»Wir haben uns die Hacken abgerannt«, sagte sie froh. »Papa und Mama sind halbverrückt... Du kennst sie ja... Wir haben dich doch lieb!«

»Lieb!« schrie Kolja. »Mama und Papa... Und dieser... dieser... Wer hat diesen KGB-Mann zu uns auf die Datsche gebracht? Ach, du Lump«, und über Maschas Schulter hinweg spuckte er mir ins Gesicht.

Diesmal geschah das öffentlich, und er hatte meine Unterlippe getroffen. Ich ballte die Fäuste und sprang wie von Sinnen vor.

»Kolja!« schrie Mascha gellend, aber dann wandte sie sich mir zu: »Schlagen Sie ihn nicht, unterstehn Sie sich...«

Ich schlug dennoch mit aller Kraft zu, doch nicht in Koljas Gesicht, das von Mascha verdeckt war, sondern gegen seinen erhobenen Arm mit dem Pflasterstein. Mein Schlag traf die gespannten Muskeln, Kolja verzog das Gesicht vor Schmerz und ließ den Stein fallen.

»Unterstehn Sie sich!« schrie Mascha noch einmal.

Kolja stieß Mascha weg, wobei er wohl schmerzhaft die Schulter traf, zeigte mir die Faust und wandte sich zur Flucht. Mascha lief ihm hinterher, kam jedoch bald zurück und rieb sich mit verzerrtem Gesicht die Schulter. Wir standen am Zaun und atmeten schwer, Mascha vom Laufen und vor Schreck, ich vor Zorn.

»Was ist passiert?« fragte Mascha.

»Ihr Bruder«, sagte ich böse und unfreundlich, »hat, nach allem zu urteilen, wieder Kontakt zu Stschussew aufgenommen. Ich habe versucht, ihn zu hindern, und da...«

»Mit dieser antisemitischen Bande«, sagte Mascha, »entsetzlich... Was machen wir nun?«

»Weiß ich nicht«, sagte ich, »wenn er noch mal... Dann kriegt er... Windelweich... Euer ganzes Rußland...« Die Luft wurde mir knapp, und selbst ohne Spiegel spürte ich, daß mein Gesicht grünlich blaß wurde.

»Verzeihen Sie ihm«, sagte Mascha. »Er wurde von klein auf verkrüppelt... Ich flehe Sie an...« Und plötzlich strich sie mir mit ihrem hübschen Händchen übers Gesicht und die Haare.

Stellen Sie sich vor, Ihnen ist schwindlig von Stickigkeit und verbrauchter Luft, und plötzlich geht das Fenster auf, frische Waldluft strömt in Ihre Lungen und wischt Ihnen den Schweiß und die Leidensgrimasse aus dem Gesicht. Meine Nerven gaben nach, ich fiel mit dem Gesicht auf Maschas Schulter und legte die Lippen auf ihre duftende Haut beim Schlüsselbein. Wahrlich, wie wenig braucht es, daß ich davon träume, die ganze Welt zu umarmen?

»Na gut, Schluß jetzt, es reicht«, sagte Mascha, strich mir über den Hinterkopf und schob mich weg, damit ich begriff, daß ich zu weit gegangen war. »So beruhigen Sie sich doch«, sagte sie schon kühler. »So ist es gut. Jetzt müssen wir überlegen, was wir unternehmen. Zu den Eltern natürlich kein Wort. Genauer, wir sagen, wir hätten Kolja gesehen, und er wäre zu Stepan Iwanowitsch gefahren. Das ist Nikodim Iwanowitschs Bruder, Imker im Tambowschen. Inzwischen finden Sie heraus, wo sich dieser Stschussew versteckt. Kolja ist bestimmt dort...«

»Abgemacht«, antwortete ich, schon beruhigt und wieder bereit, mich Maschas Wunsch zu fügen, obwohl ich mir natürlich nicht vorstellen konnte, wie ich Stschussews Versteck finden sollte, zumal eine Begegnung für mich nicht ungefährlich war. Natürlich wußte ich, daß Stschussew ein berechnender Mensch war und nicht bis zum Äußersten gehen würde, um seine Pläne nicht zu gefährden. Und er hatte einen neuen, ernsthaften Plan, von dem ich nichts wußte, das spürte ich. Nach Wissowins Worten hatte Stschussew nicht mehr lange zu leben, denn mit Lungenkrebs hält man nicht lange durch. Also mußte er sich beeilen und durfte sich nicht mit zweitrangigen Dingen verzetteln. Trotzdem konnte Vorsicht nicht schaden, denn im extremen politischen Kampf sind unlogische Handlungen durchaus denkbar.

Als ich und Mascha wieder zu Hause eintrafen, saß Rita Michailowna auf einem Stühlchen in der Diele, und der Journalist stand neben ihr, an die Garderobe gelehnt. Sie waren eben erst von der siebzig Kilometer weiten Fahrt zurückgekehrt und waren völlig erschöpft und ausgepumpt. Kaum aber hatte Mascha ihnen erzählt, daß wir Kolja bei Nikodim Iwanowitsch gesehen hatten, waren sie beide, besonders Rita Michailowna, wie ausgewechselt, und sie lebte so sehr auf, daß sie nicht nach ihrer Gewohnheit ihrem Mann das Versäumnis vorwarf, in der Hektik den Vetter vergessen zu haben, sondern im Gegenteil laut über ihn und sich lachte, Mascha abküßte und mich umarmte, so daß ich ihre gut erhaltene, straffe Frauenbrust zu fühlen bekam. Der Fall war erledigt. Selbst als Mascha (zweite Etappe) mitteilte, daß Kolja sehr böse auf die Familie sei und sich geweigert habe, nach Hause zurückzukehren, und statt dessen heute ins Tambowsche zu Stepan Iwanowitsch fahren wolle, selbst da noch war Rita Michailowna voller Enthusiasmus. Diese Nachricht war für sie noch eine Wohltat, verglichen mit der Ungewißheit und den hysterischen Phantasien über das tragische Schicksal des Sohnes, mit denen sie die ganze Nacht verbracht hatte. Sie schaltete sofort auf sachlichen Rhythmus um und gab Klawa Anweisungen, denn man mußte packen und Fahrkarten bestellen. Am Tag, spätestens am Abend wollte sie nach Tambow fahren. In diesem hektischen Durcheinander steckte Klawa mir ein Papier zu.

»Für Sie«, sagte sie, »hatte ich ganz vergessen. Das ist schon gestern abend gekommen.«

Ich war bestürzt und erschrocken. Es war eine Vorladung ins städtische Militärkommissariat. Ich muß sagen, daß ich noch aus der Zeit des Kampfes um meinen Schlafplatz, der mir jetzt irgendwie irreal, wie ein Traum oder eine Erfindung vorkam, so viel Neues war inzwischen geschehen, seit jener Zeit also amtliche Papiere, die an mich adressiert sind, fürchtete. Dies hier war eine Vorladung ins Militärkommissariat, und seltsamerweise war die Adresse des Journalisten angegeben. Aber ich konnte keinen fragen und mich mit keinem beraten. Der Journalist und Rita Michailowna waren wieder weggefahren, Mascha telefonierte mit jemandem (ich glaube, von der berüchtigten Troizki-Gesellschaft), dann ging sie eilig weg. (Es handelte sich wohl um Sascha Iwanow.)

»Wir haben einen Tag und eine Nacht Zeit«, flüsterte sie mir noch zu und hauchte mir ihren appetitlichen Mädchenduft ins Gesicht. »Wir müssen handeln... Zu Mittag bin ich wieder da.«

Natürlich wäre es bei dieser Eile albern gewesen, ihr von der Vorladung zu erzählen. Und Klawa, die ich auszufragen versuchte, zuckte nur die Achseln.

»Sie haben sie gebracht, das ist alles«, sagte sie, »zusammen mit der Post. Was soll ich schon wissen, ich bin dazu da, die Post entgegenzunehmen.«

Klawa wollte mir ein Frühstück bereiten, aber nun machte sich allmählich die Müdigkeit nach der unruhigen Nacht bemerkbar, gepaart mit der unerwarteten morgendlichen Aufregung duch das amtliche Papier, und all das versetzte mich in einen Zustand erstarrter Schwermut, in dem ich keinen Bissen heruntergebracht hätte. Übrigens hatte an diesem Morgen im Hause niemand gefrühstückt. Nur eines war gut, sie hatten mich zu elf bestellt, darum brauchte ich nicht mehr so lange unter der Ungewißheit zu leiden. Freilich kam mir auch der Gedanke, überhaupt nicht hinzugehen und die Vorladung zu zerreißen, und für einige Zeit war ich dazu fest entschlossen und heiterte mich auf. Als ich aber hinaus auf die Straße ging, fragte ich dennoch einen Passanten, wie ich zu derundder Adresse käme.

Der Platz, wo das Militärkommissariat lag, war einer der lautesten und hektischsten in Moskau, vollgestopft mit einem Strom unsicherer, müder und verschwitzter Provinzler. (Nachdem ich mich ein wenig eingelebt hatte, konnte ich einen Provinzler auf den ersten Blick an dieser Müdigkeit erkennen, selbst wenn er keine Schuhkartons mit sich schleppte.) Ganz in der Nähe waren der Rote Platz und der Kreml, gewaltige Handelszentren und sonstige Sehenswürdigkeiten, wo die Einheimischen selten hinkamen. Es war ein heißer Tag, einer der letzten Sommertage, an denen die Hitze im Gegensatz zum Hochsommer auf eine kühle Nacht folgt, wodurch sie besonders stechend und asiatisch trocken wirkt. Ich drängte mich durch die unter der Hitze leidende dichte Menge, die mich ebenso ermüdete wie die Hitze, und erreichte endlich das gesuchte Haus. Ich ging hinein und zeigte dem diensthabenden Infanteriemajor mit dem roten Mützenrand die Vorladung. In dieser amtlichen Atmosphäre, wo es nach »Belomor«-Papirossy, Lederstiefeln und noch etwas Beißendem roch, das mich an Krankenhaus erinnerte (Bohnerwachs, wie ich später herausfand), geriet ich gänzlich in Verwirrung, zumal in Anbetracht meiner Tätigkeit in den letzten Monaten, die all dem hier aktiv feindlich gesonnen war. Ich ging den Korridor entlang, vorbei an unzähligen Türen, an Kübeln mit Gummibäumen, an Plakaten, die das Auseinandernehmen und Zusammensetzen von Maschinengewehren und -pistolen zeigten, und ich dachte mir, wie schwach und hilflos sie doch waren, alle diese Jugendversammlungen, Streitgespräche und sogar die Aktivitäten Stschussews – gegen diese amtliche Sauberkeit,

Strenge und Ordnung. Überhaupt schien mir das Militärkommissariat eine der für mich bedrohlichsten Behörden zu sein. Ich hatte es schon immer gefürchtet, und nicht umsonst verband mich mit dem Militärkommissariat eine der für mich gefährlichsten Geschichten in der Periode meiner völligen Rechtlosigkeit, als ich bei Oberstleutnant Sitschkin (oh, seinen Namen werde ich noch lange im Gedächtnis behalten, an ihm wollte ich mich rächen im Rausch der Rehabilitierung. Das war, wie ich jetzt weiß, leichtsinnig und übereilt, denn Sitschkin war eine Figur außerhalb von Zeit und Ideologie, eine nicht politische, sondern nationale Figur), also, als ich bei Oberstleutnant Sitschkin zum erstenmal nicht nur Feindseligkeit mir gegenüber gespürt hatte, sondern auch eine gewisse (wie ich jetzt begriff) Opposition gegenüber der Offizialität, die ihn, Sitschkin, hinderte, seine festen Überzeugungen, so fest wie das Statut des Wachdienstes, in bezug auf mich zu verwirklichen. Eben an Sitschkin mußte ich jetzt denken, als ich durch die kühlen und steril sauberen Korridore ging. Ich mußte nach Zimmer 43 im zweiten Stock. Es lag gewissermaßen in einer Sackgasse. Der Korridor machte hier eine Biegung und bildete eine kleine Abzweigung, die zu einer verputzten Wand führte. Ich setzte mich auf die saubere volkseigene Bank, poliert und mit Lehne, und begann zu warten, denn es war erst zehn vor elf. Von draußen drang Lärm herein, wenn auch durch die Entfernung gedämpft, und ich sah einen Teil der Straße, überflutet von Menschen. Ich blickte auf die Uhr (sieben vor elf) und dachte daran, daß meine Papiere nicht in Ordnung waren, der Paß abgelaufen und der Wehrdienstausweis ganz woanders registriert. Wieder packte mich der brennende Wunsch, aufzustehen und zu gehen, ehe es zu spät war. Die breitgesichtige, schlichte Visage Sitschkins mit dem kahlwerdenden Kopf schwebte deutlich vor mir, obwohl seit unserer Begegnung mehrere Jahre vergangen waren... Ja, natürlich, drei Jahre... Vorsichtig stand ich auf, ging, bog um die Ecke, lief immer schneller und träumte schon von dem Moment, wo ich die Straße erreichte und mich unter die freie, zu nichts verpflichtete und daher wegen solcher Lappalien wie Enge und Hitze nervöse Menge mischte. Aber da sah ich: die Treppe herauf kamen zwei Offiziere mit Papieren in der Hand. Beide guckten mich an (offensichtlich weil ich so fieberhaft schnell ging), guckten mich an und schritten vorüber, aber das war schon genug, daß ich kehrtmachte, wieder zu Zimmer 43 in der Sackgasse eilte und mich brav und bedrückt hinsetzte. Es war schon vier vor elf. Meine Nerven hielten das Warten nicht mehr aus, ich stand auf, holte tief Luft, ging zur Tür und klopfte vorsichtig.

»Ja ja«, tönte es von drinnen.

Der Mann, der mich herbestellt hatte, war also längst da. Ich atmete aus und stieß entschlossen die Tür auf.

Der Mann hinterm Schreibtisch hatte nicht die geringste Ähnlichkeit mit Sitschkin und paßte auch gar nicht zu der allgemeinen hiesigen militärischen Atmosphäre. Er trug einen modernen grauen Anzug, seine dunklen Haare waren nach Zivilistenart lang und nach hinten gekämmt, und sein Gesicht zeigte ein gänzlich ziviles Detail – eine Brille mit Goldfassung. Allerdings schimmerte in seinem Gesicht eine vulgäre Einfachheit durch, die nicht mal von der Brille verdeckt wurde, und es erinnerte mich an das Gesicht eines verdienten und reich gewordenen Sportveteranen. Das überraschende Aussehen dieses Mannes (ein solches Gesicht hätte ich hier nicht erwartet) beruhigte mich ein wenig.

»Nehmen Sie Platz«, sagte er, ohne zu lächeln, doch höflich.

Ich setzte mich.

»Geben Sie her«, sagte er, hob den Blick und streckte die Hand aus, wobei er den Ellbogen auf den Schreibtisch stützte. Ich war verwirrt, denn ich wußte nicht, was er meinte, und blickte auf die Hand mit den kräftigen, dicken Fingern. Es war die Hand eines trainierten und robusten Mannes.

»Was meinen Sie?« fragte ich verwirrt.

»Die Vorladung«, sagte er etwas ungeduldig.

Ich griff hastig in die Tasche und holte die Vorladung heraus. Er nahm sie und las.

»Den Paß«, sagte er und streckte wieder die Hand aus.

Auch das noch, durchfuhr es mich, und genauso hastig gab ich ihm meinen abgelaufenen Paß. Aber er sagte nichts dazu, verglich nur den Paß mit der Vorladung, gab ihn mir jedoch nicht zurück, sondern legte ihn neben sich hin. Ich wartete herzklopfend, wie es weiterging. Der Mann nahm einen von den Aktendeckeln, die auf seinem Schreibtisch lagen, nebenbei bemerkt den dünnsten, öffnete ihn, blätterte und reichte mir ein Papier.

»Haben Sie das geschrieben?« fragte er.

Es war die Meldung über Stschussew ans KGB, unterschrieben von mir und Kolja. Das ist es also, dachte ich irgendwie erfreut und beruhigt. Puh, sieh an, Roman Iwanowitsch hat mich ja vorgewarnt, daß ich bestellt werden würde, aber ich hätte nicht gedacht, daß so... Das Militärkommissariat diente nur dazu, die Vorladung und den Treff natürlich aussehen zu lassen. Alles Konspiration.

»Das ist also von Ihnen?« fragte der KGB-Mann nochmals.

»Ja«, antwortete ich.

»Wie lange kennen Sie Stschussew?« fragte er. »Erzählen Sie ausführlich. Und erzählen Sie auch von sich. Wir haben Zeit«, sagte er mild und setzte sich bequem zurecht.

Nach den Ängsten, die ich ausgestanden hatte, und nach der Erinnerung an Oberstleutnant Sitschkin fühlte ich mich ganz frei. Ich begann zu erzählen. Ich erzählte fließend, wenn auch hastig, wie um schneller von ihm wegzukommen. Der KGB-Mann unterbrach mich nicht, und überhaupt glich unser Gespräch gar nicht einem Verhör. Als ich auf meine Beziehungen zu den verschiedenen offiziellen Organen nach der Rehabilitierung zu sprechen kam, nickte er mitfühlend und bemerkte:

»Ja, in der Provinz machen sie oft Ungereimtheiten.«

Ansonsten unterbrach er mich kaum und hauptsächlich zum Schluß meines Berichts, als er merkte, daß ich gewisse Momente wegließ oder verheimlichte, im übrigen hörte er zu oder machte höchstens mal eine kurze rasche Bemerkung. Einmal freilich brachte er mich in große Verlegenheit.

»Hat Stschussew zu Ihnen von seinem Wunsch gesprochen, an der Spitze der Regierung Rußlands zu stehen?« fragte er auf einmal ernst und ohne Lächeln.

»Ja«, antwortete ich verwirrt.

»Und Sie?«

Ich schwieg und wußte nicht weiter.

»Nun gut, fahren Sie fort«, sagte er.

Ich sprach weiter, freilich nicht mehr so fließend und sicher wie vor dieser Frage.

»Was wissen Sie über Verbindungen Stschussews zur russischen antisowjetischen Emigration?« unterbrach mich der KGB-Mann nach einiger Zeit; das hatte mich auch Roman Iwanowitsch gefragt.

Darüber wußte ich gar nichts und sagte es ihm.

»Gut, fahren Sie fort«, sagte der KGB-Mann.

Das drittemal unterbrach er mich mit der Frage, ob ich an dem Überfall auf Molotow teilgenommen hätte. (Selbstverstädlich um den Grad meiner Aufrichtigkeit zu prüfen und zu sehen, ob ich sofort antwortete, denn daß ich teilgenommen hatte, wußte er, und überhaupt, wie ich später merkte, hatte er alles, was ich ihm erzählte, im wesentlichen schon gewußt, er wollte nur gewisse Details präzisieren und mich studieren.)

Ich antwortete sofort, nachdem ich das begriffen hatte, und gab natürlich meine Teilnahme zu. Danach unterbrach er mich nicht mehr, und ich schloß meinen Bericht damit, wie ich die Familie des Journalisten kennenlernte.

»So«, sagte der KGB-Mann. »Und Ihre Beziehungen zu Stschussew, sind die aus persönlichen Gründen in die Brüche gegangen?«

»Gewissermaßen ja«, antwortete ich, »doch das ist nicht das Wesentliche. Ich habe erkannt, daß er ein gefährlicher und grausamer Mensch ist, aber er ist ein verliebter Mensch. Ja, er ist verliebt in Rußland, aber in ein Rußland, das mir fremd ist. Das hat uns auseinandergebracht. Eine Zeitlang fühlten wir uns zueinander hingezogen, bis wir beide einsahen, daß wir uns geirrt hatten. Erst fühlte ich mich zu ihm hingezogen, dann er sich zu mir.«

Dieses überraschend aus mir herausgefahrene aufrichtige Geständnis schien meine Bekanntschaft mit dem KGB-Mann erfolgreich zu beenden. Jedenfalls sagte er:

»Ihr Eindruck von Stschussew ist im großen und ganzen zutreffend. Wir haben Informationen, wonach seine Gruppe eine Reihe gefährlicher Verbrechen plant. Da Sie Stschussew und die Mitglieder seiner Gruppe persönlich kennen, reisen Sie morgen in die Stadt«, er nannte eine Stadt im Süden, »und halten sich der KGB-Verwaltung zur Verfügung. Sie können dort zur Identifizierung gebraucht werden. Bedenken Sie dabei«, fügte er hinzu, und zum erstenmal klang seine Stimme drohend, »bedenken Sie dabei, daß gegen Sie bei uns schon ein Vorgang anhängig ist und Sie jetzt die Möglichkeit haben, Ihre Schuld wiedergutzumachen...«

»Ja, natürlich«, antwortete ich hastig.

Der KGB-Mann schloß einen Schubkasten auf und entnahm ihm eine Eisenbahnfahrkarte und etliche Banknoten, alles von einem Gummiband zusammengehalten, dann legte er mir eine Liste hin und sagte:

»Tragen Sie Ihre Paßnummer ein und unterschreiben Sie.«

Ich tat es und nahm Geld und Fahrkarte entgegen (dabei konnte ich den Blick nicht von der großen starken Hand dieses Mannes abwenden), ich nahm also das glatte, blanke Päckchen entgegen und fragte:

»Und wie geht es weiter?«

»Die Instruktionen bekommen Sie vor Ort«, antwortete der KGB-Mann schon weniger liebenswürdig und etwas unfreundlich wie ein beschäftigter Mensch, der aufgehalten wird.

Ich stand auf, verwahrte Geld und Fahrkarte im Paß, den mir die starke Hand zugereicht hatte, und sagte:

»Auf Wiedersehen.«

»Guten Tag.«

Ich ging hinaus und blieb überrascht in der Tür stehen. Auf der Bank vor dem Zimmer 43 saß Vitali, der junge Mann von der Russischen Nationalen Professor-Troizki-Gesellschaft zum Kampf gegen den Antismitismus. Er sah mich auch überrascht und sogar ein wenig bestürzt an, faßte sich aber rasch, nickte mir zu und lächelte, sprang auf und eilte an mir vorbei ins Zimmer 43. Hinter ihm schloß sich die Tür.

Ich ging hinaus in die sorglose, freie, aber über Hitze und Enge erboste Menge, und erst jetzt fiel mir ein, daß ich nichts davon gesagt hatte, daß meine Denunziation von Kolja entlarvt und Stschussew bekannt geworden war. Ich blieb stehen, aber umzukehren und zu warten, bis der KGB-Mann seine Unterredung mit Vitali beendet hätte, konnte ich mich nicht entschließen. Ich wußte ja auch nicht, wie er auf diesen Reinfall reagieren würde. Da fällt mir schon noch was ein, dachte ich, aber was sage ich Mascha? Ich weiß ja jetzt, daß Kolja mit Stschussew in jene Stadt fährt. Oder schon gefahren ist. Soll ich es ihr sagen? Einerseits ist es verlockend, sie mitzunehmen. Welch ein Anlaß. Sie wird ja auf jeden Fall mitfahren, um den Bruder zu suchen. Andererseits, wie soll ich ihr erklären, wozu ich dorthin fahre? Und was blüht mir von meinen neuen Herren, wenn ich das Geheimnis verrate? Unter solchen Überlegungen und immer wieder fluchende Passanten anrempelnd, die unter dem Gedränge litten, gelangte ich schließlich hinaus aus dem Lärm und ging, meinem Charakter gemäß, durch zwar nahegelegene, aber stille Gassen zur Wohnung des Journalisten. Weiterhin hatte ich Glück. Mascha war zu Hause und allein. Ihre Eltern waren nicht da, und Klawa war auf den Markt gegangen. Mascha trug häuslich bequeme Kleidung, nämlich den Sarafan von der Datsche, der ihre mädchenhaft weiße Haut über der Brust und seitlich unter den Armen sehen ließ.

»Mascha«, sagte ich, »ich fahre morgen in die Stadt...« Ich nannte die Stadt im Süden, »ich habe Informationen, wonach Stschussew mit seiner Gruppe dorthin gefahren ist... Ich halte es für meine Pflicht als Mitglied der Troizki-Gesellschaft...«

»Sie sind nicht Mitglied unserer Gesellschaft«, fiel Mascha mir ins Wort.

»Na schön, dann als einer, der mit ihren Ideen sympathisiert, halte ich es für meine Pflicht, gegen diesen Halunken zu kämpfen...« Während ich sprach, versuchte ich, den gefährlichen Gedanken zu verscheuchen, daß Mascha zum erstenmal mit mir allein in einer abgeschlossenen Wohnung war. Von den betont mädchenhaft weißen Hautstellen, die männliche Berührungen anlockten, keine jünglingshafte Zärtlichkeit, sondern derbe und kräftige männliche Berührungen, von dieser Haut ging ein lockender Geruch aus, der räuberische körperliche Sehnsucht weckte. Um meine wollüstigen Wünsche zu bekämpfen, gab ich mir Mühe, Mascha nicht anzusehen, und ich glaube, ich hatte meine Äußerungen nicht ganz unter Kontrolle. Aber Mascha war auch durch eine Reihe von Umständen abgelenkt und ging nicht weiter darauf ein, wo ich die Informationen über Stschussew herhatte.

»Ist Kolja dabei?« fragte sie.

Ich bejahte.

»Dann fahre ich auch mit«, sagte sie. »Das ist meine Pflicht... Ich als die ältere Schwester trage die Verantwortung dafür, daß der Junge in die antisemitische Bande geraten ist... Über diese Stadt haben wir in der Organisation Informationen... Kein Wunder, daß es die Schwarzhunderter dorthin zieht... Da gibt es Schwierigkeiten mit der Lebensmittelversorgung, es hat sogar Unruhen gegeben, Schlangen vor den Brotläden, und es wurden nicht nur antisowjetische, sondern auch antisemitische Flugblätter verteilt... Auf deren Flugblätter werden wir mit unseren antworten...« Sie sprach wie ein Funktionär, und das ernüchterte mich ein wenig.

Ich wandte ihr den Kopf zu, faßte mir ein Herz und sah sie an. In der Minute, vielleicht auch weniger als eine Minute, die ich sie nicht angesehen und den Blick abgewandt hatte, war wieder eine Veränderung mit ihr vorgegangen. (Man sagt, daß der Mensch sich sekündlich verändert.) Ihre Züge hatten etwas Blendendes gewonnen, es mochte am Blickwinkel liegen. (Man sagt, daß jede Frau eine solche Haltung hat, eine zufällig gefundene Pose, die alles Schöne an ihr grenzenlos freilegt.)

»Koljas Antisemitismus ist eine schwere Strafe für unsere verrückte Familie«, sagte Mascha, »für unseren unglücklichen berühmten Vater... Wann fahren Sie?« Diese Alltagsfrage machte sie noch attraktiver. (Sie konnte also noch attraktiver werden.)

»Früh um sieben«, antwortete ich. »Und überhaupt, ich wollte Ihnen sagen...« Ich machte einen Schritt auf sie zu, atmete ihren Duft tief ein und legte ihr die linke Hand derb und fest auf den milchweißen Streifen unter ihrem rechten Arm oberhalb des Sarafans. Von meiner rechten Hand machte ich keinen Gebrauch, und als ich mich an ihr entlang zu Boden sinken ließ, um ihre Beine zu küssen, stützte ich mich mit der Rechten auf das Parkett neben ihren Hausschuhen...

Wenn ich Mascha einfach gepackt hätte, würde sie mich zweifellos ins Gesicht geschlagen haben, und Gott weiß, wie das geendet hätte. Da ich aber meinen Gedanken mitten im Satz unterbrochen, einen Schritt auf sie zu gemacht hatte und niedergesunken war, um ihr die Beine zu küssen, war sie natürlich erst einmal verwirrt, doch dann stieß sie mit der Hand meinen Kopf von sich weg. (Jetzt kam mir meine rechte Hand zugute, mit der ich mich auf das Parkett stützte. Ich hielt stand, preßte meine Lippen auf Maschas Knie und schob mit der Stirn sacht den Saum des Sarafans hoch, um die Knie zu entblößen.)

»Was fällt Ihnen ein?« schrie Mascha wohl mehr vor Schreck als aus Unmut. »Stehen Sie sofort auf und gehen Sie... Sie sind übergeschnappt... Sie haben einen Anfall...«

»Verzeihen Sie mir, Mascha«, sagte ich hastig, die mir verbliebenen Sekundenbruchteile nutzend (länger konnte ich in dieser Situation nicht standhalten), ich nutzte also die verbliebenen Sekundenbruchteile, um die Küsse zu genießen, die ich auf ihre runden Knie drückte.

»Lassen Sie mich«, sagte Mascha, aber sanfter, »hören Sie, Goscha, schnappen Sie nicht über.«

Sie nannte mich beim Vornamen und sprach überhaupt sanft, denn, wie ich mir später zusammenreimte, sie dachte, daß sie mit Schärfe und Widerstand in dieser Situation meine Glut nur noch verstärken würde. Ihre sanften Worte ernüchterten mich in der Tat ein wenig. Ich stand auf, ging in die Ecke und sagte:

»Ich liebe Sie, Mascha... Schon immer, nur Sie...«

»Ich weiß«, sagte sie noch ruhiger. »Sie haben es

mir wohl auch schon gesagt. Jedenfalls kenne ich Ihre Gefühle. Aber warum denn so? So landläufig?«

Da brach schreckliche Scham über mich herein, so daß ich die Hand vor die Augen legte. Mein Gesicht konnte ich ohne Spiegel nicht sehen, doch ich sah meine Hände und meinen Körper und schämte mich ihrer.

»Hören Sie doch auf«, sagte Mascha, »was soll die Hysterie? Versprechen Sie mir, daß das nie wieder vorkommt, sonst fahre ich nicht mit Ihnen, sondern allein.«

»Verzeihen Sie mir, Mascha«, sagte ich.

»Nein, versprechen Sie's. Nicht schwören, das mag ich nicht. Einfach versprechen.«

»Ich versprech's«, sagte ich.

»Na gut«, sagte sie, »vergessen wir's. Es ist nichts gewesen. Hören Sie, vergessen Sie's.«

»Schon vergessen«, sagte ich leise.

Unsere letzten Sätze wurden fast flüsternd gesprochen, denn Klawa war vom Markt zurück. Bald darauf kamen auch der Journalist und Rita Michailowna. Sie wollten am Abend um sechs nach Tambow fahren und hatten Einkäufe für Stepan Iwanowitsch gemacht, bei dem sie Kolja zu finden hofften. Mascha wurde offensichtlich von Reue geplagt, weil sie die Eltern einer falschen Spur folgen ließ, wenn auch zu ihrem Nutzen, damit es sie nicht nach dem Süden verschlug. (Rita Michailowna wäre auf der Suche nach Kolja ohne Zögern nach dem Süden gefahren, wo es den Gerüchten nach unruhig war, wo Hunger herrschte, wo Chrustschow-Karikaturen ausgehängt wurden und wo, wiederum Gerüchten zufolge, die Klawa vom Markt mitgebracht hatte, »die Juden kürzlich einen Bus in die Luft gesprengt hatten«.) Aber Mascha war dem Vater auch dankbar für seine Bemühungen im Zusammenhang mit der Verhaftung Sascha Iwanows. Unter dem Eindruck dieser zwiespältigen Gefühle trat Mascha zu ihrem Vater und umarmte ihn.

»Ich danke dir«, sagte sie, »Sascha ist wieder frei.«
»Bedank dich bei Roman Iwanowitsch«, erwiderte der Journalist. »Und überhaupt, Mascha, richte diesem Iwanow aus... Und merke es dir auch, Tochter, Rußland droht nicht der äußere Feind, sondern der innere Zwist... Dieser gehört überhaupt zu den Traditionen unseres Nationalcharakters, aber der heutige Zwist, wenn es denn dazu kommt, würde zu einer selbst für Pessimisten unvorhersehbaren Apokalypse führen... Die russische Seele ändert sich, Mascha... Wir waren immer ein Land von Ackerbauern... Gegenwärtig zieht das russische Volk unaufhaltsam und historisch unvermeidlich in die Städte um... Unsere Dichter, Philosophen und vielleicht auch Politiker sehen noch immer ein russisches Volk, das in einer untergegangenen Epoche zurückgeblieben ist. Ich glaube, während Umbruchsperioden im Leben des Volkes nimmt es aus der Vergangenheit hauptsächlich das Schlechte mit. Auf das Gute aber, das in der Vergangenheit zurückgeblieben ist, kann man nicht hoffen. Es hilft nicht. Das Gute, Mascha, muß unter Qualen jedesmal neu geboren werden. Wir brauchen Stabilität.« (Er wiederholte hier seine alte Idee.) »Stabilität, denn die nächsten zweihundert Jahre werden für Rußland entscheidend. Entweder geht es den historischen Weg, den es in seiner ganzen Geschichte noch nicht gegangen ist, oder es fällt auseinander... Verschwindet praktisch... Wir müssen eine zweitrangige Macht werden, darin liegt unsere Rettung...«
Diese Rede, die der Journalist überraschend gehalten hatte, deutete darauf hin, daß er sich noch immer in erregtem Zustand befand und daß ihm trotz seiner Alltagsmißlichkeiten ein kleiner Anstoß genügte, um seine Ideen vorzutragen und an die Öffentlichkeit zu bringen, und das in einer Situation, die dafür wenig geeignet war. Ungeachtet seiner Güte und Zärtlichkeit für Mascha (er liebte sie ja

sehr, ich glaube, mehr als Kolja, der ein »Muttersöhnchen« war), ungeachtet dieser lebendigen Güte war in ihm schon damals etwas Erstarrtes und Entrücktes, etwas von den Predigern, für die der Alltag dieser Welt nur ein Traum und ein Trugbild ist, obwohl sie, wie oft im Traum, tätigen Anteil daran nehmen. Ihr wirkliches Leben aber ist in ihren Schreibtischideen beschlossen.

Aber da wurde zum Mittagessen gerufen (oder zum Frühstück, denn heute hatte noch etwas niemand gegessen), und der Journalist versenkte sich wieder in seinen tätigen Traum. Er kaute mit Appetit Salat aus Wildbret, aß ein paar Sandwiches mit Dorschleberpaste sowie ein paar Sandwiches mit einem Mus aus Nüssen, Knoblauch und Mayonnaise. Dann gab es Torteletten mit Gänseleberfüllung (das Leibgericht der Familie: in Teig gebackene Gänseleber mit Sahne, Pilzen und Eiern). Dazu wurde Flip getrunken (Eigelb, Apfelsinen- und Zitronensaft, Sahne und Kognak). Das Hauptgericht entfiel. Ein Hauptgericht gab es nur, wenn Gäste erwartet wurden (als ich das erstemal bei dieser Familie zu Mittag aß, erwartete sie Gäste) oder auf der Datsche, wo sie derbe, einfache Kost aßen, wie man sie braucht, wenn man sich lange zu Fuß in der Waldluft bewegt.

»Papa«, sagte Mascha, als alle satt waren und Klawa das Geschirr abräumte, Rita Michailowna war in irgendwelchen Angelegenheiten hinausgegangen, »Papa, während ihr zu Stepan Iwanowitsch fahrt, um Kolja abzuholen, fahre ich zu meiner Freundin nach...« Und sie nannte eine Stadt, die dem Fahrpreis nach etwa so weit entfernt war wie die, wo wir hin wollten.

»Warum nicht«, sagte der Journalist, der nach dem leckeren Mittagessen im Magen süße Schwere spürte und der Außenwelt, in diesem Falle in der Person seiner Tochter Mascha, dankbar war für diese süße Schwere, die für einige Zeit die wehmütige Aufgedrehtheit beruhigte, die noch vor einer Viertelstunde aus ihm herausgeschwappt war. Reale Wirklichkeit waren für den Journalisten ohne Zweifel die Ideen, aber angenehm war ihm auch der Traum. Nachdem er die Wirklichkeit als Idee genossen hatte, bedurfte er jetzt des Alltagstraums, und er nahm alles, was dazu beitrug, freundlich und wohlgelaunt auf.

»Warum nicht«, sagte er, »fahr hin, erhol dich.« Und er streckte die Hand aus.

Mascha verstand diese Geste sofort, sprang auf und holte aus der Diele sein geliebtes derbes Alltagsjackett in Pfeffer und Salz, mit dem er schon ein paarmal im Fernsehen aufgetreten war, da er es seinen modischen Maßanzügen vorzog. In diesem Jackett und in einem grobgestrickten Pullover (sein Stil) zeigten ihn auch die meisten Fotos, die in der zentralen und ausländischen Presse veröffentlicht worden waren. Die Anzüge trug er nur widerwillig bei offiziellen und staatlichen Gelegenheiten. Er griff in die Seitentasche, holte die Brieftasche hervor und gab Mascha mehrere große Banknoten. Rita Michailowna kam herein.

»Was gibt's?« fragte sie.

»Mascha will zu ihrer Freundin fahren.«

»Wohin?«

Mascha nannte die fiktive Stadt.

»Was ist das für eine Freundin?«

Rita Michailowna war im Gegensatz zu dem Journalisten eine in sich geschlossene Natur und selten unbekümmert. Außerdem konnte sie das, was mit ihrem Liebling Kolja geschehen war, Mascha noch immer nicht verzeihen. Aber auch jetzt ging alles glimpflich ab. Mascha wußte alles geschickt zu erklären, dann ging es um die Probleme im Zusammenhang mit der Abreise nach Tambow, und die Sache war erledigt.

Um sechs brachten wir den Journalisten und Rita Michailowna zum Bahnhof. Vom Bahnhof fuhr Mascha zu einem Treffen mit Iwanow, und sie wollte nicht, daß ich sie begleitete.

»Aber warum nicht?« sagte ich, von Eifersucht zernagt. »Ich habe doch auch in dieser Troizki-Gesellschaft mitgemacht... Ihre Ideen sind mir nahe...«

»Reden Sie keine Dummheiten«, sagte Mascha, »Sie sind ein typischer Pragmatiker, und die jüdische Frage ist Ihnen völlig gleichgültig.«

»Ich komme trotzdem mit«, sagte ich, außerstande, mich zu beherrschen, und meine Phantasie malte mir grausige Bilder der Umarmungen von Mascha und Iwanow, zumal nach der Trennung, nach der Verhaftung dieses Kämpfers gegen den Antisemitismus, »ich komme mit, Mascha...«

»Was für Einfälle«, sagte Mascha und sah mich streng an. »Dabei haben Sie versprochen...«

Ich fügte mich. Wehmütig trottete ich nach Hause. (Ich nannte die Wohnung des Journalisten schon unwillkürlich mein Zuhause.) Nichts war mir lieb. Die Zeit zog sich schwer und zermürbend in die Länge. Ich dachte an nichts außer an Mascha. Die morgige Reise, meine erste als KGB-Agent, die den Zweck hatte, gefährliche Verbrecher, die mich haßten, zu identifizieren, kam mir zweitrangig und unseriös vor. Ich dachte so lange und unaufhörlich an Mascha, daß ich gezwungen war, mir ein nasses Taschentuch straff um den Kopf zu binden. Nach Mitternacht schaute Klawa herein.

»Kopfschmerzen?«

»Ja.«

»Legen Sie sich hin, ich mach ihr auf.«

»Nein, ich bleib noch sitzen.«

Klawa schüttelte den Kopf, griente (warum, hatte sie was erraten?), griente und ging. Mascha kam zehn nach eins. Wie verbrüht sprang ich auf und stürzte zur Wohnungstür. (Mascha hatte ihren Schlüssel, aber die Tür war zusätzlich durch eine Kette gesichert.) In der Diele stieß ich auf Klawa, die mich wieder spöttisch ansah. Mascha kam kalt

von draußen. (Die Nächte waren schon kalt, der Sommer war vorüber.) Mascha war kalt, und sie roch frisch und sauber wie nach dem ersten Schnee, dabei hatten wir Anfang September, und von Schnee konnte keine Rede sein. Als wir allein waren, durfte ich ihr einen Kuß auf die Wange geben. Sie stellte ein Köfferchen in die Ecke und flüsterte:
»Flugblätter... Wir haben Informationen, wonach während der Unruhen in der Stadt antisemitische Pogromflugblätter geklebt wurden... Wir werden unsere darüber kleben... Das einfache Volk soll die Wahrheit über die antisemitischen Halunken erfahren... Meinen Sie nicht auch?«

»Ja«, antwortete ich, glücklich, sie betrachten zu können, und bei dem Gedanken, daß sie mit mir umging, mit mir sprach. »Ja, Mascha, das meine ich auch.«

»Na gut«, sagte sie, »gehen Sie jetzt in Ihr Zimmer... Wir müssen ausgeschlafen sein... Um sieben geht es schon zum Bahnhof... Genauer, um sieben fährt der Zug, also um sechs.«

»Gute Nacht, Mascha«, sagte ich.

»Gute Nacht«, antwortete sie und schloß die Tür.

Ich hörte, wie sie anfing, sich auszuziehen. Bald kam sie heraus in dem ihr zu großen Bademantel von Rita Michailowna. (Bisher hatte sie in der Wohnung den kurzen Sarafan aus der Datsche getragen, doch ich glaube, sie hatte begriffen, daß sie darin verführerisch auf mich wirkte, und darum den weiten Bademantel angezogen.)

»Sie sind noch hier?« sagte sie. »Ich werde schimpfen müssen.«

»Verzeihen Sie mir«, antwortete ich ganz benommen. Ich war in einem albern-freudig-demütigen Sklavenzustand.

»Na gut, ich verzeihe Ihnen«, sagte sie ungeduldig, »gehen Sie in Ihr Zimmer...«

Ich ging in Koljas Zimmer, wo ich auf dem schmalen und unbequemen Kindersofa schlief. Obwohl Koljas breites Bett leer stand, war es mir nicht zurechtgemacht worden, das vermerkte ich für mich. Aber das waren beiläufige Eindrücke. Ich vergaß sie bald, lag auf dem Rücken, die Beine angewinkelt, und verbrachte die Nacht rasch und leicht in Träumen von Mascha. Ja, rasch. Gewöhnlich ziehen sich schlaflose Nächte endlos hin, doch diese verging wie im Fluge. Mir war so wohl ums Herz, daß ich mitten in der Nacht beinahe ein paarmal aufgesprungen wäre und gesungen hätte, wovon ich mich nur mühsam zurückhalten konnte.

ACHTZEHNTES KAPITEL

Am Abend hatten Mascha und ich (genauer, Mascha hatte es so beschlossen) verabredet, ich sollte Klawa sagen, daß ich mit zu Maschas Freundin fuhr, die ich kannte und die mich mit eingeladen habe. Aber als wir am Morgen aufgestanden waren, hatte sie alles umgestoßen, und nun sollte ich allein aus dem Hause gehen, damit der Eindruck entstand, daß wir in verschiedene Richtungen gingen. Das war ziemlich durchsichtig, und als Klawa hinter mir die Tür schloß, sah ich ihre spöttischen Augen, die mir allmählich verhaßt wurden.

Ich hatte Mascha eine Platzkarte für meinen Waggon besorgt, aber wir saßen in verschiedenen Abteilen, die nicht einmal nebeneinanderlagen, und um Mascha zu sehen, mußte ich fast durch den ganzen Gang laufen... Unglücklicherweise (ich denke manchmal, daß all die schrecklichen Unglücke, die dann folgten, mit diesem scheinbar zufälligen alltäglichen Zusammentreffen ihren Anfang nahmen), also, unglücklicherweise war Mascha in ein Abteil geraten, in dem nur Männer saßen. Das waren keine schüchternen Jünglinge oder betagte Gichtkranke. Alle drei waren »Rüden« im aktivsten mittleren Alter, das auf junge Mädchen wirkte, und ich sah, daß ihre Geilheit in Maschas Nähe aufblühte und sich mit Saft füllte. Sie vergewaltigten sie geradezu mit ihren lebhaften und freudigen Augen, und bei einem von ihnen, einem Kahlkopf mit Goldzahn (oh, diese vierzigjährigen Kahlköpfe), sah ich deutlich: während er scherzte und lachte, blieben seine Pupillen gespannt, wild und erweitert.

»Ist das Ihr Mann?« fragte ein brünetter Mann mit einem über seine Jahre hinaus dicken Bauch, sicherlich von sitzender Lebensweise und reichlicher Nahrung.

»Ich bitte Sie«, entgegnete Mascha fröhlich, im gleichen Ton wie die Gesellschaft, »das ist noch zu früh für mich.«

»Das hab ich mir gedacht«, sagte der Brünette. »Für Sie ist es nicht zu früh, aber für ihn. Ich in seinem Alter hab mich nicht nur für eine verausgabt«, dabei zwinkerte er mir zu und lachte.

Ich rief Mascha in den Gang.

»Sie müssen mit jemandem den Platz tauschen«, flüsterte ich, »wenn es in meinem Abteil nicht klappt, dann woanders.«

»Schon wieder hysterisch«, flüsterte Mascha. »Welches Recht haben Sie, mir Vorschriften zu machen?« Aber dann sah sie mich an. Ich weiß nicht, was sie in meinem Gesicht las, aber sie stockte und flüsterte: »Es ist alles gut, glauben Sie mir... Seien Sie nicht nervös... Hier ist es besser für den braunen Koffer.« (Sie meinte den Koffer mit den Flugblättern der Troizki-Gesellschaft.)

Ich kehrte in mein Abteil zurück. Meine Nachbarn waren im Sinne der Geschlechterbeziehungen längst verwelkt und passiv. Da saßen zwei richtige dicke Reisetanten und ein altes Männlein à la Kalinin mit keilförmigem Kinnbart. Dieses Männlein versuchte ich zu bewegen, in Maschas Abteil umzuziehen, aber er lehnte mit einer Redensart strikt ab:

»Wer Lust hat zum Tauschen, hat Lust zu betrügen, sagen die Ukrainer.«

Das Gespräch in unserm Abteil drehte sich, wie auf Reisen bei solch einem Publikum üblich, um Greuel und Unannehmlichkeiten. Die Themen sind gewöhnlich Diebstähle im Zug, Raubüberfälle in Bahnhofstoiletten oder Eisenbahnkatastrophen. Diesmal kam das Schicksal selbst den Unkereien entgegen. Die Rede war von Volksunruhen in der Gegend, in die wir reisten... Fast jeder Satz begann mit den Worten »ich hab gehört«.

»Ich hab gehört«, sagte die mir nächst sitzende Dicke und beugte sich vor, als hätte sie etwas zu verbergen, »ich hab gehört, sie hätten Chrustschow mit einem Maiskolben in den Zähnen gezeichnet«, sie lachte, »und so ähnlich, daß sogar seine Warzen zu erkennen waren.«

Die Dicke hatte hennagefärbte Haare, und auf ihrer gewaltigen fetten Büste lagen große Bernsteinperlen. Bei ihr hatte ich mich wohl geirrt, und die weibliche Glut war in ihr noch längst nicht erloschen.

»Was ist das schon«, sagte die zweite Dicke, die sich andauernd mit Daumen und Zeigefinger die Mundwinkel wischte, worauf die Finger an der Unterlippe entlang rutschten und auf dem Kinn zusammenfanden, »meine Leute haben sich zur Taufe zusammengefunden, und ich hab ihnen harte Pfefferkuchen vorgesetzt... Auch dafür, hab ich gesagt, könnt ihr mir danken.«

»Milch auf Marken gibt's nur für Säuglinge«, sagte das alte Männlein à la Kalinin, »Weißbrot«, er hob gewichtig und vielsagend den Finger, »Weißbrot, wie das aussieht, weiß ich gar nicht mehr. Das Schwarzbrot aber ist naß wie Schlamm, und man muß auch noch danach anstehen. Wann hätte es das je gegeben, daß Rußland Getreide im Ausland kauft? Im Gegenteil, wir haben ganz Europa mit Getreide versorgt. So weit hat Chrustschow Rußland gebracht.«

»Kennen Sie schon den Witz?« fragte die Dicke

mit den Bernsteinperlen, und noch ehe sie den Witz erzählt hatte, schüttelte sie ihre fette Büste. »Also, Chrustschow wird beim Mausoleum aufgegriffen: Er wollte sich mit einer Klappliege dort hineinschleichen... Und noch einer: Wie findet man den Schacht, in dem Chrustschow in seiner Jugend gearbeitet hat...«

»Von wegen Bergarbeiter«, das alte Männlein winkte ab, »Gutsbesitzer ist er... Aus einer Gutsbesitzerfamilie... Ihr wollt den Kommunismus, sagt er... Da habt ihr ihn... Da habt ihr die Hungersnot...«

Irgendwo hatte ich diese Version und andere Witze über Chrustschow schon gehört, ich glaube, im Wohnheim vom Wohnungsbau. Das, was sich jetzt in dem Abteil abspielte, wäre im Staat mindestens vierzig Jahre lang undenkbar gewesen. Das war die wütende, offene und mutige Opposition des Spießers. Die Opposition der Intelligenz existiert natürlich immer in dieser oder jener Form, je nach den Umständen und der historischen Periode. Die Intelligenz, selbst wenn sie offen und aufrichtig die Offizialität unterstützt, leistet ihr gleichwohl in ihrem inneren Wesen unwillkürlich, manchmal unbewußt Widerstand. Hier war es umgekehrt, hier meuterte die Stütze, das Wesen der Offizialität ganz bewußt. Es meuterten gerade diejenigen, die es, sollte man meinen, in vierzig Jahren verlernt hatten, Antworten auf ihre Nöte und Schwierigkeiten oben zu suchen und ihrem Herzen durch die Beschuldigung der Machthaber Luft zu machen. Und wenn die politischen Gegner Chrustschows, von denen es in offiziellen Kreisen nicht wenige gab, sich aus den unzähligen Beschuldigungen an seine Adresse eine, die hauptsächliche, hätten aussuchen wollen, so hätte sich dazu am besten diese geeignet: die Schaffung der politisch aktiven, oppositionell eingestellten Millionenarmee der Spießer im Land... Gemeint sind die Spießer, die fast ohne Murren die Last und die Hungersnot der Kollektivierung, die Opfer des Krieges und die Zerrüttung nach dem Krieg ertrugen und aushielten... Denn das Volk ist nicht fähig, zu leiden und zu dulden, wenn all das nicht heiliggesprochen und über sein Verständnis hinausgehoben wird... Chrustschow dagegen hat mit seinen volkstümlichen Aktionen und seiner volkstümlichen Persönlichkeit den Schleier von all den Peripetien des staatlichen Lebens weggezogen und dieses staatliche Leben vereinfacht bis auf ein Niveau, das dem Volk verständlich ist, so wie ihm alle seine Freuden und Dummheiten mit Familie und Wohnung verständlich sind... Und wenn man dem russischen Menschen in solch einer Situation Brot und Pfefferkuchen wegnimmt, weiß er, was er zu tun hat. Das unterschwellig in ihm schlummernde Gefühl der jahrhundertealten russischen Wirren erwacht, und der russische Aufruhr, grausam und freudig, kommt plötzlich ans Licht, schwimmt wie ein fröhliches und vergessenes Märchenungeheuer aus den Uferwellen an den heutigen Strand, auf dem träger, dauerhafter, heutiger Alltag herrscht... Und plötzlich riecht die Luft erregend und berauschend nach Blut, und gewöhnliche Schlosser, Schweißer und Kraftfahrer werden zu verwegenen und rabiaten Bösewichtern, Pugatschow-Kämpfern, die weder sich noch andere schonen. Die slawische Steppennatur, wie ein stürmischer Fluß eingezwängt in die Dämme der Staatlichkeit, hat in ihrer jahrhundertelangen Sklaverei ein großes Staatsgebäude errichtet, doch wenn sie auch nur den leisesten Riß fühlt, beginnt sie zu explodieren und zu toben, um wenigstens für kurze Zeit in Rausch und Erbarmungslosigkeit zu leben. Jedes Leben des Volkes ist unmöglich ohne Staatlichkeit, das ist der hohe Preis, den das Volk für seine Größe und vielleicht sogar für seine Existenz zahlt. Aber wenn niemand die Fesseln und Beschränkungen der Vernunft und der Ordnung so sehr als Last empfindet wie ein ausgelassenes Kind, so empfindet niemand die notwendige Beschränkung und die notwendige Sklaverei so sehr als Last wie eine junge Nation, und die russische Nation ist jung, entstanden aus mehreren halb europäischen, halb asiatischen Völkerschaften, die noch frisch und unreif sind, keine alte Geschichte hinter sich haben, sondern gleich mit dem Mittelalter anfingen... Darum war der russische Aufruhr immer unerwartet und gefährlich für die Machthaber, auch wenn sie ihn vielleicht vorausgesehen und erwartet hatten. Denn im russischen Aufruhr wie in keinem anderen zeigt sich stets diese unausgegorene Jugend, dieser fröhliche und für sich selbst gefährliche Wahnsinn des Kindes... Die einzelnen und verstreuten wirtschaftlichen Unruhen, die am Ende der von bäurischer Phantasie erfüllten Regierungszeit Chrustschows an mehreren Stellen aufflammten, trugen die Spuren eben dieser kindlichen Fröhlichkeit und Zügellosigkeit.

Voller Sorge hörte ich die Gespräche meiner Abteilnachbarn (nach eben diesen Gesprächen wuchs in mir die Sorge, die mich bis zu den Ereignissen nicht mehr verließ und Vorbote dieser Ereignisse war) und bekam nicht gleich mit, daß Mascha mich rief. Sie stand im Gang und machte auch ein sorgenvolles Gesicht.

»Nehmen Sie«, flüsterte sie und reichte mir das braune Köfferchen mit den Flugblättern, »Sie hatten recht, dieser Kahlkopf ist mir nicht geheuer... Dauernd starrt er mich an... Jetzt sind sie rauchen gegangen, das hab ich ausgenutzt... Der Kahlkopf muß ein Spitzel sein.« Sie ging zurück in ihr Abteil.

Das politische Leben erfüllte Mascha so sehr, daß sie manchmal die einfachsten Erscheinungen nicht mehr begriff: Der Kahlkopf sah sie mit männlicher Begierde an, sie, nicht das Köfferchen mit den Flugblättern der Troizki-Gesellschaft. Ich ging wieder in mein Abteil, wo meine Mitreisenden noch immer munter plapperten, und legte das Köfferchen auf meine Pritsche unter das volkseigene Kopfkissen. Dann tat ich so, als suchte ich das volkseigene Handtuch, öffnete vorsichtig das Köfferchen, zog eines der Flugblätter heraus, wickelte es in das Handtuch und ging zur Toilette. Auf der Plattform standen rauchend die Männer aus Maschas Abteil, aber ich war überzeugt, daß sie nicht nur aus dem Abteil gegangen waren, um zu rauchen, sondern auch um sich über kühne und offene Männerthemen zu unterhalten, denn Maschas Anblick hatte sie aufs äußerste erregt. Und richtig, als ich die Plattform betrat, hörte ich den Kahlkopf sagen:

»Wir legten uns also im Garten unter die Bäume« (er sprach russisch, doch manchmal flocht er ukrainische Ausdrücke ein), »ich, Pawlik und sie... Ich war müde und nicht hungrig auf Weiber, denn ich war grade erst vom Urlaub zurück. Ich schlief ein. Als ich in der Nacht aufwachte, hörte ich sie flüstern: ›Vorsicht, Kostja, Vorsicht‹... Pawlik hat sie also...« Und er gebrauchte ein saftiges Wort, das bei nicht mehr jungen Männern und zumal bei Glatzköpfen stets gemein klingt. »Pawlik hat sie also..., und sie flüsterte: ›Vorsicht, Kostja...‹«

Es ertönte das in solchen Fällen übliche Männergejohle, das ihre Gier nach der unzugänglichen schönen Frau tarnen sollte. Ich kannte dieses Gejohle als Reaktion auf eine Schlüpfrigkeit. Genauso hatte ich gejohlt, wenn der Erzieher Korsch im Wohnheim seine Geschichten erzählte.

»Wer ist der letzte?« fragte ich scharf.

»Bitte sehr«, antwortete der Brünette und zwinkerte mir wieder zu, wie um mich zur Teilnahme an dem Männergespräch einzuladen. »Bitte, die Toilette ist frei.«

Ich ging hinein, schloß ab und entfaltete das Flugblatt. »Russische Menschen!« hieß es da. »Wir wenden uns an euch, unsere Brüder und Schwestern im Blut. Laßt nicht zu, daß Schwarzhunderter und Pogromhelden das hohe und erhabene Wort Russe mit

Blut besudeln! Die russische Barmherzigkeit hat schon vor Jahrhunderten den verfolgten und unbehausten Stamm der Juden unter ihren Schutz genommen. Wir lassen nicht zu, daß diese russische Barmherzigkeit, auch nicht in Zeiten des Grimms und der Not, mit Schande bedeckt wird...«

Und so weiter in diesem Sinne. Unterschrieben war das Flugblatt mit »Russische Patrioten«, und ich glaubte den Stil des, wie Kolja sagte, »kleinen Popen« Annenkow zu erkennen, der nach der Verhaftung Iwanows zum Chefideologen der Troizki-Gesellschaft aufgestiegen war. Ich dachte an Vitali. An dem Tag, an dem ich ihn vor dem Zimmer 43 traf, mochte er dem KGB-Mitarbeiter ein Exemplar des Flugblatts gebracht haben. Wie konnte ich das Mascha beibringen, ohne mich selber bloßzustellen?

Der Zug schien die Fahrt beschleunigt zu haben, ich schwankte heftig und mußte mich am Waschbecken festhalten. Ich knüllte das auf dünnem Papier getippte Flugblatt zusammen und steckte es in die Tasche, dann wusch ich mich, nicht so sehr der Konspiration halber wie aus Notwendigkeit, denn der trübe und verstaubte Spiegel zeigte mir meine unfrische Physiognomie. Dann trocknete ich mich ab und dachte wieder nach, dabei blickte ich oberhalb des geweißten Fensters durch den freien Streifen hinaus... Es war schon Abend, ich sah die Lichter einer kleinen Station oder eines Haltepunkts, denn der Zug fuhr vorbei, fast ohne die Fahrt zu verlangsamen. An die Tür wurde ungeduldig geklopft. Ich spülte mir nochmals das Gesicht, trocknete mich ab und ging hinaus. Geklopft hatte ein Reisender im Schlafanzug, die drei aus Maschas Abteil standen noch da und redeten halblaut. Sicherlich erzählten sie sich noch immer Zoten oder Geschichten aus ihrem Männerleben, die sie im Beisein des Fahrgastes im Schlafanzug und mit Goldbrille nicht laut aussprechen mochten. Aber in meinem Zustand kam es mir so vor, als ob sie sich untereinander über Mascha verständigten. Sorge und Sehnsucht bemächtigten sich meiner. Ich muß aber hinzufügen, daß ich in der Eisenbahn abends immer unruhig werde. Jetzt erreichte dieser Zustand die Grenze.

Entschlossen ging ich zu dem Abteil, in dem Mascha allein saß und nachdachte, und sagte, nein, kommandierte:

»Sie gehen in mein Abteil und ich in Ihrs.«

Nach dieser Anordnung fürchtete ich, Mascha könnte über mein Benehmen empört sein. Aber sie war nicht empört, sie tat überraschenderweise nach meinem Geheiß, sie ging in mein Abteil, wo die alten Leute, nachdem sie genugsam getratscht und sich gegenseitig verängstigt hatten, bereits auf ihrer Pritsche lagen.

»Das Köfferchen ist unterm Kopfkissen«, flüsterte ich zum Abschied, »gute Nacht.«

Von Vitali, der dem KGB das Flugblatt übermittelt hatte, erzählte ich ihr doch nichts, da mir nicht eingefallen war, wie ich ihr die Herkunft meiner Information erklären konnte.

Als ich in Maschas Abteil zurückkam, waren die Männer schon dort und rüsteten zur Nachtruhe. Daß ich mit Mascha getauscht hatte, ließen sie unkommentiert. Aber als alle schon lagen, stand der Brünette, dessen Unterhose über dem Bauch spannte, noch einmal auf, verriegelte die Tür, löschte das helle Oberlicht und ließ das blaue an, das das Abteil trüb beleuchtete, dann kletterte er wieder auf seine obere Pritsche (er schlief wie ich oben, von mir nur durch den schmalen Zwischenraum getrennt), kletterte also hinauf und sagte:

»Sie haben uns also Ihr Mädchen nicht anvertraut.«

Ich schwieg und stellte mich schlafend.

»Das war auch ganz richtig«, fuhr der Brünette fort, »nicht unseretwegen, sondern des Mädchens wegen. Wie heißt sie? Sie hat uns ihren Namen nicht gesagt. Gescherzt hat sie mit uns, aber nicht ihren Namen gesagt.«

Ich blickte auf den fetten, dicht mit krausen Haaren bewachsenen Körper des Brünetten. Nicht nur seine Brust, auch seine Arme und sein Rücken waren behaart.

»Was wollen Sie?« fragte ich scharf.

Unten, wo der Glatzkopf lag, wurde mein Zorn bekichert. Der Dritte, ein schweigsamer und neutraler Mann, sagte versöhnlich:

»Schon gut, schlafen wir.«

»Du brauchst nicht ärgerlich zu sein«, sagte der Brünette, schwankend, nackt, so dicht neben mir, daß ich ihn leicht mit der Hand hätte erreichen können, und er schämte sich überhaupt nicht seines dicht und kraus behaarten Körpers (ich würde mich bestimmt geschämt haben), er schämte sich nicht, sondern schien gar stolz darauf zu sein, da er ihn für besonders männlich hielt.

»Du bist noch ein junger Kerl«, fuhr der Brünette fort, »da idealisiert man die Frauen noch, ich dagegen habe schon viele gehabt und betrachte ihr Geschlecht materialistisch... Reden wir mal von Vergewaltigung. Das ist eine schlimme Sache und steht zu Recht unter Strafe. Was ist einer schon für ein Mann, wenn er sich nicht friedlich mit einer Frau zu einigen weiß? Und man kann sich mit jeder Frau einigen, das ist nur eine Frage der Zeit. Aber, mal angenommen, man hat keine Zeit. Also Vergewaltigung. Die Frau wehrt sich doch nur im ersten Augenblick, dann gewinnt ihr weibliches Wesen die Oberhand, und sie hat ihr Vergnügen, vielleicht sogar noch mehr als sonst, denn die Frau liebt die Kraft. Warum sonst würde sie auch bei einer Vergewaltigung schwanger? Das ist doch nur bei Gegenseitigkeit möglich. Oft kommen dabei besonders kräftige Kinder zustande. Ehrlich gesagt, ich habe einen Freund, der durch eine Vergewaltigung gezeugt wurde. Seine Mutter wurde in ihrer Jugend von einem Kosaken im Weinberg erwischt. Dieser Freund ist heute General.«

All das schwadronierte der Brünette so lüstern, saftig und urteilskräftig daher, daß in unserm Männerabteil danach ein Schweigen eintrat, das nicht von Ruhe erfüllt war, sondern von körperlicher Spannung. Selbst ich, der wußte, wohin das alles jetzt zielte, konnte mich für einen Moment nicht beherrschen, was übrigens für mich nicht neu war. Wir verstummten also nach der Erzählung des Brünetten. Niemand mehr verlor ein Wort. Jeder lag da und hing seinen Gedanken nach, aber ich war überzeugt, jeder schmachtete, und erst allmählich unterm Räderrattern trat Lockerung ein, und unter dem Einfluß dieser Lockerung kam es, daß ich, der zwei Nächte nicht geschlafen hatte, plötzlich fest einschlief.

Ich erwachte von etwas Beunruhigendem und Staatlichem. Genau diese Empfindung hatte ich im Schlaf vor dem Aufwachen gehabt. Das erste Wort, das ich nach dem endgültigen Wachwerden hörte, war »Dokumente«. (Das war sie, die staatliche Empfindung.) Der Zug hielt auf irgendeiner Station. Es war noch dunkel, begann gerade erst zu dämmern. Im Waggon herrschte Unruhe, die, wie ich begriff, von innen und von außen kam. Niemand im Abteil schlief, und die Männer drängten sich ans Fenster.

»In der Erdölverarbeitung brennt's«, hörte ich, »in...« Und er nannte die Stadt, in die der Zug fuhr.

Ich begriff noch nicht ganz das Ausmaß der Gefahr, genauer, ich konnte sie mir nicht vorstellen, aber mein Herz hämmerte heftiger. Ich hangelte mich von der Pritsche und sah einen fernen Feuerschein, der die dunklen Wolken färbte, und ohne die Unruhe und die Gespräche hätte ich das für den Sonnenaufgang halten können.

»Was ist passiert?« fragte ich.

»Stehen Sie auf«, antwortete mir der Brünette, »Überprüfung der Dokumente.«

Das war nun schon etwas sehr Beunruhigendes und fast Vergessenes, und die Atmosphäre der Kindheit, des Krieges und des ungeordneten Lebens wehte mich an. Hastig stieg ich von der Pritsche nach unten. (Ich stelle mich immer ungeschickt an, wenn ich in der Eisenbahn von der oberen Pritsche klettere, und ich glaube, ich wirke dann sehr komisch auf die Nachbarn, und fast jedesmal stoße ich mich oder zerre mir den Arm.) So auch diesmal, ich stützte mich mit der rechten Hand auf die Nachbarpritsche, hing mit eingeknickten Knien im Zwischenraum und hörte von unten:
»Bitte die Dokumente.«
Vor Schreck erschlaffte ich und stürzte zu Boden, ohne vorher die Hände von den oberen Pritschen lösen zu können. Die Linke glitt von selbst herunter, die Rechte aber, die weiter ausgestreckt war, hielt fest, und in der Schulter knirschte es. Ein brennender Schmerz durchfuhr mich bis oben in den Hals. Den Schmerz verbeißend, griff ich hastig in das am Haken hängende Jackett, zog den Paß heraus und dachte sofort, daß mein Sturz, meine Eilfertigkeit und mein Erschrecken bei der Patrouille Argwohn und erhöhte Aufmerksamkeit wecken konnten. Daher, ehe ich mich umdrehte, lockerte ich mich und gab mir Mühe, ein gleichgültiges und gelangweiltes Gesicht zu machen. (In Wirklichkeit hatte es einen sehr schuldbewußten und verdächtigen Ausdruck, das sah ich im Abteilspiegel.) Zum Glück war der Kontrolleur ein gewöhnlicher Artillerieleutnant. Zu der Kontrolle waren offenbar Leute eingesetzt worden, die gerade zur Hand waren in dem Moment, der die Machthaber, nach anderen Merkmalen zu urteilen, die später herauskamen, völlig überrascht hatte, obwohl es hier nicht den ersten Tag unruhig war und es vor anderthalb Wochen sogar etwas wie einen Massenaufruhr vor einem Lebensmittelladen gegeben hatte, der freilich von der Miliz rasch unterbunden und als Rowdy-

tum eingestuft wurde. Der Leutnant besah flüchtig meinen Paß, blätterte ihn nicht einmal durch (das Gültigkeitsdatum war abgelaufen) und gab ihn mir zurück. Überhaupt war die Kontrolle, wie man so sagt, nur halbherzig, die Militärs verstanden sich nicht darauf, sie wollten es auch nicht, denn es war ihnen unangenehm. Sie kontrollierten, wie um sich einer Pflicht zu entledigen. Und richtig, vom anderen Ende des Ganges rief ein hochgewachsener Offizier, der hier offenbar das Sagen hatte, dem Artillerieleutnant zu:

»Skworzow, gleich kommt der Leningrader Zug, beeil dich!«

Anscheinend hatten die Offiziere und Soldaten der hiesigen Garnison die Aufgabe, eine bestimmte Anzahl von Zügen zu kontrollieren und darüber einen entsprechenden Vermerk zu machen.

Ich ging rasch in Maschas Abteil. Hier herrschte auch große Aufregung, kein Wunder, wenn man den Charakter der Reisenden bedenkt. Die geschminkte Dicke mit den Perlen schluchzte sogar halblaut. Im Gegensatz dazu war Mascha äußerlich ruhig, aber ein wenig blaß. Man hatte sie schon kontrolliert.

»Alles in Butter«, flüsterte sie und meinte natürlich den Koffer mit den Flugblättern. (Übrigens hatte die Patrouille das Gepäck gar nicht beachtet, sondern sich mit der Paßkontrolle beeilt, um bis zur Ankunft des Leningrader Zugs fertig zu sein. Wahrscheinlich hatten sie nach bestimmten Namen gesucht, die man ihnen genannt hatte.) »Es sollen schreckliche Unruhen herrschen«, flüsterte Mascha, als wir in den Gang traten. »Es gibt Opfer, Truppen sind in Alarmbereitschaft... Dort wird geschossen... Ich mach mir allmählich richtige Sorgen um Kolja...«

»Erstens«, sagte ich, »so was reden die Panikmacher in Ihrem Abteil, und zweitens bin ich gar nicht sicher, daß Kolja hierher gefahren ist. Vielleicht ist er wirklich bei Stepan Iwanowitsch.«

»Ach, Sie brauchen mich nicht zu beruhigen«, sagte Mascha, »und auch nicht zu tricksen.« Sie sah mich auf einmal wieder spitz und feindselig an. »Ich bin nicht meine Mutter, die Sie um den Finger wickeln können.«

Das war etwas Neues.

»Verzeihung, wie meinen Sie das?«

»In dem Sinne, daß Sie ihr versprochen haben, auf Kolja einzuwirken, während Sie in Wirklichkeit Ihre eigenen Interessen verfolgen.«

»Was reden Sie denn da?« fragte ich gereizt.

»Schön, lassen wir das«, antwortete Mascha und verstummte.

So »halbzerstritten«, wozu es ganz unerwartet gekommen war, besonders für mich, der ich doch wohl bereit war, Mascha alles zu verzeihen, »halbzerstritten« nicht nur von ihrer, sondern auch von meiner Seite, fuhren wir noch etwa eine halbe Stunde, im Gang nebeneinander stehend, doch voneinander abgewandt. Dann blieb der Zug an irgendeinem Haltepunkt stehen, beinahe mitten in der Steppe...

Es war schon ganz hell, die Sonne war aufgegangen, und der Widerschein des Brandes war erstens in seinem ganzen gefährlichen Ausmaß zu sehen und konnte zweitens auch zur Beruhigung nicht als Sonnenaufgang wahrgenommen werden, denn er flimmerte auf der falschen Seite.

»Der Zug fährt nicht weiter«, hörten wir den Zugbegleiter sagen.

Die Panik der Reisenden, die sowieso schon vorhanden war, erreichte ihren Höhepunkt. Die Gesichter wurden angespannt und verschlossen, jedes auf seine Weise. Jeden peinigte der Gedanke, wie er persönlich davonkam, und zugleich bildeten sich Gruppen, man bemühte sich, nicht zurückzubleiben, und hörte auf jeden, der schlauer zu sein schien. Die Reisenden mußten aussteigen, und es zeigte sich, daß aus den früher eingetroffenen Zügen schon eine große Menge versammelt war. Das ganze gewann das Aussehen eines Heerlagers aus der Kriegszeit. Der moderne Mensch vollzieht ja sehr rasch und leicht den Übergang vom wohleingerichteten zivilisierten wohlhabenden Zustand zur unbehausten Situation auf der Straße. Aktive Männer und Frauen machten sich sofort auf die Suche nach Wasser, Nahrung und Behörden, bei denen sie Schutz finden und die Situation begreifen konnten. Alle diese Menschen, die gestern weggereist waren aus ihrer ruhigen, trägen und dauerhaften Welt, befanden sich heute bei Tagesanbruch in Panik beinahe wie zur Kriegszeit, inmitten von Gerüchten und Gefahren in der fast kahlen Steppe. Tatsächlich, der Haltepunkt, auf dem mehrere Züge festgehalten wurden, die sich der Gegend des Ausnahmezustands näherten (als Folge von Versäumnissen, denn schon am Abend, also zu Beginn der stürmischen Ereignisse, war verfügt worden, die Strecke zu blockieren und schon abgefahrene Züge auf großen Stationen festzuhalten), also, dieser Haltepunkt bestand aus ein paar Dienstgebäuden und besaß weder eine Kantine noch Räume zur Aufnahme von Menschen. Allerdings führte in der Nähe eine Chaussee vorüber, und dahinter war ein Dorf zu sehen. Ein Teil der Reisenden, die die Situation wenigstens annähernd begriffen, das heißt, sich ein bißchen umgeschaut hatten, bewegte sich auf die Chaussee zu, andere hatten sie schon überquert und gingen in Richtung Dorf, doch die meisten blieben auf dem Bahnsteig und dem umzäunten Gelände der Station sitzen, das heißt, möglichst nahe bei den Behörden, die nach ihrer Meinung für sie verantwortlich waren, obwohl die Macht nur aus einem alten Eisenbahner und einer lahmen dicken Frau mit einer dunkelblauen Baskenmütze samt Kokarde bestand...

Mascha und ich waren noch immer »halbzerstritten«. Bei Mascha war es verständlich. Ich war ihr gleichgültig, und es machte ihr keine Mühe, eine aggressive Haltung gegen mich einzunehmen. Ich aber, ich... Offenbar empörte mich ihr ungerechtes Verhalten dermaßen, daß ich sogar zum erstenmal etliche Makel ihres Gesichts und ihrer Figur wahrnahm... In ihrer unteren Gesichtshälfte gab es eine deutliche Disharmonie, obwohl der Hals schön war (das ließ sich nicht bestreiten), doch das Kinn war ein bißchen zu schwer... O ja, zu schwer... Und die Beine... Die Rundungen... Mir ist die Üppigkeit eines weiblichen Beins lieber als Sehnigkeit und Straffheit, die etwas Männliches und Unweibliches hat...

Bei solch albernen Gedanken ertappte ich mich in dem Moment, als ich mitbekam, daß Mascha mir mit der Hand Zeichen machte. Während ich nachdachte, hatte sie die Initiative ergriffen und sich mit dem Fahrer eines mit Kisten beladenen Lasters geeinigt. Wegen der Kisten hatte der Fahrer die vielen Anhalter, die ihn belagerten, abgewiesen, aber Mascha akzeptierte er, und sie zog mich nach. Der Fahrer sah sie ebenso an wie die Männer im Abteil, da änderte ich sofort meine Haltung und begriff, daß meine Kritik an Maschas weiblichen Vorzügen von unzureichender männlicher Erfahrung herrührte, denn erfahrene Männer finden immer Gefallen an noch nicht voll entwickelten und ausgeformten Mädchen. Sobald Mascha voll erblühte, würden ihr Kinn weicher und ihre Beine runder werden, und sie würde eine vollendete Schönheit sein, was sie, ließ man meine Voreingenommenheit beiseite, jetzt schon war.

Auf unsere Frage nach den Ereignissen warf uns der Fahrer (Mascha und ich saßen eng beieinander im Fahrerhaus) einen Blick zu und sagte:

»Das schadet nichts, sollen sie wissen, was es heißt, das Volk zu beleidigen... Erst bewerfen sie Stalin mit Dreck, und jetzt muß das Volk Hunger leiden... Dieser Nikita ist ein Hosenfurzer...«

Mascha und ich wechselten einen Blick, sagten jedoch nichts. Der Laster fuhr in die Stadt, in die das KGB mich geschickt hatte (was Mascha natürlich nicht wußte) und in der nach etlichen mir damals noch unbekannten Informationen die Ankunft der antisowjetischen Gruppe Stschussew erwartet wurde, die ich identifizieren sollte. Ich begriff, daß ich jetzt auf eine veränderte Situation traf und daß die KGB-Leute, die mich geschickt hatten, die Ereignisse oder zumindest deren Größenordnung nicht hatten voraussehen können. Zugleich wurde jetzt, da vieles sich geklärt hatte, offenkundig, daß Stschussew von den bevorstehenden Ereignissen eine Vorstellung gehabt hatte. Zwar waren seine Hoffnungen auf einen »Anstoß des Volkes«, der »ganz Rußland durcheinanderwirbeln« würde, natürlich naiv, aber nichtsdestoweniger war der »Anstoß« ziemlich heftig. Jedoch hatte er nicht dort, wo geplant, begonnen, das heißt, nicht in dem Städtchen, zu dem wir unterwegs waren, sondern in einer großen Stadt, etwa vierzig Kilometer von dem Städtchen entfernt. Geschehen war all das keineswegs, um die Machthaber zu überlisten, sondern ganz von selbst, spontan und ohne Wissen der antisowjetischen Fraktionäre.

Das Städtchen, zu dem wir unterwegs waren, hatte nur eine kleine Garnison, aber ein großes Durchgangsgefängnis. (Das heißt, unter Stalin war dort natürlich eine Garnison gewesen, aber die war im Zusammenhang mit Chrustschows Truppenabbau stark verkleinert worden.) Das Städtchen besaß keine Industrie, darum war die Versorgung mit Lebensmitteln und Industriewaren immer schlechter gewesen als in dem vierzig Kilometer entfernten Industriezentrum. Darum mußte die Bevölkerung sich manchmal im Autobus durchrütteln lassen, um ihre dringendsten Bedarfsartikel zu holen, und wenn der Fluß Hochwasser führte und die Brücken weggespült waren (zwischen beiden Städten fließt ein

Fluß), mußten sie mit Booten übersetzen. Früher, unter Stalin, war die Versorgung zwar auch unterschiedlich gewesen, aber nicht in dem Maße, und wenn Lebensmittel knapp waren, dann überall gleichermaßen. Unter Chrustschow hingegen, zumindest in den ersten Jahren seiner Regierung, als alles umgebaut und umgestaltet wurde, begann in dem Industriezentrum ein stürmischer Aufbau, und es wurde in eine höhere Versorgungskategorie eingestuft. Auf diese Weise wurde der Unterschied in der Versorgung noch deutlicher spürbar. Die letzten Mißernten, eine Folge von Naturkatastrophen und ökonomischen Fehlern, verschlechterten die Versorgung des Industriezentrums erheblich, und das Städtchen auf der anderen Seite des Flusses wurde schlicht auf Hungerration gesetzt. Mehl, Fleisch, Butter und Weißbrot verschwanden, und Milch wurde nur streng rationiert ausgegeben, nur an Kinderkrippen und -gärten. Was reichlich vorhanden war in Speichern und Läden, war Importreis, aber Reis ist bekanntlich im Gegensatz zu Brot, Speck und Kartoffeln nicht das nationale Lebensmittel, mit dem sich der russische Mensch in Notzeiten zufriedengeben kann. All das hatte, wie ich später erfuhr, Stschussew gewußt, und zwar in allen Einzelheiten und mit Zahlen, die in antisowjetischen und antisemitischen Flugblättern genannt wurden. (Pawel, der Typ, der mich verdächtigt hatte, arbeitete, wie sich herausstellte, in diesem Städtchen als Handelsspediteur.) Im übrigen erschienen die Flugblätter auch erst im letzten Moment, davor wurden hauptsächlich Chrustschow-Karikaturen angeklebt, die in der Regel von der Miliz wieder abgeschabt wurden, noch ehe sie gelesen werden konnten. Nichtsdestoweniger kam es vor Läden und Bierkiosken zu spontanen Ausschreitungen. (Bier gab es auch nicht mehr.)

Der erste Zwischenfall war, wie erzählt wurde, eher ein Witz, wenn er nicht so tragisch geendet hätte. Im größten Lebensmittelladen (solche Städte haben im Zentrum immer einen großen Lebensmittelladen mit einer Normaluhr an der Fassade, wo sich sehr oft das »mondäne« Leben der Stadt konzentriert: Hier verabredet man sich zum Stelldichein, hier bummeln die einheimischen Gecken und Rowdys usw.), also, in diesem Laden hatte sich ein alter Mann von wildem Aussehen mit büscheligem Bart und in einem schmutzigen Soldatenunterhemd (natürlich mit einem Kreuz oberhalb des Hemdes) auf eine leere Brausekiste gesetzt, um Fruchtbrause aus der Flasche zu trinken und dazu gedörrte Schwarzbrotwürfel zu essen, die er wohl als Almosen bekommen hatte. Zu seinem Unglück (in solchen Situationen trifft vieles zusammen) hatte er sich gleich neben der Fruchtsaftabteilung niedergelassen. (Diese Säfte wie auch Importreis waren in der Stadt reichlich vorhanden, aber sie erfreuten sich keiner großen Nachfrage bei der einheimischen Bevölkerung.) Die Saftverkäuferin war die Frau des hiesigen Milizionärs, den Menschen mit freien Sitten besonders haßten, weil er seine Pflichten sehr eifrig erfüllte und zudem große Körperkraft besaß, so daß ein von ihm Ergriffener häufig ernsthafte Verletzungen und Quetschungen davontrug. Also, die Milizionärsfrau und Saftverkäuferin ekelte sich übertrieben schnell (wobei der Alte wirklich schmutzig war, und wenn er mit zurückgelegtem Kopf trank, rann ihm ein Brei von zerkautem Dörrbrot und Brause übers Kinn).

»Opa«, sagte die Verkäuferin, »Sie sind ein alter Mann, aber Sie haben keine Achtung vor sich selbst. Setzen Sie sich doch draußen auf eine Bank. Schließlich ist das hier ein Laden...«

Der Alte, als hätte er nur darauf gewartet, ergriff seinen Krückstock, damit hämmerte er, ohne aufzustehen, auf den gekachelten Fußboden und schrie die Verkäuferin an:

»Satanas!« Dabei bekreuzigte er die Luft vor sich,

ohne seine Beschäftigung zu unterbrechen, das heißt, er trank aus der Flasche und kaute Dörrbrot. »Satanas!« Er nahm noch einen Schluck und drehte den schmutzigen sonnengebräunten Hals.

»Selber Aas!« fauchte die Verkäuferin, die ihn wohl mißverstanden hatte.

Da holte der Alte mit dem Krückstock nach ihr aus, und sie kreischte nach Frauenart. Ihr Mann, der Milizionär, war zufällig in der Nähe und sah den Alten ausholen. Sofort erwachten in ihm der körperlich starke Ehemann und die machthabende Amtsperson. Hinzu kam das erschrockene Kreischen der Frau, das ihre Schwäche bezeugte, und wenn eine nahestehende Frau kreischt, erregt das in manchen Männern ein sexuelles Gefühl, das die Reaktion noch verschärft. Im Nu war der Alte weniger ergriffen als niedergewuchtet und zappelte stimmlos in den schweren Händen des Milizionärs. Selbst in einer ruhigeren Atmosphäre löst der Anblick eines starken Mannes, der einen kindlich leichten und schwachen alten Mann in die Mangel nimmt, Protest aus. Hier aber war die Stimmung ohnehin ziemlich aufgeheizt. Eine Menge erregter Bürger rückten an. (Wie es hieß, waren sie speziell herbeigerufen worden aus dem nahegelegenen »Bier und Wasser«-Kiosk, wo Wein und Wodka ausgeschenkt wurden.) Wie stark der Milizionär auch war, er wurde abgedrängt und sogar zweimal geschlagen, und man entriß ihm den Alten, aber wie man diesen auch auf dem Gehsteig vor dem Laden mit Wasser begoß und ihm Wodka in den unsauberen zahnlosen Mund flößte, er kam nicht wieder zu sich. Eine Patrouille kam dem Milizionär zu Hilfe und trieb die Gruppe der erregten Bürger auseinander (es war eine Gruppe, noch keine Menge), sie verhaftete den Rädelsführer (den einheimischen Alkoholiker Samoilo), und schaffte den Alten weg, der noch immer bewußtlos war, und später ging das Gerücht, er sei gestorben. Das war ein spontaner Anstoß, dem keine Beruhigung mehr folgte. Als Krönung des Ganzen wurde tags darauf, angeblich um das Volk zu beruhigen, der Laden mit einer großen Partie Pferdewurst beliefert. Ich sage »angeblich«, weil ich bis heute nicht weiß, ob das eine Fehlkalkulation oder Absicht der Stschussew-Leute war. (Ich erinnere daran, daß Stschussews Verbindungsmann Pawel im städtischen Handelsnetz arbeitete.)

Diese Pferdewurst löste nach dem monatelangen Fehlen von Fleischprodukten einen gewaltigen Ansturm aus, selbstredend mit Gedränge, wüsten Flüchen und letzten Endes, kein Wunder bei der derzeitigen Stimmung, mit regierungsfeindlichem Geschrei, nicht ohne antisemitische Äußerungen, aber die waren nur Beiwerk, hauptsächlich geschmäht wurde der Ukrainer Chrustschow, zumal als sich herausstellte, daß die Wurst versalzen und steinhart war – »sie liegt im Magen wie eine Axt«, sagte einer der Schreier. Auf diese Weise wurde den Straforganen klar, daß die Hauptausschreitungen hier zu erwarten waren. Sie wurden nicht nur von den Machthabern erwartet, sondern auch von Stschussews Funktionären. Stschussew hoffte, die einheimischen Spießbürger, die mit »Chrustschows Hunger« unzufrieden waren, aufzurühren, das Durchgangsgefängnis zu schleifen und dann schon »im Maßstab Rußlands« zu handeln. Die Machthaber glaubten, das »Häuflein von Halunken und Psychopathen«, über das sie hinlänglich informiert waren, mit der örtlichen Miliz unschädlich machen zu können. Man mußte ihnen die Möglichkeit geben, sich zu versammeln, und sie dann festnehmen. Ich war bekanntlich ausgeschickt, um sie bei Gegenüberstellungen zu identifizieren. Aber es flammte für alle überraschend ganz woanders auf. Und zwar nicht unter den einheimischen, zersplitterten Spießbürgern der Handwerkerartels, sondern unter den geballten Proletariern des Industriezentrums.

NEUNZEHNTES KAPITEL

Heute wird behauptet, der Anlaß sei der übliche gewesen, das heißt, der gleiche, der überhaupt die Grundlage von ökonomischen Ausschreitungen bildet: unberechtigte Lohnkürzungen, darum begann es im Erdölverarbeitungswerk. Aber erstens begann es nicht im Erdölverarbeitungswerk, sondern im Werk für Chemiemaschinenbau und sprang von dort weiter, und zweitens waren nicht die Lohnkürzungen der Anstoß, obwohl sie natürlich auch eine wesentliche Rolle spielten, aber erst zum Schluß und nicht als Anlaß... Der Anlaß zu dem Aufruhr (denn es war nicht einfach ein ökonomischer Streik, sondern ein richtiger russischer Aufruhr mit seinen Entsetzlichkeiten und Wildheiten), also, der Anlaß zu dem Aufruhr waren die persönlichen Handlungen und das persönliche Schicksal des Direktors des Chemiemaschinenbaus, Alexej Iljitsch Gawrjuschin.

Alexej Iljitsch Gawrjuschin war ein Mann, der seinerzeit eine Blitzkarriere gemacht hatte, wie sie nur in einem Land möglich ist, in dem das Gesetz abgelöst wird durch den Willen einer starken Selbstherrscherpersönlichkeit. Solche Karrieren leuchteten in den Jahren unter Stalin in großer Zahl auf, ebenso wie in großer Zahl große und berühmte Namen plötzlich erloschen. Besonders charakteristisch war diese Neumischung der Karten für die schwierigen Kriegsjahre... Der Oberleutnant Gawrjuschin kam im Herbst einundvierzig nach einer schweren Verwundung an der Front in ein Lazarett dieser Stadt, und im Frühjahr zweiundvierzig, nachdem er schlecht und recht auskuriert war, meldete er sich im Kriegskommissariat und verlangte, zu seiner Einheit zurückgeschickt zu werden. Zu seiner Einheit wurde er nicht zurückgeschickt, sondern er bekam den Befehl zu warten, und dann erklärte man ihm, er gelte als mobilisiert für eine dringende und verantwortungsvolle Verteidigungsarbeit in der Stadt. Die Sache war die, daß Gawrjuschin vor dem Krieg ein Technikum absolviert und sich auf die »Kaltbearbeitung von Metallen« spezialisiert hatte, und daß er sich zu diesem Zeitpunkt in der Stadt aufhielt, war geradezu ein Glücksfall für die Mitarbeiter des Kriegskommissariats. Auf den Reservegleisen des Güterbahnhofs standen mehrere Transportzüge mit der Ausrüstung eines aus der Frontzone hierher evakuierten großen Werks für Chemiemaschinenbau. Zu diesem Werk gab es einen Beschluß des Staatlichen Komitees für Verteidigung, die Produktion auf reaktive Werfer BM-13 des Typs »Katjuscha« für die Kriegsbedürfnisse des Landes umzustellen, denn die Werke in Moskau und Woronesh, die die »Katjuscha« bislang hergestellt hatten, konnten die zunehmenden Erfordernisse der Armee nicht mehr befriedigen. Gleichwohl waren sämtliche Umstellungstermine schon verstrichen, denn die Evakuierung (die freilich unter härtesten Bedingungen und Bombenangriffen durchgeführt worden war) war überhastet und schlecht verlaufen. Viele Ausrüstungsgegenstände waren gar nicht mitgenommen oder ungenügend befestigt und verpackt auf die Flachwagen verladen worden, und am Bestimmungsort war praktisch Schrott angekommen, der bei Schnee und Regen verrostet war und nicht mehr zur Produktion taugte. Die gesamte Werkleitung – Direktor, Chefingenieur, Cheftechnologe, Leiter der Kesselschweißerei, kurz alle, die damals dem Tribunal in die strenge Hand fielen – wurde entsprechend den Kriegsgesetzen operativ verurteilt und ebenso operativ erschossen. Dadurch war das Werk gänzlich ohne Leitung, und es war Anweisung ergangen, technisch gebildete Leute im Wege der Mobilisierung dorthin zu schicken. In dieser Situation wurde Gawrjuschin Stellvertreter eines verdienten, ordensgeschmückten Greises. Aber dieser alte Mann, der Gewaltiges für die Industrie der ersten Fünfjahrpläne geleistet hatte, stand zweiundvierzig, wie man so sagt, »mit einem Bein im Grab« und konnte mit dem Tempo des Kriegs nicht mehr Schritt halten. Darum bekam Gawrjuschin, der sich als zupackender, geschickter und willensstarker Mann erwies, gleich in der ersten Woche die Macht übertragen, und er wurde Direktor und Führer, also genau das, was gebraucht wurde. Ihm wurde ein kleines rückständiges Werk übergeben, das freilich, sehr wichtig, Formmaschinen für den Guß besaß, aber noch kürzlich vor allem Friedhofszäune und -kreuze hergestellt hatte. Außerdem erhielt der Chemiemaschinenbau eine nahegelegene leere Garage. Diese wurde über Nacht von evakuierten und einheimischen Arbeitern und Handwerkern freigeräumt, und es wurden Werkbänke aufgestellt, wobei aus mehreren beschädigt angekommenen oft nur eine zusammengesetzt werden konnte. Gawrjuschin und der von ihm ausgewählte Sekretär des Parteikomitees Motylin, auch ein verwundeter Frontkämpfer, mit dem Gawrjuschin im Lazarett gelegen hatte, besorgten sich, ohne in der Wahl der Mittel zimperlich zu sein, von einem anderen Werk ein paar mächtige Kräne, die sie für die Montage brauchten, ergatterten auch Langhobelmaschinen, wie sie der Chemiemaschinenbau in seinen besten Zeiten nicht besessen hatte... Der Zeichentisch des Chefkonstrukteurs Schraibman, den Gawrjuschin aus dem Elektroapparatewerk abgeworben hatte, stand mitten in der Montagehalle... Die Arbeiter kamen Tag und Nacht nicht aus dem Werk. Zweimal am Tag rief der Kreml an, dem Gawrjuschin jede, manchmal die alltäglichste Kleinigkeit, berichtete... Nach zehn Tagen lieferte die ehemalige Garage die erste BM-13 »Katjuscha«...

So hatte Gawrjuschin angefangen. In der Folgezeit gab es alle möglichen Störungen, aber was auch immer, anstelle des rückständigen kleinen Werkes und der Garage wuchs ein modernes Werk empor, das nach Kriegsende auf die Produktion von Ammoniakkühlanlagen umgestellt wurde. In dieser

Zeit wurde Gawrjuschin korpulent und ein wenig schwerfällig, sein Gang war nicht mehr so elastisch, und in seinem Blick, der sich früher sehr oft verändert und, wenn er sich freute, manchmal sogar einen dümmlichen Jünglingsglanz angenommen hatte, war jetzt etwas fest Geformtes. In seiner Beziehung zu den Menschen, die im Rang unter ihm standen, also auch zu den Arbeitern (dieser Punkt ist sehr wichtig), hatte es niemals Hochnäsigkeit und Herrentum gegeben, wie jetzt einige nachträglich Schlaue behaupteten, sondern nur Würde und Ordnung, und wenn er mit einem unter ihm stehenden Menschen sprach, erniedrigte er ihn nie und ließ ihn nie seine Überlegenheit merken, denn so etwas kommt in der Regel von der eigenen Unsicherheit. Und Gawrjuschin, der mehrere Orden aus der Hand von Kalinin persönlich erhalten hatte, war ein Mann von größter Selbstsicherheit. Damit konnte man ihm eine gewisse Schuld zuweisen, denn jeder, der mit ihm Umgang hatte, so hieß es, spürte seine Selbstsicherheit als Herr des Lebens und empfand daher sich selbst unwillkürlich als untergeordnet. Es muß aber angemerkt werden, daß Gawrjuschin seiner Umgebung diese Selbstsicherheit absolut ohne Überhebung und völlig organisch »servierte«. Im Werk wurde er mehr geachtet als gefürchtet. Nichtsdestoweniger fühlten sich in seiner Gegenwart alle, vom Chefingenieur bis zum unreifen Berufsschüler, nicht ungezwungen, nicht einfach als Iwan Iwanowitsch oder Petka, sondern als staatliche Menschen, deren Leben sachlich und vernünftig in das Leben von ihresgleichen eingepaßt war. Es sei bemerkt, daß dies vielen gefiel, namentlich den Alten, mit denen Gawrjuschin diese ganze industrielle Schönheit geschaffen hatte. Aber diese, auch das sei bemerkt, wurden immer weniger. Den neuen Führungsstil, der nach Stalins Tod aufkam (Gawrjuschin hatte Stalin sehr geliebt, und wenn er sich Weichheit erlaubte und wenn er wieder in jugendliches Träumen geriet, dann bei der Erwähnung des für ihn großen Namens), also, den neuen Stil, der in der Einfachheit der Beziehungen zwischen Führung und Untergebenen bestand, empfand Gawrjuschin als heuchlerisch und auf beiden Seiten lakaienhaft... So etwa drückte er es im Eifer zum erstenmal öffentlich aus (freilich im kleinen Kreis der technischen Führung, als im Werk die für ihn schreckliche Nachricht eintraf, das Werk sei auf Lokomotiveninstandsetzung umzustellen)... Zuerst glaubte er, es sei ein Irrtum, jemand habe etwas verwechselt, und jemandem müsse der Kopf gewaschen werden... Nachdem er sich abfällig über alles Moderne geäußert hatte, auch über den schlampigen Führungsstil (übrigens auch aus Verwirrtheit, denn dieser neue Stil entsprach nicht ganz den Umständen und der Striktheit des Befehls), also, nachdem sich Gawrjuschin so ausgedrückt hatte, rief er als erstes bei der nächsthöheren Instanz an, das heißt, beim hiesigen Volkswirtschaftsrat. (Einer Organisation, die er für albern hielt, die er verachtete und an die er sich äußerst selten wandte.) Dort antwortete man ihm ziemlich scharf (im Volkswirtschaftsrat wußte man um Gawrjuschins Einstellung zu dieser Behörde): Ihre Sache ist es, den Befehl auszuführen, und nicht, sich zu beschweren. Das war eine Anspielung auf die Beziehungen Gawrjuschins zu dem Sekretär des Gebietsparteikomitees Motylin, seinem Freund aus dem Frontlazarett und späteren Parteisekretär während des schwierigen Aufbaus des Werks im Krieg. Es war eine Anspielung auf Motylin, den Gawrjuschin in letzter Zeit häufig als starken Bundesgenossen bei seinen Streitigkeiten mit dem Volkswirtschaftsrat benutzt hatte... Führen Sie den Befehl aus, hieß es im Volkswirtschaftsrat, denn die Termine für die Umstellung des Werks waren äußerst hart. Gawrjuschin raste zum Gebietsparteikomitee...

Motylin empfing ihn sofort, führte ihn aber aus

seinem großen Arbeitszimmer mit Eichentäfelung durch ein Türchen in dieser Täfelung in ein kleines Zimmer ohne Telefon, mit einem winzigen Fenster unter der Decke und ständiger taghellen Beleuchtung, so daß der Eindruck eines Kellers oder Bombenunterstands geweckt wurde.

»Hör zu, Alexej Iljitsch«, sagte Motylin, als sie auf kattunbespannten Polsterstühlen Platz genommen hatten, »diesmal kann ich dir nicht helfen... Die Anordnung kommt von ganz oben... Vom ZK...«

»Vom ZK...« Gawrjuschin verlor sofort die Selbstbeherrschung wie ein Mensch, der sich lange zusammengerissen hat und nun endlich die Binde lockert, die ihm gleichsam den Hals zugeschnürt hat. (Er lockerte tatsächlich den Schlips und griff sich an den Hals. »Vom ZK«, schrie er, »das haben die Nichtstuer vom hiesigen Volkswirtschaftsrat gedeichselt, und das jetzige ZK hat das ungelesen unterschrieben...«

»Nicht so laut«, fuhr Motylin ihn etwas erschrocken an und sah sich sogar um, obwohl sie in der steinernen Gruft nur zu zweit waren, »bist du verrückt? Du benimmst dich wie eine Jungfrau... Verdienter Wirtschaftsfunktionär, Frontkämpfer... Versteh doch, von oben kommt jetzt so eine Tendenz... Das Territorialprinzip... Die Hiesigen nutzen das natürlich aus, aber sie werden von Moskau unterstützt... Sie meinen, daß die Kompressoren besser zentral produziert werden sollen, zum Beispiel in Moskau oder Leningrad... Wir haben hier einen großen Eisenbahnknotenpunkt und einen großen Lokomotivenpark, der nach qualifizierter Instandsetzung verlangt...«

»Ach, du lieber Gott«, schrie Gawrjuschin auf diese Worte seines alten Freundes.

Es sei angemerkt, daß sich von diesem Moment an in der in sich geschlossenen Natur Gawrjuschins ein Riß bildete, eine gewisse Fähigkeit zum Voluntarismus, obwohl er mit ganzem Herzen und in sei-

nem ganzen bisherigen Leben gegen den Voluntarismus war. Aber so ist das eben: Nicht wir formen die Zeit, sondern die Zeit formt uns, selbst gegen unsern Willen. Und dem Einfluß der Zeit sind gerade leidenschaftliche und innerlich ehrliche Naturen wie Gawrjuschin unterworfen. Den Voluntarismus und die Produktionsanarchie begann er unwillkürlich mit voluntaristischen und anarchischen Methoden zu bekämpfen, die seiner Natur fremd waren, und diese hatte sich unter dem sachlich begründeten und Opferbereitschaft weckenden Druck das Krieges herausgebildet.
»Ach, du lieber Gott«, schrie Gawrjuschin, »dann sollen sie sich doch ein Lokomotiveninstandsetzungswerk hinbauen... Warum abreißen, warum die qualifizierten Kader der Chemieapparatebauer zu Arbeiten niedriger Qualifikation einsetzen?«
»Ein neues Werk bauen hieße Mittel verpulvern«, antwortete Motylin, »das muß ich dir doch nicht sagen...«
»Aber abreißen«, Gawrjuschin atmete schwer, »Werkhallen abreißen... Umrüsten... Wir haben doch mit nichts angefangen... Mit einem rückständigen kleinen Werk... Das weißt du doch... Du hast doch bei mir angefangen... Durch mich... Ich hab dich hergeholt... Das Werkgelände hat sich in all den Jahren verachtfacht...«
»Was agitierst du mich?« sagte Motylin leise. »Das einzige, was ich kann, ist, dir einen Rat geben... Fahre selber nach Moskau... Du mußt zum zentralen Volkswirtschaftsrat... Pro forma, Unterstützung wirst du dort nicht finden... Und dann gehst du ins Ministerium... Zwischen diesen Organisationen herrschen komplizierte Beziehungen, versuch das auszunützen... Aber beruf dich nirgendwo auf mich«, fügte er ganz leise und hastig hinzu.
Nach diesen Worten, die für eine Figur wie den Sekretär eines Gebietsparteikomitees gar zu hastig und zu ängstlich gesagt waren, sahen Gawrjuschin

und Motylin einander eine Zeitlang schweigend und forschend an, so als ob sie einander ungeachtet ihrer langjährigen, in harten Jahren erprobten Freundschaft nicht mehr so recht trauten.

»Ich kann mich selber kaum noch halten«, sagte Motylin nach der Pause fast flüsternd, »auf dem letzten Plenum hat mir der Erste Sekretär des ZK« (so sagte er, nannte nicht den Namen Chrustschow, sondern dessen Funktion), »hat mir der Erste Sekretär öffentlich mit dem Finger gedroht. Weißt du, was das heutzutage bedeutet? Sie wollten mich schon in den Krasnojarsker Volkswirtschaftsrat versetzen, also in die Verbannung schicken... Zum Glück fanden sich in Moskau Leute, die mich unterstützten, so konnte ich bleiben... Du bist auch, wie ich hörte, viel zu gesprächig... Hast sogar ein Stalin-Bild an der Wand hängen...«

»Ich, Genosse Motylin«, sagte Gawrjuschin auf einmal offiziell, »ich habe keine Angst vor Krasnojarsk. Mir ist wichtig, daß das Werk nicht abgerissen wird, mich können sie ruhig versetzen. Und was das Bild des Genossen Stalin betrifft, so hat man mich zu Unrecht bei dir denunziert. In meinem Arbeitszimmer habe ich es entsprechend der jetzigen Parteilinie abgenommen. Wenn bei mir zu Hause eins hängt, ist das meine Privatangelegenheit.«

»Du irrst dich, Alexej Iljitsch«, antwortete Motylin gereizt wegen Gawrjuschins Andeutung, ihm, Gawrjuschin, sei die Sache das Wichtigste, während er, Motylin, nachgerade ein Anpasser und Egoist sei, »du irrst dich, Genosse Gawrjuschin, für ein Parteimitglied gibt es keine Privatangelegenheiten. Du bist widerspenstig, aber dieser Technologe aus dem Werk... Ein Rehabilitierter... Hab den Namen vergessen... Dieser Jude« (Motylin verlor die Selbstbeherrschung) »hat sich bei mir über dich beschwert, du lädst ihn ja öfters zu dir nach Hause ein, und da hat er mir gemeldet, daß du Stalin an der Wand hängen hast, was dem Zwanzigsten Parteitag zuwiderläuft...«

»Ach, so ist das«, sagte Gawrjuschin auflachend, »na schön, wenn es zuwiderläuft, nehm ich's ab... Und jetzt sag mir, wie ich aus deinem geheimen Bombenkeller rauskomme.«

Sie trennten sich mehr als kalt, aber den Rat des Gebietsparteisekretärs machte sich Gawrjuschin gleichwohl zunutze, er reiste nach Moskau, und dort kam es so, wie Motylin vermutet hatte. Im Zentralen Volkswirtschaftsrat fand Gawrjuschin keine Unterstützung, doch im Ministerium hörte man ihn mitfühlend an und versprach Hilfe, zumal man ihn dort kannte und sich von den vergangenen Jahren seiner entsann. Als Ergebnis aller dieser Beziehungen, Verhandlungen und Korrespondenzen kam es schließlich zu einem Kompromißbeschluß, der von der höchsten Instanz abgenickt wurde. Nämlich: ein Teil des Werkes sollte nun doch für die Lokomotiveninstandsetzung umgerüstet werden, aber der andere Teil sollte als Basis für die Reparatur und für die Fertigung von Kompressorersatzteilen erhalten bleiben... Der Beschluß lag natürlich im Trend der Zeit, er war unredlich, absurd und technisch unsinnig. Gawrjuschin war jedoch auch damit zufrieden. Er wußte: blieben die Werkbänke, die Ersatzteile und die Kader erhalten, wenn auch nur als Grundstock, so konnte man das Werk rasch wiederauferstehen lassen, wenn die Heimsuchung vorüber war. (Das, was sich derzeit im Werk und im Land abspielte, hielt er für eine vorübergehende Heimsuchung.) Darum stellte er persönlich eine Liste der Ersatzteile und Werkzeuge zusammen, die nicht an die Lokomotiveninstandsetzung übergeben werden sollten (zu deren Direktor der ehemalige Chefingenieur des Chemiemaschinenbaus ernannt worden war), und das machte er so gerissen, daß der frischgebackene Direktor Iwan Iwanowitsch Uschakow, obwohl er ein Einheimischer war, ihm nichts anhaben konnte. Es gelang Gawrjuschin auch, den besten, qualifiziertesten Grundstock an Arbeitern und technischem Personal zu halten. Nichtsdestoweniger gingen alle diese Mißlichkeiten nicht spurlos an ihm vorüber. Gawrjuschin war immerhin schon in den Jahren, und seine alte Kriegsverletzung machte sich bemerkbar. Und dann erlitt er scheinbar aus dem Nichts einen schweren Schlaganfall.

Das geschah am Geburtstag seiner Frau Ljubow Nikolajewna. Als alle vom Tisch aufgestanden waren und die jungen Leute zu tanzen begannen (Gawrjuschins älteste Tochter Nina bevölkerte das Haus immer öfter mit jungen Leuten der zügellosesten Sitten und Ansichten, die sie freilich in seiner Gegenwart nicht zu äußern wagten, aber er hörte es unwillkürlich aus Andeutungen heraus), spürte er plötzlich eine leichte Atemnot und ging in die Küche, um sich abzukühlen. Hier setzte er sich an den Küchentisch, zusammen mit einem Bekannten seiner Tochter, Slawik, einem sehr sympathischen jungen Mann, der wohl trotz seiner Jugend der alten Standfestigkeit anhing. Zusammen tranken sie ein Gläschen Kognak. (Gawrjuschin war früher, in den klaren und harten Jahren unter Stalin, Nichttrinker gewesen. Jetzt trank er schon manchmal, doch in Maßen.) Also, er und Slawik saßen sehr gemütlich da und unterhielten sich, dabei stellte sich heraus, daß Slawik tatsächlich »diese Witze« mißbilligte wie überhaupt all das Heutige, in dem immer weniger echt Russisches und immer mehr Ausländisches war... Da kam die Tochter Nina lachend in die Küche und sagte, im Fernsehen werde eine sehr lustige Sendung übertragen. Sie gingen ins Zimmer, und tatsächlich, im Fernsehen wurde etwas gesagt, was Gawrjuschin sehr komisch fand. Er lachte, aber irgendwie unnatürlich und ungewöhnlich hoch... Und dann verschluckte er sich gewissermaßen an seinem Lachen... Danach erinnerte er sich an die weiße Zimmerdecke, die er in den ersten Sekunden für Wolken hielt, und er konnte sich gar nicht erinnern, daß er auf ein Feld gegangen war...

Schließlich erkannte er die verheulten Gesichter seiner Frau und seiner Tochter, die sich über ihn beugten, wußte wieder, wo er sich befand, und spürte einen heftigen Schmerz links unter der Kehle.

»Links tut es weh«, flüsterte er, »ich hab wohl einen Infarkt...«

Aber der herbeigerufene und schnell eingetroffene Arzt aus der Sonderpoliklinik für verantwortliche Mitarbeiter maß den Blutdruck, der sehr hoch war, und erklärte, bei solchem Blutdruck könne es kein Infarkt sein, sondern es sei ein Schlaganfall. Und die Schmerzen links kämen daher, daß Gawrjuschin sich das Schlüsselbein gebrochen habe. Seine Frau erzählte später, Gawrjuschin sei zunächst mit dem Gesicht nach unten gestürzt und mit dem Schlüsselbein gegen den Tisch gestoßen, wodurch es ihn herumgedreht habe und er auf den Rücken gefallen sei...

Kurz und gut, Gawrjuschin lag nach diesem Vorfall lange im Sonderkrankenhaus des Gebietsparteikomitees, dann verbrachte er mehrere Monate in Kislowodsk, ebenfalls in einem Sondersanatorium, und auf diese Weise versäumte er faktisch viele Ereignisse der letzten Zeit und konnte sie nicht einkalkulieren... Diese Ereignisse aber hingen mit der allgemeinen Situation des Landes zusammen, die sich als Folge einer Mißernte und ökonomischer Fehler überall und rapide verschlechtert hatte... Als Gawrjuschin nach der langen Pause wieder ins Werk kam, sah er mit Schmerz und Kummer, daß seine Hoffnung, wenigstens »das Korn für das künftige Wachstum«, wie er sich ausdrückte, gesund zu erhalten, sich nicht erfüllt hatte. Ein allgemeiner Verfall hatte eingesetzt, die sinnlose Chrustschowsche Hektik hatte alles in Mitleidenschaft gezogen... Das Werk war nicht mehr ein präzis arbeitender Organismus, in dem die Geräusche der Arbeit zu einem einheitlichen, herzerfrischenden System zusammenflossen, sondern eine Anhäufung von etwas Altem und Verrottendem, wo jedes Geräusch für sich selbst entstand, und zwar nicht nach einer Ordnung, sondern nach dem Willen des Zufalls... Es sei angemerkt, daß Gawrjuschin sich bei all seiner Sachlichkeit insgeheim eine gewisse Romantik bewahrt hatte für alles, was das Werk betraf... Manchmal sperrte er sich in seinem Arbeitszimmer ein und trug der Sekretärin auf, niemanden vorzulassen, dann schloß er die Augen und »horchte auf das Werk«... Das gleichmäßige Brummen der Langhobelbänke, das exakte Fauchen der Rangierloks auf den Gleisen, das dumpfe Knattern des Elektroschweißens aus der Kesselschweißerei... Das war der Atem einer gesunden Proletarierlunge... Jetzt dagegen ließ das Werk die unrhythmischen Atemzüge eines Schwindsüchtigen hören... Im Werk war alles im Umbau begriffen, aber auch hier herrschten nicht die frischen Gerüche von Baugruben, Schalbrettern und Beton vor, sondern die trockenen, toten Gerüche von Ziegelschutt, Lehm und Stuck... Es wurde mehr abgerissen als gebaut... Metall wurde mit autogenem Schweißen zerteilt, es war stickig und verqualmt... Die Grünflächen des Werks waren umgegraben und mit Schmieröl verdorben...

Trotz der Schwüle ließ Gawrjuschin die Stores herunter. Mit dem amtierenden Direktor Dmitrijew und jetzigen Chefingenieur, der ihn vertreten hatte, ging er die Dokumente und Listen durch. In den Papieren sah es noch schlimmer aus als auf dem Werkhof... Im Zusammenhang mit der Umstellung des Werks von der Fertigung von Kompressoren auf deren Instandsetzung waren die Löhne stark gekürzt worden, so daß viele qualifizierte Arbeiter abgewandert waren, und die zufallsgeprägte Auffüllung war aus den umliegenden Dörfern und von der Armee gekommen...

»Viel junges Volk«, sagte Dmitrijew und beugte sich dabei zu Gawrjuschin, als erzählte er ihm einen regierungsfeindlichen Witz.

Dieser Dmitrijew, dachte Gawrjuschin, hat etwas »von einem zeitgenössischen Leiter der Chrustschow-Epoche«, etwas Verschrecktes, Oppositionelles, Verdorbenes... Glatze, kurzer Hals, schielende Augen... Solch einer reißt die Arbeiterklasse nicht mit, solch einer fürchtet die Arbeiterklasse, will sie durch Schmeichelei für sich einnehmen... Und wenn ihm das nicht gelingt, erschrickt er zu Tode... Und richtig, Dmitrijew sagte:
»Wir haben viele Kriminelle im Werk... Welche sind vom Neuland gekommen, das sind die Rädelsführer... Kürzlich haben sie in der Montagehalle einen Meister verprügelt... Es gab eine Gruppenvergewaltigung einer Lagerarbeiterin... Der Prozeß war im Kulturraum des Wohnheims...«
»Was reden Sie mir von Kriminalität?« brauste Gawrjuschin auf. »Ich bin Werkdirektor und kein Staatsanwalt...«
Kaum war Gawrjuschin aufgebraust, spürte er einen schmerzhaften Druck im Hinterkopf. Gleich am ersten Tag war die monatelange Kur in dem privilegierten Sanatorium zunichte geworden.
»Ich mein ja bloß«, sagte Dmitrijew hastig, dabei sah er Gawrjuschin erschrocken an (der hatte vor Schmerz die Farbe gewechselt), »ich mein ja bloß, daß Arbeitskräfte knapp sind...«
»Und wieso haben Sie solche eingestellt?« sagte Gawrjuschin, verzog das Gesicht und preßte die Hand auf den Hinterkopf, um den Schmerz zu lindern.
»Wen soll ich denn einstellen«, sagte Dmitrijew, »bei solchem Lohn?« Nach einem weiteren erschrockenen Blick fügte er hinzu: »Soll ich Ihnen den Wagen rufen, Alexej Iljitsch? Ich sehe, Sie fühlen sich schlecht...«
»Mach das«, sagte Gawrjuschin, er spürte, daß der Schmerz nicht nachließ, »heute ist es überall gleichermaßen beschissen... Die Armleuchter von Ärzten kurieren einen so, wie es in der Wirtschaft zugeht...«

Als er Dmitrijews Hektik sah, der nicht telefonierte und auch nicht die Sekretärin rief, sondern selber hinauslief, um ihr wegen des Wagens Bescheid zu sagen, dachte er: Diesen Mist haben die Chrustschowschen Liberalen eingerührt...

Der Wagen fuhr Gawrjuschin nach Hause, wo seine Frau Ljubow Nikolajewna ihn zu Bett brachte. Aber am nächsten Morgen des für ihn verhängnisvollen Tages stand er früh auf und, wie er glaubte, frisch. Er bestellte nicht den Wagen und weckte nicht seine Frau, sondern frühstückte Kefir und Brot und beschloß, halb inkognito ins Werk zu gehen, um selber nach dem Rechten zu sehen... Am Werktor hatte der alte Nesterenko Dienst, der den Direktor seit vielen Jahren kannte, fast schon seit dem Tag, als der junge Aljoscha Gawrjuschin, verwundeter Oberleutnant, seine Karriere als Wirtschaftsfunktionär begann.

»Meinen Gruß«, sagte Nesterenko mit zahnlosem Lächeln und legte die Hand an den Schirm seiner Uniformmütze des militärischen Werkschutzes.

In früheren stabilen Zeiten würde Gawrjuschin den Alten wohl mit Handschlag begrüßt haben, aber jetzt glaubte er, das könnte als Anpassung an den »Liberalismus« mißverstanden werden. Darum nickte er Nesterenko nur mürrisch zu und ging hinein.

Trotz der frühen Stunde war das Durcheinander des Baugeschehens schon in vollem Gange. (Der Volkswirtschaftsrat hatte der Lokomotiveninstandsetzung eine harte Frist gesetzt, zum Quartalsende sollten schon die ersten Loks angenommen werden.) Gawrjuschin sah, daß ein Bulldozer die Zufahrtsgleise weit jenseits der Grenze abriß, die der Lokomotiveninstandsetzung zugewiesen worden war. Diese Zufahrtgleise dienten zum Abtransport der fertigen Produktion, und sie zu entfernen bedeutete die endgültige Paralysierung des restlichen Kompressorenwerks, das noch existierte. Gawrjuschin spürte den gestrigen Schmerz im Hinterkopf, als er auf den Bulldozer zustürzte.

»Was machst du da, du Hundesohn!« schrie er.

»Hau ab«, sagte der junge Fahrer und lehnte sich grienend aus dem Fenster des Fahrerhauses. (Nach seinem Grienen zu urteilen, war er betrunken.)

Der Schmerz im Hinterkopf wurde bohrend. Gawrjuschin lief zum Werktor, zeigte auf den Bulldozer und rief Nesterenko zu:

»Gib einen Warnschuß ab... Wenn der Saboteur nicht gehorcht, schieß auf ihn.«

»Das geht nicht«, druckste Nesterenko, »das geht doch nicht, Alexej Iljitsch, man muß die Miliz holen...«

»Ach, diese Liberalen«, stieß Gawrjuschin hervor und entriß dem bestürzten Alten mit Gewalt das Gewehr, »bis die Miliz da ist, hat er uns das ganze Zufahrtgleis rausgerissen... Los, steig aus!« brüllte Gawrjuschin den Fahrer an und lud geschickt durch.

Zu diesem Zeitpunkt hatten sich auf den Lärm schon viele Leute eingefunden, hauptsächlich Jugendliche, so daß schon fast eine Menschenmenge beisammen war, noch nicht sehr dicht freilich, doch schon dem Gesetz der Masse unterworfen, das heißt, jedes Wort und jede Bewegung hatten nicht mehr einen selbständigen, sondern einen gemeinsamen und öffentlichen Sinn... Rufe ertönten:

»Bezahlst du ihm die Stillstandszeit?«

»Macht das unter euch aus, aber den Arbeiter laßt in Ruhe!«

»Maul halten!« Gawrjuschin bebte. »Rotzer... Euch geht's zu gut... Ihr hättet mal im Krieg bei mir arbeiten sollen...«

Zu diesem Zeitpunkt fuhr der Fahrer, dessen Handlungen nun auch öffentlich waren, mit dem Bulldozer an und trieb den Meißel unter die Schwellen. Sie knirschten, krümmten sich, sprangen nach oben, die Schienen verbogen sich. Und da schoß Gawrjuschin... Er schoß in die Luft, und im Nu, wie von dem Schuß getroffen, verstummte der Lärm ringsum. Es war der erste Schuß der späteren wirklichen Schlacht, die vier Tage und Nächte dauerte und in die auf beiden Seiten Tausende Menschen hineingezogen wurden... Aber niemand ringsum, auch nicht Gawrjuschin, der nur noch zehn bis fünfzehn Minuten zu leben hatte und der das erste Opfer dieser Schlacht werden sollte, niemand konnte das im Moment des Schusses ahnen... Mehr noch, der Schuß und die folgende schockartige Stille (den Fahrer hatte es wie von einem Windstoß aus dem Bulldozer geweht), der Schuß und die Stille gaben Gawrjuschin die seelische Festigkeit der früheren Jahre wieder, er war gleichsam verjüngt und schrie mit hoher Stimme wie auf einer Kundgebung in der Stalin-Zeit:

»Schmach und Schande... Der russische Mensch handelt nie aus dem Hinterhalt...«

Das war eine Wortwahl, die nicht der Situation entsprach, denn niemand hatte aus dem Hinterhalt gehandelt, im Gegenteil, die Leute hatten sich offen versammelt. Aber im Moment des Kräftezustroms entfuhren Gawrjuschin Bruchstücke der Gedanken, die ihn nachts beschäftigten und die er aussprechen konnte, indem er gleichsam die Luft vom Ende der vierziger Jahre tief in die Brust pumpte... Aber von der Seite her kamen zwei Männer auf Gawrjuschin zugelaufen. Sie waren offensichtlich nicht von hier, obwohl sie Arbeiterkluft trugen. Der eine war Gawrjuschin sogar aufgefallen, als er ins Werk kam, und er hatte noch gedacht, was solche Personen hier zu suchen haben. Aber bekanntlich hatte ihn der Vorfall mit dem Bulldozer sofort abgelenkt. Also, einer der beiden, mit bleichem Gesicht, kam angelaufen und schrie Gawrjuschin zu:

»Guten Tag, Leibowitsch... Dich such ich schon lange...«

Der andere, ein kräftiger Kerl, packte das Ge-

wehr und versuchte, es Gawrjuschin zu entwinden. Und da krachte der zweite Schuß, und es war ungewiß, wer ihn ausgelöst hatte, Gawrjuschin oder der Kräftige, der an der Waffe zerrte. Dem Schuß folgte ein Schrei. Ein junger Bauarbeiter lag auf der Erde... Sein Overall schwoll an der Schulter von Blut. Im übrigen konnte Gawrjuschin, nach seinem Anblick zu urteilen, gar nicht geschossen haben, denn nach dem an ihn adressierten Ruf: »Guten Tag, Leibowitsch«, veränderte er sich zusehends, und es entstand der Eindruck, daß er einfach verfiel und in sich zusammensank wie ein Schneemann in heißer Luft... Die Menge kam in Bewegung, und da, wo der Verwundete lag, bildete sich ein Kreis... Eine Frau kreischte.
»Ruhe!« schrie der Bleiche, der auf die Gleiskette des Bulldozers geklettert war. »Die Ordnung bewahren... Unter der Maske des Alexej Iljitsch Gawrjuschin hat sich lange Zeit der Abram Isaakowitsch Leibowitsch versteckt...«
An dieser Stelle sind ein paar Worte angebracht über die Gründe des momentanen Schockzustands des Werkdirektors Gawrjuschin, ausgelöst durch den Ruf dieses Rowdies. Ich glaube, diesen Zustand zu verstehen, und er hat nichts mit den persönlichen Qualitäten Gawrjuschins zu tun, sondern mit einer besonderen Art von psychischer Verfassung, in der der Mensch manchmal lange Jahre lebt. Teilweise erinnert er an eine Persönlichkeitsspaltung, nur mit dem Unterschied, daß beide Persönlichkeiten sozusagen gleichzeitig existieren, aber eine der beiden Persönlichkeiten befindet sich in der Illegalität, ist begraben, wobei der Mensch im Unterschied zum Fieberwahn nicht nur äußerlich völlig gesund ist, sondern auch innerlich und ständig seine kritische Haltung und das Wissen um seine Gespaltenheit beibehält. Ich möchte wiederholen, daß dies keine primitive Täuschung ist und kein Sich-Ausgeben für einen anderen. Diese Erscheinung fällt eher

in den Bereich der Sozialpsychiatrie, wenn eine solche denkbar ist. Ich erinnere daran, daß in meiner Kindheit und Jugend, als das ganze Land im Bewußtsein des Sieges lebte und besonders die Jugendlichen stolz auf ihre siegreichen Väter waren, ich mich entsprechend den sozialen Tendenzen jener Zeit sehr für meinen Vater schämte, den Volksfeind, und mich psychologisch davon zu überzeugen vermochte, daß ich einen anderen Vater hätte, einen Helden des Krieges. Dies ist eine bestimmte Art von psychologischem Spiel, bei dem der Mensch vor sich selbst etwas verbirgt, wobei er das mit der Zeit dermaßen verinnerlicht, daß es für ihn gleichsam zu einer vollständigen psychologischen Wiedergeburt kommt und sein erstes »Ich« zwar nicht gänzlich verschwindet, sich aber wie eine trübe Erinnerung an eine ferne Vergangenheit ausnimmt und von Mal zu Mal und von Jahr zu Jahr seltener hochkommt, und selbst wenn es hochkommt, bildet es einen so totalen Kontrast zum jetzigen Leben, daß dem Menschen sogar aufrichtige Zweifel kommen: Ist das nicht eine Erfindung, dieses Trübe, Ferne, Vergangene... Er begegnet dem Fernen mit Mißtrauen und einem selbstgefälligen Lächeln. Und bei all dem nistet in dem entlegensten Bewußtseinswinkel die Angst vor diesem Erscheinen des vergangenen »Ich«. Wobei auch diese Angst nicht sozialpolitisch wird, sondern psychologisch, es ist keine Angst vor der Aufdeckung dieser Täuschung, die vom jetzigen Leben längst ausgestrichen ist, sondern Angst vor dem unklaren, quasi nächtlichen Alpdruck, der Herzklopfen, Leere in der Brust und trübe, abseitige Gedanken weckt, über die man nach dem Erwachen und einem Blick in die Runde nur die Achseln zuckt und freudig der umgebenden Wirklichkeit zulächelt... Ich wiederhole, wenn selbst ich mit meinen Erinnerungen an meinen Heldenvater aufrichtig war, was soll man dann von einem Mann sagen, der seit langem so sehr Russe war und so sehr ein stabiles russisches Leben als Wirtschaftsfunktionär gelebt hatte, daß er (auch das ist sehr wichtig), daß er sich sogar erlaubte, keine Feindschaft gegen die Juden zu empfinden, was sehr charakteristisch ist für Personen, die ihre jüdische Herkunft verbergen. So hatte Gawrjuschin während der Hatz auf die Kosmopoliten den Chefkonstrukteur des Werkes Schraibman verteidigt und nicht geduldet, daß er angetastet wurde, den Mann, der zweiundvierzig seinen Zeichentisch mitten in der Montagehalle aufgestellt hatte. Damals freilich rührte sich seine Angst vor dem trüben und schwankenden zweiten »Ich« noch, besonders wenn er erfuhr, daß jemand irgendwem Berichte über ihn, Gawrjuschin, schrieb. Aber bald darauf wurde er nach Moskau bestellt, natürlich in Produktionsangelegenheiten, und da wurde ihm sozusagen beiläufig mitgeteilt, der Verleumder, der ihn anzuschwärzen versucht habe, sei zur Verantwortung gezogen worden. Danach wurde Gawrjuschin endgültig zu einer in sich geschlossenen Natur und ehrlich sogar zu sich selbst, das heißt, seine Persönlichkeit war endgültig neu geboren. Er war ein russischer Mensch, ein russischer verantwortlicher Mitarbeiter, der endgültig die Verbindung verloren hatte zu dem jungen Techniker Abram Leibowitsch, der gleich in den ersten Kriegstagen freiwillig an die Front gegangen war. Mehr noch, es ist zwar schwer zu glauben, aber Gawrjuschin erinnerte sich an Abram Leibowitsch als an einen entfernten Bekannten, der an der Front gefallen oder anderweitig verschwunden war. Ljubow Nikolajewna bezeugte in der Folgezeit, daß ihr Mann ihr mal von einem gewissen Leibowitsch erzählt habe, als nach einer langen Trennung (einer längeren Dienstreise) »Aljoscha zu uns zurückkam und wir, vom Wein leicht angeheitert, im Bett lagen und uns in den Armen hielten, und wir hatten Lust, viel zu reden, offen zu sein und von allen gut zu sprechen... Aber da Aljoscha überhaupt viele jüdische Freunde hatte« (ein weiteres Zeugnis dafür, daß Gawrjuschin seine russische Natur gänzlich und endgültig nicht mehr als Täuschung empfand) »da Aljoscha überhaupt viele jüdische Freunde hatte, habe ich dem, was er von Leibowitsch erzählte, damals gar keine Bedeutung beigemessen.«

Natürlich handelte es sich hier um Pathologie, aber um eine Pathologie, deren Quelle außerhalb von Gawrjuschin und außerhalb von Leibowitsch und außerhalb der Einzelpersönlichkeit schlechthin zu suchen war. Es handelte sich um eine soziale Pathologie des gesellschaftlichen Bewußtseins, die die Persönlichkeit aus dem Kampf um die Selbstbestätigung ausschloß und große und in vielem entpersönlichte ethnografische Gruppierungen als unteilbare Einheiten dieses Kampfes auffaßte. Wobei die erfolgreiche und freie Entfaltung der Persönlichkeit in der Regel nicht außerhalb, sondern nur innerhalb dieser Gruppierungen erfolgen konnte, in denen innere Merkmale zwar existierten, aber den äußeren Merkmalen untergeordnet waren, die die national-ethnografische Gruppierung psychologisch zusammenhielten und stärkten. Und ungeachtet der offenkundigen Absurdität dieses Umstands, die nicht nur Menschen mit einem großen, ehrlichen Verstand, sondern überhaupt jedem ehrlichen Verstand klar war, ungeachtet der zahlreichen Doktrinen gegen diese Absurdität und der überaus geschickt ersonnenen aufopfernden Versuche, diese Ordnung der Dinge zu ändern, änderte sie sich nicht, sondern erstarkte unausweichlich und mit der Entwicklung der Aufklärung sogar noch mehr. (Menschen mit kritisch kühnem und gnadenlos pessimistischem Verstand behaupten, die Lösung des Rätsels liege in der pathologischen Schädigung des menschlichen Lebens im allgemeinen und der menschlichen Gesellschaft im besonderen, und die ehrlichen Köpfe, die gegen diese Ordnung der Dinge zu kämpfen versuchten, seien voreingenommen, donquijotehaft und unnatürlich.) Kurzum, wie in allen unklaren Dingen existiert auch hier eine Polemik, die sich, wenn natürlich auch nur sehr annähernd, zu der geschilderten Tragödie Gawrjuschin-Leibowitsch in Beziehung setzen läßt, und das nur deshalb, weil anstelle dieser philosophischen, vom praktischen Leben losgelösten Polemik keine andere, konkretere Erklärung denkbar ist für eine so ärmliche und elementare Erscheinung wie Mord schlechthin, hauptsächlich aber für den Mord neuen Typs, das heißt, den Mord, der in der Praxis der Lebewesen vor dem Menschen nicht existierte: den Mord als Vergnügen mit tiefer Erniedrigung des Opfers. Und gänzlich neu war er als Begleiterscheinung des Fortschritts: Die Erniedrigten ermorden einen Menschen, der ihrer Meinung nach im Leben erfolgreicher war als sie und sich über sie erhoben hatte. Solch ein Mord ist völlig unmöglich ohne die freudige Erniedrigung des noch vor kurzen einflußreichen Opfers. Übrigens waren im unterjochten Rußland solche freudigen Morde auch schon aus den Zeiten der ersten Wirren und Aufstände bekannt...

Kaum hatte Gawrjuschin aus einem fremden Mund öffentlich seinen richtigen, längst ehrlich vergessenen Nachnamen gehört, da brach es schlagartig über ihn herein, und er verlor seinen inneren Halt. Er war ja jetzt trotz allem Gawrjuschin, und in einer so extremen Situation konnte Leibowitsch nicht einmal in Gawrjuschin, dem russischen Menschen, der an sich glaubte und darum den Juden gegenüber tolerant war, Unterstützung finden. In Leibowitsch war etwas für ihn Gefährlicheres als in Schraibman, und wenn Gawrjuschin in der schweren Zeit des Kosmopolitismus Schraibman geholfen hatte, so ließ er Leibowitsch allein mit der wütenden Menge, die durch die Chrustschowschen Enthüllungen der letzten Jahre verkrüppelt und entfesselt war. Jetzt scharte sich die Menge um den Verwundeten, um ihren Mann aus ihrer unteilbaren ethnografischen Gruppe, zu der auch Gawrjuschin gehörte, und die blutige Beleidigung verziehen sie dem Fremden, dem Leibowitsch nicht...

Durchaus möglich, daß dieser halbwahnsinnige Gedankenkreis in den letzten Lebensminuten durch das entzündete Gehirn Gawrjuschins-Leibowitschs tobte, denn der Schmerz im Hinterkopf wurde so stark, daß seine Vorstellungen von dem Geschehen vollends durcheinandergerieten... Leibowitsch war übrigens unwillentlich zu Gawrjuschin geworden. Nach der schweren Verwundung und Kontusion hatte er das Bewußtsein und vorübergehend auch das Gedächtnis verloren. Im Durcheinander der Evakuierung wurde er als Gawrjuschin eingetragen nach den Papieren eines anderen, dessen persönliche Kennzeichen auf ihn paßten: graue Augen, kurze Nase und sonstige Rassenmerkmale. Als er im Lazarett zum erstenmal mit Gawrjuschin angeredet wurde, glaubte er sich verhört zu haben... Doch als man ihn immer wieder so nannte, kam er ins Grübeln und grübelte eine ganze Nacht. Er liebte Rußland, er liebte Speck mit Roggenbrot, er liebte Kwaß, er liebte das Angeln bei Morgengrauen, er liebte die russischen Steppenlieder, er liebte die Klänge der Harmonika, er liebte die physische Kraft und war übrigens selber ein robuster Mann, der mit Gewichten trainierte. Die jüdische Hektik, die jüdische Schmuddeligkeit, den krächzenden jüdischen Jargon – also alles, was für das Volk, das ein fremdes, historisch unnatürliches Leben losgelöst vom eigenen Land lebte, typisch war, liebte er nicht. Überdies hatte er keine Eltern und war in einem Waisenhaus aufgewachsen, nicht in einer jüdischen Familie, sondern im gesellschaftlichen Geist Rußlands. Darum entschied er, nachdem er eine Nacht lang gegrübelt hatte, daß, wurde aus Leibowitsch Gawrjuschin, dies zwar ein Zufall sei, doch zumindest gerecht war, während es ein größerer Betrug wenn nicht in der Form, so doch im Wesen sei, daß er Leibowitsch war... So wurde er zu Gawrjuschin, und mit jedem Jahr starb Leibowitsch in ihm immer mehr, bis er, wie er glaubte, endgültig gestorben war, so daß er sich sogar erlaubte, die Juden vollkommen aufrichtig zu begönnern, »die ehrlichen und ordentlichen Juden, die von Menschen verfolgt wurden, die das Faktum ihrer Geburt von russischen Eltern als Auszeichnung werteten und nicht als gewaltige Verantwortung und Verpflichtung« (so etwa drückte er sich aus im Falle der Technologin Charlamowa, die achtundvierzig versucht hatte, gegen Schraibman zu intrigieren.)

Das etwa konnte ich über die Lebensgeschichte Gawrjuschin-Leibowitschs herausbekommen, und sie führte ihn, den Frontkämpfer, den großen Wirtschaftsfunktionär, der mehr als einmal im Kreml gewesen war und aus der Hand der Regierung Auszeichnungen bekommen hatte, führte ihn zu einem schmählichen und erniedrigenden Tod, den gewöhnlich schwache Menschen sterben. Denn vor seinem Tod verhöhnte ihn die Menge, alberte fast kindlich herum, wie es nur während der grausamen russischen Pogrome zu sein pflegt... Nach dem Schuß und der Verwundung des Arbeiters breitete sich zunächst allgemeiner Schreck aus, an dessen Stelle blinde Gossenwut trat, so daß Gawrjuschin-Leibowitsch durchaus sofort und ohne Erniedrigungen hätte zerfleischt werden können... Aber der Bleiche, der auf die Gleiskette des Bulldozers geklettert war, rief so gebieterisch zur Ruhe auf, daß die Menge ihn sogleich als ihren Führer, ihren Ataman anerkannte. Er kommandierte geschickt. Der Verwundete wurde sogleich mit Hilfe eines kleinen Verbandskastens versorgt und am Werktor der Obhut zweier Frauen überantwortet, und für Gawrjuschin-Leibowitsch fand der Bleiche im Hof eine Schubkarre, die im Hof zum Müllfahren benutzt wurde. Der kräftige Begleiter des Bleichen und noch ein Freiwilliger kippten Gawrjuschin-Leibowitsch in die

Schubkarre und fuhren ihn im Kreis herum. Gawrjuschin-Leibowitsch saß in der Tat lächerlich in der Karre, schwer und breitbeinig, und der Menge bemächtigte sich allmählich nicht Wut, die zu dem Schreck gepaßt hätte, besonders nach dem Schuß, sondern der fröhliche Grimm der Sieger. Die Menge war mittlerweile beträchtlich angewachsen, und es waren viele Betrunkene dabei, die, von jemandem aus dem benachbarten Schnapsladen herbeigerufen, den verschreckten Nesterenko weggestoßen hatten und in den Hof vorgedrungen waren. Hergelockt hatte sie der Ruf: »In der Chemiefabrik hat ein Jidd Waska erschossen«, dabei kannte niemand diesen Waska, oder zumindest wußte niemand, welcher Waska gemeint war. Nachdem die Menge Gawrjuschin-Leibowitsch eine Zeitlang herumgekarrt hatte, verlor sie das Interesse daran, so daß das Gelächter nahezu verstummte, und da nun ein weiterer Schritt getan werden mußte, schwang einer der Betrunkenen schon einen Ziegelbrocken über dem Kopf, aber ein Ruf des Bleichen hielt ihn zurück:

»Also, Brüder... Der Jude mag unseren russischen Speck und unsere russische Wurst, und wie... Er mag sie so sehr, daß er unsere Läden leer gefressen hat, alles ist in seinem Wanst und dem seiner Sara verschwunden, nur Chrustschow-Schinken gibt's noch.« (Es war zu spüren, das der Bleiche volkstümliche Wörter wählte, möglichst einfach und singend sprach und solche ethnografischen Ausdrücke benutzte wie »Wanst«.)

Bei »Chrustschow-Schinken« ertönte Gelächter, besonders bei den jungen Leuten, denn das war ein Ausdruck aus einem frischen regierungsfeindlichen Witz. Eine bejahrte würdevolle Stimme fügte hinzu:

»Das ist richtig... Die Läden sind wie leer gefegt. Nur Reis für Chrustschow, damit er Verstopfung kriegt...«

»Und die Löhne werden gekürzt«, schrie ein anderer.

»Also los, füttern wir ihn mit Chrustschow-Schinken«, schrie der Bleiche fröhlich und böse.

Ein Lehrling von der Berufsschule, ein ganz junges Bürschchen, spitzgesichtig und rowdyhaft, sprang davon, kam gleich wieder und brachte auf einem Stöckchen ein vertrocknetes Stück Scheiße.

»Iß Chrustschow-Schinken, Jidd«, sagte er fröhlich, beugte sich vor und hielt Gawrjuschin-Leibowitsch die Scheiße an die Lippen.

Der befand sich nur halb bei Bewußtsein und verstand nicht ganz, was da geschah. Als ihm etwas Unangenehmes an die Lippen gehalten wurde, lehnte er unwillkürlich den Kopf zurück, und der Schmerz im Hinterkopf wurde unerträglich. Aber der Gegenstand folgte ihm, und dahinter sah Gawrjuschin-Leibowitsch ein riesengroßes, hartnäckiges, übermütiges, gnadenloses und lachendes Gesicht. Noch weiter konnte er den Kopf nicht zurücklehnen, denn das einzige, worauf jetzt das Tun Gawrjuschins-Leibowitschs gerichtet war, dieser Persönlichkeit, die fast zwanzig Jahre Leitungstätigkeit hinter sich hatte, das war der Kampf gegen den Schmerz im Hinterkopf. Den Kopf zurückzubiegen war nicht mehr möglich, darum faßte er einen Entschluß, so wie er früher manche staatlich wichtige Wirtschaftsbeschlüsse gefaßt hatte, nämlich er bewegte den Kopf nach vorn und stieß mit den Lippen gegen die Scheiße, die der Berufsschüler ihm sogleich hineinschob, indem er mit dem Stöckchen die Zähne zu öffnen trachtete.

»He«, rief der Berufsschüler fröhlich und schallend, »seht her, wie der Jidd Scheiße frißt...«

In diesem Moment trat ein alter Arbeiter aus der Menge, der Hobler Kuchtin. Dieser Kuchtin war einer der wenigen, die einstmals mit Gawrjuschin zusammengearbeitet hatten, wenn auch nicht schon im Krieg, so doch in den ersten Nachkriegsjahren. Voller Wut und Bitternis über die Erniedrigung und den Verrat an seinen vergangenen Jahren, denn so sah er das Verhalten Gawrjuschins, besonders nachdem er erfahren hatte, daß dieser Gawrjuschin keineswegs Gawrjuschin war, sondern Leibowitsch, in dieser wütenden Bitternis stieß er den Berufsschüler beiseite, so daß der sogar hinfiel, packte mit seiner schweren Arbeiterfaust Gawrjuschin-Leibowitsch »beim Schlafittchen«, hob ihn aus der Karre und schmetterte ihm die Faust gegen die Nase. Und als wäre nun der Damm gebrochen, begann das zweite, abschließende Stadium der Hinrichtung durch den Pöbel. Jemand hob einen Ziegel auf, ein anderer eine Eisenstange, aber Kuchtin schrie in mächtigem Baß, hallend wie aus einem Kessel:

»Nur mit den Fäusten schlagen... Auf russische Art...«

Und da begannen sie Gawrjuschin-Leibowitsch auf russische Art zu schlagen, das heißt, so, wie man nur in Rußland zu schlagen versteht... Auf verfeinerte spitzfindige Foltern mit elektrischem Strom oder mit eiskaltem Wasser versteht man sich im Ausland vielleicht besser, aber einfach, richtig, »von Herzen« schlagen kann man nur in Rußland... In den ersten zwei Minuten glomm vielleicht noch Leben in Gawrjuschin-Leibowitsch, aber in den übrigen sieben bis acht Minuten (wie der Wachmann Nesterenko bei der Untersuchung aussagte, hatten sie mindestens zehn Minuten auf den Direktor eingeschlagen), in den übrigen sieben bis acht Minuten also schlugen sie zweifelsfrei auf einen Leichnam ein, indem sie ihn immer wieder von der Erde hochhoben, auf die er schlaff und gleichgültig aus den Händen seiner Peiniger sank... Die Zügellosigkeit der Menge schwappte hinüber auf die Straße und nahm den Kampf mit einer Milizpatrouille auf, die sich zunächst schwach zeigte und nicht operativ handelte. Parallel dazu ging es im Erdölverarbeitungswerk los, das unweit gelegen war und wo vor kurzem die Löhne arg beschnitten worden waren. (Ein Teil der Säufer, die auf den Ruf: »Ein Jidd hat

Waska erschossen«, auf das Werkgelände des Chemiemaschinenbaus vorgedrungen war, arbeitete in der Erdölverarbeitung.) Die ersten Brände loderten auf, ein paar Läden wurden verwüstet, ein Wein- und Wodkalager geplündert... Erst am späten Abend gelang es den alarmierten Truppen der örtlichen Garnison, so etwas wie die Ordnung wiederherzustellen... Zur Nacht wurde die Stadt still, es war eine unruhige und erwartungsvolle Stille.

ZWANZIGSTES KAPITEL

Als dem Sekretär des Gebietsparteikomitees Motylin gemeldet wurde, was sich ereignet hatte, war sein erster Gedanke: Aus... Ich kann mich nicht mehr halten... Jetzt hatten die im Zentrum die Möglichkeit, mit ihm abzurechnen, dem »stalinistischen Vorsänger«, wie seine Feinde ihn nannten. Als dann noch ergänzend gemeldet wurde, an allem sei der Direktor des Chemiemaschinenbaus Gawrjuschin schuld, der mit dem Gewehr des Wachmanns in die Menge geschossen hätte, konnte Motylin sich nicht beherrschen und schlug wütend mit der Faust auf den Tisch. Aber dann nahm er sich zusammen, blickte den Meldenden an und begriff, daß der vom Zerwürfnis zwischen ihm und Gawrjuschin wußte, obwohl ihr Gespräch doch wohl unter vier Augen stattgefunden hatte, in dem heimlichen Zimmer des Gebietsparteisekretärs, das in seinem eigenen Auftrag angebaut worden war. Er weiß es, der Hundesohn, und er versucht, mit seinem gefärbten Bericht sich und das unoperative Verhalten seiner Dienststelle reinzuwaschen.

»Und Sie«, sagte er, ärgerlich über seine Unbeherrschtheit und seinen Faustschlag auf den Tisch (wenn einem Gebietsparteisekretär die Nerven durchgehen, steht es schlecht um ihn), »und Sie, wie konnten Sie das zulassen? Sie waren doch gewarnt.

Es gab Signale von den Betrieben, und es gab eine chiffrierte Nachricht aus Moskau über die Anreise einer Bande von Anstiftern... Wie ist der Name dieses Halunken?«

»Stschussew«, sagte der Meldende, »aber in der chiffrierten Nachricht wird auf einen anderen Punkt hingewiesen...«

»Und diese Bande«, unterbrach ihn Motylin, »diese Anstifter?«

»Die Anstifter sind festgenommen«, sagte der Meldende, »aber sie gehören nicht zu der Organisation Stschussew.«

»Und wer sind sie?« fragte Motylin, gereizt von der unklaren Erklärung.

»Die Namen sind noch nicht ermittelt... Aus« (er nannte die Stadt, in die ich kommandiert war) »haben wir einen Mitarbeiter zur Identifizierung angefordert.« (Gemeint war ich.)

»Gibt es Sachschäden?« Motylin wechselte jäh das Thema und gab damit zu verstehen, daß die inneren Komplikationen in der Dienststelle, die der Meldende vertrat, ihn nicht interessierten und er mit Größerem und Grundlegendem beschäftigt war.

»Einige gibt es«, sagte der Meldende. »In der Erdölverarbeitung hat es an zwei Stellen gebrannt.«

»Fahren wir hin.« Motylin stand energisch auf.

»Ich rate ab«, sagte der Meldende.

»Wie meinen?«

»Dort herrscht noch Unruhe... Es ist gefährlich.«

»Ich bin Frontkämpfer«, schrie Motylin beinahe und begriff sogleich, daß er mit diesem Schrei wieder die Beherrschung verloren und Nerven gezeigt hatte. Der Meldende hatte seine Nervosität zweifellos registriert, er hatte für menschliche Schwächen einen professionellen Blick. »Vielleicht alarmieren wir die inneren Truppen?« fragte Motylin verwirrt.

»Ich glaube, das wäre voreilig«, sagte der Meldende.

Ja, das glaubte Motylin auch. Das lag nicht in seinem Interesse. Eine Alarmierung der inneren Truppen würde bedeuten, daß die Ereignisse einen extremen und gefährlichen Charakter angenommen hätten, daß er, Motylin, mit seiner Arbeit alles in den Ruin geführt hätte und mit einer Konfliktsituation nicht fertig würde. Und dann gehe mal hin zu Chrustschow und erkläre ihm, daß die pausenlosen Umstellungen und der Umbruch der letzten Jahre das Gebiet in Unruhe versetzt hätten, daß im Gebiet mehrere Organisationen gegründet worden seien, die sich einander nicht unterordneten, und daß endlich sie selbst im Zentrum mit ihren dämlichen Enthüllungen über Stalin die früheren Arbeitsmethoden, die von der Zeit und den nationalen Besonderheiten des russischen Menschen erprobt gewesen seien, unmöglich gemacht hätten... Gehe mal hin und erkläre ihm das... Niemand würde die Erklärungen anhören... Nein, unter solchen Bedingungen würde die Alarmierung der inneren Truppen das Ende der Karriere bedeuten... Dabei war er ein befähigter Mensch und konnte noch viel tun... Auch noch nicht alt – siebenundvierzig... Auf dem jetzigen Posten würde er sich nicht halten, das war klar, doch einstweilen hoffte er noch auf eine günstige Wendung, auf die Unterstützung seiner Freunde in Moskau. Nach einer Alarmierung der inneren Truppen würde er auf nichts mehr hoffen können...

Während der Gebietsparteisekretär, der sich wieder gesetzt hatte, nachdachte, stand der Meldende schweigend da und betrachtete ihn. Sein Blick war Motylin unangenehm. Dieser Mann erriet ohne Zweifel, daß Motylins Tage gezählt waren, und benahm sich deshalb so dreist... Aber auch er würde kaum seinen Platz behalten... Vor den Augen der Ordnungsorgane hatte eine Menge betrunkener Rowdies mehrere Stunden lang gewütet. Hatte regierungsfeindliche Reden geschwungen. Sicherlich gab es Menschenopfer... Um dem Meldenden einen Hieb zu versetzen, fragte er:

»Gibt es Opfer?«

»Drei«, sagte der Meldende, »na, mit dem Werkdirektor Gawrjuschin sind es vier.«

»Was?« Motylin sprang auf. »Gawrjuschin?«

»Ja«, antwortete der Meldende. Er wollte sagen »erschlagen«, aber nach einem Blick auf Motylin sagte er »umgekommen«, weil das vielleicht respektvoller klang und besser zum Zustand des Gebietsparteisekretärs paßte.

»Warum haben Sie mir das nicht gleich gemeldet?« schrie Motylin. »Warum nicht gleich? Statt dessen reden Sie sonst was zusammen...«

Er beleidigte den Meldenden schon, und das durfte nicht mal ein Gebietsparteisekretär tun, wenn es um die Dienststelle ging, deren Vertreter der Meldende war.

»Ich meinte, ich hätte in erster Linie über gesellschaftliche Angelegenheiten zu berichten«, sagte der Meldende und sah den Gebietsparteisekretär kühl an.

Aber Motylin beachtete den unguten Blick nicht. Aljoscha, dachte er. Aljoscha ist nicht mehr... Wieviel Jahre habe ich ihn gekannt... Zwanzig... Natürlich... Nein, neunzehn. Mit ihm hat doch bei mir alles angefangen. Zusammen im Lazarett, Frontkämpfer. Er hat durchgesetzt, daß sie mich in seinem Werk zum Parteisekretär ernannten... Zweiundvierzig... Mann, was haben wir damals gearbeitet...

»Wo ist er«, fragte Motylin heiser, »im Schauhaus?«

»Nein, die Leiche ist schon in die Wohnung gebracht worden«, antwortete der Meldende, »übrigens, ein kleines Detail. Vielleicht ist es jetzt nicht angebracht, aber ich halte es dennoch für meine Pflicht, Ihnen die Aussagen der ergriffenen Verbrecher wiederzugeben. Sie behaupten, Gawrjuschin sei nicht der gewesen, für den er sich ausgab.«

»Was?« Motylin hob verwundert den Kopf. »Was sagen Sie da?«

»Sie behaupten, sein Name sei Leibowitsch, Abram Isaakowitsch. Ich denke, man muß Erkundigungen einziehen.«

»Lassen Sie den Blödsinn«, schrie Motylin derart wütend und mit so wilder Bitternis, daß der Meldende sich unwillkürlich straffte und der langjährige Instinkt, auf die Festigkeit in der Stimme eines Höherstehenden zu reagieren, ihn sogar veranlaßte, die Haltung »stillgestanden« einzunehmen. »Eine schöne Quelle haben Sie da gefunden«, fügte er leiser hinzu, »die Banditen wollen ihr Opfer vorsätzlich anschwärzen... Sie können gehen«, sagte er ganz leise.

Der Meldende ging. Motylin saß noch einige Zeit da, um seiner Erregung Herr zu werden und seinem Sekretär keine Schwäche zu zeigen. (Er hatte einen männlichen Sekretär wie die höchsten Zentralinstanzen.) Dieser Sekretär, ein ehemaliger Geschichtslehrer, war nichtsdestoweniger ein geborener und befähigter Ausführender. Er meldete höchst operativ, der Wagen sei vorgefahren, fügte aber hinzu, vor dem Hinterausgang. Motylin fuhr mit dem kleinen Lift hinunter und trat hinaus. Ihm war kalt, sicherlich infolge der Aufregung, und er bedauerte, den Ledermantel nicht angezogen zu haben. Bei dem Wagen standen außer dem Fahrer noch zwei Männer in gummierten dunkelblauen Regenmänteln chinesischen Typs. Motylin begriff sofort, wo die herkamen, sagte aber nichts. Es war der erste Fall in seiner Amtszeit als Gebietsparteisekretär, daß er unter Bewachung fuhr. Gewöhnlich setzte er sich neben den Fahrer, doch einer der Bewacher sagte:

»Setzen Sie sich nach hinten, Genosse Sekretär.«

Motylin fügte sich. Neben den Fahrer setzte sich der Bewacher, der Motylin empfohlen hatte, hinten Platz zu nehmen. Zu Motylin stieg ein zweiter ein, ein breitgesichtiger Angehöriger einer nationalen Minderheit, Kasache oder Tatare. Beide trugen zu ihren dunkelblauen Regenmänteln die gleichen grauen Filzhüte. Hätten sie wenigstens andere Kopfbedeckungen, dachte Motylin verärgert, sie sehen aus wie Zwillinge.

Die Stadt war menschenleer. Da und dort waren eingeschlagene Schaufenster zu sehen, gelegentlich auch eine Milizpatrouille, und an den Kreuzungen standen Militärjeeps und gepanzerte Transportfahrzeuge. Ein paar Feuerwehrwagen preschten vorüber, offenbar zum Erdölverarbeitungswerk. Wie weit ich's auch gebracht habe, dachte Motylin, ich kann mich nicht halten, ich bin reingerasselt. Na schön, gehe ich eben in Rente. Und Aljoscha? Ach, Aljoscha, Aljoscha... Er braucht keine Rente mehr. Aber das einzige, was ich noch tun muß, solange ich an der Macht bin, ist, für die Familie Gawrjuschin zu sorgen. Ich muß entsprechende Dokumente einreichen, damit sie eine personengebundene Rente bekommt...

In der großen Fünfzimmerwohnung (für drei Personen) Gawrjuschins roch es stechend nach Medikamenten, so daß Motylin zunächst sogar dachte: Die Informationen über Aljoschas Tod sind falsch. Wenn es nach Medikamenten riecht, wird er behandelt. Aber nach einem Blick auf Ljubow Nikolajewna begriff er, daß nicht Aljoscha Medikamente brauchte, sondern sie. Aljoscha brauchte gar nichts mehr.

»Wo ist er?« fragte Motylin die Tochter Nina, denn er begriff, daß sie in diesem Moment die Chefin war, denn ihre Mutter Ljubow Nikolajewna saß entrückt und tränenlos auf dem Sofa. (Während Nina weinte.)

»Im Schlafzimmer«, sagte Nina weinend und folgte Motylin dorthin.

Gawrjuschin war schon immer ein schwerer Mann gewesen, doch in letzter Zeit war er noch mehr auseinandergegangen. Aber das, was da, mit medizinischem Wachstuch zugedeckt, auf dem Bett lag, war von wahrhaft unmenschlichen Ausmaßen. Motylin gab sich einen Ruck und lüpfte den Rand des Wachstuchs. Er erkannte Gawrjuschin nicht. Nicht weil der Tod, namentlich der gewaltsame Tod, die menschlichen Züge verändert. Er wußte das, und er hatte an der Front nicht wenig Tote gesehen, deren Züge anders waren als zu ihren Lebzeiten. In diesem Falle aber gab es keinen Unterschied zu dem lebenden Gawrjuschin, denn das war einfach nicht Gawrjuschin. Ihm kam sogar der Gedanke: Ob sie ihn vertauscht haben? Und noch ein Gedanke, noch rascher und abstruser: vielleicht daher die Gerüchte über Leibowitsch... Motylin schüttelte den Kopf, um diesen Blödsinn zu verscheuchen, zumal er, nachdem der erste optische Schock nach dem grausigen Anblick des zu Tode geprügelten Menschen vorüber war, nun doch vertraute Züge Gawrjuschins erkannte. Seine Nase war durch einen Schlag gebrochen und recht ungeschickt wieder gerichtet worden, aber die Stirn, wenngleich von dunkelblauen Blutergüssen übersät, war Gawrjuschins Stirn. Sein ganzer Kopf, sein Hals und sein Gesicht waren von innen, unter der Haut, schwarzblau geschwollen, ein Auge war offenbar ausgelaufen, es war mit Mull zugepflastert, das andere war geschlossen und sah wie eine tiefrote Geschwulst aus.

Ich hatte zufällig Gelegenheit, das Protokoll der Leichenschau einzusehen, natürlich nur flüchtig. (In der Verwaltung, in die ich gebracht wurde, herrschte infolge der stattgehabten Ereignisse große Unordnung, und viele Papiere waren in der Eile liegengelassen worden.) Die Leichenschau im Ermittlungsverfahren unterschied sich sehr von einer gerichtsmedizinischen Untersuchung. (Ich mußte später vor Gericht als Zeuge gegen die Angeklagten auftreten, mit denen ich schon früher zusammengetroffen war.) Im Ermittlungsprotokoll wurde insbesondere darauf hingewiesen, daß der Geschädigte, möglicherweise noch zu Lebzeiten, einer Schändung ausgesetzt worden und sein Mund mit Kot verschmiert worden sei, und dies fehlte im gerichtsmedizinischen Protokoll.

Form, Größe und Lage der blutunterlaufenen Stellen, die Richtung des Blutflusses und der Spritzer waren mechanisch aus dem Ermittlungsprotokoll der äußeren Leichenschau in das gerichtsmedizinische Protokoll übernommen, aber es waren verschiedene Todesursachen angegeben. (Auf diese Unstimmigkeit richtete der Verteidiger des Hauptangeklagten sein Augenmerk.) Bei mir entstand der Eindruck, daß die gerichtsmedizinische Untersuchung, die in ruhigerer Atmosphäre durchgeführt worden war, darauf hinauslief, der Ermordung des Werkdirektors Gawrjuschin den Massen- und Volkscharakter zu nehmen und sie einem Häuflein Verbrecher zuzuschreiben, die noch dazu von außerhalb gekommen waren. So wurde in dem gerichtsmedizinischen Protokoll eine genaue und zielstrebige Todesursache genannt: ein Schlag auf den Hinterkopf mit einem schweren Gegenstand. Im Ermittlungsprotokoll dagegen hieß es, der Tod sei durch eine Vielzahl von Schlägen eingetreten, von Faustschlägen zumeist, und keiner dieser Schläge sei von entscheidendem und akzentuierendem Charakter gewesen, und ihre Zahl und die Zeitdauer der Verprügelung habe zum Tode des Geschädigten geführt.

Aber alle diese Perturbationen und Korrekturen erfolgten erst später, und sicherlich nicht ohne Wissen Motylins. (Aljoscha ist es egal, wie er getötet worden ist, und jede Möglichkeit, die Maßstäbe der Meuterei zu verringern, ist nützlich, mochte Motylin gedacht haben, als er von den Korrekturen erfuhr.) Aber das, ich wiederhole es, war schon später. Damals verfügte Motylin, der gänzlich niedergedrückt war von dem, was er gesehen hatte, nicht über die Fähigkeit, im gegebenen Moment seine Interessen zu wahren, nein, er wußte nicht einmal, was er jetzt tun und was er der Frau und der Tochter des Toten sagen sollte. Er ging vom Schlafzimmer ins Wohnzimmer, wo Ljubow Nikolajewna noch immer unbeweglich saß. (Manche Menschen verhärten vor Gram, versteinern gleichsam, während andere im Gegenteil zerfließen, erschlaffen und sich nicht auf den Beinen halten können.)

»Ignati Andrejewitsch«, sagte Ljubow Nikolajewna plötzlich mit ganz frischer Stimme, die erschreckend wirkte im Kontrast zu ihrem erstarrten Aussehen, »Ignati Andrejewitsch, wissen Sie, was für eine Gemeinheit über Aljoscha geredet wird? Er hätte seinen richtigen Vor- und Nachnamen und seine Nationalität verheimlicht...«

Der Umstand, daß diese vor Gram versteinerte Frau, die Gawrjuschin geliebt, achtzehn Jahre mit ihm gelebt und ihm eine Tochter geboren hatte, es jetzt für möglich erachtete, über Gerüchte zu sprechen, die man ihr mit der Leiche ihres Mannes ins Haus gebracht hatte, lenkte Motylins Gedanken in eine ganz andere Richtung. Er erinnerte sich nämlich an den Meldenden und dachte, daß dies möglicherweise ein Weg sei und vieles von dem jetzigen Geschehen enträtseln könne. Nichtsdestoweniger sagte er Ljubow Nikolajewna zum Trost irgendwelche flüchtig gefundenen Worte, die übrigens ihre Frage überhaupt nicht beantworteten, dann verabschiedete er sich hastig und entfernte sich mit sachlichen Gang, mit dem man nicht das Haus eines Toten verläßt, noch dazu eines alten Freundes und Gefährten aus gemeinsamer Arbeit.

»Zum KGB«, sagte er dem Fahrer.

Zu diesem Zeitpunkt war ich schon dort, gebracht von einem Armeejeep aus dem Städtchen auf der anderen Seite des Flusses, wohin ich eigentlich kommandiert war.

Aber an dieser Stelle muß ich mich wieder von den Ereignissen entfernen, von denen ich erst später Kenntnis erhielt aus Erzählungen und Dokumenten, und zurückkehren zu den Ereignissen, an denen ich unmittelbar beteiligt war. Der Fahrer des Lasters, der Mascha und mich in seinem Fahrerhaus mitgenommen hatte (natürlich aus männlicher Sympathie für Mascha), fragte uns, als wir in die Stadt hineinfuhren:

»Wo wollt ihr hin?«

»Zum Bahnhof«, antwortete ich; dort wollte ich Mascha für eine Zeitlang zurücklassen, denn ich mußte zur KGB-Kreisverwaltung, was ich in ihrem Beisein natürlich nicht tun konnte. Überhaupt empfand ich diese Reise mit Mascha als verrückt, absurd und gefährlich. Ich konnte mir nicht verzeihen, daß ich aus männlichem Egoismus (um nicht zu sagen, aus männlicher Geilheit) Mascha in diese Sache hineingezogen hatte, und nun steckte sie, naiv und fraulich, hier mitten drin in der wilden russischen Meuterei mit ihrem Ballettköfferchen voller Flugblätter, in denen die aufrührerische, verwegene, lange Jahre unterdrückte Wald- und Steppenleidenschaft aufgerufen wurde zur Selbstkastration, zu Versöhnung, Demokratie und Liebe... Überdies hatte Mascha den Wunsch, in diesem gefährlichen Strudel ihren Bruder Kolja zu suchen, der in seinen oppositionellen Bestrebungen endgültig durchgedreht war. Kolja, der mir, dem »stalinistischen Provokateur und Verräter«, ins Gesicht gespuckt hatte. Kolja, mit dem eine Begegnung mir nichts Gutes verhieß. Bei der Abreise hatte ich allerdings kaum ahnen können, daß alles eine solche Wendung nehmen würde. Das hatte niemand ahnen können, nicht einmal die Macht mit ihrem mächtigen Ordnungsapparat, und das war das einzige, was mich rechtfertigte.

Der menschenleere Bahnhofsvorplatz machte einen gefährlichen und unheilvollen Eindruck.

»Alle haben sich versteckt«, sagte der Fahrer. »Macht nichts, alles in Butter. Das Volk duldet und duldet, doch auf einmal – nanu, da schlägt es zu.« Er lachte und fuhr davon.

Wir gingen in den Wartesaal voller harter Eisenbahnbänke. Hier war es auch menschenleer, nur eine Putzfrau fegte aus und tunkte den Besen immer wieder in den Wassereimer. Sie war nicht dick, aber irgendwie gedunsen, mindestens über sechzig, doch die derben bäurischen Kupferohrringe deuteten darauf hin, daß das Weibliche in ihr noch nicht ganz erloschen war, ähnlich wie bei der Dicken im Waggon. (Dieser Typ ist übrigens sehr verbreitet.) Bei der Dicken freilich hatte dieses Weibliche hart, gierig und böse durchgeblickt, während es hier nicht fordernd war, sondern still und demütig.

»Oi, Kinderchen, wo kommt ihr denn her?« sagte sie, als sie uns sah, freundlich und singend.

Diese Frage, in sympathischem Ton gestellt, brachte mich auf eine Idee, die in unserer Situation geradezu ein Glücksfall war.

»Tantchen«, sagte ich (ich hatte »Oma« sagen wollen, doch nach einem orientierenden Blick sagte ich »Tantchen«), »Tantchen, geht es nicht, daß meine Frau« (dabei blickte ich Mascha an und gab ihr zu verstehen, daß es so sein mußte), »daß meine Frau hier ein Weilchen sitzen bleibt? Ich habe in der Stadt was zu erledigen. In einer Stunde bin ich zurück.«

»Ja, ja, sie kann hier sitzen«, sagte die Putzfrau. »Wenn sie will, nehm ich sie mit zu mir. Bei uns herrschen jetzt Banditen. Oi, wo kommt es bloß her, das Banditentum? Gehn wir, Kinderchen, gehn wir.«

Sie ließ den Besen im Eimer stehen, wischte sich die Hände an der Schürze ab und ging hinaus. Wir folgten ihr in einigem Abstand, denn wir mußten uns noch absprechen.

»Warten Sie auf meine Rückkehr«, sagte ich zu Mascha, »ich muß ein paar Dinge herausfinden.«

»Nehmen Sie das mit«, sagte sie unfreundlich (sie

war noch immer nicht sanft zu mir), »nehmen Sie's mit und kleben Sie was an, wenn Sie irgendwo eine antisemitische Schweinerei sehen... Die schreiben Gemeinheiten an Wände und Zäune.« Mascha öffnete im Gehen das Köfferchen und gab mir ein Päckchen Flugblätter, die ich ins Jackett steckte. »Und hier ist eine Tube Leim.« Sie reichte mir eine kleine Tube. »Aber Moment mal.« Sie blieb plötzlich stehen. »Und Kolja? Er haßt Sie, und bestimmt nicht ohne Grund, obwohl er vieles nicht weiß. Ob es richtig ist, wenn ich hierbleibe? Nur ich kann auf ihn einwirken...«

Nein, Mascha hatte ja doch etwas von ihrer Familie, etwas Ungesundes, etwas von dem Journalisten. Ständig wiederkehrende Zweifel und konträre Wünsche.

»Sie wissen genau«, sagte ich und konnte meine zunehmende Gereiztheit kaum verbergen, »daß mein Vorschlag richtig ist...«

»Das ist es ja gerade, es ist Ihr Vorschlag«, unterbrach sie mich, »Sie haben es faustdick hinter den Ohren.«

Ich sah ein, daß ich mich falsch verhalten hatte. Ich mußte einen Rückzieher machen und auf Mascha eingehen, nicht aber an meine Eitelkeit denken.

»Sie wissen doch, Mascha«, sagte ich, wie um den vorigen Gedanken fortzuführen, ihn aber in Wirklichkeit völlig abwandelnd, »Sie wissen doch, daß das Auftauchen eines jungen Mädchens in einer fremden Stadt, besonders in einer Zeit wie jetzt, Aufmerksamkeit erregen würde. Das wäre nicht konspirativ. Und wenn ich Kolja sehe, werde ich Sie sofort verständigen.«

Diesmal stellte meine Erklärung Mascha zufrieden.

»Gut«, sagte sie kurz, »ich werde warten.«

»Wir müssen dieser alten Frau was bezahlen«, sagte ich. »Vielleicht lädt sie Sie zum Essen ein.«

»Das mache ich«, sagte sie hastig, als fürchtete sie, ich könnte bezahlen, und sie wäre mir dann verpflichtet.

Die Behausung der Alten (sie wohnte in einem grünen Hof unweit des Bahnhofs) stellte mich völlig zufrieden. Es war das gewöhnliche Heim einer alleinstehenden, armen und gealterten Frau, in dem alle Gegenstände seit langen Jahren nicht mehr von ihren Plätzen bewegt worden waren; an den Wänden hingen die üblichen und in solchen Fällen für die Vollständigkeit des Eindrucks notwendigen Fotos und Postkarten aus fremden, schon vergangenen Zeiten. Friedhofsgeruch begleitet das alternde Leben, besonders wenn es einsam ist, schon ziemlich früh, die häuslichen Gegenstände drumherum bekommen etwas Statisches und sagen dem fremden frischen Blick bedeutend früher als dem Menschen selbst, daß er sein Leben fortan als Abschied zu betrachten hat. Aller Wahrscheinlichkeit nach befand sich auch die alte Putzfrau, die uns zu sich mitgenommen hatte, in diesem Umbruchszustand. Solche Menschen reagieren stets mit lebhaftem Interesse auf Leidenschaft. (Zwischen mir und Mascha war diese Leidenschaft im Aufblühen, nicht in dem Sinne, daß Mascha mich liebte, sondern in dem, daß zwischen uns Kampf und Spannung war.) Je nach den Umständen wird eine erlöschende Frau entweder böse handeln oder gutmütig (wie jetzt in unserm Fall), nie aber gleichgültig vorbeigehen an einem deutlich ausgeprägten Bild von Beziehung und Widerstreit zwischen Mann und Frau, wie Mascha und ich es boten. Ich begriff daher, daß ihre schnelle Einladung zu sich nach Hause eine gesetzmäßige Handlung war. Ich wollte sie fragen, wo die Bezirksmiliz sei, doch im letzten Moment fiel mir ein, die Alte könnte das Mascha weitererzählen und sie gegen mich argwöhnisch machen. (Koljas Geschrei, ich sei ein Spitzel und diente dem KGB, hatte sie sicherlich nicht ernst genommen, in der

Erwägung, daß Kolja, dieser ehrliche, doch phantasiebegabte Junge, mich aus rein sittlichen Gründen haßte, denen er nach seiner Gewohnheit einen politischen Sinn beigab.)

Das unbekannte Städtchen, in das ich hineinging, war menschenleer, nur da und dort waren eilige Passanten zu sehen. Alles zeugte von den stürmischen Ereignissen, die verstummt, aber noch längst nicht beendet waren. Auf dem Boulevard (apropos, die Stadt war sehr grün und schön), auf dem Boulevard sah ich Papierfetzen an einem Baum kleben, dort war sicherlich ein Flugblatt abgeschabt worden. Und richtig, ein Stückchen weiter klebte an einem anderen Baum ein Flugblatt, das die Milizpatrouille in der Eile übersehen haben mochte oder das erst nach der Patrouille angeklebt worden war. Auf dem Flugblatt war, übrigens sehr gut getroffen, Chrustschow abgebildet, dem ein auch sehr gut gezeichneter Maiskolben aus dem Mund ragte. Ich dachte an meine Flugblätter von der Troizki-Gesellschaft. Die mußte ich loswerden, aber auf dem Boulevard ging das nicht, darum bog ich in den Zwischenraum zwischen zwei Häusern ein. (Sämtliche Häuser wirkten wie ausgestorben, nur da und dort blickten auf meine Schritte hin Menschen aus dem Fenster und prallten sogleich zurück.) Zum Glück fand ich rasch ein Klosetthäuschen, ich zerriß die Flugblätter und warf sie hinein. Das gleiche tat ich mit der Leimtube. Ich durchquerte den Hof und stieß auf ein verwüstetes und notdürftig aufgeräumtes Lebensmittelgeschäft. Am Straßenrand lagen Berge von Schaufensterscherben und ein Häufchen mit Staub vermischter Händevoll Reis (der verhaßte Reis, der dem russischen Menschen Brot und Speck ersetzen sollte). Ich hörte das Knattern eines Motorrads, und eine Milizpatrouille kam in Sicht. Jetzt, da ich die Flugblätter los war, bot dies die beste Gelegenheit, mein gesuchtes Ziel zu erreichen. Und richtig, kaum ging ich ihnen entgegen, da packten sie mich fest und schmerzhaft an den Armen. Ich kam gar nicht dazu, etwas zu sagen, und auch sie sagten nichts und verlangten auch nicht meine Papiere. Nein, sie sahen in der menschenleeren Straße einen fremden jungen Mann, ergriffen ihn und transportierten ihn ab. Offenbar waren sie verängstigt über die Ausschreitungen und vorgewarnt, daß von außerhalb Anstifter eintreffen würden. Sie brachten mich in ein Milizrevier voller zerknitterter, geschlagener, noch nicht ausgenüchterter und verbitterter Menschen, hauptsächlich Männer, aber da waren auch zwei oder drei Frauen, die noch grausiger aussahen als die Männer, sie hatten von Suff und Grimm aufgeschwemmte Gesichter und die Hängebrüste angestammter Proletarierinnen, waren zerquält von der Not und der Unordnung des eigenen Lebens.

»Da hast du noch einen«, sagte der Milizionär zum Diensthabenden, woraus ich schloß, daß außer mir noch mehr Leute eingesperrt waren und ich für ein Mitglied der Gruppe gehalten wurde.

Ich wurde unruhig und bereute bereits, diesen Weg zur Miliz eingeschlagen zu haben, besonders wenn ich das derzeitige Durcheinander bedachte.

»Ich muß den Natschalnik sprechen«, sagte ich zum Diensthabenden, doch da fielen aus meinen Sachen ein paar Flugblätter, die dort hängengeblieben und nicht vernichtet waren, zu meinen Füßen nieder.

Der Diensthabende griff flink danach wie ein Jäger nach der Beute, warf einen Blick darauf und sagte zu dem Sergeanten:

»In die Sonderzelle mit ihm... zu den anderen...«

Der Sergeant packte mich und führte mich hinunter in den Keller, dabei wurde er grob, da ich ihm den Grund meines Erscheinens zu erklären versuchte.

»Verstehen Sie«, sagte ich, »ich bin hergeschickt, ich habe eine Kommandierung... Lassen Sie meinen

Arm los, dann zeig ich sie Ihnen... Ich muß den Natschalnik sprechen... Ich komme aus Moskau...«

»Halt's Maul, du Dreck«, antwortete der Sergeant, »ich zeig dir gleich die Kommandierung«, und mit der einen Hand mich führend, schlug er mich mit der anderen ins Genick.

»Sie tragen die Verantwortung«, schrie ich, aber da knarrte schon die Zellentür, er stieß mich hinein und schloß ab.

Und da erstarrte ich. Am andern Ende der Zelle standen und sahen mich an Stschussew, Serjosha Tschakolinski, Wowa Schechowzew, der Verbindungsmann Pawel und noch ein krankhaft ausgemergelter Mann, den ich nicht kannte. Auch Kolja war da, aber er stand nicht bei der Gruppe, sondern saß abseits, niedergedrückt und in völliger Depression. Ja, Kolja, den Mascha und ich (besonders Mascha, ich nur, um ihr gefällig zu sein) eigentlich suchten. Kolja lenkte meine Aufmerksamkeit für einen Moment ab, und dieser Moment hätte mich das Leben kosten können, denn Stschussew, Pawel und der Ausgemergelte, die in solchen Sachen erfahrene Leute waren, handelten blitzschnell, es war ja nicht ihre erste Abrechnung mit einem Spitzel im Lager oder Gefängnis. Ich hätte sofort zur Tür stürzen und schreien müssen, vielleicht hätte mein Schrei den sturen Sergeanten auch herangeholt, aber Kolja hatte mich abgelenkt, und dadurch hatte ich den Moment verpaßt, und als ich daran dachte, war mein Mund schon von einer knochigen Hand fest verschlossen, ich wurde hochgehoben, jemand ergriff meine Beine, die Ellbogen wurden mir geschickt nach hinten gedreht, und dann umklammerte eine gnadenlose Kraft meinen Hals. Dieser Zustand ist schwer zu beschreiben. Die Trübung des Bewußtseins kommt nicht sofort, und den Schmerz spürt man fast bis ans Ende, wobei dieser sich zunächst auf die Stelle konzentriert, wo die fremden Finger den Hals berühren, und in diesen Fingern, die gnadenlos zupacken, ist nicht einmal Haß, sondern völlige Gleichgültigkeit gegenüber dem, was in dir und mit dir geschieht. Dann schmerzten hauptsächlich die Ohren und die Augen. All das dauert natürlich nur Augenblicke, aber die Mikroetappen des Gewürgtwerdens sind in diesen Augenblicken scharf abgegrenzt und voll wahrnehmbar. Ich war sehr geschickt ergriffen worden und kämpfte überhaupt nicht um mein Leben, denn ich war von der Plötzlichkeit, Wildheit und Unvorhersehbarkeit des Geschehens total überrumpelt. (Dabei war diese Variante gar nicht so schwer vorherzusehen gewesen, und ich hatte sie sogar vorhergesehen, aber viel zu allgemein und viel zu wenig an eine solche Möglichkeit glaubend, zumal sich das in einer Milizzelle abspielte, in die sie mich wegen des herrschenden Durcheinanders und wegen meiner eigenen Dummheit mit den Flugblättern gesperrt hatten.) Also, der Moment, in dem ich gar nicht um mein Leben kämpfte, rettete mich vielleicht, denn Widerstand des Opfers reizt die Mörder, und ich wäre schneller und energischer gewürgt worden. Meine Erstarrung und Schlaffheit übertrugen sich unwillkürlich auf meine Mörder, und sie handelten in der letzten Etappe des unmittelbaren Würgens weniger exakt. Überdies waren sie betrunken, woraus sich schließen ließ, daß sie erst vor kurzem, vielleicht eine halbe Stunde vor mir, gefaßt worden waren. Vielleicht war einer von ihnen entkommen, und die Patrouille war nicht einfach so herumgefahren, sondern hatte ihn gesucht und mich für den Entwichenen gehalten. (Was sich später bestätigte.) Außerdem sprangen Serjosha Tschakolinski und Wowa Schechowzew betrunken um mich herum und behinderten die erfahrenen Lagerwürger... Diese Verzögerung gab Kolja, der erstarrt dasaß und schrecklich anzusehen war, die Möglichkeit, aufzuspringen, kreischend wie ein Kranker zu schreien, zur Zellentür zu stürzen und mit den Fäusten dagegen zu hämmern. Sofort packte ihn Stschussew und riß ihm den Kopf nach hinten, um das Geschrei und das Hämmern zu unterbinden. Aber erstens schwächte er damit denjenigen, der mich würgte (Stschussew hatte meine Beine gehalten, und der Würger war Pawel), und zweitens war es schon zu spät, denn mehrere Milizionäre, die auf das Geschrei angelaufen kamen, rissen mich von dem Würger los und zerrten Kolja und mich in den Korridor, und das einzige, was ich noch mit dem Augenwinkel sah und mir einprägte, war, wie der vierschrötige Sergeant Stschussew den Stiefel in den Bauch trat. Auch Kolja hatte es wohl gesehen und sich eingeprägt, obwohl er sich nach wie vor in einem schrecklichen, nachgerade fieberhaften Zustand befand, denn er krallte sich beide Hände ins Gesicht. (Er hielt sich nicht die Hände vors Gesicht, sondern krallte sie hinein.) Meine Beine gehorchten mir nicht, und sie stützten mich unter den Armen. Freilich verging das schnell, und nachdem ich ein Weilchen auf dem Sofa des Natschalniks gesessen und mich verpustet hatte, fühlte ich mich besser, nur Hals, Augen und Ohren taten noch sehr weh.

»Was laufen Sie auch der Patrouille in die Arme?« schrie mich der Natschalnik an, als er Klarheit über mich gewonnen und meinen Dienstreiseauftrag eingesehen hatte. »In der Situation. Sie brauchen ein Kindermädchen. Sie können sich nicht melden wie ein Mensch, und wir müssen es dann ausbaden. Warum haben Sie das nicht dem Diensthabenden gesagt? Und dann die Flugblätter...«

»Der Diensthabende hat mich nicht zu Wort kommen lassen«, sagte ich, »und das mit den Flugblättern kann ich erklären...«

»Schon gut«, unterbrach mich der Natschalnik, der wohl einsah, daß sie das im Übereifer vermasselt hatten. »Wie fühlen Sie sich?« fragte er sanfter. »Soll ich vielleicht einen Arzt rufen?«

»Der Hals tut ein bißchen weh«, sagte ich, »sonst geht's schon.«

»Also, Stschussew und seine Bande?« fragte der Natschalnik. »Ach, der Lump...«

»Ja«, antwortete ich, »es ist Stschussew.«

»Schreiben Sie eine namentliche Identifizierung... Jeden einzelnen mit Namen und allen vorhandenen Informationen... Und was ist das da für ein Bengel?« Er deutete auf den in einer Sofaecke zusammengesunkenen bleichen Kolja.

Das einzig Erkennbare an ihm war der Haß auf mich. Ich sagte, wer er war und aus welcher Familie, wobei ich Koljas haßerfüllten Blick zu meiden suchte.

»Ach ja«, sagte der Natschalnik, zog eine Schublade auf und entnahm ihr irgendwelche Papiere, »man hat mich über ihn verständigt... Nikitenko«, rief er dem Sergeanten zu, »bring ihn ins Kinderzimmer und schließ ihn ein... Und Sie«, er wandte sich mir zu, »Sie gehen zum KGB-Bevollmächtigten. Erster Stock, Zimmer fünfzehn.«

Der Bevollmächtigte, ein junger Hauptmann mit modisch kurz gestutzten Haaren und einem Ring am Finger, blickte in meinen Paß, verglich ihn mit seinen Notizen, die er aus dem Safe geholt hatte, und sagte freundschaftlich, mich duzend:

»Du fährst jetzt in die Gebietsstadt zur Identifizierung. Dort sind zwei Verbrecher ergriffen worden. Gawrjuschin, der Direktor des Chemiemaschinenbaus, wurde ermordet. Wahrscheinlich waren's die beiden. Sie haben die Menge mit Provokationen aufgehetzt.«

»Aber vielleicht kenne ich sie nicht«, sagte ich und dachte daran, daß Mascha bei der fremden alten Frau allein war. Auch von Kolja mußte ich ihr Bescheid sagen. »Ich muß hier arbeiten, die Gruppe Stschussew identifizieren... Informationen schreiben...«

»Das hat Zeit«, sagte der Hauptmann, »wir müssen so schnell wie möglich die Identität der beiden feststellen, um den Faden greifen zu können, verstehst du? Wenn du sie nicht erkennst, können wir nichts machen, aber vielleicht erkennst du sie doch? Na, mach's gut.« Er drückte mir die Hand. »Der Jeep steht auf dem Hof«, rief er mir noch hinterher.

Auf dem Hof standen ein paar Milizionäre und betrachteten ihre Gewehre, die sie erst vor kurzem gefaßt haben mochten. Aber der Jeep war kein Milizfahrzeug, sondern gehörte der Armee... Ein Soldat mit den hellblauen Achselklappen der Flieger saß am Steuer. (Woraus sich schließen läßt, daß die Behörden alles mobilisiert hatten, was greifbar war.) Als ich einstieg, trat ein zweiter Soldat mit Maschinenpistole herzu und stieg hinter mir ein.

»Zur Gebietsverwaltung des KGB?« fragte der Fahrer. (Offenbar fuhr er nicht das erstemal dorthin.)

»Ja«, antwortete ich und massierte behutsam meinen immer mehr schmerzenden Hals. (Der Schmerz in den Augen und Ohren war fast vergangen.)

Wir fuhren los...

EINUNDZWANZIGSTES KAPITEL

Wenn in dem Provinzstädtchen alles ausgesehen hatte wie nach den Ausschreitungen besoffener Rowdies, nämlich böse, ramponiert und nicht ganz ernst, war hier in der Industriestadt alles echter, einfacher und gefährlicher. Ich sah ein paar Brandstätten, von denen eine noch qualmte, aber im Gegensatz zu den fröhlichen, von Menschen umwimmelten russischen Feuersbrünsten herrschte hier die Stille und staatliche Exaktheit der Feuerwehr- und Militäruniformen. Was in der Stadt vorging, war selbst für einen neu Hinzugekommenen nicht schwer zu erkennen. (In extremen Revolutions- und Aufruhrsituationen ist der erste Eindruck eines fri-

schen Menschen mit guter Beobachtungsgabe manchmal sehr zutreffend.) In einer breiten Straße mit Straßenbahnschienen in der Mitte (die Bahnen fuhren natürlich nicht) sahen wir eine große Gruppe Menschen, die sich im Laufschritt fortbewegten, wahrscheinlich Arbeiter. (Eine Menschenmenge konnte man sie nicht nennen, denn sie waren allen Anzeichen nach organisiert.) Offenbar drohte von diesen Menschen ernsthafte Gefahr, denn der Fahrer, kaum daß er sie bemerkte, wutschte sogleich in eine Nebengasse und fuhr mit rasender Geschwindigkeit von dannen. An einer anderen Stelle bemerkten wir behelmte Militärschüler mit Maschinenpistolen, die in einer Kette an den Häuserwänden entlang gingen.
Die Gebietsverwaltung des KGB war von Patrouillen umstellt, die uns sorgfältig überprüften. (Bei aller scheinbaren Sorgfalt hatten die Behörden unzählige Fehler und Versäumnisse zugelassen, von denen schon die Rede war und noch sein wird. Übrigens sind Fehler und Versäumnisse unvermeidlich bei einem russischen Aufruhr, wo schöpferische Improvisation stets eine große Rolle spielt, besonders wenn ein gemeinsames Organisationszentrum fehlt.) Ich wurde durch einen Korridor in ein kleines Zimmer mit vergittertem Fenster und Gardinen geführt, in dem auch tagsüber Licht brannte. Am Schreibtisch saß ein junger Mann in Zivil, der Untersuchungsführer wohl, und am Fenster stand ein bejahrter Oberstleutnant. (Er war es, der dem Gebietsparteisekretär Motylin den Aufruhr und Gawrjuschins Tod gemeldet hatte.) Mitten im Zimmer saßen auf Hockern zwei Männer in Handschellen. Der eine war bleich und hatte vor wilder Leidenschaft glühende blaue Augen, und die Haare klebten ihm an der schweißnassen Stirn. Der andere war robust und guckte mürrisch und erstarrt gleichgültig. Der Untersuchungsführer begrüßte mich, blickte in mein Papier und sagte:

»Kennen Sie die beiden?«

»Ja«, antwortete ich und zeigte auf den Bleichen: »Das ist Orlow.«

Wie ich vermutet hatte, versuchte Orlow sofort, mir ins Gesicht zu spucken. Diese Methode temperamentvoller und offener Kämpfer kannte ich gut, darum trat ich nach meinen Worten einen Schritt zurück, und Orlows Spucke erreichte mich nicht, zumal der Wachmann ihn sogleich von hinten packte und mit Gewalt auf den Hocker niederzwang, und da Orlow sich in einem hysterischen Haßausbruch spannte, um aufzustehen, drückte ihm der Wachmann mit den Händen die Schultern herunter. Ich muß sagen, daß sich Orlow sehr verändert hatte, seit ich ihn das letztemal sah, nicht erst seit ich zufällig, dank dem antisemitischen Selbstmörder Iliodor, mit ihm in dieselbe Gesellschaft geraten war, sondern seit wir, das heißt, die antistalinistische Organisation Stschussew, mit ihm um die Blumen kämpften, die Orlows Leute vor dem Stalin-Denkmal ablegten. Wenn er früher viel Unausgegorenes und sogar etwas von einem im Zeitgeist protestierenden studentischen Spötter hatte, so hatte sich jetzt in ihm die Entzündlichkeit des Profis durchgesetzt, der zu jedem Extrem bereit ist, und in seinem Pathos war nicht studentische Ironie, sondern Aufrichtigkeit der Überzeugungen.

»Ich hab's ja gewußt«, sagte Orlow mit Bitterkeit, »die Jiddenbande von Stschussew ist eine Zusammenrottung von Spitzeln«, und da er mich nicht anspucken konnte, spuckte er kraftlos auf den Fußboden.

In diesem Moment hörte ich im Korridor Bewegung, jemand kam hereingestürmt, wohl um den Natschalnik anzukündigen, doch bevor er das tun konnte, war Motylin schon im Zimmer.

»Die Identität eines der Verhafteten ist festgestellt, Genosse Motylin«, sagte der Oberstleutnant eilig, »es ist Orlow... Und der andere?« wandte er sich an mich.

»Den kenne ich nicht«, sagte ich. (Ich kannte ihn wirklich nicht, es mußte ein Neuer sein.)

»Orlow?« fragte Motylin. »Ist das nicht der Sohn von...«

»Nein, nicht der Sohn«, unterbrach Orlow ihn nervös, »ich bin nicht sein Sohn, denn wir sind von verschiedener Nationalität.«

»Was?« fragte Motylin verwundert. »Was soll das heißen?«

»Das soll heißen, ich bin von Nationalität Russe«, antwortete Orlow, wölbte die Brust vor und spannte sich, so daß der Wachmann kräftig zupacken mußte, um ihn festzuhalten.

»Nun, soviel ich weiß, ist Ihr Vater angestammter... aus einer Bauernfamilie«, sagte Motylin, »Parteimitglied seit den zwanziger Jahren... Ich hörte, daß er mit seinem Sohn Ärger hat... Das sind Sie also?«

»Wie kann ein Mensch Russe sein, der Rußland an die Jidden verrät?« sagte Orlow und versuchte wieder aufzustehen.

Der Wachmann hielt ihn fest, und der Untersuchungsführer in Zivil sagte scharf:

»Sie sind hier bei einem Verhör, Orlow, und Sie haben auf Fragen zu antworten. Ihre banditenhafte Agitation interessiert hier niemanden.«

»Ich antworte ja«, sagte Orlow auflachend, sichtlich zufrieden, daß er dem Untersuchungsführer einen Stich versetzt hatte. (Orlow hatte in der Tat auf seine Weise, aber konkret die gestellte Frage beantwortet.)

»Hören Sie, Orlow«, sagte der Oberstleutnant, »denken Sie an Ihr Schicksal und benehmen Sie sich anständig.«

»Als Russen«, antwortete Orlow, »bewegt mich vor allem das Schicksal Rußlands. Und mir ist gleichgültig, was man in Ihrem verjiddeten KGB über mich denkt. Sie setzen die Traditionen der verjiddeten Tscheka fort.«

Nach diesen Worten beugte sich der Untersuchungsführer in Zivil über den Schreibtisch und schlug Orlow ins Gesicht. Ich sah, daß Motylin, der so etwas nicht gewohnt war, das Gesicht verzog und sich abwandte.

»Na bitte«, sagte Orlow und spuckte Blut aus, »das ist was anderes. Damit hätten Sie gleich anfangen sollen.«

»Orlow«, sagte der Oberstleutnant, »wollen Sie nun die Fragen der Untersuchung beantworten? Bedenken Sie, daß jedes Wort und jede Tat von Ihnen protokolliert wird.«

»Ich beantworte keine Fragen mehr«, sagte Orlow hart, »aber einiges äußern kann ich schon, zumal es protokolliert wird. Der da soll mich loslassen. Von physischer Gewalt gehen bei mir die Gedanken durcheinander. Ich kann so etwas auch nicht im Sitzen sagen... Das sind Worte, die von Herzen kommen... Von einem russischen Herzen...«

»Lassen Sie ihn los«, sagte der Oberstleutnant zu dem Wachmann.

Der trat zurück, Orlow stand auf und bewegte die gefesselten Hände.

»Die Hauptgefahr des Judentums für Rußland«, sagte er überzeugt, »ist nicht sein Haß auf Rußland, sondern vielmehr seine Liebe zu Rußland. Das begreift Stschussew nicht, dieser Lump... Das gleiche gilt für die Parteihalunken, die an der Macht sind, solche wie mein Vater, die Kommunisten... Diejenigen Juden, die Rußland hassen, sind weniger gefährlich als die, die es lieben. Die Assimilierungstendenzen dieses Teils des Judentums, seine Fähigkeit, nicht nur in die russische Gesellschaft, sondern manchmal auch ins Innere des russischen Charakters einzudringen, ihn zu unterwerfen und sein Wesen zu verändern, so wie Krebs das Wesen einer lebendigen Zelle verändert. Ihre Fähigkeit, unsere

Felder, Wälder, Birken, Pilzstellen, Preiselbeeren zu lieben... Unsere Frauen und schließlich auch unsere Traditionen... Die Ausgrenzung dieses Teils des Judentums aus dem Leben der russischen Nation ist unsere wichtigste nationale Pflicht. Die Pflicht der russischen Patrioten. Das habe ich erst vor kurzem begriffen, und seit ich es weiß, erfasse ich so richtig das Wesen der großen Nationalbewegung, die Ende der vierziger Jahre von Stalin eingeleitet wurde. Darum muß jeder ehrliche russische Patriot den März dreiundfünfzig als tragische Katastrophe für Rußland erkennen. Solche wie Stschussew haben sich verrannt in den Egoismus und die Blindheit der eigenen Kränkungen. Ihr ganzer Kampf, ihr antistalinistischer Haß widersprechen faktisch nicht dem Wunsch des Judentums, im Gegenteil, er spielt ihnen in die Hand, denn die Juden haben schon immer jedwede feste russische Macht gehaßt. Alles, was auch nur entfernt die Idee der russischen Macht in sich trägt, wird vom Judentum gehaßt... Darum bemühen sie sich auch, in die Grundlage dieser Macht hineinzukriechen und sie von innen auszuhöhlen... Die Juden in der Tscheka, das ist ein besonderes Thema... Wie viele russische Menschen haben sie erschossen, wie viele Aristokratinnen in den Gefängniszellen vergewaltigt...«

»Ich denke, es reicht jetzt, wir haben genug von diesem manischen Fiebergeschwätz gehört«, sagte der Untersuchungsführer in Zivil, warf einen Blick auf den Oberstleutnant und sah dann Orlow an, »sprechen Sie zur Sache... Wer hat Sie geschickt, welche Aufträge haben Sie, was für Verbindungen?«

»Ich glaube«, fiel ihm der Oberstleutnant ins Wort, »wir werden jetzt nichts Vernünftiges von ihm zu hören bekommen. Aber wir können warten, Orlow. Beruhigen Sie sich und denken Sie nüchtern über Ihre Situation nach. Gehen Sie...«

Orlow und sein nicht identifizierter Begleiter wurden abgeführt.

»Schicken Sie ihn später zu mir«, sagte der Oberstleutnant zu dem Untersuchungsführer in Zivil, dann wandte er sich Motylin zu und fügte hinzu:

»Wir haben die Sache im Griff. In ein paar Kreisen herrscht natürlich noch Chaos, aber wir haben die inneren Truppen nicht mobilisieren müssen. Ich denke, gegen Abend wird alles ruhig sein.«

»Berichten Sie mir am Abend über die Situation«, sagte Motylin. »Ich nehme an der außerordentlichen Sitzung des Exekutivkomitees teil.«

»Zu Befehl«, antwortete der Oberstleutnant militärisch.

Motylin ging. Der Oberstleutnant wartete ein paar Minuten, vielleicht um nicht mit Motylin hinausgehen zu müssen, und ging dann auch. Ich blieb in dem Verhörzimmer allein mit dem Untersuchungsführer in Zivil. Dieser saß, das Gesicht müde in den Händen, am Schreibtisch, und in seinem Aussehen war etwas Bedrücktes und Trauriges. Schließlich hob er den Kopf und sah mich an, als hätte er sich von etwas befreit und seine Gedanken abgeschüttelt.

»Sie sind bestimmt hungrig«, sagte er zu mir. »Sie brauchen etwas zu essen und eine Unterkunft.«

»Und wann kann ich zurück?« fragte ich.

»Zurück?« fragte der Untersuchungsführer verwundert. »Ausruhen können Sie sich hier. Wir haben bessere Bedingungen als der Kreis.«

Ich konnte ihm nicht sagen, daß ich Mascha bei einem fremden Menschen zurückgelassen hatte, wo sie auf mich wartete, darum sagte ich:

»Ich bin dorthin kommandiert.«

»Das regeln wir«, sagte der Untersuchungsführer. »Übrigens, man hat mir gemeldet, daß Sie dort in der Zelle fast erwürgt worden wären... Man hat Sie eingesperrt?«

»Nein, in dem Durcheinander hat man mich zufällig festgenommen und dort hineingesteckt«, antwortete ich, »in die Zelle zu Stschussew.«

»Das ist ein Ding.« Der Untersuchungsführer

seufzte und sah mich an wie einen Bundesgenossen. »Völlige Unordnung.«

Der Untersuchungsführer war ein junger Mann, etwa in meinem Alter, aber ich wußte nicht, ob er innerlich oppositionell eingestellt war oder mich nur auf die Probe stellen wollte. Darum blickte ich zu Boden, ohne zu antworten, nahm den Schrieb an den Leiter des Wohnheims und ging.

Das Wohnheim lag gleich nebenan im Hof der Verwaltung, und es war fast leer. (Alle Mitarbeiter befanden sich im Einsatz, seit sie gestern alarmiert worden waren.) Die Kantine des Wohnheims war auch leer, und ich aß, fast allein, ein zwar anspruchsloses, doch kalorienreiches und gut gekochtes Essen. (Borstsch mit Speck, zwei große Buletten mit Grützbrei und einen Holzbecher mit wohlschmeckendem Rosinenkwaß.) Außer mir war nur noch ein Major in der Kantine, der aber nichts aß, sondern Bier trank. Nach dem Essen gab mir der Heimleiter ein sauberes Zweibettzimmer – mein unerreichbarer Traum, als ich noch gehetzter Mieter im Wohnheim vom Wohnungsbau war. Ach, wie lange war das her, und es schien nicht mir so ergangen zu sein, oder doch mir, aber in einem anderen, jenseitigen Leben, außerhalb der Wirklichkeit, im Traum... Der Schlaf übermannte mich sogleich, kaum daß ich den frisch duftenden Bezug berührt hatte und in das weiche Kissen gesunken war. Ich hatte einen Traum, aber ich kann mich nicht daran erinnern. Ich schlief lange und fest, war schlagartig weg von allem Heutigen, schlief ohne Unterbrechung und wohl auch, ohne mich herumzudrehen, denn mir war so, als ob ich in derselben Pose wach wurde, in der ich eingeschlafen war. Ich erwachte im Morgengrauen. (Also hatte ich den Rest des Tages und die ganze Nacht geschlafen.) Zunächst glaubte ich, von Halsschmerzen aufgewacht zu sein. Tatsächlich, da, wo sie mich gestern gewürgt hatten, tat es weh. Ich setzte mich auf, massierte die schmerzenden Stellen, und kaum war ich endgültig wach geworden, da begriff ich, daß mich nicht die Halsschmerzen geweckt hatte, zumindest nicht nur die Halsschmerzen... Draußen wurde geschossen...

Jetzt muß ich mich wieder von meinen direkten Eindrücken lösen und Dinge berühren, die ich damals noch nicht wußte. (Später war ich an der Abfassung des Gesamtberichts über die Ereignisse beteiligt, an der außer mir viele Menschen mitwirkten, darum erfuhr ich einiges über das Gesamtbild.)

Am Abend fand die außerordentliche Sitzung des Exekutivkomitees statt, auf der das Ausmaß des durch den Aufruhr entstandenen Schadens und Maßnahmen zur Wiederherstellung des normalen Lebens in der Stadt erörtert wurden, wobei die Maßnahmen im großen und ganzen selbständig und, besonders wichtig, ohne Einmischung des Zentrums getroffen wurden. Übrigens, als Motylin über die Direktleitung, das rote Telefon, mit dem Zentrum sprach, konnte er sich davon überzeugen, daß das Zentrum zwar beunruhigt war, aber keine Vorstellung von der wirklichen Größenordnung der Ereignisse hatte, das heißt, es war gelungen, die wirkliche Größenordnung in dem allgemeinen Wust der konkreten Zahlen und Meldungen untergehen zu lassen. Das war Motylins Stil: keinerlei Gemeinplätze. Dank diesem Stil war es ihm sehr oft gelungen, mit konkreten Fakten das Gesamtbild zu vertuschen. Es sah so aus, als sei ihm das auch diesmal gelungen, und so lebte er auf und dachte, alles könnte noch glimpflich abgehen und er seinen Platz behalten. Gegen Ende der Sitzung erschien im Exekutivkomitee, wie vereinbart, der Oberstleutnant. Sein jetziges respektvolles und kooperatives Verhalten (diese Leute haben einen guten Riecher), das sich abhob von der inneren Mißbilligung und dem Widerstand, die Motylin während des morgendlichen Vortrags an ihm wahrgenommen hatte, drückte ebenfalls aus, daß seine, Motylins, Position sich festigte. Möglicherweise wußte der schlaue Oberstleutnant sogar etwas von Motylin, wovon dieser selbst noch keine Kenntnis hatte. (Die haben ja ihre eigene Direktverbindung nach Moskau.) Womöglich wußte er etwas von Maßnahmen, die Motylins hochgestellte Freunde und Gönner in Moskau zu seinen Gunsten getroffen hatten, Maßnahmen, die sogar Motylin selbst noch unbekannt waren, oder er wußte von irgendwelchen Veränderungen zugunsten Motylins. (Es gab Gerüchte, wonach einer von Motylins Gönnern, der in Moldawien mit ihm zusammengearbeitet hatte, das höchste Amt anstrebte. Die Zusammenarbeit war nur von kurzer Dauer gewesen, als es mal wieder eine Erschütterung gab, danach war Motylin in sein Gebiet zurückgekehrt. Aber Verbindung ist Verbindung.) Jedenfalls fühlte sich Motylin zum erstenmal nach all den Aufregungen ruhig. Natürlich konnte man noch nicht sagen, daß er wieder fest im Sattel saß, denn es handelte sich vorerst nur um Vermutungen, aber das morgendliche Seelenchaos und die Verwirrung hatten ihn verlassen.

Motylin und der Oberstleutnant gingen in ein kleines Zimmer unweit des Sitzungssaals, und Motylin setzte sich an den Schreibtisch (obwohl das der schäbige Schreibtisch eines kleinen Beamten des Exekutivkomitees war). Der Oberstleutnant blieb als Meldender mitten im Zimmer stehen.

»Nehmen Sie doch Platz«, sagte Motylin und wies auf einen Stuhl, »ich höre...« (Der frühere Gebietsnatschalnik des KGB, mit dem sich Motylin geduzt und mit dem er lange gut zusammengearbeitet hatte, war trotz der Proteste Motylins kürzlich versetzt worden. Die Ernennung des Nachfolgers zog sich hin, und so versah der Oberstleutnant seit einiger Zeit die Obliegenheiten des KGB-Natschalniks.)

»Die Ruhe ist allerorts wiederhergestellt, Genosse Motylin«, begann der Oberstleutnant, »es werden Maßnahmen zur Ermittlung der Rädelsführer getroffen. Wir haben eine Operativgruppe zur Unterstützung der Kreisabteilung des KGB gebildet, denn...« (er nannte den Namen der Stadt, in die ich kommandiert war) »ist auch von der Provokation betroffen... Übrigens habe ich zusätzlich zu den früheren Flugblättern eine ganz neue Abart bekommen.« Der Oberstleutnant holte ein paar Blätter aus der Aktentasche und gab sie Motylin.

Es waren die Flugblätter der Russischen Nationalen Troizki-Gesellschaft, die er von mir bekommen hatte. (Man hatte sie mir nicht weggenommen, sondern von mir bekommen.) Motylin nahm ein Flugblatt und begann zu lesen. Der popenhafte Stil ärgerte ihn besonders, und die Worte »Die russische Barmherzigkeit hat schon vor Jahrhunderten den verfolgten und unbehausten Stamm der Juden unter ihren Schutz genommen...« unterstrich er sogar mit Bleistift. In diesem Satz war etwas, was ihn unangenehm an seine Beziehungen zu dem toten Direktor Gawrjuschin erinnerte... Oder zu Leibowitsch... Wer weiß... Wir leben in einer politisch komplizierten Zeit. Aber früher hat wenigstens nicht solch ein Durcheinander geherrscht. Vor dem März dreiundfünfzig. In dem einen hat der Schurke Orlow recht. Kunststück, er ist der Sohn von Terenti Wassiljewitsch. Wir sind uns mehr als einmal auf Parteikonferenzen begegnet. Welch ein Unglück für den Vater. Ist sich dieser Schurke nicht im klaren, daß er seinem Vater die Kaderakte verdirbt? In unserer kollegialen Zeit stehen wir alten Mitarbeiter ohnehin nicht sehr in Ansehen.

Seine Gedanken wurden wieder düster. Nachdenklich betrachtete er das Zimmer, in dem er sich befand: billiger Schreibtisch, Klappkalender mit Kunststoffeinfassung, ein einziges Telefon, klobig und vom alten Typ, ein Chrustschow-Bild in dürftigem Rahmen, eines der Regierungsporträts, wie sie gewöhnlich in Schulkorridoren hängen... In solch einem Arbeitszimmer anzufangen ist nicht schlecht für einen jungen Menschen, der aus der untersten Organisation in die Nomenklatura aufrückt. Aber hierherzugeraten, wenn man schon älter ist, noch dazu von oben und mit einem Schlag... Nein, dann schon lieber in Rente... Und obwohl Motylin nur aus einem Alltagszufall und aus eigenem Willen in diesem zweitrangigen Zimmer saß, einfach weil es unweit des Sitzungssaals gelegen und weil der Schlüssel dazu dem Saaldiener als erster zur Hand gewesen war (übrigens waren sämtliche Zimmer rund um den Konferenzsaal zweitrangig, die Natschalniks waren eine Treppe höher untergebracht, wo es still und menschenleer war), also, trotz alles dessen empfand Motylin das Sitzen an dem unbequemen, zweitrangigen Schreibtisch als ein gewisses Omen. Dieser Strudel von Gedanken und Empfindungen verband sich in ihm auf seltsame Weise mit dem dummen Flugblatt über den »verfolgten Stamm der Juden« und mit dem Fall Gawrjuschin-Leibowitsch... Und da, als Motylin, von all diesen Gedanken erwärmt, »reif war«, sagte der Oberstleutnant, der wohl Motylins Zustand erfaßte, so wie ein gewiegter Feinschmecker die Garheit des Essens erfaßt:

»Ich habe Orlow persönlich vernommen. Er behauptet, daß seine Organisation über den ›Russischen Schmerz‹ verfüge. Erinnern Sie sich, wie es bei Jessenin heißt.« Der Oberstleutnant lachte auf, unterbrach den angefangenen Gedanken auf halbem Wort und zitierte überraschend:

»Schwarzer, dann gefurchter Acker!
Wie wohl könnt ich dich nicht lieben?
Ich geh hin zum blauen See,
Abendsegen strömt zum Herzen...
Bleigrau schimmert Sumpfes Armut...
Trauriges Lied, du russischer Schmerz...

»Also, die Organisation dieser unorganisierten, schwächlichen, dummen Idealisten nennt sich ›Russischer Schmerz‹.«

»Ein gutes Gedicht«, sagte Motylin und spürte beunruhigt, daß er schon nicht aus sich selbst sprach, sondern sich dem Gedankengang und dem sanften, doch beharrlichen Druck des Oberstleutnants unterwarf.

»Wo sind Sie geboren, Ignati Andrejewitsch?« fragte der Oberstleutnant den Gebietsparteisekretär.

Diese Frage und die Anrede mit dem Vor- und Vatersnamen trugen trotz der Herzlichkeit und Höflichkeit in der Form einen deutlich herausfordernden und familiären Charakter. Motylin erkannte, daß er den Oberstleutnant sofort zurechtweisen und in die Position des meldenden und seine Pflicht erfüllenden Menschen zurückversetzen mußte, und das in der scharfen Form eines Verweises. Statt dessen aber antwortete er aus Gründen, die er selbst nicht wußte:

»Im Gebiet Tambow. Meine Mutter lebt noch dort.«

»Ja«, sagte der Oberstleutnant, »beinahe Jessenins Gegend.«

»Na, nicht ganz«, antwortete Motylin in dem Versuch, wenigstens mit dieser Nichtzustimmung Widerstand gegen etwas zu leisten, was Gewalt über ihn hatte und womit der Oberstleutnant trotz seiner offiziell niedrigeren Dienststellung enger verbunden war, »nicht ganz Jessenins Gegend«, sagte er, »Rjasan ist doch was anderes.«

»Das eine wie das andere ist Rußland«, antwortete der Oberstleutnant, »ja, Ignati Andrejewitsch« (diese nochmalige Familiarität nahm Motylin schon gelassener hin), »ja, Ignati Andrejewitsch, man kann es drehen und wenden, wie man will, wir beide sind vor allem russische Menschen.«

In diesem Moment klingelte der alte und ungefüge Telefonapparat grob und vulgär wie ein Wecker.

»Hallo.« Motylin hatte unwillkürlich den Hörer

abgenommen, und sei es nur, um das vulgäre Klingeln zu stoppen, das jemand in niedrigerer Position täglich hören mußte, um dann der großen Mehrheit der Anrufer Auskunft zu geben. Und richtig, aus dem Hörer wurde Motylin sogleich angeschrien, man verlangte etwas von ihm, was, verstand er nicht. »Hier ist niemand«, rief er ärgerlich.

»Und wer sind Sie?« schrie der Hörer fordernd. »Ihr Name?«

»Du kannst mich...«, schrie Motylin und warf den plumpen Hörer des »zweitrangigen« Telefons auf die Gabel.

»Wir sind ein wenig vom Thema abgekommen«, sagte der Oberstleutnant, »also, Orlow behauptet, seine Organisation verfüge über Listen von etwa zehntausend Personen, die ihre Biografie verändert hätten... Landesweit natürlich... Verstehen Sie mich? Es ist mir gelungen, zu erreichen, daß Orlow in dieser Frage mit den Untersuchungsorganen zusammenarbeitet... Ich habe Maßnahmen ergriffen, um dieser Listen habhaft zu werden. Einiges wissen wir schon jetzt... Zum Beispiel über unsere Kader...« Er holte ein Papier aus der Tasche, »zum Beispiel Golowanow, Parteisekretär auf dem Güter- und Rangierbahnhof... Er ist nicht da geboren, wie er es in seiner Kaderakte angegeben hat, sein Geburtsjahr stimmt auch nicht, und sein Name ist nicht Golowanow, sondern Naterson.«

»Haben Sie Beweise?« fragte Motylin und preßte verstohlen die Hand aufs Herz. Er kannte Golowanow. Das war ein tüchtiger und gescheiter Mitarbeiter.

»Ja«, sagte der Oberstleutnant, ließ die Schlösser seiner Aktentasche klacken und holte Papiere heraus, »hier ist das Verhörprotokoll... Golowanow alias Naterson hat alles gestanden. Hier ist seine Unterschrift unter dem Protokoll.« Der Oberstleutnant legte das Blatt vor Motylin hin.

»Und was ist mit Gawrjuschin?« fragte Motylin

leise, ohne das Protokoll zu lesen, er trommelte nur mit den Fingern darauf. »Hat sich das mit Gawrjuschin bestätigt?«

»Sie haben ja meine Idee, Erkundigungen einzuziehen, nicht gutgeheißen«, antwortete der Oberstleutnant ein wenig vorwurfsvoll.

»Tun Sie das«, sagte Motylin leise und stand schwerfällig auf, »überhaupt haben wir die Arbeit mit den Kadern vernachlässigt, vielleicht kommt alles daher.«

Von dem vergleichsweise gelassenen Zustand, den man während der Tagung des Exekutivkomitees an ihm bemerkt hatte, war keine Spur geblieben. In niedergedrückter Stimmung kam er nach Hause, seine Frau, die ihm mit Fragen nach Ljubow Nikolajewna, ihrer Freundin, zusetzte, wimmelte er beinahe grob ab, schloß sich ohne Abendbrot in seinem Arbeitszimmer ein, nachdem er das Telefon dorthin umgestellt hatte, und döste, angezogen dasitzend, die ganze Nacht wie ein einfacher Diensthabender, der einen Anruf erwartet. Das Telefon klingelte in der Nacht kein einziges Mal, doch im Morgengrauen wurde Motylin, wie viele andere auch, von Schüssen geweckt, die zunächst in der Ferne, dann aber immer näher und intensiver knallten. Die Sache war die, daß in der Nacht auf Initiative des Oberstleutnants Massenverhaftungen vorgenommen worden waren. Und das in einer Situation allgemeiner Unruhe, auf heißen Spuren, oft ohne genaue Prüfung und unter Anwendung rabiatester Methoden. Hinzu kam, daß an den Massenverhaftungen außer Mitarbeitern der Straforgane viele unerfahrene Leute teilnahmen, Rekruten, Kursanten der Infanterieschule usw.. Es gab Verprügelungen von Verhafteten, es gab Anwendung von Waffengewalt, es gab sogar einen regelrechten Kampf, als zwei Brüder das Feuer eröffneten und mit ihren Jagdgewehren den Leutnant erschossen, der die Verhaftung leitete. Gegen Morgen war die ganze Stadt auf den Beinen, und vor dem Gebäude des Gebietsparteikomitees sammelte sich eine gewaltige Menschenmenge, die die Freilassung der Verhafteten forderte. Motylin, mit zerknautschtem Jackett und Schlips, so wie er die Nacht durchsessen hatte, gelangte nur mühsam und durch den Hintereingang ins Gebietsparteikomitee und war gerade drinnen, als auch vor dem Gebäude eine Schießerei einsetzte.

»Was geht hier vor?« rief er seinem Sekretär zu, der bleich war und vor Angst den Unterkiefer hängenließ. »Was für eine Schweinerei, wer wagt es, in das Volk zu schießen? Wer hat das angeordnet?«

»Die ersten Schüsse kamen aus der Menge«, antwortete der Sekretär, bemüht, mit seinem hängenden Unterkiefer fertig zu werden. »Zwei Soldaten sind erschossen... Daraufhin hat der Kompanieführer den Befehl gegeben... Kriminelle Elemente sind am Werk, hetzen auf...«

»Sofort aufhören«, schrie Motylin, der ein nie erlebtes Zittern und Schwäche in den Beinen spürte, »ich werde zum Volk sprechen...«

»Das ist gefährlich«, versuchte der Sekretär zu widersprechen.

»Mund halten!« schrie Motylin den gänzlich unschuldigen, zu Tode erschrockenen Sekretär an. »die haben sich vollgefressen in ihren Sonderläden, und das Volk hungert... Und dieser soll zu mir kommen... Der Oberstleutnant... Wie heißt er? Und die anderen... Wo sind die Mitarbeiter, warum ist niemand im Gebietsparteikomitee?«

Motylin riß die Stores auseinander, stieß die Tür auf und trat auf den Balkon. In der morgendlichen Herbstluft roch es wie an der Front scharf nach versengtem Eisen. Blauer Qualm kroch über den Platz. Die Menschen liefen auseinander und sammelten sich wieder in Häuflein.

»Leute!« schrie Motylin, nachdem er tief Luft geholt hatte. »Zu euch spricht der erste Sekretär des

Gebietsparteikomitees... Ich bin Motylin... Alle Verhafteten werden freigelassen... Alle Schuldigen an der Verletzung der sozialistischen Gerechtigkeit werden bestraft... Die Sowjetmacht ist die Macht des Volkes, und sie erlaubt nicht...« Nach diesem Satz, der aus den Kundgebungen der Revolution und des Bürgerkriegs stammte, knallten ein paar Schüsse aus Jagdgewehren...

Der Sekretär packte Motylin von hinten an den Schultern und zog ihn mit Gewalt vom Balkon ins Zimmer. Motylin setzte sich in einen schweren Ledersessel und saß da, mit heftigen Herzschmerzen, bis er militärisch exakte Schritte hörte. Der Oberstleutnant erschien, frisch rasiert, wenn auch mit geschwollenen Augen von der Schlaflosigkeit. Seine Kragenbinde war schneeweiß, und er trug einen Schulterriemen.

»Ach, da sind Sie ja«, sagte Motylin, ohne den Gruß zu erwidern, und genoß im voraus, wie er abrechnen würde für seine gestrige Schwäche, dafür, daß er gestern in dem Zimmerchen des Exekutivkomitees faktisch sich selbst und seine nächsten Menschen und das ganze Land verraten hatte (so hyperbolisch nervös dachte er), verraten hatte an die Macht dieses Würgers. »Was haben Sie angerichtet?« sagte er. »Was haben Sie angerichtet in der Nacht? Wer hat Ihnen das erlaubt?«

»Ich verstehe die Frage nicht«, antwortete der Oberstleutnant scharf, »wenn Sie die Verhaftung von Verbrechern meinen...«

Nach diesen Worten sprang Motylin auf, und was dann kam, blieb ihm nur bruchstückhaft im Gedächtnis. Er erinnerte sich später, daß er zur Tür lief und sie verschloß. Dann schlug er mit der Faust auf den Tisch und schrie mit ganz fremder kreischender Stimme. (Ich nehme an, mit der gleichen Stimme, wie ich sie in der Periode der Rehabilitierung hatte - so schreit gewöhnlich nicht die Arbeiterklasse, sondern die erbitterte, zermürbte Intelligenz.)

»Die Sowjetmacht lebt noch... Du Lump... Mach dir keine Hoffnungen...«

»Sie haben einen Anfall«, antwortete der Oberstleutnant kühl, »Sie brauchen einen Arzt.«

»Und wenn ich fliege«, schrie Motylin, »geschieht mir recht... Aber auch du... Du... du wirst als Wirtschaftsleiter arbeiten... Oder als Hausmeister... Gestern hast du Golowanow zum Verhör geschleppt, und wo sind die wirklichen Verbrecher? Die antisowjetischen Hetzer, die Rädelsführer, wo sind die?«

»Nicht Golowanow, Naterson«, antwortete der Oberstleutnant auflachend.

»Maul halten!« schrie Motylin. »Du... ihr... das Ganze habt ihr angerichtet, alles habt ihr beschmutzt... Chrustschow hat euch vom Zügel gelassen... Unter Stalin wären solche wie du an die Wand gestellt worden.« Da verließen ihn die Kräfte, langsam sank er mitten im Zimmer auf den dicken und weichen Teppich.

»Und die Sache mit Gawrjuschin hat sich bestätigt«, sagte der Oberstleutnant ruhig und fest und blickte von oben herab auf den liegenden Gebietsparteisekretär, so wie er mehr als einmal beim Verhör auf Liegende herabgeblickt hatte, »hat sich bestätigt, Leibowitsch hieß er...« Erst danach ging er hinaus und sagte zu dem Sekretät: »Motylin braucht einen Arzt, er ist zusammengebrochen...«

»Lösen Sie Alarm aus«, flüsterte Motylin dem Sekretär zu, der ihn unter den Armen gepackt hatte und ihn aufzurichten versuchte, »genauer, melden Sie... Richten Sie Tolkunow aus« (Tolkunow war der zweite Sekretär des Gebietsparteikomitees), »das heißt, ich meine, die inneren Truppen müssen alarmiert werden.«

»Die werden eben ausgeladen auf der Station«, antwortete der Sekretär.

Und richtig, die inneren Truppen, die über andere Kanäle alarmiert worden waren, wurden bereits ausgeladen und traten in Aktion. In exaktem und geschicktem Zusammenspiel umstellten sie die von den Ausschreitungen erfaßten Viertel. Waffengewalt wurde nur im Notfall angewendet, aber wenn, dann mit Sachkenntnis. Das Anzünden öffentlicher Gebäude und das Plündern von Spirituosenläden wurden unterbunden, die Toten, die beim Widerstand erschossen worden waren, ins Leichenschauhaus abtransportiert. Die Verhafteten wurden unter Umgehung des städtischen Gefängnisses sofort zum Bahnhof geschafft, wo Transportzüge auf sie warteten. Auf diese Weise waren sie mit einem Schlag abgeschnitten von den Schauplätzen des Aufruhrs und trafen erst nach zwei Tagen und Nächten in einem völlig unbekannten und ruhigen Gebiet des gewaltigen Rußland ein, in dessen weiten Räumen jeder regionale Aufstand verstummt und erstickt und nichtig erscheint. Nach ihrer Ankunft durchliefen die besänftigten, müden und hungrigen Häftlinge Verhör und neue Zuordnung, in deren Ergebnis viele wieder freigelassen wurden.

Aber die Ankunft der inneren Truppen und die Wiederherstellung der Ordnung begannen gegen zehn Uhr vormittags. Als ich, von den Schüssen geweckt, auf die Straße lief, herrschte in der Stadt eine Atmosphäre völliger Anarchie, das heißt, eine Atmosphäre, die einer stürmischen, kindischen, von der Ordnung eingeschnürten Wald- und Steppennatur angenehm ist. Mascha, dachte ich unruhig, ich muß zu Mascha... zu Mascha...

In der KGB-Verwaltung wehrten alle mich ab, und niemand wollte mich anhören. Endlich traf ich im Korridor den Untersuchungsführer, der in meinem Beisein Orlow verhört hatte.

»Hören Sie«, rief ich und faßte ihn am Ellbogen, um ihn festzuhalten, denn auch er wollte mich zunächst abwimmeln, »hören Sie, ich muß zurück... in den Kreis...«

»Spielen Sie nicht verrückt«, antwortete er, »dort

geht es auch drunter und drüber... Der Miliznatschalnik ist ermordet... So ist das...«

»Hören Sie«, sagte ich, ohne ihn loszulassen, »meine Frau ist dort...«

»Ihre Frau«, der Untersuchungsführer wandte sich verwundert mir zu, »wieso denn, sind Sie von hier?«

»Ja«, antwortete ich, erwog jedoch sogleich, daß in der Kommandierung etwas anderes stand, und verbesserte mich: »Das heißt, nein... Aber trotzdem... Meine Frau...«

»Na schön«, sagte der Untersuchungsführer, der in Eile war und nicht die Zeit hatte, sich mit meinen Problemen zu befassen, »gehen Sie in den Hof, von dort fährt gleich ein Milizwagen.«

Ich dankte ihm nicht einmal, lief in den Hof und kam gerade noch zurecht, der Wagen war schon angefahren. Der Milizwagen, in dem außer mir und dem Fahrer zwei mit Gewehren bewaffnete Milizionäre saßen, fuhr bis in ein Dorf, bog in den Hof des Dorfsowjets ein und hielt. Warum und wozu, wußte ich nicht. In meinen Schläfen hämmerte es, mein Mund war trocken und schmerzte, und böse Vorahnungen quälten mich.

»Bis zur Stadt sind es sechs Kilometer«, rief mir der eine Milizionär hinterher. (Hinterher, weil ich, kaum daß ich den Weg erfahren hatte, sofort losgegangen war.)

»Seien Sie vorsichtig«, rief der zweite.

Das Städtchen empfing mich still und menschenleer, dabei hatte ich das Schlimmste erwartet. Doch hier war die Luft frisch und sauber, und als ich auf der Suche nach der Bahnstation durch den Stadtpark kam, beruhigten mich das Vogelgezwitscher und die in der Luft gaukelnden Blätter und weckten die Hoffnung, daß meine bösen Vorahnungen sich nicht bestätigen würden. Aber kaum näherte ich mich der Tür der Alten, die Mascha bei sich aufgenommen hatte, als ein neuer Angstanfall über mich kam. Ich klopfte. Ich klopfte lange. Schließlich hämmerte ich mit dem Fuß gegen die Tür. Erst nach zehn Minuten verfiel ich darauf, zu rufen:

»Hören Sie, ich will zu meiner Frau...«

Die Tür öffnete sich sofort. Also hatte die Alte die ganze Zeit dahinter gestanden und gehorcht, aber nicht aufgeschlossen und keinen Laut von sich gegeben. Als sie mich sah, fing sie an zu jammern.

»Was ist?« schrie ich. »Wo ist meine Mascha?«

Und da sah ich sie, sie lag auf dem Bett der Alten und streckte mir kindlich die Arme entgegen. In diesem Hinstreben zu mir war so viel von einem verlassenen Kind, von einer schwachen und einsamen Seele, die meiner bedurfte, daß ich zu ihr stürzte, alles vergaß, die Umstände und die Zeit nicht mehr unterscheiden konnte und nicht einmal sofort bemerkte, daß Mascha im Fieber glühte und ihre Augen ungesund und gedankenleer glänzten.

»Vergewaltigt haben sie uns«, sagte die Alte hinter mir weinend, »bestimmt entlaufene Häftlinge... Zu trinken wollten sie was, dann haben sie uns vergewaltigt. Das war schon für mich Alte eine Qual, wie da erst für sie, so ein junges Blut?«

Meine erste Umarmung mit der Geliebten war krampfhaft; so umarmt man sich nicht in der Liebe, sondern klammert sich in der Angst aneinander. Ich sah die groben Kratzer auf ihrem für mich heiligen Körper. Ich sah die blauen Flecke auf ihren entblößten Brüsten. Und mächtiger, grausamer Haß packte mich. Tränen traten mir aus den Augen, und von diesen Tränen selbst aufgelöst, sagte ich kurz und überzeugt:

»Ich hasse Rußland.«

Und kaum hatte ich das formuliert, da wurde mir leichter, und meine Gedanken nahmen eine sachliche Richtung.

»Zieh dich an, Mascha«, sagte ich. »Hierzubleiben ist gefährlich.«

Mascha stand gehorsam auf, und ich hörte, wie

die Alte ihr seufzend und weinend half, das Kleid überzuziehen.

»Oi, diese Banditen, diese Banditen«, wehklagte die Alte, »bei wem soll man sich beschweren, wenn überall Banditen sind?«

»Haben Sie Ihr Geld bekommen?« unterbrach ich sie unfreundlich.

Ich weiß nicht, warum, aber mir war besonders unangenehm, daß Mascha zusammen mit dieser Alten vergewaltigt worden war, das war irgendwie besonders gemein und entwürdigend, so daß ich sogar gegen sie Zorn empfand.

»Ja, sie hat mir Geld gegeben«, sagte die Alte eilig, »und du tust gut daran, sie wegzubringen. Es ist hier gefährlich. Heute früh haben sie wieder eingebrochen.«

Ich glaube, die Alte war froh, uns loszuwerden.

Mein Plan war, mich mit Mascha zum Kreisrevier der Miliz durchzuschlagen, wo sich Kolja befand und wo die Geschwister erstens in Sicherheit wären und wo sie sich zweitens sehen und einander aufmuntern könnten. Aber in der kurzen Zeit, die ich bei der Alten war, hatte sich in der Stadt etwas verändert. Genauer, zunächst gingen wir durch stille, menschenleere Straßen und durchquerten auch den Park voller Vogelgezwitscher und Blättergeraschel. Die Straße, die ins Zentrum führte, war ebenfalls still, menschenleer und von der trüben Septembersonne beleuchtet. Aber kurz vor einer Kreuzung lag mitten auf der Fahrbahn ein toter Milizionär. Seine Pistolentasche war leer, die Mörder hatten wohl den Nagant mitgenommen, und die Uniformmütze schwamm in einer Blutlache neben dem Kopf. Der Anblick des ermordeten Milizionärs, der am hellichten Tag auf der Straße lag, deutete darauf hin, daß es keine Macht mehr gab, daß der Macht Gewalt angetan wurde. Und richtig, Mascha und ich konnten uns gerade noch hinter einem Zaun vor einer Menschenmenge mit Steinen, Stahlruten und Jagdgewehren verstecken. Wie wir später erfuhren, waren die Leute auf dem Weg zum Kreismilizrevier, um an dessen Erstürmung teilzunehmen. Der Zaun schützte uns nur auf der einen Seite, und wir konnten jederzeit entdeckt werden. Ich hielt Umschau. Hinter uns lagen Gärten und halbländliche ebenerdige Häuschen, aus denen der größte Teil des Städtchens bestand. Ich nahm Mascha bei der Hand wie ein kleines Mädchen, und wir liefen zu einem der Häuschen, in der Hoffnung, uns dort verstecken zu können, doch als Anwort auf mein Klopfen kläffte nur ein Hund. Ihm antwortete ein anderer, und bald tobte rings um uns wütendes Hundegebell. Ich lief weg und zog Mascha hinter mir her, denn ich begriff, daß das Gebell auf uns aufmerksam machen konnte, zumal in der Nähe grölende besoffene Stimmen zu hören waren. Und auf der Straße, noch dazu besoffen, noch dazu als Gruppe, die sich ungezwungen und lautstark benahm, konnten jetzt nur Menschen sein, die die Herrschaft hatten und für uns gefährlich waren. Hinter den Gärten kamen wieder Bäume, und zuerst dachte ich, wir wären im Kreis gelaufen und wieder im Park angelangt, durch den wir von der Bahnstation her gekommen waren, doch als ich genauer hinsah, begriff ich, daß das ein ganz anderer Park oder Garten war, klein und völlig verwahrlost, schmutzig und mit schlechter Luft, denn hier stank beinahe jeder Strauch.

Mittlerweile knallten in der Ferne Schüsse, bei denen Mascha zitterte und sich krümmte. (Beim Milizrevier war es losgegangen.) Von der anderen Seite kamen die betrunkenen Stimmen unaufhaltsam näher, und es gab kein Versteck. Da fiel mein Blick auf ein halbzerfallenes Bretterklo am Rande des Parks. Es war wohl nicht mehr in Betrieb, denn der Eingang war über Kreuz mit Brettern vernagelt, doch unter den Brettern konnte man ins Innere schlüpfen. Dorthin zog ich Mascha. Aneinander geschmiegt standen wir im Gesumm großer grüner

Fliegen und horchten auf das schwere Pogromgetrampel und das fröhliche, freie besoffene Gerede der vorüberziehenden Leute. Als sie weg waren, wollte ich schon weiter, da sah ich plötzlich in der Öffnung zu meinen Füßen, direkt in der Fäkaliengrube, jemanden stehen. Zunächst erschrak ich, doch dann war mir klar, daß der da unten sich ja auch versteckte und überdies ein alter Mann war, und ich rief:

»Wer bist du?«

»Und wer seid ihr?« antwortete der Alte. »Ihr versteckt euch...«

»Ja«, antwortete ich.

»Dann kommt hier rein«, sagte der Alte, »seid ihr Juden?«

»Nein«, antwortete ich.

»Ich frag«, sagte der Alte, »weil hier schon ein Jude versteckt ist in meinem Unterstand... Kommt trotzdem rein... In Rußland ist es auch für einen Russen keine Sünde, sich in acht zu nehmen...«

Neben dem Alten sah ich einen zweiten Mann, alt und mit großer Nase.

»Hier finden sie uns«, unterbrach ich das gottesnärrische Gemurmel des Alten und horchte sorgenvoll auf die Stimmen, die wieder in der Nähe zu hören waren.

»Nein«, antwortete der Alte, »und wenn, dann besser hier als woanders«, sagte er überzeugt. »Ich kenne Rußland... Wenn sie dich aus dem Bett zerren, gibt's keine Gnade, aber hier vielleicht doch... Wenn sie dich in der Scheiße finden, erbarmen sie sich vielleicht... Kommt schon rein...«

Mascha, ich und die beiden Alten – der Gottesnarr und der Großnasige – standen ziemlich lange in dieser »Arche Noah«, wie lange, weiß ich nicht genau. Ein paarmal gab es oben Getrappel und Stimmen, einmal schaute sogar jemand herein, bemerkte uns aber nicht. Wir standen schweigend, mit angehaltenem Atem, sogar der Gottesnarr war still.

Jedesmal, wenn die Gefahr vorüber war, schlug er kleine Kreuze. Schließlich aber entdeckten sie uns doch und zwangen uns, herauszukommen.

»Kommt raus, ihr Scheißefresser«, sagten sie, »oder wir schießen, dann ersauft ihr in der Scheiße.«

Oben lachten sie weidlich über uns. Wir sahen auch wirklich lustig aus. Von uns troff es, wir zitterten, und wir waren vollständig in ihrer Gewalt. Der alte Gottesnarr lachte mit der Menge. (Um uns hatte sich ein Auflauf gebildet, wo ursprünglich nur zehn Mann gewesen waren.) Mascha und ich sagten nichts, und der Großnasige zitterte heftig. Wahrscheinlich änderte das die Haltung von manchen in der Menge zu uns, denn eine Menge liebt es, wenn diejenigen, über die sie sich lustig macht und die ihnen Vergnügen bereiten, nicht widerspenstig sind und Dankbarkeit dafür zeigen, daß sie, die Menge, nachdem sie ihr Vergnügen gehabt hat, auf slawische Art »großmütig« Gnade übt. Im Gegensatz zu dem Gottesnarren aber kannten wir die slawische Seele schlecht, und statt über uns zu lachen, schwiegen wir... Ich muß noch hinzufügen, daß das Häuflein Säufer, das uns entdeckt hatte, gar nicht richtig an dem Aufruhr beteiligt war, sondern sich der Plünderung der Spirituosenabteilungen in den Lebensmittelläden befleißigt hatte und darum anfangs nicht sehr bösartig war. Aber nach und nach kamen andere Gruppen dazu, insbesondere solche, die sich vom Kreismilizrevier zurückgezogen hatten und sogar Verwundete mit sich führten, die notdürftig mit Hemdenfetzen verbunden waren.

»Aber das sind doch Juden«, schrie einer aus der Menge böse mit Blick auf mich und Mascha, »und der mit der langen Nase ist ein ganz typischer Jidd...«

»Schmeißt ihnen das Gehirn ins Gras«, schrie ein anderer.

»Nicht doch, Brüder«, rief der alte Gottesnarr hastig, »das sind junge Russen, und der mit der Nase ist ein Grieche... Die Griechen haben auch solche Säufernasen... Was denn für Juden? Würde ein Jude je in die Scheiße kriechen? Der will was Süßeres.« Und der Alte begann geschickt wie ein Hanswurst herumzuspringen und ebenso geschickt die Sprache auf jüdische Art zu verdrehen.

»Das ist ein Grieche, Brüder... Ein Jude, das ist eine ganz andere Sorte... Der möcht gern kriechen ins Federbett mit seiner Sara... um da vor lauter Angst noch zu machen einen kleinen Abram... Ein Hühnchen möcht er mampfen. Und wenn er kriegt einen Schreck, zieht er schnell die gelbe Hose an...«

»Wozu denn das?« fragte, die Antwort kennend, aber auf das Spiel eingehend, eine fröhliche Stimme aus der Menge.

»Damit, wenn der Magen nicht mitmacht«, sagte der alte Gottesnarr und krümmte sich, »an der Hose nichts zu sehen ist.«

Die Menge lachte schallend. Und überhaupt, obwohl der alte Gottesnarr nichts Neues sagte und aus dem veralteten Repertoire der Judenverhöhnung schöpfte, redete er so geschickt und artistisch, daß selbst die finstersten Säufergesichter vor kindlichem Vergnügen zerflossen und sogar die Verwundeten schmunzelten. (Übrigens waren auch die Verwundeten betrunken.) Die Stimmung der Menge begann sich zu ändern, die Bösartigkeit schwand, kindliche Albernheit kam auf, gestohlene Flaschen gingen von Hand zu Hand.

»He, du langnasiger Grieche«, schrie einer, »trink von der russischen Christusträne.«

Aber der Großnasige war so starr vor Angst, daß er nicht die Kraft fand zu antworten.

»Dann trink ich lieber«, sagte der Gottesnarr und sprang wie ein Ziegenbock, wie ein Hanswurst herum, was wieder eine Gelächterwelle auslöste, dann nahm er die Flasche, setzte sie an den Mund und kippte sie hoch.

In diesem Moment ertönte ein herrischer Ruf, und es erschien ein hochgewachsener Mann mit dunkelblondem Bart und intelligentem Gesicht, äußerlich wie ein Kunstmaler anzusehen. Er war das nicht aufgespürte Mitglied der Gruppe Stschussew (mich kannte er zum Glück nicht), das mit anderen Funktionären versucht hatte, dem ökonomischen Aufruhr einen organisierten antisowjetischen Charakter zu verleihen.

»Ihr sauft hier«, schrie er, »und andere sterben für euch... Wollt ihr warten, bis die Tschekisten euch einzeln fertigmachen?«

»Du störst«, antworteten sie ihm und lachten betrunken über die Bocksprünge des Gottesnarren.

Der Funktionär schätzte mit geübtem Blick die Situation ein und begriff, daß mit Schreien nichts zu machen war und daß er entsprechend der Volksstimmung handeln mußte.

»Brüder«, rief er fröhlich, »eins kapier ich nicht... Der langnasige Jidd ist immer noch am Leben und das Mädchen nicht benutzt... Unordnung herrscht bei euch, das ist nicht russisch...«

»Das ist kein Jidd, das ist ein Grieche«, antwortete einer gutmütig und betrunken, »und das Mädchen ist ganz voller Scheiße, da kommt man nicht ran...«

»Ach«, sagte der Bärtige lustig und im gleichen Ton, »wo bleibt denn eure russische Findigkeit, die einem Floh ein Hufeisen aufschlagen kann? Das Mädchen soll ihr Liebhaber für euch waschen.« Seine intelligenten Augen warfen einen scharfen Blick auf mich. »Und was den Jidden betrifft, den wollen wir selber fragen... He du, Krätze, bist du ein Jidd oder ein Grieche?«

»Ein Grieche ist er, Euer Wohlgeboren, Bürger Natschalnik«, sagte der Gottesnarr, »ein Jidd, der ißt gern Hühnchen, ein Jidd, der verlustiert sich mit Sara...«

»Halt's Maul«, unterbrach der Bärtige das Gestammel des Alten, der für ihn, den Berufsantisemiten, eine lächerliche Imitation war, »was heißt hier Wohlgeboren? Meine Vorfahren waren Bauern, sie sind im Pferdestall ausgepeitscht worden.« Er wandte sich mir zu und schnauzte: »Hörst du schwer? Bring dein Mädchen zur Pumpe und wasch sie... Du siehst doch, wieviel Kerls hier nur darauf warten«, sagte er in der unter slawophilen Intelligenzlern verbreiteten Manier.

Ich stürzte mich wortlos auf ihn, aber er versetzte mir mit seinem Sumpf- und Jagdstiefel einen schweren Tritt in den Bauch... Es heißt, Matrosen hätten in alter Zeit, um das Auspeitschen nicht zu spüren, ein Stück Blei in den Mund genommen und bis aufs Blut darauf gekaut... Der eine Schmerz übertäubte den anderen... Der Haß brannte, glühte und bohrte dermaßen in meinem Gehirn und meinem Herzen, daß er den Schmerz von dem Stiefeltritt übertraf und mich nicht das Bewußtsein verlieren ließ, bis ich dem Bärtigen meine Hände in die Augen krallte. Ich wollte ihn eigentlich an der Kehle packen, aber er senkte geschickt und trainiert wie ein Nahkämpfer den Kopf, und so bekam ich zwar nicht seine Kehle, so doch seine Augen zu fassen. Wir stürzten beide zu Boden, und das letzte, woran ich mich erinnere, war der Genuß, mit dem ich dem Bärtigen ins Gesicht und in die Augen fuhr... Dann kriegte ich einen Schlag auf den Hinterkopf, und damit war eine ganze Etappe meines Lebens zu Ende... Zu Bewußtsein kam ich nicht bald und nicht hier, darum weiß ich das weitere nur ungefähr und von anderen...

Mascha wurde bei dieser Schlägerei nicht angerührt. Die Menge selbst nahm sie in Schutz, denn aus ihr brach plötzlich etwas so Lautes, einem Schreien oder Weinen oder Lachen so Unähnliches, daß keiner sich entschließen konnte, sie anzurühren, und die Aggressivsten und Besoffensten sogar daran gehindert wurden. Der alte Gottesnarr wurde totgeschlagen, irgendwas an ihm war der Menge letzten Endes nicht recht gewesen, obwohl er sie doch eine ganze Weile amüsiert hatte. Im übrigen wurde er vielleicht im Eifer des Gefechts totgeschlagen. Im Eifer des Gefechts und aus Versehen wurde der langnasige alte Jude nicht totgeschlagen, sondern nur kräftig verprügelt und liegengelassen. Ich hatte Glück in dem Sinne, daß ich wohl nicht länger als eine halbe Stunde blutend dalag. Die bald darauf aus der Gebietsstadt eingetroffenen Verbände der inneren Truppen gingen auch hier daran, Ordnung zu schaffen, sie führten Razzien durch und unterbanden die Bestialitäten. Mit anderen Opfern des Aufruhrs wurde ich aufgelesen und in ein Krankenhaus gebracht. Mascha wurde auch in ein Krankenhaus gebracht, doch dann holten der telegraphisch herbeigerufene Journalist und Rita Michailowna sie und Kolja ab und brachten sie nach Moskau.

4.8.1971

VIERTER TEIL
DER PLATZ
UNTER DEN DIENENDEN

Schmackhafte Speise, vor einen Menschen mit
verbundenem Munde hingestellt, ist
gleichwie eine Speise, die auf ein Grab
gestellt wurde.
Buch der Weisheit von Jesus, dem Sohn Sirachs, 30,18

ERSTES KAPITEL

Die Zeit vor und nach der schweren Operation habe ich kaum in Erinnerung, und mir wurde erst später bewußt, daß ich durchaus hätte sterben können, die Chancen in die eine wie die andere Richtung standen ziemlich gleich. Erst zum Winter hin bekam ich wieder ein Gefühl für mich selbst. Daß draußen vor dem Fenster Winter war, fiel mir sofort auf, kaum daß ich wieder fähig war, mich von meinem Körper freizumachen. Meinen Körper hatte ich, wie ich glaube, selbst in der tiefsten Bewußtlosigkeit stets empfunden, dadurch unterscheidet sich Bewußtlosigkeit wohl vom Tode, aber ich hatte ihn so empfunden, daß ich, zur Besinnung gekommen, von meinen Gefühlen während der Bewußtlosigkeit nichts wußte und nichts erinnerte. Also, kaum war ich wieder fähig, »aus mir« nach außen zu blicken, blickte ich sogleich zum Fenster. (Es war mein erster klarer Blick.) Und mein erster gesunder Gedanke, der die zerfallene »Verbindung der Zeiten« wiederherstellte, war ein Vergleich dessen, was jetzt in der Natur vorging, mit dem, was vor meinem Abgang aus dem bewußten Leben gewesen war. Das Fenster war zugefroren, hatte aber freie Stellen, durch welche die Zweige der winterlich kahlen Bäume zu sehen waren, von Schnee überpudert. Die letzte Landschaft, die ich in Erinnerung hatte, war herbstlich gewesen, und das Laub war noch nicht einmal gänzlich abgefallen. Folglich, so überlegte ich, war es nicht Spätherbst gewesen, nicht November, sondern September oder Anfang Oktober. Jetzt hingegen war, nach allem zu urteilen, mindestens Dezember. (Es war Mitte Januar.) Gerade diese Überlegung setzte mein ins Leben zurückgekehrtes Gehirn wieder in Gang. Und kaum machte es die ersten Umdrehungen, da knarrte die Tür, und eine Frau in weißem Kittel kam herein. Die weiße Farbe verleiht einer Frau generell eine jungfräuliche Attraktivität, das begriff ich später, in diesem Moment jedoch handelte ich unter dem Einfluß einer Reihe von Impulsen – da war die Freude des Erwachtseins, und da war eine fast kindliche Leidenschaft, die über Zärtlichkeit nicht hinausging. Kaum streckte die Frau die Hand nach meinem Körper aus, da ergriff ich diese Hand mit beiden Händen und überschüttete sie mit Küssen. Die Frau, sichtlich verwirrt, ließ das Fieberthermometer fallen, das sie in der Hand gehalten hatte. Sie entriß mir ihre Hand nach einem kurzen Kampf, der mich so anstrengte, daß ich, als sie gegangen war, ins Kissen sank mit einer freudigen Empfindung meiner rein kindlichen Ohnmacht, kindlicher Leichtigkeit und Straffreiheit. Und in diesem Zustand dachte ich zum erstenmal an Mascha, daran, daß sie existierte auf dieser Welt, in die ich zurückgekehrt war. Später, als mich in der Isolierstation (ich lag also in der Isolierstation) zusammen mit jener Frau eine ganze Gruppe von Menschen besuchte, hatte ich schon in bedeutendem Maße die Verbindungen zu meinem früheren Leben wiederhergestellt, und mein Zustand war ein wenig verändert. Ich fühlte mich schwerer und spürte zum erstenmal wieder die Gefahr, die von der Außenwelt ausging; diese wurde hauptsächlich verkörpert von einem Mann mit grauer Soldatenbürste und einer goldgefaßten Brille, der die Gruppe anführte. (Bürstenschnitt mögen also nicht nur Militärs im Ruhestand, sondern auch Medizinprofessoren.)

Im Gutachten der psychiatrischen Untersuchung,

der ich unterzogen wurde (in der Regel werden solche Gutachten nach schweren Schädelverletzungen gemacht), in diesem Gutachten, das ich einige Zeit später zufällig einsehen konnte, wurde mir eine »Denkunterbrechung« attestiert. Ich gestehe, daß ich dieser Diagnose beipflichtete, die noch drei Wochen und vielleicht auch noch ein bißchen länger meinem Zustand entsprach, nachdem ich zu Bewußtsein gekommen und aus der Isolierstation in ein allgemeines Krankenzimmer verlegt worden war. Aber das war später. Damals untersuchte mich der Professor mit der grauen Soldatenbürste, er gebrauchte sicher, doch sanft Gewalt gegen mich, denn ich hatte auf einmal Angst vor diesen männlichen Berührungen und versuchte, mich unter der Zudecke zu verkriechen und gegen das Geschehen abzuschirmen. Aber die Untersuchung fand dennoch gegen meinen Willen statt, danach wurde meine Wäsche gewechselt, und ich bekam eine Tasse kräftige Hühnerbrühe, die ich mit Genuß austrank. Die Wäsche wechselte mir die Frau im weißen Kittel. Ich betrachtete sie jetzt genauer und entdeckte, daß sie bedeutend älter war als Mascha und natürlich weniger attraktiv. Aber sie hatte eine unwiederholbare Weiblichkeit. Ich küßte ihr nicht wieder die Hand, aber die Berührungen ihrer Finger an meinem Körper waren mir äußerst angenehm, und meine kindliche Schwäche, die fortbestand, nahm mir die männliche Scham, und ich akzeptierte ruhig ihre Bewegungen, als sie mit den Händen unter die Decke schlüpfte, um mir die Krankenhausunterhose über die Beine zu streifen.

Den ersten Tag meines neuen Lebens (ich glaubte damals, ich hätte neu zu leben begonnen, obwohl das nicht stimmte, dies begriff ich, als ich zu Kräften gekommen war), also, den ersten Tag verbrachte ich in ruhiger Haltung, hielt Umschau und dachte wenig, und wenn, an Angenehmes. Erst zur Nacht kamen mir Einzelheiten in Erinnerung, die meinem monatelangen Verschwinden aus dem bewußten Leben vorausgegangen waren, ich erinnerte mich an den Maler und Rädelsführer mit dem dunkelblonden Bart, an die Verhöhnungen durch die betrunkene Menge und besonders deutlich daran, daß Mascha und die alte Frau eine Gruppenvergewaltigung hatten erdulden müssen und daß dies nicht rückgängig zu machen war, und das war so unerträglich, daß ich schrie und um Hilfe rief. Der Bereitschaftsarzt erschien, man bemühte sich um mich, ich bekam eine Beruhigungsspritze und eine Kompresse auf den Kopf. Und als ich still geworden war, ganz ausgedörrt (ich hatte seit drei Tagen hohes Fieber, und es war überhaupt eine plötzliche Verschlechterung eingetreten), kam mir wieder der Gedanke an meinen Haß auf Rußland und zugleich an den Wunsch, es in meine Gewalt zu bekommen, unter mir zu zerquetschen und mich grausam an ihm zu rächen, es zu beherrschen, so wie ein Mann eine gefügige Frau im Moment der Vergewaltigung beherrscht... Es war eine intime nächtliche Fieberphantasie, die ich als einzige im Gedächtnis behielt, alles andere habe ich vergessen. Später, als die Krise hinter mir lag, musterte ich prüfend und ängstlich die Gesichter des medizinischen Personals, aus Furcht, ich könnte diesen Gedanken im Fieber ausgeplaudert haben. Aber nach und nach erholte ich mich, mein Schlaf wurde ruhiger, ich empfand sogar die gesunde Schwere meiner Schultern und Arme, was auf die Wiederherstellung meiner Kräfte hindeutete. Manchmal setzte ich mich schon im Bett auf, zunächst mit Hilfe der Schwester, dann auch aus eigener Kraft, wobei ich mich an die Wand lehnte und mich an den kalten Nickelstäben des Bettes festhielt. Zu diesem Zeitpunkt wurde ich in das allgemeine Krankenzimmer verlegt.

Die Situation hier kam mir anfangs gefährlich vor. Ich hatte den Eindruck, daß die Patienten und das medizinische Personal mich auf besondere Weise ansahen, über mich lachten und mich zu kränken versuchten. Aber das dauerte nicht lange, höchstens vier Tage. Nach und nach begriff ich, daß die Gesellschaft hier nach dem Zufallsprinzip zusammengesetzt war und die Beziehungen zwischen den Menschen an die psychologischen Konstruktionen erinnerten, die ich schon im Wohnheim vom Wohnungsbau und während meines Kampfes um den Schlafplatz kennengelernt hatte. Ich ging den erprobten Weg, ertastete den Nerv des Krankenzimmers und schloß mich zweien seiner Insassen an, die offenbar das Heft in der Hand hatten. Der eine war ein Arbeiter um die sechsundzwanzig mit kranker Wirbelsäule, der ans Bett gefesselt war und dennoch den Ton angab. Seine Vorrangstellung hatte er sich auch mit einer elementaren Methode angeeignet, indem er nämlich seinen Bettnachbarn, einen weinerlichen, religiösen alten Mann beleidigte und von oben herab behandelte. Indem er ihn triezte und verhöhnte, hatte er auch die Macht über die anderen gewonnen, denen er mit Nachsicht begegnete, was sich darin ausdrückte, daß er mit ihnen besser umging als mit dem Alten. Der zweite Anführer war ein Mann von recht intelligentem Aussehen, aber muskulös, wahrscheinlich ein ehemaliger Sportler. Seine Vorrangstellung beruhte darauf, daß er den jungen Mann mit der kranken Wirbelsäule nicht beachtete und dieser ihn wohl sogar fürchtete. Aber all das ging diplomatisch vonstatten, und zwischen ihnen kam es kein einziges Mal zum Zusammenstoß. Ich habe unter Bruch der Chronologie schon bedeutend früher von diesem religiösen alten Mann berichtet. Kaum daß ich erschien, fühlte er sich zu mir hingezogen. Anfangs behandelte ich ihn auch von oben herab, um mir in dem Krankenzimmer Geltung zu verschaffen, aber später erzählte ich ihm aus Langeweile ein paar unbedeutende Episoden aus meinem Leben und aus meinem Kampf der letzten Zeit, wobei er, wie schon erwähnt, heftig weinte, zärtlich mein Gesicht zu berühren versuchte und mich »Kummer Gottes« nannte. Aus irgendwelchen Gründen gewann ich so sehr sein Wohlwollen, daß er mir sogar seine religiösen Verse zeigte. Ich führe zwei Beispiele an, die in der Nacht, als alle schliefen, zwar nicht auf mich wirkten, aber doch in meinem Kopf herumspukten wie manchmal eine lästige Schlagermelodie und mich am Einschlafen hinderten. Ich glaube, nach dieser Nacht begann meine endgültige Hinwendung zum früheren Leben, ich kam zu Kräften und wurde hart.

»Euch Stämmen, Sprachen und Völkern
hat Gott den Gang aller Ereignisse vorausgesagt.
Er hat die Zeit und die genauen Jahre bestimmt
und durch seine Propheten aufgeschrieben.«

Und das zweite Beispiel:

»Die Tür zum Gottesdienst steht überall offen.
Die Einprägung Gottes kommt gut voran.
Dieses Geschlecht vergeht nicht,
wenn sich alles vollendet.
Unser Erlöser kommt in seinem Ruhm.«

Ich erinnere daran, daß ich nicht an Gott glaubte, und wenn diese Verse auf mich eine Wirkung hatten, dann nur durch ihre Unsinnigkeit. Was ist das, »Einprägung«, dachte ich, während ich schlaflos in der schwülen Luft des Krankenzimmers lag, »Gott hat den Gang aller Ereignisse vorausgesagt«... Diese Schwermut, diese Einsamkeit... Mit wem kann ich von meinem Haß auf Rußland sprechen... Die frühere Mascha gibt es nicht mehr, das Heiligtum ist geschändet, jetzt gilt es nur noch, Rache zu nehmen für alles, Macht zu gewinnen um der Rache willen. Ich erinnere daran, daß dies später war, aber in der Zeit der »Denkunterbrechung« hatte ich Mascha und Rußland oft verwechselt oder zu einem einzigen Frauenbild vereint...

Am Morgen war ich mürrisch, hatte geschwollene Augenlider, fuhr die Schwester grob an und weigerte mich, meine Arznei zu nehmen. Aber am Tag erwartete mich eine Überraschung, nämlich ich bekam Besuch von Bruno Teodorowitsch Filmus. Ich konnte schon aufstehen und im Krankenzimmer herumgehen, darum holten sie mich in ein kleines Zimmer, wo man Besuch empfangen konnte. Mir fiel übrigens auf, daß außer mir und Filmus noch ein junger Mann in dem Zimmer war, der sichtlich nicht zum medizinischen Personal gehörte. Aber das Wiedersehen mit Filmus erfreute und erschütterte mich so sehr, daß ich den Außenstehenden in den ersten Minuten gewissermaßen vergaß. Ich kann nicht sagen, daß Filmus und ich einander gut kannten, unsere Beziehungen hatten sich gerade erst angebahnt und waren gleich wieder abgerissen. Nichtsdestoweniger umarmten wir uns wie Nahestehende und schluchzten sogar beide nach Männerart. Interessanterweise entschloß ich mich sogleich, Filmus von meinem Haß auf Rußland zu erzählen. Da aber noch ein Dritter anwesend war, wollte ich das nicht laut sagen, sondern auf einen Zettel schreiben. Zum Glück kam es nicht dazu. Ich hatte keinen Zettel zur Hand, und unsere Beziehungen kühlten sehr bald ab. Das heißt, Filmus und ich, statt einander vernünftig zu befragen, gerieten sofort in einen öden und erbitterten Streit. Unser Streit war nur zeitweilig interessant, zudem bekam ich im Gespräch allmählich Angst vor Filmus und wurde verschlossen. Für mich war solch ein wirrer Streit damals nichts Erstaunliches, und Filmus machte von allen Rehabilitierten, die ich getroffen hatte, den gesündesten Eindruck, das war seltsam. Heute denke ich, daß er nicht aus eigener Initiative zu mir gekommen war und das Gespräch angefangen hatte und daß ihn das bedrückte. Ich denke nicht, daß mir das KGB auf so plumpe Weise auf den Zahn fühlen wollte. Höchstwahrscheinlich wollten die Mitarbeiter der Staatssicherheit nicht nur die medizinischen Befunde einsehen, sondern auch feststellen, ob ich imstande war, emotionalen Kontakt zu den Menschen meiner Umgebung herzustellen. Wie sich herausstellte, war ich ein wichtiger und notwendiger Zeuge in einer Reihe bevorstehender Ermittlungen. Und richtig, zwei Wochen nach meinem Wiedersehen mit Filmus wurde ich wieder hinausgerufen, diesmal ins Zimmer des Chefarztes, wo mich der besagte junge Mann begrüßte, der sich Oleg nannte. Auf einem Sofa lagen ein nagelneuer dunkelbrauner Anzug, ein Hemd nebst Schlips und Manschettenknöpfe, und neben dem Tisch standen derbe tschechische Halbschuhe. Ich wurde aufgefordert, mich umzuziehen, was ich mit Vergnügen tat. Ich bekam auch einen zwar nicht teuren, doch haltbaren Wintermantel mit grauem Persianerkragen und eine Ohrenklappenmütze, die mir als einziges der Kleidungsstücke nicht ganz paßte. Wir verließen das Krankenhaus durch die hintere Pforte, nachdem wir den Park durchschritten hatten. An der Pforte wartete ein schwarzer Wolga.

»Wohin jetzt?« fragte ich.

»Zum Flugplatz«, antwortete Oleg, »in zwei Stunden sind wir in Moskau. Übrigens, schönen Gruß von Roman Iwanowitsch.« (Zur Erinnerung: Roman Iwanowitsch war der Freund des Journalisten, ein ehemaliger Partisan und jetziger KGB-Mitarbeiter.)

Warum nicht, dachte ich, letzten Endes wird alles gut. Ich bin wohl wieder gesund und kann ins Leben zurückkehren. Wie es weitergeht, wird das Schicksal entscheiden.

Wir hatten Ende Februar, von den Dächern tropfte es, und die Luft roch schon nach Frühling. Es war die Zeit, in der ich früher immer voller Sorge war, weil ich auf die Benachrichtigung über meine Ausweisung wartete. Das jetzige Frühjahr war das erste, in das ich mit größerer materieller Sicherheit ging. In der Tasche meines Mantels steckte eine Brieftasche mit einem kleinen Geldbetrag in frischen Banknoten, die mir Oleg gegen Quittung ausgehändigt hatte. Wir stiegen in den Wolga, dessen Fahrer Zivil trug, und fuhren zum Flugplatz. In der Nacht landeten wir auf dem Moskauer Flughafen Wnukowo, wo uns ein ebensolcher schwarzer Wolga wie am Krankenhaus abholte. (In jener Zeit war das wohl die Lieblingsfarbe und -automarke der Behörde, mit der ich zusammenarbeiten sollte.) Wir fuhren lange, etwa drei Stunden, quer durch Moskau, das ich übrigens schon liebgewonnen hatte, obwohl meine Bekanntschaft nur kurz war, darum blickte ich gierig und hoffnungsvoll auf die vorbeihuschenden Straßen und dachte darüber nach, was sie mir künftig verhießen. Also, wir durchquerten Moskau und gelangten auf eine nächtliche Chaussee. Ich stellte keine Fragen, und auch Oleg, der in der Stadt, aus der er mich abholte, freundlich gewesen war, verschloß sich jetzt und guckte offiziell. Endlich hielten wir vor einer Mauer, und der Fahrer gab ein Signal. Im Tor erschien ein Offizier im Regenmantel. (Es fiel ein nasser Frühjahrsschnee.) Der Offizier strahlte uns mit einer Taschenlampe an, und Oleg gab ihm Papiere, die jener, sie mit dem Regenmantel vor dem Schnee schützend, ins Postenhaus mitnahm. Bald krochen die eisernen Torflügel auseinander und gaben uns den Weg frei. Wir fuhren auf das Gelände einer Art Datschensiedlung. Als ich aus dem Wolga gestiegen war, sah ich mehrere Häuser. Oleg und ich gingen durch eine kurze Allee zwischen verschneiten Kiefern zu einem dreigeschossigen Haus in der Mitte. Von hier an war alles weniger militärisch und gemütlicher. Im Empfang begrüßte uns eine freundliche Frau, welche die Neuankömmlinge registrierte. Die Atmosphäre hier glich der im Empfang eines stillen, nicht überlaufenen Hotels. Da standen sogar die in solchen Fällen obligaten Palmenkübel.

Der einzige Hinweis auf die Behörde, der dieses Hotel gehörte, war ein Dzierżyński-Bild über dem Tresen, wo die Gäste registriert wurden. Nachdem die Frau mich entsprechend meinem Paß und nach einem von Oleg vorgelegten Papier registriert hatte, das sie in einem für mich angelegten Aktendeckel ablegte, holte sie einen gewöhnlichen Schlüssel mit einer Plastiknummer hervor und sagte:

»Kommen Sie.«

Wir gingen durch einen Korridor mit numerierten Türen zu beiden Seiten, stiegen über eine Holztreppe zum ersten Stock und blieben vor der Siebenundvierzig stehen. Die Frau schloß die Tür auf, wir traten ein, und sie machte Licht. Das Zimmer war gemütlich und gut, wenn auch etwas bescheiden eingerichtet, auf dem Niveau der vierziger Jahre. Ein Nickelbett, ein Sofa, ein Tisch mit einer hellen Lampe darauf, Gardinen. Über dem Tisch war aus irgendwelchen Gründen ein Klingelknopf an die Wand montiert.

»Machen Sie es sich bequem«, sagte die Frau und gab mir den Schlüssel. »Frühstück von sechs bis zehn, der Speiseraum ist im Parterre.« Und sie ging.

»Na bitte«, sagte Oleg und sah mich an, »ruhen Sie sich aus... Hier haben Sie Essenmarken.« Er holte gestempelte Marken aus der Tasche. »Frühstück, Mittag und Abendbrot. Aber Mittag werden Sie hier kaum essen, sondern in der Verwaltung... Allerdings, offen gestanden, hier ist das Essen besser als in der Zentralverwaltung.« Und er lächelte ganz inoffiziell.

Er hatte einen alltäglichen Gedanken geäußert, aber ich dachte mir, daß der nach Freidenkerei und schon beinahe nach Rebellentum roch. Eine gewisse Empfindung blieb mir von diesem Gedanken, der eine kritische Bemerkung über die Kantine der KGB-Verwaltung war. Eine Empfindung von Rebellentum. Das war natürlich an den Haaren herbeigezogen, doch ich hatte gleichwohl das Gefühl, daß ich mit diesem jungen Mann warm werden konnte. Und richtig, nach diesem kritischen Gedanken redete er mich mit »du« an.

»Ich schreib mir gleich mal deine Telefonnummer auf.« Er zückte ein Notizbuch und beugte sich über das sperrige schwarze Telefon auf dem Nachttisch, ebenfalls ein Modell aus den vierziger Jahren. Die Zimmer waren offensichtlich, seit man sie eingerichtet hatte, nie neu ausgestattet worden.

»Also, ruh dich aus«, sagte Oleg, sah zur Uhr und fügte schon militärisch hinzu: »Bis elf Uhr vormittags hast du frei, jetzt ist es zwei, also geh schlafen.« Er lächelte wieder.

Die Umstände waren äußerst günstig, um meinen ersten Minimalplan zu verwirklichen, nämlich dem jungen Mann näherzukommen. Aber dazu mußte ich mir eine Frage ausdenken, in der ich ihn duzen konnte, und das möglichst rasch, denn er wollte gehen.

»Hör mal«, sagte ich, »wie weit ist es von hier zur Verwaltung, und was soll ich dort tun?«

»Das sagen sie dir vor Ort«, antwortete Oleg, aber nicht scharf zurechtweisend, sondern freundlich und mein »du« akzeptierend.

So war mein erster Schritt von Erfolg gekrönt. Als Oleg gegangen war, entkleidete ich mich rasch, machte das Licht aus und legte mich auf den weichen, gefederten Schlafplatz. Die Bettwäsche war frisch und von guter Qualität, und ich genoß die Freude des Einschlafens in einem Einzelzimmer dieser dreigeschossigen staatlichen Villa besonderer Bestimmung. Obwohl ich erst kurz nach zwei eingeschlafen war, erwachte ich früh, vor acht, doch ich fühlte mich ausgeschlafen, denn mein Schlaf auf dem bequemen Schlafplatz war tief und ruhig gewesen. Ich entdeckte jetzt, daß mein Zimmer mit allerlei Komfort versehen war, dazu gehörten ein Badezimmer mit Dusche und eine gekachelte Toilette, auch ein Windfang, vom Zimmer nicht durch eine

Tür, sondern durch eine Portiere abgeteilt, die sich wie ein Bühnenvorhang schloß. Noch nie hatte ich allein in solchem Alltagsluxus gelebt, und natürlich hob das meine Stimmung noch mehr. In dem kleinen gemütlichen Eßzimmer im Erdgeschoß bekam ich auf meine Essenmarke ein gutes Frühstück. Die Verpflegung war erstklassig, die Kellnerin hübsch und zuvorkommend, und auf dem Tisch standen trotz des verschneiten beginnenden Frühjahrs frische Blumen. Nach dem Frühstück ging ich spazieren, denn bis elf war noch lange Zeit. Ich ging durch die Allee, die auf beiden Seiten schön von verschneiten Kiefern gerahmt war. Ich atmete tief die reine Luft, es roch zart nach nasser Kiefer, und mir war wohl ums Herz, wenn auch mit einem leichten Beigeschmack von Trauer, der immer dabei ist, wenn ich in gehobener Stimmung bin. Dieser Beigeschmack erweckte den Gedanken, daß der Duft nach nasser Kiefer an Friedhof erinnerte, ja, natürlich, es war der Geruch eines Sargs aus Kiefernholz. In diesem angenehm traurigen, gelösten Zustand stoppte mich plötzlich ein scharfer Anruf, der mich sehr erschreckte.

»Halt!« rief jemand. »Wo willst du hin?«

Ich blieb mit Herzklopfen stehen. In meine Gedanken vertieft, war ich in die Allee geraten, die zum Tor führte, und befand mich nun vor dem grünen Wächterhäuschen. Ein Soldat im Regenmantel und mit Maschinenpistole stand zehn Schritte vor mir.

»Ich gehe spazieren«, sagte ich endlich, nachdem ich das Zittern einigermaßen unterdrückt hatte. (Der Anschrei war so plötzlich in meine Gedanken hereingeplatzt, daß ich unwillkürlich zitterte.)

»Hier nicht, verboten«, sagte der Posten mechanisch.

Ich machte kehrt und ging zu meiner Villa zurück. Also stehe ich unter Arrest, dachte ich sorgenvoll. Zum Spazierengehen hatte ich keine Lust

mehr, ich ging in mein Zimmer, legte mich auf meinen Schlafplatz und muß wohl eingeschlummert sein, denn als mich das Klingeln des Telefons weckte, begriff ich eine Zeitlang nicht, was los war und wo ich mich befand. Endlich kam ich zu mir, sprang auf und nahm den Hörer ab.
»Zwibyschew?« fragte eine Frauenstimme.
»Ja«, antwortete ich.
»Kommen Sie runter, Ihr Wagen ist da.«
Unten vor der Villa stand derselbe schwarze Wolga, ich erkannte ihn an der Nummer, aber neben dem Fahrer saß nicht Oleg, sondern ein anderer junger Mann, der sich nicht vorstellte, sondern mir nur zunickte. Das gefiel mir nicht. Mir gefiel auch nicht, daß er den Platz wechselte und sich hinten neben mich setzte. Ich muß dazu anmerken, daß ich noch immer unter der emotionalen Wirkung des Anrufs vom Posten stand und daher jedes Detail unter dem Blickwinkel von Unruhe und drohender Gefahr wahrnahm. Wir fuhren durch das Tor, und der neben mir sitzende junge Mann gab dem Offizier, dem Postenführer, eine Art Jeton. Damals war all das noch neu für mich und weckte Unruhe, aber schon zwei Tage später hatte ich mich absolut daran gewöhnt und empfand es als natürlich. Die ganze Fahrt über schwiegen wir, und solange es durch die Vorstadtlandschaft ging, saß ich verkrampft da, doch kaum hatten wir die Stadt erreicht, die mir in kurzer Zeit so liebgeworden war, kaum sah ich die Ladenschilder, die Obusse, die vielen Menschen hinter dem Schleier des nassen Schnees und auch ein paar schöne Mädchen, kaum war das alles zu sehen, da entspannte ich mich und wurde innerlich frei. Und mir kam ein Vorgefühl, als erwarteten mich Jahre des Erfolgs, vielleicht sogar des Glücks.
Der Wolga hielt in einer schmalen Gasse vor einer geschlossenen Mauer, die an jene um die Datschensiedlung erinnerte. (Ich würde sie als Mauer behördlichen Typs bezeichnen.) Hier gab es auch ein

Wächterhäuschen und einen Posten, doch statt der MPi hatte er eine Pistole, die er am Koppel über dem Uniformmantel trug. Der mich begleitende junge Mann zeigte ihm den Passierschein, und wir fuhren hinein. Da stand eine altertümliche Villa im Empire- oder Rokokostil (ich kenne mich in Architektur nicht so aus), die geschmückt war mit Schnecken, wie man sie von Cremetorten kennt, und auf dem Giebeldreieck waren schwebende Putten, die ihre Hände nach den saftigen Brüsten schwergewichtiger Wassernymphen ausstreckten. Wir stiegen auf einer breiten Marmortreppe hinauf in den ersten Stock. Vorher hatte der junge Mann (er war um die fünfundzwanzig) von dem Sergeanten, der am Eingang saß, einen Schlüssel mit einer Plastiknummer entgegengenommen, der dem im Hotel ähnelte, damit öffnete er eine Tür und ließ mir den Vortritt. Ohne mir einen Platz anzubieten und ohne etwas zu sagen (im Zimmer standen mehrere Polstersessel und zwei Schreibtische), also, ohne etwas zu sagen, nahm er den Hörer ab und wählte eine Nummer.

»Es meldet Leutnant Pjostrikow«, sagte er. »So...« Er legte auf, bot mir noch immer keinen Platz an und sagte nichts. (Ich würde mich gern hingesetzt haben, zumal angesichts der Polstersessel). Er setzte sich übrigens auch nicht, und so standen wir schweigend wohl zehn Minuten im Zimmer, bis die Tür aufging (nicht die Eingangstür, durch die wir gekommen waren, sondern eine Seitentür, die ich noch gar nicht bemerkt hatte) und ein Oberstleutnant hereinkam. Er hatte graumeliertes Haar, aber jugendlich schwarze Brauen und trug eine Brille mit dicken Gläsern. Er begrüßte mich und den Leutnant mit Handschlag. (Mich zuerst, dann den Leutnant, das fiel mir auf.) Ich stand ihm freilich näher, aber daß er mich nicht überging, deutete darauf hin, daß meine Position sicherer war, als ich nach dem Anruf des Postens in der Datschensiedlung und nach dem verschlossenen und feindseligen Verhalten des Leutnants Pjostrikow angenommen hatte. Außerdem, während der Oberstleutnant mich und den Leutnant mit Handschlag begrüßte, lächelte er uns zu, und mir stellte er sich auch noch mit Vor- und Vatersnamen vor – Stepan Stepanowitsch. Im weiteren fand ich meinen ersten Eindruck bestätigt. Stepan Stepanowitsch war ein gutmütiger Mensch, und sein Lächeln war weder Tarnung noch Methode.

»Sie können gehen, Leutnant«, sagte er zu Pjostrikow und bot mir einen Sessel an.

Ich nahm mit Genuß in dem weichen Ledersessel Platz. Es folgten die in solchen Fällen üblichen Fragen, ob ich eine gute Fahrt gehabt hätte, wie es mir gesundheitlich gehe usw. Das nahm eine halbe Stunde in Anspruch, worauf der Oberstleutnant mich aufforderte, durch die Seitentür ein Zimmerchen zu betreten, das an einen kleinen Zeichensaal erinnerte. Hier standen breite Tische, darauf lagen mehrere Aktendeckel und auch sauberes Papier.

»Goscha, ich bitte Sie, Einblick zu nehmen.« (Er nannte mich nicht Grischa, wie es in meinem Paß stand, sondern so, wie ich gewöhnlich genannt wurde.)

Ich schlug einen der Aktendeckel auf und sah, daß es die Protokolle von den Sitzungen der illegalen Organisation Stschussew waren, an denen ich teilgenommen hatte. Für den Anfang mußte ich sie aufmerksam lesen und nach Möglichkeit die darin vorkommenden Personen eingehend charakterisieren, aber auch diese oder jene Umstände, die in den beiliegenden Listen erwähnt waren.

So begann meine Arbeit, und allmählich gewöhnte ich mich daran und arbeitete mich ein. Gegen zwei ging ich in dem langgestreckten hellen Kantinensaal im Parterre Mittag essen. Entgegen der freidenkerischen Äußerung Olegs war die Verpflegung hier erstklassig, nicht schlechter als in der Datschensiedlung. Freilich mußte man hier nicht mit Essenmarken, sondern bar bezahlen, aber ich besaß ja eine gewisse Summe, und bald sollte ich Gehalt bekommen. (Zahltag war der Siebzehnte, wie mir Stepan Stepanowitsch gesagt hatte.) Arbeit gab es reichlich. Besonders ausführlich mußte ich auf die Operationen eingehen, an denen ich teilgenommen hatte, auf die Verprügelungen von »stalinistischen Banditen«, wie es in den Protokollen der Organisation Stschussew hieß. Von mir wurde verlangt, aus dem Gedächtnis anzugeben, wen genau Stschussew noch in die Listen der »stalinistischen Banditen« aufzunehmen gedachte. Meiner Meinung nach waren nicht alle Listen in den Händen des KGB, und überhaupt deutete die Unvollständigkeit der Protokolle darauf hin, daß es gelungen war, einen Teil des Stschussew-Archivs zu vernichten oder zu verstecken. Es fehlte zum Beispiel das Protokoll der Sitzung, auf der es um die Vorbereitung des Anschlags auf W. M. Molotow ging. Übrigens bat mich Stepan Stepanowitsch, diesen Anschlag ohne Analyse zu beschreiben, nur dokumentarisch und protokollartig. Das gleiche galt für den Kampf mit der Gruppe Orlow beim Stalin-Denkmal. Stepan Stepanowitsch bat mich, mich vorerst ausschließlich auf das äußere Skelett der Ereignisse zu konzentrieren und nur Orlow und den Trotzkisten Gorjun zu nennen, der von unserer Seite daran teilgenommen hatte, denn auf diese Personen würde man später besonders ausführlich eingehen müssen, und dann würde meine persönliche Analyse äußerst wünschenswert sein.

Also, ich war über die Maßen beschäftigt und mußte bis acht oder neun am Abend über der Arbeit sitzen. In die Datschensiedlung brachte mich immer Leutnant Pjostrikow im Zivilmantel mit grauem Persianerkragen. (Ich hatte zunächst nicht darauf geachtet, aber als ich nach zwei gemeinsamen Fahrten genauer hinsah, begriff ich, daß Pjostrikow den gleichen Mantel trug, den man auch mir ausgefolgt hatte, wohl aus derselben Kleiderkammer.) Pjostrikow benahm sich mir gegenüber verschlossen und feindselig wie zuvor, aber das beunruhigte mich nicht mehr, denn ich hatte jetzt einen Rückhalt in der Person des Oberstleutnants Stepan Stepanowitsch. Zu Abend aß ich auf Essenmarken in der Kantine der Datschensiedlung, dann folgten ein Spaziergang in der Kiefernallee, ein Duschbad und die Nachtruhe auf dem weichgefederten Schlafplatz. Nach einer Woche solchen Lebens nahm ich zu und wurde kräftiger. Aber dann trat ein Ereignis ein, welches mein so schön geregeltes Dasein zerstörte und den Ausgangspunkt meiner späteren emotionalen Ausbrüche bildete, genauer, welches das Entstehen eines monotonen, gesicherten Rituals verhinderte, das der Alltag immer für mich ist, wenn er anständig und dauerhaft verläuft, der Alltag, mit dem ich mich abzuschirmen versuche vor den äußeren Fährnissen rundum und vor den Erinnerungen an die Vergangenheit.

ZWEITES KAPITEL

Eines Morgens, als ich wie gewöhnlich die Stschussew-Protokolle durchsah und schriftlich ergänzte, was ich in Erinnerung hatte, kam plötzlich Stepan Stepanowitsch herein, sehr sorgenvoll, und sagte:
»Mach dich fertig, Goscha, wir müssen in einer wichtigen Angelegenheit weg.«
Schon sein Anblick flößte mir Unruhe ein, die von seinen Worten noch verstärkt wurde. Ich nahm die Ärmelschoner ab, die man mir gegeben hatte, damit die Ärmel bei der ständigen Büroarbeit nicht so schnell durchgewetzt wurden (meine Arbeit hatte ja Bürocharakter), und folgte Stepan Stepanowitsch. Wir zogen uns unten an, neben dem Raum, wo der Sergeant die Schlüssel ausgab. (Ich meinen Mantel mit dem grauen Persianerkragen, Stepan

Stepanowitsch seinen Uniformmantel.) Im Hof bestiegen wir wieder den schwarzen Wolga, doch diesmal waren der Fahrer und mein Widersacher Pjostrikow nicht in Zivil, sondern in Uniform, wobei der Fahrer die Uniform der KGB-Truppen mit den dunkelblauen Schulterklappen des Sergeanten trug. Wir verließen unsere stille Gasse und gerieten sogleich in die geräuschvollen Moskauer Straßen, dann ging es wieder durch stillere Straßen, und auf einmal sah ich die wohlbekannte Gasse mit den beiden Reihen schneebestäubter Bäume und den vornehmen Häusern alten Stils. Es war die Gasse, in der der Journalist wohnte und wo sich in etwa zweihundert Meter Entfernung von mir jetzt vielleicht Mascha befand. Aber meine allgemeine Aufregung wegen dieser plötzlichen Fahrt mit unbekanntem Ziel war so groß, daß die Erinnerung an Mascha nur als eine mir feindliche Erscheinung aufblitzte, ohne jede Andeutung von Liebe oder männlicher Leidenschaft für sie. Mehr noch, wäre ich nicht in so bedrücktem Zustand gewesen, so hätte ich wohl sogar Feindschaft für sie und ihre Familie empfunden, besonders für den redlich auf Kosten seines Vaters lebenden Kolja, den Jüngling, der zunächst ganz in meiner Macht gewesen war, später jedoch mir ins Gesicht gespuckt hatte. (Ich hatte die Spucke abgewischt, aber nicht vergessen.) All das blitzte in diesem Moment zwar in mir auf, aber nicht mit Empörung, sondern mit Bitternis, denn ich war voll mit der Sorge um mein eigenes Schicksal beschäftigt.

Inzwischen war der Wolga aus der relativen Stille wieder in den Strudel von Menschen und Fahrzeugen eingetaucht. Es war einer der lautesten und nervösesten Plätze von Moskau, überdies vollgestopft mit verwirrten, hastenden Provinzlern, nämlich die Gegend des Dzierżyński-Platzes oder, nach alter Lesart, der »Lubjanka« – eine Fahrt hierher hieß im internen scherzhaften Jargon des sowjetischen Parteiaktivs eine »Fahrt unter den Uniformmantel«. In der Mitte des Platzes nämlich stand das Denkmal für den ersten Vorsitzenden der Tscheka, Dzierżyński, der einen langen Kavalleristenmantel trug. Im Sinne der Ausführung war das Denkmal von mittlerer Güte, dennoch zeigte es die krankhaften Züge des schrecklichen Inquisitors der Revolution. Auf der einen Seite des Platzes befand sich das zentrale Kinderkaufhaus des Landes, Ziel der Provinzlermassen, auf der anderen Seite stand wie erstarrt das gewaltige, ein ganzes Stadtviertel einnehmende Gebäude der Staatssicherheit mit seiner irgendwie gußeisernen Architektur. Im übrigen scheint dieses Gebäude ein Erbe der Selbstherrschaft zu sein, und es ist bestens geeignet für den Kampf gegen die politischen Feinde der herrschenden Macht, wovon selbst ich, in diesen Fragen wenig erfahren, mich überzeugen konnte, kaum daß unser Wolga, nachdem er das System der Kontrollen und Signalisationen überwunden hatte, durch das antike, mächtige Tor fuhr, dessen Flügel hinter uns zuschlugen, und wir im Innenhof waren. Der leichtsinnige Lärm der Handelsstadt Moskau war hier kaum zu hören, und das, was dennoch hereindrang, vervollständigte nur die äußerst unangenehme Empfindung, die wahrscheinlich jeder Mensch hat, der plötzlich in einen tiefen Brunnen gefallen ist und die fernen Sonnenlichter wie auch den leichtsinnigen Lärm des Lebens, da er buchstäblich im Abgrund des Todes versinkt, als zusätzliche Quelle von Leiden und Ausweglosigkeit erlebt. Gar zu jäh ist der Übergang von einer Welt in die andere, und ich glaube, daß der Architekt bei der Gestaltung des Gebäudes diesen psychologischen Faktor eingeplant hat, um seinem Auftraggeber gefällig zu sein.

Später einmal erzählte mir der Journalist, Koljas Vater, wie seinerzeit ein Bekannter von ihm verhaftet wurde, ein Mann, der dazumal eine bedeutende Position innehatte und sogar ein Gönner des Journalisten war. Diese Geschichte hatte der Journalist aus erster Hand erfahren, nämlich von dem Repressierten selbst, nach dessen Rehabilitierung, obwohl der Märtyrer, wie sich der Journalist ausdrückte, nicht wenig Gemeinheiten gegen andere begangen hatte. Aber so seien eben die Zeiten gewesen, die Leute wären »von zwei Enden her ergriffen worden, dem anständigsten und dem schuftigsten«. Auf solchen Beurteilungen beruhten möglicherweise die späteren Unstimmigkeiten zwischen dem Journalisten und dem Märtyrer, die zwischen diesen beiden nicht ausbleiben konnten in der Periode der Chrustschowschen Aufweichung, denn in polemischen Zeiten ist der Zusammenstoß solcher Leute, wie es so schön heißt, von Gott gewollt... Zumal der Märtyrer gelitten hatte und zu den Helden der Zeit gehörte, der Journalist hingegen bereut hatte und zwar zunächst von den unreifen und von dem öffentlichen Zynismus angeödeten jungen Leuten geliebt wurde für seine Äußerungen, bei Menschen mit Erfahrung aber von Anfang an Feindseligkeit weckte, bei den Repressierten überdies Neid auf die nicht aus dem Leben gestrichenen Jahre...

Aber zurück zu dem Ereignis, das mir der Journalist erzählte. Dieser Märtyrer, damals noch, ich wiederhole es, ein berühmter Mann, den die Passanten sogar auf der Straße erkannten, war eben auf dem Weg zu einer angesehenen Behörde, wo er eine Sitzung leiten sollte... Es war das warme Frühjahr 1947, und der Mann beschloß, zu Fuß zu gehen und auf seinen personengebundenen Wagen zu verzichten, zumal sich die Behörde nicht weit von seinem Hause befand. Er trug einen leichten Übergangsmantel und eine weiche französische Schirmmütze, und er ging gemächlich, blinzelte in die Sonne und empfand irgendwo unterhalb der Rippen den Geschmack und die Dauerhaftigkeit seines Lebens und dieses Morgens, so wie es jedem Menschen nach einem leichten Frühstück ergeht, dem weder Sodbrennen noch Aufstoßen folgt und das dem Magen guttut. Man drehte sich nach dem späteren Märtyrer um. Zunächst nach seiner französischen Mütze, denn in der Hauptstadt trug man damals zumeist harte Filzhüte und in der Provinz Schirmmützen aus derbem Stoff, also, man drehte sich nach seiner Mütze um, aber viele erkannten in dem Mützenträger den berühmten Mann, und er hörte des öfteren seinen Namen, der mit freudigem Schreck ausgesprochen wurde, wie es zu sein pflegt, wenn man etwas Unzugängliches in Wirklichkeit und lebendig zu sehen bekommt. Obwohl ihm das schon seit langem widerfuhr, konnte er es nicht gleichgültig aufnehmen, wie er es bei anderen berühmten Leuten beobachtete, die er darum beneidete. Darum ärgerte er sich über sich selbst, und die Aufmerksamkeit der Leute war ihm willkommen und zugleich unangenehm. Genauer, sie war ihm unangenehm, weil sie ihm willkommen war. Darum, als er bei seinem Namen gerufen wurde, blieb er stehen, bereit, eine Abfuhr zu erteilen, denn das ging schon über die Hutschnur. Aber der Mann, der einem schwarzen Pobeda entstiegen war (damals war der Fuhrpark der Sicherheitsorgane noch mit anderen Automarken ausgerüstet), also, dieser Mann, der einen soliden und intelligenten Eindruck machte und eine Brille trug, wandte sich höflich und sogar respektvoll an den berühmten Mann und teilte ihm mit, sie hätten ihn bedauerlicherweise nicht zu Hause angetroffen und wollten ihm zu seiner Behörde nachfahren, hätten ihn aber zum Glück hier getroffen, denn er solle eiligst ins ZK kommen zum Genossen... Und er nannte einen sehr hochgestellten Genossen von der Regierung. Der berühmte Mann stieg geschmeichelt in den Pobeda, wo außer dem bebrillten Intelligenzler noch ein junger Mann saß, der weniger intelligent aussah und dem berühmten Mann eher kalt begegnete, fast gleichgültig und, um es geradeheraus zu sagen, ohne zu grüßen. Das gab dem berühmten Mann einen unangenehmen Stich. Bei all seiner Abneigung gegen die Aufdringlichkeit seiner Umgebung litt er nichtsdestoweniger schon unter noch so unbedeutender Nichtachtung seitens noch so unbedeutender, unmaßgeblicher Leute, zu denen offenbar auch der junge Mann gehörte, »irgendein Sachbearbeiter oder Wächter«. (Hier kam der Sarkasmus des berühmten Mannes der Wahrheit nahe.) Ein wenig zerstreut blickte er durch das Fenster auf die von der Sonne beschienenen frühlingshaften Straßen und besann sich erst wieder, als er die Stadtlandschaft sah, die mit der Umgebung des ZK keine Ähnlichkeit hatte. Statt der vergleichsweise stillen, abschüssigen Straße mit dem Boulevard, die zum Nogin-Platz hinunterführte, erblickte er vor sich die lärmende Straße, die zum Dzierżyński-Platz hinaufführte, nämlich den Ochotny Rjad oder, wie er jetzt hieß, den Karl-Marx-Prospekt. Die traditionelle Provinzlermenge lief vor den Rädern in Richtung Kinderkaufhaus, und die Kakophonie der Autohupen, damals noch nicht verboten, marterte das Gehör. Der berühmte Mann hatte diesen Moskauer Stadtbezirk nie gemocht, denn hier pflegte man ihn besonders aufdringlich und provinziell schamlos anzustarren, wenn er mal herkam. Bei diesen Erinnerungen verzog er das Gesicht, beugte sich vor zu dem bebrillten Intelligenzler, der neben dem Fahrer saß (sich an den bescheiden bekleideten jungen Mann neben ihm zu wenden hielt er für unter seiner Würde), also, er beugte sich vor und sagte:

»Wir fahren irgendwie nicht richtig, Genosse.« In seiner Stimme schwang nicht so sehr eine Frage wie ein Hinweis.

»Ist schon in Ordnung«, sagte der bebrillte Intelligenzler, »da vorn ist eine Absperrung, wir müssen einen Umweg fahren.«

Inzwischen hatte der Pobeda den Platz überquert, fuhr um das Gebäude des KGB herum und auf das antike Tor zu. Der berühmte Mann empfand zum erstenmal an diesem sonnigen Frühlingsmorgen Unruhe, und das (seltsam ist der Mensch eingerichtet) nicht beim Anblick des Tors der Staatssicherheit, sondern bei einer kaum greifbaren Bewegung im Benehmen des jungen Mannes, der sein spitzes Knie fest gegen das Bein des berühmten Mannes preßte. Dieser spitze Druck brachte den berühmten Mann ganz durcheinander, so daß er erst wieder zu sich fand, als das Auto in den Hof einfuhr und das sich schließende Tor alle lebendigen Laute dämpfte.

»Steigen Sie aus«, sagte der bebrillte Intelligenzler zu ihm.

»Was gibt's denn?« sagte der berühmte Mann noch im launischen Ton eines Hätschlings der Macht, der sich nicht erlaubte, an das zu glauben, was er bereits begriffen hatte, und sich bemühte, nicht endgültig zu begreifen, was mit ihm und seinem Leben geschah.

»Steigen Sie aus«, wiederholte der Bebrillte.

Den berühmten Mann durchzuckte der törichte Kindergedanke, keinesfalls auszusteigen und sich im Wagen gegen den geschlossenen Hof zu schützen, die Beziehungen und Mißverständnisse (er hoffte noch) im Wagen zu klären und nicht im Hof, wo er sich auf unsicherem Terrain fühlen, die Sicherheit verlieren und Verdachtsmomente wecken würde. (Er glaubte noch an Verdachtsmomente.)

»Was ist denn?« sagte der berühmte Mann, ohne auszusteigen. »Ich bin in Eile, ich muß zu einer wichtigen Sitzung.«

»Steigen Sie aus«, sagte der Bebrillte zum drittenmal.

Es ist unklar, warum sie ihn nicht gleich aus dem Auto zerrten. Möglicherweise hatten diese konkreten Mitarbeiter in bezug auf ihn nur allgemeine Instruktionen erhalten: einfach herschaffen. Darum ging der ältere Mann von intelligentem Aussehen um den Wagen herum und öffnete den Schlag, und der junge

Mann auf dem Nebensitz rückte dichter heran und drückte noch stärker mit dem Knie. Ich muß aussteigen, dachte der berühmte Mann, der sein ein wenig verfettetes, doch früher exzellent arbeitendes Gehirn in Bewegung setzte, das ihn, den Arbeiterkorrespondenten aus der Provinz, auf den Höhepunkt des Lebens gebracht hatte, das fehlte noch, daß sie mich anrühren... Hauptsache, die Situation begreifen... Er stieg aus. Als er ein paar Schritte gegangen war, begriff er plötzlich, daß er sich quasi unter Eskorte befand, denn der Bebrillte ging voraus, und der junge Mann folgte ihm auf dem Fuße. Diesen Zustand mußte er unverzüglich liquidieren, darum beschleunigte er den Schritt und ging nun neben dem Intelligenzler. Der guckte scheel, sagte aber nichts.

»Was ist denn?« fragte der berühmte Mann. »Wenn es sich um ein Mißverständnis handelt, rufen Sie bitte im ZK an, den Genossen...« Und er nannte den Namen des Mannes, der in der Hierarchie hinter Stalin Platz vier innehatte.

»Gleich, gleich«, sagte der Intelligenzler eilig, indes er auf eine der Türen zuging, wohin ihm, im Gehen unwillkürlich plaudernd, der berühmte Mann folgte.

Auf der Türschwelle stand ein fülliger Mann. Trotz der Frühjahrskühle, noch dazu in dem geschlossenen Hof, in den die Sonne nicht gelangte, trug er nur ein leichtes Jackett über einem bestickten Hemd, unter dem eine breite Matrosenbrust zu erahnen war; er stand plump da, und auf seiner rechten Hand war die alte, verblaßte Tätowierung eines kleinen Ankers zu sehen. Mit dem Gespür des erfahrenen Funktionärs erkannte der berühmte Mann in ihm den Verantwortlichen für die entstandene Situation, den operativ Verantwortlichen nur für den konkreten heutigen Moment, mehr nicht. Darum stellte der berühmte Mann ihm eine Frage, in der sowohl Nachdruck als auch Beschwerde über die Handlungen der Untergebenen mitschwang.

»Was ist denn? Ein Mißverständnis ist immer denkbar, aber ich habe schließlich nicht viel Zeit... Entweder Sie rufen im ZK an, die Nummer...« (er nannte sie aus dem Gedächtnis), »oder melden Sie es bitte« (und er nannte den Vor- und Vatersnamen des Ministers für Staatssicherheit).

Aber da geschah etwas Unerwartetes. (Natürlich nur für den berühmten Mann, nicht für die Begleitpersonen.) Der Mann auf der Schwelle im bestickten Hemd führte einen geschickten und frechen Schlag ins Gesicht des berühmten Mannes. (Dieser Mitarbeiter schien genauere Instruktionen zu haben als die Leute, die den berühmten Mann hergebracht hatten.)

»Was soll das?« schrie nach dem Trägheitsgesetz der berühmte Mann, nachdem er sich von dem Dröhnen in den Ohren erholt hatte, »das werden Sie verantworten...«

Der Mann im bestickten Hemd schlug ein zweitesmal zu, diesmal mit der linken Hand und noch stärker. (Vielleicht war er Linkshänder.) Blut spritzte aus den Lippen und der Nase. Und dann schlug der Mann im bestickten Hemd ein drittesmal zu, wieder mit der rechten, obwohl das nicht nötig gewesen wäre, denn der berühmte Mann existierte nicht mehr. Ein ganz anderer Mann stand im Hof, umgeben von der Eskorte, ein Mann, der schlagartig gelernt hatte, zu gehorchen und keine Fragen zu stellen. Bei dem dritten Schlag war dem ehemaligen berühmten Mann die französische Mütze vom Kopf gefallen, und ohne sie aufzuheben, folgte er dem Mann, der ihn geschlagen hatte, durch die Tür, begleitet von den beiden, die ihn hergebracht hatten, folgte ihm, um vom gesellschaftlichen Horizont zu verschwinden für sieben Jahre, von denen nur die beiden ersten besonders schwer waren: mit geschwollenen Beinen und mit schmerzendem Magen, der die derbe Nahrung nicht gewohnt war. Überdies widerfuhr ihm im Lager eine tragische, wenngleich in dem tierischen Alltag der strengen Lager nicht seltene Geschichte, nämlich: Da er ein äußerlich attraktiver Mann mit weichen Gesichtszügen war, wurde er das Opfer einer Gruppe Vergewaltiger, die sich in ihren männlichen Wünschen eingeengt sahen. Aber das Tragischste in dieser Geschichte war, daß er nur beim erstenmal einen Schock erlitt, als er in der leeren Baracke grob gepackt wurde. Selbstverständlich meldete er aus Angst um sein Leben nichts von dem Geschehen den Natschalniks, sondern ließ die nächsten Male alles geduldig über sich ergehen und gewöhnte sich beinahe an seine Situation...

Im übrigen hatte der Journalist, ich wiederhole es, in letzter Zeit sehr schlechte Beziehungen zu dem berühmten Mann, und die Leute dieses Milieus griffen im gesellschaftlichen Kampf gegeneinander häufig zu Mitteln, deren Schärfe Leuten, die sie nicht kannten, unmöglich erschien. Aber um zum Lagerleben des berühmten Mannes zurückzukehren, so dauerte es nicht länger als zwei Jahre, das ist keine Vermutung, sondern Tatsache. Danach geschah die Einmischung einer Persönlichkeit, die sehr hochgestellt war, nach dem Resultat zu urteilen, und die inkognito auftrat; der einstige berühmte Mann und spätere Märtyrer wurde aus dem Konzentrationslager entlassen, mußte sich aber dort ansiedeln, wo er fünf Jahre als Photograph arbeitete, es warm hatte und nicht zu hungern brauchte. Das ist eine der vielen Geschichten, die sich in diesem Hof abspielten und von der ich später erfuhr.

Obwohl ich nichts von den Entsetzlichkeiten wußte, die es hier gegeben hatte, befiel mich, als ich nun selbst auf der Innenseite des antiken Tors stand, ein unwillkürliches Zittern, und ich hielt mich möglichst fern von meinem Widersacher, Leutnant Pjostrikow, und möglichst nahe an Oberstleutnant Stepan Stepanowitsch, der mir übrigens aufmunternd zulächelte. Wir gingen durch eine Tür, wo zum zweitenmal unsere Papiere geprüft wurden. (Ich besaß bereits ein provisorisches Pappbüchlein von hellblauer Farbe.)

»Da lang«, sagte Stepan Stepanowitsch, nahm mich beim Ärmel und zeigte zum Ende des Korridors.

Er ging zu einer der Türen, klopfte, öffnete, nachdem eine Stimme »herein« gerufen hatte, und ließ mir den Vortritt. Im Zimmer saß an einem Schreibtisch ein langnasiger blonder Oberst. Langnasige blonde Männer haben immer etwas Gefährliches, ich war solchen zweimal im Leben begegnet, und es waren jedesmal Leute, die mir nicht wohlwollten. Ich weiß noch, in der Schule, in der fünften Klasse, hatten wir einen Jungen namens Petruk. Fedja Petruk. Wenn der mich nur sah (er war ein Neuer, eines der Kinder von Militärs, die mit ihren Eltern von einer Garnison zur nächsten nomadisierten), also, wenn der mich nur sah, hetzte er die Klasse gegen mich auf, und es gelang ihm, selbst meine früheren Freunde gegen mich aufzubringen. Dieser Petruk war blond und hatte eine lange Nase... In meine Gedanken vertieft, hatte ich überhört, was der Oberst sagte, darum mußte er das lauter wiederholen (nur darum), dennoch erschreckte mich seine laute Stimme. Er bot mir Platz an, ich setzte mich und sah, daß Stepan Stepanowitsch sich entfernt hatte. Er war vorsichtig und unbemerkt gegangen, offenbar in dem Moment, als ich von meinem Gedanken über das Aussehen des Oberstens abgelenkt war. Daß dies kein Gespräch, sondern ein Verhör war, davon konnte ich mich sehr bald überzeugen. In einer Ecke des Zimmers saß ein Mann in Zivil, den ich zunächst nicht bemerkt hatte, der führte Protokoll. Im übrigen waren die Fragen weniger schwierig, als ich in Anbetracht der Situation und des Aussehens des Verhörenden angenommen hatte, und er fragte nicht so sehr böse wie streng. Es ging wieder um Stschussew, um

meine Bekanntschaft mit ihm, um meine Beteiligung an der illegalen antisowjetischen Organisation. (So war es formuliert.) Ich antwortete so hastig, daß der Protokollführer in Zivil mich ein paarmal bremsen mußte, da er nicht mitkam. Und plötzlich, unerwartet, stellte mir der Oberst die Frage, ob es zwischen uns ein Gespräch gegeben habe über den Wunsch, nach dem Sturz der Sowjetmacht die Regierung zu bilden und Rußland zu führen. Ich war verwirrt. Ich hätte antworten sollen, daß das Kinderei und Dummheit gewesen sei. (So empfand ich jetzt in der Tat meine damalige Idee.) Aber aus Verwirrtheit sagte ich, ein solches Gespräch hätte es nicht gegeben. Ich will mich nicht in Einzelheiten verlieren und nur sagen, daß ich ein paar schwierige Minuten durchstand, mich völlig verhedderte, hoffnungslos verstummte und auf einen der Schreibtischfüße starrte. Aber da änderte der Oberst abermals die Verhörtaktik, und wie ein Professor, der einem durchfallenden Studenten helfende Fragen stellt, erkundigte er sich nach den Beziehungen zwischen Stschussew und dem Journalisten. Damit hatte er das gefährliche Problem gleichsam fallengelassen. Ich faßte frischen Mut und antwortete wieder eingehend. Der Oberst hörte aufmerksam zu, ohne mich zu unterbrechen, und als ich fertig war, fragte er:
»Was wissen Sie über ausländische Verbindungen Stschussews?«
Ich antwortete, daß ich darüber nichts wüßte.
»Nun gut«, sagte der Oberst, »kommen Sie.«
Er stand auf, und wir gingen in den Korridor, wo Stepan Stepanowitsch auf einem kleinen Sofa auf uns wartete. Sie wechselten ein paar halblaute Sätze, deren Sinn ich nicht verstand. Danach lächelten beide. Ihr Lächeln flößte mir Hoffnung ein, und ich beruhigte mich endgültig. Offenbar war ihr Dialog in der Berufssprache nicht sachlich, sondern scherzhaft gewesen. Überdies, als der langnasige

Blonde zu mir zurückkehrte, zeigte sein Gesicht einige Momente, welche die Endgültigkeit und Richtigkeit der von mir gegebenen emotionalen Charakteristik in Zweifel stellten.

Wir betraten den Fahrstuhl und fuhren, obwohl wir uns im Erdgeschoß befanden, nach unten, ziemlich weit, genauer, tief und gelangten in hallende steingemauerte Kellergewölbe. Mein Zustand wurde wieder gespannt und unruhig, und ich dachte, daß ich wohl total schlapp machen würde, hätte ich nicht die paar Minuten emotionaler Erholung gehabt, als der Oberst und Stepan Stepanowitsch im Korridor scherzten und lächelten. Dieser Keller war ein mitten in Moskau gelegenes Gefängnis, das begriff ich, als wir an mehreren Posten vorbei eine kleine Zelle betraten, in der es scharf nach Krankenhaus und Medikamenten roch. Sie war so etwas wie eine Krankenisolierstation im Gefängnis, und auf der Pritsche lag jemand, bis ans Kinn mit einer Decke zugedeckt. Beim Anblick eines fremden Schwerkranken kommt in mir eher Abscheu als Mitleid auf. Das Wesen auf der Pritsche war halbtot, das wurde mir ohne medizinische Kenntnisse sofort klar. Ich dachte zunächst sogar, das sei ein Leichnam, aber es bewegte die wachsgelbe magere Hand, da begriff ich, daß noch Leben in ihm war, aber ein schon unsauberes, sich zersetzendes und übelriechendes Leben. Wie war mir zumute, als das Wesen plötzlich den Kopf hob und lächelte. Lächeln ist nur auf einem lebendigen Gesicht schön. Dem Gesicht eines Leichnams verleiht es einen zynischen Charakter.

»Goscha«, sagte der Leichnam (anders konnte man ihn nicht nennen, er war rasiert, und seine Haut hatte eine bläuliche Färbung), »Goscha, ich freu mich, daß du da bist...«

Es war Stschussew, ich erkannte ihn, kaum daß er zu sprechen begann, und er sprach gütig und aufrichtig, als hätte er nie versucht, mich in der Gefängniszelle als Verräter zu erwürgen.

»Goscha«, sagte Stschussew und stützte sich auf den Ellbogen, was ihn große Mühe zu kosten schien, »Goscha, ich beneide dich... Manchmal möchte ich auch singen und tanzen, und ich finde das Leben schön... Jeder Mensch möchte etwas Gutes tun« (er war nicht ganz bei sich, obwohl er mich erkannt hatte), »manchmal erscheint alles in düsterem Licht«, fuhr er fort, »dann hat man nicht die Kraft, sich zu bewegen und nachzudenken... Goscha, die Kommunisten und die Juden vergewaltigen unsere Mutter Rußland«, er hustete, sein Ellbogen gab nach, und er fiel auf das graue Gefängniskissen.

Ein Mann in weißem Kittel trat rasch zu Stschussew, nahm seinen Arm (Haut und Knochen) und gab ihm eine Spritze. Stepan Stepanowitsch und der Oberst hatten die ganze Zeit schweigend dagestanden und nur scharf beobachtet. Dann nickte der Oberst dem Sergeanten zu, und ein Häftling in Handschellen wurde in die Zelle gebracht. Diesen erkannte ich sofort, obwohl seine Gesichtszüge sich sehr verändert hatten und er gefängnismäßig mager war: Orlow. Er sah sich um, streifte mich mit seinem Blick, konzentrierte aber seine Aufmerksamkeit auf Stschussew, der wieder zu sich gekommen war.

»Was«, sagte er spöttisch, »was, du Spitzel, hat dir dein verjiddeter Laden nicht geholfen... Ins Grab wird er dich bringen...«

»Stalinistischer Lakai«, schrie Stschussew ihn an.

»Das russische Volk ist mit uns!« schrie Orlow. »Und du Mistkerl kratzt heute oder morgen ab... Mitsamt deinem verjiddeten KGB...«

Da holte der gutmütige Stepan Stepanowitsch aus und schlug Orlow heftig mitten ins Gesicht. (Es war das zweitemal, daß Orlow in meinem Beisein geschlagen wurde.) Wenn ein Schlag nicht den Kiefer oder die Schläfe trifft, sondern die Nase, verliert der Mensch nicht das Bewußtsein, hat aber starke Schmerzen. Das ist der Grund, warum der Schlag auf die Nase bei unerlaubten Untersuchungsmethoden häufig angewendet wird, und Stepan Stepanowitsch, von den Worten und Frechheiten Orlows wohl aus dem Gleichgewicht gebracht, hatte es nicht ausgehalten und diese Methode angewendet. Orlow stöhnte vor Schmerz und wankte, dann spuckte er Blut und schrie wieder (Zähne waren ihm nicht ausgeschlagen, aber aus seinen Nasenlöchern strömte Blut auf die Lippen und lief ihm in den Mund, darum sah es so aus, ihm wären Zähne ausgeschlagen), also, er spuckte Blut und schrie:

»Der Tschekist Dzierżyński war ein polnischer Jidd, das haben wir festgestellt... Das ist er, euer Same... Au, wir werden euch hängen und verbrennen, und sei's erst in hundert Jahren...«

»Abführen«, sagte der Oberst.

Der Sergeant zerrte an Orlows Handschellen und zog ihn aus der Zelle. Stschussew lag mit zurückgeworfenem Kopf da und sah endgültig wie ein Leichnam aus; die Lebensäußerungen, die eben noch glommen, waren verschwunden. Nichtsdestoweniger lebte er, denn er atmete, wenn auch fiepend und stoßweise.

Ich konnte nicht begreifen, warum man mich hergebracht und dann auch Orlow geholt hatte. Offenbar war etwas geplant, aber nicht ausgeführt worden. Mehr noch, nach Stepan Stepanowitschs mürrischer Miene zu urteilen, war es sein Plan gewesen, und vielleicht hatte der Oberst ihn von Anfang an in Zweifel gezogen, während Stepan Stepanowitsch darauf bestanden hatte. Das vermute ich jedenfalls, denn der Oberst sah nach dem Geschehen wesentlich gelassener aus als Stepan Stepanowitsch. Dieser war so verärgert, daß die Selbstbeherrschung ihn für einen Moment ein zweitesmal verließ (das erstemal, als er Orlow schlug), und er murmelte, als wir den Fahrstuhl betraten:

»Nadeln müßte man ihnen unter die Fingernägel...«

Ich war von dem Geschehen so niedergedrückt, außerstande, ihm einen Sinn zu geben, daß ich wie erstarrt war. (Zu schütteln begann es mich am Abend, als ich in die Datschensiedlung zurückgekehrt und in meinem Zimmer allein geblieben war.) Davor war ich rein physisch beschäftigt gewesen. Nachdem wir aus dem Keller hochgefahren und in den Korridor getreten waren, atmete ich schnell und hastig wie nach einem Erstickungsanfall, und in diesem Zustand blieb ich bis zu dem Moment, als wir im schwarzen Wolga durch das antike Tor und dann durch die von der Sonne hell beschienenen Moskauer Straßen fuhren. Erst jetzt beruhigte sich mein Atem und fand wieder zum normalen Rhythmus, ich wurde auf einmal redselig und plauderte mit Stepan Stepanowitsch über Lappalien, über Biersorten etwa. (Ich trinke zwar kein Bier, aber ich hatte bemerkt, daß er es mochte.) Er antwortete, als erfahrener Mensch mit festem Charakter hatte er die kurze Unbeherrschtheit schon überwunden und war ruhig. So plauderten wir die ganze Fahrt über, und nur einmal, als ich den spöttischen Blick meines Widersachers Leutnant Pjostrikow auf mich gerichtet sah, kam ich durcheinander, setzte aber sogleich das Gespräch fort und bemühte mich, Pjostrikow den Rücken zuzukehren. So ging dieser verhängnisvolle Tag auf den ersten Blick ruhiger zu Ende, als es zu den schrecklichen und für mich unverständlichen Ereignissen und der so komplizierten, mißlungenen Gegenüberstellung gepaßt hätte. Gegen Abend, wie ich schon sagte, schüttelte es mich, und es schüttelte mich die ganze Nacht.

DRITTES KAPITEL

Danach lief der Alltag wieder wie früher, doch im emotionalen Sinne fand ich nicht wieder zu mir und veränderte mich sogar physisch, das heißt, ich bekam erbärmliche Zuckungen, zwanghaftes Zwinkern und so weiter. Mein Schlaf war wieder schlecht, und ich hatte das, was man »Gedankenkarussell« nennt. All das war quälend, es ließ mir keine Ruhe und hinderte mich sogar, mich auf meine Arbeit zu konzentrieren. Und die Arbeit, wie schon gesagt, ging ihren Gang. Jeden Morgen holte mich der schwarze Wolga ab, und in Begleitung von Leutnant Pjostrikow fuhr ich in die Stadt, um Protokolle zu studieren und schriftliche Aussagen dazu zu machen. Aber das tat ich nicht mehr so aufrichtig, ich ließ eine Reihe von Details weg und bemühte mich, andere hervorzuheben, die für mich günstig waren. In den Protokollen war die Rede von der Todesstrafe, welche die Organisation Stschussew gegen den »stalinistischen Banditen Orlow« verhängt hatte, dabei figurierte als Sachbeweis die Erzählung »Russische Tränen sind bitter für den Feind« mit der Unterschrift Iwan Chleb. Hier konzentrierte ich mich auf meine Rolle bei der Enttarnung des Pseudonyms und verwendete so viel Aufmerksamkeit darauf, daß Stepan Stepanowitsch (er sah sich gewöhnlich am Ende des Arbeitstags meine Arbeit an) mich rügte, denn ihn interessierten hauptsächlich Details der Beziehungen zwischen Stschussew und Orlow, außerdem war Orlows Pseudonym der Staatssicherheit längst bekannt. Außer mit den Protokollen Stschussews mußte ich mich noch mit anderen Sachen beschäftigen, beispielsweise mit den Flugblättern der Russischen Nationalen Troizki-Gesellschaft wie auch mit dem Stenogramm der Rede »Die mythologischen Grundlagen des Antisemitismus«, die der Vorsitzende der Gesellschaft Iwanow gehalten hatte, und dem Redestenogramm des Journalisten während des Disputs der Studenten. (Nach dem er bekanntlich wieder mal eine Ohrfeige fing.)

Das schmackhafte Mittagessen in der Kantine unserer Abteilung, aber auch Frühstück und Abendbrot, die ich in der Datschensiedlung auf Essenmarken bekam, verzehrte ich ohne Appetit. Ich war ständig in gedrückter, wehmütiger Stimmung. In diesem Sinne ist mir besonders eine Nacht in Erinnerung geblieben, genauer, die frühen Morgenstunden.

Ich saß am Fenster, zu dem ich meinen Sessel geschoben hatte, und blickte in den Park, der die Datschen der Staatssicherheit umgab. Die Sonne war noch nicht aufgegangen, aber die Luft war nicht mehr nächtlich, und einige Gegenstände waren schon deutlich zu sehen: aufgestapelte Ziegel (auf dem Gelände wurde etwas gebaut), dahinter die gleichmäßigen Reihen der Bäume. Der Schnee war überall schon weggetaut, aber die Erde war noch naß und glänzte. Und es ödete mich dermaßen an, all das zu sehen, daß ich am liebsten gestorben wäre. Ich erinnere daran, daß ich auch früher schon Selbstmordgedanken gehabt hatte, aber so angenehm waren sie mir noch nie gewesen, und noch nie hatten sie mir so sehr die Seele erleichtert. Und sie kamen jetzt nicht von irgendwelchen tiefen verhängnisvollen Schlußfolgerungen oder von Schwermut, im Gegenteil, mir schien, daß mir in der Nacht auch die Schwermut lästig geworden war und meine aufdringlichen Selbstanklagen mich anödeten. Der Gedanke an den Tod kam von einem kleinlichen und albernen Gefühl – ich dachte einfach, daß an der Betrachtung der Gegenstände ringsum nichts Interessantes war. Das war der einzige Moment in meinem Leben, in dem ich den Tod nicht fürchtete, sondern ersehnte. (Im allgemeinen fürchte ich den Tod, sogar bei den vorigen Malen, als ich ihn ersehnte.) Freilich ist es in diesem Zustand, in dem man den Tod nicht fürchtet, schwer, sich umzubringen, und man wünscht sich, ein anderer brächte einen um, denn kaum beginnt man, etwas zu unternehmen, so verflüchtigt sich der Zustand der Leichtigkeit, und es kommt das rasende, hysterische Gefühl des Selbstmörders. Darum saß ich still, bemüht, mich nicht zu bewegen und nicht mal meine Haltung zu ändern, obwohl mein linkes Bein eingeschlafen war und ich den dringlichen Wunsch hatte, mit den Händen, die auf den Armlehnen des Sessels lagen, den Kopf zu stützen. Nach und nach wandelte sich der Anblick vor dem Fenster, und die Baumwipfel färbten sich rosig. (Zum Glück für mich war dieser Morgen zwar bewölkt, aber die Sonne ging an dem wolkenfreien Teil des Himmels auf.) Und die erste Stimme, die ich an diesem Morgen hörte, war die klangvolle Stimme eines jungen Mädchens. (Sicherlich jemand vom Bedienungspersonal.) Bei dem Klang dieser Stimme erfaßte mich plötzlich der brennende Wunsch nach Nähe zu einer Frau. Ich erinnere daran, daß ich in diesem Sinne lange Zeit verklemmt gewesen war, und mit Ausnahme des ersten Moments nach meinem Erwachen in der Isolierstation des Krankenhauses, in dem ich wie von Sinnen die Hände der Krankenschwester küßte, die gekommen war, um mir Fieber zu messen, mit Ausnahme dieses Moments hatte mich dieser Wunsch nicht heimgesucht. Jetzt verbrannte er mich förmlich, mein Körper schmerzte, und als ich mich hastig anzog, zitterten mir vor Ungeduld die Hände. Im Park atmete ich die Morgenluft tief ein und ging aufs Geratewohl zu der Stelle, wo ich das Mädchen gehört zu haben glaubte... Lange trottete ich zwischen den Bäumen umher, stapfte durch den klebrigen Matsch und ruhte mich ab und zu aus, wobei ich mich an einen nassen Baumstamm lehnte. Der Morgen war schon voller Geräusche, und hinter der Mauer, wo die Chaussee verlief, rasten Autos vorüber. Es war schon Frühstückszeit. Ich kehrte in mein Zimmer zurück, stieg dann wieder hinunter und verbrauchte für mein Frühstück gleich zwei Essenmarken. (Ich erinnere daran, daß ich in der Verwaltung zu Mittag aß und daher überzählige Essenmarken hatte.) Es war eine Wiedergeburt. (So empfand ich es.) In

Wirklichkeit war mein Organismus sehr entkräftet und verlangte nach einer Atempause. Jedenfalls hatte ich in letzter Zeit nie so gierig durch die Fenster des Wolga nach den Mädchen ausgeschaut wie jetzt während der Fahrt durch die Moskauer Straßen, und ich hatte mich lange nicht so nach Glück gesehnt. (Das war ein rein physiologischer Frühlingswunsch.)

An diesem Tag stand mir eine lange und ernsthafte Arbeit bevor, wie mir Stepan Stepanowitsch gleich sagte. (Er war in letzter Zeit deutlich unzufrieden mit mir.) Ich mußte die Akte des Trotzki-Mörders Ramón Mercader bearbeiten, die Oles Gorjun geführt und die ich seinerzeit schon kennengelernt hatte. Wieder wurde von mir verlangt, Einzelheiten darüber zu beschreiben und mich an meine Gespräche mit Gorjun zu erinnern. Die Arbeit war wichtig, und der Auftraggeber war, wie Stepan Stepanowitsch mir sagte, die Auslandsabteilung der Staatssicherheit. Zumal nach meinen nicht direkten, sondern indirekten Informationen Gorjun nicht mehr am Leben war. (Sonst wäre es zweifellos zu einer Gegenüberstellung gekommen.)

Erschöpft kehrte ich gegen zwei Uhr nachts in mein Zimmer zurück, und die Diensthabende gab mir mit dem Zimmerschlüssel einen Briefumschlag.

Das verwunderte mich aufs äußerste. Briefe hatte ich seit langem nicht bekommen. Meine Verwandten hatten mich aus den Augen verloren, wie hätten sie auch meinen Aufenthalt herausfinden sollen? Ich hatte nicht die Geduld, bis oben zu warten, blieb auf dem Treppenabsatz stehen, lehnte mich ans Fensterbrett und riß den Umschlag auf. Ein kleines Briefchen, eher ein Zettel, fiel heraus. Der Duft nach teurem Frauenparfüm wirkte auf mich wie ein auf nüchternen Magen heruntergekipptes Glas Wodka. Auf einer Viertelseite eines Briefbogens stand nur eine Zeile, und ich erkannte sofort die Handschrift Maschas, nur den Sinn konnte ich vor

Erregung lange nicht verstehen, als hätte sie sich einer Fremdsprache bedient. Ohne den Sinn verstanden zu haben, ging ich hinauf in mein Zimmer, öffnete die Tür und setzte mich in meinen geliebten Ledersessel (ich lebe mich an einem neuen Platz schnell ein und empfinde bald Anhänglichkeit für die Gegenstände) und entzifferte nun die schwungvolle, weiblich gerundete Handschrift Maschas: »Kommen Sie bitte am Sonntag gegen zwölf« und ihre ebenso schwungvolle Unterschrift. Selbstredend war in dieser Nacht an Schlaf nicht zu denken. Bis vier saß ich in dem Sessel, analysierte den Zettel und schlief dann halb ausgezogen auf meinem Schlafplatz ein, doch ich wurde immer wieder wach und setzte die Analyse fort. Der einzige einfache Punkt war hier die Frage: Wie hatte sie meinen Aufenthaltsort erfahren? Natürlich von Roman Iwanowitsch, dem Freund der Familie, dem einstigen Partisan und jetzigen Mitarbeiter der Staatssicherheit. Aber dann ergab sich eine ganze Reihe von Unklarheiten. Wessen Initiative war das gewesen, ihre eigene oder die von Rita Michailowna? Diese hatte den Zettel ohne Zweifel in der Hand gehabt, denn Mascha würde ihn niemals parfümiert haben, weil sie das für dumm und kleinbürgerlich hielt. Andererseits war das Ganze in einem unfreundlichen Ton gehalten und sogar ohne Anrede. Also hatte Mascha es widerwillig und unter dem Druck irgendwelcher Umstände geschrieben. (Denn sie war längst unabhängig von den Eltern, und gewöhnliches Zureden, das nicht von irgendwelchen Fakten untermauert war, wirkte nicht auf sie.) Also, was wollten Maschas Eltern (genauer, Rita Michailowna, denn der Journalist pflegte sich in solche Dinge nicht einzumischen), also, was wollte Rita Michailowna, und warum spielte Mascha mit? Und noch ein wichtiger Punkt – Kolja... Die Begegnung in der Gefängniszelle der kleinen Stadt im Süden, bei der Koljas Schrei mich davor bewahrt hatte, erwürgt zu werden... Und das, was mit Mascha geschehen war – ich keuchte, auf meinem Bett sitzend. Gegen Morgen war ich völlig entkräftet und lag schwach auf dem Bett wie nach einer schweren Krankheit. Auf diese Weise wurde die glückliche Etappe meiner Wiedergeburt, die gerade erst begonnen hatte, als mich im Morgengrauen die wohlklingende weibliche Stimme im Park weckte, von Maschas Briefchen im Keim erstickt.

Den Rest der Woche arbeitete ich schlecht, und Stepan Stepanowitsch bestellte mich sogar zu einer Aussprache. Aber da er von seiner Natur her nicht böse war, begriff er bald meinen Zustand. Ich vertraute mich ihm sehr vorsichtig an, aber er wußte wohl mehr von mir, als ich ihm mitteilte, wußte wohl auch von meinen Verbindungen mit der Familie des Journalisten. Das Tempo der Arbeiten an den Stschussew-Protokollen hatte sich im übrigen verändert und war gleich Null. Wie ich auch erfuhr, war der Prozeß, der stattfinden und bei dem ich als Zeuge auftreten sollte, durch die Einmischung einer wichtigen Instanz abgesagt worden, und man hatte uns nahegelegt, alles ohne Aufsehen zu erledigen. Um diese Zeit starb Stschussew. Im Falle Orlow wurde beschlossen, ihn der Staatsanwaltschaft zu überstellen, und der Fall wurde uns entzogen. Darum bot Stepan Stepanowitsch, dem mein kränkliches Aussehen aufgefallen war, mir einen zweitägigen Urlaub an, was mit dem Sonntag drei volle Tage ausmachte. Auf diese Weise konnte ich ausspannen, zu mir finden und mich physisch und seelisch auf die Begegnung mit Mascha vorbereiten.

Ich habe diese sonntäglich Mittagsstunde sehr gut in Erinnerung. Ich hatte beschlossen, mich ein wenig zu verspäten, um keinen lakaienhaften Eindruck zu erwecken. Eigentlich hatte ich eine Stunde Verspätung eingeplant, aber dummerweise lag der Platz, wo ich die »Prestigestunde« abwarten wollte, unweit von Maschas Haus in der alten vornehmen

Moskauer Gasse. Darum, kaum hatte ich mich in der kleinen Grünanlage unweit von Maschas Haustür niedergelassen, verringerte ich die »Prestigezeit« auf eine halbe Stunde. In Wirklichkeit wartete ich nur zehn Minuten. Gleichwohl war ich um die Mittagsstunde, die mir Mascha in ihrem Zettel genannt hatte, noch nicht im Hause des Journalisten, sondern auf der Straße.

Selbst in einer Großstadt gibt es eine Frühlingsperiode, in der alles jung und von angenehmer Mattigkeit erfüllt ist, besonders in der Mittagssonne, dann erscheint alles gereinigt und entblößt und dürstet nach Befruchtung. Sogar die Erde, die Büsche und die Bäume in der Stadt, das heißt, etwas, was längst den Launen des Menschen unterworfen ist und gewissermaßen dekorativen Charakter trägt (ich betone, sogar die Erde in der Stadt), also, im Frühling erwacht in ihnen etwas Altes, was vom Menschen unabhängig ist. Aber diese Periode ist sehr kurz: von dem Moment, wo nach der Schneeschmelze alles trocknet, bis zum Beginn des Blühens. Denn das Blühen in der Stadt trägt bereits dekorativen Charakter. Nur in dem kurzen Zeitraum, in dem noch alles kahl ist, aber schon erwärmt von der Sonne und erfüllt von lebendigem, offenem und nicht von Moral verbrämtem Schmachten (der Mensch hat die Moral überall hineingezogen, selbst in die Natur) und von offener, nicht verbrämter Sünde. Wie war mir zumute, mir, einer erregbaren Natur, die Zärtlichkeit entbehrte, hier in dem frühlingshaften, erwachenden kleinen Park, inmitten von Vogelgezwitscher, das den Durst nach frühlingshafter Sünde noch verstärkte, noch dazu ein Dutzend Schritte von Mascha entfernt! Es gibt in der Tretjakow-Galerie ein kleine Bild des Malers Sawrassow »Die Krähen sind wieder da«, das nach herrschender Meinung nachgerade als das Ursprungsbild der russischen Wandermaler gilt. Ich finde, die Kraft des Bildes besteht hauptsächlich darin, daß hinter den kahlen Zweigen der abgebildeten Bäume die unmoralische junge Süße der Frühlingssünde zu spüren ist. Das heißt, das Bild fängt genau die entblößte Frühlingsperiode ein, die sehr kurz ist und sich mit dem Beginn des Blühens verliert. Selbstverständlich waren meine Gedanken an diesem verhängnisvollen Frühlingstag nicht ganz so konkret, nichtsdestoweniger spürte ich die Begierde und die Kraft der auf mich einflutenden Gefühle. Ich dachte sogar daran, den Besuch zu verschieben, denn ich stellte mir plötzlich vor, ich würde mich nicht beherrschen können und Mascha öffentlich küssen, kaum daß ich eingetreten war und sie sah.

»Ach, du lieber Gott!« sagte ich laut zu mir (zum Glück war kein Mensch in der Grünanlage), »ach, du lieber Gott, ich muß mich beeilen, um meine Phantasien zu zerstreuen.«

Realitätssinn und Analyse waren mir immer hilfreich, meine Einbildungskraft hingegen war mir immer verderblich und hatte oft geradezu verbrecherische Elemente. Ich rief also die rettende Analyse zu Hilfe und begriff, daß ich, wenn ich nicht sofort zum Journalisten ging, sondern vor dem bevorstehenden Besuch Gefühle anstaute, besonders in dem frühlingshaften Park, ich tatsächlich nicht wieder gutzumachende Dummheiten begehen würde. Ich mußte mich also entscheiden: entweder zur Haustür oder weg von hier... Ich durchquerte die Grünanlage und betrat das Haus...

Es war erst zehn nach zwölf. Der luxuriöse Fahrstuhl mit dem Spiegel in der Kabine glitt weich nach oben und hielt auf dem Treppenabsatz des Journalisten. Ich dachte daran, wie ich das erstemal mit dem inzwischen verstorbenen Stschussew hierhergekommen war, doch hastig verwarf ich diesen Gedanken, machte mich zum Glück leicht und rasch von ihm los. Bei meiner nervlichen Verfassung konnte solch ein Gedanke sehr aufdringlich sein, doch jetzt war ich offenbar von der bevorstehenden Begegnung mit Mascha gänzlich eingenommen, und Abseitiges erlosch sogleich. Vor der gepolsterten Tür stehend, holte ich ein paarmal tief Luft, um die Lungen und die Kehle frei zu haben und auf die Frage »Wer ist da?« ohne Zittern in der Stimme antworten zu können. Aber nachdem ich geläutet hatte, wurde mir ohne diese Frage geöffnet. Erstens wurde ich erwartet, und zweitens hatte man mich durch den Türspion gesehen. Übrigens öffnete mir nicht die Hausangestellte Klawa, sondern Rita Michailowna persönlich. Die ersten Minuten verliefen für mich überraschend gut und klar und völlig ohne Hektik. Im Gegenteil, sie war hektisch, und ich antwortete sogar übermäßig förmlich. Auch Klawa erschien und half mir aus dem gummierten, dunkelblauen Regenmantel. Auf diese Weise entfalteten die beiden Frauen in der Diele solch eine Hektik um mich, daß ich geradezu erschrak, denn Mascha konnte ja kommen und mich in der albernen Situation vorfinden. Aber Mascha kam nicht. Auch Kolja kam nicht, der zweite Mensch, den ich nun in diesem Hause fürchtete, vielleicht sogar noch mehr als Mascha. (Der Journalist zählte nicht, selbst wenn er erschienen wäre.) Aber es kam niemand sonst, und mich beschlich der unruhige Gedanke, daß außer den beiden Frauen niemand in der Wohnung war. Wir gingen in das Eßzimmer mit dem blanken Parkett. (Das Parkett wurde hier wie früher gepflegt.) Und da sah ich Mascha. Sie saß am Tisch, recht häßlich geworden und in einem weiten Kleid, das ihr Aussehen noch mehr verdarb. Vor ihr stand eine teure Kristallschale mit Kirschkonfitüre (sie aß sehr gern Kirschkonfitüre, von dieser Vorliebe erfuhr ich später), also, vor ihr standen die Schale und eine Untertasse mit Konfitüreresten. (Offenbar hatte sie Konfitüre aus der Schale auf den Teller getan und sie dann gegessen.)

»Da ist Goscha«, sagte Rita Michailowna irgendwie schmeichelnd, so wie man mit einem lieben, aber kranken Menschen redet, von dem man wegen seiner Krankheit abhängig ist und dem man es in allem recht machen möchte, »ich habe dir ja gesagt, Goscha ist einer von uns und nicht nachtragend.«

Das war eine Dummheit, die wohl Rita Michailownas großer Erregung geschuldet war. Ich hatte sogleich bemerkt, daß sie erregt darauf wartete, wie meine Begegnung mit Mascha verlaufen würde, also hatte diese Begegnung eine ernsthafte Bedeutung für sie. Ich war in einem zwiespältigen Zustand. Kaum hatte ich gesehen, wie häßlich Mascha geworden war, da war meine Erregung weg. (Zur Erinnerung: Ich verliebe mich nur in sehr schöne Frauen, auch eine Folge meiner Verklemmtheit und meiner wilden Träume.) Andererseits sah ich an Maschas Augenausdruck, daß ich für sie auch nicht interessant war (genauer, noch immer nicht), und das erhitzte meine Eitelkeit.

»Nehmen Sie Platz«, sagte Mascha zu mir. (Sogar ihre Stimme hatte sich verändert, sie war irgendwie männlich geworden und erregte mich nicht, und das nach der schmachtenden Erwartung im Hausflur.)

Ich setzte mich ihr gegenüber, so daß uns die Länge des Tischs trennte. Rita Michailowna setzte sich in die Mitte zwischen uns, warf Mascha einen (sehr sorgenvollen) Blick zu und sagte:

»Ich kann den Frühlingsanfang in Moskau nicht ausstehen. Gewöhnlich sind wir mit der ganzen Familie im Süden oder auf der Datsche, aber Maschas Krankheit...«

»Laß das, Mama«, unterbrach Mascha sie grob. »Erstens bin ich nicht krank, sondern schwanger, und jeder halbwegs aufgeklärte Mann kann das leicht erkennen.«

Ich hatte es nicht erkannt und wurde mir dessen erst bewußt, als sie es sagte. Im übrigen mochte Mascha sich gedacht haben, daß ich es nicht erkannt hatte, und ihre Äußerung von dem halbwegs aufgeklärten Mann war nicht nur eine Grobheit gegen ihre Mutter, sondern auch ein giftiger Stich an meine Adresse. Überhaupt hatte sich in Mascha eine zynische Bitterkeit auf das Leben herausgebildet, und ihre Persönlichkeit hatte sich in kurzer Zeit endgültig verwandelt. Es war durchaus möglich, daß sie fortan einen sehr zynischen und einfachen Blick auf die sexuellen Beziehungen mit einem Mann haben und über die Heiligkeit der Liebe spotten würde.

Etwas wie Eifersucht regte sich in mir, zumal Mascha bei ihren in ungesunder Erregung gesprochenen Worten errötete und sofort hübsch wurde; überhaupt hatte ich ihre sehr relative und vorübergehende Veränderung im ersten Moment sicherlich stark übertrieben.

»Wir brauchen unsere geschäftliche Begegnung nicht in die Länge zu dehnen«, fuhr Mascha unterdes fort, »Ihnen wird der geschäftliche Vorschlag unterbreitet, mich zu heiraten... Um die Sünde zu vertuschen...«

»Mascha«, schrie Rita Michailowna.

»Sei still«, sagte Mascha halblaut, sah aber ihre Mutter so scharf an, daß diese sofort verstummte. »Also«, sprach Mascha weiter und wandte sich mir zu, »ich war zuerst nicht damit einverstanden, aber dann habe ich es mir überlegt... Den Vater des Kindes kenne nicht mal ich... Es waren drei, die mich vergewaltigt haben... Aber unter ihnen war einer, der Älteste, der hatte hellblaue Augen... Ein Bäuerlein... Vielleicht ist es von ihm...«

»Mascha«, sagte Rita Michailowna fast flüsternd, »wofür verhöhnst du mich?«

Klawa kam herzu. (Sie hatte die ganze Zeit in der Tür gestanden.) Sie half Rita Michailowna auf, die stützte sich auf ihre Schulter und ging, plötzlich die Füße nachziehend, aus dem Zimmer.

»Ich würde solche Kinder auf die Straße jagen«, sagte Klawa, ohne Mascha anzusehen, aber laut.

»Ach, laß doch«, flüsterte Rita Michailowna.

Sie verschwanden beide, und es war zu hören, wie Klawa im Nebenzimmer Rita Michailowna half, sich auf die Couch zu legen. Mascha und ich blieben zu zweit am Tisch sitzen.

»Bedenken Sie«, sagte Mascha nach einer Pause, »ich liebe Sie nicht, aber ich werde Sie nur dann schlecht behandeln, wenn Sie Annäherungsversuche machen. Wenn Sie aber Ihre Position begreifen, werde ich neutral zu Ihnen sein, manchmal auch freundlich. Unsere Wohnung ist groß, wir haben eine Datsche, und mein Vater ist nach wie vor ein äußerst vermögender Mann, so daß wir alle Voraussetzungen haben, uns gegenseitig nicht im Weg zu sein... Sie sind ein unbehauster Jüngling und, soviel ich weiß, ohne Eltern. Wenn Sie also auf die Emotionen pfeifen und den Verstand zu Hilfe rufen, sollten Sie es riskieren.« (An dieser Stelle kratzte mich, den Dreißigjährigen, ganz besonders das Wort »Jüngling«.) »Ihre antisemitischen Ansichten eines Schwarzhunderters«, fuhr Mascha fort, »haben Sie durch Ihren Bruch mit Stschussew schon fast gutgemacht, was man von meinem unglücklichen Bruder nicht sagen kann... Apropos Kolja... Er haßt Sie, und ich will es nicht verhehlen, sehr sogar, aber er wohnt nicht mehr bei uns... Er hat sich von den Eltern losgesagt und lebt in einem Arbeiterwohnheim... Da können Sie also ruhig sein... Was meinen Vater betrifft, so werden Sie sich mit ihm absprechen, und vielleicht gewinnen Sie einander sogar lieb... Mama hätte ihn heute nicht auf die Datsche zu schicken brauchen, er würde Sie nicht gestört haben... Das wäre alles... Und jetzt gehen Sie und überdenken Sie den Vorschlag.«

Ich stand auf und ging. Niemand begleitete mich zur Tür. Im Nebenzimmer hörte ich Rita Michailowna weinen und stöhnen und Klawa mit Fläschchen klirren. Ich hatte eine Zeitlang mit den vielen Schlössern und Riegeln zu tun, doch schließlich kriegte ich die Tür auf und schlug sie hinter mir zu mit der festen Absicht, diese Schwelle nie wieder zu überschreiten. Aber als am Abend Rita Michailowna anrief und mit mir sprach, als ob nichts geschehen wäre, antwortete ich ihr ruhig. (Das Gespräch drehte sich um Alltagskleinigkeiten.)

Eine Woche später waren sämtliche Formalitäten meiner Eheschließung mit Mascha schon erledigt. Bald bekam ich ein Zimmer in der großen Hauptstadtwohnung des Journalisten, schlief auf einer breiten, mit chinesischer Seide bespannten Couch und aß zu Mittag eingelegtes Kalbfleisch oder Karpfen mit Nußfüllung. Mindestens anderthalb Monate nach unserer Eheschließung bekam ich meine Frau nicht zu sehen. (Sie war in ein Sondersanatorium in der Moskauer Umgebung gereist.) Ehrlich gesagt, das freute mich sogar. Auch der Journalist zeigte sich nicht. Und Kolja hatte nach Maschas Aussage überhaupt mit den Eltern gebrochen. Ich war mit Rita Michailowna und Klawa allein in der Wohnung, und ich fand allmählich Geschmack an diesem Leben. Meine Arbeit hatte sich auch verändert, ich brauchte mich nicht mehr mit den Protokollen illegaler Organisationen zu befassen, sondern arbeitete nun in einer großen Bibliothek. Neben meiner eigentlichen Arbeit hatte ich eine zusätzliche Belastung, die nicht groß war: Ich mußte einmal die Woche eine Liste derjenigen Personen aufstellen, die Bücher aus dem Giftschrank ausliehen, das heißt, verbotene Bücher. Diese Listen mußte ich bedauerlicherweise einer anderen Abteilung übergeben. Ich sage »bedauerlicherweise«, weil ich nun keine Verbindung mehr mit Stepan Stepanowitsch hatte. Der Mann, dem ich jetzt unterstand, konnte mich entweder nicht leiden, oder er hatte einen schlechten Charakter. Er litt, nach seinem Aussehen zu urteilen, an einem Magengeschwür. (Überhaupt gab es unter den Mitarbeitern des Staatssicherheitsapparats viele, die nicht gesund waren und an Verwundungen oder Krankheiten litten.) Ich sah meinen neuen Natschalnik höchstens einmal die Woche, meistens am Freitag, und das beruhigte mich. Im übrigen hatte er mir noch keine besonderen Unannehmlichkeiten gemacht, er empfing mich nur jedesmal unfreundlich, aber damit konnte ich leben. Im großen und ganzen verbrachte ich die zweite Frühjahrshälfte ruhig, und man kann sogar sagen, geordnet.

VIERTES KAPITEL

Rita Michailowna schätzte mich aus begreiflichen Gründen außerordentlich, und ich hatte den Eindruck, daß sie den Rhythmus und den Tagesablauf der Familie nach mir ausrichtete. Gefrühstückt wurde jetzt früher als zuvor, und Klawa, die sich in allem willig Rita Michailowna fügte und ihre zuverlässige Freundin und rechte Hand war, stand früh auf, um etwas Leckeres und Warmes zuzubereiten. Mittag gegessen wurde, wenn ich vom Dienst kam. Außerdem gab mir Rita Michailowna den Schlüssel vom Arbeitszimmer des Journalisten, so daß ich meine wöchentlichen Berichte an die Staatssicherheit nun am altertümlichen breiten Schreibtisch des Journalisten abfassen konnte. Von Kolja wurde in meiner Gegenwart nie gesprochen, aber einmal bemerkte ich rein zufällig, wie Rita Michailowna und Klawa in der Küche Lebensmittel in einen Korb packten. Das waren verschiedene teure und leckere Dinge: Störrücken, Räucherwurst, Glasdöschen mit schwarzem und rotem Kaviar, Schachteln mit teurem Gebäck und Konfekt. Als die beiden mich bemerkten, waren sie aufgestört und verwirrt, und Rita Michailowna erzählte mir höchst unnatürlich von einer Freundin aus ihrer Kindheit, die sich in einer elenden Lage befand, »denn sie hat zwei Kinder, und ihr Mann ist Alkoholiker...« Die Situation war dumm und absurd. Rita Michailowna wußte, daß Kolja mich haßte, darum fürchtete sie, ich würde etwas dagegen haben, daß ihm geholfen wurde. Wie sich später herausstellte, wies er die Hilfe zurück, darum mußten ihm die Sendungen auf anderen Wegen übergeben werden. Ich selbst fand mich in meiner Stellung in diesem Hause noch nicht zurecht, obwohl sie praktisch vollauf nach meinem Geschmack war. Rita Michailowna stand zwischen zwei Feuern: ihren Kindern und mir. Mascha behandelte mich geringschätzig. Aber Rita Michailowna brauchte mich, um die Sünde der Tochter zu kaschieren, die es trotz der Forderung Rita Michailownas abgelehnt hatte, sich des Kindes zu entledigen, denn »wann hat man schon mal die Möglichkeit, ein Kind von einem Räuber zu kriegen und nicht von einem Schriftsteller oder Hauptbuchhalter«.

Bekanntlich existierte der Widerstreit in diesem Hause schon lange, seit der Journalist vor etlichen Jahren seine Kinder in das aktive politische Leben einbezogen hatte, worauf sie sich zunächst für seine oppositionellen Ideen begeistert hatten und später, charakteristisch für die Jugend, darüber hinausgewachsen waren. Jetzt aber hatte sich dieser Widerstreit im Sinne der Gruppierung der kämpfenden Kräfte verändert, eine Folge erstens der neuen Umstände und zweitens des Rückzugs des Journalisten »aufs Altenteil«. Das heißt, dieser Mann war endgültig niedergedrückt von der Entwicklung der Ereignisse, und ich hatte den Eindruck, daß Rita Michailowna ihn manchmal schlug. Jedenfalls konnte ich einmal, natürlich zufällig, beobachten, wie nicht einmal Rita Michailowna, sondern ihr Schatten, die Hausangestellte Klawa, den Hausherrn ziemlich derb beim Arm nahm und aus der Küche zog, wo er sich aus irgendwelchen Gründen (ich weiß nicht, warum) herumdrückte und offensichtlich störte, dann setzte sie ihn an den Tisch wie ein Kind und stellte ihm ein Glas Dickmilch hin, das er auch sogleich verzehrte. Nichtsdestoweniger hatte sein Name in offiziellen Kreisen und überhaupt bei der Masse, die ihn nur von seinen Büchern kannte, nach wie vor einen guten Klang, und ich erinnere mich, wie Rita Michailowna und Klawa ihn ein paarmal anzogen wie eine Schaufensterpuppe und ihm seine Ordensspangen und die Medaillen seiner Staatspreise ans Jackett hefteten, worauf ihn Rita Michailowna in die jeweilige Institution fuhr, wo er während der Tagung im Präsidium saß. Ich will nicht sagen, daß der Journalist nur noch passiv war, im Gegenteil, diese Position in der Familie und diese Einstellung zum Leben hatte er sich selbst ausgesucht als Ergebnis von Nachdenken und Analyse. Auf seinem Gesicht hielt sich lange das zynische, aber gutmütige und nachdenkliche, wenn auch manchmal spöttische Lächeln, das ich zum erstenmal nach der Ohrfeige im Studentenklub bei ihm gesehen hatte. (Ich glaube, das war eine der letzten, wenn nicht die letzte Ohrfeige politischen Charakters, die er bekam, denn sein Auftritt bei dem Studentendisput war wohl sein letzter öffentlicher Auftritt.) Unsere erste Begegnung unter den für mich neuen Bedingungen und in meiner neuen Position fand folgendermaßen statt.

Ich saß und schrieb den fälligen Wochenbericht an meine Abteilung, der mir diesmal schwerfiel und mir Unannehmlichkeiten verhieß, denn ich hatte mich irgendwo vertan und nicht genau aufgepaßt, und wahrscheinlich hatte mich ein Leser ausgetrickst (offenbar nicht ohne Absicht), so daß ich nicht feststellen konnte, auf welche Lesekarte das antisowjetische Material ausgegeben worden war. Natürlich hätte ich die Sache unter den Tisch fallenlassen können, die Liste war lang genug, aber ich war mir nicht sicher, ob nicht eine Überprüfung der Leser stattfand, so daß die Sache herauskommen konnte. Wenn ich den Charakter des Materials, die

Einstellung meines magenkranken neuen Natschalniks zu mir und die Tatsache bedachte, daß der Leser mich vorsätzlich getäuscht haben könnte, wenn ich all das bedachte, war es kaum möglich, diese Sache gänzlich zu unterschlagen, darum kramte ich lange gereizt in meinen Papieren. In diesem Moment klopfte es vorsichtig an die Tür. Ich hob den Kopf, antwortete aber nicht und suchte weiter in meinen Papieren. Als sich das Klopfen wiederholte, rief ich, unter dem Eindruck meiner dienstlichen Mißlichkeiten, zugegebenermaßen heftig:

»Wer ist denn da, was wollen Sie?«

Ich verkannte die Situation total und war mir in dem Moment nicht bewußt, daß ich ja in einem fremden Arbeitszimmer saß und über fremdes Eigentum verfügte, während der Hausherr schüchtern um Eintritt bat. Aber ich glaube, der Journalist begriff die Situation, und sie erheiterte ihn. Wie ich später erkannte, bereitete es ihm Vergnügen, an sein eigenes Arbeitszimmer zu klopfen, in dem jetzt ein zugelaufener, faktisch von der Straße aufgelesener Vagabund residierte. Auf meinen Zuruf öffnete er vorsichtig die Tür, und ich sah das nun schon gewohnte Lächeln.

»Entschuldigen Sie, ich will mir nur ein Buch holen«, sagte er, »gestatten Sie?«

»Bitte«, knurrte ich.

Der Journalist ging auf Zehenspitzen zu einem der Regale, nahm ein Buch, legte den Finger auf die Lippen und ging zurück, brach aber auf halbem Weg in schallendes Gelächter aus, was mich verwirrte. Auf sein Gelächter erschien sogleich Rita Michailowna, nahm ihn heftig bei der Hand und sagte:

»Ich habe dich doch gebeten, ihn nicht zu stören.« Dabei sah sie mich an, um mich als Verbündeten zu gewinnen, seufzte – man hat schon seine liebe Not mit ihm – und zog ihn hinaus.

Später, beim Mittagessen, paßte sie einen Moment ab und sagte zu mir:

»Entschuldigen Sie...«, sie nannte ihren Mann beim Vor- und Vatersnamen, »er ist ja nicht gesund, seit langem schon... Ach du mein Gott...«

Der Journalist war dabei freilich nicht zugegen, er aß allein, für ihn wurden besondere vitaminreiche Breie bereitet. (In diesem Sinne kümmerte sich Rita Michailowna noch um ihren Mann und war aufmerksam.) Ich weiß nicht, was Rita Michailowna unter »nicht gesund« verstand, aber gewisse Abweichungen waren bei dem Journalisten allerdings zu beobachten. Es kam vor, daß er mit nicht zu Ende gekauter Nahrung im Mund einschlief. Sein Leben nannte er »Existenz«. Nach dem Vorfall mit dem Buch traf er sich in diesem Haus besonders gern mit mir, und ich hatte in der Tat eine ganze Reihe von Gesprächen mit ihm. Insbesondere teilte er mir vertraulich mit: »Nahrung ist für mich ohne Geschmack, ich esse und weiß nicht, was, ich lächle und weiß nicht, worüber.« Von seinen Kindern sagte er, daß er sie sehr liebe, besonders Kolja, er fürchte aber, daß der die Hand gegen ihn erheben und ihn als »stalinistischen Lakaien« beschimpfen werde, und das könne er nicht ertragen, wie er sagte, »nicht physisch, aber das da hält es vor Schwermut nicht aus«, und er zeigte mit dem Finger auf die linke Brustseite. Von Mascha sagte er, sie sei eine Schönheit und das Ideal einer Frau schlechthin, aber sie habe kein Glück gehabt, weil sie im kritischen Moment ihres Blühens (so sagte er, und er drückte sich überhaupt manchmal unnatürlich aus), im kritischen Moment nicht einem Mann begegnet sei, der zu ihr paßte und auf natürliche Weise ihre frauliche Aufwallung stillte. Daher ihre plötzlichen Dummheiten und die Troizki-Gesellschaft, die den Kampf gegen den Antisemitismus in Rußland auf ihre Fahnen geschrieben hatte. Das mit dem »Mann« sagte er in meinem Beisein völlig ruhig, dabei wußte er, daß ich seit langem in seine Tochter verliebt war, folglich deutete er damit an, daß ich nicht der Mann sei, der Maschas Energie vom politischen Kampffeld in die weibliche Bahn zu lenken vermochte. Das traf mich besonders schmerzlich, weil es stimmte. Überdies war ich zwar mit ihr verheiratet, aber doch von ihr getrennt. Als der Journalist das mit dem »Mann« sagte, schoß mir das Blut in den Kopf, und ich hätte den Alten am liebsten beschimpft. (In den letzten Monaten war er unheimlich gealtert, war gleichsam kleiner geworden und der Erde näher gerückt.) Aber zum Glück beherrschte ich mich. Wir hatten auch Gespräche politischen Charakters, und der Journalist erzählte die eine oder andere Episode aus seinem Leben. Es gab auch Zufallsäußerungen. Unsere Gespräche wurden häufiger, als Rita Michailowna Mitte Mai zu Mascha reiste, denn die Entbindung stand bevor, und Rita Michailowna wollte, daß sie aus den bekannten Gründen, wie sie sich ausdrückte, »fern von dem Moskauer Tratsch« erfolgte. Das Telegramm »Alles wohlauf, ein Junge« kam eines Nachts. An diese Nacht kann ich mich gut erinnern.

Es fiel ein rauschender Mairegen, und von den warmen Windstößen knallten die Lüftungsklappen der Fenster. Wir alle – ich, der Journalist und Klawa – gingen halb angezogen in der Wohnung umher und äußerten recht wirr unsere Freude, das heißt, wir wiederholten immer dieselben Worte, drückten einander die Hand, gratulierten einander usw. Der Journalist machte in einer Aufwallung den Vorschlag, sogleich Kolja zu unterrichten, und ehe ich mich einmischen konnte, zog Klawa ihren Regenmantel über den Hauskittel, fuhr in die Schuhe und lief los, obwohl es bis zu Koljas Wohnheim für Bauarbeiter ein ganzes Stück war und sie bei dem Pladderregen sicherlich kein Taxi erwischte. Aber das war nicht das Schlimmste. Was, wenn Kolja nun mit herkam und mich hier antraf? (Ich war mir nicht sicher, ob er von meiner Anwesenheit wußte, denn er war vor meinem Einzug weggegangen, nachdem er mit seinen Eltern, den »stalinistischen Lakaien«, gebrochen hatte.) Glücklicherweise, dank der Bemühungen Klawas, die trotz der freudigen Botschaft nicht den Kopf verlor, kam Kolja nicht. Wie ich später erfuhr, hatte Klawa ihm gesagt, seine Eltern wären zu Mascha in die Moskauer Umgebung gefahren, und niemand wäre im Haus. Aber Kolja hatte versprochen, unbedingt Mascha und den Neffen zu besuchen, sobald sie zurück seien, und er gab Klawa trotz ihrer Proteste Geld von seinem kürzlich empfangenen Lohn zum Kauf von Geschenken.

Rita Michailowna, Mascha und Iwan (Mascha hatte ihren Sohn trotz der Proteste Rita Michailownas »Iwan« genannt), also, Großmutter, Mutter und Sohn kehrten drei Wochen später nach Hause zurück, schon zu Beginn des Sommers. Als ich von der Arbeit kam, traf ich in der Diele auf Rita Michailowna und begriff, daß Mascha da war. Mit klopfendem Herzen wollte ich zu ihr stürzen, aber Rita Michailowna holte mich ein und vertrat mir den Weg.

»Da dürfen Sie nicht rein«, sagte sie in entschuldigendem Ton, »das Kind, Sie verstehen...«

Mascha sah ich nur von weitem. Sie war wunderschön trotz der noch nicht verschwundenen Geburtsflecke im Gesicht. Rundheit und Weichheit hatten sich endlich eingestellt – im Aussehen und in den Bewegungen. Sie lächelte mir von weitem zu, und von ihrem Lächeln hätte ich vor Freude aufschluchzen mögen. Auf dem Sofa lag in einem üppigen seidenen Steckkissen das Kind der Gewalt, Iwan Zwibyschew. Aber die Idylle währte nicht lange. Gegen Abend brachte Rita Michailowna Mascha und Iwan auf die Datscha. Ich wollte mitfahren oder sie wenigstens am Sonntag besuchen, aber Rita Michailowna erklärte mir, das Kind müsse erst kräftiger werden und brauche eine sterile Umgebung. Sie war so aufgeregt und von Mascha und dem Kind dermaßen in Anspruch genommen, daß sie sogar den Umstand vergaß oder außer acht ließ, daß ich faktisch gedungen war, die Sünde zu kaschieren und dem Kind meinen Namen zu geben. Und da ich ein verklemmter Mensch bin, tut man nicht gut daran, mich so offen zu mißachten. Die Nacht verbrachte ich natürlich schlaflos und voller Grimm. Dieser Zustand war für mich nichts Neues, doch in so starkem Maße hatte ich ihn lange nicht erlebt. Im Gegenteil, von dem satten Leben hatte ich in letzter Zeit zunehmend Vernunft an den Tag gelegt, wie ich schon sagte. Aber diese Tatsache machte alles zunichte. Über Klawa ließ ich Mascha einen Brief zukommen, in dem ich zwar die in solchen Fällen üblichen Floskeln schrieb, sie jedoch aufrichtig meinte, nämlich: von meiner tiefen Liebe zu Mascha und von meinem Wunsch, dem Kind den Vater zu ersetzen. Aber als Antwort bekam ich eine kurze Notiz ohne Unterschrift: »Vergessen Sie nicht, daß unsere Ehe fiktiv ist und auf gegenseitiger Geschäftsgrundlage beruht.« Und fertig. So wurde klar, daß Maschas zärtliches Lächeln weniger mir gegolten hatte als der Situation. Danach stand mein Entschluß endgültig fest. Ich schaffte mir eine Geliebte an und sah obendrein zu, daß es bekannt wurde. Im übrigen erklärt sich die Schnelligkeit, mit der ich zu einer Geliebten kam, eher durch einen Zufall als durch meine männliche Gewandtheit. Dieser Zufall kam von unerwarteter Seite.

Kennengelernt hatte ich diese junge Frau im Arbeitszimmer von Hauptmann Kosyrenkow. Das war eine ganz neue Abteilung. Sie befand sich zwar im selben Haus, aber eine Treppe höher. Mein »Magengeschwür« war an diesem Tag besonders schlechtgelaunt und unordentlich angezogen, aus den Ärmeln seines Majorsrocks guckten die eines warmen blauen Unterhemds hervor, das nicht zur Saison paßte. Das antisowjetische Material aus der Bibliothek hatte ich doch noch in die Liste aufgenommen, aber ich war nicht sicher, ob ich es demjenigen Leser zugeordnet hatte, der die Genehmigung zur Einsicht besaß. Wegen dieser Ungenauigkeit und der besonders schlechten Gemütsverfassung des »Magengeschwürs« (sein Gesicht sah krank aus, und die Lippen waren aschgrau) war ich ziemlich aufgeregt, aber diesmal sah er die Liste schneller als sonst durch, zeichnete sie ab und sagte zu mir:

»Gehen Sie ins Zimmer zweiundfünfzig zu Hauptmann Kosyrenkow.«

Das beunruhigte und bestürzte mich dermaßen, daß ich mich beinahe verraten hätte.

»Warum?« fragte ich. »Stimmt was nicht in der Liste?«

»Das erfahren Sie dort«, sagte das »Magengeschwür«, verlor das Interesse an mir und schlug einen Aktendeckel mit laufenden Angelegenheiten auf.

Nichtwissen ist für Menschen mit reicher Einbildungskraft schlimmer als eine Gefahr, und ich bemühe mich stets, so schnell wie möglich Klarheit zu gewinnen, selbst wenn sie für mich unangenehm ist. Hastig, fast im Laufschritt, durcheilte ich den Korridor im ersten Stock, sauste die Treppe hinauf und klopfte mit vom Laufen und vor Aufregung hämmerndem Herzen an die Tür mit der Nummer 52. Aber kaum sah ich Hauptmann Kosyrenkow, da verflog meine Unruhe, noch ehe er mir etwas mitgeteilt hatte. Er war der totale Gegensatz zum »Magengeschwür«, ein noch ganz junger, kräftiger Mann, vielleicht noch jünger als ich, das heißt, noch keine dreißig. Sein Händedruck war sportlich fest, der ganze Mann strahlte Kraft aus und, ich würde sagen, eine gewisse Unbekümmertheit.

»Hör zu, Zwibyschew«, sagte er zu mir, »warum hast du noch keinen Bericht über deine Dienstreise geschrieben?«

»Davon hat mir keiner was gesagt«, antwortete ich.

»Klarer Fall«, sagte Kosyrenkow, »das kommt bei

uns vor, das wird verschusselt. Bei dir ist noch Geld offen und der Bericht. Nach den Informationen der dortigen Abteilung hast du dich großartig gehalten. Hast teilgenommen an der Verhaftung eines gefährlichen Verbrechers, warst verwundet... Lebed hat die Höchststrafe gekriegt, Erschießung... Der Bandit ist bereits verurteilt...«

Ich kam nur mühsam dahinter, daß die Rede von dem Pogromhelden mit dem dunkelblonden Bart war, der die Menge angeführt hatte, dem professionellen Antisemiten, dem ich, um Mascha zu schützen, die Hände in die Augen gekrallt hatte. Kosyrenkow stand auf, kam hinter seinem Schreibtisch hervor zu mir und schlug mir freundschaftlich auf die Schulter.

»Du bist der geborene Operativmann, und sie haben dich auf Hämorrhoidenarbeit gesetzt, ins Archiv. Hör zu, Freund, du wirst nebenher auch bei uns arbeiten, und wenn du dich bewährst, kommst du ganz zu uns. Sidortschuk« (der Major mit dem Magengeschwür) »soll sich für deinen Posten ein Weib holen oder einen Invaliden, wie er selber einer ist. Wieviel kriegst du bei ihm?«

Ich sagte ihm mein Gehalt.

»Also haben sie dich nach der Bibliotheksarbeit eingestuft«, sagte Kosyrenkow, »bei uns kriegst du nur eine Zulage. Klar. Nun, ich verspreche dir, daß du in der ersten Zeit neben der Zulage auch noch eine Nachzahlung bekommst. Viel wird das nicht sein, aber es ist dir sicher. Außerdem steht dir nach dem Charakter unserer Arbeit ein Taschengeld zu. Na, unter uns, das ist nicht abrechnungspflichtig, das heißt, es kann nicht nachgeprüft werden, wofür du es ausgegeben hast. Wenn du sparsam bist, kannst du es für deine Zwecke verwenden. Das hängt von deinen Fähigkeiten ab. Du kommst ja unter Menschen, junge Leute, mußt auftreten können.« Er lachte. »Das wird dir alles Dascha erklären.« Er nahm den Hörer des Haustelefons ab und sagte: »Hier Kosyrenkow. Dascha soll kommen.«

Ich kann nicht sagen, daß Dascha mich sofort bezauberte, im Gegenteil, anfangs mißfiel sie mir als Frau. Sie hatte ein längliches Gesicht. Man hätte es ikonenhaft nennen können, wäre nicht die breite, ein wenig platte, fast negroide Nase gewesen. Ihre langen Haare hingen über die Schultern, aber nicht als dichte Masse, sondern in einzelnen Strähnen. Ihre Hände waren schmal und hauptstädtisch manikürt, nicht sehr grell nach der damaligen Mode. Sie trug Armreifen mittleren Werts, nicht teuer und nicht billig, aus Silber und Bernstein. Wenn Sie sich erinnern, in der ersten Periode meines Erwachens, gesellschaftlich und als Mann, hatte ich Umgang mit Straßenmädchen gehabt, aber draußen in der Provinz, und das war alles dumm und plump gewesen, mit Suff und Gesang. Diese eindeutig lasterhafte Frau dagegen verstand sich auf alle Feinheiten ihres Berufs, und in ihren Handlungen und Lebensäußerungen war weder die verrückte Affektiertheit einer verlorenen noch das Schuldbewußtsein einer reuigen Seele. Diese Frau wußte, was sie zu tun hatte, und sie fürchtete weder um ihr Schicksal noch um ihr Leben. Sie hatte den Auftrag, mich in eine Gesellschaft von Jugendlichen einzuführen, zu der sie Zugang hatte. Was ihre persönlichen Beziehungen zu mir angeht, so hatte sie wohl keine offiziellen Instruktionen erhalten und handelte aus eigener Initiative. Jedenfalls spürte ich zum erstenmal an mir eine Wirkung, die nicht von weiblicher Schönheit und weiblichem Zauber ausging, sondern von weiblicher Koketterie und weiblichen Listen. Und es geht nicht darum, daß so etwas selten vorkommt, sondern darum, daß weder meine Lebensumstände noch ich selbst bisher für Frauen dieser Art von Interesse gewesen waren.

Kaum hatten wir das Zimmer verlassen, entnahm sie ihrem Täschchen ein in Stanniol gewickeltes

Stück Schokolade, brach es in zwei Hälften und gab die eine mir. Nachdem ich mich bedankt hatte, wollte ich mein Stück in den Mund stecken, aber sie lächelte, wobei sie übrigens ziemlich unschöne, ungleichmäßig gewachsene Zähne zeigte, und ohne diesen Defekt zu verbergen (eine richtige Frau, das habe ich begriffen, verbirgt niemals ihre Defekte), schnappte sie mit ihren Zähnen die Schokolade aus meinen Fingern und zeigte sich sehr zufrieden, als ich erriet, was sie meinte, und ihr mit dem Mund die Schokolade aus der Hand nahm, wobei meine Lippen ihre kalten Fingerspitzen berührten. (Sie hatte trotz des warmen Wetters kalte Finger.) Sie lachte und tätschelte mir die Wange, ohne sich bewußt zu sein, daß dies schon sehr nach Dressur aussah, vielleicht war sie auch schlecht informiert darüber, wie argwöhnisch ich war. Jedenfalls gefiel mir die Berührung meiner Wange nicht, und ich fing schon an, in mir selber Stimmung zu machen gegen meine eigene Dummheit mit der Schokolade, aber da, sie war ein wenig zurückgeblieben (wir gingen die Treppe hinunter), stürzte sie plötzlich abwärts, überzeugt, daß ich sie auffangen würde, und mir blieb nichts anderes übrig, als dies zu tun und ihren Körper in meinen Armen zu fühlen. Im übrigen hatte ihre Koketterie etwas Kindliches, Naives, das muß ich gestehen. Hinaus gingen wir nicht durch den Haupteingang, sondern durch eine Seitenpforte, wobei sie nicht ihren Passierschein vorzeigte, sondern dem diensthabenden Offizier nur zulächelte, der sie offenbar von Angesicht kannte. Hier trennten wir uns bis zum Abend, nachdem wir uns auf dem Twerskoi-Boulevard verabredet hatten, denn die Gesellschaft, in die Dascha mich einführen sollte, traf sich in einer unweit des Boulevards gelegenen Wohnung.

Diese Gesellschaft, ich will es offen sagen, war von popliger Art, vielleicht sogar provinziell. (Auch in der Hauptstadt gibt es provinzielle Gesellschaften.) Auf dem Tisch herrschte studentische Armut, die man nicht wie etwa bei Jatlin als Zeichen des Protests »gegen die verfetteten Spießer« zur Schau stellte, sondern vielmehr zu tarnen trachtete. Die gebratene billige Wurst war mit Kräuterzweiglein garniert und hübsch auf einer Platte angerichtet. Zum Tee gab es Fruchtgelee. An Getränken war nur die Flasche Wein da, die ich mitgebracht hatte. Genauer, Dascha hatte sie gekauft, aber mir gegeben, weil das besser zu einem Mann passe. (Dafür also wurde das nicht abrechnungspflichtige Taschengeld ausgegeben.) Sieben Personen saßen beisammen (also außer mir und Dascha noch fünf), und den Ton gab die Hausfrau an, ein Mädchen von fünfundzwanzig Jahren, die sich schon um ihr Frauenschicksal zu sorgen schien und unter ihrer Jungfräulichkeit litt. (Ich erkannte das am Glanz ihrer Augen und an ihren nervösen Bewegungen, in denen das unberührte und nicht verausgabte weibliche Element zu spüren war.) Ich muß anmerken, daß zu unserer Zeit der Mittelpunkt einer Gesellschaft sehr oft eine Frau war, und wenn nicht immer der geistige, so zumindest der organisatorische Mittelpunkt. Kaum hatten wir am Tisch Platz genommen, ging ich ans Werk, das heißt, ich hielt Umschau und analysierte. Ich erinnere daran, daß ich mir früher ganz gute Methoden und Fertigkeiten bei der Analyse von Gesellschaften angeeignet hatte, die mir jetzt bestens zustatten kamen. Dascha und ich saßen nebeneinander und stellten ein Pärchen dar, das schon vorher zueinander gefunden hatte. Die anderen Pärchen hingegen bildeten sich erst, wobei ein junger Mann überzählig war. (Besser wäre ein überzähliges Mädchen gewesen, dann hätten sich die Ereignisse schärfer zugespitzt entfalten können.) Nichtsdestoweniger war das ein Anhaltspunkt. Ich wußte schon aus einiger Erfahrung, daß man jede Gesellschaft in Bewegung bringen konnte, selbst wenn sie von so popliger Art war wie diese. Sie hatte sich mit Duldung der Eltern der Gastgeberin zusammengefunden, die, nach allem zu urteilen, arm waren und ihr Geld für den Unterhalt der Tochter ausgaben. Diese Eltern, schon alte Leute, hatten uns, als alle beisammen waren, einen schönen Abend gewünscht und waren wohl Verwandte besuchen gegangen, um die jungen Leute nicht zu stören. Ihre Tochter, die Gastgeberin, hieß Ljussja, sie war keine Schönheit, doch mit etwas gutem Willen konnte man sie hübsch nennen, aber sie hatte dicke und formlose Beine. (Erbteil ihrer Mutter. Bei ihr hatte all das den Endpunkt erreicht, ihre Beine erinnerten an krankhaft verfettete Säulen.) Nichtsdestoweniger sehnte sich Ljussja natürlicherweise auch nach Frauenglück, und ihr gefiel sichtlich ein ärmlich gekleideter junger Provinzler. Wobei Provinzler hier kein Gattungsname war, sondern eine direkte Bezeichnung, denn er war wohl erst in den letzten Tagen in die Hauptstadt gekommen. Ich hatte in dieser Hinsicht ein geübtes Auge. Ich war auch überzeugt, daß dieser Provinzler bestrebt sein würde, sich in der Gesellschaft zu profilieren, wenn er Unterstützung fand, aber er würde dabei sicherlich auf den Widerstand des Blonden aus der Hauptstadt stoßen, der auf der anderen Seite von Dascha saß. Außer diesem Dreieck gab es noch ein Paar, das zwar noch nicht zueinander gefunden hatte, aber sich schon zueinander hingezogen fühlte, und ich schloß die beiden von vornherein aus den aktiven Handlungen aus. Es waren ein Student und eine Studentin im mittleren Studienjahr, die durch nichts auffielen und jedenfalls mir auf den ersten Blick schüchtern und unbedarft vorkamen. Während man Platz nahm, sich bekannt machte und mit dem Abendessen begann, verging mindestens eine halbe Stunde, und in dieser Zeit lief ein kleinkariertes, zufälliges und von Moral eingeschnürtes Gespräch. Ein paarmal freilich wurden schlüpfrige Themen gestreift, aber die Sprecher beschränkten sich auf weit hergeholte, verschämte Andeutungen und erröteten sogar. Die Schlüpfrigkeit betraf natürlich nur die Moral und in keinem Falle die Politik. Ich wußte sehr wohl, daß in Gesellschaften dieser Art, denen männliche und weibliche Wünsche zugrunde lagen, politischer Mut ohne sexuellen Mut unmöglich war. Im übrigen war es auch umgekehrt denkbar, aber da konnte man sich sehr irren. Ich weiß nicht, wie Dascha meine Überlegungen erriet, jedenfalls ließ sich schlußfolgern, daß sie eine erfahrene Mitarbeiterin war.

»Goscha«, sagte sie und sah mich durchdringend an, »sei so ritterlich und bring mir das Tüchlein aus meiner Tasche in der Diele.«

Noch bevor ich reagieren konnte, sprang der Blonde auf und sagte:

»Ich hol es, wenn's recht ist, ich hab's näher zur Tür.«

Das war schon eine dumme Rüpelei und eine elementare Frechheit. Übrigens ist sein Benehmen gar nicht erstaunlich, dachte ich. Diese Nutte hat auch mit ihm schon kokettiert.

»Nein, Vitja, du bleib mal sitzen«, sagte Dascha (sie kannte seinen Namen, sie sahen sich ja nicht zum erstenmal.) »Es kann Goscha gar nicht schaden, männliche Ritterlichkeit selbst in Kleinigkeiten zu üben.« Und Dascha lachte so, daß die Unnatürlichkeit ihres Lachens nur einem geübten Ohr auffiel.

Gereizt ging ich in die Diele und wühlte mit solcher Wut in ihrem Täschchen, daß ich nicht hörte, wie sie mir nachkam. Sie berührte mich an der Schulter, und als ich mich umdrehte, flüsterte sie ohne Koketterie, eher sachlich:

»Kommen Sie mir ja nicht darauf, als erster politische Witze zu erzählen.« Sie siezte mich, und es klang ziemlich scharf, wie ein Kommando.

»Wie kommen Sie denn darauf?« parierte ich.

»Und benehmen Sie sich korrekt«, sagte sie, ohne

auf meinen Einwand zu reagieren, und führte so ihren Kurs fort.

Das Interessanteste: Nachdem ich die Lage erkundet und befunden hatte, daß die Kräfteverteilung feststand, beschloß ich, andersherum vorzugehen, das heißt, mit politischen Schlüpfrigkeiten zu beginnen und von da zu moralischen Schlüpfrigkeiten überzugehen. Ich dachte mir, daß das Dreieck Gastgeberin – Provinzler – Blonder, von meinem Schachzug aus der Ruhe gebracht, in Fahrt kommen würde. Mehr noch, ich hatte ein Witzchen parat, das ich für den Anfang auswählte, ich hatte es schon in den ersten Jahren der politischen Lockerung gehört, vielleicht 1954 oder gar noch früher, gleich nach Stalins Tod. Das heißt, in den früheren rauhen Zeiten wäre es noch als kriminell bestraft worden, doch jetzt hätte es in Gesellschaften des echten politischen Protests als nichtig und zahnlos gegolten. Hier aber war das Witzchen, wie mir schien, durchaus am Platze. Es drehte sich um einen Kreisparteisekretär, bei dem der Chirurg nach einer Operation vergessen hat, das herausgenommene Gehirn wieder in den Schädel einzusetzen. »Na wenn schon«, antwortet der Sekretär, als man ihn deswegen beunruhigt anruft, »Hauptsache, ich hab mein Parteibuch.« Mit Hilfe dieses Witzes hattte ich die Gesellschaft in Fahrt bringen wollen, aber Dascha hatte mit dem Gespür der erfahrenen Mitarbeiterin meine Absicht durchkreuzt. Unser weiteres Gespräch unterbrach der freche Blonde, der plötzlich in der Tür stand und kümmerlich scherzte:

»Klärt ihr schon eure Beziehungen?«

Ich konnte mich kaum zurückhalten, ihm eine zu knallen, aber Dascha lachte wieder ganz natürlich, als hätte er etwas Witziges gesagt, und kreischte sogar nach Frauenart. (Sie verstand sich übrigens ganz professionell aufs Kreischen, so daß wilde Wünsche die Männer erfaßten.) Obwohl ich mir den Witz nun verkneifen mußte, waren mein persönliches

Motiv und meine persönliche Vorliebe nicht erloschen, und ich beschloß, den Provinzler gegen den Blonden aus der Hauptstadt zu unterstützen, zumal die Gastgeberin Ljussja dem Provinzler gewogen war, vielleicht weil sie mit ihm sicherer rechnete. Nachdem die Gesellschaft die von uns mitgebrachte Flasche geleert hatte, lebte sie natürlich auf, aber das äußerte sich hauptsächlich in Jugend- und Komsomolliedern und in Gelächter. Der Provinzler benahm sich sehr schüchtern und reagierte nicht auf die Sticheleien des Blonden. All das ärgerte mich, aber ich konnte Daschas Bemerkungen nicht in den Wind schlagen und hatte keinen Grund, offen gegen den Blonden Front zu machen. Darum, als ich in dem Stimmengewirr einen Satz auffing, der in einer anständigen Protestgesellschaft kleinkariert geklungen hätte, hier aber ernst zu nehmen war, Hoffnung weckte und von einer Seite kam, die ich entschieden unterschätzt hatte, nämlich von dem Studentenpaar, klopfte mir freudig das Herz, denn jeder Mensch kommt bei seiner Arbeit früher oder später auf den Geschmack.

Ich weiß nicht, warum ich den Anfang verpaßt hatte, aber der Student (der wie der Blonde Vitja hieß), dieser Vitja sagte:

»Man braucht bloß auf die Straße zu gehen, und schon staunt man über das fehlende Pflichtgefühl bei der Mehrheit. Das ist eines der wichtigsten und zunehmenden Laster der heutigen Gesellschaft.«

Von wegen Schweiger, wie er das formuliert hatte!

»Welche Gesellschaft ist gemeint?« fuhr der Blonde wütend hoch. »Die nachstalinistische?«

»Ich habe an eine längere Periode gedacht«, antwortete der brünette Vitja. (Er war brünett.)

Dieser Streit war für mich dumm und langweilig, wenn ich an die endlosen ideologischen Geplänkel dachte, an denen ich teilgenommen hatte. Aber Dascha war sehr aufgelebt, sie schrieb mir mit Lippenstift auf eine Serviette: »Jetzt ja.« Es berührte mich unangenehm, daß sie so unverfroren über mich verfügte, nichtsdestoweniger knüllte ich eilig die Serviette zusammen (ein Fehler – ich hätte mir vor dem Zusammenknüllen den Mund abwischen müssen, zum Glück hatte es keiner bemerkt) und erzählte den Witz vom Kreisparteisekretär. Er löste kein besonderes Gelächter aus, eher höfliches Lächeln, aber nichtsdestoweniger folgte mir der Blonde, der natürlich einen jüdischen, sehr bösen und komischen Witz erzählte. Besonders laut lachte Ljussja, die meiner Meinung nach eine Jüdin war, zumindest teilweise. Ihr Gelächter trug neben allem anderen auch einen internationalen Charakter und gab zu verstehen, daß der Witz sie in keiner Weise beleidigte. Ich weiß nicht, was sich danach in der Seele des Provinzlers regte, jedenfalls griff er in die Jackentasche und holte ein paar beschriebene Papierblätter hervor.

»Da«, sagte er heftig und unfreundlich und sah den Blonden an (vielleicht war der Provinzler auch ein Jude), »damit beschäftigen sich die Leute... Außer Witzen gibt's auch noch lebendiges Blut auf der Welt...«

Er sprach plump und nebulös, aber aufrichtig. Ich hatte gespürt, daß etwas in ihm steckte, aber ich hatte nicht an ihn herankommen können, und nun plötzlich dieser Erfolg. Er hatte schüchtern geschwiegen, doch auf einmal servierte er selbst, noch dazu öffentlich, uns den Tatbestand von Artikel siebzig des Strafgesetzbuchs – »antisowjetische Agitation«. Da es mehrere Exemplare waren, konnte auch der Artikel einundsiebzig als erfüllt gelten – »antisowjetische organisatorische Tätigkeit«. Auf das dünne Papier war ein Nachruf auf den Tod Andrej Lebeds getippt, Bildhauer und Sammler russischer Altertümer, der, wie es hieß, »in den Folterkammern des KGB« gestorben war. War das ein Zufall! Erst heute hatte mir Hauptmann Kosyrenkow für meine Mitwirkung bei der Ergreifung dieses Andrej Lebed gedankt.

An den Rest des Abends kann ich mich kaum erinnern. Ich bekam auf einmal Schüttelfrost und vermied es, den Provinzler anzusehen, der sich überraschend in solchem Grade offenbart hatte. Bald danach gingen Dascha und ich. Der Blonde schloß sich uns an. Die übrigen hielten uns nicht, denn die Gesellschaft bestand nur noch aus zwei Paaren, die sich, vom Wein und der schwülen Luft erhitzt, deutlich zueinander hingezogen fühlten. Obwohl der Sommer gerade erst begonnen hatte, war es wirklich ein schwüler Abend, drückende Hitze vor einem Regenschauer.

»Na, gut gemacht«, sagte Dascha zu mir, als es ihr unter einem Vorwand gelungen war, den Blonden loszuwerden, »sieh mal an... Ehrlich gesagt, mit solch einem Fang hatte ich nicht gerechnet. Ich hab dich heute in eine kleinkarierte Gesellschaft mitgenommen. Zu Übungszwecken.« Sie lächelte und holte aus ihrer Handtasche ein Exemplar des Nachrufs. »Ein frisches Exemplar... Artikel siebzig, antisowjetische Agitation... Da haben wir was, womit wir auf der nächsten Sitzung glänzen können, aus der Provinz taucht manchmal so was auf... Aber was hast du denn?«

»Mir platzt der Schädel«, antwortete ich mit gespielter Gleichgültigkeit und dachte: Dir werd ich grade alles auf die Nase binden, du Schlange.

»Gehn wir zu mir, da kannst du dich ausruhen«, sagte Dascha und fügte hinzu: »Oder bist du deiner Frau treu?«

Da ging mir ein Licht auf: Sie macht sich lustig... Diese Straßendirne wußte von mir viel, wenn nicht alles. Womöglich kannte sie auch Mascha, wußte von meiner hoffnungslosen Liebe zu ihr und der schmählichen Rolle, die mir in ihrer Familie zugewiesen war. Ich hatte ein gemeines Gefühl, machte eine Handbewegung und sagte:

»Einverstanden...«

FÜNFTES KAPITEL

Einschlafen konnte ich natürlich nicht, als ich neben Dascha auf dem sehr breiten Bett lag. Dascha besaß eine separate Einzimmerwohnung. Eingerichtet war sie nicht sehr üppig, aber »mit Schick«: besondere Tapeten mit goldfarbenem Muster, ausländische Porzellanfigürchen, seidenbespannte Puffs und als einziges wirklich kostbares Möbel das Bett. Das Bett, ich wiederhole es, war so riesig und dabei fast quadratisch, daß man darauf nicht nur längs, sondern auch quer schlafen konnte. Nach dieser Nacht, in der ich zeitweilig physische Schmerzen hatte, als würde ich gefoltert, lag ich nach allem, was über mich hereingebrochen war, völlig zerschlagen und ausgehöhlt da. An mehreren Stellen meines Körpers juckten wohlig die tiefen Narben, das Kreuz tat mir weh, und in der Wirbelsäule war ein Ziehen. Dascha hingegen lag in ruhiger und entspannter Haltung splitternackt auf der Zudecke und schien rasch in Schlaf zu sinken, denn sie atmete tief und gleichmäßig. Im Zimmer roch es scharf nach etwas tief Körperlichem, vermischt mit dem bekannten, berauschenden Duft nach Maiglöckchen. Als ich merkte, daß ich nicht einschlafen konnte, wollte ich mich ablenken und zu mir kommen, darum machte ich das Nachtlämpchen an, streckte die Hand aus, holte das unweit liegende Täschchen von Dascha zu mir heran und nahm den erbeuteten Nachruf heraus. Er war überschrieben: »Er starb für Rußland«. Aber er fing nicht so an wie gewöhnliche Nachrufe, nämlich mit dem Namen und den Verdiensten des Hingegangenen, sondern mit einem politischen Satz von slawophiler Färbung: »Der russische Mushik ist und war kein Sklave, was seine Unterdrücker nie begriffen haben.« Weiter hieß es: »Die heiße Sympathie für den russischen Mushik charakterisierte immer solche russischen Charaktere, wie Andrej Lebed einer war, der den Märtyrertod starb. Natürlich liebt der russische Mushik jede Macht und glaubt an sie, das ist seine Natur, und seine Unzufriedenheit richtet sich ursprünglich nicht gegen die Macht, sondern gegen die Beamten, die diese Macht pervertieren. Aber Unzufriedenheit ist Unzufriedenheit, und sie erschüttert die von den Kommunisten in Rußland etablierte Ordnung, die sie von ausländischen, kosmopolitischen Quellen entlehnt haben, die unserer Natur fremd sind. Um aber die Unzufriedenheit in organisierte und durchdachte Bahnen zu lenken, bedarf es solcher Menschen wie Andrej Lebed, die nicht nur Rußland als Ganzes heiß lieben, sondern auch jede Kleinigkeit, die mit ihm zusammenhängt. Und wie wichtig ist es, daß solche Menschen nicht vor der Zeit in den Händen ihrer blutigen Henker sterben, wie wichtig ist es, sie zu bewahren, denn sich selbst zu bewahren verstehen sie nicht.«

Die Lektüre dieses Papiers beruhigte mich nicht nur nicht, sie floß auch auf wunderliche Weise zusammen mit dem, was gerade zwischen mir und Dascha geschehen war. Das lebendige Gesicht des Dunkelblondbärtigen erstand vor mir an der gegenüberliegenden Wand auf der Goldtapete, die im Schein des Nachtlämpchens schwach flimmerte. Dascha schlief bereits, sie lag noch immer nackt da, und sie hatte einen schönen sportlichen Körper. Ich hatte auf einmal Angst, und ich mußte sie mehrmals anstoßen, bis sie aufwachte. Sie sah mich verwundert an.

»Ist was?« fragte sie.

»Nein«, antwortete ich, denn ich fand keine Lüge, um ihr mein Tun zu erklären.

»Du bist komisch«, sagte Dascha und zog die Decke über ihre bloßen Brüste, »warum schläfst du nicht?«

»Ich kann mich an ihn erinnern«, sagte ich, »an diesen Bildhauer...«

»Andrej Lebed?« fragte Dascha gähnend. »Er hat den Artikel vierundsechzig A, Landesverrat.«

»Dascha«, sagte ich auf einmal, »Dascha, weißt du, ich hasse Rußland...«

Ich weiß selber nicht, wieso mir das entfuhr und warum ich mich dieser Zufallsdirne anvertraute. Wahrscheinlich hatte sich entsetzliche Schwermut und Gleichgültigkeit meiner bemächtigt. Aber zu meiner größten Verwunderung reagierte Dascha auf mein Geständnis nur lasch.

»Na und?« sagte sie. »Was nimmst du das so schwer, mein Lieber? Ob du Rußland liebst oder nicht, was macht das für einen Unterschied, wenn du Russe bist? Als Russe bist du geboren, und als Russe wirst du sterben, du kommst nicht aus deiner Haut heraus. In eine fremde Haut können nur die Juden schlüpfen«, sagte sie mit unerwartetem Zorn, und ihre weibliche Laschheit war wie weggeblasen, »Rußland zu hassen hat der Jude Angst, damit bin ich einverstanden... Darum schwört er Rußland immer wieder seine Liebe... Und deine Mascha mit ihrer Russischen Troizki-Gesellschaft, die hat den Artikel vierundsechzig A verdient...«

Ich muß sagen, daß dies Dascha so herausgefahren war, das kommt vor bei einem so zynischen Mädchen, wenn ein wirklich wunder Punkt berührt wird. Also kannten sich Dascha und Mascha offenbar, vielleicht hatten sie beide als blutjunge Schülerinnen an oppositionellen nachstalinistischen Strömungen teilgenommen. Und jetzt hatte sich Dascha hinreißen lassen. Sie besann sich zwar gleich wieder, aber es war schon zu spät. Ich sprang auf und zog mich in fieberhafter Eile an. Zum Glück war Dascha erfahren genug, mich nicht zurückzuhalten, was alles noch verschlimmert hätte. Ich glaube, wenn sie nur noch ein Wort gesagt hätte, würde ich sie zertrampelt haben. (Natürlich nicht, aber so dachte ich.) Nachdem ich mich in völliger Stille angezogen hatte, lief ich aus dem Haus. (Dascha wohnte parterre.) Aber nach Hause, das heißt, in die Wohnung des Journalisten, ging ich nicht, sondern spazierte den Rest der Nacht am Ufer der Moskwa entlang. (Dascha wohnte nicht weit von der Uferstraße.) Besondere Gedanken hatte ich nicht, und ich kann nicht sagen, daß es eine Nacht mit wesentlichen Überlegungen gewesen wäre. Ich ging einfach spazieren und lauschte dem Plätschern der Wellen. Vielleicht deshalb kam ich zwar mit von Schlaflosigkeit brennenden Augen, aber dafür mit frischem Kopf zum Dienst. Und überhaupt, als ich von Dascha weglief, hatte ich anfangs geglaubt, es sei etwas Außergewöhnliches geschehen. Dascha traf ich an diesem Tag in der KGB-Verwaltung bei der Berichterstattung. Zusammen nahmen wir an der Sitzung teil. Abends »arbeiteten« wir in einer Gesellschaft, bei der es übrigens sehr lautstark zuging, mit Suff und einer Masse antisowjetischer politischer Witze. Den Rest der Nacht (es war wirklich nur ein Rest, denn wir waren erst lange nach Mitternacht auseinandergegangen), den Rest der Nacht verbrachte ich bei Dascha. Sie war im Gespräch mit mir jetzt vorsichtiger und erwähnte meine Frau nicht mehr. Von der Arbeit sprach sie kaum, ausgenommen eine Bemerkung, die Gesellschaft sei »Mist« gewesen und ihr Krach und Antisowjetismus »kleinkariert«, also »brauchen wir fast nichts in den Bericht zu schreiben, und der Abend war überhaupt verloren«.

Ich muß anmerken, daß der Erfolg mit dem illegalen Nachruf auf den Tod des Andrej Lebed, den wir dem farblosen Provinzler abgeluchst hatten, fast unser einziger war, und die nächsten Gesellschaften glichen insgesamt der am zweiten Tag mit ihrem lautstarken, aber dummen und hohlen Antisowjetismus, der nicht ernst zu nehmen war. (Übrigens gibt es hier eine feine Abstufung, und ein antisowjetischer Witz wird oft weit geringer taxiert als ein völlig unpolitisches Gedicht, wovon ich mich später überzeugen konnte, bedauerlicherweise bei einer für mich sehr unangenehmen Gelegenheit.)

Bald hingen mir diese Gesellschaften zum Halse heraus, denn ich war verpflichtet, sie viermal in der Woche zu besuchen. Was Dascha angeht, so war meine Verbindung zu ihr in ein ruhiges und alltägliches Flußbett eingemündet (in bedeutendem Maße durch Daschas weibliche Erfahrung), und dank dieser Verbindung vollzogen sich wohl in mir bestimmte physiologische Veränderungen, das heißt, ich war nicht mehr so empfindlich, wurde weicher, und es stellten sich sogar wieder Elemente von Skeptizismus und Beschaulichkeit ein. Ich sage »wieder«, denn das war mir auch früher schon passiert, aber jetzt wußte ich das mehr zu schätzen und bemühte mich, aus meinem Zustand ein Maximum an Möglichkeiten zu ziehen, da ich aus Erfahrung wußte, daß diese Ruhe nicht lange währte. In diesem Zustand hatte ich ein Gespräch mit dem Journalisten, meinem fiktiven Schwiegervater. Eigentlich hatte ich genug Umgang mit ihm, aber wenn ich dieses konkrete Gespräch hervorhebe, so deshalb, weil es sich von anderen unterschied. Begonnen hatte es freilich wie üblich.

Ich saß in dem luxuriösen Arbeitszimmer des Journalisten an seinem teuren breiten Schreibtisch und hatte gerade den fälligen Bibliotheksbericht fertig. (Für die Abteilung Hauptmann Kosyrenkows brauchte ich keine Berichte zu schreiben, zumindest wurde das nicht von mir verlangt, alles beschränkte sich auf mündliche Mitteilungen, die mitstenografiert wurden, die Abschrift mußte ich lesen und unterzeichnen.) Also, ich hatte meinen Bericht fertig und saß in vage Gedanken vertieft, was mir in letzter Zeit öfters passierte, und ich würde sogar sagen, daß es kein Nachdenken war, sondern ein Dösen, wovon sogar meine Haltung zeugte – die Ellbogen aufs Papier gestützt und den Kopf in den Händen. Das Klopfen des Journalisten kannte ich zu dieser Zeit schon sehr genau, es war wie ein Kratzen an der Tür, vielleicht kratzte er sogar wirklich. Natürlich war das Pose und Spiel. Wie sich im Gespräch herausstellte, sah er sich als »König Lear«, aber in einer modernen Variante, das heißt, er nahm seinen Sturz nicht tragisch, sondern skeptisch und spöttisch. Da ich daran schon gewöhnt war, achtete ich auch diesmal nicht auf das Klopfen und verzog nur ärgerlich das Gesicht wie bei etwas Unangenehmem, doch Unvermeidlichem. Ich achtete auch nicht darauf, daß er mich diesmal beim Eintreten nicht mit ironischem Spott um Erlaubnis bat, hereinkommen und ein Buch holen zu dürfen. Übrigens saß ich nicht oft in seinem Arbeitszimmer, nur wenn ich meinen Bericht schreiben mußte, das hatte mir ja Rita Michailowna angeboten. Nichtsdestoweniger benötigte der Journalist ein Buch immer dann, wenn ich sein Zimmer benutzte. Aber ich hatte mich daran gewöhnt und maß dem keine Bedeutung bei. Wenn man all das berücksichtigt und auch meinen eigenen Zustand, wird man verstehen, warum ich nicht sofort sah, daß seine Augen diesmal nicht voller fröhlicher Skepsis waren, sondern im Gegenteil geschwollen, auch sagte und fragte er nichts, sondern bewegte sich seitlich zu einem der Bücherschränke. (In meiner Abwesenheit kam manchmal Kolja, natürlich mit Krach und Beschuldigungen, aber das erfuhr ich erst bedeutend später, denn Koljas Besuche wurden sorgfältig vor mir geheimgehalten.)

Eine Zeitlang verbrachten wir schweigend, ich in beschaulichem Dösen am Schreibtisch, der Journalist in unbequemer Haltung auf der Armlehne des Sessels, den er zum Bücherschrank geschoben hatte. Einen Menschen, der in angenehmem beschaulichem Dösen begriffen ist, trifft ein abseitiger scharfer Ton (und dann wird jeder Ton als scharf empfunden) wie ein derber Stoß. Darum reagierte ich unwirsch auf die ersten Worte des Journalisten. Diese Worte lauteten:

»Unruhige Neugier, wohl eher Wissensdurst, war ein Wesenszug seines Verstandes...«

Ich dachte, der Journalist hätte mich angesprochen, begriff dann aber, daß er, vielleicht sogar unwillkürlich, laut einen Satz aus dem Buch, das er in der Hand hielt, gelesen hatte.

»Was meinen Sie?« fragte ich, schüttelte die Reste der Müdigkeit ab und wurde hellwach, denn dieser Satz hatte für mich einen anfangs zwar unangenehmen, dann aber muntermachenden tönenden und lockenden Klang.

»Erstaunliche Ähnlichkeit«, sagte der Journalist und blickte mich mit seinen neuen (zumindest für mich neuen) geschwollenen, tränenmüden Greisenaugen an, »ach, Puschkin, Alexander Sergejewitsch Puschkin... Die zaristische Regierung, die den großen russischen Märtyrer Radistschew in Ketten schlug, konnte ihn nicht schlimmer verhöhnen als Rußlands großer Dichter Puschkin...«

In dieser seltsamen Richtung bewegten sich die Gedanken des Journalisten, für mich völlig unlogisch. In Wirklichkeit aber, wenn man den Impuls, den Anlaß kannte (der Besuch des heißgeliebten Sohnes, der den Vater beschuldigt und wohl auch beleidigt hatte), aber auch die Denkrichtung des Journalisten in letzter Zeit (ich hatte nach Rita Michailowna und der Hausangestellten Klawa begonnen, den Journalisten nicht mehr ernst zu nehmen und ihn als kranken und gestrigen Menschen zu behandeln, der nur noch ein Gegenstand der familiären Obsorge und Schmach war), wenn man also den Anlaß kannte, konnte man verstehen, daß der Journalist ernsthafte Überlegungen anstellte, ich würde sogar sagen, Überlegungen, die mit Lebensbilanz zu tun hatten. (Allerdings war er erst knapp über sechzig und hätte bei seinem materiellen Wohlstand damit noch zehn bis fünfzehn Jahre warten können.) Also, wenn man all das wußte, konnte man in den Worten des Journalisten nicht nur Logik finden, sondern auch Gesetzmäßigkeit. Mehr noch, selbst der Ehrgeiz hatte den Journalisten noch nicht gänzlich verlassen, er war noch nicht gänzlich von der Skepsis verdrängt, besonders in Momenten, in denen ihm schwer ums Herz war. Und richtig, nachdem er sich von der Armlehne erhoben hatte und zu mir getreten war, erklärte er direkt und ohne Allegorien: »Wenn der Staub des Jahrhunderts sich legt und ein Märtyrer gebraucht wird, der in der Vergangenheit nicht nur vom Tyrannen vernichtet, sondern auch von Zeitgenossen schmählich verprügelt wurde, ist kein besserer Kandidat zu finden als ich.« Im weiteren bezeichnete er sich schon ohne Umschweife als den sowjetischen Radistschew. Im übrigen ging es ohne Allegorien und sogar faktologische Ungenauigkeiten doch nicht ab. Das fängt mit der allgemein bekannten Tatsache an, daß der Journalist unter dem Tyrannen nichts auszustehen hatte, vielmehr hatte er erst in der Folgezeit gelitten, nach dem Tod des Tyrannen. Zweitens war Puschkin kein Zeitgenosse Radistschews, was der Journalist übrigens selbst begriff, denn er fügte hinzu:

»Obwohl ich noch träumen muß, daß ein künftiges Genie, das vielleicht noch gar nicht geboren ist, mir seine Aufmerksamkeit zuwendet und mich öffentlich verprügelt, entgegen der Meinung, die sich über mich gebildet hat...«

Das war der ehrgeizigste Moment in der Rede des Journalisten. (Überhaupt war das, was ich Gespräch nannte, eher ein Monolog des Journalisten. Ich hörte zwar aufmerksam, aber teilnahmslos zu.) Also, der ehrgeizigste Moment zeichnete sich dadurch aus, daß der Journalist sich mit hochmütiger, kalter Miene aufrichtete und mich so ansah, daß es mir einen Stich gab und ich sogar Angst bekam, er könnte mich davonjagen, nicht nur von seinem breiten Schreibtisch, sondern auch aus seinem Arbeitszimmer und vielleicht sogar aus der Wohnung. Aber auf den Höhenflug folgte der Absturz, und der Gedanke an Radistschew, der offenbar der Lieblingsschriftsteller des Journalisten war und dessen Opfer Puschkin verhöhnt hatte (so hatte sich der Journalist ausgedrückt), mußte auf irgendeiner Etappe unvermeidlich zum Gefühl der Bitternis führen und den Journalisten zunächst seelisch und dann auch physisch kaputtmachen. So geschah es auch. Er trat von seinem breiten Schreibtisch zurück, ließ mich weiter in seinem Polstersessel sitzen und setzte sich wieder in unbequemer Haltung auf die Armlehne des an den Bücherschrank gerückten Sessels.

»Ach, du mein Gott«, sagte er und senkte die geschwollenen roten Lider, »wie meine eigenen Kinder mich hassen.«

Damals dachte ich, daß dies Pathos und allgemeine Überlegung sei, nicht aber das Resultat konkreter Handlungen, die in meiner Abwesenheit geschehen waren.

»Ach, du mein Gott«, sprach der Journalist weiter, »wie wenig wir es doch verstehen, die Lehren unserer Freunde zu nutzen. Selbst große Männer tun das mit viel Verspätung... Radistschew hatte einen wunderbaren Freund«, fuhr er ohne jegliche Erklärung fort, ohne sich darum zu scheren, daß ich, ein Mensch mit Zufallswissen, vielleicht nicht alles verstand. »Wie heißt es doch bei Puschkin: ›Uschakow war von Natur aus geistreich und redegewandt und besaß die Gabe, sich Herzen geneigt zu machen. Er starb in seinem einundzwanzigsten Lebensjahr an den Folgen seines zügellosen Lebens; aber noch auf dem Totenbett erteilte er Radistschew eine furchtbare Lehre. Von den Ärzten zum Tode verurteilt, hörte er sein Urteil gleichmütig an; bald wurden seine Qualen unerträglich, und er verlangte von einem seiner Freunde Gift. Radistschew weigerte sich, doch fortan wurde der Selbstmord ein Lieblingsgegenstand seiner Überlegungen.‹«

Nachdem der Journalist diesen Text in einem Zug vorgetragen hatte, hob er den Kopf und sah mich gleichsam fragend an, als erwarte er von mir Rat zu einem für ihn wichtigen, vielleicht verhängnisvollen Entschluß. Aber ich schwieg selbstverständlich.

»Ach, du mein Gott«, seufzte er wieder greisinnenhaft (seine Seufzer fielen mir allmählich auf die Nerven), »haben die Freunde von Alexander Fadejew seine Lehre nicht ebenso fruchtlos aufgenommen? Und mit ebensolcher Verspätung... Sie kennen doch die Geschichte von Christofor Wissowin, wir haben mehr als einmal darüber gesprochen... Und Sie waren ja mit ihm befreundet, übrigens auch meine Tochter.«

Ich möchte daran erinnern, daß der Journalist schon längst nicht mehr klar verständlich sprach, in meiner Gegenwart hatte er wohl das letztemal auf dem studentischen Disput verständlich und logisch gesprochen, und nach dem, was ihm alles widerfahren war, klafften in seinem Denken jedoch immer wieder Lücken. Aber die Erwähnung Wissowins, eines Menschen, der längst von den heutigen Problemen und Personen verdrängt und, wie ich glaubte, zusammen mit Dutzenden anderer Personen und Probleme längst aus meinem Leben ins Nichtsein verschwunden war, so wie etwa die Personen und Probleme, die mich in der Periode meines Kampfes um den Schlafplatz umgeben hatten, diese Erwähnung Wissowins also ließ mich aufhorchen. Etwas an dieser Erwähnung schien mir frisch zu sein, das heißt, es schien einer heißen Spur zu folgen und eine unmittelbare lebendige Gefahr zu bilden – das waren nicht die Gewissensbisse eines sündigen Greises, die ich letzten Endes abtun konnte.

»Was ist mit Wissowin?« brach ich hastig das Schweigen und machte damit den Versuch des Journalisten zunichte, sich erneut in den Vergleich seines Schicksals mit dem von Alexander Radistschew zu vertiefen.

»Er ist wieder in Freiheit«, sagte der Journalist eher zerstreut als verwirrt, obwohl ich anfangs dachte, meine Frage hätte ihn verwirrt.

In dem Journalisten vollzog sich deutlich ein neuer Umschwung, vielleicht hatte er sich sogar durch meine Frage an etwas erinnert, und er wollte wohl gehen, denn er erhob sich von der Armlehne.

»Warten Sie«, sagte ich voller Unruhe und kam hastig hinter dem Schreibtisch hervor, um ihn notfalls festzuhalten, denn ohne zu wissen, warum, glaubte ich, daß es für mich wichtig sein könnte, über Wissowin Bescheid zu wissen. »War er etwa verhaftet?« fragte ich und trat dicht an ihn heran.

»Nein«, sagte der Journalist und wich zurück, und ich glaubte, in seinen Augen Angst zu erkennen, »er war einfach nicht gesund und befand sich in einer psychiatrischen Heilanstalt... Aber wer ist heute schon gesund von denen, die das Leben gewalkt hat? Mich würden sie auch einliefern«, sagte er flüsternd und beugte sich plötzlich zu mir.

Jetzt war die Reihe an mir zurückzuweichen, natürlich aus anderem Grund. War er im ersten Moment vor mir zurückgeprallt, dann zweifellos vor Angst, ich könnte ihn verdächtigen, Wissowin verraten und bei seiner Unterbringung in der psychiatrischen Heilanstalt mitgewirkt zu haben. Ich hingegen war ausschließlich vor unwillkürlichem Ekel vor ihm zurückgewichen, denn Rita Michailowna, von den schwierigen Beziehungen mit ihren Kindern (besonders mit Kolja) zermürbt, vernachlässigte ihren Mann spürbar, und er war von seiner Natur her offenbar nicht sehr reinlich.

»Wenn das nicht eine Schande für die Familie wäre«, fuhr der Journalist fort, »hätten die mich längst eingeliefert. Ich verstehe es ja selbst... Manchmal bin ich wunderlich, aber noch öfter emotional herabgesetzt... Ja, es gibt diesen Ausdruck in der Medizin... Ich lese manchmal medizinische Bücher, und das ist das erste Anzeichen...«

»Verschonen Sie mich mit Ihrem Geschwätz«, rief ich unbeherrscht. »Ich habe genug von Ihnen«, rief ich, mich nun vollends vergessend und ohne mir darüber klar zu sein, daß ich den Hausherrn aus seinem eigenen Arbeitszimmer vertrieb.

Der Journalist sah mich ruhig und sogar spöttisch an und ging zur Tür. Erst als er weg war, begriff ich, daß sein Verhalten vielleicht nicht ohne List gewesen war, um mich durcheinander zu bringen, damit ich ihn nicht nach Wissowin ausfragte, was für ihn unerwünscht war. Ich blieb in einem unruhigen Zustand zurück, und ich wußte, daß Unruhe, die sich in der Seele festgesetzt hat, sich selten von selbst auflöst. Meistens scheint sie als Keim für noch ernstere Prüfungen zu dienen.

SECHSTES KAPITEL

Ich beginne damit, daß ich bald darauf in einer der Gesellschaften Paltschinski traf. Ich erinnere daran, daß es der dreißigjährige Jüngling mit dem rosigen Gesicht war, der von der Troizki-Gesellschaft abgelehnt worden war und in der Polemik vor seinem Abgang in Anwesenheit von Frauen unflätige Äußerungen von sich gegeben hatte. Mich hatte er nur flüchtig gesehen, wie übrigens ich ihn auch, doch war er mir in Erinnerung geblieben. Aber ich rechnete darauf, daß er nicht auf mich geachtet hatte, da damals die Polemik mit seinen einstigen Gefährten und jetzigen Gegnern von der Troizki-Gesellschaft ihn ablenkte. Jedoch, er erinnerte sich an mich, ich weiß nicht, wieso. Natürlich benahm er sich in dieser Gesellschaft ungehemmt, griff den Frauen öffentlich an unerlaubte Stellen, und wenn er antisowjetische Witze erzählte, dann ausschließlich mit sexuellem Einschlag. Im übrigen war die Gesellschaft als Ganzes unseriös, von freiem Benehmen und allerniedrigstem Niveau, was Dascha mir schon vorher gesagt hatte, so daß selbst sie, die lasterhafte Frau, nicht hinging, um nicht kompromittiert zu werden. Nichtsdestoweniger hatte sie mir empfohlen hinzugehen, weil in solchen Kloaken manchmal etwas »hochkam«, wie sie sich verschwommen ausdrückte, sicherlich eine Anspielung, und sie empfahl mir Aufmerksamkeit.

In dieser Gesellschaft gab es viel Wodka und fast nichts zu essen (nur Zwiebeln und Brot). Überhaupt muß ich anmerken, daß die Hausgesellschaft als gesellschaftliche Organisation, die in den ersten nachstalinschen Jahren aufkam und ursprünglich Züge von bürgerlicher demokratischer Freiheit trug, derzeit sehr heruntergekommen war, wozu bestimmte gesellschaftliche Enttäuschungen beigetragen hatten. Infolgedessen bevorzugten anständige Leute einen kleinen Kreis, wenn nicht gar die Einsamkeit, das heißt, sie kapselten sich ab. Alles Unreife oder einfach Unanständige hingegen breitete sich aus. Ich will nicht sagen, daß alle Gesellschaften von so niedrigem Niveau waren wie diese, aber im großen und ganzen hatte sich ihr Charakter vereinfacht und erinnerte an zufällige Zusammenrottungen auf der Straße, so daß ihr Antisowjetismus eher unseriös und zufällig war. Manchmal aber kamen in solchem Chaos irgendwelche Fädchen zum Vorschein, nach denen man greifen konnte, wie mir Hauptmann Kosyrenkow bei unserer letzten Begegnung erklärt hatte. Aber wie konnte von organisiertem Antisowjetismus die Rede sein, wenn bald schon fast alle nackt herumliefen und sich aus dem offenen Fenster lehnten und jemand (ob Mann oder Frau, wußte ich nicht, da ich mich nicht umdrehte) mich von hinten in den Nacken biß, so daß ich vor Schmerz aufschrie, einen Körper abwarf, der sich auf meinen Rücken gewälzt hatte, und weglief. Übrigens lief ich rechtzeitig weg und kam wohlbehalten im Treppenhaus an den entrüsteten Nachbarn vorbei. (Ein Milizprotokoll war deutlich in Sicht.) Nachdem ich ziemlich weit gelaufen war (zwei oder drei Straßen), beruhigte ich mich und setzte mich auf eine Bank, um zu mir zu kommen.

Es war ein schöner Moskauer Abend, fast schon Nacht. (Begegnungen in Gesellschaften dieses Niveaus begannen immer sehr spät.) Der Straßenverkehr, besonders in diesem Gäßchen, war fast zur Ruhe gekommen, es atmete sich leicht und sanft, dann und wann kamen irgendwelche Menschen vorbei, und als ich wieder ganz bei mir war, begriff ich, daß es friedliche Passanten waren, die ein stilles, gesundes und dauerhaftes Leben führten. Wie sehr wünschte ich mir all das plötzlich auch, obwohl ich keine Definition dafür fand... Solch einen friedlichen, gedankenlosen, stillen Spaziergang vor dem Schlaf... Ich stand auf und paßte mich dem angenehmen, ich würde sogar sagen, irgendwie appetitlichen Schritt eines Mannes und einer Frau an, die gerade vorbeigegangen waren. Es waren Leute mittleren Alters, so an die vierzig, aber sie gingen »jugendlich«: Die Frau hielt sich an einem Finger des Mannes fest. Ich lief hinter ihnen her, atmete das Aroma der zur Nacht duftenden Blumen eines Beets ein und strich mir mit den Fingern den Nacken, denn in der Haut waren die juckenden Abdrücke fremder Zähne geblieben, gleichsam ein Teufelsmal, das mich daran erinnerte, wer ich war und daß ich mich nur zufällig in diesem friedlichen Leben befand. Und richtig, ich war erst wenige Schritte gegangen, da hörte ich das nervöse Füßetrappeln eines fast laufenden Menschen. Ich zweifelte nicht einmal, daß es mir galt, und versuchte zu entkommen, als ich einen Seitenausgang des Boulevards erreichte. (Ich befand mich auf einem Boulevard.) Aber ich schaffte es nicht. Es war Paltschinski.

»Ich habe Sie gesucht«, sagte er, »Sie waren so plötzlich verschwunden.«

»Was wollen Sie?« parierte ich unfreundlich, um ihm zu verstehen zu geben, daß ich nicht die Absicht hatte, Beziehungen aufzunehmen.

»Zum Teufel«, sagte Paltschinski beleidigt, er

schien sehr empfindlich zu sein. »Zum Teufel, Sie sind wohl unzufrieden? Ich bin auch mit vielem unzufrieden, und doch bin ich Ihnen hinterhergelaufen, um meine Bürgerpflicht zu tun, obwohl ich Sie, ehrlich gesagt, so nötig brauche wie ein Hase eine Fürsorgestelle für Geschlechtskrankheiten.«

Das ging schon über die Hutschnur, und alles, was sich an diesem alptraumhaften Abend angestaut hatte, fand plötzlich ein Ventil und einen Angriffspunkt.

»Verschwinde, sonst reiß ich dich in Stücke«, schrie ich und lief rot an. (Ich fühlte, wie mir das Blut ins Gesicht schoß.) Unglücklicherweise spürte ich in diesem Moment besonders stark das Jucken an der Bißstelle und griff vor Paltschinskis Augen nach meinem Hals.

»Ach, das ist es«, sagte Paltschinski und lachte schallend, »Valka hat dich gebissen, das ist ihre Sexualmethode... Aber Scherz beiseite... Ich halte es für meine Pflicht, einen Bürger zu warnen, daß Vitali ein KGB-Spitzel ist...«

Das ließ mich aufhorchen, obwohl ich nicht gleich begriff, wovon die Rede war.

»Welcher Vitali?« fragte ich unwillkürlich.

»Na ja, schon gut«, sagte Paltschinski, »ich habe zwar mit diesen Dummköpfen von der Troizki-Gesellschaft gebrochen, aber ich halte es für meine Pflicht zu warnen... Bestellen Sie Mascha« (er wußte nichts von meinen Beziehungen zu Mascha) »oder Annenkow... oder Sascha Iwanow, wenn er aus dem Gefängnis freikommt... Hier ist die Liste der Spitzel«, er gab mir eine auf dünnes Papier getippte Namenliste, »da«, sagte er und tippte auf einen Namen mittendrin, »diese Daten habe ich kürzlich bekommen, wir wollen sie im Samisdat veröffentlichen.«

Aber Paltschinskis Worte drangen nur noch verschwommen zu mir wie aus weiter Ferne. Der vorletzte Name auf der Liste war meiner – Zwibyschew. Jetzt durfte ich nichts überstürzen und mußte möglichst alles in Ruhe analysieren. Paltschinski hatte sich bei Annenkow nur mein Gesicht gemerkt, meinen Namen wußte er nicht. Ich mußte natürlich meinen Ton ihm gegenüber mäßigen.

»Wo wollen Sie jetzt hin?« fragte ich. »Welche Metrostation?«

»Arbatskoje«, antwortete Paltschinski.

»Sehr schön«, sagte ich, »kommen Sie, wir reden unterwegs.«

Ich hatte gehofft, ihm noch etwas zu entlocken, doch unversehens begann er, Gedichte vorzutragen. Ich muß sagen, daß sich in den Gesellschaften der letzten Regierungsperiode Chrustschows auch die Gedichte verändert, die antisowjetische Staatsbürgerlichkeit verloren hatten und zum »antisowjetischen Apolitismus« übergegangen waren (ein Ausdruck Kosyrenkows).

Hier sind die Verse, auf die ich jetzt, bedrückt von meiner Enttarnung und der Veröffentlichung meines Namens in der Spitzelliste, nicht weiter achtete. (Ich fand sie später bei Hauptmann Kosyrenkow.)

»Schweißige Kinder in roten Kostümen,
Schweißige Mütter in schweren Gedanken,
Bronzene Bräune des ehernen Dunkels.
Dieses Sommers Witwen
Weinen auf Friedhöfen, schmachtend und jung,
Zu Hause hängen die leeren Hosen.
Ihre Liebsten, mit Wattebausch abgerieben,
Liegen im Erdreich und stinken süßlich.
Ach, schwül ist den Witwen im schwarzen Tuch,
Den weißen Brüsten im schwarzen BH,
Sie weinen, und über die Schultern rinnt Schweiß
Und kitzelt die Witwen,
Schwer kommen die Witwen hoch von der Erde,
Schwer und rund sind ihre Knie,
Rückenschweiß rinnt über Hinterteile,
Der Friedhofsgräber guckt sonderbar,
Verzieht unbestimmt den Mund.«

Diese »apolitischen Verse«, die aber schon in einer Ecke des zerknitterten Blatts den Stempel mit der Eingangsnummer trugen und registriert waren, lernte ich im Arbeitszimmer des Hauptmanns Kosyrenkow kennen. Dabei machte ich sofort einen Fehler, denn in Erinnerung an unser freundschaftliches Gespräch sagte ich offen und geradeheraus:

»Diese Scheiße habe ich schon mal gehört, aber ich dachte nicht, daß so was unter die Instruktion fällt und abgeliefert werden muß.«

Und da verblüffte mich Hauptmann Kosyrenkow. Wo waren sein lockeres Wohlwollen mir gegenüber und seine sportliche Offenheit geblieben? Er zitterte, lief puterrot an, schlug mit der Faust auf den Tisch, benahm sich wie ein gewöhnlicher Beamter und Kanzlist, der zum erstenmal in der Zeit seines tadellosen Dienstes von seinem Vorgesetzten einen Rüffel bekommen hat, darüber maßlos verstört ist und darum denjenigen haßt, dem er vertraut und der sein Vertrauen schmählich enttäuscht hat.

»Was ist los«, brüllte Hauptmann Kosyrenkow, »willst du mit weißen Handschuhen arbeiten? Was hat du angerichtet? Das Material kommt durch Zufall zu uns, über zufällige Kanäle... Solch ein Ding hast du verschusselt...«

Doch dann sah er wohl ein, daß er übers Ziel hinausgeschossen war, setzte sich und sagte leise und, wie mir schien, mit ein wenig Reue über seine Grobheit:

»Weißt du, was du angerichtet hast? Da hätten wir eine ganze Bande an den Haken nehmen können... Verbindung mit Ausländern... Wir hätten große Feinde moralisch erledigen können... Ausschweifung in solch einer Situation, das ist sogar noch besser als politische Beschuldigungen, und du bist getürmt...«

»Ich habe mich geekelt«, sagte ich leise, denn seit Beginn seiner Vorhaltungen spürte ich nicht Angst, sondern tiefe Schwermut, »dreckig war's dort...«

(Ich konnte mich nicht entschließen, ihm von der Liste zu erzählen, die ich bei Paltschinski gesehen hatte, denn die hatte ich auch nicht erbeutet und abgeliefert.) »Dreckig war's dort«, wiederholte ich.

»Ja, dreckig«, pflichtete Hauptmann Kosyrenkow mir bei, »aber du mußt verstehen, worauf du dich eingelassen hast. Wer soll die Dreckarbeit für uns machen? Wir sind Grubenräumer und Wasserfahrer, wie Majakowski gesagt hat. Bei der Gesellschaft waren auch Ausländer, eine Milizstreife hat sie zufällig festgenommen, weil ein Nachbar angerufen hatte. Verstehst du, was das für ein Nasenstüber für uns ist? Ganz davon abgesehen, daß alles sehr unprofessionell gemacht wurde, das beste Material ist verschwunden, wir haben nur erwischt, was grade rumlag... Die Untersuchungsabteilung rackert sich ab, ihre Aktendeckel sind leer... In den nächsten Tagen erscheint in der zentralen Zeitung ein Feuilleton über die Bande, aber nicht aus Spaß an der Freude, sondern um eine gesellschaftliche Atmosphäre um den Fall zu schaffen... Wütende Leserzuschriften statt wertvolles Untersuchungsmaterial... So ist das, mein Lieber...«

In diesem Moment klopfte es. Hauptmann Kosyrenkow deutete rasch auf einen Stuhl, setzte sich an den Schreibtisch, mir gegenüber, und rief »ja, bitte«. Herein kam Dascha und legte, ohne mich anzusehen, mit gleichmäßiger Stimme die Gründe dar, aus denen sie es für unzweckmäßig hielt, mich weiterhin zur Arbeit heranzuziehen. Von all dem, was sie sagte, begriff ich nur, daß sie mich vernichtete. (Aber vielleicht war die Liste, die ich bei Paltschinski gesehen hatte, unserer Behörde schon bekannt.) Was Dascha betraf, so war ihre Position, wie ich später erfuhr, noch schlechter als die meinige. Bei ihr hatten sich zu dieser Zeit die Fehlschläge und Mißgriffe gehäuft, aber das wichtigste war, daß sie, bei einem Ausländer als Dolmetscherin eingesetzt, um eine wichtige Aufgabe zu erfüllen, diese nicht erfüllt, sich statt dessen mit ihm eingelassen und sich nachgerade in ihn verliebt hatte. Genauer kam das alles erst später heraus, aber sie stand schon jetzt unter Verdacht. Dieser Ausländer war nicht mehr jung, er hatte eine Glatze und die Hängebacken eines Menschen, der starke Getränke bevorzugt. Zwei Wochen später sah ich ihn flüchtig hier bei Kosyrenkow, wo er zusammen mit Dascha Aussagen machte. Diese Dascha hatte öffentlich erklärt, sie liebe zum erstenmal im Leben, habe nun vor nichts mehr Angst und sei zu allem bereit. Sie wurde zu einer ziemlich hohen Haftstrafe verurteilt, soll aber, nachdem sie nicht einmal ein Viertel ihrer Strafe abgesessen hatte, vorzeitig freigekommen sein, weil es geheime Bemühungen gegeben habe, womöglich gar seitens des Außenministeriums, woraufhin sie mit ihrem Ausländer nach Schweden ausgereist sei. Andere Gerüchte wollten wissen, daß sie kurz nach ihrer Verurteilung in einem Konzentrationslager im Ural an Lungenentzündung gestorben sei.

Aber all diese Fakten, Gerüchte und Widersprüche kamen später. Jetzt, in Kosyrenkows Zimmer, ging sie so weit, daß sie sogar erzählte, worüber ich dummerweise und in männlicher Selbstvergessenheit im Bett mit ihr gesprochen hatte, nämlich über meinen Haß auf Rußland. Aber Hauptmann Kosyrenkow achtete nicht weiter auf dieses Detail und ließ es gleichsam an den Ohren vorbei.

»Luder«, sagte er, als Dascha gegangen war, »Luder, erst richtet sie Schaden an, und nun will sie auf einem fremden Buckel durchs Feuer reiten. Aber deine Situation ist jetzt, ehrlich gesagt, tatsächlich nicht einfach. Du bist nicht zu beneiden. Major Sidortschuk hat über dich einen Bericht hingeknallt. Du sollst da irgendwas mit antisowjetischem Material in der Bibliothek verpatzt haben.«

Auch das noch, dachte ich mit bitterer Wehmut, eins kommt zum anderen.

»Hör zu«, sagte Kosyrenkow mit gesenkter Stimme, »ich rate dir: Überleg, wer für dich ein gutes Wort einlegen könnte.«

»Stepan Stepanowitsch«, dachte ich laut, mein erster Natschalnik.

»Ach nein«, sagte Kosyrenkow und trommelte mit den Fingern auf den Tisch, »er ist kein schlechter Kerl, aber in so einer Situation mischt er sich nicht ein... Obwohl, versuchen kannst du's ja, viel Glück.« Er drückte mir ganz freundschaftlich die Hand.

Angefangen hatte das Ganze mit Wut und Geschrei, doch das Ende war gütlich, was mich aufmunterte, und ich ging mit großen Schritten nach Hause. Ich mußte mich wohl an die Abteilung wenden, in der ich angefangen und die Stschussew-Protokolle bearbeitet hatte. Dort hatte ich mir nichts zuschulden kommen lassen, und man war mit meiner Arbeit zufrieden gewesen. Nach diesem Entschluß lockerte ich mich und ließ den Rest des Weges die Augen in die Runde schweifen.

Der junge Moskauer Sommer hatte mit mäßiger Hitze und frischem, noch nicht staubigem Laub der Bäume seine Herrschaft angetreten. Die Mode hatte sich in diesem Jahr nicht verändert, sie war wie im vorigen Sommer, die Mädchen trugen weite Röcke, die viel Bein zeigten, und meist geblümte Blusen, die drüber getragen wurden. Die Mode hat auch ihre verschiedenen Perioden. Es gibt demokratische Perioden, in denen die Zahl der hübschen Frauen stark ansteigt, und es gibt harte, unfreundliche Perioden, in denen die Mode streng ist, die Schönheit betont und die Häßlichkeit bloßlegt. In diesem Zustand freien Gedankenflugs kam ich nach Hause. Das war gut so, wenn man bedenkt, was mir gerade erst geschehen war. Mir öffnete Klawa, die mich seltsam, aber mitfühlend ansah und brummig etwas mit dem Lappen aufwischte. Es waren die Spuren ölverschmierter Stiefel, die in verschiedenen

Richtungen die Diele durchkreuzten und sich weiter übers Parkett zogen. Ohne mich zu wundern und ohne richtig begriffen zu haben, was das war, betrat ich das Eßzimmer und erstarrte auf der Schwelle. Am Tisch saß Kolja und aß zu Mittag. Er war sehr abgemagert, und sein Gesicht war entweder stark gebräunt oder schlecht gewaschen, vielleicht auch beides. Seine schmalen Intelligenzlerhände, die er vom Vater hatte, glänzten von eingefressenem Schmierfett, mehrere Finger waren mit Isolierband umwickelt, und die linke Hand trug einen schmutzigen Verband. Als ich eintrat, sah er mich nur ein einziges Mal an, aber mit offenem, ehrlichem Haß, dann aß er laut schlürfend seine Suppe und brach mit den schmutzigen Händen Brot ab. Rita Michailowna und der Journalist saßen auch am Tisch, irgendwie betrübt, aneinandergeschmiegt, und blickten den Sohn an.

»Klawa«, rief Rita Michailowna, »wo steckst du denn, bring rasch das Hauptgericht.«

»Gleich«, antwortete Klawa brummig, »ich muß bloß den Fußboden wischen, er hat Schmiere reingetragen.«

»Laß den Fußboden«, brauste Rita Michailowna auf, »was hab ich dir gesagt...«

»Nein, nicht doch«, sagte Kolja, »sie braucht sich nicht zu beeilen, ich esse kein Hauptgericht, löffle nur die Suppe von gestern... Und überhaupt«, er stand heftig auf und nahm seinen Teller, »ich geh in die Küche... Soll der hier fressen, wenn er schon mein Elternhaus in Besitz genommen hat... Mein Platz ist in der Küche... Und das ist auch richtig so... Mein Vater war ein stalinistischer Lakai und Spitzel, und jetzt haben sie meine Schwester mit einem Spitzel verheiratet... Das liegt in der Dynastie. Ich kann mir nicht verzeihen, daß ich damals in der Gefängniszelle erschrocken bin und losgeschrien hab, damit er nicht erwürgt wird... Das kann ich mir nicht verzeihen... Und jetzt ist meine Schwester mit dem verheiratet... Ich bin eigentlich nicht zu euch gekommen«, schrie er seine Eltern an, »ich wollte zu meiner Schwester und meinem Neffen... Zu dem kleinen russischen Bäuerlein... Zu unserm aufgefrischten Blut... Und ihr lebt mit diesem Spitzel... Aber ich werde vor Gericht durchsetzen, daß Iwan unsern Namen trägt und nicht den von diesem Judas...«

Bewußt kräftig auftretend, um auf dem Parkett schmutzige Spuren zu hinterlassen, ging Kolja mit seinem Suppenteller in die Küche. Ich hatte den Eindruck, daß er seine Rede vorher einstudiert hatte, aber als er mich sah, kam er vor Haß durcheinander, brachte das Einstudierte nur stückweise und in falscher Reihenfolge heraus und improvisierte. Natürlich brach Rita Michailowna in Tränen aus und lief dem Sohn hinterher, und das wunderte mich nicht. Mich wunderte das Verhalten des Journalisten, der zwar bedrückt war, aber nicht mehr als sonst, das heißt, er verharrte in seinem erstarrten beschaulichen Zustand. Um mich dem Familienkrach zu entziehen, ging ich ins Arbeitszimmer des Journalisten und setzte mich an seinen Schreibtisch, natürlich ohne Hintergedanken und ohne herausfordern zu wollen. Aber bald wurde die Tür aufgerissen, und Kolja schrie seinen Vater an:

»Ein schönes Bild... Sieh dir das an, lieber Vater... Endlich wird dein Schreibtisch nach seiner wirklichen Bestimmung benutzt... Endlich werden an deinem Schreibtisch ohne jede künstlerischen Fisimatenten Denunziationen ans KGB geschrieben... Lausige Intelligenz, Schufte...«

Danach brannte er sich eine Belomor an, spuckte aufs Parkett und ging.

Selbstverständlich schimmerte in Koljas Auftreten immer noch das Jünglingshafte durch, die Eilfertigkeit der Schlußfolgerungen und der Hang zu Stärke, ehrlicher Rauhbeinigkeit und zum ehrlichen Protest. All dem fehlte der Ernst, und es sah wie ein

Spiel aus, aber bei diesem Spiel hustete Kolja ungespielt, da er sich während der Nachtschichten in der Zugluft auf dem Bau furchtbar erkältet hatte. Er war tatsächlich von der schlechten Nahrung ohne warmes Mittagessen abgemagert und tatsächlich voller Haß auf seine »intellektuelle« Herkunft.

An demselben Abend kam Mascha von der Datsche nach Hause und brachte Iwan Zwibyschew mit, das Kind der Gewalt. Mich behandelte sie kalt, aber einfach und offen. Sie erlaubte mir, sie auf die Wange zu küssen, und sagte:

»Könntest du nicht so drei Stunden spazierengehen? Besuch Bekannte... Am besten eine Frau...«

Das letzte ging mir besonders zu Herzen, aber ich unterdrückte den Schmerz und ließ mir nichts anmerken. Nichtsdestoweniger konnte ich mir nicht verkneifen zu sagen:

»Wahrscheinlich besuchen dich diese... Kämpfer gegen den Antisemitismus von der Troizki-Gesellschaft...«

»Ja, sie kommen zu mir«, sagte Mascha ruhig, »Sascha Iwanow hat endlich die Aufenthaltserlaubnis für Moskau bekommen. Nach seiner Freilassung hat er ja in Kaluga gelebt, und heute ist er hier eingetroffen, darum bin ich von der Datsche gekommen... Wir werden hier nicht allzu lange sitzen, höchstens bis Mitternacht.« Sie sah mich an und fügte hinzu: »Über dich gehen unangenehme Gerüchte um... Aber nicht deshalb bitte ich dich zu gehen, es sollen nur keine Außenstehenden dabei sein... Und auf Denunziationen spucken wir, denn wir haben nichts zu verbergen.«

»Gut«, sagte ich und zog mir das Jackett an, »ich gehe...«

Mascha sah mich wieder durchdringend an.

»Du bist schmal geworden«, sagte sie, »hast du Unannehmlichkeiten?«

»Ja«, antwortete ich, »aber das wird sich schon geben.«

»Privat oder dienstlich?« fragte sie.

»Dienstlich«, antwortete ich und lauerte gierig und gespannt auf ein Fünkchen von Wärme.

»Dann ist es einfacher«, sagte Mascha, »geh zu deiner Geliebten... Wenn du willst, die ganze Nacht.«

»Gut«, antwortete ich und suchte in Maschas offenem Blick nach dem, was ich eben darin gesehen oder zu sehen vermeint hatte, »aber nicht die ganze Nacht, ich komme nach zwölf, darf ich?«

»Natürlich«, antwortete sie, »wir ziehen es nicht in die Länge.«

»Übrigens«, sagte ich, »man hat mich gebeten, dir auszurichten, daß Vitali ein Spitzel ist.«

»Das wissen wir«, sagte Mascha, »er ist längst aus der Gesellschaft ausgeschlossen, aber danke für die Warnung. Übrigens, ich habe von Koljas Beleidigungen gehört. Das wagt er nicht noch mal, das versprech ich dir.«

Ich ging, obwohl ich noch nicht von der Last auf meiner Seele befreit war, aber ich dachte gierig an Mascha, die ich über einen Monat nicht gesehen hatte und von der ich völlig berauscht war. Und im Rausch geht alles besser.

Als erstes rief ich von einer Zelle aus an und erreichte sogleich Stepan Stepanowitsch. Schon an der Milde, mit der er sprach, als er mich erkannte, begriff ich, daß ich ihm meine Bitte um Hilfe durchaus vortragen konnte. Ich wußte freilich nicht, wie ich das am Telefon machen sollte, doch er half mir auch hier, indem er sagte, er sei im großen und ganzen im Bilde, ich bräuchte nicht zu verzweifeln und könnte morgen, nein, übermorgen um drei zu einem Gespräch zu ihm kommen. Ich denke mir, daß Hauptmann Kosyrenkow schon mit ihm gesprochen hatte, ungeachtet seiner Zweifel an Stepan Stepanowitschs Möglichkeiten. Dieser Kosyrenkow war zwar eine sportliche Natur und ließ sich zu Grobheiten hinreißen, aber er behandelte mich im allgemeinen anständig. Von all dem aufgemuntert, beschloß ich, die drei Stunden, für die mich Mascha aus dem Hause vertrieben hatte, durch die Straßen zu bummeln, zumal es ein schöner Abend war, warm und trocken. Selbst wenn es mit Dascha nicht zum Bruch gekommen wäre – ich wäre nach dem Anblick Maschas nicht imstande gewesen, mit dieser lasterhaften Frau in ihr quadratisches Bett zu gehen. Nachdem ich durch den Vorgarten gegangen war (ich hatte das Telefon benutzt, das neben unserer Haustür an der Wand hing), blieb ich stehen und überlegte, nach welcher Seite der Gasse ich gehen sollte, in Richtung des geräuschvollen Prospekts oder der stillen grünen Gäßchen. Aber da berührte mich jemand an der Schulter.

Vor mir stand ein Unbekannter von dem Aussehen, das man in Rußland »typisch jüdisch« nennt, das aus engen Städtchen stammt und dem der Slawen aus Wald und Steppe diametral entgegengesetzt ist: sanfte, manchmal aber stechende Augen hinter Brillengläsern, ein massiver, fleischiger, aber sichtlich physisch schwacher Körper und selbstverständlich eine große krumme Nase. Es war das Aussehen, das die Gegner der Juden nicht nur in Grimm, sondern auch in Heiterkeit versetzt und das sich in Jahrhunderten pathologischen, ungesunden Lebens ohne Bodenständigkeit herausgebildet hat.

»Entschuldigen Sie bitte«, sagte der »typische Jude«, »guten Tag... Mein Name ist natürlich Rabinowitsch.« Hier blitzten seine Augen in entwaffnender Selbstironie, mit deren Hilfe er jedoch, das spürte man, schon des öfteren notwendige Bekanntschaften angeknüpft hatte, indem er spontan auf jemanden zuging und die Hand ausstreckte. »Ich bin Anwalt. Würden Sie vielleicht die Güte haben, zehn Minuten mit mir zu sprechen, nu, wenn's hochkommt, zwanzig?«

Ich sah den Advokaten Rabinowitsch an, und plötzlich bemächtigte sich meiner unwillkürlich auch eine ungesunde Fröhlichkeit.

»Nein«, sagte ich, »zwanzig Minuten kann ich nicht und zehn Minuten auch nicht... Aber drei Stunden, das geht.«

»Aber bitte.« Rabinowitsch hatte verstanden und errötete. »Das ist sehr gut... Auf soviel Liebenswürdigkeit hatte ich nicht gehofft, obwohl ich das vorschlagen wollte. Aber ich fürchtete, Sie würden das falsch auslegen. Drei Stunden kann man nicht auf einer Bank sitzen. Wissen Sie, hier in der Nähe ist ein kleines Café. Glauben Sie mir, wenn sie einen dort kennen, kommt kein Restaurant mit diesem mit. Die Bedienung ist gut, das Essen höchste Klasse, und Separées gibt's da auch.«

»Dann mal los«, sagte ich, guckte von oben herab auf den hektischen Advokaten und wurde von seinem Anblick immer fröhlicher. »Dann mal los... Setzen wir uns in ein Separée...«

Separées gab es dort tatsächlich, aber alles andere war Mist. In den früheren Hungerzeiten, als ich sparen mußte, würde ich solch ein Abendessen als Luxus empfunden, daraufhin am nächsten Tag von Brot, Bonbon und heißem Wasser gelebt und so ein hübsches Sümmchen gespart haben. Jetzt aber war ich verwöhnt von den Mahlzeiten in der vorzüglichen Kantine des KGB wie auch von dem häuslichen Mittagstisch in der Familie des Journalisten. Darum aß ich nur die Hälfte von dem Salat aus Treibhausgurken, schnitt mir vom Filet nur die saftigsten Stücke ab und ließ die zu scharf gebratenen Teile liegen. Wein mag ich überhaupt nicht und schon gar nicht minderwertigen Portwein. Rabinowitsch jedoch aß mit Appetit, trank zwei Gläser Portwein und sagte dann:

»Ich bin der Anwalt von Orlow. Wie ich aus dem Protokoll des ersten Verhörs ersehe, waren Sie dabei anwesend und haben bei der Identifizierung meines Mandanten mitgeholfen.«

»Ja«, antwortete ich, denn ich wußte noch nicht, worauf er hinauswollte.

»Es geht um einige juristische Ungenauigkeiten«, sagte Rabinowitsch, »aber vor allem wollte ich mit Ihnen über etwas anderes sprechen. Ich gestehe Ihnen offen, daß Orlows Eltern, besonders seine Mutter, Nina Andrejewna, aber auch sein Vater sich ganz bewußt einen Anwalt mit typisch jüdischem Namen und Aussehen ausgesucht haben.«

»Und Orlow selbst?«

»Er lehnt natürlich die Zusammenarbeit mit mir ab, aber es ist seinen Eltern gelungen, seine Unzurechnungsfähigkeit nachzuweisen, und damit hat er nicht das Recht der Wahl.«

»Er ist völlig gesund«, sagte ich und sah Rabinowitsch durchdringend an.

»Nu, darüber haben Sie und ich nicht zu befinden, das ist Sache der medizinischen Experten. Jetzt geht es um etwas anderes. Es geht um schreiende Verletzungen, die bei der Untersuchung des Todes von Leibowitsch vorgekommen sind. Ich hoffe, Sie sind ein ehrlicher Mensch der neuen Generation und verurteilen die Stalinschen Methoden der Verletzung der Gesetzlichkeit. Einiges weiß ich über Sie und Ihr schweres Schicksal. Glauben Sie mir, mein Mandant hat auch kein leichtes Schicksal gehabt. Der Junge hat von klein auf ein krankhaftes Gerechtigkeitsgefühl entwickelt. Und wenn Sie sein literarisches Talent und seine aufrichtige Jesseninsche Verliebtheit in seine Heimat Rußland bedenken... Sie haben natürlich die Erzählung ›Rußlands Tränen sind bitter für den Feind‹, unterschrieben mit Iwan Chleb, gelesen? Mal abgesehen von dem fehlerhaften Inhalt, die literarischen Vorzüge sind unbestreitbar... Was nun uns Juden betrifft, so gibt es auch unter uns nicht wenige, die sind, entschuldigen Sie, keine Juden, sondern Jidden. Sie sind es, die Schande über uns bringen. Nehmen wir nur diesen Leibowitsch, der sich den russischen Namen Gawrjuschin zugelegt hat, eine russische Maske... Ist das etwa in Ordnung? Eine Kleinigkeit, könnte man denken... Aber ich bin abgeschweift... Letzten Endes geht es mir um etwas anderes. Wir Juden müssen besonders große Internationalisten sein, um mit ehrlicher Arbeit unser Recht auf fremdes, aber brüderliches Brot zu beweisen, nicht aus den Händen von Joint*, sondern aus den Händen der Klassenbrüder...«

Von den zwei Gläsern Portwein war er ein bißchen beduselt und redete zerstreut.

»Was wollen Sie?« unterbrach ich ihn.

»Ich hoffe, Sie werden den Unterschied zwischen dem ursprünglichen und dem endgültigen Protokolltext bestätigen. Da gibt es eindeutig Weglassungen und Fälschungen. Leibowitsch selbst hat ein Verbrechen begangen, als er in die Menge schoß und einen Arbeiter verwundete, worauf er von der Menge erschlagen wurde, die in Notwehr handelte. Was nun meinen Mandanten betrifft, so fallen seine Handlungen natürlich unter das Strafgesetz, aber nicht als Mordanstifter, wie es dort heißt. Natürlich wollen die örtlichen Behörden die Verantwortung für die vorgekommenen administrativen Schlampereien abwälzen, die die Arbeiter so empört haben, und sie suchen dringend nach einem Anstifter. Aber ich habe unlängst mit einem Genossen gesprochen, der im dortigen KGB einen verantwortlichen Posten bekleidete und jetzt aus Krankheitsgründen im Ruhestand ist. Er ist auch voll und ganz der Meinung, daß Orlows Rolle hochgespielt wird. Was Orlows Äußerungen betrifft, so gibt es eine Expertise, wonach er psychisch nicht gesund ist...«

Rabinowitsch redete und redete, sprach mit Kehlkopf-R und gestikulierte. Schließlich hielt ich es nicht mehr aus und schlug mit der Hand auf den Tisch, so daß die Teller klirrten.

»Was ist denn?« sagte Rabinowitsch und verstummte wie plötzlich abgeschaltet.

»Schluß«, sagte ich, »das Filet ist zäh, der Port-

*Hilfsorganisation der amerikanischen Juden für ihre ausländischen Glaubensbrüder.

wein beschissen und damit die Bestechung mißlungen...«

Dies gesagt, ging ich hinaus und ließ den Advokaten bestürzt zurück. Von dem zu lange gebratenen Filet oder von dem Gerede und dem Aussehen des Internationalisten Rabinowitsch und Anwalts des Antisemiten Orlow war mir so übel, daß ich den ganzen Weg über ausspucken mußte... Und überhaupt, diese Episode hatte äußerst deprimierend auf mich gewirkt, obwohl sie natürlich keine Auswirkungen auf mein Schicksal haben konnte. Aber es gibt solche Zufallsbegegnungen und Anzeichen, die das Herannahen unausbleiblicher Gefahren ankündigen. Und richtig, als ich in der ersten Nachtstunde müde nach Hause kam, fand ich in meinem Zimmer einen Umschlag auf meinem Bett. Es war ein Brief von Wissowin, der mir vorschlug, ihn am nächsten Abend um sieben zu treffen, und zwar nicht auf der Straße, sondern in einer Wohnung. Die Adresse war angegeben.

Bei uns schlief alles, die Mitglieder der Troizki-Gesellschaft waren wohl früher als sonst auseinandergegangen, ich hatte mich umsonst so lange auf der Straße herumgedrückt. Wäre ich nicht kurz nach zwölf, sondern kurz nach elf zurückgekommen, so hätte ich vielleicht mit Mascha sprechen können, egal worüber, mit meiner fiktiven, aber heißgeliebten Frau. Aber der verdammte Advokat und Internationalist hatte mich vollgelabert, so daß ich das Zeitgefühl verloren hatte. Und nun noch dieser Brief. Ich wußte, daß Wissowin ein ehrlicher und guter Mensch war, mehr noch, als ich damals meinen Schlafplatz loswurde, hatte er mir Obdach gegeben. Nichtsdestoweniger zog es mich nicht besonders zu ihm, eher im Gegenteil. Und nicht, weil einmal mit ihm und Mascha etwas gewesen war. Es ist lächerlich, wegen einer Frau, die einen nicht liebt, auf einen Mann eifersüchtig zu sein, den sie nicht mehr liebt. Es gibt Menschen, die in jeder

Hinsicht großartig sind und mit denen man dennoch keinen Umgang haben möchte, und wenn man ihnen begegnet, fühlt man sich unfrei und hat Mühe, ihnen in die Augen zu sehen. Und wenn ich dann noch an meine Position als Informant des KGB dachte, die Wissowin vielleicht bekannt war, da Gerüchte darüber umgingen, verhieß die Begegnung mit ihm überhaupt nichts Gutes. Wenn er mich übrigens schlecht behandelte, konnte ein Gespräch zustandekommen. Schlechter ist es, wenn man eine gute Beziehung zueinander hat, aber nicht die Freiheit des Umgangs. Dann ist es schwer, einander in die Augen zu sehen, das ist bei Feindseligkeit einfacher. Also, morgen um sieben würde ich hingehen, und dann mochte kommen, was wollte. Das beschloß ich natürlich nicht auf Anhieb, denn als mein Entschluß feststand, wurde das Fenster schon hell, und die frühe Sommersonne blinkte auf dem Fensterbrett und an der Wand. Vor der Tür hörte ich die Schritte der werktätigen Klawa, und hinter der Wand plärrte ein paarmal Iwan, das Kind der Gewalt, dann hörte ich das schläfrige Murmeln von Mascha, die ihn einlullte.

SIEBENTES KAPITEL

Wissowin erkannte ich nicht sofort wieder, so sehr hatte er sich verändert. Außer ihm lebte in der auf dem Kuvert angegebenen Wohnung noch ein junges Paar, sicherlich Mann und Frau (was sich bestätigte). Wobei der Mann durch irgend etwas, vielleicht durch seine erdgraue Hautfarbe und den unruhigen Glanz in den Augen, Wissowin ähnlich sah. Ich bemerkte, als wir uns zu Tisch setzten, daß die Frau ihren Mann fest beim Arm nahm und nicht losließ. Er hieß Juli und sie Julia. (Auch dies eine nicht ganz normale Verbindung oder ein Zufall.) Mich verblüffte, erfreute aber auch, daß Wissowin mich nach nichts fragte, nicht einmal anstandshalber, wie es doch unter Bekannten üblich ist, zumal wenn sie durch irgendwelche Angelegenheiten miteinander verbunden waren und dann plötzlich getrennt wurden. (Wissowin war ja plötzlich verschwunden. Wie ich jetzt erfuhr, war er in eine psychiatrische Klinik eingeliefert worden.)

»Goscha«, sagte er, »natürlich sind historische Prozesse gesetzmäßig und unumkehrbar, aber es hat keinen Zweck, das persönliche Moment gänzlich auszuschalten.«

Er fing in der Mitte an, was eine gewisse Unrichtigkeit seines Verhaltens bestätigte.

»Im heutigen Rußland gibt es mehr Menschen, die nach höchster Macht streben, als es auf den ersten Blick scheint«, sagte Juli.

Mir wurde etwas unheimlich, und ich dachte, daß diese beiden psychisch nicht ganz intakten Männer mich mit Bedacht eingeladen hätten, um sich bestenfalls über mich lustig zu machen, denn ich sah in Julis Worten eine Anspielung auf mich. Schon machte ich mir Vorwürfe, daß ich auf den Brief reagiert und mich auf den Besuch eingelassen hatte, noch dazu am Stadtrand in einem noch unfertigen Mikrobezirk. Ich drehte mich nach der Tür um und wollte ohne jede Erklärung aufstehen und gehen, aber Wissowin schien meine Absicht erraten zu haben.

»Juli«, fuhr er seinen Partner an, »hör auf, an der Sache vorbeizureden... Und du, Goscha, bist ein sonderbarer Mensch. Ich glaube an deine innere Ehrlichkeit, was auch immer über dich geredet wird.« (Also war er nicht ganz so simpel. Also wurde über mich geredet. Also wollte er das überprüfen, glaubte es aber nicht, oder es war ihm egal.) »Goscha«, sagte er, »vor dir sitzt der Mann, der die geniale Abhandlung ›Wird Rußland im einundzwanzigsten Jahrhundert noch gebraucht?‹ geschrieben hat.« Er zeigte auf Juli, der nach diesen Worten irgendwie besonders unruhig zuckte. »Er hat die Abhandlung nachts geschrieben, nur beim Licht des Mondes«, fuhr Wissowin fort, »auf Zeitungsfetzen und Klopapier... Er hat geschrieben, während die anderen Patienten schliefen. Ich habe es zufällig gesehen, und zwischen uns wäre es fast zu einer Schlägerei gekommen. Aber dann haben wir uns angefreundet. Und jetzt ist die Abhandlung geraubt worden.«

»Von wem?« fragte ich, verfiel unwillkürlich, ohne mir dessen bewußt zu sein, in den mir vorgegebenen Rhythmus und verlor die Kontrolle über die Realität.

»Von russischen Nationalsozialisten«, antwortete mir Wissowin, »das Stabsquartier ist im Bahnhof S. der Strecke Moskau-Kursk, dorthin wirst du jetzt mit uns gehen, denn es ist mir gelungen, mich in ihr Vertrauen einzuschleichen. Ich bin Mitglied des ›Großen Parteikerns‹, wie das bei ihnen heißt... des GPK...«

Nach meiner Schädelverletzung während des ökonomischen Aufstands war ich operiert und danach einige Zeit psychotherapeutisch behandelt worden. Darum wußte ich, was ein deliriöser Zustand ist, den ein Andrang von szenenartigen Illusionen kennzeichnet. Die deliriöse Verwirrung verstärkt sich gewöhnlich gegen Abend, was auch hier der Fall war. Von allem Gesagten war mir nur wichtig, daß es eine Möglichkeit und einen Vorwand gab, die gefährliche Wohnung jetzt zu verlassen. Was meine professionellen Fertigkeiten betrifft, die ich mir während meiner Mitarbeit im KGB erworben hatte, so schlummerten sie in diesem Falle gänzlich, denn das mir angebotene staatsfeindliche Material war zu absurd. Aber um das Spiel fortzuführen, sagte ich:

»Kommt Juli nicht mit?«

Wissowin sah mich mit aufrichtiger Verwunderung an.

»Dorthin?« fragte er. »Was redest du da? Er ist doch Jude...«

»Ach, entschuldige«, sagte ich.

»Das ist es ja«, sagte Wissowin, »außer dir habe ich niemanden für diese höchst wichtige Aktion...«

Also steht eine Aktion bevor, dachte ich alarmiert.

Es war ein Sommerabend, Regen peitschte, und der Wind blies heftig, besonders hier am Stadtrand, wo die Nähe der Moskwa zu spüren war. Wissowin trug ein kleines Köfferchen, das er manchmal vors Gesicht hielt, um sich vor besonders starken Wind- und Regenböen zu schützen. Mit Bus und Obus gelangten wir zum Kursker Bahnhof, und von hier aus fuhren wir eine halbe Stunde mit der Vorortbahn. All das verlief in fast völligem Schweigen, nur hin und wieder wechselten wir nichtssagende Bemerkungen. Endlich stiegen wir aus, der Vorortbahnsteig war schlecht beleuchtet. Hier hatte der Regen wohl gerade erst aufgehört, denn der Asphalt war naß, und der Wind kräuselte die randvollen Pfützen. Wir verließen den Bahnsteig und folgten einem schmalen Weg zwischen Gärten und Hundegebell.

»Bobrok ist sein Name«, flüsterte Wissowin mir zu, »Alexej Bobrok... Genauer, Kaschin, aber Bobrok nennt er sich selbst... Ein russischer Recke... Und der andere, Kalaschnik, ist seine rechte Hand. Die beiden haben in derselben psychiatrischen Klinik gesessen wie Juli und ich... Dieser Kalaschnik hat die Abhandlung geraubt... Und jetzt hör zu... Dieser Bobrok vertraut mir. Ich habe ihn herausgehauen, als sie ihn in der Toilette verprügeln wollten wegen irgendeiner sexuellen Sauerei.«

Wir gingen noch eine Weile schweigend, bogen dann um eine Ecke und blieben vor einem festen Eisentor stehen. Hinter dem Tor ertönte das wütende Knurren und Kläffen gleich mehrerer Hunde. Wissowin tastete in der Dunkelheit nach dem Klingelknopf und drückte dreimal, wartete dann und drückte noch zweimal, dann wartete er wieder und

drückte einmal, aber lange. Wir hörten Schritte, und ein Mann fragte:
»Wer?«
»Von Alexej.«
Riegel kreischten
»Du kommst spät«, knurrte der Mann, dann sah er mich an.
»Er kommt mit mir«, sagte Wissowin, »von den Stschussew-Leuten. Alexej weiß Bescheid.«
Der Mann trug einen warmen Bauernrock über dem Trikothemd. Das wunderte mich, aber ich ließ mir nichts anmerken, sondern ging mit gesenktem Kopf durch das vielstimmige Hundegebell zu dem einstöckigen Haus vom Typ Vorortdatsche. In der beleuchteten Veranda saßen zwei Katzen, und eine alte Frau spülte beim Samowar Gläser. Wir gingen durch ein großes Zimmer, das im Dunklen lag, so daß ich die Einrichtung nicht sehen konnte, und stiegen eine Holztreppe hinauf zu einer Tür, an der ein schweres Schloß hing. Aber der Mushik, der uns begleitete (er sah wie ein Mushik aus), steckte den Schlüssel ins Schloß, öffnete und ließ uns ein. Ich hörte, wie er hinter uns wieder abschloß. Nun war ich vollends alarmiert, besonders als ich den Blick hob und ein großes Hitler-Bild sah. Es war mit Bleistift offenbar von einem Foto abgezeichnet und mit zwei Handtüchern mit russischer Stickerei geschmückt. Auf einem kleinen Tisch davor knisterten zahlreiche Kirchenkerzen. An der Holzwand hingen neben dem Hitler-Bild eine weißbraune Fahne mit einem grünen Kreis in der Mitte, der ein weißes Hakenkreuz umschloß, und mehrere Landkarten. Das alles fiel mir als erstes auf. Nach einer Weile nahm ich auch den Raum in Augenschein. Es war eine Art beheizte Veranda mit einer Glaswand, die jetzt dicht verhängt war. Hier herrschte ein angenehmer Geruch nach getrockneten Früchten und überhaupt nach einer gut gelüfteten Speisekammer, die dieser Raum früher gewesen sein mochte. Mit-

ten im Zimmer stand ein geflochtener Datschentisch alten Musters, umgeben von ebenso alten knarrenden Flechtstühlen. Am Tisch saßen fünf Personen: eine Frau und vier Männer, aber ich identifizierte sofort, noch vor der Vorstellung, Alexej Bobrok, obwohl er wie die übrigen ein weißes Hemd mit schwarzem Schlips trug und um den Ärmel eine rote Armbinde mit weißem Hakenkreuz. Sein Gesicht war blaß und irgendwie zermürbt von ständiger innerer Anspannung, und er litt sichtlich an Dysphorie, anfallartig auftretender Übellaunigkeit. Anders als die übrigen Mitglieder des GPK hatte er, als wir eintraten, die Hand zum üblichen Nazigruß erhoben, als wollte er mit der flachen Hand die Luft vor sich streicheln.

Ich hatte schon Gelegenheit gehabt, illegale Rituale extremen Typs kennenzulernen, zum Beispiel in der Organisation Stschussew, wo der Eid mit eigenem Blut aus dem aufgeritzten Finger besiegelt wurde. Aber das hatte noch den Charakter einer Erfindung gehabt, für junge Leute berechnet, mit denen Stschussew ursprünglich seine Organisation auffüllen wollte. Hier dagegen waren die rituellen Kostümierungen und Konventionen in den Zustand eines fieberhaften Glaubens gebracht worden, und ohne sie wäre alles übrige schlicht unmöglich gewesen. Hätte man die Symbole, Kerzen, Abzeichen, Hemden, Bilder weggenommen, so würde sich der GPK des russischen Nationalsozialismus schon nach ihren eigenen inneren Empfindungen in ein Häuflein Sommerfrischler und Vorortbewohner verwandelt haben, die sich in der nach getrockneten Kirschen duftenden sauberen Veranda zum Plaudern versammelt hatten. Pose und Affektiertheit sind notwendig für Bewegungen, in denen eine für die Masse faßliche politische Poesie den größten Teil der politischen Beweisführung ausmacht.

»Alexej«, sagte Wissowin, der auch die Hand zum Nazigruß vorstreckte, »Alexej, ich stelle dir Georgi

Zwibyschew vor, wir waren zusammen in der Organisation Stschussew. Ich bürge für ihn.«

»Ach, der«, sagte Bobrok rasch, »der Idealist Stschussew... Von dem...«

Und Bobrok sah mich mit großen, gespannten, erweiterten Pupillen an. Ungeniert musterte er mich (mir lief es dabei kalt den Rücken hinunter) eine ganze Weile, worauf er mir endlich seine feuchte Hand reichte, die ich drückte. Interessant, auch hier gab es Polemik im Zeitgeist, wie sich dann herausstellte, auch hier gab es Streit und fehlende Einmütigkeit selbst innerhalb des GPK. Rund um den Kern existierten in der mutmaßlichen Organisationsstruktur der nationalsozialistischen Partei Rußlands Umlaufbahnen – Mitglied der ersten, der zweiten bis hin zur tausendsten Umlaufbahn... Die meisten Mitglieder des Großen Parteikerns waren in psychiatrischen Kliniken gewesen oder wurden ambulant behandelt, nur das Mitglied Suchinitsch nicht, im Gegenteil, er war »in der Welt« Literaturlehrer am Eisenbahntechnikum. Er sprach gerade, und seine Rede war durch unsere Ankunft unterbrochen worden.

»Erinnert euch«, fuhr er fort, nachdem wir uns gesetzt hatten, »erinnert euch an die große Szene bei Dostojewski... Lästerung und Schmähung der Ikone der russischen Gottesmutter... Der kleine Jidd Ljamschin, der eine lebendige Maus durch das zerschlagene Glas der Ikone steckt... Und wie das Volk sich von früh bis spät vor dem geschändeten russischen Heiligtum drängt, es küßt und Geld spendet, um den Verlust der Kirche auszugleichen.«

»Dummes Zeug«, schrie auf einmal Bobrok und sprang auf, »Ihre literarischen Beispiele interessieren uns nicht... Sie haben sich in der Tür geirrt, Suchinitsch... Wir sind eine moderne Partei und kein Museumsplunder... Rußland ist von einer modernen jüdischen Verschwörung bedroht und nicht von einer Maus in der Ikone...«

»Aber Rußland muß sich doch auf seine großen nationalen antijüdischen Traditionen stützen«, begann Suchinitsch.

Bobrok lief rot an und stampfte mit dem Fuß auf. Sofort beugte sich ein sehniger Mann, offenbar Kalaschnik (wie ich erfuhr, leitete er im GPK den Sicherheitsdienst) über den Tisch und sah Suchinitsch wortlos an, da gab dieser auf. Daraus ließ sich der Schluß ziehen, daß Polemik zwar vorkam, im Prinzip aber der GPK im entscheidenden Stadium sich der Alleinherrschaft Alexej Bobrok-Kaschins unterwarf.

»Studieren Sie die jüdischen Ansichten der Gegenwart«, sagte Bobrok ruhiger und ging an der Wand entlang, an der die Landkarten hingen. »Hier ist die Abhandlung.« Er zog eine Schublade auf und holte einen Stoß schmuddelige Papiere heraus.

»›Wird Rußland im einundzwanzigsten Jahrhundert noch gebraucht?‹... Rußland kann sich im einundzwanzigsten Jahrhundert nirgends mehr ausdehnen – auf der einen Seite grenzt es an China, an die gelbe Rasse, auf der anderen an Europa, den jüdischen Utilitarismus... Unser jüdischer Feind hat genau erfaßt, daß Rußlands Wesen die Bewegung ist... Wir sind ein Nomadenvolk, ein Imperium... Selbst die Bolschewiken waren gezwungen, auf unser nationales Wesen Rücksicht zu nehmen... Aber nachdem sie das nationale Wesen richtig begriffen hatten, traten sie in Widerspruch zur nationalen Praxis und fesselten mit ihrer Ideologie die Kräfte des Volkes... Die Bolschewiken sind dadurch gefährlich, daß sie genauer als andere unser nationales Wesen erspüren, aber es um ihrer Interessen willen verzerren. Ich bin nicht mit unseren Slawophilen einverstanden, die in altem Plunder wühlen und bei irgendeinem Wladimir Rote Sonne nach Ideen suchen... Wozu nach Ideen suchen, wenn die große Idee schon existiert... Aber diese Idee muß nur unsere slawische Einbildungskraft wecken... Bei allem anderen muß unsere russische Energie überwiegen... Der tote, aber noch inspirierende Adolf Hitler und der lebendige, mächtige Ilja Muromez...« Er trat rasch zu den Karten, nahm einen bereitgelegten Zeigestock und fuhr damit über Europa, Amerika und China. Das dauerte höchstens eine Minute, dann warf er den Zeigestock hin und kam zu uns zurück. »Nichtsdestoweniger«, sagte er, »ist der Hauptabschnitt unseres Kampfes die innere Front. Wir werden Idealisten und Schwätzer sein, wenn wir nicht ein genaues und für jeden Russen verständliches positives Programm aufstellen. Der grundlegende Sinn unseres Programms ist es, der Bauernschaft Rußlands ihre dominierende Stellung zurückzugeben. Darin besteht unsere russische Spezifik, unser russischer Nationalsozialismus. Die Kolchosen werden aufgelöst – das muß der erste Akt jeder nationalen Regierung in Rußland sein. Die Bauern bekommen Land zugeteilt. Der russische werktätige Arbeiter soll Ehrenmitglied der Gesellschaft sein, aber im politischen und sittlichen Sinne hat die führende Rolle der Bauer inne. Das Zentrum des politischen Lebens muß aus der Stadt ins Dorf verlegt werden. Weiter: Herr in Rußland kann nur ein Russe sein. Alle übrigen können leben und bestimmte Rechte erhalten, wenn sie dieses Grundprinzip anerkennen. Weiter: die Juden werden offen und deutlich nicht zur Nation erklärt, sondern zu einer historisch gewachsenen Verbrechergemeinschaft, zum Abfall und Abschaum aller Rassen und Nationen... Ihrem Bacchanal in Rußland muß ein für allemal ein Ende gesetzt werden... Die Juden«, hier schlug er heftig mit der flachen Hand durch die Luft, wie um dieses ihm verhaßte Wort zu zerhacken, »die Juden müssen vernichtet werden, so wie man während einer Epidemie die infizierten Insekten samt ihren Larven vernichtet... Mit Feuer, Petroleum und Giftpulver... Erhebe dich, russisches Volk, laufe auf den Platz, schlage Alarm...«

Das war das Maximum, das letzte Aufschäumen von Energie. Seine rednerische Erregung hatte den Höhepunkt erreicht, seine Stimme war heiser, aber seine Augen glänzten, und alle seine Bewegungen waren zielgerichtet.
»Ich sehe Rußland im einundzwanzigsten Jahrhundert befreit von Heuchelei«, sagte er, »von der bolschewistischen Heuchelei... Frisch, jung, ohne Beimengung von semitischem Gift im erneuerten Blut...«
Er verstummte wieder und stand eine Weile schweigend da, ergriff dann wieder den Zeigestock und richtete den Blick auf die Landkarten.
»Wenn das nicht geschieht«, sagte er leise, »dann werden auf dem gewaltigen Körper des sterbenden Rußland Dutzende von fremdstämmigen kleinen Räubern und Parasiten erscheinen, und dann beginnt der Prozeß von der Vereinigung zur Zersplitterung... Aber auch dann«, er hob wieder die Stimme, »aber auch dann wird es eine neue Vereinigung geben, wenn auch auf anderer Grundlage und rund um neue russische Zentren... Wenn Rußland die jüdischen Ketten abgeworfen hat, wird es sich über die Welt erheben... Rußland, stehe auf...«
Das letzte schrie er schon mit letzter Kraft und mit dunkelrotem Gesicht, dann fiel er völlig entkräftet in die Arme Kalaschniks, des Sicherheitschefs des GPK, der rechtzeitig zu ihm geeilt war. Gleich darauf lief auch die Frau zu ihm, die seine Äußerungen mitstenografiert hatte, und zu zweit führten sie ihren entkräfteten Führer durch eine Seitentür. Damit war die kurze Sitzung des Großen Parteikerns beendet, und wir entfernten uns unter Wahrung der Konspiration einzeln oder zu zweit.
Ich muß anmerken, daß ich mich während der Sitzung in jener emotionalen Gebremstheit befand, die mich an meinen Zustand erinnerte, als ich mit Stepan Stepanowitsch den sterbenden Stschussew im Gefängnis aufsuchte. Ich fing auch genauso an

zu zittern, als ich auf der Straße war, wo es wieder regnete. In meinem Zustand flößte mir diese nächtliche Moskauer Vorortsiedlung mit ihrem Hundegebell, ihren Pfützen und ihren spärlichen Laternen Angst ein, die nicht so groß gewesen wäre, wenn ich mich beim Verlassen des Hauses in einer Umgebung gesehen hätte, die besser zu dem soeben Gehörten und Gesehenen paßte, zum Beispiel auf einem großen hellen Platz voller glücklicher, gnadenloser Menschen. Die Mitglieder des GPK waren offensichtlich zumeist Einheimische oder übernachteten in der Siedlung, denn zur Bahnstation gingen nur Wissowin und ich. Auf dem Bahnsteig fand gerade eine betrunkene Alltagsschlägerei statt mit säuischen Flüchen, hinschlagenden Körpern und dem Krachen zerreißender Kleider. Aber wir kamen wohlbehalten an den Raufenden vorbei, die uns nicht beachteten, und gingen ans hintere Ende zur Laterne.

»Ich spreng sie in die Luft«, sagte Wissowin plötzlich, »alle miteinander... Ich vernichte sie... Nur die Abhandlung von Juli hol ich mir noch, dann spreng ich sie in die Luft... Du mußt die Abhandlung lesen... Sie ist nicht gegen Rußland, sie ist voller Bitterkeit, wenn es auch die Bitterkeit eines Außenstehenden ist, aber du mußt sie lesen...«

Ich sah Wissowin an. Seine Augen waren trüb und böse.

»Wie willst du sprengen?« fragte ich.

»Das ist es ja eben«, sagte er. »Wenn ich eine Eierhandgranate hätte, ganz zu schweigen von einer Panzerabwehrgranate, würde ich dich nicht brauchen... So muß ich's mit einer selbstgemachten tun... Aber du reg dich nicht auf, dir droht keine Gefahr, du verläßt vorher den Raum... Ich mach das, die Datsche ist leicht, die fliegt auseinander...«

Als ich in Wissowins böses Gesicht blickte, wußte ich, daß er sich nicht abbringen lassen würde, dennoch sagte ich:

»Vielleicht geben wir lieber Bescheid?«
»Ach, das meinst du«, sagte Wissowin, »denunzieren... Nein, erstens paßt das nicht zu meinem Charakter, und zweitens – nun, dann stecken sie sie wieder in die Psychiatrie und lassen sie später wieder raus... In die Luft sprengen müssen wir sie... Du mußt mir nur helfen, den Sprengstofff hinzubringen... Selbstgemachter, also, zwei Koffer, das schaff ich nicht allein...«
Auf dem Platz vor dem Kursker Bahnhof trennte ich mich von Wissowin, nachdem wir noch verabredet hatten, uns zwei Tage später wieder bei derselben Adresse, also bei Juli, zu treffen.
Am nächsten Morgen ging ich natürlich zum KGB, zu Hauptmann Kosyrenkow. Er hörte mich aufmerksam an, machte sich zwischendurch Notizen und sagte dann:
»Großartig... Wenn sich das bestätigt, kannst du davon ausgehen, daß du dich bewährt hast... Ach, diese Lumpen, diese Lumpen... Wenn das alles herauskommt... Faschismus in der Nähe von Moskau. Und dann noch Anschläge, Explosionen. Das ist doch für die westliche Presse, für unsere ideologischen Feinde ein gefundenes Fressen... Und wenn dann noch irgendein kleiner Jude abgestochen wird, ist ganz Europa in Aufruhr.« Gleich jetzt, in meinem Beisein, rief er irgendwo an.
Die Operation zur Festnahme wurde auf den Abend festgesetzt, an dem ich mit Wissowin verabredet war. Wie das vonstatten ging, habe ich nur teilweise in Erinnerung, denn trotz scheinbarer Ruhe war ich seit jenem Abend in einem schlechten Zustand und bekam in der Nacht mehrmals Anfälle, halb lautes Gelächter, halb lautes Schluchzen, so daß ich mit dem Gesicht nach unten liegen mußte, um mit Hilfe des Kissens das laute Lachen oder Schluchzen zu dämpfen, das die nebenan schlafenden Mascha und Iwan hätte erschrecken können.
Der bewußte Abend war auch regnerisch.

(Manchmal zeigt sich im Wetter plötzlich eine bewußte Ordnung und Zyklizität – am Morgen Sonne, am Abend mit Sicherheit Regen. Und das zwei Wochen hintereinander.) Wissowin und ich brachen auf, jeder eine schwere Aktentasche in der Hand. (Ich weiß nicht, was in Wissowins Tasche war, aber in meiner waren eindeutig Flaschen, vielleicht mit einem Brandgemisch.) Wir waren noch nicht weit gegangen, da fuhr ein Milizwagen an uns vorbei. Ich begriff – Juli sollte verhaftet werden, der Autor der Abhandlung über die Überflüssigkeit Rußlands im 21. Jahrhundert. Diese Eiligkeit berührte mich unangenehm, aber zum Glück hatte Wissowin, mit seinem Vorhaben beschäftigt, die überstürzte Maßnahme zur Verhaftung nicht beachtet. (Auch Julis Frau wurde verhaftet, wie sich später herausstellte.) Unterwegs verhielt ich mich falsch. Anstatt rechtzeitig unsern Bestimmungsort zu erreichen und Wissowin mitsamt dem Beweismaterial dem Protokoll zuzuführen, lenkte ich ihn auf einmal durch ein gefährliches Gespräch ab – ich erzählte ihm von meinem früheren Traum, irgendwann einmal an der Spitze der Regierung Rußlands zu stehen.

»Ach, mein Lieber«, sagte Wissowin und legte mir die Hand auf die Schulter. (Das war schon auf dem Vorortbahnsteig, aber wir hatten es nicht eilig loszugehen, im Gegenteil, wir blieben auf dem Bahnsteig stehen, der bei dem schlechten Wetter menschenleer war, und unterhielten uns.) »Ach, mein Lieber, das menschliche Herz ist Gott immer feindlich gesonnen.«

»Glaubst du etwa an Gott?« sagte ich. »So was Dummes.«

»Das stimmt«, sagte Wissowin, »aber ich habe im Leben schon alles ausprobiert und schon an alles geglaubt... Außer Gott ist nichts geblieben.«

»Ich hasse Rußland.« Schon zum zweitenmal vertraute ich das gefährliche Geheimnis einem anderen an. (Zum erstenmal bekanntlich der Informantin, dem Flittchen Dascha.)

»Wenn ich dich um etwas beneide, dann darum«, sagte Wissowin wehmütig, »es wäre schön, Rußland zu hassen... Das wäre wie Sterben... Alles wär plötzlich leicht und einfach... Aber das geht bei mir nicht... Ich liebe Rußland... Und ich will leben...«

Unter solchen Gesprächen verloren wir die Zeitreserve, die abgesprochen und mir zugewiesen war. Darum wären wir beim Stabsquartier des russischen Nationalsozialismus fast zeitgleich mit den operativen Mitarbeitern des KGB eingetroffen. Aber zum Glück waren wir doch ein wenig eher da und stiegen in den ersten Stock, wo vor dem mit Handtüchern geschmückten Hitler-Bild wieder Kirchenkerzen brannten und der Führer der Bewegung, Kaschin-Bobrok, vor der Landkarte stand und mit dem Zeigestock verschiedene Teile der Welt berührte, wobei er bald in China war, bald über den Indischen Ozean fuhr oder Europa in verschiedener Richtung durchkreuzte. Wieder fand der Austausch des Nazigrußes statt, und wir setzten uns, wobei Wissowin seine Aktentaschen mit den selbstgebauten Bomben in die unmittelbare Nähe Bobroks stellte. Und da erscholl bereits der in solchen Fällen übliche Ruf:

»Jeder bleibt auf seinem Platz!«

Danach gingen die KGB-Mitarbeiter nach einem genau festgelegten Plan an ihre Arbeit, das heißt, sie durchsuchten das Haus, machten den Sprengstoff unschädlich, versiegelten das beschlagnahmte Material und führten die Festgenommenen zu den Autos. Die Operation verlief ohne besondere Zwischenfälle, natürlich mit Ausnahme des üblichen Versuchs, mir ins Gesicht zu spucken. Das hatte ich eigentlich von dem Führer des russischen Nationalsozialismus erwartet, aber es spuckte die Frau, seine Sekretärin und zweifellos auch seine Beischläferin. Diese Frau von unbestimmtem Alter riß sich plötzlich das Kleid auf und entblößte ihre Brüste, die freilich in einem Büstenhalter steckten. Mit dem Ruf »Judas, Bolschewik« spuckte sie. Dabei lief ihr Spucke über das Kinn, und die ganze Person, besonders ihr runzliger Hals, war so widerlich und unweiblich, daß ich ihr als Antwort auf das Spucken heftig ins Gesicht schlug, so daß es blutete, was ich sonst nicht mache... Was Kaschin-Bobrok und die übrigen Mitglieder des GPK betrifft, so leisteten sie keinen Widerstand, fügten sich und verließen den Raum. Auch Wissowin wurde abgeführt. Ich blieb in dem oberen Raum und half, die Landkarten abzunehmen, auf denen große Teile Chinas, ganz Europa, die Türkei und ein Teil von Kanada schraffiert und in das nationalsozialistische Russische Imperium eingegliedert waren. Und da ertönten Schüsse, zuerst einer und dann drei hintereinander. Die beiden KGB-Mitarbeiter, die mit mir in dem oberen Raum das beschlagnahmte regierungsfeindliche Material bearbeiteten und versiegelten, zogen die Waffe und stürzten zur Tür, und ich folgte ihnen. Auf der Treppe nach unten lag der sterbende Wissowin. Wie ich später erfuhr, hatte er einem der operativen Mitarbeiter mit Hilfe eines Nahkampfgriffs den Revolver entrissen, um Kaschin-Bobrok zu erschießen, und hatte auch geschossen, ihn aber verfehlt, und war dann von den Schüssen der KGB-Leute getötet worden.

Einige Zeit später erschien in Gesellschaften bestimmten Zuschnitts ein illegaler Nachruf auf den Tod Wissowins, etwa in dem literarischen Stil wie der Nachruf auf den Tod des Bildhauers Andrej Lebed. Aber das war später. Jetzt blieb ich auf der Treppe stehen und hatte das Gefühl, daß meine Brust schlagartig kalt geworden war, buchstäblich kalt bis zum Schüttelfrost, bis zum Absterben, und so stand ich erstarrt da und hinderte die anderen, zu der Leiche zu treten. Endlich trugen zwei KGB-Leute den Toten weg, der eine hielt seine Beine, der andere seinen Rücken, das heißt, sie trugen ihn quer, um sich nicht an seinem stark blutenden Kopf zu beschmieren. Ich ging hinterher, vorbei an der Alten mit den Katzen unten beim Samowar, und als ich auf die Vortreppe trat, begriff ich: Aus... Schluß... Auch ich habe lange genug gelebt...

Vom Tod wird viel Häßliches geredet, hat er das etwa verdient? Mein lieber Retter, dachte ich nachgerade gerührt. Und von diesem Moment an hörte ich nicht mehr auf, an den Tod als an meinen Retter zu denken.

Mein Kopf schmerzte anfangs heftig, nicht nur über der Stirn und im Hinterkopf, sondern überall, doch als ich nach Hause kam (die Einzelheiten weiß ich nicht mehr), mich in Einsamkeit hinlegte und den Rettungsplan überdachte, war der Kopfschmerz schlagartig weg. Dabei hatte ich mich nicht gerade in guter, aber doch klarer Seelenverfassung hingelegt. Nachdem ich jedoch längere Zeit an den Varianten gearbeitet hatte, fast bis zum Morgen (es waren die längsten Tage des Jahres, und die Sonne ging früh auf, fast schon in der vierten Stunde), begriff ich, daß mir auch dies nicht leichtfallen würde... Es ist einfacher, sich umzubringen, wenn man sich ans Leben klammert, wenn man es liebt und vom emotionalen Kampf ganz zermürbt ist. Dann kann man einen Wehmutsanfall abwarten und sich in einer Aufwallung sogar mit einem gewöhnlichen Küchenmesser umbringen. Ich hatte solche Anfälle ein paarmal gehabt und begriff erst jetzt, wie nahe ich damals dem Tode gewesen war. Aber man versuche einmal, sich umzubringen, wenn man voller Hoffnung an den Tod denkt wie an den Retter, wenn jede Minute des Lebens schwer ist und für immer verloren scheint, wenn das Leben eine armselige Wahrheit ist und der Tod ein Traum. Dann versuche man einmal, diesen Traum einfach und ohne Hindernisse zu erreichen. Eine Waffe hatte ich nicht, und in solchen Fällen ist ja wohl ein Revolver gut. Selbst wenn man nicht mit ihm umzugehen weiß, kann man auf der Grundlage allgemeinen Wissens und literarischer Kenntnisse einen Schuß zustandebringen. Wenn man sich in den Mund schießt, ist ein Fehlschuß unmöglich, aber dazu könnte ich mich nicht entschließen. Dann lieber ins Herz. Man setzt die Mündung auf die linke Brustseite und blickt auf einen Gegenstand: eine Tischlampe, eine Lithografie an der Wand oder eine Zimmerpflanze. Den Finger am Abzug, kräftig gedrückt – und aus. Allerdings wird das Herz ziemlich oft verfehlt. Auf einen Gegenstand im Zimmer zu blicken ist nicht schlecht, obwohl sich Menschen nach der Logik der Dinge am liebsten an einsamen Stellen erschießen. Man könnte mit der Vorortbahn dreißig Kilometer hinausfahren und sich im Wald erschießen. Und doch, wenn ich einen Revolver gehabt hätte, würde ich mich im Zimmer erschossen haben, ich weiß selber nicht, warum. Leider hatte ich keinen. Sich mit dem Messer zu töten ist schrecklich und schmerzhaft. Eine Messerklinge tötet nie auf Anhieb, das steht fest, und selbst nach einem gelungenen Stich hat man schwer zu leiden. Sich aufhängen, das ist eine ganze Prozedur, noch dazu eine beschämende, und bis es so weit ist, vergeht man vor Scham. Und es ist ja auch nicht sicher, ob man sich richtig aufgeknüpft hat. Gut ist Gift, aber anständiges Gift ist ohne Beziehungen nicht zu kriegen, und Schlaftabletten können einen im Stich lassen. Das Zugänglichste, so entschied ich endlich, ist, sich aus großer Höhe hinabzustürzen, und dazu gibt es in Moskau nicht wenig Gelegenheit. Ein einfacher Tod ohne Vorkehrungen und Entsetzlichkeiten, abgesehen vom Moment des Sturzes, der auch ziemlich lange währt, aber da gedachte ich mich mit Alkohol zu betäuben... Mit diesem Entschluß stand ich auf. Jetzt brauchte ich an nichts mehr zu denken, von nun an war alles lächerlich, unnötig und überflüssig. Selbst als ich hinter der Wand Maschas verschlafene Seufzer hörte, wunderte ich mich, daß diese nichtigen nächtlichen Laute mich früher so gerührt hatten. Fortan brauchte ich mein Leben nur noch dazu, um es für die Rettung im Tode zu benutzen. Vorsichtig stand ich auf (es war so früh, daß selbst die werktätige Klawa noch schlief), verlor keine Zeit mit dem Anziehen, da ich mich in meinen Sachen hingelegt hatte, und verließ das Zimmer, ohne noch einen Blick zurückzuwerfen und ohne einen Abschiedsbrief zu hinterlassen (das tun Leute, die das Leben lieben), auch ohne etwas von den mir gehörenden Dingen mitzunehmen. So verließ ich das Haus des Journalisten, der übrigens schon einige Zeit abwesend war – man hatte ihn in ein Sondersanatorium eingeliefert.

Der Himmel war klar, die Luft aber grau und trüb, weil die Sonne noch hinter den Häusern verborgen war. Der frühe Morgen im Sommer hat eine seltsame Wirkung auf mich. Die Stadt ist hell wie am Mittag eines Winter- oder Herbsttags, aber menschenleer, und wie in der Nacht erweckt sie den Eindruck einer plötzlichen Massenkatastrophe, die nur die Menschen betroffen, aber die Gebäude und die Vegetation nicht berührt hat. In solcher seelischen Verfassung und in solcher Umgebung freut man sich über den Anblick eines entgegenkommenden Menschen. Noch größer ist die Freude, wenn man im Näherkommen einen Bekannten erkennt. Es war Kolja. Das war ein echter Glücksfall. Er war der einzige von den noch Lebenden und nach mir Weiterlebenden, mit dem ich reden und mich aussprechen und dem ich wenn nicht mein ganzes Leben, so doch einiges daraus erklären wollte.

»Kolja«, sagte ich mit unangebrachtem Pathos, streckte ihm die Hand entgegen und begriff, daß meine Geste auf andere gespielt wirken mußte, »Kolja, wir müssen uns aussprechen.«

»Aber nicht hier«, sagte er.

Er schien sich auch über die Begegnung mit mir

zu freuen, aber in Wirklichkeit war er nur aufgeregt bei dem Gedanken, er hätte mich verfehlen können. Und richtig, er fragte unwillkürlich beunruhigt:

»Wo willst du so früh hin?«

»Davon später«, sagte ich und verzog das Gesicht. »Weißt du, Christofor ist gestern gestorben.«

»Weiß ich«, sagte Kolja und sah mir direkt in die Augen, »du hast ihn umgebracht, du Spitzel...«

Erst jetzt, als wir uns gegenüber standen (nicht mehr auf dem Boulevard, sondern in einem Hof in einer Mauerecke), erst jetzt sah ich, wie abgemagert Kolja war. Er befand sich an der Grenze der Auszehrung, davon waren seine Augen größer und blickten schärfer.

»Für das Blut der von dir verratenen ehrlichen Patrioten Rußlands«, begann Kolja dumpf, aber dann kippte seine Stimme über, er schrie schluchzend: »Stalinistischer Spitzel!« und schlug mir mit einem Gegenstand auf den Kopf.

Der Schmerz war durchaus erträglich und ließ sich, wie das in solchen Fällen ist, leichter ertragen, als man denkt.

»Nein«, sagte ich, »Kolja, du hast nicht recht... Weißt du noch, wir saßen an der Kremlmauer, und ich hab dir ein Geheimnis anvertraut... Meinen Wunsch, an der Spitze Rußlands zu stehen... Da gibt es zwei Momente... Das Leben muß von sich aus den für solch einen Fall geeigneten babylonischen Turm bauen... Und das zweite, nicht minder wichtige Moment – man muß es verstehen, seinen eigenen Ziegel in diesen Turm einzufügen... Das muß nicht der letzte sein... Das ist ein Irrtum... Darin liegt die Schwierigkeit... Man muß herausfinden, in welchem Augenblick und wo dieser Stein einzufügen ist, denn ohne den persönlichen Ziegelstein ist der babylonische Turm nutzlos... Der eine fügt ihn schon in der Jugend ein, der andere bewahrt ihn bis in die reifen Jahre auf, der dritte trägt ihn bis ins Alter unterm Hemd...«

Kolja, der mich auf den Kopf geschlagen hatte, stand wie erstarrt vor mir, achtete sichtlich nicht auf meine Worte und guckte konzentriert auf eine bestimmte Stelle, nämlich mein rechtes Ohr, wo ich ein warmes, anschwellendes Jucken spürte. Ich hob die Hand, legte sie an diese Stelle, auf die Kolja guckte, und als ich sie dann ansah, war sie rot und klebrig. In diesem Moment kam Kolja gleichsam zu sich, zuckte zusammen, sprang zur Seite und lief davon, verschwand hinter einem Mauervorsprung. Und da kam eine Offenbarung über mich, ich begriff meine Bilanz und zog Bilanz.

»Eure Beschuldigungen erkenne ich nicht an«, sagte ich, obwohl niemand da war, noch dazu flüsternd, denn ich brauchte den größten Teil meiner Kräfte, um das Gleichgewicht zu halten, »ein gerechtes Urteil wurde mir schon verkündet, aber nicht von eurer regierungsfeindlichen Gesellschaft... Und dieses Urteil lautet: nicht schuldig, verdient aber Strafe... Nicht schuldig, verdient aber Strafe...« Ich erinnere mich, dieses Urteil vier- oder fünfmal wiederholt zu haben. »Nicht schuldig, verdient aber Strafe... Das ist das menschlichste und gerechteste Urteil...« Dies gesagt, erlaubte ich mir Schwäche, doch ich fiel nicht hin, sondern legte mich bequem und ohne Schmerz zurecht und war sofort weit weg.

Dies war später der Eindruck, der von all dem blieb, als ich ganz woanders wieder zu mir kam, nämlich in einem schneeweißen Bett, in einer schneeweißen, kristallklaren, sterilen Umgebung. Es war, wie ich erfuhr, ein Militärlazarett, in das ich auf persönliche Verwendung Kosyrenkows eingeliefert worden war. Mein Kopf war schwer und straff umwickelt, aber das war eben mein Schicksal, das war die Spezifik meines Lebens, das nicht auf normaler, gesunder Grundlage aufgebaut war. Dieser Schlag mit einem eisernen Gegenstand auf den Schädel hatte meinen Selbstmord verhindert und mir das Leben gerettet. Nachdem ich zu mir gekommen war, sah ich das sonnendurchflutete Fenster (zum zweitenmal in einem vergleichsweise kurzen Zeitraum erwachte ich gleichsam vom Tode und sah als erstes ein von der Sonne beschienenes Fenster) und begriff schlagartig, daß ich mich jetzt mit Händen und Zähnen ans Leben klammern würde und daß darin fortan vielleicht meine neue, nun endgültige Idee bestand. Diesmal war ich nicht lange besinnungslos gewesen, nur ein paar Tage, nichtsdestoweniger gab es bei meiner Rückkehr ernstzunehmende Neuigkeiten. Erstens war Kolja verhaftet worden. Seine Verhaftung erfolgte gleich nachdem man mich gefunden und weggebracht hatte, denn er hatte natürlich jünglingshaft unbesonnen gehandelt und neben mir das in ein Taschentuch gewickelte Stück Eisen liegengelassen, mit dem er mir den Schädel eingeschlagen hatte. All das erfuhr ich von Hauptmann Kosyrenkow und einem jungen Mann, den mir Kosyrenkow als Untersuchungsführer vorstellte, der wegen des Anschlags auf mich ermittelte. Die zweite Neuigkeit war ein Brief von Mascha. »Goscha«, schrieb sie, »ich schreibe dir nicht nur, weil ich empört bin über die gemeine Tat eines Menschen, den ich nicht mehr als meinen Bruder betrachte, sondern auch, weil ich mir meiner nicht minder gemeinen Schuld vor dir bewußt bin. Verzeih mir, wenn du kannst.« Im übrigen war der Brief wieder mit teurem Parfüm eingesprüht, was mich argwöhnisch machte. Also hatte Rita Michailowna zweifellos »Hand angelegt«. Natürlich war sie in Hektik geraten, hatte ihren Mann aus dem Sanatorium geholt und alles auf die Beine gebracht, um Kolja zu retten. Somit konnte der Brief ein Schachzug in einer von Rita Michailowna gestarteten Kampagne sein. Aber wenn das so war, traf es auf Mascha nur teilweise zu. Möglicherweise hatte sie dem Druck ihrer Mutter nachgegeben wie schon einmal, als sie einwilligte, meine

Frau zu werden, um die Sünde zu kaschieren, doch immerhin war sie ein unabhängiger Mensch, und die im Brief ausgedrückten Gefühle konnten aufrichtig sein. Das alles bestätigte sich. Von Rita Michailownas Absichten erfuhr ich schon, noch bevor sie mich besuchen durfte. Ich erfuhr es von Hauptmann Kosyrenkow, der die Familie des Journalisten nicht ausstehen konnte.

»Ich rate dir«, sagte er, als wir beide allein waren, »gib ihnen nicht nach. Diese Familie lebt unter jeder Macht wie die Made im Speck. Der Vater hat unter Stalin herrlich und in Freuden gelebt, hatte zwei Datschen... Jetzt auch... Seine Kinder hat er mit Antisowjetismus verdorben. Kürzlich haben sie im Ausland sein antisowjetisches Pasquill zur nationalen Frage veröffentlicht. Das bestreitet er natürlich, aber wir haben das Stenogramm. Im Studentenklub hat er dieses Pasquill öffentlich vorgetragen... Nichtsdestoweniger können wir nichts machen... Er hat auch in unserm System seine Gönner... Angeblich ist er ein Mann von internationalem Ruf... Der Hundesohn, im Krieg hat er sich nie weiter als bis zum Stab getraut.« Seine Feindschaft zu dem Journalisten brachte Kosyrenkow so auf, daß er abschließend wüst fluchte, wenn auch mit gesenkter Stimme, aber gepfeffert und mit Gossenausdrücken.

Das mit dem Stab war eindeutig übertrieben, denn ich kannte ja die Geschichte, wie der Journalist bei der Partisanenabteilung gewesen war und an dem Angriff auf die deutsche Garnison teilgenommen hatte, diese Geschichte, die für den damals jungen Kämpfer der Diversionsgruppe Wissowin so traurig geendet hatte, denn er war der Prototyp für den freidenkerischen Artikel des Journalisten »Der Feigling«. Was aber die Intrigen Rita Michailownas zur Rettung ihres Sohnes Kolja betrifft, der mich fast erschlagen hatte, so verdrossen sie mich in der Tat, und ich dachte sogar daran, den Rat Kosyrenkows zu befolgen und Rita Michailowna mit Grobheiten zu empfangen. Aber sie war in solchen Dingen erfahren, und das Unglück schärfte ihren Verstand. Sie kam zusammen mit Mascha und war sanft und behutsam.

Das war zehn Tage, nachdem ich wieder aufgewacht war, und ich hatte mich in dieser Zeit so weit erholt, daß ich im Hof des Lazaretts spazierengehen konnte. Mascha war so wunderschön, wie es nur eine Frau voller aufrichtiger, ihre Seele durchdringender Reue sein kann. Die Frau ist für die Sünde geschaffen, darum sind die besten Momente in ihrem Leben die der Reue. Diese Momente können dem Mann, der sie liebt, den sie gequält und gegen den sie gesündigt hat, die süßesten Empfindungen schenken. Darum, als im hinteren Teil des großen Lazarettparks, wo Mascha und ich uns umarmt hielten, plötzlich Rita Michailowna vor uns auftauchte und sogleich auf die Knie fiel, direkt in den spitzen Kies, mit dem die Wege bestreut waren, geriet ich in Verwirrung, Maschas Gesicht aber zeigte Ekel.

»Kinder«, sagte Rita Michailowna unter Tränen, die ihr reichlich und aufrichtig über die gepuderten Wangen flossen, »Kinder, rettet meinen unvernünftigen Sohn... Sein leiblicher Vater hat ihn von klein auf vom rechten Wege abgebracht...«

Ich beeilte mich, Rita Michailowna aufzuheben, und zwischen uns entspann sich eine Art Ringkampf, wobei sie, ohne aufzustehen, ihre festen Brüste, die einer dreiundvierzigjährigen Frau, an mich drückte, und das verwirrte mich und trübte meine Gedanken. Mascha entfernte sich zum Gebüsch, bleich vor Zorn, und fingerte an ihrem Taschentuch.

Das Ganze endete damit, daß ich ein Papier schrieb, in dem stand, Kolja und ich hätten uns geschlagen aufgrund von wechselseitigen Beleidigungen. Später erfuhr ich, daß dank den Verbindungen des Journalisten, dank der Fürsprache Roman Iwanowitschs, des KGB-Mitarbeiters, und dank meines

Papiers Kolja eine sehr milde Strafe bekam – ein Jahr Besserungskolonie. Ich konnte aus Gesundheitsgründen nicht an der Verhandlung teilnehmen. (Mein Zustand hatte sich plötzlich verschlechtert.) Koljas Eltern und Freunde der Familie bemühten sich weiter, und so wurde ihm attestiert, im Zustand psychischer Trance zu sein, und nach dem Berufungsverfahren wurde er zwar von der Gesellschaft isoliert, aber in eine Heilanstalt eingewiesen, selbstverständlich von allerhöchster Klasse.

EPILOG
DER PLATZ UNTER DEN LEBENDEN

Mit einem Dummen reden ist wie
mit einem Schlafenden reden.
Wenn du das letzte Wort
gesprochen hast, fragt er:
»Was hast du gesagt?«
Buch der Weisheit von Jesus, dem Sohn Sirachs, 22.8.

Mascha und ich zogen mit Iwan nach Leningrad. Wenn das heutige Rußland in Moskau zu spüren ist, so ist das vergangene und zukünftige Rußland in Leningrad-Petersburg zu spüren. Das zwanzigste Jahrhundert hat diese Stadt nicht unterkriegen können, und wenn man sie aus dem Fenster betrachtet und ihre berühmten und weniger berühmten, aber ebenso strengen Gebäude sieht, entsteht der Eindruck, daß die heutige Generation hier nicht herrscht wie in Moskau und anderen Städten, sondern lediglich anwesend ist, daran vorbeigeht, um fünfzig Jahre später im Nichtsein zu verschwinden.

Unsere Wohnung, zwei kleine Zimmer mit Küche, lag am Baltischen Bahnhof, in einem zwar alten, aber für Leningrad nicht besonders guten Stadtbezirk. Wir hätten auch in die berühmte Moika ziehen können, aber Rita Michailowna hatte protestiert und gesagt, Romantik sei ja ganz schön, aber wir müßten auch an Rheuma und Feuchtigkeit denken, besonders da zu unserer Familie ein Kind gehörte. Leider behielt sie das letzte Wort, denn die Wohnung und den Tausch hatten wir mehr oder weniger ihrer Energie zu verdanken, die sie sogleich auf uns umschaltete, als sie die Rettung Koljas vor dem Gericht und seiner verdienten Strafe zu Ende geführt hatte. Zu dem Tausch hatte sie eine Einzimmerwohnung des Journalisten benutzt, die dieser hielt für den Fall, daß er sich mal eine Zeitlang allein an eine ernsthafte größere Arbeit setzen wollte. (Oder für den Fall der Scheidung von seiner Frau, die schon zwei- oder dreimal stattgefunden hatte, worauf sie wieder zusammenzogen.) Da aber der Journalist sich schon längst nicht mehr zum Arbeiten zurückzog und sich von seiner Frau nicht scheiden ließ, stand die Wohnung leer und vergammelte. Aber als Mascha erklärte, in der jetzigen Situation und nach den jetzigen Ereignissen wolle sie nichts mehr mit ihren Eltern zu tun haben, mehr noch, sie wolle auch nicht mehr unter einem Dach mit ihnen leben, da fiel Rita Michailowna sofort die vergessene Wohnung ein, sie ließ sie renovieren und brachte auch gleich den Tausch zustande: Moskauer Einzimmerwohnung gegen Leningrader Zweizimmerwohnung. Diese Eile erklärte sich keineswegs damit, daß sie ihre Tochter schleunigst loswerden wollte, sondern vielmehr damit, daß sie fürchtete, ihre närrische Tochter könnte womöglich nach Sibirien ziehen, wo sie der elterlichen Kontrolle entzogen wäre und vielleicht in die schlechte Gesellschaft von Regierungsfeinden und Judenfreunden geriet. Leningrad hingegen lag um die Ecke und stellte überdies beide Seiten zufrieden: uns und die Eltern.

Kaum war Iwan ein wenig größer, gaben wir ihn in die Krippe, und Mascha besuchte einen Stenographiekurs. Ich brauchte mich nicht um Arbeit zu kümmern, denn ich war an die bibliographische Abteilung einer Leningrader Bibliothek versetzt worden, was ich Hauptmann Kosyrenkow verdankte, der übrigens auf eigene Initiative handelte, nicht auf meine Bitte. Was meine Zusammenarbeit mit dem KGB betrifft, so war sie mit dem Umzug nach Leningrad beendet. Zumindest wurden keine Berichte mehr von mir verlangt, und ich wurde nirgends mehr hinzitiert. In materieller Hinsicht bekam ich freilich weiterhin einen Zuschlag zum offiziellen Gehalt, aber bereits in Form einer recht ordentlichen Invalidenrente. Nichtsdestoweniger mußten wir zähneknirschend (Mascha litt besonders darunter)

Geldbeträge von ihren Eltern annehmen. Aber Mascha tröstete sich damit, daß das nur so lange sein würde, bis sie als freiberufliche Stenografistin Arbeit bekam. Nach meiner zweiten Schädelverletzung innerhalb nicht mal eines Jahres hatte ich, was mein Aussehen anging, stark abgebaut, aber das freute mich seltsamerweise und brachte mich der Verwirklichung meiner Idee näher. Ja, ich kann noch immer nicht leben, ohne eine Leitidee zu haben, aber die Erfahrung hatte mich gelehrt, daß es überhaupt keine originellen Ideen gibt, und selbst die Idee, Rußland zu regieren, war eine Massenidee und ohne persönlichen Sinn. Darum griff ich schließlich nach einer Idee, die so einfach war, daß ich mich wunderte, nicht früher darauf gekommen zu sein, als in mir das Bewußtsein und der Wunsch erwachte, mich von der Masse abzuheben. Diese Idee bestand darin, ein Langlebiger zu werden. Der Zeitpunkt, zu dem mir diese Idee kam, ist gesetzmäßig, wenn man die Widersprüchlichkeit meiner Natur bedenkt. Nach meinem Wunsch zu sterben, mußte sich die Idee einstellen, ein Langlebiger zu werden. Aber warum brachte mich mein vorzeitiges Altern dieser Idee näher? Ganz einfach. Ein langes Leben ist nur im Alter möglich, das ist Axiom und Arithmetik. Vorzeitig altern bedeutet abbauen, verkümmern und so für lange Jahre erstarren. Kindheit, Jugend und Reife sind streng abgemessen, nur das Alter kann man frei auslegen, und die Zeit des Alters ist unbegrenzt. Einen Platz unter den Lebenden, unter den lange Lebenden kann man sich nur im Alter sichern...

Es gab bei mir übrigens auch Ausbrüche und eine Rückkehr zum früheren politischen jungen Leben, glücklicherweise nicht für lange. Insbesondere kam ein solcher Moment in einem Frühjahr, als uns der Journalist überraschend besuchte. Sonst besuchte uns nur Rita Michailowna, doch jetzt kam plötzlich der Journalist, und er stand sichtlich unter seelischem Druck. Kaum war er eingetreten, hatte uns geküßt, den für seine Jahre großen Iwan betrachtet, wandte er sich mir zu, lächelte aus irgendwelchen Gründen und drohte mir mit dem Finger. Von diesem Lächeln und diesem »Finger« klopfte mir mit einemmal jung und unruhig das Herz. Iwan hatte sich tatsächlich sehr verändert, aus ihm guckte schon endgültig ein kleines Bäuerlein, aber in dem hellblauen Blick dieses kleinen Bäuerleins war etwas Unnatürliches, wie man es bei einem Mestizen oder einer Mischung von Gegensätzen findet. Außerdem, man kann sagen was man will, ich bin überzeugt, daß der Moment der Empfängnis die Veranlagung der späteren Persönlichkeit prägt. Hier handelte es sich um eine extreme Ausnahmesituation, um Zwang und Gewalt. Iwan war übrigens ein freundliches und nicht launisches Kind, aber er liebte es, plötzlich jemanden zu kneifen oder zu beißen, und das ganz unkindlich schmerzhaft, so daß in der Krippe schon mal ein kleines Mädchen mit einem Wasserguß wieder zu sich gebracht werden mußte.

An diesem Frühlingsmorgen war Mascha schon zur Arbeit gegangen, wo sie nach Abschluß ihres Kurses ihr Praktikum machte, ich teilte ihr die Ankunft ihres Vaters mit und ging mit dem Journalisten und Iwan spazieren. Wenn es nicht regnet, hat der Leningrader nördliche Frühling Tage, die sich bei aller menschlichen Phantasie und Gier nach Schönem nicht schöner denken lassen, als das nördliche Leningrader Klima sie hervorgebracht hat. Iwan, der ein teures ausländisches Mäntelchen trug, stapfte mit seinen kräftigen krummen Bauernbeinchen vor uns her und freute sich über den Anfang seines verständigen Lebens, der Journalist und ich sahen ihm zu, wie er zwischen den uralten Eichen herumtollte, die von dem berühmten (in Leningrad ist alles berühmt und historisch) figürlich gestalteten Eisengitter eingefriedet waren, das angeblich Ausländer für horrendes Geld hatten kaufen wollen.

»Da ist er, der künftige Führer Rußlands«, sagte

der Journalist auf einmal, »da ist er, der Begründer des Zwibyschismus... Ich denke, in zwanzig bis fünfundzwanzig Jahren wird seine politische Biografie beginnen. Am Ende eines Jahrhunderts entstehen häufig die Biografien von politischen Berühmtheiten.« Der Journalist zog dies sogleich ins Scherzhafte und rief Iwan zu: »Es lebe der große Zwibyschew!« Und er applaudierte.

Iwan sah seinen Großvater an und lachte, dabei zeigte er seine gleichmäßigen Milchzähnchen.

Noch am selben Abend reiste der Journalist nach einer ärgerlichen Auseinandersetzung mit Mascha wieder ab. Ich war nicht dabei, denn sie hatten mich gebeten, einen Spaziergang zu machen. Jedenfalls hatte ich den Eindruck, daß Mascha ihn schlicht hinausgeworfen und ihm verboten hatte, jemals wiederzukommen und ihr zu schreiben. Jedenfalls war er vor seiner Abreise traurig und nachdenklich, und als ich mich anzog, um ihn zu begleiten (Mascha hatte sich geweigert, wobei sie sich darauf berief, daß sie das Kind zu Bett bringen mußte), als ich mich also anzog, schlug er plötzlich vor:

»Wir wollen zu Fuß gehen... Dies ist die Stadt meiner Jugend, und obwohl ich seitdem selten hier war, fühle ich mich jedesmal sehr wohl... Und jedesmal wünsche ich mir eine törichte Beziehung mit einer Frau, die halb so alt ist wie ich... Unter uns gesagt, zu diesem Zweck reist man gewöhnlich in den Süden, aber seit ich alt geworden bin, ist Leningrad die einzige Stadt, wo ich mir plötzlich eine Beziehung mit Frauen wünsche.« Er drückte sein Taschentuch an die Augen und sagte: »Ich weiß, wie wir von hier zum Moskauer Bahnhof gehen müssen... Natürlich nur, wenn ein anderthalbstündiger Fußmarsch Ihnen nichts ausmacht...«

»Warum nicht«, antwortete ich, »das Wetter ist schön, gehen wir...«

Wir gingen lange durch die Gassen des vergangenen Rußland der Rasnotschinzen, bis wir endlich das adlige, kaiserliche Rußland erreichten. Hier war es windig, von der Newa her wehte es, und dem Journalisten flog der Hut vom Kopf. Ich half dem Alten (ich erinnere daran, daß er schon ein ganz alter Mann war), seinen Hut wieder einzufangen. Er bedankte sich, klopfte ihn ab, setzte ihn auf und weinte plötzlich.

»Was haben Sie?« fragte ich verwirrt.

»Ach, wie schade«, sagte er, »wie schade, daß ich all das zum letztenmal sehe.«

»Was soll der Quatsch«, versuchte ich, nicht mit Trost, sondern mit einer Grobheit, den Alten zur Vernunft zu bringen. Diese Methode bringt oft ein gutes Resultat, nur diesmal nicht.

»Sagen Sie nichts, mein Freund«, sagte er (zum erstenmal nannte er mich »mein Freund«, und das ließ mich aufhorchen), »sagen Sie nichts. Mein Leben ist gelebt, das steht fest. Ich bin nicht, mein Freund, ich war... Dabei möchte ich so gern wissen, was Rußland in Zukunft erwartet. Hier auf diesem vom Proletariat besiegten kaiserlichen Platz, dem Proletariat, das ihn mit seinen Massengräbern nebst den Grabinschriften des marxistischen Idealisten Lunatscharski okkupierte« (wir standen auf dem Marsfeld), »hier möchte ich auf einmal gern Mitglied der kommenden Generation werden... Vor kurzem habe ich im Samisdat eine Abhandlung von einem jungen Mann gelesen, der Rußland nicht liebt« (es gab mir einen Stich ins Herz, aber ich begriff sogleich, daß nicht von mir die Rede war, sondern von dem Autor des Werkes »Wird Rußland im einundzwanzigsten Jahrhundert noch gebraucht?«, mit dem wir auch in Hauptmann Kosyrenkows Abteilung zu tun hatten). »Gewiß«, fuhr der Journalist fort, »das Leben Rußlands hat viel Leid und Gefahr über die Welt gebracht, aber sein Tod wäre ein unersetzlicher Verlust, nicht nur weil eine große Nation ihr Vaterland verliert, sondern auch weil die Welt, die Rußland verloren hat, sich bis zur Unkenntlichkeit verändern würde, so wie sich die Welt nach dem Verlust von Rom verändert hat... Vielleicht wird sie dann besser sein, aber sie wird nicht mehr unsere, sondern uns fremd sein. Wer wird sich dann statt Rußland erheben, wird Rußlands Volk glücklicher sein, wenn es sich auf die Hinterhöfe der Geschichte zurückzieht, werden sich seine Feinde erheben, die von Rußland unterdrückt und geknechtet wurden? All das ist nicht mehr unsers, all das liegt hinter den Grenzen unseres Grabes...«

Wir gingen weiter, und auf der Schwelle zum geräuschvollen, lichterglänzenden Newski-Prospekt, der ewig für die momentanen Freuden und Interessen derer lebt, die gerade an der Macht sind, an dieser Stelle blieb der Journalist stehen, denn er begriff, daß der Newski solche Gedanken und Stimmungen wegblasen würde wie der Wind.

»Wenn es Rußland schlecht gehen wird«, sagte er, »und wenn die besten Menschen der Zeit durch ihre gerechten Forderungen und Ansprüche gegenüber den Behörden mit ihren Fehlern und Schweinereien die Staatlichkeit erschüttern, dann werden sich Retter finden... Retter stellen sich in solchen Fällen immer nur von einer Seite ein... Das ist keine Prophetie, sondern ein Axiom, politisches Minimalwissen... Heute zeigt sich Kraft nur auf der revolutionären Straße... Aber seit die rote Revolution von der Straße in die Offizialität ging, ist auf der Straße nur die nationale Revolution geblieben... Das wird die vollkommene Einheit der Nation, das wird das Glück der Nation... Vielleicht haben Sie einmal bemerkt, wie in einem Bus ein aktiver Antisemit einen Ruf ausstößt, das kommt auch bei anderen Rufen vor, antitatarischen zum Beispiel, aber dies ist anschaulicher, also, wie auf diesen Ruf des aktiven Antisemiten hin das müde Zufallspublikum sich im Nu zusammenschließt und sich in das russische Volk verwandelt... Wie es sich um eine gemeinsame Idee zusammenschließt... So wird es auch im gesamtrussischen Maßstab sein, wenn in einem schwierigen Moment die nationale Revolution von der Straße kommt... Dann wird es Zittern, Angst und Gehorsam geben bei den zahlreichen Feinden Rußlands, die sich schon über die Anzeichen seines Sturzes gefreut haben, das wird der Augenblick des vollkommenen nationalen Glücks, das wird die Verwirklichung des glücklichen Traums von Fjodor Dostojewski... Kennen Sie sein Gedicht auf die europäischen Ereignisse des Jahres 1854?« Und er deklamierte:

»Gefällt euch nicht? Da seid ihr selber schuld,
Wir brauchen vor euch nicht herumzukriechen!
Das Schicksal Rußlands geht euch gar nichts an!
Was wißt ihr schon von Rußlands Vorbestimmung!
Sein ist der Osten! Unermüdlich strecken
Generationen die Arme danach aus.
Herrschend über Asiens Tiefen,
Beschenkt es sie mit jugendlichem Leben,
Wiedergeboren wird der alte Osten
(So will es Gott!) durch Rußland ganz gewiß...«

Der Journalist holte tief Luft und wischte sich mit dem Taschentuch die geröteten Wangen. »Aber das ist nur ein Augenblick auf dem höchsten Sturmeskamm der Welle, von dem aus man doch wohl die ganze Welt zu seinen Füßen und ganz deutlich sieht... Dann folgen der plötzliche Absturz und ein Aufschlag von solcher Kraft, daß der Blutstrom des sterbenden Römischen Imperiums, verglichen mit dem Blut von Rjasan und Kaluga, nur ein schwaches Bächlein wäre... Rußland hat es immer verstanden, das Blut von Rjasan und Kaluga reichlich zu vergießen, aber dies wird die Apokalypse sein...«

Der Journalist verstummte, ohne sein Herz erleichtert zu haben, wie ich an seinem Blick und an der feuchten, aber nicht geglätteten Stirn sah.

»Die wirkliche Rettung Rußlands ist eine vernünftige Tyrannei«, sagte er schließlich und holte tief Luft, »ich sage das immer wieder... Das ist das Einmaleins jedes alt gewordenen russischen Politikers... Wir fangen mit höchster Philosophie an und hören mit dem Einmaleins auf, das ist auch unsere russische Eigenart... Ich spreche von vernünftiger Tyrannei, denn unvernünftige Tyrannei bewirkt das gleiche wie demokratische Freiheit, nur vom anderen Ende her... Der März dreiundfünfzig ist ein viel wichtigeres Datum für Rußland als der Juni einundvierzig oder der Mai fünfundvierzig... Diese Daten haben alles zugespitzt, aber nichts verändert... Im Bewußtsein künftiger Generationen werden einundvierzig und fünfundvierzig mit den Daten anderer Kriege Rußlands zusammenfließen, aber dreiundfünfzig wird für immer ein Umbruchsdatum sein, das selbst faule Schüler der Zukunft sich merken werden...«

Wir betraten den Newski-Prospekt, der uns sofort einsaugte und gesichtslos machte inmitten Hunderter von Passanten und Spaziergängern. Aber später, auf dem Bahnsteig, kurz vor der Abfahrt des »Roten Pfeils« Leningrad-Moskau, unterbrach der Journalist mitten im Satz ein kleines Alltagsgespräch und sagte mit gesenkter Stimme:

»Die Sowjetmacht entspricht am meisten dem heutigen Zustand Rußlands, seiner Geschichte und Geographie. Denn nur in Augen, die getrübt sind von dem Haß und dem Elend der antisowjetischen Theoretiker, ist die Sowjetmacht etwas Fremdstämmiges, Westliches, Jüdisches. In Wirklichkeit reichen die Wurzeln der Sowjetmacht tief in die russische Geschichte und die russische Staatlichkeit... Die Sowjetmacht ist nicht fünfzig, sondern tausend Jahre alt... Natürlich werden bei solch einer Entwicklung die besten Seiten der Vergangenheit unterdrückt, und die schlechtesten Seiten der Vergangenheit erhalten die Möglichkeit zu florieren... Aber man muß bedenken, daß in den fünfzig Jahren, oder wie viele das sind, die Neuerungen höchst unbedeutend waren, und weder die Straforgane noch die Bürokratie, noch die fehlende Achtung vor den eigenen Gesetzen sind im plombierten Eisenbahnwagen zu uns gebracht worden... Gegenwärtig hat die russische Staatlichkeit außer der Sowjetmacht nur noch die nationale Straßenvariante in Reserve... Man muß auf die Knie fallen... und beten, daß die Sowjetmacht Rußland nicht verläßt... Was?« hielt er plötzlich inne, als hätte er selbst seine Worte von außen gehört. »Ja, ich hab eben an was anderes gedacht... Wie interessant wäre es, ein Weilchen in Rußland mit Meinungsfreiheit zu leben, doch ohne Handlungsfreiheit... Aber das ist dasselbe... Das ist vernünftige Tyrannei...«

»Ist das etwa möglich?« fragte ich.

»Ja«, sagte der Journalist, »wir brauchen eine wenn auch beschnittene, unzulängliche Meinungsfreiheit, die Handlungsfreiheit ist verpflichtet, allen gleiche Rechte zu geben, und eine vernünftige Tyrannei kann Extreme verbieten... Ach, wär das interessant... Öffentlichkeit, Glasnost – das ist die Gesundheit der Gesellschaft, das ist Körperkultur... Körperkultur bringt keine Arbeiten, keine Handlungen hervor, aber sie bewahrt die Gesundheit... Ach, was für ein interessantes Land würde Rußland sein...«

»Aber in die Rubrik Verbot kann man alles hineintun«, entgegnete ich, »wo bleibt dann Ihre Meinungsfreiheit?«

»Darum sage ich ja, die Tyrannei muß vernünftig sein«, antwortete der Journalist, »die größte Genialität eines Politikers besteht darin, daß er es versteht, das eine zu verbieten und das andere nicht... Fruchtbringend mit dem Verbot umgehen.«

Ich sah den Journalisten an und dachte aus irgendwelchen Gründen daran, daß er nach seiner ersten öffentlichen Ohrfeige empört war, bei der zweiten nachdenklich wurde und nach der dritten nur zynisch lächelte: Na schön, aber was wollt ihr denn?

Der Zug fuhr an. Der Journalist blieb im Windfang stehen, beugte sich über den Rücken des Schaffners und winkte mir noch lange zum Abschied mit dem Hut zu. Ich spürte unseren Abschied auf einmal sehr deutlich und glaubte dem Journalisten, daß wir uns das letztemal sähen. Er starb drei Monate später, an einem schwülen Julimorgen, völlig ohne zu leiden, und sein Tod war so exzentrisch wie sein Leben. Er starb an einem Herzinfarkt im Sessel des Friseurs, bei dem er sich rasieren und die Haare schneiden lassen wollte. Ich las von seinem Tod in der Zeitung, und erst danach kam mit großer Verspätung das Telegramm. Ich hatte den Eindruck, daß Rita Michailowna die Anwesenheit Maschas bei der Beerdigung vermeiden wollte, aber nicht bedacht hatte, daß ihr Mann ein Mensch gewesen war, der einiges für das Land getan hatte, besonders mit seinen antifaschistischen Artikeln während des Vaterländischen Krieges, und daß die Tochter daher auch aus anderen Quellen als dem Telegramm vom Tode ihres Vaters erfahren konnte. Mascha, kaum daß sie den Nachruf in der Zeitung gesehen hatte, flog sogleich hin, und nach ihrer Rückkehr bereute sie öffentlich und weinte nachts an meiner Brust, weil sie in der letzten Zeit viel zu streng und kompromißlos zu ihrem Vater gewesen war, ohne sein Leben und die Besonderheiten seines Charakters zu berücksichtigen.

»Mama macht's nichts aus«, sagte Mascha plötzlich böse und bitter, »die kann sich jetzt öffentlich mit ihrem Liebhaber zeigen.«

Das klang so scharf und zynisch, daß ich sprachlos war. Aber Mascha besann sich rasch und sagte mir, daß die Erinnerung an ihren Vater insgesamt ihr teurer sei als die konkreten Alltagserinnerungen aus der letzten Periode seines Lebens, in der er einfach unausstehlich gewesen sei. Auch ihre Mutter zu verurteilen habe sie kein Recht. Diese habe viel von ihm ertragen müssen, dabei sei sie noch jung und schön. Mascha teilte mir auch mit, daß zur Beerdigung viele Menschen gekommen waren und daß es viele Kränze von maßgebenden Organisationen gab, nachgerade bis hinauf zu den höchsten des Staates. Der Journalist ruhte auf dem privilegierten Nowodewitschje-Friedhof, an Ehre und Bedeutung dem zweiten nach dem Friedhof an der Kremlmauer, und sein Grab liege zwischen dem eines bekannten Generals und dem eines großen Staatsmannes, der in seinen letzten Jahren in Ungnade gefallen war und daher das Recht auf die Kremlmauer eingebüßt hatte.

Was nun mein Leben betrifft, so fand es nach diesen Erschütterungen und Außergewöhnlichkeiten zum früheren Alltag und zu der früheren Idee der Langlebigkeit zurück. Beiläufig will ich anmerken, daß diese Idee meinen früheren Traum von einer politischen Karriere völlig ausschloß. Politische Karrieren in einem Land wie Rußland bringen selten Langlebige hervor, und wer auf diesem Wirkungsfeld besonderen Erfolg hat, das heißt, wer nicht einfach ein Regent, sondern ein Liebling des Volkes ist, den charakterisieren schlechter Appetit und unruhiger Schlaf, zwei Faktoren, die die physischen Möglichkeiten der Langlebigkeit untergraben. Die Grundlagen der Langlebigkeit sind meiner Meinung nach Schlaf, Appetit und Gleichförmigkeit. Wäre Stalin Dshugaschwili geblieben, hätte er in den Bergen gelebt und als Hirt, Jäger oder sonstwas die Sorgen des Berglers gehabt, so hätte er, nach seiner Körperbeschaffenheit und Zähigkeit zu urteilen, mindestens hundert Jahre alt werden können... Darum konzentrierte ich im weiteren meine Energie darauf, täglich zur gleichen Zeit wach zu werden und bei der Ernährung maßvoll zu sein, aber teure, gesunde, hochwertige Nahrung zu mir zu nehmen, wozu die Mittel beitrugen, die Rita

Michailowna uns trotz der gespannten Beziehungen nach wie vor schickte und die mit unserm Verdienst ein anständiges Sümmchen bildeten. Auch maßvoll in meinen Beziehungen zu den Frauen zu sein, wozu meine heiß und täglich mehr geliebte Frau beitrug.

Ich muß aber noch von zwei Begegnungen erzählen, auch wenn sie auf den ersten Blick bedeutungslos sind. Beide Begegnungen, in ihrer absoluten Größe verschieden, wiewohl gleichermaßen unbedeutend, plus ein Brief dienten als Anstoß für einen meines Erachtens wichtigen Entschluß. Ich beginne mit dem Brief, um die Chronologie zu wahren. Ich bekam ihn von dem Journalisten, der ihn ganz kurz vor seinem Tode geschrieben hatte. (Er starb am 23. Juli, und der Brief war vom 16. Juli datiert.) Adressiert war er an mich, mit dem Vermerk »persönlich«. (Mascha hatte ihrem Vater ja verboten, ihr zu schreiben.) Der Brief war ohne Anrede und kam gleich zur Sache. »Zu unserm Gespräch«, hieß es am Anfang, und der Satz war dreimal unterstrichen. »Eine neue Kraft Rußlands, die dritte Kraft, ist das, was sich in erbittertstem Gegensatz zum Sozialismus befindet, denn beide werden von demselben gespeist. Die Säfte, die der Sozialismus nicht mit seinen Wurzeln aus dem Volk zieht, fallen dieser neuen Kraft zu und umgekehrt. Sie ist eine Begleitpflanze, und beide wachsen auf demselben Feld und bedürfen desselben Bodens. In Rußland kann nur der Sozialismus, wenn er sich ausbreitet und mit seinen Wurzeln die Heimaterde durchdringt, der gefährlichen, extremen nationalen Kraft Nahrung entziehen...« Im weiteren wiederholte sich der Journalist und variierte im wesentlichen den gleichen Gedanken, aber das Postskriptum fiel mir auf: »Bevor ich den Brief zuklebe, fällt mein Blick plötzlich auf die Bilder von Stalin und Chrustschow, die jetzt nebeneinander auf meinem Schreibtisch stehen. Ich sah sie an und mußte laut lachen. Erinnern Sie sich, bei Block ist die Rede von Menschen, die sich totzulachen drohen, wenn sie mitteilen, daß ihre Mutter im Sterben liegt, daß sie vor Hunger krepieren, daß ihre Braut sie betrogen hat... Nun gut, mal angenommen, das tausendjährige Rußland sei noch zu jung, um das Recht auf eine wenn nicht ordentliche, so doch vernünftige Regierung zu bekommen... Das mag sogar komisch sein... Aber hat es sich nicht das Recht erlitten, eine wenn nicht ordentliche, so doch vernünftige Opposition zu haben? Ein Schurke oder Dummkopf, der im Sessel des Bürokraten oder Strafbeamten sitzt, ist eines, etwas anderes ist ein gejagter und leidender Schurke oder Dummkopf... O mein Gott, diese Ausweglosigkeit... Dies ist eine Unendlichkeit nicht in gerader Linie, die sich letzten Endes irgendwo in nebelhaften Jahrhunderten mit dem gesunden Menschenverstand kreuzt (uns hat doch immer nur der gesunde Menschenverstand gefehlt, alles übrige haben wir), also, Unendlichkeit nicht in gerader Linie, sondern Unendlichkeit als Kreis, der sich mit nichts kreuzt außer mit sich selbst... Rußland wechselt die politischen Regime, aber es muß seine Geschichte wechseln... Doch das wird nur geschehen, wenn wir eine vernünftige professionelle Opposition erleben, die begreift, daß sich Rußland nicht durch politische Losungen umgestalten läßt, sondern durch ökonomische Forderungen...« Und wieder ein Postskriptum: »Es gibt Menschen, die kräftige Ernährung brauchen, und es gibt Menschen, die Diät halten müssen. So ist es auch mit den Nationen. Die Russen brauchen bei dem heutigen Zustand ihrer Geschichte nationale Diät, doch die Macht und die Opposition füttern, jedes auf seine Weise, das Volk mit fetten nationalen Gerichten. Es gibt Nationen, die leiden an nationaler Dystrophie, wir leiden an nationaler Verfettung. Ein neuer Bekannter von mir, natürlich ein Jude, behauptet, daß seine Nation kräftige nationale Ernährung bei religiöser Diät braucht, wir dagegen bräuchten nationale Diät bei kräftiger religiöser Ernährung...«

Der Brief war ohne Unterschrift, ohne gute Wünsche usw., das heißt, er brach ab, wie er begonnen hatte, gleichsam plötzlich. Ich dachte lange über den Brief nach, und schon da regte sich in mir der Wunsch, mit Aufzeichnungen zu beginnen, nicht so sehr, damit andere sie läsen, sondern um auf dem Papier meine Eindrücke zu ordnen und mich selbst darin zurechtzufinden. Aber kurz danach starb der Journalist, dann lenkte mich eine Reihe laufender Angelegenheiten ab, und mein Wunsch erlosch.

Ein paar Jahre meines neuen Lebens in Leningrad, übrigens durchweg im Zeichen meiner neuen Idee von der Langlebigkeit, waren vergangen... An einem frischen frostigen Morgen (Leningrad bei Frost kann auch malerisch und einmalig sein), an solch einem Morgen, übrigens einem Sonntag, ging ich gemächlich unweit unseres Hauses spazieren. (Wir wohnten damals nicht mehr in der Nähe des Baltischen Bahnhofs, sondern in einer besseren Gegend, am Kirow-Prospekt). Also, beim Spazierengehen bemerkte ich plötzlich einen Mann, der mich durchdringend ansah. Ich dachte zunächst, das wäre der gealterte und abgemagerte Paltschinski, und wollte schon umkehren, doch als ich genauer hinsah, erkannte ich, daß es nicht Paltschinski war, sondern jemand aus einer früheren Periode meines Lebens, wenn auch eine Null, nämlich Wawa, der Mann von Zweta. Jener Wawa, der Mann jener Zweta, mit deren Hilfe ich seinerzeit versucht hatte, in die Gesellschaft zu gelangen. (Wawa sah übrigens Paltschinski etwas ähnlich und war so klein wie er.)

Nachdem ich entdeckt hatte, daß es Wawa war, freilich auch stark gealtert und verändert (seinerzeit war er ein lebhafter Mensch gewesen, jetzt war er langsam und hatte einen trüben Blick), also, nachdem ich ihn erkannt hatte, tat ich nicht mehr, als ob ich ihn nicht bemerkt hätte, sondern ging auf ihn zu.

»Na, grüß dich«, sagte ich, »prima, daß du noch lebst...«

»Was soll das heißen?« sagte er gekränkt und wunderte sich kein bißchen, daß er mich nach so vielen Jahren zufällig in Leningrad traf.

»Wir haben uns ja ewig nicht gesehen«, sagte ich, »da konntest du auch schon gestorben sein...«

»Du bist doch auch nicht gestorben...«

»Das ist es ja grade«, sagte ich, »von mir weiß ich, wieviel Kräfte es mich gekostet hat, nicht zu sterben... Bei dir ist das was anderes... Von deinem Leben in all den Jahren weiß ich nichts... Wie geht's denn so? Was gibt's Neues? Was macht Zweta?«

»Wir haben uns getrennt«, sagte Wawa und sah mich unter gesenkter Stirn hervor an. »Du bist seltsam... Kein Wunder, daß schlechte Gerüchte über dich umgehen...«

»In welchem Sinne?«

»Das will ich dir sagen: daß ein anständiger Mensch dir nicht die Hand geben darf... daß du ein Antisemit und Zuträger des KGB bist... Ein stalinistischer Spitzel...«

Dies gesagt, machte er kehrt, um einer verächtlichen Geste oder Bemerkung meinerseits zuvorzukommen, und ging, nachdem er mir den Spaziergang verdorben hatte. Da dachte ich wieder daran, Aufzeichnungen zu machen, um herauszufinden, ob es dafür stand, mir die Hand zu geben, und ob es für mich dafür stand, die ausgestreckte Hand anzunehmen, und ob ich überhaupt mit anderen einen Händedruck wechseln sollte. Aber auch diesmal blieb mein Vorhaben unverwirklicht.

Ein halbes Jahr später, schon im Herbst, der sehr regnerisch war (und was Leningrader Regenwetter ist, weiß jeder, der es schon mal gekostet hat und nur durchnäßt und durchgefroren war, aber keine Bronchitis, Grippe oder sonst eine Erkältung bekam), also, ein halbes Jahr später klingelte es plötzlich an der Tür. Mascha war auf Arbeit und Iwan im Kindergarten. Folglich mußte es ein Fremder sein. Ich dachte an einen Brief oder eine Geldüberweisung von Rita Michailowna. Ich öffnete. Draußen stand ein Junge. Als ich aber genauer hinsah, begriff ich, es war kein Junge, sondern ein Jüngling, aber sehr mager, von schwachem Körperbau und überdies in vollem Maße vom Leningrader Regenwetter getroffen, das heißt, er hatte Grippe und Bronchitis und war völlig durchnäßt. Während ich ihn ansah, kam mir der irre Gedanke, ob das nicht Kolja war, nur stark verändert. Nein, es war nicht Kolja, sondern ein ganz fremder Jüngling. Ich betrachtete ihn und er mich. Er hatte einen ramponierten, mit einem Strick umwickelten Koffer in der Hand. (Also kam er vom Bahnhof.)

»Ist Ihr Name Zwibyschew?« fragte er.
»Ja, Zwibyschew.«
»Haben Sie meinen Brief bekommen?«
»Wie heißen Sie denn?«
»Saizew heiß ich, Pawel.«
»Nein, hab ich nicht bekommen.«
»Merkwürdig...«
»Ja, merkwürdig...«
Später fand ich heraus, daß Mascha in meiner Abwesenheit einen Brief voller Beschimpfungen bekommen und ihn einfach zerrissen hatte.

»Na schön«, sagte Saizew, »ich bin auf der Durchreise hier und bin in der Hoffnung gekommen, Sie anzutreffen... Ich habe gehört, daß Sie Rußland hassen und sich öffentlich darüber auslassen. Früher, unter Stalin, wären Sie längst hinüber«, er erhob die Stimme, »und ein streunender sibirischer Hund würde schon längst auf Ihre Knochen scheißen, da Ihnen das aber in der jetzigen faulen Chrustschow-Zeit nachgesehen wird, bin ich gekommen, um Sie in meinem Namen und im Namen derer, die trotz aller prowestlichen jüdischen Manieren Rußland nach wie vor lieben, zu warnen« (seine Schimpfwörter verband er mit der jünglingshaften Anrede »Sie«), »um Sie zu warnen... Alles kann der russische Mensch verzeihen, nur Haß auf Rußland nicht.«

Er holte aus und schlug mir mit seinem feuchten mageren Händchen ins Gesicht. Nicht daß mich diese Ohrfeige besonders erschütterte (man hat mir bekanntlich während meiner politischen Tätigkeit auch ins Gesicht gespuckt), aber daß ich trotz meiner neuen Idee der Langlebigkeit noch immer nicht in Ruhe gelassen wurde, erboste mich so, daß ich den mickrigen Jüngling am Kragen seines vor Nässe triefenden Mantels packte und ihn mitsamt seinem schäbigen Koffer hochhob. (Meine Kräfte waren nach meiner neuen Idee und durch die gemäßigte gute Ernährung sehr gewachsen.) Aber als ich das bläuliche grippöse Gesicht des zeitgenössischen russischen Rasnotschinzen dicht vor mir sah, ließ ich ihn los und sagte:

»Erstens habe ich niemals öffentlich über meinen Haß auf Rußland gesprochen. Das ist eine glatte Verleumdung. Ich habe nur zweimal in einer persönlichen Situation darüber gesprochen, und wie das weitergedrungen ist, weiß ich nicht. Zweitens ist mein Haß auf Rußland längst Vergangenheit und nicht zu vereinbaren mit meiner jetzigen Idee der Langlebigkeit. Und drittens, warum betrachten Sie sich selbst nicht mal mit den Augen eines Menschen, der Sie aufrichtig haßt? Das könnte lehrreich für Sie sein...«

Nachdem sich Saizew das angehört hatte, drehte er sich schweigend um und ging, ich weiß nicht, in welcher Seelenverfassung. Ich dachte diesmal sehr intensiv nach und entschloß mich endgültig, über die politische Periode meines Lebens zu schreiben.

Auf diese Weise gewann mein Vorsatz nach meiner Begegnung mit Pawel Saizew, dem jungen russischen Patrioten, unabänderliche Festigkeit. Aber das Bestehen eines festen Vorsatzes reicht noch nicht zu seiner Verwirklichung. So hätte ich mit diesem Vorsatz noch bis zu meinem nicht so baldigen Ende leben können. Ich hätte entsprechend meiner jetzigen Idee der Langlebigkeit die nicht mehr vielen mir verbleibenden reifen Jahre und das lange Alter durchleben und irgendwann so um die fünfundachtzig meinen Vorsatz vergessen können. Denn nur das gewöhnliche Alter nimmt unerfüllte Hoffnungen und nicht verwirklichte Wünsche mit ins Grab. Der Langlebige legt sich ins Grab wie das Neugeborene in die Wiege, von allem frei und über alles erhaben. Gemütlich hat's der Langlebige im Grab. Das hatte auch ich vor mir, irgendwann in der Mitte des bevorstehenden 21. Jahrhunderts, und wenn ich daran denke, koste ich das Vergnügen schon heute aus, denn der Langlebige ist Gast in einem fremden geräuschvollen Leben. Und wenn man lange bei herzlichen guten Menschen zu Gast war, ist es angenehm, sie zu verlassen und zu sich selbst zu gehen.

Mehr noch, obwohl mein Vorsatz existierte, fest und unabänderlich, kam ich manchmal, wenn ich nachdachte und ihn an meiner neuen Idee der Langlebigkeit maß (an ihr maß ich jetzt alles), kam ich zu dem Schluß, daß unverwirklichte Vorsätze nur unreife Menschen quälen und zugrunde richten. Einem im höchsten Sinne reifen Menschen hingegen verlängern unverwirklichte Vorsätze das Leben. Was für eine Notwendigkeit gibt es schon für meine politischen Aufzeichnungen, dachte ich, wenn sie meiner jetzigen, so großen und so erlittenen Idee der Langlebigkeit schaden.

Aber der Zufall, der überhaupt allem zugrunde liegt, was Anfang und Ende hat, und so zum Urgrund jeder Handlung wird, also, der Zufall, ohne den jeder Vorsatz, selbst der größte, gesetzmäßig tot ist, solch ein Zufall hauchte meinem Vorsatz Leben ein, so wie einst ein Zufall totem Lehm Leben eingehaucht hatte. Der Vorsatz begann zu leben und wider mich aufzubegehren, so wie belebter Lehm, belebter Staub bis heute wider seinen Schöpfer aufbegehrt...

Nach langjähriger Pause kam ich wieder einmal in die Stadt, in der ich einstmals geboren wurde und in der ich jahrelang mit Hilfe von Gönnern den Kampf um meinen Schlafplatz im Wohnheim geführt hatte, einen Kampf, der in vielem meine künftige politische Tätigkeit vorbereitete.
Ich war auf der Durchreise in der Stadt, und als ich den wohlbekannten, kaum veränderten Bahnhofsvorplatz betrat, mit jenem herablassenden, spöttischen Lächeln, mit dem wir über unsere Vergangenheit zu lächeln pflegen (natürlich nur, wenn wir nicht darüber weinen), beschloß ich, mich nach Herzenslust über diese Vergangenheit zu amüsieren und meine Reise für vier bis fünf Stunden zu unterbrechen. Dem Eisenbahnfahrplan entnahm ich, daß ich meine Reise entweder für eine Stunde oder für sieben unterbrechen konnte. Selbstverständlich zuzüglich einiger Minuten. Auf diese Weise war ich nach so vielen Jahren wieder unbehaust in dieser Stadt, und nachdem ich zwei Stunden lang ihre für mich noch immer ungemütlichen und beunruhigenden Straßen durchbummelt hatte, war ich müde, durchnäßt und durchgefroren. Das spöttische Lächeln, mit dem ich aus meinem jetzigen Leben in das vergangene gekommen war, war aus meinem Gesicht verschwunden, und die Vergangenheit hatte aufgehört, Vergangenheit zu sein. Das Januartauwetter, das in dieser Stadt gar nicht selten ist, überschwemmte die Straßen mit einer kalten braunen Brühe. Meine haltbaren Winterschuhe waren aufgequollen, und die Wollsocken, die für trockene russische Fröste taugten, hatten sich mit feuchter Kälte vollgesaugt, während die südlich vom blauen Himmel brennende Sonne meinen Schafpelz zwei- bis dreimal schwerer machte, so daß er mir auf die Schultern drückte. Da ich seit langem physischer Arbeit entwöhnt war, schwitzte ich stark und schleppte den nördlichen Leningrader Schafpelz und die nördliche Pelzmütze wie ein Lastträger, da-

bei atmete ich schwer und stapfte durch den südlichen tauenden Schnee mit meinen modischen, aufgequollenen, häßlich gewordenen Schuhen, die meine Füße ebenso marterten wie damals die billigen, kalten Schuhe, die ich in der Periode meines Kampfes um den Schlafplatz getragen und die ich selbst mit einer dicken Zigeunernadel ausgebessert hatte. Wieder war ich in dieser Stadt für ganze sieben Stunden ohne Platz, wenn auch auf eigene Initiative, und wieder analysierte, rechnete und suchte ich. Ich hätte ins Kino gehen, mich ausruhen und etwas trocken werden können. Oder zum Bahnhof fahren, mich mit Zeitungen in den Wartesaal setzen und so auf den sinnlosen und für mich jetzt ganz überflüssigen Kampf mit dieser Stadt verzichten. Zumal ich meine Hauptaufgabe verwirklicht und gleich in der ersten Stunde meines Aufenthalts das Wohnheim vom Wohnungsbau besucht hatte, das übrigens nicht weit vom Bahnhof lag. Da fühlte ich mich noch frisch und kräftig und hatte noch das herablassende, spöttische Lächeln. Mit diesem geheimnisvollen Lächeln betrat ich bekannte Geschäfte, in denen ich seinerzeit Brot, Tomatenmark als Brotaufstrich und Bonbons zum heißen Wasser gekauft hatte. Mit diesem Lächeln betrachtete ich bekannte Häuser, bekannte Zäune, bekannte Ladenschilder und sogar bekannte Bäume, die so viele Jahre fest und gleichgültig ohne mich dagestanden hatten, und auch in den für mich höllischsten Momenten, fern von hier, wo ich geglaubt hatte, daß die vergangene Welt längst zu Staub zerfallen sei, hatten sie ebenso fest und gleichgültig dagestanden. Die vielen neuen Häuser, die in den Jahren meiner Abwesenheit hier emporgewachsen und sogar schon gealtert waren, erweckten nicht den Eindruck von etwas Neuem, denn ich kannte diese Häuser mit ihren Schaufenstern, Loggien und Verkleidungen von anderen Plätzen, und sie schienen mit mir aus meinem jetzigen Leben hergekommen zu sein. Ich beachtete sie ebensowenig wie die heutigen Gesichter, deren ich überdrüssig war, sondern suchte nach Gesichtern, die ich erkennen könnte und die mich erkennen könnten. Natürlich wußte ich, daß man mich hier einfach nicht kannte, während ich erkannte, wenn nicht Menschen, dann Häuser, Ladenschilder und Bäume, und dieses »Inkognito« erhebe mich über alles Wahre. Und in diesem »Inkognito« liege meine Rache an allem Wahren. Übrigens wurde ich einmal tatsächlich nicht erkannt. Da auf dem Gelände der Wohnheime drei gleichaussehende einstöckige Gebäude aus Schlakkenbeton standen, zögerte ich ein paar Minuten und überlegte, in welchem davon ich um meinen Schlafplatz gekämpft hatte. Eines, das weiter hinten und am nächsten zur Wohnheimverwaltung stand, wo sich meine schlimmsten Verfolger konzentriert hatten, entfiel sofort. Blieben zwei: eines links und eines rechts von dem gegenüberstehenden vierstöckigen Ziegelgebäude der Installateure. Nach einigem Überlegen befand ich, daß das Haus, das mir während der seltsamen Jahre, die meiner politischen Tätigkeit vorausgingen, Obdach gegeben hatte, das rechte war. Die einstöckigen Schlackenbetonhäuser, die in einer Art Orange-Ziegelrot gestrichen waren, hatten sich überhaupt nicht verändert. Nur waren aus irgendwelchen Gründen die Balkons entfernt worden, und ich sah auf beiden Seiten die symmetrischen dunklen Spuren an der Wand bei den Fenstern im ersten Stock.

Als ich eintrat, sah ich das gealterte, runzlige Gesicht von Darja Pawlowna, der »Katzenmutter«, der Diensthabenden. Sie hatte ebenso wie die bekannten Häuser, Ladenschilder und Bäume hier einfach existiert, gleichgültig gegenüber allem, was mir widerfuhr. Eine Katze war allerdings nicht bei ihr, und ihr kleiner Tisch stand nicht mehr beim Eingang, vor der Wäschekammer, sondern bei der Treppe zum Obergeschoß. Das und die Runzeln waren die einzigen Veränderungen, die das Schicksal in die gegebene, unerschütterliche Dauerhaftigkeit eingebracht hatte, eine Dauerhaftigkeit, auf die selbst Einzeller, die sich durch Zellteilung vermehrten, neidisch werden könnten.

»Wo wollen Sie hin?« fragte Darja Pawlowna mit Blick auf meinen Schafpelz.

Ich antwortete nicht, sondern stieg die Treppe hinauf.

»Interessant«, sagte sie, aber ohne besondere Herausforderung, wahrscheinlich wegen meines Schafpelzes, und ich hörte, daß sie aufstand und mir schweigend folgte.

Im ersten Stock wischte eine mir unbekannte Putzfrau den Fußboden in altbekannter Weise, indem sie den mit einem Lappen umwickelten Schrubber in einen Eimer tauchte. Ich stieß gegen die Tür meines Zimmers, in dem ich um den Schlafplatz gekämpft hatte. Sie war verschlossen.

»Dort ist niemand«, sagte die Putzfrau.

Da stieß ich gegen die Tür des Zimmers, in dem Grigorenko gewohnt hatte und in das ich so gern gezogen wäre. Sie war auch verschlossen. Überhaupt war es Morgen, Beginn des Arbeitstags, und das Wohnheim war menschenleer.

»Er sucht jemanden«, sagte Darja Pawlowna zu der Putzfrau. Mich sprach sie nicht mehr an.

»Wohnt Grigorenko noch hier?« fragte ich nicht Darja Pawlowna, sondern die mir unbekannte Putzfrau.

»Der ist längst ausgezogen«, sagte Darja Pawlowna, »seit vielen Jahren schon... Er hat irgendwo eine Wohnung gekriegt...«

Ich stieg hinunter und ging weg, stapfte mit den verquollenen Schuhen durch den nassen Schnee. Ich wurde schon müde, hatte aber noch nicht die Größe verloren, die ich meinem Schafpelz und meinem »Inkognito« verdankte. Darum sah ich alles spöttisch an, und als ich beim Eingang eines bekannten Friedhofs ein ebenerdiges Häuschen mit der Aufschrift »Friedhofsorchester« entdeckte, ging ich hin. Auf einer Bank vor dem Häuschen saß ein Musiker und spielte Trompete, übte wohl Friedhofsmelodien.

»Sagen Sie«, sprach ich einen rothaarigen jungen Mann an, den Fahrer des Beerdigungsbusses, der vor dem Friedhofstor stand, »muß man etwa üben, um einen Friedhofsmarsch zu spielen?«

»Unbedingt«, antwortete der Fahrer ernsthaft, da er den Sarkasmus nicht erkannt hatte, »sonst wird es Pfusch... Er kippt ein Glas und geht blasen...«

»Da wären die Toten wohl beleidigt?« fragte ich.

Da erkannte der Fahrer den Sarkasmus, sah mich an und lachte.

»Wie sollen die wohl beleidigt sein?« sagte er.

Ich nickte ihm zu und ging, zufrieden, daß ich so leicht über meine Vergangenheit hinweggeschritten war. Zu Fuß ging ich die bekannte abschüssige Straße hinunter, vorbei an der bekannten Milizschule auf dem Platz. Früher war hier die Endhaltestelle der Straßenbahn gewesen. Inzwischen war die Straßenbahnlinie verlängert worden, und vielleicht deshalb fuhren die Straßenbahnen überfüllt vorbei. Rechts von mir standen neue Häuser, aber schon gealtert, mit verblaßter Farbe und bröckelndem Putz. Links standen Häuser aus meiner Vergangenheit, dauerhaft und unerschütterlich, als wären sie nicht gebaut worden, sondern aus der Erde gewachsen. Ich hatte das seltsame Gefühl, als wäre es mir gelungen, einen der abstrakten Grundbegriffe der Philosophen anzufassen – die Zeit. Die körperlose Abstraktion gewann Gewicht, Farbe und Umfang, sie war aus dauerhaften Baumaterialien zusammengesetzt. Ich begriff, daß man in ein und derselben Zeit altern und daß man in die Zeit zurückkehren kann, indem man durchlebte Jahre abschneidet, so wie ein Schneider ein überflüssiges Stück Stoff abschneidet und die verbliebenen Hälften zu einem einheitlichen Ganzen zusammennäht. Von diesen Gedanken begann ich zu ermüden, verlor die Größe und das spöttische Lächeln und schleppte meinen Schafpelz über die matschige nasse Straße wie ein Lastträger, schwitzend und ohne nach rechts und links zu gucken. Fünf Stunden lang mußte ich wieder mit dieser Stadt kämpfen, mit meiner darin schon traditionellen Unbehaustheit, und mußte eine Methode finden, wie ich diese Stadt betrügen und einen Platz finden konnte, um zu sitzen, auszuspannen und trocken zu werden. Ins Kino mochte ich nicht gehen, erstens weil das Kino mich in letzter Zeit verdroß und zweitens, weil es unerträglich sein würde, dort im Schafpelz zu sitzen. Der beste Platz in einem solchen Falle ist eine Gaststätte. Aber mein Schafpelz erlaubte mir nicht, eine Kantine oder ein Café zu besuchen, wo es überdies voll und unsauber war. Darum suchte ich mir ein Restaurant, hängte meinen Schafpelz an den Kleiderhaken und gedachte, ein Stündchen im Warmen an dem gestärkten Tischtuch zu sitzen. Zu meinem Pech wurde ich schnell bedient, das Restaurant war halbleer, und nachdem ich ein teures, schlechtes Mittagessen zu mir genommen hatte, mußte ich wieder in den Schafpelz fahren und war erneut unbehaust. Besonders quälend war die Hauptstraße der Stadt, naß, geräuschvoll und überfüllt mit jungen Frauen, die südlich räuberische Blicke warfen. Der Fleischladen, in den ich ging, um mich aufzuwärmen, war seltsamerweise leer, und die drei Verkäufer stritten sich über Gold und Devisen. Vor dem Buchantiquariat drangen von allen Seiten gierige Zwischenhändler auf mich ein (es war eine richtige Menge, fünfzehn Mann), weil sie in meiner Tasche Bücher vermuteten. Wenn ich müde bin, höre ich jedesmal auf, mir zu gefallen, und empfinde Unzufriedenheit mit mir selbst. In diesem Zustand des Widerstreits mit mir selbst und des inneren Haderns konnte ich mich nicht entscheiden, ob ich den städtischen Markt unter dem gewölbten Glasdach besuchen sollte, der alt war und wie ein Bahnhof aussah, den Markt, auf den ich schon als Kind mit meiner Mutter gegangen war und den ich später oft nur zum Gucken besuchte, als ich ein Ausgestoßener war. Sollte ich auf diesen Markt gehen und mein Vorhaben der Rückkehr in die Vergangenheit fortsetzen, oder sollte ich darauf pfeifen, zum Wartesaal des Bahnhofs fahren, mir ein paar Zeitungen kaufen und mich dort niederlassen, mir einen Platz sichern und sitzen, damit der warme Pelz und die kalten Schuhe mich nicht länger marterten? Dennoch ging ich auf den Markt.

Im Winter, wenn es weder Obst noch Gemüse gibt, ist die üppigste und blühendste Abteilung jedes Marktes natürlich die Fleischabteilung. Auf dem Weg dorthin, zu den vielen farbenprächtigen Tierhälften am Haken und den saftigen Stücken auf den marmornen Ladentischen bemerkte ich, daß durch einen Seiteneingang (in den Markt gelangt man nicht nur von der Hauptstraße, sondern auch von Seitengäßchen her), daß durch einen Seiteneingang ein junger Mann in etwa meinem Alter hereinkam, wohlgenährt, mit beginnendem Doppelkinn. Ich glaubte, daß dies Grigorenko sei, ehe ich es wußte. Dagegen, daß er es war, sprachen erstens die Absurdität der Begegnung, dann das Kinn und die Wohlgenährtheit eines Familienvaters, und außerdem, wenn man einen Menschen aus den Augen verloren hat, kann man ihn natürlich leicht mit einem anderen verwechseln, der ihm entfernt ähnlich sieht. Überdies hatte Grigorenko ein durchschnittliches Aussehen, das durch nichts auffiel, und Menschen mit solchem Aussehen findet man vielfach unter den Südwestslawen. Und doch glaubte ich, daß es Grigorenko sei, war mir aber noch nicht sicher. Ich trat zu einem Ladentisch, wo gebündelte Zwiebeln angeboten wurden, und beobachtete ihn von weitem. Der junge Mann ging zu einem Fleischstand, suchte unter den Stücken und schien mit dem Verkäufer zu feilschen. Doch, es war wohl Grigorenko. In der Hand hielt er eine abgewetzte Aktentasche, wie sie von mittellosen Intellektuellen für den Transport von Büchern und Papieren benutzt wird. Nachdem er sich mit dem Verkäufer über den Preis geeinigt hatte, öffnete er die Aktentasche und legte einen Schlosserhammer, eine Flachzange und einen Schraubenzieher auf den Ladentisch, dann wickelte er das Fleisch in Zeitungspapier, legte es in die Aktentasche und tat auch sein Schlosserwerkzeug wieder hinein. Natürlich war das Grigorenko! Ich wartete, bis er den Fleischstand verließ und keine Leute mehr um ihn waren, dann trat ich zu ihm und fragte:

»Entschuldigung, sind Sie nicht Grigorenko?«

Etwas erschrocken musterte er mich und meinen Schafpelz. Es war der Blick eines Menschen, der zum Gesetz kein Vertrauen hat und der Gesellschaft gegenüber nicht offen ist.

»Ja«, sagte er unsicher, als mache er ein erzwungenes Geständnis, aber dann riß er die Augen auf und schrie freudig: »Aaah, du!«

»Ja.«

»Wo steckst du?«

»In Kanada... Hab geschäftlich hier zu tun...«

Ich wußte, daß er das glauben würde. Dieser Junge, so erinnerte ich mich, war ein naiver, gutmütiger Abenteurer, und wenn ich mich als Emigrant bezeichnete, war das die beste Methode, meine politische Tätigkeit zu verbergen.

»Toll«, sagte er und glaubte es sofort, wie ich vermutet hatte, »hast Schwein gehabt. Und ich bin unter der Haube... Zwei Kinder... Die Tochter geht schon in die achte Klasse... Meine Frau leitet ein Postamt...«

Wir stellten uns an die Wand, und er erzählte mir sein Leben. Er reparierte hauptsächlich Nähmaschinen. Aber jetzt war der Import eingestellt worden, und er verdiente nichts.

»Unsere Maschinen muß man mit Hammer und Meißel reparieren«, sagte er. »Voriges Jahr war ich acht Monate auf Kamtschatka. Dieses Jahr will ich in die Taiga. Da laufen weniger Natschalniks rum... Meiner Frau geb ich fünfhundert Rubel, das reicht ihr... Einen Moskwitsch hab ich gekauft... alt, gebraucht... Den hab ich aufgemöbelt, neu lackiert und verkauft... Jetzt hab ich mir einen neuen gekauft.«

Er verstummte und überlegte wahrscheinlich, was er mir noch aus seinem Leben erzählen konnte, fand aber nichts, was sich lohnte.

»Ich war heute im Wohnheim«, sagte ich.

»Ja, da fahr ich auch noch manchmal hin«, sagte er. »Ein- oder zweimal im Jahr... Da ist alles noch wie früher, nur die Balkons haben sie abgerissen...«

»Ich hab Darja Pawlowna gesehen«, sagte ich, »aber sie hat mich nicht erkannt.«

»Die Heimleiterin läuft da auch noch rum«, lachte Grigorenko, »die kann ihre Visage kaum noch schleppen... Ja, du hast Schwein gehabt... Ich sitz hier unter der Haube...«

»Was macht denn Shukow?« fragte ich. »Kannst du dich an den erinnern?«

»Der ist mit seiner Mutter nach Georgien... Dort soll er gestorben sein... Aber das ist nicht sicher... Die Putzfrauen haben's erzählt, aber ob's stimmt, weiß ich nicht.«

»Und Kulinitsch?« fragte ich. »Der die ›Wachtel‹ auf der Harmonika gespielt hat...«

»Der ist tot.«

»Was denn, alle gestorben?«

»Na, alle nicht«, sagte Grigorenko, »aber der ja. Er hat fünfzehn Jahre in Wohnheimen gelebt, dann hat er endlich eine Wohnung gekriegt, in einem Haus vom Hoteltyp, ich hab ihm noch einen Tisch gebaut. Da hat er zwei Monate gelebt und ist gestorben... Und Salamow, erinnerst du dich an den?«

»Ja«, sagte ich, »der Aserbaidshaner...«

»Der lebt.« Grigorenko lächelte. »Zwei Kinder hat er schon.«

»Und die Brüder Beregowoi?« fragte ich.

»Paschka ist aufs Land gezogen... Er ist ja ein Faulpelz, hat keine Lust zum Arbeiten... Er hat ein Mädchen aus dem Dorf geheiratet und ist zu ihr gezogen... Sein Bruder ist auch auf dem Land... Weißt du noch, wie er Kolja mit dem Kabel verprügelt hat, weil der soff? Wie steht's denn bei euch in Kanada mit den Negern?« fragte Grigorenko auf einmal. »Kriegen sie Prügel?«

»Was hast du denn mit den Negern?« fragte ich verwundert.

»Ich hasse sie«, sagte er. »Hier bei uns hat ein Amerikaner im Restaurant einen Neger verprügelt, und wir haben ihm geholfen... Als die Miliz anrückte, waren wir schon stiften gegangen.«

»Was hast du gegen die Neger?« sagte ich. »Laß sie leben, wie sie wollen, und du leb, wie du willst.«

»Nein«, sagte er hitzig und engagiert, »die gehören in die Mühle und zu Viehfutter verarbeitet.«

Das war eindeutig eine Folge der umfangreichen internationalen Verbindungen und des Friedenskampfes. In dieser Gegend kannte man seit je den richtigen antisemitischen Haß, russisch-polnische Gegensätze, russisch-ukrainische Gegensätze und polnisch-ukrainische Gegensätze, aber Rassengegensätze zwischen Slawen und Negern hatte es hier nie gegeben.

»Laß das mit den Negern«, sagte ich, »erzähl mir lieber von unsern Leuten... Was macht Korsch?«

»Der Erzieher?« sagte Grigorenko sofort aufgeheitert. »Der wohnt neben Salamow in dem Schlackenbetonhaus... Er arbeitet und hat sich nicht geändert. Läuft immer noch den Weibern nach.« Plötzlich hob er den Kopf, blickte auf den Ladentisch und sagte: »Dieser Lump: Als ich Fleisch gekauft habe, hatte er nur Reste da liegen, und jetzt bietet er gutes Fleisch an.«

Ich hatte das Gefühl, daß unser Gespräch im Prinzip erschöpft war, und begriff mit dem Gespür des ehemaligen politischen Funktionärs, daß es an der Zeit war, sich zu trennen.
»Na schön«, sagte ich, »ich muß zum Bahnhof.«
»Also, mach's gut«, sagte Grigorenko einfach und ruhig und versuchte nicht, mich zurückzuhalten.
»In Kanada hab ich zur Zeit keine Adresse«, sagte ich, »eigentlich bin ich nur auf der Durchreise.«
»Wozu die Adresse?« sagte Grigorenko. »Vielleicht treffen wir uns mal wieder.«
Wir trennten uns. Ich wußte, daß dieses unverhoffte, durch eine Laune des Zufalls zustandegekommene Gespräch keinen besonderen Sinn und keine besondere Idee hatte. Aber es enthielt eine Art Abschluß, ohne den es unmöglich gewesen wäre, etwas Allgemeines, Prinzipielles und Ungreifbares zu erkennen und einzuschätzen in der für mich wichtigen Periode, die meiner politischen Tätigkeit vorausging und sie vorbereitete, so wie es unmöglich ist, das Leben eines Menschen ohne den nichtigen, dummen abschließenden Grabhügel zu erkennen und einzuschätzen.
Das ist der Grund, warum die Autobiographien und Memoiren selbst großer Menschen nur teilweise stark sind, nie als Ganzes. Denn selbst ein großer Mensch ist nicht fähig, für sich selbst einen Abschluß zu finden. Was politische Aufzeichnungen betrifft, so sind sie erst recht gänzlich zur Unvollständigkeit und zum zweitrangigen Detail verurteilt. Politische Prophezeiungen sind überhaupt unseriös und unmöglich, und die Aufgabe von politischen Aufzeichnungen besteht nicht darin, die Zukunft vorherzusagen oder vor ihr zu warnen, sondern im Gegenteil, wenn politische Ereignisse unwiderruflich stattgefunden haben und durch ihre Existenz die Ursachen unterdrücken und entstellen, müssen die politischen Aufzeichnungen des Zeitzeugen mit Hilfe von zweitrangigen Details diese

Ursachen erklären. Für den politischen Memoirenschreiber ist dies eine sehr wichtige Einsicht, denn er versucht sehr oft, so wie mein verstorbener Schwiegervater, der Journalist, seinen Zeitgenossen und Nachfahren etwas zu prophezeien, sie zu belehren und zu warnen, anstatt aufmerksamer die zweitrangigen Details seiner Zeit zu betrachten, deren Verlust unersetzlich ist und deren Vertauschung die historische Wahrheit unkenntlich macht.

Mit diesen für mich wichtigen Gedanken und Eindrücken kehrte ich von meiner Reise zurück. Am siebenten Januar traf ich in Leningrad ein, und wie ich aus einem Zufallsgespräch erfuhr (wieder der Zufall), war es der orthodoxe Weihnachtstag. Leningrad ist im Winter eine Stadt der Finsternis, so wie es im Sommer eine Stadt des Lichtes ist. Um fünf Uhr nachmittags herrscht schon die tiefe Leningrader Nacht. In der Nebenstraße, durch die ich ging, brannten nur wenige Laternen, und ich mußte vorsichtig und angespannt gehen, denn der Gehsteig war von vereisten Schneehuckeln bedeckt. Nur selten war ein Passant zu sehen. Doch vor mir bewegte sich, ebenfalls angespannt balancierend, eine Gestalt, die sich immer wieder an einer Wand, einem Baum oder einem Pfahl festhielt. Ich weiß selber nicht, warum ich den Schritt beschleunigte und den Mann einholte. Sein Gesicht, das ich im Schein einer der wenigen Laternen sah, konnte man ein mittelrussisches Gesicht nennen. Er war von mittlerem Alter, trug eine Ohrenklappenmütze mittlerer Preislage und einen Mantel mit billigem Persianerkragen. Er musterte mich auch und sagte mit der den Russen eigenen Fähigkeit, auf der Straße mit Wildfremden Gespräche anzuknüpfen:

»Was die so quatschen – Stadt der kommunistischen Ordnung... Und wenn man auf der Straße geht, kann man sich die Nase blutig schlagen.« Dies gesagt, sah er mich etwas mißtrauisch an, wohl ein Erbe der früheren wachsamen Jahre, doch als er merkte, daß ich nicht offiziell reagierte, rückte er mit seinem wichtigsten Gedanken heraus: »Rußland hat keinen Hausherrn«, sagte er leise und fest, so wie man längst durchdachte Worte ausspricht, »keinen Hausherrn... Und wer ist schuld? Stalin ist schuld. Wir lieben ihn, aber er ist gestorben und hat uns keinen Hausherrn hinterlassen...«

Ich sah den Mann an und begriff plötzlich, was da neben mir her ging mit Kaufhausmütze und modernem Massenbedarfsmantel. Das war SIE, die UNZUFRIEDENHEIT DES VOLKES, die früher Bauernrock, Kaftan, Taillenmantel und Schirmmütze getragen hatte... Die manchmal zerstörte, metzelte, brandschatzte und die Pflastersteine aus der Fahrbahn riß, aber gefährlich war SIE für die MACHT nicht hauptsächlich dadurch, denn dagegen gab es die strafende Kraft, sondern durch IHRE Alltagsexistenz, gegen die jede Strafmaßnahme ohnmächtig war. Das war SIE, die am nächtlichen Leningrader Weihnachtstag gegen fünf Uhr nachmittags im Schein von Mond und Sternen hier durch die spärlich beleuchtete Straße am Stadtrand ging. Auf dem vereisten Gehsteig ausrutschend, ging SIE, die mehr als einmal vernichtet hatte, was Feuer und Schwert nicht schafften. Vor einem reichlichen halben Jahrhundert hatte SIE den Selbstherrscher von ganz Groß-, Klein- und Weißrußland vernichtet. SIE hatte zerbrochen, verwüstet, umgestaltet und war verstummt, eingeschlafen, ermüdet, gestorben. Und nun war SIE wieder auferstanden, unsterblich, am nächtlichen Leningrader Weihnachtstag. War auferstanden und ging in den neonflimmernden modernen Laden am Ende der dunklen Straße, wo die MACHT versuchte, SIE mit Kochwurst, einheimischem Wodka und ausländischen Hühnern in rotem Zellophan zu besänftigen. Aber heutzutage war SIE mit nichts mehr zu besänftigen, weder mit einer kostenlosen Gewerkschaftsreise in ein Massenerholungsheim noch mit einer Wohnung in einem

Schlackebetonhaus am Stadtrand. SIE ging, ganz zeitgenössisch, nicht petersburgisch, sondern leningradisch, hatte die dauerhafte stalinistische Jugend hinter sich und war bewußt auf die Vergangenheit orientiert, unbewußt aber auf die Zukunft, denn ihr Stalinismus war fruchtbar. Das war nicht der reale Stalinismus der Beamten und Funktionäre, der die administrative Gewalt festigen will. Es war der legendäre Stalinismus, der materiellen Wohlstand und Preissenkungen anstrebt und sich nicht damit abfinden will, daß der VATER seine Kinder ihrem Schicksal überließ und sie unwürdigen Nachfolgern und wertlosen Vormündern auslieferte. Im Volk heißt es: Der März bricht den Winter... Ja, Rußland brauchte noch einen großen Tod, wie den im März. Noch einen Tod – die Revolution. Aber in Rußland gab es keinen mehr, der einen so großen Frühlingstod sterben konnte. Und nun, vor Verzweiflung darüber, erhob der legendäre Stalinismus, der übrigens dem administrativen Beamtenstalinismus zutiefst fremd ist, einen ungerechten Vorwurf gegen Stalin selbst, seinen legendären VATER. Ungerecht, weil keine Tyrannei nach dem Tode des Tyrannen eine würdige Fortsetzung findet und jeder Tyrann ohne würdigen Erben seines Werks stirbt. Und das nicht etwa, weil er die Wichtigkeit der Fortsetzung seiner Idee nicht begriffen hätte. Aber neben dem HAUSHERRN ist eine Persönlichkeit, die ihm gleichkommt, nicht duldbar, und so führt Tyrannei unausbleiblich dazu, daß der Tyrann umgeben ist von entarteten Kreaturen, die von der Tyrannei selbst dazu verurteilt sind, deren Werk nach dem Tod des Tyrannen zu vernichten. So war es in der Vergangenheit, und so würde es auch jetzt sein, das ist ein objektives Gesetz der Geschichte. Aber die Legende steht dem Gesetz feindlich gegenüber, und gerade der legendäre Stalinismus, nicht die antistalinistischen Losungen der Opposition, erzeugt die UNZUFRIEDENHEIT DES VOLKES, den gefährlichsten Feind der MACHT, einen Feind, der seine Kräfte nicht aus einem politischen Häuflein von Opposition schöpft, sondern aus dem loyalen Massenverbraucher.

In dieser dunklen, vereisten Leningrader Nebenstraße begriff ich, daß das Ideal des verstorbenen Journalisten, das Ideal des verstorbenen gemäßigt oppositionellen Intelligenzlers – mit nicht zugezogener Schlinge um den Hals auf einem festen Hocker zu stehen – nur möglich ist, wenn es auf dem schmalen Pfad der GESCHICHTE nur die MACHT gibt. Wenn aber der Macht auf diesem Pfad, wie ein wilder Keiler, der zur Tränke will, die UNZUFRIEDENHEIT DES VOLKES entgegenkommt, ist das erste Resultat ihres Kampfes ein doppelter Stiefeltritt gegen den Hocker, und danach bleiben der Welt bestenfalls die heiseren, wie alles Sterbende unobjektiven, verspäteten Memoiren eines erhängten Intelligenzlers. Und hier begriff ich endgültig, wie wichtig politische Aufzeichnungen sind, selbst wenn sie zu früh kommen, aber dafür sind sie mit der lebendigen vollblütigen Hand eines Menschen geschrieben, der sich vollwertig ernährt, nicht von der steifen, abgezehrten, verspäteten Hand eines Erhängten...

Schließlich, ein paar Tage später, ein neuer Alltagszufall, der eindeutig bilanzierend war und erklärte, warum ich so lange wartete und warum es so vieler Vorfälle bedurfte, um mich zu überzeugen, daß ich diese politischen Aufzeichnungen schreiben mußte.

Ich stieg in ein Taxi, um irgendwelche Alltagsbesorgungen zu machen. Der Fahrer, ein Jüngelchen, das vielleicht gerade erst von der Armee gekommen war, sah mich an und fragte auf einmal:

»Gibt es Gott?«

Nach verwirrtem Zögern, nicht wegen der Frage, die man bis zum Überdruß zu hören bekam, sondern wegen der Umstände, antwortete ich:

»Natürlich nicht«, denn diese Frage läßt sich für einen Menschen, der es gewohnt ist, zu denken und zu analysieren, am einfachsten negativ beantworten.

»Ich habe nämlich eben eine alte Frau gefahren«, sagte der Taxifahrer, »die hat mir ein Ding erzählt, daß mir doch Zweifel gekommen sind.«

»Was hat sie denn erzählt?« fragte ich.

»Sie hatte eine Schwester auf dem Land«, sagte der Taxifahrer, »auch schon eine alte Frau... Die ist gestorben... Ihr Mann, ehemaliger Partisan, Parteimitglied, hat nicht geduldet, daß sie kirchlich begraben wird. Zwei Tage nach der Beerdigung war er plötzlich völlig gelähmt. Aber Gott schenkte ihm die Redegabe« (genauso sagte er, benutzte wahrscheinlich den Ausdruck der alten Frau), »aber Gott schenkte ihm die Redegabe. Und er sagte: ›Es gibt Gott‹.«

Diese Geschichte des Taxifahrers prägte sich mir ein, und ich dachte in der Nacht darüber nach. Und ich begriff, daß ich bislang noch nicht genügend gelähmt und viel zu tätig gewesen war, um mit dem Schreiben zu beginnen. Denn wie soll einer richtig schreiben, wenn er nicht vorher tätig war und jetzt ein gelähmter Sünder ist, dem Gott die Redegabe erhalten, richtiger, geschenkt hat?

Solange der Mensch tätig ist, ist er sozusagen stumm, denn seine Worte sind zweitrangig, verglichen mit seinen Taten. Etwas anderes ist ein sprechender Gelähmter, dessen Leben sich in seiner Rede ausdrückt. Und so wie der gelähmte Parteigenosse, der Mann der verstorbenen frommen alten Frau, habe ich zu reden begonnen. Und als ich zu reden begann, spürte ich, daß Gott mir die Redegabe geschenkt hat.

Beendet Februar 1972
Ergänzt Februar 1976
Moskau